Robyn Lee Burrows

Weil die Hoffnung
nie versiegt

Weil die Sehnsucht
ewig lebt

Über die Autorin:

Robyn Lee Burrows ist in Bourke in Neusüdwales, Australien, geboren und aufgewachsen. Zusammen mit ihrem Ehemann, drei Söhnen, ihrer Katze und ihrem Australian Cattle Dog Bruiser lebt sie in Mudgeeraba, einem Dorf im Hinterland der Gold Coast, wo ihre Familie seit sieben Jahren ein Tiefbauunternehmen betreibt. Robyn Lee Burrows ist nicht nur eine überaus talentierte Zeichnerin, sondern hat auch zwei Sachbücher veröffentlicht.

Robyn Lee Burrows

Weil die Hoffnung nie versiegt

Weil die Sehnsucht ewig lebt

Zwei Romane in einem Band

Weltbild

Die australische Originalausgabe von *Weil die Hoffnung nie versiegt* erschien 1995 unter dem Titel *When Hope is strong*.

Die englische Originalausgabe von *Weil die Sehnsucht ewig lebt* erschien 2004 unter dem Titel *Where the River Ends*.

Besuchen Sie uns im Internet:
www.weltbild.de

Genehmigte Lizenzausgabe für Verlagsgruppe Weltbild GmbH,
Steinerne Furt, 86167 Augsburg

Umschlaggestaltung: Zeichenpool, München
Umschlagmotiv: Mauritius, Die Bildagentur, Mittenwald/www.shutterstock.de
Gesamtherstellung: CPI Moravia Books s.r.o., Pohorelice
Printed in the EU
ISBN 978-3-8289-9647-2

2013   2012   2011   2010
Die letzte Jahreszahl gibt die aktuelle Lizenzausgabe an.

Robyn Lee Burrows

Weil die Hoffnung nie versiegt

Roman

Ins Deutsche übertragen
von Cécile Lecaux

Weltbild

Für Christopher, der für kurze Zeit
Teil unseres Lebens war ...

Inhalt

TEIL I

Bridie

KAPITEL 1

Beenleigh, Queensland
Freitag, 17. Dezember 1875

Jetzt dürfte es nicht mehr weit sein. Vermutlich gleich hinter dem nächsten Hügel.«

Maddie Hall, die neben ihrem Mann oben auf dem harten hölzernen Bock saß, warf einen abwesenden Blick auf Teds dunklen Bart, der im Sonnenlicht glänzte. Das sagte er nun schon seit Stunden. Zumindest kam es ihr so vor. Jedes Mal, wenn sie einen weiteren Hügel bewältigt hatten, hatte sie oben auf der Kuppe Ausschau gehalten und gehofft, endlich das kleine Dorf auszumachen, aber bisher hatten sie nichts anderes zu sehen bekommen als Buschland. Hunderte, nein Tausende von grüngrauen Eukalyptusbäumen mit kraftlos herabhängendem Laub säumten die staubige Wegstrecke und erfüllten die schwüle Luft mit ihrem unverwechselbaren, durchdringenden Geruch.

Mit jedem Meter, den der ächzende Pferdewagen sich auf der holprigen Piste vorwärts bewegte, die man kaum als Straße bezeichnen konnte, wirbelten die Räder eine Wolke feinsten Staubes auf. Das Blattwerk der Bäume warf ein unregelmäßig getüpfeltes Schattenmuster auf den Weg. Maddie schloss die Augen und fühlte, wie die Luft einem heißen Atem gleich über ihr Gesicht strich. Ihre Haut fühlte sich schmutzig an und spannte. Flüchtig dachte sie an die Badewanne irgendwo in dem Berg ihrer Habe hinten auf dem Wagen und wischte sich mit einem Taschentuch über die Stirn. Über ihnen brannte von einem schier endlosen strahlendblauen Himmel die gleißende Sonne herab.

»Alles in Ordnung?«, fragte Ted mit einem Blick auf seine Frau.

Maddie nickte und rang sich ein Lächeln ab. Ihrer Stimme traute sie nicht. Sie wusste, dass sie, sobald sie den Mund aufmachte, in Tränen ausbrechen würde. Und war der Damm erst gebrochen, würde sie nicht mehr aufhören können und weinen, bis ihr Körper sich auflöste und in der trockenen Erde versickerte. Der Gedanke deprimierte sie noch mehr. Sie wusste, dass ihr Mann es nicht ausstehen konnte, wenn sie weinte. Nein, sagte sie sich streng. Es wird keine Tränen geben. Ganz leise, sodass nur sie selbst es hören konnte, seufzte sie in sich hinein und trauerte insgeheim ganz alltäglichen Kleinigkeiten nach.

Beth und Kitty rutschten unruhig auf ihren improvisierten Sitzen hin und her. Sie plapperten unablässig. Emma schlief zusammengerollt auf Maddies Schoß, und ihr Gewicht lastete immer schwerer auf ihren Schenkeln.

»Wie dieses Kind bei dem Gerüttel schlafen kann, ist mir ein Rätsel«, bemerkte sie schließlich.

»Es ist nicht mehr weit, Liebes. Wir sind bald da«, versprach ihr Mann, die Zügel lose in den kraftvollen Händen.

Maddie presste nur gottergeben die Lippen zu einem schmalen Strich zusammen und rückte mit der freien Hand die Krempe ihres Hutes zurecht. Einzelne rotgoldene Haarsträhnen hatten sich aus dem Knoten gelöst, zu dem sie ihr Haar am Morgen hastig geschlungen hatte, und kitzelten ihren schlanken Hals. Sie legte die Finger um die kleine pummelige Hand ihrer zweijährigen Tochter, in einem vergeblichen Versuch, das Kind vor den sengenden Sonnenstrahlen zu schützen.

»Alles in Ordnung da hinten, Dan?« Ted drehte sich um und spähte durch den Staub nach hinten.

Maddie warf ebenfalls einen Blick zurück, die Augen gegen das gleißende Licht zusammengekniffen. Dan, Teds jüngerer Bruder, sah bereits ganz wie ein Siedler aus auf der braunen Stute, die Ted am vergangenen Morgen zusammen mit dem Wagen und den anderen Pferden in Brisbane gekauft hatte. Er führte einen Fuchs als Packpferd neben sich her.

Dan begegnete ihrem Blick und grinste. Zwei Reihen makelloser weißer Zähne blitzten auf und schimmerten durch den Staub. Er war siebzehn, noch nicht ganz ein Mann, und doch auch kein Kind mehr. Er war fast hübsch, wenn auch auf eine etwas derbe Art. Groß, blond und drahtig. Maddie blickte wieder auf ihren Mann. Ted, stämmig und dunkelhaarig, hätte seinem Bruder nicht unähnlicher sein können. Äußerlich hatten die beiden nur die Farbe ihrer Augen gemein, ein durchdringendes Saphirblau, das sie an ihre Wedgwood-Teller erinnerte. Die Teller waren ein Abschiedsgeschenk ihres Vaters, ein kostbarer Schatz, der sorgfältig verpackt hinten im Wagen verstaut war.

Nach einer Zeit, die ihr vorkam wie eine Ewigkeit, wandte Ted oben auf dem erhöhten Kutschbock den Kopf, ein Lächeln auf den erschöpften Zügen.

»Seht mal nach vorn, Mädchen!«, rief er.

Maddie starrte angestrengt geradeaus. Etwas weiter vorn schimmerten die Dächer mehrerer Häuser durch das Laub der Bäume, und Rauchsäulen kräuselten sich über den Wipfeln. Von irgendwoher war wütendes Hundegebell zu hören. Die Zivilisation hatte sie wieder. Endlich. Maddie atmete erleichtert auf, als der hoch beladene Wagen an diesem heißen Dezembernachmittag schwankend und rumpelnd in Beenleigh einfuhr.

Das Dorf war genau so, wie sie es sich vorgestellt hatte. Eine Hand voll schäbiger, windschiefer Häuschen, aus denen Kinder gelaufen kamen, die sie aus ungepflegten Vorgärten heraus stumm und mit großen Augen anstarrten. Die Zäune um die Hütten herum waren lückenhaft, und die Latten standen nach allen Seiten wie abgebrochene, schiefe Zähne. Überall wucherte Unkraut, und Rankpflanzen krochen an Hauswänden empor, von denen die Farbe abblätterte.

Frauen gingen ihren Alltagspflichten nach und holten Wäsche von der Leine, während im Schatten der Behausungen kleine Kinder im Dreck spielten. Hier und da bellte ein Hund den Wagen an, vor dem gackernde Hühner auseinander stoben.

Schließlich erreichten sie die Dorfmitte. Die übliche Reihe von Läden säumte die Straße auf beiden Seiten; wie immer handelte es sich um gedrungene, dicht aneinander gereihte Gebäude mit Veranden davor. Sattlerei, Apotheke, Metzgerei, Arztpraxis, Schusterei, Rechtsanwaltspraxis, Schnapsbrennerei und Lebensmittelladen: Die Schilder waren verblasst und die Farbe stellenweise abgeblättert. Die Queensland National Bank besaß eine Sandsteinfassade, der man trotz der dicken Staubschicht eine gewisse Eleganz nicht absprechen konnte.

Und dann, zwischen dem schmutzigen Schaufenster eines Barbiers und dem Tabakladen der Herren Hepworth entdeckte Maddie das Schild mit der Aufschrift: »Land Office – District of Beenleigh« – das Grundbuchamt.

Das Büro war hinter einem Vordach verborgen, dessen Anstrich dort, wo er noch vorhanden war, in der Hitze Blasen warf. Sie legte Ted eine Hand auf den Arm.

»Sieh mal, da drüben!«

»Wir haben es geschafft«, sagte er und brachte die Pferde zum Stehen. Einen Moment saß er einfach da und betrachtete mit einem ebenso schiefen wie breiten Grinsen das Schild.

Steif stiegen sie vom Wagen. Das gleißende Sonnenlicht auf der offenen Straße blendete Maddie beinahe. Die Gebäude schienen sich ihr entgegenzuneigen, und es kam ihr vor, als würde der Boden unter ihren Füßen schwanken. Wie nach einer langen Schifffahrt musste ihr Körper sich erst daran gewöhnen, wieder festen Boden unter den Füßen zu haben.

Ted stieg die paar Stufen hinauf und betrat das Grundbuchamt. Maddie und die Kinder folgten ihm.

»Tag auch!«, schmetterte er dem Angestellten entgegen. »Ich möchte ein Stück Land.«

Ein untersetzter Mann mittleren Alters schob geräuschvoll seinen Stuhl auf den Bodendielen zurück, erhob sich schwerfällig von einem unordentlichen Schreibtisch und kam auf den Tresen zu.

»Ted Hall ist mein Name.« Ted reichte dem Mann die Hand.

»Alf Stokes«, grunzte der Mann und drückte Ted zurückhaltend die Hand. »Da sind Sie bei mir richtig.«

17

Der Beamte trat zur Seite und bog den Oberkörper leicht zurück, die Hände tief in den Taschen vergraben. Er musterte den Neuankömmling abschätzend. Ted zeigte auf seine Familie, die zögernd an der Tür wartete.

»Das sind meine Frau Maddie mit unseren Töchtern Elizabeth und Emma und meine Schwägerin Katherine. Der Bursche draußen bei den Pferden ist mein Bruder Dan.«

Alf nickte Maddie zu. »Freut mich, Sie kennen zu lernen, Missus. Und auch die jungen Damen. Kommen Sie doch rein. Setzen Sie sich.« Er zog seinen Schreibtischstuhl heran und fuhr mit der Hand über die Sitzfläche, als glaubte er ernsthaft, auf diese Weise den Staub entfernen zu können, der sich längst im Holz festgesetzt hatte.

Im Inneren des Büros kam es ihnen nach der Helligkeit draußen düster vor. Maddie lächelte unsicher und erwiderte mit einem Nicken den Gruß des Mannes. Das Lächeln galt ebenso seinem schleppenden Akzent wie seinen Worten. Sie waren jetzt seit sechs Jahren in Australien; Zeit genug, den steifen britischen Akzent abzulegen, den sie sich bewusst erhalten hatte. Zeit genug, sich an Hitze, Fliegen und Staub zu gewöhnen. Die Alf Stokes der Kolonie erinnerten sie tagtäglich daran, wie leicht man sein Erbe vergaß.

Steif nahm sie Platz, und ihr Blick glitt zur offenen Tür, während sie mit einer behandschuhten Hand abwesend Fliegen von ihrem Gesicht verscheuchte. Nachdem sie aus unerfindlichem Grund eine spontane Antipathie gegen den Beamten mit dem geröteten, aufgedunsenen Gesicht entwickelt hatte, zog sie es vor, ihr Augenmerk auf Dan zu richten, der draußen bei den

Pferden geblieben war. Er kann wirklich gut mit Tieren umgehen, dachte sie, als sie sah, wie er ihr schweißnasses Fell streichelte.

Maddie wartete. Emma saß müde auf ihrem Schoß, das Gesicht noch rosig vom Schlafen. Niemand rührte sich. Staub wirbelte träge in den schräg durch die schmutzige Fensterscheibe hereinfallenden Sonnenstrahlen. Abgesehen vom Ticken einer Uhr war kein Laut zu hören. Die Zeit schien stillzustehen.

Ted stand immer noch vor dem Tresen, ein albernes Grinsen auf dem Gesicht. Der Beamte stand ihm abwartend gegenüber.

»So«, sagte Ted schließlich. »Da sind wir also.«

Maddie schloss die Augen. Der Bann war gebrochen.

Alf Stokes fluchte in sich hinein und blickte sich unwillig im Raum um. Er sah prinzipiell nicht gerne Frauen in seinem Reich. Nicht, dass er nichts für Frauen übrig gehabt hätte. Er fand Frauengesellschaft durchaus angenehm, aber alles zur rechten Zeit und am rechten Ort.

Daheim, wo sie hingehörten. Wo sie ihren Haushaltspflichten nachgingen und sich um die Kinder kümmerten. Allerdings hatte er sich widerstrebend damit abfinden müssen, dass die Frauen, die sein Büro betraten, noch kein Heim hatten, in dem sie sich aufhalten konnten. Sie trugen in der Regel tapfere Mienen zur Schau und waren gewissermaßen Flüchtlinge, gewöhnlich aus den größeren Orten im Süden, Frauen, die ihren Ehemännern nachgefolgt waren, die nur einem weiteren Traum hinterherjagten.

Land! Das begehrteste Gut. Kostbares Land, das man

abholzen und bewirtschaften konnte. Das war der Traum, der diese verzweifelten Familien zu ihm führte, ihre magere Habe auf wacklige Gefährte getürmt. Stadtmenschen aus dem Süden, größtenteils Briten, die gewöhnlich keinen Schimmer von Landwirtschaft hatten.

»Sie sehen erhitzt aus, Missus, wenn Sie gestatten, dass ich das anmerke«, bemerkte Alf mit geheucheltem Mitgefühl. Tatsächlich gehörte das zu seinem Plan, sich unerwünschter Frauen zu entledigen. Bislang hatte die Methode ihre Wirkung noch nie verfehlt. Er schenkte der Frau vor ihm ein strahlendes Lächeln. Sofort hob sie peinlich berührt die Hände an die Wangen, so als stelle sie sich vor, sie sähe so erhitzt und zerzaust aus wie ihre kleine Tochter.

Nachdem er sich ihre Aufmerksamkeit gesichert hatte, fuhr er fort. »Wenn Sie ein Stück die Straße runter zum Café gehen, wird der Inhaber Ihnen und den Mädchen gerne etwas zu trinken geben. Sie könnten sich auch vorher etwas frisch machen, wenn Sie das möchten. Auf der Rückseite ist ein Waschhaus.«

Zu Stokes' Erleichterung machte sich die Frau mit den Kindern gleich auf den Weg, und er blieb mit dem Mann allein zurück.

»Sie wollen also Land, ja?«, fragte Alf Stokes.

»Ja. Land«, bestätigte Ted mit einem Nicken. »Wir sind den ganzen weiten Weg von Kiama gekommen.«

»Ich brauche ein paar Angaben.« Der Beamte holte Bleistift und Papier. »Sie sind also aus Kiama, ja?«

»Richtig. Sechs Jahre haben wir da gelebt. Wir haben auf einer Farm mitgearbeitet. Dan auch, zumindest die letzten drei Jahre, seit er von der Schule abgegangen ist. Aber auf einer fremden Farm zu arbeiten ist nicht dasselbe wie seinen eigenen Grund und Boden zu bewirtschaften.«

»Nein«, bestätigte der Beamte vorsichtig und schlug nach einer lästigen Fliege, die seinen Kopf umschwirrte. »Wohl nicht.«

»Und da dachte ich mir, wir gehen nach Norden«, fuhr Ted fort. »Kein spontaner Entschluss, Gott bewahre. Ich habe sorgfältig darüber nachgedacht. Dann hörte ich, dass man hier für kleines Geld Land bekommen könne. Unten im Süden spricht man von nichts anderem mehr. Queensland! Das Land der Verheißung! Billiges Land, und das reichlich! Und da dachte ich mir, ich versuche es mal. Wir sind vor ein paar Tagen mit dem Dampfer aus Brisbane gekommen.«

Alf Stokes war in missmutiger Stimmung. Er verrichtete seine Arbeit hier in Beenleigh nun schon seit drei Jahren, und der Posten hatte sich als eine einzige große Enttäuschung entpuppt. Der Staub, die Hitze, die Armut. Damals, wohlbehütet in der Stadt, hatte er nicht einmal geahnt, dass es Orte wie diesen gab. Bedächtig holte er ein sauberes weißes Taschentuch aus der Hemdtasche und wischte sich den Schweiß von der Stirn. Er wusste, dass manch einer sagte, der schwerste Teil bei der Landauswahl in der Gegend bestehe darin, an Alf Stokes vorbeizukommen. Er warf Ted einen grimmigen Blick zu und knallte das nötige Kartenmaterial, die Pläne und die Preislisten auf den staubigen Tresen.

»Also, hier ist alles etwas anders als unten im Süden, mein Guter. Hier im Busch gibt es keine schmucken Geschäfte, kein Bier, keine hübschen Sachen für die jungen Damen. Nichts! Die Zivilisation ist noch nicht bis hierher vorgedrungen. Sehen Sie sich doch nur dieses Wetter an. Eine Hitze, die den stärksten Mann umhaut. Sind Sie ganz sicher, dass Sie das wollen? Sie müssen absolut sicher sein, bevor Sie die Verträge unterschreiben. In der Gegend geht es drunter und drüber, und jeden Tag geben irgendwelche Siedler auf. Die armen Kerle können das Geld für Instandhaltungsmaßnahmen nicht aufbringen und haben nach Jahren elender Schufterei nicht mehr vorzuweisen als einen für ungültig erklärten Eintrag im Grundbuch.«

Ted war sprachlos. Der Beamte fasste sein Schweigen als Zögern auf und fuhr hastig fort. »Das Leben da draußen ist hart, daran besteht kein Zweifel. Vor allem für Frauen. Der Busch ist kein Ort für Frauen und Kinder. Haben Sie sich das auch wirklich gründlich überlegt?«

Abrupt verstummte er. Ich kenne diesen Mann gar nicht, ging es ihm durch den Kopf. Was geht mich das an? Es ist sein Leben. Er fühlte, wie ihm wieder Schweiß den Hals hinunterrann, und griff erneut zu seinem Taschentuch.

Teds Verärgerung wuchs mit jedem Wort des Grundbuchbeamten. Eine Ader an seiner Schläfe pochte heftig. Der Mann wollte ihn aufs Glatteis führen! Zorn drang an die Oberfläche seines Bewusstseins, wo er vor sich hin köchelte wie ein dampfender Eintopf auf dem Herd. Sechs Jahre habe ich hierauf gewartet, dachte er. Sechs verfluchte Jahre. Und jetzt will mir dieser unleidige Schreibtischhengst erzählen, es sei nicht der Mühe wert. Er beugte sich vor und stützte sich mit beiden

Händen auf den Tresen, einen entschlossenen Ausdruck im Gesicht.

»Mich schreckt harte Arbeit nicht, Mr. Stokes. Und alle Warnungen dieser Welt werden mich nicht umstimmen.«

»Haben Sie ein bisschen was gespart für schlechte Zeiten?«, fragte der Beamte sarkastisch.

»Ich habe nie behauptet, ich wäre wohlhabend. Aber es reicht für den Anfang.«

Ted brach ab, verlegen über seinen Wutausbruch. Er tastete nach seinem Geldgürtel, in dem das mühsam angesparte Startkapital untergebracht war, das ihnen über eine ungewisse Zeit hinweghelfen sollte. Sechs Jahre, in denen er mit allem gegeizt und sich selbst, aber auch Maggie und den Kindern über das absolut Notwendige hinaus nichts gegönnt hatte. Nein, er würde sich nicht entmutigen lassen, und kein schlecht gelaunter Regierungsbeamter würde ihn umstimmen.

»Ich habe die Werbung für billiges Land in der *Gazette* gelesen«, sagte er bestimmt. »Und darum bin ich jetzt hier.«

Alf Stokes wünschte plötzlich, die ganze Angelegenheit wäre bereits abgewickelt, damit er zum Hotel rüberschlendern konnte, um sich wie jeden Tag sein Bierchen zu genehmigen. Er dachte an die dunkle Mahagonitheke, das leise Gläserklappern, den durchdringenden Geruch fermentierenden Hopfens und den Tabakrauch.

Widerwillig schob er den Gedanken fort und konzentrierte sich wieder auf den Mann, der vor ihm stand. Seufzend schob er die Karten über den Tresen und strich sie dabei glatt.

»Bitte sehr. Sie können unter den Parzellen wählen, die noch nicht mit einem Namen versehen sind. Die sind alle noch frei. Wählen sie. Sie sind alle ziemlich gleich, würde ich sagen.«

»Das sind aber kleine Parzellen, Mr. Stokes.« Ted kratzte sich abwesend am Hinterkopf und schaute dann genauer hin. »Mir schwebte eigentlich etwas in der Größenordnung von eintausend Morgen vor.«

Der Laut, den Alf von sich gab, klang wie eine Mischung aus Schnauben und Kichern. »Besser zweihundert Morgen in Küstennähe als tausend Morgen im Westen. Sie werden noch froh sein, nicht zu viel Land zu haben, wenn es ans Zäuneziehen geht. Eine verfluchte Schufterei dieses Zäuneziehen.«

Ted studierte die Karte mehrere Minuten lang aufmerksam und tippte dann mit dem Finger auf das vergilbte Papier. »Da. Das scheint mir ein guter Platz zu sein. Nicht zu weit vom Bach und von der Hauptstraße.«

»Stimmt, die Lage ist nicht übel. Ist erst vor wenigen Tagen wieder frei geworden. Ein Typ hatte das Land vor ein paar Jahren gekauft, hat sich aber nie dort niedergelassen. Das verstieß gegen die vertraglichen Bedingungen. Die Regierung will, dass das Land besiedelt wird. Die Leute sollen auf ihrem Land leben, Häuser bauen und den Boden bewirtschaften. Besitzer, die sich nicht blicken lassen, sind unerwünscht.«

Alf musterte Ted argwöhnisch, den Bleistift wieder in der Hand. »Sie beabsichtigen doch, auf dem Land zu wohnen?«, wollte er wissen.

Ted nickte. »Ja, Mr. Stokes.«

»Gut! Darf ich davon ausgehen, dass Sie mit den Siedlungsbedingungen vertraut sind?« Teds verständnislose

Miene sprach Bände. »Nein«, fuhr er entschlossen fort, wie ein Hund, der einen Knochen zernagte. »Wohl nicht. Also, Sie stellen einen Antrag auf ein bestimmtes Grundstück. Die Krone erhebt hierfür jedes Jahr eine Pacht. Nur eine Formalität. Sie sind verpflichtet, einen dauerhaften Wohnsitz zu errichten. Das entfällt in diesem Fall allerdings, da bereits ein Gebäude auf dem Land vorhanden ist.«

»Es steht ein Haus drauf!«, rief Ted aus.

»Nun ja, das ist vielleicht etwas übertrieben. Hütte wäre wohl zutreffender. Ich weiß natürlich nicht, in welchem Zustand sie heute ist. Sie ist Jahre nicht mehr bewohnt worden und mindestens 20 Jahre alt. Hat den Tarlingtons gehört. Das waren die ersten Siedler hier, noch bevor das Land in Parzellen aufgeteilt wurde.«

»Trotzdem. Das ist immerhin ein Anfang. Auch wenn wir noch etwas Arbeit reinstecken müssen.«

»Mehr als ›etwas‹, würde ich meinen. Wie dem auch sei. Kommen wir zurück zu den Erwerbsbedingungen. Das Land muss eingezäunt werden. Sie müssen Ihr Vieh auf dem eigenen Grund und Boden halten. Falls Sie kein Vieh halten, müssen in einem Umfang, der dem eines Zauns entspricht, andere werterhöhende Maßnahmen am Grundstück vorgenommen werden. Haben Sie das verstanden?«

»Ja.«

»Wenn Sie auf Pachtgrundlage all diese Bedingungen erfüllt haben, können Sie das Land käuflich erwerben. Die bis dahin geleistete Pacht wird auf den Kaufpreis angerechnet.«

»Klingt fair.«

»Und Sie wollen diese Parzelle haben? Sie haben sich entschieden?«

»Ja!«

»Zweihundertdreißig Morgen. Mal sehen ...« Er addierte zügig die Zahlen, die er aus den Dokumenten vor sich entnahm. »Das macht ein Pfund fünf Schilling für die erste Jahrespacht, zuzüglich drei Pfund Kontrollgebühr. Alle paar Wochen wird jemand rausgeschickt, der die Grenzen kontrolliert.«

Ted zählte das Geld ab und hielt die abgenutzten Scheine noch einen Moment in der schwieligen Hand, bevor er sie Stokes reichte. Der Beamte hatte auch gleich alle nötigen Unterlagen parat. Er zeigte Ted, wo er mit vollem Namen unterschreiben musste, und setzte dann das staatliche Siegel unter die Urkunde. »Mr. Edward Hall«, verkündete er anschließend feierlich, »ab sofort sind Sie stolzer Pächter von Parzelle 34, Parish of Boolai. Ich gratuliere, Sir.«

Nachdem die Formalitäten erledigt waren und das Glas Bier in greifbare Nähe gerückt war, klopfte er Ted auf die Schulter.

»Willkommen in Queensland. Kommen Sie, zur Feier des Tages lade ich Sie auf ein Bier ein. Man könnte hier glatt verdursten.«

KAPITEL 2

Randolph Tarlington stand in der Mitte der staubigen Straße und beobachtete, wie die beiden Männer in den Schatten der Veranda vor dem Pub eintauchten. Auch aus der Entfernung erkannte er mühelos die o-beinige Gestalt von Alf Stokes, dem Leiter des örtlichen Grundbuchamtes. Erhitzt und müde von dem langen Ritt, die Hände in die Seiten gestemmt und die Lippen fest zusammengepresst, blickte er über die Straße.

»Verdammt!«, fluchte er schließlich und trat gezielt gegen eine Pferdetränke, die, teilweise überschattet von einem Vordach, an der Grenze zwischen Straße und nicht vorhandenem Bürgersteig stand.

»Verflixt und zugenäht! Was ist nur aus diesem Land geworden. Da will man eine Parzelle pachten, und wo ist der zuständige Beamte? Im Hotel, um sich ein kühles Bier zu genehmigen. Kein Wunder, dass sich in diesem Land nichts bewegt!«

Er stakste weiter zum ›Gehweg‹, als ein schwerer Wagen vorbeirumpelte und dabei riesige Staubwolken aufwirbelte. Wütend schüttelte er die erhobene Faust in Richtung des Hotels und versetzte der Tränke einen weiteren Tritt, diesmal von der anderen Seite.

Schnaufend vor Ärger stand Randolph da und überlegte, was er als Nächstes tun sollte. Er konnte sich entweder auf die Treppe setzen und warten, dass Stokes zurückkam, oder er folgte diesem ins Hotel. Nein, entschied er, als ihm eine Idee kam. Der Ritt von Boolai war ermüdend gewesen. Ihm war heiß, und er hatte

Durst. Ein kühles Getränk würde ihm sicher gut tun. Allerdings nicht in der lärmenden Hotelbar, dachte er und lachte in sich hinein.

Brutal an den Zügeln zerrend, band er sein Pferd los und schwang sich geschmeidig in den Sattel. Dann wendete er das Tier und bohrte ihm die Hacken in die Seiten. Er würde später zurückkommen. Erstens, um das Land zu pachten, dessentwegen er aus Boolai hergeritten war, und zweitens, um Stokes einen Vortrag über Arbeitsmoral zu halten. Randolph lächelte in sich hinein bei dem Gedanken an sein bevorstehendes Gespräch mit dem Beamten.

Er lenkte das Pferd durch eine löchrige Seitenstraße zum Hintereingang des Pubs. Er wollte nicht, dass sich jetzt schon herumsprach, dass er hier war. Außerdem war die Inhaberin des Pubs in der Vergangenheit überaus zuvorkommend gewesen, und das in mehr als einer Hinsicht. Mrs. Hennessy. Unter 30 und bereits seit mehreren Jahren Witwe, immer offen für ein paar belanglose hübsche Phrasen und die Zärtlichkeiten eines Mannes.

Als er sein Pferd hinter dem Haus anband, grinste er bei der Erinnerung an seinen letzten Besuch im Ort und den geschmeidigen, willigen Körper der Hotelbetreiberin. Und willig war sie immer für ein paar Schillinge, die man ungebeten unter dem gestärkten Kopfkissen hinterließ.

»Kein Honorar, um Himmels willen«, beharrte sie jedes Mal kichernd. »Eine Art Amüsiergebühr. Ein Geschenk in Anerkennung für eine zusätzliche Dienstleistung.«

Als er die gewundene Treppe zu dem Zimmer hinaufstieg, das er für die Nacht reserviert hatte, spürte er ein erwartungsfrohes Kribbeln im Bauch.

Die Treppe weckte die Erinnerung an längst vergangene Zeiten und ein Haus am Meer, in Brisbane. Bilder von polierten Holzböden, schattigen Alkoven und langen, hallenden Fluren vermischten sich mit dem Duft nach gebratenem Rindfleisch mit Klößen und dem über allem liegenden Geruch nach Bienenwachs.

Die Erinnerung war verblasst, wirkte verschwommen durch die dazwischenliegenden Jahre. Sie befiel ihn häufig in kurzen Eindrücken, wachgerufen von Kleinigkeiten, ganz plötzlich und unerwartet. Sandburgen. Klematis, die moosbewachsene Mauern überwucherten. Angenehm warme, sonnige Tage. Der salzige Duft der Meeresluft in der Abenddämmerung. Sein Vater, der über die Stadt hinweg auf die Berge zeigte ...

Es war Winter. Sie saßen in der fahlen Sonne auf der Terrasse und blickten auf das aufgewühlte Meer, die salzige Gischt vom Wind aufgepeitscht, der das trockene Laub zu Randolphs Füßen aufwirbelte. Eine tief hängende Wolkendecke verdunkelte den Horizont. Seevögel segelten in Ufernähe langsam über das Meer hinweg.

Randolph mochte es, wie die Vögel sich bewegten, wie sie mit nur einigen wenigen Flügelschlägen scheinbar schwerelos auf irgendeinem unsichtbaren Luftstrom dahinglitten, um sich dann ganz plötzlich pfeilschnell ins graue Wasser zu stürzen. Die Luft anhaltend, als würde er selbst in die Wellen eintauchen, wartete er, dass die Vögel wieder auftauchten und glitzernde Wassertropfen aus dem Gefieder schüttelten.

»Wie alt bist du, Sohn?«

»Elf ... fast.« Randolph riss den Blick von den Vögeln los.

»Elf schon!«

»Nächsten Monat. Am fünfzehnten«, fügte er stolz hinzu. Sein Vater wirkte abwesend und hörte gar nicht richtig zu. Randolph fröstelte, als der kalte Wind ihm ins Gesicht blies.

»Siehst du das Land dort draußen?« Hedley zeigte nach Süden auf die fernen Berge, deren Gipfel gerade noch die Hausdächer überragten. Die Höhenzüge schimmerten indigoblau, fern und geheimnisvoll unter dem blassen Himmel.

»Ja.« Randolph nickte und reckte den Hals, um besser sehen zu können.

»Da gehen wir hin.«

»Warum, Vater?«

Hedley drehte ruckartig den Kopf zur Seite, als hätte ihn die Frage verärgert. Der Ausdruck auf seinem Gesicht war jedoch nicht unfreundlich. »Oh, dafür gibt es viele Gründe, mein Sohn. Ich bin das Stadtleben leid. Hier gibt es für mich keine Herausforderung mehr.« Er zeigte wieder mit einer Hand nach Süden. »Du bist wohl noch zu jung, um das zu verstehen, aber wer da raus geht, der ist noch ein richtiger Mann. Der legt den Grundstein für eine neue Zukunft, ein völlig neues Erbe für seine Familie.«

»Dann gibt es dort keine Stadt?«

»Nicht dort, wo wir hingehen. Abgesehen von vereinzelten Holzfällern und natürlich den Eingeborenen lebt dort niemand. Es wird ein hartes, aber wie ich hoffe auch befriedigendes Leben werden.«

Hedley Tarlington breitete mehrere Dokumente vor seinem jungen Sohn aus, die er sorgfältig glatt strich. »Weißt du, was das ist?«, fragte er.

Randolph schüttelte den Kopf. Das ganze Gerede von Herausforderungen und Zukunft verwirrte ihn. Außerdem hatte er das Wort »Erbe« noch nie zuvor gehört und überlegte noch, ob er seinen Vater nach seiner Bedeutung fragen sollte.

»Nein, natürlich nicht, wie auch«, fuhr Hedley stirnrunzelnd fort. »Das sind Pachtverträge. Pachtverträge für Land. Die staatliche Genehmigung, Land zu besiedeln.«

»Wird das viel Geld kosten?« Die fernen Berge waren sicher sehr teuer. Hedley war in der alten Heimat ein wohlhabender Industrieller gewesen. Und er hatte erst kürzlich Anteile an verschiedenen einträglichen Warenhäusern in Brisbane erstanden, ideal gelegen in der Nähe der neuen Lebensmittelläden in der Queen's Wharf Road. Geld war kein Thema, und Randolph nahm an, dass, auch wenn das Land teuer war, Hedley es sich mühelos leisten konnte.

Hedley Tarlington lachte. »Nein, Sohn. Das da draußen ist Wildnis. Busch, Gestrüpp. Stellenweise so dicht, dass man sich einen Weg hindurch hacken muss. Die Regierung sucht händeringend Siedler, die es erschließen. Zehn Pfund Jahrespacht, mehr verlangen sie nicht. Allerdings würde es nicht uns gehören. Zumindest nicht gleich. Aber wir werden das Land bewirtschaften, und wenn wir uns anstrengen, werden sie uns vielleicht, nur vielleicht, erlauben, es zu kaufen.«

»Wird das lange dauern, Vater?«

Hedley Tarlington schmunzelte und zauste seinem

jungen Sohn das Haar. »Du stellst eine Menge Fragen. Das ist gut. Dieses Land wird dein Erbe sein. Und eines Tages, in weiter Zukunft, wird es sehr viel wert sein. Wenn es deinen Söhnen und Enkeln gehört. Wenn du dich in Geduld übst als mein einziger Sohn und Erbe, wird diese belohnt werden.«

»Das Land wird eines Tages mir gehören?« Der Junge blickte wieder auf die blauen Berggipfel am Horizont.

»Vergiss das nie, Sohn: Ohne Land besitzt ein Mann gar nichts.«

Randolph blickte feierlich zu seinem Vater auf und dachte an seine Schwester. Sein Vater hatte Cordelia mit keinem Wort erwähnt. Er beabsichtigte also nicht, ihr das Land zu hinterlassen. Es sollte ihm gehören, ihm allein. Und wenn dieses Land irgendwann in ferner Zukunft ihm gehören sollte, musste es einen Namen haben.

»Und wie heißt dieser Ort, Vater?«

»Glengownie. So werden wir ihn nennen. Ein schöner, solider Name, findest du nicht auch?«

»Glengownie«, wiederholte Randolph. Zufrieden mit dem Klang, zog er sich langsam zurück und ließ seinen Vater mit den Papieren allein in der kalten Sonne zurück.

»Pah«, sagte Cordelia verächtlich. »Wen interessiert schon so blödes altes Land.« Sichtlich unbeeindruckt von Randolphs Neuigkeiten, arrangierte sie ihre Puppen neu. »Außerdem gefällt es Mama hier in diesem Haus. Sie wird niemals hier weg wollen. Das weiß ich. Sie hat es mir gesagt. Aber das ist ein Geheimnis. Sag es ja nicht weiter.«

»Vater hat aber gesagt, wir werden alle gehen!«

»Ich werde mir deine albernen Geschichten nicht länger anhören«, begehrte Cordelia auf und stampfte zornig mit dem Fuß. »Du erzählst wieder Märchen, Randolph. Und Vater hat gesagt, dass er dir den Hosenboden stramm zieht, wenn er dich noch einmal Lügenmärchen erzählen hört. Wenn du nicht damit aufhörst, erzähle ich ihm alles. Du weißt, dass ich es ernst meine.«

Mädchen sind blöd, dachte er. Lügenmärchen, pah. Diese Mädchen waren zu nichts nütze außer um mit Puppen und anderem Krimskrams zu spielen. Und ihren Kopf durchzusetzen. Ein Bruder, das wäre viel schöner. Er wünschte, er hätte einen Bruder. Er spielte mit den Glasmurmeln in seiner Hosentasche. Ja. Zusammen würden sie mit Murmeln spielen können. Und mit seinen Zinnsoldaten.

Dann dachte Randolph wieder an das Land. »Mein einziger Sohn und Erbe«, hatte sein Vater gesagt. Wenn er einen Bruder hätte, müsste er auch das Land teilen. Das Erbe, von dem sein Vater gesagt hatte, es würde eines Tages ihm gehören. Cordelia aber war ein Mädchen und zu weniger Aufregendem bestimmt. Er verspürte einen Anflug von Mitleid mit ihr. *Ohne Land besitzt ein Mann gar nichts!* Er dachte über die Worte seines Vaters nach, dachte an die Pachturkunden, den greifbaren Beweis für sein Erbe. Und er spürte plötzlich, wie wichtig er selbst für die Pläne seines Vaters war.

»Also gut. Dann glaub mir eben nicht. Aber sag später nicht, ich hätte dich nicht gewarnt«, entgegnete Randolph hastig. Es war ihm gleich. Sie war selber schuld. Eines Tages würde er das Land bekommen, so wie sein

Vater es versprochen hatte, und Cordelia würde gar nichts haben. Nichts!

Er wechselte das Thema, lenkte bewusst von dem dicken Lederriemen neben dem Kamin ab. »Ich habe vorhin Mutter unten gesehen. Sie sagt, wir sollen uns die Hände waschen und zum Mittagessen runterkommen. Es gibt dein Lieblingsgericht.«

»Und das wäre?« Endlich blickte Cordelia von ihren Puppen auf.

»Eintopf.«

»Igitt!«

Hedley Tarlington brachte seine Familie nach Süden, zu den Bergen und darüber hinaus. Das bequeme Stadtleben, das Randolph bis dahin gekannt hatte, ließen sie zurück. Glengownie: weites unbewohntes Land, glühend heiß und ungastlich, verlassen bis auf einige Holzfäller auf der Suche nach kostbarem Zedernholz und die umherziehenden Aborigines. Man schrieb das Jahr 1852.

Im Gegensatz zu den Erinnerungen an sein früheres Leben in der Stadt waren jene an diese späteren Jahre noch so lebendig, als wäre es erst gestern gewesen. Anfangs war das alles, die Umsiedelung in die Wildnis, noch ein großes Abenteuer gewesen. Das Land erstreckte sich in alle Richtungen, so weit das Auge reichte. Überall Bäume, Bäche und breite Flüsse. Randolph gewöhnte sich schnell an diese neue Umgebung. Er liebte das Land, die dichten Wälder, die Einsamkeit, das Gefühl von Freiheit. Hier maß man die Zeit nicht nach der Uhr, sondern nach Sonne und Jahreszeiten.

Aus Stunden wurden Tage, aus Tagen Wochen und Monate. Die Arbeit nahm kein Ende: Das Land musste gerodet, eine Hütte gebaut und Zäune gezogen werden. Randolph stand auf, wenn die ersten blassen Sonnenstrahlen den östlichen Himmel rot färbten, und verbrachte den ganzen Tag mit seinem Vater im Freien.

Seine Mutter bestand darauf, dass er jeden Abend nach dem Essen in der Küche beim Licht einer einzigen Öllampe über alten Schulbüchern brütete, bis vor Müdigkeit und Lampenruß die Buchstaben vor seinen Augen verschwammen. Tag, Nacht. Nacht, Tag. Eine endlose Abfolge, vorhersehbar, immer gleich. Es war keine Zeit, sich zu langweilen. Wie von Sonne und Wind genährt, wuchs er zu einem schlanken, braun gebrannten jungen Burschen heran.

Die zwei Jahre jüngere Cordelia war ein hübsches Kind mit flachsfarbenem Haar und blauen Augen. Randolph fand sie frühreif und eitel, weil sie oft stundenlang vor dem mannshohen Spiegel im Zimmer ihrer Eltern posierte. Sie war das Nesthäkchen der Familie, verwöhnt und verhätschelt. Das entbehrungsreiche Leben auf Glengownie war ihr verhasst. Die Tage verbrachte sie im Haus, wo sie entweder im Haushalt half oder aber unter Aufsicht ihrer Mutter an dem großen Esstisch in der Küche lernte.

Ihre ständigen Klagen wegen des mangelnden Komforts gingen Randolph auf die Nerven. Sie hat kein Recht, sich zu beklagen, dachte er wütend, wenn er über die staubigen Weiden ritt. Wenn sie nur einen Tag mit ihm tauschen müsste, würde ihr aufgehen, wie gut sie es hatte.

Im Laufe der Zeit entfremdeten sie sich voneinander,

war sie doch mit Kochen oder Saubermachen beschäftigt, Aufgaben, die er als banal und unwichtig betrachtete. Frauenarbeit. Glengownie, das war es, was zählte. Ein Reich zu errichten. *Ohne Land besitzt ein Mann gar nichts.* Das Land, das eines Tages seins sein würde, stand zwischen ihnen. Er wusste, dass sie nichts davon bekommen würde.

Für jene, die in der Gegend unterwegs waren, wurden Hedley und Randolph, beide nach traditioneller Art der Siedler gekleidet, bald zu einem vertrauten Anblick. Und Hedley trug nicht nur das rote Flanellhemd, den breitkrempigen Filzhut, die weißen, groben Baumwollhosen mit den Gamaschen und den steifen Stiefeln, sondern auch einen Revolver, diskret unter dem Gürtel verborgen. Er hatte einiges in Waffen investiert, da ihm zu Ohren gekommen war, dass es in der Gegend von Schwarzen und allerlei Taugenichtsen wimmelte, die einen einsamen Siedler als Freiwild betrachten mochten.

Mehrere Jahre strampelten sie sich für einen Hungerlohn mit einigen Tausend Rindern ab, mussten Dürren und Überschwemmungen ertragen, lebten über lange Zeiträume von Pökelfleisch und ungesäuertem Fladenbrot. Die einzigen Hilfsarbeiter, die im weiten Umkreis zu kriegen waren, waren Drückeberger und Tagediebe, harte, grobschlächtige Männer, die vom Tweed aus nordwärts zogen. Sie verlangten horrende Löhne, aber Hedley sorgte wenigstens dafür, dass sie sich jeden Penny verdienten, den sie in die gierigen Finger bekamen. Er war ein anspruchsvoller, aber fairer Boss.

Neben den Rinderhirten kümmerten Randolph und Hedley sich trotz Hitze und Staub auch selbst um das Vieh. Sie trieben mit Hilfe von fast fünf Meter langen

Peitschen die Rinder in Pferche und fesselten sie mit Rohlederseilen, um sie mit einem Brandzeichen zu versehen. Hedley stellte seinen Männern stämmige Pferde zur Verfügung, baute ihnen primitive, aber solide Unterkünfte und ließ sie die Rinderherden hüten, die er von den Downs herabgetrieben hatte. Von den einstmals wohlgenährten Tieren waren nicht mehr viele übrig: Die Rinder waren immer stärker abgemagert, und die meisten waren eingegangen, verhungert oder in der nassen Jahreszeit in irgendeinem Schlammloch verendet.

Wenn die Flut kam, und in manchen Jahren gab es jeden Monat eine neue Überschwemmung, wurden die Straßen unpassierbar, es konnten keine Lebensmittel bis nach Glengownie gebracht werden, und sie lebten in der ständigen Furcht vor dem Verhungern. Einige der besten Rinderhirten von Glengownie ertranken in dem reißenden Wasser, das ganze Täler überflutete und auf seinem Weg zum Meer jenseits des sumpfigen Küstenstreifens alles mit sich riss. Ihre leblosen Körper blieben, so wie jene der ertrunkenen Rinder und Wildtiere, irgendwo in einem Zaun oder dem Geäst überfluteter Bäume hängen, wo sie, wenn der Wasserpegel wieder sank, von der Sonne und Millionen von Fliegen in stinkende, verwesende Fleischklumpen verwandelt wurden.

Glengownie war ein Traum gewesen, der in der rauen Wirklichkeit viel von seinem Zauber verloren hatte.

Randolph liebte das Land, aber als die Jahre verstrichen, begann er, sich um seine Mutter zu sorgen, die blass und sehr dünn geworden war und oft weinend auf dem Bett der kleinen Hütte lag; eine Frau, die den

Kampf gegen den Busch verloren hatte und sich nach einem wolkenverhangenen englischen Himmel sehnte.

»Mutter? Geht es dir gut?«, fragte er schließlich, als er sie den vierten Tag in Folge im Bett vorfand. Randolph legte die Arme um sie und war erschrocken davon, wie knochig sie sich durch das Nachthemd hindurch anfühlte. Warum war ihm der allmähliche körperliche Verfall seiner Mutter nicht früher aufgefallen? War er zu beschäftigt gewesen mit dem Land, um ihre Not zu erkennen?

Hedley hatte kein Mitleid mit seiner Frau. Randolph wurde später in dieser Nacht von den erhobenen Stimmen seiner Eltern geweckt, die mühelos durch die dünne Trennwand drangen.

»Ich verlange nur, dass du kochst und sauber machst und die Kinder unterrichtest. Ich habe zu viel mit dem Land zu tun, um eine neurotische Frau zu verhätscheln. Wenn es dir hier nicht gefällt, besorge ich dir eine Passage auf dem nächsten verfügbaren Schiff, das von Brisbane nach England ausläuft. Du kannst bei deiner Schwester wohnen. Vielleicht wird eine Weile fernab von deiner Familie dir helfen, dir über deine Prioritäten klar zu werden.« Hedleys Stimme klang angespannt und müde.

»Was ist mit den Kindern? Wie wollt ihr zurechtkommen?«

»So wie jetzt auch, denke ich. Eine Frau, die den ganzen Tag nur im Bett liegt, ist im Busch nicht zu gebrauchen. Andere Frauen schaffen es doch auch.«

Randolph hörte den Vorwurf, und Bitterkeit stieg in ihm auf. Die Worte seines Vaters waren grausam. Zu schonungslos. Teufel, immerhin war sie eine Frau. Sie war ein bequemes Leben in einem Haus voller Bediensteter gewohnt. Sie hatte Brisbane nicht verlassen wollen; Hedley hatte sie gegen ihren Willen in diese von Gott verlassene Wildnis gebracht und von ihr erwartet, sich durchzuschlagen, so wie er selbst. Seine Mutter, die bis zu ihrem ›Umzug‹ nach Glengownie in ihrem ganzen Leben nie hatte kochen oder putzen müssen. Am liebsten wäre er rüber gegangen, um sie zu trösten und seinen Vater aufzufordern, rücksichtsvoller zu sein. Stattdessen zog er sich die Bettdecke über den Kopf und hielt sich die Ohren zu.

Ein paar Monate später küsste seine Mutter ihn und seine Schwester zum Abschied und segelte heim nach England, ihr blasses, eingefallenes Gesicht tränenüberströmt. Randolph stand mit Cordelia auf dem Pier von Brisbane und blickte ihr mit feierlichem Ernst nach, als sie aus seinem Leben verschwand. Er winkte und winkte, bis das Schiff nur noch ein kleiner Punkt auf dem Wasser war und seine Arme bleischwer waren und sich anfühlten, als würden sie gleich abfallen. Er war 16 Jahre alt, und der Weggang seiner Mutter kam ihm vor wie der Weltuntergang.

KAPITEL 3

Randolph fühlte sich innerlich leer. Missmutig und verdrossen ritt er über die Weiden. Er vermisste die Sanftheit seiner Mutter schmerzlich. Er schrieb ihr, kritzelte Berichte über den Alltag im Busch auf Papier,

Briefe, die nie abgeschickt wurden, da sich kein Postbote so weit in die Wildnis vorwagte.

Wenn er am Nachmittag von den Herden zum Haus zurückkam, konnte er sie sich beinahe dort vorstellen und sehen, wie das Kleid ihren schlanken Körper umwehte. Sie lächelte, hieß ihn daheim willkommen, und es war, als wäre sie nie fort gewesen. Und wie sehr er sich auch bemühte, sich dafür zu wappnen, war es für ihn immer wieder von neuem ein Schock, nur Cordelia im Haus anzutreffen, die, wie er wusste, nicht auf ihn wartete, sondern auf Hedley, den Vater, den sie förmlich anbetete.

Im Haus lief sie Hedley hinterher wie ein Hündchen, wich ihm nicht von der Seite. Sie verwöhnte ihn, goss warmes Wasser für ihn in die große hölzerne Badewanne, sobald er müde und schmutzig von der Arbeit das Haus betrat. Sie kochte seine Lieblingsgerichte, so wie ihre Mutter es ihr beigebracht hatte, und erledigte auch sonst alle Hausarbeiten. Randolph musste, auch wenn er es nicht aussprach, zugeben, dass sie eine sehr gute Köchin war und auch die Hütte tadellos in Ordnung hielt. Es war, als hätte Cordelia seine Mutter ersetzt, und flüchtig fragte er sich, wie Cordelia wohl reagieren würde, wenn ihre Mutter zurückkam, womit er ganz fest rechnete.

Hedley zog seine Tochter gerne auf. »Mein kleiner Schatten«, nannte er sie liebevoll und zauste ihr das von der Sonne ausgebleichte, mit blonden Strähnen durchzogene Haar. »Meine Güte, sieh sich einer diese Sommersprossen an! Wie undamenhaft!«

Die Sonne war erbarmungslos und verschonte niemanden. Obwohl sie immer einen breitkrempigen Hut trug, wenn sie wusch oder in ihrem kleinen Garten arbeitete, der sie alle mit frischem Gemüse versorgte, war ihre einstmals blasse Haut inzwischen gebräunt und ihre Nase mit einer Vielzahl von Sommersprossen gesprenkelt.

»Das ist mir egal«, entgegnete sie und stampfte wütend mit dem Fuß auf. »Wer sieht mich denn hier draußen? Wer sieht schon meine hübschen Kleider?« Sie betrachtete ihre abgebrochenen Fingernägel und ihre Hände mit den Spuren alter Blasen.

»Du siehst aus wie ein Junge«, ärgerte Randolph sie, obwohl er sah, dass sie den Tränen nah war. Hedleys liebevolles Necken seiner kleinen Schwester ärgerte ihn. Immerhin war er der Sohn und verdiente die ungeteilte Aufmerksamkeit seines Vaters.

»Tue ich nicht! Und ich mag hübsche Kleider und Bänder. Manchmal wünschte ich allerdings schon, ich wäre ein Junge, dann könnte ich tun, was mir gefällt, und bräuchte mir keine Gedanken darüber zu machen, undamenhaft zu wirken!«

»Nun, vielleicht hast du ja eines Tages Gelegenheit, deine schönen Kleider und Bänder anzuziehen. Und wenn du erwachsen bist, wirst du heiraten, in einem schönen Haus wohnen und viele Babys haben wollen.«

Randolph sah den traurigen Ausdruck auf dem Gesicht seines Vaters. Er fragte sich, ob er ihre Mutter, seine Frau, vermisste. In Randolphs Herz hatte ihre Abwesenheit ein großes, schmerzendes Loch hinterlassen, ein nagendes Gefühl, dass etwas nicht stimmte, wie beharrliche Zahnschmerzen. Cordelia legte ihrem Vater die Arme um die breiten Schultern. Ihre Stimme klang tief und eindringlich.

»Sag das nie wieder! Ich werde nie von hier weggehen!

Niemals! Ich will hier bei dir bleiben und mich um dich kümmern.«

»Wir werden sehen, Kleines. Wir werden sehen. Du bist noch jung, und für Zukunftspläne ist es noch zu früh.«

Randolph sah, wie Cordelia ihren noch mädchenhaften, schlaksigen Körper an Hedley schmiegte. Der Anblick ärgerte ihn. Das war der Platz seiner Mutter, und der Anblick seiner Schwester, die sich an ihren Vater heranwarf wie eine aufdringliche Katze, reizte ihn. Er hätte sie schütteln mögen, wollte sie scharf zurechtweisen, aber die Worte blieben ihm im Hals stecken. Stattdessen biss er sich auf die Lippen und lief verwirrt und empört aus dem Raum.

Es dauerte Monate, bis der Brief aus Brisbane sie erreichte, abgegeben von einem Holzfäller auf der Durchreise. Der Mann sah aus wie ein Strauchdieb, aber Hedley bat ihn dennoch herein und drückte ihm eine Tasse Tee in die schwieligen Hände. Die Ankunft eines Briefes war schon für sich allein ein Ereignis. Hedley stellte ihn auf den Kaminsims im Esszimmer. Randolph konnte sich nicht erinnern, dass schon einmal Post bei ihnen abgegeben worden wäre. Er betrachtete den Brief misstrauisch und versuchte, den Inhalt zu erraten.

Nachdem der Überbringer des Briefes wieder gegangen war, nahm Hedley den Brief und öffnete ihn feierlich. Einige Sekunden lang las er, das dünne Papier fest mit beiden Händen umklammernd. Er presste die Lippen zu einem schmalen Strich zusammen. Sein Gesichtsausdruck war unergründlich.

»Der Brief ist aus England. Eure Mutter ... sie ist tot.«

Als er sich seinen Kindern zuwandte, glaubte Randolph Tränen in den Augen seines Vaters glitzern zu sehen, aber ganz sicher war er nicht. Hedley zerknüllte den Brief und warf ihn in die kalte Feuerstelle. Randolph sah schweigend zu, ganz benommen von der Nachricht. Kurz sah er noch einmal seine Mutter an Bord des Schiffes vor sich, sah, wie die Entfernung zwischen ihnen größer und größer wurde, wie mit jeder Sekunde mehr Wasser sie trennte. Er verdrängte die Erinnerung, und die Erkenntnis, dass er sie nie wiedersehen würde, zerriss ihm das Herz.

Später, als er allein war, holte er den Brief aus der Feuerstelle, setzte sich an den Küchentisch und strich das Papier glatt. Verschwommen sah er durch einen Tränenschleier die Worte auf dem verknitterten Papier.

Lieber Hedley,

es stimmt mich sehr traurig, das ich diejenige sein muss, die dich vom Hinscheiden deiner Frau in Kenntnis setzen muss. Sie hat sich auf der Überfahrt an Bord des Schiffes mit einem Fieber angesteckt und war von ihrer Ankunft in England an bettlägerig. Obwohl ihr die beste verfügbare medizinische Versorgung zuteil wurde, hat ihr Zustand sich stetig verschlechtert, bis sie dann gestern im Schlaf verstorben ist. Es wird dir aber sicher ein Trost sein, dass sie sich nicht lange quälen musste und sanft entschlafen ist. Sie wurde in der Familiengruft bestattet, wie du es sicher gewollt hättest. Mein aufrichtiges Beileid und bestell bitte den Kindern ganz liebe Grüße von mir. Ihre letzten Worte galten ihnen ...

Der Brief trug das Datum von vor fast einem Jahr.

Randolph saß lange da wie betäubt. Er war in einem Alter, in dem ihn das Leben ständig von neuem verwirrte, und er brauchte Erklärungen, jemanden, der ihm gut zuredete. Seine Mutter wäre genau die Richtige gewesen, um ihm seine Ängste zu nehmen, das wusste er. Und jetzt war sie tot. Tot! Seit fast einem Jahr! Und doch hatte es keinen Hinweis auf ihr Ableben gegeben, kein Zeichen. Er hätte es doch spüren müssen, den Tod der Frau, die ihm das Leben geschenkt hatte. Und ganz besonders berührte ihn, dass die Sorge seiner Mutter sogar auf dem Totenbett noch anderen gegolten hatte als ihr selbst.

Von da an erinnerte ihn auch der leiseste Hauch von Lavendelduft schmerzlich an seine Mutter. Und wäre da nicht das verblasste Foto gewesen, das sie ihm vor ihrer Abreise gegeben hatte, wäre ihr Gesicht im Laufe der Zeit in Randolphs Erinnerung verschwommen.

Von jenem Tag an nannte Hedley nie wieder ihren Namen. Es war, als wären Worte so kostbar geworden wie Wasser und Nahrung, als dürften sie nicht verschwendet werden. Randolph sprach nicht mit Cordelia, weil er nicht wusste, wie er seine Gefühle in Worte fassen sollte. Im Übrigen hätte Cordelia sich doch nicht für seine Probleme interessiert. Das Einzige, was sie interessierte, war ihr geliebter Hedley. Es war richtig abstoßend, wie sie ihn anbetete, nie von seiner Seite wich und ihn verwöhnte wie eine Ehefrau.

Die Tage verstrichen in einem Nebel der Trauer. Es kam ihm vor, als gelte jeder Gedanke seiner Mutter. Der Schmerz überfiel ihn ganz plötzlich und unvermutet und raubte ihm schier den Atem. Er sehnte sich danach, sie zu berühren, das Gesicht in ihrem süßlich riechenden Haar zu vergraben und ganz tief den Duft ihrer Haut einzuatmen. Er folgte ihr in seinen Träumen; vage Bilder, die verführerisch knapp außerhalb seiner Reichweite schwebten und sich in Luft auflösten, sobald er sich näher heranwagte und sie berühren wollte. Sogar die Erinnerung an sie entzog sich ihm.

Und in seinem Schmerz rückte immer wieder ein Name in den Vordergrund. Hedley! Hedley war schuld am Tod seiner Mutter. Hedley hatte sie fortgeschickt. Hatte er nicht selbst gehört, wie sein Vater ihre Rückreise nach England plante? Wäre sie nicht an Bord dieses verfluchten Schiffes gewesen, wäre sie noch am Leben.

Vage Emotionen wuchsen und schwärten tief in seinem Herzen, um nach Monaten in einem die Seele vergiftenden Hass auf Hedley Tarlington hervorzubrechen, den Mann, der seine Mutter getötet hatte, so sicher, als hätte er ihr eine Kugel in den Kopf gejagt.

Randolph packte den Brief zusammen mit seinen wenigen kostbaren Besitztümern wie den Murmeln, mit denen er nicht mehr spielte, und der kleinen Sammlung Zinnsoldaten, die er seinerzeit gern mit einem Bruder geteilt hätte, in ein kleines, selbst gebasteltes Holzkästchen. Er schloss den Deckel über seiner Kindheit und verstaute das Kästchen entschlossen hinter seinem Bett. Erst dann leistete er sich selbst und seiner toten Mutter einen Schwur. Ihr Tod sollte nicht umsonst gewesen sein. Irgendwie, irgendwann, würde Hedley Tarlington bezahlen für das, was er ihr angetan hatte.

Im Alter von 43 Jahren heiratete Hedley Tarlington wieder. Randolph erinnerte sich noch gut an das Jahr: 1859, das Jahr, in dem die neue Kolonie Queensland sich trotz leerer Kassen von ihrer wohlhabenden Schwester Neusüdwales lossagte.

Hedley hatte eigentlich nie ernsthaft erwogen, wieder zu heiraten. Und wo hätte er auch eine Frau finden sollen, die gewillt war, sich mitten in der Wildnis niederzulassen, in einem unzivilisierten Winkel von Queensland, den er zu seinem Zuhause erkoren hatte? Komfort gab es auf Glengownie jedenfalls keinen.

Alles in allem war das Leben erträglich. Die Träume, die ihn nach dem Tod seiner Frau verfolgt hatten, waren weniger geworden. Auch die Schuldgefühle hatten abgenommen, durch harte Arbeit tief in seinem Unterbewusstsein vergraben. Er hatte es sich einfach nicht gestattet, ins Grübeln zu geraten wegen einer unabänderlichen Tatsache.

Stattdessen ritt er in großen Abständen nach Brisbane, wo er einige der diskreten Freudenhäuser der Innenstadt aufsuchte. Dort kannte ihn niemand. Wenn er seinen Kopf auf ein schmutziges Kissen bettete, neben einer Hure, die freudig sein Geld genommen hatte, um ihn dann von seiner Frustration zu erlösen, war er anonym, nur ein Freier von vielen. Seine Bedürfnisse wurden leicht befriedigt, und das zu einem verhältnismäßig geringen Preis. Liebe, sagte er sich streng, hatte damit nichts zu tun.

Es war Frühling. Die Luft war kühl, der Morgenhimmel blass und wolkenlos. Nachdem er mehrere Abende in Folge sehr spät ins Bett gekommen war, ging Hedley an diesem Tag schon früh zu Bett, entschlossen, etwas

Schlaf nachzuholen. Die Laken fühlten sich kalt an, als er ins Bett stieg.

Es kam ihm vor, als wäre er eben erst eingedöst, als der Traum ihn wieder heimsuchte; ähnlich jenen, die ihn immer wieder plagten, nur lebensechter, realer. Jemand lag neben ihm im Bett. Er stöhnte und streckte die Hand aus, bis er weiches Fleisch ertastete. Warm, verführerisch. Erregt ließ er die Hand über den Körper an seiner Seite gleiten. Feste Brüste, Schenkel, die sich auf ihn zuschoben, Beine, die sich unter dem dünnen Nachthemd um seine schlangen. Er zog die Frau an sich und fühlte, wie seine Erregung wuchs.

»Vater?«

Die Stimme, kaum mehr als ein Flüstern, ließ ihn abrupt inne halten. Etwas zerrte an seinen Sinnen. Cordelia? In seinem Bett? Er zwang sich, aus dem Traum zu erwachen, von dem er nun wusste, dass es gar keiner war, sondern die furchtbare Wirklichkeit. Was machte sie hier? Was dachte sie sich denn? Hektisch strampelte er mit den Beinen die Bettdecke fort. Die kalte Luft ließ ihn frösteln, als er aus dem Bett flüchtete. Ihm war übel vor Abscheu.

Seine Hände zitterten unkontrolliert, als er ein Streichholz anriss und die Laterne neben seinem Bett anzündete. Nach mehreren vergeblichen Versuchen fing der Docht endlich Feuer, und eine flackernde gelbe Flamme tauchte den Raum in weiches Licht. In den tanzenden Schatten sah er sie inmitten der zerknüllten Laken sitzen, zitternd und kalkweiß im Gesicht.

»Was soll das werden?« Seine Stimme klang, als käme sie von weither, losgelöst. Als wäre es nicht seine eigene.

Sie hockte vor ihm auf dem Bett, die Arme um den Oberkörper geschlungen, und wiegte sich leicht vor und zurück. Tränen rannen ihr über das Gesicht. Hedley stand eine Weile unentschlossen da und wusste nicht, ob er sie ausschimpfen oder in die Arme nehmen sollte, wie er es bisher immer getan hatte, um sie zu trösten.

»Mir war kalt. Ich dachte, du könntest mich wärmen. So wie früher, als ich noch ein Kind war. Ich bin mitten in der Nacht hereingeschlichen und bin zwischen dich und Mama geschlüpft. Es war so mollig warm ... so warm ...«

Hedley starrte seine Tochter verdattert an. Durch das dünne Nachthemd zeichnete sich ein wohl geformter, sogar verführerischer Körper ab. Die obersten Knöpfe standen offen, und auf einer Seite war das Hemd über ihre Schulter gerutscht und ließ sogar die sanfte Rundung einer Brust sehen. Gott Allmächtiger! Er musste blind gewesen sein. Cordelia war 17, und sie war eine Frau. Er hatte es gar nicht registriert.

Nachdem sie weinend in ihr Zimmer zurückgekehrt war, saß Hedley noch lange wach und dachte über die Situation nach. War Cordelia wirklich nur in aller Unschuld zu ihm gekommen, wie sie behauptete? Wusste sie denn nicht, dass sie inzwischen zu alt war, um noch in sein Bett zu kommen? Sie war zu alt, um mit ihrem Vater zu schmusen.

Plötzlich kam ihm ein Gedanke, der ihm den Atem verschlug. Was, wenn sie in ihm auf eine kranke Art nicht den Vater, sondern den Mann sah? Er schüttelte ungläubig den Kopf. Und wenn er nicht aufgewacht wäre? Was wäre geschehen, wenn sie nicht gesprochen hätte? Was, wenn ...? Zweifel tanzten durch seine Gedanken.

Er musste dafür sorgen, dass so etwas sich nicht wiederholte. Er fand keinen Schlaf mehr. Im Laufe der quälenden Nacht dachte er die Situation gründlich durch, bis er glaubte, noch ganz verrückt zu werden vor Sorge. Am Morgen hatte Hedley einen Entschluss gefasst. Es gab keine andere Lösung. Diese an Besessenheit grenzende Liebe, die Cordelia ihm entgegenbrachte und die er jetzt erst als das erkannt hatte, was sie war, musste ein Ende haben. Er musste sich eine Frau suchen.

Hedley fuhr nach Brisbane in der Hoffnung, eine respektable Witwe zu finden. Die Vorstellung, sein Leben mit einer Fremden zu teilen, deprimierte ihn, und fast hätte er kehrtgemacht und wäre unverrichteter Dinge nach Glengownie zurückgefahren. Aber die Erinnerung an Cordelia, die weinend in seinem Bett saß, trieb ihn vorwärts, bis endlich die ersten vorgelagerten Häuser in Sicht kamen.

Er nahm sich ein Zimmer in einem Hotel im Zentrum der Stadt. Es war ein elegantes Gebäude mit schmucker Sandsteinfassade und einer Veranda mit verspielter Holzbrüstung. Streng genommen, dachte er sich, während er zusah, wie ein Hausdiener seine Anzüge ordentlich auf dem Bett ausbreitete, verkörperte das Hotel all das, was er an seinem Stadtleben vor Glengownie so sehr gehasst hatte, dass er in die Wildnis gezogen war.

Morgen wollte er O'Flaherty besuchen, einen alten Freund, der seit Jahren in der Stadt lebte und möglicherweise eine geeignete Heiratskandidatin kannte. Aber erst einmal brauchte er einen Drink, um sich Mut zu machen für die Aufgabe, die vor ihm lag.

Im Saloon unten im Erdgeschoss ging es ziemlich laut zu, und die Luft war völlig verräuchert. Auf seinem Weg zum Tresen nickte Hedley freundlich einigen Bekannten zu.

»Tarlington, altes Haus!« Eine Hand klopfte ihm kraftvoll auf den Rücken. Obwohl er die Stimme Jahre nicht mehr gehört hatte, erkannte er sie sofort wieder. Poulson, der Inhaber eines Zulieferers, mit dem er früher regelmäßig zu tun gehabt hatte. Er wandte sich der Stimme zu.

»Sie sind es also tatsächlich«, fuhr Poulson fort, ergriff Hedleys Hand und schüttelte sie überschwänglich. »Schön, Sie mal wiederzusehen. Das muss ja mindestens fünf Jahre her sein.«

»Sieben«, sagte Hedley, nachdem er in Gedanken kurz nachgerechnet hatte.

»Sie sind also zu Besuch in der Stadt. Was gibt es denn für einen besonderen Anlass? Kommen Sie. Ich lade Sie auf einen Drink ein. O'Flaherty hat mir erzählt, Sie hätten sich da draußen im Busch einen Namen gemacht.«

Bei der Erwähnung von O'Flaherty wurde Hedley von seinem Gegenüber abgelenkt und musste wieder an den Grund für seinen Aufenthalt in der Stadt denken. Aber er konnte wohl kaum Poulson, der nach sieben Jahren fast ein Fremder war, auf die Nase binden, dass er gekommen war, um sich eine Frau zu suchen. Plötzlich kam er sich sehr alt und dumm vor.

»O'Flaherty? Sehen Sie ihn denn regelmäßig?«

»Gewiss«, entgegnete Poulson und schob ein Glas Bier über den Tresen auf ihn zu. »Ich habe ihn erst letzte Woche gesehen, wenn auch nur flüchtig.« Er schüttelte den Kopf und blickte starr geradeaus. »Furchtbare Geschichte.«

Hedley horchte auf. »Was meinen Sie? Was ist denn passiert? Ist ihm etwas zugestoßen?«

Poulson strich mit dem Daumen über das glatte Holz der Bar. »Natürlich, Sie können nichts davon erfahren haben draußen im Busch«

»Wovon zum Teufel sprechen Sie überhaupt?«

»Von seiner Tochter. Sie ist, Sie wissen schon ...« Poulson klopfte sich vielsagend auf den dicken Bauch.

»Hat O'Flaherty Ihnen das erzählt?«

»Nein. Einer meiner Angestellten hat eine Schwester, die als Hausmädchen bei O'Flaherty arbeitet. Offenbar hat es einen Riesenskandal gegeben. Das Mädchen weigert sich, den Namen des Burschen zu nennen, und O'Flaherty glaubt, sie wollte ihn nur schützen. So wie ich das sehe, wird er dem Kerl die Birne wegpusten, wenn er je seine Identität erfährt. Aber man sagt, O'Flaherty hätte dieser Schlag aus der Bahn geworfen. Er hat so große Stücke auf sie gehalten. Immerhin ist sie sein einziges Kind.«

Hedley versuchte, sich an das Mädchen zu erinnern, aber vergeblich. O'Flaherty war ein paar Jahre älter als er selbst und hatte erst spät geheiratet. Seine Frau war dann kurz nach der Geburt des Kindes gestorben. Verschiedene Haushälterinnen hatten das Mädchen großgezogen. Das Letzte, was er gehört hatte, war, dass sie nach England geschickt worden war, um eine, wie O'Flaherty sich ausgedrückt hatte, anständige, ›nicht-koloniale‹ Erziehung zu genießen.

»Soso. Ich wollte ihn eigentlich morgen besuchen, aber wenn es Probleme gibt ...« Er sah seine Pläne schon in sich zusammenfallen wie ein Kartenhaus. In seiner Naivität hatte er auf O'Flahertys Unterstützung gebaut. Und er hatte nicht viel Zeit; Randolph und Cordelia erwarteten ihn innerhalb einer Woche zurück.

»Ich würde sagen, wenn O'Flaherty jetzt eins braucht, dann jemanden, der ihm hilft, seine Probleme zu vergessen, sei es auch nur für ein paar Stunden.«

»Vielleicht haben Sie Recht.« Noch bestand Hoffnung.

»Natürlich wäre das alles nicht passiert, wenn sie eine Mutter hätte. Eine Frau ist für einen funktionierenden Haushalt unentbehrlich.«

Als Hedley am Abend zwischen die gestärkten Laken schlüpfte, gingen ihm Poulsons Worte nicht mehr aus dem Sinn. Er dachte an Cordelia, wie sie weinend in seinem Bett saß. Hörte, wie er bei der Erinnerung scharf die kühle Nachtluft einsog.

In einem funktionierenden Haushalt ist eine Frau unentbehrlich.

Die Ereignisse der vergangenen Wochen hatten bewiesen, dass Poulson damit absolut Recht hatte.

KAPITEL 4

O'Flaherty, den Hedley voller Zuneigung als ›schwarzhaarigen irischen Klotz‹ bezeichnete, war ein gerissener und cleverer Geschäftsmann. Die beiden Männer hatten sich an Bord der *Dumfries* kennen gelernt, jenes Schiffes, mit dem sie 1839 den Klauen Londons entkommen und in die blühende, noch junge Stadt

Adelaide gelangt waren. Gemeinsam waren sie über Land nach Norden gereist, wobei sie unterwegs verschiedene Gelegenheitsarbeiten angenommen hatten, um ihre Weiterreise zu finanzieren. Schließlich hatten sie Brisbane erreicht, eine noch kleine, auseinander gezogene Ortschaft, die sich eben erst von den Fesseln der Obrigkeit frei gemacht hatte. Mehrere Glücksfälle, verbunden mit der Bereitschaft, hart zu arbeiten, und gepaart mit untrüglichem Geschäftssinn, hatten sie reich gemacht. Heute besaß O'Flaherty mehrere Warenhäuser, eine Fabrik am Fluss sowie zahlreiche Immobilien überall in der Stadt.

Am nächsten Morgen war Hedley überrascht, die Fabrik, von der aus O'Flaherty seine Geschäfte führte, geschlossen vorzufinden. Perplex ging er von dort zur Privatadresse seines alten Freundes, einer großen Sandsteinresidenz in bevorzugter Lage am Fluss. Dort traf er auf ein Chaos. Große, sorgfältig verschlossene Packkisten stapelten sich auf den Veranden, Hausangestellte hasteten geschäftig mit weiteren Kisten hin und her.

O'Flaherty öffnete auf sein Läuten hin persönlich und empfing Hedley überschwänglich.

»Tarlington! Sie kommen mir gerade recht. Ich wollte mich vor unserer Abreise noch verabschieden, wusste aber nicht, wie ich Sie erreichen sollte, so abgeschottet wie Sie im Busch leben. Was für ein Glück, dass Sie noch rechtzeitig vorbeischauen.« Trotz der an den Tag gelegten Jovialität seines alten Bekannten entging Hedley die leise Trauer nicht, die aus seinen Zügen sprach.

»Sie reisen ab?«

O'Flaherty führte Hedley in den geräumigen Salon, in

dem noch einige Sessel standen, und bedeutete einem Hausmädchen, ihnen Erfrischungen zu bringen.

»In weniger als einer Woche. Ich habe alles verkauft. Wir kehren zurück in die Heimat. Ich habe schon länger davon geträumt. Ich habe genug Geld angehäuft und möchte Irland wiedersehen, bevor ich sterbe.«

»Was soll das Gerede vom Sterben? Dann gehen Sie nicht zurück nach Queensland?«

Hedley nahm aus den Augenwinkeln eine Bewegung war. In einer Ecke des Raumes saß eine junge Frau und nähte, das anmutige Gesicht von rabenschwarzem Haar umrahmt. Mit einem schüchternen Lächeln schaute sie zu den zwei Männern herüber.

O'Flaherty folgte Hedleys Blick. »Sie werden sich nicht an meine Tochter Bridget erinnern. Bridie, sag unserem Gast guten Tag.«

Das Mädchen flüsterte einen Gruß und beugte sich dann wieder über seine Näharbeit. Ein Hausmädchen brachte eine Karaffe Whisky und einen Krug Wasser, dazu Gläser und eine Platte mit Sandwiches. O'Flahertys Tochter klemmte sich ihr Nähzeug unter den Arm und zog sich diskret zurück.

O'Flaherty schenkte ihnen zwei großzügige doppelte Whisky ein und gab dann jeweils zwei Fingerbreit Wasser dazu. »Cheers«, sagte er und prostete seinem Gast zu. Er trank einen Schluck. »Also, mein Freund, was führt Sie nach Brisbane? Hatten Sie das Bedürfnis nach einigen Annehmlichkeiten der Zivilisation?« Er stieß Hedley leicht an und lachte laut.

»Ganz im Gegenteil«, entgegnete Hedley, entschlossen, ganz offen zu sein, was seine Absichten betraf. »Ich bin gekommen, um mir eine Frau zu suchen.«

»Eine Frau? Nach all den Jahren, in denen Sie allein gelebt haben? Ich dachte, aus Ihnen wäre längst ein eingefleischter, verknöcherter Junggeselle geworden.«

»Ich habe mich gefragt, ob Sie vielleicht eine Frau wüssten, die in Frage käme. Eine Dame, vielleicht eine Witwe.«

O'Flaherty rieb sich mit nachdenklichem Blick das Kinn. »Nun, ich hätte da schon so eine Idee.«

»Ja?« Hedley beugte sich in seinem Sessel vor. Vielleicht würde es ja viel leichter werden, als er erwartet hatte.

»Hören Sie, das kommt alles ein wenig plötzlich. Lassen Sie mich nachdenken. Ich habe heute Abend ein paar Freunde zu einem Abschiedsessen zu Gast. Kommen Sie doch auch. Es werden auch ein paar Damen dabei sein – alleinstehend, versteht sich. Meist Witwen mit tadelloser Herkunft. Vielleicht ist eine darunter, die Ihnen zusagt. Das wäre eine ideale Gelegenheit für Sie, sie kennen zu lernen. Wenn Sie einverstanden sind, dann lasse ich ein zusätzliches Gedeck auflegen.«

Später am selben Abend saß Hedley an einem Tisch, an dem es recht lebhaft zuging, O'Flahertys Tochter Bridie gegenüber. Auf den ersten Blick hatte er sie bereits hübsch gefunden mit dem dunklen Haar, das sie zurückgekämmt und im Nacken zu einem Knoten geschlungen hatte, den grünen Augen und dem breiten, sinnlichen Mund, und als sie sich dann während der Mahlzeit unterhielten, stellte er fest, dass sie darüber hinaus intelligent und blitzgescheit war.

Sie trug ein lilafarbenes Kleid mit tiefem Dekolleté, das die weiche Rundung ihrer Brüste hervorhob. Der Schnitt verriet ihm, dass das Kleid O'Flaherty ein kleines Vermögen gekostet hatte. In der kleinen Vertiefung an ihrem milchweißen Halsansatz ruhte eine Kamee an einem schmalen Seidenbändchen, das die gleiche Farbe hatte wie das Kleid. Im Laufe des Abends ertappte er sich mehrmals dabei, wie sein Blick fast magisch zu diesem Punkt hingezogen wurde, und er stellte sich vor, sacht mit den Fingerspitzen ihre Haut zu streicheln, die schimmerte wie Seide.

Verglichen mit Bridie wirkten die Witwen, von denen Hedley ursprünglich eine als in Frage kommende Kandidatin eingestuft hatte, durchschnittlich und uninteressant. Ihre Konversation war zum Einschlafen langweilig, und sie alle hatten zu viel Rouge aufgetragen. Es dauerte nicht lange, und er erkannte, dass die einzige Frau im Raum, die seine Blicke auf sich zog, Bridie O'Flaherty war.

Müde von diesem angenehmen Abend kehrte Hedley zurück in sein Hotel. Das Klappern der Hufe seines Pferdes hallte laut in den verwaisten Straßen. Die Straßenlaternen warfen Schatten auf das Pflaster. Er war ganz versunken in Gedanken an sie, stellte sie sich auf Glengownie vor, wie sie abends auf ihn wartete, wenn er erschöpft und staubig von den Weiden kam. Bei dem Gedanken wurde ihm ganz warm ums Herz. Er sah sie in jeder dunklen Gasse, das Haar schwarz wie Kohle, die Haut samtweich, die vollen Lippen, die ihn über die festlich gedeckte Tafel hinweg anlächelten.

Am nächsten Vormittag saß er erneut auf einem mit Brokat bezogenen Stuhl in O'Flahertys Salon. O'Flaherty sah angestrengt und blass aus, einen besorgten Ausdruck auf dem Gesicht.

»Nun?«, erkundigte sich Hedleys Gastgeber, als sie

beide starken schwarzen Kaffee tranken. »Darf ich annehmen, dass Sie sich gestern Abend gut amüsiert haben?«

»Allerdings. Aber ich bin nicht nur gekommen, um Sie zu diesem wundervollen Abend zu beglückwünschen. Es gibt noch einen anderen Grund für meinen heutigen Besuch.« Es brachte nichts, um den heißen Brei herumzureden oder sich mit Nichtigkeiten aufzuhalten.

»Ach! Tatsächlich?«

Hedley stand auf und ging ans Fenster. Er blickte auf den gepflegten Rasen hinter dem Haus. Er wollte lieber nicht sehen, wie sein alter Freund auf seine Worte reagierte. Was hatte Poulson doch gleich gesagt? »Man sagt, O'Flaherty hätte dieser Schlag aus der Bahn geworfen. Er hat so große Stücke auf sie gehalten. Immerhin ist sie sein einziges Kind.«

Hedley drehte sich um, holte tief Luft und fuhr fort. »Ich weiß über Bridie und ihr Kind Bescheid.« O'Flaherty schnappte nach Luft, aber Hedley hob eine Hand, um ihm zu signalisieren, er solle jetzt nichts sagen. »Woher ich es weiß ist unwichtig.«

O'Flaherty seufzte müde, beugte sich vor und barg das Gesicht in den Händen. Als er sprach, klang seine Stimme gedämpft. »Ich habe nächtelang kein Auge zugetan. Zweifellos hat sie Schande über die Familie gebracht. Gott sei Dank muss ihre Mutter das nicht mehr erleben.«

»Sie haben ein Problem. Sie können sie nicht hier zurücklassen, schwanger und allein. Andererseits, was wollen Sie der Familie daheim sagen?«

»Glauben Sie, darüber hätte ich mir nicht bereits den Kopf zerbrochen?«

»Und was für Alternativen gibt es noch?«

O'Flaherty schüttelte den Kopf. »Keine. Welcher Mann würde eine Frau wollen, die den Bastard eines anderen unter dem Herzen trägt?«

»Wie weit ist die Schwangerschaft fortgeschritten?«

»Ich habe erst vor zwei Wochen davon erfahren. Wir haben überlegt, das Kind wegzumachen, aber sie will nichts davon wissen. Außerdem ist derzeit kein Arzt in der Stadt, und ich kann sie schlecht zu einer dubiosen Engelmacherin in einem schmutzigen Hinterhof schicken.«

»Es gibt nur eine Lösung, O'Flaherty.«

O'Flaherty wandte sich Hedley langsam zu, einen fragenden Ausdruck auf dem Gesicht. »Was meinen Sie, Tarlington?«

»Ich würde Ihre Tochter gerne heiraten. Habe ich Ihre Erlaubnis, sie zu fragen?«

»Sie wollen Bridie heiraten?«

»Fakt ist, dass ich sie charmant, geistreich und wunderschön finde.« Hedley lachte knapp. »Aber wem sage ich das?«

»Sie würden Sie heiraten, obwohl ...?«

Die Worte, die Hedley fast die ganze Nacht geprobt hatte, sprudelten nun aus ihm hervor. »Ich brauche eine Frau. Bridie braucht einen Vater für ihr Kind. Das Ansehen des Namens O'Flaherty wird gewahrt.«

»Das wäre eine Lösung.«

»Das wäre die perfekte Lösung. Bridie kann hier in der Kolonie bleiben. Sie brauchen Sie nicht mit in die Heimat zu nehmen und zu lügen, um ihren Zustand zu erklären. Ich gebe zu, mein Haus auf Glengownie ist nichts Besonderes, aber es ist gemütlich. Bridie und meine Tochter Cordelia sind im gleichen Alter. Sie würden einander Gesellschaft leisten.«

»Wenn ich sie vor meiner Abreise unter die Haube bringen könnte, würde mir das eine große Last von den Schultern nehmen. Ich kenne Sie, Hedley. Ich weiß, dass Sie bei Ihnen in guten Händen wäre.«

»Dann habe ich Ihre Erlaubnis, um ihre Hand anzuhalten?«

»Ja.«

»Noch eins. Bitte sagen Sie ihr noch nichts. Ich wäre gern derjenige, von dem sie es erfährt.«

Hedley blieb weniger als eine Woche Zeit bis zu seiner geplanten Rückkehr nach Glengownie, nur Tage, um sich über seine neu erwachten Gefühle klar zu werden. Am nächsten Morgen fuhr er mit O'Flahertys Erlaubnis mit Bridie in einem offenen Buggy durch die Stadt zum Strand. Sie war auf der Fahrt sehr ruhig und wirkte ganz in die Betrachtung der Landschaft vertieft. Hedley konnte sie zu keiner richtigen Unterhaltung bewegen. Er fragte sich flüchtig, ob O'Flaherty ihr nicht doch von seinen Absichten erzählt hatte, und da wusste er auch nicht mehr, was er sagen sollte.

Sie setzten sich im Schatten einer Tamarinde auf eine Decke und machten sich über den Inhalt eines Picknickkorbes her, den O'Flahertys Haushälterin gepackt hatte. Als die zweite Flasche Wein geleert war, wusste Hedley ganz ohne Zweifel, dass er zärtliche Gefühle für sie hegte. Er wollte sie in die Arme nehmen, die Wärme ihres Körpers fühlen, etwas Farbe in ihre blassen Wangen streicheln.

»Ich möchte Sie heiraten«, sagte er stattdessen und griff nach ihrer Hand.

Sie war sichtlich verdutzt und machte große Augen. »Mich heiraten?«, stammelte sie. »Aber ich ...«

»Ich weiß von dem Baby«, unterbrach er sie freundlich. »Niemand in Glengownie müsste je davon erfahren. Was mich betrifft, wäre dieses Kind ein Tarlington. Ich will gar nichts von dem richtigen Vater wissen. Wenn Sie Ja sagen, werden wir eine Übereinkunft treffen, dieses Thema nie wieder zur Sprache zu bringen.«

Er erschrak, als sie ganz plötzlich in Tränen ausbrach. Er kam sich linkisch vor und wusste nicht, ob er sie trösten oder mit ihren Gefühlen allein lassen sollte. Schließlich entschied er sich gegen Letzteres, rückte näher an sie heran und nahm sie in die Arme. Sie war ein so zierliches junges Ding, so zerbrechlich und klein, dass sie ihm kaum bis zur Schulter reichte. Nach einiger Zeit beruhigte sie sich wieder und putzte sich die Nase. Hedley hielt sie auf Armeslänge von sich.

»Bitte sag, dass du meine Frau wirst. Es wäre für uns beide eine Lösung. Ich brauche eine Frau, und im Gegenzug gebe ich deinem Kind einen Namen. Ich erwarte nicht von dir, mich zu lieben. Ich wäre schon damit zufrieden, wenn du mich ein klein wenig mögen würdest.«

Zwei Tage später waren sie verheiratet.

Cordelia hörte spät an einem Septembernachmittag, wie der Buggy vor dem Haus zum Stehen kam.

»Vater! Vater!«, rief sie und lief aufgeregt zur Tür. Hedley war eine Woche zuvor abgefahren und hatte versprochen, ihr aus der Stadt Stoffe, Knöpfe und Bänder mitzubringen. Sie konnte es kaum erwarten, zu sehen, was er gekauft hatte.

Sie stürmte hinaus und blieb gleich darauf wie ange-wurzelt stehen. Ihr Vater half einer Frau aus der Kut-sche. Sie sah noch sehr jung aus, richtig hübsch, und trug ein weißes Kleid aus dünnem, fließendem Stoff. Der Wind drückte das Kleid an ihren schlanken Körper, und sie zog die elegante Stola fester um die Schultern. Hed-ley sah sehr schick aus in einem neuen mittelgrauen Anzug. Furcht übermannte sie, und ihre Knie wurden weich. Halt suchend lehnte sie sich an den Verandapfos-ten. Warum brachte er diese Frau nach Glengownie? Wo sollte sie schlafen? Er hätte sie wenigstens vorwarnen können, dass er Besuch mitbringen würde.

»Wo ist Randolph?«, fragte Hedley, hakte die Frau un-ter und führte sie auf Cordelia und die Hütte zu.

»Er treibt Vieh auf die hinteren Weiden und wird erst heute Abend zurück sein.«

»Er ist also nicht da. Cordelia, das ist Bridie. Sie ist meine neue Frau. Wir wurden gestern im Büro des Frie-densrichters in Brisbane getraut.« »Möchtest du sie nicht auf Glengownie willkommen heißen?«

Cordelia war wie vor den Kopf geschlagen. »Aber ... Mutter ... Es ist noch keine zwei Jahre her, dass sie ge-storben ist!«, rief sie aus.

»Etikette!«, schnaubte Hedley verächtlich. »Es war keine Zeit, sich wegen solcher Nichtigkeiten den Kopf zu zerbrechen.«

»Aber Vater. Du hast nie erwähnt ... du hast nie ge-sagt, dass du ...«

Hedley lächelte und legte seiner jungen Frau einen Arm um die Taille. »Ehrlich gesagt, ist alles sehr schnell gegangen. Als wir gestern geheiratet haben, kannten wir uns erst seit drei Tagen.«

»Drei Tage!«, keuchte Cordelia. Sie registrierte jetzt, dass die Frau nicht sehr groß war – sie reichte ihrem Vater gerade mal bis zur Schulter –, mit blauschwarzem Haar, Grübchen in den Wangen und einem warmen Lächeln. Sie reichte Cordelia eine behandschuhte Hand, die aber zog es vor, diese freundschaftliche Geste zu ignorieren.

»Manchmal ist das Leben voller Überraschungen«, sagte Hedley. Er drehte das Mädchen mit den schwarzen Haaren zu sich herum und drückte ihm einen Kuss auf die Stirn. »Bridie hier ist voller Überraschungen.«

»Überraschungen! Überraschungen! Ich hasse Überraschungen! Ich dachte, wir drei wären eine Familie. Du, Randolph und ich. Ich habe alles versucht, um dich glücklich zu machen, oder etwa nicht? Ich habe es versucht ... ich habe mir wirklich große Mühe gegeben.«

Sie fühlte, wie ihre Lippen zitterten, und Tränen schossen ihr in die Augen. Das war nicht fair. Hedley gehörte ihr, und jetzt würde sie ihn mit dieser Fremden teilen müssen. Ungeduldig fuhr sie sich mit der Hand über das Gesicht, gedemütigt, dass die Fremde sie weinen sah.

Hedley legte ihr die Hände auf die Schultern. »Freu dich doch für uns, Cordelia.«

»Freuen!«, rief sie aus und schüttelte seine Hände ab. Ihr Vater kam ihr plötzlich vor wie ein Fremder. Dass er so etwas tun konnte, ohne ihr vorher ein Wort zu sagen ... »Du kehrst nach einwöchiger Abwesenheit mit einer Frau zurück, von der du behauptest, sie wäre deine Frau, und erwartest ernsthaft, dass ich mich freuen soll. Und was ist mit Randolph? Oder hast du ihn vielleicht vorab ins Vertrauen gezogen? Ich schätze, er wird begeistert sein von seiner ... Stiefmutter.«

»Mir wäre es lieber, ihr seht in mir eine Schwester«, meinte Bridie, »oder vielleicht eine Freundin.«

»Wie alt ist sie eigentlich?«, fragte Cordelia, als hätte Bridie nichts gesagt, und stemmte die Hände in die Seiten.

»Siebzehn.«

Cordelia nickte und fuhr sich mit der Zungenspitze über die Lippen.

»Das dachte ich mir. Warum hast du mir nicht gesagt, dass du wieder heiraten willst, anstatt heimlich zum Friedensrichter zu laufen.«

»Cordelia«, sagte Hedley traurig, »es ist geschehen. Und wir alle müssen damit leben. Vielleicht hätte ich eine Nachricht vorausschicken sollen, um euch vorzuwarnen. Vielleicht war es falsch von mir, euch damit zu überraschen. Aber bitte verwehre mir nicht diese Chance auf ein neues Glück.«

Cordelia entgegnete nichts darauf, sondern bedachte ihren Vater nur mit einem zornigen Blick und lief in ihr Zimmer. Sie wusste, dass er nie verstehen würde, dass sie ihr eigenes Leben um seins herum organisiert hatte, in der Überzeugung, er brauche niemanden außer ihr. Wie sehr sie sich geirrt hatte. Drei Tage! Mehr hatte Hedley nicht gebracht, um ihr Leben auf den Kopf zu stellen. Drei Tage!

»Lass sie.« Sie hörte Hedleys Stimme gedämpft durch die dünne Wand. »Keine Sorge, sie wird sich schon wieder beruhigen.«

»Eher friert die Hölle zu«, flüsterte Cordelia in sich hinein, als sie das Ohr an die geschlossene Tür drückte und lauschte. »Ich werde sie hassen bis in den Tod.«

KAPITEL 5

Der gute Hedley. Er gab sich solche Mühe, damit sie sich auf Glengownie willkommen fühlte.

Ungerührt von Cordelias Ausbruch maß er dem unhöflichen Empfang seiner Tochter keine weitere Bedeutung bei. »Es wird einige Zeit dauern, aber sie wird es verwinden«, versicherte er ihr. »Du musst verstehen, dass wir drei eine ganze Weile ganz für uns allein waren. Wir haben so unsere Gewohnheiten. Ich nehme an, es war ein ziemlicher Schock für sie, dass ich völlig unerwartet mit einer Ehefrau zurückgekommen bin. Vielleicht hätte sie dich freundlicher empfangen, wenn du alt und hässlich wärst«, lachte er.

Bridie war ziemlich sicher, dass Hedley irrte. Cordelia hätte keine andere Frau auf Glengownie willkommen geheißen. Sie hatte in Cordelias Augen einen Anflug von Hass gesehen, und ihre ganze Haltung hatte unverhohlene Feindseligkeit ausgedrückt, als wäre sie eifersüchtig auf Bridies Beziehung zu ihrem Vater.

Aber wenn Bridie Cordelias Reaktion merkwürdig erschienen war, so verwirrte ihr erster Eindruck von Hedleys Sohn Randolph sie noch mehr. Er kehrte am Abend sichtlich erschöpft heim. Er hatte Zäune gezogen, und seine Arme und Hände waren übersät von kleinen Kratzern und Schnitten vom Stacheldraht.

Nach einem ersten, ungläubigen Blick war er überaus charmant gewesen. Wie die Reise gewesen wäre?, hatte er gefragt. Und wie ihr Glengownie gefiele? Da er ihr gegenüber so freundlich war, bat sie Hedley, ihr eine Schüssel warmes Wasser zu bringen, und wusch Randolph dann Blut und Schmutz von den Armen. Cordelia, die sich endlich wieder blicken ließ, nachdem sie den ganzen Nachmittag schmollend auf ihrem Zimmer verbracht hatte, bedachte sie alle drei mit einem grimmigen Blick.

Am nächsten Tag sattelte Hedley zwei Pferde, und er und Bridie ritten in Richtung der Berge. Langsam, als nähme er Rücksicht auf ihren Zustand, führte er sie durch den dichten Wald zu der Ebene vor der Küste. Dort stiegen sie ab und ließen ihre Pferde grasen.

»Und, was meinst du?«, fragte er, als sie von einer kleinen Anhöhe aus den Blick über das Land vor ihnen schweifen ließen. In der Ferne, jenseits des Sumpflandes, konnte sie weißen Sand sehen, der ein Stück weiter ins blaue Meer überging. Der Himmel war strahlend blau. Die laue Luft strich ihr durch das Haar. Sie hatte das Gefühl, dass, wenn sie riefe, ihre Stimme meilenweit über das niedrige Gestrüpp hinweggetragen werden würde.

»Es ist wunderschön«, sagte sie. »Und so ruhig, verglichen mit der Stadt.«

»Ganz in der Nähe gibt es einen Ort, wo wir zu Mittag essen können. Wir können die Pferde sich selbst überlassen, sie werden sich nicht weit entfernen.«

Hedley nahm den Picknickkorb und bedeutete ihr, ihm in den Wald zu folgen. Galant hielt er die Äste zur Seite, damit sie vorbei konnte. Nach einer Weile gelangten sie an einen kleinen Bach, der sich vor einem kleinen Felsvorsprung staute und einen kleinen Teich bildete. Am Ufer wuchs üppiger Farn, dessen filigrane Blätter sich sacht im Wind wiegten. Schattenfetzen huschten über den Boden, dass es aussah, als wäre die Erde lebendig. Im Geäst der Bäume über ihnen schnatterten Papageien.

Hedley breitete eine Decke im Gras aus. »Das ist es«, sagte er. »Das ist mein Lieblingsplatz. Ich habe ihn vor Jahren bei einer Erkundungstour entdeckt. Du bist der erste Mensch, den ich je hergebracht habe.«

Bridie setzte sich, beeindruckt von diesem Geständnis. Dann hatte Cordelia diesen Ort noch nie gesehen? Irgendwie machte dieses Wissen sie glücklich. Hedley trat hinter sie und berührte die Spange, die ihr Haar hielt. »Darf ich?«

Sie nickte, auch wenn sie nicht wusste, was er vorhatte. Bislang hatten sie die Ehe nicht vollzogen. Die Hochzeitsnacht hatten sie in getrennten Zimmern im Haus ihres Vaters verbracht. Es hatte im ganzen Haus kein breites Bett gegeben, da der Hausstand aufgrund der bevorstehenden Abreise ausgelagert war. Und in der vergangenen Nacht, der ersten auf Glengownie, hatte Hedley bis in die frühen Morgenstunden mit Randolph am Küchentisch gesessen und Geschäftliches besprochen. Sie selbst war, müde von der Schwangerschaft, der langen Kutschfahrt und Cordelias feindseligem Empfang, früh zu Bett gegangen.

Hedleys Finger streiften ihre Wange, warm und überraschend weich für einen Mann, der seinen Lebensunterhalt mit der Landwirtschaft verdiente. Sie fühlte, wie ihr Haar auf ihre Schultern herabfiel, und ließ sich zurücksinken, bis sie den harten Boden durch die karierte Decke fühlte. Sie schloss die Augen und fühlte die Sonne warm auf ihrer Haut.

Sie fühlte sich schläfrig, lethargisch. Der leichte Geruch nach Pimentöl verriet ihr, dass Hedleys Gesicht ganz dicht bei ihrem war. Sie zwang sich, die Augen zu öffnen. Er saß neben ihr und betrachtete sie sehr eindringlich. Er hatte Falten um die Augen, und das Haar war an seinen Schläfen ergraut. Er hatte einen freundlichen Mund. Sie fragte sich flüchtig, wie seine Lippen sich auf den ihren anfühlen würden. Als hätte er ihre Gedanken gelesen, beugte er sich herab. Sie konnte ihn schmecken. Tabakgeruch. Er zog sie in seine Arme.

»Ich liebe dich«, sagte er schlicht und strich mit einem Finger über ihre Wange. »Ich wusste vom ersten Tag an, dass ich dich für mich haben musste. Vielleicht war das selbstsüchtig von mir. Ich hätte dir die Möglichkeit geben können, einen jüngeren Ehemann zu finden, jemanden, dem du dein Herz hättest schenken können. Aber wie impulsiv ich auch gehandelt haben mag, jetzt ist es getan. Ich bitte nicht um viel. Ich kann nur versprechen, dich und das Kind zu lieben, und irgendwann wirst auch du hier auf Glengownie so glücklich sein, wie ich es bin.«

Hedley. Er war so freundlich. Hatte er sie nicht vor einem Leben in Schande bewahrt? Und es schien ihm nichts auszumachen, dass sie von einem anderen schwanger war. Ihr Vater war so traurig und enttäuscht gewesen, dass er sie beinahe verstoßen hätte; er hatte ihr immer wieder vorgehalten, dass sie sein Leben und den guten Ruf seiner Familie ruiniert habe. Kein Mann würde eine Frau heiraten wollen, die ein uneheliches Kind geboren hatte.

Es hatte zahlreiche hitzige Streitgespräche gegeben, in denen ihr Vater immer wieder versucht hatte, ihr den Namen des Mannes zu entlocken, der seine einzige Tochter entehrt hatte. Aber es wäre müßig gewesen, seinen Namen preiszugeben; er war ohnehin längst über alle Berge. Bridie hatte ihn nicht mehr gesehen seit jenem Tag, an dem sie ihm von ihrem Verdacht erzählt hatte, schwanger zu sein. Sie hatte keine Antwort bekommen, als sie am folgenden Tag an die Tür seines Zimmers im Gasthaus geklopft hatte, und ihre diskreten Nachforschungen hatten ergeben, dass er die Stadt mit einem vollbepackten Handpferd verlassen hatte. Ihr Vater hatte Recht. Sie hatte ihr Leben ruiniert. Und hier war Hedley, der ihr keinen Vorwurf machte, sondern sich vielmehr darüber sorgte, was sie von ihm halten mochte.

Sie nahm seine Hand und führte sie an ihrem Hals herab zu den Knöpfen ihrer Bluse. Die Häkchen fühlten sich hart und klein an. Sie holte tief Luft und löste sie eins nach dem anderen, ihren Körper von dem engen Stoff befreiend.

Er saß einen Augenblick nur da und betrachtete sie mit grenzenloser Zärtlichkeit. »O Gott!«, murmelte er schließlich. »Sieh dich nur an. Du bist so wunderschön. Ich habe dich gar nicht verdient.«

»Psssssst.« Sie legte ihm einen Finger auf die Lippen. »Nicht reden.«

Seine Lippen suchten ihre Brust. Sie fühlte die Wärme seiner Haut, seiner Lippen. Seine Hände wanderten sachte über ihren Körper, liebkosten sie, bis sie sich ganz leicht fühlte, als würde sie auf warmem Wasser dahintreiben. Noch nie hatte sie etwas Vergleichbares erfahren. Und die Liebe, die Zärtlichkeit, die er für sie empfand, beflügelte sie so, dass sie meinte, sich hoch in die Lüfte emporschwingen zu können wie eine Lerche an einem Sommertag. Sie lag da, fühlte sein Gewicht auf sich und konnte es kaum erwarten, ihn in sich zu fühlen.

»Wir müssen vorsichtig sein wegen des Babys«, sagte er, als er sich entkleidete.

»Dem Baby geht es gut«, erwiderte sie. »Halt mich nur fest.«

Ganz langsam liebte Hedley sie im hohen Gras. Er war zartfühlend und rücksichtsvoll. Die Papageien hoch oben im Geäst waren verstummt.

Hinterher zogen sie sich wieder an und aßen zu Mittag. Gelegentlich wandte sie den Kopf und ertappte ihn dabei, wie er sie beobachtete. Bridie fühlte sich unbehaglich. Sie fragte sich, was er wohl denken mochte. Hatte sie ihm Vergnügen bereitet, oder war er enttäuscht von ihr? Vielleicht fand er sie furchtbar naiv und unerfahren. Sie wusste einfach nicht, was in ihm vorging.

Nach einer Weile stand er auf und half ihr auf die Füße. Tapfer, da es noch recht frisch war, zog er sich aus und watete in das natürliche Wasserbecken.

»Komm«, rief er und winkte ihr zu, während er sich auf der Wasseroberfläche treiben ließ. »Es ist eiskalt, aber unglaublich erfrischend.«

Vor Kälte und Vergnügen quietschend watete sie hinein. Ihre Arme und Beine wurden schon bald taub. Hinterher ließen sie sich pitschnass auf die Decke fallen und hielten einander im Arm. Hedley zog sie an sich, und sie fühlte, wie seine Männlichkeit sich bereits wieder regte. Fürsorglich rieb er ihre eisigen Gliedmaßen, um sie zu wärmen.

Er nahm sie noch einmal, diesmal fordernder. Entspannter und mehr im Einklang mit ihren eigenen Gefühlen gab sie sich ihm rückhaltlos hin und genoss die Gefühle, die er in ihr weckte.

Es war wunderbar, atemberaubend.

Cordelia hielt insgeheim Ausschau nach Anzeichen von Unruhe, die darauf hindeuteten, dass Bridie unzufrieden war mit ihrem neuen Leben und bald in die Stadt zurückkehren würde. Aber Bridie hatte sich offenbar keine falschen Vorstellungen vom Leben auf Glengownie gemacht. Und so verfolgte Cordelia grimmig und unverhohlen feindselig, wie sie Hedley umsorgte.

»Wenn ich noch einmal sehe, wie sie Vater mit ihren großen Kuhaugen anhimmelt, schreie ich«, bemerkte sie eines Abends, nachdem Hedley und Bridie sich schon früh in ihr Zimmer zurückgezogen hatten.

Sie waren in der Küche, einem Anbau auf der Rückseite der Hütte. Sie bestand aus einem großen Raum mit geweißten Wänden und einem harten Lehmboden. Töpfe und Pfannen hingen in einem geordneten Durcheinander an großen Haken von der Decke.

Cordelia beugte sich vor. Wütend stach sie mit dem Schürhaken in die glühenden Kohlen, dass ein Funkenregen durch den Kamin aufstieg.

»Beruhige dich, Cordelia«, ermahnte Randolph sie und blickte von der Tasse Tee auf, die er sich gerade einschenkte. Entschlossen stellte er die Teekanne auf den Tisch. »Du zündest noch das Haus an. Im Übrigen bist du nur eifersüchtig, weil du jetzt das Haus mit einer anderen Frau teilen musst.« Er gab zwei gehäufte Löffel Zucker in seinen Tee und rührte kräftig um.

»Sei nicht albern. Warum sollte es mich stören, dass

sie die Hausarbeit übernommen hat. Ich habe jetzt deutlich mehr Freizeit.«

»Bridie wird bleiben, ob es dir passt oder nicht. Und ganz egal, wie sehr du sie auch fortwünschen magst, du wirst doch nichts an ihrer Anwesenheit ändern. Vielleicht solltest du dich einfach damit abfinden. Sie macht Vater glücklich. Hass ist ein so sinnloses Gefühl, Cordelia. Reine Kraftverschwendung. Außerdem wird er leicht zur Besessenheit und trübt das Urteilsvermögen.«

Randolphs Worte verletzten sie. Sie hatte erwartet, dass er sich auf ihre Seite gegen Bridie stellen würde. Sie warf ihm einen verzweifelten Blick zu. »Du bist ein Mann. Du verstehst das nicht. Es ist so widerlich. Vater hat eine Frau, die so jung ist, dass sie seine Tochter sein könnte. Er hätte jemanden wählen sollen, der altersmäßig zu ihm passt.«

Randolph lachte schallend. »Als ob es eine Rolle gespielt hätte. Und das weißt du ganz genau. Du hättest an jeder etwas auszusetzen gehabt, bei jeder einen Grund gefunden, sie zu hassen.«

»Das stimmt nicht. Das klingt ja so, als wäre ich ein richtiges Biest, Randolph.«

»Schade, dass du nicht etwas diskreter bist.«

»Ich sollte diskreter sein, ja? Fass dir doch an die eigene Nase. Mir ist nicht entgangen, wie du sie anstarrst, wenn du dich unbeobachtet fühlst.«

Er senkte den Kopf, bis sein Gesicht dicht vor ihrem war. »Meine Angelegenheiten haben dich nicht zu interessieren. Offensichtlich brauchst du etwas, das dich von deinem eigenen Hass ablenkt. Etwas, dass deine Besessenheit in andere Bahnen lenkt.«

»Hör auf«, zischte sie.

»Das ist doch nur die Wahrheit ... Ich bin deine Provokationen leid, dein ständiges Sticheln und deine Boshaftigkeiten. Anfangs war es ja noch ganz lustig zu sehen, wie du dich aufplusterst. Inzwischen geht es mir nur noch auf die Nerven. Wie auch immer, ich gehe jetzt schlafen. Ich habe genug von diesem Hickhack. Gute Nacht.«

Cordelia saß allein in der dunklen Küche und dachte darüber nach, wie unfair das alles war. Und nicht einmal ein Funken Mitgefühl von Randolph. Sie hatte geglaubt, er würde sich durch die plötzliche Heirat ihres Vaters in die eine oder andere Richtung lenken lassen, aber nein, er tat so, als wäre das Ganze eine akzeptable Veränderung ihrer aller Leben. Cordelia vergrub das Gesicht in den Händen und weinte bitterlich.

Die Kohlen in der Feuerstelle erkalteten langsam. In der Küche wurde es kalt. Steif stemmte sie sich aus ihrem Stuhl und ging schlafen.

So ist das also, dachte sie. Sogar Randolph lässt mich im Stich.

Was er Cordelia gesagt hatte, entsprach der Wahrheit; Hass war tatsächlich eine sinnlose Empfindung. Randolph Tarlington hatte aus Erfahrung gesprochen. Er kannte dieses Gefühl nur zu gut. Es nagte an seinen Eingeweiden, raubte ihm den Verstand. Es hielt ihn davon ab, klar zu denken. Und ganz gleich, was er auch unternahm, um dieses Gefühl loszuwerden, es ließ sich einfach nicht abschütteln.

Der Schmerz, den er empfand, seit er vom Tod seiner Mutter erfahren hatte, war kaum weniger geworden.

Rückblickend war er zu dem Schluss gekommen, dass ihre Rückkehr nach England unnötig gewesen war. Sie hätte ebenso gut in die Stadt zurückkehren können, wo Randolph sie dann besucht hätte. Vielleicht hätten sie und Cordelia auch in dem Haus in Brisbane bleiben und nie nach Glengownie kommen sollen. Der Busch war kein Ort für eine Frau.

Hedley hatte seine Mutter weggeschickt. Und wenn sie nicht an Bord dieses Schiffes gewesen wäre, auf dem das tödliche Fieber grassierte, wäre sie noch am Leben. Und nun hatte Hedley eine neue Braut nach Hause gebracht. Es war, als hätte er Mutter völlig aus seinen Gedanken verbannt, als ob sie nie existiert hätte. Hedley hatte keine zweite Chance auf Glück verdient. Seine Mutter hatte auch keine zweite Chance bekommen.

Im Laufe der Tage ertappte Randolph sich dabei, wie seine Gedanken immer mehr um Bridie kreisten. Ohne dass es ihr bewusst war, verzauberte sie ihn mit ihren strahlenden Augen und ihrem unwiderstehlichen Lächeln. Er beobachtete sie, verfolgte brütend jede ihrer Bewegungen und wartete auf ein Zeichen dafür, dass sie ihn bewusst wahrnahm. Aber sie hatte nur Augen für seinen Vater und schien ihn gar nicht zu sehen.

In seiner Verzweiflung ersann er Mittel und Wege, in ihrer Nähe zu sein. Er stand unbemerkt im Schatten der Weiden und sah ihr dabei zu, wie sie nackt im Fluss badete und das Wasser glitzernd über ihre vollen Brüste rann. Er presste die Finger auf den Mund und stellte sich vor, wie es wäre, ihre Lippen auf den seinen zu fühlen. Er versuchte, sich Bridie und seinen Vater bei der Liebe vorzustellen, aber vergeblich. Und so lauschte er den gedämpften Geräuschen ihres Liebesspiels durch die dünne Trennwand und fühlte, wie sein ganzer Körper sich anspannte vor Verlangen.

Sie gehörte seinem Vater, aber eines Tages würde sie ihm gehören. Das würde seine Rache sein. Das würde ihn von seinem Hass auf Hedley befreien.

Derweil beobachtete Randolph Cordelia und verfolgte belustigt, wie seine Schwester ihre Verachtung für Bridie herausließ. Sie konnte kein gutes Haar an der neuen Frau ihres Vaters lassen. Er wusste, dass der Verlust von Hedleys exklusiver Zuneigung die eigentliche Wurzel des Übels war und nicht die vorgeschobene Schamlosigkeit seiner Ehe mit einer um so vieles jüngeren Frau. Doch bald schon ging ihm ihre ständige Bissigkeit auf die Nerven, bis er schließlich gewissermaßen in Notwehr sorgfältig ausgesuchte Worte abfeuerte und ihre Gedanken sezierte, bis er wusste, dass Eifersucht und Verzweiflung sie fast um den Verstand brachten.

Cordelia! Sie war zu offensichtlich in ihrer Ablehnung, zu offen. Subtilität hieß das Zauberwort. Durch Diplomatie ließ sich mehr erreichen, durch sanfte Beeinflussung von Gedanken und Gefühlen ließ sich der Lauf der Dinge viel eher verändern. Und wenn er vorsichtig war, wenn er überlegt vorging, würde er keine Spuren hinterlassen, die sich bis zu ihm zurückverfolgen ließen.

An einem heißen Morgen drei Monate nach Bridies Ankunft auf Glengownie, begleitete Cordelia ihn in den Stall, wo er ein Pferd sattelte; er wollte die Grenzen abreiten auf der Suche nach mehreren vermissten Rindern.

»Noch ein Tag mit dieser Frau, und ich werde verrückt«, beklagte sie sich, als sie die Stalltür hinter sich schloss. Drinnen war es kühl und roch nach Häcksel und Melasse. Sonnenlicht fiel durch Ritzen in den Wänden herein.

Randolph seufzte; offenbar stand ihm ein weiterer Streit bevor. Sie konnten scheinbar nicht mehr miteinander reden, ohne sich letztendlich anzuschreien.

»Sieh mich nur an«, fuhr sie fort. »Im Haus eingesperrt. Mit ihr! Manchmal glaube ich, Vater tut das mit Absicht, nur um mich zu ärgern.«

»Das ist ja auch nicht besonders schwer. Mir scheint, in letzter Zeit ärgerst du dich einfach über alles. Im Übrigen könntest du ja auch weggehen.«

»Was?! Glengownie verlassen?« Sie lachte schrill. »Sei nicht albern!«

»Erzähl mir nicht, du hättest noch nie daran gedacht«, fuhr er fort, in dem Wissen, dass ein Streit sich nun nicht mehr vermeiden ließ. Er grinste in sich hinein. Wenn schon, dann richtig. »Hast du schon mal an Brisbane gedacht? Du hast doch Mutters Erbe, und ich bin sicher, dass Vater nichts dagegen hätte. Außerdem gäbe es dort keinen Mangel an heiratsfähigen Männern.«

»Damit sie hier in aller Ruhe meine Position untergraben kann? Das hier ist auch mein Zuhause, Randolph. Außerdem ... du wirst doch nicht ernsthaft annehmen, dass sie bleiben wird, oder? Sei nicht albern. Sie wird den mangelnden Komfort bald leid sein.«

»Du übersiehst da eine Kleinigkeit, Schwesterchen. Bridie kann nirgendwohin. Sie wird nicht gehen. Nicht bald, und überhaupt nie. Das hier ist jetzt auch ihr Zuhause.«

Randolph hob ächzend den schweren Sattel auf den

Pferderücken. Er hatte genug von ihren ewigen Klagen. Immer war Bridie an allem schuld. Bridie dies, Bridie jenes! Warum konnte sie die Dinge nicht endlich akzeptieren, so wie sie waren, und in die Zukunft schauen? Er lachte; es klang bitter. »Cordelia, meine Liebe, was du brauchst, ist ein Mann ganz für dich allein. Jemand, der dich auf andere Gedanken bringt.«

»Werd nicht vulgär.«

»Aber es stimmt doch. Es geht doch im Grunde gar nicht um Bridie. Es geht um Vater.«

»Was redest du da?«

»Mir ist nicht entgangen, wie du ihn ansiehst. Er ist doch nicht dein Liebhaber, verdammt nochmal.«

»Blasphemie steht dir nicht gut zu Gesicht. Mutter wäre schockiert, wenn sie dich hören könnte!«

Randolph seufzte. Wie immer, wenn er ihre Anhänglichkeit gegenüber Hedley kritisierte, schaffte sie es, ihm den Schwarzen Peter zuzuspielen. »Lenk nicht vom Thema ab«, knurrte er. »Sieh dich doch an. Du siehst fast aus wie eine Eingeborene. Du solltest dich etwas mehr pflegen. So wie du aussiehst, bekommst du nie einen Mann.«

»Ach, halt doch den Rand und geh. Ich will gar keinen Mann. Ich will nicht heiraten. Sie wird bald wieder verschwinden, wart's nur ab. Verweichlichtes Stadtmädchen. Sie wird mit dem Leben hier draußen nicht fertig werden. Dann sind wir drei wieder unter uns. Wie früher. Du wirst es noch erleben.«

»Und wie kommst du darauf, dass sie gehen wird?«

»Sie ist schwanger«, zischte Cordelia mit verächtlich zusammengekniffenen Augen. »Sie wird ihr Baby nicht in der Wildnis aufziehen wollen. Was, wenn es krank wird oder gar stirbt? Vielleicht schickt Vater sie ja zurück in die Stadt.«

»Nein! Unmöglich.«

Sie lachte schrill. »Es ist so widerlich. Dabei sind sie erst ein paar Monate verheiratet.« Ihre Augen weiteten sich, als käme ihr plötzlich ein Gedanke. »Du glaubst doch nicht, dass er sie heiraten musste, oder? Vielleicht hatte er ...«

»Wer hat dir gesagt, dass sie schwanger ist?«, fiel Randolph ihr ins Wort. Er stand mit einem Fuß im Steigbügel da und fühlte Übelkeit in sich aufsteigen.

»Niemand, Dummkopf. Du kannst es selbst sehen, wenn du nur genau hinsiehst. Du bist ein blinder Idiot.«

Randolph nahm den Fuß wieder aus dem Steigbügel und fuhr herum. Er wollte ihre Behauptung abstreiten, wollte ihr eine Hand auf den Mund legen und ihr Lügenmaul zum Schweigen bringen. Sie war so voller Hass. Machte sie denn vor gar nichts Halt, nur um Bridie herabzuwürdigen? Er hob die Hand wie zum Schlag. Cordelia wich langsam zurück, Schritt für Schritt.

»Es ist wahr«, wiederholte sie. »Warum glaubst du mir nicht?«

»Das kann nicht sein! Du irrst dich, Cordelia! Es gibt kein Kind.«

»Warte, Randolph.« Ihre Stimme war kaum mehr als ein Flüstern. »Deine wunderbare Bridie wird noch einen Tarlington-Sohn zur Welt bringen. Einen weiteren Erben für Glengownie. Daran hast du bisher wohl nicht gedacht, was?«

Sie hatte Recht. Er hatte nie in Betracht gezogen, dass sein Vater noch ein Kind zeugen könnte. »Du irrst, Cordelia. Glengownie ist mein. Das hat Vater mir schon vor Jahren versprochen. Niemand kann es mir wegnehmen. Du bist nur eine boshafte alte Jungfer. Es ist wirklich höchste Zeit, dass du unter die Haube kommst und mit deinen widerlichen Verdächtigungen von hier verschwindest. Lass Bridie in Frieden, du rachsüchtige Krähe.«

Sie riss die Stalltür auf. Licht strömte herein, so grell, dass er blinzeln musste. »Die Zeit wird zeigen, dass ich Recht habe. Wenn es ein Junge ist, wirst du dein heiß geliebtes Land teilen müssen. Und was dann? Was wird dann aus Glengownie? Wird dir die Hälfte genügen?«

»Dazu wird es nicht kommen.«

Cordelia trat dichter an ihn heran, ihr Gesicht wutverzerrt. »Ich durchschaue dein lächerliches Spiel. Dass du sie begehrst, sieht doch ein Blinder. Die Frau deines Vaters! Es ist widerlich, zu sehen, wie du sie förmlich mit den Blicken verschlingst, leidend wie ein liebestoller Kater.«

»Fahr zur Hölle, Cordelia«, schrie er, nicht länger in der Lage, ihre Anschuldigungen abzustreiten.

Er sah, wie sie zum Haus stürmte, und konnte sich eine letzte Beleidigung nicht verkneifen. »Xanthippe!«

Dann drehte sich ihm der Magen um, und er erbrach ins Stroh. Als der Würgereiz nachließ, sank er schwach und zitternd an die Holzwand.

Das Pferd stampfte auf, um lästige Fliegen von seiner Fessel zu verscheuchen, und schnaubte ungeduldig.

Cordelia hatte das Baby mit keinem Wort erwähnt, aber Bridie erkannte an der grimmigen Miene ihrer Stieftochter, dass diese Bescheid wusste. Sie hatte sich große Mühe gegeben, ihren wachsenden Leibesumfang zu verbergen, hatte trotz des anschwellenden Bauches ihr Korsett eng geschnürt, bis sie das Gefühl hatte zu platzen. Hedley hatte geschimpft und gemeint, sie würde noch dem Kind schaden.

»Was spielt es denn für eine Rolle«, sagte er eines Abends, als sie im Bett lagen. »Du bist jetzt eine verheiratete Frau. Außerdem wissen sie gar nicht, wann das Kind kommen soll. Alle gehen davon aus, dass es von mir ist. Das habe ich dir versprochen, und ich beabsichtige, dieses Versprechen einzuhalten.«

Sie liebte ihn dafür, für diese rückhaltlose Akzeptanz ihrer selbst. »Danke, Hedley«, entgegnete sie und rollte sich auf die Seite. Sein Gesicht hob sich vom helleren Umriss des offenen Fensters ab. »Ich habe nachgedacht. Es gibt da etwas, was ich gern für dich täte.«

»Und was sollte das sein?«, fragte er lachend und legte ihr einen Arm um die Taille. Dann legte er die Hand auf ihren Bauch und streichelte die kleine Wölbung. »Ich habe alles, was ein Mann sich nur wünschen kann. Mein Zuhause. Meine Gesundheit. Eine wunderschöne Frau.«

»Ich würde dir gerne ein Kind schenken.« Ihr war, als wollte er zu protestierenden Worten ansetzen, und sie legte ihm zwei Finger auf den Mund »Nein, sag nichts. Das wäre meine Art, dir zu vergelten, was du für mich getan hast. Du hast mich so genommen, wie ich war. Du hast keine Fragen gestellt. Du hast mir keine Moralpredigt gehalten. Das ist der einzige Weg, der mir einfällt, wie ich dir deine Güte vergelten kann.«

»Das war keine Güte, sondern ein Akt der Liebe.«

Ihre Kehle war plötzlich wie zugeschnürt, und ihre Augen füllten sich mit Tränen. Sie brachte keinen Ton hervor. Hedley gab so viel und verlangte im Gegenzug so wenig. Wenn sie dieses Kind zur Welt gebracht und ihr Körper sich von der Geburt erholt hatte, würde sie ihm das kostbarste Geschenk überhaupt machen: einen weiteren Sohn, der den Fortbestand des Namens Tarlington sicherte.

KAPITEL 6

Obwohl Bridie versuchte, ihre Sorge zu verdrängen, beobachtete Hedley Tarlington mit wachsender Verblüffung Cordelias zunehmenden Hass auf seine junge Frau. Seine Hoffnung, dass Cordelia und Bridie sich anfreunden würden, hatte sich nicht erfüllt. Da er sich seinen Fehler nicht eingestehen wollte, suchte er Entschuldigungen für das Verhalten seiner Tochter, ließ ihr Zeit, sich an die neue Situation zu gewöhnen, in der Hoffnung, dass sie sich doch noch mit den unabänderlichen Tatsachen abfand. Aber schließlich kam er nicht mehr umhin einzusehen, dass er sich etwas vorgemacht hatte. Er hätte wissen müssen, dass die Zeit Cordelia nicht versöhnlicher stimmen würde.

Die Anspannung zehrte an seinen Nerven. Er beobachtete, wie Bridie immer nervöser wurde wegen der ständigen Spannungen, und wusste, dass er nicht zulassen durfte, dass Cordelias Boshaftigkeit die Gesundheit seiner Frau oder des Ungeborenen beeinträchtigte. Es gab nur eine Lösung. Es war höchste Zeit, dass Cordelia Glengownie verließ.

Wie erwartet, gab es reichlich Tränen, gefolgt von hysterischem Geschrei. Sie hasse ihn, er zwinge sie, ihren Platz einer Fremden und ihrem Kind zu überlassen. Hedley erbleichte bei ihren hasserfüllten Worten, die Bridie durch die dünnen Wände unweigerlich mithören musste.

»Nein, Cordelia. Mein Entschluss steht fest«, entgegnete Hedley unnachgiebig. Er würde sich nicht erweichen lassen. »Ich habe in Brisbane Erkundigungen eingeholt. Es gibt da eine Witwe, eine Mrs. Simms, die ein Institut für junge Damen leitet. Die Mädchen dort werden etwa in deinem Alter sein. Töchter wohlhabender Landbesitzer aus dem Westen. Natürlich wirst du auch Unterricht haben. Deine Erziehung ist in den vergangenen Jahren sehr vernachlässigt worden. Und als meine einzige Tochter musst du angemessen in die Gesellschaft eingeführt werden, damit du einen ordentlichen Mann bekommst.«

»Ich will nicht heiraten«, protestierte sie unter Tränen. »Ich will nur hier bei dir auf Glengownie bleiben.«

Hedley brachte sie im Buggy nach Brisbane. Steif verabschiedete sie sich von Randolph, indem sie ihm förmlich die Hand schüttelte. Bridie ignorierte sie völlig. Hedley warf seiner Frau einen entschuldigenden Blick zu. Er würde sie nach seiner Rückkehr aus der Stadt die vergangenen schwierigen Monate vergessen machen. Vielleicht würden ja ein paar neue Kleider des Schneiders in der Charlotte Street, die speziell dazu ersonnen waren, ihren zunehmenden Umfang zu kaschieren, sie aufheitern.

Cordelia sprach nur wenig. Sie schmollte bereits, als sie der ersten Wegbiegung folgten und Glengownie ihren Blicken entschwand. Dann schaute sie ihrem Vater unverwandt in die Augen. Hedley zuckte zusammen angesichts der unverhohlenen Verachtung auf ihren Zügen.

»Das wirst du noch bereuen, Vater, das schwöre ich. Glengownie war mein Zuhause, und du hast nicht das Recht, mich von hier fortzuschicken. Ich werde niemals zurückkommen. Nicht, solange sie hier ist. Hast du verstanden?«

Und Hedley bezweifelte nicht, dass sie jedes Wort meinte, das sie sagte.

Randolph war überrascht, dass Cordelias Weggang tatsächlich eine Lücke in seinem Leben hinterließ. Nun hatte er niemanden mehr, mit dem er über die Zukunft von Glengownie sprechen konnte, und obwohl Cordelia ihn als Blitzableiter benutzt hatte, an dem sie ihren Hass auf Bridie auslassen konnte, erkannte er nun, da es zu spät war, dass sie trotz allem eine verwandte Seele gewesen war. An manchen Tagen schien Hedley sich gar nicht mehr für das Land zu interessieren, so sehr war er mit seiner neuen Frau beschäftigt.

Cordelia hatte Recht gehabt. Ungläubig beobachtete Randolph, wie Bridies Leib sich unter den Petticoats immer mehr rundete und sie mit fortschreitender Schwangerschaft immer schwerfälliger wurde. Fleißig nähte sie Kleidung für das Baby, niedliche Sachen, so winzig, als wären sie für eine Puppe bestimmt. Jeden Tag nähte sie mehrere Stunden lang, wobei das lange schwarze Haar ihr weich über die Schultern und den gebeugten Rücken fiel. Im fortgeschrittenen Stadium der Schwangerschaft bewegte sie sich nur noch watschelnd durch die Hütte, eine Hand beruhigend auf ihrem dicken Bauch ruhend.

Das Kind kam knapp acht Monate nach der Hochzeit. Eines Morgens, als die ersten Sonnenstrahlen eben erst begannen, die frostige Nacht zu vertreiben, machte Hedley sich auf den Weg, die Ehefrau eines der Rinderhirten zu holen, die auch als Hebamme agierte.

Randolph wurde hinausgeschickt, um nach den Rindern auf einer tief liegenden Weide in der Nähe zu sehen, als die Wehen einsetzten und ihr Körper von heftigen Krämpfen geschüttelt wurde. Trotz der Entfernung konnte er ihre Schreie hören, die sich gen Himmel erhoben wie ein Schwarm aufgeschreckter Krähen vom Kadaver einer verendeten Kuh. Er litt mit ihr, draußen auf der Weide, unter der sengenden Sonne.

Später schlüpfte er ins Zimmer und betrachtete sie im Schlaf. Ihre Wangen waren sehr blass, und tintenschwarze Strähnen ihres Haares waren über das Kissen gebreitet. Sie atmete stoßweise nach der Anstrengung, und ihre Brust hob und senkte sich gleichmäßig unter dem sauberen Laken. Das Baby, ein Junge, ganz so wie Cordelia es vorausgesagt hatte, lag neben ihr in seinem Bettchen. Von ihm war nur ein winziges runzliges Gesichtchen zu sehen, so vollständig war er in Decken gewickelt.

Sie nannte das Baby Hugh. Der Kleine war ein friedliches, anspruchsloses Baby, das zufrieden in seinem Körbchen lag und vor sich hin lachte und gluckste, wenn es nicht schlief. Jedes Mal, wenn Randolph die Küche betrat, war sie dort und mit dem Kleinen beschäftigt. Er sah, wie sie das Kind diskret in einer Ecke der Küche stillte, am Feuer, denn es war Winter, und eisiger Wind fuhr mit unheimlichem Pfeifen durch die Bäume und griff mit kalten Fingern durch jede Ritze der Hütte.

Es verging kein Tag, an dem Randolph nicht an sie dachte. In den Stunden, die er unter der blassen Sonne draußen auf den Weiden verbrachte, und auch in den schlaflosen Nächten, in denen er sich unruhig in seinem schmalen Bett herumwälzte, stellte er sich ihren Körper vor, ihren Mund, so weich unter seinem, ihr schwarzes Haar wie ein Schleier vor ihren nackten Brüsten. Diese Visionen frustrierten ihn noch mehr, bis er glaubte, vor Verlangen den Verstand zu verlieren. Vorsichtig plante und manipulierte er. Er konnte nicht mehr lange warten. Die Zeit nahte, da Bridie sein werden würde.

Hugh wuchs zu einem fröhlichen Kleinkind heran, das erste, wacklige Schritte in der Hütte unternahm, die kurzen, dicken Finger in Bridies Rock gekrallt. Er war dunkelhaarig wie seine Mutter und sehr stämmig, mit einem sonnigen Naturell und voller Neugier.

Sie hatten Cordelia nicht mehr gesehen, seit Hedley sie vor über einem Jahr in Mrs. Simms Institut für junge Damen untergebracht hatte. Hedley schrieb ihr regelmäßig, lange Briefe voller Neuigkeiten, die er immer erst Bridie zeigte, bevor er sie abschickte, aber er bekam keine Antwort. Es schien, als hätte Cordelia alle Brücken hinter sich eingerissen.

Und so war der erste Brief von ihr eine große Überra-

84

schung. Er war knapp und sachlich. Cordelia hatte einen Mann kennen gelernt, Maximilian Hoffnann, Anwalt mit Kanzlei in der Stadt, und er hatte um ihre Hand angehalten. Da sie noch nicht volljährig war, brauchte sie Hedleys Einwilligung. Ob Hedley bereit wäre, nach Brisbane zu kommen, um ihren Bräutigam in spe kennen zu lernen?

Hedley traf umfangreiche Vorbereitungen für die Fahrt. »Ich werde mindestens eine Woche bleiben, vielleicht auch zwei«, teilte er Bridie beim Abendessen mit. »Ich habe im vergangenen Jahr meine geschäftlichen Angelegenheiten schleifen lassen und kann so zwei Fliegen mit einer Klappe schlagen.«

Bridie hob Hugh vom Boden auf, wo er schläfrig auf einer Decke vor dem Feuer lag und am Daumen lutschte.

»Ich würde dich gerne begleiten«, sagte sie. »Ich brauche ein paar Sachen für Hugh.«

»Nicht diesmal. Ich werde sehr beschäftigt sein, und für dich wäre es sicher nicht spaßig, mit einem Baby im Hotelzimmer herumzusitzen. Vielleicht fahren wir für ein paar Tage nach Brisbane, wenn es wärmer ist. Schreib auf, was du brauchst, und ich verspreche, alles für dich besorgen zu lassen.«

Bridie nickte. »Also gut, dann im späten Frühling. Versprochen?«

»Versprochen.« Hedley lachte und zwinkerte ihr verschwörerisch zu. Dann beugte er sich vor und strich Hugh mit der Hand über die dunklen Locken. »Und ich halte meine Versprechen.«

»Was willst du tun, wenn er nicht mehr da ist?«

Bridie, die gerade am Herd stand und kochte, wandte sich ihm stirnrunzelnd zu, nicht sicher, ob sie sich nicht verhört hatte. Sie verstand nicht, was er meinte. »Wie meinst du das? Wenn wer nicht mehr da ist?«

»Mein Vater. Hedley.«

Sie musterte Randolphs Gesicht aufmerksam. Hedley war seit einigen Tagen fort, in Brisbane, um Cordelias zukünftigen Mann in Augenschein zu nehmen. Bridie hatte ihm vom Garten aus nachgewunken, als er davongeritten war, unglücklich beim Gedanken an die einsamen Nächte, die vor ihr lagen.

Der Anflug eines Lächelns umspielte Randolphs Lippen. Seine Augen wirkten kalt, berechnend. Wollte er sie aufziehen? Wenn ja, hatte sie den Witz noch nicht begriffen. »Ich verstehe nicht.«

Er seufzte ungeduldig. »Hedley ist viel älter als du. Und im Busch wird man für gewöhnlich nicht sehr alt. Harte Arbeit, Unfälle. Was, wenn er stirbt? Was willst du dann tun?«

Der Gedanke kam für sie völlig unerwartet. Hedley? Tot? Für sie war das unvorstellbar, auch wenn Randolph offensichtlich bereits über diese Möglichkeit nachgedacht hatte. Er stand vor ihr, die Hände auf den Hüften, und wartete auf ihre Antwort.

»Keine Ahnung. Darüber habe ich noch nicht nachgedacht.«

»Du hast nicht über die Zukunft deines Kindes nachgedacht?«, fragte er ungläubig.

»Wir haben noch nie darüber gesprochen.«

»Oh. Dann hat er dir nichts von dem Geld erzählt.«

»Nein.« Die Unterhaltung wurde mit jeder Minute

verwirrender. Geld? »Gibt es Probleme wegen Geld?« Sie hatte den Bemerkungen ihres Vaters seinerzeit vor ihrer Heirat mit Hedley entnommen, dass ihr Mann nicht nur Glengownie besaß, sondern darüber hinaus zahlreiche sehr einträgliche Geschäftsbeteiligungen in Brisbane.

Randolph strich sich scheinbar gedankenverloren über das Kinn. Dann fuhr er fort, wobei er sie sehr eindringlich musterte. »Das Geld gehört eigentlich gar nicht Hedley. Es gehörte meiner Mutter. Eine große Erbschaft. Das meiste ist in einem Fond für Cordelia und mich angelegt. Wir haben allerdings erst mit 25 Zugriff darauf.«

»Davon wusste ich nichts. Hedley hat es niemals erwähnt ...«

»Nein, wohl nicht. Er spricht nicht gerne darüber.«

»Aber ich bin seine Frau. Mir kann er sich doch anvertrauen.«

»Er ist empfindlich – zumindest was das Geld betrifft.«

Plötzlich kam ihr der Gedanke, Randolph könnte glauben, sie hätte seinen Vater nur deshalb geheiratet, weil sie Hedley für wohlhabend gehalten hatte. Die Unterstellung ärgerte sie. »Wie kannst du es wagen«, zischte sie. »Ich bin nicht an dem Geld interessiert, falls du das meinst.«

»Dann sag mir, warum du meinen Vater dann geheiratet hast.«

»Ich habe Hedley geheiratet, weil ...« Bridie verstummte. Die Frage war ganz plötzlich gekommen. Sie hatte keine Zeit gehabt nachzudenken. Sie konnte ihm nicht die Wahrheit sagen, dass sie von einem anderen

Mann schwanger gewesen war. Dass das Kind, das Randolph für seinen Halbbruder hielt, gar kein Blutsverwandter war. Nervös zupfte sie an ihrer Schürze.

»Liebe kann es nicht gewesen sein«, fuhr Randolph fort. »Mein Vater hat selbst zugegeben, dass er dir nur drei Tage den Hof gemacht hat, ehe ihr getraut wurdet. Wie hast du es angestellt, ihn einzuwickeln? Hast du ihn verführt? Hast du ihn gezwungen, eine ehrbare Frau aus dir zu machen, nachdem du ihm zu Willen gewesen bist?«

Sie wich einen Schritt zurück, außer sich vor Zorn. »Wie kannst du es wagen! Schämst du dich gar nicht, dich in Hedleys Abwesenheit so aufzuführen und mich derart zu beschuldigen? Deine Unterstellungen sind alle falsch. Und du irrst noch in einem anderen Punkt. Der Grund, weshalb ich Hedley geheiratet habe, der Grund, weshalb ich seine Frau geworden und mit ihm nach Glengownie gekommen bin, ist Liebe!«

»Du liebst einen Mann, der alt genug ist, um dein Vater zu sein?«

»Ja.«

Randolph zuckte die Achseln. Plötzlich nahmen seine Züge einen weicheren Ausdruck an. »Es fällt mir schwer, das zu verstehen. Aber wenn du es sagst, werde ich es wohl glauben müssen.«

Bridie hielt die Luft an. In ihrer Wut hatte sie Randolph gesagt, sie würde Hedley lieben, obwohl sie diese Worte nie zu ihrem Mann gesagt hatte. Ich liebe dich. Drei unbedeutende Worte, und doch würden sie ihn unbeschreiblich glücklich machen. Wie oft hatte er sie zu ihr gesagt? Dutzende Male.

Er kam auf sie zu und legte eine Hand an ihre Wange.

Sie zuckte instinktiv zusammen und rückte kaum merklich von ihm ab.

»Randolph ...«, begann sie zögernd.

Er war nicht unattraktiv. Genau genommen hatte Hedley vermutlich vor zwanzig oder mehr Jahren ziemlich genauso ausgesehen. Groß, über einen Meter achtzig, sonnengebräunt, schlank, mit einem gepflegten Schnauzer, der ihm ein distinguiertes Aussehen verlieh. Eine jüngere Ausgabe ihres Mannes, abgesehen von dem Hauch von Skrupellosigkeit, der ihm anhaftete.

»Heh!« Er trat abrupt hinter sie, legte ihr die Hände auf die Schultern und übte leichten Druck aus. Sie fühlte sich unbehaglich. Ein Arm glitt an ihrem herab, und sie fühlte seine nackte Haut, dort wo der Ärmel ihres Kleides am Ellbogen endete. Er drehte sie zu sich herum. Sie konnte seinen ungleichmäßigen Atem hören. Als sie aufblickte, sah sie geradewegs in seine dunklen Augen. »Ich wollte dich nicht ärgern.«

Sie wollte weg von ihm, aber sein Arm glitt über ihren Rücken bis zu ihrer Taille, und er zog sie fest an sich. Sie konnte die Bewegung seiner Brust fühlen, als er atmete.

»Es ist alles gut. Kein Grund, sich wegen der Zukunft zu sorgen«, sagte er. »Ich habe einen Plan. Ich kann dir helfen, dir alles bieten, falls etwas passiert. Cordelia würde dir sicher nicht helfen. Das weißt du. Sie verachtet dich.«

Bridie nickte. Ihr Mund war ganz trocken, und ihr Magen verkrampfte sich. Cordelia. Die ihre eigene Ehe mit einem wohlhabenden Anwalt in der Stadt plante. Und nach all dieser Zeit immer noch einen Groll gegen Bridie hegte. Es stimmte; Cordelia hasste sie.

»Plan! Was denn für ein Plan?«

Randolph senkte den Kopf, bis sein Gesicht ganz nah an ihrem war. »Du und ich. Ich möchte dich berühren, Bridie. So wie du noch nie berührt worden bist.«

Diesmal war absolut klar, was er meinte. Die Worte dröhnten in ihrem Schädel, als seine Lippen sich auf die ihren legten. Seine Arme schlossen sich wie Zwingen noch fester um ihre Taille.

Plötzlich ertönte lautes Weinen aus dem Schlafzimmer, in dem Hugh schlief. Sie erschraken beide. Randolph lockerte für einen Moment seinen Griff. Hastig befreite sie sich aus seiner Umarmung und eilte an ihm vorbei. Als sie durch die Tür lief, warf sie einen Blick zurück und sah Randolph mit zornigem Gesicht schwer atmend im Raum stehen.

Bridie nahm Hugh aus seinem Bettchen und wischte ihm die Zornestränen aus den Augen. Sie drückte das Kind an ihre Brust und barg das Gesicht an seinem Haar. Was sollte sie tun? Hatte sie Randolph irgendwie ermutigt? Hatte sie ihn, ohne es zu wollen, glauben gemacht, sie wäre an ihm interessiert? Sie überlegte fieberhaft. Er begehrte sie. Wie sollte sie ihm aus dem Weg gehen? Sie waren ganz allein in der Hütte. Es gab keine Schlösser an den Türen. Sie konnte ihn nicht daran hindern, nachts in ihr Zimmer zu kommen. Und Hedley erwartete sie in frühestens einer Woche zurück.

Bridie wachte davon auf, dass die Matratze unter seinem Gewicht nachgab. Sie schlug die Augen auf und blickte geradewegs in Randolphs Gesicht, das seltsam schimmerte im Licht der Lampe, die er bei sich hatte.

»Bitte ...«, flehte sie und setzte sich noch ganz schlaf-trunken auf. Er legte ihr eine Hand auf die Schulter und drückte sie sanft, aber bestimmt zurück auf die Matrat-ze.

Es war zwecklos zu schreien. Niemand würde sie hö-ren, abgesehen von Hugh, der in seinem Bettchen in einer Ecke des Zimmers lag und schlief. Sie wollte ihn nicht aufwecken, ihm keine Angst machen, und so blieb sie still liegen in dem Bewusstsein, dass ihr nichts und niemand helfen konnte. Hinterher lehnte er sich über sie hinweg und drehte den Docht herunter. Die Flamme wurde kleiner, flackerte, ging aus. Sie lag mit dem Ge-sicht zum Fenster im Dunkeln. Randolph schmiegte sich von hinten an sie und legte besitzergreifend einen Arm um ihre Taille, über ihren Bauch. Sie fragte sich, ob er die Tränen spürte, die über ihre Wangen strömten und auf das Kissen tropften.

KAPITEL 7

Letztlich war die Verführung Bridies ganz leicht gewesen. Es hatte keine handgreifliche Auseinan-dersetzung gegeben; sie hatte kampflos nachgegeben, so wie er es erwartet hatte. Er hatte ihr keine andere Wahl gelassen.

Als er am nächsten Morgen aufwachte, war das Zim-mer von blassem Licht erfüllt. Trotz der kalten Realität des neuen Tages konnte er noch nicht so ganz glauben, dass er seinem Vater das genommen hatte, was diesem das Kostbarste auf der Welt war. Bridie. Sie schlief noch, ihre Haut fast durchscheinend gegen die Laken. Sanft weckte er sie, drang erneut in sie ein und verlor sich in ihrer berauschenden Weichheit.

Er brachte ihr das Frühstück ans Bett; eine Tasse dampfenden Tee, Toast mit Butter und ein Glas Orangenmarmelade, die sie gerne aß. Sie schob den Toast beiseite und setzte sich auf, hübsch anzusehen in einem weißen Nachthemd. Schweigend trank sie den heißen Tee mit Milch und musterte ihn über den Rand ihrer Tasse hinweg eindringlich.

Er dachte bei sich, dass er etwas sagen sollte. Nachdem er sein Ziel erreicht hatte, war ihm sehr daran gelegen, diesen Stand der Dinge auch zu erhalten. »Hedley braucht nichts davon zu erfahren«, begann er vorsichtig.

»Was hast du geglaubt, dass ich ihm sage? Du hättest mich vergewaltigt?«

Ihre Lippen waren zu einem schmalen Strich zusammengepresst. Es fiel ihm schwer, diese Härte mit den Lippen in Einklang zu bringen, die er erst vor einer halben Stunde geküsst hatte. »Vergewaltigt? Ich finde, du warst recht willig.«

»Hatte ich denn eine andere Wahl?«

Er schüttelte den Kopf. »Ich habe dich nicht vergewaltigt.«

»Nein.« Sie seufzte. »Wahrscheinlich nicht. Oberflächlich betrachtet. Aber was wäre gewesen, wenn ich mich gewehrt, wenn ich geschrien und gekämpft hätte? Was hättest du dann getan?«

»Aber das hast du nicht. Ich meine, geschrien und dich gewehrt.« Er konnte sehen, wie sie diese Feststellung mit leichtem Stirnrunzeln verdaute. Sie schien verwirrt, wusste offensichtlich nicht, was sie sagen sollte.

Sie hatte passiv dagelegen, als würde er es sich anders überlegen und wieder gehen, wenn sie ihn einfach ignorierte. Sanft hatte er sie mit Händen und Lippen liebkost, sie geküsst, entschlossen, sie zu erregen. Er wusste, dass er kein unattraktiver Mann war, und eine Hure in Beenleigh hatte ihn einige Jahre zuvor gekonnt in die Geheimnisse der körperlichen Liebe eingeweiht, sodass er sich seither als vollendeten Liebhaber betrachtete. Dass sie keine Reaktion auf seine Bemühungen gezeigt hatte, ärgerte ihn.

Sie errötete.

»Du wirst Hedley also nichts sagen«, stellte er fest. Er fühlte sich frei und verwegen. »Und vergiss nicht, was ich dir gestern gesagt habe. Ich werde für dich sorgen, falls Hedley etwas zustößt. Das ist unser geheimer Pakt.«

Von den Stimmen geweckt, wachte Hugh auf und rief nach ihr. Randolph beugte sich vor und nahm ihr die leere Tasse aus der Hand. Dann holte er den noch ganz verschlafenen Jungen und legte ihn ihr auf den Schoß. Langsam öffnete er das Dutzend winziger Knöpfe vorn an ihrem Nachthemd und zog ihr anschließend den Stoff über die Schultern, bis sie mit nacktem Oberkörper dasaß. Er strich mit einem Finger über die Rundung einer blassen, von blauen Adern durchzogenen Brust.

Sie ignorierte ihn und legte das Kind an. Sie hatte Hugh noch nicht entwöhnt, und Randolph sah fasziniert zu, wie der Kleine die Zunge um ihre Brustwarze legte und gierig saugte. Bei diesem Anblick regte sich sein Verlangen erneut. Er legte sich neben sie, und als er

Hughs Mund an ihrer Brust beobachtete, schoss ihm plötzlich ein Gedanke durch den Kopf.

»Das nächste Kind wird von mir sein«, sagte er und schaute sie dabei an, um zu sehen, wie sie auf seine Worte reagieren würde.

Sie lachte; ein verächtlicher, harter Klang, der Hugh veranlasste, den Kopf von ihr abzuwenden und in die Richtung zu blicken, aus der Randolphs Stimme kam.

»Warum heiratest du nicht, wenn du dir so sehr ein Kind wünschst?«

»Es gibt Meilen im Umkreis keine ledige Frau. Schlechte Bedingungen für eine Brautschau, findest du nicht auch?« Er dachte flüchtig an die Frauen der Rinderhirten, Frauen mit rauen Händen und ausladenden Hüften, die den ganzen Tag unter primitiven Bedingungen schufteten, ständig mehrere Kinder am Rockzipfel.

Irgendwann lag Hugh gesättigt und schlafend an ihrer Seite. Bridie hob ihn sanft auf den Arm und legte ihn zurück in sein Bettchen, nachdem sie ihm einen Kuss auf den herzförmigen Mund gedrückt hatte. Sie ging zur Tür und zog sich dabei das Nachthemd wieder über die Schultern, aber er war schneller und versperrte ihr den Weg. Sie blieb stehen. Sie hielt sich sehr gerade und zuckte leicht vor seinen Händen zurück. Einen Augenblick dachte er, sie würde Widerstand leisten.

Sie sah wunderschön aus, wie sie da stand, das Gesicht mit dem sinnlichen Mund von lockigem schwarzem Haar umrahmt. Ihre Haut glühte wie die Kohlen drüben im Küchenherd. Sie blickte zu ihm auf und musterte ihn aus grün gesprenkelten Augen, den Kopf in einem herausfordernden Winkel geneigt. Ein Anflug von Verachtung huschte über ihr Gesicht. Durch den Ausschnitt ihres Nachthemdes konnte Randolph ihre Brüste sehen, so weich und doch straff und fest. Langsam und wortlos führte er sie zurück zum Bett. Worte waren überflüssig.

Innerlich verging Bridie vor Scham, jedes Mal, wenn Randolph sie anfasste. Er war ein keuchender, hektischer Liebhaber und nicht sanft und rücksichtsvoll wie Hedley. Wenn Randolph sie nahm, kam es ihr vor, als würde sie von einem Wirbelwind erfasst, der ihren Körper hierhin und dorthin schubste und zerrte, um seine Gier zu stillen, bis sie nach Luft schnappte wie ein Fisch auf dem Trockenen und am ganzen Leib zitterte.

Sie kam sich vor wie eine Hure, war verwirrt und wurde von quälenden Schuldgefühlen geplagt. Ihre Gedanken wanderten immer wieder zu Hedley, dem Ehemann, der sie verehrte und ihr seine Liebe auf so viele verschiedene Arten zeigte. Sie hatte ihr Ehegelübde gebrochen. Und wenn Hedley es erfuhr? Er würde sie hassen, dessen war sie sich ganz sicher. Vielleicht würde er ihre Untreue ja spüren, wenn er zurück war. Er würde es niemals verstehen, auch wenn sie den Mut aufbrächte, ihm alles zu gestehen. Sie sehnte sich danach, mit der Hand über seine grauen Schläfen zu fahren und seine kraftvollen Arme um sich zu spüren. Aber er war fort und konnte ihr nicht helfen.

Randolph hatte sie in seiner Gewalt, so sicher wie auf die Nacht ein neuer Tag folgte. Und bei alledem fürchtete sie sich noch vor dem, was Randolph angedeutet hatte. Was, wenn Hedley etwas zustieß? Wenn ein dummer Unfall seinem Leben vorzeitig ein Ende machte? Aber sie brauchte sich keine Sorgen zu machen; sie und Hugh waren sicher. Randolph würde für sie sorgen. Wenn das Undenkbare geschah, würde er sie heiraten, und sie würde auf Glengownie bleiben können. Er hatte es versprochen. Und sie hatte keinen Grund, an seinen Worten zu zweifeln.

Hedley würde nie erfahren, was geschehen war, dafür würde sie sorgen. Und wenn er zurückkam, würde sie die Worte zu ihm sagen, von denen sie wusste, dass sie ihn glücklich machen würden; sie würde ihm sagen, dass sie ihn liebte. Ganz bestimmt würde er lächeln, wenn er sie hörte, so wie er gelächelt hatte, als sie ihm in der Nacht, bevor er nach Brisbane geritten war, erzählt hatte, dass sie endlich das Versprechen erfüllen könne, dass sie ihm vor so vielen Monaten gegeben habe. In weniger als acht Monaten würde sie ihm ein Kind schenken. Sein Kind. Einen weiteren Tarlington-Erben.

Hure! Flittchen! Die Scham verfolgte sie, peinigte sie. Den ganzen Sommer über kam es Bridie vor, als stünde ihre Haut in Flammen. Jeder einzelne Nerv prickelte. Bei jedem Geräusch fuhr sie schuldbewusst herum, überzeugt, dass Hedley die Wahrheit von ihrem Gesicht ablesen konnte. Ihre einzige Freude in jenen heißen, sengenden Tagen ihres dritten Sommers auf Glengownie war der Gedanke an Hedleys Kind, das stark und gesund in ihr heranwuchs.

Jeden Tag ging sie zum Fluss am Fuß des Hügels gleich hinter der Hütte. Es war nur ein kurzer, angenehmer Spaziergang im Schatten der großen Eukalyptusbäume rechts und links des Weges. Sie liebte es, dort zu baden, ganz für sich allein, in einem moosbewachsenen, natürlichen Becken, das von den herabhängenden Ästen einer Trauerweide verdeckt wurde, deren Blätter, wenn sie auf die ansonsten spiegelglatte Oberfläche fielen, immer größer werdende Kreise aussandten.

Die Kühle des Wassers beruhigte sie und ließ sie zumindest für einige Zeit alles andere vergessen. Hinterher lag sie in der Sonne, um sich trocknen zu lassen, eine Hand locker auf dem Bauch ruhend. Sie konnte die ersten zögerlichen Bewegungen des Kindes fühlen, ganz leicht, wie das Flattern kleiner Flügel an einer Glasscheibe. Die Bewegung freute sie, stärkte ihre Liebe zu ihrem Mann.

»Du bist sicher, mein Kind«, flüsterte sie und streichelte ihre gebräunte Haut. »Niemand kann dir etwas tun.«

Aber irgendwann konnte Bridie ihm nicht einmal mehr am Fluss entkommen. Randolph folgte ihr gelegentlich dorthin und bedrängte sie, während Hugh ganz in der Nähe im Schatten schlief. Sie konnte nichts tun; er hatte sie in der Hand. Wenn sie davon anfing, Hedley alles sagen zu wollen, drohte er, zu behaupten, sie hätte ihn verführt und nicht umgekehrt. Oder sie ihrem Schicksal zu überlassen, falls sie eines Tages seine Hilfe brauchte. Wie sie sich auch drehte und wendete, sie war ihm ausgeliefert.

Sie hatte ihm noch nichts von ihrer Schwangerschaft gesagt, auch wenn er es bald selbst würde sehen können. Vielleicht würde er das Kind in seiner Überraschung für seines halten. Sie würde ihn in dem Glauben lassen. Vielleicht würde er sie ja dann endlich in Frieden lassen. Sie schwieg weiterhin. Später, sagte sie sich. Sie würde es ihm später sagen, wenn sie den Zeitpunkt für günstig hielt. Bis dahin hütete sie ihr Geheimnis und genoss es, ihm etwas so Wichtiges vorzuenthalten.

Irgendetwas an ihr zog ihn so unwiderstehlich an wie das Licht die Motten. Er konnte einfach nicht genug von ihr bekommen. Randolph wusste, dass sie sich ihm nur widerwillig hingab, und er hatte auch erkannt, dass es ihm nicht gelungen war, Hedleys Macht über sie zu brechen. Sie hatte nur Augen für ihren Mann.

Und so war es das Wissen um seine Rache an seinem vertrauensseligen Vater, das ihn mit Befriedigung erfüllte. Sie ihrerseits wurde von schrecklichen Gewissensbissen geplagt. Das entging ihm nicht, und es gefiel ihm. Hedley, da war er sicher, war völlig ahnungslos.

Ihre Gespräche an den trägen Nachmittagen am Fluss drehten sich unweigerlich um das eine Thema, und mit der Zeit fing er an, den Streit, der hieraus entbrannte, zu hassen. Wie um sich selbst zu beruhigen, sprach sie vom Heiraten. Verpflichtungen und Loyalität. Heiraten? Gott, das konnte er nun wirklich nicht brauchen. Überhaupt hatte er ja schon alles, was er wollte. Bridie und seine Freiheit dazu. Die Vorstellung war ihm verhasst, und so versicherte er ihr hastig, dass ihm nichts ferner läge als heiraten zu wollen.

»Ich will nicht heiraten«, beharrte er. »Heirat, meine Schöne, ist eine List der Frauen, ersonnen, um einen Mann in Ketten zu legen und die Zerstörung seiner Seele voranzutreiben.«

Sie maß ihn mit einem seltsamen Blick. »Aber du hast versprochen, mich zu heiraten, falls Hedley etwas zustößt ...«

»Ich sagte, ich würde mich um dich kümmern. Glaubst du mir nicht? Aber heiraten? Davon habe ich nie gesprochen.«

Ihre Gesichter waren einander so nah, dass sie sich fast berührten, und die leichte Brise wehte feine Strähnen ihres Haars an seine Wange. Ihre Haut war von der Sommerhitze gerötet, und feine Schweißperlen bedeckten ihre Oberlippe.

»Manchmal denke ich, du bist ein Meister im Verdrehen von Worten, Randolph. Du sagst etwas, meinst aber etwas völlig anderes. Du bist gerissen und berechnend, und ich weiß nie, was du denkst. Du machst mir vage, obskure Versprechungen, die du dann geschickt nach deinen eigenen Bedürfnissen und Wünschen auslegst. Ich wünschte, ich könnte deine Gedanken lesen. Dann wüsste ich vielleicht, woran ich mit dir bin.«

Sie war zu empfindlich. Einen Moment zitterten ihre Lippen, und er fürchtete bereits, sie würde in Tränen ausbrechen. Er hoffte, dass sie es nicht tat; Frauentränen waren ihm ein Gräuel.

»Pssst.«

Er küsste die Worte von ihrem Mund und streichelte sie, zog sie ganz fest an seinen schlanken, drahtigen Körper, bis sie nach Luft schnappte und anfing zu zappeln.

»Randolph, nicht. Du tust mir weh.« Widerwillig ließ er sie los, hielt sie auf Armeslänge von sich und bewunderte ihren geschmeidigen, nackten Körper. Durch die schwingenden, herabhängenden Äste der Trauerweide fielen Flecken von Sonnenlicht, die über ihre Haut tanzten. Ihr Körper glänzte in der Hitze und hob sich deutlich von den dunkleren Felsen im Hintergrund ab. Die Nachmittage am Fluss hatten ihre Haut gebräunt. Ihre Figur war runder geworden, fülliger, was ihm sehr gut gefiel; sie war nach Hughs Geburt nie wieder so schlank geworden wie vorher.

»Ich brauche keine Ehe. Ich will ein Kind. Du kannst mir das geben, und niemand außer uns wird es je erfahren. Es wird unser Geheimnis sein, etwas, das nur uns allein gehört.« Randolph strich mit der Hand über ihren leicht gewölbten Bauch und knetete sacht ihre Haut.

Er hob den Kopf und begegnete ihrem Blick. In ihren Augen lag ein sonderbarer Ausdruck. Er hatte das Gefühl, eine Erklärung geben zu müssen. »Glengownie«, sagte er. »Eines Tages wird das alles hier mir gehören. Das ist mein Erbe. Mein Recht. Ich brauche einen Erben, einen Sohn. Jemanden, der eines Tages mein Werk fortsetzt. Wozu wäre die ganze elende Schufterei sonst gut?«

Sie rückte von ihm ab, rollte sich auf die Seite und schob mit einem Grashalm eine neugierige Ameise fort, die über ihre abgelegten Kleider krabbelte. »Kannst du dich nicht mit dem zufrieden geben, was du hast? Warum willst du noch mehr?«

Später sah er zu, wie sie im Fluss badete, seine Spuren von ihrem Körper wusch, um zur Hütte zurückzukehren. Die Unterhaltung hatte ihn ein wenig beunruhigt. Heiraten? Randolph schüttelte sich.

»Ich hasse die ganze Einrichtung Ehe, verstehst du. Lieben, ehren und gehorchen. Bis dass der Tod euch scheidet. Das haben auch meine Eltern einander mal versprochen«, rief er ihr zu. Seine Stimme hallte von den hohen Granitwänden wieder und wurde zu ihm zurückgeworfen. Sie fuhr fort, sich zu waschen, als hätte sie ihn nicht gehört.

Randolph fühlte Zorn in sich aufwallen. Sie verstand ihn nicht. »Meine Mutter konnte das Leben im Busch nicht ertragen, und da hat er sie weggeschickt. Zurück nach England. Dort ist sie gestorben, ganz allein. An einem Fieber, das sie sich auf dem Schiff eingefangen hatte.«

»Du kannst doch die Ehe an sich nicht nur deshalb ablehnen, weil die deiner Eltern ein tragisches Ende genommen hat.« Bridie wandte sich ihm zu, ihr Spiegelbild vor sich auf der stillen Wasseroberfläche. Verführerisch strich sie die Tropfen von ihren Armen und watete aus dem Wasser.

»Das Schlimmste war, dass ich nichts davon wusste. Sie war schon fast ein Jahr tot, als wir den Brief bekamen. Zwölf Monate!«

»Bitte, Randolph. Reg dich nicht auf.« Sie stand vor ihm. Wasser rann in kleinen Bächen über ihre nackte Haut, an ihren Schenkeln herab. Eine Woge der Bitterkeit durchströmte ihn. Plötzlich wollte er sie wieder nehmen, brutal; er wollte ihren weichen, biegsamen Körper zwischen hartem Fels und sich selbst festnageln und zustoßen, bis ihm die Luft ausging. Er fuhr sich mit dem Handrücken über die Lippen und fühlte, wie rau diese waren.

»Es ist die Wahrheit. Aber das interessiert dich wohl nicht. Wenn sie nicht gestorben wäre, wärst du nicht hier. Wo wärst du denn heute, wenn Hedley nicht gewesen wäre? Vielleicht hättest du ja einen netten jungen Ehemann und ein Haus in der Stadt.«

»Hör auf!«, fuhr sie ihn schroff an.

»Magst du die Wahrheit nicht hören, Bridie? Vielleicht sollten wir uns einmal über deine Ehe unterhalten. Ist sie wirklich das, was du dir erträumt hast?«

»Ist das der Grund, weshalb du mich begehrst?«, herrschte sie ihn mit wutverzerrtem Gesicht an. »Glaubt ein kranker Teil von dir, er könnte auf diese Weise Rache üben an deinem Vater, weil er deine Mutter fortgeschickt hat? Er hat sie nicht getötet, Randolph. Er hatte keine Schuld an ihrem Tod!«

Er sprang auf, packte sie bei den Schultern und schleuderte sie beiseite. Sie stieß unsanft gegen die Felswand. Ihr Kopf flog zurück und prallte gegen den Stein. Sie schnappte überrascht nach Luft, und ihre Lippen formten ein perfektes »O«, ehe ihre Augen sich vor Schmerz verdüsterten. Randolph erstarrte, entsetzt von dem, was er getan hatte. Er umfasste ihr Gesicht mit beiden Händen, ehe er sie wieder zurückzog und von ihr forttaumelte.

Sie biss sich auf die Unterlippe und weinte; heiße Tränen strömten ihr über das Gesicht. Schließlich wischte sie sich das Gesicht ab und kam auf ihn zu, wobei sie ihm Worte entgegenschleuderte, die er nicht hören wollte.

»Manchmal habe ich den Verdacht, das ist der einzige Grund, weshalb du mich begehrst. Weil ich die Frau deines Vaters bin. Die verbotene Frucht. Hast du schon als kleiner Junge immer das haben wollen, das du nicht haben konntest, Randolph? Das, was verboten war?« Sie umkreisten einander wie Raubtiere.

»Das reicht!« Er hatte genug gestritten für einen Tag. Im Übrigen war sie zu nah an der Wahrheit. War er so leicht zu durchschauen? Oder hatte sie nur geraten? Er wusste es nicht sicher zu sagen. Er senkte den Blick, als wäre er plötzlich ganz fasziniert von den kleinen Kieselsteinen am Flussufer.

»Darum hast du auch keine Schuldgefühle, wenn du mit mir zusammen bist«, fuhr sie unbeirrt fort. Sie schob das Kinn vor; in ihren Augen standen immer noch Tränen.

Schuldgefühle? Gott, nein! Aber sie hatte ihm ja bereits deutlich zu verstehen gegeben, dass sie kein Verständnis hatte für seine Rachegelüste. »Hast du welche?«, konterte er.

Sie wandte den Blick ab und fuhr sich mit einer Hand über das Gesicht. »Du kennst mich überhaupt nicht«, sagte sie leise.

»Du bist eine Frau. Mehr brauche ich nicht zu wissen.«

»Ja, ich bin eine Frau, und ich brauche Liebe.«

»Liebe! Wie idealistisch«, mokierte er sich. »Eine typisch weibliche Bemerkung, wie ich sie von dir nicht anders erwartet hätte. Und was genau ist Liebe, Bridie? Vielleicht kannst du es mir erklären. Soweit ich weiß, handelt es sich dabei um eine obskure Emotion, die nicht einmal Gelehrte zu erklären vermögen. Liebe! So etwas gibt es gar nicht.«

»Wie kannst du dir da so sicher sein?«

Randolph legte sich wieder hin und starrte in den Himmel. Er wusste keine Antwort auf ihre Frage. Liebe? War es das, was er auf eine verworrene Art für sie empfand? Hatten echte Gefühle seinen ursprünglichen

Wunsch nach Rache abgelöst? Seine Gefühle verwirrten ihn. Er wollte sie. Er brauchte sie. Aber Liebe ...?

Im Geäst der Bäume über sich konnte er Dutzende bunter Papageien sehen. Am blauen Himmel darüber stand eine blasse Mondsichel. Er schloss die Augen und fühlte die Sonne auf seinem Gesicht. Das laute Gekreische der Vögel hallte von den Felswänden wider.

Es kam ihm vor, als würden sie immer so auseinandergehen, in erbittertem, unvermeidbarem Streit. Heimliche Treffen, die unweigerlich zu Macht- und Willenskämpfen ausarteten. Die endlosen Streitereien quälten ihn und verdarben ihm die gute Laune. Er dachte an seinen Vater, der ihn hintergangen hatte, indem er seine Mutter fortschickte. Diese Ehe war ein Witz gewesen, und nun hatte er über seinen Vater triumphiert, indem er seine zweite Ehe zu gleicher Nichtigkeit herabgewürdigt hatte.

Der Gedanke verschaffte ihm wie immer eine gewisse Befriedigung. Nein, er durfte Bridie nicht lieben. Das würde nur für weitere unschöne Komplikationen sorgen. Außerdem wusste er die Wahrheit. Sie liebte Hedley und nicht ihn. Der einzige Grund, weshalb sie mit ihm schlief, waren die Versprechungen, die er der ängstlichen und naiven jungen Frau gemacht hatte, die für den Fall, dass sie verwitwete, ganz auf ihn angewiesen war – glaubte sie. Was er tun würde, wenn sie seine Spielchen durchschaute? Denn mehr war es nicht. Ein Wettkampf der Illusion und des Argwohns, ein heimlicher Kampf des Willens und des Verlangens.

Obwohl er Bridie nicht liebte, konnte er sich noch nicht von ihr trennen. Noch brauchte er sie. Geduldig beobachtete er, wie ihr Körper ein weiteres Mal runder und fülliger wurde, als ein zweites Kind in ihrem Bauch heranwuchs. Als sie ihm schließlich von dem Baby erzählte, durchströmte ihn ein wildes Triumphgefühl. Jetzt würde Glengownie einen rechtmäßigen Erben bekommen. Sein Kind. Nicht Hedleys. Nicht Hugh.

Seine Rache war perfekt. Fast.

KAPITEL 8

Logan Witness
Samstag, 21. Juni 1862
Brisbane News

Sogar aus Sydney und Melbourne reisten Gäste an, um der Hochzeit von Miss Cordelia Tarlington, der einzigen Tochter von Hedley Tarlington und seiner verstorbenen Gattin, und Mr. Maximilian Hoffnann, einem angesehenen, in Brisbane ansässigen Rechtsanwalt, beizuwohnen. Die Trauung fand in der anglikanischen St.-John-Kirche statt. Die Braut, wunderschön in einem umwerfenden Kleid aus weißem Georgette und einem Schleier aus Brüsseler Spitze, wurde von ihrem Vater, der extra zu diesem Anlass von seinem Gut Glengownie nach Brisbane gereist war, zum Altar geführt. Im Anschluss fand ein festliches Bankett für mehrere Hundert Gäste im Newstead House statt, der Residenz von Captain John Wickham. Mr. und Mrs.

Hoffnann werden nach kurzen Flitterwochen gemeinsam das Haus des Bräutigams am Kangaroo Point beziehen.

Hedley reiste zur Hochzeit nach Brisbane. Die hochschwangere Bridie beschloss, daheim zu bleiben. Die lange Fahrt im Buggy über die löchrige Piste, die man kaum als Straße bezeichnen konnte, wäre in ihrem Zustand ein Albtraum gewesen.

»Außerdem«, erklärte sie Hedley, »ist es Cordelias großer Tag, und ich denke, meine Anwesenheit würde sie nur verstimmen.«

Hedley machte ein unglückliches Gesicht. »Ich kann dich doch nicht ganz allein zurücklassen. Was ist, wenn das Baby zu früh kommt?«

»Ich komme schon zurecht. Es sind noch ein paar Wochen bis zur Geburt. Geh du nur zur Hochzeit deiner Tochter und tu all das, was stolze Väter bei solchen Gelegenheiten tun.«

»Wenn du nicht mitkommst nach Brisbane, kann Randolph ja bei dir bleiben.«

»Nein!«

Er musterte sie mit sonderbarem Blick.

»Ich schaffe das auch allein«, stammelte sie, bemüht, ihre heftige Reaktion herunterzuspielen. »Bitte geh und amüsier dich. Immerhin führt ein Vater nicht jeden Tag seine Tochter zum Altar.«

Letztlich setzte Hedley sich durch, und Randolph blieb daheim.

Dominic Westley Tarlington kam schnell, wenn auch nicht schmerzlos, einige Monate vor Hughs zweitem

Geburtstag zur Welt, aus Bridies Leib ausgestoßen wie durch Kräfte, die sich ihrer Kontrolle entzogen. Sie hatte die Geburt ganz allein durchstehen müssen, da Hedley sich noch in Brisbane aufhielt und Randolph den ganzen Tag mit den Männern draußen war, um Zäune an der Nordgrenze zu reparieren. Die Wehen hatten vollkommen unvermutet eingesetzt, nach Bridies Berechnungen zwei Wochen zu früh. Glücklicherweise hatte die Frau eines der Rinderhirten Hedleys Weisung folgend nach ihr gesehen und sie zusammengerollt auf dem Fußboden liegend gefunden, die Arme um das Neugeborene gelegt, um es gegen die Kälte zu schützen.

Randolph kehrte am Abend heim. Bridie hörte ihn vom Bett aus: das Knarren eines Stuhls, das leise Poltern, als er seine Stiefel auszog. Und dann betrat er ohne anzuklopfen das Zimmer.

Zunächst ignorierte er sie und ging sofort zur Wiege, beugte sich über das Kind und starrte aufmerksam in dessen runzliges Gesichtchen. Schließlich wandte er sich ihr zu. Sie war überrascht, dass er sichtlich überwältigt war.

»Ich habe also einen Sohn. Einen Erben für Glengownie.« Ein leises triumphierendes Lächeln umspielte seine Mundwinkel.

Sie nickte und verspürte keinerlei Gewissensbisse wegen dieser Lüge. Außerdem hatte seine Gleichgültigkeit ihr gegenüber sie verletzt. Er hatte nicht einmal die Höflichkeit besessen, sich nach ihrem eigenen Befinden zu erkundigen. Sie wollte ihm von den Schmerzen erzählen, davon, dass sie das Gefühl gehabt hatte, die Wehen würden sie zerreißen, als das Baby sich den Weg ans Licht gebahnt hatte. Sie hatte furchtbare Angst gehabt ganz allein und hatte versucht, die bevorstehende Geburt aufzuschieben, bis Hilfe eintraf.

»Es wird keine Kinder mehr geben«, teilte sie ihm mit, als er am Bett stand.

Randolph ging zurück zur Wiege und beugte sich tief über den Säugling. »Und wie willst du eine weitere Schwangerschaft verhindern?«, fragte er lachend und richtete sich wieder auf.

»Ich werde schon dafür sorgen. Die Schwarzen kennen Mittel und Wege.«

»Diese Aborigines unten am Fluss haben dir Flausen in den Kopf gesetzt. Wie sollten sie verhindern können, dass Kinder entstehen? Die meisten ihrer Frauen tragen eins auf der Hüfte, während sie gleichzeitig ein zweites stillen, ganz zu schweigen von der Horde älterer Kinder, die hinter ihnen herrennen.«

»Das ist mir egal. Irgendwie werde ich es schaffen. Sieh mich an. Erst zwanzig und schon zwei Söhne.«

»Ich finde dich sehr schön.« Er streckte zögernd die Hand aus und hob eine dunkle Strähne an. Einen kurzen Augenblick fühlte sie Mitleid mit ihm.

Nachdem er das Zimmer verlassen hatte, ging ihr tausenderlei durch den Kopf. Offenbar argwöhnte Randolph in keinster Weise, dass sie ihn getäuscht haben könnte und er nichts mit Dominics Zeugung zu tun hatte. Tatsächlich war sie bereits in der sechsten Schwangerschaftswoche gewesen, als Randolph sich ihr das erste Mal aufgedrängt hatte. Sie lächelte in sich hinein. Diese Täuschung war ein kalkuliertes Risiko gewesen, und wenn Randolph sich nur die Mühe gemacht hätte nachzurechnen, wäre ihm klar gewesen, dass er nicht

der Vater sein konnte. Aber nein, mit solchen Kleinigkeiten hielt er sich nicht auf; er ging einfach davon aus,
dass alles zu seinem Vorteil laufen würde.

Bridie wusste, dass er unbeschreiblich stolz war auf
Dominic. Sie lebten in einer Zeit, in der Söhne hoch im
Kurs standen. Sie bereitete sich mental darauf vor, sich
in Geduld zu üben, während der Junge aufwuchs. Noch
gab es keine Veranlassung, ihm die Wahrheit zu sagen.
Die Situation passte in ihre Pläne. Sie würde ihn zwingen, sein Versprechen ihr gegenüber zu halten, falls es
nötig wurde, und Randolphs Überzeugung, dass er der
Vater war, verlieh ihr als Dominics Mutter einen gewissen Vorteil. Irgendwann in ferner Zukunft würde es
hart auf hart kommen, und dann würden klare Verhältnisse geschaffen werden müssen. Und bis dahin würde
sie ihr Geheimnis für sich bewahren.

Ende der Sechzigerjahre des 19. Jahrhunderts sah die
Zukunft der Tarlingtons nicht gerade rosig aus. Möchte-
gern-Siedler, die nach Land gierten, reichten eine Peti-
tion bei der Regierung von Queensland ein und erbaten
die Erlaubnis, das weite brachliegende Land im südöst-
lichen Teil des Staates urbar machen zu dürfen. Die
Viehzüchter fürchteten um ihre Weidegründe und ver-
sammelten sich in Scharen in Brisbane im exklusiven
Queensland Club. Es folgte eine Versammlung, bei der
es ziemlich laut zuging.

Hedley berichtete Randolph von der Versammlung,
einen Ausdruck der Resignation auf dem Gesicht. »Natürlich besteht die Forderung nach mehr Land schon
seit Jahren, so ganz unerwartet kam es also nicht.«

Sie ritten zum Fluss, da Hedley darauf bestand, unter vier Augen mit Randolph zu sprechen. Es hatte Monate nicht mehr geregnet, und der Wasserlauf war nur noch ein klägliches Rinnsal, das sich zwischen den Felsen herschlängelte. Am schlammigen Ufer waren noch die Spuren der gestrigen Rettungsaktion zu sehen, bei der sie ein weiteres Kalb aus dem Schlamm gezogen hatten, dem die Krähen bereits die Augen und die halbe Wange weggepickt hatten. Das Tier war nicht mehr zu retten gewesen. Hedley hatte ihm eine Kugel in den Kopf gejagt, und er und Randolph hatten den Kadaver vom Wasser weggebracht, damit er bei der Verwesung nicht das letzte Wasser verseuchte.

»Und was hat die Regierung vor?«, unterbrach Randolph ihn und band sein Pferd an einem tief hängenden Ast fest. Er sah zu, wie Hedley mit unergründlicher Miene steif absaß. »Und was wollen sie mit uns machen? Uns verjagen?«

Der Wind trug ihm den Gestank verwesenden Fleisches zu, vermischt mit dem säuerlichen Geruch des Schlammes. Er war nicht sicher, ob die Gerüche ihm Übelkeit verursachten oder die Aussicht, das Land zu verlieren. Glengownie nach all den Jahren verlassen müssen? Unvorstellbar!

»Der Vorsitzende der Versammlung behauptet, die Regierung von Queensland spiele immer noch mit dem Gedanken, freien Siedlern den Zugriff auf das Land zu gestatten. Wenn das passiert, sind wir ruiniert, fürchte ich. Natürlich bilden wir, die Ersten Siedler, eine einheitliche Front, aber wir sind nur eine kleine Hand voll. Wir können nichts gegen die Regierung ausrichten, und die Männer, die Land wollen, sind bestimmt mehrere

Hundert Mal zahlreicher als wir. Es ist nur eine Frage der Zeit, aber ich fürchte, wir haben den Kampf verloren.«

»Wir haben alles getan, was sie verlangt haben. Wir haben die hundertvier Pfund und noch mehr investiert, haben Viehhöfe angelegt und provisorische Zäune errichtet, wo es uns sinnvoll erschien. Sie werden uns doch sicher nicht das ganze Land wegnehmen. Besteht nicht wenigstens die Chance, dass wir einen Teil behalten können?«

»Als Pächter haben wir ein Vorkaufsrecht, aber das ist auf eine gewisse Anzahl von Parzellen beschränkt. Für mich ist das nur eine billige Geste, mehr nicht.«

»Verflucht! Und was tun wir jetzt?«

Hedley blieb stehen und fuhr sich mit der Hand über die Stirn. »Randolph, ich habe viel darüber nachgedacht. Vielleicht sollten wir das Land einfach aufgeben und nach Brisbane zurückgehen. Ich muss an Hugh und Dominic denken, an ihre Erziehung. Ganz zu schweigen von Bridie.«

»Du willst von hier weggehen?« Randolph wirbelte herum.

»Nein, aber ich will nicht länger mit den Enttäuschungen leben und dem Gefühl des Versagens«, entgegnete Hedley traurig. »Ich bin kein armer Mann. Ich brauche nicht auf Teufel komm raus an diesem Stück Land festzuhalten.«

»Willst du damit sagen, wir sollen Glengownie kampflos aufgeben?« Unvorstellbar! Hedley, der härter als sie alle geschuftet hatte, um dem Land den Lebensunterhalt für seine Familie abzuringen, konnte doch nicht einfach alles hinschmeißen. »Ich dachte, du liebst dieses

Land. Wie kannst du auch nur daran denken, von hier fortzugehen?«

»Verstehst du denn nicht, Randolph? Siedler werden über das Land herfallen wie die Heuschrecken. Stell dir doch nur vor, wir müssten mit ansehen, wie sie unser Land besetzen. Vielleicht ist es besser, gleich zu gehen ...«

»Nein! Glengownie ist unser Zuhause. Ich werde es nicht aufgeben.«

Er wünschte, er könnte mit Cordelia sprechen, so wie in alten Zeiten. Sie war die Einzige gewesen, die ihn verstand. Aber heute, da sie verheiratet war und weit weg von Glengownie, würden seine Ängste sie vermutlich kalt lassen. Als Hedleys Tochter hatte sie immer gewusst, dass sie nichts von dem Land erben würde.

Randolph dachte an die anderen. Wie sie wohl dazu standen, ihre Heim zu verlieren? Bridie? Ihr würde es nichts ausmachen; sie gehörte nicht hierher. Hugh, der nach Randolph der nächste Erbe war? Nein, das Land würde eines Tages Dominic gehören, dafür würde er sorgen.

»Es geht nicht darum, was wir wollen. Man lässt uns keine Wahl ...«

»Wir können doch nicht einfach das Land übergeben und weggehen«, fiel Randolph ihm zornig ins Wort. Er musste seinen Vater davon überzeugen, einen Teil des Landes zu behalten. Hedley besaß immer noch die Warenhäuser in Brisbane; er hatte noch andere Einnahmequellen. Aber was war mit ihm selbst?

Ohne Land ist ein Mann nichts.

»Also gut, Randolph, wenn es dir so viel bedeutet.

Wenn du das Land willst, gehört es dir. Triff du die Entscheidungen. Ich habe genug.«

»Dann können wir Glengownie behalten?«

»Ich werde zwei Parzellen aussuchen. Was von dem Vieh noch übrig ist, werden wir verkaufen müssen. Künftig wird das hier die Heimat von Bauern und Holzfällern sein und nicht von Viehzüchtern. Wart's nur ab.«

Randolph nickte wortlos. Hedley nahm einen kleinen Beutel aus seiner Manteltasche, zupfte etwas Tabak heraus und rollte ihn zwischen den ledrigen Händen. Nach einer Weile blickte er nachdenklich auf. »Allerdings ist an unsere Vereinbarung eine Bedingung geknüpft. Ich werde das Land nicht endlos finanziell unterstützen. Wenn es nicht innerhalb eines angemessenen Zeitraums von, sagen wir ..., zehn Jahren einen vernünftigen Profit abwirft, machen wir Schluss. Ich denke, das ist fair.«

So ist das also, dachte Randolph. Noch mehr Einschränkungen! Und Hedley wird jeden meiner Schritte beobachten und darauf warten, dass ich ihm sein Darlehen zurückzahle! Er wandte sich ab und blickte auf den Fluss. Das Laub der ausladenden Eukalyptusbäume am Ufer glänzte in der Sonne silbrig. »In Ordnung«, sagte er entschlossen. »In zehn Jahren wirst du diesen Ort nicht wiedererkennen. Moderne Anbau-Methoden, neue Wege, den Boden fruchtbarer zu machen. Du wirst es nicht bereuen, das verspreche ich.«

»Ich hoffe es. Das ist mein Ernst, Randolph. Ich bin müde. Ich bin es leid, mir dieses ungastliche Land anzusehen. Leid, Geld in eine Unternehmung zu stecken, die zum Scheitern verurteilt zu sein scheint. Und doch hat der Busch wahre Männer aus uns gemacht.«

»Ich kann mich noch an den Tag erinnern, an dem du mir erzählt hast, dass wir hierher nach Glengownie gehen würden.«

»Es kommt mir vor, als läge das eine Ewigkeit zurück. Du warst noch ein Kind. Seit damals ist so viel passiert.«

»Du sagtest: ›Dieses Land wird dein Erbe sein, für deine Söhne und ihre Söhne nach ihnen‹. Ich habe das nie vergessen. Ich könnte das Land nicht einfach aufgeben.«

»Das Leben verläuft manchmal in seltsamen Bahnen. Jetzt hast du ein Erbe, aber niemanden, dem du es hinterlassen kannst. Du solltest heiraten, Randolph, und eigene Söhne zeugen. Du bist fast dreißig. Es ist nie zu spät. Sieh mich an.«

»Ich habe keine Heiratspläne«, entgegnete Randolph knapp.

»Das sehe ich. Wie auch immer, das ist deine Sache. Wenn ich auch zugeben muss, dass Cordelias Heirat mir eine große Last von der Seele genommen hat. Jede Frau sollte die Gelegenheit bekommen, zu heiraten und Kinder zu bekommen. Immerhin gibt es in dieser Kolonie viel mehr Männer als Frauen.«

Randolph war Cordelias Ehemann seit ihrer Heirat mehrmals begegnet. Er fand den blassen Maximilian Hoffnann unverfroren und arrogant. Im Übrigen setzte er ein wenig zu freigiebig größere Geldsummen beim Pferderennen. »Solange Hoffnann ihr gegenüber großzügig ist und ihr einen angemessenen Lebensstil ermöglicht, wird sie sicher zufrieden sein.«

»Keine Ahnung. Ich habe aber noch andere Pläne, die dich interessieren werden. Hugh und Dominic kommen auf ein Internat in Brisbane. Bridie ist nicht in der Lage, sie noch weiter zu unterrichten, und niemand soll ihnen nachsagen können, sie wären Analphabeten.«

»Cordelia und ich sind auch so zurechtgekommen«, entgegnete Randolph zähneknirschend und dachte daran, wie er abends völlig erschöpft nach einem langen Tag draußen beim Vieh über seinen alten Schulbüchern sitzen musste.

»Ja«, entgegnete Hedley lächelnd. »Und sieh dich heute an. Ich bin stolz auf dich, Sohn, auf das, was wir gemeinsam erreicht haben. Aber ich möchte, dass Hugh und Dominic erfahren, dass es noch ein anderes Leben gibt als das hier. Sie können ja später zurückkommen. Die Türen von Glengownie werden ihnen immer offen stehen.«

»Du sagtest, du wolltest zwei Parzellen auswählen«, lenkte Randolph das Gespräch wieder auf das Land.

»Ja. Und wir werden ein neues Haus errichten müssen. Ich habe beschlossen, die Parzelle, auf der unsere Hütte steht, nicht zu nehmen, sondern stattdessen das Land auf der anderen Flussseite. Und ich werde ein Haus in der Stadt mieten. Bridie und ich werden abwechselnd dort und auf Glengownie wohnen.«

»Ein Haus in Brisbane? Ist das denn nötig? Ihr könnt doch im Hotel wohnen.« Geld für ein neues Stadthaus, Geld, das auf Glengownie dringender benötigt wurde.

»Nein! Das Haus ist für Bridie. Ich bin ihr nach all der Zeit etwas schuldig. Sie ist noch jung. Sie hat noch so viele Jahre vor sich.«

Randolph nickte. »Wir haben also keine Wahl«, gab er widerstrebend zu. »Keine Hoffnung, Glengownie in seiner Gesamtheit zu erhalten.«

»Nein.« Hedley schüttelte den Kopf. »Noch vor Jahres-ende werden Horden von Siedlern hier einfallen. Glaub mir, wenn ich es irgendwie verhindern könnte ...«

Das Gespräch schien beendet. Randolph band sein Pferd los und schwang sich wütend in den Sattel.

Mistkerle! Er schäumte. Stinkende, miese Schweine! Glengownie gehört mir. Irgendwann, irgendwie wird es wieder mir gehören. Ich habe zehn Jahre Zeit, um mich zu etablieren. Gott allein weiß, wie ich das schaffen soll, aber ich werde es schaffen. Ich werde Hedley beweisen, dass er sich irrt, was dieses Land angeht. Ich werde etwas daraus machen, es wird wachsen und gedeihen. Ich werde nach und nach weitere Parzellen zukaufen. Ich werde mir ganz Glengownie zurückholen und noch mehr dazu.

Die Aborigines nannten das Land *Boolai*, was ›zwei‹ bedeutet. Hoch oben in den Bergen sprudelte Wasser aus dem Boden, rann über massive Felsen und mit Flechten bedeckte Granitwände, wurde sprudelnd im-mer mehr, immer schneller, bis sich irgendwann zwei Flüsse bildeten, die meilenweit durch den Busch ström-ten. Der Erste wurde Boolai genannt, der andere, der einen nördlicheren Verlauf nahm, einfach nur The Creek – der Fluss. Einige Meilen vor dem Meer verein-ten die Flüsse sich wieder und bildeten einen breiten Strom.

In Richtung Küste befand sich ein weiter, unbewohn-barer Landstrich, der an die Küstenebenen grenzte. Teebäume und Enten beherrschten die scheinbar endlo-se Weite, in der sich ein Teich an den anderen reihte.

Dieses Land hieß bei den Aborigines *baloon*, ›großer Sumpf‹, und als *wongaree* bezeichneten sie das Bergkänguru.

Im Rahmen des Land Alienation Act löste die Regierung im Jahre 1868 die Pachtverträge für weite Landabschnitte auf und gab das Land zur Besiedelung frei. Die Gegend wurde offiziell Boolai genannt, ein Name, der passender schien als viele andere Vorschläge. Sie umschloss das Land um Glengownie, die Berge und auch die Täler dahinter.

Die Landvermesser kamen als Erste und markierten die Parzellen. Dann wurde das Land zur freien Auswahl angeboten, und in allen führenden Provinzeitungen jener Zeit erfolgte eine Bekanntmachung. Bewerber, ganze Familien, die ihre kostbare Habe auf klapprigen Wagen aufgetürmt gleich mitbrachten, schlugen neue Schneisen durch den Busch. Sie überschwemmten das Land so unermüdlich wie Wellen, die sich gefräßig einen wehrlosen Sandstrand hinaufrollen. Mit frisch unterzeichneten Pachtverträgen in der Tasche errichteten sie primitive Hütten, fällten riesige Bäume und pflanzten Getreide an. Randolph verfolgte angewidert, wie sie das Land übernahmen, das einst zum Reich der Tarlingtons gehört hatte.

Als vormaliger Pächter hatte man Hedley Tarlington ein Vorkaufsrecht auf die Parzellen eingeräumt. Als er vom neu eröffneten Grundbuchamt in Beenleigh zurückkehrte, lag auf seinen Zügen eine Mischung aus Befriedigung und Bedauern. Er hatte die gewünschten Parzellen bekommen, aber Randolph wusste, dass ihn der Verlust des restlichen Landes schmerzte.

»Ich habe zwei Parzellen von jeweils mehreren Hundert Morgen zwischen den beiden Flüssen erworben«, teilte Hedley Randolph bei seiner Rückkehr mit. »Es sind zwei gute, etwas höher gelegene Parzellen mit großem Baumbestand und einem Boden, der ganz ordentlich sein dürfte. Ich denke, du wirst mit meiner Wahl zufrieden sein.«

Hedley zahlte Holzfällern gutes Geld dafür, dass sie die besten Zedern fällten, die das Land noch zu bieten hatte. Die gewaltigen Stämme wurden mühsam zu Brettern verarbeitet, und Zimmerleute machten sich an den Bau eines ordentlichen Hauses auf dem Land des neuen Glengownie: ein hübsches zweistöckiges Gebäude, das Hedley mit den hochwertigsten Möbeln ausstattete, die er kriegen konnte.

Bridie war den ganzen Tag damit beschäftigt zu planen, zu nähen und die Zimmerleute im Auge zu behalten sowie die Gärtner, die angeheuert worden waren, die Wildnis um das Haus herum in einen Garten zu verwandeln. Nach sechs Monaten waren Haus und Garten fertig; die Handwerker hatten sich Hedleys in Aussicht gestellten Bonus für eine besonders zügige Fertigstellung nicht entgehen lassen wollen. Sogar Randolph musste zugeben, dass die neue Residenz eine Pracht war.

Ein separater Flügel des Hauses, mit einem großen Schlafzimmer, Salon und Bad, war im Erdgeschoss Hedley und Bridie vorbehalten. Der Salon war sehr geräumig. Um den offenen Kamin herum stellte Bridie bequeme Sofas auf, die sie mit einer reichen Auswahl Chintz-Kissen schmückte. Passende Vorhänge zierten die deckenhohen Fenster zur breiten Veranda und fingen die frühe Morgensonne ein. Sie pflanzte Geißblatt und Jasmin an, die sie geduldig immer wieder an den Verandapfosten hochband.

Die Jahre waren freundlich zu Bridie gewesen, wie Randolph feststellte; sie sah kaum älter aus als an jenem Tag vor inzwischen über zehn Jahren, da Hedley sie nach Glengownie gebracht hatte. Wenn Hedley geschäftlich unterwegs war, suchte er Bridie nach Einbruch der Dunkelheit in den Räumen im Erdgeschoss auf. Sie war höflich, nachgiebig, aber auch distanziert ihm gegenüber. So als wäre sie in Gedanken weit weg, während er sie nahm. Es war keine Rede mehr von Hochzeit oder weiteren Kindern. In vieler Hinsicht waren diese Begegnungen zur Routine geworden, zu einer reinen Befriedigung seiner Triebe.

Wie angekündigt, schickte Hedley die Jungen nach Brisbane aufs Internat. Randolph bekam sie nur selten zu Gesicht, wenn sie die Ferien auf Glengownie verbrachten. Dominic war zu einem intelligenten, neugierigen und wachen Jungen herangewachsen. Randolph beobachtete ihn und malte sich aus, wie er dem Jungen eines Tages die Wahrheit sagte.

KAPITEL 9

Die Aborigines waren keine Bauern; sie zogen es vor, sich mit dem zu begnügen, was die Natur ohne Eingreifen des Menschen hergab. Sie brauchten weder Getreide, noch verspürten sie das Bedürfnis, an einem bestimmten Ort zu verweilen. Für Niedriglöhne arbeiteten sie für die neuen Siedler. Manchmal verschwanden sie ohne Vorankündigung für Wochen, sehr zum Ärger ihrer Arbeitgeber. Randolph beschimpfte sie als faule Hunde und trieb seine Arbeiter gnadenlos an.

Hedley beobachtete Randolph verstohlen; seinen Umgang mit den Aborigines, seine schroffe Haltung den Siedlern gegenüber, denen er unweigerlich auf der Straße oder im Hafen begegnete. Schließlich musste er sich eingestehen, dass Randolph sich zu einem unerträglichen Grobian entwickelt hatte.

»Ein hochmütiges, starrsinniges Ekel«, bemerkte Hedleys Buchhalter eines Tages, als er und Hedley über den Büchern saßen. Es hatte zuvor einen Streit gegeben, weil Randolphs Zahlen nicht mit seinen übereinstimmten, woraufhin Randolph ihn der Inkompetenz bezichtigt hatte.

»Sie sind ein wahrer Gentleman, Hedley«, fuhr der Buchhalter hastig fort. »Aber Randolph ... nun ja, es sind da ein paar Geschichten im Umlauf, von denen die eine oder andere sicher nicht übertrieben ist, und sie werden auch wichtigen Leuten zu Ohren kommen.« Sie schüttelten beide den Kopf und wandten sich dann wieder angenehmeren Themen zu.

Im Winter 1871 bekam Hedley einen hartnäckigen Husten. Anfangs versuchte er noch, seinen Zustand vor seiner Frau zu verbergen, aber Bridie ließ sich nicht täuschen und holte den Doktor. Der Arzt war ein alter Mann mit schlurfendem Gang, der sich schon vor Jahren zur Ruhe gesetzt hätte, wenn sich denn ein Nachfolger hätte finden lassen. Er warnte Hedley, dass er eine Lungenentzündung vermute, und schickte ihn ins Bett.

Das Leben auf Glengownie wurde für Hedley zur Qual,

geprägt von ständiger Frustration und immer neuen Enttäuschungen. Vom Haus aus, an das er jetzt gefesselt war, sah er zu, wie neue Äcker angelegt wurden. Das Nichtstun zehrte an seinen Nerven. Bridie sorgte sich sehr um ihn, drängte ihn, die eine oder andere Köstlichkeit zu essen, die sie zubereitet hatte, und war zu ihm ansonsten nachsichtig wie zu einem verwöhnten Kind.

»Bitte hör auf, mich so zu verhätscheln«, bat er schließlich. »Es ist doch nur eine Erkältung.«

»Sei nicht so brummig.« Bridie beugte sich vor und küsste ihren Mann auf die Stirn. »Außerdem ist es keineswegs nur eine Erkältung, wie du sehr wohl weißt. Mit einer Lungenentzündung ist nicht zu spaßen. Das hat der Doktor auch gesagt.«

»Der Teufel soll die Ärzte holen. Was wissen die schon?« Er setzte sich schwerfällig auf und bekam prompt einen neuen Hustenanfall.

»Alles in Ordnung?«, fragte Bridie stirnrunzelnd.

Hedley ließ nach Luft ringend den Kopf auf das Kissen zurücksinken und verscheuchte sie mit einer Hand. Einen Moment beneidete er Randolph, der allein unter blauem Himmel irgendwo auf Glengownie unterwegs war, weit fort vom Haus.

Langsam erholte sich Hedley von seiner Erkrankung. Bridie drängte ihn, sich auf die warme Veranda zu setzen, von wo aus er die gerodeten Paddocks sehen konnte, die fast bis zum Fluss reichten. Aber er langweilte sich. Jedes Magazin und jede Zeitung im Haus hatte er bereits von der ersten bis zur letzten Zeile gelesen und jedes einzelne Thema mit jedem diskutiert, der in der Nähe war. Dann, eines Morgens, begehrte er gegen das Nichtstun auf.

»Ich werde nicht einen weiteren Tag in diesem Schaukelstuhl verbringen«, knurrte er. Bridie setzte zu einer Erwiderung an, aber er ließ sie gar nicht zu Wort kommen. »Nein, Bridie, es ist mir gleich, was du sagst. Meine Lunge ist wieder in Ordnung, aber mein Verstand trocknet aus. Ich sterbe noch vor Langeweile.«

Um ihr zu beweisen, wie fit er war, stand er auf, hob den Stuhl über den Kopf und warf ihn von der Veranda auf den Hof, wo er auf der steinhart gebackenen Erde in Dutzende Einzelteile zersprang. Bridie schnappte nach Luft. Der Schaukelstuhl war sündhaft teuer gewesen und erst im vergangenen Jahr vom Postboten geliefert worden.

»Wir gehen nach Brisbane, Bridie. Um Dominic und Hugh zu besuchen.«

»Hältst du das wirklich für klug? Immerhin bist du sehr krank gewesen.«

»Ich habe genug davon, verhätschelt zu werden. Ich bin kein Invalide. Bitte hör auf, mich wie einen zu behandeln!«

»Ich wollte nur helfen«, entgegnete Bridie verletzt.

Sofort bereute er seine Worte. »Entschuldige«, sagte er und nahm ihre Hand. »Ich wollte nicht undankbar sein. Nur, das alles ...« Er suchte nach den richtigen Worten. »... das Herumsitzen. Es macht mich wahnsinnig. Ich will die Krankheit endlich vergessen und mein Leben weiterleben. Um unser beider willen. Sonst kann ich mich ebenso gut gleich hinlegen und sterben.«

»Ich weiß.« Ich verstehe, sagten ihre Augen.

Hedley dachte oft über die vergangenen Jahre nach und wünschte, sein Leben wäre in anderen Bahnen verlaufen. Manches Mal hatte er sich beinahe geschlagen gegeben; der Tod seiner ersten Frau, der Verlust des Landes, das er früher bewirtschaftet hatte. In diesen Zeiten hatte er sich von der Welt abschotten, von seiner Trauer abkehren wollen, aber etwas hatte ihn angetrieben und veranlasst weiterzumachen.

Nicht dass die Jahre allzu unfreundlich mit ihm umgesprungen waren. Rückblickend betrachtet hatte er ein erfüllendes Leben gehabt. Auf schlechte Zeiten waren gute gefolgt, und irgendwann war auch die Trauer, die mit jedem Verlust einhergeht, neuem Optimismus gewichen. Alles in allem konnte man wohl sagen, dass er im Leben Glück gehabt hatte. Seine Geschäfte in Brisbane hatten ihn reich gemacht, und auch wenn Glengownie nicht der finanzielle Erfolg gewesen war, den er sich einst erhofft hatte, fühlte er sich befreit, nachdem er das Ruder Randolph überlassen hatte.

Wie immer, wenn Hedley über die Vergangenheit nachdachte, wandten seine Gedanken sich Bridie zu. Seine Liebe zu ihr war nie weniger geworden, und er dankte tagtäglich Gott dafür, dass sie seine Frau geworden war. Jahre hatte sie mit ihm mitten im gottverlassenen Queensland ein Leben in Abgeschiedenheit, ja Einsamkeit geführt. Sie hatte sich nie beklagt, hatte ihm nie etwas anderes entgegengebracht als Liebe und Ergebenheit. Nun war es an der Zeit, ihr diese Treue zu vergelten.

Er hatte ihr bewusst den Erwerb des Hauses in Brisbane verschwiegen; davon wollte er ihr erzählen, wenn sie heute Abend allein in ihrem Zimmer waren. Heute Morgen war mit der Post die Besitzurkunde gekommen. Hedley lächelte, als er sich ihre Freude vorstellte, wenn sie die Neuigkeit erfuhr.

Hugh und Dominic waren seit fast einem Jahr auf der Grundschule in der Stadt, und Bridie vermisste die beiden ganz furchtbar. Sie waren ordentliche Jungs, die viel zu schnell heranwuchsen. Hedley fühlte oft eine Distanz zwischen sich und ihnen, als wäre der Altersunterschied einfach zu groß.

»Ich bin ein dummer alter Mann, Liebes«, gab er zu, als sie nach dem Abendessen auf der Veranda saßen. Am Horizont war ein schmaler roter Streifen zu sehen, vor dem sich die Silhouetten der Bäume abhoben wie Scherenschnitte. Der Duft des Geißblatts lag in der Luft, und hoch oben in den Ästen über ihnen zirpten die Zikaden.

»Unsinn, Hedley. Du bist erst knapp über fünfzig. Das ist doch nicht alt.«

»Viele Männer werden nicht mal so alt.«

»Es gibt auch viele Männer, die im Leben vom Pech verfolgt werden. Die nie die wahre Liebe fnden.« Sie nahm seine Hand, drehte sie mit der Handfläche nach oben und streichelte sie. »Sieh dir diese Schwielen an. Das sind die Hände eines Arbeiters und nicht die eines Dummkopfes. Und schon gar nicht die eines alten Mannes.«

Ihre Worte beruhigten ihn jedoch nicht. »Ich versuche, mir uns in zehn Jahren vorzustellen. Hugh und Dominic; ich kenne sie kaum noch. Und von Alters wegen könnte ich ihr Großvater sein. Cordelia ... ist sie glücklich in der Stadt? Ich weiß es nicht. Ich höre nur selten von ihr. Und Randolph ... er lebt immer noch für den Traum, das Land zurückzuholen, das man uns genommen hat. Und du, Bridie, ich sehe ein vergeudetes Leben. Ja, ich bin ein dummer alter Mann, streite es nicht ab.«

»Das klingt, als würdest du vieles bedauern, Hedley?«

»Bedauern?«, fragte er überrascht. Er überlegte einen Moment. »Ja, ich denke, es gibt tatsächlich ein paar Dinge, die ich bedaure. Und was ist mit dir, Bridie? Bist du glücklich? Ich frage nie danach. Nicht etwa, weil es mir nicht in den Sinn käme, sondern weil ich mich vor dem fürchte, was du darauf erwidern könntest.«

Das Licht aus dem Schlafzimmer hinter ihnen fiel auf die Steinfliesen. Hedley musterte seine Frau. In den vergangenen zehn Jahren war sie etwas fülliger geworden und zu einer wahren Schönheit herangereift, einer Frau mit Würde und Eleganz. Sie lächelte ihn an und streichelte zärtlich seine Wange.

Er sehnte sich danach, ihre Lippen zu küssen. Der Impuls wurde so übermächtig, dass er die Augen schloss, um den Anblick ihres Gesichts auszublenden. Er wurde von Zärtlichkeit überwältigt und fühlte, wie sein Verlangen sich regte. Unwillig schob er den Gedanken beiseite. Vielleicht später, wenn er ausgesprochen hatte, was er ihr sagen wollte.

»Was denkst du?«, fragte sie schließlich und zog die Hand zurück. Der Wind fühlte sich auf seiner Haut kalt an nach der Wärme ihrer Hand.

Hedley seufzte, streckte die Beine aus und blickte in die Dunkelheit hinaus. »Ich habe dir bisher noch nichts davon erzählt, aber vor zwölf Monaten hätte ich das alles hier fast aufgegeben. Glengownie war einmal eine Vision von mir, ein Traum. Vor Jahren bildete ich mir ein, dass ein Mann nicht wirklich gelebt habe, solange er nicht sein eigenes Land gezähmt hat. Es war ein lächerlicher Traum, aus einem obskuren Wunsch heraus entstanden. Das weiß ich heute.«

»Und doch bist du noch hier. Was hat dich bewogen, deine Meinung zu ändern?« Inzwischen war es Nacht geworden. Bridie riss ein Streichholz an und hielt es an den Docht der Lampe.

»Randolph hat mich überredet, zu bleiben. Er hat mich davon überzeugt, er könne von dem Land leben. Ich habe ihm zehn Jahre finanzielle Unterstützung zugesagt, um das Land zu bewirtschaften und in die Gewinnzone zu führen. Zehn Jahre! Damals schien mir das noch ein halbes Leben entfernt zu sein, und jetzt sind schon zwölf Monate vergangen.«

»Es war ein arbeitsreiches Jahr mit dem Bau des neuen Hauses und der Unterbringung der Jungen im Internat ...« Ein wehmütiger Ausdruck trat auf ihr Gesicht.

»Ich weiß, dass du sie vermisst, dass es dir schwer fällt, sie monatelang nicht zu sehen. Ich habe eine Überraschung für dich.« Er holte die Besitzurkunde für das Haus aus der Jackentasche und reichte sie ihr.

»Hedley! Was ist das?«

Er fühlte sich zurückversetzt zu jenem Tag, an dem er seinem elfjährigen Sohn die Pachturkunden für ein Stück Land gezeigt hatte: Glengownie. Der aufgewühlte Ozean, die dahingleitenden Seemöwen vor grauem Himmel; einen Augenblick kam ihm die Erinnerung so real vor, so greifbar. *Da gehen wir hin. In die Berge und noch weiter ... die Männer dort draußen, das sind richtige Männer ... Denk immer daran, Sohn, ohne Land ist ein Mann nichts.* Die Worte hallten in ihm wieder, raubten ihm einen Moment den Atem. Worte aus einem anderen Leben, gesprochen aus seiner damaligen Naivität heraus – Worte, die ihm entfallen waren. Bis jetzt. Hatte er das wirklich zu Randolph gesagt?

Hedley drückte ihr die Urkunde in die Hand. »Es ist ein hübsches Haus in Brisbane, direkt am Fluss. Es ist alles bereit. Wir können einen Teil unserer Zeit dort verbringen, nah bei Hugh und Dominic. Glengownie erfordert nun nicht mehr meinen ganzen Einsatz und meine ständige Anwesenheit.«

Bridie starrte auf das Dokument, das zusammengefaltet auf ihrem Schoß lag. Als sie schließlich den Kopf hob, sah er, dass ihre Augen vor Tränen glitzerten. »Ich weiß nicht, was ich sagen soll. Wie kann ich dir nur danken?«

»Du dankst mir tagtäglich damit, dass du hier bei mir bist. Ich liebe dich, Bridie.«

Ohne ihre Antwort abzuwarten, holte Hedley ein kleines Päckchen aus der Tasche und drückte es ihr in die Hand. »Hier, das ist für dich. Nur ein kleiner Trost für das einsame Leben, das ich dir aufgezwungen habe, aber ich bin sicher, dass du seine Schönheit zu schätzen wissen wirst.«

Bridie drehte das Päckchen in den Händen und betastete das geprägte Geschenkpapier.

»Mach es auf«, drängte er sie, ungeduldig darauf, ihre Reaktion zu sehen.

Langsam löste sie das silberne Band, und unter dem Papier kam ein kleines Samtkästchen zum Vorschein. »O Hedley, wie wunderschön«, rief sie überwältigt aus und neigte dann den Kopf, um den Inhalt näher zu betrachten. Auf weißem Satin lag eine filigrane Brosche, die mit Dutzenden winziger Diamanten und Smaragde besetzt war.

»Lass mich sie dir anstecken.«

Geschickt öffnete er die Schließe und stach die Nadel

durch Bridies Bluse. Als seine Hand dabei ihre Brust streifte, fühlte er ihren weichen Busen unter dem Stoff. Sie saß reglos da und starrte in die Dunkelheit. Er glaubte zu sehen, wie ihre Unterlippe zitterte.

»Was ist denn?« Er drehte ihren Kopf zu sich herum, bis er ihr Gesicht deutlich sehen konnte. Ihre Wangen waren tränennass. »Warum weinst du?«, fragte er leise und wischte die Tränen mit dem Daumen fort.

»O Hedley, du bist ein so wunderbarer Ehemann. Ich habe dich gar nicht verdient.«

Sie stand auf und zog ihn auf die Füße. »Komm ins Bett. Ich brauche dich«, sagte sie schlicht.

Später fing Bridie im Schlafzimmer an zu packen. Ihre Augen strahlten vor Vorfreude. Sie wieselte durch den Raum und packte ihre Kleider in eine Truhe.

»Wie gefällt dir das?« Sie hielt sich einen pfirsichfarbenen seidenen Morgenmantel vor. Dann legte sie ihn beiseite und griff nach einem anderen, fliederfarbenen. »Oder lieber der?«

»Sie sind beide schön, Liebes. Bridie, bitte hör mir zu. Es gibt noch einen Grund, weshalb ich nach Brisbane möchte.«

»Du vermisst die Jungs ebenso sehr wie ich.« Bridie klappte den Deckel der Truhe herunter und wandte sich ihrem Mann zu. »Leugne es nicht. Ich weiß es.«

Hedley fühlte, wie seine Züge sich trotz der ernsten Angelegenheit, die er mit seiner Frau besprechen wollte, zu einem Lächeln verzogen. »Ja. Das ist richtig. Aber es gibt noch einen Grund.«

»Ja?« Sie blieb vor ihm stehen, und er blickte in ihre grün gesprenkelten Augen.

»Die vergangenen Monate, die Krankheit ...« Er fuhr

sich mit der Hand durch das Haar und schloss für einen Moment die Augen wie schon vorhin auf der Terrasse, um sie nicht zu sehen, wenn er die folgenden Worte aussprach. »Verflucht! Was ich sagen will, ist, dass ich nicht jünger werde. Nein, unterbrich mich nicht. Ich bin jetzt über fünfzig. Möglich, dass ich noch zwanzig Jahre lebe, aber ich könnte ebenso gut eines Morgens nicht mehr aufwachen. Jedenfalls möchte ich sicher sein, dass du nach meinem Tod gut versorgt bist. Sobald wir in der Stadt sind, werde ich meinen Anwalt aufsuchen. Ich werde das Haus in Brisbane auf dich überschreiben. Es wird dir gehören, mein Schatz. Auf diese Weise kann ich sicher sein, dass du ein Dach über dem Kopf hast, für den Fall, dass mir etwas zustößt. Außerdem bekommst du Unterhalt bezahlt aus meinen Geschäften in der Stadt, und ich werde auch einiges Geld auf deinen Namen anlegen.«

»Bitte, Hedley. Ich weiß, dass es dir verhasst ist, von solchen Dingen zu sprechen.«

»Wie meinst du das? Wir haben nie über Geld oder Pläne für deine Zukunft gesprochen. Das hatte ich schon lange vor.«

Ein verwirrter Ausdruck trat auf ihr Gesicht. »Aber Randolph hat gesagt ...«

»Ja?«, fragte er ungeduldig.

»Er hat gesagt, du hasst es, über Geld zu sprechen«, schloss sie lahm.

»Was für ein Unsinn! Außerdem weiß er nicht viel über meine Geschäfte außerhalb von Glengownie. Ich will sicher sein, dass du versorgt bist. Ich weiß nicht, ob du dich diesbezüglich auf Randolph und Cordelia verlassen könntest. Randolph interessiert nur das verdammte

Land. Und Cordelia, nun ja, ihr beide habt euch nie anfreunden können, und daran wird sich wohl so bald nichts ändern. Ich bin sehr wohlhabend, Bridie. Und ich werde sicherstellen, dass mein Geld so verwendet wird, wie ich es will. Randolph hat das Land, und Cordelia hat einen Mann, der für sie sorgt. Ich mache mir Sorgen um dich, Hugh und Dominic.«

»Dann gehört das Geld dir?«

»Natürlich.« Die Frage verblüffte ihn. »Wem denn sonst?«

»Ich dachte, deine erste Frau hätte es mit in die Ehe eingebracht.«

Er runzelte die Stirn. »Meine erste Frau? Sie hat etwas Geld hinterlassen, eine kleine Erbschaft. Sie hat sie zu gleichen Teilen Cordelia und Randolph vermacht. Eine nur geringe Summe. Sie hat sie von einer Großtante geerbt, die nie geheiratet hat.« Hedley legte die Arme um sie und zog sie an sich. »Bridie, du kommst manchmal auf sehr seltsame Gedanken. Weiß der Teufel, wieso. Du hättest doch nur zu fragen brauchen. Ich hätte dir gern geantwortet.« Er legte ihr eine Hand unter das Kinn und hob ihren Kopf an. »Und, was hältst du von diesem Urlaub, hm?«

»Es wird dir sehr gut tun, einmal rauszukommen, Hedley. Die frische Seeluft. Wir können am Strand spazieren gehen, und du kannst Freunde im Klub besuchen. Die Jungs können jedes Wochenende daheim verbringen. Denk doch nur, Picknicks, Theaterbesuche ...« Bridie lächelte. »Vielleicht können wir ja diesmal sogar ein paar Monate bleiben?«

»Mal sehen. Ich denke, wir können beide etwas Abwechslung brauchen.«

Und so fuhren sie am nächsten Morgen los, der Buggy vollbeladen mit Kisten und Truhen, gezogen von zwei sorgfältig gestriegelten Pferden. Hedley sah Randolph draußen auf dem Feld stehen, die Augen mit einer Hand gegen die spätherbstliche milde Sonne abgeschirmt. Er winkte. Es würde Sommer werden, bevor er Glengownie wiedersah.

Bridie und Hedley verbrachten viele glückliche Monate in Brisbane und überwachten die Renovierungsarbeiten an dem neuen Haus im grünen Stadtteil Kangaroo Point, unmittelbar am Fluss. Es war ein elegantes, geräumiges Haus auf fast fünf Morgen Land, das auf der Rückseite leicht zum Wasser hin abfiel. Von den Schlafzimmern im Obergeschoss aus konnte man durch die Bäume hindurch und über die Dächer der Stadt hinweg die blauen Berge sehen, jenseits deren Glengownie lag.

Das Haus war das genaue Gegenteil der kleinen Blockhütte, in der sie in den ersten Jahren auf dem alten Glengownie gelebt hatten. Das zweistöckige Herrenhaus war aus Porphyr gebaut, hatte mit Sandstein eingefasste Fenster und Türen und verfügte über ein Dach aus echtem Schiefer. Durch die Eingangstür gelangte man in ein geräumiges Foyer, von dem die einzelnen Räume abgingen: ein formeller Salon, eine Bibliothek, ein privater Salon, das Esszimmer, ein Wohnzimmer, ein Frühstückszimmer und dahinter eine Küche mit Hauswirtschaftsraum, großer Speisekammer und Spülküche. Einen sorgfältig durchdachten, von einer Mauer umgebenen Gemüsegarten gab es auch. Seitlich waren ein Kutschenhaus und Stallungen angebaut, und in einem separaten Gebäude war das Hauspersonal untergebracht.

Hedley stellte einen Gärtner und eine Haushälterin ein. Zusätzliches Personal kam täglich zum Saubermachen, Waschen und Versorgen der Pferde. Bridie war entsetzt von solcher Verschwendung, aber er brachte sie mit einem Kuss zum Schweigen.

»Unsinn, Liebes«, sagte er lachend. »Hierher kommen wir, um uns zu erholen. Du kannst auf Glengownie kochen und putzen. Aber hier bist du eine Prinzessin, die Dame des Hauses, und wirst auch entsprechend behandelt.«

Zum ersten Mal in seinem Leben fühlte Hedley sich frei, alles zu tun, was ihm gefiel. Er brauchte nur noch an sich und Bridie zu denken – außer an den Wochenenden, wenn seine Söhne und deren Freunde das Haus mit Leben erfüllten.

Er verwöhnte Bridie und genoss das Entzücken auf ihrem Gesicht bei jeder seiner Aufmerksamkeiten. Partys, Bootsfahrten auf dem Fluss, Spaziergänge durch die windigen Stadtparks. Er unternahm mit ihr Einkaufsbummel und erwarb allerlei für das neue Haus: Teppiche, erlesene Lampen, Tagesdecken, Glaswaren, Porzellan.

Ein geregelter Tagesablauf war überflüssig. Sie aßen, wann es ihnen in den Sinn kam, gingen in der Abenddämmerung am Fluss spazieren, liebten sich ganz spontan; Augenblicke der Leidenschaft zwischen weichen seidenen Laken an regnerischen Tagen. Er wachte morgens schon sehr früh auf, eine lebenslange Gewohnheit, und beobachtete sie im Schlaf. Die dunklen Wimpern, die so lang waren, dass sie ihre Wangen berührten, das ebenholzfarbene Haar auf dem Kissen. Die weichen, zärtlichen Lippen.

Das Haus mit seiner friedlichen Atmosphäre beruhigte ihn, tat ihm gut. Trotz seiner Behauptung auf Glengownie, eine Beschäftigung zu brauchen, war er hier oft damit zufrieden, im Wintergarten hinter dem Haus zu sitzen und auf den Fluss zu blicken, der sich träge ins Meer ergoss. Es gab immer etwas zu sehen. Kleine Flotten von Schleppkähnen und Kuttern fuhren langsam vorbei, Schoner mit kostbarer Ladung für die Kolonie, Dampfer, die Passagiere zu fernen Städten brachten.

Die Aussicht erinnerte Hedley an das Leben, das er hinter sich gelassen hatte, und die Betriebsamkeit der Stadt faszinierte ihn für einige Zeit. Es gab sogar Tage, an denen er zu seiner eigenen Überraschung Stunden nicht an Randolph und Glengownie dachte. Als würde die Erinnerung verblassen, trübe werden wie der schlammige Fluss. Aber er wusste, dass dieses Gefühl nicht von Dauer sein würde. Schon bald würde er dieses neuen Lebens überdrüssig werden. Bridie zuliebe blieb er, auch als sich in ihm längst Rastlosigkeit regte. Schließlich wurde er ganz nervös und konnte es kaum erwarten, in den Busch zurückzukehren. Er wollte sehen, welche Fortschritte Randolph in seiner Abwesenheit gemacht hatte. Sein Sohn hatte geschrieben und von der heranwachsenden Ernte berichtet.

Er blickte immer öfter in Richtung der fernen Berge. In Richtung Glengownie. In Richtung seines Zuhauses.

»Es ist Zeit, heimzukehren«, teilte er Bridie sanft mit, als es rasch wärmer wurde. »Ich bin schon zu lange fort gewesen.«

KAPITEL 10

Cordelia kehrte in den Anfangsjahren ihrer Ehe nur ein einziges Mal zurück nach Glengownie. Die Sehnsucht danach, das Land zu sehen und den Wind auf dem Gesicht zu spüren, war letztendlich stärker als der Schwur, niemals zurückzukehren.

Maximilian begleitete sie, obwohl sie ihm schon kurz nach Reiseantritt ansah, dass ihn das, was sie ihm von dem Land erzählte, nur langweilte. Sie versuchte, ihn sich zu Pferde oder beim Pflügen vorzustellen, aber vergeblich. Er war völlig anders als Hedley und Randolph. Ein Mann, der Anzug und Krawatte trug, stets auf das Sorgfältigste zurecht gemacht und maniкürt. Nicht, dass ihr das etwas ausgemacht hätte; er verdiente gut mit seiner Kanzlei in der Creek Street. Sie lebten in einem imposanten Haus, empfingen regelmäßig Besuch, und erst kürzlich hatte er begonnen, in verschiedene Immobilien in den Darling Downs zu investieren. Das Leben war sorgenfrei und alles in allem erträglich. Cordelia war schon vor Jahren zu dem Schluss gekommen, dass, wenn sie schon nicht Glengownie haben konnte, Maximilian Hoffnann ein annehmbarer Ersatz war.

Sie hatte das neue Haus auf Glengownie noch nicht gesehen, obgleich Hedley es ihr in seinen Briefen beschrieben hatte. Endlich bog der Buggy in die Zufahrt ein, und das Anwesen kam in Sicht. Blühendes Geißblatt und Jasmin umrankten die Verandapfosten bis hinauf zum Dach und entlang der Dachrinnen. Fenster glänzten in der Sonne. Der Anstrich sah frisch aus. Ein prickelndes Glücksgefühl durchströmte sie. Zu Hause, dachte sie.

Hedley wartete in der Tür, ein Arm locker um Bridies Schultern gelegt. Der Anblick versetzte Cordelia einen Stich. So viele Jahre, dachte sie, und ich kann immer noch nicht loslassen.

Sie blieben eine Woche. Hedley borgte ihr ein Pferd, und sie verbrachte Stunden damit, das Land zu erkunden und die alten, vertrauten Orte aufzusuchen, die sie an ihre Kindheit erinnerten: die gerodeten Berghänge, die kühlen, unberührten Wälder, in denen der Wind kaum spürbar war, und die Bäche, die plätschernd über moosbewachsene Felsen rannen. Dort draußen, umgeben von Bäumen und feuchter, mit Laub bedeckter Erde, stürzten verschiedenste Eindrücke auf sie ein, und der Wind, der süß nach frischem Gras duftete, fühlte sich glitschig an auf ihrem Gesicht.

Manches Mal, als Cordelia ihr Pferd über die staubigen Weiden lenkte, stellte sie sich ein anderes Leben für sich vor. Was wäre gewesen, wenn sie nicht als Mädchen, sondern als Junge auf die Welt gekommen wäre? Was, wenn sie an Randolphs Stelle der Sohn gewesen wäre? Die Möglichkeit ließ ihr keine Ruhe. Glengownie ihres? Das hätte ihr völlig andere Perspektiven eröffnet.

Es war nicht fair; sie war immer ausgeschlossen worden. Wenn es um Glengownie gegangen war, war immer nur Randolph einbezogen worden. Randolph: Glengownie. Glengownie: Randolph. Diese beiden Namen waren in ihrer Kindheit untrennbar miteinander verbunden gewesen. Als einzige Tochter war sie ausgeschlossen und anders behandelt worden. Von ihr hatte man immer nur erwartet, gut zu heiraten.

Nun, sie hatte die Wünsche ihres Vaters erfüllt. Vielleicht würde sie anders empfinden, wenn aus ihrer Ehe Kinder hervorgegangen wären, Enkelsöhne für Hedley. Aber die Babys, die Maximilian sich erhofft hatte, waren ausgeblieben. Er wollte Kinder, und sie gaben sich weiß Gott alle Mühe, aber ... nichts. Schließlich hatte er sie überredet, einen Arzt aufzusuchen, der sie unter einem sittsam platzierten Laken untersuchte. Cordelia hatte seine harten, unsanften Finger gefühlt, die in ihr herumdrückten und schoben. Sie errötete allein bei der Erinnerung.

Hinterher hatte sie sich wieder angekleidet und hochrot im Gesicht vor dem massiven Eichenschreibtisch Platz genommen, um seine Diagnose zu hören. Er teilte ihr mit, dass er keine medizinische Erklärung für ihre Kinderlosigkeit habe finden können. Er könne sie aber zu einem Gynäkologen in Sydney schicken, einem Arzt, der sich auf Frauenleiden spezialisiert habe?

Nein. Sie hatte vehement den Kopf geschüttelt. Keine Untersuchungen und keine Tests mehr. Insgeheim war sie froh. Sie hatte diese Sehnsucht nach Kindern, die ihre Freundinnen erfüllte, nie verspürt. Sie hatte keine mütterlichen Instinkte, verspürte nicht den Wunsch, ein Neugeborenes im Arm zu halten. Und nun war ihr die Entscheidung abgenommen worden.

Sie wusste, dass Maximilian sie liebte, wenn auch auf eine etwas undurchschaubare, eigentümliche Art. Er überhäufte sie mit Geschenken, ging mit ihr in die Oper. Sie war eine vollendete Gastgeberin bei den zahlreichen Dinnerpartys, die seine Position erforderte. Sie kleidete sich elegant und wusste, dass seine Freunde ihre Kontakte bewunderten. (»Die Tochter von Hedley Tarlington? Du erinnerst dich doch an Hedley? Ja, besitzt Land in Boolai und auch einiges an Immobilien in der Stadt, wie ich gehört habe. Wirklich cleverer Schachzug von Max, sich eine so gute Partie zu angeln«, hatte sie einmal jemanden sagen hören).

Ihr Mann hatte eine Geliebte. Sie war rein zufällig dahintergekommen, als sie sie eines Mittags zusammen im Stadtpark gesehen hatte. Mehr aus Neugier als aus Eifersucht war sie ihnen zu einem kleinen Häuschen einige Blocks entfernt gefolgt, wo sie dann den Rest des Nachmittags verbrachten.

Es gab weder Szenen noch Streit deswegen. Maximilian erfuhr nie, dass sie über seine Liebschaft informiert war. Aber jedes Mal, wenn er von ›ihr‹ kam, roch sie das Parfum der fremden Frau an ihm. Nicht dass es ihr viel ausgemacht hätte; sie liebte ihn nicht. Nicht wirklich. Stattdessen ging sie einkaufen und gab ein kleines Vermögen für Kleider aus, die sie kaum jemals trug. Ein Schrank voller ungetragener Kleider, alles Erinnerungen an die Seitensprünge ihres Gatten.

Die kleine Erbschaft ihrer Mutter war ebenso aufgebraucht wie Randolphs. Sie hatte sie auf Randolphs Bitte hin in Glengownie gesteckt. Er hatte sie mehrfach aufgesucht und um finanzielle Unterstützung gebeten, um schwere Zeiten zu überbrücken. Das Geld für das Getreide war noch nicht eingetroffen, er konnte die Löhne seiner Arbeiter nicht zahlen, und ohne Arbeiter konnte er die Ernte nicht einbringen. Es war ein nicht enden wollender Teufelskreis. Er konnte Hedley nicht um mehr Geld bitten. Hedley hatte gesagt, das Land müsse sich selbst tragen.

Und so legten sie ihr Geld zusammen, und Randolph

frisierte die Bücher, damit es aussah, als handle es sich um Erträge Glengownies. Er hatte Hedley getäuscht und hinters Licht geführt, um ihm weiszumachen, Glengownie würde endlich etwas abwerfen. Ihr war es gleich; das Geld bedeutete ihr nichts. Maximilian war sehr wohlhabend. Sollte Randolph es doch verwenden, um Glengownie zu erhalten. Und überhaupt, hatte Randolph nicht versprochen, ihr alles mit Zinsen zurückzuzahlen, sobald Glengownie schwarze Zahlen schrieb? Und wenn es nie dazu kam? Dann würden die Schuldscheine, die sie ihn hatte unterschreiben lassen, ihr zumindest einen Anteil an dem Land sichern. Dann würde sie ein Stück von Glengownie besitzen, Frau hin oder her, und das würde ihr niemand mehr nehmen können.

Als sie in der Nacht vor ihrer Rückkehr in die Stadt im Bett lag und dem leisen Schnarchen ihres Mannes lauschte, hörte sie den traurigen Ruf eines Brachvogels, der sich mit dem Ächzen der Bäume vermischte. Gras raschelte, es knarrte im Gebälk, eine ganz spezielle Musik. Sie dachte an Maximilian, der sie liebte, aber nicht brauchte, an Hedley, der älter und weniger robust aussah als früher, an Randolph und seine an Besessenheit grenzende Entschlossenheit, das Land um jeden Preis zu behalten. Zuletzt wandten ihre Gedanken sich missmutig Bridie und ihren Söhnen Hugh und Dominic zu, den Kindern ihres Vaters aus zweiter Ehe. Sie versuchte sich vorzustellen, es gäbe sie nicht, vor allem Bridie, malte sich aus, wie es wäre, wenn Hedley, Randolph und sie wieder unter sich wären, so wie in den Jahren nach der Rückkehr ihrer Mutter in die Heimat.

An Bridie zu denken erfüllte sie immer noch mit Bitterkeit. Bridie, die ihr den Vater genommen und zwei weitere Tarlington-Erben in die Welt gesetzt hatte. Bridie, so gepflegt und elegant, so schön, so tüchtig, die sie aus ihrer Rolle verdrängt hatte. Hedley brauchte sie nicht, Maximilian hatte eine Geliebte ... Sie fühlte sich so unzulänglich und überflüssig.

Hass, hatte Randolph gesagt, wäre eine sinnlose Empfindung. Natürlich hatte er Recht. Das wusste sie jetzt. Aber der Hass war so tief in ihr verwurzelt, war so sehr ein Teil von ihr geworden. Unmöglich, ihn nicht mehr zu fühlen. Die Jahre hatten das Ausmaß ihrer Feindseligkeit nicht gemildert, sondern ihre Gefühle eher noch gefestigt. Außerdem war etwas seltsam gewesen an der Art, wie Bridie und Randolph miteinander umgingen. O ja, Bridie liebte Hedley, das war offensichtlich. Aber trotzdem, dieses ... sie wusste nicht, wie sie es nennen sollte ... Band zwischen ihrem Bruder und Bridie ... da war etwas Unterschwelliges, das sie zusammenschweißte, etwas Geheimnisvolles. Feindseligkeit vermischt mit ... womit nur? Trauer, Bedauern, Hoffnungslosigkeit? Sie hatte ihren Bruder mehrmals darauf angesprochen, aber er hatte behauptet, sie würde sich das nur einbilden.

Während die Männer am nächsten Morgen das Gepäck im Buggy verstauten, machte Cordelia sich auf die Suche nach Bridie. Sie fand sie in der Küche, wo sie gerade ein Blech Plätzchen aus dem Ofen holte. Im ganzen Raum duftete es nach köstlichen Gewürzen: Muskatnuss, Zimt und Nelken.

»Mmm. Riecht gut.« Cordelia nahm sich abwesend einen Keks von einem der Bleche, die zum Abkühlen am Fenster standen.

»Das Lieblingsgebäck deines Vaters.« Als ob sie erst daran hätte erinnert werden müssen.

»Und Randolphs«, entgegnete Cordelia. »Er hat diese Plätzchen auch immer schon gerne gegessen.«

Bridie antwortete nichts darauf. Cordelia wandte sich um und sah sie am Fenster stehen und über die Felder blicken. »Scheint so, als wüsste Randolph sehr genau, was er will«, fuhr Cordelia fort und lehnte sich entspannt an die Küchenbank. »Er wollte das Land, und Vater hat es ihm überlassen. Und er wollte dich. Das habe ich deutlich gesehen.«

Bridie wirbelte herum, hochrot im Gesicht. »Mach dich nicht lächerlich, Cordelia! Wie kannst du so etwas sagen!«

»Aha. Wie ich sehe, habe ich einen wunden Punkt getroffen. Ich wollte es nur ganz beiläufig erwähnen, das ist alles. Siehst du, Randolph bekommt nämlich immer, was er will.«

»Immer?« Schwang da nicht so etwas wie Verzweiflung in Bridies Stimme mit?

»Vor allem, was Frauen anbelangt.«

»Ich denke, das geht dich nichts an ...«

»Er schleicht zum Lager der Schwarzen wie ein Dingo, der hinter einer läufigen Hündin her ist. Hast du gewusst, dass er dort hingeht? Nein, wohl nicht. Ich sehe es deinem Gesicht an. Das geht schon seit Jahren so. Zehn, fünfzehn. Wahrscheinlich schon vor deiner Ankunft in Glengownie. Andere gehen auch hin. Er ist nicht der Einzige. Es gibt dort auch Kinder ... als Halbblut bezeichnet man sie ... Ich habe mich oft gefragt, ob Randolph nicht vielleicht Vater des einen oder anderen ist.«

»Cordelia! Was für hässliche Dinge du von dir gibst! Das kann unmöglich wahr sein!«

»O doch, es stimmt. Frag nur Randolph. Er wird vermutlich noch damit prahlen. Ich mache mir nur Sorgen, dass er, du weißt schon, nach all den Jahren und bei all den anderen Männern ... nun ja, dass er sich irgendeine Krankheit holen könnte. Es heißt, es gäbe da einige sehr ansteckende.«

Bridie war ganz blass geworden, eine teigige Farbe, die so gar nicht zu ihren anmutigen Zügen passte, wie Cordelia befriedigt registrierte. Langsam ging sie zur Küchentür. Dort blieb sie stehen und drehte sich noch einmal um. »Weißt du, ich habe mich immer gefragt, ob er dich auch gehabt hat? So wie die Schwarzen. Bist du seine Geliebte, Bridie?«

Cordelia nahm den Duft des frischen Gebäcks nicht mehr wahr; er war überlagert worden vom süßen Duft des Triumphes. Sie zog die Tür hinter sich zu. Sie brauchte gar nicht auf die Antwort zu warten; sie kannte sie bereits.

Cordelia begab sich nach draußen zum Buggy. Maximilian saß bereits auf dem Bock und wartete auf sie. Wütend reckte sie ihr Kinn in die Höhe, als Hedley ihr beim Einsteigen half. Eines Tages würde es ihnen allen noch Leid tun. Hedley, Bridie, Randolph. Sogar Maximilian mit seiner rothaarigen Mätresse. Sie brauchten sie nicht, kein Einziger von ihnen, nicht wirklich. Aber das kümmerte sie nicht. Ihre Liebe galt Glengownie. Trotz Überschwemmungen, unerträglicher Hitze im Sommer und eisigen Winden im Winter ... ihre Achtung vor dem Land war durch die Jahre der Trennung nur gewachsen. Cordelia zog es vor, nicht daran zu denken, dass es ihrem Bruder gehörte. Stattdessen tat sie, als die Kutsche sich mit einem Ruck in Bewegung setzte, so, als gäbe es Randolph gar nicht. In ihren Träumen gehörte Glengownie ihr.

Die Jahre vergingen quälend langsam, nur erträglich dank der gelegentlichen Aufenthalte in Brisbane. Bridie liebte das Stadthaus und hätte gern mehr Zeit dort verbracht, fern von Randolph und Glengownie. Außerdem waren da die Jungen, die inzwischen zu stattlichen Burschen herangewachsen waren. Sie vermisste sie ganz fürchterlich zwischen den Besuchen in der Stadt.

Hedley hatte Wort gehalten und ihr das Haus überschrieben. Seine Anwälte hatten ein neues Testament aufgesetzt, in dem sie als Haupterbin aufgeführt war und ihr auch mehrere der profitablen Geschäfte in Brisbane zugedacht worden waren. Das Finanzielle war also längst geregelt. Das Einzige, was ihr Glück trübte, war Randolph.

Bridie war jetzt 32 Jahre alt, und sie war es langsam leid, jeden Tag von neuem darauf achten zu müssen, ihrem Stiefsohn aus dem Weg zu gehen. Er verfolgte sie, bedrängte sie ganz plötzlich in der Küche oder im Stall, einmal sogar in ihrem und Hedleys Schlafzimmer. Längst wusste sie, dass er sie vor all diesen Jahren hereingelegt hatte, als er vorgab, nur um ihr Wohl besorgt zu sein, und versprach, für sie zu sorgen, für den Fall, dass Hedley etwas zustieße. Seine Versprechungen waren ein einziges Lügengeflecht gewesen. Das Geld hatte Hedley gehört. Vor Jahren wäre sie ob dieser böswilligen Täuschung vielleicht in blinde Wut verfallen, aber jetzt war ihr seine Beharrlichkeit nur noch lästig.

Es war Frühling. Schwalben segelten pfeilschnell um das Haus und bauten unter dem Dachvorsprung Lehmnester. Hedley hatte Dominic und Hugh nach den Ferien im September zurück in die Schule begleitet und war noch nicht wieder zurückgekehrt. Bridie war auf Glengownie geblieben. Sie brauchte Zeit zum Nachdenken, um sich zurechtzulegen, was sie Randolph sagen sollte, entschlossen, sich endgültig von ihm zu befreien.

Nach dem Mittagessen ging sie auf ihr Zimmer. Sie fühlte sich wie erschlagen. Sie hatte sich im Groben einen Plan ausgedacht, und ihr Schädel pochte vom vielen Nachdenken. Langsam entkleidete sie sich, schälte die einzelnen Stofflagen von ihrem Körper, bis sie nackt vor dem großen Spiegel stand. Im Spiegel betrachtete sie das Sonnenlicht, das durch die schweren Spitzenvorhänge fiel, die sich leicht im Wind bauschten und hüpfende Schatten auf ihren Körper warfen.

Sie fuhr mit den Händen über ihren immer noch flachen Bauch und ihre schlanken Schenkel. Schließlich legte sie die Hände unter beide Brüste. Es erregte sie, ihre Finger auf der nackten Haut zu fühlen. Sie hoffte, dass Hedley sich beeilte und bald zurückkehrte. Sie brauchte ihn. Er war schon einige Tage fort, und es war über eine Woche her, seit sie das letzte Mal miteinander geschlafen hatten. Mit einem tiefen Seufzer ließ sie sich auf die Tagesdecke aus edlem Brokat sinken, schloss die Augen und war sofort eingeschlafen.

Als sie aufwachte, dämmerte es bereits. Hastig zog sie sich an und stieg leise die Treppe hinauf zu Randolphs Zimmer. Gewöhnlich kehrte er bei Sonnenuntergang zurück, um vor dem Abendessen baden und sich umziehen zu können. Sie setzte sich in einen Sessel und wartete.

Es wurde immer dunkler im Zimmer. Bridie suchte tastend nach einem Streichholz, riss es an und entzündete die Lampe. Urplötzlich war der Raum von tanzenden Schatten und gelbem Licht erfüllt. Sie zog die Vorhänge zu.

Das langsame Schwingen des Pendels der Uhr auf dem Nachttisch war einschläfernd. Bridie wusste nicht, ob sie kurz eingenickt war. Dann hörte sie ein leises Geräusch, das Einrasten eines Türschnappers. Sie schlug die Augen auf und sah Randolph vor der geschlossenen Tür stehen. Er zog die Stiefel aus und ließ sich neben ihr auf den Teppich sinken.

»Aaaaah«, sagte er, und seine Finger schlossen sich um eine ihrer Brüste. »Nach all den Jahren kommst du endlich einmal zu mir.« Unsanft drückte er durch den dünnen Stoff des Kleides ihre Brustwarze, bis sie seine Hand wegschlug.

»Lass das!«

Er hatte getrunken. Sein Atem roch nach Rum.

»Du hast also gewartet, bis mein Vater fort ist, um zu mir zu kommen. Kann er dich nicht befriedigen, Bridie?« Hastig öffnete er seinen Gürtel und zog das Hemd über den Kopf.

»Du brauchst dich gar nicht auszuziehen. Ich beabsichtige nicht zu bleiben.«

Er ignorierte ihren Einwand und fuhr fort, sich zu entkleiden, wobei er sie eindringlich musterte. »Was willst du hier?«, fragte er schließlich, als er nackt vor ihr stand, »wenn du nicht mit mir schlafen willst? Dein Be-

such muss doch einen Grund haben?« Seine Lippen
kräuselten sich verächtlich.

»Wir haben etwas zu besprechen, du und ich. Ich
dachte, ich könnte mit dir reden, aber jetzt ist mir klar,
dass das unmöglich ist. Ich gehe wohl besser.«

Sie stand auf und ging an ihm vorbei in Richtung Tür.
Ihr Herz raste. Was hatte sie sich dabei gedacht, in sein
Zimmer zu kommen?

»Moment, meine Hübsche. Nicht so schnell.« Er packte von hinten ihr Handgelenk und drehte sie schwungvoll zu sich herum. In seiner Stimme schwang ein Anflug von Sarkasmus mit. »Wir haben etwas zu bereden,
sagst du? Ich bin ganz Ohr. Setz dich und sprich.«

Sie beobachtete seine Lippen, während er sprach.
Zwei schmale Striche, die was ausdrückten? Verärgerung? Ohne Vorwarnung stieß er sie von sich. Sie taumelte rückwärts, bis sie gegen die Bettkante prallte und
auf die Tagesdecke fiel.

Bridie holte tief Luft. »Randolph«, begann sie zögernd;
die Worte, die sie sich zurechtgelegt hatte, waren ihr
entfallen. »Das muss ein Ende haben. Du verfolgst mich,
belästigst mich.« Sie wurde mutiger. »Du hast mich hereingelegt. Hast mir erzählt, die Entscheidungsgewalt
über das Geld läge bei dir. Du sagtest, du würdest für
mich sorgen. Lügen! Lügen! Nichts als Lügen«

»Damals hast du sie nur zu gerne geglaubt.« Er kniete
sich auf das Bett und schob sich auf sie zu. Er legte ihr
die Arme um den Hals und drehte ihr Gesicht zu sich
herum. »Küss mich«, befahl er, wobei er sie ironisch
musterte.

»Dann gibst du es also zu?« Sie wandte den Kopf ab.

»Ich gebe gar nichts zu. Ich bin in dein Bett gekommen, und du hast mich geliebt. Es war Lust, Verlangen, Leidenschaft. Egal, wie du es nennen willst, es war auf jeden Fall Ehebruch. Außerdem brauchst du mich.«

»Siehst du, und genau in dem Punkt irrst du«, konterte sie. »Und diese Gelegenheitsliaison zwischen uns ist ab sofort zu Ende, aus und vorbei.«

»Aber Bridie, meine süße sinnliche Geliebte. Wer soll dann deine unersättlichen Bedürfnisse stillen? Doch sicher nicht dein Ehemann.«

Die Gemeinheit in seinen Augen verriet ihr, dass er zornig war. Randolph liebte es, alles unter Kontrolle zu haben. Sie fuhr langsam mit einem Finger über seine Wange und legte ihn schließlich auf seine Lippen.

»Und wer befriedigt deine? Das ist hier wohl mehr die entscheidende Frage.«

So, es war ihr gelungen, die Unterhaltung in neue Bahnen zu lenken. Er drehte den Kopf ruckartig zur Seite und schüttelte dabei ihren Finger ab. Ein seltsamer Ausdruck lag auf seinem Gesicht; der Ausdruck eines Kindes, das ein Geheimnis hat, das es nicht länger für sich behalten kann.

»Ich habe kein Problem damit, mein Verlangen auszuleben«, sagte er. »Glaubst du, du bist die einzige Frau, mit der ich je geschlafen habe? Was glaubst du, wo ich hingehe? Vielleicht ist es an der Zeit, dass du die Wahrheit erfährst.«

Er wandte ihr wieder das Gesicht zu, einen kalten Ausdruck in den Augen. Sie musterte ihn eindringlich und fragte sich, ob Cordelias Behauptungen nicht doch mehr waren als nur Gerüchte. »Ja. Ich denke, das bist du mir schuldig.«

»Es gibt mehrere Orte, an denen ich stets willkommen bin. Die Witwe Hennessy, die das Hotel in Beenleigh leitet, kann meine Liebhaberqualitäten bestätigen. Und es gibt noch andere, die du nicht kennst. Prostituierte. Huren. Und wenn mir nach einer Veränderung ist, ist da immer noch das Lager der Schwarzen unten am Fluss.«

»Dann stimmt es also.« Cordelia hatte also nicht gelogen. Sie fühlte, wie der bislang freundliche Ausdruck auf ihrem Gesicht ihr entglitt. Ein Schauer lief ihr über den Rücken.

»Habe ich dich schockiert?«, fuhr er eifrig fort, als wäre er froh, sein Geheimnis endlich offenbart zu haben. »Erzähl mir nicht, dass du nichts geahnt hast. Es macht dir doch nichts aus, oder? Ich habe nie versprochen, dir treu zu sein. Im Übrigen verbringst du selbst die Nächte mit deinem Ehemann.«

»Und was ist, wenn man dich bei einer Eingeborenen erwischt?«

»Ich bin nie so indiskret gewesen, dass mich jemand hätte erwischen können. Und ich bin nicht der einzige Mann, der dorthin geht. Die Rinderhirten und die Holzfäller halten es genauso. Manche von den Eingeborenenfrauen haben sogar eine recht gute Erziehung genossen, wusstest du das? Sie haben einige Jahre in den Missionen in der Nähe von Brisbane gelebt. Natürlich wird in Boolai viel geredet. Manche behaupten sogar, es gäbe dort Mischlinge. Wer weiß.« Er legte den Kopf schräg, als wäre er neugierig auf ihre Reaktion. »Glaubst du, es könnte eins von mir dabei sein?«

»Glaubst du es denn?«, konterte sie.

Randolph zuckte die Achseln. »Das interessiert mich

nicht die Bohne. Dominic ist das einzige Kind, das mir etwas bedeutet. Außerdem sind die Aborigines durchaus dankbar für die wöchentliche Mehl- und Tabakration. Sie werden nicht reden.«

»Du bist widerlich!«

Er hatte seinen Griff gelockert. Bridie sprang auf; sie wollte nur noch weg von ihm. An der geschlossenen Tür machte sie Halt und blickte zurück. Er lag mit ausgebreiteten Armen und Beinen auf dem Bett und musterte sie im schwachen Licht der einzigen Lampe.

»Du bist eine schöne Frau, Bridie. Du brauchst einen Mann, der dich befriedigen kann. Es wird nicht lange dauern, und du flehst mich an, es dir zu besorgen. Ich bin ein geduldiger Mann. Ich kann warten.«

»Ich werde nie, niemals wieder zulassen, dass du mich anfasst«, zischte sie. Ihre Hand schloss sich um den Türknauf.

Blitzschnell sprang er aus dem Bett. Völlig verdattert stand Bridie mit offenem Mund da, als seine Hand auf sie zuschoss und gleich darauf mit Wucht auf ihrer Wange landete. Schmerz durchzuckte ihren Kiefer, und einen Moment wurde ihr schwarz vor Augen. Sie taumelte zurück, bis sie mit dem Rücken an der Tür lehnte. Dann sank sie ganz langsam zu Boden.

Er stand über ihr, die Hände in die Seiten gestemmt. Er atmete stoßweise in seiner Wut. Seine Schultern hoben und senkten sich mit jedem Atemzug. Bridie fuhr sich vorsichtig mit einer Hand über den Mund und stellte schockiert fest, dass sie blutete. Sie schlang die Arme um die angezogenen Knie und zog diese fest an die Brust. Sie wiegte sich und zwang sich, zu ihm aufzusehen. Sie konnte kaum fassen, dass es Randolph war, der da vor ihr stand, mit verzerrtem Mund und kalter Wut in den Augen.

»Du bist es, die in mein Zimmer gekommen ist, Bridie. Ich habe dich nicht hergebeten. Bilde dir ja nicht ein, du könntest mich verlassen. Niemand verlässt Randolph Tarlington. Niemand! Hast du mich verstanden?«

Sie nickte heftig. Zu sprechen wagte sie nicht. Er beugte sich soweit herab, dass sein Gesicht auf einer Höhe war mit ihrem. Speichel schäumte in seinen Mundwinkeln. Seine Augen sprühten vor Zorn.

»Ja, Bridie, ich bin hier derjenige, der die Entscheidungen fällt. Ich entscheide, ob und wann ich dich will. Du bist nur ein Flittchen. Nichts als eine Hure, genauso wie alle anderen!«

Er packte sie bei den Armen, zog sie unsanft auf die Füße und schleuderte sie wieder auf das Bett. Dann fiel er über sie her, riss ihr die Kleider vom Leib, dass die Köpfe durch die Luft flogen und wie Perlen über die Holzdielen kullerten, während sie wie erstarrt stocksteif dalag und alles willenlos über sich ergehen ließ.

»Ist das nicht das, wofür du gekommen bist?«, zischte Randolph, als er keuchend in sie eindrang. Bridie schnappte nach Luft und schloss die Augen, um den Ausdruck gehässigen Triumphes auf seinem Gesicht nicht sehen zu müssen. »Sieh mich an, du Schlampe! Du hast bekommen, was du wolltest. Frauen! Ihr seid alle gleich. Und du bist nicht anders als die Eingeborenen am Fluss, das kannst du mir glauben!«

Er biss sie brutal in die Brüste, bis sie schrie vor Schmerzen. Dann drang er ein letztes Mal tief in sie ein, ehe er sich zurückzog. Er rollte sich von ihr. Sie hörte, wie er sich anzog und Wasser aus dem Krug in die

Waschschüssel goss. Bridie lag mit geschlossenen Augen reglos auf der zerwühlten Tagesdecke, während er sich wusch, und sie konnte hören, wie er seinen Gürtel zuschnallte.

Erst als er fort war und sie allein war mit ihrem geschundenen Körper, stellte sie sich der Wahrheit. »Er ist durch und durch schlecht«, flüsterte sie und hielt sich mit einer Hand das schmerzende Kinn. Sie sammelte ihre zerrissenen Kleider ein und stahl sich die Treppe hinunter in die Räume, die sie mit Hedley teilte, hoffend, dass sie Randolph nicht noch einmal über den Weg lief.

Mit zitternden Händen schloss sie die Tür hinter sich und lehnte sich einen Moment gegen die massive Holztür. Was sollte sie tun, wenn Randolph mitten in der Nacht in ihr Zimmer kam? Schwerfällig wegen der unerträglichen Schmerzen am ganzen Körper schob sie ihre schwere Kommode vor die Schlafzimmertür und sicherte die Fenster mit den hierfür vorgesehenen Haken. Es würde in dieser Nacht stickig-heiß werden in ihrem Zimmer ohne einen frischen Luftzug, aber das war ihr egal. Hauptsache, Randolph blieb draußen.

Unter Schmerzen setzte Bridie sich auf einen Stuhl und betrachtete ihr geschwollenes Gesicht und ihre Hautabschürfungen in einem kleinen Handspiegel. Dann, nachdem sie mehrere Krüge kaltes Wasser in den Zuber gegeben hatte, ließ sie sich in die Wanne sinken und schrubbte ihren Körper mit einem Waschlappen, bis ihre Haut am ganzen Körper tiefrot war und brannte. Verzweifelt versuchte sie, die Erinnerung an die Vergewaltigung auszulöschen. Schließlich schlüpfte sie zwischen die kühlen Laken und schlief. Kurze Abschnitte der Bewusstlosigkeit wechselten sich mit Albträumen ab.

Kurz vor Tagesanbruch am nächsten Morgen wachte sie auf. Ihr Bettzeug war feucht von Schweiß. Ihr Hass auf Randolph hatte sich nun endgültig und unauslöschlich in ihre Seele eingebrannt.

»Dafür wirst du bezahlen«, flüsterte sie. »Das schwöre ich. Und wenn es das Letzte ist, was ich tue, das zahle ich dir heim. Für Hedley, für Hugh, für Dominic und für mich selbst. Das ganze Leid, das du über andere gebracht hast, wirst du eines Tages um ein Vielfaches zurückbekommen. Auch ich bin geduldig und kann warten ...«

Als Hedley zurückkehrte, waren die Blutergüsse verblasst, aber die Erinnerung an die Gewalt, die ihr angetan worden war, war noch so lebendig wie in jener Nacht, als es passiert war. Sie ging Randolph aus dem Weg, begleitete Hedley, wann immer es möglich war, und bat darum, dass sie mehr Zeit in dem neuen Haus in Brisbane verbrachten. Die brutale Vergewaltigung war die ultimative Demütigung gewesen, die unwiderrufliche Enthüllung von Lügen, Täuschung und falschen Hoffnungen.

KAPITEL 11

Randolph schuftete zusammen mit seinen Eingeborenen-Arbeitern von früh bis spät, pflügte, pflanzte und plante. Die Pflanzen, vor allem Mais, aber auch ein paar Morgen Kartoffeln, keimten und entwickelten sich unter dem strahlend blauen Himmel prächtig. Wochen verstrichen, ein Tag wie der andere. Arbeiten, schlafen, arbeiten, schlafen, das war der eintönige Rhythmus auf Glengownie.

Bei der Schufterei unter sengender Sonne hatte er reichlich Zeit zum Nachdenken. Absolute Priorität hatte in seinen Gedanken Glengownie. Er würde eine Vorzeigefarm daraus machen. Alle würden davon sprechen, vor allem die Siedler, die sich auf dem Land niedergelassen hatten, das einmal ihnen gehört hatte. »Die Farm der Tarlingtons«, konnte er sie fast sagen hören, »ja, das ist das perfekte Beispiel dafür, wie das Land bewirtschaftet werden muss.« Und dann, wenn er das Land betrachtete, dachte er an Dominic, das Kind, das er darauf vorbereiten würde, eines Tages seine Nachfolge anzutreten.

Im Haus war es ungewöhnlich still, seit Hedley und Bridie vor einigen Wochen nach Brisbane gefahren waren. Sie wollten erst Weihnachten zurückkommen, zusammen mit den Jungs. Randolph vermisste den Klang menschlicher Stimmen. Schließlich schwang er sich auf sein Pferd, ließ Glengownie in den fähigen Händen seines einzigen verbliebenen Landarbeiters zurück und ritt nach Brisbane. Er musste mit jemandem sprechen, sich den Frust von der Seele reden, und Cordelia war die Einzige, die ihn verstand.

Ihm entging nicht, dass Cordelia alles andere als erfreut war, ihn zu sehen. Eigentlich hatte sie an diesem Abend mit Hoffnann zu einem Dinner gehen wollen. Nach dem unerwarteten Auftauchen ihres Bruders hatte sie jedoch der Gastgeberin des Abends eine Nachricht überbringen lassen, in der sie diese bat, sie zu entschuldigen. ›Dringende familiäre Angelegenheiten‹, sah Randolph sie auf die Karte schreiben. Ihre Augen glitzerten vor Verärgerung, als Hoffnann ohne sie aufbrach. Grimmig presste er die Lippen zusammen und beschloss, nichts zu sagen, sich nicht anmerken zu lassen, dass er den kühlen Empfang sehr wohl registriert hatte.

Nach dem Essen – ein fader Eintopf, den Cordelia ungnädig vor ihm auf den Tisch geknallt hatte –, bat Randolph seine Schwester nach oben ins Arbeitszimmer, da ihm der Salon irgendwie zu groß und leer erschien für zwei Personen. Randolph setzte sich in Hoffnanns Sessel am Kamin, was Cordelia noch mehr zu ärgern schien. In der Hand hielt er die aktuellsten Zahlen seines Buchhalters, die er aus Glengownie mitgebracht hatte. Nachdem Hedley immer öfter über längere Zeit fort war, hatte er sich angewöhnt, die Kalkulationen doppelt und dreifach zu überprüfen und Einnahmen und Ausgaben gegeneinander aufzurechnen. Ganz langsam, nach Jahren harter Arbeit, näherten sich die Zahlen in den Spalten Soll und Haben einander an. Er starrte ins Feuer und rieb sich nachdenklich das Kinn. Wenn er nicht so sehr mit sich selbst beschäftigt gewesen wäre, wäre ihm aufgefallen, dass seine Schwester ihn sehr eindringlich musterte.

»Schlechte Nachrichten?«

»Hmmm. Eigentlich nicht.« Er breitete die Unterlagen auf einem Schemel vor sich aus. »So wie ich es erwartet habe. Gut, dass Vater die Warenhäuser hier in der Stadt nicht abgestoßen hat. Wir brauchen die Einkünfte, um Glengownie am Laufen zu halten. Diesen Berechnungen zufolge schreiben wir immer noch rote Zahlen.«

»Ist das der Grund für deinen Besuch? Willst du noch mehr Geld?«

Er stand auf und trat an den Kamin. Er klopfte die Asche aus seiner Pfeife und begann, sie neu zu stopfen. Nachdenklich drückte er den Tabak in den Pfeifenkopf. »Ich habe noch vier Jahre. Ich weiß, das wir in letzter Zeit wahre Wunder bewirkt haben, aber es reicht nicht. Das Problem ist, dass es so viel zu tun gibt und es an Arbeitskräften mangelt. Die Schwarzen sind unzuverlässig und fangen sogar an, richtigen Lohn zu verlangen. Vater ist nicht mehr daran interessiert, die Farm zu halten. Er und Bridie sind kaum noch dort. Sie verbringen fast ihre ganze Zeit in ihrer Stadtresidenz.«

Er bückte sich und hielt ein Zündholz in die Flammen im Kamin. Er steckte das brennende Hölzchen in den Pfeifenkopf und saugte kräftig an dem Mundstück, bis der Tabak glühte.

»Ja, das Problem liegt auf der Hand. Nicht genug Arbeitskräfte. Ich tue mit den mir zur Verfügung stehenden Männern, was ich kann, aber es reicht nicht. Und glaub ja nicht, ich wäre nicht dankbar für dein Geld.«

»Ah, das Geld, von dem du bislang noch keinen Cent zurückgezahlt hast.«

»Du wirst es zurückbekommen«, entgegnete er gepresst. Miststück! Sie versäumte es nie, ihn daran zu erinnern, dass er in ihrer Schuld stand.

»Nun, wenn du das Problem kennst, muss es auch eine Lösung geben«, bemerkte Cordelia süffisant.

»Damit die Farm wirklich floriert, muss ich expandieren. Ich brauche mehr Land, um noch mehr anbauen zu können. Das ist die Lösung. Ich habe an Zucker gedacht.«

»Zucker?«

»Ja. Die Farmer weiter im Norden haben mehrere Morgen Zuckerrohr angebaut. Muss lukrativ sein, sonst würden sie nicht ihre Zeit damit vergeuden.«

»Was weißt du über Zucker? Solltest du dich nicht näher informieren, bevor du dich entscheidest?«

»Ach was, Zucker, Mais, Kartoffeln. Das ist doch alles gleich. Und der Ertrag bringt mir Geld ein, von dem ich weiteres Land aufkaufen kann. Die Erzeugnisse sind nur Mittel zum Zweck. Ich habe mir vor Jahren etwas geschworen. Eines Tages wird alles wieder mir gehören, das gesamte ursprüngliche Glengownie.«

»Und das willst du ganz alleine schaffen?«

»Da liegt das Problem. Arbeiter zieht es nicht auf die Felder. Nimm beispielsweise die Goldminen im Norden. Sicher, die meisten sind ziemlich bald ausgebeutet, aber trotzdem zieht die Hoffnung auf schnelles Geld die Männer hier magisch an. Die meisten Männer im Umkreis sind selbst Landbesitzer, wenn ich mich auch manchmal frage, warum sie überhaupt noch bleiben.«

Randolph versank ins Grübeln. Arbeitskräfte. An weißen Arbeitern herrschte zweifellos großer Mangel. Viele hatte es in die Zinnminen oder auf die neuen Goldfelder gezogen, trotz der Berichte von Überfällen seitens der Eingeborenen. Er hatte von den Asiaten gehört, die den Weißen in Scharen gefolgt waren, kleine, dürre Chinesen mit langen Zöpfen, die unter den Weißen am Fluss arbeiteten. Es war ein bunt zusammengewürfelter Haufen: freie Männer, alternde, bedingt aus der Haft entlassene Sträflinge aus der Siedlung in Moreton Bay und Mörder, von denen erzählt wurde, dass sie ihr Geld ebenso großzügig für Schnaps und Glücksspiel ausgaben wie für Lebensmittel und Ausrüstung. Ganze Dörfer aus windschiefen, schäbigen Hütten entstanden entlang der Flussufer; das Land und seine entlassenen Häftlinge lebten nach ihren eigenen Gesetzen. Ungeduldig lenkte er seine Gedanken wieder auf das Gespräch mit Cordelia. Sicher gab es eine Lösung.

»Dann sind da noch Hugh und Dominic. Das Internat in der Roma Street kostet ein Vermögen. Und das, obwohl es sich nur um eine Grundschule handelt. Und Hedley verschwendet seine kostbare Zeit und Gesundheit mit seinem Sitz im Vorstand. Allerdings habe ich gehört, wie er Bridie gegenüber erwähnt hat, er wolle diese Position zum Jahresende aufgeben.« Er gestikulierte mit der Pfeife herum, wie um seinen Worten Nachdruck zu verleihen. »Weißt du, was man ihnen in der Schule beibringt? Latein und Griechisch ... und Tennis!« Er spie die Worte förmlich aus, sichtlich angewidert. »Feine Pinkel macht man aus ihnen, anstatt Farmer. Dieser ganze Firlefanz wird den Jungs nichts nützen, wenn sie später einen Acker umpflügen oder einem Kalb auf die Welt helfen müssen!« Er lachte verächtlich.

»Randolph, die Lösung liegt direkt vor deiner Nase. Hugh und Dominic. Es ist höchste Zeit, dass sie lernen, wie man eine Farm bewirtschaftet. Praktische Erfahrung, das brauchen sie, und nicht das faule Schülerdasein auf einem feinen Stadt-College. Hugh ist fast fünfzehn, und Dominic ist auch nicht so schrecklich viel jünger. Es ist Zeit, dass sie von der Schule abgehen. In ihrem Alter hast du schon mehrere Jahre auf Glengownie geschuftet wie ein Mann.«

»Das stimmt.« Er zog nachdenklich an seiner Pfeife.

»Warum sprichst du nicht mit Vater und holst die Jungen heim? Er hat doch immer auf dich gehört. Dann können sie aus erster Hand alles lernen, was sie über Landwirtschaft wissen müssen, und du sparst dir die Kosten für zusätzliche Arbeiter, die du, wie du selbst sagtest, gar nicht erst finden würdest.«

Randolph nickte bedächtig. »Weißt du, es ist wirklich machbar zu expandieren und weiteres Land aufzukaufen. Die Parzelle am anderen Flussufer ist frei. Der bisherige Pächter hat die vertraglichen Bedingungen nicht erfüllt und musste abziehen, sodass das Land wieder frei ist, wie ich vor ein paar Wochen im *Witness* gelesen habe. Und was ist mit Heinrichs Parzelle gleich daneben? Das ist ein wirklich gutes Stück Land. Der alte Deutsche macht es nicht mehr lange und hat keinen Erben, der seine Nachfolge antritt. Wenn Dominic und Hugh wieder daheim wären, hätte ich Anspruch auf mehr Land. Sie könnten formell als Verwalter fungieren, um den offiziellen Bedingungen zu genügen.«

»Könnten sie das Land denn nicht in ihrem eigenen Namen pachten? Das wäre doch der ideale Anreiz, eine Motivation, sich richtig ins Zeug zu legen.«

»Nein! Das Land gehört mir, und so soll es auch bleiben.«

Randolph dachte über Cordelias Einfall nach, während er den tanzenden Flammen im Kamin zusah, die gierig an den Holzscheiten leckten. Er griff nach dem Schürhaken und stocherte in der Glut. Funken sprühten auf, angesogen vom Zug des Kamins. Ja, es wäre schön, Dominic um sich zu haben. Inzwischen war der Junge schon seit Jahren in der Stadt. Er hatte so wenig Gelegenheit gehabt, das Kind zu beobachten, zu verfolgen, wie es heranwuchs. Lag seine Geburt wahrhaftig schon 13 Jahre zurück?

Randolph ließ sich wieder in dem Sessel nieder, streckte die langen Beine der Wärme entgegen und starrte ins Feuer. Land. Das Erbe eines Mannes; sein Nachlass für seinen heimlichen Sohn. Randolph konnte sich bereits die emsige Betriebsamkeit auf der Farm vorstellen. Wogende Maisfelder und grüne Kartoffelacker. Ganze Wagenladungen, die nach der Ernte zum Hafen gebracht wurden, riesige Ackergäule, die mühelos den Pflug durch die fruchtbare Erde zogen. Das Land auf der anderen Flussseite, ebener und größer als das jetzige Glengownie, wäre perfekt. Und wenn der alte Heinrich ihm noch sein Land verkaufte ... irgendwie würde er das Geld schon auftreiben.

»Ich schätze, zwei zusätzliche Kräfte wären trotz ihrer Unerfahrenheit eine Hilfe. Ich bin allerdings nicht sicher, ob Vater erlauben wird, dass sie von der Schule abgehen.«

»Unsinn. Ihre Erziehung ist fast abgeschlossen. Wenn du nach seiner Rückkehr mit Vater redest, wird er sich der Stimme der Vernunft ganz sicher nicht verschließen. Erzähl ihm von deinen Expansionsplänen. Heb hervor, dass das Land Hugh und Dominics Lebensunterhalt bestreiten soll. Für die beiden tut er doch alles.« Ihre Stimme klang plötzlich gepresst, und ihr Mund wirkte verkniffen. Ein Gesicht, das die ganze Verachtung für ihre Halbbrüder ausdrückte. »Er überlässt doch sowieso schon alle Entscheidungen, die Glengownie betreffen, dir.«

Randolph nickte. »Vielleicht gelingt es mir ja wirklich, ihn zu überreden, die Jungen für immer heim zu holen.«

»Übrigens, dieses ganze Gerede von Expansion ... wird das nicht viel Geld kosten?«

»Doch.«

»Und wo willst du das hernehmen? Du weißt ja, dass von meiner Erbschaft nichts mehr da ist. Ich habe alles in Glengownie gesteckt. Du wirst Vater um Unterstützung bitten müssen.«

»Nein!«

»Und was hast du sonst vor?«

»Du könntest deinen Mann darauf ansprechen. Mach ihm klar, dass es nur ein Darlehen wäre. Dass ich ihm jeden Cent zurückzahle.« Er sah, wie sie unwillig die Stirn runzelte.

»Maximilian soll Geld in Glengownie investieren?« Sie lachte spöttisch. »Du weißt doch, dass er den Busch hasst.«

»Es würde sich um eine geschäftliche Investition handeln.«

»Ich frage ihn, aber versprechen kann ich nichts.«

»Versuch es nur, bitte. Ich verlasse mich auf deine Unterstützung.«

Hedley hatte keine Einwände erhoben, als Randolph ihm bei seiner Rückkehr seinen Plan unterbreitet hatte. Er hatte seinem Sohn sehr aufmerksam zugehört.

»Das klingt alles ganz vernünftig, Randolph. Vielleicht ist Expansion ja tatsächlich die Lösung. Aber denk an unsere Abmachung. Wenn Glengownie sich nicht bald selbst trägt, wird es verkauft. Du hast noch vier Jahre, wenn ich richtig gezählt habe.«

»Ich habe es nicht vergessen. Das ist Teil meines Plans.«

»In gewisser Weise wird es eine Erleichterung sein, die Jungen daheim zu haben. Der Sitz im Schulvorstand wird mir langsam lästig. Der Manager, der meine geschäftlichen Angelegenheiten in Brisbane verwaltet, ist ein fähiger und zuverlässiger Mann. Auch das Haus ist in guten Händen, und ich glaube sogar, der Haushälterin ist es ganz recht, wenn wir nicht da sind. Ja, ich denke, es würde mir gefallen, meine Familie auf Glengownie wieder ständig um mich zu haben.« Hedley nickte Randolph zu und vertiefte sich dann wieder in seine Zeitung.

Während Randolph insgeheim jubilierte, erfand Bridie Dutzende Vorwände, damit ihre Söhne in Brisbane blieben. »Billige Arbeitskräfte«, zischte sie, als sie eines Tages im Stall auf Randolph traf. »Sie sind noch Kinder, und du willst sie wie Männer behandeln und auf der Farm verheizen. Ich werde das nicht zulassen, Randolph.«

»Die Entscheidung liegt nicht bei dir. Vater hat eingewilligt, und du wirst seine Meinung nicht ändern können. Er hat kein Interesse mehr an dem Land. Du weißt, dass er alle diesbezüglichen Entscheidungen mir überlässt.« Er legte ihr eine Hand unter das Kinn, hob ihren Kopf an und zwang sie, ihn anzusehen. »Es gäbe da natürlich Mittel und Wege, mich eventuell dazu zu überreden, es mir noch einmal zu überlegen.«

Sie wandte sich abrupt ab und zischte hasserfüllt: »Finger weg, Randolph. Du solltest meinen Hass auf dich nicht noch weiter schüren. Die Wahrheit ist doch, dass du jemanden haben willst, den du beherrschen und rumkommandieren kannst, und Dominic und Hugh sind hierfür die geeignetsten Kandidaten.«

»Nein! In diesem Punkt irrst du! Ich möchte Dominic daheim haben, um mehr Zeit mit ihm verbringen zu können. Er ist mein Sohn! Ist das so schwer zu verstehen? Ich möchte zusehen, wie er zum Mann heranwächst, will ihn lehren, wie man Glengownie verwaltet. Eines Tages wird die Farm ihm gehören. Sie ist sein Erbe. Eines Tages werde ich ihm die Wahrheit sagen. Bis es soweit ist, werde ich mich gedulden.«

»Wenn du Dominic jemals etwas sagst, bringe ich dich um!«

Er lachte sie aus, als er sah, wie blass sie bei seinen Worten geworden war. Sie hatte schreckliche Angst davor, dass er dem Jungen die näheren Umstände seiner Zeugung enthüllte. War es wirklich so lange her, dass er an den trägen Sommernachmittagen mit ihr nackt am Flussufer gelegen hatte? Sie hatte sich in den vergangenen turbulenten Jahren so wenig verändert. Sie war vielleicht eine Spur rundlicher geworden, und ihre Naivität war gelassener Selbstsicherheit gewichen, einem inneren Gleichgewicht, das er offensichtlich gerade in Gefahr gebracht hatte. Er blickte ihr nach, als sie wütend zum Haus zurückstürmte.

Cordelia schickte einen Scheck, so wie er es nicht anders erwartet hatte, zusammen mit einem weiteren Schuldschein, den er nur noch zu unterzeichnen brauchte. Später in jener Woche schickte er ihr eine Antwort:

Danke für das Geld. Ich werde bald nach Beenleigh reiten. Die Parzelle auf der anderen Flussseite, die vor einiger Zeit frei geworden ist ... ich habe beschlossen, sie zu-

erst zu pachten. Anschließend werde ich dann Heinrich
überreden, die angrenzende Parzelle freizugeben. Nicht
mehr lange, und wir besitzen wieder die größte Farm in
Boolai. Es ist nur eine Frage der Zeit ...

Beenleigh, Queensland
Freitag, 17. Dezember 1875

»Was soll das heißen, ›die Parzelle ist vergeben‹? Sie
stand doch erst letzte Woche wieder im *Witness,* da war
sie noch frei.«

»In einer Woche kann sich hier draußen einiges tun,
Tarlington. Menschen kommen und gehen. So ist das
eben.« Stokes registrierte mit Befriedigung den schockierten Ausdruck auf Randolph Tarlingtons Gesicht.

»Spielen Sie keine Spielchen mit mir, Stokes. Während Sie im Pub waren, während der Dienstzeit, wie ich
anmerken darf, habe ich hier auf Sie gewartet.«

»Ach ja?« Alf hatte die Biere mit dem neuen Siedler,
Hall, genossen. Sie hatten eine beruhigende Wirkung
auf ihn gehabt. Jetzt fühlte er, wie seine Gereiztheit
sich von neuem regte, ihn aus seiner wohligen Lethargie
riss. »Kommen Sie mir nicht so, Tarlington! Spazieren
hier rein und werfen mit Drohungen und Beschuldigun-
gen um sich ...«

Randolph hielt das Gesicht dicht vor das des Beamten. »Um drei Uhr am Nachmittag ist das Büro geschlossen, und Sie sitzen drüben im Hotel«, knurrte er verächtlich. »Was ist das denn hier für ein Laden? Ich bin
den ganzen Weg von Boolai hergeritten, um diese Parzelle zu pachten, und ich werde sie bekommen.«

Alf Stokes und Randolph Tarlington funkelten einander über den staubigen Tresen hinweg zornig an. Der Beamte fuhr sich mit der Hand ganz langsam über den Mund und die Wange. Dann ließ er sie abrupt auf den Tresen fallen. Staub wirbelte auf und wirbelte träge im abnehmenden Sonnlicht.

»Wer zuerst kommt, mahlt zuerst, Tarlington. Und Sie sind etwa eine Stunde zu spät gekommen. Was ist denn so Besonderes an dieser Parzelle? Es gibt in Boolai noch genug freies Land zu pachten. Vorausgesetzt, Sie haben genug Geld.«

Alf Stokes konnte sich den Seitenhieb nicht verkneifen. Selbstgefälliges Arschloch, dachte er bei sich. Kommt her, fordert Land und will mir erzählen, wie ich meine Arbeit zu tun habe. Nicht mit mir. Alf blickte wieder mit zornsprühenden Augen zu dem großen, schlanken Mann vor seinem Tresen auf.

»Beantwortet das Ihre Frage?« Randolph schob ein Bündel Geldscheine über den Tresen und lächelte kalt, wobei er abwartend auf den Zehenspitzen wippte. »Das dürfte Ihnen ein kleiner Anreiz sein. Sehen Sie, was Sie tun können. Annullieren Sie den Pachtvertrag. Bis morgen früh. Haben Sie mich verstanden, Stokes?«

Der Beamte starrte auf das Geldbündel. »Ich sagte doch bereits, dass die Parzelle vergeben ist, Tarlington! Eine nette kleine Familie hat sie gepachtet. Hall heißen die Leute.«

»Ich will diese Parzelle haben, und ich werde sie verdammt noch mal auch bekommen. Früher oder später. Alles hat seinen Preis.«

»Mit Bestechung werden Sie nicht weiterkommen.« Alf zog ein paar Scheine aus dem Bündel und steckte sie ein, bevor er den Rest über den Tresen wieder Randolph zuschob. »Aber ich werde nach einer anderen Parzelle Ausschau halten. Das hier ist das Entgelt für meine Bemühungen. Und jetzt verschwinden Sie von hier und lassen mich in Frieden, oder ich rufe den Magistrat!«

Randolph machte auf dem Absatz kehrt und steuerte die Tür an. »Das wird Ihnen noch Leid tun, Stokes. Merken Sie sich das. Das werden Sie noch bereuen.«

Die Tür fiel mit einem lauten Knall hinter ihm ins Schloss. Stokes lachte schadenfroh.

TEIL II

Maddie

KAPITEL 12

Beenleigh, Queensland
Freitag, 17. Dezember 1875

Die beiden Männer traten endlich aus dem Hotel in die grelle Nachmittagssonne. Hinter einem Staubschleier erstreckte sich die sandfarbene Straße mit den Geschäften auf beiden Seiten. Im Hintergrund ragte das Hotel wie ein Wachturm in den tiefblauen Himmel auf. Ted Hall blieb einen Moment stehen, bis seine Augen sich an das blendende Licht gewöhnt hatten. Erst dann blickte er über die Straße hinweg in Richtung des Cafés. Da waren sie, kamen auf ihn zu: Maddie, Kitty, Beth und Emma. Maddie! Sie fiel ihm als Erste ins Auge. Das kastanienbraune Haar. Das schüchterne Lächeln. Ihr anmutiger Gang. Stolz wallte in ihm auf.

Er hatte ihr so viel zu sagen. Aber wo sollte er anfangen? Mit dem Land? Der Hütte? Dem guten Gefühl, das er hatte? Ted schwenkte den Hut. Beth lief voraus und schob eine Hand in die ihres Vaters.

»Papa, Papa. Mama hat uns Limonade gekauft.«

Ted hockte sich in den Staub und schloss seine kleine Tochter in die Arme. Sie duftete süß, wie Honig. Ihre Haut fühlte sich samtweich an durch seine Bartstoppeln. Sie ließ sich einen Augenblick drücken, rückte dann von ihm ab und musterte ihren Vater mit ernstem Blick.

»Mama sagt«, begann sie atemlos. Sie war erst sechs, doch spürte sie deutlich die Aufregung, die in der Luft lag. »Mama sagt, wir bekommen endlich ein eigenes Zuhause.«

»Hat sie das gesagt, ja?«

»Ja.« Sie nickte nachdrücklich. Dann: »Glaubst du, wir könnten ein Haus haben? Ein großes Haus mit einem Kamin?«

»Und einem Waschraum auf der Rückseite«, ergänzte die vier Jahre ältere Kitty, die für gewöhnlich bei der Wäsche half.

»Meine Güte, ihr seid mir vielleicht ein ungeduldiger Haufen«, scherzte er und hob Emma auf seine breiten Schultern. »Ein Haus, ein Kamin, ein Waschraum. Was denn noch? Die Tinte auf dem Pachtvertrag ist noch feucht, und ihr habt das Haus schon halb fertig geplant.« Er bog den Kopf zurück. »Sag, Em, wie ist die Aussicht von da oben?« Anstatt zu antworten, rupfte sie an seinem Haar.

»Autsch!« Ted lachte und tätschelte das pummelige Kinderbein, das von seiner Schulter herabbaumelte. Er fragte sich flüchtig, ob er Maddie später, wenn sie in ihrem Hotelzimmer allein waren, von den Vorbehalten des Beamten erzählen sollte und davon, wie Alf versucht hatte, ihm die Pacht auszureden. Oder sollte er das für sich behalten, um sie nicht zu beunruhigen? Die Frage beschäftigte ihn eine Weile, dann war sie fort, vertrieben von Sonne, Bier und der Realität des Tages.

Alf Stokes prahlte in der öffentlichen Bar des South Coast Hotels gerne damit, dass er aus zwanzig Schritten

Entfernung sagen konnte, ob eine Frau im Busch zurechtkommen würde oder nicht. Und er war bereits zu dem Schluss gekommen, dass diese Frau, Maddie Hall, nicht geschaffen war für die ungezähmte, unberührte Wildnis im südöstlichsten Zipfel des Staates, den die Bürokraten nach ihrer geliebten Victoria ›Queensland‹ getauft hatten.

Nach mehreren Bier in der Hotelbar empfand Alf unerwartet eine Welle des Mitleids für die Frau. Die Haarnadeln hatten sich gelockert, sodass das tizianrote Haar ihr in den schlanken Nacken fiel, was ihre beinahe ätherische Zartheit noch unterstrich. Die Haut war hell, wie Porzellan, und trotz des breitkrempigen Hutes bereits gerötet von der Dezembersonne. Sie erinnerte Alf unerklärlicherweise an die durchscheinenden Flügel der Zikaden, die jeden Abend oben auf den hohen Eukalyptusbäumen ihr Konzert anstimmten.

Er stellte sie sich in einem Cottage auf dem Land vor, irgendwo in England, der Heimat, an die er sich kaum noch erinnerte. Ein Land der grünen Wälder und Moore, wo ihr Haar rot schimmerte wie das Laub in der Herbstsonne. Er stellte sie sich vor, umgeben von Lavendel, Osterglocken und feinem Porzellan, mit dem Vikar, der jeden zweiten Sonntagnachmittag auf einen Tee und ein paar Sandwiches vorbeischaute. Dort gehörte sie hin, in ein beschauliches Dorf, und nicht in dieses gottverlassene, trostlose Land.

Er fragte sich, ob sie überhaupt eine Vorstellung hatte von der Härte des Lebens, das vor ihnen lag. Wahrscheinlich nicht. Du bist ein verdammter Dummkopf, Ted Hall, sagte er sich ärgerlich. Siehst du nicht, dass deine Frau nicht geschaffen ist für den Busch?

»Äh, Missus. Sie sehen etwas mitgenommen aus«, sagte Alf ohne nachzudenken. Das Bier hatte sein Denkvermögen getrübt. Das hatte er nicht sagen wollen. Er hatte überhaupt nichts sagen wollen. Er wollte sie loswerden, damit er in sein Büro zurückkehren und einen halbherzigen Versuch unternehmen konnte, die Karten und Lagepläne aufzuräumen, bevor er den Laden dichtmachte. Er zog die Uhr aus der Tasche. Gleich vier. Unwahrscheinlich, dass heute noch jemand kam. Aber er konnte seine Bemerkung so nicht stehen lassen.

»Schlafen Sie sich heute Nacht gründlich aus, dann fühlen Sie sich morgen wie ein neuer Mensch«, fügte er hinzu, wobei er sich Mühe gab, wohlwollend zu klingen.

Der Beamte kramte in seiner Tasche und zog schließlich eine Karte heraus, die er vor ihnen auf dem Boden ausbreitete. Sie scharten sich um das Papier, und die Kinder hockten sich in den Staub, neugierig auf Einzelheiten.

»Das ist Ihre Parzelle. Hier.« Alf Stokes tippte mit einem knotigen Finger auf die Karte.

»Wo? Wo? Wir wollen auch sehen.« Kitty und Beth drängten näher heran, obwohl Maddie sicher war, dass die Linien und Kringel, die die Grenzmarkierungen ihres Landes darstellten, ihnen nichts sagten. Emma tippte ebenfalls mit einem Finger auf das Papier. »Ich auch«, sagte sie, und ein Grübchen erschien in jeder Wange, als sie Alf Stokes ein strahlendes Lächeln schenkte.

»Wie heißt dieser Ort?«, wollte Maddie wissen.

»Boolai. Das bedeutet in der Sprache der Eingeborenen ›zwei‹.«

»Boolai?« Der Name klang ungewöhnlich, fremd.

»Es gibt zwei Flüsse, sehen Sie. Einen entlang der

Grenze Ihres Landes und einen zweiten etwas weiter mit Namen Boolai Creek.«

Maddie sah, dass Kitty enttäuscht dreinblickte. »Das sind nur Linien auf einem Stück Papier«, schmollte sie. »Das ist gar kein Land.«

Der Beamte fuhr kichernd fort. »Sehen Sie diese große Fläche auf der anderen Seite des Flusses? Das Land gehört den Tarlingtons. Sie waren die ersten Siedler hier, noch bevor das Land in Parzellen aufgeteilt wurde. Die Regierung hat ihnen vor einigen Jahren das Pachtland weggenommen und es an andere Siedler vergeben.« Er zeigte auf die angrenzenden Parzellen und nannte ihnen die Namen der anderen Siedler, wobei er einige humorlose Kommentare von sich gab.

»Das Land liegt direkt am Fluss, das heißt, wir haben reichlich Wasser«, sagte Ted und drehte Maddie langsam zu sich herum. »Und auf dem Land steht bereits eine Hütte. Alf sagt, sie wird etwas verfallen sein, aber wir bringen sie wieder in Ordnung. Wahrscheinlich sind nur ein paar Bretter und etwas Farbe nötig, damit sie aussieht wie neu.«

Sie sah die erwartungsvolle Vorfreude in seinen Augen. Das eigene Land, das endlich Realität geworden war, wartete irgendwo jenseits der stillen Berge auf sie, fast greifbar. Als Maddie zur Seite sah, begegnete sie dem nachdenklichen Blick des Beamten.

»Ich habe Ted gesagt, dass das Leben draußen im Busch kein Zuckerschlecken ist. Aber manche kommen damit klar. Weil sie es wirklich wollen. Oder weil sie keine Wahl haben.«

Waren die Worte für sie bestimmt? Versuchte er, sie zu warnen? Alf Stokes fischte ein verknittertes Taschentuch aus der Tasche und wischte sich den Schweiß von Gesicht und Hals. Kurze Härchen, die aus seinen von roten Äderchen durchzogenen Nasenflügeln wucherten, bewegten sich leicht in der Hitze. Beunruhigt hoffte sie, er würde weiterreden und deutlich machen, was er damit wirklich meinte. Aber er hatte sich bereits abgewandt, hob die Karte auf und drückte sie Ted in die Hand. »Hier, die werden Sie noch brauchen«, sagte er und war fort, ließ sie einfach auf der staubigen Straße stehen.

Maddie blickte über die Dächer in Richtung der lilafarbenen Zacken, die den Horizont einzufassen schienen. Plötzlich hatte sie zum ersten Mal in ihrem Leben wirklich Angst. Um sich, um die Kinder. Und die Angst nistete sich dunkel und bedrohlich in einem Winkel ihres Bewusstseins ein, vage, nicht greifbar. Sie fröstelte trotz der Hitze; ein Schauer jagte ihr den Rücken hinunter, und sie verspürte ein Prickeln im Nacken. Ted legte ihr schützend einen Arm um die Schultern und zog sie an sich. Sie fühlte die Wärme seiner Haut, die Kraft seiner Umarmung, und die Furcht fiel von ihr ab. Nein, dachte sie entschlossen. Eines Tages wird uns das hier vorkommen wie ein großes Abenteuer. Etwas, wovon wir unseren Enkelkindern erzählen. Mit Ted an ihrer Seite konnte sie alles schaffen. Es gab nichts, wovor sie sich zu fürchten brauchte, außer der Furcht selbst.

Als sechs Jahre der Hoffnung an diesem ganz gewöhnlichen, windigen Tag ein Ende fanden, wusste Maddie Hall plötzlich ohne den leisesten Zweifel, dass sie nicht zurückgehen würden.

Langsam schlenderten sie die Straße hinunter, an Schaufenstern vorbei und verwitterten Schildern, die

Waren und Dienstleistungen anpriesen: Drogerie, Schuster, Tabakwaren, Arzt, Bäcker und Auktionator. Kitty und Beth schauten durch schmutzige Fenster, in denen sich die tief stehende Nachmittagssonne spiegelte. Die Sägen des großen Sägewerks standen still, und in der Ortschaft war Ruhe eingekehrt.

»Wo ist Dan?«, fragte Maddie, als sie plötzlich registrierte, dass der Junge nicht mehr da war.

»Ich habe ihn mit den Pferden zum Hotel geschickt. Er kümmert sich um die Zimmer für diese Nacht. Ich dachte, wir könnten schon mal die Vorräte kaufen. Wenn wir es schaffen, heute schon alles zu erledigen, können wir uns gleich morgen früh bei Tagesanbruch auf den Weg machen.«

Der Gemischtwarenladen war in einem heruntergekommenen Holzhaus untergebracht. Auf dem Schild stand: ›M. Traynor – Wir führen alles!‹ Maddie hatte noch nie ein solches Durcheinander von Waren in einem Geschäft gesehen. Tischwäsche lag gleich neben Eisenwaren, Werkzeuge wie Spitzhacken, Äxte und Spaten lehnten an Ballen feinen Wollstoffs, Flanell und Seide. Gummistiefel baumelten über breitkrempigen Hüten, und eingerollte Seile lagen halb verborgen wie schlafende Schlangen hinter einem Sammelsurium von Lampen und Kerzen, Geschirr und Lederwaren.

Im Laden roch es muffig, eine Mischung verschiedenster Gerüche reizte die Nase, von denen der kräftigste von Säcken voller Häcksel herrührte, die in einer Ecke standen. Emma stand vor einem hohen Tisch. An einem pummeligen Daumen lutschend, betrachtete sie die Reihen von Gläsern mit verschiedenen Süßigkeiten und Bonbons. Der Ladeninhaber wartete hinter dem Tresen, die Hände auf den Hüften, ein stämmiger Mann mit gerötetem Gesicht, mehligen Fingern und einer riesigen weißen Schürze. Ted baute sich vor ihm auf und reichte dem Mann die Hand.

»Nennen Sie mich Mick«, grunzte der Mann, als er sich über die Ladentheke beugte und Teds Hand ergriff. »Sie kommen also von Stokes, ja?«

Ted nickte. »Genau. Wir möchten gerne morgen ganz früh aufbrechen, brauchen aber noch einiges an Werkzeug und Vorräten bis zum Eintreffen des Vorratsbootes am Monatsanfang.«

»Verlassen Sie sich lieber nicht auf das, was man Ihnen über das Vorratsschiff sagt. Ob es überhaupt kommt, ist von den Gezeiten und vom Wetter abhängig. Der Fahrplan ist nicht gerade zuverlässig, wenn Sie verstehen, was ich meine. Sie sollten etwas mehr Vorräte mitnehmen, nur für alle Fälle.«

»Wir brauchen Mehl, Zucker und Tee. Maddie! Komm und wähle du die Vorräte aus. Es wird langsam spät.«

Maddie wandte sich seufzend ihrem Mann zu. Sie hatte gerade ganz verträumt vor einem Ballen Georgette gestanden. Der Stoff war sehr fein und weich, makellos. Das kräftige Saphirblau passte wunderbar zu ihrem rötlichen Haar. Sie wusste, dass Ted, wenn sie es sich hätten erlauben können, ihr ein paar Meter des wunderschönen Stoffs gekauft hätte, genug für ein traumhaftes Kleid mit einem weit schwingenden Rock, der beim Gehen ihre grazilen Fesseln umschmeichelte.

Sie hob den Kopf und starrte ihn an, sehnsüchtig einen Zipfel des Stoffs in der Hand haltend. Er schüttelte den Kopf und schenkte ihr ein schiefes Lächeln, das besagte: »Tut mir Leid, Maddie.«

Langsam ging sie durch den Laden und begutachtete die Waren, berührte und betastete sie, wobei ihr Blick immer wieder zu dem Stoffballen glitt. Es war eine Schande. Und die Farbe war so hübsch. Schließlich trat sie an den Tresen und diktierte eine Liste von Vorräten, die sie brauchten. Ted vereinbarte mit Mick, dass er die Waren ganz früh am nächsten Morgen abholen würde.

Als sie schon gehen wollten, kaufte Ted noch eine große Tüte Konfekt. Ein schwacher Ersatz für ein blaues Kleid, dachte Maddie mit einem Gefühl tiefer Trauer.

Ihr Hotelzimmer war mittelgroß, wobei der meiste Platz von dem schweren Doppelbett, zwei bequemen Sesseln, einem kleinen Tisch, einer niedrigen Kommode und Emmas Bettchen eingenommen wurde. Ted und Dan gingen nach unten in die Bar, während Maddie auspackte. Später aßen sie eilig im Speisesaal des Hotels zu Abend, bevor sie sich nacheinander in der schweren emaillierten Wanne im Badezimmer auf dem Flur den Reisestaub vom Körper wuschen.

Maddie brachte Kitty und Beth in dem breiten Doppelbett im angrenzenden Schlafzimmer unter. Die Mädchen tuschelten und kicherten im Halbdunkel, bis Maddie sie ermahnte, zu schlafen, obwohl sie wusste, dass es noch lange dauern würde, bis sie zur Ruhe kamen.

Emma war in Maddies Bett eingeschlafen, das Gesichtchen noch feucht vom Bad. Maddie beobachtete, wie die Brust ihrer kleinen Tochter sich mit jedem Atemzug hob und senkte. Sie nahm das Kind auf den Arm und legte es in das Bettchen, das Mrs. Hennessy, die dralle, rotwangige Inhaberin des Hotels, ihnen besorgt hatte.

Sie badete als Letzte. Als sie sich in das lauwarme Wasser sinken ließ, fiel die Anspannung des Tages langsam von ihr ab. Nach einer Weile wurde das Wasser zu kalt, und sie stieg aus der Wanne und trocknete sich ab. An einem Ende des Badezimmers befand sich ein großer Spiegel mit einem schmucken, reich verzierten Holzrahmen. Sie wickelte das Handtuch locker um ihren nackten Körper und trat vor den Spiegel.

Sie versuchte, sich mit Teds Augen zu betrachten. Was mochte er als Erstes sehen? Sie hob ihr rotgoldenes Haar an und ließ es auf ihre Schultern zurückfallen. Sie wusste, dass er ihr Haar liebte, gern mit den Fingern hindurchfuhr und es auf dem Kopfkissen ausbreitete. Sie hob eine Hand an die Wange. Die Haut war samtweich. Sie stellte sich die Berührung seiner Finger vor.

Schließlich ließ sie das Handtuch fallen und betrachtete sich splitternackt, drehte sich von einer Seite auf die andere, strich mit den Händen über den flachen Bauch, die kleinen, spitzen Brüste und die schmalen Hüften. Unvermittelt stieg Verlangen in ihr auf, und sie sehnte sich danach, Teds Arme um sich zu fühlen und seinen männlichen Geruch einzuatmen.

Sauber und erfrischt schlüpfte sie zwischen die Laken. Ted schlief bereits und schnarchte leise an ihrer Seite. Sie legte ihm eine Hand auf die Schulter, aber er grunzte nur und rollte sich auf die andere Seite. Enttäuscht lehnte sie sich über ihn und löschte das Licht. Die Gaslaterne draußen auf der Straße warf einen tröstlichen warmen Lichtschimmer auf die Wände des Hotelzimmers.

Sie fand keinen Schlaf. Sie zog die Knie an, schlang

die Arme herum und dachte an das Land; ein unbekannter, fremder Ort, zu dem sie am Morgen aufbrechen würden. Ein neues Zuhause, aber diesmal eins, das ihnen gehörte. Ein neues Leben. Sie dachte an die Hütte, die bereits dort stand, und der Gedanke beruhigte sie. Schließlich rollte sie sich zusammen wie eine Katze und schlief, bis die ersten farblosen Sonnenstrahlen ins Zimmer fielen.

KAPITEL 13

Alf Stokes winkte fröhlich, als er an dem hoch beladenen Wagen vorbeikam. »Morgen, Leute«, rief er.

»Morgen, Alf.« Ted grinste den Beamten an. Maddie begnügte sich mit einem Nicken. Ihr Mann schien gut gelaunt zu sein und pfiff gelöst vor sich hin, während er den letzten Rest des Gepäcks auflud, das sie am Vorabend gebraucht hatten. Er war schon bei Tagesanbruch aufgestanden und hatte Dan geholfen, die Pferde anzuspannen und die Vorräte abzuholen.

»Ein schöner Tag für die Weiterfahrt. Wo müssen wir lang?« Ted nickte in Richtung der Kreuzung, an der das Hotel stand. Von hier gingen verschiedene Straßen ab, und es war nirgends ein Wegweiser zu sehen.

»Folgen Sie einfach der Piste«, erwiderte der Beamte und zeigte grob in die Richtung, in der ihr neues Land lag. »Sie führt durch verschiedene kleine Siedlungen immer nach Süden. Am Ende sogar mitten durch die Berge. Bis Murwillumbah.«

»Murwillumbah. Das liegt in Neusüdwales, richtig?«, fragte Kate.

»Ja, genau, junge Dame. Die Verantwortlichen oben in Brisbane nennen die Route Main Southern Road. Ich schätze, irgendein Schreibtischhengst, der noch nie aus der Stadt herausgekommen ist, wird mit dem Ausbau beauftragt. Eine verdammt schwierige Wegstrecke. Aber wenn Sie sich an die Hauptpiste halten, werden Sie sich nicht verirren.«

Der Beamte stand mit verschränkten Armen auf der Straße. Die Pferde stemmten sich ins Geschirr, und der Wagen setzte sich ächzend und schwankend in Bewegung. In gemächlichem Tempo rollte er dann durch die verschlafene Ortschaft. Maddie blickte wiederholt zurück, bis Beenleigh nur noch ein staubiger Fleck in der Ferne war und schließlich vollends mit dem umliegenden Buschland verschmolz.

Die Sonne brannte von einem wolkenlosen Himmel herab. Weit in der Ferne schimmerten die purpurnen Berge, und in der flimmernden Hitze sah es beinahe so aus, als würden sie am Horizont tanzen. Stokes hatte nicht übertrieben; das Vorwärtskommen war tatsächlich mühsam, da die Straße nicht viel mehr war als ein überwucherter Pfad voller Schlaglöcher und tiefen Furchen. An vielen Stellen hatten heftige Regenfälle den Boden völlig aufgeweicht; Schlamm quoll schmatzend unter den Wagenrädern hervor, und ganze Schwärme kleiner Libellen mit irisierenden, türkis glänzenden Flügeln umschwirrten sie.

Es gab keine Brücken. Der Weg wand sich um steile Uferböschungen herum, die zu passierbaren Furten führten. Das Flussbett war steinig, und die Wagenräder knirschten bei jeder Durchfahrt bedrohlich auf den runden Kieseln.

Schließlich gelangten sie an einen breiten Fluss. Ted winkte dem Fährmann zu, dessen Boot am gegenüberliegenden Ufer vertäut war. Mit einiger Mühe gelang es Ted und Dan, Pferde und Wagen den steilen Hang zum Ufer hinunterzumanövrieren.

Die Sonne warf glitzernde Reflexe auf das Wasser. Von der Flussmitte aus konnte Maddie eine Meile weit in beide Richtungen sehen, bis die leichte Biegung des Flusses den Blick flussabwärts versperrte. Gedankenverloren blickte sie auf das Wasser und dachte an die Zukunft, die unerklärliche Anziehung des Landes und den holprigen Weg, der sie immer tiefer in den Busch führte. Sie sah sich allein im Wagen sitzen, der langsam weiterrollte, stellte sich vor, wie der Busch immer dichter und undurchdringlicher wurde, bis sie sich vorkam wie eine Gefangene, die nicht Eisengitter an der Flucht hinderten, sondern die knorrigen Äste der Bäume, die sich ineinander verschlangen, um ihr den Weg zu versperren.

Sie fuhr sich mit den Händen über die Wangen und versuchte, diese sonderbaren Fantasien abzuschütteln. Sie richtete ihre Gedanken auf die Kinder. Wie sollte sie mit Krankheiten und weiteren Geburten klarkommen, mitten in der Wildnis, meilenweit entfernt von der nächsten Ortschaft? Sie und Ted hofften bereits auf weiteren Nachwuchs. Vielleicht war sie ja bereits schwanger?

Lieber Gott, bitte mach, dass ich unser neues Zuhause mag, betete sie.

Ted blickte konzentriert nach vorn, die Augen gegen

das grelle Licht zusammengekniffen, das gebräunte Gesicht von feinen Linien durchzogen. Sechs Jahre in der Kolonie hatten ihn verändert, hatten ihn so hart gemacht, dass es ihr manchmal schwer fiel, sich den jungen Mann in Erinnerung zu rufen, den sie einmal geheiratet hatte.

In der alten Heimat war er Sekretär gewesen, der in einer verstaubten Welt von Akten und Vertragsentwürfen arbeitete. In diesem Umfeld hatte sie ihn kennen gelernt, als sie ihren verwitweten Vater in einer rechtlichen Angelegenheit begleitet hatte. Später, als Teds Braut, als sie frisch verheiratet waren und in einem kleinen Stein-Cottage lebten, das sie ihr Heim nannten, war sie glücklich gewesen und hatte sich kein anderes Dasein vorstellen können, bis Ted ihr eines Tages seinen Traum vom Auswandern gebeichtet hatte.

»Was weißt du über Australien?«, hatte sie gefragt. Australien! Das kam ihr so schrecklich weit weg vor. »Wie sollten wir dort hinkommen? Wie viel würde die Überfahrt kosten?«

»Ich kann dir nur sehr wenig dazu sagen. Ich habe nur ein paar wenige Informationsfetzen vom Kolonialbüro erfahren können. Ich habe ein paar Pfund gespart. Nicht viel. Gerade genug für die Passage und um uns drüben eine Weile über Wasser zu halten. Aber ich sage dir eins: In Australien gibt es Land. Mehr, als du dir vorstellen kannst. Es reicht von Küste zu Küste, über Tausende von Meilen, Land, so weit das Auge reicht.«

Sie konnte es sich nicht vorstellen. Keine kleinen Täler und Felder, die von Wäldchen und Hecken eingefasst waren, so wie sie sie kannte. Stattdessen weites, offenes Land. *So weit das Auge reicht.* Das Land interessierte sie nicht, und sie konnte Teds Faszination nicht ernst nehmen, bis er einige Wochen später mehrere Bücher aus seiner Aktentasche holte und sie beinahe ehrfürchtig vor sie hinlegte. Er schlug sie auf und zeigte ihr stolz verschiedene Skizzen.

»Ich möchte nicht den Rest meines Lebens in einem muffigen Büro arbeiten. Das ist eine Chance auf ein neues Leben, eine bessere Zukunft für uns in der Kolonie. Unsere Zukunft, Maddie. Deine, meine, und eines Tages auch die unserer Kinder.«

Sie lächelte zurückhaltend und versuchte, seine Begeisterung zu verstehen. Wer hätte gedacht, dass Ted, der in einem so kleinbürgerlichen Elternhaus aufgewachsen war, so verrückte Träume hegte?

»Nimm deine Schwester mit«, hatte ihr Vater sie später angefleht. Seine Ehefrau, Maddies Mutter, war bei einer Typhusepidemie ums Leben gekommen, als Kitty noch ein Baby gewesen war.

»Aber Papa ...«

»Nein, Liebes. Ich bin ein alter Mann und werde bald deiner lieben Mutter nachfolgen, das ist eine Tatsache. Geh nur in dieses neue Leben. Schreib und erzähl mir von den vielen wunderbaren Eindrücken dort.« Er klopfte Ted auf die Schulter. »Ich werde derweil beruhigt sein, dich in guten Händen zu wissen.«

Und so waren sie nach Australien gesegelt, ein junges Paar mit einer richtigen kleinen Familie, da sie neben Kitty auch Teds erst elf Jahre alten Bruder Daniel mitnahmen. Als sie zum ersten Mal australischen Boden betraten, war ihre Familie sogar noch größer geworden, da Maddie zwei Wochen, bevor ihr Schiff in Sydney anlegte, Elizabeth zur Welt gebracht hatte. Beth, wie sie

sie liebevoll nannten, war rund und gesund. Maddie wünschte sich weitere Kinder, aber bis zu Emmas Geburt sollten noch vier Jahre vergehen.

Sechs Jahre lag ihre Ankunft in Australien nun schon zurück. Wo war nur die Zeit geblieben? Papa war lange tot; er war ein Jahr nach ihrer Auswanderung gestorben. Und das Land, das Ted ihr versprochen hatte? Diese weiten, offenen Flächen, *so weit das Auge reicht,* hatte sie bislang nicht zu sehen bekommen. Und dieses Land hier hatte nun wirklich nichts ›Weites‹ an sich vor lauter Bäumen und engen Schluchten. Sie erstickten sie, diese Baumgiganten mit ihrem silbriggrünen Laub, schränkten ihr Sichtfeld nach allen Seiten ein, verdeckten gelegentlich sogar die Sonne. Und wenn sie einmal die Kuppe eines Hügels erklommen hatten, breiteten die australischen Eukalyptusbäume sich vor ihnen aus wie ein dichter, graugrüner Laubteppich ...

Langsam zog ihr Geist sich zurück, an den Bäumen vorbei, zu den Federwolken, die tief am Himmel vorbeisegelten. Abrupt kehrte sie in die Gegenwart zurück, an Bord der Fähre, die sie immer weiter von ihrem bisherigen Leben fortbrachte. Der böige Wind schuf kleine, kabbelige Wellen rund um die Fähre, die das Deck überspülten und gegen die Wagenräder und die Hufe der Pferde schlugen. Die Tiere wieherten und stampften ungeduldig auf den feuchten Planken.

Es dämmerte bereits, als Ted den Wagen auf eine kleine Lichtung am Wegrand lenkte. »Das reicht für heute«, verkündete er und brachte die Pferde zum Stehen. Maddie warf ihm einen Blick zu und sah, wie erschöpft er war. Eine Welle der Zärtlichkeit für den Mann mit dem struppigen Bart stieg in ihr auf, und sie musste gegen den Impuls ankämpfen, ihn zu umarmen.

»Kommt, Mädchen«, sagte sie stattdessen.

Ted zündete eine der großen Laternen an, und Kitty und Beth liefen lachend durch den Busch, wobei sie sich geschickt unter tief hängenden Ästen hinwegduckten und dabei Zweige und kleine Äste einsammelten. Sie stapelten ihre Beute auf einem Haufen neben dem Wagen, und kurz darauf hatte Ted ein prasselndes Feuer entzündet.

Als die letzten Strahlen Sonnenlicht vom Himmel verschwanden, breitete Ted als schützendes Dach für die Kinder eine große Segeltuchplane über den Wagen. Maddie verteilte zum Abendessen Fladenbrot und Pökelfleisch, das die Hotelköchin ihr freundlicherweise am Morgen mitgegeben hatte. Über dem Feuer hing ein Kessel mit Wasser, das über die Teeblätter in dem bereitstehenden Topf gegossen werden würde, sobald es kochte. Nach der Mahlzeit kletterten die Kinder müde in den Wagen und machten es sich in kleinen Ecken und Freiräumen so gemütlich wie möglich, mit dem Rücken an Holzstreben, harte Balken und Kommoden gelehnt.

Obgleich Sommer war, war die Nacht recht frisch. Der Wind wehte durch die Bäume und ließ deren Laub leise raschelnd eine unheimliche Melodie erzeugen, die abwechselnd an- und abschwoll. Maddie hockte beim Feuer und wärmte ihre Hände über der rubinroten Glut. Lichtreflexe hielten die umliegende Dunkelheit in Schach und warfen sonderbare Schatten in die umstehenden Bäume. Der Duft von brennendem Eukalyptus hing in der Luft. Dan fischte eine Mundharmonika aus der Tasche und begann zu spielen. Die dünnen, hohen Töne schwebten eine Weile auf der Brise, verhalten, abwartend, um dann wie Nieselregen auf das urwüchsige Land niederzugehen.

Ted kam näher. Maddie fühlte, wie sein Arm sich beruhigend um ihre Schultern legte. Sie lehnte den Kopf an ihn, schirmte ihr Gesicht gegen die Hitze ab und betrachtete schläfrig, wie der Feuerschein durch das dunkle Haar ihres Mannes schimmerte. Ted ließ langsam den Arm sinken, stand auf und zog sie auf die Füße.

»Komm, Liebes. Schlafenszeit. Wir haben einen anstrengenden Tag vor uns.«

Der morgige Tag. Ein weiterer Tag auf dem Kutschbock. Noch tiefer in den Busch, noch weiter in Richtung des unbekannten Landes und der Hütte, die sie dort erwartete.

Er küsste sie zärtlich und schob sie auf den Wagen zu, in dem sie, wie sie wusste, nur wenig Schlaf finden und sich im Einklang mit den Kindern herumwälzen würde.

»So! Das war alles!«

Clarrie Morgan wuchtete das letzte Gepäckstück hinauf zum Dach der Kutsche und lächelte spitzbübisch zu seinem Bruder Jim auf, ehe er hinaufkletterte, um diesem zu helfen, die Truhen und Taschen festzuzurren.

Jim lächelte zurück. »Wurde auch Zeit. Es ist schon fast Mittag. Meinst du, die Zeit reicht noch für einen schnellen Drink, bevor wir losfahren?«

Clarrie zog umständlich die Uhr aus der Hosentasche, hielt sie in der schwieligen Hand und warf mit zusammengekniffenen Augen einen Blick auf das Zifferblatt.

Er ließ sich Zeit und setzte bewusst eine skeptische Miene auf. »Ich weiß nicht. Wir haben einen Zeitplan einzuhalten.«

»Tu doch nicht so, Clarrie.« Jim boxte ihn freundschaftlich in die Seite. »Du denkst doch seit einer halben Stunde an nichts anderes als an ein kühles Bier.«

»Jimbo, du durchschaust mich doch jedes Mal. Aber ich habe überhaupt ein gutes Gefühl heute. Heute hat der kleine Harry Geburtstag. Es gibt kaum Post auszuliefern, und wenn wir uns beeilen, bin ich zum Tee schon wieder zu Hause. Der Junge würde sich ganz sicher über den Besuch seines Lieblingsonkels Jim freuen. Wenn du also mitfeiern möchtest ...«

»Klingt gut.«

»Dann los, ich helfe dir noch schnell, die Ladung festzumachen. Und ich bin so gut gelaunt, dass ich dir vielleicht sogar einen Drink spendiere. Ist das nicht ein Angebot, Brüderchen?«

»Du bist der Größte, Clarrie. Hier, leg mal das Seil da rüber.« Sie neigten die Köpfe und fuhren fort, Taschen und Kisten zu sichern.

»Na, was haben wir denn da?«

Clarrie richtete sich auf, als er Jims Worte hörte, und sah am Ende der Hauptstraße einen Wagen und mehrere Pferde auf sie zukommen. »Wieder Neue, die nichts auf Stokes' Warnungen gegeben haben, wie es aussieht.«

Jim lachte abfällig. »Ich habe von diesem Alf Stokes gehört. Typischer Regierungsbürokrat. Er soll einem sogar für seine Hilfe bei der Auswahl der Parzelle Geld zusätzlich abknöpfen. Soll dem alten Parker fünf Scheine bezahlt haben, damit er sein Land aufgibt.«

»Fünf Scheine!« Clarrie war sichtlich verblüfft.

»Parker wollte sowieso das Handtuch werden«, fuhr Jim fort. »Und normalerweise hätte er gar nichts gekriegt. Stokes hat dem neuen Pächter zehn Scheine extra abgenommen. Hat ihm was von einer speziellen Stempelgebühr erzählt, von der noch nie jemand was gehört hat und für die es auch keine Quittung gibt. Manche sagen, er wäre eigentlich ziemlich fair, aber ich weiß nicht. Wenigstens hat Parker auf die Art etwas Geld bekommen. Hat Glück gehabt, würde ich sagen. Hier draußen muss man eben sehen, wie man sich durchschlägt.«

»Von den Armen nehmen und den noch Ärmeren schenken, ist es das, was du meinst?«, fragte Clarrie, der nichts übrig hatte für Menschen wie Alf Stokes.

»Hmmm, mag sein, dass es nicht ganz okay war.« Beide sahen zu, wie der Wagen am Ende der Straße ächzend zum Stehen kam.

Verschiedene von Pferden gezogene Gefährte standen am Straßenrand und verliehen der Ortschaft den Anschein einer blühenden Stadt. Nerang war in den vergangenen Jahren gewachsen und verfügte inzwischen über eine Schule, eine Bäckerei, eine Sattlerei und zwei Hotels. Es wurde sogar gemunkelt, dass Wal Maidenstone, der Bruder des Bäckers, Anfang des neuen Jahres einen Gemischtwarenladen eröffnen würde.

Clarrie sah, wie ein Mann einer Frau vom Wagen half; drei Kinder folgten. »Wir sind da drüben, falls etwas ist«, rief sie und zeigte vage in Richtung der Läden entlang des Bürgersteigs. Clarrie nickte in sich hinein, wohl wissend, dass sie den Erfrischungsraum neben dem Laden des Schuhmachers ansteuerten. Der Wagen setzte sich wieder in Bewegung und kam auf der staubigen Straße auf ihn zu.

Er warf Jim einen Blick zu. Noch mehr Siedler auf der Liste, sagte er sich. Bald würde er den Tarif für die Postzustellung erhöhen können, so rasch wie die Bevölkerung im Bezirk anstieg. Vielleicht brachte das auch mehr regelmäßige Arbeit für Jim, anstatt der Aushilfsjobs bei gutem Wetter. Er dachte an Laura, Jims Frau, die in Kürze ihr erstes Kind zur Welt bringen würde und bei ihrer Familie in Murwillumbah wohnte, bis Jim genug Geld zusammengekratzt hatte für die Pacht auf eine eigene Parzelle.

»Tag!«

Clarrie beugte sich weit über den Rand der Kutsche, bis er den Besitzer der Stimme sehen konnte: ein Mann mit einem schwarzen Bart und breitkrempigem Filzhut, der sein Schimmelgespann neben ihm angehalten hatte. Clarrie wartete, die sommersprossigen Arme auf das Dach der vierrädrigen Kutsche gestützt.

»Sieht aus, als hätten Sie sich verirrt, Kumpel.«

Ein weiteres Pferd machte neben dem fremden Wagen Halt, und ein junger Bursche von höchstens 17 oder 18 Jahren stieg aus dem Sattel und zeigte auf den Eingang des Hotels. »Jetzt kann es bis Boolai nicht mehr allzu weit sein«, sagte er aufgeregt.

»Sie sind also nach Boolai unterwegs?«, fragte Clarrie und zupfte nachdenklich an seinem ingwerfarbenen Bart. Jim zog mit einem kraftvollen Ruck die letzte Leine fest und sprang vom Kutschendach. Clarrie folgte ihm gemächlicher, indem er seitlich an dem Gefährt und über die staubigen Radspeichen hinunterkletterte, bis er unten vor dem bärtigen Fremden stand.

»Das ist richtig«, bestätigte der Mann und zog ein verknittertes Stück Papier aus der Tasche. »Ich habe eine Karte. Wir wollen zu Parzelle 34.«

Jim fischte einen Pfriem dunklen Tabaks aus der Jackentasche und löste mit gleichmäßigen weißen Zähnen ein paar Fasern heraus, während er aufmerksam die grobe Zeichnung betrachtete. Clarrie sah zu, wie der Tabak langsam irgendwo in Jims rotem Bart verschwand, ehe er antwortete.

»Das ist das Land gleich neben dem von Heinrich.«

»Heinrich?«

»Ja. Heinrich. So ein komischer alter Deutscher. War einer der Ersten in der Gegend, nachdem das Land zur Besiedelung freigegeben wurde. Hat was aus seiner Farm gemacht, wenn ich auch das Gefühl habe, dass das Alter ihm inzwischen zu schaffen macht. Ganz zu schweigen von diesem Nichtsnutz, den er sich da an Land gezogen hat. O'Shea! Der ist kein Typ, der sich anstrengt, wo es nicht unbedingt sein muss, darauf würde ich wetten.«

»Dann wissen Sie, wo die Parzelle liegt?«

»Ja.« Clarrie zeigte auf die Kutsche. »Ich bin der Postbote hier. Clarrie Morgan ist mein Name.« Er reichte dem Neuankömmling die Hand.

»Ted Hall«, entgegnete der Mann und schüttelte ihm mit einem breiten Grinsen die dargebotene Hand. Dann zeigte er auf den jungen Burschen, der mit seinem Pferd neben dem Wagen stand. »Und das ist mein Bruder Dan.«

»Freut mich, Sie kennen zu lernen, Sir.« Dan zeigte auf ein ausgebleichtes Schild mit der Aufschrift Cobb & Co vor dem Hotel. »Dann sind das Sie?«

Clarrie schüttelte den Kopf. »Nein, wir sind eine private Postagentur. Nur ich und mein Bruder Jim hier. Cobb & Co liefern nicht weiter als bis hierher. Kann es ihnen nicht verdenken, dass sie nicht scharf sind auf den nächsten Abschnitt. Ich selbst muss verrückt sein. Die Straße wird noch schlimmer, je weiter man sich in den Busch wagt.« Er schmunzelte und klopfte mit der Hand gegen die Kutsche. »Ich breche in einer halben Stunde nach Boolai auf. Wenn es Ihnen nichts ausmacht, etwas Staub zu schlucken, können Sie sich ranhängen, und ich zeige Ihnen den Weg.«

»Danke, Clarrie, das Angebot nehmen wir gerne an. Oder, Dan?«

Der Junge nickte und folgte ihnen in die Bar.

Clarrie Morgan kannte den Weg. Man hatte ihn in mancher Hotelbar prahlen hören, dass er die Route inzwischen auswendig kenne und die Post auch mit verbundenen Augen ausliefern könne. Er konnte jeden Streckenabschnitt exakt beschreiben, jede Wegbiegung, die steinigen Flussbetten, die steilen Wasserrinnen, in denen Jim den Bremsklotz hinten an der Kutsche bedienen musste. Er kannte jeden Zentimeter im Schlaf. Die sengende Sommersonne, der eisige Wind im Herbst, das ängstliche Wiehern der Pferde, wenn er sie bei Hochwasser durch die schäumenden Bäche peitschte. Er war ein Buschmann und stolz darauf, allen Widrigkeiten zu trotzen. Er trug versteckt einen Revolver bei sich, den er aber nach eigener Aussage bislang noch nie hatte benutzen müssen.

Alle kannten Clarrie. Und Clarrie wusste, dass sie auf ihn warteten, diese Männer mit den struppigen Bärten und ihre einsamen Frauen, dass sie sich über jede Nachricht von Verwandten freuten, die weit fort wohnten. Jeder lud ihn zum Tee ein und erzählte ihm von seinen Schwierigkeiten: dem Tod eines Kindes, der Vernichtung einer Ernte, der Dürre, einer Überschwemmung und gelegentlich auch einem Buschfeuer. Die Liste war endlos.

Und jetzt folgte ihm eine weitere Familie, die Gesichter beinahe völlig verborgen von dem feinen Staub, den seine Kutsche aufwirbelte. Er war besorgt um sie. Immer wieder blickte er zurück auf das nachfolgende Gefährt.

»Die armen Schweine«, brummte er.

»Was sagst du?«, fragte Jim, der an seiner Seite saß und die Leinen locker in den kräftigen Händen hielt.

»Ach nichts. Gar nichts. Habe nur laut gedacht.«

Und dann gelangten sie zu den vertrauten Biegungen der Straße, die ihm verrieten, dass sie gleich in Boolai waren und an der Weggabelung, die zu dem alten Deutschen führte. Mit einem Seufzer brachte er die Pferde zum Stehen, stieg vom Kutschbock und zeigte auf einen überwucherten, kaum noch erkennbaren Pfad. »Da durch. Da ist es. Seien Sie ja vorsichtig.«

Nachdem er sie sicher bis hierher geführt hatte, kletterte Clarrie zurück auf den Bock. Die Apfelschimmel drängten weiter. Clarrie zog die Leinen an und warf noch einen Blick auf die Familie drüben auf dem Wagen. Die Frau hatte die Hände im Schoß gefaltet. Wie von selbst formten seine Lippen stumme Worte.

Macht kehrt! Noch ist es nicht zu spät!, wollte er ihnen zurufen, aber die Warnung blieb unausgesprochen. Stattdessen ließ er die Peitsche knallen, und die Pferde zogen an.

»Wenn Sie Heinrich sehen, sagen Sie ihm, dass diese Woche keine Post für ihn dabei war«, rief er ihnen über die Schulter hinweg zu. »Wir sehen uns am Montag, falls es trocken bleibt, und ... viel Glück.«

Maddie stieg vom Wagen. Das Rattern der Kutsche nahm ab und war bald verklungen. Kitty und Beth sprangen fröhlich in den Staub. »Wir sind da! Wir sind da!«, riefen sie übermütig.

Emma hüfte auf dem Bock auf und ab und warf sich auf Ted. »Da! Da!«, rief sie.

Der Augenblick schien kein Ende nehmen zu wollen; die Kinder, deren Schatten sich in der Sonne scharf von der staubigen Piste abhoben, die Pferde, die schnaubend Gras am Wegrand rupften. Ted, der über das ganze Gesicht strahlte. Maddie fuhr sich erschöpft mit der Hand über das Gesicht.

»Kommt«, befahl Ted, sprang vom Wagen und hob Emma herunter. »Gehen wir und sehen uns unser neues Zuhause an.«

Ted und Dan gingen voran und führten die Pferde über den halb zugewachsenen Weg, während Maddie und die Mädchen hinter ihnen herstolperten. Ihre Röcke blieben immer wieder an spitzen Ästen hängen. Eidechsen huschten über die Straße, und ihr Fortkommen wurde von lautem Rascheln in dem Laubteppich begleitet, der den Boden bedeckte. Ein erschrockenes Wallaby erstarrte bei ihrem Anblick, eine rötlichbraune Silhouette vor dem Grüngrau der Eukalyptusbäume, um gleich darauf die Flucht zu ergreifen und mit großen Sätzen durch das Dickicht zu brechen. Über allem lag das laute

Kreischen der Papageien. Schließlich rollte der Wagen wankend auf eine kleine Lichtung, und Maddie stand unversehens vor der Hütte.

Sie entsprach so gar nicht ihren Erwartungen. Unglauben und Enttäuschung stiegen in ihr auf. Die Behausung war ganz offensichtlich Jahre nicht mehr bewohnt worden und halb verfallen. Die Schalungsbretter waren zu einem hässlichen Silbergrau verwittert und in der Sonne so stark geschrumpft, dass zwischen ihnen breite Ritzen entstanden waren. Berge von Laub bedeckten das Dach und die Veranda. Die Vordertür stand halb offen und hing nur noch an einer Angel.

»Gar nicht so übel«, meinte Ted mit aufgesetzter Fröhlichkeit. »Etwas Farbe und ein paar Zeitungen zum Abdichten der Ritzen, und sie ist so gut wie neu.«

Eine Windböe strich über sie hinweg, und das hohe Gras wogte um Maddies Rocksaum. Zögernd ging sie auf die Hütte zu. An der Tür machte sie kurz Halt, ehe sie tief durchatmete und sie ganz aufstieß. Sie protestierte knarrend, und prompt brach auch die verbliebene Türangel. Ganz langsam kippte sie nach innen, um dann in einer Staubwolke mit lautem Knall auf dem Fußboden aufzuschlagen.

Von der Schwelle aus warf Maddie einen Blick hinein. Es roch muffig. Plötzlich schoss etwas Pelziges an ihr vorbei und tauchte in den umliegenden Büschen unter.

»Was war denn das?«, rief Maddie erschrocken aus und griff haltsuchend nach der Türzarge.

»Alles in Ordnung. Das war nur ein Opossum. Wahrscheinlich haben wir es aus seinem Heim vertrieben.«

Ted und Dan untersuchten die Hütte, öffneten die Holzläden und erklärten schließlich, dass es keine weiteren Untermieter gebe. Als sie sich alle in der kleinen Hütte drängten, blickte Maddie sich naserümpfend um.

»Seht euch nur diesen Dreck an.« Der Fußboden war mit Zeitungsfetzen, verlassenen Mäusenestern, Tierkot und Blättern bedeckt. Der Kadaver einer Ratte in einer Ecke verströmte einen widerlichen Verwesungsgestank. »Heute Nacht können wir hier noch nicht schlafen, so viel steht fest. Erst müssen wir gründlich sauber machen.«

Tränen schossen ihr in die Augen, und blind schob sie sich an ihnen vorbei nach draußen an die frische Luft. Durch den Tränenschleier sah sie, dass es bereits dämmerte. Bald würde es dunkel sein. Sie musste das Abendessen zubereiten, die Kinder waschen und zu Bett bringen. Sie würden weiter im Wagen schlafen müssen, bis die Hütte bewohnbar war. Sie wusste, dass es Tage dauern würde, den Dreck zu beseitigen. Wie konnte Ted ernsthaft von ihr erwarten, hier zu leben? Sie stand da und lauschte den Stimmen aus dem Inneren der Hütte.

Dann plötzlich, schien die Vision eines Gesichts vor ihr zu schweben. Ted! Mit leuchtenden Augen. Lächelnd. Ted, der sie liebte, der nie zulassen würde, dass ihr oder den Kindern etwas Böses widerfuhr. Dies war das Land seiner Träume. Er hatte geduldig so lange darauf gewartet.

Sie wischte sich die Tränen aus den Augen. Dumme Pute, schalt sie sich. Ich habe kein Recht, mich so anzustellen, mich aufzuführen wie ein verwöhntes Gör. Wie kindisch, wegen dem bisschen Dreck gleich in Tränen auszubrechen. Ich bin nur müde. Gleich morgen mache ich mich an die Arbeit. Ich werde diese Hütte auf Vordermann bringen. Kitty wird mir helfen. Und Beth und

Emma ebenfalls. Ein paar Tage harter Arbeit, und sie wird uns vorkommen wie ein Palast.

»Scheint eine wirklich gute Parzelle zu sein«, rief Ted über die Schulter hinweg Dan zu, als er zu ihr nach draußen kam. »Reichlich Bäume, und der Boden ist auch nicht übel. Morgen ist ein neuer Tag, und da werden wir uns das Land einmal genauer ansehen.«

»Komm.« Dan boxte Ted brüderlich auf die Schulter. »Schlagen wir das Lager für die Nacht auf. Ich kann gar nicht glauben, dass es schon fast zwei Tage her ist, dass wir Beenleigh verlassen haben. Das waren die kürzesten und gleichzeitig längsten zwei Tage meines Lebens.«

Ted zog Maddie an sich und beugte das Gesicht über ihres, bis ihre Nasenspitzen sich fast berührten. »Es tut mir Leid, Maddie. Das ist nicht das, was mir für dich vorschwebte. Aber es wird besser werden, das verspreche ich. Wart's nur ab.« Sie blickte in seine klaren blauen Augen und fragte sich, ob er im fahlen Licht des anbrechenden Abends ihre Tränen sehen konnte.

Der Himmel um sie herum war dunkel geworden, und nach und nach senkte sich die Nacht über den Busch herab. Nur noch vereinzelt flogen Vögel vorbei. Rosa Wolken zogen über den Baumwipfeln dahin, die den westlichen Horizont verdeckten. Maddie erschauerte in Teds Armen, nicht von der abkühlenden Nachtluft, sondern von den verwirrenden Gedanken, die wie Adrenalin ihren Körper durchströmten.

Sie hatte erwartet, so etwas wie spontane Verbundenheit mit diesem Ort namens Boolai zu verspüren. Ein Gefühl der Befriedigung, des Heimkehrens. Aber es stellte sich nicht ein. Nichts. Stattdessen hatte ihr Magen sich abwehrend verkrampft. Sie empfand die Bäume um sich herum als feindselig. Diese Bäume, sie waren einfach überall, beengten sie, raubten ihr die Luft zum Atmen.

Das Essen, dachte sie. Ich muss Essen machen. Die Kinder werden müde sein. Vielleicht setzen wir uns später, wenn die Kleinen schlafen, noch ans Feuer. Dan wird seine Mundharmonika herausholen, und es wird alles so sein wie früher.

Sie gähnte und streckte die Arme vor sich aus, als würde sie die Grenzen eines vergangenen Lebens von sich schieben.

KAPITEL 14

Dass er zu spät gekommen war, um sich die Parzelle zu sichern, war eine herbe Enttäuschung gewesen. Zum ersten Mal in seinem Leben zog es Randolph nicht sofort zurück nach Glengownie. Stattdessen verbrachte er mehrere Tage und Nächte in Beenleigh und wärmte das Bett der Witwe Hennessy. Mehrere vergebliche Besuche bei der Queensland National Bank frustrierten ihn; der Bankdirektor verweigerte ihm weitere Kredite. Er suchte noch einmal Alf Stokes vom Grundbuchamt auf, aber ebenfalls vergeblich, was ihn nur noch wütender machte. Schließlich war er so niedergeschlagen, dass er nach Brisbane ritt, um Cordelia sein Herz auszuschütten.

Und hier war er nun, saß in Cordelias Küche und fragte sich, wie er mit den Problemen fertig werden sollte, die ihn zu überwältigen drohten. Cordelia war wie üblich missgelaunt, was nicht zuletzt darauf zurückzuführen war, dass die Haushälterin am Vortag fristlos gekündigt hatte. Für den Abend war eine Dinnerparty geplant für mehrere von Hoffnanns Mandanten, und die Einladung ließ sich so kurzfristig nicht mehr absagen. Er sah zu, wie sie wütend auf Gemüse einhackte, und empfand einen Moment sogar Mitleid mit Maximilian, der tagtäglich die Launen seiner Schwester ertragen musste.

»Das mit der Parzelle ist wirklich schade, Randolph.« Cordelia rührte ungehalten in einem Topf und wischte sich dann mit einem Zipfel ihrer Schürze den Schweiß von der Stirn.

»Eine Stunde zu spät. Ist das zu fassen? Eine Stunde! Ich habe Stokes eine ordentliche Summe geboten, damit er den Pachtvertrag wieder aufhebt. Die Summe entsprach vermutlich dem, was er normalerweise im ganzen Jahr bekommt für die Leitung dieses lächerlichen Büros, das sich Katasteramt schimpft. Er hätte das schon hingekriegt, wenn er nur gewollt hätte.«

Cordelia trat vom Herd zurück und legte den Kochlöffel aus der Hand. Dann wandte sie sich Randolph zu, einen ungeduldigen Ausdruck auf dem Gesicht. »Meine Güte, es gibt noch andere Parzellen! Im vergangenen Sommer konnten wir doch bereits zwei weitere am Fluss ergattern.« Sie verschränkte die Arme vor der Brust und lehnte sich mit dem Rücken an die Arbeitsplatte neben dem Herd. »Ich weiß, wenn wir das Land am anderen Flussufer hätten, hätten wir eine große zusammenhängende Fläche. Die Idee ist ja auch gut.«

»Wir brauchen das Land!« Randolph trommelte wütend mit den Fingern auf den Tisch. »Jetzt, da Hugh und Dominic zu Hause sind, wäre das ein guter Anfang gewesen für eine Expandierung.«

»Trotzdem läuft es doch wie geplant. Vater hat eingesehen, dass du die Farm nicht länger allein betreiben kannst und dass Hugh und Dominic auf Glengownie sind, hat dich doch entlastet.«

Randolph schaute grimmig drein und schnaubte verächtlich. »Das Problem ist, dass die beiden nicht gerne Befehle entgegennehmen. Auf dieser feinen Schule waren sie es gewohnt, ihren Willen durchzusetzen. Meiner Meinung nach hätten sie beide eine ordentliche Tracht Prügel verdient.«

Er wartete geduldig auf ihre Reaktion. Obwohl er sie generell als Verbündete betrachtete, baute er jetzt mehr denn je auf ihre Unterstützung.

»Wenn du das tust, ziehst du dir Vaters Zorn zu. Nein, Randolph. Du bist zu fordernd. Wenn du deinen Plan wirklich umsetzen willst, wirst du lernen müssen, dich in Geduld zu üben. Die Jungen werden schon noch tun, was du von ihnen verlangst. Es kommt nur darauf an, wie du die Sache angehst.«

»Und wie soll ich sie deiner Meinung nach angehen?« Ihr Kommentar war nicht das, was er erwartet hatte.

»Kommandiere sie nicht herum. Leite sie mit Vorschlägen an. Lass sie daran arbeiten, bis sie glauben, ein Einfall wäre von ihnen. Streng genommen sind sie noch Kinder, aber der Trick besteht darin, sie wie Erwachsene zu behandeln. Wenn du das beherzigst, werden sie alles tun, was du von ihnen verlangst.«

»Mmmm.« Randolph rieb sich das stoppelige Kinn und blickte durch das offene Fenster über die Dächer in

Richtung der Berge. »Vielleicht hast du Recht. Mit meiner Methode hatte ich bislang jedenfalls keinen großen Erfolg.«

»Vertrau mir. Es wird funktionieren.«

»Wenn du es sagst. Nun, jedenfalls muss ich auch dringend zurück. Wenn ich nicht da bin und alles im Auge behalte, kommt dort alles zum Erliegen. Ich habe die Jungs beauftragt, unten am Fluss Baumstümpfe zu verbrennen. Weiß Gott, wie weit sie inzwischen gekommen sind.«

Cordelia legte ihre Schürze ab. Sie warf sie auf den Tisch und fuhr sich mit den Händen durch das kraftlos herabhängende Haar. »Warte, ich reite ein Stück mit, bis zum Gemüsehändler. Wenn ich nicht für eine Weile aus dieser Küche herauskomme, werde ich noch wahnsinnig.«

Sie stiegen die Hintertreppe hinunter und gingen zu Randolphs Pferd, das gesattelt bereitstand. Als sie den Paddock erreichten, verlangsamte Randolph den Schritt und wandte sich Cordelia mit gerunzelter Stirn zu.

»Es gibt da noch ein Problem.«

Sie musterte ihn abwartend.

»Ich brauche mehr Geld«, sagte er schlicht. »Ich bin verzweifelt, Cordelia. Die Bank will mir ohne Bürgschaft von Hedley keinen Kredit mehr gewähren. Und Vater kann ich nicht fragen. Er vertritt immer noch den Standpunkt, dass Glengownie sich innerhalb der vereinbarten Frist selbst tragen muss. Es geht also nicht voran.«

»Ich weiß nicht ... ob Maximilian dem zustimmen wird.«

»Ich kann es mir nicht leisten, jetzt aufzugeben, und

ich kann es mir nicht leisten, den Betrieb fortzuführen. Ich stecke in der Zwickmühle. Ich weiß, wie viel Glengownie dir bedeutet. Vielleicht könntest du mir ja doch noch ein paar hundert Pfund borgen, nur für ein paar Monate.«

Randolph wartete angespannt auf ihre Erwiderung.

»Es ist dein Land, Randolph, und es wird nie mir gehören. Warum sollte ich dir noch mehr Geld geben? Meine Kommodenschublade ist jetzt schon voll mit Schuldverschreibungen. Mit Versprechungen, mir alles zurückzuzahlen.«

Randolph war bereit, alles zu versprechen, um sie zu überreden. »Nenn mir deine Bedingungen! Wie viel Zinsen bekommt Maximilian? Sag es mir! Ich verdopple! Ich zahle es dir innerhalb eines Jahres zurück, versprochen.«

»Ich werde darüber nachdenken«, entgegnete sie.

Randolph lächelte. Er spürte, dass er gewonnen hatte. Der Kampf um das Land war zum Wettkampf innerhalb der entzweiten Familie geworden. Sie würde ihm das Geld borgen, obwohl Glengownie ihr nie gehören würde. Er legte seiner Schwester die Hände auf die Schultern.

»Ich wusste, du würdest mir helfen. Auf dem Heimweg möchte ich dem alten Deutschen unten am Fluss einen Besuch abstatten und ihm einen guten Preis für seine Parzelle bieten. Von dem Geld kann er sich ein kleines Häuschen in der Nähe von Brisbane kaufen, näher bei seiner Familie.«

Cordelia wechselte abrupt das Thema und erkundigte sich nach der eben erst neu verpachteten Parzelle. »Und wer sind die neuen Nachbarn?«

»Eine Familie. Hall heißen sie, sagte Stokes.«

»Na ja, vielleicht schaffen sie es ja nicht. Es haben schon viele ihre Parzellen wieder aufgegeben. Die Morris-Parzelle haben wir ja auch auf diesem Wege zurückbekommen. Und die der O'Shaunesseys. Das lässt sich arrangieren, Randolph.«

Er blickte forschend in ihre eiskalten Augen. »Arrangieren? Wie meinst du das?«

Cordelia wandte sich ab und steuerte den Stall an, in dem ihr eigenes Pferd angebunden war. Nachdem sie es zügig gesattelt hatte, schwang sie sich geschmeidig hinauf. »Es gibt für die meisten Probleme eine Lösung, lieber Bruder.« Sie beugte sich im Sattel vor und blickte bedeutungsvoll auf ihn hinab.

Das Pferd drängte ungeduldig nach vorn. Cordelia ruckte hart an den Zügeln und warf einen Blick auf ihren Bruder, ein wissendes Lächeln auf den Lippen. »Du hast übrigens mit keinem Wort erwähnt, was dich so lange in Beenleigh aufgehalten hat. Du warst mehrere Tage dort.«

Einzelne blonde Strähnen hatten sich gelöst und hingen ihr in das Gesicht, das, wie Randolph mit einer gewissen Befriedigung registrierte, bereits erste Alterserscheinungen aufwies. Kleine Fältchen zeigten sich an den Augenwinkeln, und ihre einstmals glatte Haut war bereits leicht erschlafft. Unbewusst verglich er sie mit Aldyth Hennessy, der fülligen, aber eleganten Witwe, die einer der Gründe für seinen verlängerten Aufenthalt in Beenleigh gewesen war. Aldyth so sinnlich anspruchslos, so bemüht, zu gefallen. Konnte es sein, dass etwas Liebe eine Frau milder stimmte?

»Manchmal braucht ein Mann eben etwas Privatsphäre«, entgegnete er knapp.

»Behalte ruhig deine kleinen Geheimnisse für dich, wenn du willst«, rief sie ihm über die Schulter hinweg zu und lenkte ihr Pferd in Richtung der Einkaufsstraße.

Sie ist eine hervorragende Reiterin, im Damen- wie im Herrensattel, dachte Randolph bei sich, als er sah, wie sie die Straße hinuntergaloppierte und von den Hufen ihres Pferdes kleine Staubwölkchen aufstiegen. Er hatte es nicht eilig und überließ es seinem Pferd, das Tempo zu bestimmen, als er ihr folgte. In Gedanken war er bereits ganz in seine Pläne vertieft. Pläne für Glengownie. Pläne für das Land, das er bald erwerben würde. Und vor allem Pläne für Dominic, seinen heimlichen Sohn.

Glengownie war wie immer eine Augenweide. Randolph ließ den Blick über die raue Schönheit des Landes schweifen, als er die Anhöhe oberhalb des Hauses erreichte, glücklich, nach längerer Abwesenheit wieder daheim zu sein. Das Gras um ihn herum wogte silbrig schimmernd in der Hitze; Samen schwebten wie winzige Prismen in der Sonne. Vogelgezwitscher erfüllte die warme Luft, die samtweich über sein Gesicht strich. Der Tage versprach heiß zu werden..

Eine Bewegung im Paddock erregte seine Aufmerksamkeit; Bridie, deren Haar in der Sonne glänzte wie das Gefieder einer Krähe, schaute Hedley dabei zu, wie er eins der Pferde sattelte. Der Anblick der beiden verstimmte ihn plötzlich, und missgelaunt lenkte er sein Pferd in Richtung Stall. Bridie kam auf dem Weg zurück zum Haus an ihm vorbei und nickte ihm knapp zu. Hedley war bereits losgeprescht und nur noch als kleiner Punkt auf der unteren Weide zu sehen.

Nachdem er sein Pferd versorgt hatte, trug Randolph sein Gepäck ins Haus, immer noch frustriert vom Scheitern seiner Mission. Bridie: Er wusste, dass sie irgendwo im Haus war. Nach kurzer Suche fand er sie oben im Arbeitszimmer.

Die Beine angezogen und die Füße seitlich angewinkelt, saß sie wie eine Katze eingerollt in einem Schaukelstuhl vor dem Fenster und nähte an einem neuen Hemd für einen der Jungen. Sie war so vertieft in ihre Arbeit, dass sie nicht bemerkte, wie Randolph sich ihr von hinten näherte, um dann abrupt die Rückenlehne zu packen und den Stuhl ganz weit zurückzukippen, sodass er ihr ins Gesicht sehen konnte.

»Ah, Bridie, meine Liebe. Heute sind wir beide also ganz allein im Haus.«

Er fuhr mit den Fingern über ihren Hals. Sie schauderte und versuchte aufzustehen.

»Nicht, Randolph. Lass mich in Frieden!«

»Aber, aber. Ich erkenne die Frau ja nicht wieder, die jahrelang in mein Bett gestiegen ist. Du scheinst dir in letzter Zeit wirklich Mühe zu geben, mir auszuweichen, Liebste.«

Eine leichte Bewegung an der Tür erregte ihre Aufmerksamkeit. Randolph seufzte und ließ den Stuhl wieder in seine aufrechte Position schaukeln.

»Layla?«, rief Bridie.

Die Tür schwang auf, und zum Vorschein kam ein Mischlingsmädchen. Sie hatte einen Stapel ordentlich gefalteter Wäsche auf dem Arm. Das dicke dunkle Haar fiel ihr offen auf die Schultern, und das Kleid, das Bridie vor langer Zeit ausrangiert hatte, betonte ihre schlanke Figur.

»Hier sind die Laken und Handtücher, die Sie haben wollten, Missus Tarlington«, sagte sie.

»Danke, Layla. Leg sie bitte in mein Zimmer. Und anschließend kannst du die Wäsche in den anderen Schlafzimmern wechseln.«

Das Mädchen ging wieder. Randolph starrte auf die Türöffnung, durch die sie verschwunden war. Bridie musterte ihn angewidert.

»Ich habe gehört, dass du einige der eingeborenen Hausmädchen belästigt hast. Es ist schon schlimm genug, dass du die Frauen in den Camps aufsuchst, aber diese Mädchen sind fast noch Kinder. Wenn du nicht damit aufhörst, bin ich gezwungen, Hedley davon zu berichten.«

»Und was willst du ihm sagen? Dass seine Frau seinem Sohn ebenfalls das Bett gewärmt hat? Dass sein Sohn in Wahrheit sein Enkel ist? Du könntest leicht alles ändern, Bridie. Ich bin sehr geduldig gewesen und warte immer noch.«

»Lieber sterbe ich, als mich noch einmal von dir anfassen zu lassen!«

»Was ist los mit dir? Musst du immer so kratzbürstig sein? Und überhaupt, bist du neuerdings der Engel der Schwarzen? Ich habe dich immer als intelligente Frau eingeschätzt. Ich dachte, du wärst zu eigenständigem Denken fähig.«

»Und genau das tue ich. Und meine Entscheidung lautet nein. Aber ich vergaß, Randolph. Du magst es ja nicht, wenn man dich zurückweist, nicht wahr?« Sie hob stolz den Kopf und musterte ihn aus zornsprühenden Augen. »Geh und such dir einen anderen, den du tyrannisieren kannst. Die Jungs vielleicht. Das kannst du doch am besten.«

Randolph ließ sich vor dem Schaukelstuhl auf die Knie fallen und legte den Kopf in ihren Schoß. »Lieber Gott, Bridie! Du scheinst es zu genießen, einen Mann zu quälen. Du spielst mit mir und folterst mich.«

»Das geschieht nur in deiner Einbildung. Ich ermutige dich in keinster Weise.«

Traurig blickte sie auf den Mann vor ihr. Er war nicht mehr jung; graue Fäden durchzogen das Haar an seinen Schläfen und seinen Schnauzer. Randolph, noch so schlank und drahtig wie am Tag ihrer ersten Begegnung vor fast 17 Jahren. Sie schaute in seine Augen, bis sie blinzeln und das Gesicht abwenden musste.

»Warum willst du dich nicht erinnern, Bridie?«, fragte er leise.

»Bist du wirklich so vergesslich?«, zischte sie und hielt eine Hand an seine unrasierte Wange. Die stacheligen Stoppeln kratzten auf der Haut. Sie hätte ihn am liebsten geohrfeigt, so wie er sie vor vielen Jahren geohrfeigt hatte. Sie wollte ihm weh tun, wollte ihn zum Weinen bringen, aber sie wusste, dass es sinnloses Wunschdenken war. Es gab jedoch andere Wege, ihn zu vernichten, wenn die Zeit reif war. Es war alles nur eine Frage der Geduld.

Seine Hand bewegte sich langsam auf ihre Brust zu und berührte die Brosche. Bridie zuckte vor seiner Berührung zurück.

»Nimm die Hände von mir weg.«

»Ich habe nur dieses Schmuckstück bewundert. Ein sehr hübsches Stück, das Hedley eine Stange Geld gekostet haben muss. Wenigstens wird es genutzt; du scheinst es ständig zu tragen.«

Fast zärtlich berührte sie mit den Fingerspitzen die Diamanten, die in der Sonne, die durch das Fenster hereinfiel, blitzten und funkelten. »Diese Brosche hat für mich vor allem einen sentimentalen Wert, aber das würdest du ja doch nicht verstehen.«

Seine Stimme wurde weicher, und ein trauriger Ausdruck trat auf sein Gesicht. »Boshaftigkeit steht dir nicht, Bridie.«

Randolph. In seinem Leben gab es nichts außer Glengownie. Mitleid stieg in ihr auf, bitter wie Galle. Mitleid vermischt mit Bedauern. Er hatte ihr Leben in ein Lügengeflecht verwandelt. Dominic, von dem er glaubte, er wäre von ihm, obwohl er Hedleys Sohn war. Wie eine Spinne hatte er das Netz gesponnen, um dann selbst darin hängen zu bleiben. Und sie selbst hatte seit Dominics Geburt nicht minder gelogen, um sich vor ihm zu schützen.

Hedley hatte sie einmal gefragt, ob sie es je bereut hatte, ihn geheiratet zu haben, einen Mann, der so viel älter war als sie und ihr ein einsames Leben in der Wildnis abverlangt hatte. Damals hatte sie nicht geantwortet. Es stimmte, dass ihr Leben nie glatt gelaufen war, aber irgendwie hatte sie mit Hedleys Liebe alle Widrigkeiten gemeistert. Sie liebte Hedley. Und er liebte sie. Sie hatten einander so viel zu geben. Jetzt, da die Jungen fast Männer waren und nicht mehr wegen jeder Kleinigkeit zu ihr gelaufen kamen, war Hedley immer noch an ihrer Seite.

Randolph hingegen hatte sie benutzt und weigerte sich immer noch stur, sie freizugeben. Seine Beharrlichkeit erzürnte sie. Sie stieß ihn von sich und erhob sich schwer atmend.

»Geh weg! Lass mich in Ruhe! Du wirst nie begreifen, was wirklich wichtig ist. Im Leben geht es um Liebe! Ja, Liebe! Das Wort, das zu hören du nicht ertragen kannst. Das bedeutet Verpflichtung und ein bindendes Versprechen. Liebe und Respekt. Und genau das haben Hedley und ich. Keine unreife erotische Beziehung, die auf Drohungen und Lügen gründet, sondern etwas Tiefgreifendes und Dauerhaftes. Wenn du Hedley je etwas sagst, falls du irgendwann auch nur ein Wort über uns verlierst ... bringe ich dich um!«

Er lachte ihr ins Gesicht. Ein hässlicher, spöttischer Laut, der in ihren Ohren widerhallte und sie mit rasendem Zorn erfüllte. Blind griff sie hinter sich, und ihre Hand schloss sich um einen Briefbeschwerer aus Kristall. Sie schleuderte ihn mit der ganzen aus Hass geborenen Kraft nach Randolph.

Bridie sah die Kugel durch die Luft fliegen, wobei das Licht in allen Regenbogenfarben von den geschliffenen Facetten reflektiert wurde. Sie hörte einen lauten Schrei und realisierte erst später, dass sie selbst ihn ausgestoßen hatte. Der Raum drehte sich um sie. Randolph sprang geduckt zur Seite, und das Kristall prallte gegen den Kamin und zersprang in tausend Scherben. Einen Moment stand er nur da und starrte auf die Scherben, das blasse Gesicht völlig ausdruckslos.

Dann riss er die Tür auf und ging. Die Tür fiel krachend hinter ihm ins Schloss.

KAPITEL 15

Randolph stürmte aus dem Zimmer und trat die Tür hinter sich zu. Auf dem Treppenabsatz blieb er stehen, schwer atmend vor unterdrücktem Zorn. Er blickte durch das offene Fenster hinaus auf die Weiden. Eine warme Brise wehte ihm ins Gesicht und trug ihm den Duft frischer Erde zu. Durch das hohe Gras konnte er den Fluss schimmern sehen. Die Sonne warf glitzernde Reflexe auf die Wasseroberfläche. Weiter entfernt, jenseits der Bäume, floss der träge Strom, der Lebensspender des ganzen Umlandes.

Das leise klagende Tuten eines Signalhornes ertönte in der Ferne. Das Vorratsschiff. Es war ein melancholischer Laut. Er malte sich die Aktivität drüben am Anleger aus: Männer, die ihre Flöße festmachten, Träger, die Säcke Mehl und Zucker auf die ausgebleichten Planken wuchteten und Mais in die Ladeluken ihrer Boote luden. Plötzlich wünschte er, er wäre hingeritten, um dabei zu sein, anstatt Bridie ins Haus zu folgen.

Bei der Erinnerung an ihren Streit schnaubte er erneut vor Zorn, und ein Mundwinkel zuckte nervös. Eines Tages würde sie ihre lächerlichen Spielchen aufgeben, und auf diesen Tag würde er warten. Engel der Eingeborenen hatte er sie genannt, verärgert, dass Layla sie gestört hatte. Himmel! Jetzt hatte man nicht einmal mehr im eigenen Haus seine Ruhe! Die Eingeborenen waren überall, schlichen auf Bridies Anweisungen durch das Haus und bewegten sich so leise, dass man sie nicht kommen hörte.

Hedley und seine verrückte Idee, sie ins Haus zu lassen, ihnen Verantwortung zu übertragen und ihnen mit Vertrauen zu begegnen. Dabei wusste doch jeder, dass sie ein nutzloser Haufen von Faulpelzen waren. Einen Tag hier und am nächsten auf und davon. Zogen ziellos kreuz und quer durch das Land.

Randolph stieg die Treppe hinunter und schlenderte von einem Zimmer zum nächsten. Er ging in den Salon und griff nach der neuesten Ausgabe des *Witness*, die Clarrie Morgan vor ein paar Tagen gebracht hatte. Er warf einen Blick auf das Datum oben auf der ersten Seite und warf dann die Zeitung ärgerlich auf den Boden. Sogar die verdammte Zeitung ist eine Woche alt, ärgerte er sich und verfluchte Alf Stokes, den Bankdirektor und Bridie.

Schließlich kam er in die Küche, um sich eine Tasse Tee zu holen. In der Küche war es warm und duftete nach frischem Brot. Auf dem Herd pfiff ein Wasserkessel, und daneben brodelte Bridies Suppentopf fröhlich vor sich hin. Er kramte in den Schränken, fand eine Teekanne und gab mehrere Löffel Tee hinein.

Er nahm eine Bewegung seitlich hinter sich wahr und wirbelte herum, in der Annahme, Bridie sei ihm gefolgt. Stattdessen starrte er in ein kleines dunkles Gesicht. Layla! Er hatte die kleine Schwarze, oder besser, den Mischling, den Hedley als Haushaltshilfe eingestellt hatte, völlig vergessen. Sie konnte nicht älter sein als 15, höchstens 16.

»Ah, Layla«, sagte er lächelnd und stellte die Teekanne auf den Tisch. Mit ausgestreckten Händen ging er auf sie zu. »Ich möchte dich um etwas bitten.«

»Ja, Mr. Tarlington.« Instinktiv wich sie vor ihm in Richtung der offenen Tür zur Speisekammer zurück, die

Augen vor Furcht geweitet. Er fragte sich flüchtig, warum das Mädchen solche Angst vor ihm hatte. Er hatte nicht die Absicht, ihr wehzutun – nun ja, jedenfalls nicht allzu sehr. Randolph schob sie in die große, dunkle Kammer und stieß mit dem Fuß die Tür hinter sich zu.

»Zum Teufel mit euch«, knurrte er heiser. »Ich werde heute meinen Spaß haben, und wenn es das Letzte ist, was ich tue.«

Bridie blieb in ihrem Schaukelstuhl sitzen, bis sie sich wieder einigermaßen beruhigt hatte. Randolph hatte Recht; sie gab sich wirklich alle Mühe, ihm aus dem Weg zu gehen, und hasste die gelegentlichen Konfrontationen, die sie jedes Mal bis zur Weißglut reizten. Sie stand auf, streckte sich und fühlte, wie die Anspannung von ihr abfiel. Ihre Schuhe lagen neben dem Stuhl auf dem Teppich. Sie bückte sich, um sie aufzuheben, und überlegte es sich dann im letzten Moment anders. Sie beschloss, barfuß zu bleiben, und schob die Schuhe nur unter den Stuhl, damit sie nicht im Weg lagen.

Die Arbeitszimmertür fiel mit einem leisen Klicken hinter ihr zu, als sie den Flur hinunterging. Oben auf dem Treppenabsatz blieb sie stehen und schaute über die Weiden, jedoch nicht in Richtung Fluss, so wie Randolph vor ihr, sondern nach Norden, in Richtung Stadt. Jenseits der Berge wartete ein völlig anderes Leben auf sie. Sehnsüchtig dachte sie an das kühle Sandsteinhaus mit Blick auf den Brisbane River. Impulsiv beschloss sie, Hedley zu fragen, ob sie nicht den Rest des Sommers dort verbringen konnten, fort von der Hitze und den Widrigkeiten Glengownies. Bis Weihnachten waren es nur noch wenige Tage. Vielleicht konnten sie nach dem Fest fahren.

Aufgeheitert von ihrem Entschluss ging sie hinunter in die Küche. Hedley würde bald vom Fluss zurückkommen, und sie wollte ihm einen Tee kochen. Sie hatten sich angewöhnt, jeden Vormittag zusammen auf der Veranda zu sitzen und in aller Ruhe Tee zu trinken.

Bridie lief lautlos über den gefliesten Küchenboden, der sich angenehm kühl anfühlte unter ihren nackten Sohlen. Jemand hatte die Teekanne auf den Tisch gestellt und Wasser aufgesetzt, das sprudelnd kochte. Sie stellte den Wasserkessel beiseite und nahm sich vor, mit Layla zu schimpfen wegen ihrer Nachlässigkeit.

Sie drehte sich um und nahm Tassen und Untertassen aus dem Schrank. Das Geschirr klirrte, und beinahe hätte sie den leisen Schrei nicht gehört. Sie erstarrte, sofort in Alarmbereitschaft, und fragte sich gleich darauf, ob sie sich den Laut vielleicht doch nur eingebildet hatte. Sie ließ den Blick durch den Raum schweifen, konnte aber nichts Ungewöhnliches feststellen. Ihre Schürze lag über dem Tisch, und auf der Fensterbank lagen mehrere Brote zum Abkühlen.

Wieder ein unterdrückter Schrei. Diesmal war sie ganz sicher. Dann ein klatschendes Geräusch, laut und deutlich. Bridies Blick fiel auf die Tür der Vorratskammer, die normalerweise einen Spalt breit offen stand. Sie war geschlossen. Mit wild klopfendem Herzen durchquerte sie den Raum und riss die Tür auf. Randolph fuhr herum, einen verblüfften Ausdruck auf dem Gesicht.

»Was zum ...!«, polterte er los.

Layla hinter ihm sackte in sich zusammen. Ein ersticktes Schluchzen entwich ihren zitternden Lippen. Das luftige Kleid war vorn zerrissen, und Hals und Brüste waren entblößt. Bridie sah sprachlos zu, wie Randolph sich umdrehte und dem Mädchen mit aller Kraft mit dem Handrücken ins Gesicht schlug. Sie verlor das Gleichgewicht und fiel zwischen Körbe mit Zwiebeln und Kartoffeln.

Bridie stürzte sich auf Randolph und schlug mit den Fäusten auf seine Brust ein. »Raus hier! Lass Layla in Frieden! Du hast kein Recht, sie so zu behandeln!«

Randolph packte ihre Handgelenke und schleuderte sie gegen das Regal, wobei ein Dutzend Gläser Eingemachtes herunterfielen und um ihre nackten Füße herum zu Bruch gingen. Schmerz durchzuckte ihre Schulter. Ihr Kopf ruckte von dem Schwung zur Seite. Obst und Saft spritzten auf ihre Füße und liefen über den Boden.

»Du blöde Ziege!«, brüllte er. »Immer musst du dich in alles einmischen, zum Teufel!« Er ließ ihre Hände los, stieß sie noch einmal kraftvoll gegen die Regale und stürmte dann hinaus.

»Jetzt willst du deine Perversionen also schon vor unserer Nase ausleben«, schrie sie ihm nach. »Sie ist doch noch ein Kind.«

Mit einer Hand auf einen Regalboden gestützt, erholte Bridie sich langsam von dem Schock. Sie atmete schwer und zitterte vor Wut am ganzen Leib. Layla hockte leise wimmernd auf dem Boden, die Hände vor das Gesicht geschlagen. Vorsichtig stieg Bridie über Glasscherben hinweg und hockte sich zu ihr. Mitfühlend nahm sie das Mädchen in die Arme.

»Schhhhht. Es ist alles vorbei. Er ist fort. Schhhhht.«

Zusammen knieten sie in der Vorratskammer, das junge Eingeborenenmädchen und die zierliche dunkelhaarige Frau, wiegten sich leicht, vereint in ihrem Leid. Um sie herum trocknete der klebrige Obstsaft auf den Fliesen.

Schließlich ließ Bridie das Mädchen los und strich Layla das zerzauste Haar von den tränennassen Wangen. »Dein Auge ... es ist ganz geschwollen. Komm. Ich mache dir eine kalte Kompresse.«

Layla nickte, zog das zerrissene Kleid über den kindlichen, gerade erst knospenden Brüsten zusammen und verschränkte schamerfüllt die Arme. Bridie füllte eine Schüssel mit Wasser und kühlte vorsichtig die Blutergüsse, die sich bereits auf dem Gesicht des Mädchens abzeichneten.

»Wie alt bist du, Layla?«, fragte sie und wusch den Lappen im lauwarmen Wasser aus.

Layla schluckte hörbar. »V... vierzehn«, stammelte sie.

Vierzehn. Noch ein Kind, oder doch fast. Sie hatte das Mädchen für älter gehalten.

»Hat Mr. Tarlington früher schon einmal versucht, dich anzufassen?«

»N-n-nein.« Layla schüttelte heftig den Kopf. »Meine Mutter hat gesagt, ich soll ihm aus dem Weg gehen. Sie hat gesagt, er wäre ein böser Mann, der nichts Gutes im Schilde führt.«

Sie wird es wohl wissen, sagte sich Bridie und dachte an die Frauen im Eingeborenenlager. Sie ergriff die zitternden Hände des Mädchens. »Bitte erzähl niemandem von dem, was vorhin passiert ist, Layla.«

Layla blickte ängstlich auf die offene Küchentür. »Ich

möchte nicht mehr in diesem Haus arbeiten, Missus. Ich mag diesen Mista Tarlington nicht.«

»Bleib, Layla, und ich werde dafür sorgen, dass er dir nie wieder wehtut. Ich verspreche es.«

Layla schaute sie aus runden, dunklen Augen an und dachte darüber nach. Aber im Grunde hatte das Mädchen keine Wahl; Bridie wusste, dass die Frauen im Lager auf die kleine Menge Mehl angewiesen waren, die Layla als Entgelt für ihre Hausarbeit erhielt.

Widerwillig nickte Layla.

Vor langer Zeit hatten die Aborigines ihr Lager auf einem erhöhten Abschnitt des Flussufers eingerichtet, dort, wo die Parzellen Heinrichs, der Halls und der Tarlingtons aufeinander trafen. Früher waren es etwa einhundert gewesen, aber heute waren nur noch zwei oder drei Dutzend von ihnen übrig, darunter Laylas Mutter, Old Mary, und eine Hand voll Kinder. Jeden Morgen marschierten die Frauen in einer Reihe hintereinander durch den Busch und kehrten später am Vormittag mit Wurzeln, Knollen, Nüssen und Obst wieder, die ihre Nahrungsgrundlage bildeten.

Randolph beobachtete grimmig von der Weide aus, wie Bridie Layla zur Vordertür brachte und das Mädchen sich mit hängenden Schultern zum über eine Meile entfernten Lager aufmachte. Widerstrebend wartete er eine gute Stunde und beobachtete die dunklen Wolken, die sich im Süden zusammenzogen, um Layla Zeit zu lassen, das Camp zu erreichen, bevor er ihr folgte.

Er preschte auf die Lichtung, dass die Lagerhunde kläffend auseinander stoben. Die Stammesmitglieder saßen im Schatten, Big Jack und Johnno abseits der Frauen, damit beschäftigt, zwei Wallabys zu häuten und zu portionieren, die sie an diesem Morgen im Sumpf erlegt hatten.

Johnno war einer der wenigen jungen Männer im Lager. Er kam von einem anderen Stamm von jenseits der Grenze und war vor ein paar Jahren dazugestoßen, als er Old Marys älteste Tochter, Laylas Schwester, zur Frau genommen hatte. Dann waren die Masern ausgebrochen, ein bei den Aborigines völlig unbekanntes Virus, gegen das sie keine Abwehrkräfte hatten, sodass ihm der halbe Stamm zum Opfer gefallen war. Johnnos junge, schwangere Frau war der eingeschleppten Krankheit ebenfalls erlegen. Die beiden waren noch kein Jahr verheiratet gewesen. Nach dem Tod seiner Frau war Johnno geblieben, um Big Jack zu helfen, die Frauen zu versorgen.

In der Mitte des Lagers brannte ein kleines Feuer, über dem große Fleischbrocken brieten, von denen zischend Fett in die Glut tropfte. Es roch nach gebratenem Fleisch und Eukalyptus. Old Mary saß im Schneidersitz auf dem Boden. Die Tagesausbeute an Samen lag vor ihr auf einem großen, flachen Felsbrocken, und sie war gerade damit beschäftigt, sie mit einem kleineren, glatten Stein zu einer Paste zu zermahlen.

»Wo ist Layla?«, fragte Randolph, wohl wissend, dass das Mädchen sich irgendwo im Lager versteckte. Der Rauch reizte seine Augen, die anfingen zu tränen.

Old Mary legte den Kopf schräg. »Ah, Mista Tarlington. Sie haben einer alten Frau Angst gemacht.« Sie legte den Stein beiseite und spritzte ein paar Tropfen Wasser aus einem Lederschlauch auf die zermahlenen

Samen. Randolph blickte vom Pferderücken auf sie hinab. Die Sonne stand so hoch am Himmel, dass er kaum einen Schatten warf. Old Mary schirmte mit einer Hand die Augen gegen das grelle Licht ab und schaute zu ihm auf.

»Ich habe gefragt, wo Layla ist. Sie sollte im Haus sein und in der Küche helfen.« Er sah zu den jungen Mädchen hinüber und hielt Ausschau nach dem vertrauten Gesicht. Wolken schoben sich vor die Sonne und tauchten das Lager ganz plötzlich in Schatten.

Old Mary erhob sich schwerfällig. Sie ging auf die Gruppe zu, zog ihre Tochter heraus und schob sie in Richtung einer der Hütten. Aus der Nähe sah Randolph, dass das Kleid, das er ihr erst vor ein paar Stunden fast vom Leib gerissen hatte, gegen ein anderes abgelegtes Kleid von Bridie getauscht worden war. Das Mädchen blickte ängstlich zu ihm herüber und verschwand dann in der Hütte.

»Sie heute krank, Mista Tarlington. Sie krank nach Hause kommen.«

»Sorg dafür, dass sie morgen zur Arbeit kommt, verstanden«, befahl Randolph. Er stieg vom Pferd und nahm einen Beutel aus der Satteltasche. »Hier. Braucht ihr etwas zu essen?« Er warf den Sack vor der alten Frau auf den Boden. Weißes Mehl quoll aus einem kleinen Loch an der Seite in den grauen Staub.

Old Mary zeigte auf das Fleisch über dem Feuer und schnupperte anerkennend. »Heute haben wir reichlich. Wallaby. Heute mal anderes als Fisch.«

Donner grollte, und die ersten dicken Tropfen klatschten auf die ausgedorrte Erde. Das Tageslicht, das jetzt noch durch das Laub der Bäume fiel, schimmerte grünlich. Randolph blickte gen Himmel und zog sich den Hut tiefer in die Stirn.

»Wenn Layla morgen ins Haus kommt, gibt es nächste Woche Tabak. Wenn nicht ...« Er fuhr sich in einer viel sagenden Geste mit einem Finger quer über den Hals.

Auf seinem Heimritt wurde er vom Regen durchweicht, woraufhin seine Laune endgültig auf den Tiefpunkt sank. Das Haus wirkte verlassen. Er setzte sich auf die Veranda, auf Hedleys Stuhl, und zog sich die Stiefel aus.

Die Haustür ging auf, und Bridie erschien auf der Schwelle.

»Warst du wieder im Camp?«, fragte sie sichtlich angewidert.

»Es geht dich nichts an, wo ich gewesen bin!«

»Wenn es Layla betrifft, geht es mich sehr wohl etwas an. Ich habe das Mädchen nämlich überredet, seine Arbeit nicht hinzuschmeißen. Sie ist erst vierzehn Jahre alt und hat ganz offensichtlich Angst vor dir. Wenn ich dich jemals dabei erwische, dass du ihr noch einmal zu nahe kommst, kann ich für nichts garantieren.«

Randolph ruckte ein letztes Mal an seinem zweiten Stiefel, der polternd auf die Verandadielen fiel. Langsam hievte er sich aus dem Stuhl und baute sich vor ihr auf. Er überragte ihre zierliche Gestalt um einen ganzen Kopf. Blanker Hass blitzte in ihren Augen.

»Hast dich zum Schutzpatron der Schwarzen erhoben, ja? Nutzloses Pack. Findest du nichts Besseres, worauf du deine Zeit verschwenden kannst?«

Er schob sich an ihr vorbei ins dunkle Hausinnere.

In den stickigen, schwülen Nächten suchten die Albträume sie mit erschreckender Regelmäßigkeit heim; furchtbare Bilder der Gewalt, die sie zutiefst verstört und schweißnass hochschrecken ließen, ihre eigenen Schreie dumpf in ihrem Unterbewusstsein nachhallend. Mit wild klopfendem Herzen und keuchend lag sie anschließend da, die wachen Stunden fürchtend, die auf diese Träume folgten.

Hedley versuchte, sie zu trösten, und drängte sie, ihm zu erzählen, was sie bedrückte. Aber natürlich konnte sie ihm das nicht sagen, konnte ihm nicht erklären, dass der Grund für ihre nächtlichen Qualen und ihren Widerwillen gegen das Schlafen sein eigener Sohn war. Die Wahrheit würde ihn vernichten. Und so kehrte der Traum immer wieder, fast unverändert, bis sie die Nacht und ihre Dämonen regelrecht fürchtete.

Sie träumte, sie wäre eine Motte, eine winzige, verwundbare Kreatur, die von einer unbekannten Kraft immer näher an eine flackernde Kerze gezogen wurde. Und wenn sie der Kerze nahe genug war, verwandelte diese sich in ein loderndes Feuer, dessen Flammen gierig nach ihr griffen. Plötzlich tauchte ein Faden auf, eine Rettungsleine, die sie vor dem Feuertod retten würde. Mit versengten, kaum noch flugtauglichen Flügeln kämpfte sie sich bis zu dem Faden vor, dankbar für diese letzte Chance, dem Inferno zu entkommen. Aber die Fäden wickelten sich um sie, Dutzende von hauchdünnen, klebrigen Spinnenfäden, die sie einschnürten, bis sie sich kaum noch rühren konnte.

Vergeblich versuchte sie, sich aus dieser neuen Gefahr zu befreien, und verhedderte sich bei ihrem Überlebenskampf nur noch mehr. Dann tauchte eine Spinne auf, ein riesiges, haariges Ungeheuer. Sie umkreiste ihr wehrloses Opfer und quälte es mit grausamen Worten, die sich in weitere Seidenfäden verwandelten und sich so fest um ihren Leib zogen, dass sie kaum noch atmen konnte. Nach Luft ringend, fühlte sie, wie sie in Bewusstlosigkeit versank.

Die Bedeutung des Albtraumes war klar. Randolph war die Spinne, und die klebrigen Fäden standen für das Lügengeflecht, das er und sie gewoben hatten. Randolph wollte sie besitzen, wollte, dass sie ihm jederzeit zur freien Verfügung stand, wollte sie sich einverleiben, ihre Seele aufsaugen. Aber das, was er für sie empfand, war keine Liebe, sondern nur bittere, kranke Gier, angesichts deren sie sich vorkam wie eine leere Hülle.

Sie fragte sich, ob sie je echten Hass empfunden hatte, aber wenn ja, dann entsprach er ihren Gefühlen für Randolph. Eine tiefe Verachtung, vermischt mit dem schier übermächtigen Verlangen, ihm die Augen auszukratzen und ihn zu entstellen. Sie stellte sich Randolph tot vor, sein lebloser Körper aufgebahrt, und empfand nicht den leisesten Hauch von Trauer. Nur ein Gefühl der Befreiung, als würde ihr eine schwere Last vom Herzen genommen.

KAPITEL 16

Das erste Geräusch, das Maddie im Halbschlaf erreichte, war das heisere Gackern der Kookaburras, wie die Einheimischen den Rieseneisvogel nannten. Sie blieb reglos liegen und lauschte den Vögeln. Im ersten Moment wusste sie nicht, wo sie war. Langsam schlug sie die Augen auf, und ihr Blick fiel auf das weiße Segeltuch über ihr. Natürlich! Sie war im Wagen.

Die Ereignisse des vergangenen Tages stürzten auf sie ein; die Begegnung mit Clarrie Morgan, ihre Ankunft in Boolai, die verfallene Hütte, die Mäusenester, der Tierkot. Sie rümpfte angewidert die Nase bei dem Gedanken an die Arbeit, die vor ihr lag. Es würde wahrscheinlich Tage und Dutzende Zuber heißes Seifenwasser erfordern, die Hütte wieder bewohnbar zu machen.

Sie zog das Segeltuch beiseite und blinzelte, vorübergehend geblendet von der Morgensonne. Leuchtend bunte, lärmende Papageien krächzten in den Bäumen über ihr und kletterten und flatterten durch das dichte Geäst.

Ted hatte am Feuer geschlafen. Sie hatte ihn vermisst. Sie fühlte sich beschützt, wenn sie beim Einschlafen seinen Körper an sie geschmiegt spürte, wenn sein Arm über ihrer Hüfte lag und er sie manchmal im Schlaf streichelte. Und so hatte sie am Vorabend entsprechend lange gebraucht, um einzuschlafen, und bis tief in die Nacht dem Knistern des Feuers gelauscht. Sie stellte sich vor, wie Funken sich in die Dunkelheit erhoben, und hörte das Stimmengemurmel der Männer, bis sie schließlich doch ein tiefer, traumloser Schlaf übermannte.

Dan und Ted saßen bereits am Feuer, von dem eine dünne Rauchsäule in die kühle Morgenluft aufstieg.

»Alles in Ordnung, Liebes?« Ted blickte über den Rand seiner dampfenden Teetasse zu ihr auf, als sie sich ihnen näherte. »Du siehst blass aus. Wir haben dich schlafen lassen. Es besteht kein Grund zu übermäßiger Eile.«

Maddie fuhr sich mit einer Hand durch das zerzauste Haar und strich sich eine störende Strähne aus dem Gesicht. Keine Eile! Was dachte Ted sich nur? Die Hütte musste geschrubbt und der Wagen entladen werden. Sie verspürte eine plötzliche Dringlichkeit, das übermächtige Bedürfnis, sofort damit anzufangen, ihr zukünftiges Heim zu säubern. Aber sie schüttelte nur halbherzig den Kopf und zwang sich zu einem Lächeln.

»Lass, ich mache das.« Dan griff nach dem Kessel und schenkte ihr einen Tee ein.

Nein, dachte sie, wenn ich nichts sage, wird dieser Augenblick vorübergehen. Sie hatte kein Recht, sich zu beklagen. Die Bedingungen waren für sie alle dieselben. Ted hatte sie gewarnt, dass es nicht leicht werden würde, auch wenn sie rückblickend erkannte, dass sie nicht vorbereitet war auf das, was ihnen hier noch bevorstand. Diesmal gelang ihr das Lächeln schon überzeugender, und ihre Züge erhellten sich beim Gedanken an die Aufgaben, die vor ihnen lagen.

Im Morgenlicht sah die Hütte noch schlimmer aus als am vergangenen Abend. Ted schien jedoch guter Dinge, als er sich daranmachte, den Dreck aus der Hütte zu schaufeln und auf einen rasch anwachsenden Haufen vor der Tür zu kippen. Maddie schleppte zusammen mit Kitty und Beth zahllose Eimer Wasser vom Fluss herauf und schrubbte und putzte, bis ihre Arme sich anfühlten, als würden sie gleich abfallen.

Als es Abend wurde, schien es, als hätten sie kaum etwas bewirkt. Es gab immer noch so viel zu tun: Das

Haus musste weiß getüncht und die Ritzen zwischen den Wandbrettern mussten gestopft werden, bevor sie ihre Habe ausladen und verstauen konnten. Schweigend saßen sie um das Feuer herum, nachdem sie die Kinder schlafen gelegt hatte. Maddie rieb sich die schmerzenden Arme. Ihre Augen brannten, teils vor Müdigkeit, teils wegen des beißenden Rauchs, der vom Lagerfeuer aufstieg.

»Wenn das so weitergeht, brauchen wir Tage, ehe wir fertig sind«, sagte sie und warf einen grimmigen Blick auf die dunkle Silhouette der Hütte. Von ihrer Vision von einer blitzblanken Behausung, deren Fenster hübsche Gardinen schmückten, war sie jedenfalls noch meilenweit entfernt.

»Ich weiß, dass alles hier sehr primitiv ist, und die Hütte ist auch nicht gerade ein Palast«, gab Ted zu. »Wir müssen die Dinge nehmen, wie sie kommen. Wir müssen noch ein paar Pfund sparen. Wir haben jetzt unser eigenes Land, das ist das Einzige, was zählt.«

Land! Land! Land! Ted sprach von nichts anderem mehr. Sein heißgeliebtes Land, die Farm, die er eines Tages besitzen und seinen zukünftigen Söhnen hinterlassen würde. Maddie schüttelte seufzend den Kopf; sie teilte Teds Stolz auf dieses Land nicht. Sie war auch in dem kleinen Cottage auf der Farm in Kiama glücklich und zufrieden gewesen, ein hübsches kleines Häuschen mit richtigen Fensterscheiben, Geranien und Rosen vor dem Haus und einem Weg aus Steinplatten vom Haus bis zur Straße. Geschäfte, Kühle und friedliche Stille, dazu ein kleiner Park mit Holzbänken, in dem sich an faulen Nachmittagen Mütter mit kleinen Kindern trafen. Ganz zu schweigen von Nachbarn, mit denen man über den Gartenzaun hinweg einen Plausch halten konnte.

Es stimmte; sie vermisste jetzt schon die Annehmlichkeiten des Stadtlebens. Der einzige Hoffnungsschimmer war, dass es eigentlich nur besser werden konnte. Sie stellte eine Reihe von Vergleichen an. Die Hütte war eine Verbesserung verglichen mit dem Wagen; eines Tages würden sie ein hübsches Häuschen haben mit einem polierten Holzboden und einer richtigen Küche anstelle des zugigen Anbaus auf der Rückseite dieser Baracke.

Ja, dachte sie und seufzte innerlich. Die Mühen dieses Tages waren zweifellos nur der Anfang, der erste Schritt zu einem glücklicheren Dasein.

Am darauf folgenden Nachmittag sprach Ted sich für eine Arbeitspause aus und schlug vor, sie sollten ihren neuen Nachbarn, den Deutschen Heinrich, besuchen. »Wir könnten alle eine Pause brauchen«, fügte er mit einem Blick auf seine mit Blasen übersäten Hände hinzu. Er ging voraus und schlug dabei mit einer Sichel einen Weg durch den dichten Busch.

Nach einiger Zeit kam ein kleines Steinhäuschen in Sicht und schließlich standen sie auf einer Lichtung, keine fünfzig Meter von dem Cottage entfernt. Ein Hund, der an einer langen Leine unter einem ausladenden Eukalyptusbaum lag, knurrte drohend, bellte und schnappte, als sie an ihm vorbeigingen.

»Platz!«

Ein hagerer Mann mit einem Gewehr trat von der Veranda ins Sonnenlicht. Er kam auf sie zu und hob den Gewehrkolben, als wolle er dem Hund einen Schlag auf den Kopf versetzen. Der Hund duckte sich, knurrte ein letztes Mal in Richtung der Fremden und zog sich dann mit eingezogenem Schwanz in den Schatten zurück, von wo aus er sie misstrauisch aus gelben Augen beobachtete. Der Mann kam noch einen Schritt näher.

»Was wollen Sie?«

Maddie stand mit großen Augen an Teds Seite und starrte erst auf das Gewehr und dann auf das feindselige Gesicht ihres Gegenübers. Schulterlanges, strähniges graues Haar fiel ihm in das bleiche Gesicht, und in den unangenehmen Geruch seines ungewaschenen Körpers mischte sich eine Schnapsfahne.

»Sind Sie Heinrich, Sir?«, fragte Ted.

Der Mann schüttelte den Kopf, und Maddie atmete erleichtert auf.

»Nein.« Er zeigte nach hinten auf das Haus. »Er ist drinnen. Bleiben Sie, wo Sie sind; ich hole ihn.«

»Reizender Mensch«, bemerkte Dan mit einem spöttischen Lächeln, als der Mann in den Schatten der Veranda eintauchte. »Ich hoffe, das ist hier nicht die traditionelle Art, neue Nachbarn willkommen zu heißen.«

Ein paar magere Hühner scharrten und pickten in der trockenen Erde um die Hütte herum und glucksten und gackerten freudig, wenn sie ein Körnchen fanden. Mehrere Ziegen musterten die Halls neugierig, trotteten auf sie zu und blökten verhalten.

Um sich auf dem anstrengenden Marsch durch den Busch abzulenken, hatte Maddie versucht, sich ihren Nachbarn vorzustellen. Heinrich! Der Name klang fremdartig, aber auch irgendwie kraftvoll. Sie wusste, dass er Deutscher war, mehr nicht.

Der dürre, gebückte alte Mann, der kurz darauf aus

dem Haus trat, entsprach ganz sicher nicht ihren Erwartungen. Dieser Heinrich stützte sich schwer auf einen Stock, schlurfte langsam auf sie zu und reichte dann Ted spindeldürre, zittrige Finger.

Die Männer schüttelten einander die Hand, und Heinrich verbeugte sich steif vor Maddie.

»Bitte, ich möchte mich für Cedric entschuldigen. Er ist kein sehr freundlicher Geselle.«

Der dünne braune Hund von vorhin beobachtete sie immer noch aus zu schmalen Schlitzen verengten gelben Augen. Heinrich zeigte auf das Tier. »Die Schwarzen nennen ihn Noggum, was bedeutet ›Hund des weißen Mannes‹. Darum nenne ich ihn ebenfalls so.« Der Hund grollte leise, als hätte er seinen Namen wiedererkannt.

Der Reihe nach stellte Ted seine Familie dem alten Mann vor. Plötzlich lockerte ein Lächeln die strenge Linie seines weißen Schnauzers auf, und um seine Augen erschien ein Netz tiefer Falten. »So nette Nachbarn, und so hübsche Mädchen noch dazu.«

»Ein schönes Häuschen haben Sie da. Sehr solide gebaut. Das muss einige Arbeit gekostet haben.«

»Das Haus steht schon seit über zwanzig Jahren hier. Das war ursprünglich eine Unterkunft für Rinderhirten, noch von den Tarlingtons errichtet. Früher einmal gehörte ihnen das ganze Land im Umkreis. Jetzt besitzen sie nur noch das Land auf der anderen Flussseite sowie ein paar Parzellen ein Stück weiter entfernt, die sie kürzlich dazugekauft haben.«

Heinrich führte sie zum Haus. An der geschlossenen Tür blieben sie stehen. Maddies Blick fiel auf ein ungepflegtes Blumenbeet vor der Veranda. Sie erkannte verschiedene zurückgeschnittene Rosen, die im Unkraut ums Überleben kämpften. Sie bückte sich und strich vorsichtig mit einem Finger über eine zarte Knospe.

»Sieh nur, Ted. Rosen. Mitten im Busch!«

Es klang, als hätte sie sich niemals vorstellen können, das an einem so ungastlichen Ort etwas so Zartes wachsen könnte. Es wirkte so deplatziert. So absurd. Und doch so wunderschön.

Heinrichs zerfurchtes Gesicht wurde ganz traurig, und seine Stimme war kaum mehr als ein Flüstern: »Dieser Garten ... er hat meiner Frau gehört. Sie ist seit drei Jahren tot, und es kümmert sich niemand mehr um die Blumen. Die O'Sheas, Cedric und seine Frau Martha, wohnen bei mir und helfen mir beim Bewirtschaften der Farm, aber sie interessieren sich nicht für Rosen. Ich bin inzwischen ein alter Mann, und meine Knochen wollen nicht mehr so recht. An manchen Tagen bin ich so steif, dass ich mich kaum rühren kann.« Er zeigte ihnen seine geschwollenen, verkrüppelten Hände.

»Aber warum ausgerechnet Rosen?«, wollte Maddie wissen.

»Die Familie meiner Frau hat daheim in Deutschland Rosen gezüchtet. Ein Familienbetrieb. Sie hat die Blumen geliebt, vor allem die Damaskus-Rosen mit ihrem wundervollen Duft.«

»Ist das hier eine Damaskus-Rose?«

»Die Celsiana«, entgegnete Heinrich nickend. »Ein wunderschöner Name, nicht wahr?«

Er bückte sich und pflückte eine Blume, die als erste von mehreren Knospen erblüht war. Er reichte sie Maddie.

»Für Sie. Eine Dame, die Rosen liebt.«

Die Rose ruhte in ihrer warmen Hand, die schön geschwungenen, durchscheinenden Blütenblätter leicht nach außen gerollt. Gelbe Staubfäden, bestäubt mit goldenem Puder, zitterten leicht in der lauen Brise.

Der alte Mann fuhr fort. »Minna liebte diese Rosen. Aus dem Osten die China- und Teerosen. Und die alten europäischen Schönheiten, die französische und die Moschusrose, um nur zwei zu nennen. Die Damaskus-Rosen waren ihr aber die allerliebsten.«

Der alte Heinrich schlurfte an dem Blumenbeet entlang und betrachtete die vernachlässigten Büsche mit den kleinen, bunten Blüten, als hätte er seine Gäste völlig vergessen. Maddie hätte ihn am liebsten in den Arm genommen und getröstet. Sie konnte seinen Schmerz nachempfinden.

Der alte Mann runzelte konzentriert die Stirn. »Ich erinnere mich noch an einige Namen«, fuhr er stockend fort. »Fellenberg, Bullata, Königin von Dänemark, Marie Louise ...« Einen Moment wirkte er ganz in Gedanken versunken, ein leises Lächeln auf den Lippen, als hinge er alten, aber schönen Erinnerungen nach. »Minna wäre sehr betrübt, wenn sie sehen könnte, wie ihre geliebten Rosen vernachlässigt werden. Sehen Sie selbst. Niemand kümmert sich um sie.«

Die Rose lag noch in Maddies Hand; die Blütenblätter fingen bereits an zu welken. Sie fühlte die Zartheit der sterbenden Blume und versuchte, sich eine andere Zeit vorzustellen, in der eine andere Frau diesen Garten gepflegt hatte. Dachte auch der alte Mann an sie? Vielleicht war sie für ihn hier, zwischen den Rosen, einen kurzen Moment lang wieder lebendig.

Ted trat vor und riss sie aus ihren Gedanken. Die Sonne stand schon tief am Himmel und warf lange Schatten. Heinrich presste die Lippen zusammen und starrte immer noch geistesabwesend vor sich hin. Dann schien er sich an seine Gäste zu erinnern und winkte sie hinein. »Genug davon. Sie müssen durstig sein. Kommen Sie nur herein. Martha kocht uns einen Tee. Und die Mädchen bekommen ein Glas Milch. Kommen Sie. Ich zeige Ihnen mein bescheidenes Heim.«

Heinrich zeigte ihnen jeden Raum des Steinhäuschens. Es gab zwei Schlafzimmer und eine große angebaute Küche auf der Rückseite, die durch einen schmalen Flur vom Rest des Hauses getrennt war. Cedrics Frau Martha stand an einem roh gezimmerten Tisch, empfing die Eindringlinge mit grimmigem Blick und tat ihren Unwillen kund, indem sie laut mit Kesseln herumhantierte. Ihr Gruß beschränkte sich auf ein knappes Nicken.

Maddie hatte mittlerweile den Eindruck bekommen, dass es in diesem Staat namens Queensland nur zwei Arten von Menschen gab: solche, die sie herzlich in die wachsende Familie der Siedler aufnahmen, wie Clarrie Morgan und sein Bruder Jim, und die anderen, vom unzufriedenen, abweisenden Typ wie Mr. Stokes, Cedric und diese Frau, die ihnen ganz offensichtlich das Betreten ihrer Küche verübelte. Die beiden Frauen musterten einander abschätzend. Maddie beschloss schließlich großzügig, über Marthas Unhöflichkeit hinwegzusehen.

Nach der Hausbesichtigung saßen sie am Tisch und tranken heißen Tee. Martha knallte eine Platte mit köstlich gewürzten Keksen vor sie hin. Heinrich drängte die Kinder, so viel Milch zu trinken wie sie wollten.

»Trinkt nur, ich habe reichlich. Ich habe eine Milchkuh, die viel zu viel Milch gibt für uns drei. Kitty ... sie ist doch die Älteste, nicht wahr? Sie müssen sie jeden Morgen rüberschicken, dann gebe ich ihr Milch für die ganze Familie mit. Ja?«

»Das ist sehr freundlich.«

»Unsinn. Sie müssen nur fragen, wenn ich Ihnen irgendwie helfen kann. Das Leben hier draußen im Busch ist hart, und wir Nachbarn müssen füreinander da sein. In schweren Zeiten sind es gute Freunde, die einem helfen, durchzuhalten.«

»Wie lange leben Sie schon hier?«, fragte Dan und stellte seine leere Tasse zurück auf den Tisch.

»Vier Jahre sind es jetzt. Ich war einer der Ersten Siedler, die sich hier niederließen, nachdem das Land freigegeben wurde. Anfangs lief alles bestens ... bis dann Minna starb. Anschließend gab es eine schlimme Dürre, und die ganze Maisernte ist verdorrt. Außerdem hat jemand versucht, das Haus abzubrennen. Eingeborene vielleicht. Ich weiß es nicht. Und jetzt will der Tarlington-Sohn mir das Land abkaufen. Aber wo soll ich hin? Mein Zuhause ist hier.«

»Glauben Sie wirklich, dass die Schwarzen das Feuer gelegt haben?« Maddie war ganz blass geworden und sah schon ihre kostbare Habe aus dem Wagen als verkohlten Haufen vor sich.

»Machen Sie sich wegen der Schwarzen keine Sorgen, gute Frau«, beruhigte Heinrich sie. »Es musste so kommen. Wir sind hergekommen, haben ihnen ihr Land weggenommen und sie aus ihren Jagdgründen vertrieben. Manche Siedler haben sogar auf den heiligen Stätten der Eingeborenen Bäume gefällt. Aber diese Zwischenfälle liegen weit zurück. Inzwischen haben wir gelernt, weitestgehend friedlich miteinander auszukommen. Ein paar von den Männern arbeiten sogar als Erntehelfer für mich. Es besteht kein Grund mehr, sich noch vor den Schwarzen zu fürchten.«

Sie tranken ihren Tee aus, verabschiedeten sich von Heinrich, und Kitty versprach, am nächsten Morgen wiederzukommen, um einen Eimer frischer Milch zu holen.

Im Licht des späten Nachmittags sah die Hütte irgendwie verändert aus. Nackt und ungeschützt trotz des wogenden Grases und der kleinen Bäume dicht neben dem Gebäude. Maddie betrachtete einen Moment die Umrisse des Daches, die sich in der Dämmerung dunkel vom Abendhimmel abhoben. Heinrich hat dieses Leid nicht verdient, dachte sie bitter. Dann wurde ihr ganz warm ums Herz beim Gedanken an ihre eigene kleine Familie, die gesund und munter war und erst am Anfang stand. Wenigstens haben wir einander, dachte sie. Ganz egal, was die Zukunft bringen mag.

In dieser Nacht träumte sie von dem alten Mann, seiner gesichtslosen verstorbenen Frau und einem Garten voller blühender, heller Rosen.

KAPITEL 17

Heiligabend. Die letzten Tage waren alle irgendwie gleich gewesen und vergangen wie im Flug. Maddie kam es vor, als würde sie von den lärmenden

Vögeln wieder geweckt, kaum dass sie den Kopf auf das Kissen gebettet hatte. Arbeiten, schlafen, arbeiten, schlafen. Der endlose Kreislauf dieses Landes.

Die Fertigstellung der Hütte hatte für sie alle absolute Priorität. Ted und Dan tauschten verfaulte Bretter in den Wänden durch frisch entrindete kleine Stämme aus, und Kitty stopfte die Ritzen zwischen den geschrumpften Brettern mit Zeitungspapier aus. Nach mehreren Schichten weißer Tünche sah das Innere freundlich und sauber aus. Der nackte Lehmboden war steinhart und trocken und brauchte nur einige Male gefegt zu werden.

Sie waren so beschäftigt gewesen mit der Instandsetzung der Hütte, dass sie gar keine Zeit gehabt hatten, an die Weihnachtsfeierlichkeiten zu denken. Außerdem war in diesem Jahr kein Geld übrig für die kleinen Geschenke, die sie und Ted in den vergangenen Jahren für die Kinder besorgt hatten. Maddie dachte flüchtig an vergangene Weihnachtsfeste: eisige Tage in England, an denen die Sonne schwach von einem blassen Himmel herabgeschienen hatte, lodernde Kaminfeuer, Schneewehen an nackten Bäumen. Auch nach sechs Jahren hatte sie um diese Jahreszeit immer noch Heimweh.

Sie wusste selbst nicht, was sie bewog, ausgerechnet jetzt daran zu denken, wo sie eigentlich damit hätte anfangen müssen, die Hütte einzurichten. Ted hatte die Truhen vor die Tür gestellt, wo sie darauf warteten, dass sie sich ihrer annahm. Sie starrte blicklos auf sie hinab. Das Auspacken der Kisten und Truhen hatte etwas so Endgültiges an sich. Als würde sie diesen Ort endgültig als ihr neues Zuhause akzeptieren, wenn sie die Hütte erst mit ihren geliebten Besitztümern eingerichtet hatte. Boolai. Gehörte sie wirklich hierher?

Die Frage blieb unbeantwortet, und schließlich schüttelte sie die deprimierenden Gedanken ab. Sie konnte das Auspacken nicht länger hinausschieben und dachte plötzlich voller Vorfreude an das feine Porzellan, das schon fast fadenscheinige weiße Leinen, an dem sie so sehr hing, und die kleinen Dekorationsgegenstände und Vasen, die sie sorgfältig in Zeitungspapier gewickelt hatte.

Die Hütte war zwar klein, aber gemütlich mit ihren drei Schlafzimmern und einem großen Wohnraum. Endlich hingen glänzende Töpfe und Pfannen im Anbau auf der Rückseite der Hütte, der als Küche, Bad und Waschküche diente. Die Betten waren frisch bezogen. Auf dem Esstisch stand ein Krug mit Feldblumen, und nun breitete Maddie zum Abschluss die Matten auf dem Boden aus. Alles wirkte frisch und neu. Sie wanderte durch die Zimmer, zupfte hier eine Tagesdecke zurecht und dort einen Teppich und nahm dabei alle Einzelheiten ihres neuen Heims in sich auf.

Am Nachmittag verschwand Dan für mehrere Stunden und tauchte dann mit einer kleinen Kiefer wieder auf. »Ohne Christbaum ist es kein richtiges Weihnachten«, sagte er ein wenig wehmütig, als er das Bäumchen in einen Eimer voll Erde stellte.

»Aber wir haben gar keinen Baumschmuck«, jammerte Beth mit Blick auf den nackten Baum, der in seinem Eimer etwas verloren wirkte.

Maddie lachte. Nichts würde ihnen ihr erstes Weihnachtsfest im neuen Zuhause verderben, schon gar nicht dieses kümmerliche Etwas von einem Christbaum, das Dan irgendwo draußen im Busch aufgetan hatte.

»Aber Beth«, schalt sie. »Dan hat dir einen hübschen Baum zu Weihnachten besorgt, und zum Dank jammerst du. Wir können doch improvisieren. Das ist doch die leichteste Übung. Kommt, Kitty, Emma! Wir brauchen Haarbänder. Alle Farben, je bunter, desto besser. Und wo sind die Tannenzapfen, die wir gestern gesammelt haben? Wir hängen sie mit den Bändern an den Baum. Das wird der schönste Weihnachtsbaum, den wir je hatten. Wartet's nur ab.«

Die Mädchen machten sich vergnügt an die Arbeit und behängten das Bäumchen mit so vielen Zapfen, dass die dürren Äste sich unter der Last bogen. Dan schaufelte derweil bis zum Einbruch der Dunkelheit rund um das Haus herum Erde. Er häufte entlang der Außenwände kleine Erdwälle an und hob dazu einen tiefen Graben aus, der Wasser von der Hütte fortleiten sollte. Seit ihrer Ankunft hatte es noch nicht geregnet, wofür sie in den Tagen bis zum Einzug auch dankbar gewesen waren. Aber jetzt, da sie im Trockenen saßen, wäre etwas Regen eine willkommene Abwechslung gewesen.

An diesem Abend schlemmten sie wie die Könige. Maddie bereitete aus ihrem Monatsvorrat Hammelfleisch einen Eintopf zu, und zum Nachtisch gab es eine große Schüssel Flammeri. Ted steuerte eine Flasche Rum bei sowie einen süßen Likör für die Kinder. Er murmelte etwas davon, dass es sich um ein Geschenk von Clarrie Morgan handle, der am Vortag da gewesen war.

Wunderbarer, aufmerksamer Clarrie, dachte Maddie. Im Stillen dankte sie dem rothaarigen, bärtigen Postboten, der Zeitungen und Briefe von daheim brachte. Er hatte also an sie gedacht. Irgendwie seltsam, dass das Willkommensgeschenk von einem Mann kam, der bis vor wenigen Tagen noch ein Fremder gewesen war.

Nach dem Essen zauberte Ted mehrere kleine Päckchen hervor. Die Mädchen betasteten sie aufgeregt und versuchten, den Inhalt zu erraten, bevor sie sie feierlich unter den Christbaum legten.

»Für morgen. Es gibt für jeden eine kleine Überraschung«, sagte er grinsend.

»Aber wie ...?«

»Aus dem Laden in Beenleigh. Als du nicht hingeschaut hast.«

Er hatte es also nicht vergessen. Maddie fühlte unerwartet eine Welle der Zufriedenheit in sich aufsteigen. Unser Zuhause, dachte sie. Unser eigenes kleines Häuschen. Wir sind alle zusammen. Das ist alles, was zählt.

Später am Abend schliefen Dan und die Kinder tief und fest in ihren neuen Zimmern. Um sie herum wurde es still, die nächtliche Ruhe nur vom Knarren des Holzes gestört. Maddie ging durch das Zimmer, schlug die Tagesdecke zurück und schüttelte die Kissen auf. Die Lampe auf der Kommode tauchte den Raum in bernsteinfarbenes Licht, das von den frisch geweißten, rauen Bretterwänden rundum zurückgeworfen wurde.

Es war sehr beengt, da das Bett mit dem schweren Kopfteil und den schimmernden Messingkugeln oben auf den vier Pfosten den meisten Platz einnahm. Ted saß am Fußende des Bettes und sah zu, wie Maddie die Nadeln aus ihrem Haar zog. Sie bemerkte seinen Blick im Spiegel. Sie schüttelte den Kopf, und das glänzende rote Haar fiel ihr weich über die Schultern.

Er stand auf, trat hinter sie und griff mit der schwieligen Hand nach der Bürste auf der Kommode. Langsam führte er die Borsten durch ihr hüftlanges Haar. Nach einer Weile legte er die Brüste zurück und legte ihr die Hand an die Wange.

»Glücklich?«

Sie wandte sich ihm lächelnd zu, sicher, dass er die Zufriedenheit fühlen konnte, die sie inzwischen erfüllte. »Natürlich. Und du?«

»Du weißt, dass ich glücklich bin, wenn du glücklich bist. Das ist alles, was ich mir wünsche, Maddie. Alles, was ich tue, tue ich für dich und die Kinder.«

»Ich weiß.«

Die Nachtluft umwehte sie warm und schwül. Die Flamme der Lampe flackerte, als ein Luftzug die Vorhänge bauschte, und warf tanzende Schatten an die Wände. Maddie beugte sich zum Nachttisch hinüber und griff nach einem schweren, in Leder gebundenen Buch.

»Ich habe sie endlich gefunden, in einer der Kisten, die ich heute ausgepackt habe.«

Die aufwändige Bibel war ein Geschenk ihres Vaters gewesen, das er ihr auf dem Pier überreicht hatte, kurz bevor sie sich nach Australien eingeschifft hatten. Ted hatte Beths und Emmas Namen vorn eingetragen und auf Maddies Wunsch auch die Namen und Geburtsdaten von Dan und Kitty hinzugefügt, die für sie ebenso zur Familie gehörten.

Maddie drückte das Buch kurz an die Wange und atmete tief den Lederduft ein. Dann legte sie das Buch zurück an seinen Platz. Einen Sohn für Ted, darum würde sie heute Abend beten. Ja, ein weiteres Baby würde ihrem Alltag neuen Sinn verleihen.

Sie wandte sich ihrem Ehemann zu. Er hatte ein Paket aus dem Schrank genommen, das er ihr nun lächelnd reichte. Es war ziemlich groß, in braunes Papier eingeschlagen und ungeschickt verschnürt.

»Ein verfrühtes Weihnachtsgeschenk für dich, mein Schatz«, sagte er. Seine Augen blitzten vergnügt.

Maddie starrte verdattert auf das Geschenk.

»Los, mach es auf.«

Sie nahm das Päckchen entgegen. Es war groß und schwer. Langsam löste sie die Schnur, wobei sie mehrmals kurz zu ihm aufblickte. Er wirkte belustigt, als amüsiere er sich über sie. Sie schlug das braune Papier zurück, und vor ihr lag der saphirblaue Stoff, den sie in dem Laden in Beenleigh so sehr bewundert hatte.

»O Ted. Danke! Danke!«, rief sie überwältigt aus. Es waren viele, viele Meter. »Er ist wunderschön. Das wird ein Traum von einem Kleid. Du wirst stolz auf mich sein.«

»Ich bin jetzt schon der stolzeste Ehemann auf der Welt. Und du brauchst mir auch nicht zu danken. Das Lächeln auf deinem Gesicht ist der schönste Dank. Ich liebe dich, Maddie.«

Sie drehte den Docht der Lampe herunter, und im Zimmer wurde es dunkel. Sie schlüpfte zwischen die Laken, die sich angenehm kühl anfühlten auf der Haut, und tastete nach Ted. Er schlang die Arme um sie, zog sie an seine breite Brust und streichelte sie mit einer Zärtlichkeit, die, wie sie wusste, wahrer Liebe entsprang.

»Regen«, sagte sie, als sie sich später aus seiner Umarmung löste und die ersten schweren Tropfen mit einem seltsam hohlen Geräusch auf das Dach aus Baumrinde klatschten. Sie stieg aus dem Bett, trat an das offene Fenster und genoss den kühlen Luftzug auf der Haut. Fahles Mondlicht, das durch einen Riss in der Wolkendecke fiel, schimmerte auf nassem Laub.

»Gerade rechtzeitig«, bemerkte Ted. »Jetzt werden wir bald wissen, wie wasserdicht die Hütte tatsächlich ist.«

Der stets praktische Ted. Ted, der einem furchtbar unvernünftigen Impuls nachgegeben und ihr den teuren blauen Stoff gekauft hatte. Eine im Grunde überflüssige, unnötige Ausgabe. Maddie stellte ihn sich vor, wie er, die Hände unter dem Kopf verschränkt, dalag und vor sich hin lächelte.

KAPITEL 18

Das ist mir egal! Randolph führt sich auf, als wäre er Gott oder so was!«

»Dominic!«, schalt Bridie ihren Jüngsten mit blitzenden grünen Augen.

Dominic atmete schwer vor Empörung. Mit 14 überragte er sie bereits, ein hoch aufgeschossener, gut aussehender Bursche mit ausgebleichtem Haarschopf von den vielen Stunden, die er draußen auf den Weiden verbrachte.

»Still«, sagte sie und legte einen Finger auf die Lippen. »Wenn er dich hört, gibt es nur noch mehr Ärger.«

»Na und? Ich wäre sowieso lieber wieder in der Schule. Wir sind ja noch schlimmer dran als die Schwarzen. Wir schuften von früh bis spät, während er umherspaziert, uns herumkommandiert und den Eingeborenenmädchen nachstellt.«

»Dominic!«, rief sie erneut aus, diesmal verblüfft.

»Schockiert es dich, dass ich davon weiß? Jeder weiß Bescheid, Mutter. Hugh sagt, ich soll mich nicht darum kümmern, ich wäre zu jung, um das zu verstehen. Trotzdem wünschte ich, du würdest Vater bitten, mich noch für mindestens ein Jahr auf die Schule zurückzuschicken.«

Sie hatte schon in der ersten Woche nach der Heimkehr der Jungen gewusst, dass es so kommen würde. Schon als Kind war Dominic der dominantere ihrer beiden Söhne gewesen, hatte sich, obwohl er der Jüngere war, Hugh gegenüber durchgesetzt und ganz allgemein gerne herumkommandiert. Damals hatte sie es noch witzig gefunden, dass zwei Brüder in Temperament und Aussehen so verschieden sein konnten: Hugh dunkelhaarig, ruhig, unerschütterlich, und Dominic blond, aufbrausend und schier berstend vor Energie.

Während Hugh Randolphs Anweisungen still befolgte, verübelte Dominic seinem Onkel dessen schroffe Art und spitze Zunge und beklagte sich dann auch bald bei ihr. Dominic wusste eine bessere Methode, Dominic empfand diese oder jene Idee als reine Zeitverschwendung, Dominic hatte von einer neuen Methode gehört, die den Erfolg garantierte.

Die Feindseligkeit wuchs. Bridie verfolgte die Entwicklung sorgenvoll. Sie war zum unfreiwilligen Friedensstifter der Familie geworden und bemühte sich – in der Regel vergeblich –, zwischen den beiden Hitzköpfen der Familie, Dominic und Randolph, zu vermitteln. Es kam gelegentlich zu Ausbrüchen und heftigen Auseinandersetzungen. Randolph hielt Bridie ihre Einmischung vor und dass sie sich immer auf die Seite ihrer Söhne stellte.

»Sie brauchen eine feste Hand«, sagte er. »Du verwöhnst sie. Willst du denn nicht, dass echte Männer aus ihnen werden?« Und abschließend: »Er ist mein Sohn. Ich entscheide, wie ich mit ihm umgehe.«

Diese letzten Worte hatten am meisten geschmerzt, und sie hätte ihm am liebsten das grinsende Gesicht zerkratzt. Aber sie hatte sich beherrscht und sich nicht provozieren lassen, zumal sie wusste, dass ihn das am meisten ärgerte.

Jetzt zog Bridie Dominic zu sich auf das Sofa und legte dem Jungen einen Arm um die Schultern. »Beruhige dich und erzähl mir, was passiert ist. Vielleicht ist es ja gar nicht so schlimm, wie es dir jetzt gerade vorkommt.«

»Lächerliche zwei Pfund. Das ist alles, worum ich ihn gebeten habe. Und ein paar Tage frei, um nach Beenleigh zu reiten. Er hat uns, seit wir heimgekommen sind, noch keinen Penny Lohn gezahlt. Nur weil ich noch nicht erwachsen bin, glaubt er, er käme damit durch.«

»Wozu brauchst du das Geld, Dom? Hast du etwas Bestimmtes damit vor?«, fragte sie, in der Hoffnung, den Familienfrieden wiederherstellen zu können.

»Du hast bald Geburtstag, und ich wollte dir ein Geschenk kaufen. Ich wollte dich überraschen, und jetzt ist alles verdorben.« Er kämpfte vergeblich gegen die Tränen an, und sie fühlte eine Welle der Zärtlichkeit in sich aufsteigen für den Jungen, der sich solche Mühe gab, ein Mann zu sein, und doch körperlich und emotional noch ein Kind war. Die Ironie war, dass Dominic selten über derlei nachdachte. Gewöhnlich war Hugh der überlegtere ihrer Söhne.

»Was hat Randolph denn gesagt? Hast du ihm erzählt, wofür du das Geld und den Urlaub brauchst?«

»Ja. Das ist es ja, was mich erst richtig wütend gemacht hat. Er hat gelacht und gesagt, du hättest schon alles, was du verdienst. Wie hat er das gemeint?«

Bei dieser in aller Unschuld gestellten Frage schlug ihr das Herz bis zum Hals. Hastig überlegte sie sich eine plausible Antwort. »Ach, du kennst doch Randolph. Er ist erst glücklich, wenn er jemand anders wehtun kann. Du solltest dem, was er sagt, gar keine Beachtung schenken.« Sie ging zu ihrem Sekretär, zog eine Schublade auf und gab ihm zwei Fünfpfundnoten. »Hier. Nimm das. Die Hälfte ist für deinen Bruder. Das ist nur ein geringer Lohn für sechs Monate harter Arbeit, aber ich werde mit Randolph sprechen. Reite Samstag ganz früh los, noch vor Tagesanbruch, und nimm Hugh mit. Ich regle das mit Randolph, wenn ihr weg seid. Seid aber bis Montagmorgen zurück.«

»Danke, Mutter.« Er drückte sie, und sie fühlte, wie seine kräftigen Arme sich um sie schlangen.

Bis zum Samstag wuchs ihre innere Anspannung bis ins Unerträgliche.

»Wo sind die Jungen?«, fragte Randolph, als sie beim Frühstück allein waren.

»Sie sind über das Wochenende nach Beenleigh geritten.«

»Das hatte ich Dominic verboten. Versuchst du, meinen Einfluss zu untergraben?«

»Ich weiß gar nicht, was du mit ›Einfluss‹ meinst, Randolph. Hugh und Dominic sind meine Kinder. Sie arbeiten seit einem halben Jahr auf der Farm. Sie verrichten Männerarbeit, aber du verweigerst ihnen einen Lohn. Dominic hat bereits davon gesprochen, zur Schule zurückzuwollen.«

»Ich habe ihnen gesagt, dass sie später bezahlt werden«, brummte Randolph unwillig.

»Das reicht nicht! Wenn sie nicht zur Familie gehören würden, müsstest du das Geld auch rausrücken. Du nutzt sie aus, weil sie Kinder sind. Ich nehme an, Hedley weiß nichts davon?«

Randolph verzog ärgerlich das Gesicht. »Es ist kein Geld da, um sie zu bezahlen. Ich kann sie einfach nicht bezahlen. Sie sind alt genug, um das zu verstehen, denke ich. Sie werden sich eben etwas gedulden müssen, bis die Ernte eingebracht ist. Und was Hedley betrifft, geht ihn das nichts an.«

»Wenn Hedley wüsste, dass du Geld brauchst ... du brauchst ihn doch nur zu fragen«, beendete sie den Satz lahm.

»Das ist meine Farm, und ich führe sie, wie es mir verdammt noch mal gefällt. Im Übrigen gibt es für fast jedes Problem eine Lösung. Das müsstest du doch am besten wissen. Also halte dich aus meinen Angelegenheiten raus und misch dich nicht ständig ein!« Er wandte sich Layla zu, die am Herd stand. »Das gilt auch für dich«, brüllte er, als er seinen Hut von dem Haken an der Tür nahm. »Und die Jungs knöpfe ich mir vor, wenn sie zurück sind!«

Seltsam, dachte Bridie. Er ist also in finanziellen Schwierigkeiten, aber Hedley soll nichts davon erfahren. Warum nur?

Sie wandte sich Layla zu. »Was wird er tun?«, fragte sie. Es war eine rhetorische Frage; das Mädchen hatte ja keine Ahnung von der Situation.

Layla schien überrascht von ihrer Frage und dachte darüber nach. »Mr. Tarlington«, entgegnete sie schließlich, wobei sie Bridie fest in die Augen sah, »ist ein Mann, der gewöhnlich bekommt, was er will.«

Bridie jagte ein kalter Schauer den Rücken hinunter.

KAPITEL 19

Da die erste Maisernte noch bescheiden ausgefallen war, wollte Ted die Haushaltskasse durch das Fällen und den Verkauf einiger Bäume auf seinem Land aufbessern und hatte auf Clarries Rat hin eine Holzlizenz beantragt und erhalten. Die Dokumente waren in der vergangenen Woche mit der Post gekommen. Für Maddie bedeutete das, dass sie zwei Monate ganz allein mit den Kindern würde zurechtkommen müssen.

»Wir tun uns mit Harry Petersons Trupp zusammen«, erzählte er ihr am Abend. »Wir werden etwa zwei Monate weg sein, bevor wir zurückkommen, um neue Vorräte zu holen.«

Sie lagen im Bett, der Raum vom Feuer im Esszimmer nebenan gewärmt. Ted drehte sich auf die Seite und streckte die Hand nach ihr aus, aber sie war in ihrem

Zorn weit von ihm abgerückt. Wie konnte er sie sich selbst überlassen mit der Verantwortung für drei kleine Mädchen? Was war, wenn irgendwelche Probleme auftraten, die nur ein Mann regeln konnte? Er hatte keinen Gedanken daran verschwendet, wie sie zurechtkommen sollte. Hatte nur an sich und sein kostbares Holz gedacht.

»In der kalten Jahreszeit willst du rauf in die Berge?«, brummte sie schließlich. Sie dachte daran, wie kalt und leer das Bett ohne Ted sein würde. Sie wusste, dass sie ihn schmerzlich vermissen würde.

»Man findet die Zedern am leichtesten, wenn man bis zum Herbst wartet und sich dann von einem erhöhten Ausguck in den Bergen aus umsieht. Zedern werfen im Herbst ihr Laub ab, und wenn man über einen Wald hinwegsieht, kann man ihr verfärbtes Laub erkennen. Da die meisten einheimischen Bäume immergrün sind, lassen sich die Zedern auf diese Weise am leichtesten ausmachen. Das habe ich zumindest gehört. Klingt doch einleuchtend, oder?«

Maddie musste zugeben, dass es vernünftig klang. Sie hatte schon lange gewusst, dass er sich einem Holzfällertrupp anschließen wollte, aber bis zuletzt gedacht, dass sich irgendetwas ergeben würde, das ihn bewog, zu bleiben. Wenn sie schwanger wäre, würde Ted sie vermutlich nicht allein lassen. Aber bisher war ihr das Baby, das sie sich so sehr wünschte, verwehrt geblieben.

Und so kam es, dass Ted und Dan an einem kalten, windigen Herbsttag zu den Holzfällern oben in den Ausläufern der McPherson Berge aufbrachen. Sie machten sich frühmorgens auf den Weg, als die ersten Sonnenstrahlen den Horizont rötlich färbten, und das Haus kam ihr plötzlich leer vor, trotz des Lachens der Kinder und Johnnos lächelndem Gesicht.

Johnno war eines Tages auf Heinrichs Betreiben hin bei ihnen aufgetaucht und hatte Ted und Dan beim Bau eines Schuppen und eines Stalls geholfen. Ted, der den Eingeborenen mit Mehl, ein paar Schillingen, Tabak oder Milch bezahlte, wusste dessen Kenntnisse der Wildnis zu schätzen und vertrat den Standpunkt, dass sie sich mit den Eingeborenen gut stellen sollten, für den Fall, dass sie eines Tages auf sie angewiesen wären.

Maddie hatte sich anfangs schwer getan, sich an den freundlichen Schwarzen zu gewöhnen, der sich so lautlos bewegte, dass er sie immer wieder fast zu Tode erschreckte, wenn er urplötzlich hinter ihr auftauchte. Aber inzwischen hatte sie sich an Johnno gewöhnt und war sogar froh, dass er in der Nähe war.

»Ehe wir uns versehen, sind sie wieder da«, sagte sie mit gezwungener Fröhlichkeit zu Kitty und drückte deren Arm. »Arbeiten wir, solange sie weg sind, im Garten, um sie zu überraschen, wenn sie zurückkehren. Viel harte Arbeit ist die beste Medizin, dann kommen wir gar nicht dazu, uns einsam zu fühlen.«

»Wenn wir hart arbeiten, können wir in zwei Monaten eine ganze Menge schaffen«, stimmte Kitty zu.

Maddie und sie verwandten viele Stunden darauf, den kleinen Gemüsegarten auszuweiten, hackten und gruben die feuchte Erde um und pflanzten die Samen, die sie bei ihrem letzten Aufenthalt in Beenleigh besorgt hatten. Anschließend warteten sie dann ungeduldig darauf, dass sich erste zarte Pflänzchen blicken ließen. Jeden Tag schleppten sie eimerweise Wasser vom Fluss heran, um das Gemüse zu wässern. Emma lief ihnen nach, mit einem kleinen Eimer, den Dan für sie gebaut hatte. Sogar das Unkrautjäten machte Spaß, als die ersten grünen Triebe in den Beeten sprossen.

»Da wird Papa aber staunen«, sagte Beth stolz. »Und das haben wir ganz alleine geschafft.« Sie schufteten mal wieder im Garten, lockerten die feuchte Erde auf, schwarze Ränder unter den Fingernägeln.

Maddie drückte ihre kleine Tochter ganz fest. Beth vermisste Ted schrecklich und zählte die Tage bis zu seiner Rückkehr. Er hatte immer Zeit für die Kinder, auch wenn er noch so müde war, zauste ihnen jeden Abend das Haar, wenn er zum Essen heimkam, und nahm sie nacheinander auf die Knie, um ihnen einen Gutenachtkuss zu geben. Sogar Kitty kam in den Genuss dieser väterlichen Routine. Maddie wusste, dass ihre jüngere Schwester ihn beinahe als Vaterfigur betrachtete, da sie sich kaum noch an ihren eigenen Vater erinnern konnte.

»Sie müssen Mrs. Hall sein?«

Maddie erhob sich steif und wischte sich mit dem Handrücken eine Haarsträhne aus dem Gesicht. »Ja«, antwortete sie dem Mann auf dem Rappen zurückhaltend. Er tippte sich grüßend an den Hut.

»Ich wollte mit Ihrem Mann sprechen.«

Maddie warf einen Blick auf die Kinder, die unbekümmert ganz in der Nähe spielten. Es kam so selten vor, dass sich ein Fremder blicken ließ.

»Keine Angst, Mrs. Hall. Ihr Mann und ich sind uns schon begegnet. Ich bin ihr Nachbar von der Farm auf der anderen Seite des Flusses.«

»Ted hat Sie nie erwähnt, Mr. ...«

»Tarlington. Randolph Tarlington.«

»Oh!«

Der Name war ihr nicht unbekannt; er war schon mehrmals in Unterhaltungen der Männer gefallen. Das war also der allseits unbeliebte Mr. Tarlington. Sie war überrascht. Sie hatte gedacht, er wäre viel älter. Der Mann vor ihr war höchstens Mitte dreißig, groß, schlank und glatt rasiert, abgesehen von einem dunklen Schnauzer. Er trug einen Filzhut, der beinahe keck schräg auf seinem Kopf saß, und lächelte entwaffnend auf sie herab. Er strich mit den Fingern über seinen gewachsten Schnauzer und rieb sich dann das Kinn.

»Dann hat er mein Angebot nicht erwähnt?«

»Angebot? Was für ein Angebot?«

Seine Stimme klang jetzt eindeutig verärgert. »Ich habe ihm eine faire Summe dafür versprochen, dass er mir die Parzelle überlässt. Ich bin gekommen, um zu hören, ob er es sich überlegt hat. Ich habe ihm reichlich Bedenkzeit gegeben.«

Emma kam auf Maddie zugerannt und krallte sich an ihren Rock. »Ich will meinen Papa!«, jammerte sie unter Tränen. »Ich will meinen Papa!« Maddie beugte sich hinab, um sie zu trösten. Ihre Wangen brannten vor Zorn.

»Hören Sie, Ted und Dan sind mit den Holzfällern in den Bergen, und ich erwarte sie erst in ein paar Wochen zurück. Wenn er zurück ist, werde ich ihm sagen, dass Sie hier waren.«

»Aber was ist mit meinem Angebot? Hat er es nun erwähnt?«

»Nein! Er hat kein Wort von einem solchen Angebot erwähnt, und ich bin auch sicher, dass er daran nicht interessiert ist. Guten Tag, Mr. Tarlington.«

Maddie fragte sich, ob er das Zittern in ihrer Stimme

bemerkt hatte. Wie konnte dieser Kerl hier aufkreuzen und verlangen, dass sie ihm ihre Parzelle überließen? Und warum wollte er überhaupt ausgerechnet ihr Land haben? Und warum hatte Ted ihr nichts von seiner Begegnung mit ihrem Nachbarn erzählt? Mit verschränkten Armen stand sie vor ihm. Die Verärgerung stand ihm ins Gesicht geschrieben, und er machte auch keinen Hehl aus seinem Zorn. Ohne ein Wort des Abschieds grub er seinem Pferd die Sporen in die Seiten und preschte davon.

Emmas Tränen waren bald versiegt, aber Maddies Hände zitterten noch, als Tarlington schon lange fort war.

Maddie fühlte sich inzwischen sehr wohl in der kompakten, aber soliden Hütte. Die weiß getünchten Wandbretter sorgten für eine frische, gemütliche Atmosphäre, und abends beim Licht der Kerosinlampen wirkten die Zimmer richtig anheimelnd.

Aus der angebauten Küche wehten verschiedene Gerüche herüber; der Duft von frischem Brot, Stew oder süßen Pasteten. Maddie hielt den Raum blitzsauber, und auch die Feuerstelle wurde täglich gesäubert. Über dem Feuer hingen Ketten und Haken zum Aufhängen von Kesseln, Töpfen und einem kleinen Kocher. Jeder Besucher wäre beeindruckt gewesen davon, wie sauber und ordentlich alles war.

Seit die Männer fort waren, fühlte Maddie sich in den langen Nächten furchtbar einsam. Sie ging erst spät schlafen, weil sie die Wärme des Feuers den kalten Laken vorzog. Nachdem die Kinder zu Bett gegangen waren, machte sie es sich im Esszimmer am Feuer gemütlich und holte ihr Nähzeug hervor. Es gab immer etwas zu stopfen oder zu flicken. Die Beschäftigung lenkte sie von der Dunkelheit draußen ab. Sie nähte, bis ihre Augen streikten, legte dann widerstrebend das Nähzeug weg und legte sich in ihr leeres Bett.

Das Boot kam immer am Monatsanfang, auch wenn es keinen festen Fahrplan gab, da dieser sich nach dem Wetter und den Gezeiten richtete. An einem kalten Morgen ertönte aus Richtung des Flusses ein Hornsignal, das die Ankunft des Schiffes ankündigte. Der tiefe, melancholische Ton war meilenweit zu hören, wurde durch die Täler und bis hinauf in die Berge getragen.

Mit Johnnos Hilfe spannte Kitty die Pferde an. Die Tiere waren unruhig und schwer zu bändigen, nachdem sie mehrere Wochen nicht bewegt worden waren. Sie stampften beim Anschirren mit den Hufen und warfen ungeduldig die Köpfe hoch.

Johnno bestand darauf, sie zu begleiten. »Johnno mitkommen, Miss Maddie«, beharrte er. »Helfen Säcke tragen.«

»Das ist gut, Johnno. Ja, du kannst gerne mitkommen.« Seit Ted fort war, war sie dankbar für Johnnos Anwesenheit auf der Farm. Und jetzt war sie froh, nicht allein mit den Pferden klarkommen zu müssen. Gern überließ sie die Zügel seinen fähigen Händen.

Schließlich brachen sie auf. Die drei Mädchen, deren Atem in der kalten Luft dampfte, saßen hinten, während Johnno sichtlich stolz neben Maddie auf dem Bock thronte und die Pferde in einen zügigen Trab fallen ließ.

Am Anleger herrschte rege Betriebsamkeit. Breitschultrige Männer hievten Lebensmittelsäcke vom Deck auf die ausgebleichten Planken der Anlegestelle, und es wurde laut gerufen und geflucht. Es roch durchdringend nach Jute und Schweiß. Maddie hielt Ausschau nach dem Kapitän. Die rundliche Gestalt, die vom Kai aus Befehle erteilte, schien ihr die richtige zu sein.

»Die Vorräte für Hall?«, fragte sie scheu; sie fühlte sich unwohl inmitten der Männer mit ihrem lauten, rauen Gelächter. Sie bereute bereits, dass sie gekommen war, und wünschte sich zurück zur Hütte, auf vertrautes Terrain.

»Hier drüben, Schätzchen«, entgegnete der Mann und deutete auf mehrere Säcke und Holzkisten auf einer Seite. Sie waren mit dem Namen ›Hall‹ beschriftet. Johnno lud die Güter auf den Wagen, während Maddie die abgegriffenen Geldscheine in die nikotinfleckige Hand des Skippers zählte.

»Danke, Missus«, sagte er und tippte sich an die Mütze.

Maddie war erleichtert, als sie Lärm und Gedränge den Rücken kehren konnten. Die Jutesäcke lagen hinten im Wagen, und sie freute sich auf den Inhalt: Johannisbeeren, Rosinen, Zucker, Reis, Salz, Essig und Tee. Dazu Zwirn, Haferflocken, Mehl und Teds Tabak. Der Mehlsack war aus feinem Baumwollstoff, den man anschließend zu Kleidungsstücken oder Gardinen umarbeiten konnte. Aus dem Sack dieses Monats wollte sie Emma einen neuen Unterrock nähen.

Die Holzkisten enthielten je zwei Büchsen Kerosin. Die leeren Behälter waren sehr nützlich. Nachdem Kitty sie sorgfältig mehrmals mit heißer Seifenlauge ausgewaschen hatte, gaben sie praktische Eimer für die Gartenarbeit ab, zusätzliche Küchenbehälter oder sogar kleine Waschzuber.

Außerdem gab es Säcke mit gepökeltem Rindfleisch, das in der Gegend ›gesalzenes Pferd‹ genannt wurde und Hauptbestandteil ihrer Mahlzeiten war. Beth hatte sich einmal eine Woche lang geweigert, das Fleisch anzurühren, nachdem sie die umgangssprachliche Bezeichnung gehört hatte, weil sie glaubte, es handle sich tatsächlich um Pferdefleisch. Der Zwischenfall war zum Familienwitz geworden, und inzwischen ärgerte Beth sich schon längst nicht mehr, wenn die anderen sie damit aufzogen.

»Jetzt sind wir bald da, Missus Maddie«, sagte Johnno und ließ die Peitsche knallen, so wie er es Ted hatte tun sehen. Maddie war in Gedanken bereits beim Auspacken und Verstauen der Vorräte. Sie schloss die Augen und genoss die Wintersonne auf ihrem Gesicht. Plötzlich fühlte sie einen leichten Druck auf dem Arm.

»Sieh doch!«, rief Kitty. »Da drüben, zwischen den Bäumen. Ein Mann auf einem Pferd. Glaubst du, das ist der Mann von letzter Woche, der Emma zum Weinen gebracht hat?«

Maddie spähte in den Busch. Es war schwer, etwas zu erkennen; das Dickicht war voller beweglicher Schatten. Trotzdem nahm sie vage eine Gestalt wahr, die sich zügig an ihnen vorbeibewegte, als hätte sie es eilig. Trockenes Laub wurde aufgewirbelt, und Äste knackten laut. War es ein flüchtendes Wildtier oder Randolph Tarlington, wie Kitty glaubte? Sie konnte es nicht sicher sagen. Johnno blickte flüchtig hinüber.

Als spürte es, dass etwas nicht stimmte, stieg eins der

Gespannpferde, und einen Moment schwankte der Wagen bedrohlich. Die Mädchen auf der Ladefläche schrien, als die Lebensmittelsäcke verrutschten. Kitty schnappte sich Emma, die an ihr vorbeischlitterte.

Johnno gelang es, die Pferde zu beruhigen. »Alles in Ordnung, Miss Maddie?«, fragte er besorgt.

»Ja, uns ist nichts passiert.« Sie strich ihren Rock glatt und rückte den Hut zurecht.

»Seht!«, rief Kitty erneut und zeigte über Maddies Schulter nach vorn.

In Richtung ihrer Hütte stieg dunkler Rauch über den Bäumen auf.

»Johnno, da vorne brennt es. Wir müssen nach Hause. Schnell!«, kreischte Kitty aufgeregt.

»Festhalten, Miss Maddie«, befahl Johnno und ließ die Peitsche auf die Pferderücken niedersausen. »Wir müssen uns beeilen. Das Feuer löschen.«

Die Pferde fielen in Galopp, und der Wagen jagte rumpelnd über die unebene Piste. Alle starrten wie gebannt auf die Rauchsäule, die abwechselnd zwischen den Bäumen auftauchte und wieder verschwand. Maddie legte sich eine Hand auf die Stelle, an der sie ihr Herz vermutete, und betete stumm. Der Rauch ... ob die Hütte brannte? Sie malte sich aus, wie von ihrem ganzen Hab und Gut nur noch ein Haufen Asche übrig war.

»Bitte beeil dich, Johnno. Bitte mach schnell.«

Endlich kam der Wagen in einer großen Staubwolke vor der Hütte zum Stehen. Die Kinder kletterten über die hölzernen Seitenwände und sprangen zu Boden. Maddie erkannte auf den ersten Blick, was los war. Ein großer Stapel Äste und Zweige war an der Küchenwand aufgeschichtet und angezündet worden. Laub und Holz waren knochentrocken und brannten lichterloh, und die Flammen leckten gierig an den Außenwänden.

»Schnell, Miss Maddie«, rief Johnno, lief zu einem nahegelegenen Baum und brach einen großen Ast ab. Anschließend jagte er zur Hütte und schlug auf die Flammen ein. Maddie stand da wie gelähmt und sah zu, wie Johnno das Feuer bekämpfte. Kitty und Beth schöpften Wasser aus den Eichenfässern, die Ted und Dan selbst angefertigt hatten. Das Wasser verdampfte zischend im Feuer. Die Flammen krochen höher. Emma klammerte sich laut schreiend an Maddies Rock.

Maddie sah sich hektisch nach etwas um, womit sie die Flammen ersticken konnte. Ihr Blick fiel auf den Mehlsack, aus dem sie Emma einen neuen Unterrock hatte nähen wollen. Nun, das konnte noch einen Monat warten. Sie kletterte zurück auf den Wagen und packte den Sack.

Hektisch riss sie die Naht auf und staunte flüchtig über ihre eigene Kraft. Sie kippte den Inhalt auf den Wagenboden, lief dann zum Wasserfass und tauchte den Sack in das kühle Nass. Dann war sie an Johnnos Seite und schlug mit ihm gemeinsam auf die Flammen ein.

Der Rauch brannte in ihren Augen, und die Hitze des Feuers schien gierig an ihrem Gesicht zu saugen. Ihre Arme schmerzten von der Anstrengung. Sie atmete den beißenden Rauch ein, hustete und würgte. Sie hielt die Luft an, bis es ihr vorkam, als müssten ihre Lungen platzen, während sie weiter immer wieder den nassen Sack auf das Feuer niedersausen ließ.

Sie hörte Emma schreien, hörte ihren eigenen pfeifenden Atem, nahm den Gestank versengender Haare wahr. Wieder und wieder schlug sie auf die Flammen ein, zwang sie nieder. Dann spürte sie eine Hand auf der Schulter und beruhigte sich langsam, bis sie völlig erschöpft den versengten Sack fallen ließ.

»Feuer aus, Miss Maddie.«

Sie riss die Augen auf und starrte blind auf die verkohlten Überreste vor sich. Geschwärzte, verrußte Bretter. Sie holte tief Luft. Die Luft kratzte im Hals, und ihr Atem ging pfeifend. Plötzlich schien es, als würde die Sonne auf sie herabstürzen, es wurde schwarz um sie herum, und das Letzte, das sie wahrnahm, waren Johnnos starke Arme, die sie auffingen, als sie kraftlos in sich zusammensackte und in Bewusstlosigkeit versank.

»Der Schaden hält sich in Grenzen, Maddie«, tröstete Kitty sie später, als sie die Hauswand in Augenschein nahmen. »Die untersten Bretter werden ausgewechselt werden müssen, aber das kann Johnno morgen früh erledigen.«

Maddie streckte die mit Blasen übersäten Hände aus. »Sieht aus, als hätte ich einen Feldzug hinter mir.« Sie lachte schwach. Sie sahen sich die Küche von innen an. Der Rauch hatte die Wände geschwärzt, und ein beißender Geruch lag in der Luft.

»Hier brauchen wir nur gründlich sauber zu machen. Ein paar Eimer Seifenlauge, etwas Tünche, und die Küche ist wieder wie neu.«

Maddie sah die Verwüstung um sich herum durch einen Tränenschleier. Sie fühlte, wie sie ihr unaufhaltsam über das Gesicht liefen. Hastig wischte sie sich mit dem Ärmel über die rußverschmierten Wangen, verwirrt von ihren Gedanken. Weinte sie wegen der verrußten Küche oder wegen ihrer schmerzenden Hände? Oder vielleicht um das Mehl, um den Baumwollstoff, der ein Unterrock für Emma hatte werden sollen? Sie ließ die Schultern hängen. Sie wusste gar nichts mehr.

Glücklicherweise war der Schaden minimal. Ein paar neue Bretter, und alles wäre wieder wie neu. Trotzdem sah sie das Feuer noch vor sich. Und auch das Entsetzen, die Panik, war noch sehr präsent. Die Flammen, die nach ihr griffen.

In den folgenden Tagen ging ihr vieles durch den Kopf. Wer war der Reiter gewesen, der aus Richtung ihrer Hütte gekommen war? War es Randolph Tarlington gewesen, wie Kitty meinte? Hatte Heinrich ihnen nicht bei ihrem ersten Besuch erzählt, jemand hätte versucht, die Küche seines Hauses niederzubrennen? Möglicherweise war das alles nur ein seltsamer Zufall, aber was, wenn es sich in beiden Fällen um Brandstiftung durch ein und denselben Mann handelte?

Was wäre gewesen, wenn sie nicht so zeitig vom Anleger zurückgekommen wären? Was wäre von der Hütte noch übrig gewesen, wenn sie nur eine halbe Stunde später eingetroffen wären? Maddie schauderte bei dem Gedanken: Ihre kostbaren Teller und die ledergebundene Bibel wären nicht mehr zu retten gewesen.

Bridie bat Layla eindringlich, sie in die Stadt zu begleiten. »Bei mir bist du sicher«, sagte sie. »Und Brisbane wird dir gefallen. Es ist völlig anders als Boolai.« Aber Layla weigerte sich, denn sie fürchtete sich vor den unruhigen Pferden und dem vollbeladenen Buggy. Außerdem wollte sie Old Mary, ihre Mutter, nicht verlassen.

Ihre Arbeitgeberin legte die Stirn in Falten, versuchte aber nicht weiter, sie zu überreden. »Also gut«, sagte sie stattdessen. »Es ist deine Entscheidung. Aber ich möchte nicht, dass du in meiner Abwesenheit im Haus bleibst. Ich will nicht, dass du mit Mr. Tarlington allein im Haus bist, hast du mich verstanden?«

Layla nickte; sie brauchte nicht erst an Randolphs Übergriffe vor ein paar Monaten erinnert zu werden und daran, wie Bridie sie gerettet hatte. Das zerrissene Kleid, die zerbrochenen Einmachgläser, die Blutergüsse, die Demütigung. Nein, sie verspürte nicht die geringste Lust, mit dem Stiefsohn der Hausherrin allein zu sein.

»Bleib im Camp. Geh nicht nach Glengownie, unter keinen Umständen. Ich schicke nach dir, sobald ich zurück bin.«

Layla nickte wieder und schluckte hart, als ihr aufging, was das bedeutete. Wenn sie nicht arbeitete, würde sie auch keinen Lohn bekommen. Der wöchentliche Schilling, das Mehl und der Tabak waren Old Mary immer sehr willkommen gewesen.

Als könnte sie ihre Gedanken lesen, drückte Bridie

ihr etwas Hartes, Glänzendes in die Hand und legte Laylas dunkle Finger darüber, sodass der Gegenstand nicht mehr zu sehen war. »Nur eine Kleinigkeit«, sagte sie lächelnd. »Bis ich zurückkomme. Und jetzt versprich mir, dass du dich vom Haus fernhältst.«

»I... ich verspreche es«, stammelte Layla, hin- und hergerissen zwischen Überraschung wegen des unerwarteten Geschenks und unbändiger Neugier, nachzusehen, worum es sich handelte.

»Du gehst nicht nach Glengownie, bis ich dich rufen lasse?«

»Nein. Layla hält sich fern von Mista Tarlington.«

Als sie über die Weiden zum Camp zurückkehrte, verspürte sie eine unerklärliche Trauer. Tränen brannten in ihren Augen. Als sie im Busch für sich allein war, öffnete sie die Hand, und dort auf ihrer schwitzigen, schmutzigen Handfläche lag ein glänzender Sovereign.

Die Zeit im Camp ohne die Routine und die Anforderungen Glengownies war erholsam. Früh am Morgen wanderte sie zusammen mit den anderen Frauen durch das hohe, taunasse Gras, um Wurzeln zu sammeln und im Fluss zu fischen. Nach langer Zeit gehörte sie wieder richtig dazu und führte ein freies Leben, das nicht nach der Uhr ablief, sondern von der Sonne und ihren Bedürfnissen bestimmt wurde. Sie aß, wenn sie hungrig war, und schlief, wenn die Müdigkeit sie überkam. Wenn sie an Bridie dachte, was sehr häufig der Fall war in diesen Monaten, dachte sie auch an das völlig andere Leben auf Glengownie, ein Leben, das vorhersehbar war und sich an ganz präzise zeitliche Abläufe hielt. Dort waren die Tage manchmal schon Monate im Voraus verplant.

Old Mary teilte ihr Randolphs Nachricht mit, als sie

eines Nachmittags mit einem Korb voller Yamswurzeln ins Lager zurückkehrte. Bridie und Hedley wurden zurückerwartet, und das Haus müsse gründlich geputzt werden. Layla wurde aufgefordert, zur Farm zu kommen, um zu helfen. Das Mädchen hatte ein ungutes Gefühl und war hin- und hergerissen zwischen der Freude, Bridie wiederzusehen, und der Furcht davor, mit Randolph allein im Haus zu sein. Was hatte Bridie noch gesagt, bevor sie in die Stadt gefahren war? Halt dich von Glengownie fern! Betritt das Haus unter gar keinen Umständen! Und daran hatte sie sich auch gehalten. Nicht ein einziges Mal hatte sie in den vergangenen Monaten auch nur den Dachgiebel des Farmhauses gesehen.

Dann dachte sie wieder an ihre Arbeitgeberin. Nein, ganz sicher würde alles gut gehen. Bridie würde heute heimkommen, und Layla wollte dafür sorgen, dass das Haus bei ihrer Rückkehr blitzblank war. Und wenn erst die Kisten ausgepackt waren und Bridie ihr von Brisbane berichtet hatte, würde wieder Normalität einkehren, und es würde so sein, als wäre Bridie nie weg gewesen.

Sie verbrachte den Tag damit, die Kamine zu säubern und in allen Zimmern Feuer zu machen, um die Kälte zu vertreiben. Randolph hatte ihr das befohlen, obwohl sie selbst es ziemlich extravagant fand, so früh am Tag zu heizen. Bald brannte in jedem Zimmer des Hauses ein Feuer, und im Haus herrschte trotz der Abwesenheit Bridies eine heimelige Atmosphäre.

Layla summte leise vor sich hin, während sie die Messingeinfassung des letzten Kamins polierte, bis das Metall stumpf schimmerte. Jetzt, ganz allein im Haus mit

Randolph Tarlington, bedauerte sie beinahe, dass sie Bridie nicht in die Stadt begleitet hatte. Mit einer weiteren Absage rechnend, würde diese sie bestimmt nicht noch einmal dazu auffordern.

Im Laufe des Tages drehte sie sich mehrmals abrupt um; sie spürte instinktiv, dass jemand sie bei ihrer Arbeit beobachtete. Und er war da, lehnte nonchalant in der Tür, als sie die Asche aus dem Kamin entfernte. Bei seinem Anblick war ihr, als würden ihre Eingeweide sich zusammenziehen. Sie fühlte sich gefangen, wie ein Wallaby in einem tiefen Graben, und zum zweiten Mal in ihrem Leben schmeckte sie Angst. Sie hätte nicht kommen sollen. Sie hätte auf ihren Instinkt hören sollen, der sie gewarnt hatte, Randolphs Ruf zu folgen.

Als Mitte des Nachmittags die Arbeit getan war, suchte sie Randolph, um ihm zu sagen, dass sie jetzt zum Lager zurückkehren würde. Zu ihrer Überraschung konnte sie ihn nicht finden. Hastig zog sie die Schürze aus und hängte sie an den Haken hinter der Küchentür, so wie Bridie es ihr gezeigt hatte.

Erleichtert verließ sie das Haus und machte sich auf den Heimweg. In den Bäumen turnten bunte Vögel und unterhielten sich lautstark trällernd und krächzend. Sie freute sich auf zu Hause, den Duft von Fleisch, das über offenem Feuer briet.

Sie hatte ihn nicht im Gebüsch stehen sehen. Dass er überhaupt dort war, war schon ungewöhnlich, da ihr normalerweise keine Bewegung im Busch entging. Aber sie war in Gedanken gewesen, hatte die Todsünde begangen, nicht auf ihre Umgebung zu achten. Eine plötzliche Bewegung, und er war bei ihr und legte ihr eine

Hand auf den Mund, damit sie nicht schreien konnte. Seine kraftvollen harten Finger drückten ihr schmerzhaft die Lippen gegen ihre weißen Zähne, so fest, dass sie bald Blut schmeckte. Sie zappelte und wand sich, versuchte, sich aus seinem Griff zu befreien, aber vergeblich.

»Es ist sinnlos, dich zu wehren«, sagte er. »Außerdem könnten wir Freunde sein, wenn du mich gewähren ließest.«

Sie schüttelte wild den Kopf. Er konnte doch sicher die Angst in ihren Augen sehen, oder?

»Du möchtest, dass ich die Hand wegnehme? Was für eine Schande. Das geht nicht, weißt du. Du würdest nur schreien, und dann würden sie sich auf mich stürzen, diese schwarzen Mistkerle aus deinem Camp. Dabei möchte ich doch nur ein wenig Spaß haben.«

Er schob sie vor sich her, bis sie mit dem Rücken gegen einen Baumstamm stieß und durch den Stoff ihres Kleides hindurch die raue Rinde fühlte. Einen Sekundenbruchteil lockerte er seinen Griff, und das war genau der Moment, auf den sie gewartet hatte. Sie riss den Kopf zur Seite, bekam das weiche Fleisch zwischen Daumen und Zeigefinger zu fassen und biss mit aller Kraft zu.

»Auuuuu! Du verdammte nutzlose schwarze Schlampe!«

Er riss sich los und schlug sie mit dem Handrücken brutal ins Gesicht. Ihr wurde schwindlig und ganz schummrig. Dann lag sie auf dem Boden, fühlte sein Gewicht auf sich und hörte ihr eigenes Schluchzen. Ihr Kleid zerriss, und die kalte Luft drang an ihre nackte Haut. Dann packten Hände zu, kneteten ihre Brüste, glitten über ihren Bauch. Sein Knie zwang rücksichtslos ihre Schenkel auseinander. Seine Finger fuhren schmerzhaft an ihren Beinen entlang, dann ein stechender Schmerz, als er in sie eindrang.

Blankes Entsetzen packte sie. Sie schrie und hörte, wie ihre Stimme laut durch den Wald hallte.

»Aufhören. Bitte aufhören. Sie tun mir weh. Bitte nicht.«

»Heh, was ...«

Ein unterdrückter Fluch. Das Krachen von Knochen, der auf Knochen traf. Sie wartete auf den Schmerz, aber er blieb aus. Ein Grunzen, und Randolph Tarlington sackte mit hängendem Kopf über ihr zusammen. Das Gewicht war unerträglich. Ihr war, als wäre die Luft gewaltsam aus ihren Lungen gepresst worden, und sie rang nach Atem.

Plötzlich wurde die Last von ihr gerollt, und starke Hände zogen sie auf die Füße. Schwankend stand sie da und hielt ängstlich die Fetzen ihres Kleides über der Brust zusammen. Sie hob den Kopf und schaute verständnislos in braune Augen. Johnno, der Mann ihrer verstorbenen Schwester. Rechts von ihr lag Randolph Tarlington zusammengesunken mit dem Gesicht nach unten im Dreck.

»Was hast du getan?«, schluchzte sie. »Du hast ihn getötet!«

Johnno grinste breit und schüttelte den Kopf. »Nein, nicht tot. Der schläft nur.«

»Aber wenn er wieder zu sich kommt, wird er dich umbringen.«

»Schhh. Wenn er aufwacht, sind wir längst weit weg.«

»Woher wusstest du ...?«

»Old Mary hat gesagt, ich soll dich im Auge behalten. Ich bin dir zum Haus gefolgt. Ich hatte Tarlington kurz vorher in diese Richtung gehen sehen. Ich wusste, dass er irgendwo hier im Busch war.«

Johnno zog den alten Mantel aus, den Hedley ihm überlassen hatte, und legte ihn ihr um die Schultern. Anschließend hob er sie auf die Arme und trug das immer noch leise schluchzende Mädchen durch das Dickicht.

Layla schloss die Augen. Das Herz schlug ihr immer noch bis zum Hals. Durch den Mantel fühlte sie, wie Äste sie streiften, hörte das Rascheln des Laubs. Johnnos starke Arme trösteten sie.

Schließlich, als Johnnos wiegender Gang sie vollends beruhigt hatte, schlug sie die Augen auf und blickte sich erstaunt um. Sie hatte erwartet, dass er sie zum Camp bringen würde, aber die Bäume um sie herum waren andere als jene unten am Fluss.

»Wohin gehen wir?«, fragte sie leise.

»Schhh. Keine Angst.«

»Ich will zu meiner Mutter.« Ihre Augen füllten sich wieder mit Tränen.

»Damit er kommen und dich holen kann? Dich wieder misshandeln kann?«

Daran hatte sie nicht gedacht. Das Lager am Fluss. Ihr Zuhause. Der Ort, an dem sie sich immer sicher gefühlt hatte. Sie hob die Hand und wischte die Tränen fort. Johnno hatte Recht. Im Lager war sie nicht mehr sicher. Dort würde Tarlington sie als Erstes suchen.

Furcht stieg in ihr auf. Sie würde fortgehen müssen. Sie würde Old Mary und die anderen nie wiedersehen. »Wo kann ich denn hin?«

»Keine Angst, Kleines. Ich kenne eine gute Frau. Sie wird sich um dich kümmern.«

An den Rest des Weges konnte sie sich später nicht mehr erinnern. Vielleicht schlief sie oder verlor das Bewusstsein, sie wusste es nicht. Sie erwachte davon, dass das Schaukeln aufhörte und Johnno sie auf weiche Kissen bettete. Sie schlug die Augen auf und blickte in mitfühlende graue Augen unter einer besorgt gerunzelten Stirn. Warme Hände rieben ihre kalten Finger. Sie wollte sich aufrichten, aber sofort durchzuckte sie ein stechender Schmerz, und sie kniff die Augen zu.

»Das ist Layla, Schwester von toter Frau. Können Sie kümmern?«, hörte sie Johnnos Stimme in gebrochenem Englisch.

»Was ist passiert? Woher hat sie die Prellungen und Schürfwunden?«

»Dieser Mann, Tarlington.«

»Er hat ihr das angetan? Randolph Tarlington?«

Layla öffnete die Augen und sah Johnno nachdrücklich nicken. »Layla arbeiten für Tarlingtons. Er sie auf Heimweg überfallen. Ihre Mutter, Old Mary, sagt, Mr. Tarlington nichts taugt.«

»Wie alt ist sie?«

Johnno zählte kurz an den Fingern ab. »Ich glaube ... vierzehn.«

»Und hat er ...?«

Johnno schüttelte den Kopf und lächelte. Seine ebenmäßigen, kräftigen Zähne hoben sich strahlend weiß von seiner dunklen Haut ab. »Nein, Miss Maddie. Ich ihn geschlagen. Auf Kopf. Er schlafen wie ein Baby.«

»Du gehst besser zurück ins Lager, Johnno«, sagte die Lady mit den grauen Augen. »Sag Laylas Mutter, dass sie hier bleiben kann. Ich werde mich um sie kümmern. Randolph Tarlington wird sie nicht wieder anrühren.«

Layla hörte, wie Johnno den Raum verließ. Sie blickte wieder in das freundliche Gesicht der fremden Frau, die sich tiefer über sie beugte. In ihren grauen Augen standen Tränen. »Mein Name ist Madeleine Hall. Alle nennen mich Maddie.«

Layla nickte. Was für ein hübscher Name. Maddie. Das passte irgendwie zu ihr.

Zwei kleine Mädchen kamen hinzu und musterten sie mit staunenden großen Augen. Ein etwas älteres und größeres Mädchen mit rotem Haar wie Maddies brachte eine Schüssel mit warmem, duftendem Wasser. Der Duft erinnerte Layla an Bridie und die kleinen Fläschchen auf ihrer Frisierkommode.

Maddie scheuchte die Kinder hinaus. »Weg mit euch. Ihr habt später noch genug Zeit, euch mit Layla anzufreunden.«

Layla fühlte, wie ihr die zerrissenen Kleider ausgezogen wurden. Die Nacktheit machte ihr nichts aus; sie fühlte sich sicher und geborgen im Beisein dieser Frau.

»Dass jemand einem jungen Mädchen etwas so Widerwärtiges antun kann«, schimpfte Maddie. »Du wirst hier bei mir bleiben. Ich werde nicht zulassen, dass dieser schreckliche Mann dir noch einmal wehtut.« Sie lachte. »Ted wird vielleicht Augen machen.«

Sanfte Hände strichen über Laylas Gesicht und wuschen vorsichtig mit einem weichen, nassen Tuch das Blut fort. Seufzend entspannte Layla sich.

Maddie wusste selbst nicht genau, was sie geweckt hatte; ein Geräusch, ein seltsames Scharren, das bis in ihr Bewusstsein gedrungen war. Furcht stieg in ihr auf, und sie lauschte angespannt. Mit wild klopfendem Herzen starrte sie ins Dunkel.

Stille. Nichts außer der undurchdringlichen Nacht um sie herum. Sie tastete mit einer Hand nach der anderen Betthälfte. Teds Platz war immer noch leer. Inzwischen war es sechs Wochen her, dass er und Dan in die Berge aufgebrochen waren. Sie rechnete täglich mit ihrer Rückkehr.

Da war es wieder. Ein ganz leises Geräusch. Sie versteifte sich und wartete. Ja, eindeutig. Ein metallisches Schaben? Schritte auf Kies? Sie zog Teds Gewehr unter dem Bett hervor und stand leise auf.

Ohne sich damit aufzuhalten, den Morgenmantel überzuziehen, schlich sie barfuß durch die dunkle Hütte. Im Kinderzimmer schliefen die Mädchen friedlich unter ihren Decken zusammengerollt. In Dans Zimmer fiel Mondlicht schräg durch einen leicht offen stehenden Fensterladen; das fahle Licht wurde von dem Spiegel über der Kommode reflektiert. Layla schlief auf der improvisierten Pritsche in einer Ecke. Sie hatte die Decke im Schlaf weggestrampelt, und ihre Haut hob sich dunkel von den weißen Laken ab.

Im Esszimmer tickte die Wanduhr in der Stille vor sich hin. Langsam öffnete Maddie die Haustür. Die Scharniere quietschten. Dann Stille. Tau glitzerte im Mondlicht.

Von jenseits der Lichtung ertönte wieder ein leises Geräusch. Sie starrte angestrengt in die Dunkelheit. Bleiches Licht fiel auf das Schuppendach, das die Männer mit Baumrinde eingedeckt hatten. Das Gewehr in den Händen zu halten beruhigte sie, auch wenn sie keinen Schimmer hatte, wie man es benutzte.

Etwas bewegte sich. Schatten. Ein Aufflackern von Licht. Von einer abgeschirmten Lampe? Einer Zigarette? Maddies Herz raste. »Wer ist da?«, rief sie. Ihre Stimme kam ihr unnatürlich laut vor in der nächtlichen Stille. Keine Antwort.

»Ich habe gefragt, wer ist da?«

Der Schatten erstarrte. Maddie hob die Waffe und richtete den Lauf auf den Schuppen.

»Ich weiß, dass jemand da ist.«

Sie spannte den Hahn, so wie sie es Ted beim Reinigen der Waffe hatte tun sehen. Das metallische Klicken hallte durch die Nacht. KLICK. Es war nur ein Bluff. Aber wer immer dort draußen war, konnte ja nicht wissen, dass das Gewehr nicht geladen war. Sie wartete. Der Gewehrlauf schimmerte kalt in der Dunkelheit.

»Wer immer Sie sind, wenn Sie nicht sofort verschwinden, schieße ich!«

Hastige Bewegung. Eine Gestalt jagte über den offenen Hof und hob sich einen Moment vom Geflecht der Bäume im Hintergrund ab. Schritte hallten dumpf durch die Nacht, gefolgt von Rascheln und dem Knacken von Ästen im Busch. Die Geräusche entfernten sich, wurden immer leiser, bis schließlich das Einzige, das sie noch hörte, das Hämmern ihres eigenen Herzens war. Irgendwo in der Ferne heulte ein Dingo. Langsam, mit zitternden Händen, ging sie zurück ins Haus und verriegelte die Tür hinter sich.

Es kam ihr vor, als würde sie nie mehr einschlafen können. Immer wieder spielte sich dieselbe Szene vor ihren Augen ab, sah sie den Schatten über den Hof jagen und ins undurchdringliche Unterholz eintauchen. Schließlich nickte sie doch ein, und als sie am nächsten Morgen erwachte, fiel ihr Blick als Erstes auf das Gewehr, das am Nachttisch lehnte.

Im Licht des neuen Tages ging sie über den Hof zum Schuppen. Die Tür war nur angelehnt, und im Staub waren Stiefelabdrücke zu erkennen. Auf Teds Werkbank lag ein zusammengefaltetes Stück Papier. Langsam faltete sie den Zettel auseinander. Das Papier war dick und sah teuer aus. Auf den edlen, blütenweißen Untergrund war in hässlicher, krakeliger Schrift eine Nachricht gekritzelt:

Lassen Sie das Mädchen gehen. Sie gehören
nicht hierher. Verschwinden Sie, bevor
jemand zu Schaden kommt.

Randolph Tarlington? Hatte sie ihn am vergangenen Abend davonlaufen sehen? Wer sonst wusste, dass sie Layla bei sich aufgenommen hatte?

Später zeigte sie den Zettel Johnno. »Glaubst du, er würde so etwas schreiben?«, fragte sie. Ihre Stimme klang gereizt von Schlafmangel und nicht zuletzt auch von der ausgestandenen Angst.

Johnno nickte. »Aber das egal, Miss Maddie«, meinte er und tat ihre Furcht mit einem Kopfschütteln ab. »Keine Sorge. Johnno jetzt nachts hier bleiben, in Schuppen. Bis Boss zurück. Niemand wird hier herumschleichen, solange Johnno hier ist.«

Wie versprochen richtete Johnno sich im Schuppen ein. Es war beruhigend, ihn da zu haben, und Maddie wusste, dass sie sich jetzt nicht mehr vor der Dunkelheit oder unheimlichen Geräuschen zu fürchten brauchte. Sie wartete auf Ted und blickte mehrmals täglich aus dem Fenster, weil sie glaubte, Hufgetrappel gehört zu haben. Aber der Weg lag jedes Mal verlassen da. Keine Spur von ihm.

Layla war nun schon einige Tage bei ihnen. Die Blutergüsse begannen zu verblassen, und die Furcht war aus ihren Augen gewichen. Sie hatte sogar einige Male über Beths und Kittys Faxen gelacht. Maddie beobachtete befriedigt, wie das Mädchen sich in seine neue Umgebung einfügte.

Sie stand in der Küche, knetete den Brotteig und war so vertieft in ihre Gedanken an Layla, die Brandstiftung und die schriftliche Drohung, dass sie beinahe nicht gehört hätte, wie ein Pferd vorn vor der Hütte hielt.

Ihr Herz schlug höher. Ted! Endlich war er wieder zu Hause! Sie wischte sich hastig das Mehl von den Händen, legte sich eine Stola über und eilte zur Vordertür.

Erwartungsvoll schaute sie sich um und lauschte auf Teds Rufen. Nichts. Stattdessen stand sie einen Moment da wie angewurzelt. Bei dem Reiter handelte es sich nicht um Ted oder Dan, sondern um eine zierliche Frau, die das lange dunkle Haar offen trug wie eine Zigeunerin. Mit geschickten Fingern band sie ihren Grauschimmel vor dem Haus an.

Sie trug ein hellgraues Kleid, dessen Farbe sich mit

der ihres Pferdes deckte, und als sie auf sie zukam, fiel Maddie auf, dass das Kleid nicht nur aufwendig geschneidert war, sondern dazu aus einem teuren Stoff. Es saß wie eine zweite Haut und betonte die schlanke Taille der Fremden. Der Saum fiel locker schwingend über auf Hochglanz polierte Reitstiefel. Maddie wehte dezenter Parfumduft in die Nase.

»Sie müssen Mrs. Hall sein?«, sagte die Frau, als sie Maddie die Hand drückte. Ihr Händedruck war fest und gleichzeitig sanft. Maddie blickte verwirrt in ihre grünen Augen.

»Ja, ich bin Maddie ... Maddie Hall«, stammelte sie, ganz durcheinander von dem offenen Blick der Fremden.

»Ich bin Bridie Tarlington. Ihre Nachbarin vom anderen Flussufer.«

»Freut mich, Sie kennen zu lernen«, entgegnete Maddie etwas steif bei der Erwähnung des Namens Tarlington. Das war also die zweite Mrs. Tarlington, von der Clarrie ihnen erzählt hatte. Maddie war einen Moment sprachlos. Sie hatte sie sich viel älter vorgestellt.

»Ich bin gekommen, um Ihnen zu danken, dass Sie Layla bei sich aufgenommen haben.«

»Sie wissen, dass sie hier ist?«

»Ich war im Lager, um sie zu holen. Old Mary hat mir alles erzählt. Ich bin ja so froh, dass sie alles heil überstanden hat.«

Maddie sah wieder das verängstigte geschundene Mädchen in dem zerrissenen Kleid vor sich. »Sie wird nicht zurückkommen!«, sagte sie ohne nachzudenken. »Ich will sie nicht in der Nähe dieses Unmenschen wissen.«

»Genau deshalb bin ich hier. Ich hatte gehofft, Sie

würden Sie hier behalten wollen. Ich erwarte nicht von Ihnen, dass Sie ihr Lohn zahlen. Darum werde ich mich kümmern.«

»Das wird nicht nötig sein.« Maddie schob stolz das Kinn vor.

»Nein, wirklich, ich fühle mich für Layla verantwortlich. Sie ist fast noch ein Kind, so naiv und vertrauensselig. Sie hat mir versprochen, während meiner Abwesenheit nicht nach Glengownie zu gehen. Sie wusste, wie er ist.«

»Dann hat es früher schon Probleme dieser Art gegeben?«

Bridie nickte und schluckte die Tränen hinunter. »Ein Mal. Sie müssen mich für sehr nachlässig halten. Aber ich habe wirklich versucht, vorzubeugen, und sie nicht mit ihm allein gelassen.« Sie schwieg einen Moment und tupfte sich mit einem Spitzentaschentuch die Tränen aus den Augenwinkeln. »Ich hätte sie gern in die Stadt mitgenommen, aber sie wollte nicht.«

Maddie wurde die zierliche, dunkelhaarige Frau immer sympathischer. Offenbar hatte sie ein freundliches Wesen. Außerdem strahlte sie solche Natürlichkeit aus, dass es schwer gewesen wäre, sich in ihrer Gegenwart nicht wohl zu fühlen.

»Möchten Sie sie sehen?«, fragte Maddie.

»Darf ich?«

Maddie nickte lächelnd. »Sie ist in der Küche. Kommen Sie. Sie wird sich über Ihren Besuch freuen. Sie redet ständig von Ihnen; Missus Tarlington dies, Missus Tarlington jenes.«

Ihr altes Zuhause, das alte Glengownie. Sie hätte sich auch mit verbundenen Augen zurechtgefunden. Die vertrauten Stufen zum Anbau, die Wärme des Feuers, die einem schon auf dem Flur entgegenschlug. Der Duft frischen Gebäcks. Sie blieb auf der Schwelle stehen und ließ den Anblick auf sich wirken. Beim Klang ihrer Schritte drehte Layla, die am Tisch stand, sich zu ihr um. Das Mädchen stieß einen spitzen Schrei aus und flog ihr förmlich entgegen. Ihre Arme schlangen sich um Bridies Hals.

»Layla!«

»O Missus Tarlington«, schluchzte das Mädchen.

Bridie löste Laylas Arme von ihrem Hals und hielt das Mädchen auf Armeslänge von sich. »Layla. Geht es dir gut?«

Layla nickte. »Ich habe einen Fehler gemacht, Missus Tarlington. Ich bin zum Haus gegangen. Und hinterher hat er mich gepackt und zu Boden geworfen und ... und ...« Tränen liefen ihr über das Gesicht.

»Ich weiß, Layla. Du hast dich nicht an meine Weisungen gehalten. Das war falsch. Aber das ist keine Entschuldigung für Randolphs Verhalten. Er hatte nicht das Recht, dich anzurühren.«

»Ich wollte weglaufen, aber er hat mich zu fest gehalten. Ich habe ihn in die Hand gebissen, und da hat er mich geschlagen. Dann ist Johnno gekommen.«

Bridie drückte Laylas Hand. »Es tut mir so Leid, Layla. Ich habe dir versprochen, dass er dich nie wieder anrühren würde, und ich habe mein Versprechen nicht gehalten. Du wirst hier bleiben. Ich weiß, dass du hier bestens aufgehoben bist.«

»Sie kann bleiben, so lange sie möchte«, versicherte ihr Maddie.

»Meine Güte«, seufzte Bridie, ließ Laylas Hand los und wischte sich eine Träne aus dem Gesicht. »Was für ein Tag.« Sie trat auf Maddie zu und umarmte sie spontan. »Danke«, sagte sie leise. »Dass Sie da waren, als Sie am dringendsten gebraucht wurden.«

Layla servierte ihnen Tee und frisch gebackene Plätzchen. Bridie schaute sich in dem kleinen Esszimmer um, nahm die bunten Vorhänge und die frisch getünchten Wände in sich auf. Sie war seit dem Umzug in das große Haus nicht mehr in der Hütte gewesen. Clarrie Morgan hatte ihr irgendwann erzählt, dass Vagabunden sich hier niedergelassen hätten und die Hütte völlig heruntergekommen wäre. Sie hatte es vorgezogen, ihr altes Zuhause so in Erinnerung zu behalten, wie es gewesen war, als sie noch dort wohnte. Aber jetzt waren die Räume wieder sauber und ordentlich, so wie früher. Natürlich waren sie anders eingerichtet, aber sie kamen ihr doch vertraut vor.

Lebhafte Erinnerungen stürmten auf sie ein: sie selbst als frisch gebackene Ehefrau; Cordelia und ihre Feindseligkeit; die Jahre, in denen Dom und Hugh noch klein gewesen waren; Randolphs hinterhältige Lügen. Entschlossen verdrängte sie die Gedanken an ihren ›Stiefsohn‹. Warum sich diesen Tag verderben?

»Sie haben das Haus wunderschön hergerichtet«, rief sie aus. Maddie strahlte voll Stolz. »Und die Küche. Sie war immer mein Lieblingsraum. Vor allem im Winter, wenn ein großes Feuer im Kamin brannte.«

»Im Sommer ist es allerdings furchtbar heiß«, entgegnete Maddie.

Sie lachten, als wollten sie endgültig die Gedanken an Randolph und Layla verdrängen. Als könnte Gelächter die Dämonen fortscheuchen. Außerdem nagten noch andere Fragen an Bridie. Was wäre geschehen, wenn Johnno nicht zur Stelle gewesen wäre? Was, wenn niemand Layla zu Hilfe gekommen wäre? Wenn er sie getötet hätte? Nein, dachte sie zornig. Drohungen und Einschüchterung, dazu war Randolph zweifellos fähig, aber Mord? Sie wollte nicht glauben, dass er zu einer solchen Tat imstande wäre.

Erst viel später, als die Bäume schon lange Schatten warfen, verabschiedete Bridie sich wieder. Sie schwang sich in den Sattel und blickte noch mal zurück auf die Hütte mit den fröhlichen bunten Vorhängen. Sie betrachtete Maddie und sah eine hübsche, sanfte, furchtbar einsame Frau. Ich werde diesen Tag nie vergessen, dachte sie, voller Zuneigung für die Frau, die ihr altes Zuhause bezogen hatte. Ich werde das Cottage so in Erinnerung behalten, wie es war und wie es heute ist, und ich werde immer an die Liebe denken, die durch es hindurch strömt wie ein großer breiter Fluss.

Sie nahm die Zügel auf. Es war an der Zeit, nach Glengownie zurückzukehren, wo ihr eine Auseinandersetzung mit Randolph bevorstand. Eine Auseinandersetzung, die sie nicht gewinnen konnte.

Sie wandte sich noch ein letztes Mal Maddie zu. »Achten Sie gut auf Layla. Sie ist ein liebes Kind und wird Ihnen eine große Hilfe sein. Manch einer wird Ihnen erzählen, man könne Schwarzen nicht trauen, sie würden einen bestehlen oder im Schlaf umbringen, aber das ist Unsinn. Ich würde Layla mein Leben anvertrauen.«

Einige Tage später kam Beth aufgeregt zu ihr gelaufen. Durch die Bäume war das Bimmeln vieler Glöckchen zu hören. »Schnell, Mama, komm und sieh dir das an.«

Maddie wischte sich die mehligen Hände an der Schürze ab und ging zur Tür. Am Rand der Lichtung hüpften die drei Mädchen ganz aufgeregt auf und ab, während sich auf dem Weg eine seltsame Prozession näherte.

Vorne weg ritt Bridie Tarlington auf ihrem Grauschimmel. Ihr folgte ein kunterbunter Wagen, gezogen von zwei schweren Kaltblutpferden, deren Leinen mit winzigen Glöckchen besetzt waren, die bei jedem Schritt der gewaltigen Tiere fröhlich bimmelten. Die Karawane kam vor der Hütte zum Stehen, und das Bimmeln verstummte.

»Maddie, kommen Sie, schnell«, rief Bridie und ließ sich von ihrem Pferd gleiten.

Maddie wischte unnötigerweise noch einmal die Hände an der Schürze ab, bevor sie sie abnahm, faltete und ordentlich auf die Veranda legte.

»Was ist denn das?«, fragte Maddie lachend, als die beiden Frauen sich freundschaftlich umarmten.

Bridie zog Maddie hinter sich her zu dem sonderbaren Gefährt. »Das ist Mr. Singh«, stellte sie den dunkelhäutigen Mann auf dem Kutschbock vor. Mr. Singh lächelte und verneigte sich knapp. Er war dürr und drahtig mit gelben, fleckigen Zähnen. Auf dem Kopf trug er einen Turban.

»Er ist Inder und spricht nicht viel Englisch«, erklärte Bridie. »Und seine Preise sind natürlich viel zu hoch, aber er genießt es, zu feilschen. Im Übrigen hat Boolai derzeit nichts Besseres zu bieten.«

Mr. Singh sprang vom Kutschbock und ging um den Wagen herum. Grinsend öffnete er die Holzläden. Mit großen Augen bestaunten die Mädchen das Sammelsurium von Waren im Inneren: glänzende Töpfe und Pfannen baumelten vom Dach, und gleich daneben wehten Seidenschals in allen Regenbogenfarben im Wind.

Der Inder zog versteckte Schubfächer auf, tiefe, reich verzierte geheime Fächer, die von einer schier unerschöpflichen Fülle von Waren überquollen: Nähnadeln, Stecknadeln, Garn, Scheren, Bleistifte, Parfums und Talkum, Schokolade, Lutscher, Tabak, Perlen und anderer Schmuck. Socken und Strümpfe kullerten über Stoffballen. Gegenstände aller Formen und Farben vermischten sich klirrend und scheppernd, begleitet vom würzigen Duft diverser Tinkturen und Salben.

Kleine Phiolen Duftwässerchen, Krüge mit Pomade, Säckchen voller duftender Kräuter, Badesalze, Öle, Eau de Toilette, Säckchen gefüllt mit Lavendel und Kampfer; die Gerüche vermischten sich zu einem exotischen Ganzen. Mr. Singh entkorkte kleine Fläschchen Parfum: Veilchen, Jasmin, Reseda, Flieder, Magnolie, Moschus und Patschuli.

Bridie sah belustigt zu, wie die Mädchen aufgeregt umherhüpften. »Was meint ihr?«, fragte sie und hielt eine Hand voll Ketten hoch. Die Mädchen nickten eifrig, und sie reichte jeder eine bunte Perlenkette. »Und jetzt etwas für eure Mama!«, rief sie fröhlich. »Was glaubt ihr, würde ihr Freude machen?«

»Nein, bitte nicht«, rief Maddie. Sie errötete vor Scham bei dem Gedanken an ihre fast leere Börse. Sie konnte sich keine Extras leisten.

»Unsinn«, wies Bridie ihren Einwand zurück. »Es gibt in dieser von Gott verlassenen Gegend sonst nichts, wofür ich mein Geld ausgeben könnte. Und wenn es mir Freude macht, meinen neuen Nachbarn eine Kleinigkeit zu schenken, werde ich das auch tun.«

»Hier«, sagte Beth schüchtern und hielt ihr ein kleines Fläschchen hin. Auf dem Etikett war eine rosa Blume abgebildet. »Mama liebt Rosen.«

»Das ist Rosenparfum. Und wenn eure Mama Rosen liebt, dann muss sie es haben.« Bridie griff in eine verborgene Tasche ihres Rocks und reichte dem Inder ein paar Münzen. Dann entkorkte sie das Fläschchen und gab ein paar Tropfen der Flüssigkeit auf Maddies Handgelenk.

Maddie war überwältigt von der Großzügigkeit und Lebhaftigkeit ihrer Nachbarin. Schwungvoll stöpselte Bridie das Fläschchen wieder zu und drückte es Maddie in die Hand.

»So, das hätten wir. Wie wäre es mit einem Tee? Ich fürchte, Mr. Singh hat einen schrecklichen Durst.«

Und so fanden Ted und Dan sie alle einträchtig beieinander sitzend vor, als sie an jenem Winternachmittag heimkehrten. Auf der Lichtung vor dem Haus standen ein Reitpferd und ein schweres Gespann mit dem bunt verzierten Wagen eines fahrenden Händlers. Im Esszimmer saß eine fröhliche Runde am Tisch, bei Tee und einer süßen Pastete: seine Frau und seine beiden kleinen Töchter, Kitty, eine zierliche dunkelhaarige Frau, eine junge Eingeborene und ein in leuchtende Farben gekleideter Inder. Maddies Wangen waren gerötet, und ihre Augen blitzten wie schon lange nicht mehr. Die Mädchen ihrerseits kicherten übermütig.

»Papa! Papa!«, krähte Emma, und sie und die beiden anderen Mädchen stürzten auf ihn zu, um ihm zu zeigen, was Bridie ihnen geschenkt hatte. Ted umarmte Maddie; sie duftete nach Rosen.

»Das ist Bridie Tarlington«, stellte Maddie die Frau vor, die ganz entspannt am Tisch saß. Dann zog sie das Eingeborenenmädchen an der Hand zu ihm hin. »Das ist Layla. Ach ja, und das ist Mr. Singh. Ihm gehört die fahrende Schatzkammer draußen vor der Tür.«

Ted blickte sprachlos um sich. Der Raum wirkte gemütlich und heimelig. Maddie schien so ausgelassen wie schon eine Ewigkeit nicht mehr. Ihr Gang war beschwingter. Ein Tag, an dem Besuch kam, war ein besonderer Tag, auch wenn einer der Besucher mit Randolph Tarlington verwandt war und es sich bei dem zweiten um einen schmutzigen, aber strahlenden fahrenden Händler indischer Herkunft handelte.

Mr. Singh verabschiedete sich bald wieder. Eilig schloss er die Läden seines fahrenden Ladens. Dann setzte sich das Gefährt ächzend in Bewegung, und das Bimmeln der Glöckchen wurde immer leiser, bis es schließlich ganz verklungen war.

Bridie brach ebenfalls auf, und Ted war endlich mit seiner Familie allein. Dan, der in der Zwischenzeit die Pferde versorgt hatte, kam ins Haus, und nach einem Bad setzten sie sich alle zusammen an den Tisch. Bei einer kräftigen Mahlzeit erzählten sie sich gegenseitig, was sie in den vergangenen Monaten alles erlebt hatten.

TEIL III

Kitty / Ted

KAPITEL 22

Von dort, wo er am Ufer stand, hatte Dan einen guten Blick auf das Versorgungsschiff, das gerade um die Flussbiegung kam. Er stellte sich vor, wie der Bug des Schiffes das Wasser durchpflügte und die Besatzung sich auf das Anlegemanöver vorbereitete.

Zu seinen Füßen schlug das Wasser, das von tausend Lichtreflexen glitzerte und funkelte, plätschernd an das grasbewachsene Ufer. Hinter ihm stand das Haus des neuen Schmieds zwischen den Bäumen. Es war ein hübscher, kompakter Bau, der erst kürzlich frisch getüncht worden war, mit bunten Fensterläden und Vorhängen an den Fenstern. Er hörte Mayse O'Reilly, die Frau des Schmieds, laut und schrill schreien, dann flog die Tür auf und knallte krachend gegen die Hauswand. Mayse stürzte mit einem Besen bewaffnet heraus und ging auf ein paar Hühner los, die sich in ihren großen Gemüsegarten gleich neben dem Haus verirrt hatten. Die Halls und die erst vor einigen Monaten zugezogenen O'Reillys mit ihren neun Kindern hatten sich angefreundet. Dan lächelte in sich hinein; bei den O'Reillys war immer etwas los. Kinder, Hühner und Hunde sorgten für ständiges Chaos.

Dan genoss das allmonatliche Ritual der Ankunft des

Versorgungsschiffes, während Ted sich bitterlich beklagte wegen der Zeit, die er aufwenden musste, um die Vorräte abzuholen. Er verfluchte den unzuverlässigen Zeitplan des Dampfers, die Gezeiten und das schlechte Wetter, die immer wieder für Verspätungen sorgten, und überließ es gerne Dan, ihre Bestellungen abzuholen. Und der beklagte sich nicht, begrüßte er doch die willkommene Abwechslung.

Die anderen Männer hatten Dan im Laufe der Jahre kennen gelernt und wieder anderen Bekannten vorgestellt. »Das ist Dan. Ted Halls jüngerer Bruder. Du weißt schon, Ted Hall, von der Farm ein Stück weiter flussaufwärts«, sagte beispielsweise jemand, woraufhin die Männer zustimmend nickten und ihn in ihrer kleinen Bruderschaft willkommen hießen. Sie vermittelten ihm das Gefühl, ein Mann zu sein, einer von ihnen, sodass er sich nicht mehr vorkam wie Teds Schatten.

Dan war Boolai inzwischen ziemlich leid. Anfangs war ihm das Ganze wie ein großes Abenteuer vorgekommen, aber nach und nach war seine Begeisterung weniger geworden. Hier passierte einfach nichts, ein Tag war wie der andere. Nicht, dass harte Arbeit ihm etwas ausgemacht hätte. Im Gegenteil. Sie machte ihn vergessen, dass es noch andere Orte gab, andere Städte und andere Möglichkeiten für ihn selbst. Er war alt genug, sich ein eigenes Leben unabhängig von Ted aufzubauen. Das hier war Teds Traum, Teds Land.

Der Sommer war bald vorbei, und im Herbst würden sie sich wieder den Holzfällern anschließen und Maddie und die Mädchen allein in der Hütte zurücklassen. Er dachte nicht gerne daran; es machte ihn wütend. Ihm war nicht entgangen, dass Maddie nur noch selten lächelte. Sie hatte nur wenige Freundinnen, nur Bridie und Mayse. Und es gab so viel zu tun im Garten und im Haus. Ihr Gesicht war jeden Abend aschfahl von der Anstrengung, aber Ted schien das gar nicht zu registrieren. Das war das Problem bei Ted. Er lud sich selbst so viel auf, war so sehr mit seiner eigenen Arbeit beschäftigt, dass er nichts mehr um sich herum wahrnahm, weder Maddies Bedürfnisse noch die Notwendigkeit, die Mädchen auf die Schule zu schicken.

Aber auch Dan war von morgens bis abends beschäftigt und merkte kaum, wie aus Tagen Wochen wurden und aus Wochen Monate. Heute, da er auf den funkelnden Fluss blickte und auf das Schiff wartete, hatte er endlich einmal Zeit zum Nachdenken. Er konnte fast die Strömung des Wassers fühlen, das sprudelnd und glucksend in Richtung Meer floss. Er stellte sich die Kieselsteine auf dem Grund vor, die Fische und anderen Wasserbewohner, die gegen ihren Willen zum Ozean getragen wurden.

Ich bin wie einer dieser Kieselsteine, dachte er bei sich, lasse mich forttragen, ohne richtiges Mitspracherecht. Aber er war gar nicht wirklich unglücklich, nur rastlos. Er wartete auf eine Veränderung, darauf, dass sein Leben eine neue Wende nahm.

»Hallo.« Ein Schatten fiel auf das Gras an seiner Seite.

Dan wirbelte erschrocken herum. Zwei lächelnde junge Burschen standen hinter ihm. Der Ältere der beiden war untersetzt und stämmig, mit sehr hellem Teint, der durch sein rabenschwarzes Haar noch hervorgehoben wurde. Er musste in etwa so alt sein wie er selbst, schätzte Dan. Der Jüngere der beiden stand etwas abseits, die Hände auf den Hüften, ein breites Grinsen auf dem sonnengebräunten Gesicht. Ein blonder Schopf fiel ihm in die Stirn, und er schob sich die Strähnen mit einer ungeduldigen Handbewegung aus dem Gesicht.

»Hallo«, antwortete Dan und kam sich gleich darauf dumm vor, weil ihm keine geistreichere Erwiderung einfiel. Dan blickte wieder auf den Jüngeren der beiden Burschen; er war sicher, dass ihm immer etwas Schlaues einfiel. Er sah clever aus, mit einem schalkhaften Lächeln und einem wissenden Zug um den Mund.

»Du musst Dan Hall sein«, sagte der Ältere der beiden. »Ich glaube, du kennst meine Mutter. Bridie Tarlington. Ich bin Hugh, und das ist mein Bruder Dominic.«

Dan nickte. Die Ähnlichkeit war unverkennbar, zumindest beim Älteren der beiden. Sein Bruder war das genaue Gegenteil; vielleicht war er mehr dem Vater nachgeschlagen. Bridies Mann hatten sie noch nicht kennen gelernt, nur ihren Stiefsohn, diesen Randolph, und auf diese Bekanntschaft hätten sie alle gern verzichtet. Ted und Maddie hatten ihn mittlerweile nicht nur wegen des Feuers und des geheimnisvollen Drohbriefes in Verdacht. Auch verschiedene wie vom Erdboden verschwundene Werkzeuge und ein mutwillig zertrümmertes Wagenrad schien ihnen auf Randolphs Konto zu gehen.

Die drei Jungen schauten auf das Wasser. Der Dampfer gab ein letztes schrilles Pfeifsignal und legte dann unter einigem Ächzen und Stöhnen des hölzernen Landesteges an. Dan nahm die ganze Szene gierig in sich auf. Er war sich der Gegenwart der beiden Jungen zwar bewusst, hatte aber keine Ahnung, was er sagen sollte.

Hugh war es, der schließlich das Schweigen brach.

»Komm, Dom. Gehen wir und holen die Vorräte. Randolph wartet auf Glengownie auf uns.«

Dominic schüttelte den Kopf. »Geh schon mal rüber und sieh nach, ob alles bereit ist. Ich möchte mich mit Dan unterhalten.« Hugh zuckte die Achseln und trottete durch das Gras davon.

Der Lärm am Anleger wurde teilweise vom Plätschern des Wassers überdeckt. Dominic warf einen Blick auf seinen Bruder und grinste. »Typisch Hugh; immer nur darum besorgt, was Randolph sagen wird. Er sollte langsam anfangen, mehr an sich zu denken.«

»Ich habe deinen Bruder Randolph kennen gelernt. Scheint mir kein sehr angenehmer Mensch zu sein.«

»Könnte man so sagen. Erst heute Morgen hat meine Mutter noch zu Dad gesagt, Randolph wäre ein richtiges Ekelpaket.«

Dan stellte sich vor, wie Bridie das sagte, und lachte.

»Deine Mutter ist wirklich nett. Und Maddie freut sich immer riesig über ihre Besuche. Wie kommt es eigentlich, dass wir uns noch nie begegnet sind?«

Dominic schnitt eine Grimasse. »Randolph lässt uns nur selten von der Leine. Wir haben keine Zeit für nachbarschaftliches Getue, wie er sich ausdrückt, bevorzugt dann, wenn meine Mutter gerade bei euch war. Ich nehme an, er versucht, ihr ein schlechtes Gewissen einzureden.«

»Ist er denn ständig so? Und was sagt dein Vater dazu?«

»Mein Vater hält sich aus allem raus. Randolph leitet Glengownie. Und weil wir seine Brüder sind, glaubt er, er könnte uns behandeln, wie es ihm gefällt – also wie Leibeigene, wenn du mich fragst.« Er musterte Dan forschend, als warte er auf eine Reaktion auf seine Worte. Dan heftete den Blick auf einen Punkt auf der gegenüberliegenden Flussseite und schwieg.

»Das Problem ist, dass Hugh einfach nicht der Typ ist, der für sich selbst eintritt«, fuhr Dominic fort. »Mutter sagt, er wäre einfach zu sanftmütig, so wie unser Vater Hedley. Hugh hasst es, einen Streit vom Zaun zu brechen. Meine Mutter meint, verglichen mit ihm wäre ich geradezu streitsüchtig.« Dan glaubte einen triumphierenden Unterton aus Dominics Stimme herauszuhören.

»Wie alt bist du, Dominic?«

»Sechzehn. Und Hugh ist achtzehn.«

»Ich helfe meinem Bruder auf seiner Farm, seit ich vierzehn bin. So schlecht finde ich das gar nicht.«

Dominic lachte bitter. »Du hast doch selbst gesagt, du wärst Randolph schon begegnet. Dann konntest du dir ja ein Bild davon machen, wie er ist. Er lässt uns schuften wie Sklaven und behandelt uns dabei wie Kinder. Wir arbeiten jetzt schon über drei Jahre auf Glengownie und haben kaum mal einen Schilling Lohn bekommen.«

»Er bezahlt euch nicht?«, fragte Dan verblüfft und dachte an den Lederbeutel mit dem kleinen Bündel Geldscheine, die er gespart hatte. Sein Startkapital in ein anderes Leben. Irgendwann.

»Nein«, entgegnete Dominic grimmig. »Wenigstens steckt meine Mutter mir hier und da ein paar Pfund zu. Sie hat es auch nicht leicht. Ich glaube, sie würde gern weggehen von hier. Wir haben ein großes Haus in Brisbane, am Fluss. Dort gefällt es ihr viel besser.«

Dan nickte. Maddie hatte ihm von Bridies Stadthaus erzählt und es ihm in allen Einzelheiten beschrieben. Er hatte versucht, den sehnsüchtigen Unterton in ihrer

Stimme zu überhören. Offensichtlich war die Familie Tarlington wohlhabend. Ein großes Haus in Brisbane, dazu Glengownie. Beides musste eine Stange Geld an Unterhalt kosten. Warum bezahlte Randolph seine Brüder dann nicht? Das machte doch keinen Sinn. Aber eins hatten er und der blonde Junge gemeinsam: ihre Abneigung gegenüber Randolph Tarlington.

»Hast du irgendwelche Zukunftspläne, Dan? Willst du in Boolai bleiben, oder zieht es dich woanders hin?«

»Ich weiß noch nicht genau«, erwiderte er vorsichtig. »Ich denke, ich werde hart arbeiten und sparen wie verrückt. Vielleicht heirate ich eines Tages. Ich habe es nicht eilig.«

Ihm wurde bewusst, dass die Frage ihm Unbehagen bereitete. Seine Loyalität Ted gegenüber lag im Widerstreit zu seinen eigenen ersten emotionalen Regungen. Ein Teil von ihm wusste, dass er nicht hierher gehörte. Er wollte die Hand nach etwas anderem ausstrecken, aber seine Gefühle waren noch nicht klar umrissen. Er vermochte nicht zu sagen, was genau ihn bewegte, was diese formlose Größe war, die ihm ein Gefühl von Unzufriedenheit und Leere vermittelte.

»Und was ist mit dir? Was hast du für Pläne?« Dan lenkte das Gespräch auf Dominic.

»Ich hasse alles hier. Ich haue ab!« Die Antwort verblüffte Dan, und er war außerdem überrascht von Dominics vehementem Tonfall.

»Abzuhauen wird nicht unbedingt alle deine Probleme lösen. Und überhaupt, wo willst du hin? Was willst du tun?«

»Ach, ich weiß nicht. Ich werde nicht so bald verschwinden, erst in ein paar Jahren. Ich muss erst Pläne machen und irgendwie etwas Geld auftreiben. Aber eines Tages bin ich weg. Ich will kein Farmer werden, und ich hasse dieses Land. Randolph kann sein blödes Glengownie ruhig für sich behalten!«

»Ist das dein Ernst?«

Dominic überlegte eine Weile, beugte sich dann vor und schaute Dan offen ins Gesicht. »Ja. Aber du erzählst niemandem etwas davon, okay? Dass ich abhauen will, meine ich. Ich möchte nicht, dass meine Mutter davon erfährt. Es ist ein Geheimnis.« Er sprach so leise, dass er kaum zu verstehen war über den Wind, das Plätschern des Wassers und den Lärm vom Anleger.

Nach einiger Zeit kam Hugh auf sie zu und winkte mit beiden Armen. »Komm schon, Dom«, rief er, als er in Hörweite war. »Die Vorräte sind aufgeladen, und Randolph erwartet uns bis Mittag zurück.«

Dominics Züge verdüsterten sich. »Zum Teufel mit Randolph. Soll er doch warten, bis er schwarz wird. Ich komme, wenn ich soweit bin«, rief er und kehrte seinem Bruder demonstrativ den Rücken zu.

Sie beobachteten aus der Ferne, wie Hugh die Pferde losband und den Wagen auf die Straße lenkte. »Jetzt ist Hugh beleidigt«, bemerkte Dominic resigniert. »Egal. Es macht mir nichts aus, nach Hause zu laufen. Es ist ja nicht weit.«

Das Gespräch kam Dan irgendwie seltsam vor, jetzt da es vorbei war. Als er später daran zurückdachte, war ihm vor allem die Ruhelosigkeit des Jungen gegenwärtig, die ihm seine eigene Unzufriedenheit noch bewusster gemacht hatte. Er wollte fort, er wollte bleiben, und die ganze Zeit nagte dieses Gefühl an ihm, das er nicht näher beschreiben konnte. Er wünschte, er besäße Dominics Entschlossenheit. Dominic war eine Kämpfernatur, jemand, der für seine Rechte einstand. Das hatte ihn an dem jungen Burschen am meisten beeindruckt.

Als er vom Anleger heimkam, wartete Randolph bereits auf ihn, ganz so, wie Dominic es erwartet hatte. An der düsteren Gestalt im Schatten des Stalls führte kein Weg vorbei. Dominic straffte die Schultern und wappnete sich für den bevorstehenden Unmut seines Bruders. Das Ende der Peitschenschnur grub sich in seine Waden, und er machte vor Schmerz unwillkürlich einen Satz. Aber er biss die Zähne zusammen. Er würde nicht schreien, ganz gleich, wie die Bestrafung ausfiel.

Aus den Augenwinkeln sah er, wie seine Mutter um die Scheunenecke bog, offenbar auf der Suche nach ihm. Randolph, der mit dem Rücken zum Haus stand, bemerkte sie nicht. Dominic stand ganz still und wartete ab, was als Nächstes passieren würde.

Bridie näherte sich und stand schließlich in der offenen Tür. Sie blieb abrupt stehen, als wäre ihr nicht klar, was sie aus der Situation machen sollte. Dominic wusste, dass ihre Augen sich nach der grellen Sonne erst an die Dunkelheit im Stall gewöhnen mussten. Vielleicht hatte sie ihn noch gar nicht bemerkt. Wieder zischte die Peitschenschnur durch die Luft und hinterließ einen blutenden Striemen. Obwohl er sich vorgenommen hatte, keinen Mucks von sich zu geben, entfuhr ihm ein unterdrückter Aufschrei.

»Das reicht!« Sie stürzte auf das geflochtene Leder zu. »Lass ihn in Ruhe! Du hast nicht das Recht, ihn zu züchtigen.«

Randolph wandte sich ihr zu, die Peitsche erhoben, als wollte er auch sie schlagen. »Halt dich da raus, Bridie. Es geht dich nichts an, wie ich den Jungen strafe.« Er drehte sich wieder Dominic zu, einen triumphierenden Ausdruck auf dem Gesicht. »Fauler kleiner Bastard. Treibt sich unten am Anleger herum, obwohl es auf der Farm reichlich zu tun gibt.«

»Er ist noch ein Kind, Randolph. Und du erwartest von ihm die Arbeit eines Mannes. Er hat etwas mehr Freizeit verdient. Er hat noch sein ganzes Leben vor sich.«

Dominic konnte die Schweißperlen auf der Oberlippe seiner Mutter sehen. Sie war kreidebleich und ihr Gesicht wutverzerrt. Er hasste es, wenn sie Randolph um seinetwillen anflehte.

Randolph schnaubte verächtlich. »Es ist höchste Zeit, dass Dominic sich bewusst macht, dass Glengownie seine Zukunft ist. Harte Arbeit und Aufopferung sind angesagt. Er kann es sich nicht leisten, sich mit dem Siedlerpack unten am Anleger herumzutreiben.«

»Das ist kein ›Pack‹. Das sind meine Freunde.«

»Freunde! Freunde! In deinem Leben ist kein Platz für geselliges Beisammensein. Glengownie ist das Einzige, was zählt. Von nichts kommt nichts. Es ist höchste Zeit, dass du endlich lernst, Verantwortung zu übernehmen, Sohn!«

»Ich bin nicht dein Sohn! Nenn mich nicht so! Ich hasse dich! Du findest immer einen Weg, andere niederzumachen. Und ich hasse Glengownie. Die Farm ist alles, was dich interessiert. Glengownie! Glengownie! Glengownie! Du kannst dein geliebtes Land behalten!«

Randolphs Züge verhärteten sich. »Siehst du, der Bengel hat keinen Respekt, weder für mich noch für das Land. Vielleicht ist es an der Zeit, dass er erfährt, wer ...«

»NEIN!«, schrie Bridie und stürzte sich auf ihn. Sie schlug mit den Fäusten gegen seine Brust. Randolph legte ihr einen Arm um die Taille und schleuderte sie zur Seite.

Dominic konnte es nicht länger ertragen, die ständigen Streitigkeiten, die Auseinandersetzungen. Es war falsch, dieser Hass und diese Bitterkeit. Er konnte sich nicht vorstellen, dass Dan von seinem Bruder so behandelt wurde.

»Hör auf! Hör endlich auf! Lass sie in Ruhe!«, schrie er und fühlte, wie alle Luft aus seinen Lungen wich.

»Ach ja, und wer will mich dazu zwingen? Etwa du, du fauler Tagedieb?«

Dominic holte tief Luft, schluckte hart und trat einen Schritt auf Randolph zu, erfüllt von blinder Wut. Es war, als würden tausend Glocken in seinem Kopf läuten. Worte sprudelten aus ihm hervor, Gedanken, die er bislang nicht auszusprechen gewagt hatte.

»Wenn du meine Mutter noch einmal anrührst, bringe ich dich um! Hast du verstanden? Ich bringe dich um! Ich kann eure Streitereien nicht mehr ertragen. Hört euch doch nur an, keift wie Kettenhunde zur Fütterungszeit. Du machst mich krank! Sobald ich alt genug bin, haue ich ab. Und nichts wird mich davon abhalten, gar nichts!«

Ihm wurde erst bewusst, dass er gebrüllt hatte, als er verstummte und die hallende Stille um sich herum wahrnahm. Randolph und seine Mutter standen schwer atmend und blass da; Randolph vor Wut und seine Mutter vor Furcht.

Es war eine leere Drohung, aber das wusste nur er allein. Er könnte sie nie verlassen. Randolph warf ihm einen letzten zornigen Blick zu, machte kehrt und stapfte über den Hof davon in Richtung Haus.

»O Dominic«, sagte Bridie traurig. Er warf sich in ihre Arme und klammerte sich an sie. Die Tränen, die er unbedingt hatte zurückhalten wollen, strömten über sein Gesicht.

Der Busch mit seiner großen Vielfalt an Pflanzen und Tieren faszinierte Kitty. Wenn sie ganz still stand und tief Luft holte, war da immer irgendein Geruch, der Duft der Eukalyptusbäume oder irgendwelcher Feldblumen, die am Straßenrand blühten. Und wenn man genau hinhörte, wurde einem bewusst, wie lebendig der Busch war. Kleine Eidechsen huschten raschelnd durch das trockene Laub, graue Wallabys hüpften durch das Unterholz. Vögel waren allgegenwärtig und zankten sich hoch oben in den Bäumen. Hinzu kamen die winzigen Käfer, bunten Schmetterlinge, gelb-grünen Schlangen, die lautlos durch das Gras glitten. Das alles nahm sie bei ihren Entdeckungstouren durch den Busch gierig in sich auf.

Heute waren sie und Beth in einer ganz speziellen Mission unterwegs. Zusammen trugen sie den Picknickkorb.

»Geht die Billygoat Lane hinunter und biegt in den Weg gegenüber von Heinrichs Zufahrt ein«, hatte Ted sie angewiesen. »Ihr findet uns etwa eine halbe Meile weiter. Ihr werdet schon das Geräusch der Äxte hören.

Ihr könnt es gar nicht verfehlen«, hatte er wohl mehr um Maddies willen hinzugefügt. »Es ist völlig ungefährlich.«

Ted bezeichnete die Straße, die bei Heinrich vorbeiführte, als Billygoat Lane, weil immer wieder Ziegen durch Cedrics Zäune entkamen und in aller Seelenruhe auf der Straße herumliefen. Die zutraulichen Tiere entfernten sich nie weit von der kleinen Farm und antworteten blökend, wenn Heinrich nach ihnen rief.

Ted und Dan waren seit Monaten immer wieder auf einer nahe gelegenen Parzelle mit Baumfällarbeiten beschäftigt. Kitty wusste, dass Ted das Geld, das nach Abzug der Steuern übrig geblieben war, beiseite gelegt hatte für die Pacht des kommenden Jahres. Maddie hatte gehofft, es würde auch für sie etwas übrig bleiben. Sie hatte Kitty anvertraut, wie gern sie etwas aus den Katalogen bestellen würde, über denen sie und Bridie am Küchentisch hockten. Aber das Geld hatte nicht gereicht, und Maddie war tief enttäuscht gewesen.

Die Aprilluft war frisch; der Winter kündigte sich an. Über ihnen kreischten unzählige Vögel in den Bäumen. Kitty summte leise vor sich hin, und Beth hüpfte fröhlich neben ihr her.

»Oh! Sieh dir diesen Vogel an! Er sieht ganz zahm aus.«

Kitty blieb stehen und schaute in die Richtung, in die Beth zeigte. Ein schwarz-weißer Vogel hüpfte pickend auf sie zu. Kitty bedeutete Beth, den Picknickkorb abzustellen, und ging dann ganz langsam auf das Tier zu.

»Das ist eine Buschelster«, rief sie über die Schulter

hinweg ihrer Schwester zu. »Sieh nur, sie hat gar keine Angst.« Der Vogel hielt inne und blickte aus glänzenden Knopfaugen zu ihr auf. Blitzschnell machte er einen Satz auf Kitty zu und pickte einen fetten Grashüpfer aus dem Staub zu ihren Füßen.

Beth stürzte jauchzend vor. Der Vogel hüpfte zur Seite und schien einen Moment zu zögern, ehe er sich mit lautem Krächzen und Flügelschlagen in die Luft erhob.

»Jetzt hast du ihn verscheucht«, schimpfte Kitty verärgert. Sie wünschte, Beth wäre daheim geblieben. Es war viel spannender im Busch, wenn sie allein war.

Keuchend vom Gewicht des Picknickkorbs bogen sie in den angegebenen Weg ab und folgten den dumpfen Axtschlägen, die schon von weitem zu hören waren. Kitty registrierte befriedigt, dass Beth nach Luft rang und hochrot im Gesicht war vor Anstrengung. Vielleicht fängt sie ja sogar noch an zu weinen, dachte Kitty boshaft.

Schließlich erreichten sie das Ende des Weges, der die letzten Meter durch dichtes Unterholz geführt hatte. Vor ihnen lag eine Lichtung, und durch das Loch im Laubdach über ihren Köpfen war ein Stück blauer Himmel zu sehen. Das Klopfen der Äxte war jetzt lauter, eindringlicher. Kitty hob den Blick und sah Ted und Dan die Äxte schwingen. Die Klingen gruben sich tief in das Holz, und bei jedem Schlag lösten sich große, helle Stücke aus dem Stamm. Lichtstrahlen fielen durch das Laub der Bäume, und Staub tanzte von einer leichten Brise getragen durch die Sonne.

Impulsiv riss Kitty Beth den Korb aus der Hand und rannte über die Lichtung. Sie wollte den Männern das

Essen allein bringen, ohne Beth, diese blöde Heulsuse. Sie war schneller als Beth, und kräftiger war sie auch. Sie wollte Ted zeigen, dass sie ihm den Korb auch ganz allein hätte bringen können.

Sie rief nach Ted, und ihre Stimme erhob sich über die dumpfen Axtschläge. Die Männer wandten sich ihr zu. Sie ließen die Äxte fallen. Sie sah ihre entsetzten Mienen, sah, wie sie den Mund aufrissen.

»Kitty!«

Das war Beth! Sie hörte den Schrei und blieb mitten auf der Lichtung stehen. Sie blickte zu ihrer Schwester hinüber. Beth war so bleich, als wäre ihr alles Blut aus dem Gesicht gewichen.

»Kitty! Lauf!«

Und da hörte sie auch schon ein lautes Knacken, als würden einzelne Erdschichten aneinander reiben, um sich jeden Moment aufzutun und sie zu verschlingen. Das Geräusch kam von über ihr, von unter ihr, von überall. Ein ohrenbetäubendes Ächzen, das gar kein Ende mehr nahm. Sie hob den Kopf und erfasste sofort, in welcher Gefahr sie schwebte. Hatte Ted sie nicht eindringlich gewarnt, niemals unangekündigt näher zu kommen, wenn sie beim Bäumefällen waren? Seine Worte hallten in ihren Ohren wieder, aber es war zu spät. Sie war zu impulsiv gewesen, hatte sich in den Vordergrund spielen wollen.

Der Baumriese wankte, noch einen Moment vom Wind in aufrechter Position gehalten. Dann neigte er sich ihr zu, anfangs noch ganz langsam, aber unaufhaltsam. Sie ließ den Korb fallen. Irgendwie gelang es ihr, die Starre zu überwinden, die sie lähmte, und sie rannte los. Aber sie glitt aus, stolperte, kam kaum von der Stelle. Schnell! Schnell! Sie fühlte den Luftzug, als der Baum mit lautem Blätterrascheln auf sie zuraste. In Panik rannte sie gebückt, seitwärts wie ein Krebs auf Beth zu.

Ihre Kehle schmerzte von atemlosen Schluchzern. Das Krachen wurde lauter, schien überall zu sein. Dann spürte sie harte Schläge auf Rücken, Schultern und Kopf. Der Boden schoss auf sie zu. Die Luft wich aus ihren Lungen. Sie konnte nicht mehr atmen.

Es kam ihr vor, als läge sie eine Ewigkeit da, unfähig, sich zu rühren, ein Gewicht auf Kopf und Schultern, das sie in die Erde drückte. Sie schmeckte Lehm und Blut. Dann waren die Männer bei ihr, stemmten das Gewicht von ihrem Körper und rollten sie vorsichtig in die Sonne. Sie hörte Beth weinen.

»Gott sei Dank hat sie nur die Baumkrone erwischt«, keuchte Dan, als er die letzten Äste beiseite schob.

Kitty bewegte sich zögernd und streckte nacheinander ihre Gliedmaßen. Dan half ihr, sich aufzusetzen.

»Ich bin in Ordnung«, sagte sie mit zitternder Stimme und beugte die Arme. Ihre Stimme klang merkwürdig. Sie fuhr mit der Hand über ihren Arm und fühlte Blut an den Fingern. »Nur ein paar Kratzer. Es tut mir Leid . Ich habe nicht daran gedacht, dass es gefährlich ist. Das war dumm von mir.«

Ted stand über ihr, die Lippen zu einem schmalen Strich zusammengepresst. An seiner Schläfe pochte deutlich sichtbar eine Ader. »Gott Allmächtiger, Kitty! Das war mehr als nur dumm. Du könntest tot sein!«

Er sank neben ihr auf die Knie und zog ihren schmerzenden Körper an sich. Sie spürte seine Wärme, und der Geruch seines verschwitzten Hemdes stieg ihr in die

Nase, vermischt mit dem kräftigen Duft des Baumharzes. Noch nie hatte sich etwas so wunderbar angefühlt wie Teds Umarmung. Tränen brannten in ihren Augen. Sie lachte, weinte und zitterte am ganzen Leib.

KAPITEL 23

Die Eingeborenen-Frauen kamen jeden Morgen auf ihrem Weg in die Sümpfe an der Hütte vorbei. In der Hand hielten sie einen langen, speerartigen Stock, mit dem sie, wie Layla ihnen erklärt hatte, Yamswurzeln aus der weichen Erde gruben. Und jeden Nachmittag kehrten sie dann mit vollen Beuteln zurück.

Johnno arbeitete immer noch auf dem Hof, hackte Holz und holte Wasser vom Fluss, wofür er mit einer wöchentlichen Ration Tabak und Mehl entlohnt wurde. Manchmal kam auch Big Jack, der alte Mann aus dem Eingeborenenlager, zur Hütte und wartete darauf, dass Ted von den Feldern heimkehrte.

»Was willst du?«, fragte Maddie, als sie den dunkelhäutigen alten Mann das erste Mal still in der Sonne auf der Vordertreppe antraf. Die Kinder drängten sich neugierig auf der Schwelle, um einen Blick auf den Besucher zu werfen.

Er musterte sie einen Moment nachdenklich. »Ich warten auf Boss, Missus«, sagte er schließlich, in einem Tonfall, der deutlich machte, das ihm niemand anders als Ted helfen konnte.

»Mein Mann ist nicht hier«, entgegnete sie. »Er wird

bis zum Abend fort sein. Komm später wieder, wenn du den Boss sprechen willst.«

»Big Jack kommen wegen Tabak«, beharrte er.

Maddie registrierte eine Bewegung hinter sich und drehte sich um. Layla. »Gibt es ein Problem, Miss Maddie?«, fragte das Mädchen.

»O Layla, könntest du ihm bitte erklären, dass Ted bis heute Abend fort ist. Sag dem Mann, er soll später wiederkommen. Er kann doch nicht den ganzen Tag auf der Treppe sitzen.«

Layla trat nach draußen. »*Yangahlar n'gaio.* Komm am Abend wieder. *N'gundaree.*« Sie legte dem Mann eine Hand auf den nackten Arm.

»Komme wieder *n'gundaree. By'm'by.*« Schwerfällig erhob er sich und ging.

»Das war nur Old Jack«, sagte Layla später zu Maddie. »Er ist harmlos. Könnte keiner Fliege etwas zuleide tun.«

Der Schulunterricht wurde jetzt, am Jahresende, laxer gehandhabt; in der Nachmittagshitze brachte niemand die Geduld auf, längere Zeit still zu sitzen. Die Luft war stickig und erfüllt mit dem schrillen Zirpen der Zikaden. Grassamen wehte vom heißen Wind getragen vorbei. Der Wind peitschte um die Hausecken und wirbelte Staub auf. Der Wasserpegel des Flusses begann zu sinken. Layla und Kitty hievten die frisch gewaschenen nassen Laken aus dem Waschzuber und kicherten vergnügt, als das kühle Wasser ihre Kleider durchweichte. Jeden Tag brauten sich am Horizont Gewitterwolken zusammen, bis sie die Sonne völlig verdeckten. Es folgte drohendes Donnergrollen, begleitet von einigen wenigen Regentropfen.

Bis Sonnenuntergang war der Sturm für gewöhnlich

vorbeigezogen, die Wolkendecke noch intakt, die Luft schwül und erfüllt von einer Spannung, die alle nervös und gereizt machte. Es war eine schwierige, sonderbare Zeit, irgendwie unwirklich. Die Stunden gingen nahtlos ineinander über und wurden zu einer monotonen Folge von Tagen und Nächten.

Kitty fühlte sich wie die Sturmwolken, voller angestauter Energie, die sich nicht entladen konnte. Nur noch ein knapper Monat bis Weihnachten, und es gab noch so viel zu tun: Die Pfeilwurzernte musste eingebracht und der Gemüsegarten vergrößert werden, natürlich zusätzlich zu den anderen alltäglichen Arbeiten rund um die Farm. Zweimal täglich ging Kitty zu Heinrich, um die Kuh zu melken, und am späten Nachmittag, wenn die Schatten länger wurden, schwammen sie und Layla im Fluss. Der Sommer nahte mit Riesenschritten. Die Schwüle blieb, und die gereizte Stimmung ebenso.

An heißen Nachmittagen liefen Layla und Kitty durch den Busch und sammelten Körbe voller Himbeeren, Kap-Stachelbeeren und kleinen wilden Tomaten. Wie alle aus ihrem Volk war Layla eine Expertin darin, Essbares im Busch aufzutun. In der Hitze gedieh das Gemüse in ihrem Garten prächtig, und es sah ganz so aus, als würden sie die nächste Zeit im Überfluss leben. Maddie war von morgens bis abends so beschäftigt mit Einmachen, dass sie gar nicht dazu kam, sich Sorgen zu machen wegen Kittys langer Abwesenheiten.

Kitty hatte einmal abends ein Gespräch von Maddie und Ted belauscht. Sie hatte nicht lauschen wollen, hatte aber unwillkürlich aufgehorcht, als Laylas Name gefallen war.

»Sie sind nicht völlig ungebildet, Maddie«, sagte Ted.

»Einige der Eingeborenen haben mehrere Jahre in den lutheranischen Missionen in der Nähe von Beenleigh verbracht. Die meisten von ihnen sprechen ein sehr annehmbares Englisch, und sie geben ihre Kenntnisse an ihre Kinder weiter. Johnno kann vermutlich ebenso gut schreiben wie Beth.«

Hierauf folgte eine kurze Pause. »Ich bin in letzter Zeit sehr nachlässig gewesen mit dem Unterricht. Dabei hat alles so gut angefangen.«

»Maddie, ich möchte dich um eins bitten. Wenn du den Unterricht wieder aufnimmst, möchte ich, dass du Layla mit einschließt.«

»Layla?« In Maddies Stimme schwang ein ungläubiger Unterton mit. »Aber wozu denn? Ihr Englisch ist doch völlig ausreichend.«

»Weil wir für sie verantwortlich sind, solange sie für uns arbeitet, darum. Es wird sie nicht davon abhalten, ihre Aufgaben im Haushalt zu verrichten. In der Regel ist sie schon am Nachmittag fertig. Und das wäre eine Art, uns erkenntlich zu zeigen.«

»Wenn du meinst.« Maddie klang immer noch skeptisch. Das Gespräch schien beendet zu sein.

Und so wurde der Unterricht, der zu Kittys und Beths Freude in den vergangenen Monaten vernachlässigt worden war, ernsthaft wieder aufgenommen. Layla, Kitty und Beth saßen jeden Nachmittag am Esstisch über ihre Schiefertafeln gebeugt. Die einzigen Geräusche, abgesehen vom Konzert der Zikaden, waren das leise Rascheln beim Umblättern und das Kratzen der Stifte auf dem Schiefer. Hinterher lief Kitty dann über die Felder zu Heinrich, um die Kuh zu melken.

»Psssst!«

In der Nähe des Gartens, der Heinrichs Häuschen umgab, machten die Mädchen abrupt Halt. Layla, die den ihrem Volk eigenen Instinkt besaß, legte einen dunklen Finger auf die Lippen, um Kitty zu bedeuten, still zu sein, und zog ihre Freundin dann in den Schatten einiger Bäume.

»Was ist denn?«, fragte Kitty leise und ein wenig ärgerlich. Sie strich sich eine rotbraune Strähne aus dem Gesicht und wechselte den leeren Milcheimer von einer in die andere Hand.

»Sieh doch.«

In einiger Entfernung standen zwei Männer in der Sonne. Sie hatten die Köpfe so weit zusammengesteckt, dass sie sich fast berührten, und waren offenbar ganz in ein Gespräch vertieft.

»Das ist doch nur Cedric O'Shea. Er ist ein gemeiner alter Mann. Ich weiß gar nicht, warum Heinrich ihn überhaupt noch bei sich behält. Besonders fleißig ist er jedenfalls nicht.« Kitty warf den beiden Männern einen verächtlichen Blick zu. »Ted sagt ...«

»Nein«, fiel Layla ihr ungeduldig ins Wort. »Ich meine nicht O'Shea. Sieh nur, mit wem er spricht. Der andere weiße Mann.«

Kitty kniff die Augen zusammen gegen die grelle Sonne. »Randolph Tarlington!«

»Ich kann ihn nicht leiden. Lass uns gehen.«

»Ich frage mich, was er hier will. Komm, Layla. Wenn wir vorsichtig sind, können wir noch etwas näher ran.«

Vorsichtig schlich Kitty hinter ein dichtes Gebüsch auf der Westseite des Steinhäuschens und zog die widerwillige Layla hinter sich her. Sie hoffte, dass der Hofhund Noggum sie nicht bemerkte und anschlug. Doch der döste faul in der Sonne.

Die beiden Männer steuerten ein paar Bäume in ihrer Nähe an, in einiger Entfernung der Hütte. Dicht daneben graste ein gesatteltes Pferd. Randolph Tarlington band es los und hielt die Zügel lose in einer Hand. Die Männer gingen auseinander, und der Größere der beiden fuchtelte arrogant mit dem Gewehr herum und gestikulierte wild mit dem freien Arm.

»So lautet mein Angebot, O'Shea.«

»Aber was ist mit Arbeit? Ich würde einen guten Posten aufgeben.«

Randolph Tarlington schwenkte ungeduldig das Gewehr. »Vertrauen Sie mir. Ich habe da was für Sie im Norden im Auge. Ein netter Posten, auf dem Sie sich sicher nicht überarbeiten. Und Martha wird nie wieder arbeiten müssen. Es ist alles arrangiert.«

»Erklären Sie mir alles noch ein letztes Mal.«

»Also gut. Der alte Mann gibt Ihnen das Geld, von dem Sie die Pacht auf das Land bezahlen sollen. Er wird niemals argwöhnen, dass Sie ihn hintergehen könnten. Aber Sie gehen nicht nach Beenleigh, sondern gleich nach Brisbane. Dann haben Sie nicht nur das Geld des alten Krauts, und das ist schon ein ordentliches Sümmchen, sondern bekommen von mir noch was oben drauf. Es ist das perfekte Verbrechen. Niemand wird mich verdächtigen, und Sie werden für Ihre Mühe fürstlich entlohnt. Sie brauchen nur Ihren Teil der Abmachung einzuhalten. Und zu schweigen wie ein Grab.«

»Und wenn der alte Mann das Land trotzdem nicht

verlassen will? Wenn er sich nicht vertreiben lässt?«, jammerte Cedric.

»Das ist mein Problem, nicht Ihres. Ein Wort an richtiger Stelle, mehr braucht es nicht. Ein alter Mann ohne Geld und Hilfe bei der Bewirtschaftung seiner Farm. Das verstößt gegen die Pachtbedingungen. Sie werden ihn rauswerfen, und wenn sie ihn gewaltsam wegschleifen müssen. Es ist alles arrangiert.«

»Sie haben also alles bis ins Detail geplant, ja?« Cedric zog die buschigen Brauen zusammen. »Klingt zu einfach«, meinte er dann misstrauisch.

»Einfach!«, rief Randolph aus, woraufhin Cedric nervös in Richtung Haus sah. Randolph senkte die Stimme, und die Worte schossen wie Gewehrkugeln von seinen Lippen.

»Ich habe den Coup Monate vorbereitet, mich um alle Details gekümmert. Ich habe auf diese Gelegenheit gewartet. Das Ganze war alles andere als leicht, das kann ich Ihnen versichern.«

»Und wenn man mich sucht? Wenn man mich schnappt, komme ich in den Bau, und Sie sind fein raus.«

»Ihnen passiert nichts. Im Norden wird Sie niemand finden. Es ist ganz leicht, auf diesem Kontinent unterzutauchen.«

»Das stimmt allerdings«, gab O'Shea widerstrebend zu.

Randolph wandte sich dem Pferd zu und kramte in der Satteltasche.

»Hier. Betrachten Sie das als Anzahlung. Zehn Prozent jetzt und den Rest, wenn Sie Ihren Job erledigt haben.«

Er hielt Cedric ein Bündel Geldscheine hin, und der

Hilfsarbeiter griff gierig danach. Verächtlich sah Randolph zu, wie er die nikotinfleckigen Finger mit der Zunge befeuchtete und anschließend mit zitternden Händen das Geld zählte. Nur ein paar Jahre älter als ich, dachte Randolph, aber der Schnaps hat ihn fertig gemacht. Wahrscheinlich hätte er gar nicht so viel hinblättern müssen; ein paar Flaschen Rum hätten es auch getan.

Layla zupfte an Kittys Kleid. »Komm«, flüsterte sie. »Gehen wir. Wen interessiert schon, was sie zu bereden haben?«

»Pssssst«, zischte Kitty. »Du weckst noch den Hund auf.«

»Aber was, wenn Mista Tarlington uns entdeckt?«

»Wenn du ruhig bist, wird uns schon niemand entdecken.«

»Er könnte wütend werden«, beharrte Layla. »Und uns verprügeln.«

»Das würde er nicht wagen.« Kitty beugte sich noch weiter vor, um besser verstehen zu können, was gesagt wurde, aber vergeblich.

Schließlich war das Geld gezählt und eingesteckt.

»Also gut. Ich nehme Ihr Angebot an. Es ist wirklich ordentlich.«

»Freut mich, dass Sie das erkannt haben«, entgegnete Randolph säuerlich. »Und wann steigt die Sache?«

»Freitag.«

»Freitag, ja?« Randolph strich sich nachdenklich mit einer Hand über das Kinn. »Dann hätte ich bis kommenden Montag Zeit. Bis dahin wird ihm klar geworden sein, dass Sie nicht zurückkommen. Wenn Heinrich vor

Jahren auf mein Angebot eingegangen wäre, hätte er einen guten Preis für sein Land bekommen. Ich war bereit, ihn großzügig zu entschädigen. Dieser verdammte sture Deutsche. Er hatte seine Chance und hat sie vertan. Jetzt wird er gar nichts bekommen. Keinen Cent.«

Randolph verschränkte die Arme und musterte Cedric O'Shea. Er registrierte die dürren Arme und das hagere Gesicht, das eingerahmt war von strähnigem, vorzeitig ergrautem Haar, das bis zum Hemdkragen reichte. Einen Moment fragte er sich, wie es wäre, gar nichts zu besitzen, kein Land, kein Zuhause. Von jemand anders abhängig zu sein, was die grundlegendsten Bedürfnisse anbelangte wie Nahrung und ein Dach über dem Kopf. Er hätte Cedric fragen können, was das für ein Gefühl war, wusste aber, dass er im Grunde gar nicht an der Antwort des Mannes interessiert war.

Er holte tief Luft. »Also abgemacht. Dann sind wir uns einig. Wir treffen uns nächsten Freitag in Brisbane, um den Deal abzuschließen. Exchange Hotel, Ecke Edward und Charlotte Street. Vier Uhr. Versuchen Sie, pünktlich zu sein. Ich werde vorher nach Beenleigh reiten, um mich für die Parzelle vormerken zu lassen.«

Ein knapper Gruß, und Tarlington tauchte in den Busch ein. Er kam so dicht an den Mädchen vorbei, dass Kitty sicher war, dass er sie sehen würde. Schweigend blickten sie ihm nach, bis er nicht mehr zu sehen war. Erst dann atmeten sie auf und wagten, sich anzusehen. Die Vögel lärmten immer noch in den Bäumen über ihnen, und das Zirpen der Zikaden hallte schrill durch die heiße Luft. Wäre nicht das verklingende Hufgetrappel gewesen, hätte Kitty geglaubt, sie hätte das alles nur geträumt.

Heinrich schlurfte aus der Hütte und blieb draußen auf der Veranda stehen. »Wer war das, Cedric?«, rief er.

»Randolph Tarlington.«

»Was will er denn jetzt schon wieder?«

»Zerbrechen Sie sich seinetwegen nicht den Kopf. Er wird nicht wiederkommen. Jedenfalls nicht, solange ich hier bin.«

Die beiden Männer gingen ins Haus, und die Tür fiel mit einem dumpfen Knall hinter ihnen zu. Kitty wandte sich an Layla, die neben ihr im Gras hockte. »Was meinst du, was das alles zu bedeuten hatte?«

Layla fuhr mit einem Stock durch das Gras und spießte Ameisen auf. Der Saum ihres blauen Kleides ruhte im Staub.

»Ach, ich weiß nicht.« Sie seufzte ungeduldig, als wäre sie das ganze Theater leid. Dann erhellten sich ihre Züge. »Komm. Ich verstehe sowieso nicht, warum du Randolph Tarlington belauschen willst. Du hast versprochen, dass wir vor dem Melken schwimmen gehen. Sollen wir? Bitte, Kitty, bitte.«

Kitty stand einen Moment nachdenklich da und spielte in Gedanken noch einmal die Szene durch, die sie beobachtet hatte. Irgendetwas stimmte da nicht, auch wenn sie nicht sagen konnte, was sie so misstrauisch machte. Etwas störte sie. Vielleicht lag es ja nur am unnatürlichen Blau des Himmels oder an den Vögeln, die noch mehr Lärm als sonst zu veranstalten schienen. Was hatte Randolph Tarlington von Cedric gewollt? Und war das etwa Geld gewesen, das da den Besitzer gewechselt hatte? Die beiden Männer waren doch sicher keine Geschäftspartner.

Langsam ergriff sie Laylas Hand und verdrängte das ungute Gefühl. Das Melken hatte Zeit, bis es etwas kühler geworden war.

»Komm. Wer zuerst am Fluss ist. Der Verlierer ist ein Esel.« Sie versetzte Layla einen spielerischen Stoß und dachte an das kühle Nass und daran, sich für eine Weile des engen, unbequemen Kleides zu entledigen. »Wir gehen hinter dem Kuhstall her, dann sieht uns niemand.«

Gemeinsam rannten sie in einem Bogen um das Haus herum.

Cedric wartete an der Bar, ein Glas Rum vor sich auf dem Tresen. Freitag, hatte Randolph gesagt. Vier Uhr. Vor ihm standen mehrere leere Gläser. Er zog seine neue Uhr aus der Tasche, klappte den Deckel auf und betrachtete das feine Zifferblatt mit den filigranen Zeigern.

»Mmmmm. Tarlington ist spät dran. Das ist seltsam. Ich hätte gedacht, er wäre ein pünktlicher Mensch. Ein Mann, der selbst nicht gerne wartet. Egal. Vielleicht ist er in Beenleigh aufgehalten worden.«

Er schob die leeren Gläser auf den Barmann zu, der in eine hitzige Debatte mit einem anderen Gast vertieft war. Es ging um ein bevorstehendes Pferderennen. Er bedeutete dem Mann, dass er noch einen Drink wollte. Er würde noch eine Weile warten. War ja auch ganz gemütlich hier an der Bar. Weit weg von Marthas spitzer Zunge.

Sie hatte wissen wollen, was los war. Warum sie das Haus verließen, nur mit einem kleinen Koffer und ein paar hastig zusammengesuchten Kleidern. Aber er hatte ihr nichts sagen dürfen. Und er hatte sie auch gar nicht einweihen wollen. Je weniger sie wusste, desto besser. Die Frau konnte ihren Mund nicht halten.

»Ich hätte das alte Mädchen bei Heinrich lassen sollen, jetzt, wo ich drüber nachdenke«, murmelte er in sich hinein. »Dann wäre ich sie los gewesen. Dann hätte sie ihre schlechte Laune an ihm auslassen können.« Er schüttelte den Kopf über seine eigene Dummheit. Aber jetzt war es zu spät. Er hatte sie mitgenommen, hatte nicht nachgedacht, nicht richtig geplant.

Cedric fuhr mit der Hand über den imposanten Mahagonitresen und zeichnete die Maserung im Holz nach.

»Heh! Noch einen Rum«, rief er dem Barmann zu.

»Ich denke, Sie hatten schon genug, Sir. Außerdem schließen wir gleich.«

»Kann nicht sein«, brummte er. »War um vier hier verabredet.« Er legte nachdenklich den Kopf schräg und betrachtete das Hotelschild, das er vom Rum benebelt nur noch verschwommen sah. »Das ist doch das Exchange Hotel, oder? Vielleicht bin ich ja am falschen Treffpunkt.«

»Natürlich ist das hier das Exchange, Kumpel. Aber vier Uhr ist lange vorbei, und ich will bald Feierabend machen.« Der Barmann sah ihm in die blutunterlaufenen Augen. »Ich glaube nicht, dass Ihr Freund sich noch blicken lässt.«

»Er ist kein Freund von mir«, lallte Cedric, bezahlte und wankte zur Tür. »Ich komme morgen wieder. Vielleicht habe ich mich im Tag geirrt.« Er stolperte heimwärts zu Martha, die keinen Hehl daraus machen würde, was sie davon hielt, in der Pension herumzusitzen, während er sich voll laufen ließ.

Cedric kam eine Woche lang jeden Tag ins Hotel, aber am darauf folgenden Freitag konnte er nicht umhin, sich der Tatsache zu stellen, dass Randolph Tarlington nicht die Absicht hatte, nach Brisbane zu kommen. Er verfluchte sich für seine Dummheit, geglaubt zu haben, dass Tarlington seinen Teil der Abmachung einhalten würde.

Nein, Randolph Tarlington konnte sich ganz entspannt zurücklehnen. Vor dem Gesetz sah es so aus, dass Cedric mit dem Geld des alten Deutschen abgehauen war. Es gab keinen Beweis dafür, dass Randolph etwas damit zu tun hatte, da sie nur mündlich verhandelt hatten. Es gab nichts Schriftliches. Er konnte nicht zurückgehen und das vereinbarte Geld verlangen. Vermutlich wurde er in Beenleigh bereits gesucht.

Cedric kratzte sich das stoppelige Kinn und überlegte, was er als Nächstes tun sollte. Lange würde er Marthas Gejammer nicht mehr aushalten. Vielleicht sollten sie am nächsten Morgen aufbrechen. Nach Norden, Ja, in den Norden. Vielleicht zu den Goldfeldern, soweit nach Norden, wie es eben ging. Wenn Martha nicht zu vehement protestierte. Manche sagten, dort könnte man mit etwas Glück reich werden. Er hatte noch das Geld des alten Mannes, und wenn er sparsam war, würden sie eine ganze Weile damit auskommen. Vielleicht gelang es ihm ja, die Summe zu verdoppeln, wenn ihm zur Abwechslung einmal das Glück lachte.

Als er zurück zu der schäbigen Pension und zu seiner keifenden Frau torkelte, kehrten seine Gedanken zurück zu dem Mann, der ihn hereingelegt hatte. Randolph Tarlington! Tarlington war schuld, dass er keine Arbeit und kein Zuhause mehr hatte, Tarlington würde für seine Lügen und seinen Wortbruch bezahlen. Das war das letzte Mal, dass er sich derart hatte übers Ohr hauen lassen. Irgendwie, irgendwann, würde Randolph Tarlington es noch Leid tun, dass er nicht zum vereinbarten Treffen mit Cedric O'Shea gekommen war. Und was Cedric betraf, konnte der Tag gar nicht bald genug kommen.

KAPITEL 24

Vielleicht ist er in Beenleigh aufgehalten worden?«, meinte Maddie, als sie das Tablett mit dem Essen zum Tisch brachte. Es war ihr drittes Weihnachtsfest in der Hütte. Sie saßen alle am Tisch, schockiert von dem, was der alte Mann ihnen berichtet hatte. Cedric und Martha waren verschwunden, zusammen mit dem Geld, das Heinrich gespart hatte, um die letzte Rate auf das Land zu bezahlen.

Heinrich schüttelte den Kopf und rieb sich das Knie. »Ich bin ein vertrauensseliger alter Dummkopf. Wenn meine alten Beine mich nur nicht im Stich gelassen hätten. Die Arthritis hat mich davon abgehalten, selbst in die Stadt zu fahren.«

»Aber da muss man doch etwas tun können. Die Behörden informieren, die Polizei in Beenleigh. Sie können die beiden doch nicht einfach so davonkommen lassen.«

Maddies Züge waren angespannt, als sie sich zu den anderen an den Tisch setzte.

»Nein, es ist zu spät. Queensland ist groß. Jemand, der nicht gefunden werden will, wird auch nicht gefunden.«

»Was werden Sie jetzt tun?«, fragte Ted und tranchierte dabei das Huhn. Heinrich hatte Maddie eins seiner fetten Hühner geschenkt, das jetzt duftend und mit verlockend knuspriger Haut vor ihnen stand.

Kitty hatte plötzlich einen Kloß im Hals. Das Gespräch hinterließ ein seltsames Kitzeln in ihrem Bauch, und sie hatte die böse Vorahnung, dass schlechte Neuigkeiten auf sie warteten.

»Eins ist allerdings merkwürdig. Niemand außer mir und Cedric wusste, dass Cedric nach Beenleigh reiten würde. Und doch hat schon jemand die Behörden informiert. Sie waren gestern da und haben mich aufgefordert, das Land zu verlassen. Sie sagen, ich hätte jetzt keine Möglichkeit mehr, die ausstehende Rate zu zahlen. Ich werde fortgehen müssen, daran führt kein Weg vorbei.«

»Nein!«, rief Kitty aus, sprang auf und begann, aufgebracht auf und ab zu gehen. Das war also die schlechte Nachricht, die sie hatte kommen sehen. Sie hatte es gleich gespürt, als Heinrich ohne das gewohnte Lächeln an die Tür geklopft hatte. Zornestränen brannten in ihren Augen. »Es muss eine Möglichkeit geben, wie Sie trotzdem bleiben können.«

»Tut mir Leid, Liebchen. Ich habe mir bereits den Kopf zerbrochen, aber ich bin ein alter Mann, und vielleicht bin ich ja bei meinen Verwandten in der Stadt tatsächlich besser dran. Ich habe dort ein paar entfernte

Vettern. Im Übrigen wäre niemand mehr da, der die Farm bewirtschaftet.«

War das seine einzige Sorge? Das ließ sich leicht regeln. »Ich helfe«, erbot sie sich eifrig. »Die Kuh melke ich ja schon, und ich kann Ihnen mit dem Garten helfen, und Ted und Dan ...«

Heinrich faltete die zitternden Hände vor sich auf dem Tisch. »Das ist lieb von dir, Kitty, aber es geht nicht. Versteh das bitte.«

»Aber Sie dürfen nicht weggehen!«, protestierte sie. »Sonst kann ich Sie doch nicht mehr jeden Tag besuchen. Und was ist mit den Rosen? Sie können doch nicht Minnas Rosen zurücklassen!« Sie und Heinrich hatten die Rosenbeete liebevoll hergerichtet und ihnen zu neuem Glanz verholfen. Heinrich hatte sogar neue hinzugepflanzt. Der alte Mann hatte in ihrem Herzen längst den Platz eines Großvaters eingenommen. Für sie war er Teil der Familie.

Sie weinte jetzt, und die Tränen liefen ihr in Strömen über das Gesicht. Wütend wischte sie sie mit dem Handrücken fort. »Niemand außer mir will helfen. Aber Sie können sich auf mich verlassen, wenn Sie nur bleiben.«

Als sie an Ted vorbeikam, packte er ihr Handgelenk und zwang sie, stehen zu bleiben. »Hör auf damit, Kitty. Wir würden alle gerne helfen, aber Heinrich hat sich entschieden, und das müssen wir respektieren.«

Sie aßen schweigend und warfen Heinrich hin und wieder ein aufmunterndes Lächeln zu. Der Weihnachtsbaum ließ in der Hitze alle Zweige hängen, und die gute Laune, die am Morgen noch alle erfüllt hatte, war verflogen. Kitty hielt den Blick auf ihren Teller gerichtet;

sie wagte es nicht, anderswo hinzusehen. Innerlich schäumte sie ob der Ungerechtigkeit, die Heinrich widerfahren war. Wer waren diese gesichtslosen Männer, die einen alten Mann von seinem Land vertrieben? Sie aß ganz automatisch, ohne etwas von den Köstlichkeiten zu schmecken, die Maddie mit viel Liebe zubereitet hatte.

Nach dem Essen wandte Heinrich sich an Kitty. »Draußen steht ein kleines Weihnachtsgeschenk für dich. Vielleicht möchtest du es ja gern hereinholen.«

Kitty lief hinaus und kehrte bald darauf mit zwei Blumentöpfen zurück. »Rosen!«, rief sie lächelnd aus. »Sieh nur, Maddie! Rosen.«

»Du musst mir versprechen, sie gut zu pflegen, Kitty.«

»Das werde ich«, gelobte sie, die Wangen gerötet vor Freude. Sie blickte auf die winzigen, grau-grünen Blätter entlang des noch zarten Stamms, auf die noch weichen, grünen Dornen. Als sie den Kopf hob, begegnete sie Heinrichs Blick. Minnas Rosen – für sie.

»Sieh doch, da ist ein Brief an einem der Töpfe befestigt«, rief Beth. Kitty löste die Schnur und faltete das Papier auseinander.

»Für die Familie Hall«, las sie. »Mögen es die ersten von vielen Rosen in Ihrem Garten sein. Sie heißen Dupontii und haben einen ganz exquisiten Duft. Sorgen Sie gut für sie, dann werden sie Ihren Garten viele Jahre verschönern.«

»Danke, Heinrich«, sagte Maddie ehrlich gerührt.

Später begleitete Kitty Heinrich zurück zu seinem Cottage. Der Tag neigte sich dem Ende zu, und sogar die Vögel begaben sich nach und nach zur Ruhe. Heinrich setzte sich müde auf die Veranda und klopfte neben sich auf den Boden. »Komm und setz dich ein paar Minuten zu mir.«

Kitty trat vor ihn. »Hier«, sagte sie leise und reichte ihm ein kleines Päckchen. »Frohe Weihnachten.«

Er öffnete das Päckchen; es enthielt ein handgenähtes, besticktes Taschentuch.

»Ich hoffe, es gefällt Ihnen«, sagte Kitty. »Ich habe es extra für Sie genäht.«

»Danke, Liebes, ich werde es in Ehren halten. Es wird mich immer an das hübscheste Mädchen erinnern, das ich kenne.«

Kitty schlang ihm die Arme um den Hals und vergrub das Gesicht an der ledrigen Haut. Sie hatte sich schon lange gewünscht, ihren selbst erwählten Großvater zu umarmen, aber erst jetzt, da Heinrichs Weggang drohte, brachte sie den Mut dazu auf.

»Ich werde Sie so sehr vermissen«, schluchzte sie. »Ich wünschte so, Sie müssten nicht weggehen. Ich wünschte, Sie wären mein Großvater und könnten bei uns wohnen. Dann könnte ich Ihnen jeden Tag vorlesen, und wir könnten uns gemeinsam um die Rosen kümmern.«

Langsam löste er ihre Arme von seinem Hals und schob sie auf Armeslänge von sich. Er wischte ihr mit dem Daumen die Tränen von den Augen.

»Das Leben schenkt uns nicht immer das, was wir uns wünschen, Liebchen. Versprich mir etwas. Ich möchte, dass du dir Minnas Rosen holst, wenn ich fort bin. Du musst sie sehr vorsichtig ausgraben und versuchen, die Wurzeln möglichst wenig zu beschädigen. Ted wird dir helfen. Der Abschied wird mir leichter fallen, wenn ich weiß, dass die Rosen in guten Händen sind.«

Kittys Kehle war wie zugeschnürt, und so nickte sie nur stumm.

Heinrich erhob sich schwerfällig. »Ich muss jetzt rein. Ich habe noch einiges zu packen. Meine Verwandten werden mich bald abholen.«

Plötzlich konnte sie es nicht mehr ertragen, dort zu sein, und wollte nur noch weg. Der Ort kam ihr bereits vereinsamt vor, als wäre Heinrich schon fort. Ohne einen Blick zurück lief sie den Weg hinunter. Die einzigen Geräusche, die sie hörte, waren ihre Schritte auf der trockenen Erde und ihr ersticktes Schluchzen.

Sie träumte von Heinrich. Sie sah sein liebes, lächelndes Gesicht, das immer mehr verblasste. »Auf Wiedersehen, Kitty«, rief er. Die Vision ließ sie nicht mehr los, und schließlich wurde sie wach. Mit klopfendem Herzen lag sie in der Dunkelheit, bis sie wieder einnickte.

Es war schon spät, als Kitty schließlich aufwachte. Sonnenlicht wurde von den weiß getünchten Wänden reflektiert, so grell, dass es sie blendete. Sie blinzelte und schloss die Augen wieder. Sie fühlte sich zerschlagen und gereizt bei der Erinnerung an die Ereignisse des vergangenen Tages, und im ersten Moment fragte sie sich, ob das alles nicht nur ein schrecklicher Albtraum gewesen war. Es fiel ihr schwer zu glauben, dass Heinrich Boolai in wenigen Tagen für immer verlassen würde. Sie und der Mann, den sie sich zum Großvater gewünscht hätte, hatten nur noch eine Woche Zeit füreinander. Langsam schwang sie die Beine aus dem Bett und ging in die Küche.

Maddie stand am Feuer und rührte in einem großen

Kessel. »Ted hat gesagt, du sollst dir heute Morgen keine Gedanken machen wegen des Melkens. Er hat das übernommen.«

Kitty schenkte sich eine Tasse heißen Tee ein und setzte sich an den Tisch.

»Es ist nicht fair, Maddie. Einen alten Mann aus seinem Heim zu verjagen.« Der Gedanke ließ sie einfach nicht mehr los; er war allgegenwärtig und verdrängte alles andere.

Maddie setzte sich zu ihr und legte ihr tröstend einen Arm um die Schultern. »Natürlich ist es das nicht, Liebes. Das Leben ist nie fair. Aber vielleicht ist es ja ganz gut so. Heinrich wird bald wieder bei seiner Familie sein. Das ist doch schön für ihn.«

Beth und Emma stolperten schlaftrunken in die Küche. »Papa kommt«, sagte Beth. »Ich kann viel Lärm hören. Was er wohl macht?« Sie liefen zur Tür und sahen Ted mit einer mageren, karamellfarbenen Kuh den Weg hinunterkommen.

»Wo hast du die her?«, fragte Beth.

»Sie gehört Heinrich«, sagte Kitty düster.

»Ich habe sie gekauft«, bestätigte Ted. »Heinrich hat keine Verwendung mehr für sie. Ist sie nicht hübsch? Jetzt haben wir immer unsere eigene Milch. Vielleicht kann Mama ja lernen, wie man sie melkt.«

Maddie verdrehte die Augen. »Natürlich«, sagte sie sarkastisch. »Das erledige ich doch mit links, zwischen dem Backen und der Wäsche.«

Ted lachte, und Maddie musste sich ein Lächeln verkneifen.

Ted wandte sich lächelnd Kitty zu. »Sieht aus, als würdest du das Milchmädchen bleiben.«

Später an diesem Tag erzählte Kitty Ted, dass sie und Layla beobachtet hatten, wie Cedric von Randolph Tarlington Geld entgegengenommen hatte.

»Hast du hören können, was die beiden geredet haben?«

Kitty schüttelte bedauernd den Kopf. »Nein, sie waren zu weit weg.«

»Dann haben wir keine Beweise.« Ted murmelte etwas Unverständliches.

Jetzt da die Kuh im eigenen Stall stand, gab es keine Veranlassung mehr, dass Kitty zweimal täglich zu Heinrich rüberging. Ted hatte sie gebeten, dem alten Mann etwas Privatsphäre zu lassen, damit er in Ruhe seine Angelegenheiten in Ordnung bringen konnte, bevor er ging. »Du kannst in ein, zwei Tagen wieder hingehen«, sagte er. »Vielleicht kannst du ihm ja beim Packen helfen.« Und so blieb sie übellaunig und unglücklich daheim.

Sie wartete drei Tage, drei Tage, in denen sie darüber nachdachte, was Heinrichs Weggang ihr bedeutete. Drei Tage – so lange war sie noch nie von dem alten Mann getrennt gewesen, seit sie nach Boolai gekommen waren.

Am Donnerstagabend, einen Tag, bevor sie Heinrich besuchen wollte, lag sie lange wach und wälzte sich rastlos von einer Seite auf die andere. Sie lauschte nicht bewusst, als Ted und Maddie sich nebenan leise unterhielten, aber die Erwähnung des vertrauten Namens ließ sie aufhorchen.

»Ich habe Heinrich ein paar Tage nicht gesehen. Du glaubst doch nicht, dass er schon weg ist, oder?«, brummte Ted.

»Natürlich nicht«, entgegnete Maddie. »Er wäre sicher nicht gegangen, ohne sich zu verabschieden.«

»Sollte man meinen. Vielleicht wollte er Kitty nicht aufregen?«

»Nein. Ich nehme an, er ist vollauf mit Packen beschäftigt.«

»Wahrscheinlich hast du Recht. Trotzdem schaue ich morgen früh bei ihm vorbei, um zu sehen, ob mit ihm alles in Ordnung ist.«

Bei Teds Worten jagte ihr ein Schauer über den Rücken. Heinrich fort, ohne sich zu verabschieden? Nein! Zwischen ihnen bestand eine ganz besondere Freundschaft; so leicht konnte Heinrich sie nicht vergessen haben.

Sie warf einen Blick auf Beth, die friedlich in ihrem Bett lag und tief und fest schlief. Morgen würde sie zu Heinrich rübergehen. Morgen, ganz früh. Sie rollte sich zusammen, und das Wort kreiste unablässig in ihren Gedanken. Morgen. Morgen. Morgen ...

»Los, Beth, aufwachen.«

Kitty schüttelte das schlafende Mädchen sanft. Draußen graute der neue Tag. Sie hatte schlecht geschlafen und war beim ersten zaghaften Krähen der hauseigenen Gockel aufgewacht. Ungeduldig hatte sie dagelegen, bis sie es schließlich nicht länger ausgehalten hatte.

Beth rollte sich auf die andere Seite und blinzelte verschlafen. »Was ist denn? Lass mich in Ruhe.«

»Pssssst«, flüsterte Kitty. »Weck die anderen nicht auf. Ich mache mir Sorgen um Heinrich. Wir haben ihn seit

Tagen nicht gesehen, und ich habe Ted zu Maddie sagen hören, dass Heinrich vielleicht schon weg ist, ohne sich zu verabschieden. Komm mit mir rüber, damit ich nachsehen kann.«

Auch wenn Beth daran gedacht hätte zu fragen, hätte Kitty nicht erklären können, weshalb sie sich plötzlich davor fürchtete, allein rüber zu gehen.

Die Hütte wirkte verlassen; die Fensterläden waren geschlossen – abgesehen von dem einen, dessen Haken kaputt war und der im Wind laut gegen die Hauswand schlug.

Beth blickte stirnrunzelnd zu Kitty auf. »Papa könnte Recht haben. Heinrich würde mitten im Sommer nicht bei geschlossenen Fensterläden schlafen.«

Noggum, der Hund, zog winselnd an seiner Kette. Sein Wassernapf war umgekippt, und er hatte sichtlich Durst. Kitty machte den Hund los, der freudig bellend um sie herumsprang.

»Er würde den Hund nicht angekettet zurücklassen, und er würde auch nicht fortgehen, ohne sich zu verabschieden. Ich weiß es einfach«, zischte Kitty. »Komm, sehen wir nach.«

Beth zögerte. »Geh du allein. Ich warte hier.«

Kitty ging zur geschlossenen Haustür und klopfte an. »Heinrich«, rief sie. »Sind Sie da? Ich bin's nur, Kitty.«

Keine Antwort. Langsam öffnete sie die Tür.

Ein widerlicher Gestank schlug ihr entgegen. Beinahe drehte sich ihr der Magen um. Sie hielt sich die Nase zu und ging hinein. Im Inneren der Hütte war es dunkel nach dem hellen Tageslicht draußen. Kitty wartete einen Moment, bis ihre Augen sich an das schwache Licht gewöhnt hatten. Dann tastete sie sich vorsichtig durch das Zimmer, wobei sie versuchte, sich zu erinnern, wo die einzelnen Möbel standen. Der Geruch wurde stärker. Sie hob den Saum ihres Rockes an und hielt sich den Stoff vor die Nase.

»Heinrich?«, rief sie noch einmal. Ihre Stimme klang seltsam hohl. Dann nahm sie ein Geräusch war, ein lautes Summen wie von einem Bienenschwarm. Das Geräusch kam von überallher. Und immer noch dieser grässliche Gestank, von dem ihr ganz übel wurde. Vielleicht hatte Heinrich ja Lebensmittel stehen lassen, die in der Hitze verdorben waren. Genau, das war es. Es roch nach verdorbenen Nahrungsmitteln.

Ihre Augen gewöhnten sich langsam an die Dunkelheit. Sie erkannte dunkle Umrisse, erhellt von einzelnen Lichtstrahlen, die durch die Ritzen um die geschlossenen Fensterläden hereinfielen. Der Esstisch und die Stühle, die Kommode, auf der Minnas Foto gestanden hatte, der Kamin.

Plötzlich stieß sie sich das Schienbein an einem harten Gegenstand. »Autsch!«, rief sie aus und bückte sich. Seltsam, ein umgestürzter Stuhl lag auf dem Fußboden mitten im Raum. Das Summen wurde lauter, bedrohlich. Sie ging vorsichtig weiter, immer noch gebückt, und stieß sich den Kopf.

Sie blickte auf, und da sah sie ihn. Heinrichs Leichnam baumelte an einem Seil von einem der Deckenbalken. Sein Körper war grotesk aufgebläht und schwang leicht hin und her von dem Stoß, den Kitty seinem Stiefel versetzt hatte. Ganz leise stieß der Stiefel immer wieder sacht seitlich gegen den Holzstuhl.

Jetzt ging ihr auch auf, woher das Summen rührte. Fliegen! Der ganze Raum war voller Fliegen, die sich an

Heinrichs verwesender Leiche gütlich taten und ihre Eier in ihr ablegten.

»Beth!«, schrie sie hysterisch. Sie würgte, und ihr Mund füllte sich mit einer ätzenden Flüssigkeit. Ihr Magen rebellierte. Sie rannte zur Tür und erbrach sich über das Verandageländer. »Hol Ted!«, keuchte sie, als der Würgereiz nachließ. »Schnell! Hol Ted!«

Beths große, runde Augen schauten aus einigen Metern Entfernung erschrocken zu ihr auf. »Was ist denn, Kitty? Was soll ich Papa denn sagen?«

Kitty musste erneut brechen. Ihr Körper zitterte unkontrolliert. »Hol ihn einfach her!«, schrie sie.

Und Beth rannte wie ein aufgeschrecktes Kaninchen los.

Kitty ließ sich auf die Treppe sinken und schlang die Arme um den Oberkörper. Sie wiegte sich, um zu versuchen, sich zu beruhigen. Es kam ihr vor, als würde sie Stunden dasitzen und versuchen, die grauenhaften Bilder auszublenden. Warum hatte Heinrich das nur getan? Trauer überwältigte sie, quälte sie, zerriss sie förmlich. Wo blieb Ted nur? Warum kam er nicht? War es denn allen egal, was hier geschehen war?

Sie fühlte, wie ihre Kehle sich lockerte, ihr Mund sich öffnete und ein durchdringender, schriller Laut in ihr aufstieg. Es war ein schauderhafter, fast animalischer Laut, der aus ihrem tiefsten Inneren hervorbrach.

Ted und Dan holten Heinrich herunter und legten ihn auf das Bett. Kitty war noch da; sie hatte jeden Befehl, nach Hause zu gehen, missachtet.

»Blöder Hund, du blöder, blöder Hund«, murmelte Ted

vor sich hin, als hätte er ihre Anwesenheit völlig vergessen. »Er hätte doch nur ein Wort zu sagen brauchen. Er wusste, dass wir ihm geholfen hätten. Ich dachte, es wäre in Ordnung, für ihn gewesen, das Land zu verlassen und so weiter. Ich habe mich in meinem ganzen Leben noch nie so geirrt.«

Kitty wollte gerade den umgestürzten Stuhl aufstellen, als ihr inmitten der Glasscherben ein Stück Papier auffiel. Vorsichtig, um sich nicht zu schneiden, hob sie es auf und drehte es um. Minnas Foto. Heinrich musste es in der Hand gehalten haben, als er ... Die Erinnerung an den Anblick des Erhängten stieg wieder vor ihr auf. Impulsiv schob sie das Bild vorn in den Ausschnitt ihres Kleides und folgte den Männern nach draußen.

Die Nachricht machte im Tal schnell die Runde. Im Laufe des Nachmittags traf eine Gruppe deutscher Farmer ein, um Heinrichs Leichnam zu holen. Kitty sah mit versteinertem Gesicht zu. Bilder tanzten vor ihren Augen: eine elegante Kutsche mit zwei tänzelnden Pferden davor, ein Kutscher oben auf dem Bock und eine Gruppe von Deutschen, die mit feierlicher Miene neben dem Gefährt herschritten. Ihnen folgten die aneinander gebundenen Ziegen in einer Reihe hintereinander, das fröhliche Bimmeln der Glöckchen, die sie um den Hals trugen, so gar nicht zum Ernst der Situation passend. Langsam entfernte sich der Leichenwagen mit der in schwarzes Tuch gehüllten Leiche in einer großen Staubwolke.

Ted, Maddie, Dan, Kitty, Beth und Emma standen am Tor und blickten der Prozession hinterher, die sich langsam die Straße hinunterbewegte, bis sie schließlich um eine Ecke bog und außer Sichtweite verschwand.

»Das war's dann also«, sagte Ted und setzte seinen

Hut wieder auf. »Ich werde den alten Kauz vermissen. Trotzdem komisch – nach all den Jahren wusste ich nicht mal seinen Nachnamen. Wie ist so etwas möglich?« Er schien eine Weile darüber nachzudenken. »Hätte ihn wahrscheinlich doch nicht aussprechen können«, brummte er schließlich.

Er nickte in die Richtung, in die der Trauerzug gezogen war, und zog sich den Hut tiefer ins Gesicht. Später nahm Kitty das Gewehr und ging hinunter zum Fluss, in der Hoffnung, ein paar Papageien oder Kakadus zu entdecken, aber vergeblich. Ted hatte ihr, als die Zwischenfälle und mutwilligen Zerstörungen auf der Farm sich häuften, das Schießen beigebracht. Nun warf sie die Waffe ärgerlich ins Gras, setzte sich und stützte das Kinn auf die angezogenen Knie. Sie fühlte erneut das Prickeln von Tränen in den Augen. Würde sie jemals wieder an Heinrich denken können, ohne zu weinen?

Plötzlich fiel ihr das Foto wieder ein, und sie zog es unter ihrem Kleid hervor. Obwohl es von den Glassplittern zerkratzt und von Stiefelabdrücken beschmutzt war, blickte dasselbe vertraute, lächelnde Gesicht zu ihr auf: Minna. Graue Locken und lachende Augen. Und plötzlich dämmerte Kitty, was geschehen war.

»Das war also der Grund, warum Sie es getan haben«, flüsterte sie. »Es war gar nicht das Land. Nicht wirklich. Sie konnten es nicht erwarten, wieder mit Minna vereint zu sein.«

Kitty drückte das Foto einen Moment an die Brust und legte es dann neben sich ins Gras. Dann sammelte sie zügig einen kleinen Stapel Feuerholz. Geschickt rieb sie zwei Stöcke aneinander, so wie Layla es ihr gezeigt hatte, bis ein Funke das trockene Laub entzündete. Erst rauchte es nur, dann tauchte eine winzige Flamme auf, die rasch größer wurde. Der Geruch von verbrennendem Eukalyptus stieg ihr in die Nase.

Sie nahm das Foto und hielt es ins Feuer. Die Ränder wurden schwarz und rollten sich ein, dann fing das Papier Feuer und brannte gleich darauf lichterloh. Sie ließ die brennende Fotografie ins Gras fallen und sah zu, wie der letzte Rest sich in ein Häufchen schwarzer Asche verwandelte.

»So, Heinrich«, sagte sie. »Ich weiß, dass Sie es so gewollt hätten.«

Kitty lag auf dem Rücken im Gras und blickte in den Himmel. Er war klar und tiefblau, über ihr von der Farbe Lapislazulis und weiter im Osten dunkel wie Indigo, eine endlos weite Fläche ohne einen Hauch von Wolken. Die Sonne schien ihr warm ins Gesicht, und schwarze Punkte tanzten vor ihren Augen, sodass sie blinzeln musste. Und plötzlich glaubte sie, Heinrichs Seele in der unendlichen Bläue zu sehen. Wie ein Dämon wirbelte sie durch die Luft, unterwegs zu ihrem Rendezvous mit einem unsichtbaren Mond – und Minna.

KAPITEL 25

Kitty saß vor der Hütte und blickte wehmütig in Richtung von Heinrichs Cottage. Maddie versuchte, sie zu trösten, lockte sie mit ihren Lieblingsspeisen, aber Kitty zeigte kein Interesse. Zwar griff sie zur Gabel, aber Ted registrierte, dass sie mehr oder weniger nur in ihrem Essen herumstocherte, ehe sie den Teller schließlich beiseite schob.

Nach jenem ersten Tag schienen ihre Züge zu versteinern. Die Lippen wurden zu einem schmalen Strich, und ihre Augen glitzerten, nicht von Tränen, sondern von etwas Härterem, Unbestimmtem. Ted versuchte ebenfalls, ihr Trost zu spenden, und legte ihr einen Arm um die schmalen Schultern, aber sie reagierte nicht, sondern stand nur steif da.

»Du musst es vergessen, Kitty«, flehte Ted.

»Ich weiß«, erwiderte sie, ihr Gesicht starr wie eine Maske.

Manchmal führte sie leise, unverständliche Selbstgespräche. Sie redete sinnloses Zeug von einem Mond und vom Tanzen. Er hielt sie für leicht gestört, weil sie zu wenig aß und schlief. Eine vorübergehende Geistesgestörtheit. Auf diese Phase folgten wieder Tränen, ganze Sturzbäche, die sie jedoch mit einer zornigen Geste fortwischte.

Argwohn nagte in jenen ersten Tagen an Ted. Hatte Randolph Tarlington die Ereignisse herbeigeführt, die letztlich zum Tod des alten Mannes geführt hatten? Er sah immer wieder Tarlingtons überheblich grinsende Visage vor sich. Was würde werden, wenn Tarlington die Nachbarparzelle übernahm? Dann wäre er, Ted, beinahe eingeschlossen von Tarlingtons Land.

Es war ein Sonntagnachmittag, der vorletzte Tag des Jahres und zwei Tage, nachdem sie Heinrichs Leichnam vom Dachsparren der Steinhütte geschnitten hatten, als Ted schließlich einen Entschluss fasste. Er machte sich auf die Suche nach seiner Frau. Er fand sie im Garten, wo sie, das Gesicht hochrot von der Hitze, Unkraut jätete. Ted nahm sie beiseite und zog sie in den Schatten eines Baumes.

»Ich habe eine Idee.«

»Ja?«

»Ich möchte, dass du ein paar Sachen für dich und Kitty packst. Für etwa drei Tage. Ich reite rüber und frage Mayse O'Reilly, ob sie sich in der Zwischenzeit um Beth und Emma kümmert. Ich glaube nicht, dass ihr zwei Gesichter mehr viel ausmachen in Anbetracht ihrer zahlreichen Rasselbande. Wir könnten alle eine kleine Abwechslung brauchen, vor allem Kitty.«

»Und wohin fahren wir?«

»Nach Beenleigh.«

»Beenleigh?« Er hörte die Vorfreude in ihrer Stimme. Es war drei Jahre her, dass sie nach Boolai gekommen waren, lange und harte Jahre, seit Maddie zuletzt einen Laden betreten hatte.

»Zum Grundbuchamt. Es ist nur so eine Ahnung, aber ich habe das Gefühl, dass es jemand auf Heinrichs Parzelle abgesehen hat. Ich will ihm zuvorkommen.«

»Du willst noch eine zweite Parzelle pachten? Das können wir uns doch gar nicht leisten, oder?«

»Keine Sorge. Ich mache das schon. Kümmere du dich ums Packen, und ich reite zu den O'Reillys.«

Ted blieb noch eine Weile unter dem Baum stehen, nachdem Maddie ins Haus gegangen war. Sein Herz raste, jetzt da er den ersten Schritt unternommen hatte, um seinen Plan in die Tat umzusetzen. Nun, da er Maddie eingeweiht hatte, gab es kein Zurück mehr. Der Ausgang des Vorhabens lag nun in den Händen einer höheren Macht. Wenn es ihm bestimmt war, das Land zu bekommen, dann würde es seins werden. Dessen war er sich ganz sicher. Außerdem hatte er gar keine andere Wahl; die Ereignisse hatten ihn zum Handeln gezwungen. Und es würde Maddie und Kitty gut tun, ein paar Tage von Boolai wegzukommen. Vielleicht würde der Ausflug ja den gequälten Ausdruck aus Kittys Augen vertreiben.

»Hallo, hallo. Wenn das nicht Ted Hall ist. Was kann ich denn diesmal für Sie tun? Sind Sie gekommen, um Ihre Pacht wieder abzugeben?«

»Im Gegenteil, Mr. Stokes, ich bin gekommen, um eine zweite Parzelle dazuzupachten.«

Der Beamte kratzte sich nachdenklich am Kinn. »Eine zweite Parzelle, ja? Und welche haben Sie da im Auge?«

»Die vom alten Heinrich. Sie grenzt an unsere.«

»Ah ja. Heinrich Buhse. Die Regierung hat die Parzelle wieder freigegeben, nachdem die Pacht nicht entrichtet wurde. Und Sie interessieren sich für das Land?«

»Ja.«

»Der Pächter muss natürlich erst entfernt werden. Die Sache läuft aber bereits. Sollte nicht mehr als ein paar Tage oder höchstens Wochen dauern, falls er einer von der sturen Sorte ist. Manche wollen nicht aufgeben.«

»Heinrich ist tot.« Die Worte klangen fremd, und er konnte es immer noch nicht recht glauben.

»Ich habe Gerüchte gehört ... dann stimmt es also? Wenn das stimmt, dann gehört die Parzelle dem, der als Erster den Pachtvertrag unterzeichnet.«

»Und der wäre ich gerne, Mr. Stokes.«

»Was ist mit den Pachtbedingungen? Keine unbewohnten Parzellen, Ted. Das Land ist Farmern vorbehalten und nichts für Spekulanten.«

»Auch darüber habe ich bereits nachgedacht. Dan wird in Heinrichs Haus auf der Parzelle wohnen, als Verwalter. Ist den Bestimmungen damit Genüge getan, Mr. Stokes?«

»Und was ist mit der Pacht?«

»Wie hoch sind Pacht und Gebühren?«

»Die gleichen wie bei Ihnen. Sie sind seit Jahren nicht erhöht worden. Sie haben Glück, dass Sie so früh kommen. Ich habe das Gefühl, dass sich noch andere für das Land interessieren könnten.« Er schaute Ted einen Moment unverwandt in die Augen, ehe er den Blick auf den Tresen senkte.

»Tatsächlich?«

Ted hoffte, dass er ganz beiläufig klang. Der Beamte stellte bereits den Pachtvertrag aus.

Ted ging zur Tür und betrachtete das rege Treiben draußen, während Stokes in einem Stapel Unterlagen wühlte. Scham stieg in ihm auf. Er hatte Alf Stokes den Eindruck vermittelt, er hätte Geld. Er konnte den Beamten jetzt nicht enttäuschen; es ging um das Land.

Auch Maddie hatte er belogen. Nun ja, nicht direkt belogen, aber er hatte die Wahrheit ein klein wenig gebeugt, indem er sie glauben gemacht hatte, es wäre Geld für die Pacht der zusätzlichen Parzelle übrig. Er konnte ihr nicht die Wahrheit sagen. Sie würde sich nur Sorgen machen. Wenn er die Pacht entrichtet und im Laden die dringend benötigten Vorräte bezahlt hatte, hatten sie nur noch ein paar Pfund übrig, nicht einmal genug für die Vorräte des kommenden Monats.

War es nur ein verrückter Traum? Sollte er jetzt gehen, bevor er unterschrieben hatte? Bevor es zu spät war? Wieder sah er Tarlingtons Gesicht vor sich. Nein, er durfte nicht zulassen, dass Tarlington das Land bekam, sonst wäre Heinrichs Tod sinnlos gewesen. Wenn es hart auf hart kam, würde ihm schon jemand etwas borgen. Irgendwie würden sie schon über die Runden kommen.

Ted kehrte zurück an den Tresen und legte die Hände auf das staubige Holz. Plötzlich wollte er nur noch raus aus dem schäbigen Büro mit den von Fliegenkot beschmutzten Fenstern und abgewetzten Bodendielen, zurück zu Maddie und Kitty in das saubere Hotel. Aber der Beamte schien in Plauderlaune zu sein.

»Ich schätze, jetzt kann Sie nichts mehr aufhalten, Ted Hall. Wir werden Sie im Auge behalten müssen, sonst besitzen Sie bald mehr Land als die Tarlingtons. Wissen Sie, als ich Sie das erste Mal hier gesehen habe, dachte ich nicht, dass Sie es schaffen würden. Ich dachte, Sie wären nicht der richtige Mann für den Busch. Vielleicht habe ich mich geirrt.«

Ted kratzte sich die Stirn; er wusste nicht, was er auf die offenen Worte des Beamten erwidern sollte. »Nun, Mr. Stokes. Beim letzten Mal haben Sie auch Ihr Bestes gegeben, mir mein Vorhaben auszureden. Weiß Gott, warum, immerhin war ich fest entschlossen. Vielleicht ist es ja die Entschlossenheit, die letztlich ausschlaggebend ist. Die letzte Pfeilwurzernte war sehr gut, und die Sägemühle hat einen ordentlichen Preis für die Zedern aus dem letzten Jahr gezahlt. Irgendwie werden wir es schon schaffen.«

Er war jetzt ungeduldig, hatte es eilig, den Pachtvertrag abzuschließen, bevor noch etwas dazwischenkam. »Kommen Sie, Mr. Stokes. Geben Sie mir die Papiere rüber. Vielleicht lade dann heute ich Sie auf ein Bier ein.«

Alf Stokes schob den ausgefüllten Pachtvertrag vor Ted hin und zwang sich zu einem Lächeln. Ted tauchte die Feder in das Tintenfässchen, und der Beamte sah zu, wie er schwungvoll seinen Namen unter das Papier setzte.

Ted hätte sich eigentlich freuen müssen, aber stattdessen empfand er nur tiefe Trauer. Heinrichs Verlust, sein Gewinn. Tod auf der einen Seite, ein Geschäft auf der anderen. Er fühlte sich leer, niedergeschlagen.

Der Vertrag war perfekt. Das Dokument lag auf dem Tresen, die Tinte noch nicht ganz trocken. Langsam stellte sich doch eine Spur von Befriedigung ein. »Das war's dann also«, sagte er und nahm seinen Mantel. »Ich gehe dann jetzt.«

Ein Schatten fiel in den Raum, als jemand in die Tür trat. Der Beamte wandte den Kopf, um zu sehen, wer der Neuankömmling war.

»Schau an! Wenn das nicht Randolph Tarlington persönlich ist. Muss ein Jahr her sein, seit ich das Vergnügen hatte. Nehmen Sie Platz, Sir. Ich bin gleich fertig, dann stehe ich ganz zu Ihrer Verfügung.«

»Sparen Sie sich die Förmlichkeiten, Stokes. Ich bin gekommen, um die Buhse-Parzelle zu pachten.«

»Die Buhse-Parzelle? Dann müssen Sie sich mit Mr. Hall hier unterhalten. Er ist der neue Pächter.« Mit wissendem Blick reichte Alf Ted den Vertrag, der ihn zusammenfaltete und einsteckte.

»Was?«

Ted musste an sich halten, um nicht laut zu lachen. Randolphs Gesichtsausdruck war unbeschreiblich, eine Mischung aus Fassungslosigkeit und grenzenloser Wut.

»Das ist richtig«, bestätigte Ted.

Randolph Tarlington schnaubte wie ein gereizter Bulle. »Na wunderbar, der Deutsche ist noch nicht ganz kalt, und Sie eignen sich ohne jedes Schamgefühl sein Land an.«

Ted fühlte Zorn in sich aufsteigen. Er trat dicht vor seinen Nachbarn und sah Randolphs Mundwinkel unkontrolliert zucken.

»Na Sie sind mir der Richtige, solche Reden zu schwingen. Ausgerechnet Sie wollen mir eine Moralpredigt halten, nachdem Sie nur wenige Minuten nach mir das Land pachten wollten! Na, was sagen Sie jetzt, Tarlington? Habe ich Ihnen einen Strich durch die Rechnung gemacht? Ihre Intrigen und miesen Spielchen zunichte gemacht? Sie kommen zu spät. Ich habe den Pachtvertrag unterschrieben, und das Land gehört mir.«

»Stimmt das, Stokes? Sie wussten doch, dass ich die Parzelle haben wollte. Ich habe Sie gebeten, mir eine Option einzuräumen, falls die Parzelle irgendwann frei würde.« Randolph schlug mit der Faust auf den Tresen, dass die Fensterscheiben klirrten.

»Ein Wutanfall wird an den Tatsachen nichts ändern«, bemerkte Stokes warnend.

Ted war entschlossen, das letzte Wort zu haben. Er stemmte die Hände in die Seiten und holte tief Luft. »Halten Sie sich fern von meinem Land, Tarlington. Wenn Sie auch nur einen Ihrer polierten Stiefel auf meinen Grund und Boden setzen, könnte ich mich vergessen. Die Pacht ist rechtmäßig und endgültig, und Sie können nicht das Geringste dagegen tun.«

Randolph blickte den Beamten an, der feierlich den Kopf schüttelte und das Gesagte bestätigte. »Nicht das Geringste, Mr. Tarlington.«

Es war der letzte Tag im Dezember, und in wenigen Stunden würde das neue Jahr beginnen. 1878. Während Maddie im Hotel badete und auf Teds Rückkehr wartete, dachte sie darüber nach, was das neue Jahr bringen mochte. Mit der zusätzlichen Parzelle würde Ted noch mehr arbeiten müssen als bisher. Auf der holprigen Fahrt nach Beenleigh hatte er sie endlich in seine Pläne eingeweiht. Dan würde in Heinrichs Cottage wohnen, wodurch in ihrer Hütte ein Zimmer frei wurde und sie auch eine Person weniger zu versorgen hatte.

»Er ist jetzt alt genug«, hatte Ted gemeint. »Höchste Zeit, dass er auf eigenen Beinen steht.«

Es würde komisch sein ohne Dan, aber Ted hatte Recht. Außerdem würde Dan irgendwann heiraten und eine eigene Familie haben. Sie seufzte angesichts der vielen unerwarteten Änderungen, die sich in den vergangenen Tagen ergeben hatten.

Als der Tag zur Neige ging, machte sich eine erwartungsvolle Atmosphäre im Ort breit. Maddie und Kitty waren es leid geworden, auf Ted zu warten, und hatten unten im Speisesaal des Hotels zu Abend gegessen. Satt und müde kehrten sie zurück auf ihr Zimmer, lehnten am Sims des offenen Fensters und schauten träge hinaus.

Kitty streckte sich und gähnte; sie waren seit Tagesanbruch auf den Beinen. Maddie strich ihrer jüngeren Schwester eine Haarsträhne aus dem Gesicht. »Warum legst du dich nicht schlafen, Liebes? Du siehst müde aus. Es war ein langer Tag.«

Kitty schüttelte den Kopf. »Es macht mir nichts aus, mit dir auf Ted zu warten.«

»Sei nicht albern. Es kann noch ewig dauern. Weiß Gott, wo er sich herumtreibt. Ich komme schon zurecht. Los, geh und versuch, etwas zu schlafen.«

Es war noch früh, und doch war die Dämmerung bereits hereingebrochen. In unregelmäßigen Abständen flammten unten entlang der Straße Laternen auf und sorgten für ein völlig neues Bild aus Licht und Schatten. Einige träge Motten flatterten um die Lichtquellen herum und warfen riesige, zuckende Schatten auf die Gehwege. Die Geschäftszeile gegenüber des Hotels lag dunkel und verlassen da. Am Ende der Straße warf eine einsame Laterne ihr Licht in den Gemischtwarenladen. Maddie konnte gerade noch die Umrisse von Sätteln und Stoffballen im Schaufenster erkennen.

Mit der Dunkelheit kamen die ersten leisen Musikklänge, die der Wind bis zu ihr trug. Menschen hasteten ihnen entgegen, vage Formen, die in der Dunkelheit an ihrem Fenster vorbeihuschten. Wahrscheinlich eine Silvesterfeier, dachte sie und wünschte einen Moment, sie könnte sich ihnen anschließen.

Sie ging ins Bad und stieg erneut in die Wanne. Während sie sich verträumt die Brüste einseifte, wanderten ihre Gedanken zu Ted. Sie wünschte, er würde sich beeilen. Sie wölbte den Rücken. Wie sehr sie sich danach sehnte, seine Hände auf der Haut zu spüren.

Draußen war es endgültig Nacht geworden, als Ted

zurückkehrte. Sie wandte sich zur Tür um, als sie hörte, wie die Klinke heruntergedrückt wurde. Ted lehnte mit glasigem Blick am Türrahmen.

»Sollen wir tanzen gehen, Maddie?«, fragte er nuschelnd und atemlos.

Sie ging zu ihm und legte die Arme um ihn. »O Ted, du hast ja getrunken.« Sie sprach so leise, dass sie selbst nicht wusste, ob sie die Worte nicht vielleicht nur gedacht hatte. Er musterte sie mit sonderbarem Blick, ein schiefes Lächeln auf den Lippen.

»Nur ein, zwei Drinks. Zur Feier des Tages.«

Ted rückte von ihr ab und fummelte ein zusammengefaltetes Dokument aus der Jackentasche. Er legte es auf ihre Hand und schloss ihre Finger darum.

»Da«, verkündete er stolz und wippte dabei leicht auf den Fußballen. »Unsere neue Parzelle. Ich habe sie Tarlington vor der Nase weggeschnappt.«

Maddie nickte. Sie hätte Teds Begeisterung gern geteilt. Aber als sie das Papier in der Hand hielt, fühlte sie nichts als ein Gefühl drohenden Unheils. Ein Schauer jagte ihr über den Rücken.

»Was ist denn, Liebes?« Er musterte sie forschend. Sie konnte die Fältchen um seine Augen und seinen Mund sehen, sah, wie seine Lippen versuchten, Worte zu formen.

Maddies Unterlippe zitterte, und ihre Augen brannten plötzlich. Sie hätte das Dokument am liebsten zerrissen und die Fetzen aus dem Fenster geworfen. Es war Teds Traum, sein Land. Nicht ihres. Die Aussicht auf ihre baldige Rückkehr nach Boolai bedrückte sie.

»Nichts«, entgegnete sie und zwang sich zu einem Lächeln. Sie hörte Musik unten von der Straße. Hatte Ted nicht gesagt, sie sollten tanzen gehen? Der Gedanke beruhigte sie. Es war Jahre her, dass sie das letzte Mal zusammen getanzt hatten. Sie wandte sich ab und wühlte in den paar Kleidern, die sie mitgebracht hatte.

»Was ist hiermit? Ist das gut genug?« Es war das Kleid, das sie aus dem saphirblauen Stoff genäht hatte, den Ted ihr an ihrem ersten Weihnachtsfest in Boolai geschenkt hatte.

Sie hielt sich das Kleid vor und wandte sich ihrem Mann zu, aber Ted hörte sie nicht. Er lag angezogen auf dem Bett und schnarchte leise.

»O Ted«, seufzte sie und legte das Gesicht an seins. Sie hatte sich so darauf gefreut, tanzen zu gehen.

»Mmmmmm«, murmelte er und legte die Arme um sie. Er roch nach Bier, Schweiß und Triumph.

Die Sehnsucht, von ihm berührt zu werden, war längst vergangen.

Kitty hatte noch Monate Albträume. Es war das blanke Entsetzen in ihren schrillen Schreien, das die ganze Familie weckte, die sie dann aufrecht im Bett sitzend vorfand, die schweißnassen Laken an die Brust gedrückt.

Die Bilder, die sie unter Aufbietung ihrer ganzen Willenskraft tagsüber verdrängen konnte, kehrten in der Nacht zurück, um sie zu quälen. Die leisen, trippelnden Schritte eines Opossums oben auf dem Dach, das Knarren der Dielen, der Schrei einer Eule, das alles waren Geräusche, die die Träume auslösten. Sie fing an, sich vor der Nacht zu fürchten. Die Dunkelheit wurde zum Dämon, der sie übermannte, sie mit seiner bedrohlichen Schwärze lähmte. Die Erinnerungen waren allgegenwärtig, lauerten dicht unter der Oberfläche wie eine angriffslustige, zusammengerollte Schlange. Schließlich erlaubte Ted, dass sie die ganze Nacht hindurch eine Lampe brennen ließ. Es war ein Luxus, den sie sich kaum leisten konnten, der Kitty aber zu helfen schien.

Letztlich war es der monotone Alltag, der Kitty half, das Trauma zu bewältigen, die endlose, langweilige Routine, die doch ständig ihre Aufmerksamkeit forderte. Das Leben ging weiter: zweimal täglich melken, waschen, kochen, es nahm einfach kein Ende.

Das Melken erinnerte sie an Heinrich. In den frühen Morgenstunden saß sie im Stall und dachte an ihn, so in Gedanken vertieft, dass sie das Zischen der Milch, die in den Eimer spritzte, ebenso wenig hörte wie das zufriedene Kauen der Kuh. Die Kuh, die Kitty Flora getauft hatte, wandte des Öfteren den Kopf und blickte Kitty aus traurigen Augen an. Es kam ihr vor, als wäre Heinrich in diesen frühen Stunden bei ihr, als würde er ihr helfen zu begreifen. Sie konnte beinahe seine Gegenwart spüren.

Zweimal täglich brachte sie den Eimer voll cremiger Milch in die Küche und schüttete sie in eine emaillierte Schüssel. Nach dem Abendessen wurde die Milch abgekocht und mit einem feuchten Musselintuch abgedeckt. Am nächsten Morgen konnten sie dann die Sahne abschöpfen. Sie verbrachte Stunden in der Sonne mit Harken, Wässern und Unkrautjäten. Der Wäscheberg wurde nie kleiner, und auch in der Küche gab es andauernd etwas zu tun. Abgesehen von der Zeit, die sie täglich mit Melken verbrachte, kam sie gar nicht dazu, sich Gedanken zu machen.

Während Ted und Maddie bei jeder sich bietenden

Gelegenheit von Heinrich sprachen, weigerte Kitty sich, von ihm zu reden, sogar mit dem Polizisten aus Beenleigh, der kam, um die näheren Umstände seines Todes zu untersuchen. Er war ein massiger Klotz von einem Mann, gefühllos und kalt. In der Hand hielt er ein Stück Papier, das er ihr zeigte, eine Art Urkunde, auf der in großen Buchstaben stand: SELBSTMORD.

KAPITEL 26

Ganz vorsichtig, um die Wurzeln nicht zu beschädigen, grub Ted eine nach der anderen die Rosen aus Heinrichs Garten aus. Kitty blieb dabei und gab ihm Anweisungen, ließ ihre kostbaren Blumen nicht aus den Augen, bis sie vor der Hütte der Halls wieder eingepflanzt waren. Sie wurden in der sengenden Hitze ganz welk und ließen die Blätter hängen, aber sie beschnitt und wässerte sie geduldig, und ihre Mühe wurde mit neuen, kräftigen Trieben belohnt.

Mit dem frühen Herbst kam der Regen. Tag für Tag fiel er herab und legte einen weißen Schleier über das Land. Die Ernte verfaulte auf den Feldern. Zwar war in der letzten Woche das Geld für die letzte Ernte gekommen, aber das war in dringend benötigte Vorräte investiert worden. Außerdem hatten sie zwei Kreditraten davon zurückzahlen müssen. Ted biss die Zähne zusammen, schränkte die Ausgaben noch weiter ein und schuftete mit grimmiger Entschlossenheit weiter.

Das abfließende Wasser aus den Bergen bildete neue

Bäche, fast schon Flüsse, die durch jeden Graben und jede tiefere Bodenrinne strömten, um sich schließlich in den Fluss zu ergießen, der stark anschwoll und drohte, das Umland zu überschwemmen. Eines Tages, in einer Regenpause, ging Ted mit den Mädchen zum Fluss hinunter. Der Wasserlauf war nicht wiederzuerkennen, wie er schäumend und gurgelnd über die Felsen rauschte, zwischen denen sie im Sommer noch gespielt hatten. Ganze Bäume mitsamt der Wurzeln trieben vorbei. Die Rosen vor der Hütte sahen ebenfalls ziemlich traurig aus, aber sie lebten.

Dann riss die Wolkendecke endlich wieder auf, und die Sonne schien von einem blassen Himmel. Ted setzte den Hut auf, watete durch den Schlamm und inspizierte seine Äcker. Abgesehen von der ruinierten Ernte waren keine größeren Schäden zu verzeichnen, und auch der Fluss nahm wieder gewohnte Ausmaße an. Es wurde unerträglich schwül, als die viele Feuchtigkeit verdampfte. Und mit der Sonne kamen die Fliegen, Tausende winziger schwarzer Insekten, die einen umschwärmten, sich in die Augenwinkel setzten und einem in Nase und Ohren krochen. Nahrungsmittelreste, die nicht sofort weggestellt wurden, waren innerhalb kürzester Zeit mit einer schwarzen Wolke bedeckt.

Die zwei Rosenbüsche, die Heinrich ihnen zu Weihnachten geschenkt hatte, entwickelten sich prächtig. Als er der Ansicht war, die Erde sei trocken genug, nahm Ted sie aus ihren Töpfen und setzte sie in von Kitty frisch ausgehobene Löcher. Er war überrascht, als er unten in einem der Töpfe ein wasserdichtes Säckchen fand. Abwesend steckte er es ein.

Nachdem die anderen sich schlafen gelegt hatten,

setzte Ted sich mit den Büchern an den Tisch. Es war fast Mitternacht, und im Haus war es totenstill. Das einzige Geräusch, das die Stille störte, war das leise Ticken von Maddies Uhr.

Maddie. Er blickte durch die offene Schlafzimmertür auf ihre schlafende Gestalt. In ein paar Wochen würden er und Dan wieder mit den Holzfällern losziehen und auf gute Erträge hoffen. Hatte er ihr nicht etwas Geld für sie und die Kinder versprochen, wenn der Scheck kam? Er seufzte und kehrte zurück zu den Zahlenreihen, in der Hoffnung, auf einen Fehler zu seinen Gunsten zu stoßen. Aber die Endsumme blieb immer die gleiche. Da stand sie in ordentlichen schwarzen Zahlen ganz unten im Buch. Es würde nicht einmal reichen, damit Maddie in seiner Abwesenheit Vorräte kaufen konnte.

Er hob den Kopf und starrte blind an die Wand. Was sollte er tun? Er konnte sie ja nicht mittellos zurücklassen. Vielleicht konnte O'Reilly ihm aushelfen. Nur bis der Scheck für das Holz kam. Es widerstrebte ihm, den Ladenbesitzer erneut darum zu bitten, anzuschreiben. Er wollte nicht, dass seine prekäre finanzielle Lage sich in Boolai herumsprach. Es hätte ihm gerade noch gefehlt, dass dieser Aasgeier Tarlington ihn verhöhnte, dass er sich mit der neuen Parzelle wohl übernommen habe.

Seine Augen brannten, und sein Rücken schmerzte vom langen Sitzen in gebeugter Haltung. Er drehte sich zur Seite und streckte die Beine. Als er mit einem Arm die Jacke streifte, die er über die Rückenlehne des Stuhls gehängt hatte, fühlte er in der Tasche das Päckchen, das er in dem Rosentopf gefunden hatte.

Neugierig holte er das Säckchen heraus. Es war nass und schmutzig und roch nach Moos und feuchter Erde. Ungeduldig zerrte er mit ungeschickten Fingern an den Schnüren. Als diese gelöst waren, öffnete er den Beutel und kippte den Inhalt auf den Tisch.

Ungläubig starrte er auf das, was da zum Vorschein kam: ein mehrere Zentimeter dickes Bündel Geldscheine.

»O mein Gott«, flüsterte er überwältigt. »Das müssen mindestens eintausend Pfund sein.«

Sorgfältig machte er sich ans Zählen und stapelte die Zehn-Pfund-Noten auf dem Tisch. Einige waren leicht angeschimmelt, aber nicht wirklich beschädigt. Vor ihm lag mehr Geld, als er je auf einem Haufen gesehen hatte. 2600 Pfund, um genau zu sein. Ein kleines Vermögen.

Ted dachte an Heinrich, der das Geld in dem Topf versteckt hatte. Warum? Er schlug sich zornig mit einer Hand auf den Schenkel. Warum hat er sich umgebracht? Er hätte sich das Land leicht kaufen können; das Geld hätte hundertmal gereicht. Er hätte sich die harte Arbeit, die Entbehrungen und das alles nie antun müssen. Heinrich hätte bis zu seinem Lebensende ein beschauliches, sorgenfreies Dasein führen können. Warum also hatte er seinem Leben vorzeitig ein Ende gesetzt?

Da erst fiel sein Blick auf ein Stück Papier, von dem er geglaubt hatte, es gehöre zur Verpackung. Es war unbemerkt zu Boden gefallen. Er hob es auf und strich es auf der Tischplatte glatt. Die Tinte auf dem feuchten Papier war verschmiert, aber mit etwas Mühe konnte er die Worte entziffern.

Zu alt, um noch einmal neu anzufangen, aber zu jung zum Sterben. Also werde ich dem Tod etwas auf die Sprünge helfen. Es kommt eine Zeit, da wird es zur Last, jeden neuen Morgen zu begrüßen. Der Verlust der Liebe und der Trennungsschmerz sind für manche Menschen eben unerträglich. Für mich sind alle Tage gleich, nur noch ein endloses Warten auf das Ende. Verwendet das Geld mit Bedacht, vielleicht verhilft es euch ja zu dem Glück, das mir nicht mehr beschieden ist.

Heinrich

Ted legte einige Zehn-Pfund-Noten beiseite und bündelte anschließend den Rest wieder. Ein Teil von ihm hätte laut jubeln mögen vor Freude angesichts dieses unverhofften Geldsegens, wollte einen Freudentanz aufführen und triumphierend mit den Scheinen wedeln, aber ein anderer Teil war erfüllt von Trauer um den Mann, dessen Tod ihm so nahe gegangen war. Er stopfte das Bündel wieder in die Jackentasche. Morgen würde er ein sicheres Versteck suchen; vielleicht vergrub er den Schatz im Lehmboden der Scheune. Dort würde niemand das Geld finden. Die losen Zehn-Pfund-Scheine steckte er ein; er wollte sie am Morgen Maddie geben.

Erst als alles Geld weggesteckt war, ließ Ted seinen Gefühlen freien Lauf. Er ließ den Kopf hängen, zog die Schultern hoch und weinte lautlose Tränen.

Auf Kitty übte der Busch eine grenzenlose Faszination aus. Sie liebte es, inmitten der Bäume zu stehen und dem leisen Rascheln der Tiere um sie herum zu lauschen. Vögel zankten sich oben im Geäst, und kleine

Tiere huschten durch das lange Gras. Die Luft war erfüllt von Lärm und Farbe.

Sie ging oft zu der Wiese, auf der sie, Beth und Ted im Sommer inmitten der Blumen gelegen hatten. Die Blumen waren verwelkt, und das trockene Herbstgras wogte steif und stachelig im Wind. Der Ort erinnerte sie an andere Jahreszeiten, andere Abenteuer, an die Zeit vor Heinrichs Tod.

Der Schmerz war noch da, aber inzwischen erträglicher, abgemildert von den Monaten, die seither verstrichen waren. Bilder, die am Rand ihres Bewusstseins lauerten, drängten in den stillen Augenblicken vor dem Einschlafen in den Vordergrund. Inzwischen gab es sogar Momente, in denen sie sich nicht einmal mehr deutlich an Heinrichs Gesicht erinnern konnte und panisch ihr Gedächtnis nach den vertrauten Zügen durchwühlte. Seltsamerweise hatte sich Minnas Gesicht, das sie doch nur von dem Foto kannte, unauslöschlich in ihr Gedächtnis eingebrannt.

Am späten Nachmittag gingen Kitty und Layla nach dem Melken oft runter zum Fluss. Beth begleitete sie nicht mehr; sie hatte erklärt, dass es ihr keinen Spaß mehr mache, durch den Busch zu wandern. Allerdings schloss sich ihnen stattdessen des Öfteren Emma an, die dann an irgendwelchen Dornenbüschen hängen blieb oder über hervorstehende Wurzeln stolperte. Die älteren Mädchen hoben sie auf, klopften ihr den Staub aus den Kleidern und säuberten ihre zerschrammten Knie. Kitty fand Emma sehr hübsch mit ihren blonden Locken und dem Grübchen im Kinn. Sie lächelte ständig, plapperte wie ein Wasserfall und war überaus neugierig.

Zu Kittys Lieblingsplätzen gehörte ein von der Natur

geschaffenes, felsiges Becken unmittelbar am Fluss. Hier rann das Wasser über große, glatte und moosbewachsene Felsbrocken in ein tiefes, natürliches Bassin. Auf der dem Fluss abgewandten Seite bildeten die Felsen eine schmale Schlucht, die gerade breit genug war für einen Reiter. Die Tarlingtons benutzten diesen Durchgang seit jeher als Abkürzung, die ihnen mehrere Meilen ersparte.

»Ich frage mich, wo die Felsbrocken herkommen«, sinnierte Kitty und schaute forschend an den Steinen entlang gen Himmel.

Die drei Mädchen lagen auf einem großen Felsen in der Sonne. Emma setzte sich auf und schlang die Arme um die angezogenen Knie. Kitty blickte blinzelnd in die Sonne. Wenn sie ganz still lag und die Augen schloss, konnte sie das leise Zischen im Laub der Weide hören, durch das der Wind hindurchfuhr.

»Die Aborigines wissen, woher sie kommen«, entgegnete Layla. »Eine gemeine alte Frau meines Volkes, Mirrung nannte man sie, war unten am Fluss. Die Kinder des Stammes ärgerten und neckten sie, bis sie schließlich oben auf die Klippen stieg und die Felsbrocken auf sie hinabstürzen ließ.«

Emma legte sich auf den Bauch und stützte das Kinn auf die Hände. Aus großen Augen blickte sie ernst zu Layla auf. »Glaubst du, die Geschichte ist wahr? Dass unter den Felsen erschlagene Kinder liegen?«

Kitty setzte sich lachend auf. »Nein, Dummchen, das ist doch nur eine Geschichte. So wie die Legende vom Regenbogen.«

Layla kannte eine Fülle überlieferter Legenden ihres Volkes. In der Regel handelte es sich um metaphorische

Erzählungen für die natürlichen Phänomene, die sie umgaben, verwoben mit den unerklärbaren Gegebenheiten des Alltagslebens.

Dieser Tag war Laylas letzter Tag als ledige Frau, und sie waren mit einem Picknickkorb hergekommen, um diesen Anlass zu feiern. Layla war mit 17 Jahren recht groß und strahlte dabei Stolz und eine gewisse Würde aus. Die Zeit der mädchenhaften, kichernden Unsicherheit lag hinter ihr. Johnno, früher Ehemann ihrer älteren Schwester, die vor Jahren verstorben war, sollte nun ihr Mann werden.

»Erzähl mir von der Hochzeit«, bat Kitty und setzte sich auf. Sie musterte Layla erwartungsvoll, schrecklich neugierig, was die Geheimnisse der Ehe anging. Morgen würde ein geheimes Ritual ihre Jugendfreundin in eine verheiratete Frau mit Verantwortung und Pflichten verwandeln. Es würde keine Picknicks am Fluss mehr geben. Stattdessen würde Layla abends nach der Arbeit ins Lager zurückkehren, zu Johnno. Vielleicht würde es auch irgendwann Babys geben, kleine quengelige Würmchen, die Layla völlig beanspruchten. Kitty seufzte. Schon jetzt kam es ihr vor, als stünde eine neue Kraft zwischen ihnen.

Layla schüttelte lachend den Kopf. »Es ist keine richtige Hochzeit, Kitty. Es gibt keine Zeremonie. Wir erbitten nur den Segen des Stammesältesten, Old Jack. Und wenn der zustimmt, ist Johnno mein *nubung*, mein Ehemann.«

»Oh.« Kitty hörte die Enttäuschung in ihrer eigenen Stimme. Sie hatte sich das Ganze völlig anders vorgestellt, mit Tänzen und dem eigentümlichen Gesang, der manchmal vom Lager bis zu ihrer Hütte zu hören war.

Und jetzt schien es, als würde die Trauung ganz nüchtern und formlos vollzogen, ganz ohne Zeremoniell und Feierlichkeiten.

»Sei nicht traurig, Kitty. Ich bleibe deine Freundin, und ich werde auch weiterhin jeden Tag da sein, ganz so wie jetzt.«

»Gut«, sagte Emma. »Dann brauche ich nicht beim Waschen zu helfen. Ich hasse Waschen!«

Kitty machte ein grimmiges Gesicht und blickte nach oben in das Blau des Himmels. Verzweiflung regte sich in ihr. Sie alle wurden erwachsen. Die Kindheit neigte sich dem Ende zu. Trotz Laylas Versprechen wusste sie, dass nichts so bleiben würde, wie es war, ihre unbeschwerte Freundschaft und die sorglosen Sommertage waren vorbei. Alles würde sich ändern, und sie konnte nichts tun, um den Lauf der Zeit aufzuhalten.

Dan hielt inne und betrachtete das Bild, das sich ihm bot. Durch die Weiden hindurch sah er die drei Mädchen auf dem Felsen liegen. Laylas dunkle Haut stand in krassem Kontrast zu der der anderen beiden. Kittys rotgoldenes, offenes Haar leuchtete in der Sonne, und Emmas schimmerte gelb wie reifer Mais. Emma liebte es, auf seinem Schoß zu sitzen und sich an seine Brust zu schmiegen wie ein kleines Kätzchen. Er fühlte eine Woge der Zärtlichkeit zu dem Mädchen in sich aufsteigen.

»Heh!«, rief er und zog das Pferd am Zügel vorwärts. »Seht mal, was ich hier habe.« Er hielt die zusammengebundenen Tauben hoch, die er an diesem Nachmittag erlegt hatte. Dan band sein Pferd an einem tief hängenden Ast fest und ging auf die Mädchen zu, das Gewehr locker unter einen Arm geklemmt. Sonnenlicht spiegelte sich auf dem Wasser und warf blitzende Reflexe durch die Bäume. Er kniff die Augen vor dem blendenden Licht fast vollständig zusammen.

»Hallo alle miteinander«, sagte Dan und setzte sich auf einen Felsbrocken dicht bei den Mädchen. Kitty setzte sich auf, rollte ihr Haar zusammen und steckte es im Nacken mit einer Spange fest. Einige Strähnen entkamen, und er fragte sich flüchtig, wie sie es schaffte, ihre wallende Mähne überhaupt einigermaßen zu bändigen. Kittys Haar hatte einen Rotschimmer wie Maddies, während Beth und Emmas Haar ganz hell war, fast weiß. Und schließlich Ted mit seinen dunklen Haaren. Er zuckte leicht die Achseln. Für ihn war das alles ein Buch mit sieben Siegeln.

Randolph Tarlington hörte aus der Richtung des Flusses Gelächter und runzelte die Stirn.

»Verdammt!«, fluchte er und verlagerte das Gewicht im Sattel. Er hatte, um Zeit zu sparen, die Abkürzung über das Land der Halls genommen. Und hatte Hall ihm nicht an jenem Tag im Grundbuchamt untersagt, sein Land zu betreten? Natürlich hatte er sich nie um die Warnung geschert und war seither schon unzählige Male hier langgeritten, ohne zu fürchten, entdeckt zu werden. Und jetzt saßen seine Nachbarn keine hundert Meter von der Felsschlucht, die er durchqueren musste, in der Sonne.

Randolph versuchte zu erkennen, um wen es sich bei den Personen handelte, die er durch die Bäume ausmachen konnte. Layla erkannte er gleich. Dann waren da noch Halls jüngerer Bruder und zwei junge Mädchen. Gut! Von Hall selbst war weit und breit nichts zu sehen. Er drehte sich zu Hugh und Dominic um, die hinter ihm ritten, und legte einen Finger auf die Lippen, um ihnen zu bedeuten, leise zu sein. Die Entfernung müsste ausreichen. Wenn sie vorsichtig waren und die Pferde nicht wieherten, konnten sie sich vielleicht unbemerkt vorbeischleichen. Er hob die Zügelhand und trieb sein Pferd an.

Dan holte unaufgefordert seine Mundharmonika hervor. Kitty sah zu, wie seine Lippen an dem Instrument entlangglitten und diesem eine traurige, wehmütige Melodie entlockten. Sie schloss die Augen und verlor sich ganz in der Musik. Ein Schwarm wilder Tauben ließ sich gurrend über ihnen im Geäst nieder. Papageien krächzten heiser. Kitty dachte an Layla, halb Frau, halb Mädchen, die sie nicht mehr brauchte, und an Johnno, der sie zur Frau nehmen würde. Dann wandten sich ihre Gedanken Maddie zu, die den Busch hasste, und anschließend Heinrich, Minna und Ted. Bridie und Mayse, zwei so gegensätzliche Frauen, die sich doch vom Naturell her so ähnlich waren. Dan, der jetzt in Heinrichs Haus lebte. Alles um sie herum veränderte sich, schritt fort und ließ sie zurück.

Zornig blickte sie hinauf zu den lärmenden Vögeln. Warum waren sie so unbeschwert und glücklich und machten einen solchen Radau? Sie dachte an die Tauben, die Dan ihnen vorhin gezeigt hatte; gut genährte Jagdbeute für Maddies Kochtopf. Sie konnte ebenso viele Vögel erlegen wie Dan. Sie wusste, dass sie es konnte.

Hatte Ted nicht selbst gesagt, dass sie sich zu einem hervorragenden Schützen entwickelt hatte?

Sie blickte zu Dan hinüber. Er hatte die Augen beim Spielen geschlossen. Neben ihm auf dem Boden lag sein Gewehr. Sie wusste, dass es immer schussbereit war, wenn auch nicht geladen. Neben der Waffe lag der Beutel mit den Patronen. Ganz langsam tastete sie sich näher heran. Layla lag still da und betrachtete Dan, und Emma war damit beschäftigt, Grimassen zu schneiden. Kittys Hand schloss sich um den Gewehrkolben; das Holz fühlte sich kühl und glatt an. Dan würde wütend werden; er hasste es, wenn jemand sein Gewehr anfasste.

Randolph Tarlington seufzte erleichtert, als er und die Jungen sich der Felsschlucht näherten. Bald hatten sie es geschafft, und niemand hatte etwas gemerkt. Vorsichtig lenkte er sein Pferd in den Durchgang, der so eng war, das seine Stiefel rechts und links die Felswand streiften.

Der Knall kam völlig unerwartet, und einen Moment hörte er nichts mehr außer dem Dröhnen in seinen Ohren. Das Pferd wieherte ängstlich, warf sich erst zur Seite und stieg dann in Panik. Randolph konnte sich nicht halten und stürzte schwer zwischen die gezackten Felsen. Nach Luft ringend saß er da, nicht in der Lage auszuweichen, als sein Pferd noch einmal ausschlug, bevor es davonpreschte. Ein dumpfer Schmerz durchzuckte ihn, als der Huf gegen sein Bein krachte. Er hob den Blick. Hugh und Dominic hockten kreidebleich und mit offenem Mund auf ihren tänzelnden Pferden.

Randolph erhob sich mühsam. Er sah Blut an seiner Reithose. Welcher Idiot hatte da geschossen? Bestimmt der junge Hall, der vor den Mädchen angeben wollte. Wüst fluchend humpelte er hinter seinem Pferd her.

Dan fuhr erschrocken zusammen, als der ohrenbetäubende Knall ertönte. Er ließ die Mundharmonika fallen und sprang auf, als auch schon ein Pferd durch das Gebüsch auf ihn zupreschte. Sein eigenes Pferd wieherte, als die Rappstute mit weit aufgerissenen Augen und Schaum vor dem Maul auf die Lichtung jagte. Dan sah eine blutende Wunde an ihrer Flanke. Er stellte sich dem Pferd mit ausgebreiteten Armen in den Weg, um es aufzuhalten.

»Hola, ruhig«, sagte er besänftigend, als er die Zügel zu fassen bekam, und schaute dann genauer hin. Er hatte das Pferd schon einmal gesehen, aber wo? Er versuchte, sich das Tier in einer vertrauteren Umgebung vorzustellen. Natürlich. Die Stute gehörte Randolph Tarlington.

»Nimm die Pfoten von dem Pferd, du verfluchter Idiot! Herumballern und anderer Leute Pferde erschrecken. Man sollte meinen, Sie hätten etwas mehr Verstand, Hall.« Keuchend stolperte Randolph auf die Lichtung.

»Passen Sie auf, was Sie sagen, Tarlington. Es sind Damen anwesend.«

»Wo ist das Gewehr?«, wollte Randolph wissen, ohne Dans Einwand zu beachten. Er blickte sich suchend um. »Los, geben Sie es mir.«

Kitty stand etwas abseits, das Gewehr noch in der Hand. Mit wenigen Schritten war Randolph bei ihr und riss ihr die Waffe aus der Hand. Kitty strauchelte, knickte um und landete unsanft auf dem Allerwertesten.

Dan wusste selbst nicht, wie es kam, dass er Randolph Tarlington plötzlich beim Kragen gepackt hielt. Eben hatte er noch völlig verdattert dagestanden, und im nächsten Moment blickte er Tarlington in die braunfleckigen Augen. Grob zog er den älteren Mann zu sich heran. Er konnte Tarlingtons angestrengten Atem hören und seine Schnapsfahne riechen. Er sah, wie die Haut an Tarlingtons Hals blass wurde, als er den Stoff enger zusammenzog. Tief aus seinem Inneren wallte rasender Zorn auf.

Randolphs Augen blitzten zornig. »Lass mich los, Junge!«

Die Anrede reizte Dan nur noch mehr. Junge! Er betrachtete sich schon seit Jahren nicht mehr als Kind. Er war ein Mann und kein kleiner Junge, den man herumkommandieren konnte. Anstatt loszulassen, packte er noch fester zu.

»Das hier ist unser Land, Tarlington, nicht Ihres. Sie halten sich widerrechtlich hier auf. Und was das Gewehr betrifft, schießen wir, worauf wir Lust haben.«

»Was Sie nicht sagen?« Tarlington wandte den Kopf steif Hugh und Dominic zu, die zwischenzeitlich hinzugekommen waren. »Ihr nutzlosen Idioten«, herrschte Randolph sie an. »Wenn ihr mir schon nicht helfen wollt, könnt ihr ebenso gut nach Hause reiten. Es gibt viel zu tun. Los, verschwindet.«

Hugh war unnatürlich blass, als er zu seinem Pferd zurückging und sich in den Sattel schwang. Dominic allerdings blieb, wo er war, ein schadenfrohes Lächeln auf den Lippen. *Los, Dan,* ermutigten seine blitzenden Augen seinen Nachbarn. *Schlag zu! Mach ihn fertig!*

Dans Blick glitt zwischen den Brüdern hin und her. Seine Hand war zur Faust geballt. Nur ein Schlag, und es würde Blut spritzen. Die Muskeln an seinem Arm spannten sich, bereit vorzuschnellen.

Dan zögerte. Nach und nach gewann die Vernunft die Oberhand, er öffnete die Hand und riss dem Mann das Gewehr aus der Hand. Dann ließ er auch den Hemdkragen seines Gegenübers los und stieß Tarlington von sich. Er blickte wieder auf Dominic und sah die Enttäuschung in dem gesenkten Blick des jungen Burschen.

»Machen Sie, dass Sie wegkommen, Tarlington«, zischte Dan. »Sie haben hier nichts zu suchen. Wenn ich Sie jemals wieder auf meinem Land erwische, werde ich keine nachbarschaftliche Milde mehr walten lassen.«

TEIL IV

Maddie

KAPITEL 27

Einige Tage nach der Heirat von Layla und Johnno meldete die junge Aborigine sich bei den Halls zurück.

»O Layla!«, rief Kitty entzückt aus und umarmte ihre Freundin spontan. »Ich dachte schon, du würdest gar nicht mehr zurückkommen.«

Maddie und die Mädchen umringten sie. Layla strahlte sie an. »Ich bin zurück, Miss Maddie. Die Heirat ist besiegelt.«

Der Schulunterricht wurde ohne Layla fortgeführt, die es jetzt eilig hatte, nach der Arbeit zu ihrem Mann zurückzukehren. Johnno verwandte derweil seine Freizeit darauf, unten am Fluss eine Lehmhütte zu errichten. Sie stand dicht beim Eingeborenenlager, ein nettes, kompaktes Häuschen, aus dem noch weit nach Einbruch der Dunkelheit Hämmern zu hören war.

Als die Hütte nach Weihnachten schließlich fertig war, wurde deutlich, dass Layla schwanger war. Kitty beobachtete über die Monate fasziniert, wie Laylas Bauch sich gegen den dünnen Stoff ihres Kleides drückte, und sie lachten, wenn die Bewegungen des Kindes durch die Bauchdecke hindurch zu sehen waren.

»Das Baby tritt mich«, erklärte Layla. Als sie Kittys

Unsicherheit spürte, sagte sie: »Leg die Hand auf meinen Bauch, dann kannst du es fühlen.«

Zögernd bewegte Kitty die Hand auf Laylas Bauch zu. Die Haut fühlte sich fest und gespannt an. Dann bewegte sich das Baby wieder und jagte ein Zittern durch den Körper seiner Mutter.

Layla kicherte. »Johnno sagt, ich wäre *goompee*.«

»Was heißt das?«

»Kugelrund.«

Kitty besuchte Layla oft an den Wochenenden und nutzte gern einen Überschuss an Gemüse aus dem eigenen Garten, um auch zwischendurch rüberzugehen. Die Hütte wirkte spartanisch, war aber von solcher menschlichen Wärme und Liebe erfüllt, dass man sich dort einfach wohlfühlen musste. Das junge Paar besaß nur wenig. Maddie hatte Layla einige Haushaltsutensilien überlassen wie eine Pfanne, ein paar alte Teller und ein halbes Dutzend abgenutzter Laken.

Kitty und ihre Freundin hatten viel Spaß in der Hütte. Johnno wusste immer alte Geschichten oder halb vergessene Lieder, die seit Jahrzehnten von Generation zu Generation weitergegeben wurden. Kitty beobachtete die beiden, wenn sie gemeinsam am Lagerfeuer saßen. Johnno, der sich zurückgelehnt auf die Ellbogen stützte, und Layla, die im Schneidersitz dasaß, die Arme schützend um den dicken Bauch gelegt. Zwei Menschen, die sich nicht berührten und doch verbunden waren durch einen heiligen Eid und das neue Leben, das sie geschaffen hatten.

Kitty genoss den Frieden, der in der kleinen, einfachen Hütte herrschte, fühlte, wie sie so weit entspannte, dass sie zu lethargisch wurde, zum sich zu rühren. Es war, als würden allein dadurch, dass sie auf der nackten Erde saß, ihre Ängste besiegt, sodass sie die Vergangenheit hinter sich lassen konnte. Nach einiger Zeit konnte sie endlich ohne das Gefühl quälenden Verlustes an Heinrich denken.

Ted versteifte sich im Sattel, als er auf den Paddock vor dem Haus ritt. Im Schatten eines Baumes graste Reverend Careys Pferd, ein magerer, gedrungener und struppiger Apfelschimmel.

Manch respektlose, ungläubige Seele mochte sich ein Lachen nicht verkneifen können, wenn sie den Reverend vorbeireiten sah. Ted hatte sich jedenfalls manches Mal eines Lächelns nicht erwehren können. Der Priester war ein groß gewachsener, schlaksiger Mann, gerade mal zwanzig, mit sehr hellen Augen und einem ständig salbungsvollen Ausdruck auf dem jungen Gesicht. Er und sein treues Pferd passten auf eigentümliche Art zusammen, ein sonderbares, klapperdürres Paar, das unerschütterlich im Schneckentempo den staubigen Straßen von Queensland folgte.

Gewöhnlich wurde ihnen die Ankunft des Priesters angekündigt: Clarrie Morgan warnte sie vor, und Ted sorgte immer dafür, dass er an diesem Tag etwas Wichtiges außer Hause zu erledigen hatte. Für den heutigen Besuch war die Vorwarnung jedoch ausgeblieben.

Und jetzt stand das Pferd vor seinem Haus, und es deutete alles darauf hin, dass er drinnen Reverend Carey am Esstisch antreffen würde, bei Tee und hausgebackenen Plätzchen. Nicht, dass er sich an Maddies Wunsch nach spiritueller Führung gestört hätte, auch wenn er manchmal den Verdacht hatte, dass dieses Bedürfnis mehr aus Einsamkeit resultierte als aus Notwendigkeit. Er persönlich zog es jedoch vor, den Priester mit den ausdruckslosen Augen und eintönigen Predigten zu meiden. Ted fluchte. Er war seit Tagesanbruch draußen gewesen und hatte Zäune auf der neuen Parzelle repariert; er sehnte sich nach einem heißen Tee.

Leise brachte er sein Pferd in den Stall. Wenn er ganz vorsichtig war, konnte er vielleicht unbemerkt in die Küche schleichen und sich einen Tee und ein paar Kekse holen.

Aus dem Esszimmer hörte er Tassenklirren und Stimmengemurmel. Ted machte es sich auf einem Stuhl am Feuer gemütlich, lehnte sich zurück und streckte die Füße aus. Der Duft backenden Brotes hing in der Luft. Der Tee wärmte ihn und brachte seinen knurrenden Magen vorübergehend zum Schweigen. Die Wärme des Feuers machte ihn schläfrig. Er schloss die Augen und entspannte sich. Langsam wich die Kälte aus seinen Gliedern.

»Nur fünf Minuten«, murmelte er leise, als die Katze auf seinen Schoß sprang und dort nach Plätzchenkrümeln suchte.

»Dann gehe ich wieder an die Arbeit.«

Er nickte ein, von der Wärme und den leisen Geräuschen aus dem Esszimmer eingelullt. Ein gedämpftes Kichern weckte ihn, und als er die Augen aufschlug, sah er, dass er von einem Kreis von Gesichtern umgeben war. Schläfrig blickte er sich um – Maddie, die peinlich berührt wirkte, Kitty, Beth, Emma, die schwangere Layla und Reverend Carey.

»Bist du krank, Papa?«, fragte Emma, schob die Katze beiseite und kletterte auf seinen Schoß.

»Ted, du bist herzlich willkommen, dich zu uns ins Esszimmer zu gesellen. Reverend Carey erzählte gerade ...«

Ted winkte ab. Wenn er schnell reagierte, konnte er sich unter irgendeinem Vorwand noch aus dem Staub machen. Aber da reichte Reverend Carey ihm die Hand, um ihm aus dem Stuhl zu helfen. Zu spät; er saß in der Falle.

»Kein Problem, Ted. Wir haben alle unseren Tee getrunken; Sie kommen gerade noch rechtzeitig, um sich uns im Gebet anzuschließen.«

Der Anflug unerklärlicher Trauer, die er verspürte, als er die Straße zur Hütte der Halls hinunterfuhr, kam ganz plötzlich und unerwartet für Clarrie Morgan. Die kleine Hütte sah irgendwie heimelig aus mit der gerodeten Lichtung davor, den kleinen, eingezäunten Weiden und dem großen, gepflegten Gemüsegarten.

Als er seine Gefühle genauer betrachtete, kam er zu dem Schluss, dass es weniger um Haus und Land ging als um die Frau, die dort lebte, Maddie. Sie besaß eine fast ätherische Schönheit mit blasser, durchscheinender Haut und großen grauen Augen, denen nichts zu entgehen schien. Wie die Lady auf diesem italienischen Gemälde, von dem er erst letzte Woche in der Zeitung gelesen hatte. Mona soundso. Er kratzte sich am Kopf. Verdammt, er konnte sich einfach keine Namen merken.

Ihren Namen hatte er allerdings nie vergessen. Maddie. Er klang irgendwie wie aus einem Buch. Sie hatte ihm einmal erzählt, dass es die Abkürzung für Madeleine sei. Er hatte den Namen später für sich allein laut ausgesprochen und versucht, ihn mit ihrem Gesicht in Verbindung zu bringen, aber das war misslungen. Madeleine. Das klang so streng. Maddie war freundlicher, ein angenehm weich klingender, runder Name.

Außerdem war Maddie ruhig und still, ganz anders als ihre Quasselstrippe von einer Schwester. Die kleine Kitty war ein völlig anderer Typ, das heißt, so klein war sie gar nicht mehr. Aus der Ferne sahen sich die Schwestern mit ihrem rotgoldenen Haar und dem blassen Teint zum Verwechseln ähnlich, aber aus der Nähe betrachtet hätten sie gegensätzlicher nicht sein können.

Clarrie bog um die letzte Wegbiegung, und da lag sie vor ihm, die kleine Hütte mit den liebevoll gepflegten Rosenbüschen. Er hatte seinerzeit gerüchteweise von Heinrichs Tod gehört und davon, wie Ted Tarlington beim Grundbuchamt um Minuten zuvorgekommen war.

»Gut gemacht«, hatte Clarrie Ted gratuliert und ihm anerkennend auf die Schulter geklopft. »Randolph Tarlington hatte einen Dämpfer nötig. Freut mich, dass Sie derjenige waren, der ihm eine Lektion erteilt hat.«

»Ja, Schnee von gestern.« Ted hatte irgendwie den Eindruck erweckt, als fühle er sich nicht ganz wohl bei der Sache.

»Ich wünschte, ich hätte im Grundbuchamt dabei sein und Tarlingtons Gesicht sehen können.«

Darauf hatten die beiden Männer herzlich gelacht, der eine bei der Erinnerung, der andere bei der Vorstellung der Szene.

Clarrie kümmerte sich inzwischen ganz allein um die Post, nachdem Jim im vergangenen Jahr eine andere Route übernommen hatte. Fast war es Zeit, fand Clarrie, sich eine weniger beschwerliche Art, seinen Lebensunterhalt zu verdienen auszudenken. Er war fast vierzig und wollte nicht ewig nur unterwegs sein.

»Jetzt wo sie die Straße in Ordnung gebracht haben, überlege ich mir, den Job dranzugeben. Heute kann man locker in zwei Tagen von Beenleigh bis über die Grenze. Die ganzen Schlag- und Schlammlöcher sind aufgefüllt oder trockengelegt worden. Es ist nicht mehr so wie früher«, sagte er zu Ted.

Clarrie galt in der Gegend als wandelnde Informationsbörse. Er hatte immer irgendeine Geschichte auf Lager. Er hielt sie auf dem Laufenden, was die Ereignisse in den umliegenden Ortschaften anbelangte, berichtete von der Leiche, die man weiter westlich am Skinner's Creek gefunden hatte, von dem Buschfeuer am Pine Tree Gap oben in den Bergen. Maddie verwöhnte ihn, schwatzte ihm noch eine Tasse Tee und noch ein Stück Kuchen auf. Als wolle sie seine Weiterfahrt hinauszögern.

»Wie weit kommen Sie noch bis heute Abend?«, fragte sie und musterte ihn aus ihren unvergleichlichen grauen Augen, als er sich anschickte aufzubrechen.

»Ach, bis irgendwo in den Bergen. Ich suche mir ein Holzfällerlager, in dem ich für die Nacht unterkommen kann. Wir teilen dann ihr Lagerfeuer und meine Fressalien. Ist ein einsames Leben oben in den Bergen, allein unter Bäumen, Abos und Dingos. Und natürlich den *Kookaburras,* die einen jeden Morgen mit ihrem Geschrei wecken.«

Er wusste, dass Maddie sehr gut verstand, was er meinte.

Auch ohne zurückzublicken wusste er, dass sie auf der Veranda stand und seinem Wagen nachschaute, an dem das Ersatzpferd mit den fast leeren Packtaschen festgebunden war. Dann würde sie seufzen und in die Küche zurückgehen, um sich fast gierig über die Briefe und Zeitungen herzumachen, bis die Buchstaben durch die unausweichlichen Tränen vor ihren Augen verschwammen.

Clarrie hatte viele Spitznamen und kam mit jedem gut aus. Er war ›herumgekommen‹, wie man sagte, und es gab nicht mehr viel im Leben, das ihn überraschen oder sein Mitleid erregen konnte. Aber Frauen wie Maddie flog sein großes, weiches Herz zu. Den einsamen Frauen im Buschland.

Nach Clarries Versicherung, die Straße nach Norden sei inzwischen sehr gut befahrbar, schlug Ted einen Ausflug nach Beenleigh vor.

»Johnno kann dich begleiten und den Wagen lenken. Nimm die Mädchen mit. Das wird eine nette Abwechslung, vor allem für Beth und Emma.«

Einige Tage später brachen sie frühmorgens auf. Es war so kalt, dass ihr Atem weiße Dampfwolken bildete. Ted stand am Tor und winkte ihnen zum Abschied. »Mach dir wegen Layla keine Sorgen, ich werde auf sie aufpassen«, versicherte er Johnno.

»In Ordnung, Boss«, entgegnete Johnno mit einem Grinsen und warf einen zärtlichen Blick auf seine Frau.

Clarrie hatte nicht übertrieben. Die Straße war breiter und in viel besserem Zustand als bei ihrem letzten Besuch in der Stadt, damals, als Ted Heinrichs Parzelle gepachtet hatte. Die tiefen Furchen, die damals das Vorwärtskommen noch so erschwert hatten, waren irgendwie eingeebnet worden, und eine Brücke hatte eine der Fähren abgelöst. Am Nachmittag trafen sie in Beenleigh ein. Vom Fluss her wehte ein kalter Wind, der das hohe Gras am Straßenrand wellte. Maddie eilte mit den Mädchen ins Hotel, und sie gönnten sich alle den Luxus eines heißen Bades.

Später, als die Kinder schliefen, nahm Maddie das Geld aus ihrer Börse und zählte es noch einmal. Zwanzig Pfund! Ihr eigenes Geld, über das sie völlig frei verfügen durfte. Ted hatte es ihr am Vorabend in die Hand gedrückt.

»Kauf dir etwas Schönes«, hatte er gesagt und sie auf die Wange geküsst. »Du hast es weiß Gott verdient.«

Da hätte sie es ihm beinahe gesagt, hatte sich aber dann im letzten Moment doch zurückgehalten, weil sie erst ganz sicher sein wollte. Am Morgen war ihr wieder übel gewesen. Sie war sicher, schwanger zu sein. Ein kurzer Besuch beim Doktor am nächsten Tag würde ihr Gewissheit verschaffen. Glücklich betrachtete sie das Geld, ehe sie es wieder sorgfältig wegsteckte.

Der Doktor – auf dem Praxisschild stand er als Dr. Theodore Grace – untersuchte sie unter dem über ihren Unterleib gebreiteten Laken und bestätigte, was sie bereits geahnt hatte.

»Ich würde sagen, wir können um Weihnachten herum mit dem Familienzuwachs rechnen, Mrs. Hall«, sagte er und bedeutete ihr, sich hinter der spanischen Wand wieder anzukleiden.

Hinterher traf Maddie sich wie vereinbart mit den Mädchen im Gemischtwarenladen. Sie musste die üblichen Vorräte einkaufen – säckeweise Mehl und Zucker, Tee, Johannisbeeren, Rosinen, Reis, Senf, Currypulver, Marmelade, Pökelfleisch, Seife, Pfeffer, Streichhölzer und Saatgut für den Gemüsegarten. Als dieser Teil der Einkäufe erledigt war, schaute sie sich in aller Ruhe um, in dem Bewusstsein, sich ein paar Extravaganzen leisten zu können.

Sie schaute sich die Stoffe an und wählte einige besonders weiche für das neue Baby aus. Teds Sohn. Das Kind, das sie sich so lange gewünscht hatten. Wie glücklich er sein würde, wenn sie ihm die Neuigkeit mitteilte. Als sie ihre Wahl getroffen hatte, verließ sie den Laden. Johnno ächzte unter der Last – ein ganzer Ballen Kaliko, Nähnadeln und Faden, Meterweise Linon und Batist sowie Süßigkeiten für die Kinder und einen Beutel Tabak für Ted. Das letzte Mitbringsel wollte sie im Hotel besorgen: ein Fässchen Rum.

Anfang Juli brachte Layla einen kleinen Jungen zur Welt. Schon am folgenden Tag kam sie zurück, um ihren gewohnten Arbeiten im Haushalt nachzugehen, wobei sie das Baby mitbrachte, das friedlich in einer gepolsterten Kiste am warmen Feuer schlief. Dieses Arrangement kam allen entgegen. Layla verbrachte die Vormittage mit Waschen und Putzen. In regelmäßigen Abständen wachte der Säugling auf und verlangte ihre Aufmerksamkeit.

»Darf ich gehen und mein Baby füttern, Missus?«, fragte sie stets.

Maddie nickte, und Layla setzte sich in die Küche, um ihren Sohn zu stillen. Man traf sie häufig mit offener Bluse vor dem Feuer an, wie sie dem Kleinen die Brust gab. Kitty leistete ihr oft Gesellschaft, strich dem Säugling über den seidigen Haarflaum und sah zu, wie seine winzigen Lippen an Laylas brauner Brust saugten.

»Ich möchte später einmal viele Kinder haben.«

»Bis dahin ist noch viel Zeit, Kitty.«

»Ich bin vierzehn«, protestierte sie. »Nur vier Jahre jünger als du.«

Layla antwortete nicht darauf, sondern drückte stattdessen ihrem Kind einen Kuss auf das Köpfchen.

»Ist es schön, einen Mann und ein Baby zu haben? Und ein eigenes Haus?«

»Nicht Dinge zu besitzen macht einen glücklich, Kitty. Sondern die Zufriedenheit mit dem, was man hat. Glück spielt sich hier drin ab.« Layla tippte sich auf die Brust. »Das musst du lernen.«

Kitty schüttelte den Kopf. »Ich verstehe das nicht. Ted sagt immer, dass es wichtig ist, im Leben etwas erreichen zu wollen. Gib dich nie mit etwas zufrieden, habe ich ihn zu Dan sagen hören. Man solle immer ein Ziel vor Augen haben, etwas, worauf man hinarbeitet. Und jetzt sagst du, ich solle mit dem zufrieden sein, was ich habe. Was ist denn jetzt richtig?«

»Ah, das ist etwas anderes. Ted ist ein Mann. Für Männer gelten völlig andere Regeln. Außerdem ist in Teds Augen nichts unmöglich. Er kennt die Bedeutung dieses Wortes gar nicht.«

»Das ist nicht fair!«

»Vielleicht nicht. Aber so ist das Leben nun einmal.«

Kitty wusste nicht, was sie erwidern sollte. Sie wusste, dass es stimmte. Aber es ärgerte sie maßlos. Warum sollten nur Männer sich Ziele setzen und Pläne schmieden dürfen? Warum trafen sie alle Entscheidungen? Je mehr sie darüber nachdachte, desto verwirrter wurde sie.

Layla nannte ihren Sohn Billinooba, was in ihrer Sprache ›Ort der Papageien‹ bedeutete. Alle nannten ihn nur Little Bill. Im Laufe der nächsten Monate entwickelte er sich zu einem wahren Wonneproppen, der jeden anlachte, der in seine Nähe kam. Es ist schön, wieder ein Baby im Haus zu haben, dachte Kitty, die es liebte, sich mit dem Kleinen zu beschäftigen.

Um die Mittagszeit war Layla in der Regel mit ihrer Arbeit fertig. Kitty blickte ihr nach, als sie mit ihrem Baby auf dem Arm davonging, zu ihrer eigenen kleinen Hütte und ihrem zweiten Dasein als Ehefrau und Mutter.

KAPITEL 28

Im September belohnten die Rosen Kitty für die aufopferungsvolle Pflege mit einer unglaublichen Fülle an Knospen. Mit der Zeit öffneten sich die ersten grünen Hüllen, und zum Vorschein kamen zartrosa Blütenblätter, die in der Sonne schimmerten wie Perlmutt.

Wäsche und Gartenarbeit gehörten zu den Pflichten der Mädchen. Maddie werkelte derweil in der Küche herum, kochte und putzte. Fast schien es, als würde sie diesen Raum gar nicht mehr verlassen. Gemüse musste eingelegt, Obst eingekocht und Mahlzeiten zubereitet werden, Arbeit am Fließband, sodass sie abends todmüde ins Bett fiel. Die Freude über die Schwangerschaft wurde bald getrübt. Das Kind war so schwer, und bis zur Geburt waren es noch Monate. Ihr Bauch hatte schon beträchtliche Ausmaße angenommen, und von der Hitze schwollen ihre Beine und Fußknöchel an. Sie mochte gar nicht an den bevorstehenden Sommer denken.

Bald würde sie es den Mädchen sagen müssen. Die weiten Kleider verbargen weiß Gott nicht mehr viel. Emma würde begeistert sein, auch wenn das Baby für sie alle Mehrarbeit bedeutete. Maddie ließ sich seufzend auf den nächstbesten Küchenstuhl sinken. Bedächtig legte sie die Arme um den Bauch und fühlte ihr Kind strampeln.

Das Baby sollte Ende Dezember kommen. Weihnachten und Neujahr gingen vorbei, aber immer noch deutete nichts auf eine bevorstehende Niederkunft hin. Sie hielt sich nur noch im Haus auf, aufgeschwemmt und unter der Hitze leidend. Ted ließ sie nicht aus den Augen, verhätschelte sie, wo er konnte, und machte sie damit ganz nervös. Sie konnte es nicht ertragen, angefasst zu werden, egal, von wem. Das Baby trat und strampelte und wuchs, bis sie glaubte, ihr Bauch würde platzen. Jeden Abend, wenn sie sich auf das Bett sinken ließ, betete sie, dass der nächste Tag sie von der Last erlöste.

Mitten in der Nacht wachte sie auf und stellte fest, dass ihr Nachthemd völlig durchnässt war. Zuerst glaubte sie noch, es wäre nur Schweiß, setzte sich mühsam auf und wollte die Laken zurückschlagen, merkte aber dann, dass sie diese bereits ans Fußende des Bettes gestrampelt hatte. Dann fühlte sie, wie ihr warme Flüssigkeit die Beine hinablief. Hastig schüttelte sie Ted wach. Er stöhnte und rollte sich ihm Schlaf zu ihr herum.

»Das Baby, Ted«, flüsterte sie, um die Mädchen nicht zu wecken.

»Ist es soweit?« Er war sofort hellwach und tastete in der Dunkelheit nach ihr. »Ist mit dir alles in Ordnung?«

»Ja, ja.«

Er sprang aus dem Bett und lief aus dem Zimmer. Eine halbe Stunde später kehrte er mit einer ganz verschlafenen Mayse zurück, die wie vereinbart als Hebamme agieren sollte. Aber es dauerte noch fast anderthalb Tage, bis das Baby endlich geboren wurde, drei Wochen vor Kittys 15. Geburtstag, im selben Bett, in dem es gezeugt worden war.

Kittys Augen brannten von zu wenig Schlaf. Sie alle hatten in den vergangenen zwei Nächten kaum ein Auge zugetan, wach gehalten von Maddies Stöhnen und Schreien jenseits des Vorhangs, der das Schlafzimmer vom Esszimmer trennte. Sie hatte versucht, nicht hinzuhören. Die Geräusche machten ihr Angst. Schmerzen?, dachte sie verwirrt. War es immer so schlimm, ein Baby zu bekommen? Sie versuchte, die Laute aus dem Nebenraum auszublenden, und half Mayse so gut es ging, indem sie das Feuer in Gang hielt und reichlich heißes Wasser und saubere Handtücher bereitstellte.

Kitty legte den Kopf schräg und lauschte, als die ersten schwachen Schreie des Babys ertönten. Nach einigen Minuten rief Mayse Ted herein. Kitty war froh, als er endlich ging. Er hatte sie ganz verrückt gemacht mit seinem rastlosen Aufundabgehen.

Etwas später kam Mayse schnaubend in die Küche.

»Ein Mädchen«, verkündete sie. »Ted ist enttäuscht, dabei sollte er froh sein, dass beide noch leben. Armes kleines Würmchen. Hat schwere Stunden hinter sich, und Maddie ist ebenfalls völlig am Ende. Lasst ihnen noch ein paar Minuten, dann könnt ihr auch reingehen. Aber nur kurz.«

Kitty stand in der Tür zu Maddies Zimmer, hielt den Vorhang zur Seite und spähte hinein. Es sah alles aus wie immer, abgesehen von der Korbwiege neben dem Waschtisch. Sie ging auf die Wiege zu. Das Baby hatte die Augen weit offen und starrte an die Zimmerdecke. Es war ein sehr großes, schmales Baby, wunderhübsch gebaut und mit makelloser Haut.

Maddie lag mit geschlossenen Augen im Bett, ihre Haut beinahe durchsichtig nach den Anstrengungen der letzten Stunden. Ted saß bei ihr, hielt ihre Hand und fühlte sich sichtlich unwohl und fehl am Platze.

»Sie ist wunderschön, Maddie«, sagte Kitty, bemüht, den enttäuschten Ausdruck in Teds Augen zu übersehen.

»Sei nicht traurig, Liebes«, sagte Ted leise und drückte Maddies Hand. »Es wird noch mehr Babys geben, du wirst sehen. Das nächste wird ein Sohn.«

Maddie lächelte schwach. »Möchtest du sie mal halten, Kitty?«

Vorsichtig nahm Kitty das Kind auf den Arm und setzte sich auf einen Stuhl. Die Haut ihrer kleinen Nichte erinnerte sie an die blühenden Dupontii-Rosen, weich und samtig, cremefarben mit einem Hauch von Rosa.

»Können wir sie Rose nennen?«, fragte sie.

Maddie zuckte die Achseln. »Nenn sie, wie du magst«, sagte sie.

Ted hatte Maddies Bibel vom Tisch genommen und schlug sie jetzt beinahe ehrfürchtig an der Stelle auf, an der die Namen aller Familienmitglieder eingetragen waren. Er beugte sich über die Seite, und die Feder kratzte über das Papier. Als er fertig war, lehnte er sich zurück und zeigte allen, was er geschrieben hatte. In Schönschrift prangten unter dem letzten Eintrag die Worte:

ROSE ANN HALL
Geboren am Donnerstag, den 29. Januar
Anno 1880

Kitty blickte liebevoll auf das Baby in ihren Armen. »Rose Ann«, sagte sie leise und streichelte das winzige Händchen des Babys. »Das ist perfekt. Ein so hübscher Name. Nach der schönsten aller Blumen.«

Es war ein Augenblick solcher Zärtlichkeit, dass ihr Herz vor Liebe zu diesem Kind beinahe einen Schlag aussetzte, und am liebsten hätte sie die kleine Rose besitzergreifend an sich gedrückt und mit niemandem geteilt. Sie war so winzig, so neu in ihrer Welt. Sie hatte noch so vieles zu lernen. Und sie, Kitty, konnte es ihr beibringen.

In ihrer Aufregung bemerkte sie nicht, dass Roses Finger unter ihren seltsam steif waren und die Augen immer noch leer an die Decke starrten.

Dan lebte sich rasch in dem Häuschen ein, das alle aus reiner Gewohnheit auch nach Monaten und Jahren noch Heinrichs Cottage nannten.

Das Leben dort war, verglichen mit jenem bei Maddie und Ted, ruhig und beschaulich. Es gab keine Kinder, die seine Gedanken störten, niemanden, dem er Rechenschaft schuldig gewesen wäre. Er bekam nur selten Besuch. Anfangs war Maddie öfter vorbeigekommen, hatte ihm etwas zu essen gebracht und über seine Ernährungsgewohnheiten geschimpft. Nach einiger Zeit war der Weg jedoch aufgrund ihrer Schwangerschaft für sie zu beschwerlich geworden. Kitty ihrerseits weigerte sich strikt, auch nur in die Nähe des Cottages zu kommen. Und wenn Ted mit Dans Nichten Beth und Emma vorbeischaute, hielt er sich nicht mit den Weidetoren auf, sondern stieg einfach über die Zäune.

»Ich habe die Kleinen mitgebracht, um Maddie zu entlasten«, erklärte er dann. Dan wusste, dass das nur eine Ausrede war. Ted liebte es, mit den Kindern durch den Busch zu laufen und ihnen alles zu zeigen, einen bestimmten Vogel, eine seltene Blume, die Wasserströmung des Flusses.

Als es wieder kühler wurde, brachte Maddie gelegentlich einen Topf Stew, frisch gebackenes Brot oder einen Kuchen. Sie hatte das Baby bei sich. Rose hatten sie die Kleine genannt, ein winziges Ding mit großen, dunklen Augen. Er war dankbar für diese Mahlzeiten, da er selbst kein besonders guter Koch war.

Das Alleinsein machte ihm nichts aus, im Gegenteil, die Einsamkeit verschaffte ihm endlich die Ruhe, nachzudenken. Er saß gerne auf der Vordertreppe und ließ sich die Sonne ins Gesicht scheinen, hörte dabei dem

Vogelgezwitscher in den Baumwipfeln über ihm zu und blickte auf die beweglichen Schatten, die die Sonne durch das Geäst auf den staubigen Boden warf. Dass Heinrich sich in der Hütte das Leben genommen hatte, machte ihm nichts aus. Er glaubte nicht an Geister.

Dans häufigster Besucher in dem Cottage war Dominic Tarlington. Manchmal brachte er auch Hugh mit, aber meist kam er allein, für gewöhnlich spätabends, wenn Randolph ihn für den Tag aus seinem strengen Regiment entlassen hatte. Nach einiger Zeit wurde es zu einer Routine. Sie spielten Karten und tranken dazu Rum, besprachen Angelegenheiten aus der näheren Umgebung.

Anfangs schien Dominic sich in dem Häuschen unwohl zu fühlen. »Ich verstehe nicht, wie du hier wohnen kannst, nachdem der Deutsche sich in eben diesem Zimmer umgebracht hat.« Dominic schaute sich unbehaglich um, als erwarte er fast, etwas zu entdecken, das an Heinrichs Tod erinnerte. »Ich bekomme hier eine Gänsehaut.«

»Warum sollte es mir etwas ausmachen? Es ist doch nur ein Haus.«

»Also, ich bin jedenfalls froh, dass ich nicht hier leben muss«, entgegnete Dominic schaudernd. »Ich würde kein Auge zutun.«

Ihre Freundschaft entwickelte sich ganz langsam. Der junge Tarlington war eine seltsame Mischung aus Naivität und Draufgängertum. Innerlich kochte er vor unterdrückter Wut auf seinen Halbbruder, sodass er in ihre Gespräche immer wieder hasserfüllte Bemerkungen einfließen ließ, auf die Dan gern verzichtet hätte.

»Ein paar Typen aus der Umgebung versuchen, ein

Kricketteam zusammenzustellen«, erzählte er Dominic eines Abends. »Ich dachte, ich versuche es mal. Was ist mit dir?«

»Ich glaube nicht, dass Randolph mir frei gibt«, entgegnete Dominic bedauernd. »Für ihn ist Sport reine Zeitverschwendung.«

Wieder dieser Name. Es war, als wäre eine Unterhaltung ohne ihn unvollständig. »Wie alt bist du, Dominic?«

»Achtzehn«, entgegnete Dominic abwehrend.

»Meinst du nicht, es wäre langsam an der Zeit, dass du aus dem Schatten deines Bruders trittst? Du bist jetzt ein Mann. Du bist clever, intelligent. Höchste Zeit, dich auf die eigenen Füße zu stellen. Du hast ein Recht auf Freizeit.«

»Du hast gut reden. Du musst ja nicht mit ihm unter einem Dach leben. Er macht mir mit seinem Jähzorn das Leben zur Hölle. Der einzige Weg, Randolph zu entkommen, bestünde darin, wegzugehen, und ich fürchte, das würde meine Mutter nicht verkraften.«

Da war er wieder, Dominics Widerwillen, sich ernsthaft mit dem Problem auseinander zu setzen.

»Die Teamauswahl findet am Sonntagnachmittag unten an der Anlegestelle statt«, wechselte Dan das Thema. »Vielleicht kannst du es ja doch einrichten.«

»Kommt Kitty auch?«

»Kitty?«

»Ja. Ich finde sie nett, du nicht?«

»Kitty? Sie ist noch ein Kind.«

»Nein, das ist sie nicht. Ich finde sie ausgesprochen hübsch mit ihrem schönen roten Haar.«

Später musste Dan wieder an Dominics Worte denken. Kitty? Sie war fast sechzehn. Wo waren die Jahre geblieben? Er hatte in ihr immer nur den Wildfang mit der roten Wallemähne gesehen, mit dem sie vor all den Jahren nach Australien gekommen waren. Nur ein dürres Kind.

Bei der nächsten sich bietenden Gelegenheit betrachtete er sie genauer. Überrascht stellte er fest, dass sie richtig erwachsen geworden war. Ihr Körper war schlank und geschmeidig von der Arbeit in Haus und Garten. Sie trug immer einen Hut, um sich gegen die Sonne zu schützen, und ihre Haut war blass wie Maddies. Er sah die weiche Rundung ihrer Brust, das rotgoldene Haar, beobachtete, wie sie mit der kleinen Rose umging. Sie zeigte der Kleinen gegenüber mehr Muttergefühle als Maddie. Er dachte an Dominic, der sie aus der Ferne verehrte, und es war, als sähe er sie zum ersten Mal.

Gefühle wuchsen auf einmal in ihm, Gefühle, von denen er gar nicht gewusst hatte, dass er sie überhaupt empfinden konnte. Zärtliche Gedanken beherrschten seine Tage, alltägliche Ereignisse sah er nun mit anderen Augen. Es gab so vieles, das ihn an sie erinnerte, auch wenn er nicht erklären konnte, warum: der Morgentau auf dem Gras, das Schnabeltier, das sich ins Wasser gleiten ließ, als er sich dem Fluss näherte, der schwarze Nachthimmel mit den unzähligen Sternen, das Universum, das sich bis ins Unendliche erstreckte.

Etwas wallte in ihm auf, wenn er an sie dachte, eine tiefe, unerfüllte Sehnsucht. Er wollte sich ihr nähern, wagte es aber nicht. Also unternahm er lange Wanderungen, erklomm steile Hänge und Felswände, um dann abends so erschöpft ins Bett zu fallen, dass er kaum noch die Kraft aufbrachte, sich zu entkleiden. Und dabei waren seine Gedanken ständig bei ihr.

Doktor Theodore Grace traf an einem schwülen Spätnachmittag im Oktober auf einem Schecken in Boolai ein. Sein Besuch war von Überschwemmungen, einer Typhusepidemie westlich von Beenleigh und noch zahllosen anderen medizinischen Angelegenheiten, die immer wieder dazwischengekommen waren, hinausgezögert worden. Der Doktor war 30 Jahre, auch wenn er sich an manchen Tagen fühlte wie 100. Und tief im Innersten wusste er, dass er, wenn er sich die Zeit genommen hätte, darüber nachzudenken, was das Leben ihm in dieser gottverlassenen Gegend zu bieten hatte, in den Downs geblieben wäre, wo das mildere Klima seinen Lungen weit besser bekam.

Als er nun unangemeldet schwer atmend die Vordertreppe hinaufstieg, warf er noch einmal einen Blick auf den Brief in seiner Hand.

Bitte sehen Sie nach meiner Freundin, Mrs. Maddie Hall, begann er. *Ich mache mir Sorgen um ihre Tochter Rose, die vor einigen Monaten zur Welt gekommen ist. Ich fürchte, mit dem Kind stimmt etwas nicht ...*

Unterzeichnet war das Schreiben von Mrs. H. Tarlington, Glengownie.

Er erkannte Maddie Hall gleich wieder; sie war im vergangenen Jahr in seiner Praxis in Beenleigh gewesen. Sie schien nicht überrascht zu sein, ihn zu sehen. Stattdessen saß sie gelassen da und musterte ihn aus grauen Augen.

Theodore zog das Kind aus. Das Mädchen war extrem klein, kaum größer als ein Neugeborenes. Er drückte mit dem Finger auf Roses Handfläche, aber die Finger blieben steif. Dann fuhr er mit einem Bleistift an ihrer Fußsohle entlang. Keine Reaktion. Er kniff sie sacht in den Arm, kitzelte sie am Bauch. Schließlich trat er hinter sie und klatschte rechts und links von ihr laut in die Hände. Rose lag weiter still da und starrte blind an die Zimmerdecke.

»Was ist mit ihr?«

Theodore zuckte die Achseln. »Sie ist taub. Und sie reagiert nicht auf äußere Stimulierungen. Mehr kann ich auch nicht dazu sagen.«

»Und was heißt das?«

Theodore seufzte innerlich. Die medizinische Hochschule hatte ihn nicht darauf vorbereitet, der Überbringer schlechter Nachrichten zu sein. »Ihr Baby ist nicht normal, Mrs. Hall.« Er versuchte, die Worte so sanft wie möglich auszusprechen, aber sie klangen dennoch auch in seinen Ohren grausam.

»Sie ist nicht normal? Aber warum denn? Wie konnte das passieren?«

»Es ist etwas schief gelaufen, möglicherweise bei der Geburt. Vielleicht Sauerstoffmangel.«

Die Frau sah ihn trockenen Auges an. Natürlich hatte sie es gewusst. Er spürte es. Mütter wussten immer Bescheid, auch wenn sie die Wahrheit manchmal verdrängten. Und was sollte er ihr zu diesem winzigen Baby sagen, das sie auf die Welt gebracht hatte? Wie sollte er ihr Hoffnung machen? Nein, es war besser, ehrlich zu sein, damit es sie nicht ganz so hart traf, wenn es soweit war.

»Und was soll ich tun?«

»Es gibt nicht viel, was Sie tun können«, entgegnete er mitfühlend. »Halten Sie sie im Haus, vor allem an windigen Tagen. Gut eingepackt und zugfrei. Wir sind hier in der Wildnis. Hier überleben nur die Stärksten. Machen Sie sich keine zu großen Hoffnungen, was Ihre Tochter betrifft. Sie wird die kommenden sechs Monate vermutlich nicht überleben. Darauf sollten Sie gefasst sein.«

Er rechnete fast damit, dass sie weinte oder hysterisch wurde, aber sie zeigte keinerlei Reaktion. Immerhin hatte sie Monate Zeit gehabt, sich für diese Nachricht zu wappnen. Er hatte lediglich bestätigt, was sie insgeheim schon gewusst hatte. Sie hatte ein krankes Kind zur Welt gebracht. Ihre Züge waren wie versteinert.

Er beendete seine Untersuchung und gab ihr das Kind dann zurück, damit sie es wieder anziehen konnte. Die Frau saß mit schräg gelegtem Kopf da, irgendwie erwartungsvoll, als flehe sie ihn an, ihr zu sagen, es wäre alles nicht wahr, es sei nur ein grausamer Scherz gewesen.

Theodore konnte den Ausdruck in ihren Augen nicht länger ertragen. Er tätschelte ihre Hand und verließ das Zimmer. Er fluchte leise in sich hinein, nicht sicher, ob er wirklich richtig gehandelt hatte. Er hätte ihr nicht die Wahrheit zu sagen brauchen. Vielleicht wäre es besser gewesen, sie im Unklaren zu lassen. Er hätte sie schonen können, aber was hätte das letztlich geändert?

KAPITEL 29

Kitty saß auf der Bettkante und blickte gedankenverloren auf Rose. Maddies Worte hallten in ihrem Kopf wieder. Rose ist nicht normal ... nicht wie andere Kinder. Vor Jahren hatte es in Kiama einen kleinen Jungen gegeben, der so apathisch gewesen war wie sie, mit leerem Blick und offen stehendem Mund. Sie betrachtete Rose. Das musste ein Irrtum sein. Rose war körperlich perfekt. Nur ein wenig langsam.

Sie kochte Maddie Hafergrütze, wobei sie darauf achtete, dass sich oben auf der Milch keine Haut bildete. Anschließend gab sie Zucker und Zimt auf die Süßspeise und noch einen großzügigen Schuss aus Teds Rumfässchen. »Das hilft dir vielleicht«, sagte sie, als sie Maddie die Schale reichte.

Maddie hob ihre kleine Tochter auf und reichte sie Kitty. »Hier, nimm du sie. Ich habe nicht die Kraft ... Ich bin so müde.«

Kitty versuchte, in Maddies Augen zu lesen, aber der Ausdruck in ihnen war unergründlich. Und so nahm sie Rose, legte die Wange an das dunkle Köpfchen ihrer Nichte und atmete ihren süßlichen Babygeruch ein. Das war nicht fair. Womit hatte Rose das verdient? Das Baby lag passiv in ihren Armen und atmete seltsam pfeifend. Es ist nicht schwer, dieses Kind zu lieben, dachte Kitty. Manchmal kommt es mir vor, als wäre es mein eigenes.

Maddie fing an, Rose zu vernachlässigen. Mit jedem Tag verwandte sie weniger Zeit auf den Säugling. »Kümmere du dich um sie, Kitty, du machst das so gut«, sagte sie. »Außerdem ist sie an dich gewöhnt.«

»Ich glaube, Rose bekommt nicht einmal mit, wer sie versorgt«, entgegnete Kitty, die Maddies Haltung als Zurückweisung sah. Fast kam es ihr vor, als würde Maddie sich vor dem Kind fürchten. »Aber ich tue es gern. Das weißt du.«

Ted arrangierte, dass ein zweites Mädchen aus dem Eingeborenenlager Layla bei der Hausarbeit zur Hand ging, sodass Kitty praktisch ihre ganze Zeit Rose widmen konnte, eine Aufgabe, die sie gern erfüllte. Sie schnürte sich ein Tragetuch und trug das Baby vor der Brust, während sie Hausarbeiten erledigte. Rose war so leicht, so klein. Sie spürte ihr Gewicht kaum.

Kitty pflegte sie liebevoll, wusch sie und zog sie um, sah, wie sie unkontrolliert mit den Beinchen strampelte. Jetzt da sie sich mehr oder weniger rund um die Uhr um das Baby kümmerte, sah sie die Diagnose des Arztes eindeutig bestätigt. Rose weinte nie, war völlig lethargisch. Die dunklen, fast schwarzen Augen blickten ins Leere. Rose lag stundenlang friedlich in ihrem Bettchen und versuchte nicht einmal, das Köpfchen zu heben. Kitty kitzelte sie an den Füßen und wartete, dass sie die Zehen bog, aber sie zeigte nicht die leiseste Reaktion. Rose blickte nur völlig unbewegt zu ihr auf.

Freitags, wenn die Post kam, wartete Maddie auf der Veranda auf Clarrie. Sie freute sich immer auf seine Besuche und die Briefe mit Neuigkeiten aus Kiama und noch entfernteren Orten. Bridie und Mayse besuchten sie regelmäßig, was sie immer für kurze Zeit aufzuheitern schien. Manchmal nahm sie ihre jüngste Tochter auf den Arm und betrachtete sie kurz, als wollte sie sehen, wie sie sich entwickelte, bevor sie sie an Kitty zurückreichte.

Aber Kitty wusste, dass trotz aller Besucher sie selbst die wichtigste Bezugsperson für Maddie war. Sie kümmerte sich um Rose und teilte Maddies Geheimnisse. Und die Bürde lastete schwer auf ihr.

Bei Randolph war seit dem Vortag alles schief gegangen. Es fing damit an, dass bei seiner Ankunft in Beenleigh die Hotelbesitzerin nicht da war, um ihn zu empfangen. Sie sei bis zum Monatsende zu Besuch bei ihrer Schwester in Brisbane, teilte ihm ein Zimmermädchen mit. Randolph freute sich immer auf seine gelegentlichen Besuche bei Aldyth Hennessy, und ihre Abwesenheit ärgerte ihn. Dass sie ausgerechnet jetzt weg sein musste.

Enttäuscht zog er sich mit einer Flasche Rum auf sein Zimmer zurück, in der Hoffnung, ein paar Gläser Schnaps würden ihm beim Einschlafen helfen. Er dachte an seinen Termin beim Bankdirektor am nächsten Tag. Er hatte sich gut überlegt, was er sagen wollte; diesmal konnte er ihm einen zusätzlichen Kredit nicht versagen.

Trotzdem versank er im Laufe des Abends zunehmend in Melancholie. Was sollte werden, wenn die Bank sich weigerte, ihm das Geld vorzuschießen? Nachdem er den Gedanken bis jetzt verdrängt hatte, regten sich so kurz vor dem Augenblick der Wahrheit doch erste Zweifel. Es hatte Probleme mit dem Zuckerrohr gegeben, nichts Ernsthaftes, aber doch genug, um die Produktion zu verzögern, und der Gedanke, erneut Cordelia anzubetteln, passte ihm gar nicht.

Nach ein paar Gläsern Rum wurde er zu später Stunde von einer Welle der Einsamkeit übermannt. Er hatte seine ganze Hoffnung auf Aldyth Hennessy gerichtet, sich darauf verlassen, dass sie hier sein und ihn in ihr Bett holen würde. Sie fehlte ihm. Gern hätte er ihren fülligen Körper gestreichelt. Er hatte in letzter Zeit mehrmals versucht, Bridie in sein Bett zu holen, aber sie war scharfzüngig und clever geworden. Cordelia lag ihm wegen des Geldes in den Ohren, und Dominic ... Ah, Dominic zeigte weder Respekt noch Liebe für Glengownie. Die Gleichgültigkeit seines Sohnes gegenüber seinem Erbe brachte ihn schier um.

Als Randolph am nächsten Morgen aufwachte, war sein Zimmer in strahlendes Sonnenlicht getaucht. Er leckte sich mit pelziger Zunge die trockenen Lippen. Er setzte sich auf und wartete, bis das Schwindelgefühl nachließ. Überrascht sah er, dass er noch vollständig angezogen war.

»Allmächtiger!«, brummte er. »Ich kann mich nicht einmal erinnern, ins Bett gegangen zu sein.«

Dieser schlechte Start in den neuen Tag hatte nichts Gutes verheißen. Als er endlich fertig war und gewaschen und umgezogen bei der Bank vorstellig wurde, war er viel zu spät dran. Und der Bankdirektor, der ihm sein Zuspätkommen sichtlich verübelte, war entsprechend unkooperativ.

»Ich schlage vor, Mr. Tarlington, dass Sie ernsthaft in Erwägung ziehen, etwas von Ihrem Land zu verkaufen. Mal sehen ... Es sind insgesamt vier separate Parzellen, die sich in Ihrem Besitz befinden, das sollte also kein Problem darstellen. Land erzielt dieser Tage in Boolai ganz ordentliche Preise. Ich habe sogar gehört, dass eine Eisenbahnlinie geplant ist.«

»Eine Eisenbahnlinie?« Davon hörte er zum ersten Mal.

»Natürlich wird es, auch wenn die Regierung die Kosten aufbringt, noch Jahre dauern, bis sie gebaut ist. Trotzdem wird es dazu beitragen, die Grundstückspreise in die Höhe zu treiben.«

»Und das ist alles, was Sie mir raten können?«, fragte Randolph düster.

»Behalten Sie die beiden ursprünglichen Parzellen Glengownies. Es besteht keine Veranlassung, sie zu splitten. Ich würde Ihnen dazu raten, eine der weiter entfernten Parzellen abzustoßen.« Er warf einen Blick auf die Karte, die Randolph mitgebracht hatte. »Boolai Creek«, sagte er mit einer ausholenden Handbewegung. »Konsolidieren Sie Ihren Besitz. Die Tage der Großgrundbesitzer sind vorbei, Tarlington. Das sollten Sie sich endlich klarmachen.«

Deprimiert suchte Randolph das Grundbuchamt auf. Vielleicht kannte Stokes ja jemanden, der interessiert war.

»Und welchen Kaufpreis haben Sie sich so vorgestellt?«, fragte der Beamte von oben herab.

Randolph nannte eine Summe, die den Wert des Landes weit überstieg. Verdammt, er wollte das Land nicht verkaufen.

Der Beamte schnaubte nur. »Zu dem Preis werden Sie kaum einen Interessenten finden. Für die Hälfte bekommt man eine gleich große Parzelle dichter bei Boolai.«

»Was ist mit den Investitionen, die ich dort getätigt habe?«

»Ein paar alte Zäune, und das Land hat seit Jahren

keine ordentliche Ernte mehr abgeworfen. Kommen Sie, Tarlington. Halten Sie mich für blöd?«

»Auf einer der Parzellen steht ein kleines Haus«, meinte Randolph.

»Ein Haus bringt gar nichts ein, Tarlington. Das Einzige, was zählt, sind ein ordentlicher Viehbestand oder besonders ertragreiche Ernten. Das wären die einzigen beiden Punkte, die einen Interessenten bewegen könnten, diese Summe zu zahlen.«

»Das ist der Preis, Stokes. Und kein Penny weniger. Natürlich würde auch für Sie ein nicht unerhebliches Sümmchen abfallen, wenn Sie mir einen Käufer beschaffen. Es gibt allerdings eine Bedingung.«

»Und die wäre?«

»Ich will nicht, dass Hall davon Wind bekommt.«

»Ted Hall?«

»Genau. Sehen Sie, was Sie tun können, Stokes.«

Im Jahr 1881 hielt ein neuer Industriezweig Einzug in Boolai – die Milchwirtschaft. Mehrere Farmer rodeten daraufhin den übrig gebliebenen Busch auf ihrem Land und pflanzten Hirse und Gras für die Futterproduktion. Die meisten größeren Bäume waren ohnehin längst gefällt, und an ihrer Stelle gediehen die Grasweiden prächtig.

Jim Morgan, Clarries Bruder, kehrte aus den Downs zurück, mit einer ansehnlichen Herde Ayrshire-Rindern, von denen zwei Drittel bereits verkauft waren.

»Was ist mit Ihnen?«, fragte er Ted. »Wollen Sie nicht ins Milchgeschäft einsteigen? Ich könnte Ihnen ein paar Kühe zu einem anständigen Preis überlassen.«

Ted dachte sehr sorgfältig über das Angebot nach. Jim war ein schlauer Bursche. Wahrscheinlich hatte er Recht. Obwohl es immer noch reichlich Bäume abzuholzen gab, mussten sie heutzutage bereits ziemlich weit raus, um wirklich große Zedern zu finden. Außerdem war da noch Rose ... wenn die Milchwirtschaft sich als profitabel erwies, bräuchte er nicht mehr von zu Hause fort. Dann müssten Maddie und die Kinder nicht mehr jedes Jahr Monate am Stück ganz allein zurechtkommen. Und er musste zugeben, dass die Winter im Holzfällerlager ihm immer schwerer fielen. Gott, er war immerhin 36 Jahre alt. Bäumefällen war etwas für junge Kerle wie Dan.

Ted kaufte sechs Kühe und einen Bullen. Er plünderte die Geldkassette, die er im Stall verbuddelt hatte, und zählte noch einmal nach, nachdem er die Scheine entnommen hatte. Es waren noch fast 3000 Pfund übrig. Das Holz und die Ernte, vor allem der Pfeilwurz, hatten im vergangenen Jahr Rekordpreise erzielt, sodass er nach Abzug ihrer Lebenshaltungskosten und der Pacht noch mehrere hundert Pfund hatte beiseite legen können. Er wollte noch ein Jahr warten, bis die nächste Pacht fällig wurde, und dann von dem Geld die Parzellen kaufen. Bei einem Kaufpreis von einem Pfund pro Morgen würde das zwar ein großes Loch in seine Ersparnisse reißen – 480 Pfund abzüglich der 7 Pfund 10 Cent, die er bis dahin an Pacht gezahlt hatte, um genau zu sei – aber dafür konnte man ihnen das Land nicht mehr wegnehmen, und die jährliche Pachtbelastung entfiel.

KAPITEL 30

Lächeln«, zischte Maddie durch zusammengebissene Zähne.

Der Fotograf kam unter dem schwarzen Stoff hervor, stemmte die Hände in die Seiten und betrachtete seine Modelle stirnrunzelnd. Dann kam er kopfschüttelnd auf sie zu. »Nein! Nein! So sieht das nach nichts aus. Sie müssen mehr zusammenrücken. So«, befahl er und schob Dan dichter an die anderen heran. »So ist es schon besser. Sie dürfen die Gruppe nicht so weit auseinander ziehen.«

Sie hatten sich, obwohl es schon um neun Uhr früh unerträglich heiß war, in ihren besten Kleidern draußen vor der Hütte aufgestellt. Dan bewegte steif eine Schulter und streifte dabei Kittys Arm. Er konnte es kaum ertragen, ihr so nah zu sein. Er musste an sich halten, um ihr nicht zärtlich über das Haar zu streichen, das sie geflochten und hochgesteckt hatte, wodurch sie viel älter aussah als sechzehneinhalb Jahre. Aus der Nähe konnte er erkennen, wie makellos ihre helle Haut war und wie lang ihre gebogenen, dunklen Wimpern. Sie stand reglos da, Rose auf dem Arm, die sie so gut es ging vor der sengenden Sonne schützte. Er war ganz atemlos, nicht von der Hitze, sondern von der Nähe zu ihr.

Er versuchte, etwas abzurücken, weil er eigentlich gar nicht auf dem Foto sein wollte, aber Maddie beorderte ihn zurück an seinen Platz. Er zupfte nervös an seinem Kragen. Heiland, war das heiß!

Sie standen eine Ewigkeit da, während sich der Fotograf, ein übergewichtiger, stark schwitzender Mann, wieder unter dem schwarzen Stoff an seiner Kamera zu schaffen machte. Dan fühlte, wie das Lächeln, das er für das Foto aufgesetzt hatte, ihm entglitt.

Maddie zeigte Dan das Foto, als es einige Wochen später mit der Post kam.

»Na? Wie findest du's?«

Er nahm es ihr vorsichtig aus der Hand. Es war schärfer, als er erwartet hatte. Von dem Papier blickten die vertrauten und geliebten Gesichter zu ihm auf. Ted, sehr gerade und mit gestrafften Schultern, Maddie an seiner Seite von fast königlicher Würde in ihrem besten Sonntagskleid, und vorn die schüchtern lächelnde Beth und Emma mit herausfordernd rebellischer Miene.

Auf der Seite stand Kitty mit Rose. Ihre Züge waren ganz weich und von beinahe ätherischer Schönheit. Und da, neben Kitty, war er selbst, und erst jetzt fiel ihm auf, dass er sich ihr unbewusst leicht zugewandt hatte. Auf seinem vom Fotografen auf Papier gebannten Gesicht lag ein gequälter Ausdruck.

Maddie nahm das Foto wieder an sich. »Ich weiß, dass du sie liebst«, sagte sie leise.

Dan bog den Kopf weit zurück und rieb sich mit einer Hand den Nacken. »Nicht, Maddie.«

»Aber ich weiß es«, beharrte sie. »Streite es nicht ab. Dieses Foto und auch meine eigenen Augen haben es mir verraten.«

»Und wenn es so wäre. Was hätte ich ihr schon zu bieten?«

Ihre schlanken Finger legten sich wie Vogelklauen um sein Handgelenk. »Stell dein Licht nicht unter den

Scheffel. Du bist ein wundervoller Mann. Emma betet dich an. Wenn man jemanden liebt, ist das Kostbarste, das man ihm bieten kann, man selbst.«

»Ich?« Dan streckte die Hände aus, die Handflächen nach oben. Sie waren rau von Schwielen und Blasen. »Meinst du? ... Wenn ich sie frage ...«

Maddie legte die Hände auf seine, und als er die Weichheit ihrer Berührung fühlte, zog seine Kehle sich zusammen. »Nein, Dan. Hier gibt es keine Zukunft. Weder für dich noch für sie.«

Er wich einen Schritt zurück; damit hatte er nicht gerechnet. »Warum sagst du das? Hat sie etwas gesagt? Dass sie mich nicht mag? Was?« Er fühlte sich wie betäubt, unfähig, sich zu rühren.

»Nein. Das ist es nicht. Der Busch ist kein Ort für eine Frau, und ich wünsche mir ein besseres Leben für meine Schwester. Ich habe da eine Idee, die ich mit ihr besprechen wollte. Bridie kennt jemanden in Brisbane, eine Freundin, die im nächsten Jahr ihr Hauspersonal aufstocken möchte.«

»Soll das heißen, Kitty soll für jemanden die Dienstmagd spielen? Was sagt Ted dazu?«

Maddies Züge verdüsterten sich. »Nein! Er weiß nichts davon. Du darfst ihm nichts sagen.«

»Und was ist mit Kitty? Was glaubst du, wie sie dazu stehen wird?«

»Ich tue es für Kitty«, entgegnete sie vehement. »Eines Tages wird sie mir dankbar sein, dass ich es ihr ermöglicht habe, von hier wegzukommen. Und Beth und Emma werden folgen, wenn sie erst alt genug sind.«

Als Erstes fiel ihm auf, dass sie Rose nicht erwähnte. Sie hatte also akzeptiert, dass Rose nicht gesund war.

Seine Aufmerksamkeit wandte sich wieder Maddie zu, die immer noch redete.

»Stell dich ihr nicht in den Weg. Wenn du sie liebst, dann lass sie gehen.«

Lass sie gehen! Lass sie gehen! Lass sie gehen!

Die Worte hallten wie eine nicht enden wollende Litanei in seinem Kopf wider und betäubten seine Sinne. Kitty hatte die ganzen letzten Monate seine Gedanken beherrscht, er hatte gewartet, sie beobachtet, versucht zu ergründen, wie sie zu ihm stand. Es hatte ihn fast wahnsinnig gemacht. Und jetzt verlangte Maddie von ihm, den Traum aufzugeben, für den er gelebt hatte.

Dan sah, wie Kitty mit Rose aus der Hütte trat. Sie schlenderte mit ihrer kleinen Nichte auf dem Arm über den Hof, zeigte ihr geduldig die scharrenden Hühner und die blühenden Rosen, die in der Hitze die Köpfe hängen ließen. Wenn man sie so sah, hätte man nie vermutet, dass das Kind sie gar nicht verstehen konnte.

Lass sie gehen! Lass sie gehen!

Er wandte sich abrupt ab, ging zu seinem Pferd und ritt heim. Ein dumpfer Schmerz erfüllte ihn und gesellte sich zu der quälenden Leere.

Die Fahrt nach Beenleigh erinnerte Ted an andere solche Fahrten, die er in den vergangenen Jahren unternommen hatte. Er hatte diese Strecke schon mehrfach zurückgelegt, wenngleich die Straße so massiv verbessert worden war, dass sie keine Ähnlichkeit mehr hatte mit der holprigen, staubigen Piste, auf der sie im Dezember vor sechs Jahren ihrem neuen Zuhause entgegengefahren waren.

Maddie saß neben ihm auf dem Bock und erzählte gutgelaunt, was sie alles kaufen wollte. Er hörte jedoch nur mit halbem Ohr zu, da er in Gedanken bei seinem eigenen Vorhaben war. Dieser Tag war ein Meilenstein für Ted; heute würde er die fast 500 Pfund bezahlen und zum Besitzer des Landes werden, das er bisher nur gepachtet hatte. Es würde keine staatlichen Kontrollen mehr geben, keine Vorschriften und Bedingungen. Von heute an würde er tun und lassen können, was ihm beliebte.

Alf Stokes vom Grundbuchamt schien sich ehrlich zu freuen, ihn zu sehen. Nachdem die Männer sich begrüßt hatten, zog Ted das Geld aus der Brieftasche. »Hier«, sagte er und schob dem Beamten das Geld über den staubigen Tresen hinweg zu. »Von jetzt an gibt es für mich keine Pacht mehr. Ich bin gekommen, um die Parzellen zu kaufen.«

Alf nahm das Geldbündel und zählte die Scheine. »Sie haben es geschafft, Ted. Gratuliere.« Es mussten einige umfangreiche Dokumente unterzeichnet werden, bevor das Land endgültig in seinen Besitz überging.

Als alles erledigt war, gingen die Männer in den Pub. Die Bar war verräuchert und roch säuerlich nach fermentierendem Hopfen. Alf und Ted nahmen an dem langen polierten Tresen Platz und genehmigten sich ein kühles Bier.

»Und, Ted«, fragte Alf und wischte sich mit dem Taschentuch den Schaum von der Oberlippe. »Planen Sie, Ihr Land noch weiter zu vergrößern?«

»Ich habe darüber nachgedacht. Kommt drauf an. Wenn eine geeignete Parzelle angeboten würde, würde ich darüber nachdenken.«

»Was ist mit der Parzelle gleich nebenan?«

»Tarlingtons?«

»Er sucht einen Käufer. Sind Sie interessiert?«

»Vielleicht«, entgegnete Ted zurückhaltend.

»Könnte ein cleverer Schachzug sein, Ted, wenn es für Sie gut läuft. Damit hätten Sie drei zusammenhängende Parzellen.«

»Wie viel verlangt er?«

Stokes nannte die Summe, die Randolph haben wollte.

»Grundgütiger!«, rief Ted aus und stellte sein Bier so schwungvoll ab, dass es überschwappte.

»Ich habe Tarlington auch gesagt, das wäre viel zu viel.«

»Allerdings. In Boolai finden sich zahlreiche Parzellen, die nur einen Bruchteil davon kosten. Natürlich wären sie für mich nicht so günstig gelegen. Trotzdem komisch, dass ich bislang nichts von Tarlingtons Verkaufsabsichten gehört habe.«

»Er hat mich vor ein paar Monaten gefragt, ob ich einen Käufer wüsste. Ich kümmere mich nicht um private Landverkäufe, aber er dachte, ich wüsste vielleicht jemanden. Allerdings hat er von mir verlangt, Ihnen nichts davon zu sagen.«

Ted lachte und schlug mit einer Hand auf die Bar, dass sein inzwischen leeres Glas erzitterte. »Nachdem er all die Jahre hinter meinem Land her war, ist das wirklich eine bemerkenswerte Wendung.« Ted überlegte eine Weile. »Er muss knapp bei Kasse sein. Komisch, ich dachte immer, Geld wäre bei den Tarlingtons kein Thema.«

»Ich kenne die näheren Umstände nicht. Ich habe

auch nicht nachgefragt. Und Sie wissen es auch nicht von mir, klar? Dann sind Sie interessiert?«

»Nicht zu dem Preis. Geben wir ihm noch sechs Monate. Wenn er wirklich in finanziellen Schwierigkeiten steckt, wird er bis dahin soweit sein, förmlich darum zu betteln, dass jemand ihm das Land abnimmt. Ich bin ein geduldiger Mann.«

Weihnachten 1881. Die Sonne brannte unbarmherzig auf das Land herab, und weit und breit war keine Regenwolke zu sehen. Buschfeuer brachen in den Bergen aus, und blauer Rauch legte sich über die Täler. Bald roch alles nach verbranntem Eukalyptus: Haare, Kleider, die Hütte. Sogar das Essen fing an, danach zu schmecken.

Maddie und Layla bereiteten in der Küche besondere Köstlichkeiten vor. Ted hatte in einem Laden in Brisbane einen Korb voller Leckereien bestellt, den Clarrie in der vergangenen Woche gebracht hatte. Er war prall gefüllt mit Delikatessen, wie sie sie schon Jahre nicht mehr gesehen hatten: ein kleiner geräucherter Schinken, Pflaumenmus, verschiedene Nüsse noch in der Schale, Früchtekuchen und eine Fülle von Süßigkeiten wie Marzipan, Lakritzpastillen, saure Bonbons, Fondant, Karamellbonbons, glasierte Maronen und Konfekt.

Dan brachte seine Mundharmonika mit und spielte zum Entzücken aller ein paar Weihnachtslieder. Ted hängte einen grünen Zweig über die Küchentür. »Das ist zwar kein richtiger Mistelzweig, aber der tut es auch«, erklärte er und verblüffte sie alle, als er sich Maddie im

Vorbeigehen schnappte und sie vor aller Augen küsste. Maddie errötete und drohte damit, das bevorstehende Festmahl zu boykottieren.

Ted wartete bis nach dem Mittagessen, um die Geschenke für die ganze Familie hervorzuholen. Dan bekam ein neues Buschmesser, Beth ein Rüschenkleid, Emma eine Puppe. Kitty bekam zu ihrer Überraschung ein Buch: *Little Women* von Louisa May Alcott.

Rose bekam eine hübsche Haarspange, die Kitty ihr sofort ins Haar steckte. Schließlich hatten alle außer Maddie ihre Geschenke ausgepackt.

»Los, Mama«, rief Emma. »Schnell, ich möchte sehen, was Papa für dich gekauft hat.«

»O Ted«, hauchte Maddie überwältigt und strahlte über das ganze Gesicht, als sie ihr Präsent ausgepackt hatte. »Der ist wunderhübsch.« In der Hand hielt sie einen schönen silbernen Bilderrahmen, der seitlich mit kleinen Blumen verziert war.

»Für das Familienfoto«, sagte er sanft.

Maddie ging ins Schlafzimmer und kehrte mit der Fotografie zurück. Kitty wusste, dass sie sie in der Bibel aufbewahrt hatte, wo sie gut geschützt war. Ted löste den Rücken des Rahmens und legte das Bild ein. Anschließend stellte Maddie das Bild in die Mitte des Esstisches.

»Wenn alle fertig sind, räume ich jetzt ab«, verkündete Kitty. Maddie machte Anstalten aufzustehen. Dan trat hinter sie und legte ihr eine Hand auf die Schulter.

»Nein, du hast für heute genug geschuftet. Ich mache das.« Er nahm sich einen Stapel Teller und folgte Kitty hinaus.

Kitty blieb in der Küchentür stehen und strich sich

mit der freien Hand eine Haarsträhne aus dem Gesicht. Er holte sie dort ein, legte ihr den Arm um die Schultern und zog sie an sich.

»Darauf habe ich den ganzen Tag gewartet«, flüsterte er und neigte den Kopf. Sie fühlte den Druck seiner Lippen auf ihren, die Berührung warmer Haut. Instinktiv wollte sie zurückweichen, aber er hielt sie fest. Er roch nach dunklem Rum und Seife. Sie entspannte sich und gab die Gegenwehr auf. Nur die schmutzigen Teller waren zwischen ihnen. Seine Lippen ließen von den ihren ab und glitten über ihre Wange. Eine Bewegung an der Tür zum Esszimmer, gefolgt von einem Kichern. Schuldbewusst rückten sie voneinander ab. Emma stand vor ihnen, ihre neue Puppe unter den Arm geklemmt.

»Mama sagt, ihr sollt kommen und euch von den Süßigkeiten nehmen«, sagte sie.

Später, nachdem das Geschirr gespült war, kehrte Kitty zurück ins Esszimmer. Die anderen hatten sich nach der reichhaltigen Mahlzeit zu einem Mittagsschläfchen hingelegt, doch dafür war Kitty viel zu rastlos und nervös. Angespannt wanderte sie durch den Raum, rückte Kissen zurecht und entfernte welke Blüten aus dem Rosenstrauß in einer Vase. Dort auf dem Tisch, inmitten von Geschenkpapier und Bändern, lag Dans Mundharmonika. Er hatte sie vergessen.

Kitty nahm das Instrument auf und wog es in der Hand. Dann hob sie es an den Mund. Es roch nach ihm, so als hätte er es eben erst abgesetzt. Sie dachte daran, wie er darauf gespielt hatte. Einzelne Noten waren erklungen, hatten Formen angenommen und sich zu blechernen Melodien verbunden, die den Raum erfüllten.

Kitty stand da und atmete ganz in die Erinnerung vertieft seinen Geruch ein. Sie legte die Finger auf die Lippen, dachte zurück an seinen Kuss und verspürte ein eigentümliches Prickeln. Ihr erster Kuss. Dan, der immer wie ein Bruder für sie gewesen war, hatte sich gewünscht ... Verwirrt hielt sie inne. Warum hatte er sie so unerwartet geküsst? Sie schüttelte den Kopf, in der Hitze zu keinem klaren Gedanken fähig.

Monate verstrichen, bevor Dan den Mut aufbrachte, mit Kitty zu sprechen. Auch hatte sich bis dahin keine Gelegenheit ergeben, mit ihr allein zu sein. In der Hütte herrschte ein ständiges Kommen und Gehen, sie wurden andauernd gestört. Dort gab es keine Privatsphäre.

Als er über die Weiden ritt, dachte er an sie und schmiedete Zukunftspläne. Er musste eine neue Hütte bauen. Kitty würde niemals in Heinrichs altem Häuschen wohnen wollen; sie hatte ihn in den Jahren seit dem Tod des Deutschen kein einziges Mal dort besucht. Er hatte genug Geld, um sein eigenes Land zu kaufen. Wäre das nicht etwas? Ein hübsches Holzhaus mit Rosenbüschen davor. Und sie könnte Rose mitbringen, wenn sie das wollte. Er hätte nichts dagegen.

Es war später Herbst. Mai. Es hatte angefangen zu regnen. Und auch wenn die Wolkendecke am Nachmittag ein wenig aufriss, war der Boden voller Pfützen, und von den nassen Bäumen tropfte es.

Dan wartete auf dem Pfad, der von der Hütte zum Fluss führte, auf Kitty. Sie war diesen Weg an jedem der letzten Nachmittage gegangen. Er hatte sie vorbeigehen sehen und sich tiefer ins Gebüsch zurückgezogen, damit sie nicht glaubte, er würde ihr nachspionieren. Diesmal zeigte er sich, bemüht, sie durch sein plötzliches Auftauchen nicht zu erschrecken.

»Heh, Kitty. Warte!«

Sie wandte sich ihm zu. »Ach du bist es, Dan!«

Sie gingen gemeinsam weiter, Seite an Seite, ihr Atem in der kühlen Luft dampfend. Kitty schlang die Arme um sich, als wolle sie einen inneren Aufruhr im Zaum halten. Schweigend folgten sie dem Trampelpfad. Schließlich hakte Dan sie unter. Jetzt fühlte er sie ganz nah bei sich, fühlte beim Gehen jede Bewegung ihrer Hüfte. Prickelnde Erregung durchströmte ihn.

Sie erreichten den Fluss. Die natürlichen Felsbecken wurden von grauem, schäumendem Wasser überspült. Die Blätter der Eukalyptusbäume tropften, und in der Luft lag der Geruch feuchten Mooses. Dan blieb stehen, und Kitty tat es ihm gleich. Sie zog die Hand aus seiner Armbeuge und trat dichter ans nasse, glitschige Ufer. Er starrte auf das Wildwasser, und in seinen Gedanken überschlugen sich die Worte, die er ihr sagen wollte.

Was sage ich als Erstes? Ich darf sie nicht drängen. Sie weiß ja gar nicht, was ich empfinde.

»Es sieht aus, als hätte das Wasser es eilig, zum Ozean zu gelangen«, sagte er bedächtig und folgte mit dem Blick der schnellen Strömung des Wassers, das sprudelnd über Stock und Stein schoss.

»Ja«, stimmte sie zu. »Und wenn es dort ankommt, wird es sich mit dem Wasser dort vermischen und sich im Meer verlieren. Es macht sich falsche Hoffnungen, denkst du nicht auch?«

Sie klang zynisch. So als hätte sie viel darüber nachgedacht. Er nickte und wandte sich ihr zu.

»Maddie möchte, dass ich nach Brisbane gehe. Hast du das gewusst?«, fragte Kitty.

»Sie hat es vor Monaten einmal erwähnt. Du wirst aber doch nicht gehen, oder?«

Kitty zuckte die Achseln. »Ich weiß es nicht. Vielleicht wäre es ja ganz schön. Auf jeden Fall anders.«

Dan zeigte auf die Steine, die von der Strömung mitgerissen wurden. »Das wirst du sein, wenn du in die Stadt gehst. Du wirst dir ganz verloren vorkommen unter den vielen Menschen. Dort wirst du nie deinen Weg finden.«

»Bitte, Dan. Ich muss mein eigenes Leben leben.«

»Maddie wird niemals allein zurechtkommen. Sie braucht dich. Und das weißt du.«

Kitty nickte. »Es wird noch ein anderes Baby geben, weißt du.«

Dan fühlte sich unbehaglich. Von Babys zu sprechen machte ihn verlegen. Er verspürte das übermächtige Bedürfnis, sie zu berühren, seine verborgenen Gefühle zu prüfen, indem er die Handflächen an ihre blassen Wangen legte oder mit den Fingern durch ihr volles Haar fuhr und es weich um ihr Gesicht fallen ließ. Aber es war nicht der richtige Zeitpunkt. Es gab andere Dinge, die ihn hemmten.

»Bitte geh nicht!«

Aber es war, als hätte sie ihn gar nicht gehört. Sie fuhr munter fort, Pläne zu schmieden. »Maddie sagt, ich würde ganz sicher eine Stelle finden. Es heißt, es gäbe dort viele schöne Häuser. Bridie kennt sogar jemanden, der mir möglicherweise helfen würde.«

»Du wärst zufrieden damit, jemandes Dienstmagd zu sein?«, fragte Dan bissig. Der Gedanke, sie könnte von verwöhnten reichen Leuten herumkommandiert werden, gefiel ihm nicht. Sie gehörte hierher, zu ihm.

»Ich weiß es nicht. Und überhaupt, was soll ich sonst tun? Immer wenn ich versuche, mit Maddie darüber zu reden, regt sie sich auf. ›Wirst du gehen, Kitty?‹, fragt sie ständig.«

»Dann willst du sie entscheiden lassen, was aus dir wird?« Dan fühlte Zorn in sich aufsteigen. Er packte Kitty bei den Schultern. »Maddie möchte durch dich ihren Traum leben. Siehst du das denn nicht? Sie selbst kann nicht fort, also schickt sie stattdessen dich. Sag mir ganz ehrlich, ob du wirklich wegwillst.«

Kitty ließ sich an seine Brust sinken. »Nein! Ich will nicht weg. Ich kann Rose doch nicht allein lassen.«

Rose, der einzige Mensch, der sie in Boolai halten konnte. »Nein!«, gab er ihr in einem Anflug von Hoffnung Recht. Das Atmen fiel ihm schwer, und das Herz schlug ihm bis zum Hals.

Dan legte ihr eine Hand unter das Kinn, hob ihren Kopf an und blickte ihr in die vertrauten, grün gefleckten Augen. Dann küsste er sie. Ihre Lippen schmeckten salzig wie das Meer. Es war niemand da, der sie störte, anders als an jenem heißen Weihnachtstag. Es drängte sie nichts und niemand. Es war, als hätten sie die ganze Welt für sich allein. Aber er sah nur sie. Wie ihr Haar im Wind wehte und einzelne Strähnen ihr ins Gesicht fielen, ihr makelloser Teint, ihre samtweiche Haut. Sie standen inmitten der Bäume und merkten gar nicht, dass es vom tropfnassen Laub auf sie herabregnete. Dan fühlte die Wärme ihres Körpers, als sie sich an ihn schmiegte. Er legte die Arme um sie, nicht sanft und vorsichtig, wie er es sich vorgestellt hatte, sondern kraftvoll und fordernd, wie ein Mann, der zu lange gewartet hatte.

»Ich liebe dich, Kitty«, flüsterte er. Die Worte hatten Monate in seinem Herzen gelauert. Jetzt war es endlich, unwiderruflich heraus.

Dan hielt Kitty auf Armeslänge von sich, um zu sehen, wie sie auf sein Eingeständnis reagierte. In ihre Augen trat ein verwirrter Ausdruck. Er musste sie überzeugen, ihr sagen, wie viel sie ihm bedeutete.

»Ich liebe dich mehr als sonst ein Mann je eine Frau lieben könnte. Ich denke ständig nur an dich, an uns und daran, wie perfekt unser gemeinsames Leben sein könnte. Glaubst du, du könntest mich auch lieben, nur ein bisschen?«

Sie nickte, und Dans Herz tat einen Sprung.

»Wir könnten heiraten«, fuhr er hastig fort.

»Heiraten?« Sie schlug eine Hand vor den Mund. Wollte sie damit ein Lächeln verstecken? Er wartete, unsicher, was er tun sollte. Sie ließ die Hand wieder sinken, und er sah, dass ihre Lippen zitterten bei dem Versuch, ihre Gefühle zu beherrschen. Sie wischte sich Tränen aus den Augen.

»Wenn Maddies Baby da ist«, fuhr Dan eilig fort. Er war im siebten Himmel, und die Fantasie ging mit ihm durch. »Ich würde nicht von dir erwarten, in dem Steinhaus zu wohnen. Ich würde uns ein neues Haus bauen. Und du könntest Rose bei dir behalten. Ich hätte wirklich nichts dagegen. Ich habe mein ganzes Geld gespart. Es sind inzwischen fast 1000 Pfund. Wir können uns sogar eine eigene Parzelle nehmen. Das wäre doch ein guter Anfang für uns beide.«

Im Geäst über ihnen raschelte es; ein Vogel kämpfte

sich durch das dichte Laub und flog davon. Ein Schauer von Regentropfen ging auf sie nieder. Aus Richtung der Berge hörten sie Donnergrollen.

»Ich ... ich weiß nicht ... Bitte, Dan, ich kann im Moment keinen klaren Gedanken fassen. Das Ganze kommt zu plötzlich.«

»Ist die Idee denn so schlecht?«, fragte er verletzt. »Sag es gleich, dann werde ich nie wieder ein Wort darüber verlieren. Ich muss wissen, ob du mich haben willst.«

»Nein, die Idee ist nicht schlecht«, entgegnete sie nach einer Weile.

Sie hat nicht Nein gesagt! Dräng sie nicht, lass ihr Zeit.

»Denk darüber nach, und wenn du dich dafür entscheidest, heiraten wir nach der Geburt von Maddies Baby. Bis dahin bleibt es unser Geheimnis. Es soll eine Überraschung werden.«

Kitty nickte, und Dan küsste sie erneut. Ihre Lippen waren weich und nachgiebig, und er fühlte sich wie ein Ertrinkender.

Später starrte er durch das offene Fenster in die Nacht hinaus, ohne die kalte Luft zu registrieren, die an ihm vorbei in die Hütte strömte. Er hatte die Arme fest über der Brust verschränkt. Wenn er die Augen schloss und sich konzentrierte, konnte er sich beinahe vorstellen, sie wäre bei ihm, konnte er fast ihren Duft riechen. Rosen.

Die Weiden und Felder erstreckten sich vor ihm, blass unter einer Frostschicht. Mondlicht fiel auf die weiße Fläche und hob die Konturen des Landes hervor, die Steigung hin zu dem Wäldchen neben der Straße auf der einen Seite und den abfallenden Hang zum Fluss auf der anderen.

In Gedanken fühlte er Kittys Lippen auf den seinen. Er schmeckte sie. Sie war warm und weich, anschmiegsam und empfänglich. Er schob die Hände unter das Hemd und fühlte seine warme Haut. Wie würde es sich wohl anfühlen, wenn ihre Hände ihn berührten? Seine Finger glitten über seinen Körper, erst ganz leicht, dann fester, knetend, zupackend, streichelnd. Ihr Gesicht schwebte vor ihm, verlockend, verführerisch, mal hier, mal dort. Seine Finger bewegten sich schneller, oder waren es Kittys? Er wusste es nicht. Gelächter hüllte ihn ein, sinnlich und kehlig, lockend. Hände packten ihn. Lust flammte in ihm auf. Bilder stürzten auf ihn ein, bis ihm ganz schwindlig wurde. Schließlich sackte er in sich zusammen und sank auf den Boden.

»Kitty?«, flüsterte er.

Aber er war allein.

KAPITEL 31

Ted rief Doktor Grace, als Maddie im dritten Monat ihrer Schwangerschaft leichte Blutungen bekam und sie sich vor Schmerzen krümmte. Der Arzt sah keine andere Möglichkeit als anzuordnen, dass sie zur Niederkunft nach Beenleigh kam. Bis dahin sollte sie sechs Monate im Bett bleiben. Sie sollte ausruhen, hatte er gesagt. Gar nichts tun.

Maddie wälzte sich rastlos unter den Laken. Vier Wochen lag sie nun schon im Bett. Noch weitere fünf Monate lagen vor ihr. Der Gedanke deprimierte sie. Wahrscheinlich war sie bis dahin längst gestorben vor Langeweile.

Der einzige tröstliche Gedanke war das Kind. Sie war ganz sicher, dass es diesmal ein Junge werden würde. Sie fühlte eine leichte Bewegung und legte eilig die Hand auf den Bauch. Das Baby. Erst gestern hatte sie die ersten Bewegungen gespürt. Ganz leicht, als wäre in ihrem Bauch ein Schmetterling gefangen, der mit den Flügeln schlug und versuchte, sich zu befreien.

Seit Maddie im Bett lag, ruhte der Unterricht der Mädchen. Zu Maddies Verblüffung hatte Ted sich in Beenleigh erkundigt und Beth kurz darauf auf das katholische Internat geschickt. Sie war jetzt 13. In einem Alter, in dem die meisten Mädchen bereits von der Schule abgingen.

»Sie hat einiges nachzuholen«, sagte Ted. »Die anderen Kinder in ihrem Alter sind viel weiter. Ein paar Jahre Schule sind genau das, was sie braucht. Wir kommen hier auch ohne sie zurecht. Und im nächsten Jahr kann auch Emma gehen.«

Maddie vermisste ihre Tochter ganz fürchterlich. Sie hatte dieser Tage viel Zeit zum Nachdenken. Ihr einziger Trost war, dass Beth, wenn auch nur vorübergehend, den Klauen Boolais entrissen worden war.

Vom Bett aus konnte sie die Äcker sehen, die wieder grün waren von der heranreifenden Mais- und Pfeilwurzernte. Fünf ihrer sechs Kühe hatten gekalbt, sodass sie jetzt elf Rinder und den Bullen besaßen. Ted hatte einen der O'Reilly Jungen zum Melken eingestellt und einen neuen Stall gebaut, in dem er versuchsweise ein paar Schweine untergebracht hatte. Maddie hatte sie noch nicht gesehen, da sie ja an das verfluchte Bett gefesselt war, aber sie hörte sie vor Hunger quieken, wenn Ted sie morgens fütterte. Dann waren da noch das Holz und die Ochsen. Es geschah so vieles außerhalb ihres Zimmers, die Welt drehte sich auch ohne sie weiter.

Maddie warf einen Blick auf den kleinen Tisch neben dem Bett. Dort lag die Bibel neben der gerahmten Fotografie. Sie griff nach dem silbernen Rahmen und betrachtete das Bild genauer. Ted schaute ernst und unbehaglich drein, als könne er es kaum erwarten, wieder zu Acker und Pflug zurückzukehren. Beth hatte Maddie zuliebe ein künstliches Lächeln aufgesetzt. Emma strahlte, Grübchen in den runden Wangen. Kitty mit der Hochsteckfrisur sah älter aus und hielt Rose auf dem Arm. Dan, der so dicht bei Kitty stand, dass Maddie sicher war, dass ihre Schultern sich berührten, sein Gesichtsausdruck eine Mischung aus Hoffnung und Verzweiflung.

Erst nachdem sie die Gesichter der anderen studiert hatte, betrachtete sie ihr eigenes. Und vor ihren Augen verschwammen ihre Züge, lösten sich auf und hinterließen eine Lücke. Maddie blinzelte und schaute wieder hin. Nein, das war nur Einbildung gewesen. Da stand sie im Mittelpunkt ihrer kleinen, aber wachsenden Familie, neben Ted, den Kopf stolz erhoben.

Aus den Augenwinkeln nahm sie eine Bewegung wahr. Es war Ted. Maddie richtete sich weiter auf und beobachtete, wie ihr Mann auf dem Hof verschiedene Arbeiten verrichtete. Sie kam sich ausgeschlossen vor, wie ein Zuschauer, ein Voyeur, der kein Recht hatte, zuzusehen.

Sie wollte ihn rufen, damit er zu ihr kam. Sie sehnte sich danach, eine Hand auf seinen Arm zu legen oder seinen Bart an ihrer kühlen Wange zu fühlen, um sich zu vergewissern, dass er wirklich war und nicht nur eine Ausgeburt ihrer Fantasie. Aber er war eingebunden in die Welt der Äcker und des Viehs, während sie eine Gefangene dieses Zimmers und des Kindes war, das sich sachte in ihr regte. Ihre einst so sehr miteinander verwobenen Leben waren getrennt worden, und er war für sie fast ein Fremder geworden.

Furcht flackerte in ihrem Herzen auf. Angst, dass wenn sie und Ted einander die Hände reichen wollten, sie feststellen würden, dass zwischen ihnen eine durchsichtige Wand entstanden war, dass ihre Finger auf eine Glaswand stießen, die sich anfühlte wie kaltes Metall.

Cedric O'Shea schob die leeren Gläser beiseite und ließ den Kopf auf die verschränkten Arme sinken. Gott, war er müde. Er konnte sich nicht erinnern, jemals so erschöpft gewesen zu sein. Er hätte sich am liebsten irgendwo zusammengerollt, um zu sterben. So wie Martha.

Cedric war erst vor wenigen Tagen mit ihr in diese gottverlassene Stadt im Norden gekommen. Sie war seit Wochen krank gewesen. Erst hatte sie keinen Appetit mehr gehabt und hinterher an Erbrechen und Durchfall gelitten. Auf dem Höhepunkt ihrer Erkrankung hatte sie dann glühend vor Fieber im Bett gelegen, Blut gespuckt und geflucht wie eine Wahnsinnige.

»Fieber«, hatte der Doktor resigniert erklärt und einen langen, unaussprechlichen Namen angefügt, den

Cedric sofort wieder vergessen hatte. »Es grassiert überall auf den Goldfeldern. Es grenzt an ein Wunder, dass überhaupt jemand die Lebensbedingungen hier überlebt. Wissen Sie, was man über diese Gegend sagt?« Cedric schüttelte den Kopf, und der Doktor lächelte spöttisch. »Wenn einen nicht das Fieber dahinrafft, dann der Alkohol. Genau, das sagt man.«

Wenn die Bemerkung nicht so treffend gewesen wäre, hätte Cedric das Lächeln wohl erwidert. Aber der Doc hatte einen wunden Punkt getroffen. Er hatte in letzter Zeit tatsächlich etwas tief in die Flasche geblickt wegen der Sorgen um Martha und allem.

»Wird sie wieder gesund?«

Der Arzt legte Cedric eine Hand auf die Schulter. Kein gutes Zeichen, dachte der zynisch. »Sagen wir mal so, Mr. O'Shea. Es sieht nicht gut aus. Das Beste, was Sie für Ihre Frau tun können, ist, sie in ein Krankenhaus zu bringen, wo man sich ordentlich um sie kümmern kann. Vielleicht hat sie dann eine Chance.«

Der Doktor reichte Cedric ein kleines Fläschchen. »Was ist das?«, fragte er misstrauisch.

»Laudanum. Gegen die Schmerzen. Nur ein oder zwei Tropfen alle paar Stunden auf die Zunge geben.« Nachdenklich steckte Cedric das Glasfläschchen ein.

Nachdem der Doktor gegangen war, kehrte Cedric in die Hütte zurück und blickte auf seine Frau hinab, die Gott sei Dank eingeschlafen war. Sie war fast noch ein Kind gewesen, als sie vor Jahren zusammengekommen waren. Sogar hübsch, mit einem bezaubernden Lächeln. Sie sprühte förmlich vor jugendlichem Enthusiasmus. Er hatte ihr skrupellos allerlei versprochen und nichts davon gehalten. Sie hatte nicht darum gebeten, dass man ihr das Herz brach, aber letztlich hatte sie durch seine Schuld einiges ertragen müssen.

Er zog einen Stuhl näher an die Pritsche heran und betrachtete ihr von der Sonne, Sorgen und enttäuschten Erwartungen faltig gewordenes Gesicht. Was sollte aus ihnen werden? Sie besaßen nichts. Kein Geld, keine Familie, kein richtiges Zuhause. Nur einander. Und das musste doch nach all den Jahren auch etwas wert sein.

Und so hatte er sie vor zwei Tagen über die holprigen Straßen auf dem einzigen verfügbaren Wagen an die Küste gebracht. Jeder Ruck war für ihren ausgemergelten Körper eine Tortur gewesen, sodass sie jedes Mal vor Schmerzen aufgeschrien hatte. Nicht einmal das Laudanum hatte ihr helfen können.

Er war bei ihr im Krankenhaus geblieben. Das war allerdings nicht nur aus Zuneigung geschehen; vielmehr hatte der Transport in die Stadt seine letzten Geldreserven praktisch aufgebraucht, sodass nicht genug übrig war, um sich ein Zimmer leisten zu können. Also hatte er sich auf einem Stuhl an ihrem Bett niedergelassen und gewartet.

Als es zu Ende gegangen war, hatte sie ihn nicht wieder erkannt und nur aus glasigen Augen angestarrt, als wäre er ein Fremder. Er sah sein Gesicht in einem Spiegel in der Nähe des Schwesterntisches in der Mitte der schlafsaalartigen Krankenstation und war nicht überrascht. Tatsache war, dass er sich selbst kaum noch wieder erkannte, seit er sich einen Bart hatte wachsen lassen. Und er hatte wohl auch einiges an Gewicht verloren, seit seine Frau krank geworden war. Niemand konnte kochen wie Martha.

Cedric hatte an ihrem Bett gesessen und ihre Hand gehalten, als es soweit gewesen war. Ein anhaltender Schauer, und sie hatte einfach aufgehört zu atmen. Aus und vorbei. Nach einer Weile hatte er ihre Hand zurück auf das Bett gelegt, sich auf seinem Stuhl zurückgelehnt und nicht gewusst, was er tun sollte. Die ganze Mühe war umsonst gewesen. Er saß da, starrte sie an und gab sich die Schuld an ihrem Tod. Die Goldfelder, von denen er gehofft hatte, sie würden ihnen eine neue Heimat werden, hatten sich als eine einzige Katastrophe entpuppt. Sicher, er hatte auch ein paar Nuggets gefunden, aber der Ertrag hatte sie nicht für die schäbige neue Hütte entschädigt und auch die hohen Lebensmittelpreise nicht wettgemacht.

Schließlich, bei Tagesanbruch, kam eine Krankenschwester und deckte Marthas Gesicht mit einem Laken zu. »Gehen Sie heim«, sagte sie. »Sie können erst einmal nichts weiter für sie tun. Wir werden sie waschen und ankleiden. Sie können heute Nachmittag wiederkommen. Bringen Sie Ihren Wagen zum Eingang der Leichenhalle. Das ist hinter dem Haus.«

Cedric nickte und stolperte aus dem Raum. Ihm war schwindlig von dem Schock und vor Schlafmangel. »Heim«, hatte sie gesagt, nicht ahnend, dass er kein Zuhause hatte. Niemand, der halbwegs bei Verstand war, würde die verrostete Wellblechhütte in Thornborough ein Heim nennen.

Er hatte Marthas Leiche nicht abgeholt. Es wäre sinnlos gewesen. Er hatte kein Geld für ein Begräbnis. Die Behörden würden dafür sorgen, dass sie ein Armenbegräbnis bekam. Er verbrachte die Nacht in einer Seitengasse an eine Tür gelehnt. Ratten huschten in dunklen

Ecken umher. Der Gestank verfaulenden Abfalls aus den Mülleimern in der Nähe verursachte ihm Übelkeit und dämpfte seinen Hunger. Am nächsten Tag war er zum Hotel gegangen. Er hatte mit den letzten Münzen in seiner Hosentasche gespielt. Genug, um zu vergessen, wenigstens für eine Weile.

Jetzt erinnerten ihn die leeren Gläser vor ihm an seine leeren Taschen. Kein Geld, kein Zuhause. Und jetzt auch kein lebender Verwandter mehr. Der Alkohol schürte seine Verbitterung. Wäre Tarlington nicht gewesen, wären er und Martha heute noch bei dem alten Deutschen und hätten ein Dach über dem Kopf. Komisch, dachte er, ich vermisse Marthas spitze Zunge bereits.

»Zeit zu gehen, meine Herren«, rief der rotgesichtige Barmann. »Feierabend.«

Cedric kramte in der Uhrentasche seiner Hose und zog die Uhr heraus. Es war ein wunderschönes Stück. Ein Gehäuse aus schimmerndem Gold mit schnörkeliger Gravur und dazu passender Kette. Das war alles, was noch übrig war von dem Geld, das Randolph Tarlington ihm vor Jahren gegeben hatte. Er blickte auf die Zeiger. Sperrstunde. Und er wusste nicht, wo er hinsollte. Schaudernd dachte er an die Gasse, in der er die vergangene Nacht verbracht hatte.

Der Wirt blieb vor ihm stehen, mehrere leere Gläser in einer Hand. »Los, los, Kumpel. Ich muss zumachen, bevor die Bullen kommen und das für mich übernehmen.«

»Hier«, sagte Cedric spontan und streckte die Hand aus. »Möchten Sie eine Uhr kaufen?«

Der Barmann stellte die Gläser ab, nahm Cedric die

Uhr aus den zitternden Fingern und hielt sie sich ans Ohr.

»Sie läuft«, bemerkte Cedric pikiert.

»Die ist doch nicht gestohlen, oder?«, fragte der Wirt misstrauisch.

»Natürlich nicht. Aber geben Sie sie nur wieder her. Ich habe es nicht nötig, mich beleidigen zu lassen.«

»Schon gut, schon gut, beruhigen Sie sich. Wie viel?«

Cedric nannte einen Preis, nur ein Bruchteil des tatsächlichen Wertes. Er hatte fünfmal so viel bezahlt. »Und ein Bett für die Nacht«, fügte er hinzu. »Morgen breche ich auf nach Süden.«

Der Barmann machte ein überraschtes Gesicht. »In Ordnung. Abgemacht.« Er steckte die Uhr ein, ging zur Geldschublade und nahm ein paar Scheine heraus.

»Hier«, sagte er und schob das Geld über den Tresen auf Cedric zu. »Zimmer 15 ist frei. Die Seitentreppe rauf und dann rechts. Viel Glück.«

»Danke«, murmelte Cedric und stolperte aus der Bar, ein grimmiges Lächeln auf dem Gesicht. Es war zwar nicht viel Geld, aber es würde reichen. Morgen würde er mit der ersten Kutsche nach Süden fahren, Richtung Brisbane. Und Boolai. Er hatte mit Randolph Tarlington noch eine Rechnung zu begleichen.

Rose: so klein, so zart, so unvollkommen. Unvollkommenheit gepaart mit Vollkommenheit. Reverend Carey hatte Kitty gesagt, sie wäre ihnen aus einem bestimmten Grund geschickt worden, um sie Demut zu lehren, Mitgefühl, Dankbarkeit für die eigene Gesundheit.

Sie hatte angefangen, Rose nachts mit in ihr Bett zu

nehmen. Die Wärme schien das Kind zu beruhigen. Kitty ihrerseits schlief schlecht. Sie lag oft wach und lauschte Roses angestrengtem Atem. Pfeifendes Ausatmen. Stille. Bitte, bitte, betete Kitty. Und dann, wie in Antwort auf ihr stummes Gebet, ein keuchendes Luftschnappen. Ganz automatisch, mechanisch, einatmen, ausatmen. Nacht für Nacht. Manchmal hatte sie zu große Angst, um zu schlafen, fürchtete, dass Rose ohne ihre eigene stumme Mithilfe einfach vergessen könnte zu atmen.

Als sie an diesem kalten Julimorgen aufwachte, wusste sie gleich, dass Rose tot war. Auf ihrem Gesicht lag ein so friedlicher Ausdruck. Kitty lag da und betrachtete Roses Züge ein letztes Mal. Dann legte sie das Kind in sein Bettchen, bevor sie die anderen informierte.

Kitty hatte versucht, sich auf Roses Tod vorzubereiten. Sie hatten nie ein Geheimnis aus Roses Zustand gemacht. Sie hatten darüber diskutiert, debattiert, nachgedacht und wieder diskutiert. In ihrer Naivität hatte sie mit einer Vorwarnung gerechnet, mit einer schleichenden Verschlechterung von Roses Allgemeinzustand, bevor sie starb. Aber letztlich war es plötzlich und unerwartet geschehen, ohne Vorwarnung, ohne einen Hinweis.

Am Nachmittag hatte sie das Bedürfnis, allein zu sein, und zog die Tür der Hütte hinter sich zu. Sie wollte vor den mitleidigen Blicken der anderen fliehen. Sie waren höflich, abwartend, rechneten mit irgendeiner explosiven Reaktion von ihr oder Maddie. Niemand sprach. Maddie lag im Bett, das Gesicht bleich und angespannt. Dan hatte zuvor eine Schaufel aus dem Schuppen geholt, aus dem nun gedämpftes Hämmern drang. Ted zimmerte einen kleinen Sarg.

Draußen war es ungemütlich nach einem winterlichen Sturm. Immer noch fegten Windböen über das Land und zerrten an ihren Haaren und Kleidern. Sie fühlte sich seltsam leicht, ja schwindlig. Dunkle, zusammengeballte Wolken verdunkelten den Himmel, und einige dicke Regentropfen fielen. Es war, als hätten sich die Elemente zusammengetan, um Rose zu verabschieden.

Kitty hätte schreien können ob der Ungerechtigkeit des Ganzen. Sie hätte die Worte laut in den heulenden Wind rufen mögen. Es kümmerte sie nicht, dass es regnete. Sie würde sich nicht unterstellen. Nein, sie würde bleiben, wo sie war, und den Regen auf ihre Haut klatschen lassen, damit er den Schmerz aus ihrem Körper in die kalte Erde wusch. Das Wasser würde ihren Schmerz dämpfen, die Trauer fortspülen, ihr ihren Seelenfrieden zurückgeben.

Sie lief und lief, ohne sich darum zu scheren, dass Schlamm auf ihre Schuhe und ihr Kleid spritzte. In Abständen gingen schmale Pfade vom Hauptweg ab, dort, wo regelmäßig in der Dämmerung Wallabys auf Futtersuche kreuzten. Sie entdeckte einen Weg zur Rechten und folgte ihm atemlos. Sie wusste nicht mehr, wohin sie lief, und es war ihr auch egal.

Der Weg führte zum Fluss, weiter stromabwärts als sie für gewöhnlich herauskam. Sie lief ans Ufer und starrte in das weiß schäumende Wasser, das gurgelnd über die Felsen rauschte. Sie hob das Gesicht gen Himmel, und die Regentropfen vermischten sich mit ihren Tränen.

Dan hatte im Unterholz auf sie gewartet. Er nahm ihre Hände und zog sie an seine Brust. »Nicht, Kitty.«

Lange standen sie so da und schauten einander ins Gesicht. Kitty fühlte, wie der Wind ihr das Haar ins Gesicht wehte, wo die nassen Strähnen kleben blieben. Sie sah seine Augen, so blau wie Maddies Wedgwood-Teller, die eindringlich auf sie herabblickten. Unter anderen Umständen wäre ihr sein forschender Blick vielleicht unangenehm gewesen, aber heute konnte sie nichts mehr erschüttern. Außerdem waren es Dans Augen, lieb und vertraut.

»Es tut mir sehr Leid wegen Rose. Ich weiß, wie nahe ihr Tod dir gehen muss.«

»Nein, es sollte dir nicht Leid tun. Sie ist endlich frei.«

Jetzt, da sie sie ausgesprochen hatte, klärten die Worte ihre Gedanken. Es war, als wäre ihr eine große Last von den Schultern genommen worden.

»Wie geht es Maddie?«

Kitty zuckte die Achseln. »Sie sagt kein Wort. Ich mache mir Sorgen um sie.«

Er neigte den Kopf, bis seine Lippen die ihren fanden. Sie schmeckten süß wie wilder Honig. Ein seltsam prickelndes, angenehmes Gefühl stieg in ihr auf und verdrängte die Taubheit, die sie erfüllt hatte, seit sie am Morgen festgestellt hatte, dass Rose nicht mehr atmete. Als sie den Kuss erwiderte, wurde ihr ganz schwindlig. Ihr war, als fiele sie durch einen dunklen Schacht. Immer tiefer und tiefer fiel sie. In dieses bodenlose Loch. Sie erzitterte. Er hob den Kopf wieder, und sie schaute erneut in seine Augen.

Plötzlich weinte sie, schluchzte herzzerreißend. Tränen der Trauer um Rose, um Maddie, um sich selbst. Tränen der Verwirrung angesichts der widerstreitenden

Gefühle in ihr. Sie vermisste Rose schmerzlich, auch wenn sie andererseits wusste, dass ihre kleine Nichte nun endlich ihren Frieden hatte.

Er schloss sie in die Arme und zog sie so fest an sich, dass sie durch sein dünnes Hemd sein wild klopfendes Herz fühlen konnte.

»Es ist in Ordnung, Kitty«, hörte sie ihn sagen. »Wein, so viel du magst. Ich liebe dich und werde immer für dich da sein.«

Sie hatte Dan nicht erst erklären müssen, was sie empfand – er hatte es einfach gewusst. Und er war für sie da, hielt sie fest und war nicht peinlich berührt von ihren Tränen. Dafür liebte sie ihn, für seine Akzeptanz, sein Verständnis.

Maddie schlug die Decke zurück und schwang langsam die Beine über die Bettkante. Nach wochenlangem Liegen waren ihre Beine ganz schwach, so als hätte sie keine Kontrolle über sie. Sie stemmte die Hände rechts und links auf die Bettkante. Die Entfernung kam ihr sehr groß vor, und der Boden schien zu schwanken. Und wenn sie hinfiel? Ganz langsam ging sie ins Zimmer der Mädchen hinüber, jeder Schritt ein Triumph über ihre zitternden Beine.

Rose war tot, hatten sie ihr gesagt, aber sie musste sie sehen. Sie musste sich selbst von der Endgültigkeit ihrer Worte überzeugen. Erschöpft ließ Maddie sich auf Kittys Bett sinken und blickte in die Wiege. Rose. Die Augen geschlossen. So friedlich, als würde sie nur schlafen. Sie berührte vorsichtig die Wange ihrer Tochter. Sie fühlte sich kalt und wächsern an. Dann hob sie Roses

Arm ein paar Zentimeter hoch und ließ ihn auf das Laken zurückfallen. Es stimmte also, Rose war tatsächlich tot. Ganz langsam nahm sie das Kind aus seinem Bettchen. Arme kleine Rose. Sie war über zwei Jahre alt und kaum größer als bei ihrer Geburt. Sie hatte nie eine Chance gehabt; ihr Schicksal war schon bei ihrer Geburt besiegelt gewesen.

Maddie hatte versucht, keine Liebe zu empfinden für dieses Kind, das ein Sohn hätte sein sollen. Sie hatte das kleine Mädchen Kittys Obhut überlassen, und das war nun die Strafe. Göttliche Vergeltung. Würde Reverend Carey es als solche bezeichnen? Gottes Art, sie zu strafen, sie auf ihren Platz zu verweisen. Hatte Reverend Carey nicht gesagt: »Gott will, dass wir alle Lebewesen lieben? Gott gibt und Gott nimmt.«

Sie drückte Rose an ihren dicken Bauch, als wolle sie etwas Wärme auf sie übertragen. Sie hatte Rose einst das Leben geschenkt. Vielleicht konnte sie das noch einmal tun. Sie dachte an das neue Baby, das in ihr heranwuchs, und seufzte traurig. Tod und Leben, so nah beieinander. Die Natur ließ sich nicht aufhalten, ein endloser Zyklus. Nein, es war sinnlos. Rose war tot. Sie konnte sie nicht ins Leben zurückholen. Sie schaute noch einmal in Roses kleines Gesichtchen; es war ein zärtlicher Blick voll mütterlicher Liebe und Trauer.

»Ich wünschte, ich wäre tot«, sagte sie leise mit steifen Lippen.

So fand Ted sie später vor, wie sie Rose in den Armen wiegte, den Blick starr auf die Wand gerichtet, während sie lautlose Tränen weinte. Sanft löste er ihre Finger von dem toten Kind und trug sie zurück ins Bett. Sie registrierte das alles, wollte den Mund öffnen und ihre ganze Qual herausschreien, brachte aber keinen Ton hervor.

»Sprich mit mir, Maddie«, hörte sie Teds Stimme wie aus weiter Ferne sagen. Ganz leise, gedämpft. Sprechen! Wie sollte sie sprechen? Konnte er denn die Schreie nicht hören, die ohrenbetäubend laut in ihrem Kopf wiederhallten?

KAPITEL 32

Hätte jemand Kitty gefragt, wann ihr zum ersten Mal die Veränderungen an ihrer Schwester aufgefallen waren, hätte sie spontan geantwortet: »Bei Roses Tod.« Aber anfangs waren die Veränderungen so minimal, so subtil gewesen, dass sie erst viel, viel später, als es längst zu spät war, bis zu diesem Trauma zurückverfolgt werden konnten.

Maddie wurde stiller, in sich gekehrter, schroffer in ihrer Art. Ein eigentümlich tragischer Ausdruck überschattete ihre Züge. Mayses und Bridies regelmäßige Besuche schienen Maddie aufzuheitern, aber nur vorübergehend. Kitty blieb immer dabei und achtete darauf, dass Maddie sich nicht überanstrengte. Jetzt da Maddie im Bett lag und Rose nicht mehr lebte, übernahm sie den Haushalt, und trotz Laylas Unterstützung hinterließ Beths Abwesenheit doch eine spürbare Lücke.

An den meisten Nachmittagen schlich Kitty, wenn Maddie schlief, davon, um sich mit Dan am Fluss zu treffen. Das waren die einzigen Augenblicke, die sie für

sich allein hatten, und Kitty war dankbar für diese
Stunden. In den vergangenen Monaten hatte sie Dan
besser kennen gelernt, nicht als Teds Bruder oder na-
hen Verwandten, sondern als Mann. Einen Mann, der
sie, wie er sagte, liebte und verehrte und alles tun wollte, um sie glücklich zu machen.

Anfangs waren ihr seine Gefühle für sie übermächtig
erschienen, aber mit der Zeit hatte sie dann erkannt,
dass das einfach Dans Art war. Bei ihm gab es nur alles
oder nichts. Dazwischen war nichts, keine Halbherzig-
keiten.

Eines Nachmittags lagen sie wieder einmal ungestört
am Flussufer und schauten in die Zweige über sich,
durch die das Sonnenlicht hindurchfiel. Kittys Kopf
ruhte an Dans Schulter, sein Arm schützend um ihre
Schultern gelegt. Nach einer Weile stützte er sich auf
einen Ellbogen, zog die Nadeln aus ihrem Haar und ließ
es offen über ihren Nacken und Rücken fallen, ehe er
mit den Fingern hindurchfuhr. Als seine Lippen über
ihr Gesicht und ihren Hals wanderten, stieg eine ebenso
tiefe wie unbestimmte Sehnsucht in ihr auf.

»Ich kann einfach nicht aufhören, an dich zu denken.
Du beherrschst Tag und Nacht meine Gedanken. Das
geht so weit, dass ich manchmal das Gefühl habe, ich
werde noch verrückt«, flüsterte er.

Sie nickte. »Ich weiß.«

Seine Finger strichen leicht über ihren Hals und wanderten langsam abwärts zu ihrer Brust. Sie wollte, dass
er sie dort berührte, fühlte, wie ihre Haut dort förmlich
glühte vor Sehnsucht, aber etwas hielt sie zurück. Als
hätte er ihre Gedanken gelesen, hob er die Hand wieder
an ihr Gesicht.

»Ich liebe dich, Kitty, und ich würde alles dafür geben, dich berühren und dich lieben zu dürfen, aber nur als meine Frau.« Er küsste sie leidenschaftlich. »Hast du darüber nachgedacht? Darüber, mich zu heiraten, meine ich. Ich halte die Ungewissheit keinen Tag länger aus.«

Kitty nickte. Sie hatte in den letzten Wochen an nichts anderes gedacht. »Ja«, entgegnete sie ernst und bemüht, das Lächeln zu unterdrücken.

»Ja, was?«, lachte er. »Ja, du hast darüber nachgedacht, oder ja, du willst mich heiraten? Komm schon, Kitty, mach es nicht so spannend.«

»Nun, ich habe lange darüber nachgedacht ...«

»Und?«, drängte er angespannt und hielt das Gesicht dicht über ihres. »Sag Ja, und du machst mich zum glücklichsten Menschen auf der Welt.«

»Ja«, entgegnete sie schlicht. »Ich werde dich heiraten, Dan Hall.«

Ein glückliches Lächeln ließ seine Züge erstrahlen. »Du wirst es nie bereuen, Kitty. Ich werde dich lieben und ehren, und sobald Maddie ihr Kind bekommen hat ...«

Sie brachte ihn mit einem Kuss zum Schweigen.

Es war August. Kitty zählte glücklich die Wochen. Noch zwölf, elf, zehn Wochen bis zum errechneten Geburtstermin und dem Tag, da sie und Dan ihre Heiratsabsichten bekannt geben würden. Doktor Grace hatte angeordnet, dass Maddie die letzten zwei Wochen vor der Geburt in Beenleigh verbrachte. Das stellte die Familie vor ein Problem: Wie sollten sie die hochschwangere Maddie halbwegs komfortabel in die einen Tag weit entfernte Stadt bringen? Kitty beschloss, sich erst den Kopf darüber zu zerbrechen, wenn es soweit war.

»Zehn Wochen«, seufzte Maddie und ließ sich in die Kissen zurücksinken. »Noch eine halbe Ewigkeit, die ich in diesem verfluchten Bett verbringen muss.«

»Das geht ganz schnell vorbei«, sagte Kitty tröstend, als sie die Laken ordentlich unter die Matratze klemmte und noch einmal glatt strich für den bevorstehenden Besuch von Mayse O'Reilly. »Und es ist gerade ein neuer Katalog eingetroffen. Vielleicht können wir ihn uns später zusammen anschauen und die Weihnachtsgeschenke aussuchen.«

»Weihnachten? Das ist doch noch furchtbar lange hin.«

»Ich weiß, aber dann hast du etwas zu tun.« Sie beugte sich hinab und küsste ihre Schwester auf die Wange. Maddies Haut fühlte sich kühl und trocken an.

Abends nach dem Essen setzte Kitty sich oft hinaus auf die Veranda und blickte nachdenklich auf die Berge. Die Tage vergingen schleppend langsam, und sie konnte es kaum erwarten, ihr neues Leben als Dans Ehefrau anzutreten. Sie würde ihr eigenes Haus haben, das hatte Dan ihr versprochen. Und irgendwann würde es vielleicht auch Kinder geben, knuddelige kleine Babys, die nach Seife und Milch rochen. Der Gedanke an Babys erinnerte sie immer an Rose. Sie hoffte, Maddies neues Baby würde gesund zur Welt kommen. Vielleicht wurde es ja ein Junge; sie war sicher, dass Ted sich riesig über einen Sohn freuen würde. Ein Stammhalter. Die Zukunft erschien ihr viel versprechend und verlockend. Kitty zog unter dem Rock die Knie an, schlang die Arme um die Beine und stützte das Kinn auf. Ihre Augen waren halb geschlossen.

Sie hörte ein Geräusch aus der Hütte. Schritte. Die Tür öffnete sich, und Licht fiel auf die Bodendielen der Veranda. Sie drehte den Kopf. Es war nur Ted. Er setzte sich zu ihr auf die Bank, die unter seinem zusätzlichen Gewicht ächzte.

Wegen Maddies unfreiwilliger Bettruhe waren sie und Ted sich in den vergangenen Monaten näher gekommen. Kitty spürte es; ihre Beziehung, die beinahe ein Vater-Tochter-Verhältnis gewesen war, hatte sich verändert, und heute konnte sie ihre Gefühle ihm gegenüber gar nicht richtig definieren. Konnte auch er dieses unsichtbare Band fühlen, das sie zueinander hinzog?

Erst an diesem Abend hatte ihre Hand am Esstisch seine gestreift, woraufhin ihr Blick unwiderstehlich zu seinem Gesicht hingezogen worden war. Er hatte reglos dagesessen und sie angestarrt wie in Trance, als würde er den Lärm aus der Küche und am Tisch gar nicht wahrnehmen, als würde er nichts anderes sehen oder hören als sie. Peinlicherweise war sie errötet, woraufhin sie hastig die schmutzigen Teller eingesammelt hatte, um ihre Verwirrung zu überspielen. Als er ihr später beim Abtrocknen geholfen hatte, hatten sie nach derselben Tasse gegriffen, und als ihre Finger sich berührt hatten, hatte ihr Herz plötzlich so wild geklopft, als würde es jeden Moment zerspringen.

Sie nahm ihn heute ganz anders wahr als früher, nicht mehr nur als ihren Schwager, sondern als Mann. Ein lebendiges Wesen aus Fleisch und Blut, jemand mit Hoffnungen, Wünschen und Bedürfnissen. Diese Verän-

416

derung ihrer Gefühle verwirrte sie. Sie liebte Dan, wie also konnte sie so für Ted empfinden?

Warum fühlte ein Teil von ihr sich zum Ehemann ihrer Schwester hingezogen, einem Mann, der zwanzig Jahre älter war als sie und in dem sie lange Zeit eine Vaterfigur gesehen hatte. Wenn sie an Maddie dachte, plagte sie ein furchtbar schlechtes Gewissen.

Sie seufzte leise.

»Was ist?« Ted legte ihr schützend einen Arm um die Schultern. Sie fühlte die Wärme seines Körpers und errötete prompt. Sie war froh, dass es schon dunkel war, sodass er es nicht sehen konnte.

»Ich weiß nicht. Alles scheint irgendwie ... in der Luft zu hängen. So als würden wir alle nur darauf warten, dass etwas passiert.«

»Es wird wieder anders werden, wenn das Baby erst da ist.«

»Es ist nur, dass wir alle so sehr aneinander gebunden sind. Du, ich, Maddie, Dan, Beth und Emma. Und jetzt das neue Baby. Es scheint in unserem Leben keinen Platz zu geben für etwas anderes.«

»Wie meinst du das?« Er klang verwirrt.

»Ich weiß auch nicht. Ich habe mich nur gefragt, ob es in fünf, zehn Jahren immer noch so sein wird. Werden wir dann noch hier sein? Was werden wir tun? Ich möchte mehr über die Zukunft wissen.«

»Ich denke, du solltest anfangen, mehr an deine eigene Zukunft zu denken. Ans Heiraten. An eigene Kinder. Ein eigenes Leben. Wir können nicht von dir erwarten, dass du für immer bei uns bleibst.«

Beinahe hätte sie ihm von Dan und seinem Antrag erzählt. Als Dans Frau würde sie in der Nähe bleiben, weiter ein Teil ihrer kleinen Welt sein. Aber dann musste sie an Dans Worte denken. Unser Geheimnis, unsere Überraschung, hatte er gesagt. Nein, sie wollte ihm den Spaß nicht verderben. Es lag bei ihm, Ted die Neuigkeit zu erzählen.

»Kitty?« Sie wandte ihm das Gesicht zu. Sie schauten sich in die Augen, und beinahe schien es, als würde die Zeit stillstehen.

Ted neigte den Kopf, und Kitty fühlte, wie seine Lippen über ihre Wange strichen und sich schließlich auf die ihren legten. Ihre Lippen wurden unter seinen ganz weich, als er sie an sich drückte. Er roch nach Seife und Tabak. Durch sein Hemd konnte sie seinen Herzschlag fühlen. Das Blut rauschte so laut in ihren Ohren, dass sie nicht einmal mehr die Grillen hören konnte.

Ted hob den Kopf und schob sie sanft von sich. Er blieb einen Moment schwer atmend sitzen, als wäre er eben eine weite Strecke gelaufen. Kitty konnte im schwachen Licht, das durch das Esszimmerfenster fiel, seine Züge erkennen. Eine große innere Ruhe senkte sich auf sie herab.

»Entschuldige, Kitty. Das hätte ich nicht tun dürfen ...«

Ehe sie etwas darauf erwidern konnte, war er fort. Eine abrupte Bewegung, und er war nicht mehr an ihrer Seite, sondern marschierte in der Dunkelheit davon, bis er mit Gras, Bäumen und Nacht verschmolz. Die Bank fühlte sich plötzlich sehr leer an. Sie legte die Hand auf den Sitz neben sich; das Holz war noch warm. Sie blieb noch lange sitzen und dachte an die Zärtlichkeit seiner Berührung.

Die Erinnerung an den Kuss holte Ted in den sonderbarsten Momenten ein, ganz plötzlich und unerwartet. Er stellte sich vor, wie er ihre weiche Haut streichelte, und spürte, wie sein Verlangen sich regte. Seine wildesten Träume, unanständig und unmöglich. Er schämte sich ihrer. Innerlich verfluchte er sich wegen seiner Untreue Maddie gegenüber, wegen seines Verlangens. Wie konnte er sie so schamlos betrügen, seine Ehefrau, die ans Bett gefesselt war, weil sie sein Kind unter dem Herzen trug? Was war nur in ihn gefahren?

Er hoffte, das Baby würde ein Junge. Nicht so sehr um seiner selbst willen, als vielmehr Maddies wegen. Vielleicht würde ein Sohn ihre Familie vervollständigen. Er wollte nicht, dass sie noch eine Schwangerschaft wie diese durchmachte.

Er mied Kitty, ging ihr aus dem Weg, wo er nur konnte, und wagte es nicht einmal, ihr in die Augen zu sehen. Seine Gewissensbisse lasteten schwer auf ihm.

Mit dem Geld, das ihm der Verkauf der Uhr eingebracht hatte, gelangte Cedric O'Shea bis in den Pub in Beenleigh, wo er prompt den Rest in Rum umsetzte und sich so selbst für Tage außer Gefecht setzte. Als er wieder nüchtern wurde, waren seine Taschen leer. Die Inhaberin des Hotels hatte ihn auf die Straße setzen lassen. Sie sagte, er hätte nur für eine Übernachtung bezahlt. Er war nicht sicher, ob das stimmte oder nicht; er konnte sich nicht an die letzten Tage erinnern.

Cedric saß an der Hauptstraße von Beenleigh, mit dem Rücken gegen eine Pferdetränke gelehnt. Ihm war schwindlig. In den Armen hielt er einen schäbigen Koffer, der seine sämtliche weltliche Habe enthielt. Er hatte keinen Schimmer, was er tun oder wohin er gehen sollte. Irgendwie war alles schief gelaufen. Was jetzt, überlegte er und rieb sich den schmerzenden Schädel. Er musste nach Boolai. Aber bis dahin musste er von irgendetwas leben.

Plötzlich hörte er Stimmen. Er blickte blinzelnd die Straße hinunter und sah eine Gruppe von abgerissenen Männern in seine Richtung kommen. Als sie näher kamen, sah er auch die Rucksäcke, die sie auf dem Rücken trugen. Das Schlusslicht bildete ein Wagen mit Vorräten und Schaufeln. Ganz vage erinnerte er sich, dass im Pub jemand erwähnt hatte, dass die Straßenbauarbeiter sich nach Boolai aufmachen würden. Er hatte bei der Erwähnung des Namens aufgehorcht: Boolai! Sein eigenes Ziel.

Und da waren sie nun und marschierten an ihm vorbei in Richtung Süden. Die Männer sahen Cedric neugierig an. Einer lachte. Jemand warf einen Hut in die Luft. Er konnte ihre verächtlichen Blicke spüren.

»Heh!« Cedric fühlte, wie ihn jemand gegen den Stiefel trat. Er blickte auf und schaute in ein fremdes Gesicht. »Wassis?«, fragte er und kniff die Augen zusammen, um den Mann deutlicher sehen zu können. »Was woll'n Sie von mir?«

»Suchst du Arbeit?«

Arbeit! Das klang zu schön, um wahr zu sein. »Wass'n?«

»Im Straßenbau. Für die Straßenbaugesellschaft von Boolai. Ist 'ne elende Schufterei, aber die Bezahlung ist nicht übel. Mir fehlt noch ein Mann.«

Cedric rappelte sich schwerfällig auf. »Sie gehen also

nach Boolai?« Er wollte sich nicht anmerken lassen, wie groß sein Interesse war.

»Wie ich schon sagte, die Bezahlung ist nicht übel, aber du müsstest für einige Zeit das Saufen sein lassen, Kumpel.«

»Ja, klar, kein Problem.«

»Also, du kannst den Job haben, wenn du willst. Healey ist mein Name. Ich bin der Boss, und es wird gemacht, was ich sage«, fügte er hinzu und musterte Cedric abschätzig von Kopf bis Fuß. »Du solltest dich schnell entscheiden, bevor die anderen uns abgehängt haben. Also, was ist?«

Cedric hob seinen Koffer auf. »Sie können auf mich zählen. Danke, Mann.«

»Ach ... ich habe deinen Namen nicht verstanden.«

Cedric überlegte so schnell es sein Brummschädel erlaubte. »Nennen Sie mich einfach Joe, Boss«, murmelte er, den erstbesten Vornamen wählend, der ihm einfiel. »Jawohl, Joe«, wiederholte er noch einmal der Form halber.

Er schulterte seinen Koffer und setzte sich in Bewegung, dem Wagen hinterher. Es würde ein verdammt langer Marsch werden bis Boolai, aber letztendlich würde sich jeder verdammte Schritt bezahlt machen.

Kitty lächelte in sich hinein, als sie sich unter den Laken auf die Seite drehte und die Hände nach Dan ausstreckte. Sie konnte seine Wärme fühlen, seinen harten Körper, der sich an sie schmiegte. Seine Lippen wanderten über ihren Mund, ihren Hals, ihre Schultern. Hungrig erwiderte sie seine Liebkosungen. Er zog ein Bein an und legte es über ihres, und sie drängte ihm entgegen. Zärtlich zog er ihr das Nachthemd über die Schultern, bis ihre Brüste entblößt waren. Sie schloss die Augen, als seine Zunge über ihre Brustwarzen strich. Ein Brennen breitete sich in ihrem Unterleib aus, als seine Hände an ihren Beinen entlangglitten, streichelnd und massierend, um sie dann fest gegen seine Schenkel zu pressen.

»Kitty«, flüsterte er.

Fast blieb ihr das Herz stehen. Es war nicht Dan, der neben ihr im Bett lag, sondern Ted. Teds Arme drückten sie auf die Matratze, sein nackter Körper lag auf ihrem.

»Nein!«, schrie sie und stemmte die Hände gegen seine Brust. »Nein, das darfst du nicht.« Sie verheddterte sich in den Laken in ihrer Hast, aus dem Bett zu steigen. »Geh weg! Geh weg!«

»Kitty?«

Kitty schlug die Augen auf. Ihr Blick glitt durch das vertraute Zimmer. Emma lag zusammengerollt neben ihr und schlief tief und fest. Kitty atmete mit bebender Brust mehrmals tief durch. Ted stand mit einer Lampe vor ihr. Sie konnte im flackernden Licht der Petroleumlampe deutlich den besorgten Ausdruck auf seinem Gesicht sehen.

»Alles in Ordnung? Du hattest einen Albtraum. Du hast doch nicht von Heinrich geträumt, oder?«

Kitty ließ sich auf das Kopfkissen zurücksinken und zog sich das Laken über den Kopf. »Nein«, murmelte sie. »Nur ein böser Traum.«

Sie konnte die heißen Tränen auf ihren Wangen fühlen.

»Und, Ted? Kommst du nächste Woche mit zum Rennen nach Brisbane? Ein paar alte Bekannte aus Kiama wollen auch kommen. Der alte Jenkins und auch sein Nachbar, Millings, werden dort sein. Sie hoffen beide, dich dort zu treffen.«

»Der alte Jenkins, ja? Und Millings? Die beiden habe ich eine Ewigkeit nicht mehr gesehen. Ja, es wäre schön ein paar alte Bekannte wiederzutreffen. Ich würde sehr gern hingehen. Aber Maddie ... du weißt doch. Ich kann sie jetzt nicht allein lassen.«

Er wäre liebend gern mitgegangen, und sei es nur, um für ein paar Tage rauszukommen. Die Situation daheim machte ihm zu schaffen, vor allem das, was vor ein paar Tagen abends zwischen ihm und Kitty vorgefallen war. Heiland! Er wusste selbst nicht, was in ihn gefahren war. Er konnte immer noch nicht fassen, dass das wahrhaftig passiert war, dass er sie tatsächlich geküsst hatte.

Er hätte es kommen sehen müssen. Sie waren in letzter Zeit viel allein gewesen, und er hätte schon blind sein müssen, um nicht zu sehen, dass sie sich zu einer wunderschönen jungen Frau entwickelt hatte. Aus der Entfernung Maddie nicht unähnlich, aber fülliger, runder. Etwas an ihr zog ihn magisch an. Und dann der verblüffte Ausdruck in ihren Augen, als er tatsächlich die Lippen auf ihre gelegt hatte. Und dann hatte sie unerwarteterweise seinen Kuss erwidert. Es hätte noch weiter gehen können, aber Gott sei Dank hatte er sich beherrschen und die Sache beenden können, bevor etwas geschah, das nicht wieder gutzumachen war.

Und jetzt bot Clarrie ihm die einmalige Gelegenheit,

etwas Abstand von ihr zu gewinnen. Er wollte gehen, kam sich aber mies vor bei dem Gedanken, Maddie in ihrer Situation allein zu lassen. Nur noch zwei Monate, bis das Baby kam. Sie brauchte ihn jetzt mehr denn je.

»Vielleicht im nächsten Jahr«, teilte er Clarrie mit und lächelte gezwungen.

Kitty kam mit einer Kanne Tee aus dem Haus. »Worum geht es denn? Was willst du auf nächstes Jahr verschieben?«

Clarrie legte kameradschaftlich den Arm um Teds Schultern. »Ich habe Ted eben erzählt, dass ein paar von seinen alten Kumpels unten aus dem Süden, die inzwischen auch in die Gegend umgesiedelt sind, sich freuen würden, ihn beim Rennen nächste Woche in Brisbane zu treffen. Wäre eine Schande, das zu verpassen.«

»So ein Unsinn, Ted Hall. Ich komme auch ein paar Tage allein zurecht.« Sie runzelte kurz die Stirn, dann wurden ihre Züge weicher. Guter Gott! Er konnte sie nicht einmal ansehen, ohne dass ihm das Herz bis zum Hals schlug. »Geh nur. Gönn dir mal eine Pause. Du hast dir ein paar freie Tage verdient. Es ist keine Sünde, sich im Leben auch ein wenig Spaß zu gönnen, Ted.«

Sünde! Reverend Carey würde ihn wahrscheinlich für sündig halten. Wie sollte er seine Lust auf die Schwester seiner Ehefrau anders bezeichnen als gottlos? Ein Mann von fast 40 Jahren, der ein Mädchen begehrte, das beinahe jung genug war, um seine Tochter zu sein. Ein paar Tage Abstand würden ihm sicher helfen, mit sich selbst wieder ins Reine zu kommen und seine unanständigen Gelüste in den Griff zu bekommen.

Ted schwieg einen Moment und dachte nach. Kitty

hatte Recht, Maddie war in guten Händen. »Also gut, ich gehe«, sagte er schließlich. »Nur für ein paar Tage. Und ich nehme Dan mit. Kann dem Jungen nicht schaden, wenn er auch mal rauskommt.«

Und so war es beschlossen. Ted und Dan brachen an einem Septembermorgen noch vor Sonnenaufgang nach Brisbane auf.

Bis Mittag hatten sie es ohne Anstrengung bis Beenleigh geschafft. Nach einem kurzen Besuch bei Beth im Kloster unternahm Ted einen Schaufensterbummel entlang der Hauptstraße. Der Ort war in den vergangenen Jahren gewachsen. Es waren auch neue Geschäfte hinzugekommen wie die Damenboutique von Miss Bannerman. Ted überquerte die Straße und sah im Schaufenster über einen Rohrsessel drapiert die hübscheste Stola, die er je gesehen hatte. Sie war von dunklem Smaragdgrün, und in den Stoff war ein ganz feiner Goldfaden verwoben, der dem Schal in der Nachmittagssonne einen wunderschönen Glanz verlieh.

Er wusste gleich, dass er den Schal für Kitty kaufen musste. Die Farbe würde ihr großartig stehen zu ihrem rotgoldenen Haar und dem blassen Teint. Er sah sie schon mit dem Schal um die Schultern vor sich. Sie würde ihn anlächeln und ihm für das wunderschöne Geschenk danken, und er wäre der glücklichste Mann auf der Welt. Ted dachte an ihren Duft und daran, wie ihre Lippen sich angefühlt hatten.

»Der würde Maddie sicher gefallen.«

Die Stimme riss ihn aus seinen Gedanken, und Ted fuhr schuldbewusst herum.

»Hmmm.« Ted räusperte sich. Maddie! Er hatte keine Sekunde an sie gedacht! Himmel! Jetzt war er schon

Meilen entfernt von daheim und dachte trotzdem noch an Kitty. Er musste dem ein Ende machen. Er fluchte innerlich.

»Ich sage dir was«, fuhr Dan fort. »Ich schaue mich mal im Laden um. Vielleicht haben sie ja noch so einen. Den würde ich dann Kitty mitbringen.«

»Ach ja?« Ted beäugte seinen Bruder argwöhnisch. »Und warum das?«

»Sind Maddie und Kitty nicht die zwei wunderbarsten Frauen in unserem Leben? Sie haben etwas Hübsches verdient«, konterte Dan und steuerte lächelnd den Eingang des Geschäftes an.

Ted blieb noch einen Moment vor dem Schaufenster stehen, bevor er Dan hineinfolgte.

Ted verbrachte den Rest des Tages in der Hotelbar. Auf seinem Bett lag der in braunes Papier eingeschlagene grüne Schal. Jedes Mal, wenn er ihn ansah, erinnerte er ihn an seine unanständigen Gedanken. Dan hatte auch eine Stola für Kitty gekauft, blassgrau mit einem Silberfaden. Ted fand ihn farblos verglichen mit seinem eigenen Einkauf.

Es war kühl im Pub. Die Bar war erfüllt von gedämpftem Stimmengemurmel und Gläserklirren. Das Bier löschte Teds Durst, und nach mehreren Gläsern wechselte er zu Rum.

»Machen Sie gleich einen Doppelten draus«, rief er dem Barmann zu.

»Das wird dir morgen früh noch Leid tun, Ted«, warnte ihn Dan. »Vergiss nicht, dass wir noch einen Tagesritt vor uns haben.«

Ted fuhr herum und packte seinen Bruder beim Kragen. »Heh! Sag mir nicht, was ich zu tun habe. Ich bin gekommen, um mich zu amüsieren, und nicht, um mir von dir die Laune verderben zu lassen.«

Er wusste, dass er streitsüchtig klang. Teufel! Er war doch kein Kind mehr. Er konnte allein auf sich aufpassen. Dan wandte sich beleidigt ab und zog sich ans andere Ende des Raumes zurück.

Die Zeiger der Uhr über der Bar wanderten unaufhaltsam weiter, und der Nachmittag ging in den Abend über. Ted wusste bald nicht mehr, wie viel er getrunken hatte. Die leeren Gläser vor ihm auf dem Tresen konnten doch nicht alle von ihm sein? Er blickte am Tresen hinunter. Bei der Tür stand Dan und unterhielt sich angeregt mit Alf Stokes vom Grundbuchamt. Ted nahm seinen Drink in die Hand und winkte ihnen zu. Er fühlte, dass er nicht ganz sicher auf den Beinen war.

»Sagen Sie, Stokes«, hörte er sich sagen, wobei er Dan einfach ins Wort fiel. »Diese Parzelle, von der Sie mir letztes Jahr erzählt haben, ist die noch zu haben?«

Der Rum hatte ihn reizbar gemacht. Das Land hatte ihn nicht gekümmert, bis er den Beamten gesehen hatte. Erst da war ihm der lächerliche Preis, den Tarlington haben wollte, wieder eingefallen, aber auch dessen offensichtliche finanzielle Probleme. Und dann, ganz plötzlich, wusste er, dass er das Land haben musste.

»Soweit ich weiß, ja«, entgegnete der Beamte und zwinkerte Ted zu.

Ted kramte einen Moment in seiner Tasche und holte schließlich ein Bündel Geldscheine hervor. »Sehen Sie sich das an«, lachte er und fächerte sich mit dem Geld Luft zu. Alf Stokes machte große Augen. Ted schälte ein paar Banknoten von dem Bündel ab und drückte sie dem Beamten in die Hand. »Hier, mehr gebe ich nicht für sein Land. Sagen Sie ihm, er soll es nehmen oder lassen. Ich bin für ein paar Tage in Brisbane. Ich schaue auf dem Heimweg wieder bei Ihnen vorbei. Vielleicht konnten Sie ja bis dahin Kontakt zu ihm aufnehmen.«

Trotz des furchtbaren Katers, den Dan vorausgesagt hatte, erinnerte Ted sich hinterher noch gut an den Ritt nach Brisbane am nächsten Tag. Die Straße hatte nur noch wenig Ähnlichkeit mit der Piste, der sie sieben Jahre zuvor von Brisbane nach Beenleigh und Boolai gefolgt waren. Mit der ungezähmten Wildheit des Landes war es vorbei, sie war der sich immer weiter ausbreitenden Zivilisation gewichen. Heute standen kleine Farmen dort, wo früher nichts gewesen war als Buschland, kleine Häuschen entlang der Flussufer, mit Kühen vor dem Haus, die friedlich auf grünen Weiden grasten. Wäsche flatterte an durchhängenden Leinen. Ab und an liefen kläffende Hunde ein Stück weit neben ihnen her.

Dan und Ted schlossen sich unterwegs noch andere an, darunter Jenkins und Millings. Letztendlich waren sie an die 30 Mann, alle wettergegerbte, harte Männer. Die neuen Falten auf ihren Gesichtern hatten die letzten Jahre der Entbehrungen und harten Arbeit hinterlassen. Es war schön, sich nach all der Zeit wiederzusehen. Jeder hatte etwas zu erzählen; die einen hatten ihr Glück gemacht, die anderen waren vom Schicksal gebeutelt worden.

Die Gruppe kehrte im Bigg's Steam Packet Hotel am Stadtrand ein. In dem Gasthaus an der Mündung eines breiten Flusses herrschte reger Betrieb. Vom Saloon aus blickte man über das Wasser, die zahlreichen Kutter und kleinen Dampfschiffe und die Geschäftigkeit an den

Anlegern. Es war ein angenehmer Ort, um sich bei dem einen oder anderen kalten Bier etwas zu erzählen. Inzwischen ging es nach reichlichem Alkoholkonsum um die Rennen am nächsten Tag. Mit Hilfe des Rums gelang es Ted sogar, für ein paar Stunden Boolai und Kitty zu vergessen.

Am folgenden Morgen waren sie schon früh auf, und die Männer ließen sich aufgeregt über die Summen aus, die sie auf die Pferde wetten wollten.

»Einen Schilling auf Sieg?«

»Sei nicht albern. Der Klepper hat in seinem ganzen Leben noch kein Rennen gewonnen.«

»Jenkins sagt ...«

»Kümmere dich nicht um das, was er sagt. Jenkins weiß doch nicht mal, wo bei einem Pferd vorn und hinten ist. Der versteht nur was von Rindern.«

Gelächter. Grölen. Gutgelauntes Scherzen.

Die Rennen waren Mitte des Nachmittags vorbei, und hinterher begaben sich die Männer zu Baxters Fähre in der William Street. Hier ließen sie sich übersetzen, die einen grimmig wegen der verlorenen Wetteinsätze, die anderen mit ihren Gewinnen prahlend. Teds Taschen waren gut gefüllt. Er hatte eine Glückssträhne gehabt und war in Spendierlaune.

»Heh!«, rief er den anderen zu, als die Fähre am gegenüberliegenden Ufer anlegte. »Lasst mal sehen, was für Reiter ihr seid. Der Letzte bei Biggs gibt einen aus.«

Die Männer johlten. »Abgemacht, Hall!«

»Der Letzte schmeißt 'ne Runde.«

»Wir zeigen den Kerlen, was Reiten heißt, was, Harry?«

Und schon preschten sie davon, in einem Chaos aus fliegenden Erdklumpen, wirbelnden Hufen und wilden Flüchen. Männer und Tiere lieferten sich ein erbittertes Rennen. Ted fühlte, wie sein Pferd sich streckte, als er ihm den Kopf freigab. Der Wind drückte das Haar flach an seinen Schädel. Er beugte sich so weit vor, dass er fast auf dem Hals des Tieres lag. Obwohl viele hinter ihm lagen, konnte er durch den Staub auch mehrere Pferde vor sich sehen.

»Los«, rief er gegen den Wind und hieb seinem Pferd die Absätze in die Seiten. Der Gegenwind war so stark, dass er kaum atmen konnte.

Ted war nicht Erster. Als er sein schweißbedecktes Pferd vor dem Gasthaus zügelte, sah er überrascht, dass sein Bruder bereits auf der Veranda stand, sein Pferd am Geländer festgebunden.

»Wo warst du denn so lange?«, fragte Dan grinsend.

»Selbstgefälliger Mistkerl«, knurrte Ted stirnrunzelnd. Obwohl er gewusst hatte, dass er nicht verlieren würde, hätte er das Rennen gerne gewonnen. Und jetzt war sein jüngerer Bruder ihm zuvorgekommen, hatte ihm die Ehre abspenstig gemacht, die in seinen Augen ihm selbst gebührte. Er versetzte seinem Bruder einen spielerischen Kinnhaken. »Vergiss nur nicht, wer dir das Reiten beigebracht hat.«

Die Party dauerte fast die ganze Nacht. Am nächsten Morgen machte sich eine ziemlich mitgenommene Prozession auf in Richtung Süden. Je weiter sie kamen, desto mehr lichteten sich ihre Reihen. Die Männer verabschiedeten sich und versprachen einander, sich im kommenden Jahr wiederzusehen. In Beenleigh waren von der Gruppe nur noch Ted und Dan übrig.

Es war später Nachmittag und wurde bereits kühler. Dan war dafür, gleich weiterzureiten.

»Nein, nein«, widersprach Ted und befingerte das Geldbündel in seiner Westentasche. »Wir bleiben heute Nacht hier. Mrs. Hennessy wird schon ein Zimmer für uns finden. Ich zahle.«

»Was ist mit Maddie? Wird sie uns nicht zurückerwarten?«

»Kitty wird das noch einen Tag schaffen«, entgegnete Ted. »Komm. Ich gebe dir einen aus.«

Dan ließ sich überreden.

»Also gut, wie du meinst«, lachte er und hob in gespielter Resignation die Hände. »Was ist schon ein Tag mehr. Amüsieren wir uns. Morgen ist noch früh genug, um wieder an die Arbeit zu gehen.«

Aber es kam anders. Sie blieben über Nacht im Hotel und verbrachten fast den ganzen folgenden Vormittag in der Bar, wo man ihnen einen Drink nach dem anderen spendierte, damit sie vom Rennen erzählten. Sie kamen erst nach dem Mittagessen weg. Sie ritten an staubigen Baracken und windschiefen Hütten vorbei aus der Stadt. Dan fing an zu singen, ein ungehöriges Trinklied, das er am Vorabend in der Bar gehört hatte. Ted stimmte ein, nachdem er sich den Text eingeprägt hatte.

Am späten Nachmittag stießen sie auf die Straßenarbeiter.

»Kommt und esst mit uns«, rief der Boss der Kolonne und hielt einen Feldkessel in die Höhe. »Wir wollten gerade eine Pause einlegen.«

Ted war gern bereit, der Einladung nachzukommen; ihm war ganz übel geworden vom Schwanken im Sattel, und er war dankbar für diese Gelegenheit, eine Weile wieder festen Boden unter den Füßen zu haben. »Los, Dan«, befahl er, als er sich aus dem Sattel gleiten ließ.

Einer der Männer holte das Fladenbrot aus dem Feuer, kratzte die verkohlte Schicht ab und legte es dann zum Abkühlen auf einen Baumstumpf. Nach und nach fanden sich die Männer mit ihren leeren Blechnäpfen ein. Es war ein wüst aussehender Haufen, Männer mit dunkler, ledriger Haut und struppigen Bärten, den Hut tief in die Stirn gezogen.

»Erzählt uns, was es in Beenleigh so Neues gibt«, forderte einer der Männer Ted auf. »Es ist Monate her, seit wir unsere Familien das letzte Mal gesehen haben.«

»Ja«, pflichtete der Boss ihm bei, der sich als Healey vorgestellt hatte.

Sie setzten sich und tranken ihren Tee. Er war stark und schwarz, mit reichlich braunem Rohrzucker gesüßt. Der Brotfladen wurde auseinander gebrochen, und sein Inneres war weich und duftend. Dazu gab es echte Butter, das Geschenk eines Farmers. Healey schnitt dicke Scheiben ab, die er großzügig mit der goldgelben Butter bestrich. Nach einer Weile standen die Männer auf und machten sich wieder an die Arbeit. Nur der Kolonnenführer blieb und legte neues Holz auf die Glut.

»Sie haben verdammt gute Arbeit geleistet an der Straße«, bemerkte Ted, bevor er den letzten Bissen Brot mit einem Schluck Tee hinunterspülte.

Healey legte einen letzten Scheit nach und wischte sich die Hände an der Hose ab. »Hier sind wir bald fertig. Noch ein Monat, und wir gehen zurück nach Beenleigh. Dann sind wir rechtzeitig zu Weihnachten zu

Hause. Ich kann es gar nicht erwarten, meine Frau und die Kinder wiederzusehen.«

Ted zeigte auf die Männer, die bereits wieder damit beschäftigt waren, den Straßenrand zu befestigen. »Sagen Sie, der Typ in dem dunklen Hemd da drüben. Der, der das Brot aus dem Feuer geholt hat. Wie heißt der? Er kommt mir irgendwie bekannt vor, aber ich weiß nicht, wo ich ihn hintun soll.«

Healey warf einen Blick auf seine Männer. »Oh, das ist Joe. Wie er mit Nachnamen heißt, kann ich Ihnen nicht sagen. Mein Wahlspruch lautet ›Keine Fragen stellen‹. Wenn der Name, den ein Mann mir nennt, gut genug ist für ihn, ist er auch gut genug für mich. Wer weiß das bei diesen Männern so genau. Manch einer von ihnen könnte vom Gesetz, von einer Ehefrau oder einer Poker-Bekanntschaft gesucht werden. Solange sie hart arbeiten und die Finger vom Alkohol lassen, ist mir das gleich.«

Ted verabschiedete sich von Healey, bedankte sich für den Imbiss und warf einen letzten Blick auf die Arbeiter. Joe. Der Name sagte ihm in diesem Zusammenhang nichts. Egal, vielleicht hatte er sich ja geirrt.

»Fast zu Hause«, sagte er zu Dan, als sie in Richtung Boolai weiterritten. »Joe, ja? Der Typ kam mir irgendwie bekannt vor, aber ich kenne hier in der Gegend niemanden, der Joe heißt. Komisch, ich hätte schwören können ...«

KAPITEL 33

Es war bereits Abend, als sie endlich in Boolai eintrafen. Wegen der Flasche Rum, die sich die Männer auf dem letzten Abschnitt geteilt hatten, war diese Etappe etwas verschwommen verlaufen. Die Hütte lag dunkel vor ihnen, abgesehen von einem Licht im Esszimmer. Ted torkelte durch die Tür und wurde von Emma empfangen, die ihn grimmig musterte.

»Wo sind denn alle?«, fragte er. »Warum ist es im ganzen Haus dunkel?«

»Pssssst.« Emma legte einen Finger auf die Lippen. »Mama schläft. Es ist ihr nicht gut gegangen die letzten Tage. Kitty ist drüben im Stall. Eine der Kühe steht kurz vor dem Kalben. Wo warst du denn? Wir haben dich schon gestern zurückerwartet.«

Dan legte Ted eine Hand auf den Arm. »Bleib du hier. Ich gehe rüber und löse Kitty ab.«

»Danke, Dan.«

Emma stellte sich auf die Zehenspitzen und küsste ihren Vater auf das kleine Stück Wange, das über dem Vollbart noch zu sehen war. Dann nahm sie eine Lampe und verschwand in dem Zimmer, das sie mit Kitty teilte.

Ted ließ den Blick durch den Raum schweifen. Was für ein Empfang! Er hasste das Alleinsein. Und in der Hütte wurde es immer stiller und leerer. Erst Dan, dann Rose, Gott sei ihrer Seele gnädig, und dann noch Beths Abwesenheit. Seine Familie wurde unaufhaltsam immer kleiner. Kitty würde vermutlich als Nächste gehen. Er dachte an Maddie. Wenigstens würde es bald ein neues Leben im Haus geben, Kindergelächter.

Bei dem Gedanken an sie torkelte er durch den Raum und zog den Vorhang zu ihrem gemeinsamen Schlafzimmer beiseite. Maddie lag auf der Seite, die Augen geschlossen und die Knie schützend vor dem Bauch hochgezogen. Sie sah aufgeschwemmt aus, ihre Züge aufgedunsen. Als er sich gerade wieder abwenden wollte, hörte er ihre Stimme so leise, dass er im ersten Moment glaubte, er hätte sie sich nur eingebildet.

»Ted? Wo warst du denn? Ich habe dich gebraucht.«

Ihre Worte waren kaum mehr als ein Flüstern. Sofort war er an ihrer Seite, drückte das Gesicht an ihre Wange und zog ihren schweren Körper zu sich heran.

»Schhht, Maddie. Es tut mir Leid. Mach die Augen zu. Schlaf weiter. Und wenn du aufwachst, ist es Morgen.«

Er legte sich zu ihr und streichelte zärtlich ihre Wange. Ihre Augenlider schlossen sich langsam, und nach einer Weile verriet ihr gleichmäßiger, tiefer Atem, dass sie eingeschlafen war.

Es kam ihm vor, als wäre er Stunden im Schlafzimmer gewesen, aber die Uhr im Esszimmer verriet ihm, dass er nur an die zehn Minuten bei Maddie gewesen war. Müde fuhr er sich mit der Hand durch das Haar. Im Haus war es erstickend warm, und nach einigen Tagen der Abwesenheit kam ihm die Hütte viel beengter vor. Er musste raus, frische Luft schnappen. Ihm fiel wieder ein, dass Dan in den Stall hinübergegangen war, um Kitty abzulösen. Er lauschte. Kitty war nirgends zu sehen, und auch in den anderen Räumen des Hauses war es still. Wahrscheinlich war sie hereingekommen und hatte sich schlafen gelegt, während er bei Maddie gewesen war.

Ted ging in die Küche und kramte in dem Wasserfass, in dem sie die Bierflaschen aufbewahrten. Er nahm eine heraus und hielt sie an seine Wange. Sie war einigermaßen kühl. Er klemmte sich mehrere Flaschen unter den Arm und verließ das Haus.

Als er den Stall betrat, war er überrascht, Kitty auf einem Heuballen sitzen zu sehen. Von Dan keine Spur. Es brannte nur eine Lampe im Stall, und die war weit heruntergedreht. Ihr schwaches Licht warf tanzende Schatten an die Wand hinter den Trensen und Sätteln, Geschirren und anderem Krimskrams.

»Hallo, Kitty«, sagte er. Die Kuh lag schwer atmend auf der Seite. »Wo ist Dan? Ich dachte, er wollte dich ablösen.«

»Dan? Der sollte bei der Kuh wachen?« Sie lachte zittrig. »Er ist fast im Stehen eingeschlafen. War wohl ein wenig angeheitert. Ich habe ihn heimgeschickt. Er wollte in ein paar Stunden zurück sein.« Sie blickte zu Ted auf, ihre Augen glänzend wie winzige Lampen. »Du hast auch getrunken«, stellte sie schließlich fest.

Ted ignorierte die Bemerkung. »Wie ist es Maddie gegangen?«, fragte er, bemüht, die Unterhaltung in allgemeinere Bahnen zu lenken. Er betrachtete ihr Gesicht, ihre Lippen, und die Erinnerung holte ihn ein, begleitet von einem Gefühl grenzenloser Zärtlichkeit. Er sehnte sich verzweifelt danach, sie zu berühren. Sein Bauch verkrampfte sich. Er sollte nicht hier sein, ganz allein mit ihr.

»Sie hat über Schmerzen geklagt. Mayse sagt, wir sollen Doktor Grace holen oder sie irgendwie nach Beenleigh schaffen.«

»Im Augenblick schläft sie. Warten wir ab, wie es ihr morgen früh geht. Dann entscheiden wir. Sonst irgendwelche Probleme?«

»Nein, alles in Ordnung.«

Als er näher kam, sah er, dass sie die graue Stola trug, die Dan in Beenleigh für sie gekauft hatte. Sie lag lose um ihre Schultern, und die Silberfäden schimmerten schwach im Lampenlicht. Verärgerung stieg in ihm auf. Er wollte nicht, dass sie diese triste Farbe trug; der smaragdgrüne Schal würde ihr viel besser stehen. Er dachte an die Stola in dem braunen Papier, die er vergessen hatte, aus seiner Satteltasche zu nehmen. Egal. Sie würde auch am Morgen noch da sein.

Kitty hielt ihm ein Stück des grauen Stoffes hin. »Sieh nur, was Dan mir mitgebracht hat«, sagte sie strahlend. »Ist der nicht hübsch?«

Ted sah die Freude in ihren Augen, als er sich neben sie auf das Heu sinken ließ. Sie duftete süß nach Stroh und Melasse, die im Vorratsraum lagerten. Er war hin- und hergerissen. In einem Teil seines Gehirns schrillten Alarmglocken, die ihn aufforderten, zu gehen, sich zu seiner Frau ins Bett zu legen, aber der Gedanke, auch nur eine Minute länger von Kitty getrennt zu sein, war ihm unerträglich. Er hielt ihr eine Flasche Bier hin. »Hier. Trink etwas.«

Sie schüttelte den Kopf und schob die Flasche beiseite. Er lachte angesichts ihrer Tugendhaftigkeit. Sie sah so hübsch aus, wie sie da saß, das Haar von hinten von der Lampe angestrahlt.

»Nur zu. Trau dich«, drängte er. »Es wird keine Probleme lösen, und ich kann auch nicht sagen, wie es deinem Magen morgen früh geht, aber für eine kurze Zeit wirst du dich wunderbar fühlen.«

Das Bier schmeckte anfangs sehr bitter, und es fühlte sich an, als würden winzige Nadeln sie in die Zunge stechen. Sie war den ganzen Tag nervös gewesen, als hätte sich in ihrem Inneren ein Sturm zusammengebraut. Das Bier löste die Anspannung, beruhigte sie, machte sie schläfrig. Im Stall war es angenehm warm, und sie fühlte sich geborgen und sicher. Nichts rührte sich, abgesehen vom rhythmischen Auf und Ab der Flanke der hochträchtigen Kuh.

»Wie geht es Beth?« Kitty wusste, dass er seine Tochter in Beenleigh hatte besuchen wollen.

»Gut. Sie hat etwas Heimweh. Sie lässt euch alle grüßen.«

Es wurde wieder still. Die Dachbalken des Stalles knarrten leise, als es draußen kälter und feuchter wurde. Eine einsame Motte flatterte um die Lampe herum und warf einen riesigen Schatten an die Wand. Kitty trank noch einen Schluck. Die Flasche war fast leer.

»Und, hattet ihr eine schöne Zeit?«, fragte sie. Sie hatte das Gefühl, nicht mehr ganz scharf zu sehen; irgendwie wirkten die Konturen um sie herum weicher.

»Ja.« Ein Lächeln erhellte seine Züge. Einen flüchtigen Moment erkannte sie Dan in diesem Lächeln wieder. Die Art, wie die Mundwinkel sich nach oben bogen, die Fältchen um die strahlenden blauen Augen. »Hast du mich vermisst?«

Seine Stimme klang leise, wie aus weiter Ferne. Sein Tonfall verriet, dass er die Frage teils im Scherz gestellt hatte. Ob sie ihn vermisst hatte? Ja, natürlich. Aber Dan hatte ihr ebenso gefehlt. Sie warf Ted einen Seitenblick zu. Er saß da und musterte sie fragend, als warte er auf eine Antwort.

»Ja.« Es stimmte. Sie hatte seine ruhige, gelassene Art vermisst, die Kraft, die er ihr ohne es zu wissen verlieh. Er starrte sie an, so eindringlich, dass es ihr vorkam, als würde sein Blick sie durchbohren. Sie griff blind nach der Bierflasche, unfähig, den Blick von ihm zu lösen.

Ihre Finger streiften etwas. Kein kaltes Glas, sondern warme Haut. Ted. Er nahm ihre Hand, betrachtete sie lange und fuhr mit den Fingern über ihre weiche Haut. Dann legte er ihre Hand einen Moment an seine Wange, ehe er sie umdrehte und ihre Handfläche küsste.

Kitty fühlte den Druck seiner Lippen auf der Haut. Ein Laut entfuhr ihr, ein kehliges Seufzen, das sich scheinbar endlos fortsetzte. Sie verspürte ein sehnsüchtiges Ziehen im Bauch, ein tiefes, vages Verlangen. Benommen vom Alkohol, vermochte sie es nicht genau zu bestimmen. Sie fühlte, wie er sie an sich zog, fühlte seinen muskulösen Körper, seine starken Arme.

Ted zog Kitty an sich. Er konnte einfach nicht anders. Eine übermächtige Kraft hatte ihn befallen und drohte, seine Brust vor Sehnsucht zu zerquetschen. Sie ließ es geschehen, wobei sie ihm die ganze Zeit unverwandt in die Augen schaute. Seine Lippen suchten und fanden die ihren. Er bekam keine Luft mehr, glaubte zu ersticken. Seine Hand legte sich auf ihren Nacken. Ihre Haut war so weich, und das rotgoldene Haar fiel ihr schimmernd wie Seide um das Gesicht. Sie duftete süß wie Honig. Grundgütiger! Etwas, das sich so göttlich anfühlte, konnte unmöglich falsch sein. Eine Welle der Lust ließ ihn erschauern. Sein Verlangen war nicht mehr aufzuhalten, es gab kein Zurück mehr. Er hatte so lange verzichten müssen. Wenn er die angestaute Lust nicht bald ausleben konnte, würde er noch den Verstand verlieren.

Ted versuchte mit vom Alkohol ungeschickten Händen, die winzigen Knöpfe ihrer Bluse zu öffnen. Er fühlte, wie sie bereits den Körper an ihn schmiegte. Sie atmete keuchend. Ein letzter Ruck, schnell, schnell. Mehrere Knöpfe flogen durch die Luft, glitzernd im Lampenlicht. Jetzt der Rock. Die Unterwäsche.

Er legte sich auf sie. Sie hob in einer halbherzig abwehrenden Geste die Hand, aber er hielt sie fest und drückte sie ins Heu.

Endlich berührte er ihre milchweiße Haut, strichen seine Finger über ihre Brüste, wie schon so oft in seinen Tagträumen. Er küsste sie leidenschaftlich, fordernd. Sanft und doch beharrlich streichelte, berührte und liebkoste er sie, bis er nicht länger warten konnte. Ihm war ganz schwindlig vor Lust. Dann wurden sie eins, und er hörte, wie sie scharf die Luft einsog. Sie riss angstvoll die Augen auf, aber er küsste sie auf die Lider.

»Ganz ruhig.«

Ihre Brüste, heiß wie glühende Kohlen, versengten seine Zunge. Sie bewegte sich unter ihm, folterte ihn, bestrafte ihn. Er führte sie, zwang sie zur Zurückhaltung, zwang sich selbst, sich zu beherrschen, damit es nicht sofort wieder vorbei war. Der Rhythmus seines Verlangens überwältigte ihn. Er verlor die Kontrolle. Sein Körper war zu einer unabhängigen Macht geworden. O Gott! Ein letzter Schauer durchfuhr seinen Körper, ein letzter kraftvoller Stoß, und er wurde von seiner quälenden Lust befreit.

Anschließend lagen sie auf den stechenden Halmen. Ihre Haut fühlte sich feucht und warm an. Ted legte den Kopf in ihre Halsbeuge, dort, wo sich mit jedem Atemzug eine kleine Kuhle hob und senkte.

Minuten verstrichen. Keiner von ihnen sagte ein Wort. Tiefe Stille senkte sich herab. Die Kuh stöhnte und versuchte aufzustehen, fiel jedoch zurück ins Stroh. Er sollte sich von Kitty lösen, aber etwas hielt ihn zurück. Der Duft ihrer Haut, das Gefühl inneren Friedens, das ihn erfüllte. Irgendetwas.

Schließlich hob Ted den Kopf und blickte auf sie hinab. Tränen liefen ihr über die Wangen und tropften lautlos ins Heu und auf die Erde. Er schüttelte den Kopf, um seine Gedanken zu klären. Allmächtiger! Was hatte er getan? Was war nur in ihn gefahren? Hatte er den Verstand verloren? Bei dem Gedanken an Maddie stieg Angst in ihm auf. Würde sie spüren, dass er sie betrogen hatte? Würde es ihm ins Gesicht geschrieben stehen, sodass es jeder sehen konnte? Er dachte an Reverend Carey. Würde Gott ihm vergeben?

Er senkte den Kopf, bis sein Kinn die Brust berührte, und erhob sich mit einem tiefen Seufzer. Sie blieb reglos liegen. Langsam hob er ihre Bluse und ihren Rock auf und deckte sie damit zu. Er musste fort. Er bekam keine Luft mehr. Konnte nicht atmen. Konnte den Ausdruck in ihren Augen nicht ertragen.

»Es tut mir Leid, Kitty. Ich weiß nicht, was in mich gefahren ist. Der Rum ...«

Nein, es gab keine Entschuldigung, Rum hin oder her. Stumme Anschuldigungen stürmten auf ihn ein, hallten in seinem Kopf wieder. »Ich verspreche, dass es nicht wieder vorkommen wird.«

Er verließ den Stall, trat hinaus in die kühle Septembernacht und kämpfte gegen die aufsteigende Übelkeit an. Er schämte und verabscheute sich für das, was er getan hatte.

Die Szene spielte sich immer und immer wieder vor ihrem geistigen Auge ab. Teds Körper, seine Haut, sein Mund, die sie in Besitz nahmen. Sie schämte sich, fühlte sich beschmutzt. Am liebsten hätte sie sich in die Wanne gesetzt und sich geschrubbt bis aufs Blut. Um die Schuld fortzuwaschen. Sie hätte ihm Einhalt gebieten müssen. Hätte weglaufen müssen. Zu Dan, der sie liebte und sie zur Frau nehmen wollte.

Er hatte getrunken. Das hatte Kitty gewusst, sobald er den Stall betreten hatte. Betrunken und ausgehungert nach monatelanger Abstinenz aufgrund von Maddies Schwangerschaft. Und jetzt hasste er sich selbst, und er hasste sie. Sie hatte die Überraschung in seinen Augen gesehen, hatte gesehen, wie die Schuld ihn erdrückte.

Ihr eigenes Gewissen quälte sie. Sie hatte Ted diesen Morgen nicht gesehen. Er war lange vor Tagesanbruch aufgebrochen und hatte eine Nachricht hinterlassen, in der stand, dass er mit den Ochsen losgefahren war, um eine Ladung Holz zu holen. Wollte er ihr aus dem Weg gehen?

Sie versorgte Maddie, wobei sie es vermied, ihrer Schwester in die Augen zu sehen. Zweifellos würde sie sofort merken, dass etwas anders war, dass sie sich irgendwie verändert hatte. Aber Maddie war mit sich selbst beschäftigt. Kitty bat Emma, Maddie vorzule-

sen, und eilte dann zurück über den Hof in Richtung
Stall. Sie verspürte den unwiderstehlichen Drang, im
Stroh zu stehen und sich von ihrer Schuld frei zu ma-
chen.

Sie war überrascht, Dan mit einer Mistgabel in der
Hand im Stall anzutreffen. Er lächelte sie an, als sie
durch die Tür kam. »Tut mir Leid, dass ich gestern
Nacht nicht zurückgekommen bin. Ich habe geschlafen
wie ein Stein. Und als ich wieder wach geworden bin,
war es schon heller Tag.«

»Das macht doch nichts.« Sie hatte völlig vergessen,
dass Dan eigentlich hatte zurückkommen wollen, um sie
abzulösen. Furcht stieg in ihr auf. War er vielleicht hier
gewesen und hatte sie und Ted gesehen?

»Hübsches neues Kälbchen«, rief er. »Bist du bis zuletzt bei der Kuh geblieben?«

Die Frage war eigentlich ganz unschuldig, und er
wirkte auch völlig entspannt. Nein, sagte sie sich, Dan
ahnte nichts. »Ja«, entgegnete sie und entspannte sich
etwas.

»Übrigens, ich habe heute Morgen Knöpfe im Stroh
gefunden. Ich habe sie dort drüben hingelegt, auf den
Sims. Ich war mir nicht sicher, wem sie gehören. Möchte
mal wissen, wie sie da hingekommen sind.«

Die Knöpfe, die Ted in der vergangenen Nacht von
ihrer Bluse abgerissen hatte. Sie wandte den Kopf ab
und hoffte, dass Dan sie nicht allzu eindringlich musterte. Aber nein, er mistete weiter den Kuhstall aus und
bemerkte ihre Verwirrung gar nicht. Kitty nahm die
verräterischen Knöpfe und steckte sie in die Rocktasche.
Dann lehnte sie mit zitternden Händen und wild klopfendem Herzen an der Stallwand. Als Dan fertig war,

lehnte er die Mistgabel an einen Strohballen und kam zu ihr herüber.

»Ich finde, es ist an der Zeit, dass wir Pläne schmieden.« Er lachte leise, legte ihr einen Arm um die Schultern und zog sie an sich. Er knabberte an ihrem Ohr. »Meine Liebe zu dir muss mir im Gesicht geschrieben stehen. Es grenzt an ein Wunder, dass nicht schon alle Bescheid wissen.«

Kitty rückte abrupt von ihm ab. »Nicht.« Sie hob eine Hand an den Mund und musste an Teds Hände auf ihrer nackten Haut denken.

»Was ist denn?«, fragte Dan verwundert.

»Nichts.«

»Du hast doch etwas. Das spüre ich. Geht es um Maddie?«

»Sei nicht albern«, entgegnete sie schroff und biss sich sogleich auf die Lippen. Tränen liefen ihr über das Gesicht, Tränen der Scham und der Reue. Dan würde es merken, oder etwa nicht? In der Hochzeitsnacht würde er wissen, dass sie nicht auf ihn gewartet hatte. Sie war sicher, dass Männer so etwas merkten.

»Ach, ich weiß auch nicht.«

Dan stand vor ihr, die Hände auf ihren Schultern. Er legte ihr einen Finger unter das Kinn und zwang sie, den Kopf zu heben, bis sie ihm direkt in die Augen sah.

»An dem Tag, an dem Maddie ihr Kind bekommt, geben wir unsere Verlobung bekannt. Dann hast du deine Schuldigkeit getan, und wir können endlich an uns denken.« Er küsste sie zärtlich.

Kitty ging zurück zur Hütte und traf dort zeitgleich mit Bridie Tarlington ein. Bridie war den Winter über in ihrem Haus in Brisbane gewesen, und Kitty wusste, dass Maddie sich schon auf ihre Rückkehr gefreut hatte. In einem smaragdgrünen Kleid, das Kitty bisher noch nicht an ihr gesehen hatte, wirkte sie frisch und damenhaft wie immer. Sie hatte ihr dunkles Haar gekonnt hochgesteckt, und an ihrem Handgelenk klimperten gleich mehrere Armbänder. Ganz egal, wie heiß oder windig es war, sie schaffte es immer, tadellos auszusehen.

Bridie zog ihre eleganten Reithandschuhe aus und legte sie auf Maddies Bett. Maddie hatte sich aufgesetzt und nähte Babykleider. Ihre Beine und Finger waren so stark angeschwollen, dass sie ihren Ehering schon vor langer Zeit hatte abnehmen müssen. Ihre Finger hielten keine Sekunde still, sondern nähten unermüdlich.

Die flinken Bewegungen irritierten Kitty. Ihre Augen brannten von Schlafmangel. Sie machte Anstalten zu gehen. »Ich setze Teewasser auf«, sagte sie. »Dauert nicht lange.«

Bridie, die auf einem Stuhl an Maddies Bett Platz genommen hatte, sprang nervös auf. »Warte. Ich helfe dir.«

Eigentlich gab es gar nichts für sie zu tun. Die Sandwiches und Plätzchen lagen schon auf einem Teller bereit, und sie brauchte nur noch Wasser zu kochen und Teeblätter in die silberne Kanne zu geben.

Bridie ging in der Küche umher, nahm einige Gegenstände zur Hand und betrachtete die Töpfe, die am Feuer von der Decke baumelten.

»Danke, dass Sie gekommen sind, Bridie«, sagte Kitty, als sie das dampfende Wasser in die Teekanne goss. Die Teeblätter wirbelten durcheinander, und das Wasser färbte sich sofort bräunlich. »Besuche heitern Maddie immer auf.«

Bridie legte eine Hand an Kittys Wange. »Du siehst müde aus, Kitty.«

Kitty seufzte und strich sich eine Haarsträhne aus dem Gesicht. »Müde?« Mit einem bitteren Lachen stellte sie die Teekanne auf das Tablett. »Es ist schon Nachmittag, und die Wäsche ist noch nicht gemacht. Laylas Baby ist noch krank, sodass sie zurzeit nicht kommen kann ... Sie wissen doch sicher, dass sie vor ein paar Monaten ihr zweites Kind bekommen hat? Gott! Babys! Babys! Es kommt mir vor, als wäre ich nur noch von Schwangeren und Babys umgeben.«

»Ich weiß, was du meinst. Die letzten Stadien der Schwangerschaft sind nicht immer einfach. Man fühlt sich so ...« Bridie legte eine Hand auf den Bauch, als würde sie an ihre eigenen Schwangerschaften denken. »... so unförmig und lethargisch. Das Baby strampelt im Bauch, und man fühlt sich hässlich und aufgebläht. Jeder Nerv im Körper prickelt erwartungsvoll und wartet auf das erste Zeichen der einsetzenden Wehen. Im ganzen Körper ziept und zwackt es in Vorbereitung auf die Geburt. Hab Geduld. Ich weiß, dass es nicht leicht ist, aber denk immer daran, dass es für Maddie noch zehn Mal schwerer ist.«

Kitty hatte sofort ein schlechtes Gewissen. Sie war so mit ihren eigenen Problemen beschäftigt gewesen, dass sie keinen Gedanken daran verschwendet hatte, wie Maddie sich fühlen musste. Als sie sich umdrehte, sah sie Bridie wie erstarrt vor der Feuerstelle stehen. Sie war kreidebleich, und ihre Hände zitterten.

»Was ist denn?« Kitty eilte an ihre Seite und führte sie

zu einem Stuhl. Bridie stand der Schweiß auf der Stirn, und ihre Augen wirkten glasig. Kitty holte hastig ein Glas Wasser und hielt es der älteren Frau an die Lippen. Bridie schob das Glas beiseite, und ein leises Stöhnen entwich ihren blassen Lippen.

»O mein Gott. Was ist denn? Was ist denn mit Ihnen?«, rief Kitty entsetzt. »So reden Sie doch.«

Bridie hob eine zitternde Hand und zeigte auf die Wand. »Kannst du es denn nicht sehen?«

»Was soll ich sehen? Sagen Sie es mir.«

Angst packte sie, drang in ihre Knochen wie Kälte in einen Stein. Was hatte Bridie nur so erschreckt? Kitty schaute sich hektisch in der Küche um. Es war alles so, wie es sein sollte.

Bridies Lippen bewegten sich langsam, und sie sprach stockend.

»Mir wurde schwarz vor Augen, um mich herum war es dunkel wie in einer mondlosen Nacht. Und dann habe ich die Farbe an der Wand hinab und über den Boden laufen sehen.«

»Farbe? Was für Farbe?« Kitty schaute sich erneut um. Die geweißten Wände waren makellos.

»Die Wände ... sie waren rot. Rot wie Blut.«

KAPITEL 34

Ted und Dan kehrten am Abend von den Weiden zurück.

»Bleibst du zum Abendessen?«, fragte Ted seinen Bruder.

Dan nickte. »Wenn Kitty nichts dagegen hat«, fügte er hinzu. »Reicht es für alle?«

»Natürlich, oder, Kitty?«, entgegnete Ted, ohne sie anzusehen.

Die Männer setzten sich nach draußen auf die Veranda. Emma machte es sich auf Dans Schoß gemütlich. Sie schlief fast ein, und ihr hellblondes Haar war über seine Brust gebreitet. Er hatte ihr eine Geschichte vorgelesen. Jetzt unterhielten sich die Männer darüber, was sie zusätzlich noch anpflanzen sollten. Sie schwankten zwischen Rüben und Süßkartoffeln, was Kitty beides herzlich wenig interessierte. Ted lehnte sich auf seinem Stuhl zurück und blickte unzufrieden über die Weiden, über denen langsam die Nacht anbrach. Kitty stand in der Tür und beobachtete die Männer.

»Das Essen ist fertig«, sagte sie schließlich. »Ich bringe Maddie ihres rüber auf ihr Zimmer. Ihr könnt euch ja in der Zwischenzeit die Hände waschen.«

Kitty stellte Maddies Essen auf ein Tablett: Teller, Besteck, eine Tasse Tee. Auf dem Tisch stand eine kleine Vase mit gerade erst erblühenden Rosenknospen. Samtige blassrosa Blütenblätter. Impulsiv stellte sie die Vase mit auf das Tablett.

In der Tür zu Maddies Zimmer blieb sie stehen und schob den Vorhang beiseite. Es war dunkel. Sie würde die Lampe anzünden müssen. Vorsichtig stellte sie das Tablett auf den Boden und tastete sich im Zimmer vor, um das Bett herum, bis sie den Nachttisch erreicht hatte. Sie wusste, dass dort Streichhölzer lagen.

Das Streichholz flammte auf. Kitty hielt die Flamme an den Docht. Er fing Feuer, und die Lampe tauchte das Zimmer in warmes Licht.

»Maddie, aufwachen. Abendessen.«

Keine Antwort. Kitty schüttelte sie sachte. Maddies Körper fühlte sich schwer an, irgendwie steif. Etwas stimmt nicht mit ihr, dachte Kitty und unterdrückte die aufkeimende Furcht. Sie packte das Laken und zog es ruckartig herunter. Maddie lag, so zusammengerollt wie ihr dicker Bauch es erlaubte, auf der Matratze in einer hellen Blutlache.

Kitty stand einen Moment da wie gelähmt, in einer Hand das Laken, die andere Hand an den Mund gehoben. O Gott! Maddie!

»TED!«

Es war ein durchdringender, fast hysterischer Schrei, der durch die Hütte hallte. Sie hörte, wie Ted ins Haus stürzte. Seine Stiefel polterten laut auf den Dielen. Plötzlich war er da und füllte die Türöffnung aus. Sein Gesicht wirkte im schwachen Licht blass und angespannt.

»Was ist denn, Kitty? Ist etwas mit Maddie?« Ted stürmte herein und stolperte dabei über das Tablett, dass sie auf der Schwelle abgestellt hatte. Besteck, Tee, Rosen und das Abendessen flogen mit lautem Klirren durcheinander. »Kitty! O mein Gott, sie blutet ja«, rief er und ließ sich neben dem Bett auf die Knie fallen.

»Ich glaube, das Baby kommt.«

Ted schüttelte den Kopf. »Es ist noch zu früh. Was sollen wir tun?«

Maddie rollte sich mit angezogenen Knien auf den Rücken. Sie stöhnte, die Arme um den Bauch gelegt, und wiegte sich leicht.

»Hilf mir, Ted. Es ist noch zu früh für das Baby. Es sind noch Wochen, bis es kommen soll. Bitte lass es nicht kommen.«

Ted fuhr ihr beruhigend mit der Hand über das Haar und strich ihr eine Strähne aus der Stirn. Sie setzte sich mühsam auf und versuchte, die Beine über die Bettkante zu heben.

»Maddie, bleib liegen. Beweg dich nicht. Es wird alles gut.« Ted drückte sie zurück in die Kissen.

»Dan!« Ted rief nach seinem Bruder, der gleich darauf mit vor Angst geweiteten Augen in der Tür erschien.

»Hol Mayse«, befahl Ted. »Sag ihr, dass Maddies Baby kommt. Sie muss die Hebamme ersetzen. Und nimm Emma mit. Sie kann über Nacht bei Paddy und den Kindern bleiben. Schnell!«

Maddie war kreidebleich. Schweiß rann ihr in Bächen über das Gesicht und sammelte sich in der Kuhle am Halsansatz. Kitty wechselte das Laken, stopfte saubere Handtücher zwischen Maddies Schenkel und wischte ihr das Blut von den Beinen. »Hier. Du kannst mit einem feuchten Tuch ihre Stirn kühlen. Ganz vorsichtig. Es wird ihr helfen, zu wissen, dass du bei ihr bist.«

Ted gehorchte und redete dabei beruhigend auf seine Frau ein. Es schien wie eine Ewigkeit, bis Kitty endlich Hufgetrappel draußen auf der Straße hörte.

Kurz darauf stolperte Mayse keuchend herein, dicht

gefolgt von Dan. »Wie geht es ihr?« Kitty blickte hilflos zu der älteren Frau auf und schüttelte den Kopf.

»Ich weiß nicht, Mayse. Wir haben sie vor etwa einer Stunde so vorgefunden. Sie blutet ziemlich stark und hat starke Schmerzen.«

Mayse wusch sich in einer Schüssel dampfenden Wassers die Hände mit Seife, die Kitty ihr reichte.

»Also gut, Maddie. Ich bin's, Mayse. Ich muss nachsehen, was los ist. Spreiz die Beine. So ist es gut.« Sie wandte sich Ted zu. »Du wartest besser draußen. Das ist Frauensache.«

Zügig untersuchte sie Maddie und rief dann Ted zurück ins Zimmer. »Es ist genau so, wie ich befürchtet habe. Es geht gerade erst los. Und die Blutung macht mir Sorgen. Das ist nicht normal. Dan sollte besser Doktor Grace holen.«

Dan brach sofort auf, obwohl es eine dunkle, mondlose Nacht war. »Nimm die«, befahl Kitty ihm und drückte ihm eine Laterne in die Hand. Ihre Finger streiften seine, aber das war nicht der richtige Zeitpunkt, etwas anderes zu empfinden als Furcht.

Nachdem Dan losgeritten war, übernahm Mayse das Kommando. Maddie schrie in Abständen auf, wenn eine weitere Wehe kam. Kitty blickte unglücklich auf das schmerzverzerrte Gesicht ihrer Schwester. Babys! Warum sollte irgendjemand sich solche Qualen antun wollen? Wenn Babys einem solche Schmerzen zufügten, dann verzichtete sie dankend.

»Es muss doch etwas geben, was wir tun können«, flehte sie, als sie Maddies Schreie nicht länger ertragen konnte.

»Wir können nicht mehr tun, als zu versuchen, die

Blutung zu stillen. Es dauert noch eine ganze Weile, bis das Baby kommt. Ich hoffe nur, dass Maddie durchhält, bis der Doktor kommt ...«

Mayse wandte sich an Ted, der immer noch mit einem feuchten Tuch Maddies Gesicht wusch. Sie war vor Erschöpfung eingeschlafen. »Lass sie, solange sie schläft. Sie braucht möglichst viel Ruhe. Nur so besteht überhaupt eine Chance, die Geburt hinauszuzögern.«

Maddie wachte erst um Mitternacht wieder auf. In ihren Augen lag ein wilder Ausdruck. Sie wimmerte zwischen den Wehen vor Qual, gab seltsame, animalische Laute von sich.

»Töte mich nicht«, stöhnte sie und warf sich von einer Seite auf die andere. »Nimm es, nimm es, nimm es! Nur lass mich am Leben!«

»Sie fantasiert«, erklärte Mayse und legte Maddie eine Hand auf die Stirn. »Sie hat Fieber und ist schweißgebadet. Wir müssen sie abkühlen. Wir waschen sie und ziehen ihr ein frisches Nachthemd an, dann hat sie es bequemer. Hilf mir, sie auszuziehen, Kitty.«

Ted zog sich in eine Ecke des Zimmers zurück und setzte sich mit hängenden Schultern auf einen Stuhl, während Kitty und Mayse das nasse Nachthemd auszogen. Maddies Augenlider zuckten, als der Schmerz sie erneut aus der Bewusstlosigkeit riss.

Irgendwie sah die Straße nachts völlig anders aus. Es war eine stille, kalte Nacht, und kein Mond leuchtete Dan den Weg. Er hielt die Laterne beim Reiten hoch, und sein Pferd trabte Meile um Meile fleißig dahin.

Er war froh, von der Hütte weggekommen zu sein. Teds panisches Gesicht und Maddies Schreie hatten ihm eine Heidenangst gemacht. War das immer so bei einer Geburt? Schmerzen, Angst und Panik? Er hatte noch nie darüber nachgedacht, aber das holte er jetzt nach.

Und so übersah er, ganz in Gedanken versunken, den tief hängenden Ast. Er fühlte flüchtig, wie die raue Rinde seine Hand streifte, dann wurde ihm die Laterne auch schon aus der Hand gerissen. Es folgte das Klirren zerbrechenden Glases, und dann undurchdringliche Finsternis. Er fluchte laut. Auch wenn die Laterne noch brauchbar gewesen wäre, hätte er keine Streichhölzer gehabt, um sie wieder anzuzünden.

So ein Pech! Vielleicht sollte er rasten, bis es hell wurde? Er dachte an Maddie. Nein, dann war es zu spät. Ted hatte gesagt, er solle sich beeilen. Das viele Blut. Vielleicht starb sie. Oder war schon tot.

Er schaute nach oben. Die Bäume hoben sich dunkel vom Himmel ab. Vor ihm lag die Straße, unsichtbar. Das Pferd würde sicher seinen Weg finden. Er fasste einen Entschluss und ließ die Zügelenden auf die Flanke des Pferdes klatschen.

»Los, mein Freund«, rief er und grub dem Pferd die Hacken in die Seiten. »Für Maddie. Wir schaffen das.«

Als der Morgen graute, traf Bridie ein. Kitty starrte sie verdutzt an. Woher hatte Bridie gewusst, dass Maddie sie brauchte? Tränen der Erleichterung schossen ihr in die Augen.

»Was ist denn passiert?«, fragte Bridie und umarmte

die jüngere Frau. »Komm, setz dich. Du siehst aus, als hättest du die ganze Nacht kein Auge zugetan.«

»Habe ich auch nicht«, keuchte Kitty. »Es ist Maddie, das Baby kommt. Es ist noch viel zu früh, und sie blutet ganz furchtbar. Mayse ist bei ihr, und Ted. Wir waren die ganze Nacht auf. Ich bin ja so froh, dass Sie da sind.«

»Hat jemand den Doktor verständigt?«

»Ja«, schluchzte sie. »Dan ist gestern Abend losgeritten, um ihn zu holen.«

»Das heißt, der Doktor müsste kurz nach Mittag hier sein, sofern er sofort aufbrechen konnte. Ich sehe nach Maddie, und du gehst und kochst Tee. Ich denke, wir können alle einen brauchen.«

Als Kitty mit dem Teetablett Maddies Zimmer betrat, wuselten Bridie und Mayse um das Bett herum und versuchten, sich möglichst nicht gegenseitig zu behindern. Ted sah müde und deprimiert aus.

Es klopfte ganz leise, und Layla steckte den Kopf zur Tür herein, einen besorgten Ausdruck auf dem Gesicht. »Missy hat viel zu lange Schmerzen für eine Frau, die schon viele Kinder bekommen hat. Soll Layla helfen?«

Bridie ging zu ihr. »Wir können nicht mehr tun, als auf den Doktor zu warten. Er müsste bald da sein.«

Er bewegte sich. Er streckte seine steifen Glieder ein wenig und hielt inne, als ein stechender Schmerz sein Bein durchzuckte. Sein Schädel brummte. Er lag auf einem Arm. Langsam schlug er die Augen auf und blickte um sich. In seltsam verdrehter Haltung lag er auf dem Boden, ein Bein stark angewinkelt. Sein Pferd stand mit herabbaumelnden Zügeln ganz in der Nähe und graste.

Dan war verwirrt. Wo war er? Was machte er hier? Er ließ den Kopf ins Gras zurücksinken und schloss die Augen. Das Letzte, woran er sich erinnerte, war, wie er durch die Nacht galoppiert war. Die Laterne! Und da fiel ihm alles wieder ein. Maddie. Das Baby. Der Doktor.

Er versuchte aufzustehen. Sein Knie schmerzte höllisch. Zögernd belastete er das verletzte Bein, aber die Schmerzen waren unerträglich. Er sah sich um. Er brauchte etwas, das ihm als Krücke dienen würde. Ein dicker Ast oder Stock. Er entdeckte die Ursache für seinen Sturz: Eine Baumwurzel, im Tageslicht deutlich zu sehen.

Dan schleppte sich von der Straße ins Dickicht, wo zahlreiche abgebrochene Äste im Gras lagen. Er fand einen geeigneten Stock und stand auf. Wenn er es bis zu seinem Pferd schaffte und es ihm irgendwie gelang, sich in den Sattel zu hieven, hatte er das Schlimmste hinter sich.

Er legte dem Pferd die Zügel über den Hals und holte es zu sich heran. »So ein Mist!«, fluchte er und zog es noch ein paar Schritte weiter in Richtung Straße. Kein Zweifel, das Pferd hatte sich bei dem Sturz ebenfalls verletzt und lahmte.

Die Zügel in einer Hand, stolperte er die Straße hinunter, das humpelnde Pferd an seiner Seite.

Es war fast Mittag. Ted ging rastlos auf und ab und rang die Hände.

»Wo bleibt nur der Arzt?«, fragte er immer wieder.

Mayse schaute besorgt drein. Paddy war am Morgen mit Emma gekommen, überzeugt, dass inzwischen alles vorbei war. Mayse hatte ihn sofort wieder heim geschickt.

Bridie wirkte von allen Beteiligten am ruhigsten. Methodisch überprüfte sie Maddies Temperatur und holte frisches Wasser, um ihre Stirn zu kühlen. Irgendwann blickte Kitty auf und sah, wie Bridie sie aus dem Zimmer winkte.

Sie gingen hinaus auf die Veranda. Von den Weiden her blies eine warme Brise. Der bevorstehende Sommer versprach heiß zu werden.

»Kitty«, sagte Bridie und wischte sich mit einem eleganten Taschentuch den Schweiß von der Stirn. »Ich weiß nicht, was mit Dan passiert ist, und wenn der Doktor nicht bald kommt, verlieren wir sie. Ich brauche deine Hilfe.«

»Was haben Sie vor?«

»Du weißt doch, dass Ted den Kühen manchmal helfen und das Kalb holen muss. Manchmal bleibt ein Kalb im Geburtskanal stecken und kann nicht heraus.«

»Ja.«

»Ich denke, wir werden Maddie helfen müssen. Das Baby steckt fest, und wenn wir es nicht holen, wird es sterben. Und die Wahrscheinlichkeit ist groß, dass auch Maddie sterben wird. Mayse hat schon früher Babys geholt, sie weiß also, was uns erwartet. Traust du dir zu, mit anzupacken?«

Es kam ihm vor, als wäre er schon Stunden gelaufen, aber die Sonne hatte ihre Position kaum verändert, er konnte also noch nicht lange unterwegs sein. Seine Kehle war staubtrocken, und sein Knie tat höllisch weh. Maddie, dachte er fieberhaft. Er musste Maddie helfen.

Abrupt hob Dan den Kopf und blickte angestrengt nach vorn, nicht sicher, ob er sich die Staubwolke in der Ferne nur eingebildet hatte. Nein, seine Augen hatten ihm keinen Streich gespielt. Sie kam langsam, aber stetig näher. Er humpelte ihr immer schneller entgegen, ließ die Zügel seines Pferdes los und stolperte allein weiter. Er biss die Zähne zusammen. Was waren seine Schmerzen verglichen mit dem, was Maddie durchmachte. Er hob eine Hand und winkte.

»Heh!«, rief er, und eine Welle der Erleichterung stieg in ihm auf. Trotz der Entfernung erkannte er Clarrie Morgan und seine Postkutsche. Er fing an zu lachen und zu weinen und zitterte vor Erleichterung am ganzen Körper.

Stimmen, lauter und wieder leiser, unverständliches Gemurmel. Ihre Haut glühte.

Die Wehen folgten inzwischen so dicht aufeinander, dass sie dazwischen keine Zeit mehr hatte, sich etwas zu erholen. Der Schmerz war unerträglich, unmenschlich. Als würde ihr Körper langsam, aber sicher auseinander gerissen. Maddie konnte sich nicht erinnern, je solche Schmerzen gehabt zu haben. Es kam ihr vor, als dauerten sie schon eine Ewigkeit an. Würden sie je wieder aufhören? Es war, als würden sich glühende Drähte durch ihren Bauch bohren.

»Maddie, Maddie«, rief jemand. Sie fühlte Finger, die

sich zwischen ihre Schenkel schoben, immer tiefer, dehnend, ziehend. Es war ihr egal. Sie wollte nur eins: dass die Schmerzen endlich aufhörten.

Die Wehen waren so schlimm, dass sie alles andere aus ihrem Bewusstsein auslöschten. Ein tiefer Atemzug. *Geh mit dem Schmerz, kämpfe nicht dagegen an.*

Kühle Hände legten sich auf ihr Gesicht. Kleine Frauenhände. Zu wem gehörten sie? Kitty, Bridie, Mayse? Sie wusste, dass sie da waren, hatte immer wieder ihre Stimmen gehört. Wo waren sie? Sie fühlte sich zu erschöpft, um die Augen aufzuschlagen.

Nach endlosen Stunden verspürte sie einen starken Druck, der sich immer weiter abwärts verlagerte. Jetzt erst setzte endlich die eigentliche Geburt ein. Ihr Körper zog sich immer wieder zusammen und presste das Kind durch den Geburtskanal. Sie hörte dicht an ihrem Ohr jemanden rufen: »Pressen, Maddie, pressen! Das Baby kommt!«

Sie versuchte, ihre letzten Kräfte zu sammeln. Hände hoben ihre Schultern an und zogen sie in eine halb sitzende Position. Ihre Brüste drückten sich schmerzhaft gegen ihren Bauch. Sie fühlte das Gewicht des Kindes in ihrem Bauch wie das eines riesigen, unverrückbaren Steins.

»Los, Maddie. Du hast es fast geschafft. Willst du dein Baby nicht sehen?«

Das Baby. Teds Sohn. Sie hielt die Luft an und presste. Wellen des Schmerzes raubten ihr den Atem, und nach einer Weile ließ sie sich keuchend in die Kissen zurücksinken.

»Ich kann nicht mehr«, flüsterte sie.

Der Schmerz kehrte zurück, und sie hörte sich schreien. Hände richteten sie wieder auf. Sie versuchte, sie abzuschütteln.

»Pressen, Maddie. Los, hilf mit!«

»Lasst mich in Ruhe. Fasst mich nicht an«, stöhnte sie. Es gab in ihrem ganzen Körper keinen Quadratzentimeter, der ihr keine Qualen verursachte. Wieder hoben sie sie an.

»Pressen! Pressen!«

Es war vergebens. Sie hatte keine Kraftreserven mehr. Wieder die Hände. Tastend, ziehend, weitend. Dann fühlte sie ganz plötzlich, wie der innere Druck nachließ. Sie riss die Augen auf. Heller Tag. Sie hatte gedacht, es wäre Nacht. Sie fühlte, wie das Baby aus ihr herausglitt.

»Es ist ein Junge.« Teds Stimme. Schwach hob sie den Kopf und sah das Neugeborene, das vor Kälte bereits blau angelaufen war.

»Mein Baby, mein Baby«, flüsterte sie. Hörte sie denn niemand?

»Edward. Mein Sohn Edward«, flüsterte sie mit rauer Stimme. Sie lauschte. Warum schrie das Baby nicht?

»Es ist zu spät«, hörte sie eine vertraute Stimme sagen.

Zu spät? Zu spät wofür? Ted hatte seinen Sohn bekommen.

Dunkelheit senkte sich wieder auf sie herab. Der Schmerz war zu einem dumpfen, nagenden Ziehen verblasst. Er war jetzt erträglicher. Jemand wusch sie. Sanfte Finger glitten über ihren Körper. Sie roch Seife. Das warme Wasser war erfrischend. Sie hörte Kittys Stimme, dann Bridies und Mayses. Sie konnte sie nur undeutlich hören, mal lauter, mal leiser, wie durch einen dichten Nebel. Sie wurde vorsichtig abgetrocknet, und jemand schob ihr Tücher zwischen die Beine.

Ein Schauer lief ihr über den Rücken. Ihr war kalt. So furchtbar kalt. Merkten sie das denn nicht? Warum deckten sie sie nicht zu? Sie fröstelte wieder und fing dann an zu zittern, konnte gar nicht mehr aufhören. Als würde das Bett unter ihr vibrieren.

»Haltet sie fest. Sie hat einen Schock! Schnell. Decken. Wir müssen sie warm halten!«

Sie fühlte das Kratzen der Wolldecken auf der Haut und wollte sie wegschieben, aber Hände hielten sie fest und drückten ihre Schultern auf die Matratze. Die Decken raubten ihr den Atem. Galle stieg in ihrer Kehle auf. Sie bekam keine Luft mehr. Ihr Mund füllte sich mit einer übel schmeckenden Flüssigkeit, die ihr über die Lippen lief, sie erstickte.

»Sie erbricht Blut! O mein Gott! Maddie!«

Teds Stimme? Er klang panisch.

Es ist alles gut, Ted. Du hast deinen Sohn bekommen.

Das Würgen nahm kein Ende, und schon bald lag sie völlig ausgelaugt und keuchend da. Sie schlug die Augen auf. Nichts. Nur Schwärze. Sie streckte blind eine Hand aus.

»Ted! Ich kann nichts sehen«, rief sie und fühlte, wie seine Arme sich um sie legten. Er roch leicht nach Pfeifentabak.

»Es ist alles gut. Es wird alles wieder gut«, sagte er beschwichtigend.

Dann sah sie durch die Finsternis hindurch ein helles Licht. Es war, als würde sie sich durch einen langen, dunklen Tunnel auf das Tageslicht zu bewegen. Von überall riefen Stimmen nach ihr, von hinten und von vorn.

Es schien, als befände sie sich auf einer Reise. Sie wurde von einer unsichtbaren Kraft immer weiter nach vorn gezogen. Sie verspürte kein Bedauern, obwohl sie wusste, dass es kein Zurück gab. Der Wind pfiff in ihren Ohren, trug sie dem Licht entgegen. Bäume ächzten, Laub raschelte. Liebliche Stimmen sangen, lockten sie weiter.

Sie zögerte, wusste, dass sie noch einmal zurückblicken musste, bevor sie in das strahlende Licht eintauchte. Sie sah sie alle traurig mit ausgebreiteten Armen dastehen. Ted und Kitty, Mayse und Bridie. Stumm riefen sie nach ihr. Ihre Lippen formten ihren Namen, aber kein Laut kam über ihre Lippen. Warum weinten sie?

»Maddie, Maddie«, formten ihre Lippen.

Es wurde dunkel um sie herum, tintenschwarz. Die Stimmen wurden drängender. Der Schmerz flammte wieder auf. Die Gesichter – Kittys, Mayses, Bridies und Teds – fingen an, sich zu drehen, erst langsam wie ein Karussell. Wusch, wusch, wusch. Dann immer schneller, bis die Züge verschwammen und in einem wirbelnden schwarzen Abgrund verschwanden.

Langsam drehte sie sich wieder dem Licht zu. Ein Schauer durchlief ihren Körper, dann senkte sich Frieden auf sie herab. Der Schmerz war wie weggeblasen.

»MADDIIIEEEEE!«

Die Stimme klang wie Teds, und das Echo folgte ihr den Tunnel hinunter. Der Ruf verhallte langsam, bis er schließlich nur noch klang wie das Plätschern von Regentropfen, die auf Blätter fielen.

KAPITEL 35

Clarrie Morgan traute seinen Augen nicht. Was machte denn der junge Hall dort mitten auf der Straße? Er brachte sein Gespann zum Stehen und sprang vom Bock.

»Maddie«, keuchte Dan. »Ich muss nach Beenleigh. Den Doktor holen.«

Clarrie band Dans Pferd an einen Baum am Straßenrand. »Wir schicken jemanden, der es holen kommt«, sagte er. Dann half er Dan auf den Wagen, wendete und fuhr zurück in die Richtung, aus der er gekommen war.

Erst als das Gespann in flotten Trab gefallen war, fragte Clarrie, was eigentlich los war. Maddies vorzeitige Wehen, Mayse O'Reillys Sorge, Dans nächtlicher Ritt zum Doktor, die zerbrochene Lampe, Dan, der erst am Morgen auf der Straße zu sich gekommen war.

»Wie spät ist es?«, fragte er Clarrie, als er wieder zu Atem gekommen war.

»Zwei.«

»Zwei Uhr! Ich bin gestern Abend um acht losgeritten!«

»Du kannst von Glück sagen, dass du überhaupt so weit gekommen bist. Bis Beenleigh ist es nur noch eine halbe Stunde. Ich fahre dich gleich zum Doc. Du solltest dein Knie behandeln lassen, wo du schon da bist. Würde mich nicht wundern, wenn es gebrochen wäre.«

Der Doktor war auf Hausbesuch auf einer Farm einige Meilen westlich von Beenleigh und wurde erst am Abend zurückerwartet, teilte ihnen seine Haushälterin mit. Sie ließ Dan herein und bettete ihn auf eine Couch in der Praxis.

Clarrie stieg wieder auf den Kutschbock und machte sich auf nach Süden. Die Straße vor ihm schien so endlos wie ein ganzes Leben. Er hatte einen seltsam bitteren Geschmack im Mund.

Ted saß schweigend in dem Stuhl neben Maddie, die Stirn auf eine Hand gestützt. Kitty stand da und wusste nicht, was sie tun sollte. Ted trösten? Bridie und Mayse helfen? Der Augenblick zog sich ewig hin, unerträglich. Dann fühlte sie eine Hand auf der Schulter, blickte auf und schaute in Bridies von Tränen glitzernde Augen. »Komm und hilf mir«, sagte Bridie und nahm das tote Kind auf den Arm. Kitty folgte ihr nach draußen.

Sie gingen in die Küche. Bridie legte das Baby auf den Tisch und holte sich ein weiches Tuch. Sie befeuchtete es und begann, die Schleimschicht von Gesicht und Körper des Totgeborenen zu waschen. Kitty schaute wie erstarrt zu. Es war also ein Sohn gewesen, der Sohn, den Ted sich so sehnlich gewünscht hatte. Endlich war die blau verfärbte Haut sauber. Bridie ging mit dem Tuch zum Ofen. Die Tür stand offen. Sie blieb eine Weile dort stehen und starrte in die Glut. Kitty hielt die Luft an. Bridie hob die Hand und warf das Tuch ins Feuer. Eine leuchtende Flamme loderte flüchtig auf. Erst als nichts mehr von dem Tuch übrig war, ließ Bridie sich erschöpft auf einen Stuhl sinken und stützte den Kopf auf die Hände.

»Was hat das zu bedeuten?«, fragte Kitty leise. Sie

hatte einen Kloß im Hals, und das Atmen fiel ihr schwer.

Langsam hob Bridie den Kopf. Ihre Züge waren angespannt, und ihre Lippen bebten. »In diesem Haus werden noch viele Tränen vergossen werden. Wenn du nicht fortgehst, wirst du die Trauer mittragen müssen, die hier Einkehr halten wird.«

»Ich wollte sowieso fort. Dan und ich ... wir wollen heiraten. Wir wollten unsere Verlobung bekannt geben, sobald Maddies Baby geboren war. Es sollte eine Überraschung werden«, schloss sie unglücklich.

Bridie schüttelte den Kopf. »Dann ist es zu spät. Das Leid ist schon da.«

Ted betrat die Küche, gefolgt von Mayse. Linkisch nahm er den Leichnam seines Sohnes auf die Arme und ging zur Tür.

»Wohin gehst du? Ich begleite dich.« Kitty erhob sich, ihr Körper bleischwer.

Mayse legte ihr eine Hand auf den Arm. »Nicht, Kind. Lass ihn. Er muss jetzt allein sein. Später ist noch Zeit genug für Trost.«

Später kam Paddy mit Emma herüber. Kitty nahm sie auf den Schoß. Sie war klein für ihre neun Jahre, aber kräftig wie ihr Vater, mit Haar von der Farbe gesponnenen Goldes. Ihr Gesicht war ausnahmsweise einmal ernst und verschlossen. Kitty hatte immer wieder überlegt, wie sie ihr den Tod ihrer Mutter schonend beibringen sollte.

»Emma, Liebes?«

Emma drehte sich ihr zu und schlang ihr die Arme um den Hals.

»Ja?«

»Heute ist etwas sehr Trauriges passiert. Deine Mama ist von uns gegangen.« Kitty fühlte, wie ihre Stimme brach, und verstummte. Emma sollte sie nicht weinen sehen.

»Ohne sich zu verabschieden?«

Kitty holte tief Luft und fuhr fort. »Das konnte sie nicht. Es ist alles so schnell gegangen. Sie ist jetzt im Himmel. Du weißt doch, was Reverend Carey uns über den Himmel erzählt hat. Dort ist es wunderschön. Still und friedlich.« Verstand Emma, was sie meinte? Sie wusste es nicht.

»Warum hat sie sich nicht verabschiedet?«, fragte Emma trotzig und den Tränen nah.

Kitty löste die Arme des Kindes von ihrem Hals und stellte ihre kleine Nichte auf die Erde. »Also gut. Du darfst dich von deiner Mama verabschieden.«

Sie nahm Emma bei der Hand und ging mit ihr hinüber in Maddies Zimmer. Dort war es sehr warm. Die Vorhänge waren zugezogen. Auf der Schwelle bückte Emma sich unvermittelt und hob etwas vom Boden auf. Eine Rosenblüte aus der Vase, die auf dem Tablett gestanden hatte, über das Ted am Vorabend gestolpert war.

Schweigend durchquerte Emma das Zimmer, blieb neben dem Bett stehen und schaute auf ihre Mutter hinab. Maddie sah friedlich aus, als würde sie schlafen. Die von den Schmerzen angespannten Züge hatten sich geglättet. Emma steckte die Rose zwischen Maddies übereinander gelegte Hände.

»Für dich, Mama. Kitty hat gesagt, du wärst weggegangen. Aber ich wusste, dass das nicht sein konnte. Du wärst nie gegangen, ohne dich zu verabschieden. Ich habe eine Rose gefunden. Jemand muss sie fallen gelassen haben. Du kannst sie haben. Ich weiß ja, wie sehr du Rosen magst. Wirst du bald wieder gesund?«

Irgendwie überstanden sie den Rest des Nachmittags. Kitty bereitete rasch eine Mahlzeit zu, obwohl niemand besonders hungrig war. Nachdem Emma zu Bett gegangen war, half Mayse Kitty, die Küche aufzuräumen und sauber zu machen. Ted und Paddy hatten sich nach draußen auf die Veranda verzogen. Im Raum war es still, abgesehen vom Klappern des Geschirrs und dem gedämpften Stimmengemurmel der Männer. Schließlich zog Mayse die Schürze aus und wandte sich Kitty zu.

»Wir müssen Maddie bald beerdigen. Es ist schon sehr warm. Ich möchte, dass du mir hilfst, sie für die Bestattung fertig zu machen.«

Kitty sah plötzlich wieder den aufgedunsenen, mit Fliegen bedeckten Leichnam Heinrichs vor sich. »Ich ... ich glaube nicht, dass ich das kann«, stammelte sie.

»Natürlich kannst du, Kitty. Es ist sonst niemand da, der mir helfen könnte. Ted kann ich nicht fragen.«

Neue Tränen brannten in ihren Augen. Sie konnte das nicht.

»Du brauchst dich vor den Toten nicht zu fürchten«, sagte Mayse sanft. »Sie können dir nicht wehtun. Das vermögen nur die Lebenden.«

Mayse und Paddy kehrten in der Abenddämmerung heim. Kitty legte sich ins Bett und ließ noch einmal die Ereignisse der vergangenen Tage Revue passieren. Sie wusste, dass sie keinen Schlaf finden würde; Maddies gequältes Gesicht verfolgte sie. Und auch Bridies ominöse Prophezeiung bevorstehenden Kummers ließ sie nicht los. Was hatte sie damit gemeint, es wäre zu spät, das Leid wäre bereits hier? War das wirklich nur irischer Hokuspokus, wie Mayse vor Jahren gespottet hatte? Oder besaß Bridie doch die Gabe, in die Zukunft zu sehen oder zumindest gewisse Ereignisse im Voraus zu spüren? Kitty lag noch wach, lange nachdem Ted die Lampen gelöscht hatte, aber schließlich, erfüllt von einem Chaos durcheinander wirbelnder Worte und Bilder, wurde sie doch vom Schlaf übermannt.

Gemeinsam wuschen Mayse, Bridie und Kitty Maddie und zogen sie an, um sie anschließend, umgeben von Rosen und Kerzen, aufzubahren. Die Rosen hatten gerade angefangen zu blühen. Sie pflückten Dutzende von ihnen, plünderten förmlich die Büsche vor dem Haus, bis diese ganz kahl aussahen. Sie bestreuten die Tote mit Rosenblättern, bis sie unter einer perlmuttfarben schimmernden Blütendecke verschwand.

Die Beerdigung weckte bei Kitty Erinnerungen an ihre Kindheit. Ein aufgebahrter Leichnam, bei dem gebeugte alte Frauen wachten, die kleine weiße Lehmpfeifen rauchten. Sie konnte sich an jene Beerdigung nur noch vage erinnern, wusste aber noch, dass das Gefühl der Trauer und Hoffnungslosigkeit das Gleiche gewesen war.

Eine kleine Trauergemeinde fand sich am Nachmittag zum Begräbnis ein. Bridie, Ted, Kitty, Emma, Paddy und Mayse O'Reilly und ihre ältesten Söhne, Clarrie Morgan und eine Hand voll Aborigines aus dem Lager unten am Fluss – Layla und Johnno, Old Mary und Big

Jack. Irgendwie hatte Reverend Carey von dem Unglück erfahren und traf noch rechtzeitig ein, wie immer blass und staubig von der Straße. Dan war noch nicht aus Beenleigh zurück. Der Arzt hatte ihm verboten, mit seinem kaputten Knie zu reisen. Und es war auch keine Zeit gewesen, um Beth aus dem Kloster zu holen.

Sie bestatteten Maddie und ihren Sohn neben Rose auf einer kleinen, grasbewachsenen Anhöhe nicht weit von der Hütte. Es war ein friedlicher Ort mit riesigen, Schatten spendenden Trauerweiden, in deren Geäst Horden von Papageien ihr Unwesen trieben. Bridie beobachtete Ted aus den Augenwinkeln, als Paddy und Clarrie den hastig zusammengezimmerten Sarg in die Grube hinabließen. Er sah aus wie im Schockzustand, hatte dunkle Ringe unter den Augen. Bridie wusste, dass er Tage nicht mehr geschlafen hatte. Aber wenn sie erwartet hatte, dass er weinend am Grab zusammenbrach, hatte sie sich geirrt. Vielmehr stand er reglos da und sah zu, wie Rosenblüten in die Grube fielen, als hätte er noch nicht begriffen, dass sie tatsächlich tot war. Ted hatte Maddie geliebt. Das hatte jeder sehen können. Er hatte es auf tausenderlei Art gezeigt. Und jetzt, vor den Grabhügeln seiner Ehefrau und zweier seiner Kinder stehend, wirkte er verloren, beinahe ängstlich, wie ein kleines Kind.

Nach dem Begräbnis kehrte die Trauergemeinde in der Hütte ein. Bridie war seit Morgengrauen auf und half nun Kitty, ein paar Erfrischungen und eine Kleinigkeit zu essen zuzubereiten: dünne Sandwiches, kleine Plätzchen und literweise schwarzen Tee. Sie half Kitty beim Servieren. Mit einer Platte Sandwiches in der Hand hielt sie Ausschau nach Ted, da sie wusste, dass er den ganzen Morgen noch nichts gegessen hatte. Er war nirgends zu sehen.

Schließlich fand sie ihn draußen. Er saß auf einem Baumstumpf neben dem Feuerholzstapel, den Kopf in die Hände gestützt. Bridie kniete sich vor ihn und legte ihm die Hände auf die Knie.

»Ted?«, sagte sie leise.

Er ließ die Hände in den Schoß sinken, und Bridie nahm seine rauen, schwieligen Hände in ihre. Seine Augen waren rot und geschwollen.

»Es ist alles aus.« Seine Stimme klang seltsam, kratzig. Die Wangen unter dem Bart waren eingefallen. »Hier hält mich nichts mehr.«

»Es tut mir so Leid. Aber auch wenn der Doktor früher gekommen wäre, bezweifle ich, dass er ihr noch hätte helfen können.« Er hob den Kopf und sah sie mit leerem Blick an.

»Zuerst konnte ich es nicht glauben, so als hätte ich einen Traum, aus dem ich jeden Moment aufwachen würde, um sie am Herd oder draußen im Garten stehen zu sehen. Ich habe im ganzen Haus nach ihr gesucht, aber sie war nicht da. Nicht meine Maddie. Nur eine leere Hülle ... nicht Maddie ...«

Bridie kämpfte mit den aufsteigenden Tränen. »Du musst stark sein, Ted. Für Kitty und Emma. Und für Beth, wenn sie heimkommt.«

Er lachte verächtlich, bitter. »Stark? Ich würde mich am liebsten hinlegen und sterben.« Seine Stimme brach. Er weinte jetzt, und die Tränen liefen ihm in Strömen über das Gesicht. Er schaute nach oben, in den Himmel, rang um Fassung. »Wie kann ich stark sein? Wäre sie nicht schwanger geworden, würde sie noch leben. Das ist eine Tatsache. Ihr müsst alle mir die Schuld geben an ihrem Tod. Ich tue es jedenfalls.«

»Niemand gibt dir die Schuld, Ted«, widersprach Bridie sanft. Sie tätschelte ein letztes Mal sein Knie. »Komm mit rein und iss etwas. Ich kann dir nicht helfen. Nur die Zeit kann deine Wunden heilen. Zeit und die Liebe deiner Familie. Geh zu ihnen, geh zu Kitty und Emma. Es ist auch für sie eine schwere Zeit.«

Er ging vor ihr her, gebeugt von Leid und Furcht.

Dan kehrte stark humpelnd an einem sonnigen Oktobertag zurück. Sein Knie war auch drei Wochen nach seinem Sturz noch bandagiert.

»Der Doc sagt, ich kann von Glück sagen, dass ich mir nicht die Kniescheibe zertrümmert habe«, berichtete er Kitty mit schmerzverzerrtem Gesicht, als sie seinen Verband wechselte. Er zog sie auf sein gesundes Knie und gab ihr einen schmatzenden Kuss auf den Mund. »Ich habe dich vermisst. Wie läuft es denn hier so?«

»Es ist furchtbar. Ted sagt kaum ein Wort. Er ist kaum hier, sondern fast ständig auf den Weiden unterwegs. Der junge Tom O'Reilly hat das Ochsengespann für ihn übernommen.«

»Hast du ihm von unseren Plänen erzählt? Ich möchte, dass wir möglichst bald heiraten.« Dan schmiegte das Gesicht an ihre Halsbeuge. Sie duftete einfach wunderbar. So lieblich. Er hob den Kopf und schaute ihr in die Augen. Ihre Augen waren so grün. »Ich kann nicht mehr lange warten, du raubst mir den Verstand«, stöhnte er.

Sie rückte von ihm ab, einen traurigen Ausdruck in

den Augen. »Ich weiß nicht, Dan. Irgendwie fände ich es nicht richtig, glücklich zu sein, solange Ted so deprimiert ist. Ich würde gerne noch etwas warten. Nur bis wieder so etwas wie Normalität eingekehrt ist. Emma kommt nach Weihnachten ins Internat in Beenleigh. Vielleicht sollten wir die Neuigkeit bis dahin zurückhalten.«

Enttäuschung stieg in ihm auf. Er hatte sie in den vergangenen Wochen schmerzlich vermisst. Und jetzt sollte er sich noch bis nach Weihnachten gedulden.

Später humpelte er über die Wiese zu Maddies Grab. Er hatte fast erwartet, Ted dort anzutreffen, aber der kleine Familienfriedhof lag verlassen da. Schlichte Kreuze waren aufgestellt worden.

Rose Ann Hall
1880 – 1882

Madeleine Hall
1851 – 1882

Säugling Hall, männlich, bei der Geburt gestorben,
1882

Dan betrachtete die Daten. 1882. Das Jahr, in dem fast die Hälfte seiner Familie ausgelöscht worden war.

Er wünschte, Maddie würde noch leben. Er hätte so gerne mit ihr geredet, ihr von Kitty und seiner Liebe zu ihr erzählt. Ich werde für sie sorgen, wollte er ihr sagen. Ich werde sie lieben und ehren. In gewisser Weise erinnert sie mich an dich.

Aber Maddie war nicht da. Die einzigen Geräusche

unter den Weiden waren das Wispern des Windes im Laub und das Zirpen der Zikaden.

Er senkte den Blick und betrachtete sein bandagiertes Bein, das nur bedingt belastbar war und immer noch schmerzte. Er ließ noch einmal die Ereignisse Revue passieren, die zu Maddies Tod geführt hatten. Das Blut. Maddies blasses Gesicht. Der nächtliche Ritt zu Doktor Grace. O Gott! Wenn er nur nicht so ungeschickt gewesen wäre! Wenn er nur nicht die Laterne hätte fallen lassen. Wenn er nur früher beim Arzt gewesen wäre.

Er haderte mit dem Schicksal. Alles deutete darauf hin, dass er allein verantwortlich war für Maddies Tod. Sie hatte es nicht geschafft, und er war schuld. Beth und Emma hatten nun keine Mutter mehr. Das winzige Baby. Teds Sohn. Vielleicht würde er noch leben und jetzt friedlich in seinem Bettchen schlafen. Jeder Einzelne von ihnen hatte unter seinem Versagen zu leiden.

Dan ließ sich neben dem Grab ins Gras sinken, wobei er das verletzte Bein weit nach hinten streckte. Die harten Grashalme stachen in seine Brust und Beine. Aber der Schmerz kümmerte ihn nicht. Keine Strafe wäre zu hart gewesen. Die Tränen, die er bislang nicht hatte weinen können, liefen nun in Strömen und versickerten in der Erde.

TEIL V

Die Tarlingtons

KAPITEL 36

Randolph spürte, dass etwas nicht stimmte, sobald er den Stall betrat. Die anderen Pferde waren unruhig, schnaubten und scharrten nervös. Er führte sein Pferd in eine Box und begann, den Sattelgurt zu lösen. Ein Geräusch hinter ihm – ein diskretes Hüsteln? – ließ ihn herumfahren. Dort im Schatten stand ein Mann.

»Heh. Was zum ...«

Die Gestalt trat näher. »Randolph Tarlington.« Es war keine Frage, mehr eine Feststellung.

»Ja?«

»Sie erinnern sich wohl nicht an mich?« Die Stimme kam ihm irgendwie bekannt vor, aber er wusste nicht recht, wo er sie einordnen sollte. Und dann das Gesicht des Mannes: Es war schwer, unter dem struppigen grauen Bart die Züge auszumachen.

»Nein«, entgegnete er zögernd. »Kennen wir uns?«

Der Mann lachte, ein meckernder Laut, der von den Stallwänden zurückgeworfen wurde. »O ja. Allerdings werden Sie wohl kaum damit gerechnet haben, mich irgendwann wiederzusehen. Dezember 1877. Heinrich Buhse. Na, klingelt's?«

»Cedric O'Shea?« Randolph musterte den Mann aus zusammengekniffenen Augen.

»Eben der.«

»Was tun Sie hier?«

»Zwischen uns ist noch eine Rechnung offen, Tarlington. Erinnern Sie sich noch an unsere Verabredung im Pub von Beenleigh? Ich war dort, aber Sie haben unsere Vereinbarung offensichtlich vergessen.«

»Es ist nicht planmäßig gelaufen. Hall war noch vor mir auf dem Grundbuchamt.«

»Sie haben mir Geld versprochen, unabhängig davon, ob Sie das Land bekommen oder nicht. Ich habe meinen Teil der Abmachung eingehalten. Sie sind mir noch etwas schuldig, Tarlington.«

»Die Polizei sucht Sie.«

O'Shea räusperte sich und spuckte verächtlich aus. »Die Polizei interessiert sich möglicherweise für die eine oder andere Information, die ich bisher für mich behalten habe.«

»Sie sind ein Dummkopf, O'Shea. Ich brauche nur die Behörden zu verständigen, und Sie wandern hinter Gitter.«

»Das ist mir egal«, konterte der Mann und trat langsam vom Schatten ins Licht. »Ich habe nichts mehr zu verlieren. Aber Sie sind ein hinterhältiger Schurke und ein Dieb, und ich werde dafür sorgen, dass Sie bezahlen für das, was Sie getan haben.«

»Was Sie nicht sagen. Und wie genau wollen Sie das erreichen? Es steht mein Wort gegen das Ihre. Niemand wird Ihnen glauben, einem Betrüger, der einen alten Mann um sein Land gebracht hat.«

»Manch einer hat von Anfang an geargwöhnt, dass Sie dahinter stecken, Tarlington.«

»Und wer sollte das sein?« Er hatte sich seine Überraschung eigentlich nicht anmerken lassen wollen, doch gelang es ihm nicht, sich zu verstellen.

Cedric lachte. »Das wüssten Sie wohl gern, was? Könnte jeder sein, nicht wahr? Sie haben sich in der Gegend viele Feinde gemacht. Tatsächlich können Sie mir vermutlich nicht einen Mann nennen, der Sie als seinen Freund betrachtet.«

Es stimmte. Er brauchte keine Freunde. Freundschaften waren nur lästig. Sie standen geschäftlichen Belangen im Wege und verkomplizierten nur unnötig alles. Und jetzt dieses neue Problem. Cedric O'Shea. Er musste den Mistkerl loswerden. Bevor ihn jemand wiedererkannte und anfing, Fragen zu stellen.

»Wie geht es Ihrer Frau?«, fragte Randolph, um vom Thema abzulenken. Sie war eine unscheinbare Person gewesen, und er konnte sich nicht einmal an ihren Namen erinnern.

»Martha ist tot.« Cedrics Stimme zitterte einen Moment. »Sie hat sich auf den Goldfeldern ein Fieber geholt. Wenn wir nicht von hier weggegangen wären, wäre sie noch am Leben.«

»Ich habe Sie zu nichts gezwungen. Und die Polizei ist nicht hinter mir, sondern hinter Ihnen her. Ich würde Ihnen dringend raten, zu verschwinden. Sie halten sich unbefugt auf meinem Land auf.«

»Sie weigern sich also, Ihre Schulden bei mir zu begleichen?«

»Ich schulde Ihnen gar nichts, O'Shea. Keinen Penny.«

Cedric trat näher. »Sie sind ein Lügner und Betrüger. Ich werde mein Geld bekommen, und wenn es das Letzte ist, was ich tue. Und wenn ich mein restliches Leben dafür brauche, ich werde dafür sorgen, dass ich bekomme, was mir zusteht. Halten Sie die Augen auf, Tarlington, wo Sie auch sind. Ich werde dort sein und warten.« Er spuckte erneut auf den Boden. »Ich komme in einigen Tagen wieder. Ich erwarte, dass Sie mir die ursprünglich vereinbarte Summe auszahlen.«

»Verziehen Sie sich, O'Shea. Sie vergeuden Ihre Zeit. Sie werden von mir gar nichts kriegen. Weder jetzt noch sonst irgendwann.« Er wandte sich wieder seinem Pferd zu, und als er nach einer Weile über die Schulter sah, war O'Shea verschwunden.

Randolph ging zur Stalltür und lauschte. Da, ein Knacken im Unterholz. Dieser O'Shea versuchte gar nicht erst, leise zu sein oder seine Spur zu verwischen.

O'Shea führte ihn zur Hauptstraße. Randolph folgte ihm in großem Abstand. Kein einziges Mal blickte O'Shea zurück. Schließlich gelangten sie zum Lager des Straßenbautrupps. Cedrics entschlossener Schritt verriet Randolph, dass das Camp sein Ziel war.

»Heh, Joe. Wo warst du denn?«

Randolph zog sich hinter den Stamm eines Eukalyptusbaumes zurück. Weiter vorn lehnte einer der Straßenbauarbeiter lässig auf seiner Schaufel und unterhielt sich mit Cedric, der bei ihm stehen blieb.

Joe? Dachte er. Joe? Der Mann sprach mit Cedric. Warum nannte er ihn Joe? Natürlich! Warum hatte er nicht früher daran gedacht? Cedric war dünner als früher, und auch der Bart veränderte sein Aussehen beträchtlich. O'Shea konnte sich in Boolai frei bewegen, ohne fürchten zu müssen, wiedererkannt zu werden, zumal er sich einen anderen Namen zugelegt hatte.

Randolph kehrte zurück nach Glengownie. Er ging in

den Stall, suchte sich eine Bürste und fing an, sein Pferd zu striegeln und das schweißverklebte Fell zu glätten. Ein Dutzend Fragen beschäftigte ihn. Fragen, die alle eine Antwort verlangten. Aber streng genommen gab es nur eine Antwort. O'Shea musste verschwinden. Er war für sie alle ein Risiko. Ein rachsüchtiger Mann, der nichts mehr zu verlieren hatte. Das Letzte, was Randolph brauchen konnte, war, dass der Constable von Beenleigh auf Glengownie herumschnüffelte.

Cedric O'Shea stapfte zurück zum Lager der Straßenbauarbeiter. Er ging zum Feuer und hielt die zitternden Hände über die Flammen. Die Wärme tat ihm gut. Jetzt noch einen Happen essen, und er war bereit für die Nachmittagsschicht.

Der Trupp hatte mehrere Monate gebraucht, um nach Boolai zu gelangen. Ein kleiner Nebenjob hier und da unterwegs hatte ihr Weiterkommen ein wenig verzögert. Neue Farmen entlang der Straße bedeuteten auch neue Straßenabschnitte. Cedric hatte das nichts ausgemacht. Vermutlich war die Verzögerung sogar vorteilhaft für ihn; sie hatte ihm Gelegenheit gegeben, alles zu durchdenken.

Es war eine sonderbare Zeit gewesen. Zuerst hatte er sich daran gewöhnen müssen, dass Martha nicht mehr da war, so sehr war ihre scharfe Zunge Teil seines Lebens geworden. Mit der Zeit erkannte er, dass ihr Meckern Sorge gewesen war, und rückblickend fand er auch ihre Übellaunigkeit verzeihlich. Die Erinnerung an das kleine Krankenzimmer, in dem er die letzten Tage bei ihr gewesen war, ließ ihn lange nicht los. Die

Leere an seiner Seite, vor allem nachts, machte ihn ganz nervös. Er wusste ja nicht einmal, wo sie sie begraben hatten.

Er hatte den Großteil seines Straßenarbeiter-Lohns gespart, und das Geld war sicher unter dem Futter seines Koffers versteckt. Er hatte keine speziellen Wünsche, nur ein Dach über dem Kopf und etwas zu essen. Nach den Goldfeldern kam ihm das Leben auf der Straße vergleichsweise angenehm vor. Jetzt brauchte er nur noch seine alte Rechnung mit Tarlington zu begleichen, dann würde er fortgehen.

Mit verschränkten Armen betrachtete Randolph Tarlington das Stoppelfeld vor sich. Er war zufrieden. Ein erster Teil der Zuckerrohrernte war bereits zur Weiterverarbeitung zur Zuckermühle gebracht worden. Die Sonne schien und glitzerte auf den Rohrstümpfen. Die eingeborenen Feldarbeiter jäteten bereits das Unkraut und bereiteten den Acker für die nächste Saat vor. Randolph lächelte. Oben im Norden, in den Tropen, hatte man noch einen anderen Namen für das Zuckerrohr: süßes Gold.

Seinen Berechnungen zufolge würde es eine Rekordernte geben. Sobald der Scheck eintraf, konnte er diesem Mistkerl von Stokes einen Besuch abstatten. Und jenen, die über seinen Entschluss, Zuckerrohr anzubauen, gespottet hatten, würde das Lachen noch im Halse stecken bleiben. Vor allem diesem selbstgefälligen Banker in Beenleigh.

Die Aussicht auf eine reichliche Zuckerernte beruhigte ihn. Alles in allem lief es sehr gut. Es hatte jahrelange Planung erfordert, um so weit zu kommen. Noch ein paar gute Ernten, und er würde Glengownie weiter ausdehnen und auch seine Schulden bei Hoffnann bezahlen können.

Das Einzige, was seine gute Laune trübte, war O'Shea. Es war ein Schock gewesen, ihn am vergangenen Abend im Stall anzutreffen. Randolph hatte geglaubt, er wäre längst und für immer aus seinem Leben verschwunden. Aber nein, da war er. Das Leben war eben voller Überraschungen. Doch er hatte schon eine gewisse Vorstellung davon, wie er mit dem nachtragenden O'Shea verfahren sollte.

Randolph kehrte zurück zum Haus, wobei er weiter den Anblick und den Duft des Zuckerrohrs genoss, das im Wind wogte. »Süßes Gold«, murmelte er in sich hinein. Ja, das gefiel ihm.

Der Verwalter der Müller erwartete ihn daheim auf der Veranda. Randolph stieg die paar Stufen schwungvoll hinauf. »Morgen, Dukes«, begrüßte er den Mann nickend. »Ein Tee? Whisky?«

»Noch etwas früh für Whisky. Tee wäre aber schön.«

Randolph deutete auf das kühle Innere des Hauses. »Die Küche ist hinten durch. So! Sie sind sicher gekommen, um sich nach dem Zuckerrohr zu erkundigen. Ich erwarte eine gute Qualität und somit einen anständigen Preis pro Tonne. Wie Sie sehen, ist auch der Rest reif zum Ernten. Ich warte nur auf das Eintreffen zusätzlicher Erntehelfer.«

»Das wäre Geldverschwendung«, entgegnete der Verwalter düster.

Was sollte das heißen? Das Zuckerrohr brauchte nur noch eingebracht zu werden. Endlose Felder des süßen

Goldes. »Ich verstehe nicht«, sagte Randolph und blickte fragend auf das ausdruckslose Gesicht seines Gegenübers. »Es sei denn, Sie wollen die Ernte direkt vom Feld kaufen.«

»Ich werde es kurz machen, Tarlington. Schicken Sie mir kein Zuckerrohr mehr zur Mühle. Es taugt nichts.«

»Was soll das heißen ›es taugt nichts‹? Ich habe gestern bei der Ernte zugesehen. Das Rohr ist erste Klasse, wenn Sie mich fragen.«

»Ich frage Sie aber nicht. Ich sage, das Rohr ist wertlos. Krank.«

»Krank!«, stammelte Randolph fassungslos, und die Muskeln an seinem Kiefer zuckten unkontrolliert. »Was heißt das, krank?«

»Sehen Sie selbst.«

Der Müller fischte ein Stück Zuckerrohr aus seinen Satteltaschen und reichte es Randolph. »Da, die Flecken am Stamm.«

Randolph drehte das Stück Rohr in den Händen und betrachtete es eindringlich. Und dann sah er die winzigen gelben Flecken auf der Unterseite der Blätter. Eisige Kälte stieg in ihm auf. »Und was jetzt?«, fragte er.

»Der Rest der Ernte muss geschnitten und aufgeschichtet werden. Wenn das Zeug trocken ist, muss es verbrannt werden. Und wenn Sie die alten Wurzeln verwenden, um eine neue Ernte heranzuziehen, wird auch die krank sein.«

»Aber wie ...«

»Sieht aus, als hätten Sie bereits infizierte Setzlinge gekauft. Es hat oben im Norden eine große Epidemie gegeben. Und es gibt skrupellose Händler, die auch verdorbene Schösslinge verkaufen, nur um einen Teil ihrer eigenen Verluste abzufangen.«

Nachdem der Mühlenverwalter gegangen war, inspizierte Randolph jedes Feld, jeden Abschnitt, in der Hoffnung, Dukes Prognose würde sich als falsch erweisen. Vielleicht war ja nur ein Teil der Ernte befallen, vielleicht war der Rest völlig in Ordnung. Aber mit jeder Stichprobe wuchs seine Verzweiflung. Überall fand er die gleichen unmissverständlichen Flecken. Komisch, dass sie ihm bisher nicht aufgefallen waren. Und jetzt war die ganze Ernte verdorben. Nicht einmal die Kosten für das Schneiden und Verbrennen würden hereinkommen.

Er hatte das Geld fest eingeplant, um einige dringende Rechnungen zu bezahlen. Eine Alternative, um den Verlust aufzufangen, gab es nicht. Vor allem hatte er anfangen wollen, Hoffnann seinen Kredit zurückzuzahlen. Cordelia hatte ihn Schuldscheine unterzeichnen lassen; inzwischen mussten es Dutzende sein. Er war sich nicht schlüssig, inwieweit diese Schuldscheine rechtswirksam waren, da er zu dringend Geld gebraucht hatte, um sich genauer zu erkundigen. Aber Hoffnann würde seine Ansprüche genau kennen. Und was, wenn Hoffnann Schulden einforderte, die Randolph nicht zahlen konnte? Oder Hedley nahm ihm das Land weg, unter Berufung auf ihre Vereinbarung, dass es sich nach zehn Jahren selbst tragen musste.

Schließlich fasste er einen Entschluss. Er hatte keine andere Wahl. Er würde noch einmal nach Brisbane reiten, zu Cordelia.

Es war ein anstrengender Ritt. Erschöpft brachte er sein Pferd in Cordelias Innenhof zum Stehen und schwang sich ermattet aus dem Sattel. Er blickte sich suchend nach dem Stallburschen um, der jedoch nirgends zu sehen war.

Ein Bediensteter führte ihn in den Salon, wo Cordelia am Schreibtisch saß und Briefe schrieb.

»Und, wie geht es Max?«, fragte er scheinbar beiläufig, nachdem er sie auf die dargebotene Wange geküsst hatte.

»Du weißt doch, dass er es nicht leiden kann, wenn man ihn so nennt!«, wies sie ihn schnippisch zurecht.

Er war nicht in der Stimmung für höfliches Geplauder, aber Cordelias schlechter Laune musste Rechnung getragen werden, wenn es ihm gelingen sollte, ihr noch mehr Geld für Glengownie zu entlocken. »Schon gut, Maximilian«, gab er nach.

»Gut«, entgegnete sie schroff.

»Ich konnte den Stallburschen nicht finden und habe mein Pferd einfach auf dem Hof angebunden.«

»Er hat gekündigt, und wir haben bis jetzt keinen Ersatz finden können. Du wirst dein Pferd selbst versorgen müssen.«

Er seufzte innerlich. Das war das Letzte, wonach ihm der Sinn stand – das Pferd absatteln und striegeln. Himmel, diese Arbeit war ja auf Glengownie in Ordnung, aber bei Cordelia in der Stadt hatte er sich etwas mehr Annehmlichkeiten erhofft. Und jetzt sollte er die Arbeit eines Bediensteten verrichten.

Cordelia versiegelte einen Brief und lehnte ihn an den Behälter mit den Schreibfedern. »Und womit habe ich die Ehre deines Besuches verdient? Ich bekomme dich doch nur zu Gesicht, wenn du etwas willst.«

»Das ist nicht fair, Cordelia«, protestierte er schwach.

»Nun, was ist es diesmal? Noch mehr Geld?«

Peinlich berührt scharrte er mit den Füßen. Er konnte ihr nicht in die Augen sehen.

»Aha, verstehe. Wie viel? Zwanzig? Fünfzig?«

»Hundert«, entgegnete er hoffnungsvoll. »Wenn es irgendwie geht.«

KAPITEL 37

Als er wieder gegangen war, legte Cordelia das Papier in die oberste Schublade ihres Sekretärs. *Ich, Randolph Tarlington,* stand dort, *schulde meiner Schwester, Mrs. Maximilian Hoffmann, die Summe von einhundert Pfund, zahlbar zuzüglich Zinsen, errechnet nach aktuellem Zinsstand und Kreditlaufzeit.* Unterzeichnet war der Schuldschein mit einem eiligen Gekritzel, als hätte er es nicht erwarten können, zu seinem geliebten Glengownie zurückzukehren.

Cordelia legte das Papier oben auf den Stapel Schuldscheine. Zehn Pfund hier, zwanzig Pfund dort. Gelegentlich auch fünfzig oder einhundert. Regelmäßige Bitten um Geld, das sie ihm gern gegeben hatte. Sie strich mit der Hand durch die Zettel und lächelte in sich hinein. Inzwischen schuldete Randolph ihr fast so viel wie das Land wert war. Nicht mehr lange, und Glengownie gehörte ihr.

Maximilian war ihr Verbündeter. Er befürwortete ihren Plan. Er sah sich schon als Großgrundbesitzer. Nicht, dass er sich je die Hände schmutzig machen würde bei der Bewirtschaftung Glengownies. Dazu würde er Leute einstellen. Außerdem liebte er das Stadtleben viel zu sehr. Und dann war da ja noch Celeste zu berücksichtigen.

Celeste war nicht seine erste Geliebte, und sie würde wohl auch nicht die letzte sein, wenn man sich die lange Liste ihrer Vorgängerinnen ansah: ein französisches Dienstmädchen, die junge Witwe Carmody, die hübsche junge Gouvernante, die die Kinder des Direktors der Queensland National Bank unterrichtete, um nur einige zu nennen. Maximilian dachte, dass sie über seine Eskapaden nichts wusste, aber da irrte er gewaltig: Sie war bestens informiert.

Sie liebte ihn nicht, und so nahm sie seine Liebschaften hin. Was sie interessierte, war sein Geld. Geld, mit dem sie sich einen Anteil an Glengownie erkaufen konnte. Geld und Ansehen. Als Tochter Hedley Tarlingtons, eines angesehenen Großgrundbesitzers und Geschäftsmannes, und Ehefrau Maximilian Hoffnanns, der sich als Rechtsanwalt einen Namen gemacht hatte, standen ihr in Brisbane ganz automatisch alle Türen offen. Und bis die Zeit gekommen war, da sie Anspruch auf Glengownie erheben konnte, bis sie endlich den ihr zustehenden Platz wieder einnehmen konnte, würde sie sie alle ertragen, die eitlen Parvenüs, die langweiligen Dinnerpartys, auf denen nur von Investitionen und Portfolios geredet wurde, die Frauen, die Maximilian ihr vorzog. Das alles war unwichtig, sagte sie sich. Sollte er doch seinen Spaß haben. Außerdem kam er doch immer wieder zu ihr zurück.

Und trotzdem nagte leises Unbehagen an ihr. Das Fehlen des Stallburschen, das auch Randolph bemerkt hatte. Das war eine neue Manie von Maximilian, das Hauspersonal einzuschränken. Der Junge war der Erste gewesen, dem gekündigt wurde, aber ihm waren noch weitere gefolgt. »Wir müssen uns eine Weile einschränken«, hatte Maximilian gesagt. »Umfangreiche Investitionen, du verstehst.« Er hatte ihr zugezwinkert, aber seine Züge wirkten in letzter Zeit angespannter, sein Teint fahler, und seine Augenpartie schien aufgedunsen, als schlafe er schlecht.

Maximilian war sehr blass, als er später den Raum betrat.

»Was gibt es denn?«, fragte sie und küsste ihn auf die Wange. Vielleicht hatte er ja mit Celeste gestritten.

Sein Blick fiel auf das Scheckbuch, das aufgeschlagen auf dem Sekretär lag. Er griff danach und wedelte damit vor ihrem Gesicht herum. »Hast du wieder Schecks ausgestellt? Ich dachte, ich hätte dir gesagt, du sollst in den nächsten Wochen etwas vorsichtig sein mit deinen Ausgaben.«

»Nur eine kleine Finanzspritze an Randolph.«

»Dein Bruder war hier?«

»Heute Morgen.«

»Was wollte er? Nein, lass mich raten«, sagte er verächtlich. »Noch mehr Geld natürlich. Wie viel war es diesmal?«

»Nur einhundert Pfund.«

Maximilian stöhnte. »Einhundert Pfund!«

»Aber du hast mir doch selbst gesagt, es wäre in Ordnung, Geld in Glengownie zu stecken. Dass Randolph uns eines Tages so viel schulden wird, dass er gezwungen ist, das Land an uns abzutreten.«

Sein Blick verriet ihr, dass sie Recht hatte. Er wollte

Glengownie haben, wollte das Anwesen der wachsenden Zahl seiner Immobilien auf den grünen Darling Downs hinzufügen. Außerdem wusste sie, dass er ein schrecklich schlechtes Gewissen hatte wegen Celeste, und indem er Geld in Glengownie steckte, hatte er das Gefühl, seine Untreue ihr gegenüber wieder gutzumachen.

Aber es stimmte auch, dass er sie gebeten hatte, einige Wochen nicht so verschwenderisch mit Geld umzugehen. Sie hätte vorher mit ihm sprechen sollen. Jetzt war es zu spät. Es war Stunden her, dass sie Randolph den Scheck ausgestellt hatte. Zweifellos hatte er ihn längst eingelöst und war auf dem Weg nach Hause.

Maximilian fuhr sich mit einer Hand durch das Haar. Seine Züge wirkten eingefallen. »Ist mit dir alles in Ordnung?«, fragte sie besorgt.

»Nur Kopfschmerzen. Ich lege mich ein wenig hin.«

Cordelia ging in die Küche und löste ein weißes Pulver in etwas Wasser auf. Sie brachte das Glas mit der milchigen Flüssigkeit nach oben und sah zu, wie er den Inhalt in einem Zug leerte. Als sie den Raum verließ, rief er ihr nach: »Falls jemand nach mir fragt, ich bin nicht zu Hause.«

Stirnrunzelnd musterte sie ihn. »Warum sollte dich jemand mitten am Tag zu Hause aufsuchen?«

»Ach, nur jemand, dem ich Geld schulde.«

»Du hast Schulden ...?«

»Vergiss es, Cordelia. Es ist unwichtig. Vergiss es einfach.« Er drehte sich um und kehrte ihr den Rücken zu. Ganz offensichtlich betrachtete er das Gespräch für beendet.

Eine Stunde später blickte sie von dem Brief auf, an dem sie gerade schrieb, als sie ein lautes Klopfen an der

Haustür hörte. »Ich gehe«, rief sie, als ihr einfiel, dass Maximilian auch das Hausmädchen entlassen hatte, das dafür zuständig gewesen war, Besucher an der Tür zu empfangen. Ihre Absätze klapperten laut auf den Fliesen, als sie die Eingangshalle durchquerte, um zu öffnen. Auf der Schwelle stand ein korpulenter Polizeibeamter in Begleitung eines Mannes in einem schwarzen Anzug.

»Mrs. Hoffnann?«

»Ja. Was kann ich für Sie tun, Gentlemen?«

»Wir suchen Ihren Mann. Soweit ich weiß, ist er zu Hause.«

»Sie irren. Er ist in der Regel tagsüber nicht zu Hause.«

»Wir wissen aber aus sicherer Quelle, dass er vor einer Stunde das Haus betreten hat.«

»Ich ... ich weiß nicht«, stammelte sie.

»Wenn Sie so freundlich wären, ihn zu rufen. Es handelt sich um eine wichtige Angelegenheit. Es geht um veruntreute Gelder.«

Sie zögerte. »Warten Sie bitte hier. Ich werde nachsehen, ob er da ist. Vielleicht ist er tatsächlich nach Hause gekommen, ohne dass ich es bemerkt habe. Ich werde oben nachsehen.«

Maximilian war im Schlafzimmer, wo er hastig Kleidungsstücke in mehrere Koffer warf. »Was tust du denn da?«, fragte sie verdattert.

Er hielt kurz inne und warf ihr einen flüchtigen Blick zu. »Ich muss weg. Nur für ein paar Tage. Bis die Wogen sich geglättet haben.«

»Was ist denn nur los? An der Tür ist ein Polizeibeamter. Und bei ihm ist ein Herr im schwarzen Anzug. Sie wollen dich sprechen. Es ginge um veruntreute Gelder, haben sie gesagt.«

Er ließ sich auf das Bett sinken und stützte den Kopf in beide Hände. »O Gott. Dann ist es zu spät.«

»Zu spät wofür? Sag doch etwas, Maximilian. Was ist passiert?«

Er erhob sich, aschfahl im Gesicht. »Frag nicht. Geh runter und sag ihnen, ich komme gleich.«

»Gut«, entgegnete sie, zutiefst beunruhigt von dem panischen Ausdruck in seinen Augen. Langsam stieg sie die Treppe hinab. Übelkeit stieg in ihr auf. Wo wollte Maximilian hin? Was hatte er so Schlimmes getan, dass er davonlaufen musste? Wollte er sie verlassen?

Als sie wieder an der Tür war, funkelte der Mann im schwarzen Anzug sie böse an. »Nun?«

Cordelia riss sich zusammen und setzte eine freundliche Miene auf. »Sie hatten Recht, Gentlemen. Mein Mann ist da. Er kommt gleich.« Sie zeigte auf den Salon, der durch einen verzierten Türbogen hindurch zu sehen war. »Wenn Sie hereinkommen möchten ...«

Sie hatte kaum ausgesprochen, als ein lauter Knall durch das Haus hallte. Schockiert blickte sie von einem der Männer zum anderen. Der Polizeibeamte stürzte an ihr vorbei die Treppe hinauf. Cordelia stand da wie gelähmt.

Kurz darauf tauchte der Beamte am oberen Treppenabsatz auf. »Er hat es getan«, sagte er, an den Mann in Schwarz gewandt, als wäre sie selbst gar nicht anwesend. »Er hat sich erschossen!«

»O mein Gott! O mein Gott! O Gott!«

Ihre Worte überschlugen sich. Das konnte doch nicht wahr sein. Maximilian hatte sich in ihrem Schlafzimmer erschossen. Er hatte sich die Pistole an die Schläfe gesetzt und abgedrückt. Wie hatte er so etwas tun können? Wer würde jetzt für sie sorgen?

Das Letzte, was sie sah, bevor sich undurchdringliche Schwärze auf sie herabsenkte, waren die Hände des Polizisten, die nach ihr griffen.

Clarrie Morgan brachte den Brief an einem sonnigen, windigen Tag. Hedley runzelte besorgt die Stirn, als er laut vorlas. *Maximilian ist tot ... Die Beerdigung wird sich ein paar Tage hinauszögern ... Es müssen einige finanzielle und rechtliche Dinge geregelt werden ... Bitte komm. Ich brauche Deine Hilfe.*

»Das ist ja furchtbar«, sagte Bridie. »Sie muss heimkommen. Nach Glengownie.«

Hedley nahm ihre Hand. »Hältst du das für klug? Ihr seid doch nie miteinander ausgekommen.«

»O Hedley, das ist Jahre her. Sie ist deine Tochter, und wir sind die einzige Familie, die sie noch hat.«

»Nein! Ich liebe dich für deine Selbstlosigkeit, aber es würde niemals gut gehen. Sie hat ihr eigenes Leben in der Stadt, und ich denke, sie würde sich auf dem Land schrecklich langweilen. Aber ich fahre hin, gehe zur Beerdigung und unterstütze sie, wo ich kann. Mag sein, dass ich sie hinterher mitbringe, aber dann nur für einen kurzen Aufenthalt, damit sie Abstand von allem gewinnen kann.«

»Ich packe dir ein paar Sachen ein. Wann willst du los?«

»Morgen bei Tagesanbruch.«

Am nächsten Morgen brachte Bridie ihm ein Teetablett ans Bett. Draußen war es noch dunkel. Sie liebten sich, als die ersten Sonnenstrahlen den Horizont rot färbten. Hedley war so zärtlich und rücksichtsvoll wie immer. Hinterher hielt er sie noch eine Weile in den Armen und fuhr mit den Fingern durch ihr langes Haar. »Wenn ich die Augenblicke meines Lebens benennen sollte, die mir das größte Glück bescheren, dann wären es diese«, sagte er. »Die Momente, in denen wir ganz allein sind. Dann kommt es mir vor, als existiere der Rest der Welt gar nicht.«

Sie rückte von ihm ab, stützte sich auf einen Ellbogen und blickte auf ihn hinab. Sie strich mit einem Finger über seine Lippen, zeichnete ihre Konturen nach. Sie liebte es, wenn er sie so zärtlich ansah. Schließlich beugte sie sich vor und küsste ihn. »Komm nur bald wieder«, sagte sie. »Du wirst mir fehlen.«

Sie schaute ihm beim Ankleiden zu. Abschließend stopfte er sich noch ein Paar Handschuhe in die Hosentasche und nahm die Peitsche vom Schrank.

»Ich werde etwa eine Woche brauchen, um Hoffnanns Angelegenheiten zu regeln. Falls es länger dauert, gebe ich dir Bescheid.« Er küsste sie zum Abschied. »Bleib liegen. Schlaf noch etwas.«

Bridie hörte, wie die Haustür leise ins Schloss fiel, dann das Wiehern von Hedleys Pferden drüben im Stall und kurz darauf die Geräusche vom Anschirren. Das Quietschen von Rädern, und dann war er fort. Sie schwang die Beine aus dem Bett und trat ans Fenster. Sie konnte gerade noch sehen, wie der Buggy vom Hof rollte. Hedley hatte den Hut tief in die Stirn gezogen, die Pferde trabten stolz vor dem Wagen, und das Gras glitzerte von Morgentau.

Seufzend drehte sie sich um und schaute einen Moment auf das leere Bett, die zerwühlten Laken und die kleine Mulde in Hedleys Kopfkissen, dort wo noch vor weniger als einer Stunde sein Kopf geruht hatte. Unerwartet stieg eine Woge der Trauer in ihr auf.

»Meine Güte«, sagte sie laut, um die Melancholie zu vertreiben. »Es gibt so viel zu tun. Ich habe gar keine Zeit, mich zu grämen. Ich muss ein Zimmer für Cordelia vorbereiten. Er wird zurück sein, ehe ich überhaupt dazu komme, ihn zu vermissen.«

Die Wahrheit war niederschmetternd. Maximilian war tief verschuldet gewesen. Ihr ausschweifender Lebensstil, der Unterhalt seiner Mätressen, die Darlehen an Randolph und die Landkäufe in den Darling Downs hatten alles Bargeld aufgebraucht. Er hatte es mit Glücksspiel versucht. Anfangs nur ein paar kleine Wetteinsätze, die aber mit der Zeit gestiegen waren. In seiner Verzweiflung hatte er Gelder aus von ihm verwalteten Fonds seiner Mandanten veruntreut.

»Es geht nicht anders«, hatte der Mann im schwarzen Anzug Cordelia eröffnet. Wie sich herausgestellt hatte, handelte es sich um den Direktor von Maximilians Bank. »Das Haus muss verkauft werden, um die Schulden zu begleichen.«

»Es muss aber doch noch anderes Kapital vorhanden sein. Was ist mit den Grundstücken in den Downs?«

»Die hat er von Krediten gekauft. Er besaß kein Eigenkapital. Gar nichts.«

Für Cordelia verging die Zeit schleppend langsam. Sie fühlte sich wie betäubt von den Ereignissen, irgendwie losgelöst, als ginge sie das alles nichts an, als wäre sie nur ein unbeteiligter Zuschauer. Jeden Moment würde sie aufwachen und feststellen, dass alles nur ein schrecklicher Albtraum war. Nur ein Traum.

Sie wusste nicht, wie sie diese Zeit ohne Hedleys Hilfe durchgestanden hätte. Er kümmerte sich um die rechtlichen Angelegenheiten und hielt höflich, aber bestimmt die Gläubiger von ihr fern, indem er die dringendsten Rechnungen bezahlte und sie gegen alles Unangenehme von außen abschirmte. Ein Makler war von der Bank mit dem Verkauf des Hauses beauftragt worden, und sie musste tolerieren, dass fremde Menschen durch ihr Haus spazierten.

Am Morgen vor dem Begräbnis betrat Hedley ihr Zimmer. Es war nicht das Zimmer, das sie mit ihrem Mann geteilt hatte, ihr ehemaliges Schlafzimmer hatte sie seit jenem Tag nicht mehr betreten. Sie hatte eins der großen Gästezimmer am anderen Ende des Hauses bezogen.

»Cordelia?« Sie lag mit geschlossenen Augen im Bett und hörte seine leisen Schritte auf dem Teppich. Vielleicht würde er sie in Ruhe lassen und wieder gehen, wenn sie vorgab zu schlafen.

»Cordelia. Wach auf. Wir haben einiges zu besprechen. Es müssen Entscheidungen getroffen werden. Ich muss zurück nach Glengownie. Zu Bridie.«

Bridie! Seine geliebte Bridie. Allein der Name machte sie wütend. Sie schlug die Augen auf und blickte grimmig zu ihrem Vater auf. »Was für Entscheidungen?«

»Der Makler war hier. Er hat einen Käufer gefunden. Er hat den Kaufvertrag dagelassen.«

»Dann ist das Haus weg?« Sie lachte bitter. »Gott sei Dank. Ich hätte sowieso nicht länger hier wohnen können, nachdem ...« Ihre Lippen zitterten. Sie stand kurz davor, in Tränen auszubrechen.

»Nein, natürlich nicht. Das würde auch niemand erwarten. Jedenfalls ist die Entscheidung dir jetzt abgenommen worden. Was ist mit dem Begräbnis morgen? Hast du etwas Passendes anzuziehen?«

Cordelia versuchte, sich zu konzentrieren, und ging in Gedanken ihre Garderobe durch. Sie hasste Schwarz. Die Farbe stand ihr nicht. In Schwarz saß sie gouvernantenhaft und blass aus.

»Nein«, entgegnete sie kopfschüttelnd.

»Vielleicht wäre ein neues Kleid angesagt?«

Sie schaute ihn an. »Sie haben alle Konten eingefroren.«

»Hier«, sagte er freundlich, kramte in seiner Westentasche und reichte ihr dann zwei Zwanzig-Pfund-Noten. »Das müsste reichen.«

»Danke, Vater. Ich zahle es zurück, wenn die Kontosperrung aufgehoben wird.«

»Cordelia, es ist an der Zeit, dass du die Wahrheit erfährst. Ich habe mit Maximilians Buchhalter gesprochen. Trotz des Hausverkaufs ist kein Geld übrig. Nichts. Wenn Maximilians sämtliche Schulden bezahlt sind, bleibt kaum genug übrig für das Begräbnis.«

»Nichts«, wiederholte sie tonlos. Sie hatte ja gewusst, dass Maximilian verschuldet war, aber in ihrer Naivität hatte sie angenommen, dass etwas übrig bleiben würde. Genug, um ein anderes Haus zu kaufen, wenn auch ein bescheideneres, Geld, um ihren Lebensstil aufrecht zu erhalten. Und jetzt eröffnete Hedley ihr, dass nichts mehr da war. Sie war ruiniert, mittellos. Und das alles zusätzlich zu dem Grauen und der Schande von Maximilians Freitod.

»Mir ist also nichts geblieben«, schluchzte sie. »Wo soll ich denn hin?«

»Bridie möchte, dass ich dich nach Glengownie bringe.«

»Glengownie?«

»Ich habe eingewandt, dass diese Möglichkeit nur eine vorübergehende Lösung sein kann. Unser Lebensstil würde dich doch nur langweilen, aber für eine Weile wirst du dort Ruhe haben, um Abstand zu gewinnen und Zukunftspläne zu schmieden.«

»Zukunftspläne?« Sie barg das Gesicht in den Händen. »Was für eine Zukunft? Eine Witwe ohne Mitgift? Die Schulden meines Mannes, sein Freitod … Niemand wird mehr Einladungen an den Hoffnann-Haushalt schicken, da kannst du ganz sicher sein.« Bitterkeit schwang in ihrer Stimme mit.

»Keine Sorge, Cordelia. Ich werde nicht zulassen, dass du im Elend lebst. Triff nur keine überhasteten Entscheidungen. Komm nach Hause. Du gehörst zur Familie, und das ist alles, was zählt.«

Sie antwortete nicht. Die Antwort war klar. Sie hatte gar keine andere Wahl. Sie konnte nirgendwo anders hin als nach Glengownie. Das Zuhause ihrer Kindheit. Das Heim ihrer Träume. Das Zuhause ihrer Todfeindin Bridie.

Ja, sie würde heimgehen. Ihr blieb gar nichts anderes übrig.

Randolph schritt über den Acker und sah mit grimmiger Miene zu, wie der Stapel Zuckerrohr wuchs. Alles war schief gelaufen, seine Pläne waren gescheitert, und langsam musste er sich der Erkenntnis stellen, dass dies das Ende war. Das Ende seiner Träume, das Ende des Lebens, so wie er es bisher gekannt hatte. Das Ende von Glengownie.

Bridie sagte immer »Ein Unglück kommt selten allein« und »Aller schlechten Dinge sind drei«. Die verdorbene Zuckerrohrernte war nur der Anfang gewesen. Jetzt war auch noch Maximilian tot. Er dachte an Bridies Worte und schauderte bei dem Gedanken daran, was noch alles schief gehen mochte.

Und dann war da noch Cedric O'Shea. Er hatte gedroht, in einigen Tagen wiederzukommen, aber inzwischen war eine Woche vergangen, ohne dass er sich hatte blicken lassen. Vielleicht hatte er es sich ja anders überlegt? Vielleicht waren seine Drohungen nur ein Bluff gewesen? Wer weiß? Vielleicht war O'Shea längst über alle Berge, weit weg von Boolai, dorthin verschwunden, wo er die letzten Jahre verbracht hatte.

Randolph hatte im Augenblick ganz andere Sorgen. Hedley hatte vor seiner Abreise erwähnt, dass Cordelia in finanziellen Schwierigkeiten steckte. Schulden! Ha! Er wusste, was das bedeutete. Cordelias Scheck war geplatzt, die Bank in Brisbane hatte sich geweigert, ihn einzulösen. Es wäre zwecklos gewesen, zu Cordelia zurückzugehen. Außerdem hatte Randolph Hoffnann nach Hause gehen sehen, als er noch in der Bank wartete, und er hatte keine Lust verspürt auf eine Auseinandersetzung mit seinem Schwager. Nun wusste er nicht, wie er seine Erntehelfer bezahlen sollte.

Er hatte keine andere Wahl. Er würde Hedley um
Geld bitten müssen, und Hedley würde verlangen, nein
fordern, dass Glengownie verkauft würde. War das
nicht ihre Abmachung gewesen vor all den Jahren?
Zehn Jahre hatte Hedley ihm gegeben. Nun, die zehn
langen Jahre waren vergangen, und er war keinen
Schritt weitergekommen. Im Gegenteil. Das Einzige,
was in dieser Zeit gewachsen war, waren seine Schulden. Geld für Saatgut, für neue Pflüge, Hilfskräfte. Gott
sei Dank zahlte Hedley wenigstens die laufenden Lebenshaltungskosten.

Er überquerte das Feld und betrachtete voller Abscheu das wertlose Zuckerrohr. Sein Herz zog sich
schmerzhaft zusammen. Wie sollte er es ertragen, dieses Land zu verlassen?

KAPITEL 38

Cordelia saß vorn bei Hedley auf dem Bock des
Buggys, der ratternd über die holprige Straße rumpelte. Sie schloss die Augen und wurde sofort von der Erinnerung eingeholt. Maximilians Begräbnis: Es war nur
eine Hand voll Trauergäste gekommen, und auch das
vermutlich mehr aus Neugier, als um dem Verstorbenen die letzte Ehre zu erweisen. Dann das Haus; Maximilians Garderobe auszuräumen war ihr schwerer gefallen als erwartet. Ihre eigene Habe wurde in Kisten
und Truhen verstaut, die jetzt hinten im Buggy gesta-
pelt waren. Sie hatte nicht viel mitgenommen, nur ihre

Kleider und ein paar Kleinigkeiten, nichts, was sie zu sehr an das Leben erinnerte, das bereits Vergangenheit war.

Erst nach und nach hatte sie begriffen, was Maximilians Selbstmord für sie bedeutete. Zuerst hatte sie gedacht, dass er aus Scham gehandelt hatte und um Peinlichkeiten, wie dem Ausschluss aus der Anwaltskammer, zu entgehen. Heute wusste sie, dass nicht das allein ihn in den Tod getrieben hatte, sondern das Bewusstsein um seinen finanziellen Ruin.

Ihre Gedanken richteten sich auf die kleine Gobelin-Reisetasche neben ihr auf dem Sitz. Sie enthielt die vielen Schuldscheine von Randolph, die sich im Laufe der Jahre angehäuft hatten. Bisher nicht eingelöste Zahlungsversprechen. Beinahe hätte sie sie beim Ausräumen des Hauses irrtümlich ins Feuer geworfen. Gott sei Dank hatte sie schnell genug reagiert. Sie hatte alles verloren, ihren Mann, ihr Heim, ihre Einkommensquelle, ihre Unabhängigkeit. Und irgendwie war auch Randolph an ihrer Misere nicht ganz unschuldig. Die Kredite an Glengownie hatten Maximilians Schulden nur erhöht. Schulden, die hätten vermieden werden können, wenn Randolph sie nicht bedrängt hätte. Besitzergreifend legte sie eine Hand auf die Tasche.

Gerade als sie glaubte, es nicht länger ertragen zu können, durchgerüttelt zu werden, gelangten sie an den Boolai Creek. Sie erinnerte sich noch gut an die Weiden, deren Äste bis ins Wasser reichten, und an die schmale Felsschlucht.

»Der Wasserpegel ist etwas hoch«, bemerkte Hedley, als er die Pferde die Böschung hinunter auf das Wasser zulenkte. Es hatte geregnet, nicht sehr viel, nur ein leichter Schauer, gerade genug, um den Staub von den Bäumen zu waschen. Der Geruch feuchter Erde lag in der Luft.

Cordelia atmete tief ein. »Fast zu Hause«, sagte sie aufgeregt.

Sie warf einen Blick auf Hedley. Er sah müde aus und war sehr blass. Er hatte früher am Tag über Kopfschmerzen geklagt. Sie wusste, dass die vergangene Woche sehr anstrengend für ihn gewesen war. Maximilians Tod war ein Schock gewesen, nicht nur für sie, sondern auch für ihren Vater. Die unerwarteten Sorgen und die Verantwortung, die Schulden zu tilgen, hatten einige zusätzliche Furchen in seinem bereits gealterten Gesicht hinterlassen. Sie drückte seine Hand.

Seine Finger waren kalt. Cordelia musterte ihn eindringlich. »Geht es dir gut, Vater?«, fragte sie mit einem Anflug von Unbehagen.

Die Pferde erreichten das Wasser. Hedley nahm die Zügel an und verlangsamte das Tempo.

»Vater?« Sein Gesicht war ganz grau. Plötzlich verzog er vor Schmerzen das Gesicht. Er ließ die Leinen fallen und griff sich an die Brust.

»Was ist denn?«, schrie sie hysterisch.

Keine Antwort. Hedley blickte mit vorquellenden Augen starr nach vorn. Er war lila angelaufen und gab einen erstickten, gurgelnden Laut von sich.

Cordelia zog an seinem Ärmel. »Antworte mir! So antworte doch!«

»Bridie!«, keuchte er und streckte die Hände aus, wie es ein Blinder tun würde.

Die Pferde stampften durch den Fluss, und Wasser regnete auf sie herab. Da die Leinen durchhingen, beschleunigten sie das Tempo und drängten immer schneller vorwärts durch das schäumende Wasser.

Ihre Finger gruben sich in seinen Arm. »Ich bin hier, Vater. Ich bin's, Cordelia.«

Er sackte zusammen, fiel ganz langsam zur Seite. Sie versuchte, ihn festzuhalten, aber er war zu schwer. Er drohte, vorn auf die Deichsel zu fallen. Sie zerrte an seinen Kleidern, packte mit aller Kraft zu und schrie. »O mein Gott, hilf mir doch jemand.«

Die Räder drehten sich schneller und schneller. Mit einem lauten Klatschen fiel Hedley ins Wasser. Die Pferde scheuten, legten sich ins Geschirr, steuerten das Ufer an. Es gab ein widerliches Geräusch, als die Räder über Hedleys leblosen Körper fuhren. Cordelia packte die Leinen und zog mit aller Kraft, aber die Pferde kamen erst zum Stehen, als sie auf dem Trockenen waren.

Steif stieg Cordelia vom Kutschbock. Sie konnte ihren Vater mit dem Gesicht nach unten im seichten Wasser treiben sehen, das sich um ihn rot färbte.

Sie wusste nicht, wie lange sie im Wasser saß und Hedley in den Armen hielt, betend, dass er wieder zu sich kam, dass er sich bewegte, die Augen aufschlug und sie ansah. Aber er rührte sich nicht. Er war kalt und steif, sein Kopf in seltsamem Winkel vom Körper abstehend, und Blut rann ihr über die Hände, das Kleid, wurde in roten Schlieren vom Wasser davongetragen. Hedleys Blut. Sie konnte nicht glauben, dass er tot war. Konnte nicht glauben, dass er nicht mehr Teil ihres Lebens war.

Nach einer Zeit, die ihr vorkam wie eine Ewigkeit, hörte sie Stimmen, Gelächter. Hugh und Dominic, auf dem Heimweg vom Anleger. Sie hoben sie aus dem Wasser und wickelten sie in eine Decke aus dem Buggy, bevor sie dann Hedley zur Kutsche trugen.

Als sie sich Glengownie näherten, sah sie Bridie auf der mit Jasmin und Schafgarbe umrankten Veranda stehen. Sie war aschfahl im Gesicht. Bridie, die es instinktiv, intuitiv geahnt hatte.

Bridie wusch ihn liebevoll, wischte das Blut von seinem Körper und kleidete ihn für das Begräbnis an. Es war keine lästige Pflicht, sondern ein letzter Akt der Liebe zu diesem sanften Mann, der sie auf seine eigene, ganz besondere Art umsorgt hatte.

Hugh, Dominic und Randolph betteten ihn auf das Sofa im Salon, und die Farmer der Umgebung kamen, einer nach dem anderen, um ihm die letzte Ehre zu erweisen. An einem bewölkten, windstillen Tag bestatteten sie ihn auf einem kleinen Hügel oberhalb des Hauses. Bridie sah zu, wie Hedleys drei Söhne der Tradition folgend eine Schaufel voll Erde auf seinen Sarg häuften. Sie fühlte sich innerlich tot, ausgetrocknet wie eine Hand voll Herbstlaub.

Sie wollte allein sein, hasste den Gedanken an leeres Gerede und Plattitüden und fürchtete sich doch auch vor der Einsamkeit. Erst war Maddie gestorben, und jetzt auch noch Hedley. Das war fast mehr, als sie ertragen konnte. Ihre Trauer war wie eine große offene Wunde.

Am Abend, als die Trauergäste gegangen waren, wanderte sie rastlos durch das Haus und setzte sich schließlich auf die dunkle Veranda, um dem Konzert der Zikaden zu lauschen. Hier war es kühler. Ihre nackten Füße ruhten auf den Steinfliesen, und das Haar fiel ihr offen über die Schultern. Sie brauchte Zeit zum Nachdenken, wollte mit ihrer Trauer allein sein. Ohne Hugh und Dom, die mit sorgenvoller Miene um sie herumwuselten.

Eine leichte Brise kam auf und raschelte in den Baumwipfeln. Hier und da flatterte eine Fledermaus umher. Aus einem unerfindlichen Grund musste sie an den vergangenen Winter denken. Sie hatten die heißen Monate in Brisbane verbracht, und es war eine ruhige Zeit gewesen, fern von den Spannungen auf Glengownie. Sie waren auf verschiedenen Partys gewesen, hatten mit alten Freunden diniert, aber vor allem hatten sie das friedliche Beisammensein genossen, wenn sie ganz für sich gewesen waren: Hedley hatte stundenlang mit einem Stoß Bücher im Wintergarten gesessen, und Bridie hatte in einen Sessel gekuschelt die Sonne genossen und dabei gestrickt und genäht. Ab und an hatte sie aufgeblickt und Hedley dabei ertappt, wie er blind durch die großen Glasscheiben auf die Boote unten auf dem Fluss starrte.

Aus einem unerfindlichen Grund waren es nostalgische Monate gewesen. Erinnerungen, die Jahre im Verborgenen geschlummert hatten, waren ungebeten wieder an die Oberfläche gestiegen. Vergangene Sommer mit Hugh und Dom am Strand oder Momente am Kamin, wenn die Jungs im Internat waren. Das unvermutete Aufkommen dieser Erinnerungen hatte sie ein wenig geängstigt. Hatten sie ihr vielleicht etwas sagen wollen? Aber abgesehen von einem hartnäckigen Husten war Hedley körperlich gut beieinander gewesen ...

Irgendwo im Haus wurde eine Tür zugeschlagen.

Dann wurde ein Streichholz angerissen, und gleich darauf fiel das Licht einer Öllampe durch das große Bürofenster auf die Veranda. Sie hörte gedämpftes Husten.

»Schnell, hier herein, Cordelia.«

Bridie war überrascht, wie nah die Stimme klang. Sie lauschte. In Randolphs Stimme schwang ein ungewohnt verzweifelter Unterton mit. Sie hob eine Hand an die Brust und umfasste unbewusst die Brosche, die Hedley ihr vor Jahren geschenkt hatte. Sie wollte nicht lauschen und machte Anstalten aufzustehen. Offensichtlich ahnte Randolph nicht, dass sie hier draußen war.

»Was ist denn so wichtig, dass du mich hierher schleifst? Du weißt doch, dass ich diesen Raum hasse. Er hat so viel von ... *ihr*.« Cordelia klang gereizt.

»Es geht um Vaters Testament. Bridie hat gesagt, der Anwalt aus Brisbane käme morgen her.«

Hierauf folgte Stille. Dann Schritte. Randolphs Silhouette tauchte am offenen Fenster auf. Er schaute in die Dunkelheit. Dann drehte er sich um und setzte sich mit dem Rücken zum Fenster auf den Sims. Bridie wagte nicht, sich zu rühren. Ihr war der Fluchtweg versperrt; sie konnte nicht unbemerkt ins Haus zurückkehren.

»Ich weiß gar nicht, weswegen du dir solche Sorgen machst. Du wirst Glengwonie ganz sicher bekommen.«

»O, das weiß ich«, entgegnete Randolph. »Und noch ein ordentliches Sümmchen dazu, das reichen dürfte, alle offenen Rechnungen zu begleichen. Ich muss Hugh und Dominic auszahlen, sonst macht Bridie mir wieder die Hölle heiß.«

»Und Vater? Glaubst du wirklich, er hat nichts gemerkt?«

»Hat er nicht«, prahlte Randolph. »Ich habe die Bücher frisiert, sodass ihnen nicht zu entnehmen war, woher das Geld tatsächlich kam. Er hat sich immer beschwert, dass meine Buchhaltung so chaotisch wäre, dass er nicht schlau daraus würde.«

»Und jetzt bist du fein raus. Niemand kann dich mehr zwingen, das Land zu verkaufen. Wie praktisch.«

Randolph überhörte ihre zynische Bemerkung. »Ich wollte mit dir über das Geld sprechen, das ich dir schulde ... oder genauer Maximilian geschuldet habe. In Anbetracht seines finanziellen Ruins denke ich, dass die Summe beschlagnahmt würde, um irgendwelche Gläubiger zu befriedigen.«

Bridie versteifte sich. Cordelia? Sie hatte Randolph Geld geliehen?

»Nein!«

»Ich glaube, meine liebe Schwester, dass du feststellen wirst, dass es stimmt.«

»Du irrst, Randolph. Die Schuldscheine sind nicht auf meinen Mann ausgestellt, sondern auf mich. Mrs. Maximilian Hoffnann. Ich erwarte die Rückzahlung, sobald du dein Erbe angetreten hast. Bis zum letzten Penny.«

»Herrgott!«, fluchte er leise. Er rutschte unruhig auf dem Fenstersims hin und her, wie sie an seinem Schatten erkannte, der über die Steinfliesen glitt. »Und was, wenn ich nicht zahle?«, fragte er verächtlich.

»Dann nehme ich dir Glengownie weg.«

»Das würdest du nicht wagen!«

»Ich würde es an deiner Stelle nicht darauf anlegen. Die Schuldscheine sind rechtskräftig, und der Gesamtbetrag ist wahrscheinlich höher als der Wert des Landes. Was hast du denn schon vorzuweisen? Nur mehrere Hundert Morgen wertloser Zuckerrohrernte.«

»Das war nur Pech«, knurrte er.

»Ich gestehe dir zu, dass das Haus sehr ordentlich ist. Das ist sicher einen guten Preis wert. Aber Glengownies Wert als landwirtschaftlicher Betrieb?«

»Und was würdest du mit Glengownie anfangen? Wie würdest du das Land bestellen?«

»Die Bewirtschaftung?« Sie lachte. Es klang hart. »Wach auf, Randolph. Die Zuckerpreise sind im Keller. Und ich habe sogar Gerüchte gehört, denen zufolge möglicherweise sogar die Mühle schließen wird. Sieh dich doch um. Mais, Pfeilwurz, Kartoffeln, sogar Zitrusfrüchte. Das bauen die anderen Farmer in der Gegend an. Damit muss Geld zu machen sein. Jedenfalls ist die Bewirtschaftung des Landes meine geringste Sorge. Ich habe ein vorrangigeres Ziel.«

»Und das wäre?«

»Ich weiß eins ganz bestimmt: Wenn das Land meins wäre, würde ich dafür sorgen, dass Bridie Tarlington und ihre beiden Söhne nie wieder einen Fuß auf mein Land setzen.«

Bridie hielt schockiert die Luft an. Dass Cordelia sie nach all den Jahren immer noch so sehr hasste.

»Du Miststück! Du hast das alles von langer Hand geplant, habe ich Recht? Du und dein hinterhältiger, diebischer Mann. Ihr wolltet mir Glengownie wegnehmen.« Randolph erhob sich und entfernte sich vom Fenster.

»Du hast immer gewusst, was dieses Land mir bedeutet«, fuhr er fort. »Du weißt, wie sehr mir daran gelegen ist. Und jetzt da Hedley tot ist, kriegen keine zehn Pferde mich von hier weg. Ich werde dich von meinem Erbe auszahlen. Du kannst dein Geld nehmen und verschwinden. Geh zurück in die Stadt, wo du hingehörst. Und ich dachte die ganze Zeit, du wolltest mir helfen, wolltest, dass Glengownie im Besitz der Tarlingtons bleibt. Dabei wolltest du das Anwesen die ganze Zeit nur für dich haben. Und das Schlimmste ist, dass du es zu dem alleinigen Zweck haben willst, deinen perversen Hass auf Bridie auszuleben.«

»Es ist mir egal, was du von mir hältst. Zahl mir das Geld zurück, das du mir schuldest, oder überschreib mir Glengownie. Die Entscheidung liegt bei dir.«

Cordelia verließ den Raum und zog die Tür mit lautem Knall hinter sich zu. Ihre Schritte entfernten sich. Bridie hörte Randolph seufzen. Das Licht wurde schwächer, dann wurde es dunkel; er war seiner Schwester aus dem Zimmer gefolgt. Bridie wurde bewusst, dass sie immer noch die Luft anhielt. Langsam atmete sie aus und streckte ihre steifen Glieder.

Das war es also, sagte sie sich und dachte an die Vereinbarung zwischen Randolph und Hedley. Randolph hatte all die Jahre nur gelogen, sich Geld geborgt und seinen Vater glauben gemacht, dass Glengownie sich langsam selbst trug.

Bridie dachte an den kommenden Tag und die Testamentseröffnung. Um sich selbst machte sie sich keine Sorgen; für sie hatte Hedley vorgesorgt. Das Haus in Brisbane gehörte ihr, ebenso wie zahlreiche Geschäftsbeteiligungen und Aktien-Portfolios, die in der Stadt hinterlegt waren. Alles in allem war sie bereits eine wohlhabende Frau. Randolph und Cordelia würden nicht schlecht staunen angesichts des Vermögens, das Hedley ihr schon zu Lebzeiten vermacht hatte. Aber der

Gedanke, dass Cordelia Randolph das Land wegnehmen könnte, war absurd. Glengownie gehörte Hedleys Söhnen: Randolph, Hugh und Dominic.

Der Anwalt traf pünktlich um zwei Uhr am Nachmittag ein. Seine Miene war ernst, beinahe säuerlich. Sie nahmen im Arbeitszimmer Platz, wo am Vorabend das Gespräch zwischen den Geschwistern stattgefunden hatte. Randolph zupfte nervös an seinen Hemdmanschetten. Cordelia saß ruhig da, die gefalteten Hände auf dem Schoß, und wartete. Hugh und Dominic wirkten irgendwie fehl am Platze und fühlten sich sichtlich unwohl in ihren dunklen Anzügen.

Der Testamentsvollstrecker räusperte sich, öffnete den versiegelten Umschlag mit dem Testament und fing an zu lesen.

»Meinem ältesten Sohn, Randolph Tarlington, hinterlasse ich Glengownie mit allem, was sich auf dem Land befindet, unter der Bedingung, dass Glengownie allen Mitgliedern der Familie bis zu ihrem Lebensende ein Zuhause sein wird, wenn sie das wünschen.«

Bridie warf einen Blick auf Randolph, der sich ein triumphierendes Grinsen nicht verkneifen konnte.

»Jedem meiner jüngeren Söhne, Hugh und Dominic«, fuhr der Anwalt fort, »hinterlasse ich die Summe von 30.000 Pfund, die bis zu ihrem 25. Geburtstag in einem Fonds für sie verwaltet werden. Meiner Frau, Bridget Tarlington, hinterlasse ich den Rest meines Vermögens. Sie kann nach eigenem Gutdünken damit verfahren.«

Der Testamentsvollstrecker legte Hedleys letzten Willen auf den Tisch.

»Ist das alles?«, fragte Randolph. Er lächelte nun nicht mehr, sondern hatte sorgenvoll die Stirn gerunzelt. »Was ist mit den Betriebskosten von Glengownie? Ich brauche ein gewisses Kapital. Mein Vater hat doch diesbezüglich sicher vorgesorgt.«

»Mein Mandant hatte den Eindruck, Glengownie wäre ein gut gehender Betrieb, Mr. Tarlington.«

Cordelia erhob sich unsicher. »Und was ist mit mir? Sie haben meinen Namen gar nicht erwähnt. Da muss ein Irrtum vorliegen.«

Der Mann machte ein beleidigtes Gesicht. Er richtete sich zu voller Größe auf und musterte sie durch die Gläser seiner Hornbrille. »Das Testament ist rechtskräftig, Mrs. Hoffnann. Ich habe es persönlich im Auftrag Ihres Vaters aufgesetzt.«

»Und was soll ich jetzt tun?«, fragte Cordelia leise. »Ich besitze nichts. Er hat versprochen, sich um mich zu kümmern. Auf der Heimfahrt von Brisbane hat er gesagt, dass er für mich sorgen wird.«

»Ich bedaure, Ma'am. Das Testament ist eindeutig. Als Mr. Tarlington dieses Testament aufgesetzt hat, ging er davon aus, dass Sie durch Ihren Ehegatten gut versorgt wären. Er war der Ansicht, dass seine Verantwortung für Sie mit Ihrer Heirat erloschen wäre. Es mag durchaus sein, dass er in Anbetracht der Ereignisse der vergangenen Woche die Absicht hatte, das Testament zu ändern, aber ...« Er beendete den Satz nicht, sondern hüstelte nur und fuhr dann fort. »Natürlich steht es Ihnen frei, das Testament anzufechten, aber ich denke, jeder Richter würde die Klage abweisen. Mr. Tarlington war bei klarem Verstand.«

Bridie ging langsam die Ironie der Situation auf. Zwar

hatte Randolph das Land geerbt, konnte aber seine Schulden bei Cordelia nicht bezahlen. Rein rechtlich mochte Cordelia Glengownie zur Begleichung der Schulden verlangen können, aber sie besaß ebenfalls nicht das notwendige Kapital, um zu expandieren und Investitionen zu tätigen. Stattdessen hatte sie, Bridie, alles. Die Kontrolle über verschiedene Geschäfte, Anteile und Portfolios.

Plötzlich kam ihr ein Gedanke. Cordelia würde nichts anderes übrig bleiben, als Glengownie zu verkaufen. Bridie schüttelte kaum merklich den Kopf. Ihre Gedanken überschlugen sich. Glengownie verkaufen? Undenkbar.

Ohne es zu wissen, hatte Hedley das Schicksal Glengownies in ihre Hand gelegt. Jetzt hatte sie das Geld, und Randolph war arm wie eine Kirchenmaus. Wie sehr er an dem Land hing. Hatte er ihr nicht tausend Mal gesagt, dass es eines Tages Dominic gehören sollte, den er für seinen Sohn hielt? Das war wirklich ein Witz. Dom hatte nichts übrig für Glengownie und noch weniger für den Mann, der sich als seinen Vater betrachtete. Und was war mit Hugh? Ihm stand auch ein Anteil an Glengownie zu.

Jetzt waren sie quitt, Randolph und sie. Unbemerkt von den anderen lächelte sie in sich hinein.

KAPITEL 39

Cordelia ließ sich zum Abendessen nicht blicken. Langsam stieg Bridie die Treppe hinauf und klopfte an ihre Zimmertür. Sie bekam keine Antwort. Zögernd drehte sie den Knauf und öffnete die Tür. Das Zimmer war leer.

Als es Nacht wurde, war Cordelia immer noch nicht zurück. Bridie ging mit einer Lampe hinaus auf die Veranda. »Cordelia«, rief sie, hielt die Lampe hoch und spähte in die Finsternis. Es regnete in Strömen, und sie konnte nur wenige Meter weit sehen.

Randolph trat an ihre Seite. »Nichts von ihr zu sehen?«, fragte er.

»Nein. Was meinst du, wo sie sein könnte?«

»Wahrscheinlich ist sie in ihrer Wut losgerannt und vom Regen überrascht worden. Sie wird sich irgendwo unterstellen. In einer alten Hirtenhütte vielleicht. Ich könnte ein paar Männer zusammentrommeln und sie suchen, aber bei dem Wetter wäre das ein ziemlich aussichtsloses Unterfangen. Man kann ja nicht die Hand vor Augen sehen.«

»Du glaubst doch nicht, dass sie sich etwas antun könnte?« Sie musste an den alten Deutschen denken, der sich vor Jahren erhängt hatte. »Sie hat in letzter Zeit viel durchmachen müssen.«

»Cordelia?« Randolph schnaubte. »Die ist aus härterem Holz geschnitzt. Nein, sie ist durch und durch eine Tarlington. Und die finden immer einen Weg.«

»Apropos, Randolph, wie gedenkst du, deine Schwierigkeiten zu meistern?«

Er wirbelte herum, einen verblüfften Ausdruck auf dem Gesicht. »Was meinst du damit?«

Sie fühlte sich zerschlagen, erschöpft von ihrem Hass auf den Mann, der vor ihr stand. »Du brauchst mir nichts vorzumachen, Randolph. Ich weiß über deine Schulden bei Cordelia Bescheid. Du hast auf eine größere Geldsumme von Hedley gehofft, aber deine eigenen Betrügereien sind dir letztendlich zum Verhängnis geworden.«

»Du hast gelauscht. Du hast unser Gespräch mitgehört. Du neugierige Schnüfflerin, du ...«

»Nein! Ich hätte niemals bewusst gelauscht. Außerdem ist das nicht der Punkt. Die Schulden sind real. Du hast kein Geld, und Cordelia verlangt die Rückzahlung ihrer Kredite, sonst will sie dir Glengownie wegnehmen.«

»Wenn du das alles weißt, weißt du auch, dass sie als neue Herrin von Glengownie als Erstes dich und deine Söhne hinauswerfen wird.«

»Sie sind auch Hedleys Söhne, und sie haben ein Recht darauf, hier zu sein.«

»Du vergisst eins, meine liebe Bridie. Dominic ist mein Sohn und nicht Hedleys.«

Alles war egal, jetzt da Hedley tot war. Randolphs Lügen konnten ihr nichts mehr anhaben. Sie wollte ihm die Augen öffnen, ihm die niederschmetternde Wahrheit präsentieren, aber sie war zu müde für eine Auseinandersetzung.

»Ich habe das Geld, Randolph«, sagte sie seufzend. »Und in Zukunft werde ich hier die Entscheidungen treffen.«

Er stand nur da und starrte sie sprachlos an.

»Ich habe sehr gründlich darüber nachgedacht«, fuhr sie fort. »Ich werde Cordelia die Summe auszahlen, die

du von ihr geborgt hast. Dann wird Glengownie mir gehören, nachdem du die entsprechenden Dokumente
unterzeichnet hast.«

»Und wenn ich mich weigere? Oder sie?«

»Cordelia hat kein Geld, um Glengownie zu bewirtschaften. Sie hat keine andere Wahl, als das Land zu
verkaufen, und dann werde ich es erwerben. Auf jeden
Fall wird Glengownie mir gehören, so oder so.«

»Und was ist mit mir?« Er war sehr blass geworden.

»Du wirst Glengownie weiter verwalten, allerdings
unter meiner Anleitung. Kein Zucker mehr. Wir werden
uns daran orientieren, was andere Farmer der Gegend
erfolgreich anbauen. Es spricht nichts dagegen, dass sich
mit etwas Startkapital aus diesem Anwesen ein gut gehender landwirtschaftlicher Betrieb machen lässt.«

Randolph machte ein gequältes Gesicht. »Dann bin
ich also jetzt der Verwalter des Landes, das mir bisher
gehört hat?«

»Du kannst von Glück sagen, dass ich überhaupt bereit bin, dich hier zu behalten.«

Sie ging zurück ins Haus. Randolph blieb auf der Veranda zurück, starrte in den Regen und dachte grimmig
über ihre Worte nach.

»Wir müssen einen Suchtrupp zusammenstellen«, teilte
Bridie Randolph am nächsten Morgen beim Frühstück
mit.

»Wozu denn das?« Randolph warf ihr über den Rand
seiner Teetasse hinweg einen unwilligen Blick zu.

»Cordelia ist immer noch nicht wieder da. Ihr Bett ist
unbenutzt, und eins der Pferde fehlt auch.«

Randolph schnaubte verächtlich. »Tu, was du willst«, sagte er schroff. »Ich habe heute schon etwas anderes vor.«

»Ist sie dir denn völlig gleichgültig?«, fragte Bridie verblüfft. »Sie ist deine Schwester. Sie könnte verunglückt sein und hilflos irgendwo dort draußen liegen.«

»Cordelia? Verletzt?«, sagte er zynisch. »Unwahrscheinlich. Sie hat ihre ganze Kindheit hier verbracht. Sie kennt die Gegend wie ihre Westentasche. Und auch wenn sie lange in der Stadt gelebt hat, wird sie schlau genug gewesen sein, irgendwo Schutz zu suchen und abzuwarten, bis das Unwetter sich verzogen hat. Sie kennt das Land. Sie würde schon nichts Dummes tun.«

»Glaubst du das wirklich? Das ist doch nicht zu fassen!«

»Was kümmert mich meine Schwester. Sie hat seit Jahren keinen Anteil an unserem Leben mehr.«

Ganz offensichtlich war das die Retourkutsche für ihr Gespräch vom Vorabend; er war noch wütend, dass sie ihm die Herrschaft über Glengownie streitig gemacht hatte. Gut, dachte sie verärgert. Wenn er nicht will, organisiere ich die Suche eben allein. Wütend schickte Bridie nach Johnno.

»Miss Cordelia ist verschwunden«, teilte sie ihm mit.

Der Aborigine nickte. »Johnno Missus Spuren suchen. Sie finden und zurückbringen.«

Hugh und Dominic waren auf den unteren Weiden, um die kleine Rinderherde auf höher gelegenes Gelände zu treiben. Randolph war zwischenzeitlich weiß Gott wohin verschwunden. Bridie zog einen von Hedleys alten Mänteln über. »Ich begleite dich, Johnno.«

Es war sinnlos. Die Hufabdrücke von Cordelias Pferd

waren nur ein paar Meter weit zu sehen; die restlichen Spuren hatte der sintflutartige Regen der vergangenen Nacht verwischt. Es regnete immer noch, und das Wasser lief Bridie über das Gesicht, während sie geduldig auf ihrem Pferd wartete, während Johnno im Kreis herumlief und den Boden untersuchte. Schließlich kam er zu ihr. »Nicht gut, Missus. Spuren alle fort. Regen hat weggewaschen.«

Bridie ritt weiter zum Lager der Straßenbauarbeiter. Johnno lief leichtfüßig vor ihr her und ließ mit nackten Sohlen zähen Schlamm aufspritzen. Die Männer hatten sich unter ein Zeltdach zurückgezogen, tranken und spielten Karten. Als Bridie nahte, erhoben sie sich respektvoll.

»Ich suche Mrs. Hoffnann«, teilte sie Healey mit. »Sie ist seit gestern Nachmittag verschwunden. Ich wollte fragen, ob einer Ihrer Leute sie vielleicht gesehen hat.«

Healey kratzte sich am Kinn und blickte in die Runde. Einer nach dem anderen schüttelten die Männer den Kopf. »Sieht nicht so aus, Mrs. Tarlington. Uns fehlt allerdings auch ein Mann. Joe. Wir haben ihn gestern allein im Lager zurückgelassen; er hatte Küchendienst. Als wir zurückkamen, war er weg – zusammen mit einem meiner besten Pferde.«

»Oh.« Das konnte kein Zufall sein. Zwei Menschen, die in einem Unwetter verschwanden, und eine gründliche Suche war ausgeschlossen, solange die Bäche und Flüsse das Umland überschwemmten. »Ist er ein erfahrener Buschmann?«

Healey zuckte die Achseln. »Keine Ahnung. Der Idiot ist wahrscheinlich ertrunken. Jetzt muss ich mir Ersatz suchen, und das wird nicht leicht sein in der Gegend.«

Nachdenklich ritt Bridie heim. Randolph erwartete sie bereits, übellaunig und gereizt. »Und, habt ihr etwas gefunden?«

»Nein. Ich mache mir Sorgen. Und einer von Healeys Leuten ist ebenfalls verschwunden. Ein gewisser Joe, wenn ich mich recht erinnere.«

»Mehr kannst du bei Hochwasser nicht tun. Vielleicht braucht sie nur etwas Zeit für sich allein. Die alten Hütten sind alle mit Vorräten bestückt. Darauf hat Hedley immer bestanden. Die Lebensmittel reichen für etwa eine Woche.«

»Dir käme es gerade recht, wenn ihr etwas zugestoßen wäre, nicht wahr. Dann wären deine Schulden hinfällig.«

Sie konnte sich die Bemerkung nicht verkneifen. Und es stimmte; wenn Cordelia starb, konnte Randolph Glengownie behalten.

Randolph besaß zumindest den Anstand, ein schockiertes Gesicht zu machen.

KAPITEL 40

Gott sei Dank war in der Hütte eine ganz ordentliche Menge an Vorräten und trockenem Feuerholz vorhanden. Es gab sogar einen Stapel alter Zeitungen, von denen manche mehrere Jahre alt waren. Cordelia las sie alle von der ersten bis zur letzten Zeile, um sich die Zeit zu vertreiben, während der Regen weiter ohne Unterbrechung auf das Dach trommelte. Sie fand ein altes Kartenspiel, und Joe brachte ihr einige neue Spiele bei. Der freundliche Straßenarbeiter, den sie bei ihrer etwas überstürzten Flucht aus Glengownie zufällig getroffen hatte, hatte sich erboten, sie nach Brisbane zu geleiten. Schließlich konnte sie als Frau nicht alleine durch den Busch reiten. In der Stadt wollte sie dann einen Anwalt beauftragen, das Testament anzufechten. Doch der Regen hatte aus allen Wasserläufen in der Gegend reißende Flüsse gemacht, und nun saßen sie in dieser Hütte fest. Gelegentlich ging sie nach draußen und blickte über die von Nebel und Regen verhangenen Berge. Die Luftfeuchtigkeit war quälend hoch; das ganze Land dampfte. Sie konnte es kaum erwarten, in Richtung Stadt aufzubrechen. Sie war ungeduldig und gereizt.

Am dritten Tag zog Joe drei Flaschen Whisky aus seiner Satteltasche und stellte sie nebeneinander auf den Tisch.

»Ich hoffe, Sie haben nicht vor, das alles zu trinken«, bemerkte Cordelia abfällig.

Joe schenkte etwas von der bernsteinfarbenen Flüssigkeit in eine Blechtasse. »Weiß nicht«, sagte er. »Habe Monate nichts mehr getrunken. Healey erlaubt es nicht. Aber es hilft, die Zeit totzuschlagen.«

Sie musterte ihn angewidert. Sie musste daran denken, wie Maximilian des Öfteren angetrunken nach Hause gekommen war, mit einer Schnapsfahne und nach billigem Parfum riechend.

Joe trank den ganzen Tag, wurde beim Mischen und Austeilen der Karten immer ungeschickter, bis er sie schließlich sogar auf den Lehmboden fallen ließ.

»Ich wünschte, Sie würden endlich aufhören zu trinken«, rief Cordelia schließlich aus, als sie ihm zum wiederholten Male half, die Karten einzusammeln.

Er hielt inne und musterte sie, ein hämisches Grinsen auf dem Gesicht. »Sie sind eine verdammte Nervensäge, Mrs. Cordelia Wie-auch-immer.«

»Wie bitte?«

»Ein verdammt überhebliches Weibsbild mit Ihrem vornehmen Getue. Dabei seid ihr Frauen drunter alle gleich.« Er stand auf und rieb mit einer Hand anzüglich ihr Bein.

Cordelia fuhr zurück. »Lassen Sie das!«

»Ach komm. Was ist denn dabei? Du und ich.«

Er knöpfte seinen Hosenstall auf und holte sein Glied heraus. Zu voller Größe angeschwollen, ragte es pochend in die Höhe.

Cordelia schnappte nach Luft. »Hören Sie auf damit! Sie sind ja betrunken.«

»Ha! Betrunken. Vielleicht. Aber ich erkenne auf den ersten Blick, wenn eine Frau einen Fick nötig hat. Na, was ist? Das macht dich ein bisschen lockerer.«

Sie wich zurück, aber er war mit wenigen Schritten bei ihr. »Heh, bleib hier«, sagte er, wobei ihr sein stinkender Atem ins Gewicht wehte. Cordelia fühlte Panik in sich aufsteigen. Sie wollte davonlaufen, sich von diesem stinkenden Ungeheuer befreien, aber er war stärker als sie.

Er legte die Arme um sie, und als sie zurückweichen wollte, verfing ihr Schuhabsatz sich im Saum ihres Kleides, und sie stürzten auf den feuchten, modrig riechenden Boden. Joe fiel ungebremst auf sie, und als sie mit dem Rücken aufschlug, verspürte sie einen Schmerz in den Rippen, der ihr schier den Atem raubte. Joe schob ihr Rock und Unterrock hoch bis zur Taille. Dann zerrte er ihre Unterwäsche herunter, erst mit den Händen, dann mit einem Fuß.

»Die wirst du nicht mehr brauchen«, lachte er. »Sind doch nur im Weg.«

Cordelia konnte sich nicht wehren; sie bekam immer noch keine Luft und war wie gelähmt von den Schmerzen in ihrem Brustkorb. Dann schob er ein Knie zwischen ihre Schenkel und begann mit ersten tastenden Stößen seines Beckens. Sie versuchte, ihn abzuwehren, versuchte, ihn von sich zu stoßen, aber vergebens. Er packte mit beiden Händen ihre Hüften und hielt sie fest. Dann drang er mit einem kräftigen, gezielten Stoß in sie ein.

Sie schrie und hörte, wie der schrille Ton durch die kleine Hütte hallte. Er nahm sie mit der Raserei eines Wahnsinnigen.

»So, meine feine Miss Tarlington«, sagte er keuchend, »ich habe ja gleich gesagt, dass du drunter nicht anders bist als alle anderen. Ein guter Fick ist alles, was Frauen brauchen. Ich tue dir nur einen Gefallen.«

Als er den Kopf neigte und sie küssen wollte, biss sie ihm in ihrer Verzweiflung ins Kinn. Er heulte auf. »Du verdammte Schlampe!«, fluchte er und schlug ihr mehrfach die Faust ins Gesicht. Ihre Lippen platzten auf, und ein Auge schwoll sofort an.

Hinterher fischte er ein kleines Fläschchen aus seiner Hemdtasche. »Da«, sagte er und träufelte ein paar Tropfen der seltsam schmeckenden Flüssigkeit auf ihre Zunge. »Gleich fühlst du dich besser.«

Cordelia verzog das Gesicht und versuchte, die Flüssigkeit auszuspucken, aber Joe legte ihr eine Hand auf den

Mund und zwang sie, das Zeug herunterzuschlucken. Sie würgte und wollte ihm mit den Fingernägeln das Gesicht zerkratzen, aber er packte ihre Handgelenke und drückte sie mühelos zu Boden, bis sie weinend resignierte.

Erst dann ließ er von ihr ab. Cordelia lag schluchzend auf der Erde und zog nicht einmal ihren Rock herunter, um ihre Blöße zu bedecken. Joe wandte sich ab und ließ sie allein. Sie weinte um Hedley, um Glengownie, um sich selbst und ihren geschundenen, geschändeten Körper.

KAPITEL 41

In Brisbane war es heiß und staubig. In den Straßen drängten sich Menschen, und es kam ihm alles enger und erdrückender vor als früher. Nach einer schlaflosen Nacht in einer kleinen Pension stand Cedric O'Shea im Büro von Cobb & Co.

»Morgen.«

Der Angestellte, der ganz in irgendwelche Korrespondenz vertieft war, blickte ärgerlich auf. »Ja, Sir? Was kann ich für Sie tun?«, fragte er höflich, aber doch hörbar gereizt, weil jemand es gewagt hatte, ihn zu stören.

»Ich möchte eine Fahrkarte kaufen.«

Der Angestellte legte seufzend die Feder aus der Hand. »Und wohin, Sir?«

Cedric sah sich suchend um. Er hatte noch gar kein konkretes Ziel, wollte einfach nur weg aus der Stadt mit ihrer schwülen Luft und den lärmenden Straßen. Wohin? Irgendwohin, wollte er entgegnen, möglichst weit weg von Boolai und Randolph Tarlington.

Sein Blick fiel auf eine Zeitung auf einer Ecke des Tresens. Die Schlagzeilen waren voll von der neuen Eisenbahnlinie zwischen Townsville und Charters Towers, die in wenigen Wochen in Betrieb genommen werden würde. Die Eisenbahn, die das Land erschließen und schäbige Postkutschenbüros wie dieses überflüssig machen würde.

»Ich habe gefragt, wohin Sie möchten?«, sagte der Angestellte ungeduldig.

Oben auf der Titelseite der Zeitung stand *Western Champion – Blackall*. Er kannte jemanden, der nach Blackall gezogen war. Besuch mich mal, hatte er seinerzeit gesagt.

»Blackall«, entgegnete er. »Wie viel kostet eine Fahrt nach Blackall?«

Bridie riss mit zitternden Fingern das Telegramm auf. Vielleicht war das ja die Nachricht, auf die sie wartete. Dass Cordelia in Sicherheit und wohlauf war. Stattdessen handelte es sich um eine rätselhafte Nachricht:

> *Mrs. Tarlington, bitte kommen Sie sofort her.*
> *A. Hennessy*
> *The South Coast Hotel, Beenleigh*

Dominic fuhr sie mit der Kutsche hin, und als sie verschwitzt und müde von der langen Fahrt in Beenleigh eintrafen, führte Mrs. Hennessy Bridie sofort in ihr Büro.

»Wo ist sie? Was ist mit ihr?«, fragte sie.

»Ein Holzfäller hat sie auf der Straße ein paar Meilen vor der Stadt aufgelesen. Sie war verletzt und ... verwirrt. Ich habe mich um sie gekümmert. Sie redet wirres Zeug, aber ich glaube, verstanden zu haben, dass sie über Tage hinweg nicht nur misshandelt wurde, sondern auch ... nun ja, Sie wissen schon. Er hat sie ziemlich übel zugerichtet.«

»Haben Sie den Doktor verständigt?«

»Er sagt, sie hätte zwei gebrochene Rippen. Dazu ein blaues Auge, Prellungen und Verbrennungen, die ihr offenbar mit einer glühenden Zigarette beigebracht wurden. Sie sieht schlimm aus. Und das sind nur die äußeren Wunden.«

»Was meinen Sie damit?«

»Noch viel schlimmer sind die seelischen Wunden, die sie davongetragen hat. Es ist, als hätte diese Bestie ihre Seele zerstört. Sie ist völlig apathisch, eine leere Hülle. Sie liegt nur da und starrt an die Decke. Ich weiß auch nicht. Man sollte diesem Schwein, das ihr das angetan hat, bei lebendigem Leib die Haut abziehen.«

»Haben Sie die Polizei verständigt?«

»Davon will sie nichts wissen. Sie will nicht mit dem Sergeant sprechen und auch keine Anzeige erstatten.«

»O Gott! Ich sollte jetzt besser zu ihr gehen«, sagte Bridie erschüttert und erhob sich.

Cordelia war endlich in friedlichen, traumlosen Schlaf gefallen. Als sie schließlich aufwachte, kam es ihr vor, als trete sie nach einem langen, beschwerlichen Marsch durch anhaltenden Regen und Dunkelheit ins

Sonnenlicht. Sie schlug die Augen auf und schaute an die weiße Decke. Die Laken unter ihren Händen waren sauber und leicht gestärkt. Sie war nicht mehr in der Hütte, in der Joe sie Tage gefangen gehalten und misshandelt hatte. Sie war in Sicherheit. An einem Ort, an dem ihr nie wieder etwas Böses wiederfahren würde.

Sie erinnerte sich nur bruchstückhaft an die letzten Tage. Es war wie ein Puzzle, von dem einige Teile fehlten. Es gab einige größere Lücken, Bereiche, die sie meiden musste. Sie erinnerte sich noch vage daran, wie eine Frau, eine Mrs. Hennessy, sie in ihre kräftigen Arme genommen hatte, aber hierauf war eine Zeit der Qualen gefolgt, die ihren ganzen Körper mit unerträglichen Schmerzen erfüllten.

Verschlafen stützte sie sich auf einen Ellbogen und schaute sich um. Kommode, Kleiderschrank, Waschtisch. Ein Landschaftsgemälde, ein Aquarell, in einem schönen dunklen Holzrahmen. Durchscheinende Gardinen, die ein filigranes Spitzenmuster an die gegenüberliegende Wand warfen. Eine Fotografie von Königin Victoria. Und in einem Sessel neben dem Bett schlief Bridie.

Verwundert betrachtete sie die zierliche, dunkelhaarige Frau, die sie nun schon so viele Jahre kannte und hasste. Was machte sie in ihrem Zimmer, und warum schlief sie in einem Sessel? Warum kümmerte sie sich um jemanden, der sie vom Tag ihrer ersten Begegnung an verabscheut und aus ihrer Abneigung nie einen Hehl gemacht hatte?

Bridie bewegte sich und schlug die Augen auf. »Cordelia?«

»Wie lange war ich fort von Boolai?« Die Antwort war ihr plötzlich wichtig, obwohl sie selbst nicht wusste, warum.

»Über drei Wochen.«

Drei Wochen! Wo war nur die Zeit geblieben?

»Seit dem Tag nach Hedleys Begräbnis«, fügte Bridie hinzu.

Das Begräbnis. Etwas nagte an ihrer Erinnerung.

»Hedley ist tot?« Ihre Stimme klang unnatürlich hoch wie die eines kleinen Kindes.

»Erinnerst du dich nicht?«, fragte Bridie besorgt und legte die Stirn in Falten. »Er hatte einen Herzinfarkt und ist vom Buggy ins Wasser gefallen.«

Es war, als würde sich in ihrem Kopf ein Nebel lichten, und die Erinnerung kehrte zurück. Hedleys Körper, der schwer ins Wasser klatschte, das grässliche Geräusch, als die Wagenräder über ihn hinweggefahren waren. Wie sie im Wasser gehockt und ihn liebevoll in den Armen gehalten hatte, wie eine Mutter ihr Neugeborenes hielt, wie sie versucht hatte, ihn durch reine Willenskraft wieder ins Leben zurückzuholen. Die Beerdigung. Das Testament. All das stürzte auf sie ein, so plötzlich, dass sie die einzelnen Informationen gar nicht richtig verarbeiten konnte. Ihre Flucht aus dem Haus. Joe. Die Hütte. Der Regen. Ihr Marsch nach Beenleigh. Sie schaltete ihren Verstand ab, wollte nicht weiter denken, sich nicht erinnern.

»Ich wollte nach Brisbane. Mir einen Anwalt suchen.« Sie lachte heiser. »Ich fürchte, der Schuss ist nach hinten losgegangen.«

Bridie erhob sich aus ihrem Sessel und kam zu ihr. Mütterlich legte sie die Arme um Cordelias abgemagerten Körper. Sie roch Bridies Haar, ihre Haut, den dezenten Duft ihres Eau de Toilettes, und sie spürte die Wärme und Liebe, die von dieser Frau ausging.

»Du brauchst keinen Anwalt. Ich habe Randolph Glengownie abgekauft. Es ist alles geregelt. Ich habe einen Fond für dich eingerichtet, damit du ein Auskommen hast, so wie Hedley es gewollt hätte.«

Cordelia registrierte gar nicht, was sie sagte; sie war ganz in die Vergangenheit versunken.

»Das Letzte, was Vater gesagt hat, bevor er vom Wagen fiel, war dein Name. Er hat die Arme nach dir ausgestreckt. ›Bridie‹, hat er gerufen. Mich hat er gar nicht wahrgenommen. Das hat weh getan, ich meine, zu wissen, dass er nicht mich, seine Tochter, bei sich haben wollte, sondern dich. Aber ich denke, jetzt kann ich damit umgehen.« Sie senkte den Blick und starrte auf ihre Fingernägel. »Wir haben beide viel verloren, nicht wahr? Hedley, Max, beide tot.«

»Und ein Teil von uns ist mit ihnen gestorben. Aber wir fangen noch einmal von vorn an. Machen dort weiter, wo sie aufgehört haben.«

»Du bist ein guter Mensch, Bridie Tarlington«, sagte Cordelia leise. »Ich habe dich gar nicht verdient. Keiner von uns. Und ich habe keinen Grund, dich zu hassen. Aber der Hass hat mich so lange begleitet, war so lange ein Teil von mir ... Es tut mir Leid ...« Ihr fielen die Augen zu, und sie war wieder eingeschlafen.

Nach einigen Tagen hatte Cordelia sich so weit erholt, dass sie reisen konnte. Sie freute sich auf ihre Rückkehr nach Glengownie, konnte es kaum erwarten, den Duft der Eukalyptusbäume zu riechen und die Vögel am Himmel und in den Bäumen zu beobachten.

Die Rückfahrt verlief ereignislos, bis auf die Erinnerung, die sie erneut einholte, als sie die Stelle passierten, an der Hedley gestorben war. Sie schloss die Augen, um die vertraute Landschaft auszublenden, und lauschte dem Knirschen der Kutschenräder, als sie durch das schäumende Wasser fuhren. Sie hatte bisher versucht, diesen fürchterlichen Tag aus ihrem Gedächtnis zu streichen. Hatte Bridie nicht gesagt: »Wir fangen noch einmal von vorne an? Machen da weiter, wo sie aufgehört haben?«

Das Haus war unverändert. Jasmin und Geißblatt umrankten den Dachüberstand. Die gefliese Veranda lag kühl und schattig hinter dem grünen Vorhang. Das Haus wirkte ungeachtet der kreischenden Papageien in den Baumkronen über ihnen friedlich. Glengownie. Unverändert. Geborgenheit spendend. Ihr Zuhause.

Sie verbrachte die ersten Tage auf der Veranda mit Blick über die Felder und Weiden. Das Gras war verdorrt und trocken in der Hitze des nahenden Sommers. Bridie hatte die Äcker bestellen lassen. Mais, Pfeilwurz und ein kleines Feld Tabak. Die grünen Pflänzchen mühten sich durch den trockenen Boden, nach Sonne und Feuchtigkeit strebend.

In diesen Tagen erlangte sie eine völlig neue Perspektive der Dinge. Vieles betrachtete sie nun mit ganz anderen Augen: Bridie. Randolph. Maximilians Tod, so dicht gefolgt von Hedleys. Die Art und Weise, in der ihr Leben sich verändert hatte, eine Kehrtwende vollzogen hatte, um sie zum Ausgangspunkt zurückzuführen. Der Kreis hatte sich geschlossen. Bridie hatte ihr angeboten, ihr ein Haus in der Stadt zu kaufen, aber sie wollte sich Zeit lassen, keine übereilten Entscheidungen treffen, wollte das beschauliche Leben auf Glengownie noch eine Weile an sich vorbeiziehen lassen. Glengownie: kein Besitz, sondern fast so etwas wie eine eigenständige Persönlichkeit mit einer eigenen Seele und eigenen Prinzipien.

Bridie wollte, dass sie Anzeige gegen Joe erstattete. »Er sollte bezahlen für das, was er dir angetan hat«, hatte sie zornig gesagt.

Cordelia hatte den Kopf geschüttelt und entschieden abgelehnt.

Die Wahrheit war, dass sie sich kaum überwinden konnte, an jene Tage in der Hütte zu denken, und schon gar nicht wollte sie die Geschehnisse einem völlig Fremden schildern. Außerdem konnte sie selbst sich nur noch verschwommen an Einzelheiten erinnern, so benommen wie sie gewesen war von dem Laudanum und den Schmerzen.

Randolph begegnete ihr kühl und distanziert. »Ich bin froh, dass du wieder daheim bist«, hatte er bei ihrer Rückkehr gesagt und sie flüchtig auf die Wange geküsst. Er wirkte verändert, weniger großspurig und selbstsicher. Bridie hat ihn zurechtgestutzt, dachte Cordelia befriedigt. Sie wusste, dass der Verlust Glengownies ihn geschmerzt hatte, aber schon jetzt war zu erkennen, dass Bridie seltsamerweise ein besseres Gespür für das Land zu haben schien als er.

Am folgenden Tag kam er, um sich zu verabschieden. »Kann sein, dass ich länger weg bin. Pass auf dich auf«, sagte er.

»Wohin gehst du?«, fragte sie neugierig.

»Es ist an der Zeit, offene Rechnungen zu begleichen«, knurrte er. Einen Moment glaubte sie, den alten Randolph vor sich zu haben, hart und unerbittlich.

»Randolph, bitte ...«

»Zerbrich du dir nicht den Kopf. Das ist Männersache.«

Sein erstes Ziel war Beenleigh, wo er in Aldyth Hennessys kräftigen Armen Kraft tankte, die Gelegenheit jedoch auch nutzte, um ihr Einzelheiten darüber zu entlocken, was Cordelia durchgemacht hatte. Er ließ seine Fragen ganz harmlos einfließen, und sie antwortete ihm in ihrer leidenschaftlichen Umarmung bereitwillig. Aldyth erzählte ihm alles, was sie wusste. Irgendwie war es ihr und Bridie gelungen, die wahre Identität der missbrauchten, misshandelten Frau geheim zu halten; der Name Hoffnann sagte den Menschen in Beenleigh nichts.

Randolph ging es gar nicht um Cordelia. Er war nicht auf Rache aus. Und er fühlte sich auch nicht berufen, Cordelias guten Ruf zu schützen. Teufel, sie war eine erwachsene Frau, und er war nicht ihr Kindermädchen. Vielleicht hatte sie ja nur bekommen, was sie verdiente. Welche Frau ritt schon ganz allein durch den Busch. Nein, er wollte O'Shea nur zum Schweigen bringen, wollte sichergehen, dass niemand je seinen Namen mit dem Tod des alten Heinrich in Verbindung brachte.

Randolph lauschte angestrengt den Stimmen in der Bar, wo die Zungen vom Rum gelöst waren. Er hielt Augen und Ohren offen und hoffte, früher oder später Näheres über O'Sheas Verbleib zu erfahren. Schon am zweiten Tag hatte er Glück. Zwei Männer standen an der Bar und unterhielten sich über den günstigen Erwerb zweier guter Pferde, für die sie nur je zwei Pfund bezahlt hatten. Randolph schlenderte unauffällig nach draußen und sah sich die beiden Tiere an. Bei einem von ihnen handelte es sich um das Pferd, auf dem Cordelia am Tag der Testamentseröffnung davongeritten war.

Er überlegte, was er tun sollte. Was würde O'Shea als Nächstes getan haben? Randolph war sicher, dass er inzwischen Beenleigh weit hinter sich gelassen hatte. Aber der Verkauf der Pferde bedeutete, dass er über kein unabhängiges Transportmittel verfügte. Randolph dachte einen Moment angestrengt nach, dann war er sicher, die Antwort zu haben. Natürlich! Die Postkutsche!

Randolph eilte zum Büro von Cobb & Co. Der Angestellte schaute zuvorkommend in den Büchern nach und ging die Passagierliste durch. »Nein, kein Mr. O'Shea«, sagte er schließlich bedauernd.

Randolph schäumte. Er war so sicher gewesen, dass O'Shea Beenleigh mit der Postkutsche verlassen hatte.

»Lassen Sie mich mal sehen«, sagte er und drehte das Buch zu sich herum. Der Angestellte trat verblüfft einen Schritt vor.

»Sir, das geht nicht. Das sind vertrauliche Unterlagen ...«

»Mein Gott, es ist wichtig, Mann. Ich suche einen Mann mittleren Alters mit grauem, schulterlangem Haar und grauem Bart. Kann sein, dass er unter falschem Namen gereist ist.«

Der Postkutschenangestellte machte ein nachdenkliches Gesicht. »Ja«, sagte er schließlich. »Jetzt erinnere ich mich. Das muss letzte Woche gewesen sein.«

Randolph nickte. »Genau.«

»Wirkte etwas verdächtig, irgendwie nervös. Joe Smith hat er sich genannt.«

Randolph fuhr noch einmal mit einem Finger an der Namensliste entlang. Da war er. In ordentlicher Schrift, blaue Tinte auf weißem Untergrund: Joe Smith. Reiseziel Brisbane.

In der Stadt gab es reichlich Hotels und Pensionen. O'Shea dort zu suchen wäre wie die Suche nach einem Käfer auf einem Eukalyptusbaum. Er konnte überall sein. Randolph klapperte sie alle ab, vom edelsten Hotel bis zur schäbigsten Hinterhof-Absteige. Nach mehreren Tagen gab es immer noch keine Spur von einem Joe Smith oder Cedric O'Shea. Randolph war müde und zornig. Es schien, als wäre die ganze Reise umsonst gewesen. Noch ein Tag, dann würde er zurückreiten.

Als er an seinem letzten Tag noch beim Frühstück saß, kam ihm plötzlich ein Gedanke. Er war davon ausgegangen, dass O'Shea in der Stadt geblieben war, aber was, wenn er weitergereist war? In Queensland gab es viele Möglichkeiten, um unterzutauchen. Randolph konnte einfach nicht glauben, wie dumm er gewesen war. Er hätte zuallererst bei Cobb & Co. nachfragen sollen.

Volltreffer. Der Angestellte hinter dem Tresen, auf dem sich Berge von Unterlagen stapelten, schaute in einem Register nach. Die Suche hatte Erfolg. Ja, ein Mr.

Cedric O'Shea hatte eine Fahrkarte nach Blackall gekauft.

O'Shea: der Umstand, dass er wieder seinen rechtmäßigen Namen angenommen hatte, konnte nur eins bedeuten. Offenbar betrachtete er Randolph Tarlington nicht mehr als Bedrohung, wähnte sich sicher außerhalb der Stadt. Da hast du dich aber geirrt, du Mistkerl, dachte Randolph grimmig.

KAPITEL 42

Die Postkutsche rumpelte auf Rockhampton zu und schaukelte dabei ständig in ihrer ledernen Aufhängung, dass man seekrank werden konnte. Die Kutsche war voll besetzt, sodass die Beinfreiheit entsprechend eingeschränkt war. Nachdem sie Bundaberg passiert hatten, regnete es ein paar Stunden, dicke warme Tropfen, die auf den trockenen Boden klatschten und einen süßlich-modrigen Geruch nach feuchter Erde verbreiteten. Der Kutscher ließ eilig die Jalousien aus grobem Leinen herunter, und im Inneren der Kutsche wurde es noch stickiger. Randolph rutschte nervös auf seinem Sitz hin und her. Sein Schädel pochte, und vom Schaukeln der Kutsche wurde ihm ganz übel. Das Einzige, was ihn daran hinderte, aus dem verfluchten Vehikel auszusteigen, war der Gedanke an Cedric O'Shea, der ahnungslos an einem fernen Ort namens Blackall wartete.

In Rockhampton stiegen die Fahrgäste in eine andere

Kutsche um und fuhren weiter nach Westen. Randolph hatte noch nie eine Landschaft wie diese gesehen. Das flache Land erstreckte sich bis zum Horizont, wo es in der flimmernden Hitze mit dem Himmel verschmolz. Sie passierten Orte mit seltsamen Namen – Blackwater, Emerald, Jericho und Barcaldine. Von Barcaldine aus fuhren sie nach Süden, bis sie schließlich an einem besonders heißen Dienstagnachmittag in einer Staubwolke vor einem staubbedeckten Gebäude Halt machten.

Blackall: 625 Meilen nordwestlich von Brisbane, am Ufer des Barcoo River, mit Flaschenbäumen entlang der staubigen Hauptstraße. Randolph stieg steif aus der Kutsche und ließ den Blick über die umliegenden Gebäude schweifen. Es gab mehrere Hotels, und er entschied sich letztendlich für das Prince of Wales, da ihm der Name gefiel. Es klang ordentlich und vertrauenswürdig, solide und anständig, all das, was Cedric O'Shea nicht war.

»Nur eine Nacht, Sir?«, fragte die Frau an der Rezeption.

»Ja, ich reise morgen früh wieder ab.«

»Wie Sie wünschen, Sir. Das Abendessen wird um sechs Uhr im Speisesaal serviert. Haben Sie noch irgendwelche Wünsche?«

»Schicken Sie mir bitte einen Teller Brote aufs Zimmer. Und vielleicht könnte mich jemand morgen früh wecken. Eine Stunde vor Abfahrt der Postkutsche.« Das würde reichen, um sich zu rasieren und zu frühstücken.

Als Nächstes ging er in die Bar und genehmigte sich etwas Kaltes zu trinken. Bei einem schaumbedeckten

Bier fragte er den Barmann, ob er einen Mann namens O'Shea kenne.«

»O'Shea?«

»Genau. Eine etwas heruntergekommene Erscheinung. Graues Haar und ebensolcher Bart. Muss vor etwa einer Woche hier angekommen sein.«

»O ja. Das muss der Typ sein, der drüben bei Dixon im Sägewerk, ein paar Meilen die Tambo Street runter, angefangen hat. Ich glaube, er hat gesagt, er hieße Cedric. Kommt jeden Tag kurz vor Feierabend vorbei, um noch schnell einen zu heben.«

Randolph wartete an der Bar. Endlich sah er Cedric durch die Tür kommen. Sofort zog er sich in eine dunkle Ecke des Schankraumes zurück. Er wollte nicht, dass O'Shea wusste, dass er hier war. Randolph wartete, bis der Barmann vorbeikam, um leere Gläser einzusammeln. »Hier«, sagte er und schob ihm über den Tisch hinweg eine Hand voll Münzen zu. »Ein paar Drinks für den Typen, nach dem ich mich vorhin erkundigt habe.«

»Was soll ich sagen, von wem ...?«

»Mein Name tut nichts zur Sache«, entgegnete Randolph brüsk und ging zur Tür. »Sagen Sie einfach, von einem alten Freund.«

Er bezog hinter einem alten Pfefferbaum Position, bis die Bar zumachte. Endlich hörte er den Barmann rufen: »Feierabend, meine Herren«, und kurz darauf torkelten die ersten späten Gäste hinaus in die stickige Nacht. O'Shea stolperte durch die Tür. Er hatte mehrere Flaschen Schnaps unter die Arme geklemmt und stand einen Moment schwankend da, ehe er sich dem Balken zuwandte, an dem ein dürres, struppiges Pferd festgemacht war. Er steckte die Flaschen in die Packtaschen und hievte sich schwerfällig in den Sattel. Das Pferd setzte sich in Bewegung und ging im Schritt in Richtung Ortsausgang.

O'Shea sang unmelodisch vor sich hin und legte in Abständen immer wieder kurze Pausen ein, um aus einer Whiskyflasche zu trinken. Randolph folgte ihm unauffällig zu Fuß. Gott sei Dank befand sich die Sägemühle nur wenige Meilen außerhalb der Stadt.

Randolph stellte befriedigt fest, dass O'Sheas Hütte mindestens eine halbe Meile vom Haupthaus entfernt war. O'Shea wäre beim Absteigen fast gestürzt und durchquerte dann wankend den kleinen Vorgarten. Er hatte vergessen, das Pferd anzubinden, und Randolph wickelte die Zügel ganz automatisch um einen tief hängenden Ast, bevor er dem Mann hineinfolgte.

Drinnen sah er sich angewidert um. Die Hütte war eine regelrechte Müllhalde. Schmutziges Geschirr türmte sich auf dem massiven Tisch, der fast den ganzen Raum einnahm. Kleidungsstücke lagen auf dem Boden verstreut. Das Feuer war längst erloschen.

»O'Shea!«

Cedric O'Shea, der mit dem Rücken zur Tür stand, war vollauf damit beschäftigt, sich die Schnürstiefel auszuziehen. Er war vom Alkohol so benebelt, dass er ständig hinzufallen drohte. »Scheißstiefel«, fluchte er und wandte sich der Stimme zu. »Sieht aus, als müsste ich in ihnen schlafen.«

Als sein Blick auf Randolph fiel, erstarrte er, blinzelte und hielt eine Hand über die Augen, wie um sie gegen zu grelles Sonnenlicht abzuschirmen. »Randolph Tarlington? Was machen Sie denn hier?«

»Ich dachte mir, ich schaue mal auf einen Sprung vorbei, O'Shea. Wollte mal sehen, wie es Ihnen so geht, wie Sie zurechtkommen in der Fremde.«

Cedric ließ sich an den Türrahmen hinter sich sinken. Die Angst stand ihm ins Gesicht geschrieben. »Ich ...«

Randolph durchquerte mit wenigen Schritten den Raum. Aus den Augenwinkeln sah er das unordentliche Schlafzimmer, das an die Küche grenzte. »Sie haben es ja hier richtig gemütlich, O'Shea«, knurrte er und trat einen Stuhl beiseite. »Nur eins fehlt.«

»Und das wäre?«, fragte O'Shea argwöhnisch.

»Eine Frau.«

Cedric lachte bitter. »Frauen! Die Schlampen taugen alle nichts.«

Randolph beugte sich über den kleineren, älteren Mann. Er hatte genug von dem Spielchen. »Jemand hat mir geflüstert, dass Sie eine Schwäche für Frauen haben. Dass Sie sich einen Spaß draus machen, sie zu misshandeln.« Er griff nach der Peitsche, die inmitten schmutziger Laken auf dem Bett lag. »Hiermit vielleicht? Die Schnur auf nackten Schenkeln. Das hinterlässt schöne rote Striemen, vor allem, wenn man die Spitze ein ganz klein wenig anfeuchtet.«

Cedric musterte Randolph wachsam. »Ich weiß gar nicht, wovon Sie reden.«

»Ich denke doch. Eine kleine Hütte in Boolai. Eine nicht mehr ganz junge Frau, zufällig meine Schwester. Sie hat mir da so einiges erzählt.«

Cedrics Augen weiteten sich. Randolph sah ihm an, dass er versuchte, sich trotz des Alkoholnebels zu konzentrieren.

»Was wollen Sie von mir?«, fragte er. Seine Züge wirkten jetzt klarer, als hätte die drohende Gefahr ihn ernüchtert.

Er packte O'Shea beim Kragen und zog das Gesicht des Mannes ganz dicht zu sich heran. In den blutunterlaufenen, rot geränderten Augen stand nackte Angst. Randolph stieß den Mann von sich, und O'Shea stolperte ein paar Schritte zurück. »Aber das ist nicht der Grund, weshalb ich hier bin.«

»Nicht?«

»Nein. Wie ich schon sagte, ich wollte mal sehen, wie es Ihnen so geht. Hübsch und gemütlich haben Sie's. Weit weg von Boolai.« Er trat auf O'Shea zu. »Ich mag es nicht, wenn man versucht, mich zu erpressen. Ich will Sie nie wieder in der Nähe von Glengownie sehen.«

Cedric zuckte zurück, als Randolph ausholte und seine Faust durch die Luft flog. Der Mann war kein Gegner für Randolph, schon gar nicht in seinem Zustand. Ein Schlag von unten ans Kinn gefolgt von einem linken Haken, und O'Shea lag besinnungslos auf den Dielen. Gut! Der erste Teil seines Plans war wunschgemäß verlaufen.

Randolph trat an den Küchentisch. Dort, zwischen schmutzigen Tellern und Tassen, lag O'Sheas Brieftasche. Randolph nahm sie an sich und schaute in den einzelnen Fächern nach. Etwas Kleingeld und mehrere Zwanzig-Pfund-Noten. Im letzten Fach steckte etwas Großes, Hartes. Er nahm es heraus und schnappte nach Luft. Bridies Brosche, die sein Vater ihr vor all den Jahren geschenkt hatte. Sie war nach Hedleys Beerdigung verschwunden. Bridie war außer sich gewesen und hatte darauf beharrt, sie hätte sie in der Küche liegen lassen. Die eingeborenen Farmarbeiter und Hausangestellten waren befragt worden, aber niemand hatte etwas über den Verbleib der Brosche sagen können – oder wollen. Zuerst hatte er gedacht, Bridie hätte sie in der Aufregung einfach verlegt, aber jetzt hatte sich gezeigt, dass sie tatsächlich gestohlen worden war. Cordelia musste sie an sich genommen haben.

Er drehte das Schmuckstück im Licht. Die Brosche war ein Meisterwerk der Goldschmiedekunst und von erlesenem Geschmack. Sie war mit Dutzenden winziger Smaragde und Diamanten besetzt und glitzerte sogar im schwachen Licht der schäbigen Hütte. Er zog ein sauberes Taschentuch aus der Hosentasche, wickelte die Brosche hinein und steckte sie ein. Er würde bei seiner Rückkehr entscheiden, was damit geschehen sollte.

Randolph nahm die Lampe aus O'Sheas Hütte und ging rüber zum Sägewerk. Es lag nur wenige hundert Meter entfernt, Überall lagen Baumstämme, die einen süßen Holzgeruch verströmten. Randolph ging zielstrebig zur Maschine. Ja, da war sie. Gut. Ein Wasserkessel von Cornish, der gleiche wie jener in der Mühle, die sein Zuckerrohr nicht hatte haben wollen. Er tastete nach dem Überdruckventil. Seine Finger legten sich um das Metall, das noch ganz warm war von der Arbeit des Tages. Langsam drehte er das Ventil im Uhrzeigersinn, bis es sich nicht weiter bewegen ließ.

Zufrieden kehrte er vor sich hin summend auf dem mondbeschienenen Weg zurück zum Hotel. Er hatte kurz überlegt, O'Sheas Pferd zu nehmen, um sich den Fußmarsch zu ersparen, war aber zu dem Schluss gekommen, dass der Diebstahl des Pferdes gewisse Schwierigkeiten nach sich ziehen konnte, wenn ihn jemand sah. Er konnte keinen Ärger brauchen. Er wollte nur möglichst schnell weg von hier und zurück nach Boolai. Ein dummer Fehler, und sein ganzer ausgeklügelter Plan wäre vergebens gewesen.

Randolph betrat das Hotel durch die offene Vordertür. Er hatte einen Bärenhunger. Er hatte seit dem Mittagessen nichts mehr zu sich genommen. Die Uhr auf seinem Nachttisch zeigte ein Uhr nachts an. Neben seinem Bett stand der Teller mit den Broten, die er früher am Tag bestellt hatte. Er schlang sie hinunter und spülte sie mit mehreren Gläsern Wasser aus dem Waschkrug hinunter.

Anschließend ließ er sich todmüde ins Bett fallen und schlief tief und traumlos, bis die ersten blassen Sonnenstrahlen über das flache, konturlose Land krochen und der Hotelmanager laut an seine Tür klopfte.

»Die Postkutsche fährt in einer Stunde los!«

Eine Stunde. In einer Stunde würde er weg sein. Auf dem Heimweg. Heim nach Glengownie.

Cordelia blickte auf die Berge, die in der Ferne purpurn im Nebel schimmerten. Dahinter lag die Stadt, ein Ort, an dem ein anderer Rhythmus herrschte, wo die Menschen von früh bis spät hetzten. Ihre Wunden waren weitgehend verheilt, und auch innerlich hatte sie wieder zu sich gefunden. Sie schloss nun nicht mehr gänzlich aus, dass es ihr gelingen könnte, ihre Vergangenheit hinter sich zu lassen und noch einmal von vorn anzufangen.

Ihr Traum war geplatzt wie eine Seifenblase. Sie hatte die Wahl: Sie konnte sich von Zorn und Hass auffressen lassen, aber das würde niemandem etwas bringen. Was geschehen war, war geschehen und ließ sich nun einmal nicht rückwirkend ungeschehen machen. Sie hatte über Bridies Angebot nachgedacht, ihr ein neues Haus in der Stadt zu kaufen. Es war an der Zeit, dass sie wieder ihr eigenes Leben lebte. Sie gehörte nicht hierher. Seit Jahren nicht mehr. Glengownie war Bridies Zuhause.

Randolphs Rückkehr riss sie aus ihren Gedanken.

Er warf ihr eine Zeitung auf den Schoß. Sie war an einer bestimmten Seite aufgeschlagen. »Ich bin auf einen interessanten Artikel gestoßen«, bemerkte er nur und ging gleich wieder.

Neugierig nahm sie die Zeitung und überflog die aufgeschlagene Seite. Ein kleiner Artikel unten rechts war mit einem Kreuz markiert.

Ein Unfall in der Sägemühle von Mr. Geo Dixon in Blackall hat einen Angestellten namens Cedric O'Shea das Leben gekostet. Mr. O'Shea hatte den Dampfkessel der Sägemühle angeschaltet, der kurz darauf explodierte. Das Opfer erlitt schwerste Verbrühungen am ganzen Körper. Hinzu kamen ein Schädelbruch sowie zahlreiche Frakturen im Gesicht, die offenbar vom Schwungrad herrühren, sodass der Mann bis zur Unkenntlichkeit entstellt war. Der Eigentümer des Sägewerks hat einen Defekt am Dampfkessel abgestritten. Eine polizeiliche Untersuchung soll die Unfallursache klären. Inzwischen wurde bekannt, dass O'Shea von der Polizei von Beenleigh in Zusammenhang mit einem mutmaßlichen Diebstahl, der mehrere Jahre zurückliegt, gesucht wurde.

Cordelia runzelte die Stirn. Sie kannte niemanden namens O'Shea. Sie verstand nicht, was an dem Bericht interessant sein sollte.

Bridie kam mit dem Teetablett auf die Veranda. »Hier«, sagte Cordelia und hielt ihr die Zeitung hin. »Was hältst du davon?«

Bridie las den Artikel und seufzte. »Dann hat ihn also doch noch das Schicksal ereilt, das er verdient hat.«

»Wie meinst du das? Wer war dieser Mann?«

Bei einer Tasse Tee erzählte Bridie Cordelia die ganze Geschichte. Von Heinrich, dem vertrauensseligen alten Deutschen, dem O'Shea das Geld für die Pacht gestohlen hatte. Von Heinrichs Tod, der für sie alle ein Schock gewesen war, vor allem für Kitty, Maddie Halls jüngere Schwester. »Es war schrecklich«, schloss sie. »Wir haben uns alle gefragt, was aus O'Shea geworden sein mag.«

Cordelia war nicht viel schlauer als vorher. Was hatte der Tod Cedric O'Sheas denn mit ihr zu tun?

»Ich habe übrigens gute Nachrichten«, fuhr Bridie fort. »Sieh nur, was Randolph unter einem der Sessel im Salon gefunden hat. Ich muss in den vergangenen Wochen hundertmal daran vorbeigelaufen sein.«

Sie kramte in ihrer Rocktasche und hielt Cordelia dann die offene Hand hin. Cordelia traute ihren Augen nicht. Dort lag in all ihrer glitzernden Pracht Bridies heiß geliebte Brosche.

»Und ich dachte schon, sie wäre verloren.« Bridie steckte sich das Schmuckstück an.

Cordelia war sprachlos. Das letzte Mal hatte sie die Brosche in der Hütte gesehen, in der Joe sie gefangen gehalten hatte. Joe hatte sie ihr weggenommen. Und jetzt steckte sie wieder an Bridies Kragen.

Sie blickte wieder auf den Zeitungsartikel. Cedric O'Shea. Farmarbeiter in Boolai. Joe, Straßenbauarbeiter in Boolai. Die Brosche, die unmittelbar nach Randolphs Rückkehr von Gott weiß wo wieder auftauchte. Ihre Gedanken überschlugen sich. O'Shea war tot. Joe. Die Brosche. Randolph.

Cordelia schauderte. Ihr war, als fließe Eiswasser durch ihre Adern.

TEIL VI

Kitty

KAPITEL 43

Nach Maddies Tod waren sie alle ganz benommen, geschockt davon, dass der Tod gleich zweimal seit Jahresbeginn zugeschlagen hatte. Zum Zeichen der Trauer blieben die Fensterläden geschlossen.

Ted verbrachte lange Tage auf den Feldern und kam erst nach Einbruch der Dunkelheit heim. Er schlief auf einer Pritsche in Dans altem Zimmer, zusammengerollt wie ein Fötus. Er wollte nicht über Maddie sprechen. Aber Kitty sah ihn oft mit verwirrtem Gesichtsausdruck in der Tür des Zimmers stehen, das er bis vor kurzem noch mit Maddie geteilt hatte. Als habe er erwartet, seine Frau dort vorzufinden.

Johnno überbrachte die Nachricht von Hedley Tarlingtons Tod. Ted überwand seine Antipathie gegenüber Randolph Tarlington und ritt nach Glengownie, um der Familie sein Beileid auszusprechen und am Begräbnis teilzunehmen. Kitty war froh darüber. Bridie war für sie da gewesen, als Maddie gestorben war, und so war es nur recht, dass sie ihr ihre Anteilnahme nun vergalten. Es war das erste Mal, dass Ted das Anwesen aus der Nähe sah, und wie er Kitty später berichtete, war er beeindruckt von seiner Größe und Eleganz.

Das Begräbnis schien Ted noch mehr zu deprimieren.

Als er zurückkam, wirkte er müde und niedergeschlagen. Frühling. Traditionell die Jahreszeit, in der neues Leben entsprang, und doch hatte er nur einen weiteren sinnlosen Tod gebracht. Kitty fragte sich betrübt, wo das noch enden sollte.

In der Woche nach Hedley Tarlingtons Beerdigung regnete es ohne Unterbrechung. Ted trieb die Kühe auf höher gelegene Weiden. Der Fluss schwoll an und wurde zu einem unpassierbaren, gefährlichen Wildwasser, das sie von der Außenwelt abschnitt.

Dann endlich riss die Wolkendecke auf, die Sonne kam hervor, und das Land dampfte wie eine einzige große Waschküche. Beth kam für eine Weile heim. Sie wirkte rastlos, als fühle sie sich in der Hütte beengt und eingesperrt. Kitty, Beth und Emma stiegen auf den Grashügel, auf dem Maddie und ihre beiden Kinder begraben waren. Sie brachten riesige Sträuße Blumen mit: Rosen, Feldblumen und Mimosenzweige. Die drei Mädchen setzten sich im Schatten der Weiden ins Gras und bedeckten die Gräber mit den Blumen. Kitty betrachtete die Erdhügel. Bald würden sie wieder mit Gras bewachsen sein, und abgesehen von den drei Holzkreuzen würde nichts mehr darauf hindeuten, dass hier drei Menschen begraben lagen. Noch ein paar Monate, und dieser Ort würde das leicht verwahrloste Aussehen annehmen, das für die Gegend charakteristisch war.

»Ich habe eine Idee«, sagte sie unvermittelt. »Lasst uns hier oben Rosen anpflanzen. Ein paar Damaskus-Rosen, die wir verwildern lassen können. Das würde Maddie gefallen.«

Ihre Nichten waren sofort einverstanden. Clarrie

brachte die Rosen, und einige Wochen später pilgerten die drei Mädchen mit Schaufeln, Eimern voller Wasser und je drei Rosen pro Grab zu dem kleinen Friedhof.

Die Tage gingen ereignislos ineinander über, und langsam kehrte wieder der Alltag ein. Beth kehrte widerstrebend zurück aufs Internat.

»Kommst du Weihnachten nach Hause?«, fragte Kitty, bevor sie davonfuhr.

»Ich weiß nicht«, entgegnete Beth vage. »Es ist alles so anders hier, seit Mama tot ist. Irgendwie leer.«

Kitty brauchte nicht erst an die Lücke erinnert zu werden, die Maddie hinterlassen hatte. Sie spürte sie tagtäglich, stündlich. Sie sah sie in Teds Augen und in Emmas Tränen.

»Pass auf Papa auf«, flüsterte Beth Kitty zu und umarmte sie kurz, bevor sie zu Clarrie Morgan auf den Kutschbock kletterte. Sie saß ganz still da, als der Wagen die Straße hinunterrollte, und blickte kein einziges Mal zurück. Ted blieb der Hütte weiterhin tagsüber fern.

Kitty überlegte, ob sie Bridie besuchen sollte. Es war Wochen her, seit sie ihre Freundin das letzte Mal gesehen hatte. Aber Layla berichtete, dass Bridie ganz plötzlich nach Beenleigh gefahren wäre und niemand auf Glengownie wisse, wann sie zurückkommen werde. Und so wanderte sie ruhelos in der Hütte umher, einsam, so ganz allein mit Emma.

Kitty war es auch, die schließlich auf Maddies Zimmer zu sprechen kam.

»Mach damit, was du willst«, entgegnete Ted schroff. »Es wird ja doch irgendwann ausgeräumt werden müssen.« Seine Stimme klang belegt und leicht zögerlich.

»Ted, bitte. Können wir darüber reden?«

»Was gibt es da noch zu reden? Maddie ist tot. Und Worte werden sie nicht zurückbringen!«, entgegnete er zornig, fast so, als gäbe er ihr die Schuld an der Tragödie.

»Warum bist du wütend auf mich?«

»Ich bin nicht wütend auf dich«, entgegnete er und wandte sich ab.

Sie holte tief Luft. »Ist es wegen dem, was in jener Nacht im Stall passiert ist?«

Er fuhr herum, einen gequälten Ausdruck auf dem Gesicht. »Gott, Kitty. Glaub nicht, dass ich nicht schon tausendmal gewünscht hätte, es wäre nie geschehen.«

»Ist es aber!«, entgegnete sie verletzt.

»Lass es uns einfach vergessen«, fuhr er müde fort. »Es lag am Bier, an dieser Nacht ...«

»Ha!«, zischte sie und senkte gleich darauf die Stimme, als ihr einfiel, dass Emma draußen im Garten spielte. »So tun, als wäre es nie geschehen! Wie praktisch.«

Sie war wütend, weil er das, was zwischen ihnen gewesen war, einfach abtat, und wegen seiner Unfähigkeit, Dinge auszudiskutieren. Ihre angestaute Frustration machte sich Luft. »Was habe ich denn getan? Ist es, weil ich noch lebe und Maddie tot ist?« Sie dachte an seine Lippen auf den ihren. Seinen Körper.

Er lehnte sich kraftlos an den nächsten Türrahmen. Er sprach langsam, und seine Stimme klang bitter. »Glaub mir, ich bin nicht wütend auf dich. Wenn ich auf jemanden wütend bin, dann auf den Gott, den Maddie so verehrt hat. Die vielen Gebete und die frommen Rituale. Die haben ihr letztendlich auch nicht geholfen, oder? Ich nehme an, dieser Carey hat vielleicht Antworten, natürlich alle plausibel, nur dass ich sie mir nicht anhören werde.«

»Es gibt nicht auf alles eine Antwort«, entgegnete sie sanft. Aber er war bereits fort, hatte mit ausholenden Schritten das Haus verlassen.

»Tu, was du tun musst. Es ist mir egal«, rief er noch, als er die Treppe der vorderen Veranda hinunterpolterte. »Hast du gehört? Es ist mir scheißegal!«

Kitty zögerte einen Moment in der Tür zu Maddies Zimmer, den Vorhang mit einer Hand zur Seite haltend. Schmale Lichtstreifen fielen durch die geschlossenen Fensterläden herein. Tanzende Staubflöckchen wurden von einem unsichtbaren Luftzug herumgewirbelt. Ein muffiger Geruch stieg ihr in die Nase.

Entschlossen stieß sie die Fensterläden auf und ließ die Sonne herein.

Der Raum wirkte leer, verlassen. Das Bett war schon seit Wochen abgezogen, und die blau-weiße Matratze schien sie vorwurfsvoll anzusehen. Alles war mit einer dicken Staubschicht bedeckt. Staub auf dem Kopfteil des Bettes, der Kommode, dem Silberrahmen.

Kitty schleppte einen Eimer dampfendes Seifenwasser nach dem anderen herein und schrubbte und wischte, bis ihre Arme schmerzten und ihre Finger taub und wund waren. Anschließend sammelte sie Maddies Kleider, ihre Bürsten und Kämme und ihre halb leere kleine Flasche Rosenparfum ein und verstaute das Ganze in einer Truhe in ihrem Schlafzimmer, wo Ted sie nicht finden würde. Sie wollte es ihm ersparen, diese Dinge selbst forträumen zu müssen.

Hinterher stellte sie keuchend die Möbel um. Als die

Kommode unter dem Fenster stand und das Bett an der gegenüberliegenden Wand, sah das Zimmer völlig anders aus. Die späte Oktobersonne fiel durch das Fenster herein. Kitty holte frische Laken und fing an, das Bett zu beziehen. Dann trat sie zurück, um ihr Werk zu betrachten, höchst zufrieden mit dem Ergebnis ihrer Anstrengungen. Das erste Zimmer war fertig. Als Nächstes wollte sie sich systematisch durch die ganze Hütte arbeiten, wischen und schrubben und die Läden aufstoßen, um die Sonne wieder hereinzulassen.

»Hallo, jemand zu Hause?«

»Hier drüben, Mayse.« Kitty ließ einen letzten Blick durch das Zimmer schweifen und ging dann zur Tür. Sie musste lächeln. Mayses laute, burschikose Art brachte sie immer zum Lächeln.

Mayse stürmte ins Esszimmer und füllte einen Moment mit ihrer massigen Figur den Türrahmen aus. »Ich dachte, ich schaue mal vorbei, um zu sehen, wie es dir so geht. Ich habe ein paar Plätzchen mitgebracht. Dazu wäre ein Tässchen Tee wunderbar, Schätzchen.« Mayse schaute sich im Zimmer um. »Meine Güte ist das düster hier drin. Was hältst du davon, wenn wir etwas Licht und frische Luft hereinlassen?«

Mayse wartete ihre Antwort gar nicht erst ab, sondern zog energisch Vorhänge beiseite und stieß Fensterläden auf. Typisch Mayse, sofort das Ruder an sich zu reißen, dachte Kitty voller Zuneigung. Wenn sie nicht organisieren und herumwirtschaften kann, ist sie nicht glücklich. Sie überlegte, wie Maddie an ihrer Stelle gehandelt hätte. Diplomatie war Maddies Stärke gewesen. Kitty versuchte es.

»Das Wasser kocht gleich. Komm mit in die Küche,

dann kannst du die Beine ausruhen nach dem langen Marsch.«

Mayse ließ sich dankbar auf einen Stuhl fallen und fächerte sich mit einer Hand Luft zu. »Ah, meine Beine. Wie aufmerksam von dir, dir Sorgen um die arme alte Mayse zu machen.« Sie ließ den Blick um sich schweifen. »Wo sind denn alle? Ist furchtbar still hier.«

»Ted und Dan sind draußen auf den Feldern. Jim Morgan, du weißt schon, Clarries Bruder ... er und seine Frau waren heute Vormittag da. Sie haben Emma für ein paar Tage mitgenommen. Und Beth ist seit vorgestern wieder in Beenleigh im Internat.«

»Dann bist du ganz alleine mit Ted?«, fragte Mayse überrascht.

»Nur bis nach Weihnachten«, gestand Kitty. Sie hatte das Geheimnis nun schon so lange für sich behalten, dass sie es einfach jemandem erzählen musste, sonst würde sie noch platzen. »Eigentlich ist es noch ein Geheimnis. Aber Dan hat mir einen Antrag gemacht.«

Mayse schien erfreut und verzog den Mund zu einem breiten Lächeln. »Du hättest es wirklich schlechter treffen können, Kitty. Dan ist ein fleißiger junger Mann und wird einen anständigen Ehemann abgeben.« Nach einer kurzen Pause fügte sie hinzu: »Du hast doch Ja gesagt?«

Kitty nickte.

Mayse sprang entzückt auf und drückte Kitty an ihren vollen Busen. »Das sind die besten Nachrichten seit Wochen. Eine Hochzeit! Genau das Richtige, um uns abzulenken. Du brauchst ein Kleid, und die Einladungen müssen verschickt werden. Ted wird euch natürlich helfen.«

»Also, um ehrlich zu sein, weiß Ted noch gar nichts

davon. Nach allem, was passiert ist, wollten Dan und ich die Neuigkeit noch eine Weile für uns behalten. Es wäre uns gefühllos erschienen, so kurz nach ...«

Ihre Augen füllten sich mit Tränen. Eigentlich sollte sie glücklich sein, aber stattdessen war ihr seit Wochen nach Weinen zumute. Die Anspannung war einfach zu groß. Sie sollte glücklich sein und ihre Liebe zu Dan laut hinausschreien. Stattdessen musste sie ihre wahren Gefühle verstecken, als müsse sie sich schämen, inmitten der ganzen Trauer so glücklich zu sein.

»Ted weiß es noch nicht?« Mayse war sichtlich überrascht.

Kitty zögerte. Einen Moment schien es, als würde der Boden unter ihren Füßen schwanken. Ihr wurde schwindlig. Sie schloss die Augen und atmete tief durch. Als sie die Augen wieder aufmachte, war alles in Ordnung.

»O Mayse. Es geht alles so drunter und drüber. Hier ist es manchmal so einsam. Ted ist nie zu Hause. Und jetzt wo Beth nicht mehr da ist ...«

»Armes Kind.« Mayse gab tröstende Laute von sich wie eine besorgte alte Glucke. »Und ich beklage mich immer, dass ich nie meine Ruhe habe. Wir haben eben alle unser Kreuz zu tragen.«

Kitty dachte im Stillen, dass sie nichts dagegen hätte, mit Mayse O'Reilly zu tauschen, die Einsamkeit gegen den Lärm einer großen Familie. Sie konnte die Stille nicht mehr ertragen.

»Ich mache mir Sorgen um Ted. Er sagt kaum noch etwas und hasst es, wenn jemand Maddies Namen erwähnt. Er will nicht einmal in ihrem alten Bett schlafen.«

»O Liebes, so sind Männer eben. Das ist ihre Art zu trauern. Wahrscheinlich gibt er sich die Schuld. Ohne das Kind wäre sie heute noch am Leben, das ist nun einmal eine unumstößliche Tatsache. Ich sage immer zu Paddy, Paddy, ich hoffe, der liebe Gott holt dich zuerst. Männer! Sie kommen ohne Frau nicht zurecht.«

Als Kitty an den Herd trat und kochendes Wasser in die Teekanne gab, drehte sich plötzlich alles um sie, Stühle, Tisch, Herd, Töpfe, alles schwankte, als befände sie sich an Bord eines Schiffes bei rauer See. Sie verspürte ein seltsames Brennen im Hals. Ihr wurde wieder schwindlig, und sie fühlte sich plötzlich ganz schwach, als würden ihre Beine sie nicht mehr tragen. Sie klammerte sich haltsuchend an die Rückenlehne eines Stuhls und hoffte, dass Mayse nichts merkte. Aber die war gerade damit beschäftigt, die mitgebrachten Plätzchen auf einen Teller zu legen. »Hier, Liebes. Nimm einen. Sind ganz frisch. Habe sie erst heute Morgen gebacken.«

Kitty biss in den mürben Teig und genoss den Geschmack hausgemachter Butter. Dabei überlegte sie, was der Grund für ihre Schwindelanfälle sein mochte. Offenbar hatte das Putzen von Maddies Zimmer sie überanstrengt. Ja, das musste es sein, sie hatte sich übernommen. Sie war erleichtert, eine logische Erklärung gefunden zu haben. Sie würde ein warmes Bad nehmen und früh zu Bett gehen, dann würde sie sich morgen früh ganz bestimmt besser fühlen.

Von einer Sekunde auf die andere wurde ihr übel. Plätzchen und Tee vermischten sich mit Galle. Sie lief nach draußen auf die Veranda und erbrach sich über das Geländer.

»Was ist denn mit dir, Kitty? Bist du krank?« Mayses sonst so laute Stimme klang plötzlich ganz weich und besorgt.

Als Kitty sich der älteren Frau zuwandte und sich haltsuchend an ihr festhielt, ging ihr auf, dass ihr schon seit Tagen immer wieder übel wurde und sie auch ungewöhnlich müde war.

»Ich weiß nicht. Ich fühle mich hundeelend. Mir dreht sich der Magen um, wenn ich nur ans Essen denke. Ich bin müde, mir ist schwindlig. Glaubst du, ich könnte krank sein?«, fragte sie besorgt. »Vielleicht etwas Ernstes?«

Mayse holte ein verknittertes, aber sauberes Taschentuch aus der Tasche. Zärtlich wischte sie Kitty die Tränen vom Gesicht. »Wie lange fühlst du dich denn schon so?«

»Seit ein paar Tagen. Vielleicht eine Woche.«

»Und deine Blutung? Ist sie ausgeblieben?«

Kitty nickte stumm. »Dann bin ich also doch krank?«

Mayse ergriff ihre Hände und wirbelte sie herum. »Du kleines Dummerchen.« Sie legte sich eine Hand auf den Busen und atmete schwer, als ringe sie nach Luft. »Nein, Kitty, du bist nicht krank. Du hast nichts, was nicht schon Tausende von Frauen vor dir durchgemacht haben. Du bekommst ein Baby.«

»Ein Baby?« Daran hatte sie noch gar nicht gedacht. Sie musste an Maddie denken, die schwer atmend in einer Blutlache im Bett gelegen hatte, verzweifelt bemüht, ihr Kind auf die Welt zu bringen. Was hatte sie sich da nur eingebrockt? Furcht ergriff sie. »Nein, nein ... das kann nicht sein«, stammelte sie.

Mayse ignorierte ihren Einwand. »Warum? Warum

hast du nicht gewartet? Bis Weihnachten sind es doch nur noch ein paar Monate. Ich muss mit Dan sprechen. Wir besprechen das in aller Ruhe, und dann lassen wir baldmöglichst Reverend Carey kommen, damit er die Trauung vollzieht.«

»Nein, nein. Du darfst nicht mit Dan sprechen!« Kittys Augen weiteten sich vor Furcht.

»Es bringt doch nichts, ihn beschützen zu wollen, Kitty. Außerdem ist es nicht das erste Mal, dass eine Braut den Saum ihres Brautkleides herauslassen muss. Passiert ist passiert, und Dan muss sich der Verantwortung stellen. Solange er tut, was der Anstand gebietet, ist doch alles in Ordnung.«

Kitty schüttelte heftig den Kopf. »Nein, das ist es nicht.« Kraftlos lehnte sie sich an die Wand und wagte kaum zu atmen vor Scham. Sollte Mayse ruhig die Wahrheit wissen; sie würde ja doch früher oder später ans Licht kommen. »Das Baby«, flüsterte sie, »ist nicht von Dan.«

»Nicht von ...« Mayse stand sichtlich verblüfft mit verschränkten Armen da und brauchte eine Weile, um diese Information zu verdauen. Dann versteifte sie sich und beugte sich vor. Eindringlich musterte sie Kitty. »Das Baby ist von Ted, habe ich Recht?«, sagte sie leise.

Kitty nickte und blickte verzweifelt in die unergründlichen Augen der älteren Frau.

»O Gott, was für ein Durcheinander. Komm.« Mayse schob Kitty vor sich her zum Schlafzimmer. »Du legst dich jetzt ins Bett. Und da bleibst du bis morgen früh, oder du bekommst es mit mir zu tun. Du hast jetzt Verantwortung für ein Baby zu tragen.«

Energisch schlug sie die Tagesdecke zurück und half

Kitty ins Bett, wobei sie sich wieder gebärdete wie eine besorgte Glucke.

»Ich schicke dir Paddy mit etwas Gemüsesuppe rüber. Aber erst rede ich mit Ted.«

»Bitte sag Dan nichts, sonst gibt es ein Unglück.«

»Zerbrich dir nicht den Kopf wegen Dan. Er wird nichts erfahren. Meine Lippen sind versiegelt.« Hierauf marschierte sie entschlossen aus dem Zimmer und schloss im Vorbeigehen die Fensterläden.

Kitty zupfte nervös am Bettlaken. Ihre Gedanken überschlugen sich. Ein Baby! Sie konnte es noch gar nicht fassen. Eine Mischung von Furcht und Aufregung ließ sie schaudern.

Sie zog ihren Rock bis über die Hüften hoch und legte eine Hand auf ihren Bauch. Er fühlte sich warm und fest an unter ihrer langsam kreisenden Hand. Sie dachte an das Kind. Ein winziger keimender Samen, ein mikroskopisch kleines Herz, das bereits Blut durch den kleinen Organismus pumpte. Ihr Körper eine harte Schale mit dem Baby als weichem Kern.

Und Ted ... Was würde er dazu sagen? Kitty versuchte, sich seine Reaktion vorzustellen, aber vergeblich. Zorn? Überraschung? Vielleicht hatte Mayse sich ja geirrt. Vielleicht war sie gar nicht schwanger. Sie seufzte. Sie wollte nicht länger nachdenken, verwirrt von ihren Gefühlen. Sie schloss die Augen. Die Müdigkeit übermannte sie, und sie war bald eingenickt.

KAPITEL 44

Mayse saß im Schaukelstuhl auf der Veranda und wartete auf Teds Rückkehr. Sie war furchtbar nervös. Grundgütiger, in was für eine unmögliche Lage hatte das Kind sich da nur gebracht. Ted Witwer, und Maddie erst fünf Wochen tot. Ruhelos stieß sie sich mit einem Fuß ab und schaukelte vor und zurück, wobei sie in Gedanken das bevorstehende Gespräch mit Ted durchging. Sie würde nicht um den heißen Brei herum reden. Sie würde kein Blatt vor den Mund nehmen, sondern offen ihre Meinung sagen, so wie es ihre Art war, und Ted würde ganz sicher nicht begeistert sein von dem, was sie zu sagen hatte.

Als die Dämmerung anbrach, hörte Mayse Stimmen. Ein Lachen und ein Ruf, der Refrain irgendeines Liedes. Einige Minuten später sah sie die zwei Männer aus der Dunkelheit auftauchen. Ted schritt energisch voraus, und Dan humpelte so gut es ging nebenher. Sie stand auf und wartete oben auf der Treppe, die Arme über dem vollen Busen verschränkt, ihren fülligen Leib auf zwei stämmigen Beinen balancierend.

Dan bemerkte sie als Erster. »Hallo, Mayse. Was machst du denn so spät noch hier?«

»Guten Abend, Dan.« Mayse wusste, dass ihr Tonfall schroff klang. Sie wandte sich an Ted. »Ich muss dich sprechen. Unter vier Augen.«

Ted verabschiedete den verdutzten Dan, und Mayse nahm wieder auf dem Schaukelstuhl Platz. Die Hütte in ihrem Rücken lag dunkel da.

»Wo ist Kitty?«, fragte er.

»Sie schläft.« Der Stuhl schaukelte heftig.

»Oh.« Ted musterte die Frau ihm gegenüber aufmerksam. »Was ist los, Mayse? Es ist schon spät, und Paddy wird sich wundern, wo du bleibst.«

Der Himmel hatte sich schon indigoblau verfärbt, von purpurnen Streifen durchzogen, dort wo eben noch die Sonne gewesen war. Nur noch wenige Minuten, und es würde vollends Nacht sein. Eine knappe Erklärung, eine Auflistung der Fakten. Und hinterher würde er sie mit dem Wagen heimfahren müssen.

»Ich werde gleich auf den Punkt kommen, Ted. Du kennst mich ja inzwischen lange genug. Ich bin kein Mensch, der lange drum herum redet. Kitty ist schwanger, und ich möchte wissen, was du jetzt zu tun gedenkst.«

»Kitty erwartet ein Kind!«

Ted ließ sich auf die oberste Stufe sinken, fuhr sich mit einer Hand über die Stirn und versuchte zu begreifen, was sie eben gesagt hatte. Er war geschockt. Sein Hirn hatte ausgesetzt; sein Kopf war erschreckend leer. Schwanger! Das Wort wirbelte erst ganz allein durch die Leere in seinem Verstand und verursachte gleich darauf einen dumpfen, pochenden Schmerz an seiner rechten Schläfe. Langsam ließ er den Kopf sinken und stützte ihn auf die Hände.

Mayse holte tief Luft und beugte sich vor. »Reiß dich zusammen, Ted. Du kannst dich nicht mit dem Mädchen verlustiert haben, ohne dir über die möglichen Konsequenzen im Klaren gewesen zu sein.«

Er blickte ungläubig zu ihr auf. Verlustiert? Was für ein unpassendes Wort. Es klang billig, als wäre das, was in jener Nacht im Stall passiert war ... Ganz durcheinander brach er den Gedanken ab, nicht in der Lage, seine Gefühle für Kitty in Worte zu fassen. »Wie kommst du darauf, dass Kitty ein Kind bekommt?«, fragte er schließlich.

Mayse bedachte ihn mit einem strafenden Blick. »Nach neun eigenen Kindern habe ich, denke ich, genug Erfahrung, um die Symptome richtig zu deuten. Wenn du mir aber nicht glaubst, wird ein Besuch bei Dr. Grace in Beenleigh es bestätigen.«

»Nein, nein! Wenn du es sagst, glaube ich dir.« Er konnte ihren anklagenden Blick nicht länger ertragen, ließ sich gegen den Verandapfosten sinken und starrte blind auf die länger werdenden Schatten der Nacht. »Allmächtiger, Mayse. Es war doch nur ein Mal.«

»Kein Grund, Gott zu lästern.«

»Ich habe nichts gegen ihren Willen getan, falls du das glauben solltest.«

»Was ich denke, tut nichts zur Sache. Es ist passiert und lässt sich nicht ungeschehen machen. Die Frage ist, was jetzt werden soll.«

»Was werden soll? Himmel, ich weiß es nicht. Das kommt so unerwartet. Ich kann im Moment keinen klaren Gedanken fassen. Ich bin so müde. Können wir nicht ein anderes Mal darüber reden? Morgen vielleicht, nachdem ich eine Nacht darüber geschlafen habe.«

Die Neuigkeit hatte ihn umgehauen. Er konnte nicht klar denken. Die Vorstellung, dass Kitty schwanger war, vermischte sich mit Gedanken an Maddie, Rose und den tot geborenen Sohn, verwirrte ihn, legte sich wie ein eisernes Band um seinen Brustkorb und machte ihm das Atmen schwer.

»Um Himmels willen, Ted.« Mayse schüttelte den

Kopf, die Lippen grimmig entschlossen zu einem schmalen Strich zusammengepresst. »Du machst es mir nicht gerade leicht. Es müssen Entscheidungen und Vorkehrungen getroffen werden. Es bringt nichts, sie hinauszuschieben. Morgen wird sich an der Situation nichts geändert haben. Das Problem wird sich nicht einfach in Luft auflösen.«

Verdammt, dachte Ted und rieb sich die müden Augen. Er stand auf und ging auf der Veranda auf und ab. Seine Schritte hallten laut auf den Dielen. Sie forderte Entscheidungen von ihm. Entscheidungen. Seine Gedanken überschlugen sich. Er sah Kitty wieder vor sich, wie sie weinend im Heu lag. Himmel! Waren diese paar gestohlenen Augenblicke es wert gewesen?

»Sie könnte nach Brisbane gehen und das Kind dort bekommen. Es zur Adoption freigeben. Niemand müsste etwas erfahren«, meinte Mayse.

»Nein!« Ted wirbelte entsetzt herum. »Es muss einen anderen Ausweg geben.«

»Du könntest sie heiraten.«

Er hielt in seinem rastlosen Auf und Ab inne, einen schockierten Ausdruck auf dem Gesicht. Kitty heiraten? Die jüngere Schwester seiner Frau, die er vor Jahren aufgenommen und wie ein eigenes Kind großgezogen hatte? Kitty, das schlaksige junge Ding, das zu einer schönen und begehrenswerten Frau herangereift war? Und doch hatte all das ihn in jener schicksalhaften Nacht nicht davon abgehalten, mit ihr zu schlafen. Plötzlich kam ihm das Ganze beinahe inzestuös vor.

»Kitty heiraten? Das ... das kann ich nicht. Was ist mit Maddie? Sie ist noch keine zwei Monate ...«

Er brachte es nicht über die Lippen. Tot! Tot! Tot! Das

Wort hallte laut in seinem Kopf wider. Maddie: Er würde sie nie wiedersehen, würde nie wieder den betörenden Rosenduft ihres Haares riechen. Das war die Ironie dieses Gesprächs. Maddie, seine geliebte Frau, war tot, und schon drängte ihn Mayse in eine neue Ehe. Er fühlte sich leer, ausgeliefert, als hätte er jegliche Kontrolle über sein Leben verloren.

»Maddie ist tot, Ted«, entgegnete Mayse sanft. »Und daran kann keiner von uns etwas ändern.«

»Und was sagt Kitty zu alledem?«, fragte er müde, »Was ist, wenn sie mich gar nicht heiraten will?«

Er war 37 Jahre alt, zwanzig Jahre älter als Kitty. Er dachte an die lebhafte und attraktive Bridie Tarlington, die nach Jahren an der Seite eines viel älteren Mannes früh verwitwet war. Ob sie die Heirat bereute? Er wünschte, er könnte offen mit ihr reden und sie um Rat fragen. Aber sie hielt sich in einer dringenden Familienangelegenheit in Beenleigh auf, wie Johnno ihm berichtet hatte. Und Mayse verlangte sofort Antworten, Entscheidungen, die er nicht mehr frei treffen konnte.

»Hat sie denn eine Wahl? Hat irgendeiner von uns eine Wahl?«

Ted dachte einen Moment über Mayses Worte nach. »Nein«, sagte er schließlich. »Ich denke nicht. Niemand wird ein Kind von mir einen Bastard schimpfen.«

Mayse erhob sich abrupt aus dem Schaukelstuhl. »Dann ist es also beschlossen. Es ist zum Besten, du wirst sehen. Die Trauung findet statt, sobald Reverend Carey es einrichten kann.« Sie blickte über die dunklen Felder. »Es ist also nur ein Mal passiert. Aber es ist nicht ohne Konsequenzen geblieben. Ihr bekommt ein

Baby. Manchmal sind die Wege des Herrn wirklich schwer nachvollziehbar.«

»Gott? Dann ist er also für diesen ganzen Schlamassel verantwortlich?«, fragte Ted zynisch.

»Wenn Kitty von dir schwanger ist, dann sollte es so sein. Dann hat das Schicksal es so gewollt.«

»Vielleicht hast du Recht. Maddie hat immer gesagt, wenn man an Gott glaubt, dann weiß man, dass fast alles im Leben einen Sinn hat.«

»Und was ist mit dir, Ted?«, fragte sie leise. »Glaubst du an Gott?«

»Ich weiß nicht mehr, was ich glauben soll. Maddies Tod, der des Babys. Rose. Es erscheint mir so sinnlos, dass einem ein Leben geschenkt und gleich wieder genommen wird.«

»Vielleicht steckt ja ein tieferer Sinn dahinter. Maddie hat jedenfalls fest daran geglaubt. Tragödien machen uns stärker, lassen uns über uns hinauswachsen. Sie sorgen dafür, dass wir zu schätzen wissen, was wir haben, bevor es zu spät ist. Und am Ende sind wir aufgrund unserer persönlichen Erfahrungen vielleicht bessere, wertvollere Menschen.«

Er wollte nichts von ihrer Predigt wissen. Der Verlust Maddies hatte ihn nicht stärker gemacht. Er sah sich selbst als eine Kette, und Maddies Tod war ein fehlendes Glied, das ihn geschwächt, ja zerbrochen hatte. Niemals würde er als besserer Mensch aus dieser Tragödie hervorgehen. Dazu noch eine Zwangsehe. Ein Kind, das nicht geplant war. Aber er hatte keine Wahl. Er hatte sich und Kitty in diese Situation gebracht, und bei Gott, es lag bei ihm, nun das Beste daraus zu machen.

»Dann wäre das also geklärt«, sagte er bedrückt.

»Und was willst du Dan sagen?«

»Dan? Was hat das denn mit Dan zu tun?«

»Kitty hat mir heute erzählt, dass sie und Dan nach Weihnachten heiraten wollten, wenn Emma aufs Internat kommt.«

»Dan und Kitty?« Er starrte sie fassungslos an. »Du musst dich irren. Dan hat nie etwas von Heiratsabsichten gesagt.«

»Jeder hat so seine Geheimnisse. Man braucht doch nicht gleich seine Seele vor aller Welt bloßzulegen, oder?«

»Und ich muss jetzt Dan beibringen, dass sie meine Frau wird und nicht seine?«

Mayse klopfte ihm tröstend auf die Schulter. »Du machst das schon, Ted. Das alte Feuer ist in deine Augen zurückgekehrt.«

Inzwischen war es stockdunkel. Die silbrigen Baumwipfel schimmerten im fahlen Licht des fast vollen Mondes, der über den Bergen aufgegangen war und nun hoch am Himmel stand. War es ein Zeichen, ein Omen vielleicht? Die geheimnisvollen Kräfte der Natur und ihres ewigen Kreislaufs.

Entscheidungen. Pläne, Lügen. Er konnte Dan unmöglich sagen, dass Kitty von ihm schwanger war. Das wäre ein unerträglicher Vertrauensbruch für ihn. Und Maddie? Er hatte ihren Tod bislang noch nicht endgültig akzeptiert, hatte sie noch nicht endgültig losgelassen.

»Komm«, sagte Ted seufzend. »Ich fahre dich nach Hause.«

Jedes Mal, wenn Ted das alte Steinhäuschen betrat, sah er Heinrichs aufgeblähten, verwesenden Leichnam von der Decke baumeln. Er konnte sich nicht vorstellen, dass Kitty das Cottage jemals wieder betreten würde, nachdem sie dort seinerzeit ihren alten Freund tot aufgefunden hatte. Dan hatte doch sicher nicht von ihr erwartet, dass sie nach der Ehe hier mit ihm lebte?

Dan rührte in einem Topf auf dem Herd. Er blickte überrascht auf, als er seinen Bruder in der Tür stehen sah. Ted war ein wenig außer Atem, nachdem er zu Fuß gekommen war. Der Marsch hierher hatte ihn ein wenig beruhigt, und er konnte jetzt auch wieder rationaler denken.

»Ich muss dir etwas sagen«, begann er. »Kitty und ich werden heiraten. Ich denke, es ist das Beste. Jetzt da Maddie tot ist, muss ich an die Mädchen denken und ...«

Ted hörte ein dumpfes Krachen, das von Knochen herrührte, die auf Fleisch trafen, Sekundenbruchteile, bevor sein von den Ereignissen des Tages benommenes Hirn registrierte, dass Dans Faust seinen Kiefer getroffen hatte. Er taumelte rückwärts durch den Raum. Zwei weitere Schläge in den Magen, und er krümmte sich und schnappte nach Luft.

»Dan! Warte! Lass mich erklären«, keuchte er und griff Halt suchend nach der Tischkante.

»Erklären!«, schrie Dan und prügelte weiter auf seinen Bruder ein. »Da gibt es nichts zu erklären.«

»Herrgott, Dan. Hör auf!«

»Kitty gehört zu mir. Wir wollten heiraten, sobald Maddies Baby da war. Aber jetzt ist Maddie tot, und alles ist verdorben. Unsere ganzen Pläne. Und jetzt erdreistest du dich, herzukommen und mir zu eröffnen, dass sie dich heiraten soll. DICH!«

Ted rappelte sich nach Luft ringend auf und sah seinen Bruder an. Dans Züge waren versteinert und hasserfüllt.

»Davon habe ich doch nichts gewusst«, sagte Ted lahm.

»Ich habe dir vertraut. Ich habe an dich geglaubt. Aber mir war nicht klar, dass du alles haben wolltest. Alles, was mir in meinem ganzen Leben je etwas bedeutet hat.«

Ted musterte Dan schwer atmend. »Warum hast du mir nichts von euren Heiratsplänen erzählt? Wenn ich das gewusst hätte ...« Er kam nicht dazu, den Satz zu beenden, da Dan sich erneut auf ihn stürzte und ihm die Linke in den Bauch rammte.

»Wirst du auch sie zerstören? Ist dir denn gar nichts heilig?«

In einem unentwirrbaren Knäuel aus Armen und Beinen rollten sie über den Boden der Hütte. Stühle fielen polternd um, Töpfe und Blechbüchsen mit Mehl und Zucker gerieten auf dem Tisch ins Rutschen und wurden von einem Arm heruntergefegt. Eine weiße Mehlschicht legte sich über den Raum. Ein kleiner Beistelltisch zersplitterte unter dem Gewicht der kämpfenden Brüder.

So plötzlich der Kampf begonnen hatte, so plötzlich war er vorbei. Dan erhob sich und klopfte sich das Mehl von der Hose. Ted setzte sich auf. Er fühlte, wie ihm Blut an der Schläfe hinunterrann. Keuchend sah er zu, wie Dan sich mit dem Hemdsärmel blutigen Speichel aus dem Mundwinkel wischte.

»Es tut mir Leid. Ehrlich. Eines Tages werde ich dir alles erklären, und vielleicht wirst du es verstehen.«

Dan bedachte seinen Bruder mit einem grimmigen Blick voller abgrundtiefer Verachtung. »Ich werde es nie verstehen. Nichts, was du sagen könntest, würde es für mich verständlicher machen. Im Übrigen würde ich dir doch nicht glauben.«

»Bitte, ich weiß, dass du verletzt bist, aber ich würde es gerne wieder gutmachen.«

»Fahr zur Hölle«, stieß Dan hervor, knallte die Tür hinter sich zu und lief hinaus in die Nacht.

KAPITEL 45

Dan blieb an den Stamm eines ausladenden Eukalyptusbaumes gelehnt stehen und blickte zurück zur Hütte. Das Herz schlug ihm bis zum Hals, und in seinem Kopf drehte sich alles nach den Ereignissen der vergangenen Minuten. Ein paar Sekunden später kam Ted durch die Tür und starrte in die Dunkelheit.

»Dan?«, rief er eindringlich.

Dan zog sich hinter den Baum zurück und betete, dass Ted sein schnaufendes Atmen nicht hören konnte. Vorsichtig betastete er seinen Mund. Die Lippen waren bereits geschwollen.

»Komm schon, Dan«, rief Ted. »Ich weiß, dass du da draußen bist. Können wir reden?«

Reden! Was sollte Ted ihm noch sagen können, das er nicht bereits wusste. Ted und Kitty! Verheiratet! Glühender Zorn hatte seinen ganzen Körper erfasst, bis er schließlich glaubte, es nicht länger aushalten zu können und beinahe laut vor Qual aufgeschrien hätte. Kitty, die ihm vor Monaten ihr Jawort gegeben hatte. Wie konnte sie ihm das antun? Ted, der alles hatte – Land, ein Zuhause, zumindest einen Rest von Familie, und der ihm das eine nahm, das er für sich begehrte. Kitty!

Er hatte so lange auf sie gewartet, und jetzt hatte Ted sie ihm irgendwie weggenommen, sie überredet, ihre geheime Verlobung aufzulösen und stattdessen Ted zu heiraten. Was hatte er ihr versprochen, um sie dazu zu bringen, ihre Meinung zu ändern? Dan war sicher, dass sie ihn geliebt hatte. Hatten ihre Küsse ihm das nicht verraten? Reden! Es gab nichts mehr zu sagen. Und was ihn betraf, hatte er von nun an keinen Bruder mehr.

Nach einigen Minuten trat Ted den Heimweg an. Dan verließ zögernd sein Versteck und ging mit schleppenden Schritten durch das feuchte Gras. Er dachte nur noch an eins: Er wollte weg. Weg von Boolai. Weg von Ted. Hier hielt ihn nichts mehr. Er konnte einfach nicht bleiben und mitansehen, wie Kitty Teds Frau wurde.

Im Inneren der Hütte herrschte das reinste Chaos. Zucker und Mehl bedeckten den Fußboden, stellenweise vermischt mit Milch aus einem umgestürzten Krug. Möbelstücke waren zu Bruch gegangen, und der Esstisch lag auf der Seite. Der Inhalt des Suppentopfes rann vorn am Herd hinunter. Aber das kümmerte ihn nicht; ihm war der Appetit vergangen.

Ohne Licht zu machen stürmte Dan ins angrenzende Schlafzimmer. Er holte den Koffer oben vom Schrank, ein Erbstück des alten Heinrich, legte den Koffer auf das ungemachte Bett und klappte den Deckel hoch.

Der Koffer enthielt alte Zeitungen und Mäusedreck. Er roch muffig. Dan leerte den Inhalt auf den Fußboden. Ein kleines Mäuschen krabbelte unter den Zeitungen hervor und stob davon.

Dan riss die Schranktür auf, zerrte Kleidungsstücke heraus und stopfte sie irgendwie in den Koffer. Hemden, Unterhosen, ein fadenscheiniger Anzug. Ein alter Mantel von Heinrich. Socken. Ein altes Paar Stiefel. Kragen, Krawatten, Bücher. Zwei Taschentücher, eine Zahnbürste, Kamm, Rasierklinge und Seife. Dan schleppte den Koffer in die Küche. Er hob einen Laib Brot und ein Pfund Käse, die auf dem Tisch gelegen hatten, vom Boden auf und legte beides oben auf die Kleidungsstücke. Anschließend drückte er den Kofferdeckel gewaltsam herunter und ließ die beiden Schlösser einschnappen.

Er fühlte sich wie betäubt, als wäre nichts mehr von Bedeutung. Alles, was er noch registrierte, war ein übermächtiger Instinkt, der ihm sagte, dass er fliehen musste, sofort und weit weg. Er hatte kein festes Ziel, wusste nur, dass er diesem Ort des Todes und der Enttäuschungen den Rücken kehren würde.

Er sattelte sein überraschtes Pferd und ritt los, den Koffer vor sich auf dem Sattel balancierend. Er sah sich ein letztes Mal um, betrachtete die Hütte, die im Mondlicht dalag.

Als Dan eben das Pferd abwenden wollte, zögerte er. Etwas stimmte nicht. Vieles war unerledigt, unausgesprochen. Er schüttelte den Kopf, um seine Gedanken zu klären. Der Kampf mit Ted hatte ihn durcheinander gebracht. Er dachte an Kitty. Er musste sie noch ein letztes Mal sehen.

Er band das Pferd in einiger Entfernung von Teds

Hütte an einen Baum und schlich zum Haus. Der Mond war hinter dicken Wolken verschwunden. Die Felder lagen dunkel vor ihm, und schulterhoher Mais wogte um ihn herum, als er sich langsam vortastete. Es war alles ruhig, abgesehen vom fernen Bellen eines Dingos.

In der Hütte brannte Licht. Er konnte durch die offenen Fenster sehen, wie sich jemand drinnen bewegte. Dan zog seine Uhr aus der Hosentasche und hielt sie ins schwache Licht. Neun Uhr. Er war überrascht. Er hatte gedacht, es wäre viel später. Die Nacht kam ihm jetzt schon endlos lang vor. Er setzte sich an die Stallmauer gelehnt auf den Boden und wartete.

Eins nach dem anderen wurden die Lichter gelöscht. Er wartete weiter, bis sein angespannter Körper schmerzte. Als er der Meinung war, dass genug Zeit verstrichen war, verließ er seinen Beobachtungsposten und schlich zur Hütte.

Die Vordertür knarrte. Dan erstarrte und wartete, dass sich etwas rührte. Nichts. Langsam trat er ein und tastete sich am vertrauten Mobiliar entlang. Eine einzelne kleine Lampe brannte, allerdings so weit heruntergedreht, dass man kaum etwas sehen konnte. Dan blickte sich in dem schwach erleuchteten Raum um; der Esstisch mit den leicht schräg stehenden Stühlen. Maddies Sekretär. Er schlich auf Zehenspitzen in das Zimmer, das sich Kitty und Emma teilten.

Kitty lag auf dem Rücken, das Haar auf dem Kissen ausgebreitet. Sie atmete tief und gleichmäßig. Verzaubert stand er da und blickte auf sie hinab. Ein Teil von ihm wollte sie wachküssen, ein anderer war erfüllt von Bitterkeit und Groll. Er war aus dem Bedürfnis heraus gekommen, sie zu sehen, sie anzuflehen, ihm zu sagen, dass das ganze Gerede von einer Heirat mit Ted nur ein grausamer Scherz gewesen war. Aber nun, da er hier stand und sie im Schlaf beobachtete, übermannte ihn grenzenloser Zorn. Kitty hatte ihn betrogen, seine Liebe mit Füßen getreten, versprochen, ihn zu heiraten, um sich dann einem anderen zuzuwenden. Er fragte sich, was vorgefallen sein mochte. Was hatte sie bewogen, ihre Meinung zu ändern? Warum hatte sie plötzlich beschlossen, statt seiner Ted zu heiraten? Er war von den einzigen beiden erwachsenen Mitgliedern seiner Familie hintergangen worden.

Langsam wandte er sich ab, verließ das Zimmer und durchquerte das Esszimmer. Er blieb kurz stehen und prägte sich das Zimmer noch einmal ein. Er hob die Hände und griff nach der Fotografie in dem Silberrahmen, der früher auf Maddies Nachttisch gestanden hatte. Jemand hatte das Bild auf ein Deckchen auf den Esstisch gestellt.

Er hob es dichter vor das Gesicht. Es war nicht hell genug, um die Gesichter zu erkennen, aber er wusste, dass sie da waren. Er und Kitty, Ted, Maddie, Beth, Emma und die kleine Rose. Er strich mit einer Hand über das Glas und stellte sich Kittys Gesicht unter seinen Fingern vor. Nach kurzem Zögern klemmte er sich den Bilderrahmen unter den Arm, so fest, dass das Metall sich durch den Stoff seines Hemdes in sein Fleisch bohrte. Dan verließ die Hütte und kehrte zurück zu seinem Pferd und dem Koffer, der seine ganze weltliche Habe enthielt.

Es gab noch eins, das er erledigen musste, bevor er Boolai endgültig den Rücken kehren konnte: Er musste sich von Dominic verabschieden. Er wusste, dass Dom überrascht sein würde von der Neuigkeit. Welche Ironie. Jahrelang hatte Dominic davon gesprochen, von daheim wegzugehen, und jetzt war er, Dan, es, der davonlief.

Dan schwang sich in den Sattel und ritt davon in Richtung Glengownie. Er schaute nicht zurück. Wenn er es getan hätte, wären die Konturen der kleinen Hütte verschwommen gewesen von seinen Tränen.

Kitty schlug die Bettdecke zurück und schwang die Beine aus dem Bett. Ihr war schwindlig und übel. Die Ereignisse des Vortages kamen ihr weit entfernt vor.

Ted saß am Esszimmertisch und starrte blind an die Wand. Als er sich ihr zuwandte, sah sie, dass sein Gesicht übel zugerichtet war.

»Meine Güte, was ist denn passiert?« Sanft berührte sie mit den Fingerspitzen seine blutunterlaufene Haut, das aufgeschürfte Kinn. Zwei zugeschwollene blaue Augen.

Er versuchte zu lächeln, was jedoch zu einer schiefen Grimasse geriet. »Ich habe mich mit dem falschen Gegner angelegt«, sagte er mit unsicherer Stimme.

»Ich hole warmes Wasser und wasche die Wunden aus.«

Sie machte Anstalten zu gehen, aber Ted packte ihr Handgelenk und hielt sie fest. »Setz dich, Kitty. Ich muss mit dir reden.«

Er wirkte unsicher und blickte auf seine Hände. Die Knöchel waren blutig. »Mayse hat mir von dem Baby erzählt. Ich hatte keine Ahnung ... ich meine, ich hätte nicht erwartet ... dieses eine Mal.« Er holte tief Luft und fuhr mit festerer Stimme fort. »Wir können heiraten, sobald ich Reverend Carey kontaktiert habe.«

Sie starrte ihn entgeistert an. Heiraten? Ted? Der Gedanke war ihr nie gekommen. Sie sah Maddie vor sich. Maddie unter dem improvisierten Mistelzweig, Weihnachten, vor noch nicht einmal einem Jahr. Maddie in Teds starken Armen.

Kitty schüttelte verzweifelt den Kopf und erhob sich. Zornig stützte sie sich mit beiden Händen auf die Tischplatte und funkelte ihn an. »Du brauchst mich nicht zu heiraten. Ich kann fortgehen, um das Baby zu bekommen. In die Stadt. Niemand muss davon erfahren.«

»Nein! Es ist auch mein Kind. Ich habe gesagt, dass ich dich heiraten werde. Das ist die einzige Lösung.« Er sah sie flehend an. »Ich weiß nicht, was ich sonst tun soll.«

Sie bebte jetzt vor Wut und gab sich keine Mühe, es zu verbergen. »Und was ist mit mir? Hast du auch nur nur einen Gedanken daran verschwendet, ob ich dich auch heiraten möchte? Nein! Du entscheidest einfach über meinen Kopf hinweg. Es ist auch mein Leben. Aber daran hast du offensichtlich noch gar nicht gedacht. Du tust, was du für das Richtige hältst. Kittys Gefühle sind Nebensache. Hauptsache, wir wenden die Schande ab, die Peinlichkeit.«

»So habe ich es nicht gemeint. Lass mich doch erklären ...«

Zornig ging sie auf und ab. Ein Fuß nach dem anderen. Links. Rechts. Links. Rechts. Sie trat so fest auf, dass ihr ganzer Körber vibrierte. »Jene Nacht im Stall. Was wir getan haben war falsch. Allein der Gedanke und wie Maddie sich gefühlt hätte, wenn sie davon erfahren hätte ... Und jetzt heiraten? Das käme mir vor wie der ultimative Betrug.«

Abrupt wechselte er das Thema. »Ich war bei Dan.«

»Du hattest kein Recht, mit ihm zu sprechen!«

»Niemand hat mir von euren Heiratsplänen erzählt. Wenn ich das gewusst hätte ...«

»Was dann? Willst du mir erzählen, dass es dann nicht passiert wäre? Du hast ihm doch nichts von dem Baby erzählt, oder?«

Er lächelte schief und zeigte auf sein Gesicht. »Er hat mir keine Gelegenheit gegeben, irgendetwas zu erklären. Er war wie von Sinnen. Hat um sich geschlagen und getreten wie ein Wahnsinniger. Ganz außer sich. Aber ich kann ihm wohl keinen Vorwurf machen.«

»Ich muss zu ihm. Sofort. Ich muss versuchen, es ihm zu erklären. Vielleicht versteht er es ja.« Sie wollte Dan erklären, dass sie ihn liebte und nicht Ted. Vielleicht würde er sie ja trotz des Babys heiraten wollen.

»Nein.«

Er nahm ihre Hand und betrachtete die langen, feingliedrigen Finger, die blasse Haut, durch die am Handgelenk blaue Adern schimmerten. Sie registrierte seine Berührung, die Wärme seiner Haut. Trotz ihrer Wut verspürte sie den beinahe übermächtigen Drang, die Arme um ihn zu legen, so wie eine Mutter ein kleines Kind in die Arme schloss.

»Warum? Warum soll ich nicht zu Dan gehen?«

»Ich bin heute bei Morgengrauen wieder rübergegangen. Um mit ihm zu reden. Ich dachte, er hätte sich inzwischen vielleicht etwas beruhigt.« Er verstummte, als widerstrebe es ihm fortzufahren.

»Und?«, drängte sie.

»Er ist fort.«

Seine Worte trafen sie wie ein Schlag ins Gesicht. Es kam ihr vor, als würde sie in ein tiefes Loch fallen. »Fort?« Ihre Stimme war kaum mehr als ein Flüstern. Was hatte sie getan? Was sollte aus ihnen werden, aus ihren Plänen und Zukunftsträumen? Langsam ließ sie sich auf den Stuhl neben Teds sinken.

»Er hat seine Sachen gepackt und ist weggeritten. Und da ist noch etwas.«

»Was?« Schlimmer konnte es nicht mehr werden.

»Offenbar hat er das Foto mitgenommen.«

Das Foto in dem Silberrahmen. Kitty warf einen Blick auf den Tisch. Erst gestern hatte sie das Bild dorthin gestellt. Das Deckchen war leer. Wenn Dan das Bild genommen hatte, musste er in der vergangenen Nacht im Haus gewesen sein. Er war gekommen, um sich zu verabschieden, und sie hatte nichts davon gemerkt.

Kitty ließ den Kopf hängen. Ihre Augen füllten sich mit Tränen. Dan fort? Sie konnte es kaum glauben.

»Siehst du«, sagte Ted, »wir haben gar keine andere Wahl.«

Bridie hatte die ganze Nacht nicht schlafen können und stand früh auf. Das erste Tageslicht erhellte im Osten den Horizont. Leichter Dunst hing über den Feldern, würde jedoch bald von der Sonne aufgelöst werden. Abgesehen von gelegentlichem Knarren im Gebälk war es noch ganz still im Haus. Außer ihr schien niemand wach zu sein – außer der Katze, die ihr mit eindringlichem Miauen um die Beine strich. Sie ging in die Küche. Im

Herd glomm noch ein Rest von Glut. Sie legte Zunder und einige dicke Holzscheite nach, und schon bald kochte das Teewasser sprudelnd.

Mit einer Tasse Tee durchquerte Bridie das Haus und ging hinauf zu Dominics Zimmer. Sie wollte mit ihm sprechen, über Hedley, darüber, wie sehr sie ihn vermisste, und über ihre Pläne für Glengownie. Sie klopfte leicht an die geschlossene Tür. Keine Antwort. Dominic war mit einem tiefen Schlaf gesegnet. Vorsichtig öffnete sie die Tür. »Dom«, rief sie leise.

Bridie stand mitten in Dominics Zimmer und starrte verständnislos auf das unberührte Bett ihres Sohnes. Seltsam, dass er so früh schon unterwegs war. Er war kein Frühaufsteher, war von Randolph schon oft gerügt worden, weil er regelmäßig verschlief. Nun, vielleicht hatte er wie sie nicht schlafen können und war draußen auf den Feldern.

Bridie öffnete den Schrank, um nachzusehen, ob seine Stiefel fehlten. Das würde ihre Vermutung bestätigen. Keine Stiefel. Langsam hob sie den Blick. Irgendetwas stimmte nicht. In dem unordentlichen Kleiderhaufen klaffte eine Lücke. Leere Kleiderbügel. Sie lief zur Frisierkommode. Seine Bürsten und Kämme, die für gewöhnlich unordentlich dort lagen, waren verschwunden. Hastig zog sie die Schubladen heraus und ließ sie achtlos zu Boden fallen. Sie waren alle leer. Der große Koffer, ein Relikt aus Dominics Internatstagen, fehlte ebenfalls.

Sie ließ sich auf die Bettkante sinken und schlug die Hände vor das Gesicht. Wo war er hingegangen und warum? Natürlich hatte Hedleys Tod ihn tief getroffen, aber nicht mehr als sie alle. Es konnte nur eine Erklärung für Dominics Verschwinden geben. Randolph. Er musste den Jungen mit seiner herrischen Art verjagt haben.

Bridie stieß die Tür zu Randolphs Zimmer auf, ohne anzuklopfen.

»Jetzt bist du wohl zufrieden mit dir«, schrie sie, ohne sich darum zu scheren, ob sie Hugh und Cordelia aufweckte.

Randolph setzte sich verschlafen auf und hielt sich eine Hand über die Augen. »Was zum ...! Bist du jetzt völlig verrückt geworden? Was ist denn in dich gefahren? Du kannst doch nicht einfach hereinstürmen und losschreien.«

»Dominic ist weg.«

»Was?« Er war schlagartig hellwach und starrte sie an.

Sie stürzte sich auf ihn und schlug mit den Fäusten auf sein Gesicht und seine Brust ein. »Ich hasse dich, Randolph Tarlington. Ich hasse dich!«

Er packte ihre Handgelenke und hielt sie mühelos von sich fern. »Beruhige dich doch, um Himmels willen.«

Sie sank auf die Bettkante. Wie konnte er so ruhig bleiben, wenn Dominic verschwunden war? Verstand er denn nicht den Ernst der Lage?

»Wir suchen die Straßen ab. Vielleicht hat er Spuren hinterlassen. Johnno ...«

»Wie kommst du darauf, dass er Glengownie verlassen hat?«, unterbrach er sie.

»Seine Kleider und sein Koffer fehlen.«

Randolph war wie vor den Kopf gestoßen. »Fort? Mein Sohn ist weg?«

Es war höchste Zeit, diese letzte große Lüge auszuräumen. Jetzt hatte sie die Oberhand, die Macht, das Geld. Sie und ihre Söhne waren jetzt unabhängig. Sie wandte sich Randolph zu, ihrem einstigen Liebhaber, ihrem Gegner und verhassten Opponenten. Sie sah ihm in die Augen und sprach die Worte aus, die sie über die Jahre immer wieder geprobt hatte.

»Dominic ist nicht dein Sohn. Er ist Hedleys Sohn, gezeugt, bevor ich zugelassen habe, dass du mich mit Lug und Trug in den Schmutz ziehst. Er wurde in Liebe gezeugt, und nicht im Hass. In einem Augenblick der Zärtlichkeit und nicht der Abscheu.«

Randolph war fassungslos. »Aber du hast doch gesagt ...«

»Ich habe gar nichts gesagt. Ich habe nie behauptet, dass Dominic dein Sohn ist. Du hast es angenommen, du arroganter Mistkerl ...«

»Aber du hast mich in dem Glauben gelassen, all diese Jahre. Warum hast du das getan? Warum hast du mir nicht früher die Wahrheit gesagt?«

»Ich wollte den richtigen Moment abwarten, und die Vorfreude auf dein Gesicht, wenn du es erfahren würdest, hat mir die Kraft gegeben, durchzuhalten.«

»Ha!«, rief er aus, als wäre ihm eben ein Gedanke gekommen. »Das hast du dir doch nur ausgedacht. Jetzt wo Hedley nicht mehr da ist und du nicht mehr befürchten musst, dass ich ihn damit konfrontiere.«

»Nein. Der Grund, weshalb ich es dir jetzt sage, ist der, dass du jetzt keine Macht mehr über mich hast.«

Hierauf wandte sie sich zum Gehen, weil sie ihn nicht länger ansehen konnte, ohne eine Mischung aus Hass und Mitleid zu verspüren. Hass wegen der Art, wie er sie und die Jungen behandelt hatte, und Mitleid, weil er sie sich alle mit seiner arroganten Art zu Feinden gemacht hatte. Aber er war noch vor ihr an der Tür und versperrte ihr den Weg.

»Du Miststück! Wie kannst du nach all den Jahren hier hereinspazieren und mir an den Kopf werfen, dass Dominic nicht mein Sohn ist!«

Er umfasste mit beiden Händen ihr Gesicht und kniff sie in die Wangen. Er schob das Gesicht vor, bis es nur noch Zentimeter von ihrem entfernt war. Seine schiefergrauen Augen glitzerten von unterdrückten Tränen. »Du verfluchtes, verlogenes Miststück!«

Brutal stieß er sie zurück und schlug dann mit den Fäusten auf ihr Gesicht und ihre Brüste ein. Bridie wich zurück und versuchte ihn mit ausgestreckten Händen abzuwehren. Sie stieß mit den Kniekehlen gegen die Bettkante und fiel rücklings auf die Matratze.

»Randolph, bitte.«

»Du hast mit deinen Lügen mein Leben ruiniert. Hast mich in dem Glauben gelassen, Dominic wäre mein Sohn. Wie konntest du das tun?« Er rammte ihr das Knie in den Unterleib, und sie krümmte sich vor Schmerzen. Dann legte er ihr die Hände um den Hals und drückte zu. Sie bekam keine Luft mehr. Ein pfeifendes Luftschnappen. War sie das gewesen? Randolphs Gesicht verschwamm vor ihren Augen.

»Lass sie los!«

Durch das Rauschen in ihren Ohren vernahm sie Cordelias Stimme. Die Hände lösten sich von ihrem Hals, ließen sie los. Randolph drehte sich schwer atmend seiner Schwester zu.

Ihr eigener Atem kam keuchend und ungleichmäßig. Langsam setzte sie sich auf. Cordelia stand in der Tür und zielte mit einem von Hedleys Gewehren auf ihren Bruder. Hugh stand mit offenem Mund hinter ihr.

»Ich sagte, du sollst sie in Ruhe lassen!«

»Verschwinde, du blöde Schlampe!«, brüllte er.

Cordelia trat einen Schritt vor. Ein lautes Klicken war zu hören, als sie den Hahn spannte. »Das Gewehr ist geladen. Und glaub ja nicht, dass ich zögern werde abzudrücken. Notwehr nennt man das, glaube ich, in der Juristensprache.«

»Mach dich nicht lächerlich«, höhnte er. »Leg das weg. Ein geladenes Gewehr ist kein Spielzeug, erst recht nicht wenn jemand nicht damit umgehen kann.«

Er machte einen Schritt auf Cordelia zu und streckte beide Hände aus. »Los. Gib mir das her, bevor es ein Unglück gibt.«

Cordelia lachte bitter. »Du bist hier das einzige Unglück. Ich denke, es ist an der Zeit, dass du von hier verschwindest.«

»Ich soll gehen?«, fragte er ungläubig.

»Ich mag ja von vielem keine Ahnung haben, aber eins weiß ich ganz sicher: Mir gefällt nicht, was aus dir geworden ist. Du hast etwas Böses an dir, Randolph. Etwas Abstoßendes, Widerwärtiges.«

»Ich soll Glengownie verlassen?«, fragte er noch einmal fassungslos.

»Ja. Du verschwindest. Sofort. Für immer.«

Langsam wandte er sich Bridie zu, die immer noch auf der Bettkante saß. »Sag ihr, sie soll mit dem Blödsinn aufhören«, protestierte er. »Sag ihr, sie soll das Gewehr weglegen.«

Bridie blickte auf Cordelia und von ihr wieder zu Randolph. Es war ein triumphaler Augenblick. Die Zeit schien stillzustehen, und all die Jahre des Leidens und der Qualen konzentrierten sich zu diesem einen kurzen und doch bedeutsamen Moment.

»Ja«, sagte Bridie leise und heiser. »Ich glaube, Cordelia hat Recht.«

»Und wo soll ich hin? Was soll ich tun?«

»Daran hättest du früher denken müssen«, warf Cordelia wütend ein.

»Aber was ist mit Glengownie? Du hast mir den Verwalterposten versprochen.«

Langsam stand Bridie vom Bett auf. »Cordelia, Hugh und ich werden Glengownie gemeinsam verwalten, und wir werden ohne dich wunderbar zurechtkommen.«

Randolphs Brustkorb hob und senkte sich angestrengt, als bekäme er nur schwer Luft. »Frauen!«, sagte er verächtlich. »Als ob ihr in der Lage wärt, einen Betrieb wie diesen zu bewirtschaften.«

Er machte einen Schritt auf Bridie zu und zeigte drohend mit dem Finger auf sie. »Glengownie gehört mir! Das hat Hedley mir vor Jahren versichert. Ohne Land ist ein Mann ein Nichts. Das hat er gesagt. Also gut. Du hast gewonnen. Ich werde gehen. Aber eines Tages werde ich zurückkommen, und dann wird es euch beiden noch Leid tun!«

Die beiden Frauen beobachteten vom Fenster am oberen Treppenabsatz aus, wie Randolph seinen schweren Koffer zum Stall schleppte. Als er davonritt, warf er einen letzten Blick hinauf, das Gesicht seltsam verzerrt in einer Mischung aus Hass und Wut.

Cordelia legte Bridie einen Arm um die bebenden Schultern. »Ich habe mich oft gefragt, wer nun wirklich

Dominics Vater ist. Stimmt es, was du Randolph gesagt hast? Dass er nicht Dominics Vater ist?«

Bridie seufzte. »Ja, es ist wahr. Ich habe Jahre gebraucht, um den Mut aufzubringen, es ihm zu sagen. Aber ich bin froh, dass es raus ist.«

Cordelia lächelte. »Ich auch.«

»Und ich habe auch gemeint, was ich vorhin gesagt habe. Dass du auf Glengownie bleiben und mir beim Bewirtschaften des Anwesens helfen kannst, wenn du das möchtest.«

Cordelias Züge verdüsterten sich. »Ich habe Jahre von Glengownie geträumt und davon, wie es wäre, dauerhaft hier zu leben. Aber nach allem, was passiert ist ... nach den schrecklichen Dingen, die ich gesagt und getan habe ... würde ich es dir nicht verübeln, wenn du mich hinauswerfen würdest.«

»Dann würdest du gern bleiben und mir helfen, Glengownie wieder in Schwung zu bringen?«

Cordelias Augen glänzten. »O Bridie, es gibt nichts, was ich lieber täte.«

Bridie umarmte sie spontan. »Wir sind eine Familie, Cordelia. Tarlingtons. Du und ich. Auch wenn du dir wünschst, es wäre anders. Also lass uns versuchen, die Vergangenheit zu vergessen. Glengownie. Das ist das Einzige, was zählt. Eine Zukunft für uns, für Hugh und für Dominic.«

Sie blickte auf die blau schimmernden Berge in der Ferne. Ihre Augen glitzerten von Tränen. »Dom wird eines Tages zurückkommen«, sagte sie leidenschaftlich. »Ich weiß es.«

Als sie sich wieder beruhigt hatte, setzte sie sich an ihren Sekretär und schrieb einen Brief an den Polizeichef von Beenleigh, in dem sie diesen bat, nach ihrem Sohn Ausschau zu halten. Sie würde das Schreiben Clarrie Morgan mitgeben, wenn er das nächste Mal vorbeikam. Ihre Schrift war zittrig und der Text ein wenig holprig. Sie wusste selbst, dass der Brief sinnlos war, ein Akt der Verzweiflung. Die Polizei konnte nichts tun. Dominic war 20 Jahre alt und ein erwachsener Mann. Er war frei, und sie konnte nichts tun, um ihn aufzuhalten.

Einige Tage darauf erreichten sie Neuigkeiten von den Halls. Dans Verschwinden und Teds und Kittys bevorstehende Heirat. Endlich machte alles Sinn. Dominic und Dan waren in derselben Nacht verschwunden. Sie waren seit langem Freunde. Bridie war ein wenig erleichtert zu wissen, dass Dominic nicht allein war.

KAPITEL 46

Sie träumte von Dan, Maddie und Rose. Es waren sehr reale Träume, in denen alle gesund und normal waren, und als sie aufwachte, blieb sie noch einen Moment liegen und fragte sich, ob die Ereignisse der vergangenen Wochen nicht der Albtraum gewesen waren, aus dem sie nun endlich erwacht war.

Sie war jetzt ständig müde und litt häufig unter Übelkeit. Sie musste immer noch täglich an Dan denken und brach dann unweigerlich in Tränen aus. Warum ich?, wollte sie schreien, aber die Antwort war klar. Das war die Strafe für ihre Sünden. Zweifellos hätte Reverend Carey das gesagt, wenn er um ihr Geheimnis gewusst hätte.

Ted hatte gesagt, sie hätten keine Wahl, und auf seine Art hatte er damit wohl Recht. Und Mayse stärkte ihm den Rücken. Tu, was für das Baby das Richtige ist, hatte sie gesagt. Ihr und Teds Kind. Das war das Wichtigste. Waren die Tränen, die sie um Dan weinte, darum weniger wert? Und Ted? Er saß stundenlang auf der Veranda und starrte auf den kleinen Hügel, auf dem Maddie und seine Kinder ruhten, ein von Gram gebeugter Mann. Was sie betraf, würde sie mit ihren eigenen Schuldgefühlen leben müssen.

Kitty hatte ihre Garderobe betrachtet, deprimiert von der bescheidenen Auswahl abgetragener Kleider. Obgleich ihre Schwangerschaft erst wenige Wochen alt war, passten ihr die meisten der Kleider nicht mehr. Sie spannten über Brust und Bauch. Sie besaß kein einziges Kleid, das auch nur annähernd für eine Hochzeit passend gewesen wäre.

Mayse war ihr zur Hilfe gekommen und hatte ihr ein altes Kleid geschenkt, das ihr nicht mehr passte.

»Bist du ganz sicher, dass du es nicht mehr haben willst?«, fragte Kitty und hielt sich das Kleid vor. Es war wunderschön, türkisfarben und aus weich fließendem, glänzendem Material.

»Aber Kindchen, hier im Busch habe ich ja doch keine Gelegenheit, mich fein zu machen. Außerdem passe ich nicht mehr rein. Ein paar Abnäher hier und da ...« Sie legte den Kopf schräg und betrachtete das Kleid. »Außerdem passt die Farbe wunderbar zu deinem Haar.«

Kitty hatte das Geschenk dankbar angenommen, und nach einigen Änderungen hing nun das Kleid mit dem gewagten Dekolleté frisch gewaschen und gebügelt auf einem Kleiderbügel in ihrem Schlafzimmer.

Reverend Carey traf Anfang der Woche unangemeldet ein. Ted war am Anleger, um eine Ladung Pfeilwurz abzuliefern. Kitty bat Layla, dem Reverend Tee zu kochen, während sie eins der Pferde sattelte, um Ted zu holen.

Sie war erst eine Meile weit geritten, als er ihr auf der Straße entgegenkam.

»Beeil dich«, sagte sie und wendete das Pferd. »Reverend Carey wartet.« Ted machte ein düsteres Gesicht.

Es gab noch ein kleines Problem. Wie Reverend Carey ihnen eröffnete, wurden zwei Trauzeugen gebraucht. Ob sie das vergessen hatten? Emma war zu jung. Und Layla? Widerwillig erklärte sich der junge Geistliche mit der Eingeborenen als Trauzeugin einverstanden. Trotzdem fehlte noch ein zweiter Zeuge.

Schließlich beschloss Ted, zu den O'Reillys zu reiten, um noch jemanden zu holen, der ihren Bund fürs Leben bezeugen konnte. Kitty wusste, dass es ihn wütend machte, in seinem besten Anzug fast bis Boolai reiten zu müssen.

Kitty zog sich derweil das türkisfarbene Kleid über den Kopf und kniff sich anschließend in die Wangen, um etwas Farbe in ihr blasses Gesicht zu zaubern. Dann steckte sie ihr Haar neu auf und war fertig.

Aber bevor Ted losreiten konnte, hörten sie Hufgetrappel und das Ächzen von Wagenrädern. Kitty sprang von ihrem Stuhl vor der Frisierkommode auf. Die Postkutsche. Clarrie Morgan.

Als Clarrie die Verandatreppe hinaufeilte, erwartete Kitty ihn bereits an der Tür. Er hielt zusätzlich zu den üblichen Zeitungen und Magazinen ein paar Briefe und einen großen braunen Umschlag in der Hand.

»Hallo, Kitty«, sagte er und nickte dann in Richtung des unverwechselbaren Pferdes von Reverend Carey. »Wie ich sehe, habt ihr Besuch. Da will ich nicht stören. Ist Ted zu Hause?«

»Hier. Stokes lässt grüßen.«

»Was ist das?« Ted drehte den Umschlag um auf der Suche nach einem Hinweis auf den Inhalt.

»Keine Ahnung. Stokes hat mir den Umschlag übergeben und mich gebeten, ihn dir persönlich auszuhändigen.«

Ted riss den Umschlag auf und nahm den Inhalt heraus. Dokumente? Einen Moment war er ratlos und sagte sich, dass ein Irrtum vorliegen musste. Dann ging ihm ein Licht auf. Es handelte sich um die Besitzurkunde für die Parzelle neben Heinrichs ehemaligem Land. Tarlingtons Land. Eine der Parzellen, die dieser später hinzugekauft hatte. Nach den Vorfällen der vergangenen Wochen hatte er sein lächerliches Angebot für das Stück Land bei seinem Ausflug zum Rennen nach Brisbane vor sechs Wochen völlig vergessen.

Er stieß einen Freudenruf aus und warf dann einen schuldbewussten Blick in Richtung des Esszimmerfensters, wo Reverend Carey und Kitty auf ihn warteten.

»Was ist denn, Ted? Was ist das? Und überhaupt, warum hast du dich denn so fein gemacht? Heute ist doch nicht Sonntag.«

»Es ist das Land«, entgegnete Ted aufgeregt. »Tarlingtons Parzelle, die, die an Heinrichs alte Parzelle grenzt.«

»Und?«

»Sie gehört mir. Ich habe sie gekauft. Ich habe eine lächerlich geringe Summe dafür geboten, und Tarlington ist darauf eingegangen.«

»Weiß Tarlington, dass du der Käufer bist?«

»Nein, das glaube ich nicht. Und wenn er es erfährt, wird er wütend sein. Aber das wird ihm nichts nützen. Jetzt kann er nichts mehr dagegen tun.«

»Du hast meine Frage noch nicht beantwortet. Warum der Sonntagsanzug?«

Ted lächelte etwas traurig. »Du kommst gerade recht, Clarrie, mein Freund, um als Trauzeuge einzuspringen.« Ted entging nicht, dass Clarrie eine Braue hochzog und ein verblüfftes Gesicht machte. »Frag nicht nach meinen Gründen, okay? Wünsch mir nur Glück.«

Kitty kam es vor, als würden die Worte auf einer leichten Brise an ihren Ohren vorbeigetragen. »Willst du, Katherine, den hier anwesenden Edward ...«

Sie antwortete ganz automatisch. Ted an ihrer Seite sah sehr elegant aus. Er schaute sie einmal an, und sie schenkte ihm ein angespanntes Lächeln. Mehr brachte sie unter den gegebenen Umständen nicht zustande. Dann war es vorbei. Ted steckte ihr einen Ring an den Finger. Sie waren Mann und Frau. Dann wurden die Papiere unterzeichnet, und alle lächelten ein wenig gezwungen. Clarrie und Layla setzten ihre Unterschrift unter ihre und Teds.

Anschließend stand Ted etwas abseits und plauderte

mit Clarrie, während der Reverend in ein Gespräch mit Emma vertieft war und Layla ein Tablett mit Sandwichs herumreichte, die sie zuvor in aller Hast zubereitet hatten. Kitty betrachtete die anderen und kam sich dabei vor wie ein unbeteiligter Beobachter. Ihre Hochzeit, und niemand brauchte sie. Vor ihrem inneren Auge stieg ein Bild von Dan auf. Dan. Groß und blond, ein Lächeln auf dem Gesicht. Dan sollte ihr Bräutigam sein. Es sollte Dans Baby sein und nicht Teds. Das Ganze war nicht richtig. O Dan! Kannst du mir je verzeihen?

Schließlich waren sie wieder allein. Der Reverend war schon vor Stunden auf seinem struppigen, dürren Pferd davongeritten, Layla war zu Johnno und ihren Kindern zurückgekehrt, und Clarrie lenkte angeheitert von zu viel Rum, die schwankende Kutsche in Richtung der nächsten Farm. Emma, die ganz erschöpft gewesen war von dem kleinen Fest, schlief bereits.

Ted setzte sich auf einen Stuhl auf der Veranda. Kitty hockte sich in ihrem Brautkleid auf die oberste Treppenstufe, die Arme um die angezogenen Knie geschlungen. Jenseits der Felder rief eine einsame Ente nach ihren Artgenossen. Sie wartete mit angehaltenem Atem auf die Antwort. Aber es kam keine. Der Wind raschelte im Laub der Bäume, die unten am Fluss standen. Es klang wie ein leises Seufzen. Die üblichen abendlichen Geräusche setzten ein, es raschelte hier und da im Gras, und die Zikaden zirpten. Hoch oben am Himmel funkelten Millionen von Sternen, winzige, stecknadelkopfgroße Lichter.

Kitty war müde und sehnte sich danach, zwischen kühle Laken zu schlüpfen. Jetzt, da sie seine Frau war, wurde wohl von ihr erwartet, dass sie mit ihm in dem Bett schlief, das er mit Maddie geteilt hatte, aber gesprochen hatten sie darüber bislang nicht. Ihre eigenen Kleider lagen noch ordentlich gefaltet in dem Zimmer, das sie bisher mit Emma geteilt hatte. Seufzend blickte sie zu Ted auf, der nun nicht mehr ihr Schwager, sondern ihr Gatte war.

Die Situation war noch neu und fremd. Das Schweigen zwischen ihnen war unerträglich. Sie musste etwas sagen, irgendetwas, um diese wachsende Kluft zu überbrücken. Langsam stand sie auf, trat zu ihm und legte ihm eine Hand auf den Arm. »Können wir reden?«, fragte sie leise.

Ted erhob sich abrupt und schüttelte ihre Hand ab. Er ging ans andere Ende der Veranda, legte die Hände auf das Geländer und blickte über das Land. Er schien die Aussicht förmlich in sich aufzusaugen, die Silhouette der Berge vor dem nächtlichen Himmel, den Fledermausschwarm, dessen leiser Flügelschlag langsam verhallte. So wie ein Mann, der gleich sein Augenlicht verlieren würde, sich das Letzte einprägen möchte, was er sehen würde.

Nach einer Weile drehte er sich zu ihr um. Tränen liefen ihm über das Gesicht. Sein Mund war geschlossen und seltsam verzogen. Als er sprach, klang seine Stimme brüchig und verzerrt.

»Ich habe Maddie geliebt. Sie hat mir alles bedeutet. Als sie starb, ist ein Teil von mir mit ihr gestorben. Ich habe dich geheiratet, damit deinem Kind nicht der Makel anhaftet, unehelich geboren zu werden. Ich werde für dich sorgen und alles in meiner Macht Stehende tun, um dich glücklich zu machen. Aber ich kann nicht versprechen ... ich kann einfach nicht ...« Noch nie hatte seine Stimme so traurig geklungen.

Sie ging zu ihm. »Bitte, Ted, ich erwarte nicht ...«

»Gute Nacht, Kitty«, unterbrach er sie brüsk und ging ins Haus.

Kitty setzte sich und starrte in die Nacht. Die Lampe auf dem Tisch warf flackernde Schatten auf den Rasen vor der Veranda, die sich mit den Schatten der Rosenbüsche vermischten, die kräftig gewachsen waren und unzählige Blüten trugen. Auf dem Tisch lag ein Strauß weißer Rosen: ihr Brautstrauß. Er war bereits welk geworden.

Sie dachte über die Veränderungen der vergangenen sechs Wochen nach, analysierte sie eine nach der anderen und versuchte, ihnen einen Sinn abzugewinnen. Maddies Tod, Dans Verschwinden und dieses winzige Wesen, das in ihr heranwuchs. Ihre Gedanken stimmten sie traurig. Sie sah ihr Leben vor sich. Die Ehe, ein Baby, keine freien Entscheidungen, kein Dan. Sie vermisste ihn ganz furchtbar. Vermisste seinen liebevollen Blick, die Art, wie er sich mit der Hand durch das Haar gefahren war, die Zärtlichkeit seiner Küsse. Und heute Nacht?, dachte sie enttäuscht. Ihre Hochzeitsnacht. Eine Nacht, die ihr eigentlich Stunden des Glücks hätte bescheren müssen. Mit Dan. Sie dachte an ihn, der irgendwo da draußen in der Dunkelheit war. War er auch unglücklich?

Sie drückte eine Hand auf den Bauch und fühlte durch den weichen blauen Stoff des Kleides die Wärme ihrer Haut. Wie es sich wohl anfühlen würde, wenn das Baby größer wurde? Sie wagte gar nicht, darüber nachzudenken. Ihre Erwartungen waren bisher alle enttäuscht worden. Nichts war so gekommen, wie sie es sich erhofft hatte.

Endlich kamen die Tränen, gegen die sie so lange angekämpft hatte. Tränen der Frustration, der Enttäuschung und der Scham. Sie dachte an Dan und seine selbstlose Liebe zu ihr. Eine so unkomplizierte Liebe, nicht so verworren und mit anderen Leben verstrickt wie Teds. Nicht gezeichnet von Trauer und Gram, verankert in einer Vergangenheit, die sich nicht rückgängig machen ließ. Ein einziger dummer Fehler. Was würde sie darum geben, ihn wieder gutzumachen und ihr Leben in eine andere Richtung zu lenken.

Sie blieb lange da sitzen, wusste selbst nicht, wie lange. Vielleicht Stunden. Sie nahm eine Bewegung neben sich wahr, dann berührten Finger sie an der Schulter. Warme Hände zogen sie auf die Füße, und sie blickte auf in Teds kummervolles Gesicht.

»Du bist mir nichts schuldig, Ted«, sagte sie leise. »Ich kann nicht Maddies Platz einnehmen.«

»O Kitty.« In seiner Stimme schwang ein resignierter Unterton mit. »Diese eine Nacht im Stall. Damals ist etwas geschehen. Zwischen uns beiden. Es waren Gefühle im Spiel, deren wir uns beide nicht erwehren konnten. Es war falsch, ja. Das wissen wir beide. Manchmal fühle ich mich so ... schuldig. Aber es ist getan und lässt sich nicht rückgängig machen. Und wir müssen sicher nicht bis ans Ende unserer Tage dafür büßen, oder?«

Sie schüttelte den Kopf, verwirrt, müde. Sie wollte nicht über Teds Worte und ihren tieferen Sinn nachdenken. »Nein, vermutlich nicht.«

Seine Stimme war jetzt ganz sanft. »Mayse hat einmal gesagt, dass Tragödien uns stärker machen, dass wir an ihnen wachsen. Dass sie uns lehren, das zu schätzen, was wir haben, bevor es zu spät ist. Mir wurde eine zweite Chance gegeben. Du, ich und unser Kind. Du bist kein Ersatz für irgendwen, Kitty. Vor uns liegt ein völlig neues Leben. Und letztlich liegt es bei uns, was wir daraus machen.«

Er zog sie an sich, und sie barg den Kopf in seiner Halsbeuge. Er roch leicht nach Tabak und Bier. Seine Arme legten sich schützend und Geborgenheit spendend um sie. Sie hob den Kopf und bot ihm die Lippen zum Kuss dar, schmiegte ihren schlanken Körper an ihn. Es war ein Moment tiefer Zärtlichkeit, und sie war voller Verwunderung über die seltsamen, unerklärlichen Gefühle, die die Nähe zu ihm in ihrem tiefsten Inneren entfacht hatte.

Über seiner Schulter erregte etwas ihre Aufmerksamkeit, ein strahlendes Leuchten am Himmel: der Mond, dick und rund, der eben über die Baumwipfel kletterte.

Sie musste an andere Nächte denken. Andere Monde. Andere Unterhaltungen. Dinge, die sie seinerzeit nicht verstanden hatte. Der alte Mann, Heinrich. Was hatte er gesagt an jenem Tag, da er mit Tränen in den Augen von seiner Minna erzählt hatte? Sie überlegte angestrengt, was ihr nicht leicht fiel, so müde wie sie war.

Mit dem Mond tanzen.

Sie tanzt mit dem Mond, hatte er gesagt.

Der Mond. Geheimnisvoll, mystisch veränderte er tagtäglich seine Form. Wurde immer schmaler und schmaler, als würde er vollständig verschwinden, um dann als dünne Sichel am Nachmittagshimmel ganz langsam wieder voller und runder zu werden, bis er sich schließlich in seiner ganzen Pracht präsentierte so wie heute. War er die Heimat der verlorenen Seelen, fanden sie sich nach dem Tod dort ein? Wenn sie sich konzentrierte und erwartungsvoll die Luft anhielt, konnte sie fast glauben, etwas zu sehen, vage Umrisse auf seiner blassen Oberfläche auszumachen.

Kitty blinzelte und schüttelte den Kopf. Mondlicht fiel über die Felder, die alten Schuppen, die Ställe. Die einsame Ente rief immer noch nach ihrem Partner; ihr Ruf hallte laut durch die Nacht. Der Wind drehte sich, und der Mond verschwand hinter einer Wolke.

Trotz allem, was geschehen war, war da etwas zwischen ihr und Ted. Ein Funke, ein Bedürfnis, und sie tasteten beide blind und zögernd nacheinander. Sie hatte die Zärtlichkeit gefühlt, die Weichheit seiner Lippen, als diese über ihren Körper gewandert waren, die Kraft seiner Arme, als er sie voller Hoffnung, Neugier und Zuneigung gehalten hatte. Diese Heirat musste nicht unbedingt ein freudloses Leben bedeuten. Irgendwann würden sie in der Lage sein, mit der Vergangenheit abzuschließen, und wenn sie sich anstrengte, würde er vielleicht sogar lernen, sie zu lieben.

Kitty fühlte, wie Ted von ihr abrückte, ganz sacht, fast widerstrebend. Sie fühlte die kühle Nachtluft auf der Haut, dort wo seine Arme gewesen waren. »Komm, Kitty. Komm zu Bett«, sagte er und rieb leicht ihre tauben Hände. »Morgen ist auch noch ein Tag, und irgendwie schaffen wir das schon, du und ich.«

Sie fühlte die Wärme seiner Haut und hörte ihn leise seufzen. Er schloss sie wieder in seine starken Arme, drückte sie an sich. Sie fühlte sich geborgen und sicher, als würde sie nach langer, anstrengender Irrfahrt heimkehren.

Robyn Lee Burrows

Weil die Sehnsucht ewig lebt

Roman

Ins Deutsche übertragen
von Ursula Walther

Weltbild

Im Andenken an Moore McLaughlin,
den Bruder meines Urgroßvaters.
Als Neunzehnjähriger hütete er Schafe
am Ufer des Comet Creek (am Fuße der
Carnarvon Range in der Nähe von
Springsure), als er 1862 in der Folge
des Cullin-la-Ringo-Massakers getötet wurde.

SONG OF THE RIVER

Colleen McLaughlin

I am swinging to the northward, I am curving to the
    south
I am spreading, I am splitting, running free
I am creeping past the sandhills, going steady as the
    land fills
For all my channels lie ahead of me.

Through the grasslands and the mugla, past the rocks,
    erodes bare,
I will cover up the secrets buried deep.
For if man thinks he can beat me. I will tell him come
    an meet me,
But where and when and how my signs I'll keep.

Because I am Diamantina, and I rule the great outback,
I'm its heartbeat, I'm its keeper, it's my land.
With my channels full and flowing, and the grasses
    green an growing,
I'm the power that man must learn to understand.

I will take your heart and hold it, I will commandeer
    your soul,
If you listen to my voice and stand up tall.

If your ears can hear me singing, and your answer
    comes back ringing,
Then I'll know that you have recognised my call.

For this is my direction, as the sovereign of this land,
I will whisper to you the secrets of its ways.
But for you to know and share it, do not take its
    heart and tear it,
For I'll tell you now, the loser always pays.

For I am Diamantina, an the sandhills and the plains,
Need my water as their lifeblood – it's my land.
With my channels full and flowing, an the grasses
    green and growing,
I'm the power that you must learn to understand.

INHALT

TEIL I

DAS LEBEN
GEHT WEITER

KAPITEL 1

Jess, ich bin zu Hause.«

Die Haustür schlägt zu, und Brads Stimme dringt durch den Flur bis zu mir herüber. Ich schüttle den Kopf und versuche, meine Gedanken von der Vergangenheit zu lösen – von all dem, was hätte sein können. Eine leichte Brise weht durch das offene Fenster, trägt Brads Stimme davon und bringt stattdessen den süßen Duft nach Rosen mit sich. Ich höre das spätnachmittägliche Keckern einer Elster am Haus.

Ich bin in der Küche im hinteren Teil des Gebäudes und starre in den Garten. Einen schrecklichen Augenblick lang kann ich mich nicht mehr daran erinnern, wie lange ich hier schon stehe oder weshalb ich überhaupt in die Küche gekommen bin. Wollte ich nur ein Glas Wasser trinken oder mit den ersten Vorbereitungen fürs Abendessen anfangen? Obwohl die Sonne, wie ich benommen feststelle, schon tief am Himmel steht, zeigt die Uhr jedoch noch nicht die Zeit an, zu der Brad normalerweise nach Hause kommt.

Brad – seit vier Jahren mein Ehemann und seit sehr viel längerer Zeit mein Geliebter – ist einunddreißig, zwei Jahre älter als ich. Er ist Biologe, Experte für Fauna und Flora im Wasser, und arbeitet für die EPA, die Environmental Protection Agency, in Brisbane. Er untersucht Gewässer. Creeks und Flüsse, Sümpfe und Lagunen, alles, wo Wasser zu finden ist und sich die verschiedensten Lebensformen gebildet haben.

Im Laufe der Jahre habe ich mich an die Tiere und Muster gewöhnt, die er mit nach Hause bringt, und das Fenstersims über der Küchenspüle steht gewöhnlich voll von Überbleibseln seiner Arbeit. Die Sauberkeitsfanatikerin in mir hat gelernt, das zu ignorieren und die Augen vor der Ansammlung von Gläsern und Flaschen, Pipetten und Etiketten zu verschließen. Außerdem ist es mir gelungen, den Inhalt der Gläser und Flaschen nicht genauer in Augenschein zu nehmen – meistens sind es in verdünntem Alkohol konservierte Schnecken, Krebse, Käfer oder winzige Fische. Wie aufs Stichwort taucht Brad plötzlich hinter mir auf und schlingt die Arme um mich. Für einen kurzen Augenblick werde ich steif und wehre mich gegen die Umarmung, dann lehne ich mich an ihn. Er riecht leicht nach Aftershave und Konservierungsmittel.

»Jess«, beginnt er vorsichtig.

Ich löse mich aus seinem Griff. Der Tonfall fordert meine ganze Aufmerksamkeit.

»Was ist los?«

»Nichts! Zur Abwechslung läuft alles mal ganz gut.«

Er breitet die Arme aus, als wolle er den ganzen Raum umfassen. Ein Haarbüschel fällt ihm in die Stirn, und ich bekämpfe den Drang, es zurückzustreichen. Die alte Jess hätte es unbewusst getan, aber ich bin nicht mehr dieselbe Frau wie vor einem Jahr.

»Erinnerst du dich noch an die Beihilfe für das Forschungsprojekt, die ich beantragt habe? Für die Erforschung des Diamantina Rivers?«

»Ja«, entgegne ich zögernd.

»Nun, wir bekommen Gelder für sechs Wochen.«

Sechs Wochen, denke ich benommen. Er wird sechs Wochen weg sein. Zweiundvierzig Tage ganz für mich, meine endlosen Gedanken und all die zerklüfteten Erinnerungen, die ich mittlerweile sicher schon glatt geschliffen habe. Zweiundvierzig schlaflose Nächte.

»Ab wann …?« Ich dränge meine Überlegungen zurück auf die Unterhaltung und versuche vergeblich, Enthusiasmus in meine Stimme zu legen, um seiner offensichtlichen Begeisterung gerecht zu werden. Aber die Frage steht unvollendet im Raum.

»Die Regenzeit rückt immer näher, in drei Monaten beginnt sie. Wenn ich das jetzt nicht in Angriff nehme, wird es Ewigkeiten dauern, bis ich wieder die Chance habe, da hinaufzufahren.«

Ich starre ihn fassungslos an und bemühe mich, seinen Worten einen Sinn zu geben, aber sie wirbeln völlig ungeordnet in meinem Kopf herum. Im Geiste zähle ich die Tage. *Jetzt.* Brad will *jetzt* weg. Der Gedanke, dass er vielleicht bald abwesend sein wird – insbesondere zu dieser Jahreszeit – ist grauenvoll. Das bedeutet, er ist nicht da, wenn …

»Komm doch mit!«

Ich sehe auf. Er meint es ernst, und mir kommt plötzlich in den Sinn, dass wir ein ganz normales Paar sein könnten, das über den nächsten Urlaub diskutiert. Er spricht die Einladung aus und beobachtet mich besorgt, aber mit einem stetigen Blick aus blauen Augen. Ich schüttle den Kopf, unfähig, eine Antwort zu formulieren.

»Jess!« Nackte Qual schwingt in seiner Stimme mit.

Sein Mund verzieht sich. Er neigt sich vor und nimmt meine Hand in seine. »Bitte!«

Ich bekämpfe das Bedürfnis, ihm meine Hand zu entziehen und hinauszulaufen. Die Vergangenheit springt fast auf mich, rüde und erschreckend, und für einen Augenblick fällt mir das Atmen schwer. Die Erinnerungen sind wie ein unendlicher böser Traum, ein Albtraum, aus dem ich bestimmt nie wieder erwachen werde. Die Bilder begleiten mich jede Stunde, jeden Tag. Wieder schüttle ich den Kopf.

»Ich kann doch nicht«, flüstere ich und schließe dabei die Augen, um die Enttäuschung in seinem Gesicht nicht wahrnehmen zu müssen. »Es ist viel zu früh.«

Brad senkt den Blick, als könne er es nicht mehr ertragen, mich anzusehen. Sein Adamsapfel bewegt sich auf und ab, als er heftig schluckt. Und als er schließlich das Wort ergreift, spricht er gemessen und beherrscht. »Ich muss die Forschungsgelder ja nicht annehmen. Du brauchst nur ein Wort zu sagen, Jess, und ich lehne ab. Es werden bestimmt noch andere Gelegenheiten kommen.«

Ich bemühe mich, die Enttäuschung in seinem Gesicht nicht wahrzunehmen. So ist Brad. Er denkt immer an die anderen und stellt die Bedürfnisse aller über seine eigenen. Das ist eine der Eigenschaften, deretwegen ich mich anfangs, vor all den Jahren zu ihm hingezogen gefühlt habe.

»Selbstverständlich musst du die Unterstützung annehmen!«

Diese Reaktion kam schnell und automatisch. Er muss an den Diamantina fahren, gar keine Frage. Brad hat sich das so sehr gewünscht. Wochenlang hat er die Grundlagen dieser Forschungen erarbeitet, und die Ergebnisse würden Teil seiner Dissertation sein, die er im nächsten Jahr abgeben muss. Ich zögere und denke, mit einem flüchtigen Blick zum Kühlschrank, an die Zubereitung einer weiteren Mahlzeit, auf die ich keinen Appetit habe. »Sechs Wochen«, sage ich matt.

Dieses Mal schüttelt Brad den Kopf. »Nein. Ich werde die ganze Idee verwerfen. Vielleicht fahre ich im nächsten Jahr hin, wenn sich die Dinge beruhigt haben. Außerdem will ich nicht, dass du hier allein …«

Er bricht ab. Ich ergänze den Satz im Stillen: dass du hier am Jahrestag allein bist.

»Wo genau ist der Diamantina River?«, frage ich. »Wohin würden wir fahren?«

Warum habe ich das gesagt? *Wir,* nicht *du.* Dadurch, dass ich mich mit einschließe, schüre ich eine Hoffnung, obschon ich im tiefsten Herzen fühle, dass es keine gibt.

»Der Teil, für den ich mich interessiere, ist im Central-Queensland. Bis vor ein paar Jahren wurde nur wenig in diesem Gebiet geforscht.«

»Und warum?«

Ich betreibe Smalltalk, um die unerträgliche Kluft zwischen uns zu füllen. Ich habe im vergangenen Jahr ein ganz gutes Geschick darin entwickelt, hier und da ein Wort oder einen Satz zu äußern, ohne der Antwort echte Beachtung zu schenken. Merkt Brad das?, überlege ich. Spürt er, dass ich Theater spiele und ihn dorthin führe, wohin er meiner Meinung nach will?

»Nun, zum einen ist die Region sehr abgelegen. Außerdem ist es schwer, die finanzielle Unterstützung mit der Regenzeit in Einklang zu bringen. Damit sind viele kleine Exkursionen verbunden, und du würdest trotz allem manchmal allein sein, wenn du mitkommst. Doch zumindest könnten wir uns öfter sehen.«

»Und wieso kann ich an diesen Exkursionen nicht teilnehmen?«

Die Frage scheint ihn zu überraschen. »Es spricht eigentlich nichts dagegen. Ich dachte nur, du interessierst dich nicht dafür – das ist alles.«

Innerhalb einer Minute hat der Tenor der Unterhaltung von »unmöglich« zu »wahrscheinlich« gewechselt. Plötzlich gebe ich ihm Grund zur Hoffnung.

»Wo würden wir wohnen?«

»Es gibt eine Unterkunft auf einem der Landbesitze. Sie ist ziemlich bescheiden, aber ...«

Meine Gedanken driften davon, genau wie seine Worte, und das Gespräch bleibt offen. Ich beschäftige mich, indem ich die Spülmaschine ausräume und Kartoffeln fürs Abendessen schäle. Brad öffnet eine Flasche Rotwein – Cabernet Shiraz, unseren Lieblingswein – und schenkt zwei Gläser großzügig ein.

Im Geiste erforsche ich meine Gefühle. Warum genau will ich nicht weg? Die letzten zwölf Monate sind für mich und Brad schwierig gewesen, und zwar aus verschiedenen Gründen, über die ich im Augenblick nicht nachdenken kann – es wäre unerträglich. Es genügt, wenn ich sage, dass unsere Beziehung auf die Probe gestellt worden ist und sich als unzureichend erwiesen hat.

Ich trinke meinen Wein, koche und verfolge halbherzig einen Dokumentarfilm über afrikanische Löwen. Schneide Tomaten und Gurken und zerzupfe grüne Salatblätter. Meine Konzentration gerät ins Wanken. Im Laufe des Abends reden wir um den heißen Brei herum und weichen dem Thema Forschungsprojekt aus. *Komm doch mit,* hat er gesagt und mich damit in seine geheime Welt eingeladen. Er will, dass ich wieder ein Teil von ihm werde. Tief im Inneren, im Kern meines Selbst frage ich mich, ob die Dinge zwischen uns jemals wieder so sein können wie früher. Und sechs Wochen allein mit meinem Mann erscheint mir wie etwas, was ich erdulden muss, nicht genießen kann.

Später, als ich frisch geduscht und nackt durch den dunklen Flur zu unserem Schlafzimmer gehe, bleibe ich vor der geschlossenen gegenüberliegenden Tür stehen. Und obwohl ich es nicht fertig bringe, diese Tür zu öffnen und das Zimmer dahinter zu betreten, kann ich mich auch nicht einfach wegdrehen. Ich stehe dort wie angewurzelt und weiß nicht, was ich tun soll. Ich fühle mich auf einmal leer, wie eine Betrügerin, als ob ich andere Pflichten vernachlässigen würde, wenn ich mit Brad zu diesem fernen Ort gehe – *zum Diamantina.*

Meine Atemzüge sind unregelmäßig; die Brust wird eng. Ich schließe die Augen, schlucke die Tränen hinunter und zwinge mich zur Ruhe. Behutsam lege ich die Stirn an die Wand und spüre den kühlen Putz. Erinnerungen, kurz aufblitzende Bilder aus glücklicheren Zeiten jagen durch mein Bewusstsein. Ich verdränge sie – ich will mich nicht an sie erinnern. Sich erinnern bedeutet Schmerzen.

Hinter mir bewegt sich etwas. Ich vernehme Schritte auf den Holzdielen und spüre einen warmen Luftzug. Es ist Brad. Instinktiv drehe ich mich zu ihm und schmiege meine nasse Wange an sein Hemd.

»Nicht weinen, Jess«, sagt er und streicht mir liebevoll übers Haar. Seine Stimme klingt brüchig, erstickt. »Es wird wieder gut. Alles wird gut. Es braucht nur seine Zeit. Das ist alles.«

Ich strecke ihm auf der Suche nach Wärme und Geborgenheit meinen Mund entgegen. »Küss mich!«, sage ich heiser, dann lasse ich meine Zunge über seine Lippen gleiten.

»Jess.«

»Schsch! Nicht reden. Ich brauche dich. Jetzt.«

Brads Mund ist schmiegsam und weich. Er stöhnt leise und liebkost mit der Hand erst meine Schulter, dann eine Brust. Ich schiebe die Hand weiter nach unten zu dem dunklen, behaarten Dreieck. Seine Liebkosungen werden intensiver, ich zittere vor Ungeduld und umfasse sein hartes Glied.

»Jetzt«, wiederhole ich und erkenne meine eigene Stimme kaum wieder.

»Hier?«

Wir tun es auf dem Flur. Mein Rücken ist an die Wand gepresst, und ich nehme Brads Stöße wie aus großer Entfernung wahr. Selbst in diesem intimen Augenblick fühle ich mich isoliert, losgelöst von allem. Es scheint keine echte spirituelle Verbindung zwischen uns mehr zu geben, keinen besonderen Ort, an dem wir beide zur selben Zeit sind. Ich könnte auch mit einem Fremden Sex haben, denke ich.

Mein Bewusstsein gleitet ab. Was will ich? Was bedeutet dieser wilde, verzweifelte Sex? Bin ich auf der Suche nach den vertrauten Emotionen, weil ich möchte, dass alles wieder so wird wie irgendwann in vergangenen Zeiten? Trauer und Verlangen fließen ineinander über, bis sich beides nicht mehr voneinander unterscheidet. Ich höre von weit weg Brads Wonneschrei. Er klingt unharmonisch, entfernt wie ein Ächzen des Windes in den Pinienbäumen. Unbefriedigt sinke ich in mich zusammen.

Ich bin leer. Hohl. Ohne jedes Gefühl, irgendwie unvollständig.

Nie zuvor habe ich mich so allein gefühlt.

Seit Monaten habe ich einen Traum. Einmal in der Woche. Manchmal zweimal. Es ist nie exakt derselbe Traum, aber ein ähnlicher. Mit einem ähnlichen Thema. Einer ähnlichen lähmenden Angst und einem ähnlichen Ende. Nur der mittlere Teil variiert, verändert sich und führt mich über trügerische Pfade. Wenn Sie daran glauben, dass Träume eine Bedeutung haben oder einem subtilen Zweck dienen, wie beurteilen Sie dann meinen?

Es ist Nacht – immer Nacht – und ich laufe. Renne durch dunkle Straßen in einer Stadt, die mir bekannt und unbekannt zugleich ist. Es ist eine Kleinstadt, deren Straßen im rechten Winkel zueinander verlaufen. Die Landschaft ist flach. Alle Fenster sind unbeleuchtet. Kein Hund bellt. Alles ist still bis auf meine donnernden Schritte und mein Keuchen. Und die Schritte hinter mir …

Immer ist jemand hinter mir. *Die Jäger,* so nenne ich sie. Sie sind beinah lautlos, verstohlen und bedrohlich. Wie viele sind es? Das weiß ich nie. Im Traum habe ich zu große Angst, um den Kopf zu drehen und zu zählen.

Ich renne, von Panik ergriffen. Die Muskeln schmerzen höllisch. Die Schritte kommen immer näher. Ich bekomme Seitenstechen, zwinge mich jedoch, weiterzulaufen und die Beine noch schneller zu bewegen. Vielleicht – und das ist eine fast trügerische Hoffnung – kann ich sie abhängen, mit den langen Schatten, die die schwachen Straßenlaternen werfen. Doch ich spüre ihren Atem in meinem Nacken und den Luftzug, als ihre Arme nach mir greifen.

Erschöpft erreiche ich einen Fluss. Es gibt keine Brücke, keine Furt. Um den Fluss zu überqueren, muss ich schwimmen. Einen unsäglich langen Augenblick starre ich aufs Wasser. Es wirbelt dunkel und ölig an mir vorbei. Mir läuft ein Schauer über den Rücken. Dann hole ich tief Luft und wappne mich innerlich gegen die Kälte, bevor ich springe und in das Wasser eintauche.

An diesem Punkt wache ich auf. Mein Herz rast, und ich ringe um Atem. Die Angst ballt sich wie ein fester Knoten in meinem Bauch zusammen. Ich bin schweißgebadet. Dann setze ich mich auf, presse die Hände an die Schläfen und versuche, die Anspannung zu mindern, die sich dort angesammelt hat. Sobald ich wieder zu Atem komme, werfe ich einen Blick auf Brad.

Das Schlafzimmer wird von der Straßenlaterne draußen schwach erleuchtet. Er liegt neben mir; seine Brust hebt und senkt sich im Rhythmus des Schlafs. Sein Haar ist zerzaust, sein Gesicht entspannt.

Bestimmt habe ich im Schlaf mit mir selbst geredet, denke ich, oder sogar geschrien.

Wie kann er von all dem nichts bemerkt haben?

Ich habe dieses Haus von meinen Großeltern geerbt. Es ist ein »Arbeiter-Cottage« – der neueste Schrei bei den Stadt-Yuppies. Meistens sind diese Häuser heruntergekommen und winzig, dennoch bezahlen die Leute heutzutage horrende Preise dafür. Normalerweise haben diese Cottages einen langen Gang in der Mitte, von dem die anderen Räume abgehen: Wohnzimmer, zwei Schlafzimmer, Bad, Esszimmer.

Im Laufe der Jahre haben Brad und ich viel Zeit und

Geld investiert, um unser Zuhause zu renovieren. Jetzt ist es hell und praktisch, funktionell und ohne Schnickschnack eingerichtet, mit polierten Holzböden und Wänden in der Farbe von goldener Butter. Vor zwei Jahren haben wir an den rückwärtigen Teil angebaut, um eine anständige Küche und einen gemütlichen Wohnraum zu bekommen. Schiebetüren aus Glas führen auf eine sonnenbeschienene, mit Terrakottaplatten gepflasterte Terrasse. In Blumenkästen blühen üppige Geranien, und im Garten dahinter befinden sich ein kleiner Pool, eine winzige quadratische Rasenfläche und ein großer Maulbeerbaum, dessen Früchte schon mein Vater als Kind gepflückt haben muss. Mein Heim sieht wirklich so aus wie die Häuser in den Hochglanzmagazinen, überlege ich stolz.

Aber jetzt muss ich in diesem Haus zu viele leere Stunden verbringen. Zu viel Energie wird damit vergeudet, Ursachen und Gründe für das zu finden, was geschehen ist. Und ich verbringe zu viele Nächte mit Weinen, obwohl ich spüre, dass Tränen diesen tiefen Schmerz niemals auslöschen können.

Es wird Zeit, dass ich wieder arbeite. In meinem früheren Alltag habe ich Recherchen für den lokalen Fernsehsender gemacht. Ich habe meinen Job geliebt und Spaß dabei gehabt, Nachforschungen anzustellen und einzelne Informationen für die aktuelle Sendung zusammenzufügen, die allabendlich ausgestrahlt wird. Und ich war gut. Als ich ging, hat mir der Geschäftsführer des Senders ein exzellentes Zeugnis ausgestellt.

Arbeit!, denke ich mutlos und gefangen zwischen dem Bedürfnis, gebraucht zu werden, und dem Gefühl der Unzulänglichkeit. Die Vorstellung, am Morgen aufzustehen, mich ordentlich anzuziehen und Make-up aufzulegen, Emotionen vorzutäuschen, die ich nie wieder empfinden kann, deprimiert mich. Wie kann ich mich im Beisein anderer Menschen normal benehmen, wenn mein Herz entzweigebrochen ist? Wie kann ich weitermachen, als wäre alles in Ordnung, während mein Leben ein einziges Gefühlschaos ist?

Also stelle ich die Überlegung, wieder zu arbeiten, zurück.

Morgen, nehme ich mir vor. Morgen werde ich eine Entscheidung treffen, mein Leben ändern. Nach vorn schauen.

Immer wieder morgen ...

Am folgenden Nachmittag komme ich vom Einkaufen nach Hause und schleppe lustlos die Plastiktüten mit den Lebensmitteln durch den Flur in die Küche. Brad ist schon daheim und hat ein Buch aufgeschlagen vor sich liegen. Das Buch – er zeigt es mir später – enthält hauptsächlich Fotografien, Luftaufnahmen von großen, schlammigen Wasserlöchern und ausgetrockneten, von Bäumen gesäumten Flussläufen, die sich teilen und wieder zusammenkommen und sich ziellos durch eine, wie es scheint, ebene Landschaft schlängeln.

»Der Diamantina River hat einen Hauptarm«, sagt Brad und fährt mit dem Finger über ein Foto, auf dem ein Wasserloch abgebildet ist. »Und wenn es regnet, teilt sich das Wasser in Dutzende, manchmal auch in Hunderte Kanäle, von denen manche Meilen breit sind.«

Ich schaue mir die Fotografie noch einmal an. Von meinem Blickwinkel aus erscheinen die Flussläufe wie ein filigranes Spitzengewebe, ein kompliziertes Muster aus Farben und Linien. »Und was geschieht bei Überschwemmungen?«, frage ich.

»Dann ist dort ein einziger großer See. Da die Landschaft ganz flach ist, dauert es dann Ewigkeiten, bis das Wasser wieder abfließt oder wenigstens versickert.«

Er breitet eine große Karte von Queensland auf dem Tisch aus und deutet auf die blauen Flusslinien, die sich weit verzweigen. »Sieh mal!«, fordert er mich eifrig auf; diese Begeisterung habe ich schon Monate nicht mehr bei ihm erlebt. »Es gibt drei Flusssysteme – den Georgina River, den Diamantina River und den Coppers Creek. Alle münden letztendlich in den Lake Eyre.«

»In Südaustralien?« Mein Geografie-Unterricht liegt schon eine Weile zurück, aber einiges vergisst man nie.

Ich betrachte sorgfältig die Karte und lasse den Blick über die Eintragungen schweifen. Ich suche nach der nächsten größeren Stadt in dem, wie mir scheint, ziemlich unwirtlichen Teil des Outbacks. »Das ist hübsch«, füge ich hinzu, trete zurück und ziehe meine High-Heels aus. Meine Füße schmerzen.

Brad ist immer noch über die Karte gebeugt. »Wenn wir diese Richtung einschlagen«, überlegt er laut und fährt mit dem Finger eine Linie, die wie ein größerer Highway aussieht, entlang, »hier abzweigen und diesen Weg weiterfahren. Das wäre die schnellste Route.«

Ich halte verständnislos inne, habe meine hochhackigen Schuhe in der einen Hand und stemme die andere in die Hüfte. »Die schnellste Route?«, wiederhole ich begriffsstutzig.

»Zum Diamantina. Du kommst doch mit, Jess?«

»Nein«, antworte ich entschieden. »Und dieser Weg, von

dem du sprichst, muss mehr als zweihundert Kilometer lang sein.«

»Dreihundertfünfzig«, entgegnet er grinsend und wirft mir einen Blick zu, der mich um Jahre zurückversetzt und mich denken lässt: Wenn ich nicht so verdammt müde wäre, könnte man mich überreden, auf das Dinner zu verzichten und es gegen hedonistischere Beschäftigungen einzutauschen.

»Hast du nicht manchmal das Gefühl, irgendwie festzustecken? Willst du denn niemals die Flucht ergreifen?«, fragt Brad unvermittelt und lehnt sich zurück.

»Die Flucht ergreifen? Wohin sollte ich fliehen?«

Brad zuckt mit den Schultern und reibt sich die Augen vor Müdigkeit. »Irgendwohin. Nur weg von all dem. Irgendwohin, wo das Leben einfacher, langsamer verläuft.«

»Weg von meinen Erinnerungen?«

Dieses Wort fällt ungebeten, aber ich muss diese Frage stellen. Ich muss wissen, was diesen Mann antreibt.

»Ja«, antwortet er schlicht.

»Ich könnte die Erinnerungen nie hinter mir lassen. Sie sind alles, was mir geblieben ist.«

Ich schüttle den Kopf. Eine Flucht habe ich nie in Erwägung gezogen, nicht einmal ernsthaft über mögliche Alternativen nachgedacht. Wohin sollten wir denn gehen? In irgendeine Vorstadt? In eine Kleinstadt? Zum Diamantina?

Das Buch liegt etliche Tage auf der Küchenbank. Von Zeit zu Zeit fällt mein Blick darauf, und ich habe mir vorgenommen, es durchzublättern und den Text zu lesen. Brad hat gesagt, dass in dem Buch eine Zusammenfassung der Geschichte dieser Region stehe. »Du weißt schon«, meinte er beiläufig, »da wird von den ersten Pionieren und Siedlern erzählt, von solchen Dingen.«

Er versucht, mein Interesse zu wecken, mich neugierig zu machen. Die alten Forscherinstinkte zu wecken, die in den letzten Jahren im Verborgenen geschlummert haben. Ich schlage zögerlich die erste Seite auf, dann schiebe ich das Buch weg. Nein, warnt mich eine innere Stimme. Sieh nicht hin! Lass dich nicht vereinnahmen!

Doch der Name – *Diamantina* – geht mir nicht mehr aus dem Kopf und blitzt in den seltsamsten Augenblicken auf.

Diamantina. Diamantina. Diamantina.

Ich spreche es leise aus, mehrmals, und mit einem Mal ist da eine Kadenz, ein Rhythmus. Es klingt fast melodisch und ist eine Wohltat für das Ohr. Weshalb, überlege ich, bleiben uns manche Namen sofort im Gedächtnis haften? Warum können sie nicht verblassen und in der Versenkung verschwinden?

Am Sonntagnachmittag nehme ich mir schließlich das Buch vor und setze mich in einen Liegestuhl unter dem Maulbeerbaum. Das Laub bewegt sich und wirft seltsame Muster auf den Rasen, meine Hände, das Buch. Für einen kurzen Augenblick schließe ich die Augen und fühle die Wärme auf meinem Gesicht. Dann atme ich tief durch, schlage das Buch auf und blättere, bis ich das entsprechende Kapitel finde.

»Das Gebiet des Diamantina rund um Winston«, lese ich laut, »wurde erst in den frühen siebziger Jahren des neunzehnten Jahrhunderts besiedelt. Einer der ersten Schafzüchter, Adam O'Loughlin, wurde in Newtownlimavady in Londonderry, Irland, geboren …«

KAPITEL 2

Newtownlimavady, Irland
Juli 1867

Adam O'Loughlin saß auf den Stufen vor seinem Cottage; die heiße Sonne wärmte sein Gesicht, während er seinen Tee trank. Eine Brise raschelte in dem Kartoffelacker, dessen Kraut und Blüten sich über den Hang des Hügels erstreckten. Er sah aus wie ein grünes Meer mit violetten Tupfen. Adam war noch nie am Meer gewesen, hatte nur in Büchern darüber gelesen, stellte sich aber vor, wie es aussehen könnte. Einmal hatte ihn sein Vater mit nach Londonderry genommen, das achtzehn Meilen weit weg war; dort hatte er über den Fluss Foyle geblickt und sich gefragt, wie es wohl wäre, mit einem der Schiffe, die in den Docks lagen, davonzusegeln. Wie alt mochte er damals gewesen sein? Sechs? Sieben? Ein anderer Gedanke riss ihn jäh in die Gegenwart zurück: Sein Dad war vor vier Monaten am Fieber gestorben. Und als ältester Sohn war er, Adam, nun schon mit achtzehn Jahren das Familienoberhaupt.

Er sah verdrossen auf die O'Loughlin-Felder unterhalb des Cottages; die Verantwortung lastete schwer auf seinen jungen Schultern. Der Boden seiner Farm war schlecht; die Felder und Wiesen lagen tief, und in den regnerischen Monaten verwandelten sie sich in Morast, da sie nicht einmal zureichend entwässert werden konnten. Er besaß insgesamt zehn Acres, und mehr als die Hälfte des Landes war kaum besser als Torfmoor. Rinder und Schafe hatte er längst für einen Bruchteil ihres Wertes verkauft, um den ausstehenden Pachtzins bezahlen zu können. Jetzt hatte Adam nur noch ein einziges Schwein, ein kümmerliches Tier, und drei Acres Kartoffelfelder.

»Es ist eine Schande, an einem so schönen Tag trüben Gedanken nachzuhängen«, rief jemand plötzlich neben ihm.

Seine Mutter setzte sich zu ihm auf die Stufen und legte die Hände auf ihren Bauch und das ungeborene Kind. Adam warf ihr einen Blick zu, wandte sich dann aber verlegen wieder ab. Sie war bei ihrer Hochzeit mit Dad kaum älter gewesen als er jetzt. Und heute war sie noch nicht einmal vierzig und doch schon eine alte Frau mit fast weißem Haar und vielen kleinen Falten um die Augen und den Mund.

»Woher weißt du, was ich denke?«

»Eine Mutter spürt so etwas.«

Er presste die Lippen zusammen und schaute in die Ferne. Weiß getünchte Cottages mit Strohdächern, ganz ähnlich wie seines, von mit Steinmäuerchen abgegrenzten Feldern und Weiden umgeben, waren weit in der Landschaft verstreut. Auf dem Gipfel des Hügels zur Linken stand das Farmhaus des Großgrundbesitzers. Die Böden seiner höher gelegenen Felder waren dunkel und fruchtbar, und große Schafherden – helle Pünktchen inmitten des satten Grüns – grasten friedlich auf den Weiden. Das Haus des Großgrundbesitzers erstreckte sich über den gesamten Kamm des Hügels, und die Mauern hoben sich unnatürlich weiß von den frisch bestellten Äckern ab. Der Turm in der Mitte war um eine Spur dunkler. Rechts davon markierte eine Baumlinie den Verlauf des Rivers Roe.

»Die Kartoffeln«, sagte seine Mutter. »Was meinst du, wann wir mit dem Ausgraben anfangen?«

Adam blinzelte und richtete den Blick erneut auf das O'Loughlin-Land unterhalb des Cottages. Manchmal, wenn er die Zeit fand, um hier zu sitzen, bildete er sich ein, die neuen Blätter wachsen und die Blüten aufgehen zu sehen, so schnell entwickelten sich die Pflanzen. Gott sei Dank, dachte er. Mit dem Erlös für die Ernte konnte er die halbjährliche Pacht bezahlen, die seit dem »Gale Day« im Mai fällig war, und sie konnten die eigenen Vorratsfässer wieder füllen. Zurzeit hatten sie nur die knorrige Sorte im Haus, die weit weniger schmackhaft war als die festen Feldfrüchte, die augenblicklich in der feuchten Erde wuchsen.

»In ein paar Wochen«, antwortete er mit einem Stirnrunzeln. »Vielleicht in einem Monat, wenn wir noch so lange warten können.«

Er entdeckte plötzlich zwei Gestalten, die auf dem Weg, der vom Ort herausführte, in ihre Richtung kamen. Selbst aus dieser Entfernung erkannte er sie. Einer war der Constable, ein Nachbar, den Adam schon fast sein Leben lang kannte. Er war mit den Söhnen dieses Mannes in die Schule gegangen. Der andere, der Gerichtsvollzieher mit prächtig maßgeschneidertem Rock, glänzend gewienerten Schuhen und hohem Zylinder, hüpfte vorsichtig über die Pfützen, die der Regen der letzten Nacht zurückgelassen hatte, um sich die Schuhe nicht schmutzig zu machen. Adam musste sich das Lachen verbeißen, obwohl er keineswegs erfreut war, die beiden zu sehen.

»Was ist denn daran so lustig?«, fragte seine Mutter und sah in die gleiche Richtung wie er.

»Der Geldeintreiber tanzt um die Pfützen, damit kein Schlamm an seine feinen Schuhe kommt.«

»Ich weiß nicht, warum er sich solche Mühe macht. Der Schlamm ist noch das sauberste in dieser Gegend.«

Adam beobachtete, wie die zwei Männer keuchend den Hof erreichten. Der Gerichtsvollzieher hielt Adams Mutter ein Stück Papier vor die Nase. »Mrs. O'Loughlin, nehme ich an.«

»Was ist das?«, wollte Adam wissen.

»Eine Räumungsklage. Und sagen Sie bloß nicht, Sie hätten nicht damit gerechnet!«

Adam sah seine Mutter an. Ihr Gesicht wirkte plötzlich eingefallen und noch faltiger. Sie schloss die Augen, und eine Träne löste sich aus den Wimpern. Ihre Stimme klang matt: »Womit sollen wir Sie denn bezahlen? Unsere Kartoffeln sind noch nicht erntereif, und Geld haben wir keines.«

»Klage niemandem dein Leid, der kein Mitgefühl hat!«, höhnte Adam.

»Ihnen bleibt ein Monat Zeit, die Schulden zu begleichen, oder Sie müssen das Cottage räumen«, fuhr der Gerichtsvollzieher ungerührt fort und stemmte die Arme in die Hüften.

Adam legte die Hand auf den Arm seiner Mutter, um sie zu beruhigen. »Keine Sorgen, Mam! Ich regle das.«

»Adam! Nein!«

Sie streckte protestierend die Hände aus, doch Adam achtete nicht auf seine Mutter, sondern führte sie die Stufen hinauf und machte die Haustür zu, ehe er sich zu den Männern umdrehte. »Wie Sie sehen, geht es meiner Mutter nicht gut. Sie werden mit mir verhandeln müssen.«

»Und Sie sind?«, fragte der Schuldeneintreiber streitlustig.

Die Frage war eine reine Formalität, das wusste Adam.

Sie sollte ihn aus der Ruhe bringen. Im Dorf kannte jeder jeden, und der Constable hatte dem Gerichtsvollzieher ganz bestimmt auf dem langen Weg hierherauf alles Wissenswerte über die Familie O'Loughlin erzählt. Doch verdiente die Frage eine Antwort. »Adam O'Loughlin, Sohn des Hugh O'Loughlin«, erwiderte er geduldig.

»Wo ist Ihr Vater?«

»Er ist vor vier Monaten gestorben, wie Sie sicher bereits erfahren haben.«

»Unverschämt«, brummte der Gerichtsvollzieher, lauter setzte er hinzu: »Wo ist Ihr Bruder?«

»Conor?«, fragte Adam erstaunt. »Was wollen Sie von ihm?«

»Er hat sich auf den Feldern des Landbesitzers herumgetrieben. Falls irgendetwas vermisst werden sollte, wird er der Erste sein, den man verdächtigt.«

»Und was soll man da oben schon vermissen?«, spottete Adam mit einem Blick auf das riesige Haus.

»Vorräte zum Beispiel?«

»Bezichtigen Sie meinen Bruder des Diebstahls?«

»Ich habe nur Anweisung, die Räumungsklage zu überbringen. Sie ist vom Magistrat geprüft und unterzeichnet worden. Dem Landbesitzer ist es gleichgültig, ob Ihre Mutter auf dem Sterbebett liegt oder Ihre Kartoffeln die Fäule haben. Er will einfach nur sein Geld. Ihnen bleiben dreißig Tage, um den ausstehenden Pachtzins aufzubringen, sonst ...«

»Sonst was?«

Der Gerichtsvollzieher zuckte hochmütig mit den Achseln – dabei zog er die Schultern übertrieben hoch und ließ sie schnell wieder sinken – und machte sich davon.

Der Constable wandte sich jetzt Adam zu: »Tut mir

Leid, Junge«, sagte er. »Ich hab damit nichts zu tun.« Er nickte mitfühlend und trat unbehaglich von einem Fuß auf den anderen, ohne Adams Blick zu begegnen.

Adam sah ihn scharf an, dann drehte er sich weg und beobachtete, wie der Geldeintreiber in Richtung Dorf stapfte. »Sie sollten auch besser gehen«, sagte er zu dem Constable, ging ins Haus und machte die Tür zu. Die kühle Luft in dem kleinen Steincottage hüllte ihn ein, und er schauderte.

»Das war's also, wie? Das ist das Ende.«

Seine Mutter saß auf einem Stuhl neben dem Fenster. Adam konnte nur ihre Silhouette, nicht aber ihr Gesicht vor dem hellen blauen Himmel erkennen. Ihm fiel jedoch ihre stolze Kopfhaltung auf, das nach vorn gereckte Kinn und der gewölbte Bauch unter der Schürze.

»Sie haben nach Conor gefragt«, sagte er ausdruckslos.

»Conor?« Sie drehte ihm abrupt das Gesicht zu, und er sah, wie ihr Mund das O formte. »Was wollen sie von ihm?«

»Der Geldeintreiber meint, er hätte an Plätzen herumgelungert, an denen er nichts zu suchen hat.«

Sie verschränkte die Arme vor der Brust und senkte niedergeschlagen den Kopf. »Dieser Junge ist noch mal mein Tod.«

»Da wir gerade von Conor sprechen – weißt du, wo er ist? Ich habe ihn seit Tagen nicht zu Gesicht bekommen.«

Sie erhob sich schweigend und nahm den Besen, der an seinem Platz neben dem Herd stand. Mit kurzen, gleichmäßigen Strichen fegte sie das Stroh über den irdenen Boden und den unsichtbaren Staub in Richtung Tür, wie es der Aberglaube diktierte.

Adam spürte, wie Ärger in ihm aufstieg. Verdammter

Conor, dachte er, er macht Mutter Kummer, wenn sie es am wenigsten braucht. Hat sie nicht schon genug Sorgen wegen dieser Räumungsklage und der Aussicht, bald noch ein Maul mehr füttern zu müssen? Es ist bereits Juli, und das Kind soll schon Ende August auf die Welt kommen. Die Kartoffelernte steht bevor, und es wird nicht genügend Helfer geben, wenn sich Mutter um den Säugling kümmern muss und Conor wie üblich durch die Gegend streunt.

Adam dachte an das ungeborene Kind, Hugh O'Loughlins letztes Vermächtnis vor seinem vorzeitigen Tod. Es würde seinen Vater nie kennen lernen und hatte nicht darum gebeten, in diese Armut geboren zu werden. Es wäre besser für den armen Wurm, wenn er bei der Geburt stürbe, ging es Adam durch den Kopf, doch gleich darauf schämte er sich für diesen Gedanken.

»Verdammter Conor!«, explodierte er und richtete seine Wut auf den eigentlichen, wenn auch abwesenden Missetäter.«

»Adam!« Sichtlich erschrocken stützte sich die Mutter auf den Besen und sah ihren Erstgeborenen fassungslos an.

»Wann hörst du endlich auf, ihn in Schutz zu nehmen?«

Er starrte sie einen Augenblick lang an, und als ihm klar wurde, dass er keine Antwort erhalten würde, schnappte sich Adam seinen Hut, der am Haken an der Tür hing, setzte ihn auf und stürmte hinaus.

Adam lief bis zum oberen Ende der Dorfstraße. Es war später Nachmittag, und er begegnete keiner Menschenseele. Ein paar Kühe standen im Schatten des Kastanienbaumes auf dem Marktplatz. Sie drehten ihm die Köpfe zu, als er vorbeikam, und sahen ihm nach. Hinter den obersten Ästen des Baumes ragte in der Ferne der Benevenagh Mountain empor. Der Gipfel war wolkenverhangen.

Woher kam diese Wolke? Der Morgen war schön und ohne jeden Vorboten von Regen gewesen, und trotzdem konnte man wie gestern und vorgestern ein leises Donnergrollen aus Richtung der Berge vernehmen. Adam lauschte mit gerunzelter Stirn, dann verdrängte er den Gedanken an ein nahendes Gewitter und beschäftigte sich wieder mit dem Grund für seinen Besuch im Dorf.

Wo steckte Conor? Es stimmte, was Adam vorhin zu seiner Mutter gesagt hatte: Von dem Jungen war seit Tagen keine Spur zu sehen gewesen. Seit dem Tod des Vaters schien sein sechzehnjähriger Bruder nach eigenen Regeln zu leben und kam und ging, wie es ihm gefiel.

Die Szene vom Morgen im Cottage stand ihm wieder vor Augen. Sein Blick verdüsterte sich bei dem Gedanken an seine Mutter und daran, wie vehement, fast gewaltsam sie den Besen über den Boden geschwungen hatte, nachdem der Name ihres Sohnes gefallen war. War sie wütend auf Conor oder auf den Gerichtsvollzieher, der kurz zuvor auf ihrer Schwelle aufgetaucht war und Geld gefordert hatte? Vielleicht ärgerte sie sich auch darüber, dass ihr Kartoffelvorrat zur Neige ging und sie bald noch einen weiteren O'Loughlin-Sprössling zu versorgen hatte.

Adam seufzte – er konnte es nicht völlig nachvollziehen. Er bog nach rechts in die Catherine Street ein und lief in Richtung Fluss.

Am Ufer des Roe war es kühl. Gesprenkeltes Licht fiel auf das Gras. Das Wasser plätscherte braun und schäumend über die Steine. Adam glaubte einen schillernden

Lachs zu sehen, ein kurzes Aufblitzen von Schuppen und der Schwanzflosse.

Gedankenversunken schlenderte er über den Uferweg. Hier und da hingen Äste tief über dem Fluss; das Laub berührte fast die Wasseroberfläche. Hoch über Adams Kopf flogen blaue gefiederte Eisvögel. Die Brücke war halb im Schatten der Bäume verborgen. Adam lehnte sich über das Geländer und betrachtete versonnen das Wasser, das unter ihm floss.

In gewisser Hinsicht war er den Fischen im Wasser nicht unähnlich. Ein Strom riss ihn mit und führte ihn in. eine Richtung, die er freiwillig nicht eingeschlagen hätte. Fast wäre er lieber einer der Fische gewesen, die stromabwärts zum Loch Foyle schwammen. Doch dann musste er an das weit entfernte Watt denken, das Lebensraum für viele Vogelarten war, und unterdrückte ein Lächeln.

Der Lachs, den er gerade beobachtet hatte, könnte durchaus, wenn es das Schicksal wollte, auf einer Platte für das Abendessen des Landbesitzers enden. Oder als Festschmaus für eine kräftige Möwe.

Er versuchte, seine Gedanken auf die Zukunft zu richten. Wo würde er in zehn Jahren sein? Wäre er dann verheiratet? Würde er noch eine Familie gründen, die in der Armut Irlands ihr Leben fristen müsste? Sich abmühen, um dem Land, das einst seinem Vater und davor seinem Großvater gehört hatte, einen kargen Lebensunterhalt abzutrotzen? Ganz bestimmt, dachte er, gibt es mehr im Leben, als Kartoffeln anzubauen und Torf zu stechen, in der Scheune zu lagern, bis er trocken genug war, um verheizt zu werden. Und wenn die Torfvorkommen versiegten, was dann? Blieb dann nur noch das Arbeitshaus?

Er hob den Kopf, als ein Blitz hinter den Bäumen aufflammte. Der Himmel hatte sich verdunkelt, die Luft war kälter geworden. Adam schauderte und zog den Rock fester um sich, als er die Brücke verließ.

Der Uferweg führte weiter nach Carrick. Auf der Wiese zu Adams Rechten blühten Glockenblumen, die einen leuchtenden Teppich bildeten. Zwischen all dem Blau wuchs da und dort ein Stechginsterbusch mit gelben Blüten. Ein Stück weiter direkt am Fluss stand die Mühle mit dem großen Kornspeicher. Eine Zeit lang sah Adam zu, wie das Wasser das Mühlrad antrieb.

Aus den Augenwinkeln nahm er eine Bewegung auf der Wiese wahr. »Conor?«, rief er und sah sich aufmerksam um. Eine dunkle Gestalt lief quer über die Wiese davon. Die Entfernung war so groß, dass er nicht erkennen konnte, wer es war, aber die Schuppen eines Lachses blitzten im Licht auf. Ein Wilderer, dachte er.

Wieder grollte ein Donner, und Adam sah zurück zum Benevenagh Mountain. Ganz langsam rollten Wolken die Hänge hinab und sammelten sich in den Tälern. Die Vögel in den Bäumen waren ungewöhnlich still. Kein Lüftchen regte sich.

Adam zog die Schultern hoch, um sich gegen die Kälte zu wappnen, und machte sich auf den Heimweg. Die Arbeit wartete auf ihn, und er hatte ohnehin schon zu viel Zeit mit der Suche nach seinem Bruder verschwendet. Irgendwann, wenn er Hunger hatte und sich nach einem weichen Bett sehnte, würde der Junge schon nach Hause kommen. Dann hatte Adam immer noch Gelegenheit, ihm die Leviten zu lesen, auch wenn Ermahnungen bei Conor überhaupt nichts fruchteten.

Wieder ging er am Fluss entlang, durchs Dorf an den

Kühen auf dem Marktplatz vorbei und den schlammigen Weg hinauf zum O'Loughlin-Cottage, und die ganze Zeit behielt er den Nebel im Auge, der sich über das Land wälzte und sich dick auf der feuchten Erde absetzte. Als er endlich seine eigenen Felder erreichte, sah Adam, dass sich etwas pudrig Weißes auch über die Kartoffelpflanzen gelegt hatte, hart und kalt wie Reif.

»Man erzählt sich im Dorf, dass in dieser Woche bei zwei Familien die Zwangsräumung vollstreckt worden sei«, berichtete seine Mutter später, als sie die Schalen mit Salz und Senf in die Mitte des Tisches und die Becher mit der Buttermilch neben die Teller stellte.

Wie immer zum Abendessen gab es Kartoffeln, von denen der Dampf aufstieg und von einem Luftzug nach oben gesogen wurde. Die dunkle Schale sah runzlig in dem trüben Licht aus. Adam dachte an seine Felder unterhalb des Cottages, an das grüne Kraut und die violetten Blüten. »Uns wird das nicht passieren«, sagte er. »Das Glück ist mit uns.«

Seine Mutter zündete die Kerzen an, stellte sie neben die Schüssel mit den Kartoffeln und bekreuzigte sich. Sie fuhr sich dabei mit ruckartigen Bewegungen über die Brust und den angeschwollenen Bauch. Der Kerzenschein vertrieb die Schatten in die Winkel des Raumes und tanzte an den Wänden. »Heute mag uns das Glück hold sein, doch schon morgen kann sich das Blatt wenden«, erklärte sie düster.

Der Tisch war auch für Conor – mit einem Teller und einem Becher Buttermilch – gedeckt, aber von dem Jungen war weit und breit nichts zu sehen. Adam nahm sich die oberste Kartoffel, pellte die Schale mit dem Daumennagel ab und tunkte die Knolle ins Salz. Plötzlich ging die Tür auf, und Adam zuckte erschrocken zusammen. Es war Conor.

»Wo warst du? Ich hätte heute deine Hilfe gut brauchen können, als ich das Wagenrad geflickt habe.«

Im Licht der Kerzen sah man nur Conors große, dunkle Augen und sein geheimnisvolles Lächeln. »Ich war unterwegs«, antwortete er knapp.

»Iss!«, befahl seine Mutter und schob ihrem jüngeren Sohn die Schüssel mit den Kartoffeln zu. Conor ließ sich auf den Stuhl fallen, nahm sich eine Kartoffel und ließ sie zwischen den Fingern Slalom tanzen. Vor und zurück – so schnell, dass die heiße Schale kaum seine Haut berührte. Adam war wie hypnotisiert von dieser Fingerfertigkeit.

»Der Schuldeneintreiber war heute hier«, sagte er schließlich.

Verachtung schwang in Conors Stimme mit, als er fragte: »Was wollte *der* denn?«

Adams Zorn loderte so sehr, dass es ihm für einen Moment die Sprache verschlug.

Ihre Mutter schob den Teller von sich und sah ihren jüngeren Sohn an. So leise, dass sie kaum das Zischen des Feuers übertönte, sagte sie: »Die Pacht und die Steuern sind zu zahlen, und wir haben kaum noch Kartoffeln im Fass. Gott der Allmächtige möge verhüten, dass wir verhungern müssen. Diese Farm ist alles, was uns noch geblieben ist. Wenn wir sie verlieren, können wir uns genauso gut hinlegen und sterben.«

Adam betrachtete ihr Gesicht, der Schein vom Feuer flackerte auf ihren Zügen. Erschöpft und matt, das war sie. Am liebsten hätte Adam seine Mutter in die Arme geschlossen und ihr versichert, dass alles wieder gut würde, dass sie es schon irgendwie schaffen würden. Doch ihre harte Miene und die verschränkten Arme wirkten wie eine Barriere auf ihn, und die Worte blieben unausgesprochen.

»Sag das nicht!«, sprudelte es aus ihm heraus. »Sag das *nie* wieder!« Conor lachte volltönend. Adam funkelte seinen Bruder an und rief: »Lieber Himmel, ich kann die Arbeit nicht ganz allein machen! Ich brauche deine Hilfe!«

»Ich bin kein Farmer.« Conor ließ die Kartoffel fallen, sprang auf und stützte die Handflächen auf den Tisch. »Und der Landbesitzer kann sehr gut eine Weile auf sein Geld warten. Was will er denn sonst mit diesem Land anfangen?«

»Er will uns von hier vertreiben, um aus unseren Feldern Weiden für seine Schafe zu machen.«

»Wolle für England!«, schnaubte Conor geringschätzig.

»Mag sein, aber wir können nichts dagegen unternehmen. Ich bitte dich lediglich um ein wenig Unterstützung. Wir erreichen überhaupt nichts, wenn wir streiten.«

»Da ist noch das Schwein«, schlug die Mutter zaghaft vor. »Vielleicht können wir auf dem Markt ein paar Schilling dafür bekommen.«

Adam schob seinen Teller beiseite und erhob sich. Ihm war der Hunger gründlich vergangen. Der Widerspruch stieg ihm wie Galle in die Kehle. »Es ist nicht fett genug! In ein oder zwei Monaten bringt es viel mehr Geld ein. Bis dahin können wir es gut noch behalten.«

Ein Lächeln spielte um Conors Lippen. »Es ist nicht nötig, das Schwein zu verkaufen. Es *gibt* andere Möglichkeiten.«

»Und welche?«

Conor zuckte mit den Schultern, setzte sich wieder hin

und nahm die Kartoffel in die Hand. Er konzentrierte sich voll und ganz darauf, die Schale abzuziehen, und schenkte Adam keinerlei Beachtung. Er biss in die dampfende Frucht, und erst dann antwortete er lässig: »Das kann ich nicht sagen. Je weniger ihr davon wisst, du und Mam, umso besser.«

Aufgebracht nahm Adam seinen Teller und brachte ihn zum Spülbecken – er hatte keine Lust mehr, sich noch länger im selben Raum mit seinem Bruder aufzuhalten. Plötzlich fiel ihm jedoch das Schillern von Schuppen auf, und er konnte es nicht fassen.

Zwei Lachse lagen auf einem Tablett; die dunklen, glasigen Augen starrten auf einen Punkt jenseits der Zimmerdecke.

KAPITEL 3

Nach dem Essen holte Adam ein Buch aus dem Schrank – er konnte unter sechs Büchern auswählen, die ihm der Dorfschullehrer vor Jahren geschenkt hatte. Er entschied sich für einen Band mit Gedichten, die er zum größten Teil schon auswendig konnte, und setzte sich neben das Feuer.

Bedächtig blätterte er in dem Buch, war jedoch in Gedanken nicht bei der Sache. Immer wieder ließ er die Ereignisse des Morgens und den Wortwechsel mit dem Gerichtsvollzieher Revue passieren und erinnerte sich daran, dass er anschließend in die Küche gegangen war, das Kartoffelfass geöffnet und gerechnet hatte, wie lange der Vorrat wohl noch reichen würde. Anderthalb Wochen, höchstens zwei, wenn sie sich einschränkten. Und dann? Das Schwein für ein paar lausige Schilling verkaufen, mit denen sie sich noch einige Wochen über Wasser halten und das Unausweichliche hinausschieben könnten?

Die Zukunft erstreckte sich vor ihm wie ein dunkler, endloser Tunnel. Adam wollte aber nicht darüber nachdenken. Er schlug das Buch zu und stützte das Kinn in die Hände – er wusste nicht mehr weiter. Als er am Nachmittag im Dorf gewesen war, hatte Adam etliche Geschichten von Leuten gehört, denen es genauso erging wie ihnen. »Den O'Malleys wurde die Pacht gekündigt«, hatte einer der Farmer erzählt. »Wenn das so weitergeht, ist das Dorf im kommenden Winter ausgestorben.«

Abgesehen von dem knisternden Feuer im Kamin und den Holzscheiten, die auf den Rost fielen, war alles still. Mam war nach dem Essen zu Bett gegangen, und Conor hatte sich auf und davon gemacht. Adam starrte betrübt in die Flammen. Müde lehnte er den Kopf an die Sessellehne und schloss die Augen. Er spürte, wie sich der Schlaf, eine dunkle, formlose und erstaunlich warme Masse, über ihn senkte. Er wehrte sich nicht dagegen und ließ sich bereitwillig von seinen Sorgen ablenken.

»Heilige Maria, Mutter Gottes!«

Der Schrei drang in sein Bewusstsein und verschmolz mit den Resten eines Traums. Worte verwoben sich mit Bildern, während Adam sich mühsam durch die verschiedenen Phasen des Schlafes kämpfte.

»Adam! Adam!«

Er blinzelte, wusste im ersten Moment nicht, wo er war, und drehte den Kopf in die Richtung, aus der die Geräusche kamen.

»Mam?« Das Wort kam ihm schwer über die Lippen. Sein Kopf war schwer und fühlte sich an, als wäre er mit Watte gefüllt. Adam machte kurz die Augen zu und öffnete sie wieder – vielleicht war das alles noch Teil seines Albtraumes.

»Adam!« Wieder dieser Schrei, schwach, aber eindringlich.

Das Feuer war längst erloschen; auf dem Rost lag nur noch glühende Asche, und die Kälte biss förmlich in Adams Füße, als er sie auf den Boden stellte. Mit klopfendem Herzen lief er zu dem Durchgang vor der Kammer seiner Mutter und schob den Vorhang beiseite.

Sie saß im Bett, mit zerzaustem Haar, und hatte die Arme um die unter der Decke angezogenen Knie geschlungen. Die trübe Öllampe beleuchtete ihr blasses, schmerzverzerrtes Gesicht. Schweißperlen glänzten auf ihrer Stirn.

»Was ist?«, fragte er benommen. »Ist es das Baby?«

»Ja.« Sie nickte und kniff für einen Moment die Augen zu. Adam sah, dass sich ihre Brust unter dem Nachthemd heftig hob und senkte, als hätte seine Mutter Mühe, Luft zu bekommen. »Hol Mrs. Mullins! Sag ihr, dass ich sie gleich jetzt brauche!«

Adam stolperte zum zweiten Mal an diesem Tag den Weg entlang zum Dorf. Am klaren Himmel funkelten Millionen Sterne. Irgendwoher war das Heulen eines Hundes zu hören, das vom Wind weitergetragen wurde und Adam quälte. Die Verzweiflung trieb ihn an, als er auf die Häuser mit den erleuchteten Fenstern zulief und seine Stiefel an die Steine stießen.

Einmal stolperte er und stürzte so schwer, dass er sich das Schienbein unter der Hose aufschürfte. Er scherte sich jedoch nicht um seine Verletzung. Seine einzige Sorge galt der Mutter, und er hoffte inständig, dass sie sich allein zurechtfand – verflucht sei Conor, weil er am Abend das Haus verlassen hatte – und das Kind gesund auf die Welt kam. Als er das Dorf endlich erreichte, hämmerte Adam an die Tür der Familie Mullins, bis der alte Mr. Mullins aufmachte und grummelte: »Schon gut, Junge! Du brauchst nicht gleich das ganze Haus einzureißen!«

Später saß Adam auf den Stufen vor seinem Cottage, während sich die Hebamme um seine Mutter kümmerte, und verschloss die Ohren gegen das Ächzen und Stöhnen, das aus dem Haus drang. So musste es vor achtzehn Jahren bei seiner eigenen Geburt gewesen sein; sein Vater hatte auf denselben Stufen gesessen oder war besorgt in der Küche auf und ab gegangen.

Adam musste an die Säuglinge denken, die nach Conor geboren wurden. Es waren fünf gewesen, und keines hatte länger als ein paar Monate gelebt. Liam und Michael. Patrick. Und die Zwillinge Grace und Mary. Er erinnerte sich an ihr jämmerliches Weinen und an die traurige Stille im Cottage, nachdem ihre kleinen leblosen Körper in ein namenloses Grab auf dem Friedhof hinter der Kirche gesenkt worden waren.

Adam hob den Kopf und überblickte das im Dunkel liegende O'Loughlin-Land und grübelte wieder über die Sinnlosigkeit seiner Mühen nach. Wenn die Mutter das Kindbett hinter sich hatte, sollten sie vielleicht von hier weggehen und sich einen Platz suchen, an dem sie besser leben konnten. Es *musste* etwas Besseres geben als dies. Wozu sollten sie sich sonst woanders ansiedeln?

Erschöpft drückte er die Stirn an seine Knie. Möglicherweise schlief er sogar ein – er wusste es selbst nicht; jedenfalls erhellte schon das erste Tageslicht den östlichen Himmel, als die Hebamme die Haustür öffnete und den Kopf ratlos schüttelte. »Ein Junge«, sagte sie kurz angebunden, »er hat nicht ein einziges Mal geatmet.«

»Wie geht es Mam?«

Mrs. Mullins schüttelte wieder den Kopf. »Sie braucht einen Doktor.«

Conor kam nach Hause, gerade als der Arzt das Zimmer ihrer Mutter verließ. »Da kann ich nur wenig tun«, sagte der Arzt beim Händewaschen. »Sie braucht gute Nahrung, insbesondere Fleisch, um wieder zu Kräften zu kommen, und eine Medizin, wenn sie eine Chance haben soll. Aber der einzige Apotheker in der Stadt hat seinen Laden geschlossen.«

»Wir haben kein Fleisch«, gab Adam zu bedenken. »Und auch kein Geld. Ich weiß nicht, wie wir Sie bezahlen sollen.«

Der Doktor zuckte mit den Achseln und nahm seinen Hut und die Tasche. Die Hälfte der Dorfbewohner schuldete dem Mann Geld für seine Dienste.

»Fleisch! In den Gewässern des Landbesitzers gibt es jede Menge Lachse und Forellen und mehr Wild in seinen Wäldern und auf seinen Wiesen, als er essen kann«, sagte Conor verbittert. »Aber nur die hohen Herren dürfen sich bedienen, während wir Hunger leiden müssen.«

»Lass das nicht die falschen Leute hören, mein Junge!«, warnte der Doktor.

Conor schlug sich mit der Faust in die Handfläche. »Das wäre mir gleichgültig!«, schrie er und machte einen Satz zur Tür. »Ich hasse die Engländer! Wir mästen Schweine für ihre Tische und haben selbst nur Kartoffeln zu essen. Ich hole Fleisch für Mam, selbst wenn es mich das Leben kostet!«

»Das darfst du nicht. Du wirst erwischt und ins Gefängnis geworfen. Ein Verbrecher. Was würde Mam ...«

Doch Conor war bereits weg und schlug die Tür hinter sich zu.

Nachdem der Arzt gegangen war, blieb Adam auf der Schwelle zur Kammer seiner Mutter stehen. Diese lag im Bett und hatte das Gesicht zur Wand gedreht. »Mam?«, begann er.

Sie gab keine Antwort.

Adam ging zum Fußende des Bettes, nahm das in Tücher gewickelte Bündel auf den Arm und zog den Stoff ein wenig zur Seite, um das tote Kind zu betrachten. Die winzige Stupsnase. Die weit geöffneten Augen. Die schlaffen Ärmchen.

Seine Mutter bewegte sich und sah ihn teilnahmslos aus dunklen, tief liegenden Augen an. »Tu, was du tun musst!«, flüsterte sie heiser.

Er wandte sich ab, weil er ihren Blick nicht ertragen konnte und nicht wusste, was er sagen sollte. Gab es überhaupt Worte, die ihren Schmerz lindern konnten? »Es tut mir Leid«, sagte er schließlich.

»Ja, es tut dir Leid.«

»Ich kann nichts ändern, obwohl ich alles dafür geben würde.«

»Ja.«

Ihre Stimme klang so hoffnungslos und verzweifelt, dass Adam kurz überlegte, ob sie Trost bei ihm suchte. Er drehte sich weg von ihr und zog das Tuch über den

kleinen Leichnam. »Wir haben kein Geld für ein richtiges
Begräbnis«, sagte er. »Ich hebe eine Grube am Rand des
hinteren Feldes aus.«

Im Freien wischte er sich die Tränen der Wut aus den
Augen, nahm den Spaten und stieß ihn tief in den Boden.
Zornig schaufelte er die dunkle, torfige Erde zur Seite
und hob eine tiefe Grube aus, weil er hoffte, dass, so Gott
wollte, im nächsten Jahr genau an dieser Stelle wieder
Kartoffelpflanzen wuchsen und alle Hinweise auf sein
heutiges Werk überdeckten.

Er legte das tote Kind in die Grube und hielt einen Augenblick inne. Es fiel ihm schwer, den Rest seiner Pflicht
zu erfüllen. Er richtet den Blick in den Himmel und
dachte unglücklich: Dies ist mein Bruder, das letzte Kind
meiner Eltern. Es kann nie wieder eines geben.

Die Verzweiflung gewann die Oberhand und erstickte
alle Vernunft. Adam malte sich aus, was alles hätte sein
können …

Wenn sein Vater noch am Leben wäre …

Wenn die Ernte schon eingebracht wäre …

Wenn er nur fruchtbares Land hätte statt der kargen
Felder …

»Wenn, wenn, wenn!«, murrte er ärgerlich und warf
eine Schaufel voll Erde in das Grab. Wenn es einen Gott
gab, dann hatte er die O'Loughlins verlassen.

»Es ist nicht gerecht!«, schrie er und schaufelte verbissen. Er wollte nur noch schnell fertig werden und weg
von diesem traurigen Ort.

Den Rest des Tages verbrachte er damit, seine Mutter,
so gut er konnte, zu versorgen. Er brachte ihr Wasser
und bot ihr ein paar Bissen Kartoffeln an, doch meistens
lehnte sie ab. Er trug die blutigen Tücher aus dem Zim-

mer, warf sie ins Feuer und gab ihr frische. Die Blutungen machten ihm Angst, und sie schienen kein Ende zu nehmen. Im Gegenteil – sie wurden immer stärker. War das noch normal? Seine Mam mochte er nicht fragen, weil er sie nicht unnötig beunruhigen und seine männliche Unwissenheit nicht zeigen wollte.

Als die Nacht hereinbrach, setzte er sich wieder vors Feuer, lauschte dem röchelnden Atem seiner Mutter im angrenzenden Raum. Er zählte die Sekunden zwischen den Atemzügen. Was konnte er bloß tun? Wenn doch nur Conor nach Hause käme, dann hätte er wenigstens jemanden, mit dem er reden könnte.

Seine Gedanken schweiften in die Vergangenheit, in seine Kindheit. Ist jemals etwas wirklich Schönes geschehen?, fragte er sich und dachte an seinen Vater, an seinen von harter Arbeit und Nahrungsmangel ausgezehrten Körper –, an die toten Säuglinge und das armselige Land, das sie bestellten. Aber konnte er sich ernsthaft beklagen? In vielerlei Hinsicht war das Leben gar nicht so schlecht gewesen. Ja, in einigen Wintern hatte er keine Schuhe gehabt, aber richtig hungern musste er nie. Und die Liebe seiner Eltern war ihm immer sicher gewesen, er hatte ein trockenes Bett und ein Feuer wie dieses gehabt, an dem er sich wärmen konnte.

Gegen Mitternacht brachte er seiner Mutter noch einmal Wasser.

»Adam«, wisperte sie und schob das Glas von sich. Ihre Stimme war so schwach, dass sich Adam nah zu ihr beugen musste, um sie zu verstehen. Im Halbdunkel fasste er nach ihrer Hand und hielt sie fest. Ihre Haut war kalt und trocken.

»Ja, Mam.«

»Es geht zu Ende mit mir.«

»*Nein!*«

Das Wort brach aus ihm heraus. Er hörte, wie es in den schäbigen vier Wänden vibrierte, bis es zu einem ohrenbetäubenden Laut wurde.

»Wofür sollte ich am Leben bleiben?«, fragte seine Mutter matt. »Ich bin es leid, Sohn. Es muss einen schöneren Ort geben. Dein Dad ist nicht mehr da, und so viele Kinder sind gestorben. Nur noch du und Conor seid übrig.«

»Dann lebe für uns!«

»Ihr seid schon fast Männer. Ich wäre nur eine Last für euch.«

»Niemals!«

»Du musst mir versprechen«, fuhr sie im Flüsterton fort, als hätte sie seinen Protestschrei nicht gehört, »dass du dich um Conor kümmerst und ihr beide von hier fortgeht. Hier erwartet euch nur Leid und Kummer.«

Sie entzog ihm ihre Hand und drehte unbeholfen an ihrem Ehering.

»Nicht, Mam«, erwiderte Adam erschrocken.

Der Ring ließ sich leicht von dem dürren Finger abziehen, und die Mutter legte ihn in Adams Hand. Er starrte den im Schein der Öllampe matt glänzenden Ring an und wusste nicht, was er sagen sollte.

»Nimm ihn und verkauf ihn, wenn ich nicht mehr bin! Du wirst nicht viel dafür bekommen, aber es reicht sicher, um von hier wegzukommen.«

Wo war Conor? Diese Frage brannte ihm auf der Seele. Sein Bruder sollte hier sein, am Bett seiner Mutter, und diese Bürde gemeinsam mit Adam tragen. *Wenn ich nicht mehr bin ...* Mam fühlte, dass sie im Sterben lag, aber Adam konnte diesen Gedanken nicht ertragen. Er stand auf, schloss die Finger um den Ring und widerstand dem Drang, ihn ins Feuer zu werfen. Tränen brannten zum zweiten Mal an diesem Tag in seinen Augen, und er schluckte sie hinunter. »Ja, Mam«, sagte er, weil er wusste, dass sie es hören wollte.

Conor streifte bei Mondschein über Wiesen und Felder, schäumend vor Zorn. Er war wütend auf die englischen Landbesitzer, die sich verschworen hatten, den Iren alles zu nehmen, auf seinen Vater, der sich zur Unzeit einfach davongemacht hatte und gestorben war, und auf Adam und seine scheinheilige Art.

Er ging am Fluss entlang bis zur Brücke, lehnte sich über die Brüstung und beobachtete das strudelnde Wasser. Es wäre so leicht, mit dem Strom davonzuschwimmen und nicht mehr zurückzuschauen, dachte er, aber dann erinnerte er sich an seine Mutter und an das, was der Doktor gesagt hatte. Ihm wurde wieder bewusst, weshalb er aus dem Cottage gelaufen war.

Er schaute zu dem Uferweg, und ein Stück entfernt auf dem Gipfel des Hügels sah er das weitläufige Herrenhaus. Lichter blinkten in beinah allen Fenstern. Näher waren die von der Mondsichel schwach beleuchteten Wiesen und Weiden des Großgrundbesitzers: ebene, mit Gras bewachsene, süßlich riechende, fruchtbare Böden, auf denen Rinder und Schafe weideten. Am Ende der nächsten Lichtung erhoben sich einige Bäume wie schweigende Wächter in die Höhe und reckten die Äste gen Himmel, und das Mondlicht tauchte die Blätter in Silber.

Conor schwang die Beine mühelos über den Weidezaun und ging auf die Baumgruppe zu. Ihm war völlig klar, dass

er den Grund und Boden des Landbesitzers widerrechtlich betrat, aber er scherte sich nicht darum. *Deren* Regeln hatte er nie akzeptiert. Und was sollten die Häscher
des Großgrundbesitzers schon mit ihm machen, wenn sie
ihn erwischten? Ihn durchprügeln? Ihn verjagen?

Er überquerte die Wiese, und die feuchte Nachtluft
wärmte sein Gesicht. Jenseits der Bäume war eine kleine
Höhle, vor deren Eingang sich etwa ein Dutzend Schafe
zusammengedrängt hatten. Als Conor näher kam, stoben
sie mit hastigen Sprüngen davon. Die Glöckchen, die an
ihren Hälsen hingen, bimmelten heftig. Conor nahm sein
Messer aus der Hosentasche und fing eines der kleinen
Lämmer ein. Das Glöckchen hielt er, um es zum Schweigen zu bringen, mit einer Hand fest, mit der anderen
schlitzte er dem Tier mit einer einzigen Bewegung die
Kehle auf. Das Lamm zappelte, trat um sich, bis es reglos
liegen blieb. Conor fühlte, wie ihm das warme Blut über
die Hände lief, und beobachtete den dunklen Strom im
Licht des Mondes.

In aller Eile hackte er mit dem Messer auf seine Beute
ein. Das Glöckchen und den abgeschnittenen Kopf ließ er
auf der Weide zurück, zum Zeichen, dass das Lamm nicht
verloren gegangen, sondern getötet worden war. Den Rest
schleppte er über die Wiese zurück in Richtung Dorf. Das
nasse Gras strich um seine Hosenbeine. Ein Nachtvogel
flog erschrocken auf, als er an der Baumgruppe vorbeikam. Der Mond verströmte sein silbernes Licht über die
Landschaft und leuchtete ihm den Weg.

Auf dem Friedhof machte er Halt, hievte den Kadaver
auf einen flachen Grabstein und häutete ihn. Blut sickerte über den Stein und hinterließ dunkle Flecken im
Gras. Während er sich an dem Lamm zu schaffen machte,

hörte Conor Geräusche. Er drehte sich unvermittelt um, einige Male, weil er hoffte, den Verursacher zu überraschen. Doch er sah nichts, hörte nichts, nur das Rascheln der Blätter in den Bäumen und das Wispern des Grases. Es muss der Wind sein, dachte er und schob das Fleisch in den Sack. Auf dem Heimweg vergrub er das Schaffell im Moor.

Das erste Morgenlicht zeigte sich rot am Horizont, als er das Lamm auf die Bank in der Küche legte.

»Du kannst das nicht hier drin zubereiten«, sagte Adam, der durch den Vorhang aus Mutters Kammer kam. »Allein der Geruch von gebratenem Fleisch würde den Constable vor unsere Tür locken.«

»Es ist für Mam«, gab Conor trotzig zurück. »Warum soll sie hungern, während die Engländer fett werden?«

Adam fuhr sich mit der Hand durchs Haar, und in diesem Augenblick fiel Conor auf, dass sein älterer Bruder blass und erschöpft wirkte. »Es ist zu spät für Mam«, erklärte Adam mit erstickter Stimme.

Ein eisiger Schauer überlief Conor, und für einen kurzen Moment befiel ihn panische Angst. »Was soll das heißen?«

Adam schüttelte den Kopf und sah seinen Bruder stumm an.

»Was *meinst* du damit?«, fragte Conor noch einmal verständnislos. Plötzlich überschlugen sich seine Gedanken, und eine ganze Reihe von Möglichkeiten ging ihm durch den Kopf. Vielleicht war Adam doch zu Geld gekommen und hatte die Mutter ins Hospital gebracht. Vielleicht hatte eine Nachbarin ihnen nahrhaftes Essen gegeben, und Mam konnte ihr Krankenlager schon verlassen. Oder …

»Sie ist tot«, flüsterte Adam.

Conor erstarrte wie betäubt: Er war zu spät gekommen. Die ganze Nacht hatte er sich nur auf eines konzentriert: Nahrung zu beschaffen und nach Hause zu bringen. Das Fleisch hätte seiner Mutter Kraft gegeben und das Frauenleiden, das an ihr zehrte, geheilt. Aber er hatte länger gebraucht als beabsichtigt. Vielleicht hatte er zu lange am Fluss herumgetrödelt oder zu viel Zeit verschwendet, als er das richtige Tier ausgesucht hatte, wenn es doch auch jedes andere Schaf getan hätte. Aber er wollte nur ein Lämmchen haben – zartes Fleisch. Er hatte nur das Beste für seine Mutter gewollt.

»Wann?«, fragte er benommen und starrte seinen Bruder an. »Wann ist sie …?« Das Wort blieb ihm im Halse stecken. Er konnte es nicht aussprechen: *gestorben.* Das *konnte* er einfach nicht sagen.

Adam schaute mit gerunzelter Stirn auf die Uhr. »Vor ungefähr einer Stunde.«

»Und ich war nicht bei ihr.«

»Ihre letzten Worte galten dir. Wo ist Conor?«, hat sie gefragt.

Der Gedanke, dass seine Mutter tot in der Kammer lag, bereitete Conor körperliches Unbehagen; er wandte sich voller Entsetzen ab und hatte plötzlich Mühe, Luft zu bekommen. Er ging zur Haustür, öffnete sie und atmete ein paar Mal ganz tief durch, um die Übelkeit zu bekämpfen. Es ist vergeblich gewesen, dachte er grimmig. *Alles* ist vergeblich gewesen. Gleichgültig, was geschehen ist, wie sehr ich mich auch angestrengt habe, irgendetwas macht mir immer einen Strich durch die Rechnung. Und jetzt ist Mam …

Adam folgte ihm vor die Tür. »Sie wollte, dass wir von

hier weggehen«, sagte er leise. »Ich musste ihr versprechen, dass wir alles hinter uns lassen und uns ein besseres Leben schaffen.«

»Und wo können wir das tun?«, wollte Conor wissen. Sein aufgebrachter Tonfall überraschte ihn selbst – er ließ sich von seinen Gefühlen hinreißen. Abrupt riss er sich von seinem Bruder los. »Wo sollten wir uns ein *besseres Leben* schaffen können?«

Mit einem Mal verspürte er das Bedürfnis, allem zu entfliehen – seinem Bruder, dem Cottage und den armseligen Feldern. Er wollte weg von den Trümmern seiner gescheiterten Existenz. Er sah Adam lange an, dann lief er die Stufen hinunter und machte sich davon.

KAPITEL 4

Adam bahrte seine Mutter auf, so gut er konnte. Er wusch sie und zog sie an, bürstete ihr Haar und stellte den traditionellen Becher Wasser neben das Bett.

Die Neuigkeit verbreitete sich schnell, und im Laufe des Vormittags kamen etliche Dorfbewohner den Hügel herauf und brachten die üblichen Tonpfeifen für die Seele der Dahingeschiedenen mit. Es war ein düsterer Tag mit grauem Himmel und tief hängenden Regenwolken. Der Tag passte zu Adams Stimmung. Und er wusste nicht, wie er die Besucher bewirten sollte, das machte alles nur noch schlimmer. Bei früheren Todesfällen waren Horden von Trauernden ins Haus gekommen und hatten Essen und Getränke angeschleppt. Aber in dieser schweren Zeit konnten die Dorfbewohner nichts erübrigen, und das einzige Getränk, das nichts kostete, war Wasser.

Die Leute waren alle ernst, und es wurde kaum ein Wort gesprochen. Niemand schien genügend Kraft für Mitgefühl oder Gebete zu haben. Stattdessen standen alle in der Küche herum und rauchten ihre Pfeifen.

»Vielleicht ist es besser so für sie«, sagte Mr. Mullins schließlich und trat unbehaglich von einem Fuß auf den anderen. Sein Blick wanderte zur offenen Tür und zu dem Dorf. »Es wird hier mit allem zu Ende gehen, wenn sich der Landbesitzer durchsetzt«, fügte er mutlos hinzu. »Wie sollen wir überleben, wenn wir unser Land verlieren? Das ist die Frage.«

»Was habt ihr, du und Conor, jetzt vor?«, wollte einer der Männer von Adam wissen.

Adam zuckte mit den Schultern. Ihm wurde schwer ums Herz.

»Bestimmt überlegt ihr, ob ihr von hier weggeht, oder?«, meinte ein anderer.

Dachte er ernsthaft daran? Adam wusste es selbst nicht. Er kannte ja nur diesen Ort; seine Eltern und die Großeltern zuvor hatten hier Land bewirtschaftet und den schlechten Böden einen bescheidenen Lebensunterhalt abgerungen.

»Amerika«, sagte jemand. »Dort liegt unsere Zukunft. Man hört, dass dort unendlich viel Land zu vergeben sei.«

»*Wer* sagt das?«

»Keine Ahnung«, antwortete der Mann achselzuckend. »Ich hab's nur gehört. Vielleicht packe ich meine Siebensachen zusammen und wandere selbst dahin aus, wenn's hart auf hart kommt.«

Mr. Mullins ließ seinen Hut herumgehen und sammelte die paar Shilling ein, die Adam für einen Platz auf dem Friedhof bezahlen musste. Der Himmel öffnete die Schleusen, als sie Adams und Conors Mutter später zu Grabe trugen, und der Regen durchnässte alle, die dem Wetter tapfer standhielten.

Plötzlich entdeckte Adam seinen Bruder, der mit tief in den Taschen vergrabenen Händen am Rand der Trauergemeinde stand, und wäre am liebsten zu ihm gegangen, um den Arm um ihn zu legen und Trost von einem Familienmitglied zu bekommen. Aber die Leute drängten sich so dicht an ihn, dass er sich kaum rühren konnte. Und als er nach der Trauerfeier wieder nach dem Bruder Ausschau hielt, war dieser inzwischen verschwunden.

Adam wartete die ganze Nacht auf Conor und spitzte die Ohren – aber er hörte weder Schritte draußen auf dem Weg noch die knarrende Haustür. Das Cottage kam ihm kalt und einsam vor. Er brachte es nicht über sich, ein Feuer im Kamin anzufachen, und hatte nicht einmal Hunger. Den Gedanken, dass Mams Kammer hinter dem Vorhang leer war, konnte er kaum ertragen.

Er saß in der Küche und hatte den Kopf auf den rohen Holztisch gelegt. Mams letzte Worte kamen ihm immer wieder in den Sinn und forderten, obwohl Adam erschöpft und müde war, seine ganze Aufmerksamkeit.

Du musst mir versprechen, dass du mit Conor von hier weggehst, wenn ich nicht mehr bin.

Und dann die Worte der Nachbarn. *Bestimmt überlegst du, von hier wegzugehen. Amerika. Dort gibt es unendlich viel Land.*

Amerika! Das erschien ihm so weit weg. Es *war* weit

weg. Er holte den alten Atlas seines Vaters aus dem Bücherschrank, schlug ihn auf und fuhr mit dem Finger über den großen, grauen Atlantischen Ozean. Auf dem Papier waren es nur ein paar Zentimeter, aber in Wahrheit brauchte man Wochen, um ihn zu überqueren. Wie sollte er eine Überfahrt bezahlen, falls er sich für eine Auswanderung entscheiden sollte? Würde er es überhaupt fertig bringen, einfach fortzugehen? Und was wollte Conor?

Er steckte die Hand in die Tasche und kam zufällig mit Mams Ring in Berührung. Über all den Ereignissen des Tages hatte er den Ring ganz vergessen. Jetzt nahm er ihn in die Hand und betrachtete ihn genauer. Er drehte ihn hin und her und sah, dass das Gold matt im Licht schimmerte. Im besten Fall würde er ein paar Pfund dafür bekommen, wahrscheinlich nicht einmal genug für eine einzelne Schiffspassage. Vielleicht sollte er Conor den Vortritt lassen. Dafür sorgen, dass sein Bruder von hier verschwand und eine echte Chance bekam.

Conor! Adam ging zu der Kammer, die er mit dem Jungen teilte. Sie war aufgeräumt und sauber. Nichts lag herum. Jetzt, im kalten Licht eines neuen Tages kam ihm das gemachte Bett seines Bruders wie ein Vorwurf vor.

Ein Polizist klopfte am Vormittag an die Tür. »Ich bin auf der Suche nach Conor O'Loughlin«, erklärte er Adam.

»Er ist nicht hier.«

»Das glaube, wer mag!«

Adam deutete ins Haus. »Bitte, sehen Sie selbst nach, wenn Sie mich für einen Lügner halten! Aber Sie werden keine Spur von ihm finden.«

»Wo steckt er dann?«

Adam zuckte mit den Schultern. »Das weiß ich nicht.«

Der Polizist kratzte sich nachdenklich am Kinn. »Wie alt ist der Junge?«

»Sechzehn.«

»Und er streunt durch die Gegend?«

»Conor lebt nach eigenen Regeln.«

»Das habe ich auch schon gehört.«

»Was soll das heißen?«

»Er hat eines der Schafe, die dem Großgrundbesitzer gehören, getötet.«

»Wer behauptet das?«

Der Polizist wandte sich ab. »Das spielt keine Rolle«, rief er noch über die Schulter. »Wenn ihn der Großgrundbesitzer erwischt, zieht er ihm das Fell über die Ohren.«

Conor ging auf den Berg zum Haus des Landbesitzers. Im hellen Tageslicht marschierte er über den weißen Kiesweg an der Baumgruppe und an der Höhle vorbei, wo er das Lamm getötet hatte. Der abgeschnittene Kopf war nicht mehr da; offenbar hatte ihn jemand an sich genommen.

Tollkühn – so hätte Mam sein Vorhaben genannt. Schon allein der Gedanke an einen solchen Besuch wäre in ihren Augen unverschämt und dreist, und ganz bestimmt würde sie sich um ihn ängstigen. Aber Mam lag in der lehmigen Erde begraben, und er musste dies tun – um seinet- und um Adams willen.

Er hatte über das nachgedacht, was Adam gesagt hatte. Anfangs hatte ihn die Idee, Newtownlimavady für immer zu verlassen, erschreckt, und er war wütend gewesen, weil Adam einen solchen Schritt überhaupt in Erwägung zog. Doch mit der Zeit war ihm der Vorschlag immer reizvoller erschienen, und er hatte eine eigenartige Abenteuerlust in ihm geweckt.

Hier hatte er keine Möglichkeiten, irgendwann zu Wohlstand zu kommen, das musste sich Conor eingestehen. Er durfte nicht einmal auf ein bescheidenes Einkommen hoffen. Adam und ihn erwartete nichts als bittere Armut und die Aussicht, das O'Loughlin-Land für immer zu verlieren.

Und wenn sie weggingen?

Er ließ die Gedanken schweifen und malte sich aus, welche Chancen sie in einem anderen Land haben würden. Sie könnten sich überallhin orientieren, er und Adam. An Bord eines Schiffes gehen und sehen, wohin es sie brachte. An exotische, weit entfernte Orte oder auf vom azurblauen Meer umspülte Inseln. Er sah sich selbst an einem Strand liegen, umringt von hübschen Mädchen. Dann lachte er über seine ungeheuerlichen Fantasien.

Das Lachen brachte ihn den Tränen gefährlich nahe. Er dachte an das Begräbnis und erinnerte sich daran, wie der schlichte Sarg seiner Mutter in die Erde gesenkt worden war, und an das schreckliche Poltern der feuchten Erdklumpen, mit denen man den Sarg bedeckt hatte. Er konnte sich einfach nicht vorstellen, dass seine Mutter jetzt in dieser Holzkiste unter der Erde lag. Ohne Luft. Ohne Licht. Ohne Leben.

Ihm brannten die Augen, und er sah den Berg, das Dickicht und das grelle Sonnenlicht auf dem weißen Kies nur noch verschwommen. Er verfluchte seine eigenen Empfindungen. Bei der Beerdigung hatte er sie im Zaum gehalten, weil er nicht wollte, dass jemand seinen Schmerz sah. Und jetzt sollte er dasselbe tun. Selbstbeherrschung –

das war das Wichtigste. Man durfte nicht zeigen, was in einem vorging, musste all die Gefühle im tiefsten Herzen verschließen. Es würde noch die Zeit für Tränen geben – später, wenn er sein Vorhaben hinter sich gebracht hatte. Mit einem tiefen Seufzer zwang er sich in die Gegenwart und legte das letzte Stück des Weges zurück.

Er klopfte heftig an die Haustür des Landbesitzers und wurde von einer Magd mit weißer Schürze begrüßt. Sie war jung – etwa in Adams Alter, schätzte Conor. Er zwinkerte ihr verschmitzt zu, als er verlangte, ihren Herrn zu sprechen. Sie lächelte scheu und errötete.

Der Großgrundbesitzer ließ ihn eine halbe Stunde warten. Um seinem Ärger Luft zu machen, lief Conor in dem Zimmer auf und ab, in das man ihn geführt hatte. Er inspizierte die Porträts, die an den Wänden hingen, und die kunstvollen Möbel, die vor dem Kamin angeordnet waren. Für den Preis eines dieser Sessel, dachte er bitter, könnte sich eine Familie einen Kartoffelvorrat für ein ganzes Jahr kaufen.

Endlich ertönte eine Stimme hinter ihm, und er drehte sich um. »Wie ich sehe, bewunderst du mein Haus.«

»*Bewundern?* Das glaube ich kaum.«

»Was dann?«

Conor sehnte sich danach, dem Mann das belustigtnachsichtige Lächeln vom Gesicht vertreiben zu können. Vorsichtshalber verschränkte er die Hände hinter dem Rücken, um nicht in Versuchung zu geraten. »Ich dachte gerade, dass das alles ziemlich pompös ist für ein Farmhaus.«

»*Ein Farmhaus?* Du bist …«

Der Mann packte Conors Handgelenk und verdrehte es schmerzhaft. Conor schnitt eine Grimasse, fuhr jedoch ungerührt fort: »Nun, eigentlich ein vorgebliches Farmhaus, denn Sie lassen Ihr Land ja von uns bestellen. Sie sind nicht einmal ein richtiger Farmer!«

Der Hausherr ließ ihn los und schubste ihn von sich. Conor taumelte zurück. »Ich bin der Besitzer des Landes, vergiss das nicht! Wie ist dein Name?«

Conor richtete sich zur vollen Größe auf und straffte die Schultern, wie Mam es ihm beigebracht hatte. »Conor O'Loughlin.«

»Nun, Conor O'Loughlin, ich denke, du solltest dein Anliegen vorbringen und von hier verschwinden, bevor ich dich wegen deiner Unverschämtheiten aus dem Haus werfen lasse.«

»Neuigkeiten verbreiten sich rasch«, sagte Conor, ohne auf die Drohungen zu achten, »und ich nehme an, Sie haben gehört, dass meine Mutter gestorben ist. Jetzt sind mein Bruder und ich verantwortlich für die Felder.«

»Ist das so?« Der Hausherr formte mit den Händen ein Dach und drückte die Spitzen der Zeigefinger an sein Kinn. »Dann vermute ich, du bist gekommen, um mir zu sagen, dass ihr die Farm verlassen wollt, ehe ich meine Männer bitte, euch dabei zu helfen. Es ist wirklich viel besser, wenn ihr freiwillig geht.«

»Besser für wen?«, fragte Conor sarkastisch.

»Für euch natürlich. Es würde euch die Peinlichkeit einer Zwangsräumung ersparen.«

Conor verschränkte die Arme vor der Brust und sah den Mann unverwandt an. Auch er konnte dieses Spiel von Angreifen und Parieren spielen, und jetzt plante er seine erste Attacke. »Im Gegenteil«, entgegnete er liebenswürdig. »Ich bin gekommen, um meine Schulden zu bezahlen. Ich weiß, die Zahlung kommt spät, aber Sie werden sehen, dass ich Sie für die Wartezeit angemessen entschädige.«

Die selbstsichere Fassade des Großgrundbesitzers geriet ins Wanken, genau wie Conor es beabsichtigt hatte. »Deine Schulden!«, platzte er heraus und wich einen Schritt zurück.

»Ja«, erwiderte Conor leichthin und steckte die Hand in die Tasche, als wolle er das Geld herausnehmen. »Es ist mir inzwischen gelungen, den Betrag zusammenzukratzen. Ich habe Freunde.«

»Freunde!« Das Gesicht des Hausherrn war puterrot, und er schien um Atem zu ringen.

Conor gestattete sich ein Lächeln. »Ich bitte Sie. Sie hatten doch nicht angenommen, dass Sie mich und meinen Bruder so leicht von unserem Land vertreiben können.« Er ließ die Hand in der Tasche und beobachtete, wie der Mann dorthin schielte. »Aber ehe ich Ihnen das Geld gebe, sollte ich vielleicht klarstellen, dass es auch noch eine andere Möglichkeit gäbe.«

»Und die wäre?«, fragte der Landbesitzer mit Bedacht und machte eine bedeutungsschwere Pause, bevor er hinzusetzte: »Wie könnte diese Möglichkeit wohl aussehen?«

»Sie wollen unsere Felder, so schlecht sie auch sind, um mehr Weidegrund zu haben, damit Sie die Lämmer für England mästen können. Dabei ist Ihnen gleichgültig, dass die Iren hungern.«

»Deine Frechheiten führen dich nicht weiter.«

»Wir könnten auch einen Handel abschließen«, sagte Conor, ohne den Tadel zu beachten.

»Dein Land ist wertlos«, erwiderte der Mann höhnisch.

»Für mich vielleicht, aber nicht für Sie.«

Der Hausherr steckte die Hände in die Hosentaschen und wippte auf den Fersen. »Du bist ein unverschämter Kerl, O'Loughlin. Verrat mir, wie viel dein Land deiner Meinung nach wert ist!«

»Die Kosten für eine Schiffspassage für meinen Bruder und mich.«

»Wie viel?«

»Zehn Pfund für jeden.«

»Zehn Pfund?«

Ich könnte eigentlich noch ein bisschen mehr verlangen, dachte Conor, dem dieser Wortwechsel großen Spaß machte. »Plus fünf Pfund für Reiseproviant.«

Der Mann musterte ihn mit gerunzelter Stirn. »Angenommen, ich gebe dir das Geld, habe ich dann dein Wort, dass ihr geht?«, fragte er schließlich.

»Ja.«

Der Hausherr ging zum Schreibtisch, nahm eine kleine Dose aus der Schublade und zählte fünfundzwanzig Pfund ab. Conor sah zu, wie sich ein Schein auf dem anderen häufte. Noch nie hatte er so viel Geld auf einmal gesehen, aber den Hausherrn schien die Summe überhaupt nicht zu beeindrucken. Er nahm die Banknoten und hielt sie, gerade außerhalb Conors Reichweite, hoch. »Ich will, dass ihr bis morgen Mittag das Cottage räumt.«

»Das kann ich einrichten«, entgegnete Conor unbekümmert.

Plötzlich hielt er das Geld in der Hand, und der Großgrundbesitzer grinste verschlagen, als hätte er ein gutes Geschäft gemacht. »Du hast das Geld, und jetzt sieh zu, dass du verschwindest!«

»Danke!«

Conor grinste den Mann frech an und ging voraus zur

Tür. Jetzt, da der Handel abgeschlossen war, konnte er nicht schnell genug wegkommen.

»Übrigens«, sagte der Landbesitzer, als Conor aus der Haustür war, »auf meiner Westweide wurde ein Schaf getötet. Du weißt nicht zufällig etwas über den Vorfall?«

Doch Conor war schon weg, lief die Stufen hinunter und verstaute die Geldscheine sicher in seiner Tasche. Erst bei den Ulmen, die in einem Meer von nickenden Glockenblumen standen, machte er Halt. Ein Gefühl des Triumphes überflutete ihn, und er lachte laut auf. Seine Stimme wurde vom Wind davongetragen und vermengte sich mit dem Vogelgezwitscher.

Sein Täuschungsmanöver hatte gut funktioniert. Der Landbesitzer hatte ihm tatsächlich abgenommen, dass er Geld genug hätte, um den Pachtzins zu bezahlen! Das zeigte mal wieder, wie viel man mit ein bisschen Schauspielerei erreichen konnte. Und jetzt besaß er mehr Geld, als er jemals für möglich gehalten hätte. Er holte die Scheine aus der Hosentasche und betrachtete sie. Das sind nichts als windige Papierfetzen, ging es ihm durch den Kopf, und mit einem Mal machte sich Unmut in ihm breit. Vielleicht war er zu leicht an dieses Geld gekommen.

Er überlegte, was wohl geschehen würde, wenn er die Scheine in die Luft würfe und der Wind sie dem zuwehte, der sie haben wollte. Er stellte sich vor, wie sie über die Bäume flattern würden und er sie nicht mehr einfangen könnte. Er verstärkte den Griff um das Bündel und musste wieder an seine Mutter denken. Langsam ließ er sich auf den Boden nieder und schlang die Arme um die angezogenen Knie.

Dort, auf der Glockenblumenwiese ließ er endlich seinen Tränen freien Lauf und schluchzte, bis er sich erschöpft und ausgelaugt fühlte. Er weinte um seine Mutter und um der Kinder willen, die er eines Tages zeugen mochte und die nie das Gesicht ihrer Großmutter sehen würden. Er weinte wegen all der Ungerechtigkeiten, die er in den letzten Tagen miterlebt hatte. Und vor allem weinte er um all jene, die aus dem Leben gerissen worden waren: um die Mutter und den winzigen, namenlosen Bruder, seinen Vater und all die anderen Geschwister. Gleichgültig, ob das Schicksal Gutes oder Schlechtes für ihn und Adam parat hatte, mit dem Geld, das er dem Großgrundbesitzer abgeluchst hatte, hielt er die Macht in den Händen, ihr Leben unwiderruflich zu verändern. Nichts würde mehr so sein wie bisher.

Als Adam aufwachte, stand sein Bruder vor seinem Bett. Es wurde schon fast hell, und das erste Licht des Tages färbte den Himmel leicht violett. Er konnte nur Conors Silhouette vor dem Fenster sehen.

»Wir müssen weg von hier«, sagte Adam, der sofort hellwach war. »Sie wissen, dass du das Schaf getötet hast. Die Polizei war hier.«

Conor verschränkte die Arme. »Kein Mensch hat mich dabei gesehen. Sie *glauben,* es zu wissen – das ist alles.«

»Sie werden dich ins Gefängnis stecken.«

»Erst einmal müssen sie mich erwischen.«

Adam fiel selbst auf, dass er scharf die Luft einsog. Er verspürte große Lust, den Jungen zu schütteln, bis dieser wieder zur Vernunft käme. »Conor, bleib auf dem Teppich!«

»Das tue ich, und genau deshalb stimme ich dir zu.«

»Worin?«

»Wir müssen wirklich weg. Wir gehen nach London-derry und auf ein Schiff, das uns fortbringt.«

Adam schwang die Beine aus dem Bett. »Das können wir uns nicht leisten.«

Conor kicherte. »Selbstverständlich können wir. Vertrau mir! Pack deine Sachen, wir treffen uns dann oben im Wald. Am Mittag.«

Adam wusste, dass Conor von dem kleinen Wäldchen hinter dem Haus sprach. Hinter den Bäumen führte ein zweiter Weg zum Dorf, über den man die Hauptstraße in die Stadt erreichte.

»Am Mittag«, bestätigte er, als Conor die Kammer verließ. »Ich werde da sein.« Sie hatten keine andere Wahl.

Die Stunden erschienen ihm unendlich lang. Während die Minuten verstrichen, wuchs Adams Unruhe. Wie wollte Conor die Seereise bezahlen? Woher hatte er auf einmal so viel Geld?

Vertrau mir, hatte Conor gesagt. Das fiel Adam schwer, weil er fürchtete, dass sich sein jüngerer Bruder mit unlauteren Methoden Geld verschafft hatte. Vielleicht hat er ja auch überhaupt kein Geld, ging es Adam durch den Kopf. Conor könnte irgendwelche verrückte Ideen haben, wie sie heimlich an Bord eines Schiffes kommen könnten.

Adam verdrängte die düsteren Gedanken und sah sich im Cottage um: alte, wackelige Möbel, ein paar ärmliche Habseligkeiten – nichts, was es wert wäre, unbedingt erhalten zu werden. Er holte den verbeulten Koffer aus der Kammer der Mutter und packte seine Kleider und ein paar Bücher ein. Dann prüfte er das Gewicht und nahm den Koffer von einer Hand in die andere.

Er nahm seine letzte Mahlzeit im Cottage zu sich. Die letzten Kartoffeln im Fass hatten schon ausgetrieben und waren schwammig. Sie schmecken nach nichts, dachte Adam und schob die Schale mit dem Senf beiseite. Als die vereinbarte Zeit für das Treffen mit Conor unmittelbar bevorstand, schob Adam den Vorhang am Küchenfenster ein Stück beiseite und entdeckte den Geldeintreiber mit einigen Gefolgsmännern auf dem Weg, der zum Cottage führte. Sie hatten Brechstangen und Seile bei sich, und da war Adam plötzlich klar, dass das O'Loughlin-Cottage niedergerissen werden würde wie so viele andere im Dorf, deren Bewohner die Pacht nicht mehr bezahlen konnten. Es wurde dem Erdboden gleichgemacht oder abgebrannt, und bald wäre keine Spur mehr von Adam und seiner Familie übrig, die über so viele Jahrzehnte hier gelebt hatten.

Hier hielt ihn nichts mehr, dessen wurde sich Adam bewusst. Ihm blieb gar nichts anderes übrig, als zum vereinbarten Treffpunkt zu gehen und zusammen mit Conor die Flucht zu ergreifen. Resigniert ließ er den Vorhang fallen und nahm seinen Koffer vom Küchentisch. Dann ging er durch die Hintertür ins Freie und lief auf das kleine Wäldchen zu.

Es fühlte sich eigenartig an, alles hinter sich zu lassen und sich auf den Weg zu einem unbekannten Ziel zu machen. Vielleicht, dachte er, werfe ich nur eine Hülle ab, und der Kern, mein wahres Ich, wird immer hier in meinem Geburtshaus bleiben. Er nahm den Koffer in die andere Hand und setzte tapfer einen Fuß vor den anderen. Es drängte ihn, einen Blick zurückzuwerfen, aber andererseits fürchtete er sich davor.

Als er das Wäldchen erreichte, kam ihm Conor ein

paar Schritte entgegen. »Adam«, sagte er, »du bist gekommen.«

»Dachtest du, ich würde es nicht tun?«

Conor zuckte mit den Achseln. »Vielleicht, vielleicht auch nicht.«

Adam war nicht in der Stimmung, sich auf Conors Wortspiele einzulassen. »Komm!«, sagte er und ging weiter in den Wald. In dem von Laub und Zweigen gefilterten Licht machte er den Weg aus, der sie von hier fortbringen sollte. Und jetzt wollte er mehr denn je fort von hier.

»*Nein!* Warte noch einen Augenblick!«, wehrte Conor so vehement ab, dass sich Adam abrupt zu seinem Bruder umdrehte und ihn verwirrt ansah. Aber Conor deutete hinunter auf die Männer. »Sieh dir das an!«

Widerstrebend folgte Adam der Aufforderung. Der Gerichtsvollzieher und seine Gefolgsmänner hatten die Hälfte des Weges zum Cottage bereits zurückgelegt. Adam sah, wie sie sich abmühten, um die Gerätschaften für die Zerstörung bergauf zu schleppen.

»Ist das zu fassen?«, fragte Conor ärgerlich.

Die Männer versuchten, die Schritte zu beschleunigen. Sie liefen auf das Cottage zu und warfen plötzlich die Schaufeln und Seile auf den Boden. Da stimmt irgendwas nicht, dachte Adam alarmiert und ließ den Blick schweifen. Er erstarrte. Aus dem mit Stroh gedeckten Dach des Cottages stieg eine dünne, dunkle, kaum sichtbare Rauchwolke auf. Ein Funke stob auf, dann noch einer. Im nächsten Moment loderte eine Flamme aus dem Stroh, und im Nu brannte das ganze Dach lichterloh.

Conor lachte aus vollem Herzen. Adam sah ungläubig von dem Feuer zu seinem Bruder, und dann dämmerte es ihm. »Wie hast du das gemacht?«

»Ist nicht wichtig«, gab Conor gelassen zurück und hob Adams Koffer auf. »Sie wollten das Haus sowieso niederreißen. Ich bin ihnen nur zuvorgekommen. Also, lass uns jetzt gehen! Wir haben noch einen weiten Weg vor uns, bevor die Nacht einbricht, und wir gewinnen nichts, wenn wir hier noch länger wie heimwehkranke Memmen herumstehen.«

Bedrücktes Schweigen schien sich über das Dorf gesenkt zu haben, als Adam und Conor über den Marktplatz gingen. Sonst spielten immer Kinder auf den Straßen, und Frauen standen beisammen und tratschten, aber heute ließ sich kein Mensch blicken. Nur hinter manchen Fenstern bewegten sich die Vorhänge, was verriet, dass das Dorf nicht ausgestorben war. Als die beiden Brüder sich der Kirche näherten, blieb der Pfarrer auf den Außenstufen stehen und hob die Hand zu einem stummen Abschiedsgruß.

Adam nickte. »Wir gehen fort«, sagte er, da er das Gefühl hatte, eine Erklärung wäre angebracht. Mit einem Blick über die niedrige Friedhofsmauer zu dem Grab, in das sie vor wenigen Tagen die Mutter gebettet hatten, überließ er sich seinen Erinnerungen, die ihn, wie er spürte, in der kommenden Zeit aufrechterhalten würden. Außer dem Pfarrer winkt mir niemand nach, dachte er betrübt. Kein Mensch ist traurig, dass ich gehe.

Am Dorfrand wandte er sich Conor zu: »Das Geld reicht nicht für eine Passage, schon gar nicht für zwei.«

Conor grinste. »Ich hab genügend Geld.«

»Woher?«, fragte Adam argwöhnisch.

Conor blieb stehen. Seine Miene verfinsterte sich augenblicklich. »Denkst du etwa, ich hätte es gestohlen?«

Adam stellte den Koffer an den Straßenrand und rieb sich müde über die Augen. »Ehrlich gesagt, ich weiß nicht mehr, was ich denken soll.«

»Ich habe es nicht gestohlen, sondern rechtmäßig bekommen. Der Landbesitzer hat uns dafür bezahlt, dass wir weggehen, wenn du es unbedingt wissen willst.«

»Er hat dir Geld dafür gegeben! Wie viel?«

»Genug für zwei Schiffspassagen. Wohin sollen wir segeln? Nach Amerika? Alle sagen, das sei das Land der goldenen Möglichkeiten.«

»Mir ist es egal«, antwortete Adam mutlos. Er schüttelte den Kopf, nahm seinen Koffer wieder in die Hand und ging weiter.

Die meiste Zeit marschierten sie schweigend nebeneinander durch die karge, steinige Landschaft. Gelegentlich kamen sie durch ein Dorf. Frauen standen vor den Häusern und bedachten sie mit herausfordernden Blicken. Kinder klammerten sich an ihre Rockzipfel. Wir haben nichts, drückten ihre Gesichter aus, also bittet uns nicht um milde Gaben! Von den Männern war nichts zu sehen.

Adams Schuhe rieben an der Ferse, und bald hatte er sich hässliche rote Blasen gelaufen. Sein Koffer, der ihm ursprünglich so leicht erschienen war, wurde allmählich bleischwer. Und dann fing es auch noch an zu regnen, und dicke Tropfen gingen nieder. Essen wurde zur Besessenheit. Adam dachte unaufhörlich daran und zählte die Stunden zwischen einem kümmerlichen Bissen bis zum nächsten. Er beobachtete Kinder, die den Pflügen auf den Feldern folgten und in den Furchen nach Rübenstücken, die bei der Ernte übersehen worden waren, suchten oder Vogelmiere und Sauerampfer pflückten.

Sie überquerten Wasserläufe, die sich durch grüne Wiesen schlängelten, und machten gelegentlich Rast, um das klare, kalte Wasser zu trinken. Vor ihnen fuhr ein Karren im dunstigen Abendlicht, und jenseits des Karrens waren die Umrisse der Berge zu sehen. Adam machte Halt und drehte sich um. Ihre Schatten fielen lang und seltsam verzerrt auf den unebenen Grund.

Er fühlte sich eigenartig, als wäre er in einem Albtraum gefangen, aus dem er bald erwachen würde. Aber dies war kein Traum. Es war die bittere Realität. Er hatte kein Zuhause mehr, und seine Eltern waren tot. Ihm war nur noch Conor geblieben, und er hatte keine andere Wahl, als weiterzuziehen.

In dieser ersten Nacht rösteten sie ein paar Rüben von einem Feld über dem Feuer und verbrannten sich die Finger und Zungen, weil sie es kaum abwarten konnten, endlich etwas in den Magen zu bekommen. Dann rollten sie sich unter dichten Büschen zusammen, um zu schlafen. Am Morgen waren ihre Kleider feucht vom Tau. Sie fanden Wasserkresse und Pilze im Wald und pflückten Beeren von den Sträuchern. Die Beeren waren noch grün, und Adam bekam Bauchschmerzen und musste nach ein paar Stunden im Dickicht verschwinden, um sich zu erleichtern.

Schließlich kamen die beiden Brüder müde und hungrig in Londonderry an und wanderten an der alten Stadtmauer mit den aus den Schießscharten ragenden Kanonen entlang. Sie gerieten in eine Menschenmenge und gingen mit dem Strom durch die engen Gassen und die steile Shipquay Street hinunter. Ganze Familien waren auf den Beinen. Kleine Kinder saßen auf den Schultern ihrer Väter. Hoch beladene Karren rumpelten über das Kopfsteinpflaster. Adam erschien das Treiben zu geschäftig, zu hektisch. Er warf einen Blick auf seinen kleinen Koffer und die einzigen Überreste des Lebens, das er hinter sich gelassen hatte. Wie war er nur auf den Gedanken gekommen, dass die wenigen Habseligkeiten genügten, um sich eine neue Existenz aufzubauen? Benommen ließ er sich von anderen hin und her schubsen und zu den Docks hinter dem Zunfthaus drängen.

An den Kais waren große Plakate angeschlagen, auf denen die Vorzüge der Schiffe, die im Hafen vor Anker lagen, angepriesen wurden. »Luxuriöse Kabinen« oder »erstklassige Unterkünfte« war dort zu lesen. Zudem waren Ablege-Daten und die Zielorte angegeben. Etliche Schiffe fuhren nach Amerika, aber alle legten erst in der nächsten Woche ab.

Adam sah sich mürrisch zwischen all den Lagerhäusern, Kontoren und Tavernen um. In seinen Ohren dröhnte der höllische Lärm der Menschen. Ein Schiffsagent ging herum und sprach die Leute an, um ihnen Passagen zu verkaufen, und Händler boten Käse, Tee und Zucker feil und versorgten die Abreisenden mit Proviant. Adam bekam ein paar Fetzen einer Unterhaltung mit.

»Am besten nimmt man eigene Verpflegung mit.«

»Das Angebot an Bord ist spärlich ...«

Ein Straßenhändler hielt einen Nachttopf in die Höhe, sodass alle ihn sehen konnten. »Ladys, verehrte Ladys!«, brüllte er, als einige Frauen errötend den Kopf senkten. »Sie werden mir jeden Tag auf Ihrer Reise dankbar sein, wenn Sie meinen Rat annehmen und einen Nachttopf kaufen.«

»Verdammt!«, sagte Conor grinsend. »Ich glaube nicht, dass unsere Finanzen dafür noch reichen.«

Sie fanden ein Quartier und bezahlten einen, wie Adam fand, exorbitanten Preis für die Übernachtung. Das Zimmer war winzig, und es roch nach Tang und Salzluft. Schaben liefen über die Wände. Nach wenigen Minuten erklärte Conor, dass er die Gegend auskundschaften wolle, und verschwand.

Adam legte sich aufs Bett, verschränkte die Hände hinter dem Kopf und überlegte, ob die Decke mit Läusen verseucht war. Er widerstand dem Drang, sich zu kratzen, und starrte nachdenklich an die Decke. Welcher Wahnsinn hatte ihn dazu gebracht, hierher zu kommen? Warum nur hatte er alles, was ihm vertraut war, verlassen?

In dieser fremden Stadt und in dem schäbigen Zimmer machte ihm der Gedanke, Irland für immer den Rücken zu kehren, große Angst. Er ließ die letzten Tage noch einmal im Geiste Revue passieren. Wie schnell sich unser Schicksal gewendet hat, überlegte er. Er schloss die Augen und versuchte, ein Bild von seiner Mutter heraufzubeschwören. Schon jetzt verblasste sie in seinen Gedanken, ihre Züge waren verschwommen.

Er nahm ihren Ehering aus der Tasche und hielt ihn ins Licht. Vermutlich könnte er ihn verkaufen oder zu einem Pfandleiher bringen und ein paar armselige Shilling dafür bekommen. Es widerstrebte ihm jedoch, sich von dem letzten greifbaren Bindeglied zu seiner Mutter zu trennen, und Conor hatte ihm glaubhaft versichert, dass sein Geld für die Reise reichen werde. Ich behalte ihn lieber, dachte er. Vielleicht brauchen wir im neuen Land Geld, dann kann ich ihn immer noch versilbern.

Conor kam etwa eine halbe Stunde später mit einer Flasche Rum unter dem Arm zurück. »Das wird uns vor der Seekrankheit schützen«, erklärte er Adam augenzwinkernd.

Adam zog die Augenbrauen zusammen. »Du verschwendest das wertvolle Geld an Fusel?«, schimpfte er. »Um Himmels willen, Conor! Wir werden jeden Penny brauchen, wenn wir im neuen Land ankommen.«

»Ruhig Blut, lieber Bruder!« Conor warf die Flasche aufs Bett. »Ich habe nichts dafür bezahlt.«

»Du hast den Rum gestohlen?«

Conor grinste. »Das sind aber harte Worte. Obwohl dir die anderen Kartenspieler vermutlich zustimmen würden.« Er schlenderte zur Tür, beförderte eine Tüte zutage und legte jede Menge Lebensmittel neben Adam aufs Bett. »Hier, ich hab ein paar Sachen besorgt. Dörrfisch. In Salz eingelegte Eier. Karotten und Rüben, Zwiebeln und Essig. Damit dürften wir eine Weile über die Runden kommen.«

»Conor, die Schiffe ...«

Conor schnitt ihm mit einer Handbewegung das Wort ab. »Darüber wollte ich gerade mit dir sprechen. Die Kähne, die nach Amerika fahren, legen frühestens in einer Woche ab, also müssten wir bis dahin das Quartier und Verpflegung bezahlen. Warum sollten wir so viel Geld vergeuden, wenn wir auch früher von hier weg können? Eines der Schiffe steuert Australien an, und es läuft schon morgen aus.«

»Australien?«, wiederholte Adam kraftlos.

»Und, was hältst du davon?«, wollte Conor ungeduldig wissen. »Ich habe ehrlich keine Lust, noch tagelang hier herumzulungern.«

»Es ist mir gleichgültig.« Adam zuckte mit den Schultern, und es war ihm tatsächlich egal, wo sie schließlich landen würden. Amerika oder Australien – für ihn war alles dasselbe.

»Ich weiß, was wir machen. Wir werfen eine Münze.«

Conor nahm eine Münze aus der Kommodenschublade und warf sie von einer Hand in die andere. »Kopf oder Zahl?«, fragte er. »Wenn das kommt, was du gesagt hast, warten wir ab und reisen nach Amerika. Ansonsten gehen wir morgen an Bord.«

»Kopf.«

Adam beobachtete, wie Conor die Münze hoch in die Luft warf und sie auf dem Boden landete. Es war verrückt, eine Münze über ihr Schicksal entscheiden zu lassen. Ein abgegriffenes Sixpencestück schickte sie in die eine oder andere Richtung.

Conor bückte sich und grinste. »Zahl! Sieht fast so aus, als würden wir morgen nach Sydney aufbrechen, mein lieber Bruder. Australien! Englands Abladeplatz für Diebe und Schurken.«

Jetzt war es entschieden. Einfach so. Die Münze trieb sie in ein Land, das sich Adam nicht ausgesucht hatte. Und er musste sein Unbehagen unterdrücken, als er sich seinem Bruder zuwandte. »Diebe und Schurken! Vielleicht ist Australien genau die richtige Wahl, Conor. Du wirst dich dort gleich wie zu Hause fühlen.«

KAPITEL 5

Central-Queensland, Australien
Juli 1868

Jenna! Bist du da, Jenna?«

Die Stimme war kaum zu hören, weil der Regen auf das Blechdach trommelte. Jenna McCabe stellte einen leeren Eimer auf die Ladentheke – an die Stelle, wo es am meisten hereinregnete. Lustlos ließ sie den Blick zu dem Durchgang mit dem Vorhang wandern, der den Laden von den Wohnräumen dahinter abtrennte.

»Ja, Mary«, murmelte sie resigniert.

So war ihre Mutter immer; sie schrie aus Leibeskräften, wenn ein schlichtes Rufen genügen würde. Jenna, tu dies! Jenna, mach das! Da ist ein Kunde im Laden, Jenna! Oder: Lauf in den Pub und hol mir ein Pint, Jenna! Zudem bestand ihre Mutter darauf, dass Jenna sie mit Mary ansprach. »Sag nicht Mutter zu mir! Die Männer sagen alle, dass ich viel zu jung sei, um eine Tochter in deinem Alter zu haben«, erklärte sie immer wieder.

Mary schlurfte herbei und drückte die Hände auf ihren Bauch. Ihr Mund war verkniffen, die Stirn gefurcht.

Jenna beschlich ein ungutes Gefühl. »Was ist mit dir?«

Der erste Tropfen fiel in den Blecheimer. *Plopp.* Das Geräusch erschien Jenna unendlich laut, viel durchdringender als der Regen selbst. Mary McCabe trat von einem Fuß auf den anderen und lehnte sich schwer an den Türrahmen. Jenna fiel plötzlich auf, dass ihre Mutter ungewöhnlich blass war und schwankte.

»Was mit mir ist?«, äffte Mary sie nach einem langen

Moment des Schweigens nach. Sie deutete auf den Boden, wo sich eine Pfütze ausbreitete, und Jenna nahm sich vor, nach einem weiteren Eimer zu suchen. »Das Haus ist schlimmer als ein leckes Boot, diese Stadt ist um keinen Deut besser als die letzte, und das Baby kommt – das ist mit mir! Schließ den Laden ab und hol Mrs. Porter! Und mach schnell, bevor ich das verflixte Balg gleich an Ort und Stelle verliere!«

Die Stimme der Mutter klang ungewöhnlich eindringlich – so hatte ihre Tochter sie noch nie erlebt. Jenna schloss sorgsam die Ladentür ab, steckte den Schlüssel in die Schürzentasche und sprang über die Pfützen auf der Straße, als sie zum Haus der Porters lief. Der Wind trieb ihr den kalten Regen ins Gesicht. Braunes, durchweichtes Laub sammelte sich in der Gosse. Jenna schauderte und klappte ihren Kragen hoch, um sich vor der Kälte und dem Regen zu schützen. Trotzdem klebten die Haare nass an ihrem Kopf, als sie heftig an Mrs. Porters Tür klopfte. Mrs. Porter öffnete ihr und sah sie verdrießlich an. »Ist was passiert, Mädchen?«, fragte sie und wischte sich die mehlbestäubten Hände an der Schürze ab.

»Es geht um meine Mutter«, keuchte Jenna. »Mary Mc-Cabe vom Laden. Das Baby kommt, und sie hat mich gebeten, Sie zu holen.«

»Und da braucht sie Hilfe, ja?«, rief Mrs. Porter aufgebracht. »Ein Jammer, dass sie nicht daran dachte, als sie mich letzte Woche nicht anschreiben ließ.«

»Aber Sie werden doch kommen, oder?«, flehte Jenna verzweifelt. Sie spürte, wie ihr die Tränen in die Augen schossen. »Sie sagte, ich muss sie mitbringen, und wenn nicht, dann …«

Sie ließ den Rest des Satzes unausgesprochen und

kniff kurz die Augen zu bei dem Gedanken daran, was ihr dann blühte. Wenn sie Mrs. Porter nicht mitbrachte, wie es ihr die Mutter aufgetragen hatte, würde sie ihr die Hölle heiß machen. Instinktiv fasste sie sich an die Wange und legte die Hand auf die bläulich verfärbte Schwellung.

»Und wenn nicht«, ergänzte Mrs. Porter, während sie Jenna eine feuchte Strähne aus dem Gesicht strich, »verprügelt sie dich zweifellos mit einem Gürtel.«

War das so offensichtlich? Jenna nickte verlegen und blinzelte die Tränen weg. Doch dann hob sie trotzig den Kopf und sah Mrs. Porter an. Die Frau hatte freundliche Augen und wirkte gütig und warmherzig. Unwillkürlich fragte sich Jenna, wie es wohl sein mochte, von Mrs. Porter in die Arme genommen und an den üppigen Busen gedrückt zu werden. Es war lange her, seit ihre eigene Mutter sie zum letzten Mal umarmt hatte.

»Komm schon, Mädchen, nicht weinen! Geh nach Hause und richte deiner Mutter aus, dass ich gleich nachkomme!« Die Hebamme versuchte, Jenna zu beruhigen.

Plötzlich fiel ihr wieder ein, wie kraftlos die kreidebleiche Mary am Türrahmen gelehnt und gesagt hatte: *Mach schnell, bevor ich das verflixte Balg gleich an Ort und Stelle verliere!* Schuldbewusst rannte Jenna zurück zum Laden, ohne auf den Schlamm, der auf ihre Stiefel spritzte, oder den Regen, der ihre Kleider durchweichte, zu achten.

Mrs. Porter kam ein paar Minuten nach Jenna und war ganz außer Atem. Jenna, die sich an der Tür zum Zimmer ihrer Mutter herumdrückte und sich nicht über die Schwelle traute, beobachtete mit großen Augen, wie die Hebamme ihre große schwarze Tasche mit Schwung auf dem Fußende des Bettes abstellte und verschiedene

Furcht einflößende Instrumente herausholte. »Steh nicht so rum, Mädchen!«, herrschte sie Jenna an. »Es gibt jede Menge zu tun.«

»J-ja«, stammelte Jenna verängstigt.

»Wie alt bist du?«

»D-dreizehn.«

»Gott sei Dank alt genug, um dich nützlich zu machen!«, brummte die Hebamme. »Also, Jenna, es ist keine Hilfe, wenn du hier an der Tür herumlungerst. Füll Wasser in den größten Topf und bring es zum Kochen! Dann holst du mir alle Leintücher und Handtücher, die ihr erübrigen könnt.«

Jenna sollte mithelfen!

Allein die Idee erschreckte sie bis ins Mark. Sie holte tief Luft und wünschte, sie könnte das Entsetzen einfach abschütteln. Sie hatte keine Ahnung, wie Babys auf die Welt kamen, wusste nicht einmal, wie dieses in den Bauch ihrer Mutter gekommen war. Und wie konnte Mrs. Porter es da herausbekommen? Aber Jenna wollte es lieber nicht so genau wissen, denn ihre Mutter stöhnte qualvoll – offenbar hatte sie Schmerzen –, und diese Instrumente auf dem Bett verhießen nichts Gutes.

»Lauf los!«, forderte Mrs. Porter. »Und beeil dich, sonst entsteht hier eine richtige Schweinerei, wenn sich das Baby entschließt, ganz schnell zu kommen!«

Jenna rannte, froh über die Unterbrechung, in die Küche und holte den großen Topf aus dem Schrank, füllte ihn mit Wasser und stellte ihn auf den Herd. Dann kramte sie im Wäscheschrank und suchte die Laken und Handtücher, die Mrs. Porter verlangt hatte, heraus. Sie hatten nicht viele, und Jenna brachte alle ins Zimmer ihrer Mutter.

Mrs. Porter riss die Laken in kleinere Stücke. Eine reine Verschwendung, dachte Jenna betrübt – woher sollten sie das Geld nehmen, um neue zu kaufen? Sie zuckte jedes Mal zusammen, wenn sie das Reißen von Leinen hörte, schielte verstohlen zu ihrer Mutter und wartete auf eine Reaktion. Doch Mary lag mit geschlossenen Augen da.

Die Stunden schleppten sich quälend langsam dahin, während Jenna all die Aufgaben erfüllte, die ihr die Hebamme auftrug – sie sollte dafür sorgen, dass das Wasser heiß blieb, und aufräumen, wenn die Hebamme Unordnung machte. Gelegentlich schellte die Ladenglocke, und Jenna musste die Kunden bedienen.

»Bekommt Mary ihr Baby?«, erkundigte sich eine der Frauen und schaute unbehaglich zum Durchgang, als sie einen schrillen Schrei hörte. Offenbar verbreitete sich die Neuigkeit wie ein Lauffeuer im Ort. Und die Anwesenheit der Hebamme sorgt sicher für heftigen Klatsch über die Gartenzäune hinweg, vermutete Jenna.

Die neugierige Kundin war die Frau des Polizisten. »Eingebildete Zicke«, nannte Mary sie hinter ihrem Rücken. Sie war eine zimperliche, tugendhafte Person, die die Nase immer hoch trug und selbstgefällig grinste. Jenna behandelte sie wie jemanden, den man notgedrungen erdulden musste.

»Das arme kleine Würmchen«, fuhr die Frau fort und meinte offenbar das Baby. Dann schnalzte sie mit der Zunge und schüttelte den Kopf, als sie die Lebensmittel bezahlte, die sie in ihre Tasche gepackt hatte. »Es ist schlimm, eine Hure zur Mutter zu haben und nie zu wissen, wer der Vater ist. Aber *das* ist vielleicht am besten so«, setzte sie düster hinzu.

Jenna hätte gern gefragt, was sie damit meine. Sie selbst hatte ihren Vater auch nie kennen gelernt. Und obschon sie nicht wusste, was »Hure« bedeutete, hatte die Frau dieses Wort mit so viel Gift in der Stimme ausgesprochen, dass Jenna unwillkürlich zurückgewichen war, um mehr Abstand zwischen sich und diese Person zu bringen. Endlich schlug die Frau des Polizisten die Ladentür hinter sich zu.

Um sechs Uhr schloss Jenna den Laden ab und löschte die Lichter, ehe sie in die Wohnung zurückging und durch den Vorhang spähte. Mary lag auf der Seite, hatte die Arme fest um den Bauch geschlungen und wimmerte vor sich hin. Ihre Augen waren geschlossen, die Wangen nass. Von Tränen?, fragte sich Jenna. Sie hatte ihre Mutter noch nie weinen sehen.

Jenna brühte eine Kanne Tee auf und machte Sandwiches, die hauptsächlich Mrs. Porter vertilgte. Jenna hatte keinen Appetit. Sie knabberte nur an einem der Brote und trank eine Tasse Tee. Da sie nicht wusste, was sie tun sollte, rückte sie einen Stuhl zum Bett ihrer Mutter, setzte sich und wartete.

Aus Sekunden wurden Minuten und Stunden. Mary McCabe warf sich herum und wälzte sich hin und her, stöhnte oder schrie laut auf und verfluchte das Los der Frauen. Von Zeit zu Zeit tastete und drückte die Hebamme unter der Decke. Jenna schaute nicht hin und starrte lieber die schmuddelige Wand an – ihr machten sowohl Angst als auch Verlegenheit zu schaffen. Obwohl sie nicht sah, was genau Mrs. Porter unter der Decke machte, ahnte Jenna, welches Ziel die Hebamme verfolgte. Es erschien ihr wie eine schlimme Verletzung der Intimsphäre, wenn man dort berührt wurde.

»Hab keine Angst, Liebes!«, sagte die Hebamme zu ihr, als sie sich die Hände in dem Eimer wusch, den Jenna bereitgestellt hatte.

Jenna hob trotzig den Kopf. »Wer sagt, dass ich Angst habe?«

Die Frau lachte. »Es steht dir ins Gesicht geschrieben. Du solltest dich lieber an so was gewöhnen, möchte ich meinen. Eines Tages wirst du dasselbe durchmachen. Heiraten, Kinder kriegen und jede Menge Schmerzen.«

Plötzlich konnte Jenna die Qualen der Mutter nicht mehr ertragen; sie schluckte heftig und bekämpfte das Bedürfnis, den Raum sofort zu verlassen. Stattdessen überlegte sie, wie sie die Pein der Mutter lindern könnte. Am liebsten hätte sie die Hand auf Marys Mund gedrückt und die schrecklichen Laute erstickt. Sie wollte ihre Wange streicheln und ihr sagen ... Was?, fragte sich Jenna. Was werde ich nur meiner Mutter sagen? Dass sie mich auf eigenartige Weise lieb hat? Dass meine Mutter trotz ihrer Trunksucht und der Schläge so gut für mich sorgt, wie sie kann, und dass ich ihr dafür dankbar bin?

Zaghaft nahm sie die Hand der Mutter in ihre. Sie war rau und schwielig von der vielen Arbeit. »Es wird alles gut, Mary«, flüsterte sie.

»Nicht!«

Die Mutter zog ihre Hand weg, entriss sie ihr, als könnte sie die Berührung der Tochter nicht ertragen. Jenna schob ihren Stuhl zurück, sprang auf und lief in die Küche. Dort lehnte sie sich mit verschränkten Armen an die Wand und starrte durchs Fenster in die Nacht und auf die erleuchteten Fenster der anderen Häuser. Sie stellte sich vor, wie die Familien gemütlich beim Feuer zusammensaßen, Toast zubereiteten. Bestimmt gab es Butter und Marmelade dazu. Tee mit Milch. Mütter nahmen ihre Kinder in die Arme, steckten sie ins Bett. Gaben ihnen einen liebevollen Gutenachtkuss. Eine einzelne Träne rollte über ihre Wange. Verdammt! Ihre Mutter konnte es nicht einmal ertragen, wenn sie ihre Hand hielt.

Sie versuchte, sich in ihrer Fantasie von all dem Schrecklichen zu lösen – von dem Stöhnen ihrer Mutter, der schroffen Zurückweisung und der energischen Hebamme, die sich mit dem Ritual der Niederkunft, das Jenna so sehr erschreckte, bestens auskannte. Jenna dachte an ihre eigene Kindheit und suchte nach schönen Erinnerungen. Ihre Großmutter, so viel wusste sie, war ein Sträfling gewesen und wurde, als sie achtzehn Jahre alt war, wegen eines geringen Vergehens von Schottland nach Australien gebracht. Und obwohl sie schon seit dreißig Jahren auf freiem Fuß war, hatte Mary niemals verwunden, was ihre Mutter in dieses Land geführt hatte.

Genauso wenig konnte sie sich mit der Rolle ihres Vaters abfinden: Er war Matrose auf dem lecken, mit Läusen verseuchten Schiff, das die Sträflinge nach Australien brachte. Marys Mutter hatte ihre Gunst in mehr als einer Hinsicht für einen vollen Bauch und ein warmes Bett verschenkt. Und er hatte sie prompt verlassen, als das Schiff in Sydney vor Anker ging. Dort, im Elendsviertel, hatte Marys Mutter sieben Monate später ihr Kind geboren.

Auch Jenna hatte ihren Vater nie gekannt, obwohl Mary manchmal von ihm sprach, wenn sie einen über den Durst getrunken hatte. Er war Garnisonssoldat – so viel wusste Jenna – und verheiratet. »Er hat sich aus dem Staub gemacht, als er erfuhr, dass ich mit dir schwanger war«, erzählte Mary oft, weinerlich und wehmütig vom Alkohol. »Ist mit seiner Familie weggezogen und hat nicht einmal Lebewohl gesagt. Ich habe ihn geliebt und vermisse den Bastard«, fügte sie jedes Mal hinzu, »sogar jetzt noch.«

Das hielt Mary jedoch nicht davon ab, sich ständig mit anderen Kerlen einzulassen. Im Laufe der Jahre waren es Dutzende gewesen – gefühllose Raubeine, die nach Einbruch der Dunkelheit an ihre Tür klopften. Die Mutter nahm die Besucher mit in ihr Schlafzimmer und scheuchte Jenna mit der strikten Anweisung, sich bis zum Morgen nicht von der Stelle zu rühren, in ihr eigenes Zimmer.

Wenn Jenna dann im Bett lag und auf den Schlaf wartete, hörte sie das Stimmengemurmel von nebenan. Klatschende Geräusche. Gelegentlich ein Lachen oder ein Grunzen, das sie an die Schweine im Pferch des Nachbarn erinnerte, wenn sie in ihrem Trog wühlten.

Das Quietschen der Bettfedern tönte durch die Nacht.

Jenna hielt sich dann immer die Ohren zu und versuchte, das verhasste Geräusch auszublenden.

Sie bekam nie mit, wenn die Männer wieder gingen; dafür sorgte Mary. Sie verschwanden im Morgengrauen und hinterließen ein paar Münzen auf dem Küchentisch.

»Ich tue das nicht gern«, erklärte Mary eines Morgens, als sie in die Küche kam und Jenna mit den Münzen in der Hand vorfand. »Aber mit dem Geld kann ich die Rechnungen bezahlen, und du musst nie Hunger leiden. Ich kann nichts anderes.«

Aber was genau tut sie?, überlegte sich Jenna damals, stellte ihr aber diese Frage nicht. Stattdessen wandte sie sich ab und beobachtete eine Fliege, die an der Fensterscheibe summte. Die blauen Flecken auf den Armen der Mutter versuchte sie zu übersehen.

Mary zog den Morgenrock fester um sich und hob hilflos die Arme. »Ich sorge doch anständig für dich, oder nicht?«

In den ersten Jahren zogen sie oft um – von einer Bruchbude in die andere, und schließlich waren sie hier gestrandet, im Central-Queensland. Mary hatte genügend gespart, um den Gemischtwarenladen kaufen zu können, und er lief ganz gut, auch wenn Jenna in letzter Zeit die meiste Arbeit machte, weil Mary ständig im Pub hockte. »Ich kurble das Geschäft an«, behauptete sie. Jenna wusste allerdings nicht, welches »Geschäft« Mary meinte. Den Laden oder …

Im Grunde war es Jenna egal. Die Mutter ließ sie meistens in Ruhe. Wenn Mary jeden Abend sinnlos betrunken nach Hause kam, schlief Jenna meist schon längst.

»Männer können in der einen Minute so liebevoll sein, und in der nächsten benehmen sie sich wie Scheißkerle«, erklärte sie ihrer Tochter eines Nachts, als sie an ihrem Bettrand saß. »Unzuverlässig, das sind sie, und sie hauen ab, sobald man ihnen sagt, dass sie einen geschwängert hätten.«

Mary hatte die Lampe mit ins Zimmer gebracht, und das Licht warf lange, schwankende Schatten, die bis in die dunklen Winkel reichten. Jenna musste blinzeln, um sich an die Helligkeit zu gewöhnen. Marys Gesicht wirkte alt, bleich und verweint. Ihre Mundwinkel hingen nach unten.

»Geschwängert haben«, wiederholte sie und lallte so sehr dabei, dass Jenna sie kaum verstand. »Weißt du, was das heißt?«

Jenna schüttelte den Kopf; sie wünschte, ihre Mutter würde die Lampe wegbringen und in ihr eigenes Bett gehen. »Nein, Mary.«

»Gut. Du bist ein braves Mädchen, Jenna. Du wirst mir nie Schande machen.« Sie fuhr ihrer Tochter durchs Haar und zog die Decke über Jennas Schultern. »Und jetzt schlaf weiter! Kümmere dich nicht um mein verrücktes Geschwätz!«

Monate vergingen, und Jenna beobachtete, wie der Bauch ihrer Mutter immer dicker wurde, bis sie ihn kaum mehr unter weiten Kleidern verstecken konnte. In der Stadt wurde geredet; Frauen standen an den Straßenecken beisammen und tuschelten, verstummten jedoch, sobald Jenna in ihre Nähe kam. Sie deuteten mit den Fingern auf Mary. Die anderen Schulkinder kicherten hinter vorgehaltener Hand. »Deine Mutter ist eine Hure«, spottete einer der älteren Jungen, als Jenna auf dem Schulhof an ihm vorbeiging.

»Wer sagt das?«

»Mein Vater.«

»Dein Vater hat keine Ahnung.«

»Er sagt, ein Kerl habe deiner Mutter einen dicken Bauch gemacht.«

Was meinte dieser Rotzlöffel damit? Erst in der letzten Woche hatte Jenna ihn dabei erwischt, wie er eine Hand voll Biskuits aus dem Fass unter der Ladentheke geklaut hatte, während sie seine Mutter bedient hatte. Offenbar spürte er ihre Verwirrung, denn er fuhr fort: »Sie kriegt ein Kind. Ein Baby. Einen *Bastard*.«

Ein Baby? Wer war der Vater? Bestimmt war er nicht derselbe wie der von Jenna. Laut Mary war er längst weg. Jenna hatte keine Ahnung, und Mary McCabe verlor kein Wort darüber. Jenna getraute sich auch nicht, sie danach zu fragen.

Ihre Mutter gewöhnte sich an, nachmittags zu schlafen, und öffnete dann den Laden gar nicht erst. Außerdem wurde sie schlampig und achtete weder auf ihre Kleidung noch auf ihre sonstige Erscheinung. »Was spielt das für eine Rolle?«, fragte sie und sah ihre Tochter niedergeschlagen an. »Wer will mich denn überhaupt noch?«

Ja, wer? Wenn Jenna sah, wie sie durch den Laden schlurfte mit aufgedunsenem Gesicht, strähnigen Haaren und schmuddeligem Kleid, glaubte sie, eine Karikatur ihrer Mutter vor sich zu haben. Mary schwankte beim Gehen und stützte immer die Hände ins Kreuz. Sie versetzte Jenna Ohrfeigen, wenn sie sich im Laden verrechnete, und beschimpfte sie mit hässlichen, hasserfüllten Worten.

Irgendwann ging Jenna nicht mehr in die Schule. »Ich gehe nicht mehr hin«, erklärte sie ihrer Mutter.

»Und warum?«

»Dann kann ich dir hier helfen.«

Mary tätschelte ihren Kopf – eine seltene Geste der Zuneigung. »Du bist ein braves Mädchen, Jenna.«

Und so war es. Mit dreizehn Jahren führte sie einen Laden und stand von Sonnenaufgang bis abends hinter der Theke. Anschließend musste sie für ihre Mutter und sich kochen und die Wohnung und den Laden sauber machen. Und dann würde das Baby bald kommen: noch eine Verantwortung. Mary würde sich, so wie es aussah, wahrscheinlich auch weiterhin um gar nichts kümmern.

Jenna seufzte, als ihr all das durch den Kopf ging, und wandte sich vom Fenster und den verlockenden Lichtern ab, die ein harmonisches Familienleben vermuten ließen, und ging zurück ins Zimmer ihrer Mutter. Mary krümmte sich im Bett, ihr Gesicht war schmerzverzerrt, und ein dunkler Blutfleck hatte sich auf dem Laken ausgebreitet. Schweiß rann ihr über die Wangen und sammelte sich in der Mulde am Hals.

Wortlos nahm Jenna ein feuchtes Tuch und tupfte ihrer Mutter das Gesicht ab. Mary biss sich auf die Lippen und wölbte den Rücken nach oben; die Anwesenheit ihrer Tochter schien sie überhaupt nicht wahrzunehmen. Nach einer Weile fing sie an zu schreien – ein halb animalischer, halb menschlicher Laut.

Mechanisch wischte Jenna mit dem Tuch hin und her und bemühte sich, den Lärm auszublenden. Ihr Leben fand hier statt, in diesem Haus; ihre Pflichten waren klar umrissen. Alles um sie herum verschwamm, und die Zukunft breitete sich vor ihrem geistigen Auge aus, formlos und grau. Die Bürde dieser Zukunft lastete schwer auf ihren jungen Schultern.

Erst als die Sonne am nächsten Morgen aufging, presste die erschöpfte Mary McCabe ein letztes Mal. Jenna sah sprachlos zu, wie das Baby zwischen den Beinen ihrer Mutter zum Vorschein kam und in Mrs. Porters breite Hände glitt. Die Hebamme packte das Neugeborene an den Knöcheln und gab ihm einen kräftigen Klaps aufs Hinterteil. Das Baby stieß einen entrüsteten Schrei aus. »Es ist ein Junge«, vermeldete die Hebamme nüchtern.

Mary sank in die Kissen zurück. Ihre Gesichtshaut schimmerte fast durchsichtig, so müde und abgekämpft war sie. »Gott sei Dank, das hab ich hinter mir!«, sagte sie und schenkte dem Kind nicht einen Blick.

Während Jenna die blutigen Tücher wegbrachte, badete Mrs. Porter das Neugeborene in der Zinkwanne in warmem Wasser. Nachdem sie es abgetrocknet und in einen von Marys Schals gewickelt hatte, drückte sie es Jenna in die Arme.

Jenna hielt ihren winzigen Bruder ganz behutsam und betrachtete ehrfürchtig das rote, verschrumpelte Gesichtchen. Er hatte die Augen geschlossen und die kleinen Hände zu Fäusten geballt. Dunkler Flaum lockte sich an den Schläfen. Jenna holte tief Luft und sog den frischen sauberen Geruch des Babys ein. »Können wir ihn Michael nennen?«, fragte sie.

»Nenn ihn, wie du willst!«, erwiderte Mary und drehte das Gesicht zur Wand. »Mit so was kann ich mich jetzt nicht abgeben.«

»Dann heißt du Michael«, flüsterte Jenna und strich ihm liebevoll über die weiche Babywange. »Michael McCabe.«

Das Kind bewegte und streckte sich, öffnete die Augen und sah sie an. Jenna neigte den Kopf und berührte mit dem Mund seine Stirn. Eine Woge an Gefühlen überflutete sie beinahe, eine schmerzhafte Liebe, die fast ihr Herz für einen Augenblick zum Stillstand brachte. *Armes kleines Würmchen,* hatte die Frau des Polizisten gesagt. Aber sie hatte nicht mit Jennas Liebe und Fürsorge für den Bruder gerechnet und ahnte nicht, dass sie ihn später kleiden, füttern und alles, was sie wusste, lehren würde.

Wieder atmete sie tief durch und drückte ihn fest an ihre Brust.

Endlich, dachte sie voller Freude, habe ich jemanden, den ich lieb haben kann.

Später, als ihre Mutter und das Baby schliefen, holte Jenna ihr Tagebuch aus ihrem Nachtkästchen und schrieb:

1. Juli 1867. Heute hat es geregnet, und das Wasser tropft wieder durchs Dach. Das Baby sollte kommen, und ich musste die Hebamme holen. Sie hat mich gebeten, ihr zu helfen. Mary schrie viel, und da war eine Menge Blut. Ich hatte Angst. Ich werde nie ein Baby bekommen, wenn ich erwachsen bin. Niemals!

TEIL II

NEUANFÄNGE

KAPITEL 6

Brad stellt den Landcruiser vor dem Rasthaus im Schatten eines riesigen Pfefferbaums ab und sieht mich mit einem verschmitzten Lächeln an. »Ich weiß nicht, wie's dir geht, Jess, aber ich habe einen Bärenhunger. Alles okay?«

»Ich denke schon.«

»Es sind nur noch dreihundertfünfzig Kilometer«, fügt er hinzu und steigt aus.

»Nur?«, wiederhole ich, als er sich durchs offene Fenster hereinbeugt. Ich sage das leichthin, scherzhaft, und zwinge mich dabei zu einem Lächeln, während ich den Sicherheitsgurt löse. Was mache ich hier eigentlich?, frage ich mich zum hundertsten Mal an diesem Tag. Welcher Wahnsinn hat mich dazu gebracht, Brad ins Outback, an einen Ort, den ich nie zuvor gesehen habe, zu begleiten? Ich muss den Verstand verloren haben, als ich lauter praktische Klamotten und Wanderschuhe, Insektenspray und Sonnenlotion mit Schutzfaktor 30 in einen Koffer gepackt habe. Wie konnte ich unser Heim, die vertrauten Räume, in denen die Zeit stillzustehen scheint und ich manchmal die Vergangenheit heraufbeschwören kann, verlassen und an einen unbekannten Ort abseits jedweder Zivilisation fahren? Warum habe ich es zugelassen, dass man mich aus meinem Kokon, aus meinem Alltag reißt?

Brad, mein Mann, ahnt nichts von meinem Dilemma; ich habe inzwischen gelernt, meine Gefühle zu verbergen. Deshalb nicke ich und lächle, dann strecke ich versuchsweise meine Beine und warte auf den Schmerz, den lange Fahrten mit dem Auto mit sich bringen. Brads Kelpie hechelt neben mir, weil es so heiß ist.

»Komm, Harry!«, ruft Brad, holt eine Schüssel aus dem Kofferraum und füllt sie am Wasserhahn neben der mit Dreck bespritzten Zapfsäule mit Wasser. Der Hund springt auf den Vordersitz und aus dem Wagen, um sich durstig über das Wasser herzumachen.

Obwohl es erst Ende September ist, bläst mir heiße Luft ins Gesicht, als ich aussteige und die Füße auf den von der Sonne hart gebackenen, roten Erdboden setze. Harry wirft Brad einen flüchtigen Blick zu und verkriecht sich in den Schatten unter dem Wagen. Dort bleibt er hechelnd liegen und beobachtet uns mit seinen gelben Augen. Einige Trucks, die den strengen Geruch von Kuhmist verströmen, stehen kreuz und quer auf dem Platz neben dem Rasthaus. Ich gehe an ihnen vorbei, halte dabei die Luft an, um den Gestank nicht einzuatmen, und verdränge den Gedanken an die Kühe, die in der Hitze stehen und auf dem Weg zu einem Schlachthof in einer größeren Stadt sind. Und ich versuche, auch nicht an die T-Bone-Steaks zu denken, die Brad und ich am Abend zuvor in einem Motel-Restaurant verschlungen haben.

Wir bestellen Lunch an der Theke. »Ich mache mich mal auf die Suche nach dem Lokus«, sagt Brad.

Ich setze mich an einen der drei Tische. Schon jetzt fühle ich mich einsam und vermisse Carys und meine Eltern.

Carys ist meine Schwester. Sie ist fünfundzwanzig – vier Jahre jünger als ich –, geistreich und intelligent. Sie hat dunkle Haare, zu einem kurzen Pferdeschwanz geflochten, und grüne Augen wie ich. Sie ist eine kleinere, zartere Version von mir. Manchmal halten uns die Leute sogar für Zwillinge. Sie arbeitet tagsüber in einem Anwaltsbüro und studiert in ihrer Freizeit Jura.

Unsere Großmutter hat uns das Haus hinterlassen, das jetzt Brad und mir gehört; wir haben Carys ausbezahlt, weil sie nicht in dem Haus leben will. Mit dem Geld hat sie sich eine Hochhaus-Wohnung in der Stadtmitte mit Blick auf den Fluss gekauft. Das Apartment ist praktisch eingerichtet und modern, und damals fanden wir alle die Idee verrückt. Doch inzwischen sind die Immobilienpreise in der Stadt derart gestiegen, dass Carys' Wohnung mittlerweile wahrscheinlich dreimal so viel wert ist.

Manchmal übernachte ich zusammen mit ein paar Freundinnen bei ihr; wir machen uns einen Mädchenabend mit Schokolade, Pizza und Rotwein und verbringen den Tag darauf damit, unsere Sünden zu bereuen. Wenn ich bei Carys bin, stehe ich gern früh auf und setze mich auf den Balkon. Ich beobachte, wie der erste Morgenverkehr auf den Freeways anläuft, und sehe mir die Schiffe auf dem Fluss an: die Stadtfähren, die schnittigen Yachten und die Ruderer, die ihre Muskeln anspannen und gleichzeitig die Ruderblätter durchs Wasser ziehen, um ihren Sport zu treiben.

Ich frage mich, was meine Schwester jetzt macht. Es ist Sonntagmittag, also sitzt sie wahrscheinlich mit Freunden in einem der kleinen Straßencafés am Wasser – bei Wein und viel Gelächter –, und nach dem Essen gehen sie ins Kino oder zu einem Spiel.

Und meine Eltern? Nun, am Sonntag gibt es bei ihnen immer den traditionellen Braten; eine Vase mit frischen Schnittblumen und ein Krug mit Bratensauce stehen auf dem Tisch. Es gibt Rinder- oder Lammbraten mit Röstkartoffeln, Bohnen und Karotten aus Dads Gemüsegarten. Und zum Nachtisch Apfelkuchen oder Pudding mit Vanillesauce. Und später, wenn Mam den Abwasch macht, setzt sich Dad in seinen Lieblingssessel und liest die Sonntagszeitung. Und wie immer schläft er darüber ein, während die Sonne und der Geruch nach frisch gemähtem Gras durchs offene Fenster strömen.

Ein lautes Scheppern kommt aus der Rasthausküche – Porzellan zerbricht – und reißt mich in die Wirklichkeit zurück. Ich schaue mich um. Die Wände sind fleckig von den vielen Fliegen. Rot-weiß karierte Plastiktücher bedecken die Tische. Und unseren ziert ein großer Ketchup-Fleck – macht sich denn niemand die Mühe, die Tische abzuwischen, wenn ein Gast gegangen ist? Neben dem Eingang stehen etliche Kisten mit leeren Limo-Flaschen und den üblichen klebrigen Plastikstreifen, die die Fliegen verscheuchen sollen, sie jedoch anscheinend eher ins Haus leiten.

An den anderen beiden Tischen sitzt je ein Mann, beide lesen Zeitung, während sie auf ihre Bestellung warten. Einer trägt einen blauen Overall, der andere ein Flanellhemd. Dieses Rasthaus strahlt verblasste Nonchalance aus. Ich nehme eine Zeitschrift von dem Stuhl neben mir. Die Ecken sind zerfleddert, und jemand hat der Politikerin auf dem Titelblatt einen Schnurrbart gemalt. Die Ausgabe stammt vom Oktober 2000, ist also Jahre alt. Alte Neuigkeiten. Ich blättere die Zeitschrift durch.

Unvermittelt weckt das Foto einer Frau meine Aufmerksamkeit; sie hat scheußliche Narben im Gesicht. Ein kleines Foto daneben zeigt, wie sie früher ausgesehen hat. Dunkelhaarig und hübsch. Ihr Lächeln wirkt ansteckend. Jetzt sind ihre Züge entstellt, ihr Blick ist finster.

Was für ein Ereignis hat das verursacht? Die Frau fasziniert mich auf makabre Weise. In welchem Augenblick genau hat ihr Gesicht aufgehört, hübsch zu sein? Wann hat sich Schönheit in Hässlichkeit verwandelt? Und, was mir noch wichtiger erscheint, was würde die Frau dafür geben, um diesen Moment rückgängig zu machen, um dem Verlauf des Schicksals rechtzeitig die entscheidende Wende zu geben?

Ich starre auf die Worte unter der Abbildung, will die Details lesen, aber die Buchstaben verschwimmen vor meinen Augen. Zornig wische ich die Tränen weg und hoffe, dass mich niemand derart schwach gesehen hat. Die Tränen machen mich seltsamerweise verlegen. Und es verwirrt mich, dass sie mir hier, in diesem schäbigen Lokal, in die Augen schießen. Was bringt mich eigentlich so durcheinander?, frage ich mich besorgt. Ich kenne diese Frau nicht einmal. Es ist nur ein Gesicht in einer Illustrierten, eine weitere unglückliche Geschichte, die sich zufällig mit meiner vergleichen lässt.

Meine Gedanken gleiten in die bekannten Bahnen und kommen abrupt zum Stillstand. Jetzt denke ich, ich würde alles geben, wenn ich diesen Sekundenbruchteil, der unser Leben – meines und Brads – aus dem Gleichgewicht gebracht hat, verändern könnte, aber es geht nicht. Die Zeit kann man nicht zurückspulen. Sie läuft einfach weiter und nimmt nichts als Erinnerungen mit. Deshalb bin ich mit meinem Mann hergekommen – ich versuche,

Distanz zwischen der Person, die ich war, und der Person, die ich jetzt bin, zu bringen und eine klare Perspektive in meinem Leben zu gewinnen.

Brad kommt zurück, und wir sehen uns über den Tisch hinweg an. Plötzlich bin ich unsicher und weiß nicht, was ich ihm sagen soll. Ich bringe kein Wort heraus, wende den Blick ab und betrachte die Getränkekisten neben der Tür.

»Sprich mit mir, Jess!«

Es ist zwar nicht fair, dass er mein Schweigen ertragen muss, aber hin und wieder traue ich mir selbst nicht und kann deshalb nicht reden. »Ich kann nicht.«

»Hör mal, wegen …«

Nicht, flehe ich im Stillen. Sprich nicht ihren Namen aus!

»Wegen all dem, was passiert ist«, fährt er fort. »Es tut mir Leid, aber ich kann es nicht ändern. Ich würde alles geben, wenn ich es könnte.«

»Nicht hier. Nicht jetzt«, flüstere ich.

»Wann dann? Wann ist der geeignete Zeitpunkt, Jess?«

Seine Stimme klingt eindringlich, und mir ist bewusst, dass ich etwas sagen müsste – irgendetwas, um ihn zu beruhigen. Doch die Worte, die mir über die Lippen kommen, sind armselig.

»Ich weiß es nicht.«

»Wir müssen nach vorn schauen und den Dingen ihren Lauf lassen. Wir dürfen nicht in der Vergangenheit leben. Unsere Zukunft könnte so schön sein.«

»Tatsächlich?«

Es gibt düstere Tage, an denen mir alles unbedeutend, sinnlos und schrecklich erscheint; dann kann ich mir überhaupt keine gemeinsame Zukunft mit Brad vorstellen. Zu viele Barrieren und Erinnerungen stehen heute zwischen uns. Wir, er und ich, sind nicht mehr dieselben wie früher. Brad ist härter, nüchterner geworden, während ich …

Ich suche nach der richtigen Beschreibung für die Frau, die aus mir geworden ist. Ich bin emotionaler, denke ich. Introvertierter und wehmütig. Misstrauischer.

Jemand hat Salz auf dem Tisch verschüttet, ich fühle die feinen Körner unter den Fingern. Zielstrebig schiebe ich sie zu einem grauen Häufchen zusammen. Ich kann Brad nicht anschauen, kann den Anblick seines gequälten Gesichtes nicht aushalten. Plötzlich beugt er sich vor und legt seine Hand auf meine. »Nicht«, sagt er mit gepresster Stimme. »Tu das nicht!«

Ich starre ihn an. Seine Finger sind warm, meine trotz der Hitze kalt. Immer noch fehlt mir die Sprache. Was kann ich zu diesem Mann – meinem Mann –, der mir manchmal wie ein Fremder vorkommt, sagen? Ihm habe ich über Jahre hinweg meine geheimsten Gedanken anvertraut. Er kennt mich gut. Und dennoch glaube ich manchmal, dass ich ihn – oder mich – kaum kenne.

»Ich bin froh, dass du dich entschieden hast mitzukommen.«

Sein Tonfall ist sanft. Mir ist klar, dass meine Antwort lauten müsste: Ich bin auch froh. Zustimmen und dabei lächeln. Den Frieden aufrechterhalten. Aber die Worte bleiben mir im Hals stecken. Bin ich wirklich froh? Ich weiß es selbst nicht. Es würde mir zumindest nicht sofort einfallen, wenn ich meine Empfindungen benennen sollte.

Ich denke an die bevorstehenden sechs Wochen – Brad und ich allein – und bekomme Angst. Wie wollen wir die Minuten, Stunden, Tage füllen? Was werden wir zueinander sagen? Und wie werden wir miteinander sprechen?

Voller Groll und Bitterkeit oder verständnisvoll und einfühlsam?

In meiner Vorstellung sehe ich uns am Lagerfeuer sitzen, während wir die Vergangenheit zerpflücken und eifrig über das Warum und Wozu diskutieren. Und darüber, wie alles sein könnte. Was wir anders gemacht hätten, wenn wir die göttliche Gabe gehabt hätten, in die Zukunft zu sehen.

»Hier, bitte sehr! Zwei Hamburger mit allem und Kaffee.«

Ich bin dankbar für die Ablenkung, als die Serviererin die Teller vor uns auf den Tisch knallt. Ich widme erneut meine Aufmerksamkeit der Umgebung, und in meinem Gehirn spult sich die übliche Gedankenfolge ab. Wenn dies mein Lokal wäre, denke ich, würde ich gestärkte Tischdecken auflegen und Vasen mit Blumen auf die Tische stellen. Ich würde eine saubere Schürze tragen, die Getränkekisten und die alten Zeitungen wegschaffen, alles renovieren und gemütlicher machen. Gleichzeitig überlege ich mit einem Blick auf die beiden anderen Gäste, ob sich überhaupt jemand darum scheren würde.

Ich esse fast automatisch. Der Hamburger schmeckt nach nichts, aber Brad scheint ihn zu genießen. Er wischt sich einen Tropfen Sauce vom Mund und schenkt mir ein zaghaftes Lächeln. »Gut, was?«, sagt er und beißt noch einmal ab.

»Ausgezeichnet«, stimme ich ihm zu und bemühe mich, begeistert zu klingen.

Wir beenden die Mahlzeit schweigend. Es gibt nichts zu sagen, was nicht längst ausgesprochen wurde. Außerdem wären die Worte bedeutungslos. Sie ändern nichts an den Tatsachen und unserem Verhältnis zueinander.

Als wir hinaus zu unserem Wagen gehen, entdecke ich das Schild im Fenster des Rasthauses: ZU VERKAUFEN. EINZELHEITEN IM LOKAL ZU ERFRAGEN.

Die Straße ist mehr ein Feldweg. Der Landcruiser holpert mit Angst einflößender Geschwindigkeit über Schlaglöcher und Furchen. Wir ziehen eine rote Staubwolke hinter uns her. Stunden vergehen. Gelegentlich begegnen wir einem anderen Fahrzeug – einem Viehtransporter oder einem verdreckten Geländewagen –, aber meistens haben wir die Fahrbahn für uns allein. Harry legt den Kopf zwischen unsere Sitze und döst.

Ich starre lustlos auf das Armaturenbrett. Staub hat sich darauf angesammelt. Zum tausendsten Mal wünschte ich, ich hätte den Namen Diamantina nie gehört. Ich werfe einen flüchtigen Blick auf Brad. Er konzentriert sich aufs Fahren. Die Straße, falls man sie überhaupt so nennen kann, sieht aus, als gehöre sie in die Zeit von Pferden und Kutschen.

Die Landschaft verändert sich stetig. In einer Minute fahren wir durch welliges, mit Mitchell-Gras und Bäumen bewachsenes Land. An manchen Stellen bedeckt ein Teppich aus Wildblumen in leuchtenden Farben – pink und gelb, blau und weiß – die Erde und bildet einen erstaunlichen Kontrast zu dem Braun und Graugrün. In der nächsten Minute befinden wir uns auf einer weiten Ebene, aus der ganz verstreut abgeflachte Berge herausragen. »Man nennt sie Inselberge«, sagt Brad und deutet auf die entfernten Felserhebungen.

Ich betrachte ihn verstohlen und versuche, mir seine guten Eigenschaften ins Gedächtnis zu rufen. Wissbegier.

Ein untrüglicher Sinn für Humor. Seine Objektivität, die ihn dazu bringt, immer beide Seiten einer Geschichte zu betrachten. Mittlerweile finde ich das alles eher ärgerlich als anziehend.

»Hey, Jess!« Brad belohnt mich mit einem flüchtigen Grinsen, nimmt die Hand vom Steuerrad und legt sie auf mein Knie. »Alles okay?«

Früher, in einem anderen Leben, mochte ich diese Geste der Zuneigung. Sie weist auf die Intimität hin, die uns einst verbunden hat, das Zugehörigkeitsgefühl und die Überzeugung, dass es uns nichts ausmachen würde, wenn wir die letzten Menschen auf Erden wären, weil wir immer noch uns hätten. Aber heute stört mich der Druck seiner Finger und die Hitze, die seine Haut ausstrahlt, und ich muss gegen den Drang ankämpfen, seine Hand wegzuschieben. Ich möchte nur noch in die Badewanne oder lange unter einer Dusche stehen.

»Klar«, sage ich stattdessen und setze ein künstliches Lächeln auf.

KAPITEL 7

Central-Queensland, Australien
Dezember 1867

Die Monate verstrichen, ein Tag floss in den nächsten mit einer unregelmäßigen Abfolge von Schule, Arbeit und wenigen Stunden kostbaren Schlafs. Michael war kein winziges, hilfloses Baby mehr, das mit Armen und Beinen fuchtelte und weinte wie die kleinen Zicklein auf den Weiden am Rande der Stadt. Jetzt lachte er und streckte die Ärmchen nach Jenna aus, wenn sie von der Schule nach Hause kam, oder kroch auf dem Boden herum, während Mary den endlosen Strom von Kunden bediente.

Nach Michaels Geburt war die Lehrerin in den Laden gekommen und hatte Mary erklärt, dass Jennas Fernbleiben vom Unterricht gesetzwidrig sei. Seither ging das Mädchen wieder regelmäßig zur Schule, und Mary fand sich widerwillig damit ab. Dennoch erklärte sie ihrer Tochter täglich, dass sie ständig im Laden gebraucht wurde, insbesondere, seit das einzige andere Lebensmittelgeschäft im Ort geschlossen hatte. Der Besitzer hatte sich zu den Goldfeldern im Norden aufgemacht, weil er sich dort mehr und rascheren Profit erhoffte.

Inzwischen war Jenna vierzehn. Mary schien den Geburtstag ihrer Tochter entweder vergessen zu haben, oder sie hielt es für angebracht, ohne Glückwunsch oder ein Geschenk darüber hinwegzugehen. Jenna wollte sie aber nicht daran erinnern, weil es ihr lieber war, nicht im Mittelpunkt der Aufmerksamkeit zu stehen, denn Mary war in letzter Zeit noch aufbrausender als früher.

Ihr Geburtstag verlief also wie jeder andere Tag, und statt eines Festessens oder einer hübsch glasierten Torte – Annie Rawlins hatte in der Woche davor damit geprahlt, eine solche Torte zu ihrem Geburtstag bekommen zu haben –, verbrachte Jenna den Abend allein mit Michael, während ihre Mutter wie immer in den Pub ging.

»Du weißt es, oder?«, flüsterte sie ihrem Bruder ins Ohr, als sie sich nach dem Abendessen im Bett aneinander kuschelten. »Du weißt, dass heute ein besonderer Tag für mich ist.«

Michael gluckste und fasste mit seinen Händen in ihr Haar und zog daran. Sie tat so, als würde sie ihn in den Arm beißen, lachte und nahm ihn liebevoll in die Arme. Er fühlte sich fest und warm an und erwiderte ihre Zuneigung. In den wenigen Monaten war dieses Kind zu ihrem Lebensinhalt geworden; der einzige Grund für ihre Existenz bestand darin, Michael eine Ersatzmutter zu sein. Und je mehr Zeit verstrich, umso weniger konnte sie sich an die Zeit entsinnen, in der es ihn noch nicht gegeben hatte.

Jenna kam der ganze Klatsch zu Ohren, wenn sie nach der Schule ihre Mutter hinter der Ladentheke ablöste. Deftiger, skandalträchtiger Klatsch. Gerüchte und bloßes Gerede mündeten in erschreckende Entrüstung, sogar in richtigen Hass. Die Frau des Polizisten war das schlimmste Tratschweib, und sie ließ boshafte Bemerkungen über jeden fallen, der ihr nicht passte. Letzte Woche war es die Tochter des Schmieds gewesen, die mit dem Bäcker durchgebrannt war. Diese Woche regte sich die Frau über Tanzvergnügungen und Ausschweifungen in dem alten Melville-Haus (sie hatte von Hetty O'Brien und die wiederum vom Hufschmied einige skandalöse Einzelheiten erfahren) und die neue Lehrerin auf.

»Diese Person ist meiner Meinung nach zu jung und zu hübsch. Trotzdem hat ihr Bräutigam sie letztes Jahr sitzen lassen. Sie wartete in der Kirche, und der Kerl hat sich auf sein Pferd geschwungen und ist in wildem Galopp getürmt ...«

Mehr von der endlosen Tirade nahm Jenna nicht mehr wahr. Sie bemühte sich, nicht zuzuhören, weil sie keinen Anteil an all dem haben wollte. Der Gedanke hinterließ eine Leere in ihrem Inneren. Sie wurde sich immer bewusster, dass ihre Familie den Klatschmäulern zu viel

Futter gab: Michaels Geburt, Marys Saufgelage, der fehlende Vater von Jenna und Spekulationen über Michaels Erzeuger.

Eines Nachmittags, als sie außer Atem vom Rennen nach der Schule zu Hause ankam, war der Laden verschlossen, und eine wütende Menge stand davor.

»Eine Schande!«, murrten die Kunden und drängten sich an Jenna vorbei, nachdem sie die Tür geöffnet hatte. Sie nahmen Waren aus den Regalen und warfen sie regelrecht auf die Theke, damit Jenna die Rechnung fertig machen konnte. Jenna war hin und her gerissen – einerseits musste sie die Leute bedienen, andererseits weinte Michael in seinem Bettchen. Mary, das wusste sie aus leidvoller Erfahrung, lag sicher schon sinnlos betrunken auf dem Sofa im Pub.

Es gab auch Tage, an denen ihre Mutter die Stellung im Laden hielt, bis Jenna heimkam. Michael war schmutzig von oben bis unten, weil er den ganzen Tag über auf dem Boden herumgekrochen war. Sobald der starke Kundenandrang vorbei war, nahm Mary unweigerlich ihre Schürze ab, selbst wenn es noch ein paar Stunden bis zum Ladenschluss dauerte.

»Jetzt kommst du doch allein zurecht, Schätzchen?«, fragte sie, schaute in den Spiegel hinter der Theke und zwickte sich in die Wangen, um ein bisschen Farbe zu bekommen. Sie zog ihr Mieder weiter herunter, damit man die Formen ihrer Brüste besser sah, und steckte die Strähnen fest, die sich aus ihrer Frisur gelöst hatten. Kein einziges Mal sah sie in Jennas Richtung; sie interessierte sich nur für ihr eigenes Spiegelbild.

Jenna nickte stumm und wandte sich ab. Sie brachte kein Wort heraus.

»Ich brauche ein bisschen Gesellschaft und Entspannung«, erklärte Mary. »Den ganzen Nachmittag hatte ich alle Hände voll zu tun.«

Keine der alltäglichen Arbeiten war getan, und Jenna fragte sich unwillkürlich, was ihre Mutter den lieben langen Tag überhaupt gemacht hatte. Heute standen Kisten mit unausgepackten Waren auf der Bank. Andere Sachen, die in die Regale geräumt werden mussten, lagen herum. Der Boden war auch nicht gefegt. Seufzend nahm Jenna den Besen in die Hand.

»Es macht dir doch nichts aus, oder?« Die Frage an sich erschien umsichtig, aber Marys Ton war so hart, dass Jenna es gar nicht wagte, sich zu verweigern.

Jenna schüttelte den Kopf. »Nein, geh nur! Ich komme schon zurecht.«

Was sollte sie sonst sagen? *Ja, es macht mir was aus! Michael ist dein Kind, nicht meines, und er braucht dich. Ich bin ein miserabler Ersatz.*

Aber das alles blieb unausgesprochen.

»Du bist ein Schatz«, sagte ihre Mutter und fuhr ihr durchs Haar. Dann setzte sie ihren Hut auf und ging zur Tür. »Ich weiß nicht, was ich ohne dich tun würde. Sorg dafür, dass Michael etwas zum Abendessen bekommt, und bade ihn!«

Die Tür fiel hinter Mary ins Schloss. Jenna nahm Michael auf den Arm und drückte ihn an ihre Brust. Er war schmutzig, und dem Geruch nach zu schließen, brauchte er schon seit Stunden eine frische Windel. »Mam, mum, mum«, plapperte er und legte das Händchen an ihre Wange. Spielerisch biss Jenna ihm in den Finger, und er zog kichernd die Hand weg.

Um sechs Uhr schloss sie die Ladentür ab und löschte

die Lampe an der Theke. Sie badete Michael in der Zinkwanne in der Küche, fütterte ihn, dann hielt sie ihn im Arm und wiegte ihn, bis seine Augenlider flatterten und schließlich ganz zufielen.

Sie blieb noch lange so sitzen, wollte den kleinen Bruder nicht in sein Bettchen legen, weil ihr seine Wärme und der saubere Geruch so gut taten. Mary tut mir nur einen Gefallen, wenn sie mich mit ihm allein lässt, redete sie sich ein. Ein paar Stunden am Tag hatte sie Michael ganz für sich. Während sie seine dunklen Wimpern betrachtete, fragte sie sich, wie es wohl sein mochte, wenn ein Baby in einem wuchs. Sie stellte sich vor, wie sich ihr Bauch nach außen wölben, wie sie mit schmerzverzerrtem Gesicht im Bett liegen und das Baby aus ihrem Körper pressen würde. Und wie fühlte es sich an, wenn man ein Baby stillte?

Aber Michael ist nicht mein Kind, rief sie sich ins Gedächtnis, als sie ihn behutsam in sein Bettchen legte. Sie hatte keinen Anspruch auf ihn, und das machte sie unendlich traurig. Sie sah auf ihn hinunter; er seufzte leise und rollte sich ein wenig unter der Decke zusammen. Ihre Brust, an die sie das Kind gedrückt hatte, war plötzlich eng und kalt.

Sie schauderte trotz der Dezemberhitze. In der Küche machte sie sich ein Sandwich und aß ein paar Bissen, bevor sie zurück in den Laden ging. Sie stemmte die Arme in die Hüften und versuchte mutlos, das Chaos zu überblicken. Überall gab es unausgepackte Kisten, Biskuits, einen Mehlsack. Zucker, Tee. Sardinenbüchsen und Marmelade – all das stand auf der Theke herum.

Jenna studierte die handgeschriebenen Kundenbestellungen, suchte die Waren zusammen und packte sie in leere Kartons. Sie würde morgen früh aufstehen und die

Sachen noch vor der Schule ausliefern. Dann wischte sie den allgegenwärtigen Staub aus den Regalfächern, schob die Waren wieder an ihren Platz, stellte die neu angelieferten dazu und machte sich anschließend daran, Mehl und Zucker in Tüten zu füllen und abzuwiegen, damit am nächsten Tag weniger zu tun war. Sie erleichterte ihrer Mutter das Leben, auch wenn sie selbst nicht wusste, warum. Mary bei Laune zu halten, das schien ihre Hauptaufgabe zu sein.

Es war schon nach Mitternacht, als sie müde in ihr Bett sank.

Ein paar Minuten später kam ihre Mutter nach Hause. Jenna hielt den Atem an, als sie hörte, wie Mary an der Tür herumhantierte und versuchte, den Schlüssel ins Schloss zu stecken. Kurz darauf stolperte die Mutter durch die dunklen Räume und fluchte laut, als sie sich das Schienbein an einem Stuhl anstieß. Jenna spürte, wie sich die Matratze senkte, als Mary neben ihr ins Bett kroch. »Halt mich!«, sagte sie. Ihr Atem roch nach Bier, als sie die Arme um ihre Tochter schlang. Jenna sehnte sich danach, dem Gestank von Schweiß und Alkohol entfliehen zu können, aber ihre Mutter klammerte sich fest an sie.

»Jenna?«

»Ja«, murmelte sie verschlafen und traute sich kaum, Atem zu holen.

»Es tut mir Leid.«

»Was?«

»Ich bin eine miserable Mutter.«

»Nein, das bist du nicht.«

Wen versuchte sie zu überzeugen? Sich selbst oder Mary?

»Doch!«, schrie Mary in gespielter Verzweiflung. Jenna

stellte sich vor, dass heiße Tränen über das Gesicht ihrer Mutter liefen. »Ich bin eine Hure, eine Schlampe – das sagen alle.«

»Wer behauptet das?«

Jenna musste wissen, welche Person Mary so etwas ins Gesicht sagte. Sie wollte gegen die gemeinen Attacken der Polizistenfrau oder die grausamen Hänseleien der anderen Kinder gewappnet sein und sich und Michael verteidigen können, falls es notwendig werden sollte.

»Aber sie verstehen nichts, diese selbstgerechten Bastarde«, fuhr Mary fort, als hätte Jenna nichts gesagt. »Sie haben nicht das Leben, das ich führen muss. Ganz allein für zwei Kinder sorgen. *Hure!* Das ist wirklich dreist. Eine Frau braucht hin und wieder ein bisschen Liebe, das ist alles. Sie muss das Gefühl haben, begehrt und gebraucht zu werden.«

Die Antwort blieb Jenna in der Kehle stecken. Michael und ich brauchen dich, hätte sie am liebsten geschrien. Wir sind deine Familie. Du hast uns auf die Welt gebracht. Du brauchst keinen Pub und keinen Fusel, um das Gefühl zu bekommen, dass dich jemand gern hat.

Aber das alles wollte ihre Mutter nicht hören, so viel wusste Jenna.

Sie lag stocksteif in Marys Armen da und wünschte, der Schlaf würde sie erlösen. Und als sie am Morgen aufwachte, war die Mutter nicht mehr da.

In der grauen Phase zwischen Schlaf und Wachen schob Adam die Decke zum Fußende des Bettes. Die Luft war stickig, und der neue Tag versprach mörderische Hitze.

Er hörte Vogelgezwitscher und ein seltsames, tiefes

Glucksen. Dieses Geräusch war ihm fremd und riss ihn endgültig aus dem Schlaf. Irgendwas stimmt nicht, dachte er. Er spürte nicht mehr das Rollen und Wanken des Schiffes.

Er öffnete die Augen und blinzelte ins Morgenlicht. Eine Brise wehte durchs offene Fenster, blähte die Vorhänge auf und brachte den Geruch von Tang und Salz mit sich. Ein Pferd wieherte. Adam setzte sich benommen auf. Wo war er? Und was war mit Conor?

Dann fiel es ihm wieder ein.

Sie waren gestern in Sydney angekommen. Im heißen Dezemberwind waren er und Conor von Bord gewankt und wären auf dem festen Boden beinahe gefallen, weil sie sich mittlerweile so sehr an das Schwanken des Schiffes gewöhnt hatten. Sie hatten dieses Quartier gefunden und sich vorgenommen, heute Morgen nach Arbeit zu suchen. Und das Glucksen musste wohl der Schrei eines Esels oder eines Rieseneisvogels gewesen sein, von denen ihnen ein anderer Passagier auf dem Schiff erzählt hatte.

Australien: seine neue Heimat.

Es gab so viel zu sehen und zu lernen.

Adam dachte an den gestrigen Tag und erinnerte sich an den Augenblick, in dem er zum ersten Mal Land gesehen hatte – einen fernen Fleck am Horizont. Alle hatten sich auf dem Deck versammelt, um sich Australien anzusehen, und die Männer stießen Jubelschreie aus. Die Tage auf wankenden Schiffsplanken waren endlich vorbei. Als die beiden Brüder näher kamen, konnten sie Einzelheiten ausmachen. Mit Bäumen bewachsene Hügel und zerklüftete Klippen. Landzungen zu beiden Seiten ihres Kurses. Dann lag der Hafen vor ihnen. Häuser säumten die Küstenlinie, und bunte Schiffe lagen vor Anker.

Etliche große Schiffe mit hohen Masten waren am Kai vertäut. Die meisten waren Frachtschiffe und wurden mit in Sackleinen eingenähten Wollballen beladen.

»Wolle für die englischen Spinnereien!« Conor schnaubte verächtlich, dann drehte er sich zu dem Gewirr von Lagerhäusern, Läden und Pubs im Hafenviertel um. »Komm! Lass uns mit einem Ale unsere Ankunft feiern!«

Während er jetzt noch im Bett lag, hörte Adam Karren und Kutschen über die Straße rattern. Er erhob sich, ging zum Fenster und zog den Vorhang beiseite. Von hier aus hatte er Ausblick auf den Hafen und das Wasser, auf dem sich bereits das Sonnenlicht spiegelte. In der Nacht hatte es geregnet, und alles sah sauber und frisch gewaschen aus. Unter dem Fenster wartete ein Milchkarren, während die Ladenbesitzer das Laub aus der Gosse fegten. Ein paar Frühaufsteher, die etwas einkaufen wollten, eilten über die nasse Straße.

Conor lag zusammengerollt in dem Bett an der Wand und schlief tief und fest. Adam blieb einen Moment vor dem Bett stehen und betrachtete seinen Bruder. Er hatte helles Haar, war schlank und sehnig, während Adam dunkel, kleiner und kräftiger war. Fremde würden sie wahrscheinlich nicht für Brüder halten, so unähnlich waren sie sich. Er beugte sich vor und rüttelte Conor wach.

»Was ist?« Conor öffnete ein Auge und funkelte seinen Bruder an. »Komm schon, Adam! Sei vernünftig, es ist noch nicht einmal sechs Uhr, oder?«

»Es ist schon nach sieben, und wir haben eine Abmachung. Frühstück und dann auf zur Arbeitssuche.«

Murrend zog sich Conor Hose und Hemd an – die Sachen, die er gestern schon getragen hatte, dann polterte er vor Adam die Treppe hinunter. Der Geruch von gebratenem Fleisch stieg ihnen in die Nase, als ihnen ein Mädchen mit schwarzem Kleid und weißer Schürze die Tür zum Speiseraum aufhielt. »Guten Morgen, Gentlemen!«

Conor zwinkerte ihr zu und grinste breit. »Guten Morgen, Ma'am!«

Das Mädchen lächelte und wurde ein wenig rot. Conor hat trotz seiner Jugend Schlag bei den Frauen, ging es Adam durch den Kopf. Die Mädchen flogen auf ihn, während Adam in Gegenwart von Frauen meistens anfing zu stottern und zu stammeln, weil ihm die Worte fehlten. Ein wenig wie ihre Mutter, die auch immer relativ wortkarg gewesen war. Manche hatten sie als zu zurückhaltend oder gar als barsch angesehen. Aber Adam wusste, dass sie lediglich schüchtern gewesen war und nicht gern viele Worte gemacht hatte. Und Conor ähnelte eher dem Vater, der auch gern geplaudert hatte und zu jedermann freundlich gewesen war.

Sie nahmen ein herzhaftes Frühstück mit Koteletts, Eiern und etlichen dicken Scheiben Brot ein. Conor und Adam waren fast fertig, als eine Stimme sie aufhorchen ließ. Ein älterer Herr mit einer Zigarre zwischen Daumen und Zeigefinger kam an ihren Tisch. Er war gut angezogen mit Weste und Krawatte, wenn auch ziemlich übergewichtig.

»Was dagegen, wenn ich mich zu euch setze, Jungs?«

»Bitte, nehmen Sie Platz!«, erwiderte Adam und stand auf, um seinen Respekt zu bezeugen.

Der Mann zog ausgiebig an seiner Zigarre und stieß eine Rauchwolke aus, die Conor direkt ins Gesicht wehte. Conor rümpfte die Nase und bedachte den Fremden mit einem bösen Blick.

»Ich möchte mich vorstellen«, sagte der Mann. »George Eldred Owen McKenzie. Ihr dürft mich George nennen.«

Ein netter Kerl, dachte Adam und nannte seinen und Conors Namen.

»Ihr Burschen seid neu in der Stadt?«, fragte George und musterte beide eingehend.

»Möglich«, meinte Conor und steckte die letzte Gabel mit Ei in den Mund.

»Seid ihr nicht gestern mit dem Schiff angekommen?«

Conor legte die Gabel geräuschvoll auf den Tisch. »Warum? Was geht Sie das an?«

George zog eine Augenbraue hoch und reckte das Kinn nach vorn. Adam sah ihm an, dass ihn Conors Tonfall und Verhalten verärgert hatten. »Ich dachte, dass ihr vielleicht Arbeit sucht, und ich könnte zwei kräftige Jungs gebrauchen.« George machte Anstalten aufzustehen. »Wie ich sehe, seid ihr nicht interessiert. Schade, aber es gibt genügend andere, die dringend Arbeit brauchen.«

»Ach, ja?«, fragte Adam. Vielleicht war es naiv gewesen anzunehmen, dass es in diesem neuen Land jede Menge Möglichkeiten zum Geldverdienen für sie gab. »Was ist das für eine Arbeit?«

George ließ sich wieder auf den Stuhl fallen. Er musterte die beiden Brüder und zögerte die Antwort absichtlich hinaus. Er wollte sie aus der Reserve locken, weil er ihrer Aufmerksamkeit sicher war. »Dann seid ihr also doch interessiert?«

»Vielleicht«, antwortete Adam vorsichtig.

George zog wieder an seiner Zigarre. »Es ist hauptsächlich Farmarbeit. Habt ihr beide schon mal so was gemacht?«

Conor lachte verächtlich. »Wir sind auf einer Farm geboren und aufgewachsen.«

»Ach, was? Und wo war das?«

»In Irland, wie Sie sicher an unserem Akzent merken. Im County Derry.«

»Nun, die Jobs sind zu vergeben, wenn ihr arbeiten wollt. Meine Farm ist ungefähr einen Tagesritt von hier entfernt.«

»Und wie ist die Bezahlung?«, wollte Adam wissen.

»Fünfzehn Shilling pro Woche. Monatliche Auszahlung, und Kost und Logis sind frei.«

Für Adam, der bisher für kaum mehr als eine tägliche Ration Kartoffeln und ein warmes Bett gearbeitet hatte, war dieses Angebot großzügig. *Fünfzehn Shilling!* Und das doppelt, denn Conor würde ebenso viel verdienen. Wenn sie ein, zwei Jahre hart arbeiteten und eisern sparten, hätten sie vielleicht genug Geld, um sich etwas Eigenes aufzubauen. Er sah Conor fragend an, und sein Bruder zuckte mit den Achseln.

»Abgemacht«, sagte Adam und hielt George die Hand hin. Sie besiegelten den Handel mit einem feierlichen Handschlag.

»Wartet morgen früh um neun draußen auf der Straße! Um diese Zeit fährt die Kutsche ab.«

George Eldred Owen McKenzie tippte sich an die Krempe seines Hutes und ging davon.

Später, als sie auf den Flur vor ihrem Zimmer kamen, sagte Adam: »Musstest du so rüde sein?«

»Ich war nicht rüde. Ich traue dem Kerl nur nicht über den Weg.«

»Warum nicht?«

»Ich weiß nicht – es ist so ein Bauchgefühl.«

»*Ein Bauchgefühl!* Um Himmels willen, Conor!«

»Entschuldigen Sie!«

Die beiden Brüder schauten auf und sahen den Mann, der in einer offenen Tür stand. »Ich will meine Nase nicht in fremde Angelegenheiten stecken«, sagte er, »aber ich habe Sie vorhin im Speisesaal an einem Tisch mit George McKenzie gesehen.«

»Und?«, gab Conor sichtlich aufgebracht zurück.

»Er wollte Ihnen nicht zufällig Arbeit geben, oder?«, erkundigte sich der Mann trotz Conors Feindseligkeit in freundlichem Ton.

»Schon möglich«, erwiderte Conor vorsichtig.

»Und wie viel Lohn hat er Ihnen angeboten?«

»Hören Sie, das geht Sie nun wirklich nichts …«

»Fünfzehn Shilling in der Woche«, fiel Adam seinem Bruder ins Wort. »Und freie Kost und Logis.«

Der Mann nickte. »Der übliche Lohn ist achtzehn Shilling, insbesondere bei der Arbeit, die Sie bei ihm machen sollen.«

»Achtzehn? Das sind drei Shilling mehr!«

Der Mann drehte sich um, als wolle er in sein Zimmer zurückgehen. »Lassen Sie sich nicht übers Ohr hauen! George McKenzie ist ein Halunke, wie er im Buch steht. Er nutzt alle Jungs, die neu in die Stadt kommen, nach Strich und Faden aus. Ich möchte Sie nur warnen.«

In ihrem Zimmer berieten sich die Brüder, und Conor war dafür, McKenzies Angebot zu vergessen. »Wir finden etwas anderes«, sagte er. »Schließlich sind wir jung und kräftig. Es wird uns nicht schwer fallen, uns irgendwo zu verdingen.«

Aber George McKenzies Worte ließen Adam keine Ruhe. »Und wenn er Recht hat und es doch nicht viele freie Stellen, dafür aber jede Menge Leute gibt, die eine suchen?«, fragte er. »Vielleicht verzichten wir leichtfertig auf eine Chance.«

Nach einer längeren Diskussion kamen sie überein, sich den Rest des Tages nach einer Anstellung in der Stadt umzusehen. Wenn sie keinen Erfolg hätten, würden sie George McKenzies Angebot annehmen.

»Ich denke, das ist fair«, räumte Conor ein. »Auf diese Weise können wir herausfinden, welche Möglichkeiten wir haben.«

Sie versuchten es in Lagerhäusern, Pubs und den Läden im Hafen und fragten in den Docks und Fabriken nach. Sie fuhren sogar mit dem Zug die zwölf Meilen nach Parramatta. Überall wies man sie ab. »Tut mir Leid, Jungs. Hier gibt's nichts für euch. Ihr müsst schon großes Glück haben, um in dieser Gegend was zu finden«, bekamen sie zur Antwort.

»Damit ist es besiegelt«, sagte Adam, als sie schließlich erhitzt, müde und hungrig in Sydney aus dem Zug stiegen. »Wie's aussieht, arbeiten wir bei McKenzie.« Er warf Conor einen fragenden Blick zu. »Es macht dir doch nichts aus?«

Conor zuckte mit den Schultern. »So haben wir's abgemacht. Hier gibt's nichts für uns, also können wir genauso gut in den Norden fahren. Zumindest haben wir dort ein Dach über dem Kopf und einen vollen Magen.«

Um neun Uhr am folgenden Morgen warteten sie auf der Straße vor ihrer Herberge. Weihnachten stand kurz bevor, und in der Stadt herrschte Festtagsstimmung. Die Auslagen in den sorgfältig dekorierten Fenstern der

Geschäfte waren bunt und lockten die Käufer an. Ungeachtet der Hitze hatten die Menschen auf den Straßen einen federnden Gang und ein Lächeln der Vorfreude auf dem Gesicht. Conor versetzte das fröhliche Treiben einen Stich ins Herz. Im letzten Jahr zu Weihnachten waren sie noch zu viert gewesen: Mam und Dad, er selbst und Adam – eine richtige Familie, die Weihnachten und den Beginn des neuen Jahres feierte. Und jetzt, zwölf Monate später, fragte er sich, ob er jemals wieder so unbeschwert und idealistisch sein können würde. In dem vergangenen Jahr war so vieles passiert, und das Elend und die Trauer drückten ihm aufs Gemüt. Dieses Jahr gab es wenig zu feiern. Und bisher schien ihnen dieses neue Land keine besseren Perspektiven zu bieten als die alte Heimat.

Die Kutsche traf eine Stunde zu spät ein. Der Mann auf dem Bock machte sich nicht einmal die Mühe, sich für die Verzögerung zu entschuldigen, und ließ ihnen nur ein paar Sekunden Zeit, ihre Koffer hinten aufzuladen und selbst in die Kutsche zu springen. Es war ein altes Vehikel, und die Pferde waren in einem miserablen Zustand. Der Kutscher hatte sich tagelang nicht rasiert und stank nach Fusel.

Für einen kleinen Moment zögerte Conor, als hätte er ein ungutes Gefühl. Vielleicht sollten sie lieber ihre Siebensachen nehmen und abspringen, solange sie noch in der Stadt waren. Bestimmt gab es noch andere Möglichkeiten, sie müssten sich nur gründlicher umsehen. Aber wie lange würde ihr Geld noch reichen? Conor hatte nur noch ein paar Shilling in der Tasche, und Quartier und Essen waren hier relativ teuer.

Er sah seinen Bruder an, und Adam lächelte ihm aufmunternd zu, als die Kutsche schwankend vorwärts rollte. Conor schloss die Augen und versuchte, seine Gedanken auf die Zukunft zu richten. Möglicherweise hatte Adam Recht und es war besser, wenn sie die Stadt verließen. Schließlich waren sie auf dem Land groß geworden und nicht an die vielen Menschen und die hektische Geschäftigkeit gewöhnt. Farmarbeit – genau das hatten sie sich gewünscht. Gute, ehrliche Arbeit auf dem offenen Land, wo man den Horizont sehen konnte.

Er ließ den vergangenen Tag noch einmal Revue passieren. Adam hatte ihn nach ihrer Unterhaltung mit George McKenzie rüde genannt. Dabei wollte er das gar nicht sein. Hatte selbst nicht gedacht, dass er unfreundlich gewesen war – nur argwöhnisch, vorsichtig, misstrauisch. Die letzten Monate hatten ihn gelehrt, dass man immer auf der Hut sein musste.

Um auf dieser Welt vorwärts zu kommen, musste man einen kühlen Kopf bewahren. Wie es schien, hatten es alle anderen auf einen abgesehen und wollten einen auf die eine oder andere Art übervorteilen, ob es der Landbesitzer zu Hause, ein Herbergswirt oder ein zukünftiger Arbeitgeber war. *Trau niemandem,* warnte ihn eine innere Stimme. *Nimm nichts als selbstverständlich hin!* Wie er es in seinem früheren Leben getan hatte. Mam. Dad. Er hatte gedacht, sie wären immer für ihn da und würden sich um ihn sorgen. Aber sie waren nicht mehr, und jetzt mussten sie, er und Adam, sich allein durchschlagen. Zwei Brüder, die sich nach oben kämpfen und die Widrigkeiten des Lebens bezwingen wollten.

Es war fast Mitternacht, als sie an ihrem Zielort ankamen. Zu essen gab es nichts mehr, und sie wurden zu einem Schuppen hinter dem Stall geführt. Conor sank dankbar auf eine Strohmatratze – jeder Knochen und jeder Muskel in seinem Körper schrien nach Entspannung.

Morgen, dachte er optimistisch, ist ein neuer Tag.

George McKenzie besaß einen Pub – das Rose & Thistle – und die angrenzende kleine Farm. Das Land lag an einem breiten Fluss mit Namen Hawkesbury nördlich von Sydney. Die grünen Hügel und üppigen Täler erinnerten Adam an Irland, obschon das Klima anders war und er sich nach kühlerem Wetter sehnte.

McKenzie beschäftigte insgesamt sechs Arbeiter für die Farm und den Pub, und sie alle hausten in einer Wellblechhütte neben dem Stall. Die Unterkunft war erbärmlich. Statt Betten gab es nur Pritschen mit Strohmatratzen; und das Blechdach und die Blechwände stauten die Hitze auch in der Nacht. Die Verpflegung spottete jeder Beschreibung – »so einen Fraß hätten wir zu Hause nicht einmal den Schweinen vorgesetzt«, murrte Conor –, die Arbeitszeiten waren mörderisch. Die Männer wurden bei Sonnenaufgang aus den Betten gejagt und durften erst bei Einbruch der Nacht die Arbeit niederlegen. Und das sechs Tage die Woche.

Am Morgen seines ersten freien Tages wollte Adam nur noch Abstand zwischen sich und die Farm bringen. Die anderen Männer waren alle in den Pub gegangen, und Conor schlief noch. Der Junge war vollkommen erschöpft, das hatte Adam gespürt. Deshalb stieg er allein auf einen Hügel und setzte sich an den Stamm eines Eukalyptusbaums gelehnt hin und überblickte die Farm.

Aus der Ferne sah sie richtig hübsch und malerisch aus, er durfte nur nicht an die Schinderei und die schäbigen Verhältnisse denken. Das grüne Gras leuchtete so sehr, dass man fast davon geblendet wurde. Sonnenlicht glitzerte auf dem Fluss. Getreide wuchs in ordentlichen Reihen. Ein Vogelschwarm flog hoch mit dem Wind – dunkle Pünktchen in einem unendlich weiten Blau. Adam hörte die schrillen Schreie und fragte sich nicht zum ersten Mal, wie es wohl sein mochte, frei fliegen zu können.

Irland, dachte er und bekam plötzlich Heimweh. In diesem neuen Land, tausende von Meilen entfernt von seiner Heimat, hatte sich für ihn nichts geändert. Wenn das Leben eine Leiter war, dann stand er nach wie vor auf der untersten Stufe. Conor hatte Recht: Sie lebten immer noch wie Schweine. Vielleicht war es sein Los, seine Bestimmung, arm zu sein. Dann konnte er schuften und sich noch so sehr wünschen, seine Lebensbedingungen zu verbessern, er würde nie etwas erreichen. Wenn das so ist, überlegte er, was mache ich dann hier, an diesem gottverlassenen Ort? Wir hätten doch besser auf den Rat des Fremden im Hotel hören sollen.

Ein Schatten fiel auf das Gras, und Conor ließ sich neben seinen Bruder fallen. »Ich hab eine Unterhaltung von den anderen Jungs mit angehört«, sagte er betrübt. »Sie sind einen Monat länger hier als wir, und sie haben noch nie auch nur einen Penny gesehen. Wir sollten unsere Verluste gering halten und von hier verschwinden.«

Adam schaute hinunter auf die Farm. »Lass uns noch ein paar Wochen warten! Vielleicht wird alles besser. Wenn wir hart arbeiten und sparen, werden wir uns eines Tages etwas Eigenes leisten können. Und zwar nicht nur eine kümmerliche kleine Farm mit kargen Feldern.

Wir werden Acres um Acres besitzen, so weit das Auge reicht, mit schwarzem, sattem Boden und Kühen, Schafen und Pferden.«

»Vergiss die Schweine nicht!«, unterbrach ihn Conor grinsend. »Und ein paar Acres Kartoffeläcker. Dann ist es wie zu Hause.«

Adam drehte sich langsam seinem Bruder zu. »Zu Hause«, wiederholte er bedächtig. »Irland ist nicht mehr unser Zuhause. Hier ist unsere neue Heimat.«

Als ihnen am Ende des Monats kein Lohn ausbezahlt wurde, gingen Adam und Conor zu George McKenzie. »Mal sehen«, sagte der, »wie lange seid ihr schon hier?«

»Gute vier Wochen.«

»Und ihr kriegt zwölf Shilling pro Woche.«

»Sie haben uns fünfzehn versprochen!«, platzte Conor heraus.

»Tatsächlich?«, fragte George überrascht.

»Wir haben das mit einem Handschlag besiegelt«, fügte Adam ruhig hinzu.

»Also schön!« Der Mann grinste höhnisch. »Fünfzehn Shilling, wie abgemacht, multipliziert mit vier Wochen. So viel Kredit habt ihr an der Bar.«

»An der Bar?«

»Die Geschäfte gehen derzeit nicht gut, und ich habe nicht so viel Geld flüssig. Erst muss die Ernte verkauft sein. Aber ihr Jungs könnt euch eine schöne Zeit im Pub machen und euren Lohn vertrinken.«

KAPITEL 8

Der Winter '71 war kälter als jeder andere, an den sich Jenna noch erinnern konnte. Eisige Winde kamen aus dem Landesinneren. Auch im Laden war es kalt, und Jenna zog den vier Jahre alten Michael dick an und hoffte, dass er nicht fror. Nachts lagen sie zusammen unter mehreren Decken, und Michael kuschelte sich an seine große Schwester.

Sie fand Trost in seiner Körperwärme und Nähe. Er achtete kaum auf seine Umgebung und bemerkte die eigenartigen Blicke der Kunden nicht einmal. Jenna hingegen hörte die Leute hin und wieder *Bastard* murmeln, wenn sie sich an ihm vorbeidrängten und gar nicht zur Kenntnis nahmen, dass sie ihm auf die Zehen traten oder ihn gegen die Wand schubsten. Er weinte nie. Nicht ein einziges Mal. Stattdessen sah er die Menschen verwirrt an, als würde er überlegen, warum sie es so eilig hatten, sich gegenseitig anrempelten und einander so wenig Beachtung schenkten.

Jenna war in diesem Jahr siebzehn geworden. Sie steckte ihr Haar hoch, und die Schneiderin hatte ihr ein paar neue Kleider genäht – ihre Mutter hatte bestimmt, dass die Mieder tief ausgeschnitten sein sollten, damit ihre Tochter erwachsener aussah, als sie war. Manchmal erhaschte Jenna einen Blick in den Spiegel, der an Marys Schlafzimmertür hing, und für einen kurzen Moment glaubte sie, eine Fremde würde sie anstarren. Sie war größer geworden, hatte Brüste und runde Hüften bekommen; auch ihr Mund war voller geworden. Wo war das schlaksige Schulmädchen geblieben?

Sie könnte Lehrerin werden, zumindest hatte das die Rektorin der Schule gesagt. Ihre Zensuren seien gut, ihre Rechtschreibung und Rechenkenntnisse ausgezeichnet. Aber ihre Mutter hatte es ihr verboten und blieb eisern: Jenna musste im Laden helfen, und außerdem war da noch Michael, an den sie denken musste. Deshalb hatte Jenna die Schule verlassen und arbeitete jetzt den ganzen Tag im Geschäft.

Ohne jede Ablenkung, wie sie der Geografie- oder Mathematikunterricht geboten hatten, verging ein Tag wie der andere. Von morgens bis abends bediente Jenna Kunden, räumte Regale ein, machte sauber, wog die Waren ab und stahl sich ab und zu ein paar kostbare Minuten mit Michael. Ihre Mutter bekam sie nur noch selten zu Gesicht. Mary hatte sich mit einem Kerl zusammengetan, der in der Nähe des Pubs wohnte, und ließ sich nur gelegentlich blicken, um sich Geld aus der Kasse »zu borgen«.

»Nur bis Ende der Woche«, behauptete sie immer und nahm sich eine Hand voll Scheine. »Dann zahle ich das zurück.«

Jenna war klar, dass sie das Geld nie wiedersehen würde.

Einige der Männer aus dem Ort warteten, bis keine anderen Kunden im Laden waren, ehe sie hereinkamen. Sie lächelten Jenna verschwörerisch an. Dann beugten sie sich über die Ladentheke, kamen Jenna unangenehm nahe und musterten sie lüstern. Sie zogen sie regelrecht mit Blicken aus, bis sie rot vor Verlegenheit wurde. »Es würde mir nichts ausmachen, für Extra-Dienste zu bezahlen«, so lautete das Standardangebot.

»Ich weiß nicht, was Sie meinen.«

Sie lernte, den Kopf hochzuhalten, diese Männer eisig anzustarren und Unwissenheit vorzutäuschen, während sie den Drang unterdrückte, ihnen eine deftige Ohrfeige zu versetzen. Wie konnten sie es wagen? Männer, die jeden Abend nach Hause zu ihren Frauen und Kindern gingen, kamen hierher und behandelten sie wie eine …

Sie behandelten sie, wie sie ihre Mutter behandelten.

Einer kam in den Laden und schloss die Tür von innen ab, dann steckte er den Schlüssel in seine Tasche. Er drängte Jenna gegen die Theke und rieb seine Hüften an ihrem Körper, während er versuchte, seine nassen Lippen auf ihren Mund zu pressen. Sie spürte seine Hände plötzlich überall. »Komm schon, Liebling, nur eine kleine Nummer! Es tut nicht weh, und ich lasse ein paar Pfund springen.«

Sie wollte schreien, aber Michael schlief im Wohnbereich. »Seien Sie nicht albern!«, fauchte sie stattdessen. »Ihre Frau kommt fast jeden Nachmittag her. Sie wäre zweifellos erstaunt, Sie hier anzutreffen.«

»Sie wird nichts davon erfahren, wenn du es ihr nicht sagst.«

Jenna war entrüstet. Sie wandte sich abrupt ab, und sein Kuss landete in der Nähe ihres Ohrs. »Verschwinden Sie! Lassen Sie mich in Ruhe!«

Sie stieß ihn fest von sich, und er taumelte zurück, stieß gegen ein Regal und warf einige Konserven auf den Boden. Sein Gesicht war hochrot vor Zorn, als er ihr mit dem Finger drohte. »Deine Mutter ist nicht besser als eine Hure, also sei nicht so eingebildet!«

Sobald er gegangen war, kroch Jenna auf allen vieren herum, um die Dosen einzusammeln. Einige waren verbeult – wer wollte die jetzt noch haben? Sie stellte sie verärgert auf die Theke. Tränen schossen ihr in die Augen. Ihre Hände zitterten, und ihr Herz schlug so schnell, dass sie fürchtete, ihr Brustkorb würde zerspringen. Als sie die letzte Konserve aufgehoben hatte, blieb sie auf dem Boden hocken, schlang die Arme um die angezogenen Beine und legte das Kinn auf die Knie. »O verdammt, verdammt, verdammt!«

Hinter ihr bewegte sich etwas: Michael. Er war noch ganz verschlafen und hatte gerötete Wangen. Offensichtlich war er wach geworden, als die Dosen auf den Boden gepoltert waren, oder die lauten Stimmen hatten ihn geweckt.

»Was ist?«, fragte er, schlang die Arme um ihren Hals und drückte seine Wange an ihr Gesicht.

»Nichts.«

Jetzt konnte sie die Tränen aber nicht mehr zurückhalten. »Ich hab dich sehr lieb, Michael«, schluchzte sie. »Vergiss das nie!«

Behutsam zog sie ihn auf ihren Schoß. Er sah erstaunt zu ihr auf. »Nicht weinen, Jenna!«, flüsterte er. »Ich mag nicht, wenn du weinst.«

Michael: ihr Bruder. Der einzige Mensch, der ihr wirklich etwas bedeutete und sie bedingungslos liebte. Ich sollte von hier weggehen, dachte sie, und Michael mitnehmen. Dies ist kein Leben für ein Kind. Aber Zweifel nagten an ihr. Wohin sollte sie gehen? Könnte sie für ihren kleinen Bruder sorgen? Jenna hatte nichts gelernt, außer wie man ein Geschäft führte. Womöglich würde sie in der Fremde enden wie Mary und Männer mit in ihr Bett nehmen, nur um die Rechnungen bezahlen zu können. Angewidert dachte sie an den Kerl, der gerade gegangen war, und daran, wie er an ihr herumgegrapscht und versucht hatte, die Hand in ihr Mieder zu schieben.

O Gott! Diese Alternative war schlimmer, als hier zu bleiben und unliebsame Annäherungen abzuwehren. Michael wand sich auf ihrem Schoß und forderte ihre Aufmerksamkeit. Sie schloss ihn fest in die Arme, spürte das Gewicht seines Körpers und die Wärme, bis sie glaubte, ihr würde das Herz brechen.

Es war später Nachmittag, und wie immer um diese Zeit herrschte Hochbetrieb im Geschäft. Michael saß an der Tür und spielte mit seinem Ball. Es war ein leuchtend roter Ball, und er machte so lustige Geräusche, wenn er auf dem Boden aufprallte. Jenna hatte vorhin mit ihrem Bruder gespielt und den Ball immer zu Michael rollen lassen. Jetzt beobachtete sie, wie der kleine Kerl ihn über die Stufe draußen vor der Tür stieß.

»Michael«, rief sie und schaute an den Kunden vorbei, die vor der Theke Schlange standen. Michael sollte wirklich ins Haus kommen, dachte sie. Bald wird es dunkel, und die Luft ist schon recht kühl.

»Ist die Marmelade aus?«, fragte die alte Mrs. Jessop.

»Nein«, antwortete Jenna, »da müsste noch welche im Regal stehen. Gleich dort – rechts.«

Jenna schaute wieder zur Tür, aber die schräg stehende Sonne blendete sie. »He«, rief ein anderer Kunde und knallte seine Einkäufe verärgert auf die Theke. »Bedienen Sie uns jetzt, oder immer noch nicht?«

Jenna verstaute die Lebensmittel in einem Karton, als

sie ein Pferd wiehern hörte und einen Ruf, gefolgt von einem fast unmenschlichen Schrei, der von überall widerzuhallen schien. Die Kunden drehten sich um. Jenna hielt mitten in der Bewegung inne. »Was war das?«

Der Mann zuckte mit den Schultern. »Woher soll ich das wissen. Jetzt machen Sie schon! Ich hab nicht den ganzen Tag Zeit.«

Ein Geräusch summte in ihrem Kopf wie eine Fliege an der Fensterscheibe. »Nein! Da ist etwas passiert!«

Dann dämmerte es ihr. *Michael!* Es war Michael – plötzlich wusste sie es mit fürchterlicher Gewissheit.

Ein verblassender Sonnenstrahl fiel auf die Theke. Staubkörnchen tanzten in seinem Licht. Die Kunden rührten sich – eine Hintergrundbewegung. Langsam umrundete Jenna die Ladentheke. Ihre Füße waren schwer wie Blei, aber sie zwang sich weiterzugehen – zur Tür.

Über den Hausdächern war der Himmel scharlachrot, und die eisige Luft schlug Jenna ins Gesicht. Eine kleine Menschenmenge hatte sich auf der Straße angesammelt und nahm ihr die Sicht. Nachbarn. Andere Ladenbesitzer. Michaels roter Ball lag in der Gosse. Jenna schwankte die Stufen hinunter und dachte unaufhörlich: *Das darf nicht sein!* Vielleicht hat der Wind den Ball ein Stück weggetragen.

»Da ist Jenna«, sagte jemand.

Die Menge teilte sich, und sie ging durch das Spalier. Plötzlich wurde ihr übel.

Michael lag im Dreck. Er sah komisch aus – Arme und Beine standen in unnatürlichen Winkeln von seinem kleinen Körper ab. Jenna sank neben ihm auf die Straße und hob ihn vorsichtig auf ihren Schoß. Sein Körper war schlaff, und er atmete nur flach. Blut strömte aus einer großen Wunde an seiner Schläfe.

»Was ist passiert?«

Ihre Stimme klang hölzern und schien von weit weg zu kommen. Die Szene hatte etwas Albtraumhaftes an sich. Alles schien nur verzögert und ganz langsam abzulaufen. Ihr ganzes Leben war auf diesen einen Augenblick reduziert, konzentrierte sich auf diesen Zeitpunkt und diesen Ort. Sie nahm die Bilder auf und war überrascht, dass sie sie nicht einzeln untersuchen konnte: die drängelnden Schaulustigen, Michaels bleiches Gesicht, das dunkle Blut auf der Erde.

»Der Ball«, sagte jemand. »Er ist dem Ball nachgelaufen und direkt unter die Kutsche geraten. Der Kutscher konnte nichts mehr tun. Michael war plötzlich unter dem Rad.«

»Der Kutscher ist losgelaufen, um den Doktor zu holen«, fügte ein anderer hinzu.

Jenna starrte auf das Blut, war unfähig, sich zu rühren und einen klaren Gedanken zu fassen. Jemand – der Doktor?, fragte sie sich später – nahm ihr irgendwann Michael ab und trug ihn weg. Benommen folgte sie dem Mann. Jemand führte sie durch die Menge. »Im Hospital flicken sie ihn wieder zusammen, Liebes. In ein paar Tagen ist er wieder ganz der Alte.«

Jemand fasste sie sanft am Arm. »Mach dir keine Sorgen! Er ist jetzt in guten Händen.«

Was reden sie da?, dachte sie wütend. Diese Heuchler! Sie tun besorgt, und dabei weiß ich ganz genau, wie sie über uns denken. *Hure. Bastard.* Diese Worte hatte sie nur zu oft gehört. Bildeten sich diese Leute tatsächlich ein, Michaels Unfall könnte sie das vergessen lassen?

Im Hospital setzte sie sich auf einen Stuhl im Korridor und wartete eine Ewigkeit, wie es ihr erschien; in Wahrheit waren es nur ein paar Minuten. Schwestern liefen an ihr vorbei. Besucher kamen und gingen. Endlich eilte der Doktor auf sie zu. Sein Gesicht war ernst und machte ihr keine Hoffnung. Jenna stand auf und streckte stumm die Hände aus. Sie brachte kein Wort über die Lippen.

»Es tut mir Leid«, sagte der Arzt und legte die Hand auf ihren Arm. »Wir konnten nichts mehr für ihn tun.«

Starke Arme führten sie zu einem Stuhl. Sie spürte, wie sie sie stützten, als ihre Beine nachgaben. Die Worte des Doktors überschlugen sich in ihrem Gehirn, ihr wurde schwindelig. Innere Verletzungen und Hirnblutung. Es ist besser, dass er den Unfall nicht überlebt hat. Er hätte geistige Schäden davongetragen. Eine große Belastung …

»Ich möchte zu ihm«, sagte sie mit erstickter Stimme.

Sie wollte noch einmal sein Gesicht sehen, eine letzte Erinnerung haben, die ihr über die nächsten Tage und Monate hinweghelfen konnte. Und sie wollte sich davon überzeugen, ob er wirklich tot war, den Beweis haben, dass der Doktor – obwohl sie keinen Grund hatte, an ihm zu zweifeln – die Wahrheit gesagt hatte.

»Das sollten Sie sich nicht antun.«

Der Arzt führte sie den Korridor hinunter und ins Freie. Sie setzte mechanisch einen Fuß vor den anderen, und jeder Schritt brachte sie ein Stück weiter von Michael weg und in eine ungewisse Zukunft. Sie ging an ordentlichen Gärten und erleuchteten Fenstern vorbei, hörte Stimmen und Gelächter. Schmerz ballte sich in ihrer Brust zusammen. Nie hatte sie sich so allein gefühlt wie jetzt.

Der Laden war dunkel, als sie zurückkam. Jemand, wahrscheinlich einer der Kunden, hatte die Lampe gelöscht und die Tür geschlossen. Sie ging hinein und sah die Regale und die Theke im schwachen Schein der Straßenlaterne. Unheimlich, dachte sie und meinte, eine Kinderstimme zu hören.

Jenna. Jenna.

Die Laute – hoch und kindlich – stürmten durch Türen und Fenster auf sie ein. Sie kamen von draußen und dröhnten im Haus. Sie wirbelte verwirrt herum und blinzelte.

Jenna, schau her! Sieh dir meinen Ball an!

»Michael, du bist nicht wirklich hier.«

Sie vergrub das Gesicht in den Händen und versuchte, die Stimme zu ignorieren.

Komm, spiel mit mir!

Langsam ließ sie die Hände sinken und schaute sich um. In ihrer Fantasie sah sie Schatten und Michael, der auf dem Boden saß und spielte. Ein kalter Wind fegte durch die geöffneten Fenster und blähte die Vorhänge auf, und plötzlich sah sie eine Gestalt. Michael war überall und dennoch nirgends.

Ein Geist. Unwirklich.

Es war, als hätte er nie existiert.

Abgesehen vom Pfarrer, war Jenna die Einzige bei dem Begräbnis. Und obwohl sie ihre Mutter vom Tod des kleinen Michael benachrichtigt hatte, war keine Spur von ihr zu sehen. In der Nacht hatte es geregnet, und noch immer tropfte Wasser von den Blättern der Bäume. Ein schneidender Wind wehte von den Bergen. Aber, sagte sich Jenna und rieb sich die Hände, um sie zu wärmen, für Michael ist es noch kälter.

Jenna sah zu, wie der kleine Sarg in das Grab gesenkt wurde. Zwei Totengräber, die man speziell für diese Aufgabe angeheuert hatte, kamen und schaufelten Erde auf den Sarg. Die Erde war feucht und dunkel, fast lehmig, und polterte auf das Holz. Armer kleiner Michael: Er hatte nie wirklich eine Chance.

Jenna dachte an die Nacht zurück, in der er geboren wurde, und erinnerte sich, wie Mary ihrem kleinen Sohn aus dem Weg gegangen war und sogar schon die ungewollte Schwangerschaft verflucht hatte. Jenna war diejenige gewesen, die ihn als Erste in den Armen gehalten, gebadet und sich um ihn gekümmert hatte.

»Jenna!«

Sie sah auf. Durch einen Tränenschleier sah sie ihre Mutter auf sich zukommen; sie wankte und rutschte im Schlamm aus. Ihre Kleider waren schmutzig und verknittert. In der einen Hand hielt sie eine Flasche. »Mein Baby«, kreischte sie und streckte die freie Hand aus, als wolle sie die Totengräber an ihrer Arbeit hindern.

Mary stolperte auf dem unebenen Boden, und Jenna hielt sie automatisch fest. »Du bist also doch noch gekommen«, sagte sie schroffer als beabsichtigt.

Mary starrte auf den halb verdeckten Sarg. Ihr Haar war strähnig, und Jenna entdeckte blaue Flecken an ihrer Wange. »Sei nicht so hart zu mir, Jenna! Ich habe diesen kleinen Kerl geliebt, ehrlich«, flüsterte Mary weinerlich.

»Natürlich hast du ihn geliebt«, beschwichtigte Jenna, weil sie wusste, dass ihre Mutter das hören wollte.

Mary begann zu schluchzen und heulte so laut, dass Jenna verlegen und ärgerlich wurde. Der Pfarrer schaute unbehaglich von Mary zu Jenna. »Vielleicht sollten wir besser ...«, begann er unsicher. *Was für ein schreckliches Benehmen,* schien er im Stillen zu tadeln.

Ja, dachte Jenna, meine Mutter führt sich entsetzlich auf. Sie krümmte sich schier vor Scham. Wer war denn die ganze Nacht aufgeblieben, als Michael seine Zähne bekam oder Fieber hatte? Zu wem war er gelaufen, wenn er Trost brauchte? Nicht zu Mary! Sie hatte sich keinen Deut um ihren Sohn geschert. Die ganze Stadt wusste, dass ihm Jenna mehr eine Mutter gewesen war als Mary.

Jenna versuchte, Mary ihren Arm zu entziehen, doch diese klammerte sich nur noch fester an sie. »Nein, Jenna, lass mich nicht los! Ich falle«, wimmerte Mary.

Plötzlich kam Jenna die bittere Erkenntnis, dass es immer so sein würde. Sie musste ihre Mutter stützen – physisch, finanziell und emotionell. Sie musste mit allem fertig werden, während ihre Mutter auf ganzer Linie versagte. Verständnis vortäuschen, obwohl sie nichts als Abscheu empfand.

»Nein«, sagte sie wütend und ließ Mary los. »Ich muss zurück in den Laden. Dort wartet jede Menge Arbeit auf mich. Du könntest mitkommen und mir helfen.«

Damit ging sie weg und wusste, dass ihr Mary nicht folgen würde. Sie kehrte in den Laden, in ihr einsames Leben zurück, in dem jetzt eine große Leere herrschte. Sie nahm ihr Tagebuch aus dem Nachtkästchen und schlug es auf. *Eben war er noch da,* schrieb sie. *So erschien es mir wenigstens. Wie soll ich mir das jemals verzeihen? Ich bin überzeugt, dass alle mir die Schuld geben, sogar Mary, obwohl sie selbst wahrscheinlich zu der Zeit betrunken war ...*

In diesem Moment wurde sie sich bewusst, dass sie an

einem Punkt angelangt war, an dem sie nie zuvor gewesen war. Sie war jetzt allein, wirklich allein. Auf Mary konnte sie sich nicht verlassen und weder Beistand noch Verständnis von ihr erhoffen. Ihre Mutter hatte zu sehr mit sich und ihren eigenen Problemen zu tun. Jenna war auf sich allein angewiesen.

Und blitzartig wurde ihr klar, dass sie nahe daran war, Mary McCabe zu hassen.

KAPITEL 9

Brad sieht müde aus, denke ich auf der Fahrt. Die Vorbereitungen für diese Reise sind anstrengend gewesen, und das meiste hat er selbst erledigen müssen. »Man kann nicht ohne die passende Ausrüstung ins Outback gehen«, hat er bereits vor Wochen gesagt. »Der Ort, zu dem wir fahren, ist sehr abgelegen. Wenn man dort eine Autopanne oder einen Unfall hat, muss man unter Umständen tagelang warten, bis ein anderes Fahrzeug vorbeikommt.«

Jetzt ist unser Wagen mit einem Navigationssystem und einem Satellitentelefon, Dual-Batterien und einem kleinen Kühlschrank ausgestattet. Ich nehme an, wir sehen wie Outback-Touristen aus.

Brads Dissertation hat den Titel »Die Ökologie von Flüssen in Trockenzonen – Der Mittellauf des Diamantina«, und die Grundlage für seine Arbeit ist das, was er eine »Boom- oder Pleite-Ökologie« nennt. Der Ort, an dem wir die nächsten sechs Wochen verbringen, ist entweder staubtrocken oder sehr nass, und das Klima beeinflusst das ganze Leben in der Gegend – im Fluss und an Land.

Am späten Nachmittag sehen wir das Schild an dem Tor Diamantina Downs.

»Das ist es! Wir sind da!«, verkündet Brad, als der Geländewagen über ein Rindergitter rumpelt. Obwohl ich hundemüde bin, muss ich über seine Begeisterung lächeln. Harry bellt freudig.

Da sind etliche Farmgebäude, unter anderem eine riesige Maschinenhalle, in der ich einen Traktor und andere landwirtschaftliche Geräte erkenne, und einige hohe Tanks. Das Wohnhaus steht im Schatten von Pfefferbäumen an der Westseite. Im Hof befinden sich zahlreiche Antennen und Solarkollektoren. Es ist trocken und staubig. Selbst die Pflanzen, die im Garten wachsen, machen einen müden Eindruck.

Wir finden uns, wie man Brad angewiesen hat, vor der Tür des Wohnhauses ein. Eine grauhaarige Frau – sie stellt sich als Betty vor – deutet über die Weide zu einem anderen ziemlich weit entfernt stehenden Gebäude.

»Dort drüben werden Sie wohnen. Kommen Sie, ich bringe Sie hin und zeige Ihnen alles!« Sie beäugt mich mit einem leichten Stirnrunzeln und wischt sich die mehligen Hände an der Schürze ab. »Sie sehen erschöpft aus.«

»So könnte man es nennen.« Ich setze ein Lächeln auf.

Betty ist stattlich und, wie sie uns erklärt, die Frau des Farmverwalters. »Die Farm gehört einer großen Gesellschaft. Wahrscheinlich brauchen sie sie als Steuerabschreibungsprojekt, aber wir sorgen dafür, dass der Betrieb abläuft wie ein Uhrwerk. Mein Jack ist gut in seinem Job. Früher, vor dreißig Jahren, hatten wir eine eigene Farm, aber eine Dürreperiode hat uns den Garaus gemacht. Seither kümmern wir uns um die Farmen anderer Leute. Wenigstens ist da die Bezahlung sicher.«

Sie ist energisch, geschäftsmäßig und direkt. Was sie wohl von uns hält?, frage ich mich, als wir ihr auf die Einfahrt folgen. Ich fühle mich schmutzig, als ob sich mehrere Staubschichten während der Fahrt auf meiner Haut abgesetzt hätten. Sogar noch zu dieser späten Stunde spüren wir die Hitze, und ich sehne mich nach einem Bad.

Betty lehnt das Angebot, mit uns im Auto zu fahren, ab und hievt sich in den Sattel eines alten Fahrrades, das am Tor lehnt. »Ich brauche Bewegung«, behauptet sie. »Außerdem müssen Sie mich so nicht wieder zurückbringen.«

Sie radelt mit erschreckender Geschwindigkeit vor uns die Straße hinunter, zwei kläffende Hunde im Schlepptau. Harry winselt aufgeregt, springt auf meinen Schoß und hält den Kopf aus dem Fenster, um zu sehen, was draußen los ist. Brad grinst verschwörerisch und nimmt meine Hand in seine. Dieses Grinsen macht uns zu Verbündeten, denke ich. Und unsere ineinander verschränkten Finger versprechen etwas, was ich nicht genau definieren kann.

Die Straße führt zu einem fremden Haus, nicht zu meinem eigenen. Wachsam unterdrücke ich die aufkommende Panik. *Halt an! Bring mich nach Hause!,* möchte ich schreien. *Ich bin nicht bereit für so was. Ich brauche Vertrautheit, keine Veränderung.* Andererseits empfinde ich fast so etwas wie Vorfreude, habe das Gefühl, in eine andere Richtung zu steuern und einen Neuanfang in fremder Umgebung zu wagen. Ich drücke Brads Hand.

Es ist ein einstöckiges, quadratisches Haus mit rostigem Blechdach. Es dürfte fünfzig oder sechzig Jahre alt sein, und der Anstrich blättert bereits ab. Der Wassertank steht halb versteckt inmitten einer Gruppe von Pfefferbäumen. Selbst von weitem höre ich Bienen, die um bunte Blüten herumsummen.

Betty lehnt ihr Rad ans Tor und läuft über den mit Unkraut überwucherten Pfad. Brad und ich folgen ihr fast zögerlich. Schwungvoll öffnet sie die Haustür und führt uns in unser neues Heim.

»Es ist nicht luxuriös, aber doch einigermaßen bequem. Während der Schurzeit wohnen die Arbeiter hier.« Sie sieht sich um, als wäre sie zum ersten Mal in diesen Räumen. »Ich denke oft, dass dem Haus ein bisschen frische Farbe nicht schaden könnte, aber irgendwie fehlt immer die Zeit dafür.«

»Nein«, beteuere ich und betrachte die feine rote Staubschicht, die auf allem liegt. »Es ist prima – wirklich.«

Wen will ich damit überzeugen? Sie oder mich?

Ich wandere durch die Räume, während Brad unsere Sachen aus dem Wagen holt. Betty begleitet mich und zeigt mir dies und das. Es scheint kein richtiges Schlafzimmer zu geben, nur eine Reihe von Schlafstellen auf der mit Fliegengittern und Glas umgebenen Veranda, die um drei Seiten des Hauses führt. »Da drüben ist ein Doppelbett«, sagt sie und zeigt zum Ende der Veranda, wo ein altes Laken einen Bereich vom Rest abteilt.

Da ist ein Wohnzimmer mit zwei alten Sesseln und einem abgewetzten Brokatsofa. Fernseher gibt es keinen, dafür ein Radio in der großen Wohnküche. Ein mit einem Küchentuch abgedeckter Eimer mit Wasser steht neben der Spüle. »Regenwasser«, erklärt Betty sachlich. »Den Eimer können Sie am Tank nachfüllen. Wir trinken nicht das Zeug aus der Leitung – es ist Bohrwasser.«

Nachdem sich Betty verabschiedet hat, packen wir unsere Sachen aus. Ich hänge die Kleider in den Schrank neben dem Doppelbett; die Lebensmittel, Getränke und den Inhalt des Autokühlschranks verstaue ich in der Küche. Brad arrangiert seine wissenschaftlichen Gerätschaften auf einem Tisch am anderen Ende der Veranda und reiht die Gläser und Flaschen auf dem Fenstersims auf. »So«, sagt er, »fast wie zu Hause.«

Ich sehe mich um und schüttle den Kopf. »Wohl kaum.«

»Oh, ich weiß nicht! Ein Bett und eine Küche – was will man mehr?«

Er küsst mich auf den Mund und schiebt mich auf das nächste Bett. Ich liege da und sehe in das vertraute Gesicht.

»Carys. Mam und Dad. Eine Stereoanlage und meine Lieblings-CDs zum Beispiel. Ein Kino an der Straßenecke. Ein Schnellimbiss.« Ich beiße mir auf die Lippen und denke an all die Annehmlichkeiten des modernen Lebens, die wir zurückgelassen haben, und daran, dass ich zu wenig Wein besorgt habe. »Was, wenn uns der Wein ausgeht?«

Zu spät erkenne ich meinen Fehler. Brad löst sich von mir, verschränkt die Hände hinter dem Kopf und starrt an die Decke. Ich habe ihn verärgert. Ich quäle mich mit Selbstvorwürfen. Warum hab ich das gesagt? Es war meine Entscheidung, hierher zu kommen. Niemand hat mich dazu gezwungen, und es ist ja nicht für immer. Wir bleiben nur sechs Wochen!

»Tut mir Leid. Ich muss mich wohl erst an all das gewöhnen, das ist alles. Aber das kommt sicher noch, und dann ist es, als würden wir hier Ferien machen. Außerdem werden wir viel Zeit zusammen verbringen. Das tut uns sicher gut, nicht?«

Ich rede weiter, um ihn zu besänftigen. Vorsichtig streiche ich mit einem Finger über seinen Hals. Ich fühle das leichte Pochen seines Pulses, das seinen steten Herzschlag widerspiegelt. Er dreht das Gesicht zu mir und sieht mich lange unverwandt an. Seine Stimme ist leise, fast unhörbar, als er endlich etwas sagt.

»So kann es nicht weitergehen.«

Eine Krähe krächzt im Hintergrund, die heisere Stimme vermischt sich mit dem Zirpen der Zikaden, die in den Pfefferbäumen sitzen. Irgendwo bellt ein Hund. Ich schlucke heftig; plötzlich fängt mein Herz an zu rasen.

»Was kann nicht so weitergehen?«

Er schwingt die Beine vom Bett, steht auf und vergräbt die Hände in den Jeanstaschen. Mit einem Mal wirkt er verletzlich wie ein Kind. Auch er leidet, rufe ich mir beschämt ins Gedächtnis. Ich habe nicht das Monopol auf den Schmerz.

»Mit dir und mir. Wir schleichen um die Vergangenheit herum wie die Katze um den heißen Brei. Wir müssen irgendwann über alles reden, Jess. Ich kann dieses Schweigen nicht länger ertragen. Ich liebe dich, um Himmels willen!«

Er geht weg. Die Fliegengittertür schlägt zu, und ich stelle mich ans Küchenfenster und beobachte, wie er die Weide überquert. Er hat die Schultern hochgezogen und kickt etwas über den Boden – wahrscheinlich einen Stein. Harry trottet in gebührendem Abstand hinter ihm her; vermutlich spürt er den Ärger seines Herrchens. Die Sonne steht tief. Bald sind Brad und der Hund nur noch dunkle Flecken vor dem hellen Licht.

Automatisch suche ich die Zutaten fürs Dinner zusammen – das erste in unserem neuen Heim. Ich hatte ein spezielles Menü geplant. Filetsteak mit jungen Kartoffeln, Bohnen und Babykarotten. Dazu eine Flasche Wein. Aber jetzt erscheint mir das unsinnig. Ich kämpfe zum zweiten Mal an diesem Tag gegen die Tränen an.

Brad kommt zurück, als ich den Wein entkorke. Mein Mann scheint entspannter zu sein als vorhin und bringt einen Strauß Wildblumen mit. Die Blüten sind klein, rosaviolett und duften.

»Was ist das?«, frage ich und suche im Schrank nach einer Vase oder einem Glas.

»Zerreib nur ein Blatt!«

Ich pflücke eines ab und zerreibe es zwischen Daumen und Zeigefinger. »Es riecht wie Basilikum«, sage ich.

»Einheimisches Basilikum«, stimmt mir Brad zu. »Oder *Ocimum tenuiflorum,* um genau zu sein. Es handelt sich um eine Gewürzpflanze, die in letzter Zeit wieder in Mode gekommen ist und in der typischen Aussie-Küche oft verwendet wird. In der Nähe des Damms wächst sie in Massen.«

Das Dinner verläuft ziemlich still. Danach setzen wir uns auf die Veranda. Aus der Küche kommt leise Radiomusik. Ein Song aus den Achtzigern; er handelt von einer zerbrochenen Liebe. Auf der nächsten Anhöhe blinken die Lichter von Bettys und Jacks Haus in der stockfinsteren Nacht. Die Sterne funkeln am mondlosen Himmel. Eine warme Brise bringt einen beißenden Geruch mit sich.

»Gidgee (Akazienduft)«, sagt Brad. »Es kommt Regen.«

Wir schweigen, weil wir nicht wissen, was wir sagen sollen. Die Vergangenheit steht zwischen uns wie eine unüberwindliche Barriere. Nach einer Weile betreiben wir Smalltalk und sprechen über bedeutungslose Details des Tages. Schließlich erhebt sich Brad, gähnt und streckt sich. »Ich weiß nicht, wie's dir geht, aber ich bin erledigt. Ich gehe ins Bett. Kommst du auch?«

Die Andeutung ist da, eine Nuance in seinem Tonfall. Sex, Intimität, Zweisamkeit – in dieser fremden Umgebung kann ich nicht einmal daran denken.

»Nein«, antworte ich leichthin. »Ich denke, ich bleibe noch eine Weile hier sitzen.«

Ich gehe ihm aus dem Weg, dessen bin ich mir bewusst. Ich vermeide es, mit ihm zu sprechen und mich auf ihn einzulassen. In Wahrheit weiche ich der Realität aus. Als ich dann schließlich eine Stunde später ins Bett krieche, streckt sich Brad und rollt sich neben mich, wacht aber nicht auf.

Irgendwann in dieser Nacht träume ich.

Der Traum beginnt ähnlich wie die anderen. Dunkle Straßen. Ich fliehe vor meinen gesichtslosen Verfolgern. Doch dann gibt es Abweichungen. Die Männer, die mich hetzten, bleiben plötzlich zurück, und ich fühle mich frei. Bis ich zum Fluss komme.

Ich starre hinunter in das dunkle, wirbelnde Wasser und entdecke das Heck eines Autos. Es ist zum Teil unter Wasser, und ich erkenne im bleichen Mondlicht eine Bewegung am Rückfenster. Winzige Fäuste pochen an die Scheibe. Ein geisterhaft weißes Gesicht presst sich ans Glas. Nase und Mund sind platt gedrückt. Dann öffnet sich der Mund zu einem lautlosen Schrei.

Der Wagen sinkt – silbriges, mit Schwarz durchsetztes Wasser umflutet ihn – und er verschwindet langsam in den dunklen Tiefen. Das Bild verschwimmt und gerät ins Wanken. Dunkelheit verschmilzt mit Dunkelheit, wird

eins. Ich will ins Wasser eintauchen, die Wagentür aufreißen, die Hände und das Gesicht befreien. Aber ich be-
wege mich viel zu langsam, als müsste ich durch zähen
Sirup waten.

Dann gleitet das Auto lautlos und ohne Vorwarnung
ganz unter die Wasseroberfläche und verschwindet.

Ich wache schreiend auf. Brad hält mich, streicht mir
die Haare aus der feuchten Stirn. Ich spüre die Kraft
seiner Arme. Mein Herz hämmert wild, als wolle es aus
meiner Brust springen. Ich schnappe nach Luft und versuche, mich zu beruhigen. Mein Kopf, in dem noch die
einzelnen Fetzen des Traums herumspuken, scheint kurz
vor dem Zerplatzen zu sein.

»Es ist gut«, besänftigt mich Brad mit den üblichen
Worten. »Was immer es war, es war nicht die Wirklichkeit. Es war nur ein Traum.«

Ein Traum? Das Auto, das Wasser. Ich hätte danach
greifen können, davon bin ich überzeugt. »Nein!«, weine
ich und versuche mich von Brad zu lösen. »Das kann
nicht sein.«

Brad hält mich jedoch ganz fest, erlaubt kein Entkommen. »Es war ein Traum, Jess«, wiederholt er eindringlich. »Nichts weiter.«

Die Bilder zersplittern. Mein Herzschlag vermischt
sich mit dem fernen Donnergrollen, und ein Blitz flammt
auf. In dem kurzen Licht sehe ich die Konturen der Veranda. Es ist heiß, und ein Luftzug weht durch die Vorhänge.

»Halt mich!«, flüstere ich.

Während der Nacht regnet es. Ich höre, wie die Tropfen
aufs Blechdach trommeln und in den Regenrinnen zusam-
menfließen. Ich rieche feuchte Erde. Neben mir schläft

Brad; er hat einen Arm über meinen Bauch gelegt. Es fühlt sich eigenartig an. Und mein Schlaf, in den ich endlich abdrifte, ist nicht mehr mit grauenvollen Bildern belastet. Stattdessen sehe ich ein einstöckiges Haus im Schatten von Pfefferbäumen und höre das Summen von Bienen.

KAPITEL 10

Northern New South Wales
Januar 1868

Dass Conor ihren Arbeitgeber George McKenzie geschlagen hatte, war nicht so schlimm wie die Tatsache, dass er es im Beisein der anderen Arbeiter getan hatte, das wurde Adam später klar. Nicht nur McKenzies Nase war gebrochen und blutete, er hatte sich auch in seinem Stolz gekränkt gefühlt. Die Polizisten aus der nächsten Stadt wurden gerufen, und sie nahmen Conor mit und steckten ihn in eine Zelle. Adam schlug eine ganze Woche lang die Zeit tot, während er auf die Freilassung seines Bruders wartete. Er schlief in einem Kuhstall und bekam von dem barmherzigen Farmer, der ihn aufgenommen hatte, ein paar Bissen zu essen. Denn McKenzie hatte den Aufruhr genutzt, um ihnen den Lohn für ihre wochenlange Arbeit zu verweigern.

Adam wartete bereits auf der Straße, als Conor endlich, blinzelnd wegen der grellen Sonne, aus dem Gefängnis trat.

»Macht keinen Ärger mehr, sonst landet ihr wieder

hier!«, rief ihnen der Polizist nach, als sich die Brüder davonmachten.

Sie wanderten nach Norden, verdingten sich hier und da als Tagelöhner und übernachteten in Scheunen. Einen Monat nach ihrem Aufbruch fanden sie eine dauerhafte Arbeit auf einer Farm. Ihr neuer Dienstherr war ein gerechter, aber strenger Mann.

Die Landschaft war hier ganz anders, karg und trocken. Auf den Hügeln wuchsen hohe, gerade Bäume, die ihre Äste in den Himmel reckten. Ihre Blätter waren auf der Oberseite dunkelgrün und hell auf der Unterseite, die Stämme hatten Löcher, in denen kleine Tiere lebten – Beutelflughörnchen oder Opossums und gelegentlich Bienenschwärme. Die Rinde dieser Bäume war am unteren Stamm graubraun und schälte sich während des Jahres in langen Streifen ab, darunter wurde dann eine blaugraue Oberfläche sichtbar.

»Blue Gums – eine Eukalyptusart«, hatte man Adam erklärt.

Nach knappen zwei Jahren harter Arbeit hatten er und Conor genügend Geld zusammengespart, um eine Farm zu kaufen. Sie schauten sich um und suchten nach einem kleinen, gut laufenden landwirtschaftlichen Betrieb. Einige der größeren Besitze wurden aufgeteilt, und da und dort wurden ein paar Acres zum Verkauf angeboten.

Es gelang ihnen, einhundert Acres zu erwerben – ein kleiner Besitz nach den hiesigen Maßstäben. Und bald hatten sie ein Schwein, ein paar Ziegen und eine Milchkuh. Hennen scharrten und pickten in der Erde. Getreide wiegte sich im Wind.

Die beiden Männer bauten ein Haus. Es war einfach, aber zweckmäßig mit einer Küche und einem Esszimmer, zwei Schlafzimmern und irdenem Boden. Adam erinnerte diese Hütte an sein früheres Zuhause. Aber Newtownlimavady lag jetzt schon vier Jahre und die Hälfte des Erdballs zurück.

Er konnte sich vorstellen, hier zu bleiben und ein anständiges Leben zu führen, irgendwann ein Mädchen aus der Gegend zur Frau zu nehmen und eine Familie zu gründen – die O'Loughlin-Linie sollte über die Jahre fortbestehen. Er dachte an seine zukünftigen Kinder. An die Söhne, die ihm auf den Feldern und Weiden helfen, und an die Töchter, die ihn abends zu Hause willkommen heißen würden.

Trotzdem ahnte er, dass sein Bruder vor ihm eine Frau finden würde. Conor hatte schon seit einigen Jahren kleinere Geschichten mit Mädchen und machte kein Geheimnis daraus – im Gegenteil, er schien sogar damit zu prahlen. Er redete immer über dies und das, deutete Adam gegenüber an, dass er im Bordell an der Hauptstraße gewesen war.

Conor war extrovertiert und ein Charmeur im Umgang mit dem anderen Geschlecht.

Wie kam es, dass sein Bruder so aus sich herausgehen konnte, während Adam in Gegenwart von Frauen immer gehemmt und linkisch auftrat und kaum ein Wort herausbrachte? Bei den Tanzabenden drückte er sich immer in der Nähe der Tür herum und ging nie auf eines der Mädchen zu, die an der gegenüberliegenden Wand saßen und darauf warteten, zum Tanz aufgefordert zu werden. Er wusste nie, was er ihnen sagen sollte, fand nicht so geistreiche Worte wie Conor, und für Charme und Verführung hatte er ohnehin kein Gefühl. Sein Bruder schien nie ohne Tanzpartnerin zu sein, und immer war er von Mädchen umringt.

Conor wurde im Sommer einundzwanzig, und zu dieser Zeit sprach ihr Nachbar sie an, weil er ihre Farm aufkaufen wollte. Dieser war klein und untersetzt und Adam auf Anhieb unsympathisch, weil er ihn und seinen Bruder von oben herab behandelte. »Ihr habt nur hundert Acres«, sagte der Mann und machte eine abwertende Handbewegung. »Davon kann man nicht leben. Aber wenn ich sie zu den vierhundert Acres dazukaufe, die ich bereits besitze, dann käme ich einigermaßen zurecht.«

»Unser Land ist nicht zu verkaufen«, erwiderte Conor sichtlich verärgert.

»Ich biete euch einen anständigen Preis.« Der Mann nannte einen Betrag.

»Wir haben mehr für das Land bezahlt«, rief Conor gereizt. »Ganz zu schweigen von der Ernte, die wir schon eingebracht haben.«

Der Nachbar zuckte mit den Schultern. »Wie ihr wollt. Aber eines Tages werdet ihr mich anflehen, euren Betrieb zu übernehmen.«

»Was wollen Sie damit sagen?«, erkundigte sich Adam gelassen.

Doch der Mann war schon weg.

Kurz darauf ereigneten sich seltsame Dinge rund um die Farm. Ein Wagenrad ging entzwei. Ein Feuer brach im Busch hinter dem Kuhstall aus. Zwei Ziegen wurden tot auf der hinteren Weide gefunden, und eine Henne verschwand.

Im Juli, als die kalten Winde durchs Tal fegten, klopfte ein Polizist an ihre Tür. »Ihrem Nachbarn sind in der letzten Woche etliche Schafe auf der Weide gestorben. Sie wissen nicht zufällig etwas darüber?«

»Weiß er denn etwas über unser totes Vieh?«, gab Conor sarkastisch zurück.

»Also was ist jetzt?«

»Wir können Ihnen nicht helfen. Aber auch hier gibt es eigenartige Vorkommnisse.«

»Woran sind diese Schafe denn gestorben?«, wollte Adam wissen.

»Man hat ihnen die Kehle durchgeschnitten.«

»Und Sie beschuldigen uns?«

»So kann man sagen.«

»Jede Menge Leute können sie getötet haben. Unser Nachbar ist nicht sehr beliebt in der Gegend.«

»Können wir die Schafe sehen?«, fragte Conor.

»Ich glaube, er hat die Kadaver schon beseitigt.«

»Wie praktisch!«

»*Was* soll das heißen?«

Adam merkte, dass der Polizist wütend wurde. »Haben Sie sie denn gesehen?«, erkundigte er sich ruhig, um die Situation zu entschärfen.

»Nein.«

»Dann haben Sie also keinen Beweis, dass das Verbrechen überhaupt verübt wurde. Was ist, wenn der Mann lügt?«

»Warum sollte er das tun?«

»Nun, warum sollten *wir* lügen?« Adam kratzte sich am Kopf. »Woher wollen Sie wissen, ob er die Wahrheit sagt?«

Der Polizist zuckte mit den Achseln. »Ich gehe lediglich einer Beschwerde nach.«

»Und was bringt Sie auf die Idee, dass mein Bruder der Übeltäter ist?«

»Ihr Nachbar hat mir diesen Hinweis gegeben. Man erzählt sich, dass Conor O'Loughlin schon einmal im Gefängnis gesessen habe.«

»Und deshalb wird er nun wieder für schuldig gehalten, bis er seine Unschuld beweisen kann? Er wurde für ein paar Tage eingesperrt, weil er einen Mann vermöbelt hatte. Es ging aber nicht um die Abschlachtung von Vieh.«

Als der Polizist weg war, stieg Adam auf den Hügel und blieb im Schatten der Eukalyptusbäume stehen. Es war kalt hier oben, und plötzlich sah alles düster aus, als wären Sonne und Wärme verschwunden. Er sah hinunter auf ihre kleine Farm – die ordentlichen Gebäude, die Zäune, die Maispflanzen, die in geraden Reihen standen. Ein Schauer überlief ihn, und eine böse Vorahnung brach sich Bahn. Irgendetwas, was er nicht kontrollieren konnte, ging hier vor sich. Etwas Ungutes. Es sei denn …

Er erinnerte sich an Newtownlimavady und an den Besuch des Geldeintreibers. *Conor hat sich auf den Feldern des Landbesitzers herumgetrieben. Falls irgendetwas vermisst werden sollte, wird er der Erste sein, den man verdächtigt.*

Adam dachte an die Lachse, die in der Küche gelegen hatten, und daran, wie Conor, als ihre Mutter nach der Niederkunft krank daniederlag, gesagt hatte: *Ich hole Fleisch für Mam, selbst wenn es mich das Leben kostet!*

Und in der darauf folgenden Nacht war er mit dem toten Lamm nach Hause gekommen. Wenn sein Bruder so was schon einmal getan hatte, dann …

»Ich habe es nicht getan«, vernahm er plötzlich eine Stimme hinter sich. Adam drehte sich um und erblickte seinen Bruder. Conors Gesicht war blass, und er hatte die Arme vor der Brust verschränkt. »Ich schwöre beim Grab unserer Mutter, dass ich es nicht war.«

Conor war so ernst und sein Wunsch, dass man ihm glaubte, so offensichtlich, dass sich Adam schämte, ihn verdächtigt zu haben. Natürlich hatte Conor die Schafe des Nachbarn nicht getötet. Es war sogar fraglich, ob sie überhaupt abgeschlachtet worden waren. Vermutlich hatte der Mann die Geschichte nur erfunden, um die O'Loughlin-Brüder so weit zu treiben, ihm die Farm zu überlassen und weiterzuziehen. Der Nachbar wollte ihr Land unbedingt haben, und Adams Verweigerung ärgerte ihn so sehr, dass er vor nichts mehr Halt machte.

Adam schloss die Augen, blendete den Anblick von Conor und den Bäumen aus und lauschte den Vögeln in den Zweigen. Vor seinem geistigen Auge lösten sich die Jahre auf, und er sah wieder den Gerichtsvollzieher und seine Männer vor sich, wie sie mit Seilen, Äxten und Brecheisen das O'Loughlin-Cottage ansteuerten. Diese Männer waren mit der Absicht gekommen, das zu zerstören, was ihm und Conor gehört hatte, und sie von ihrem Land zu vertreiben.

War das sein unausweichliches Schicksal? Hatte ein höheres Wesen an irgendeinem Punkt beschlossen, dass er nie lange an einem Ort glücklich sein durfte, immer weglaufen und nach etwas suchen musste? Nach einer neuen Heimat, nach Stabilität, nach einer Zukunft. Oder würde er das alles nie kennen lernen? Was, wenn er auf dieser Farm einen Traum erlebte und im Grunde nie Teil dieses Traumes sein sollte? Er schlug die Augen auf und sah seinen Bruder an. Es gab nur noch sie beide, und seine Zukunft war auch die von Conor. Und wenn er ihm nicht vertrauen konnte, dann …

»Ich glaube dir«, sagte er und fasste nach der Hand des Bruders. »Gleichgültig, was sie sagen oder tun, dieses

Land gehört uns. Wir haben mit unserem Schweiß dafür bezahlt, und niemand kann es uns wegnehmen.«

Die Tage verstrichen, und Adams Vorahnung wurde immer stärker. Warum, wusste er selbst nicht. Er hatte einfach das Gefühl, dass noch etwas geschehen, dass ein Drama bevorstehen würde. *Das Glück hat euch verlassen,* würde Mam sagen, ein Hufeisen über der Haustür aufhängen – mit der Öffnung nach oben, damit das Glück nicht herausfallen konnte – oder auf den Weiden nach einem vierblättrigen Kleeblatt suchen, das das Pech abwehrte. Doch Mam war schon so lange tot, und er und Conor waren keine Iren mehr. Hier wuchsen keine Kleeblätter auf den Weiden.

Auch wenn er gern etwas anderes glauben wollte, spürte er, dass seine Tage auf der Farm gezählt waren. Deshalb war er auch nicht überrascht, als der Polizist wieder an ihre Tür klopfte.

»Wo ist Ihr Bruder?«

»Er ist in die Stadt geritten und kommt frühestens in einer Stunde nach Hause.«

»Er hat wieder zugeschlagen.«

Geduldig: »Wie?«

»Er hat Zäune niedergerissen.«

»Zeigen Sie mir doch die Stellen!«

»Das kann ich nicht. Sie sind bereits repariert worden.«

»Was für ein Zufall!«

Adam drehte sich um, um ins Haus zu gehen, doch der Polizist hielt ihn zurück.

»Da ist noch mehr. Es wurde Geld gestohlen. Und auch ein Schmuckstück.«

»Nun, wenn das so ist, dann verschwenden Sie hier nur Ihre Zeit. Sie sollten lieber den Dieb suchen.«

»Was dagegen, wenn ich mich in Ihrem Haus ein wenig umsehe?«

Adam hatte nichts zu verbergen. Wenn der Polizist das einsähe, würde er sie vielleicht in Ruhe lassen. »Bitte!«

Er beobachtete nicht direkt, wie der Polizist die Brosche auf dem Bord über dem Kamin fand. Er sah nur, dass der Mann die Hand öffnete und das Schmuckstück dort lag. Diamanten funkelten im Schein des Feuers. »Und wie können Sie mir das erklären?«

»Ich habe das noch nie zuvor gesehen.«

»Das glaube, wer mag!«

»Es ist wahr.«

»Ich habe es hier auf dem Bord gefunden. Ihr Bruder wird uns einiges zu erklären haben.«

»Mein Bruder hat nichts gestohlen.«

»Wenn es nicht Ihr Bruder war, dann müssen Sie's gewesen sein.«

»Das ist Unsinn, und Sie wissen es.«

»In dem Fall wäre ich nicht hier, oder? Außerdem wurden Sie gesehen.«

»Von wem?«

»Von Ihrem Nachbarn. Dem Besitzer dieser Brosche.«

»Ich war nie auch nur in der Nähe seines Hauses.«

»Wie Sie wünschen. Sie können ein Geständnis ablegen oder aussagen, dass Ihr Bruder den Schmuck gestohlen habe. Wie auch immer, einen von Ihnen werde ich festnehmen.«

Und so kam Adam ins örtliche Gefängnis – oh, diese Schande! Es war peinlich und beschämend, hinter Schloss und Riegel zu sitzen, und dazu noch eine himmelschreiende Ungerechtigkeit. Am schlimmsten war, dass sich Adam weder wehren noch seine Unschuld beweisen konnte. Er hatte nichts verbrochen, und doch wurde er bestraft wie ein gemeiner Dieb.

Das alles erinnerte ihn an die düsteren Tage vor Mams Tod. Wieder musste er sich den Autoritäten beugen. Vor ihnen kriechen und schweigen, um seine Farm behalten zu können. Und wofür das alles? Für ein paar jämmerliche Acres. War ihm das Land so wichtig, dass er sich deswegen derart erniedrigen ließ?

Er teilte seine Zelle mit einem alten Mann namens Dougal, der wegen Trunkenheit eingesperrt worden war – zumindest behauptete er das.

»Dougal aus Donegal«, stellte er sich mit einem zahnlosen Grinsen vor. Er hatte einen leichten irischen Akzent. »Man kommt nicht gegen sie an, weißt du«, sagte er später, nachdem Adam ihm seine Geschichte erzählt hatte.

»Gegen wen?«

»Gegen *sie*. Das Establishment. Die Leute, die die Macht haben.«

»Ich versuche gar nicht, jemanden zu bekämpfen. Ich will nur in Frieden leben und nicht irgendwelcher Vergehen beschuldigt werden, die ich nicht begangen habe.«

»Vielleicht ist es besser für dich, wenn du von hier weggehst.«

»Warum sollte ich? Dies ist genauso gut mein Platz wie ihrer.«

Dougal lachte bitter. »Kapierst du denn nicht? Du bist ihnen im Weg. Der Polizist – wusstest du, dass er der Cousin des Kerls ist, der es auf dein Land abgesehen hat?«

Das war Adam neu. »Nein.«

»Du kannst nicht gewinnen. Sie zermalmen dich unter ihren Stiefeln, bis nichts mehr von dir übrig ist. Wenn er dir einen ordentlichen Preis für deine Farm anbietet, schnapp dir das Geld und verschwinde!«

»Wohin?«

Der skrupellose Nachbar, der Polizist und sogar dieser Mann, Dougal aus Donegal, schienen sich gegen ihn verschworen und es darauf angelegt zu haben, ihm seinen Traum zu nehmen. Er und Conor waren in dieses Land gekommen, weil sie gedacht hatten, sie könnten hier ein besseres Leben führen. In Wirklichkeit jedoch hatte sich nichts geändert.

»Weißt du, du könntest Schlimmeres tun, als weiter nach Norden zu ziehen. Offenbar erschließen sie dort ganz neue Gebiete, mehr Land, als jemals jemand gesehen hat. Es erstreckt sich von Horizont zu Horizont, so weit das Auge reicht, und noch weiter.«

Obwohl er schon viele Geschichten über das Landesinnere und die unendlichen Weiten flachen Landes gehört hatte, konnte Adam es sich nicht vorstellen. »Wo ist das genau?«

»In Central-Queensland. Allerdings ist es im Vergleich zu hier ein karges Land. Man braucht schon riesige Flächen, um genug Futter für das Vieh zu haben.«

Stunden vergingen, und kein Mensch brachte Essen oder Wasser. Das Tageslicht schwand. Der alte Mann rollte sich auf seiner Pritsche zusammen und schlief. In der Nacht schrie er etliche Male auf. Adam schreckte aus dem Schlaf, lag in der Finsternis und wusste im ersten Augenblick nicht, wo er war.

Am Morgen rührte sich der Mann nicht mehr. Adam ging zu seiner Pritsche und versuchte ihn wachzurütteln –

ohne Erfolg. Dougal aus Donegal war irgendwann im Laufe der Nacht gestorben.

Der Polizist ließ Adam laufen – ohne Entschuldigung und ohne seine Maßnahmen zu rechtfertigen, schubste er ihn mit einer strengen Warnung auf die Straße.

Conor wartete in der Nähe im Schatten eines Baumes. Sein Gesicht war blass, die Stirn tief gefurcht. Er sah aus, als hätte er seit Tagen nicht geschlafen. »Es ist alles weg«, sagte er verbittert.

»Wovon redest du? Was ist weg?«, schrie Adam und packte Conor an den Schultern. »Sag es endlich!«

»Das Cottage.«

Adam starrte seinen Bruder verständnislos an. Plötzlich dämmerte es ihm, und die Erinnerung war so klar, als hätte sich das alles erst gestern ereignet: Er ging zu dem Wäldchen oberhalb des O'Loughlin-Cottages und warf einen letzten Blick zurück. Fast sah er den Geldeintreiber mit seinen Männern wieder vor sich, wie sie den Hügel hinaufstiegen. Und dann die Rauchfahne, die sich aus dem Strohdach kräuselte. Eine helle Flamme züngelte empor, dann brannte das ganze Dach. Aber *dieses* Feuer hier hatte Conor nicht angezündet, das war Adam klar.

Bei Sonnenuntergang saß er mit Conor auf dem Hügel und überblickte das, was von ihrem Heim noch übrig war. Conor hatte stockend und tief betrübt erzählt, dass die Küche in Flammen gestanden habe, als er von der unteren Weide zurückgekommen sei. Er hatte noch versucht, den Brand mit Wassereimern zu löschen, aber die Flammen waren schon zu groß gewesen, und die Hitze hatte das Wasser verdampfen lassen, noch ehe es überhaupt in die Nähe des Feuers gekommen war. Er konnte nichts retten, und beide besaßen nur noch das, was sie am Leibe trugen. Sogar Mams Ehering war dem Feuer zum Opfer gefallen. Adam würde ihn in den verkohlten Überresten nie finden.

Der Wind rauschte in den Bäumen. Es war ein klagendes, melancholisches Seufzen, eine Melodie der unsäglichen Trauer. Selbst noch hier oben roch Adam den beißenden Brandgeruch. Lange Zeit brachte er kein Wort heraus.

»Wir gehen weg«, verkündete er schließlich.

Conor rieb sich müde über die Augen, als wolle er den Anblick der Zerstörung wegwischen. »Wohin?«

»Nach Nordwesten«, antwortete Adam mit erstickter Stimme.

In der Spätnachmittagssonne leuchtete die Rinde der Bäume golden – lange Streifen schälten sich ab und enthüllten den fleckig blauen Stamm. Geistesabwesend zupfte Adam daran. Die Rinde fühlte sich zerbrechlich, vergänglich an – fast so erging es Conor und ihm. Sie waren voller Hoffnungen hierher gekommen, hatten hart gearbeitet, und jetzt? Was würde bleiben und davon erzählen, dass sie jemals hier gewesen seien?

Alles war so sinnlos und unbedeutend.

Adam stattete dem Nachbarn noch einen Besuch ab. Der Mann stand in der Haustür, lud Adam weder ein, noch kam er die Stufen herunter, um ihn zu begrüßen. Durch seine erhöhte Position wollte er seine Überlegenheit zeigen.

»Sie haben gewonnen«, sagte Adam so emotionslos, wie

es ihm möglich war. »Das Land gehört Ihnen. Wir sind leider machtlos gegen Sie und Ihresgleichen.«

»Was soll das heißen?«, fragte der Mann streitlustig. Er hatte etwas von einem Kampfhund, der auf seine Chance wartete, an sich, wie er mit verschränkten Armen am Türrahmen lehnte.

Adam zuckte mit den Schultern. »Das wissen Sie selbst am besten.«

»Wie viel wollt ihr für euer Land?«

»Was ist es Ihnen wert?«

»Offenbar ist es euch nicht viel wert, sonst würdet ihr es nicht verlassen.«

Er nannte eine Summe, einen lächerlichen Betrag, aber Adam musste das Angebot akzeptieren, denn hier war er den Leuten hoffnungslos unterlegen. Die Jahre schwerer Arbeit waren buchstäblich in Rauch aufgegangen. Er und Conor waren übereingekommen, nach Norden zu ziehen, wie es der alte Mann im Gefängnis empfohlen hatte. Mit dem Geld konnten sie neues Land erwerben. Schließlich waren sie jung genug, um noch einmal von vorn anzufangen, und sicherlich würden sie nicht überall auf derart missgünstige Nachbarn stoßen. Auch in Australien musste es anständige Menschen geben.

Sie sagten den Eukalyptusbäumen Lebewohl, standen ein letztes Mal in ihrem Schatten, als sie das Land, das einmal ihres gewesen war, traurig noch einmal überblickten.

Vielleicht, dachte Adam, sind wir doch zu voreilig gewesen und hätten standhaft den Verkauf verweigern sollen. Wir hätten ein neues Haus bauen können. Andererseits war er sich dessen bewusst, dass ihm der Mut fehlte, gegen unerbittliche Widerstände anzukämpfen. Nein, sagte er sich, wir tun das Richtige. Es ist besser, irgendwo anders einen Neuanfang zu machen – an einem Ort ohne schlechte Erinnerungen. Beim nächsten Mal bin ich vorsichtiger und wachsamer, nahm er sich vor. Ich bin zu naiv, zu vertrauensselig gewesen, aber das wird mir nicht noch einmal passieren.

KAPITEL 11

Central-Queensland
April 1873

Es war später Nachmittag, als Adam und Conor den Rand des Ortes erreichten, der nahezu mit dem Busch verschmolzen war. In einer Minute sahen sie weit und breit nur Eukalyptusbäume und den Weg, in der nächsten entdeckte Adam in der Sonne blitzende Blechdächer und hörte das Kläffen von Hunden. Er stieg von seinem Pferd, steif von den vielen Stunden im Sattel, und bückte sich, um einen Mischlingshund mit gelben Augen zu kraulen, der vor einer Hütte lag.

»Wo können wir hier Vorräte kaufen?«, fragte er den Mann, der aus der Hütte kam.

Der Mann deutete die Straße hinunter, wo Adam noch weitere Häuser und an einem Geländer festgebundene Pferde sah. »Ein Stück weiter ist ein Gemischtwarenladen. Fragen Sie einfach nach Jenner!«

In dem Geschäft waren keine anderen Kunden. Eine junge Frau fegte den Boden vor einem Vorhang, der offenbar den Laden vom Wohnbereich trennte. Sie hatte ihnen den Rücken zugekehrt und war offenbar in ihre Arbeit vertieft, Staub flog vom Besen auf. Adam klopfte auf die Ladentheke, und das Mädchen zuckte heftig zusammen. »Oh, hallo! Ich habe nicht gehört, wie Sie hereingekommen sind.«

»Wir suchen nach Jenner«, sagte Adam.

»Dann sind Sie hier richtig«, erwiderte sie und stützte sich auf den Besenstiel.

Sie trug eine weiße Schürze über einem Kleid und hatte die üppigen dunklen Locken am Hinterkopf zusammengebunden, doch einige Strähnen hatten sich selbständig gemacht und fielen ihr ins Gesicht. Die Andeutung eines Lächelns spielte um ihre Lippen und zeigte sich auch in den blitzenden Augen. Sie war jung, vielleicht um die Zwanzig, schätzte Adam. Trotzdem machte sie einen energischen, tüchtigen Eindruck.

Sie musterte die beiden Fremden, und der stete Blick aus den graublauen Augen machte Adam nervös. Er spürte, wie ihm die Röte ins Gesicht stieg.

»Also«, sagte er fast schroff, »wo ist er?«

»Wer?«

»Jenner. Der Besitzer dieses Geschäftes.«

»Wo ist *sie?*«, korrigierte Jenna und fügte, als sie Adams Verwirrung bemerkte, hinzu: »Ich bin Jenna.«

Adam wich einen Schritt zurück. »M-miss Jenner«, stammelte er.

»Nein, ich heiße Jenna. J-E-N-N-A«, buchstabierte sie. »Jenna McCabe. Von den Coldstream Berwickshire Mc-Cabes, obwohl sie schon lange nichts mehr mit uns zu tun haben.«

Adam fehlten die Worte. Er überlegte fieberhaft, was

er sagen könnte, um seine Unsicherheit zu überspielen. Doch dann trat Conor vor, als Jenna den Besen an die Wand lehnte und sich hinter die Theke stellte. Er tippte mit dem Finger an die Hutkrempe. »Freut mich, Sie kennen zu lernen, Miss McCabe.«

»Jenna«, sagte sie strahlend. »Alle nennen mich Jenna. Hier in der Gegend ist man nicht so förmlich. Kann ich Ihnen irgendwie helfen?«

Conor grinste schelmisch. Adam funkelte ihn böse an und dachte: Das habe ich schon längst kommen sehen. Conor wird immer schwach, wenn ihm eine hübsche Frau über den Weg läuft. Und er macht nicht einmal einen Hehl daraus!

Adam reichte Jenna eine Liste der Artikel, die sie brauchten. Dann schlenderten die beiden Brüder herum und prüften die Waren in den Regalen. »Sie ist ausgesprochen hübsch, findest du nicht?«, flüsterte Conor seinem Bruder zu. Er hatte eine Konserve in der Hand und tat so, als würde er studieren, was auf dem Etikett stand. Adam sah jedoch, dass er verstohlen zu der jungen Frau schielte.

»Na ja, einigermaßen«, wiegelte Adam mürrisch ab.

»Sieh doch hin!«, beharrte Conor. »Diese Augen! Sie sind nicht blau und auch nicht richtig grau. Sie haben die Farbe von blank poliertem Stahl. Und der Mund – er ist wie gemacht fürs Küssen.«

»Und du willst derjenige sein, der das übernimmt?«

»Ja. Wenn sie mich lässt.«

Adam kehrte seinem Bruder den Rücken zu und gab vor, sich die Sachen in den Regalfächern genauer anzusehen. Er wählte noch ein paar Sachen aus – Sardinenbüchsen und Marmelade – und stellte sie auf die Theke. Jenna musterte die beiden Männer mit einem langen, abschätzenden Blick. »Ich habe Sie noch nie hier gesehen. Sind Sie neu in der Gegend?«

»Wir befinden uns nur auf der Durchreise auf dem Weg in den Norden.«

»Wohin genau wollen Sie?«

Conor beugte sich vor, stützte die Ellbogen auf die Theke und lächelte entwaffnend. »Irgendwohin, wo wir Land bekommen können. Man hat uns gesagt, dass es im Nordwesten in jeder Menge preiswert zu haben sei. Wir wollen uns sesshaft machen.«

»Sie sind Farmer?«

»So könnte man sagen.«

»In diesem Fall sollten Sie mit dem Grundstücksmakler sprechen. Sie finden ihn im Haus neben dem Pub. Er regelt die Verkäufe in den Gebieten westlich von hier. Und im Pub können Sie zu einem anständigen Preis übernachten und Ihre Pferde unterbringen.«

Adam vereinbarte mit Jenna, dass sie die Vorräte am nächsten Morgen abholen würden, und Conor zwinkerte ihr zu. »Vielleicht sehen wir uns später noch«, sagte er.

»Vielleicht.« Sie stemmte die Arme in die Hüften und legte den Kopf ein wenig zur Seite. »Vielleicht auch nicht.«

Ein ferner Donner war zu hören, und es war merklich dunkler geworden. Als er den Laden verließ, sah Adam eine bedrohliche Wolkenbank am Horizont. Der Wind brachte einen beißenden Geruch mit sich. »Gidgee«, sagte er und holte tief Luft, als sie den Weg zum Pub einschlugen. »Das bedeutet schlechtes Wetter. Ich hoffe nur, dass es nicht zu viel regnet, sonst sitzen wir hier fest.«

Conor warf einen Blick zurück zu dem Laden. Miss

McCabe stand in der Tür, und er verbeugte sich übertrieben, ehe er sich seinem Bruder zuwandte. »Ich kann mir Schlimmeres vorstellen«, sagte er grinsend.

Jenna sah den beiden Männern nach. Der jüngere – wie war noch mal sein Name? Sie hatte ihn gar nicht danach gefragt, weil sie viel zu durcheinander gewesen war – drehte sich zu ihr um und machte einen Diener. Sie musste unwillkürlich lachen. Sie warf den Kopf zurück und verschränkte die Arme. Ein frecher Kerl, dachte sie. Gleichzeitig benimmt er sich jedoch respektvoll und höflich – ganz anders als die Männer, die sonst in meinen Laden kommen.

Plötzlich verspürte sie ein eigenartiges Gefühl – ihr war, als würde etwas Zartes, Flatterndes ihr Herz berühren. Warum hatte sie sich mit diesen Fremden unterhalten, wenn sie doch normalerweise männlichen Kunden zurückhaltend gegenübertrat? Wieso hatte sie Fragen gestellt, wo sie sonst geschwiegen hätte? Es war gar nicht ihre Art, sich für andere zu interessieren. Aber diese Männer schienen anders zu sein als die, die sie kannte.

Rollender Donner ertönte im Westen, und die Luft roch beißend-süß nach Regen. Jenna seufzte leise und ging zurück in den Laden. Es war kurz vor sechs: Geschäftsschluss. Sie schloss die Tür ab und ging in die Küche. Offensichtlich hatte Mary heute nicht vor, sich hier blicken zu lassen. Wahrscheinlich war sie zu beschäftigt mit ihrem »Freund« – »er ist nur ein Freund, Jenna, mehr nicht!« Jenna stocherte in den glühenden Kohlen im Herd, legte noch ein Holzscheit nach und sah zu, wie die Flammen daran leckten, ehe sie das Türchen zumachte.

Während sie eine Mahlzeit für sich ganz allein zubereitete, fielen die ersten dicken Regentropfen auf das Blechdach.

Am nächsten Morgen regnete es immer noch. Ein grauer Dunstschleier hing über dem Ort, auf der Hauptstraße waren Pfützen, und in den Rinnsteinen lief das Wasser zusammen, als Adam und Conor zum Grundstücksmakler gingen. Sie erfuhren, dass die verfügbaren Landstücke etliche Tagesritte von hier entfernt waren. Der Makler blätterte in seinen Unterlagen und erklärte, dass es gefährlich sei, die Reise bei diesem Regen anzutreten. Die Creeks könnten über Nacht voll laufen und die Straßen überschwemmen. »Sie wollen doch nicht irgendwo da draußen festsitzen, oder?«

»Wie lange dauert der Regen voraussichtlich an?«

Der Mann zuckte mit den Achseln. »Vielleicht ein paar Tage. Wer weiß? Es ist eigentlich ein bisschen früh im Jahr für die eigentliche Regenzeit.«

Conor fragte, was für Land zum Verkauf stehe.

»In den letzten zwei Monaten haben wir hier oben einen richtigen Ansturm erlebt, deshalb ist nicht mehr viel übrig. Nichts Anständiges zumindest.« Er rieb sich nachdenklich das Kinn, als suche er nach Möglichkeiten. »Aber da ist ein Farmer, der seine Farm wieder loswerden will. Seine Frau kränkelt, und er hat drei Kinder, das vierte ist unterwegs.«

»Wie groß ist das Land?«

»Es sind sechs Einheiten, jede hat hundert Quadratmeilen, auf einer Länge von sieben Meilen grenzt es an den Fluss.«

Adams Aufmerksamkeit war sofort geweckt. Ein Fluss bedeutete Wasser, und Wasser bedeutete Futter für Vieh und Schafe. »Ein Fluss? Was ist das für ein Fluss?«

»Der Diamantina.«

Diamantina. Diamantina. Diamantina …?

Der Name rann durch sein Bewusstsein wie ein kalter irischer Bach und spülte Erinnerungen an vergangene Zeiten wieder frei. Ein seltsamer Name, unbekannt und doch gespenstisch vertraut. Vielleicht ist das mein Schicksal, dachte er. Eine Farm mit Namen Diamantina.

Der Makler redete immer noch, und ganz allmählich kehrten Adams Gedanken zur Gegenwart zurück. »Es gibt eine Art Cottage, aber ich kann nicht für seine Qualität garantieren. Und zusätzlich steht der gesamte Viehbestand zum Verkauf – etwa zehntausend Schafe und fünfhundert Rinder.«

»Wie viel verlangt er?«

Der Makler nannte eine Summe, die das Budget der beiden Brüder weit überschritt.

»Und nur das Land ohne die Tiere?«

Der Makler schüttelte den Kopf. »Nun, das ist der Haken an der Sache. Die Bedingung ist, dass der Käufer auch den Viehbestand übernimmt. Ansonsten müsste man die Tiere zu irgendeiner anderen Farm transportieren, und das kostet Zeit und Geld.«

Verdammt! Damit hatte Adam nicht gerechnet. Im Grunde hatte er überhaupt keine Pläne gemacht und sich einfach von der Aussicht auf billiges Land hierher locken lassen. Und der Makler hatte natürlich Recht. Was sollten sie mit Land ohne Vieh anfangen?

Der Mann gab ihnen ein Formular mit, das sie ausfüllen sollten, und verabschiedete sie.

»Und was machen wir jetzt?«, fragte Adam, als sie auf der Straße waren. »Wir haben zwar genug Geld für das Land, aber nicht für das Vieh. Und wenn wir die Tiere nicht übernehmen, bekommen wir das Land nicht.«

»Vielleicht sollten wir eine Weile hier bleiben und uns eine Arbeit suchen?«

»Dann kauft uns jemand die Farm vor der Nase weg, wenn das Land auch nur einigermaßen annehmbar ist.«

Den Rest des Tages verbrachten sie damit, sich in der Stadt umzusehen. Conor hatte sich freiwillig angeboten, die Vorräte vom Laden abzuholen, und brauchte dafür ziemlich lange. Der Regen war heftiger geworden, und große Pfützen standen auf den Straßen und Gehwegen.

Nach dem Abendessen saßen sie in der Bar und studierten das Formular vom Grundstücksmakler. Es erschien Adam alles so sinnlos, und am liebsten hätte er das Papier zusammengeknüllt und ins Feuer geworfen. Nach all den Jahren in Australien und der Plackerei hatten sie immer noch nicht genügend Geld, um ihren Traum zu verwirklichen.

Es war nicht viel los im Pub – selbst die meisten Einheimischen wagten sich bei dem Wetter nicht hierher –, also zog Conor Mantel und Stiefel an.

»Wohin willst du?«, fragte Adam überrascht.

»Raus.«

Adam war sofort klar, was sein Bruder vorhatte: Er wollte in den Laden zu der Frau mit den dunklen Locken, den stahlblauen Augen und dem strahlenden Lächeln. Adam verspürte Unmut. Hätte er mehr Selbstbewusstsein, wäre vielleicht er derjenige, der ihr einen Besuch abstattete. Typisch Conor, dass er ihm zuvorkam. »Um Miss McCabe zu sehen?«, hakte er barsch nach.

»Jenna«, antwortete Conor knapp. »Ihr Name ist Jenna.«

»Conor!«

»Was ist so schlimm daran? Soll ich mein Leben lang ein einsamer Junggeselle bleiben?«

Wut stieg in Adam auf – oder war es Eifersucht? »Wir haben keine Zeit, einer Frau den Hof zu machen. Wir sind hier, um Land zu kaufen, nicht um Frauen zu verführen.«

»Es gibt mehr im Leben als Land und Arbeit.«

»Du hast später noch jede Menge Zeit für Frauen.«

»Ich bezweifle, dass es dort, wo wir hingehen, viele gibt.«

Verärgert schob Adam das Formular von sich. Conor blieb noch einen Moment stehen, betrachtete es und steckte es schließlich in die Tasche.

»Was hast du damit vor?«, wollte Adam wissen.

»Nichts. Ich möchte es nur noch einmal durchlesen.«

Adam sah seinen Bruder ungläubig an. Conor hatte in seiner Kindheit öfter die Schule geschwänzt als am Unterricht teilgenommen, und seine Lesekünste ließen zu wünschen übrig. »Das wird aber eine ganze Weile dauern, bis du damit fertig bist.«

Conor grinste. »Möglicherweise bitte ich Jenna McCabe, es mir vorzulesen.«

»Ich will nicht, dass irgendjemand im Ort von unseren Geschäften erfährt.«

»Ruhig Blut, Bruder! Ich werde sehr diskret vorgehen.«

Adam stand an der Tür und sah seinem Bruder nach. Conor hatte die Schultern gegen den Regen hochgezogen, als er in der Dunkelheit verschwand. Adams starker Unmut wuchs wieder; er setzte sich an die Bar und bestellte sich noch ein Bier. Von Herzen wünschte er, dass er jetzt auf dem Weg in Jenna McCabes Küche wäre. Sie schien sehr nett zu sein, nicht schüchtern oder so zurückhaltend wie manche andere. Sie war direkt und selbstbewusst – Eigenschaften, die sie sich, wie er annahm, durch die Verantwortung, einen Laden in dieser Stadt im Busch zu führen, angeeignet hatte.

Wieder haderte er mit sich. Warum konnte er nicht so umgänglich wie sein Bruder sein? Weshalb gelang es ihm nicht, geistreiche Worte von sich zu geben und das zarte Geschlecht mit Mund und Zunge zu verführen? Sollte er immer nur der Zweitbeste sein, wenn es um Frauen ging? Womöglich verpasste er die besten Gelegenheiten, weil er sich unschlüssig war und erst Mut aufbringen musste, um eine Frau anzusprechen.

Ärgerlich trank er sein Bier aus und ging ins Bett.

Conor klopfte an die Ladentür. Es brannte kein Licht mehr, aber er sah einen Schimmer durch den Vorhang am Durchgang zu den Räumen, die, wie er vermutete, Jenna bewohnte. Er zog den Kopf wegen des Regens ein und wartete.

Nach einer Ewigkeit ging die Tür auf. »Oh, Sie sind's!«, sagte Jenna. »Ich dachte, es wäre einer der Nachbarn, der noch etwas aus dem Laden braucht. Ich hätte fast nicht aufgemacht.«

»Darf ich reinkommen?«

Sie zögerte kurz. »Ich denke schon.«

Sie trat zur Seite, um Conor hereinzulassen. Dann schloss sie die Tür wieder ab und führte ihn durch den dunklen Laden in den hell erleuchteten Raum dahinter.

Es war eine Küche. Ein Feuer prasselte im Herd. Die Reste einer Mahlzeit standen daneben. Jenna hatte offenbar gelesen, denn ein aufgeschlagenes Buch lag auf dem Tisch. Jetzt stand sie mit verschränkten Armen da und musterte Conor. »Und«, begann sie, »was verschafft mir das Vergnügen?«

Vergnügen? Sie klang kein bisschen erfreut – eher wachsam und abwehrend wie ein gefangenes Tier. Jedenfalls musterte sie Conor eingehend, als wisse sie längst nicht mehr, wem sie trauen könne und wem nicht. Plötzlich kam ihm ein Gedanke: Vielleicht war es ein Fehler gewesen herzukommen. Er war blindlings drauflos gegangen und hatte vorausgesetzt, dass sie ihn sehen wollte – war er wirklich so kühn anzunehmen, dass er unwiderstehlich war? Im Nachhinein musste er sich eingestehen, dass sie ihn nicht im Geringsten ermutigt oder auch nur angedeutet hatte, dass sie an ihm interessiert wäre. Vielleicht hatte sie schon einen Freund.

»Also?«, riss sie ihn aus seinen Gedanken, ließ die Arme sinken und setzte sich auf einen Stuhl.

Conor steckte die Hand in die Tasche und holte das Formular hervor. »Ich hatte gehofft, Sie könnten mir helfen, das hier auszufüllen.«

»Warum füllen Sie es nicht allein aus?«

Er zuckte mit den Schultern. »Weil ich nicht lesen und schreiben kann, deshalb.«

»Sind Sie nicht zur Schule gegangen?«

Er lachte verlegen. »Oh, die Schule! Ja, ich war ein paar Mal dort, aber meistens gab es Wichtigeres zu tun. Heute bedauere ich das natürlich.«

»Und was ist mit Ihrem Bruder? Kann der auch nicht lesen und schreiben?«

»Doch, einigermaßen.«

»Wieso bitten Sie dann nicht ihn um Hilfe?«

Conor lächelte breit. »Weil ich mir dann einen anderen Vorwand suchen müsste, um herzukommen und Sie zu sehen.«

»Oh!« Jenna wandte das Gesicht ab. Trotzdem sah Conor, dass ihr die Röte in die Wangen stieg.

»Es tut mir Leid. Ich habe Sie in Verlegenheit gebracht.«

»Nein!« Sie drehte sich ihm wieder zu. »Es ist nur … Sie scheinen nicht so zu sein wie andere Männer.«

Andere Männer – er hatte keine Ahnung, was sie damit meinte, doch ihr Tonfall lud nicht zu weiteren Fragen zu diesem Thema ein. »Wie alt sind Sie?«, erkundigte er sich stattdessen.

»Neunzehn.«

»Und Sie führen dieses Geschäft ganz allein?«

»Eigentlich gehört der Laden meiner Mutter, aber sie lässt sich kaum hier blicken.«

»Ich weiß. Ich habe sie gesehen …«

»Im Pub«, fiel ihm Jenna ins Wort und warnte ihn mit einem strengen Blick, keine Bemerkung über Mary zu machen. Anscheinend stellte sie ihn auf die Probe und war neugierig auf seine Reaktion. »Sie ist *immer* im Pub.«

»Haben Sie Geschwister?«

Jenna schloss für einen Moment die Augen. Als sie sie dann wieder öffnete, waren sie voller Tränen. »Warum stellen Sie mir all diese Fragen?«

»Ich möchte alles über Sie wissen.«

Sie schluckte und lächelte zaghaft. »Ich hatte einen Bruder, aber das ist schon lange her.« Mit einem Mal erschien ihr Lächeln künstlich, als versuche sie ihre wahren Gefühle zu verbergen. »Demnach gibt es hier nur mich. Die Geschäfte gehen gut. Dies ist der einzige Laden im Umkreis von Meilen, und ich habe eine große Stammkundschaft.«

Sie brühte eine Kanne Tee auf und stellte einen Becher vor Conor auf den Tisch. Schwarz, genau wie er ihn mochte. Woher wusste sie das? Er nippte an dem heißen Tee und beobachtete Jenna über den Becherrand hinweg, als sie sich am Herd zu schaffen machte. Als er ausgetrunken hatte, nahm sie seinen Becher und spülte ihn. Gleich darauf begleitete sie Conor zur Tür. »Wann verlassen Sie die Stadt?«

»Ich weiß nicht. Der Regen ...«

Seine Stimme versagte, und er wusste nicht mehr, was er sagen sollte. Ihm ging durch den Kopf, dass er sie nie wiedersehen könnte – eine unerträgliche Vorstellung, die einen brennenden Schmerz in seiner Brust verursachte.

Jenna öffnete die Tür, und Conor sah den Regenschleier im Schein der Straßenlaterne. Am liebsten würde er noch eine Weile bei Jenna in der warmen Küche bleiben.

»Darf ich noch einmal herkommen und Sie besuchen, bevor wir weiterziehen?«, fragte er schließlich mit belegter Stimme.

KAPITEL 12

Der Regen ließ nicht nach und verwandelte die Landschaft in eine graue Masse. Bäume und Häuser verschwammen mit dem wässerigen Himmel. Sogar die Vögel, die auf dem Verandageländer des Pubs saßen, wirkten zerrupft und durchnässt. Es konnte keine Rede von Aufbruch sein. Der Postmann hatte berichtet, dass die Creeks über die Ufer getreten und die meisten Wege unpassierbar seien. Adam und Conor konnten jeden Tag ein paar Stunden im Pub mitarbeiten, rollten die Fässer in den Keller, spülten Gläser und machten hinter der Bar sauber. Sie bekamen keinen Lohn, dafür verzichtete der Wirt auf eine Bezahlung für das Zimmer und das Essen.

Conor machte die Erfahrung, dass Mary McCabe, Jennas Mutter, eifrigste Stammkundin hier war. Mary und Jenna – Conor fragte sich, wie Mutter und Tochter so gegensätzlich sein konnten. Mary war eine Hure – obschon er das Jenna gegenüber natürlich nie äußerte –, während ihre Tochter zuverlässig, gewissenhaft und eher seriös wirkte.

An den meisten Abenden besuchte er Jenna, unter dem Vorwand, von ihr schreiben und lesen lernen zu wollen. Sie hatte ihm, wohl aus Mitleid, angeboten, ihn zu unterrichten. Allerdings ging es mit den Lektionen nur langsam voran, da Conor meistens aus seinem Leben erzählte und Jenna Tee kochte. Sie schien sich immer noch vor ihm in Acht zu nehmen und aufzupassen, was sie sagte. Sogar noch nach zwei Wochen glaubte er, kaum mehr über sie zu wissen als das, was sie ihm am ersten Tag offenbart hatte.

Tagsüber musste er unaufhörlich an sie denken. Hin und wieder ging er einfach so an ihrem Laden vorbei, ohne auf den Schlamm und den stetigen Regen zu achten. Er blieb vor dem Fenster stehen und hoffte, einen Blick auf sie zu erhaschen. Sein Herz tanzte vor Freude, wenn sie aufschaute und ihn anlächelte. Und, oh, was war das für ein Lächeln! Ihm wurde warm ums Herz, und er fühlte sich glücklich.

Der Regen hatte viele Männer aus dem Outback in die Stadt getrieben. Conor sah sie im Laden und beobachtete, wie sie sich über die Theke lehnten. Er stellte sich vor, dass sie mit Jenna flirteten, und Conor wurde von einer nie gekannten Eifersucht gequält.

Mary McCabe kam am späten Nachmittag, gerade als Jenna den Laden schließen wollte. »Jemand meinte, hier hänge abends immer ein Mann herum«, sagte sie zu ihrer Tochter ohne jede Vorrede.

»Wie geht's dir, Mary?«, erkundigte sich Jenna freundlich und versuchte damit, ihrer Mutter den Wind aus den Segeln zu nehmen. Aber Mary ließ sich nicht so leicht ablenken. Sie stemmte die Arme in die Hüften und verlangte eine Antwort.

»Also, ist das wahr?«

»Was?«, fragte Jenna geduldig.

»Dass der junge Mann – Conor Sonstnochwie –, der im Pub wohnt, nach Ladenschluss herkommt?«

»Sein Name ist Conor O'Loughlin.«

»Demnach *kennst* du ihn?«

»Wir sind Freunde.«

»*Freunde!*«, rief Mary ungehalten. »Männer sind nie *Freunde!* Sie sind in erster Linie Mistkerle. Sie nehmen und nehmen, mehr tun sie nicht. Dann verlassen sie dich.«

»Conor ist nicht so.«

War er wirklich anders als die anderen? Ganz sicher

war sich Jenna dessen nicht, aber sie fühlte sich verpflichtet, ihn zu verteidigen.

»Tatsächlich?«, höhnte Mary. »Werden wir ja sehen!« Sie ging zur Kasse, nahm sich eine Hand voll Scheine und stopfte sie in ihre Tasche. In ihrer Hast verlor sie ein paar, achtete jedoch nicht darauf. »Der Laden läuft gut, wie ich sehe.«

»Ganz passabel, trotz des Regens.«

»Schön«, schniefte Mary. »Wenigstens etwas in meinem Leben, was nicht schief geht.«

»In deinem Leben? Was hast du mit dem Laden zu tun? Du bist nie hier, außer wenn du Geld brauchst.«

Die Worte waren ausgesprochen, bevor Jenna Zeit zum Nachdenken hatte, und sie bedauerte sie sofort. Sie sah, wie ihre Mutter mit der Hand ausholte, und spürte die brennende Ohrfeige auf ihrer Wange. Ihr wurde beinah schwindelig.

Marys Augen glitzerten, ihre Lippen waren wutverzerrt. Ohne ein weiteres Wort ging sie davon. Jenna sah ihr nach. Die Straßenlaternen brannten schon, und die letzten Vögel flogen am feuchten, indigoblauen Himmel zu ihren Nachtplätzen.

»Du enttäuschst mich, Jenna«, schrie Mary noch, als sie vom Gehweg auf die Straße trat. »Ich dachte, ich hätte dich besser erzogen. Den einen Rat gebe ich dir: Lass dich nicht mit diesem irischen Abschaum ein! Glaub mir, er wird dir nur das Herz brechen!«

Jenna hielt die Hand an die schmerzende Wange und blinzelte die Tränen weg. Nein, sie würde nicht weinen, sie würde ihre Emotionen nicht preisgeben. Das Leben war eben so, und es wäre besser, wenn sie sich daran gewöhnte. Mary würde wiederkommen in ein paar Tagen oder Wochen, wenn ihr das Geld ausging und sie Nachschub brauchte, um sich Fusel zu kaufen. Dann würde sie so tun, als wäre es nie zu dieser Ohrfeige gekommen. Es hatte gar keinen Sinn, sich deswegen aufzuregen. Grinsen und erdulden, dachte sie.

»Meine Mutter bedeutet mir nichts«, flüsterte sie, während Mary in Richtung Pub trottete. »Nichts, rein gar nichts.«

Conor kam später am Abend vorbei. Er hatte sein Heft unter dem Arm und einen gespitzten Bleistift in der Hosentasche. Das rechtfertigte seine Besuche, und Jenna fühlte sich besser, wenn er einen Vorwand hatte. Dieses Mal klopfte er an die Hintertür.

»Wer ist da?«, rief sie.

»Ich bin's – Conor.« Jenna öffnete die Tür nur einen Spalt. »Lässt du mich nicht rein?«, fragte er.

»I-ich habe nicht mit dir gerechnet ...« Die Worte erstarben in ihrer Kehle.

»Dann gehe ich wieder«, bot er an, obwohl er das keineswegs wollte.

Sie hatte ihr Haar gelöst – es flutete ihr über den Rücken – und trug ein weißes Nachthemd mit Rüschen am Hals. Es kostete Conor große Mühe, sich zurückzuhalten und sie nicht auf die cremeweiße Haut zu küssen. Er schluckte heftig und schloss die Augen. Ihre Nähe war schier unerträglich für ihn. Doch plötzlich zerrte sie ihn ins Haus und spähte dabei die Straße hinauf und hinunter.

»Was ist los?«

»Nichts.«

Ihre Stimme klang flach und nicht so warmherzig wie sonst. Ihre Wangen waren gerötet, die Augen glänzten. Sie funkeln zu sehr, dachte Conor und fragte sich, ob Jenna geweint hatte. Außerdem erkannte er an ihren ruckartigen Bewegungen, dass sie sich über etwas aufgeregt haben musste.

»Ich *kann* gehen«, wiederholte er, weil ihm sonst nichts einfiel.

»*NEIN!*«

Ihr heftiger Tonfall versetzte ihn in Erstaunen. »Jenna …«, begann er.

Aber sie ging auf und ab und hielt die Hand an die Wange. »Ich lasse mir von niemandem vorschreiben, wie ich mein Leben zu führen habe.«

»Wer versucht das?«

Sie breitete die Arme aus. »Die Klatschmäuler. Die Schnüffler. Meine Mutter. Wahrscheinlich alle, die in den Laden kommen. Das ist das Schlimme in einer Kleinstadt. Jeder weiß über den anderen Bescheid.«

»Was ist passiert? Du sprichst in Rätseln.«

»Es macht mich krank«, fuhr sie unbeirrt fort und wanderte auf und ab. »Manchmal hätte ich gute Lust, meine Sachen zu packen und zu verschwinden. Ich sollte einfach weggehen. In die Großstadt. Dort kennt mich keiner mehr.«

»Hör auf!« Er nahm sie in die Arme und zwang sie, still zu stehen. »Sag mir, was geschehen ist!«

Plötzlich erzählte sie ihm von einem kleinen Jungen namens Michael. Sie weinte. Tränen rollten ihr über die Wangen. Die Worte sprudelten nur so aus ihr heraus. Es war Mary McCabes traurige Geschichte, die ihr ungewolltes Baby buchstäblich im Stich gelassen hatte. Und

Jenna, die selbst noch ein Kind gewesen war, hatte ihr Leben so organisieren müssen, dass Schule, ihr kleiner Bruder und die Arbeit in ihrem Leben Platz hatten.

»Ich beklage mich nicht«, schluchzte sie und vergrub ihr Gesicht an seiner Schulter. »Du sollst nur wissen, wie es war und was ich fühlte, als er starb. Nach dem Unfall mit der Kutsche habe ich mir die größten Vorwürfe gemacht. Wenn ich doch nur besser aufgepasst hätte!«

Conor brach fast das Herz. »Es war ein Unfall, nur ein verhängnisvoller Unfall«, besänftigte er sie und strich ihr das Haar aus dem feuchten Gesicht. »Du kannst dir dein Leben lang die Schuld geben, aber das ändert nichts an dem, was passiert ist.«

»Manchmal denke ich, er ist noch da. Ich höre Geräusche. Ein Lachen oder das Aufprallen des Balls. Aber wenn ich hinsehe, ist nichts da.« Sie stieß ein freudloses Lachen aus und löste sich aus Conors Umarmung. »Oh, ich weiß nicht, warum ich dir das alles erzähle! Ich habe noch nie mit jemandem darüber gesprochen.«

»Wirklich nicht?« Dieses Geständnis bedeutete ihm viel und schürte seine Hoffnungen.

»Das alles ist Vergangenheit. Ich weiß nicht, was in mich gefahren ist und was mich auf die Idee gebracht hat, du könntest dich dafür interessieren.«

Sie stand an der Spüle und schaute aus dem Fenster in die Dunkelheit. Conor sah ihr Spiegelbild in der Scheibe und beobachtete, wie sich ihre Schultern und die Brust hoben und senkten. Er näherte sich ihr vorsichtig und legte die Hand auf ihren Arm. »Aber es interessiert mich wirklich«, versicherte er. »Ich will alles über dich wissen.«

Bei seiner Berührung zuckte sie zurück und lief in die andere Ecke. »Bitte!«, sagte sie und biss sich auf die Lippen. »Ich möchte kein Mitleid von dir – das könnte ich nicht ertragen. Eigentlich ist mein Leben ganz gut; es gibt viele, die wesentlich schlechter dran sind als ich. Eines Tages werde ich heiraten und eigene Kinder haben, dann ist dieser Schmerz nur noch eine Erinnerung. Man sagt doch, dass die Zeit alle Wunden heile.«

»Nicht«, flehte er. Allein der Gedanke, dass Jenna heiraten und Michael durch andere Kinder ersetzen könnte, war grauenvoll. Er würde seine eigenen toten Geschwister oder Mam und Dad nie vergessen. »Sag das nie wieder!«

Sie stand nur da und sah ihn verwirrt an. Ihre Hände zitterten. »Du solltest jetzt gehen«, sagte sie mit brüchiger Stimme.

»Warum? Willst du nicht mit mir zuammen sein?«

Sie streckte die Hand nach ihm aus, versuchte ihn zu berühren, gleichzeitig erschien sie so verletzlich und allein. Er kam ein, zwei Schritte auf sie zu, schloss die Finger um ihre Hand und zog sie an sich. »Wieso fliehst du vor mir?«

»D-das tue ich nicht.«

»Dann küss mich!«

Er rechnete fast damit, dass sie sich ihm wieder entziehen würde, aber diesmal hob sie ihm scheu ihr Gesicht entgegen. Er spürte den Druck ihrer Lippen und sog tief den süßen Duft ihres Haars und ihrer Haut ein. Sie legte die Hand in seinen Nacken und drückte ihn fester an sich. Ihr Mund war fordernd und entführte ihn in Gefilde, in denen er lange nicht gewesen war.

»Das wollte ich vom ersten Augenblick an tun«, sagte er schließlich.

»Wirklich? Warum?«

»Wie kannst du das fragen?« Er liebkoste ihren Hals und jagte ihr damit Schauer über den Rücken, ehe er sie erneut küsste.

Irgendwie – später konnte er sich nicht mehr entsinnen, wie es gekommen war – standen sie plötzlich im Schlafzimmer neben dem großen Messingbett. Jenna hatte ihr Nachthemd aufgeknöpft und trug nur noch Unterwäsche. Conor wagte kaum zu atmen, als er ihre milchweiße Haut und die sanften Schwellungen ihrer Brüste betrachtete. Er legte die Hände darum und fühlte, dass ihre Brutwarzen hart wie kleine Steine waren. »O Gott!«, stöhnte er und vergrub das Gesicht in ihren Haaren. Der Schmerz in den Lenden war kaum noch auszuhalten.

Er zog sie aufs Bett und beseitigte sämtliche Barrieren, die sie noch voneinander trennten. Dann legte er sich über sie und teilte sanft ihre Beine mit dem Knie. Er spürte einen Widerstand, und Jenna zuckte mit einem leisen Stöhnen zurück. Schmerz spiegelte sich in ihren Augen. »Ich hab dir weh getan!«, rief Conor entsetzt.

»Nein. Hör nicht auf!«, flehte sie und brachte ihn mit einem Kuss zum Schweigen.

Er ging bedächtig und zärtlich vor, um ihrer Unerfahrenheit Rechnung zu tragen, und führte ihre Hände an seine Lippen. Dann nahm er sich zurück, reizte sie. Spielte mit ihrem Verlangen, bis sie ausrief: »Du lieber Himmel!« Erst dann gönnte er sich selbst die süße Erlösung. Er stöhnte heiser und gab ihr all seine Liebe und verzweifelte Begierde. Doch im tiefsten Herzen empfand er unendliche Trauer, die er sich selbst nicht erklären konnte.

»Ich liebe dich, Jenna«, sagte er später, als er mit den

Fingerspitzen über ihren Bauch strich. »Das musst du mir glauben.«

»Warst du schon einmal verliebt?«

»Nein. Nie so. Und du?«

»Wie? In einen der lüsternen Kerle, die in meinen Laden kommen?«

»Glaubst du, du könntest mich lieben?«

Sie betrachtete lange sein Gesicht. Ein Lächeln spielte um ihre Lippen. »Möglich«, erwiderte sie schelmisch. »Was, wenn wir ein Kind gezeugt haben?«

»Dann würde ich dich heiraten.«

»Ehrlich? Einfach so?«

»Warum nicht?«

»Und wenn wir einen Jungen hätten, würdest du ihn auch lieben?«

»Wer sagt, dass es ein Junge wird? Vielleicht ist es ein kleines Mädchen mit demselben dunklen Haar und denselben strahlenden Augen wie seine Mutter.«

»Oh, du bist albern!«

Sie schubste ihn sanft, und er schloss sie in die Arme und streichelte ihren Rücken. »Ich liebe dich«, sagte er noch einmal. »Heirate mich!«

»Ich kenne dich ja kaum.«

»Mir kommt es vor, als würde ich dich schon mein ganzes Leben lang kennen.«

»Und was, wenn wir uns nach einer Weile nicht mehr leiden können?«

»Ich werde dich *immer* lieben«, protestierte Conor heftig. »Das musst du mir einfach glauben.«

Sie wurde nachdenklich. »Ich kann dich nicht heiraten. Du gehst bald weg, und ich muss hier bleiben.«

»Warum?«

»Wegen des Ladens. Hier verdiene ich meinen Lebensunterhalt, und ich kann das Geschäft nicht verkaufen, weil es nicht mir gehört. Und Mary ist unfähig, sich um alles zu kümmern. Ich kann nicht einfach alles stehen und liegen lassen.«

»Na ja, es besteht die Möglichkeit, dass wir doch nicht weggehen«, gab Conor zu bedenken.

Sie sah ihn erstaunt an, und Conor küsste sie liebevoll auf die Stirn. »Wieso nicht?«

»Weil wir nicht genug Geld haben, um das Land zu kaufen. Oder eher«, fuhr er fort und schnitt eine Grimasse, »wir könnten uns das Land leisten, aber dann wäre nicht mehr genügend übrig für den Viehbestand. Und der Kauf kommt nicht zustande, wenn wir die Tiere nicht übernehmen – das ist die Bedingung. Also wirst du mich wahrscheinlich nicht so schnell los.«

Es wurde zu einer Art Verschwörung: Conor klopfte jeden Abend an die Hintertür. Und Jenna bat ihn herein, zerrte ihn ungeduldig in ihr Schlafzimmer und auf das Messingbett. Die Vorhänge waren gegen neugierige Blicke verschlossen. »Ich will nicht, dass uns jemand zusammen sieht. Ich hab keine Lust, den Klatschmäulern Nahrung zu geben«, sagte Jenna.

Sie erlebten Momente unendlicher Zärtlichkeit, intime Stunden, in denen sie die Welt ausschlossen und einen Kokon um sich spannen. Diese Liebe war für beide eine wunderbare Erfahrung, und tagsüber schwebte Conor wie auf Wolken. Gleichgültig, wie lange sie zusammen waren und wie oft Jenna sein Verlangen stillte und er ihres, er konnte nicht genug von ihr bekommen. Und obschon er wusste, dass sie sich gern hingab und oft die Intimität selbst forderte, spürte Conor, dass sie es auf zögerliche, fast trotzige Art tat, als stünde ihre Moral im Gegensatz zu ihren Bedürfnissen.

Er liebte ihr dunkles, lockiges Haar, das bis zur Taille reichte. Am Tag trug sie es hochgesteckt, damit es ihr bei der Arbeit nicht ins Gesicht fiel. Abends nahm Conor die Nadeln und Spangen heraus und sah zu, wie es über ihre Schultern und den Rücken fiel. Er griff in die Lockenflut, hielt sie an sein Gesicht und atmete tief den Duft ein. Manchmal, wenn er keinen Schlaf fand, beobachtete er ihr entspanntes Gesicht im Schein der Lampe. Noch immer prasselte Regen auf das Dach.

Eines Morgens beim Frühstück bot Jenna Conor an, ihm und Adam das Geld zu borgen, das ihnen noch fehlte, um das Land mit dem Viehbestand zu kaufen. »Ich habe meinen Lohn seit Jahren beiseite gelegt. Hier draußen kann man nicht viel Geld ausgeben, deshalb hab ich eine ganz ordentliche Summe gespart.«

Conors erste Reaktion war Ablehnung. »Nein, ich könnte nie … Adam und ich würden nicht …«

»Warum nicht?«, fiel sie ihm ins Wort. »Eines Tages könnt ihr es mir zurückzahlen.«

»Adam würde dem niemals zustimmen. Er will, dass wir es allein schaffen.«

»Es ist ein Darlehen, kein Geschenk. Eine geschäftliche Vereinbarung. Ihr würdet doch auch einen Kredit bei einer Bank aufnehmen, oder?«

»Eine Bank leiht uns bestimmt kein Geld.«

»Na, also – dann bleibt euch anscheinend nichts anderes übrig, als mein Angebot anzunehmen.«

Jenna dachte praktisch und wie eine Geschäftsfrau.

Conor sah sie verblüfft an. Dass sie ihm anbot, ihre Farm mitzufinanzieren, obwohl sie ihn eigentlich hier behalten wollte, kam ihm vor wie ein ungeheuerliches Opfer. Er lächelte sie an und ergriff ihre Hand. »Dann wünschst du dir also, dass ich fortgehe?«

Ihr Blick wurde wehmütig. »Bestimmt nicht. Ich kann mir ein Leben ohne dich gar nicht mehr vorstellen. Aber ihr beide seid wegen des Landes hergekommen. Und vielleicht kommst du ja ab und zu mal her und besuchst mich.«

»Selbstverständlich komme ich wieder. Davon kann mich keiner abhalten.«

Nach sechs Wochen ununterbrochenen Regens kam endlich die Sonne für ein paar Tage heraus. Die Luft war feucht, und Schwärme von Buschfliegen hatten es darauf abgesehen, einem in Augen und Nasenlöcher zu kriechen. Der Postmann berichtete, dass die Creeks in der Gegend, die durch das Regenwasser voll gelaufen waren, allmählich wieder zu einem Rinnsal austrockneten. Adam war sich im Klaren, dass es Zeit wurde, eine Entscheidung zu fällen. Sollten sie hier bleiben oder weiterziehen? Das war die Frage. Die Farm, auf die sie es abgesehen hatten, war unerschwinglich für sie. Wenn sie doch nur mehr Geld hätten! Zum ersten Mal seit der Ankunft in Australien hatte er das Gefühl, in der Luft zu hängen und keine Ziele zu haben.

Seinen Bruder hatte er in letzter Zeit kaum zu Gesicht bekommen und nur wenig mit ihm gesprochen. Seit Wochen verbrachte Conor jeden Abend bei Jenna McCabe und kam erst am Morgen pfeifend und mit einem geheimnisvollen Lächeln zurück. Adam konnte nur ahnen, was da vor sich ging.

Jenna McCabe. Seit Adam sie zum ersten Mal gesehen hatte, war sie ein Rätsel für ihn. Sie war freundlich und herzlich, trotzdem reduzierte ihre Gegenwart ihn zu einem eifersüchtigen, sprachlosen Tropf. Wieso? Es stimmte – er fühlte sich zu ihr hingezogen, aber ihm fehlte der Mut, ihr das zu zeigen, denn sie hatte offensichtlich eine Schwäche für Conor.

Er war überrascht, beide, Conor und Jenna, in der Schankstube vorzufinden, als er zur Mittagszeit aus dem Keller kam. Sie führten ihn ins Freie zu einem Tisch unter einem Pfefferbaum. »Was ist los?«, fragte er erstaunt.

»Es geht um das Land.«

»Wir können es nicht bezahlen, Conor. Das weißt du doch«, erwiderte Adam tonlos.

»Jenna hat eine Lösung für das Problem.«

Adams Blick ging zwischen Conor und Jenna hin und her. »Tatsächlich?«, fragte er ungläubig.

Jenna holte tief Luft. »Ich leihe euch das Geld.«

»Nein!«, wehrte Adam instinktiv ab. Eine Frau sollte ihre Farm finanzieren? Allein die Idee war unannehmbar.

Conor hielt die Hand hoch, um ihn zum Schweigen zu bringen. »Nicht so voreilig, Adam! Hör dir doch erst einmal an, was sie zu sagen hat!«

Jenna sah zu Conor, als brauche sie seinen Beistand, und der nahm ihre Hand in seine. Adam starrte unwillkürlich auf die ineinander verschlungenen Finger, und sofort rumorte Eifersucht in ihm. »Es wäre eine Partnerschaft«, erklärte Jenna und zwang Adam dadurch, seine Gedanken auf das eigentliche Thema zu lenken. »Ich steuere ein Drittel des Kapitals bei. Und zusammen mit euren Ersparnissen müsstet ihr dann genügend Geld haben, um sowohl das Land als auch das Vieh zu kaufen und die ersten zwölf Monate über die Runden zu kommen. Später, wenn die Farm Profit abwirft, könnt ihr mir meinen Anteil zurückzahlen. Dann habe ich nichts mehr mit der Farm zu tun.«

»Was wissen Sie über die Farmarbeit?«

Jenna lächelte. »Absolut nichts. Ich verlasse mich darauf, dass Sie und Conor meine Investition ordentlich verwalten.«

Adam sah sie unverwandt an – den sanft geschwungenen Mund, die dunklen Wimpern und die makellose, helle Haut – und musste gegen den starken Drang ankämpfen, sie zu küssen und seine Lippen auf die kleine Kuhle am Halsansatz zu drücken. »Sie kennen uns kaum. Wieso sollten Sie uns Geld borgen? Und woher wollen Sie wissen, dass wir es Ihnen wirklich zurückzahlen?«

Jenna und Conor tauschten ein verschwörerisches Lächeln. »Ich vertraue euch«, erwiderte sie schlicht und sah Conor tief in die Augen.

Conor fuhr sich mit der Hand durchs Haar. »Wie ich sehe, bist du nicht einverstanden mit unserem Vorschlag, lieber Bruder.«

»Weshalb nicht?«, fragte Jenna. »In meinen Augen ist das die perfekte Lösung. Ich habe Geld übrig, und ihr beide braucht es. Es ist lediglich eine Investition, eine geschäftliche Vereinbarung.«

Conor lachte. »Adam hasst es, einer Frau zu Dank verpflichtet zu sein – deshalb.«

Adam rutschte unbehaglich auf seinem Stuhl hin und her. »Das stimmt überhaupt nicht«, stammelte er. »Es ist nur ... Conor und ich hatten geplant, es ganz allein zu schaffen.«

»Dann würden Sie also lieber auf das Land verzichten, als meine Hilfe anzunehmen?«

»Nein.«

Er zog das eine Wort nachdenklich in die Länge. Plötzlich bot sich ihm ein Ausweg aus dem Dilemma. Jenna wollte keine aktive Geschäftspartnerin sein und kein Mitspracherecht bei der Bewirtschaftung des Landes haben. Sie hatte bereits zugegeben, dass sie nichts davon verstand. Das Geld war eine Anleihe, nichts weiter. Ohne Verpflichtungen.

Er richtete sich auf und straffte die Schultern. »Schön, Miss McCabe! Ihr Angebot ist sehr großzügig, und wir sollten es annehmen. Sie werden Ihr Geld mit Zinsen zurückbekommen. Nein –«, er schüttelte den Kopf, um ihrem Protest zuvorzukommen. »Ich bestehe darauf, dass Ihr Kapital verzinst wird.«

»Ich wollte keinen dritten Partner mit einbeziehen«, sagte er später zu Conor, als sie in ihrem Zimmer waren.

»Jenna ist wohl kaum ›ein dritter Partner‹. Ich liebe sie. Eines Tages wird sie, so Gott will, meine Frau.«

So weit war es also schon! »Conor! Was wird aus unseren Plänen? Das Land ...«

Conor seufzte tief und ließ sich in den Sessel fallen. »Es waren immer deine Pläne. Adam. Aber ich habe versprochen, mit dir zu gehen, und ich werde mein Wort halten. Ich bleibe sechs Monate an diesem Ort mit Namen Diamantina und helfe dir beim Neuanfang. Dann komme ich wieder her zu Jenna.«

»Du willst sie mit auf die Farm nehmen? Das da draußen ist kein Platz für eine Frau.«

»Nur die Ruhe, Bruder! So wird es nicht kommen.«

»Was soll das heißen?«

»Sie hat den Laden. Was sollte sie damit machen? Er
gehört ihrer Mutter, deshalb kann sie ihn nicht verkaufen. Wir werden hier leben und unseren eigenen Weg machen. Und du hast ja gehört, was sie gesagt hat – sie hat
kein Interesse an der Farm.«

»Wie kannst du dir deiner Sache nur so sicher sein?«

Conor lachte. »Sicher? Das steht auf einem anderen
Blatt. Bei einer Frau kann man sich niemals *sicher* sein.«

Obwohl Jenna klar war, dass Conors Abreise unmittelbar bevorstand, hegte sie dennoch eine kleine Hoffnung.
Doch dieser Funke verlosch, als Conor ihr am Abend von
seinem Vorhaben erzählte. »Hey!«, sagte er und umfasste
ihr Kinn. »Warum so traurig, hübsche Lady? Ich bin bald
wieder bei dir.«

Sie sah ihn erwartungsvoll an. »Wirklich? Wann?«

»So bald wie möglich. Ich habe Adam gesagt, dass ich
nicht auf der Farm bleibe. Aber ich habe ihm versprochen, ihm über alle Anfangsschwierigkeiten hinwegzuhelfen. In sechs Monaten bin ich zurück, vielleicht sogar
schon früher. Und dann werden wir heiraten.«

»Was hat Adam dazu gesagt?«

Das war ihr wichtig: Adams Zustimmung. Außer Mary,
die sie in letzter Zeit so gut wie gar nicht mehr zu Gesicht bekam, hatte sie keine Familie, und Conor hatte
nur noch seinen Bruder. Obwohl es ihr ein Rätsel war,
wie zwei Brüder so verschieden sein konnten. Der eine

hell, der andere dunkel. Sie waren wie Sonne und Mond, Wasser und Feuer, Schwarz und Weiß.

Manchmal wusste sie nicht, wie sie Adam O'Loughlin einordnen sollte. Während Conor umgänglich und offen war, erschien ihr Adam eher griesgrämig, zurückhaltend und reserviert. Sie hatte den Verdacht, dass er ihre Beziehung zu Conor nicht guthieß. Im Laden zeigte er sich oft ungeduldig, fast schroff bis zur Unhöflichkeit. Er weiß es, dachte sie und spürte, wie ihr die Hitze in die Wangen stieg. Er weiß, was Conor und ich in dem großen Messingbett tun, wenn wir allein sind.

»Adam war natürlich enttäuscht.« Conor machte die ersten Knöpfe ihrer Bluse auf. Sie waren winzig und erforderten seine ganze Aufmerksamkeit.

»Vielleicht wird er dich zum Bleiben überreden.«

Er drückte Jenna fest an seine Brust. »Das soll er mal versuchen.«

»Was ist mit der Farm? Du hast dir doch auch eine eigene Farm gewünscht.«

»Ohne dich bedeutet mir das Land überhaupt nichts. Wenn ich zurückkomme, führen wir gemeinsam den Laden.«

Jenna konnte den Gedanken, auch nur einen einzigen Tag ohne Conor verbringen zu müssen, kaum ertragen, und jetzt standen ihr sogar einsame Monate bevor. Sie dachte an die vielen Stunden, die sie allein in ihrer Küche sitzen würde. »Sechs Monate«, flüsterte sie niedergeschlagen. »Es wird mir vorkommen wie Jahre.«

»Versprich mir, dass du auf mich warten wirst, dass du nicht mit dem Schmied durchbrennst!«

Jenna musste lachen. »Das verspreche ich.«

Sie lagen zum letzten Mal in dem Bett. Conor hatte

die Arme um sie geschlungen und hielt sie ganz fest. Sie hatten sich ein letztes Mal leidenschaftlich geliebt, und Jenna spürte, dass sie Wochen und Monate von der Erinnerung daran zehren musste. Jetzt lauschte sie dem Rhythmus seiner Atemzüge und wusste, dass er eingeschlafen war. Sie hingegen fand keine Ruhe. Sie lag neben ihm, ihre Gedanken in Aufruhr, und beobachtete durchs Fenster, wie der Himmel langsam heller wurde.

Fröhliches Gezwitscher weckte Conor bei Tagesanbruch. Er drehte sich Jenna zu und strich mit einem Finger ganz leicht über ihre Brüste. »Ich muss gehen.«

»Ich weiß.«

Sie sah zu, wie er sich anzog, hörte das Rascheln von Stoff und das Klirren der Gürtelschnalle. Die Minuten verflogen viel zu schnell. Mach langsam, hätte Jenna am liebsten geschrien.

Als Conor mit dem Frühstück fertig war, wartete Adam bereits mit den Pferden auf der Straße. Jenna ging im strahlenden Sonnenschein die Stufen vor dem Laden hinunter. Plötzlich war sie scheu und verschüchtert. Conor beugte sich vom Pferd und küsste sie ein letztes Mal. »Leben Sie wohl, Adam!«, sagte sie zu Conors Bruder, weil sie das Gefühl hatte, ihn in die Abschiedsszene mit einbeziehen zu müssen.

Sie blieb vor dem Laden stehen und sah den beiden Brüdern nach. Im letzten Augenblick, ehe sie außer Sicht waren, drehte sich Conor noch einmal im Sattel um und tippte mit dem Finger an die Hutkrempe. Jenna musste sich sehr beherrschen, um nicht zu ihm zu laufen und sich von ihm auf den Pferderücken heben zu lassen. Dann verschwanden die beiden Brüder für immer im Busch. Jenna blinzelte die Tränen weg, die ihr in die Augen schossen, und verfluchte sich selbst, weil sie sich so wenig in der Gewalt hatte. Sei stark, ermahnte sie sich. Die Zeit wird schnell vergehen. Ehe du's so richtig begreifst, ist Conor wieder da, und dann wird es dir vorkommen, als wäre er nie weg gewesen.

Als sie wieder einen klaren Blick hatte, war die Straße menschenleer.

Sie ging in den Laden und verschloss die Tür. Sie hatte noch eine Stunde Zeit für sich. Im Schlafzimmer starrte sie das zerwühlte Bett an, in dem sie sich so leidenschaftlich geliebt hatten. Etwas Blaues lag auf dem Boden – das Hemd, das Conor am gestrigen Tag getragen und in der Eile vergessen hatte. Jenna hob es auf, drückte es ans Gesicht und sog tief den männlichen Duft ein.

Der Verlust bereitete ihr körperlichen Schmerz. Obschon sie Conor noch nicht lange kannte, verstand Jenna ihn besser als irgendjemanden sonst. Sie kannte seine Bedürfnisse, wusste um die Einsamkeit, die er hinter seiner Unverfrorenheit verbarg. Und sie hatte selbst erlebt, zu welchen Gefühlen er fähig war.

Schon jetzt, nachdem sie ihn erst vor wenigen Minuten noch geküsst hatte, fehlte er ihr schrecklich, und sie wünschte sich verzweifelt, er würde wie so oft hinter ihr stehen und seine Hände auf ihre Brüste legen, sie necken und reizen, bis sie von der Küche zu dem breiten Himmelbett gelangten, das sie beide willkommen geheißen hatte. Die Art, wie er sie verführte, und die Leidenschaft, die sie nie zuvor gekannt hatte, würde sie schmerzlich vermissen.

Die Worte ihrer Mutter gingen ihr in diesem Augenblick durch den Kopf: *Eine Frau braucht hin und wieder ein bisschen Liebe.*

Endlich hatte sie, Jenna McCabe, jemanden gefunden, der sie liebte. Wie konnte sie die Wochen erdulden, bis sie ihn wiedersah?

Ein paar Minuten später riss sie ein heftiges Klopfen an der Ladentür aus ihren Träumereien. »Schon gut, ich komme ja«, rief sie verärgert und warf Conors Hemd auf das Bett.

Der Polizist stand mit ernster Miene vor der Tür. Jennas erster Gedanke galt Conor. War ihm etwas passiert?

Aber der Polizist war nicht wegen ihres Geliebten gekommen.

»Miss McCabe«, sagte er und zwinkerte nervös. »Es tut mir Leid, Ihnen sagen zu müssen, dass Ihre Mutter am Damm hinter dem Pub tot aufgefunden wurde. Sie müssen mich zum Leichenschauhaus begleiten und die Leiche offiziell identifizieren ...«

TEIL III

DIAMANTINA

KAPITEL 13

Brad sagt, ich gehöre zu den Menschen, die bei einem Strandspaziergang nicht nach vorn, sondern lieber zurückschauen. Er sagt das so, als wäre es einer meiner Fehler. »Was ist der Zweck, Jess?«, fragt er und betont das Wort »Zweck«. »Alles, was hinter uns liegt, ist Vergangenheit. Du kannst nichts mehr daran ändern.«

Er schaut immer nach vorn, mein Mann – er ist ein Draufgänger. Vorwärts und aufwärts – das ist seine Devise. Er begreift nicht, dass ich gern zurückschaue. Ich mag es, meine Fußabdrücke im Sand zu sehen; es macht mir Spaß, über einen Zickzackkurs nachzugrübeln, den ich eingeschlagen habe, vielleicht um eine Muschel aufzuheben oder eine gestrandete Qualle zu betrachten, obwohl ich eigentlich dachte, ich wäre geradeaus gegangen.

Zwar sagt mir der gesunde Menschenverstand, dass es pessimistisch und selbstzerstörerisch sei, nach hinten und nicht nach vorn zu schauen. Dennoch musste ich im vergangenen Jahr akzeptieren, dass mein Leben wie eine Zeitschleife verläuft, in der sich nichts verändert und es keinen Fortschritt gibt. Es ist mir zur Gewohnheit geworden, mich in Emotionen zu verlieren, Fragen nach dem Warum und Wozu zu stellen und mir auszudenken, was hätte sein können. Manche Menschen glauben an die

These, dass Tragödien Lektionen sind, dass man dadurch seine Fähigkeiten weiterentwickelt oder die Prioritäten anders setzt. Doch in meinem Fall bringt mich das tragische Ereignis nur zu einem emotionalen Stillstand.

Ich kämpfe und hadere mit der Ungerechtigkeit. Ohne Nutzen. Es gibt Tage, an denen ich mir wünsche, ich könnte mein Leben zurückspulen wie einen Film – Bild für Bild. Und wenn ich dann zu der ganz speziellen Szene käme, die sich in meine Seele gebrannt hat, könnte ich vielleicht die Handlung ändern oder zumindest ein klein wenig abwandeln. Zu einem besseren Ende führen.

An diesem Ort namens Diamantina wache ich jeden Morgen früh auf, etwa zu der Zeit, in der die Nacht der Dämmerung weicht und der Himmel leicht rötlich wird. Heute hängen violette Wolken am Horizont – ich sehe sie über der entfernten Baumreihe –, weiß aber, dass sie sich später bei der Tageshitze verflüchtigen werden.

Ich bin mir nicht sicher, was mich weckt. Die kreischenden Vögel oder die trügerisch kühle Brise, die ihren Weg in die verglaste Veranda findet. Vielleicht ist es auch das entfernte Kläffen der Farmhunde oder die ausgefransten Reste eines Traums. Was auch immer die Ursache sein mag, mein Biorhythmus hat sich verändert, und Ausschlafen gehört der Vergangenheit an. Ich krieche aus dem Bett, vorsichtig, um Brad nicht zu wecken, schlüpfe in Shorts und T-Shirt und gehe mit Harry im Schlepptau ein Stück vom Cottage weg.

Hier draußen auf den Weiden empfindet man ein Gefühl von Frieden und Abgeschiedenheit. Hitze wabert bereits am Horizont, als ich in Richtung Damm gehe. Warum, überlege ich, gehen wir, wenn wir die Wahl haben, immer in Richtung Wasser? An den Strand. Zum

Flussufer oder zu einem Bach. Mir ergeht es im Traum so, Brad mit seiner Arbeit. Was zieht uns an?

Mitchell-Gras ist über den Boden verstreut, und ich weiche sorgsam den dicken Büscheln aus, um keine Schlangen aufzuscheuchen. Harry erschnüffelt sich seinen Weg, bleibt ab und zu mal stehen und schnuppert an einem Haufen Tierdung. Plötzlich reißt er den Kopf in die Höhe, spitzt die Ohren, als er einen schrillen Laut hört. Es ist ein Schwarm Corellas. Ich sehe sie, eine weiße, flatternde Masse, die von den Bäumen auffliegt und sich wieder niederlässt.

Als ich nach einer halben Stunde zurückkomme, sitzt Brad auf den Außenstufen und hält eine Teetasse in den Händen. Er lächelt freundlich und wirft dem Hund lässig ein paar Krümel von einem Biskuit zu. Warum ist er so früh am Morgen immer so verdammt gut gelaunt?

»Du bist früh auf. Konntest du nicht schlafen?«

Ich nicke und hauche ihm im Vorbeigehen einen Kuss auf die Wange, steuere die Küche und meine erste Tasse Kaffee des Tages an.

Nach nur wenigen Tagen ist Brad schon in seine Forschungsarbeit und seine Feldstudien vertieft, und ich weiß, dass ich in spätestens einer Stunde allein im Haus sein werde. Bisher ist die Zeit schnell vergangen. Ich habe gelesen und arbeite mich durch den Bücherstapel, den ich mitgebracht habe, und suhle mich in maßloser Trägheit. Aber heute, denke ich, werde ich eine neue Beschäftigung finden.

Nachdem Brad das Haus verlassen hat, räume ich auf. Das kostet nicht viel Zeit – wir zwei machen nicht viel Unordnung. Wenn ich jetzt zu Hause wäre, würde ich ein paar Stunden im Garten verbringen, schneiden und stutzen, Unkraut jäten und die verblühten einjährigen Pflanzen herausnehmen. Aber hier gibt es keinen nennenswerten Garten, nur ein paar dürre Pflanzen und struppige Geranien neben dem Eingang.

Stattdessen erledige ich die Wäsche, schrubbe die Kleider in der alten Zementwanne im Anbau auf der Rückseite des Hauses. Als ich die Wäsche auf die Leine hänge, sind die Haare in meinem Nacken nass vor Schweiß. Nachdem alles getan ist, mache ich mir noch eine Tasse Kaffee.

Was würde ich zu Hause machen? Ins Kino gehen oder Carys zum Lunch treffen? Vielleicht meine Mutter anrufen oder einen Spaziergang durch den Park machen? Nein, das nicht, denke ich, weil ich mich an den Spielplatz, an die Schaukeln und Rutschen erinnere. Möglicherweise würde ich zum Metzger oder Supermarkt gehen. Ein schönes Abendessen für mich und Brad planen.

»Kochen«, sage ich laut – die Idee nimmt Gestalt an.

Ich schlage das einzige Kochbuch, das ich mitgebracht habe, auf und stelle die Zutaten bereit: Mehl, Wasser, Hefe, eine Prise Salz. Ich messe die erforderlichen Mengen ab, gebe sie in eine Schüssel und rühre. Dann stelle ich die Schüssel auf das Fenstersims, dorthin, wo keine Sonne ist. Es ist aber warm, und laut Kochbuch soll der Teig zur doppelten Größe aufgehen. Doch als ich eine halbe Stunde später nachsehe, erscheint mir der Klumpen so flach und leblos wie zuvor. Lustlos forme ich ihn zu etwas, was an einen Brotlaib erinnert. Nach der im Buch angegebenen Zeit nehme ich ihn aus dem Ofen und merke, dass er zu einem steinharten kleinen Ball gebacken ist – ungenießbar.

»Du hast den Teig nicht genug geknetet«, sagt Brad,

als er nach Hause kommt, und wirft mein Machwerk in den Abfalleimer.

Geduldig misst er noch einmal die Zutaten ab und vermischt sie in der Schüssel, dann wirft er den Teig auf ein mit Mehl bestreutes Backbrett. Ich stehe wie hypnotisiert daneben und sehe zu, wie er die Mixtur mit den Händen bearbeitet, wie er sie durch die Finger quetscht. Er knetet und faltet den Teig zusammen. Rhythmisch rollt er ihn über das Brett, stößt hinein und rollt wieder. Bei ihm sieht das ganz leicht aus, aber ich weiß aus jüngster Erfahrung, dass es das nicht ist. Seine Finger vollführen einen Tanz, flink und geschickt. Warum ist mir plötzlich nach Weinen zumute? Lächerlich!

»Ich wusste gar nicht, dass du Brot backen kannst«, sage ich und kämpfe mit den Tränen. Dann kommt mir der Gedanke, dass es nach all den Jahren noch andere Dinge geben könnte, die ich nicht von meinem Mann weiß.

»Ich kann es gar nicht. Zumindest hab ich es noch nie gemacht. Aber ich habe als Junge meiner Großmutter oft dabei zugesehen. Sie hat den Teig so gerollt und gefaltet, damit Luft hineinkommt.«

Er dreht den Klumpen behände um und knetet ihn mit den Handballen, zieht ihn auseinander und formt ihn wieder zu einem Ball, dann wiederholt er die Prozedur noch mehrfach.

»Willst du es versuchen?«

Ich nicke. Ich bestäube meine Hände sorgsam mit Mehl, dann übernehme ich den Teigklumpen. Er fühlt sich fest an.

»So«, sagt Brad. Er steht hinter mir und führt meine Hände. Dann hält er inne und liebkost mit der Zunge meinen Hals. Ich bekomme eine Gänsehaut.

»Nicht«, lache ich und weiche ihm ein wenig aus. »Du wolltest mir doch beibringen, wie man Brot backt, schon vergessen?«

Es macht Spaß, den Teig zu bearbeiten und die Bewegung aus dem Handgelenk zu üben. Und ich habe das Gefühl, etwas vollbracht zu haben, als der Teig, abgedeckt mit einem Küchentuch, langsam aufgeht.

Nach einer Weile erfüllt der Duft von frisch gebackenem Brot die Küche. Ich stehe an der Spüle und sehe aus dem Fenster. Die Landschaft erscheint mir fremd im Licht des späten Nachmittags, und ich komme mir fehl am Platz vor – so als wäre ich losgelöst von dieser Szenerie, eine bloße Beobachterin, und eine unwillige dazu. Die staubig braunen Weiden erstrecken sich weit vor mir, und ich sehe eine Reihe von grüngrauen Coolibah-Bäumen, die den entfernten Damm säumen. Brad berührt meinen Rücken und legt die Arme um mich. Ich lehne mich an ihn und schmiege den Kopf an seine Brust.

Es ist ein Augenblick der Zweisamkeit, in dem die Vergangenheit zur Bedeutungslosigkeit verblasst. Es fühlt sich richtig an – mein Körper umschlungen von seinen starken Armen: So sollte es zwischen Mann und Frau sein. Außerdem fühle ich mich einsam, vernachlässigt. Ich habe genügend Tage allein in einem Cottage zugebracht, das nicht mein Zuhause ist.

»Morgen«, sage ich später, als wir die Überwurfdecke des Bettes zurückschlagen, »begleite ich dich.«

Brad zieht die Augenbrauen hoch. »Ich breche aber schon um sieben Uhr auf.«

»Kein Problem. Ich denke, das schaffe ich. Wer ist in der letzten Zeit immer früh aufgestanden?«, frage ich mit einem verschmitzten Lächeln.

»Okay! Eins zu null für dich.« Er grinst und hebt geschlagen die Hände. »Dann verlasse ich mich darauf, dass du mich rechtzeitig weckst.«

Er umrundet das Bett, umfasst zärtlich mein Kinn und hebt mein Gesicht an. Unendlich lange, wie es mir scheint, sieht er mir in die Augen. Ich fühle mich entblößt, ungeschützt. Als könne er mir direkt in die Seele schauen. Weiß er, was ich denke?

»Ich liebe dich, Jess«, sagt er schließlich. »Du hast mir gefehlt.«

Ich blinzle und schlage die Augen nieder – ich kann seinem Blick nicht standhalten. Ich nehme seine Hände und presse sie an meinen Mund.

»Beweis es mir, Cowboy!«, fordere ich ihn heraus und lenke so seine Aufmerksamkeit ab.

Ich trage einen seidenen Kimono, ein Souvenir von unserer Bali-Reise, die schon lange zurückliegt. Er ist schwarz mit knallroten Hibiskusblüten, und der Stoff raschelt, wenn ich gehe. Der Gürtel ist lose und ich ziehe ihn ganz auf. Fordernd umschließt Brad meine Brust. Dabei spüre ich meine Erregung.

Mit einem Seufzer schmiege ich mich an ihn. Er übersät meinen Hals mit Küssen. Ich vergrabe meine Finger in seinem Haar und ziehe seinen Kopf zu mir. Dann koste ich ihn ausgiebig, und der Kuss weckt Sehnsucht nach mehr. Was auch immer aus uns als Paar geworden ist und trotz meiner ständigen Befürchtung, dass die Erinnerungen niemals vergehen und unsere Ehe nie wieder die ursprüngliche Leichtigkeit und Normalität erreicht, haben wir immer Lust auf Sex.

Brad liebkost meine Brüste, streicht über meinen Bauch, dann zwischen den Schenkeln. Und ich umschließe seine Härte. »O Gott, Jess!«, stöhnt er und zieht mich aufs Bett. Wir werden eins: der intimste Akt. Wir wiegen uns vor und zurück, vor und zurück. Es ist wie ein Tanz, ein schwankender Rhythmus. Sinnliche, erotische Bewegungen, die mich an den Rand des Wahnsinns bringen. Dann halte ich inne, warte, bis das Herz ruhiger schlägt, und beginne das Ritual von neuem.

Brads Kuss ist fordernd. Mit seiner Zunge erforscht er gierig meinen Mund. Ich kann nicht genug von ihm bekommen: Lippen, Zähne, Atem. Er streichelt meine Brüste, knetet sie, und plötzlich habe ich den Teigklumpen und das mehlige Backbrett vor Augen, und Brad arbeitet und arbeitet. Meine Haare hängen über uns wie ein Schleier. Wir schwitzen die Feuchtigkeit wieder aus. Plötzlich verändert sich der Rhythmus. Brad bewegt sich schneller – eine Bewegung, die unaufhaltsam zu sein scheint. Und ich lasse mich mitreißen und gebe jede Zurückhaltung auf. Für einen kurzen Augenblick bin ich ein Vogel und erhebe mich über die Erinnerungen und all den Kummer. Ich bin unsterblich und fliege.

»Jetzt!«, keucht Brad heiser.

Ich schwebe, dann falle ich. Brad ergießt sich mit einem verhaltenen Stöhnen in mich.

»Oh, mein Gott! Oh, mein Gott! Oh, mein Gott!«

Habe ich diese Worte wirklich ausgestoßen, oder dröhnen sie nur in meinem Kopf? Hitze lodert auf und verschlingt mich. Bebende Wonne, vermischt mit köstlichem Schmerz, durchläuft mich in Wellen und lässt mich atemlos zurück. Ich sinke befriedigt in mich zusammen, lasse mich auf meinen Mann fallen.

»Ich liebe dich auch«, flüstere ich beschwichtigend in diesen ersten Augenblicken des Rausches.

Großmut beseelt mich, ich fühle mich vollkommen. Unglaublich weiblich. Ich liege nackt im Bett, als Brad mit dem Finger langsam meine Brust umkreist, und denke: Das fühlt sich so richtig an …

Dann fängt Brad an zu reden und zerstört alles.

»Jess«, beginnt er zaghaft, und ich schrecke zurück.

»Mmmm …« Täusche Schlaf vor.

»Meinst du nicht, es ist an der Zeit, an ein Baby zu denken?«

Mir fehlen die Worte. Vielmehr: Ich bin außerstande, sie auszusprechen. Für eine Weile liege ich da, sammle meine Gedanken und versuche, eine passende Antwort zu formulieren. Mit bebender, unsicherer Stimme sage ich: »Nein.«

»Jess, bitte! Wir können nicht einfach aufhören zu leben.«

Die Luft stockt in meiner Lunge; es fällt mir schwer, Atem zu holen. Mein Herz hämmert wild. Weiß Brad, wie sehr ich mich gerade vor diesem Gespräch gefürchtet habe, wie oft ich im Geiste versucht habe, es zu umgehen? Dutzende und aberdutzende Male in den vergangenen Monaten.

»Ich möchte nicht darüber reden«, sage ich jetzt und rücke von ihm ab. Das Bett quietscht, die Matratze sinkt erschreckend tief ein aus Protest gegen die Gewichtsverlagerung.

»Aber ich möchte darüber reden.«

Brads Tonfall fordert Aufmerksamkeit – er ist knallhart und leicht verärgert. Warum kann er es nicht dabei belassen? Weshalb fängt er gerade jetzt davon an und verdirbt damit die Stimmung, den ganzen Abend? Ich bin müde, sehne mich nach Schlaf, nicht nach einer Auseinandersetzung, die kein befriedigendes Ende haben kann. Ich hole tief Luft.

»Man kann ein Kind nicht durch ein anderes ersetzen.«

»Ich versuche nicht, Kadie zu ersetzen.«

»Nicht!«, schreie ich. »Sprich ihren Namen nicht aus!«

Die Wohligkeit, die mich vor wenigen Minuten noch durchdrungen hat, ist verflogen und brennendem Schmerz gewichen. Dieser Abend verläuft ganz anders, als ich es mir vorgestellt habe.

»Es war ein Unfall, Jess. Nur ein verdammter Unfall. Wir müssen irgendwann nach vorn schauen und können uns nicht in der Vergangenheit vergraben.«

»Ein Unfall?« Ich stoße ein zittriges Lachen aus, das eher einem Schluchzen gleicht. »Wie kannst du von einem Unfall sprechen? Ein betrunkener Autofahrer und ein regnerischer Nachmittag – das klingt eher nach Zutaten für eine Katastrophe. Der Tod meiner Tochter war kein *Unfall!*«

»Kadie war auch meine Tochter. Du hast kein Monopol auf Trauer, Jess.«

Ich kann die Tränen nicht mehr zurückhalten, rolle ganz auf meine Seite des Bettes und kehre Brad den Rücken zu. Eine absichtliche Zurückweisung, mit der ich meine Verachtung für seine Worte zur Schau stelle. Wie kann er das, was passiert ist, einfach so abtun? Es ist ja nicht so, dass es ihm nichts ausmacht – ich weiß, dass auch er leidet –, aber dass er den Kummer abschütteln kann, verwirrt und empört mich. Ich will – nein, ich *muss* – jemanden für mein Unglück verantwortlich machen. Ich möchte in diesem Unglück verweilen und alle Einzelheiten immer wieder aufrühren.

Ich will nicht vergessen.

In dieser Nacht träume ich wieder.

Wie gewöhnlich kommen die finsteren Straßen und die Verfolger vor, die lähmende Angst und der keuchende Atem. Aber als ich den Fluss erreiche, sehe ich keinen Wagen, kein weißes Gesicht, das sich an die Heckscheibe drückt. Aber ich tauche in das tintenschwarze, wirbelnde Wasser und kämpfe, um auf die andere Seite zu kommen.

Nass und erschöpft klettere ich die Uferböschung hinauf und lasse mich neben einem Coolibah-Baum auf die Erde fallen. Erstaunlicherweise scheint hier die Sonne. Es ist windig, und die leicht rötlich gefärbten Wolken ziehen über mich hinweg. Weiden erstrecken sich bis zum Horizont, durchsetzt mit Büscheln von Mitchell-Gras. Es ist Diamantina-Land, und niemand jagt mich. Ich setze mich auf und halte die Luft an – zu meiner Rechten bewegt sich etwas.

Ein kleines Mädchen rennt auf mich zu.

Kadie, denke ich. *Es ist Kadie!*

Aber etwas stimmt nicht. Das Kind hat dunkles Haar, Kadie war blond. Das Haar dieses Kindes ist lang und lockig, aber Kadie hatte einen kurzen Pagenschnitt. Und das kleine Mädchen ist eigenartig gekleidet – es trägt ein altmodisches Kleidchen. Die Kleine läuft in den Busch, die festen Stiefel fliegen geradezu über die rissige Erde, und der Saum des Kleides schwingt um die Knöchel, verfängt sich im Gestrüpp. Als sie in meine Nähe kommt, sieht sie mich an. Ich strecke die Arme aus, versuche, das Kind aufzuhalten, aber es rennt an mir vorbei und rennt und rennt. Und es gibt kein Erkennen – für keinen von uns.

Ich blinzle und strenge meine Augen an.

Nach dem einen flüchtigen Blick ist mir klar, dass das kleine Mädchen nicht Kadie ist.

KAPITEL 14

Am nächsten Morgen fahren wir etwa zwanzig Minuten über einen Feldweg, der an den von Coolibah-Bäumen gesäumten, sich schlängelnden Kanälen des Diamantina River entlangführt. Der Jeep wirbelt Staub auf. Harry sitzt hinten und bellt jeden Baum an. Die Sonne blendet und spiegelt sich auf dem Armaturenbrett. Vögel schrecken auf. Ein Emu läuft eine Weile auf seinen langen, spindeldürren Beinen neben unserem Auto her, dann dreht er unvermittelt ins Gestrüpp ab. Die Hitze flimmert am Horizont.

Abseits der Farm verändert sich die Landschaft. Aus dem Busch werden weite, in der Hitze festgebackene Ebenen. Über die Wipfel der Bäume in der Ferne erhebt sich ein kegelförmiger Berg. Wir durchqueren ausgetrocknete Wasserläufe. Der Himmel über uns ist blau und wolkenlos.

Brad hält unter einem Coolibah-Baum am Rand eines großen Wasserlochs an. Er lädt etliche große Kisten ab und packt seine Gerätschaften aus. Ich stelle einen Klappstuhl für mich in den Schatten und schlage meinen Roman auf. Harry sitzt hechelnd neben mir.

Ich vertiefe mich in mein Buch. Worte und Geschichten, Handlungsstränge und Charaktere haben mich schon immer fasziniert, und mein Job als Rechercheurin hat mich mit einem guten Allgemeinwissen ausgestattet. Ich liebe den Rhythmus von Sätzen, genieße es, wenn sie dahinfließen, Bilder heraufbeschwören und alle anderen Gedanken ausblenden, vor allem die düsteren.

Nach einiger Zeit schaue ich auf. Brad steht knietief

im Wasser und schwingt ein Netz mit langem Stiel. Er tritt ein Stück zurück und schleudert das Wasser aus dem Netz. Seine Arme sind braun gebrannt, und die Muskeln sind deutlich zu sehen. Das blonde Haar fällt ihm in die Stirn. Sein Gesicht wirkt konzentriert. Ich betrachte ihn, und es ist, als würde ich einen Fremden sehen.

»Was machst du?«, frage ich neugierig. Ein Schweißtropfen läuft mein Rückgrat entlang, und ich drehe mich der Brise zu, die vom Wasser zu mir weht.

Er hält inne. Ein Lächeln huscht über sein Gesicht, und ich kann seine Zähne sehen, die in einem reizvollen weißen Kontrast zu seinem gebräunten Gesicht stehen.

»Ich entnehme Proben.«

»Wovon?«

Er watet durchs Wasser ans Ufer und leert den Inhalt des feinmaschigen Netzes auf ein Plastiktablett. Ich stelle mir nach Luft schnappende, zappelnde Wassertiere vor. Brad wählt eine Glaspipette aus einer ganzen Reihe aus und steckt das eine Ende in den Mund. Wasser steigt in dem Röhrchen auf, als er daran saugt. Dann nimmt er die Pipette aus dem Mund und hält sie mir hin, als sollte ich den Inhalt inspizieren.

»Willst du es sehen?«

»Gruselige Kriechtiere.« Ich schüttle lächelnd den Kopf.

Brad lässt das Wasser aus der Pipette in ein Glas mit der üblichen Alkohollösung laufen, dann beschriftet er das wasserfeste Etikett mit einem Grafitstift, verschließt das Glas und wirft es mir zu. Ich fange es auf und betrachte die trübe Flüssigkeit, in der winzige, mit bloßem Auge kaum zu sehende Schnecken liegen. Sie sind bereits tot.

In den folgenden Stunden widme ich mich abwechselnd meinem Buch und Brad. Verstohlen beobachte ich, wie er im Wasser planscht, das Netz hält, und plötzlich erschüttert mich eine Erkenntnis. Nach all den Jahren entdecke ich erst jetzt, wie Brad arbeitet, und sehe die feineren Aspekte seines Jobs. War ich die ganze Zeit so sehr mit meinem eigenen Leben beschäftigt, dass ich es versäumt habe, ihn nach seinem zu fragen? Brad hat sich immer für meinen Beruf interessiert, und bisher habe ich nur die Resultate seiner Arbeit gesehen – die Gläser mit den konservierten Spezies an meinem Küchenfenster, und Brad, der am Küchentisch sitzt und seine Berichte schreibt: Reihen von fein säuberlichen Buchstaben und detaillierte Angaben über seine Funde. Ich habe nie daran gedacht, ihn zu fragen, wie er diese Proben ziehe und wie die Tiere in diese gläsernen Röhrchen kämen.

Ich betrachte das Glas, die Stelle, die Brad gerade noch angefasst hat. Ich widerstehe dem Drang, es an meine Wange zu drücken. Es ist, als wolle ich die Wärme seiner Berührung spüren und so etwas wie Vertrautheit herstellen, aber das Röhrchen fühlt sich kalt in meiner Hand an. Jede Spur von Körperwärme ist längst verschwunden.

Ich stelle das Glas auf den Boden. Etwas beißt mich am Bein, lenkt mich ab. Es ist ein Gefühl zwischen Schmerz und Jucken. Ich schlage auf die Stelle und vermeide es, mich zu kratzen.

»Sandfliegen«, sagt Brad, den das Geräusch aufschauen lässt. »Nach einem Regen sind sie am schlimmsten. Offenbar hat es vor unsrer Ankunft ein bisschen geregnet. Im Handschuhfach ist ein Insektenmittel. Du solltest dir besser nicht das Ross-River-Fieber holen!«

Ich krame im Auto herum, finde die Tube und reibe mir Arme und Beine ein. Im Handschuhfach ist auch eine Karte von dieser Gegend. Ich breite sie auf dem Sitz aus, studiere die gewundenen Linien der Straßen und Creeks. Und da steht auch der Name des Landbesitzes, auf dessen Grund wir wohnen. Und man erkennt die blauen Linien, die den Lauf des Diamantina markieren. Und da sind auch die Kreise, die die Inselberge kennzeichnen, die so unerwartet aus dem flachen Land aufragen.

»Siehst du den Berg da drüben?«, rufe ich Brad zu und deute auf eine zerklüftete Erhebung hinter den Bäumen auf der anderen Seite des Wasserlochs. »Laut Karte ist das der Mount Misery. Und der Wasserlauf, der daran vorbeiführt, ist der Murdering Creek. Komische Namen, findest du nicht?«

Brad lehnt das Netz auf die Uferböschung und legt die Hand auf die Hüfte. Mit der anderen schirmt er seine Augen ab und blinzelt. In dem grellen Licht ist sein Haar fast silbern.

»Der alte Jack, Bettys Mann, hat erzählt, dass es dort vor mehr als hundert Jahren ein Massaker an Aborigines gegeben habe«, sagt er leichthin. Diese kleine Information überbrückt die Kluft zwischen uns. Ein Schauer läuft mir über den Rücken, und ich widerstehe dem Wunsch, noch einmal zu dem Berg zu schauen. Obwohl mir klar ist, dass ich nichts anderes sehen würde als die Bäume und den roten, kahlen Felsen.

Ich habe Bettys Mann Jack noch nicht kennen gelernt, doch Brad war zu dem Farmgebäude gefahren, um den Wagen aufzutanken und ein wenig mehr über die Gegend zu erfahren. Ein Massaker?, denke ich verwundert. In dem Reiseführer habe ich nichts darüber gelesen.

»Was ist mit dem Lunch? Ich habe einen Bärenhunger«, ruft Brad und unterbricht meine Gedankengänge.

Ich habe Sandwiches aus dem Brot gemacht, das Brad gestern gebacken hat, und wir haben eine Thermoskanne mit Kaffee dabei – eine willkommene Abwechslung zu dem Wasser, das ich den ganzen Vormittag über getrunken habe. Als wir mit dem Essen fertig sind, fummelt Brad an dem Funkgerät im Wagen herum. Er soll sich täglich bei der Environmental Protection Agency melden und seinen Vorgesetzten Bericht erstatten. So wissen sie, dass mit uns alles in Ordnung ist.

»VKC289.«

Er spricht die Kennung in das Mikrofon und hält es dicht vor seinen Mund. Ich sehe, wie sich seine Lippen bewegen, Worte formen. Eine Krähe krächzt in einem Baum in der Nähe. Dann höre ich eine von statischen Geräuschen begleitete Stimme im Funk.

»Empfangen Sie! Wie ist Ihre Position? Ende.«

Brad gibt die Koordinaten nach dem Navigationssystem durch. »Irgendwelche Nachrichten?«, fragt er.

Die Antwort geht im Rauschen unter. Ich höre nur das, was Brad sagt.

»Ich werde Benzin nachtanken. Ende.«

»Heiß und trocken. Sandstürme? Ende.«

»Wasserspiegel niedrig. Ein bisschen schlammig. Ende.«

»Ausgezeichnet. Ich habe bereits einige Proben. Ende.«

»Ja. Wir gehen's gemütlich an. Ende.«

»Bleibe auf Stand-by. Ende.«

Brad betätigt ein paar Schalter und hängt das Mikrofon in die Halterung. Zum zweiten Mal an diesem Tag lerne ich eine Seite an meinem Mann kennen, die mir in den letzten elf Jahren verborgen geblieben war. Ein erfahrener Funker mit dem richtigen Jargon? Brot backen? Wo war ich nur, als er all das gelernt hat?

Ich mustere ihn verstohlen und versuche ihn so zu sehen, wie andere ihn wahrnehmen mögen. Er sieht gut aus, räume ich ein, mit dem blonden Haar, das ihm in die gebräunte Stirn fällt. Seine Hände sind ausdrucksstark.

Brad war schon immer auf entspannte Weise freundlich und zugänglich; er fühlt sich nicht von der Meinung anderer bedroht. Wir haben uns an einem Winternachmittag in der Universitätsbibliothek kennen gelernt. Ich erinnere mich daran, wie er damals war. Er lehnte lässig an meinem Pult, blies in seine Hände, um sie zu wärmen, und studierte die Bücherliste.

Für seinen Kurs brauchte er ein ganz spezielles Buch, aber für diesen Titel gab es schon etliche Voranmeldungen.

»Egal«, sagte er, vergrub die Hände tief in den Jeanstaschen und wippte auf den Fersen. »Dann muss ich eben warten.«

Er stand da und starrte mich an, als wisse er etwas, was mir unbekannt war. »Was ist los?«, fragte ich unsicher. »Hab ich Spinat zwischen den Zähnen?«

Er lächelte plötzlich und ohne jede Vorwarnung – dieses entwaffnende Grinsen, bei dem sich seine Augenwinkel kräuselten. »Um wie viel Uhr hast du hier Schluss?«

Irgendwas in meinem Inneren geriet ins Taumeln, aber dann fing ich mich wieder. Ich hatte das Gefühl, am Rand eines Abgrunds zu balancieren und entscheiden zu müssen, ob ich mich absichtlich zur Seite neigen sollte, nur um die Erfahrung eines freien Falls zu machen. Selbst heute noch habe ich eine klare Erinnerung an diesen Augenblick – an die Hitze, die mir langsam über den Hals ins Gesicht stieg, obwohl ich mir Mühe gab, unter seinem forschenden Blick nicht rot zu werden. Ebenso erinnere ich mich an das Gefühl, dass ich ihn schon kennen würde, obschon wir uns noch nie begegnet waren. Empfand er es genauso?

»In einer halben Stunde.« Ich zuckte mit den Schultern, weil ich einen möglichst unbeteiligten Eindruck machen wollte. Mit einem Mal verspürte ich den drängenden Wunsch, mit diesem Mann zusammen zu sein, ihn besser kennen zu lernen. All die alten Klischees fielen mir ein, verhöhnten mich: Seelenverwandtschaft. Liebe auf den ersten Blick. Gab es so etwas wie Liebe in einem Raum voller Menschen?

»Dann lass uns einen Kaffee zusammen trinken!«, schlug er vor.

»Okay!«

Das war der Anfang unserer Beziehung – so einfach.

Wir saßen in einem kleinen Café in der Innenstadt und redeten bis Mitternacht. Die Unterhaltung floss nur so dahin, sprang von einem Thema zum anderen und wurde nur unterbrochen, wenn wir uns mehr von dem erstaunlich guten Kaffee bestellten. Wir sprachen über mein und sein Studium, meine Leidenschaft für Recherchen, seine Leidenschaft für den Umweltschutz. Über das Lesen, Rad fahren, italienisches Essen.

»*Pollo sulla griglia?* Du magst *Pollo sulla griglia?*«

»Und dazu einen guten Shiraz.«

Die Stunden vergingen wie Minuten, die Themen und die Szenerie verwoben sich in meinem Gehirn, bis sie zu einem Kaleidoskop von Vorstellungen und Eindrücken wurden: Brads Hände, die die Kaffeetasse umschlossen;

das gedämpfte Licht, das Schatten unter seinem Kinn erzeugte; die Spiegelfliesen an der Wand, in denen wir uns sehen konnten. Wir hatten viele gemeinsame Interessen und, wie wir bald entdeckten, einige gemeinsame Freunde.

»Wenn du all diese Leute auch kennst, warum haben wir uns dann noch nie getroffen?«

»Schicksal. Es sollte eben nicht sein – bis heute.«

Ich sah ihn verwundert an. Er wirkte ernst, kein bisschen anmaßend, und das fand ich großartig. Ich wollte, dass diese Nacht niemals endete, und hatte keine Lust, mich jemals wieder von diesem Mann verabschieden zu müssen.

»Glaubst du das wirklich?«

»Dass alle Dinge zu einem bestimmten Zweck und in einer bestimmten Zeit geschehen? Klar.«

Ich spielte mit den Zuckerkörnern, die auf dem Tisch lagen, und schob sie zu einem ordentlichen Häufchen zusammen. Brad legte seine Hand auf meine. Seine Haut fühlte sich warm an, und mein Arm kribbelte, während ich gegen den Drang ankämpfte, mit der Fingerspitze seinen Haaransatz an den Schläfen nachzuzeichnen.

»Wie Aischylos sagte«, fuhr er fort – offenbar blieben ihm meine chaotischen Gedanken verborgen, »die Dinge sind, wie sie sind, und das Schicksal wird sich erfüllen.«

»Und wie Elizabeth Bowen sagte«, erwiderte ich und sah ihm dabei beherzt in die Augen, um seine Reaktion abzuschätzen, »das Schicksal ist kein Adler, es kriecht wie eine Ratte.«

Am liebsten hätte ich mich auf die Zunge gebissen. Warum hatte ich das gesagt? Jungs hatten kein Interesse an intelligenten Frauen, und ich hatte schon öfter gehört, dass sich die Männer von mir eingeschüchtert fühlten.

Brad lachte – es war ein tiefes, voll tönendes Lachen, und die anderen Gäste in dem Café drehten sich nach ihm um. »Ich habe mich noch nie als Ratte angesehen.«

Die Serviererin brachte uns frischen Kaffee. »In zehn Minuten schließen wir«, erklärte sie.

Der Gedanke an meine leere Wohnung war niederschmetternd.

»Nach so viel Koffein«, bemerkte Brad und sah mir tief in die Augen, »kann ich niemals schlafen.«

Und ich sagte: »Dann komm noch mit zu mir!«

Einfach so. Eine beiläufig ausgesprochene Einladung. Ich, die konservative Jess, die kaum zu atmen wagte, wartete auf seine Antwort. Bitte sag ja!

»Okay!«, meinte er mit einem Achselzucken. »Warum nicht?«

Wir standen auf, holten unsere Mäntel und eilten aus dem Café. Brad legte besitzergreifend den Arm um meine Schultern. Der Wind war eisig. Ich schauderte, und Brad, der offenbar spürte, wie ich zitterte, blieb stehen, drehte mich zu sich und legte die Hände an meine Wangen.

»O Jess!«, sagte er gedehnt, und es klang wie ein langer Seufzer. »Ich habe jahrelang nach dir gesucht.«

Dann küsste er mich, und es fühlte sich richtig an. Unsere Lippen und Hände verschmolzen, wurden eins. Etwas in meinem Inneren fing an zu lodern, und Hitze stieg in mir auf, verschlang mich.

Die Dinge sind, wie sie sind, hatte er gesagt. Schicksal. Bestimmung. Man kann es nennen, wie man will, aber in dieser Nacht vor vielen Jahren schien es, als könnte uns keine Macht der Welt voneinander trennen. Wir hätten genauso gut schon seit Ewigkeiten ein Pärchen sein können, so vertraut fühlte ich mich mit ihm. Gleich von Anfang an war unsere Beziehung angenehm und harmonisch.

Bis jetzt.

»Jess?«, ruft Brad, und meine Gedanken schwanken zwischen Vergangenheit und Gegenwart hin und her. In letzter Zeit erscheint mir die Vergangenheit um vieles reizvoller.

»Hast du geschlafen?«

»Nein.« Ich rolle mich auf den Rücken und sehe in den strahlenden Diamantina-Himmel. »Nur nachgedacht.«

Kein einziges Wölkchen trübt das unendliche Blau. Nur ein paar dunkle Vögel unterbrechen die strahlende Weite.

»Es wird Zeit, dass wir zusammenpacken. Ich möchte noch zu einer anderen Stelle.«

Wir fahren noch ein Stück weiter am Fluss entlang. Brad erzählt von der Nahrungskette im Wasser. Wirbellose Makroorganismen sind Futterquellen für Vögel und Fische. Phytoplankton und Zooplankton – mikroskopisch kleine Pflanzen und Tiere, die in der Nahrungskette ganz unten stehen –, sind lebenswichtige Bestandteile in einem gesunden Ökosystem.

Ich höre die Worte, nehme sie jedoch nicht auf. Der hechelnde Hund neben mir und das Holpern des Wagens sind mir viel präsenter. Etwas nagt an mir und drängt danach, wahrgenommen zu werden. Zwischen uns herrscht eine gewisse Spannung – spürt Brad das auch? –, etwas Unterschwelliges, was im Laufe des Tages immer stärker wird.

Wir halten an einem kleineren Wasserloch. Dort steht das Wasser, und der Geruch nach Moder liegt in der Luft.

Brad lehnt sich aus dem Wagenfenster und schirmt die Augen vor der Sonne ab.

»Sieh dir das an!«, sagt er und deutet auf den schmutzigen Tümpel. Einige Fische liegen reglos an der Oberfläche, die Schuppen glitzern silbern. »Da war ein Fischsterben.«

Na, toll, denke ich und suche nach einem Taschentuch, das ich mir an die Nase halten kann.

»Ein Fischsterben«, informiert mich Brad, als müsse ich unbedingt über dieses Thema Bescheid wissen, »wird gewöhnlich von Sauerstoffmangel im Wasser verursacht.«

Ich bemühe mich, interessiert zu klingen, aber der Gestank bereitet mir Übelkeit. »Und woher kommt das?«

Brad zuckt mit den Achseln. Schweißperlen stehen auf seinen Schläfen, und er wischt sie mit dem Oberarm weg. »Bei einer Überschwemmung wird jede Menge verweste, faulende Materie angespült, das könnte die Ursache sein. Es kann auch sein, dass das Loch einfach nur austrocknet und das Restwasser abgestanden ist.«

Er macht eine Standortbestimmung im Navigationssystem und führt einen Wasserqualitätstest durch. Dann holt er die Kamera aus der Tasche, fotografiert das Wasserloch und den Zu- und Abfluss und macht sich Notizen. Er misst die Wassertemperatur und überprüft den Säuregehalt. Zum guten Schluss holt er den größten toten Fisch aus dem Wasser und legt ihn auf ein Brett neben einem langen Messer.

Panik keimt in mir auf. »Du willst diesen Fisch doch nicht ernsthaft aufschneiden?«, frage ich.

»Doch.« Er macht einen Schnitt seitlich des Kopfes und entfernt ein Stück Fleisch. »Das ist das Ohr«, erklärt er sachlich. Er hält es mir hin, aber ich wende mich angewidert ab und kämpfe gegen die Übelkeit an. Ich werde nie verstehen, wie er so was tun kann, ein Tier aufschneiden. Auch wenn es nur ein toter Fisch ist.

»Ich habe nicht gewusst, dass Fische überhaupt Ohren haben.«

»Sie bestehen aus den Gehörsteinen aus Kalziumkarbonat, man nennt sie Otolithen, und sie dienen dem Fisch als Orientierungshilfe und zur Tonwahrnehmung. In gewisser Weise ähneln sie Baumstämmen. Sie entwickeln jedes Jahr einen Wachstumsring, an denen man das Alter des Fisches ablesen kann. Dieser Grünling ist etwa vier Jahre alt.«

Er schneidet wieder in den Fisch und legt die Streifen nebeneinander auf das Brett. Ich schließe kurz die Augen, um den Anblick und den gemusterten Schatten, der auf den Boden fällt, auszublenden. Ich höre nichts als das aufgeregte Geplapper der Vögel in den Bäumen und das Geräusch des Messers, das durch den Fisch gleitet.

Brad redet immer noch, ohne zu bemerken, dass ich ihm nicht zuhöre. »… wie bei Bäumen können wir an den Ringen auch die Witterung der einzelnen Jahre ablesen. Breite Ringe deuten auf günstiges Wetter hin, schmale auf schlechte Jahre.«

Ich habe das Gefühl, etwas sagen und zur Konversation beitragen zu müssen. »Auf Dürreperioden?«

»Möglich. Oder auf schlechte Wasserqualität – was auch immer die verursacht hat.«

Ich bringe es immer noch nicht über mich, den Fisch und seinen aufgeschnittenen Kopf anzusehen. »Was ist das hier?«, frage ich etwas provozierend, um von dem Thema abzulenken. »Eine Lektion in Naturwissenschaft?«

Brad sieht mich verletzt an, und ich erkenne seine Enttäuschung an den leicht nach unten gebogenen Mundwinkeln. Er zuckt mit den Achseln und beugt sich so über das Schneidebrett, dass ich fast nur noch seinen Rücken sehe. »Ich dachte, es würde dich interessieren. Es war deine Idee, heute mitzukommen.«

Er steckt den Fisch und die Einzelteile in Plastiktüten und legt ihn in seine Plastikkiste. »Kein Problem«, fährt er fort, noch immer ohne mich anzusehen. »Ich nehme den Fisch mit nach Hause und lege ihn ins Gefrierfach, dann kann ich ihn später genauer untersuchen. Offensichtlich hast du genug für heute.«

»Brad, ich …«

»Vergiss es, Jess!«, unterbricht er mich knapp.

Wir packen schweigend seine Ausrüstung in den Wagen. Selbst Harry scheint die angespannte Stimmung zu bemerken, als Brad ihn neben der Kiste auf der Ladefläche anleint. Ich bin wütend, hauptsächlich auf mich selbst, weil ich Brads Arbeit herabgewürdigt habe. Immerhin ist das der Grund für unser Hiersein, und er wünscht sich schon seit Ewigkeiten, seine Dissertation endlich fertig stellen zu können. Ich zermartere mir das Gehirn und suche nach versöhnlichen Worten, aber mir fallen keine ein. Ich habe ihn mit meiner scherzhaften Bemerkung verärgert, und während der Fahrt am Flussufer herrscht ein bedrückendes Schweigen zwischen uns.

Brad scheint jedes Schlagloch und alle Furchen anzusteuern. An den Bäumen, die den Weg säumen, scheinen wir nur knapp vorbeizuschrammen. Versucht er, mir Angst einzujagen? Der Sicherheitsgurt drückt sich in meine Brust, und ich bekomme nur noch schwer Luft. Mein Blick schweift nach unten. Brads Notizen mit dem Klemmbrett liegen zwischen uns auf dem Sitz. Als ich das Datum ganz oben auf dem Blatt sehe, erschrecke ich bis ins Mark.

Ich schließe die Augen, um es nicht mehr zu sehen. Die Ziffern schwarz auf weiß tanzen hinter meinen Lidern. Das ist es, woran ich den ganzen Tag nicht denken wollte. An morgen – an den Todestag.

Die Angst hat sich in mir aufgebaut wie ein lebendes Wesen. Ich will mich nicht erinnern, ich will diese letzten Bilder aus meinem Gedächtnis tilgen. Aber meine Gedanken gleiten ab, sie sind unkontrollierbar. Sie beschäftigen sich nicht mehr mit dem Fisch oder dem Streit oder damit, dass mir die Luft aus den Lungenflügeln gepresst wird. Plötzlich umgeben mich die Bäume wie Gitterstäbe eines Käfigs, und ich unterdrücke das Bedürfnis, die Wagentür aufzustoßen und mich hinauszustürzen. Mir brennen die Augen. Für einen Augenblick verschwimmen die Bäume mit dem Blau des Himmels. Seltsam, geht es mir durch den Kopf, dass mein Körper überhaupt noch Tränen produzieren kann, während ich das Gefühl habe, innerlich versteinert und ausgetrocknet zu sein.

Ist Brad bewusst, was morgen für ein Tag ist?, frage ich mich.

Mit einem Mal erscheint mir dieser Gedanke lächerlich. Wie könnte er es vergessen?

Die Szene steht mir wieder vor Augen. Brad schnallt Kadie in ihrem Kindersitz an. Die ersten Regentropfen fallen auf die Einfahrt. Kadie lächelt, und ich winke zum Abschied.

»Blas Mummy ein Küsschen zu!«

Brad sieht mich über das Wagendach hinweg an und sagt: »Bist du dir sicher, dass du nicht mitkommen willst?«

»Du weißt doch, dass ich meine Themenvorschläge bis morgen fertig haben muss.«

Seine Miene verdüstert sich. »Arbeit! Arbeit! Arbeit! Es ist Sonntag, um Himmels willen! Wir verbringen kaum noch Zeit miteinander. Kadie bekommt dich so gut wie nie mehr zu Gesicht. Sie wird noch vergessen, wer ihre Mutter ist.«

Kadie, unsere Tochter, ist fast drei Jahre alt. Sie ist ein aufgewecktes Kind mit blondem Pagenkopf und einem allzeit bereiten Lächeln. Sie liebt knallbunte Klamotten, was meine Schwester Carys tatkräftig unterstützt – dunkelrot und pink, vorzugsweise kombiniert mit hellgrün –, und ihr Lieblingsessen ist Sushi. Meine Mutter, die empfänglich für derartige Theorien ist, glaubt, dass sie eine »alte Seele« hat.

Ich bücke mich, lächle meine kleine Tochter durch die geschlossene Scheibe an und wiederhole. »Blas Mummy ein Küsschen zu!« Sie kommt meiner Bitte nach und grinst.

»Hey, Baby!« Ich richte mich auf und schaue an Brad vorbei zum Himmel, an dem sich dunkle Wolken zusammenballen. Ein Regentropfen landet auf meinem Gesicht. »Nächstes Wochenende nehme ich mir frei, versprochen. Sieht aus, als ob es heute noch ordentlich schüttet.«

Brad zuckt mit den Schultern, aber ich sehe seinen leicht zusammengepressten Lippen an, dass er sich ärgert. Er steigt ein und schlägt die Tür heftig zu, ohne mich einer Antwort zu würdigen. Ich stehe auf der Einfahrt, zwinge mich eher um Kadies als um Brads willen zu einem Lächeln und sehe dem Auto nach. Kadie winkt, bis sie außer Sicht sind.

»Nächstes Wochenende, Baby«, sage ich laut. »Dann mache ich alles wieder gut.«

Ich weiß noch nicht, dass es kein Wochenende für uns drei mehr geben wird.

Der Regen wird stärker – dicke Tropfen fallen auf den Beton und den Asphalt. Ich gehe ins Haus und bin in Gedanken mehr bei Brads Anklage als bei meiner Arbeit. Es stimmt: Wir verbringen kaum noch Zeit zu dritt. Da ist Brads Arbeit und meine, und Kadie ist an den Wochentagen im Hort – all das hat sich verschworen, uns zu trennen. Schon vor Wochen haben wir das Picknick für heute geplant, und jetzt bin ich ausgeschert und habe es allen verdorben.

»Du musst lernen, nein zu sagen«, hatte Brad am Abend zuvor gesagt. »Abschalten. Prioritäten setzen. Kadie kommt bald in die Vorschule. Vielleicht ist es an der Zeit, an ein Geschwisterchen für sie zu denken.«

»He, Cowboy, ich habe gerade erst wieder in meinem Beruf Fuß gefasst! Du willst doch sicher nicht, dass ich jetzt aufhöre zu arbeiten.«

»Und was ist mit uns, mit unserer Familie? Bedeutet dir das nichts?«

Kleine Streitereien und Sticheleien, Worte, die wie Pfeile trafen, und Schweigen, das Tage anzudauern schien. Was geschah mit uns? Ich konnte es schaffen, Familie und Beruf unter einen Hut zu bringen, oder nicht? Andere Frauen werden auch mit beidem fertig. Aber unterschwellig quälte ich mich, stahl kostbare Augenblicke von Brads und Kadies Leben, um meine Vorgesetzten im Büro zu beschwichtigen. Eine Beförderung stand aus, und ich war mir sicher, dass es diesmal mich treffen würde.

Natürlich hätte ich alles anders gemacht, wenn ich damals schon gewusst hätte, was auf mich zukommen würde. Im Nachhinein betrachtet, hätte ich auf die Themenvorschläge pfeifen und an diesem Sonntag eine andere Route vorschlagen sollen, nicht die über den Feldweg und über die einspurige Holzbrücke. Vielleicht hätte ich den betrunkenen Fahrer rechtzeitig gesehen, der im Zickzackkurs bei strömendem Regen auf Brads Wagen zukam und ihn seitlich rammte. Oder ich hätte nach dem Zusammenprall, als das Auto durch das Brückengeländer katapultiert wurde, irgendwie auf den Rücksitz klettern und meine kleine Tochter aus dem Kindersitz befreien können, bevor der Wagen im Wasser versank.

Vielleicht, vielleicht, vielleicht … Von den folgenden Tagen sind mir nur bruchstückhafte Bilder in Erinnerung geblieben. Kurze Momentaufnahmen: Der Polizist an der Tür, mit ernster Miene und der Kappe in der Hand. Ein tiefer, animalischer Laut kommt aus meiner Kehle. Dann Leere, Benommenheit. Verwandte und Freunde in unserem Haus, Stimmen, die ich im durch Schlaftabletten verursachten Nebel höre. Carys weint. Meine Mutter kocht unaufhörlich Tee. Dad redet leise am Telefon und trifft Abmachungen. »Schsch!«, höre ich jemanden zischen. »Jess schläft.« Brads Arm in Gips. Sein Brustkorb ist bandagiert.

Ich erinnere mich, dass ich mit trockenen Augen bei der Trauerfeier sitze und den winzigen Sarg anschaue. Eine unbändige Wut tobt in meiner Brust. Wie hat es jemand wagen können, das Leben meiner Tochter zu zerstören?

Jetzt werfe ich Brad einen Blick aus den Augenwinkeln zu. Sein Mund ist eine dünne Linie, und er konzentriert sich auf die Fahrt. Ich strecke die Hand aus und streiche ihm über den Arm. Er ignoriert mich. Was soll nur aus uns werden?, frage ich mich verzweifelt.

An manchen Tagen denke ich, dass es besser für uns wäre, wenn wir uns trennten und mit neuen Partnern noch einmal von vorn anfingen, statt mit dem Riesengepäck, das wir uns im vergangenen Jahr angehäuft haben, über Berge zu klettern. An anderen Tagen wie heute erscheint es mir zu schwierig, mental viel zu anstrengend, weiterzumachen. Ab und zu sind die Erinnerungen an Kadie so eng mit Brad verknüpft, dass es mich schmerzt, ihn auch nur anzusehen. Dasselbe Lächeln, dieselbe Haarfarbe. Dieselben blauen Augen und das trotzig vorgereckte Kinn. Jedes Mal, wenn ich Brad anschaue, sehe ich meine Tochter, und mein Herz zerspringt von neuem in tausend Stücke.

Ich lehne den Kopf an die Nackenstütze und sehe zu, wie die Bäume vorbeihuschen. Ich darf nicht mehr an diese Bilder denken und mich schon gar nicht an diesen schrecklichen, grauenvollen Tag erinnern, auch wenn ich ihn nicht vergessen kann.

In der Haustür steckt eine Nachricht, als wir heimkommen. *Kommen Sie zum Dinner zu uns,* steht auf dem Papier. *Acht Uhr. Betty.*

Er regnet leicht, während wir den Wagen entladen und duschen, und der Wind ist ziemlich frisch nach dem heißen Tag. Aber die Wolken verziehen sich rasch, und die Sterne funkeln am Himmel, als wir über die Weide auf die Lichter von Bettys und Jacks Haus zugehen. Brad hat eine Taschenlampe mitgenommen, und der wankende Strahl leuchtet den Boden vor uns nach Unebenheiten ab.

Brad und ich sind nicht die einzigen Gäste. Ein verbeulter Toyota Geländewagen steht unter einem Pfefferbaum vor dem Haus, und schon vor der Veranda höre ich Stimmen und Gelächter. Musik spielt im Hintergrund, und Motten umschwirren das Licht neben der Haustür. Ein köstlicher Duft. Wir klopfen, und Betty ruft: »Herein! Wir sind auf der hinteren Veranda.«

Allgemeines Händeschütteln, und Brad macht mich mit Bettys Mann Jack bekannt. Dann stellt uns Jack die anderen Gäste, Stan und Ella, vor. Sie sind Aborigines und etwa im selben Alter wie Betty und Jack: Mitte sechzig.

»Stan hilft mir mit den Schafen und bei der Reparatur der Zäune«, erklärt Jack. »Die beiden wohnen etwa zwei Meilen von hier am Fluss.«

Wir unterhalten uns über das Übliche, wenn man sich gerade kennen lernt. Über das Wetter und Brads Forschungsarbeit.

»In letzter Zeit sind viele Typen wie Sie hier gewesen«, erzählt Stan, »haben wissenschaftliche Messungen gemacht und geforscht.«

Ella wendet sich an mich: »Typen wie Sie!«, wiederholt sie lachend. »Nehmen Sie Stan so was nicht übel! Er denkt, dass alle, die nicht hier draußen leben, in dieselbe Kategorie gehören.«

Ich erwidere ihr Lächeln; ihre Warmherzigkeit gefällt mir. »Das ist schon okay.«

»Mal sehen«, sagt Stan und zählt an den Fingern ab. »Im letzten halben Jahr hatten wir hier einen Archäologen, zwei Wasserspezialisten und sogar einen, der sich mit Staub und Wind beschäftigte. Wie nennt man diese Leute noch mal, Ella?«

»Ich weiß es nicht, Lieber.« Sie zwinkert mir zu. »Irgendein ›-ologe‹. Wir haben ihn ›Staubwedel‹ genannt. Auf der hinteren Weide hat er überall diese kleinen Windmühlen-Dinger aufgestellt.«

»Und was für ein ›-ologe‹ sind Sie, Brad?«, erkundigt sich Stan.

»Ich bin Wasserbiologe.«

»Was Sie nicht sagen.« Stan reibt sich die Nase. »Dann studieren Sie das Wasser, richtig?«

»Das stimmt. Das tierische und pflanzliche Leben im Wasser und die Wasserqualität.«

»Ist ja toll.« Stan scheint ziemlich beeindruckt zu sein. »Die Wasserqualität? Ich hab nie gedacht, dass man das studieren kann.«

»Nun, die Qualität des Wassers ist entscheidend für das tierische und pflanzliche Leben. Faktoren wie Dichte, Salzgehalt und pH-Wert sind wichtig. Und wenn der Sauerstoffgehalt unter einen bestimmten Wert sinkt, können die Fische nicht überleben. Da wir gerade davon sprechen, wir haben heute in einem kleinen Wasserloch etwa fünf Kilometer flussaufwärts ein Fischsterben festgestellt …«

Jack und Stan sprechen mit Brad über Nährstoffe. Meine Aufmerksamkeit schweift ab, und ich bekomme nur am Rande Schlagworte wie »Phosphor« und »Stickstoff« mit. Ich denke an den Morgen zurück und sehe Brad vor mir, wie er knietief im Wasser steht und das Netz schwingt.

Ich schlucke heftig, als ich mich an die Szene mit der Pipette erinnere, wie er das Wasser ansaugt, das Glasröhrchen mit dem Finger oben zuhält und dann in das Glas laufen lässt. Seine Hände sind kräftig und geschickt.

»Und, Jess, was machen Sie?«

Als mein Name fällt, komme ich in die Wirklichkeit zurück. Ella sieht mich an – sie möchte Konversation mit mir treiben. Sie ist wirklich sehr nett und möchte mich mit einbeziehen. Zudem meint sie es gut, ist vielleicht auch ein bisschen neugierig. Obwohl ich heute am liebsten meine Ruhe hätte, kann ich mich ihren Fragen nicht entziehen.

Ich zucke hilflos mit den Schultern. »Früher habe ich Recherchen für einen Fernsehsender betrieben.«

Wieder einmal definiere ich mich über meinen ehemaligen Beruf, als würde mich der Job als Mensch aufwerten. Ich frage mich flüchtig, warum ich nicht hinzufüge, dass ich früher auch Mutter und Hausfrau war und nicht vollkommen übergehe, was ich jetzt bin. Dann bekomme ich Panik. Vielleicht durchschaut diese Frau die Mauer, die ich um mich errichtet habe, und erhascht einen Blick auf mein wirkliches Ich statt auf die Fälschung, die ich aller Welt zeige.

Doch Ella lächelt, umfasst meinen Ellbogen und führt mich in die Küche, wo ich das Klappern von Besteck höre. »Wir sollten Betty beim Tischdecken helfen«, sagt sie. »Sie waren also beim Fernsehen! Man stelle sich das vor! Stan und ich sind einmal gefilmt worden, als ein Team hier war und eine Art Dokumentarfilm gedreht hat …«

Nach dem Essen gehen wir hinaus auf den Rasen. Jack hat in einem alten Vierundvierzig-Gallonen-Fass ein Feuer entfacht, und ein paar Stühle stehen darum herum.

»Eigentlich ist es ja nicht so kalt, aber ein Feuer ist immer was Schönes, findet ihr nicht auch?«

Die Gespräche driften an mir vorbei. Ich fühle mich schläfrig nach dem guten Essen und lege den Kopf an die hohe Stuhllehne.

»Die Min-Min-Lichter«, sagt Stan. »Mittlerweile ist das fast zur Touristenattraktion geworden, insbesondere in der Gegend von Boulia. Aber hier gibt es sie auch.«

»Sie haben sie früher Dämonenlichter genannt«, fügt Ella hinzu.

»Dämonenlichter«, murmle ich fasziniert und öffne die Augen. »Haben Sie jemals eines gesehen?«

Jack schüttelt den Kopf. »Nein, und ich lebe schon dreißig Jahre hier. Ich persönlich halte das Ganze ohnehin für Quatsch.«

»Ah, du bist ein furchtbarer Zweifler, Jack!«, schimpft Ella liebevoll.

»Trink ein paar Gläser zu viel, Ella, und du siehst auch seltsame Lichter!«

Betty nimmt einen Schluck aus ihrem Glas und meint nachdenklich: »Die Legende sagt, dass jeder, der dem Licht nachjagt und es fängt, nie wieder zurückkehrt, um den anderen davon zu erzählen.« Sie tut so, als würde ihr ein Schauer über den Rücken laufen. »Unheimlich, nicht?«

Plötzlich ist mir kalt, und ich bekomme eine Gänsehaut.

»Brad und Jess sind an der Geschichte dieser Gegend interessiert«, sagt Jack, um die Stimmung aufzuhellen. »Sie haben ein Exemplar der Broschüre, die die historische Gesellschaft der Stadt vor einer Weile herausgebracht hat. Du könntest ihnen ein wenig mehr erzählen, Stan. Sachen zum Beispiel, die nicht in dem Buch stehen.«

Plötzlich sagt keiner mehr etwas, und es ist unheimlich still. Aus unerfindlichen Gründen fallen mir die Namen Mount Misery und Murdering Creek wieder ein. »Ihre Familie stammt von hier, Stan?«, frage ich, um das bedrückende Schweigen zu brechen.

»Ursprünglich nicht. Meine Urgroßmutter Ngayla kam von einem Stamm, der ein Stück weiter flussaufwärts lebte.«

Alle lauschen Stans Worten – Jack und Betty, Ella und Brad, ich. Der Schein des Feuers tanzt auf dem Gesicht des alten Mannes. Und die Dunkelheit jenseits der Flammen erscheint unendlich wie das All, auch wenn ich das Konzept der Unendlichkeit nie ganz verstanden habe. Alles muss doch irgendwann enden. Dieser Abend. Unser Aufenthalt in Diamantina. Meine selbst auferlegte Berufspause. Die ungeheure Trauer um Kadie, der Schmerz, der mich immer wieder trifft, sogar jetzt.

Dennoch ist an diesem Abend meine Welt auf den Kreis des Feuers und die Gesellschaft dieser Leute beschränkt. Ich bin ruhig, wenn auch losgelöst, als stünde ich allein am Rand von irgendetwas. Wie an dem regnerischen Nachmittag vor vielen Jahren, als Brad sagte: »*Die Dinge sind, wie sie sind*«, und ich mich bereitwillig in eine ungewisse Zukunft fallen ließ. Stan hebt die Hände und dreht die Handflächen den Sternen zu, dann beginnt er seine Geschichte. »Es war in den siebziger Jahren des neunzehnten Jahrhunderts«, erzählt er, »so steht es in dem Buch, das Jess gelesen hat.«

Mir ist plötzlich eigenartig zumute, ich habe das Gefühl, etwas schon mal erlebt zu haben. Als wisse ich genau, was Stan sagt, noch ehe er es ausspricht.

KAPITEL 15

Diamantina
September 1873

Nach nur wenigen Monaten hatte Adam das Gefühl, schon ewig in diesem Land namens Diamantina zu leben. Er spürte, dass er endlich nach Hause gekommen war, zu einem Ort, an dem er sich wohl fühlte, an dem die Schwierigkeiten, mit denen er zu kämpfen gehabt hatte, verblassten und schließlich ganz der Vergangenheit angehörten. Vielleicht hatte er hier, inmitten der Flussläufe und des Busches, Glück und konnte sich seinen Traum erfüllen. Auf jeden Fall war er bereit, alles dafür zu tun, und er hatte, weiß Gott, lange genug darauf gewartet. Mittlerweile war er fünfundzwanzig, und sechs Jahre waren vergangen, seit er die alte Heimat verlassen hatte.

Inzwischen hatte er den Tod seiner Eltern und seiner kleinen Geschwister auch in seinem Bewusstsein verarbeitet. Er hatte seinem früheren Nachbarn, der sie von ihrer Farm vertrieben hatte, verziehen und glaubte fast, dass er ihnen mit seinem Fortgang einen Gefallen getan hatte. Die Gegend mit den blauen Eukalyptusbäumen erschien ihm jetzt weit weg, als gehörte sie zu einem anderen Leben.

Auch Conor konnte er vergeben, dass dieser vorhatte, ihn zu verlassen. Adam war davon ausgegangen, dass sein Bruder genau wie er von einer eigenen Farm und eigenem Land träumte. Aber diese Frau namens Jenna hatte den Bruder verändert. Conor war dreiundzwanzig

Jahre alt und konnte seine eigenen Entscheidungen treffen – das musste sich Adam immer wieder ins Gedächtnis rufen. Mam und Dad waren in diesem Alter längst verheiratet gewesen. Und Conor hatte wenigstens versprochen, sechs Monate zu bleiben und ihm über die Anfangsschwierigkeiten hinwegzuhelfen – dafür war ihm Adam dankbar.

Er und Conor waren mit einem Brief vom Grundstücksmakler, einer Bestätigung, dass das Geld für das Land hinterlegt und der Besitz auf Adam und Conor überschrieben worden sei, auf der Farm angekommen. Der frühere Besitzer hatte freudig das Geld für die Hütte und den Viehbestand angenommen. Er und seine Familie hatten im Nu ihre spärlichen Habseligkeiten auf einen Wagen geladen und waren noch am selben Nachmittag nach einigen Instruktionen, wie die Tiere zu versorgen seien, aufgebrochen. Die Abschiedsworte des Mannes lauteten: »Traut den Schwarzen nicht!«

Adam staunte, als er die Hütte von innen sah. Wie eine sechsköpfige Familie in dieser Enge hatte wohnen, essen und schlafen können, war ihm ein Rätsel.

»Es geht doch nichts über enge Familienbande.« Conor grinste, als er sich das Haus ansah.

Die Wände waren aus roh behauenen Balken, und es gab keinen richtigen Boden – nur die blanke Erde. Der Kamin war so schlecht konstruiert, dass der Qualm ins Zimmer gedrückt wurde, wenn man ein Feuer anzündete. Das Dach war aus Ästen gefertigt und hielt, wie die Brüder bald feststellen mussten, dem Regen nicht stand. Die Hütte erinnerte Adam an Irland, aber das war ihm gleichgültig. Dies war sein Haus – na ja, seines und vorübergehend auch Conors und Jennas, weil sie ihnen das

Geld geliehen hatte. Mit der Zeit würde Adam das Haus verschönern.

Adam taufte seine Farm auf den Namen »Diamantina Downs«, zu Ehren des Flusses, obwohl die Bezeichnung »Fluss« als zu hoch gegriffen für eine Reihe von schlammigen Wasserlöchern erschien. Adam reparierte das Dach und den Kamin. Dann erkundeten er und Conor das Land, gingen die Grenzen ab und sahen sich die Berge und Wasserläufe an. Jeden Tag brachen sie im Morgengrauen auf und kehrten erst zurück, wenn es schon dunkel war. Schon jetzt bei Frühlingsanfang brannte die Sonne ungewohnt heiß auf die festgebackene Erde nieder. Die Regenzeit sollte in wenigen Monaten anfangen, und es war klug, die Lage des Landes vorher in Augenschein zu nehmen.

Ein paar Meilen nördlich des Hauses stieg die Landschaft zu beiden Seiten des Flusses in einer langen, gebogenen Linie an. Adam und Conor ließen die Pferde im Tal und stiegen auf die Anhöhe. Der Ausblick von dort war atemberaubend. Das wellige Land fiel zu einer mit grünem Gras und ein paar Bäumen bewachsenen Ebene hin ab. Die Berge in der Ferne flimmerten in der Hitze. Schlangenlinien von Coolibah-Bäumen markierten die vielen Kanäle des Flusses. Aus dieser Höhe sahen die Kanäle eher aus wie tiefe, trockene Furchen, doch der Mann, der ihnen die Farm verkauft hatte, meinte, dass sie bei Regenzeit genug Wasser führen würden, um das ganze Land zu bewässern.

Grund und Boden, Wasser und Luft. Überall, wo Adam hinschaute, waren Vögel. Die Wasserlöcher bevölkerten schwarze Schwäne und Enten, Gänse und Pelikane. Schnepfen und Regenpfeifer flogen um die Sandhügel mit dem dürren Gestrüpp und dem Mitchell-Gras. Am späten Nachmittag pickten ganze Schwärme von rosa und grauen Galahs in der Erde nach Grassamen. Bunte Paradiesvögel und Sittiche saßen in den Bäumen. Kakadus und Corellas hielten auf den Ästen Wache, kreischten und flogen wie eine Wolke auf, sobald jemand in ihre Nähe kam. Und über allem kreisten Habichte, die von hier unten wie schwarze Flecken am blauen Himmel aussahen.

Adam entschied sich, die Warnung des ehemaligen Farmbesitzers zu ignorieren, und näherte sich vorsichtig den Aborigines. Eine kleine Gruppe hatte ihr Lager an einem Wasserloch in der Nähe. Adam brachte einen Sack Mehl und Tabak mit. Im Ganzen wohnten ein halbes Dutzend Männer und zwei Frauen dort, und alle konnten ein paar Brocken Englisch. Er bot ihnen allen Arbeit an.

Zwei der Männer – Yapunya und Pigeon – sollten für anfallende Arbeiten wie Zäune flicken und Holz hacken verantwortlich sein. Wongaree, der älteste, wurde Viehhüter. Wandi, der jüngste des Stammes, kümmerte sich um die Pferde.

Adam bat Aleyne, die ältere der beiden Frauen, für ihn und Conor zu kochen und die Hütte sauber zu halten. Lalla, Aleynes fünfzehnjährige Tochter und Wongarees Frau, sollte jeden zweiten Tag kommen und die Wäsche waschen.

Aleynes Name bedeutete so viel wie »Zunge«, und Adam hoffte sehr, ihrem Mundwerk nicht zum Opfer zu fallen. Sie war um die Vierzig, schätzte er, und sah Furcht erregend aus mit den vielen Narben im Gesicht und den fehlenden Vorderzähnen. »Ah, ihr Männer!«, sagte sie mit einem zahnlosen Lächeln, als sie zum ersten Mal in die Hütte kam. »Ohne Frau kommt ihr nicht zurecht. Ihr braucht eine Frau, wie?«

Im Laufe der Wochen entwickelten sie eine gewisse Routine. Aleyne hantierte in der dürftigen Küche herum. Lalla sorgte dafür, dass Adam und Conor immer saubere Kleidung hatten, Feuerholz rund um die Hütte aufgeschichtet war und ein Gemüsegarten entstand. Es wurde heißer, und das Futter in der Nähe der Hütte wurde knapp. Deshalb schlug Adam vor, die Schafe etwas weiter weg in die Ebene zu treiben.

Es wurde beschlossen, dass Conor das übernehmen sollte. »Es hat keinen Sinn, dass wir beide dort herumlaufen«, meinte er. »Jemand muss ohnehin hier bleiben und ein Auge auf alles haben.«

»Nimm Pigeon mit!«, schlug Adam vor. »Es gefällt mir nicht, wenn du ganz allein da draußen bist.«

»Was soll mir schon passieren, wenn ich fragen darf?«

Adam zuckte mit den Achseln. »Es erscheint mir einfach sicherer.«

»Ah, manchmal bin ich gern für mich allein! Dann widerspricht mir wenigstens niemand …«

Und so war es beschlossene Sache. Adam winkte seinem Bruder nach, als der am folgenden Morgen losritt. Der Kelpie trieb die Schafe vor sich her. Conor hatte Proviant für zwei Wochen bei sich.

»Ich bleibe eine Weile draußen und stecke die Stellen ab, an denen wir Zäune errichten müssen. Wir brauchen Zäune«, fuhr er ernst fort, während er zusah, wie die Schafe liefen und hüpften, »sonst brennt uns dieser Haufen durch.«

Adam hatte sich so sehr an die Gesellschaft seines Bruders gewöhnt, dass er sich ohne ihn seltsam einsam fühlte. Er wanderte eine Weile umher, ohne zu wissen, was er als Nächstes tun sollte. Schließlich reparierte er ein kaputtes Tor auf der nächstgelegenen Weide.

Er war so in seine Arbeit vertieft, dass er das Mittagessen verpasste. Erst am Nachmittag, als einer der Hunde wütend bellte, schaute er auf. An der Uniform des Mannes, der auf ihn zukam, sah er, dass sein Besucher Commander der örtlichen Polizei war. Er wurde von acht schwarzen Spurenlesern zu Pferde und vier Packpferden begleitet.

Der Commander zügelte sein Pferd und sah auf Adam nieder.

»Wer ist der Besitzer dieser Farm?«

Er wirkte streitlustig, und Adam konnte ihn auf Anhieb nicht leiden. »Der bin ich«, antwortete er und runzelte die Stirn.

Der Commander musterte ihn von oben bis unten und grinste. »Was Sie nicht sagen!«

»Ich hab's gerade gesagt, oder?«

Das Grinsen verschwand. Aleyne und Lalla standen kichernd in der Tür und deuteten auf die Männer. »Sind Sie hier der einzige Weiße?«, wollte der Commander wissen und beäugte dabei die Frauen.

»Ich und mein Bruder. Er bringt die Schafe auf eine bessere Weide. Ist das ein Problem?«

»An Ihrer Stelle würde ich ihn zurückholen. Er ist da draußen nicht sicher.«

»Warum nicht?«

»Eine Gruppe Aborigines zieht am Fluss entlang. Uns wurde von getöteten Schafen berichtet, und wir haben Spuren und Reste von Feuern rund um die Wasserlöcher entdeckt. Die Leute sagen, diese Schwarzen seien nicht von hier. Und wir glauben, dass sie zu denen gehören, die eine Farmersfrau im Norden ermordet haben.«

»Ermordet?« Adam schaute zu den Spurensuchern. Sie saßen auf ihren Pferden und mieden Adams Blick. Sie machten alle einen ergebenen, niedergeschlagenen Eindruck.

Der Commander belohnte seine Männer mit einem verächtlichen Schnauben. »Offenbar ein Racheakt«, fuhr er fort. »Wie es scheint, hat einer der weißen Schafhüter … äh … die Gunst einer der schwarzen Frauen verlangt. Er versprach ihr Geld. Als er aber bezahlen sollte, hat er sie erschossen. Sie hatte ein kleines Baby. Auch das Kind kam ums Leben.«

Adam dachte an Conor, der mutterseelenallein unterwegs war. Angst stieg in ihm auf. »Und sie kommen in diese Richtung?«

»Keine Sorge. Wir werden uns um sie kümmern. Deshalb sind wir hier.«

Der Mann war wichtigtuerisch und arrogant. Er trug einen ordentlichen Rock und ein Seidenhemd – ziemlich unpassend für einen Ritt durch den Busch. Wen wollte er beeindrucken?

»Was meinen Sie mit ›wir kümmern uns um sie‹?«

»Wir eliminieren sie.«

»Sie wollen sie *töten*?«

»Wie auch immer.« Der Mann zuckte gleichgültig mit den Schultern, dann wendete er sein Pferd. »Sie können sicher sein, dass sie Sie nicht mehr belästigen, wenn wir mit ihnen fertig sind.«

Adam packte den Zügel des Pferdes. »Eines will ich klarstellen«, sagte er so nachdrücklich, wie es ihm irgend möglich war. »Auf Diamantina Downs wird niemand getötet. Es reicht, wenn Sie sich diesen Leuten zeigen. Sie werden dann in ein, zwei Tagen von hier verschwinden. Bis dahin können Sie ein Lager am Fluss aufschlagen, und Sie sind zum Abendessen hier eingeladen.«

Der Commander kam bei der Abenddämmerung in die Hütte und überließ »seine Jungs« sich selbst im Lager. Er hatte eine Flasche Schnaps und sein Gewehr dabei.

»Ohne Knarre mach ich keinen Schritt«, erklärte er großspurig. »Man weiß nie, wann man sie braucht.«

»Ich bezweifle, dass Sie sie heute Abend brauchen«, erwiderte Adam trocken.

Aleyne hatte schon am Nachmittag einen Eintopf zubereitet, und die beiden Männer setzten sich an den Küchentisch. Sie unterhielten sich über dies und das, doch Adams Gedanken wanderten immer wieder zu Conor, der nur in Begleitung eines Hundes allein da draußen war. Gab es eine echte Bedrohung? Der Mann, der ihm gegenübersaß, schien davon überzeugt zu sein, aber das könnte auch schlichte Panikmache sein, mit der der Commander seine Maßnahmen rechtfertigte.

Obschon er keine eigenen Erfahrungen mit der örtlichen Polizei hatte, war Adam bei seinen Besuchen in der Stadt in den letzten Monaten einiges zu Ohren gekommen. Die Farmbesitzer aus der Gegend hielten mit ihrer geringschätzigen Meinung nicht hinter dem Berg, wenn im Pub von der Polizei die Rede war. Und während des Essens kam die Sprache auch irgendwann auf den Ruf der Truppe.

»Allgemein«, sagte Adam, »finden die Siedler, dass Sie und Ihre Männer mehr Schaden als Nutzen anrichten.

Wir kommen allein ganz gut zurecht. Aber sobald ihr Jungs da seid, reißen die Schwierigkeiten nicht mehr ab, wo vorher gar keine waren. Ihr zieht durch die Gegend und provoziert die Aborigines. Dann macht ihr euch wieder aus dem Staub und überlasst uns das Chaos.«

Der Commander schob den leeren Teller von sich und lachte. »Das ist der Busch, und man muss mit dem Ungeziefer wie den Schwarzen kurzen Prozess machen. Behandle sie grob, und sie haben Respekt vor dir. Ist man zu nachgiebig, machen sie, was sie wollen.«

Adam schob auch seinen Teller weg. Ihm war der Appetit gründlich vergangen, obschon er noch nicht einmal zur Hälfte aufgegessen hatte. »Es ist schön und gut, dass Sie hier herauskommen, sich wichtig machen und mit den Gewehren herumfuchteln. Ihre schwarzen Spurensucher haben Sie schon ordentlich eingeschüchtert. Sie gehorchen, weil ihnen sonst eine fürchterliche Strafe blüht. Ich hätte auch keine Lust, an einen Baum gebunden und ausgepeitscht zu werden. Sie metzeln aus reiner Angst ihre eigenen Leute nieder, nur weil sie ein Schaf gestohlen und über dem Lagerfeuer geröstet haben. Sie müssen die Lebensweise der Aborigines verstehen.«

Der Mann presste die Lippen zusammen. »Ich muss gar nichts verstehen! Sie sind Diebe und Halunken, nichts anderes! Und wenn Sie erst mal eine Weile hier leben, kommen Sie auch noch dahinter.«

»Unsinn!« Adam wurde wütend. »Wir sind hergekommen und haben ihnen ihr Land weggenommen, macht uns das nicht auch zu Dieben und Halunken?«

»Leute wie Sie brauchen mich und meine Jungs – wir sorgen für Ihre Sicherheit. Nehmen Sie zum Beispiel Ihr Vieh. Die Schwarzen sehen alles, was sich bewegt, als ihre Beute an. Vielleicht ändern Sie Ihre Meinung, wenn Sie merken, dass Ihnen Lämmer fehlen.«

Adam holte tief Luft. »Kängurus, Emus, Schafe: das alles ist Nahrung für sie. Wir vernichten *ihre* Nahrungsquellen, also bedienen sie sich an unseren. Mir erscheint das als fairer Tausch. Und Leute wie Sie! Ihr bildet euch ein, ihr könntet nach eigenen Gesetzen handeln! Euch ist es gleichgültig, was ihr den hiesigen Stämmen antut und wer davon weiß. Ich gebe euch die Erlaubnis, auf meinem Land zu campieren – was, wenn Sie die Aborigines auf meinem Grund und Boden auslöschen? Sie gehen dahin zurück, wo Sie hergekommen sind, aber ich muss weiterhin hier leben und die Konsequenzen Ihrer Taten tragen. Die Schwarzen müssen doch denken, dass ich irgendwie mit Ihnen unter einer Decke stecke oder zumindest mit Ihrer Vorgehensweise einverstanden war. Ich habe verdammt hart gearbeitet, um mit den Leuten, die hier wohnen, ein ordentliches Verhältnis aufzubauen. Ich möchte keinen Speer in den Rücken bekommen, nachdem Sie weitergezogen sind.«

Der Commander musterte Adam nachdenklich. »Hatten Sie jemals eine schwarze Frau?«, fragte er schließlich.

Adam war schockiert. »Nein!«

Der Mann lachte, nahm die Schnapsflasche in die Hand und hielt sie Adam hin. »Dann wissen Sie auch nicht, was Sie verpasst haben. Die verdammt beste Nummer, die Sie jemals haben können.«

Er schenkte Schnaps in ein Glas, und Adam nahm es an.

»Ah, lassen Sie uns nicht streiten!«, fuhr der Commander fort. »Sie und ich, wir sind die einzigen Weißen weit und breit. Es wäre eine Schande, einen angenehmen Abend zu verderben.«

Adam nippte an seinem Glas und spürte, wie sich die Wärme in seiner Brust ausbreitete. Allmählich verflog sein Zorn. Es hat keinen Zweck, sich mit dem Kerl anzulegen, warnte ihn eine innere Stimme. Du kannst sowieso nichts ändern.

Die beiden Männer plauderten über neutrale Themen. Adam wollte alle Neuigkeiten aus den Städten im Norden hören. Der Commander erkundigte sich, was Adam mit dem Land vorhatte, und dieser gab bereitwillig Auskunft. Von Zeit zu Zeit dachte er an Conor und wünschte, er wäre hier. Sein Bruder hätte diesem Kerl mit seiner Wortgewandtheit schnell den Kopf zurechtsetzen und bessere Argumente anbringen können.

Gegen Mitternacht unterdrückte der Commander ein Gähnen, und beide Männer meinten, dass es Zeit zum Schlafen sei. »Wir brechen morgen in aller Herrgottsfrühe auf«, sagte der Commander. »Wir haben einige Meilen vor uns.«

Adam brachte seinen Gast zur Tür, dann blieb er auf der Veranda stehen und sah in den Himmel. Die schmale Mondsichel stand über dem Horizont. Die Sterne sahen aus wie blitzende Stecknadelköpfe am weiten, dunklen Firmament. Der Commander stand im Schein des Lichtes, das aus dem Haus drang. »Was ich vorhin gesagt habe, meine ich ernst«, warnte Adam und verschränkte die Arme vor der Brust. »Auf Diamantina Downs darf es kein Blutvergießen geben.«

Dann ging er ins Haus und räumte den Tisch ab, legte sich auf sein Bett, machte die Augen zu und wartete auf den Schlaf. Doch er fand keine Ruhe, obwohl es schon so spät war. Er hörte das Quieken der Fledermäuse und das Heulen eines Dingos in der Ferne. Etwas raschelte in der Nähe durchs Gras – eine große Echse vielleicht oder ein Nachtvogel auf Nahrungssuche.

Irgendwann in der Nacht kam eine kühle Brise auf. Der Wind rauschte in den Bäumen und brachte den süßen Geruch nach Regen mit. Adam nahm sich seine Decke und hörte die Tropfen niederprasseln. Dann versank er ins Reich der Träume.

Er träumte, dass sein Vater und seine Mutter, Conor und all die kleinen Geschwister um sein Bett versammelt waren. Er sah einem nach dem anderen ins Gesicht. Dad und Mam wirkten verschwommen, und er konnte ihre Züge kaum erkennen. Die Kinder waren gesichtslos, und dort, wo die Augen und Münder sein müssten, sah er nur schwarze Löcher. Nur Conor erschien ihm real.

Sie hatten alle Gartengeräte bei sich – Harken und Hacken, Äxte und Schaufeln.

»Komm!«, schrie Dad und deutete auf die Tür ins Freie. Seine Stimme war rau und heiser. »Raus aus dem Bett! Es gibt jede Menge Arbeit, und wir sind hier, um dir zu helfen. Wir haben keine Zeit zu verschwenden.«

»Du bist tot«, erwiderte Adam. »Du kannst mir nicht helfen.«

Dad hielt inne und starrte seinen Sohn eine halbe Ewigkeit an. »Nun«, erklärte er zögerlich und nahm Mams Hand, »wenn das so ist, dann gehen wir besser.«

Er winkte die Kinder zu sich, und alle schlurften zur Tür, Conor in ihrer Mitte. Mit jedem Schritt wurden sie kleiner und noch verschwommener, bis sie mit der Dunkelheit verschmolzen.

»Nein!«, schrie Adam. »Geht nicht weg!«

Hauptsächlich wollte er Conor zurückrufen. Die anderen waren längst tot, aber sein Bruder lebte, war aus Fleisch und Blut und sein Gefährte in diesem rauen Land. Aber es war zu spät. Conor war verschwunden und hatte Adam in seinem Traum allein gelassen.

Zu früh ließ der Regen nach, und zurück blieb nur der säuerliche Geruch nach Gidgee und feuchter Erde. Ein Chor an Vogelstimmen weckte Adam im Morgengrauen. Er wankte in die Küche – die Nachwirkungen des Alkohols benebelten seine Sinne. Hatte der Besuch des Commanders nur in seiner Fantasie stattgefunden? Nein, da standen zwei benutzte Teller neben der Spüle, und durchs Fenster entdeckte er eine dünne Rauchsäule über den Baumwipfeln am Wasserloch, wo der Commander und seine Männer ihr Lager aufgeschlagen hatten.

Sie wollten heute Morgen weiterziehen, und Adam hatte vor, zu ihnen zu gehen, um sich zu verabschieden und noch einmal zu betonen, dass er auf seinem Grund und Boden kein Blutvergießen dulden würde. Doch dann sah er Wongaree, der vom Stall in Richtung Haus lief. Er machte einen sehr besorgten Eindruck.

»Die Pferde sind weg, Boss«, sagte er, als er Adam erreichte.

»Beide?«

Wongaree nickte, und Adam kam der Gedanke, dass sie jemand gestohlen haben könnte. Vielleicht der Commander und seine Männer? Adam selbst hatte gestern Nachmittag nach den Pferden gesehen und sich vergewissert, dass die Gatter der Koppel zu waren.

»Wie sind sie herausgekommen?«

»Das Gatter ist kaputt. Sehen Sie!«

Er hielt Adam den zerbrochenen Metallriegel hin.

Die beiden Männer gingen zur Koppel, und Wongaree untersuchte den Erdboden sorgfältig nach Spuren. Er bückte sich immer wieder, dann richtete er sich auf und betrachtete die Abdrücke, strich mit den Händen über die Erde und trat ein, zwei Schritte zurück, stemmte die Arme in die Hüften und sah sich um.

»Also?«, fragte Adam. »In welche Richtung sind sie gegangen?«

Wongaree deutete flussaufwärts. »Dorthin. Zum Wasser.«

Adam wog nachdenklich den kaputten Riegel in der Hand. Der Verdacht, der ihm im Kopf herumspukte, gefiel ihm gar nicht. Er warf einen Blick zu der Stelle, an der der Commander mit seiner Truppe das Nachtlager aufgeschlagen hatte. Die Männer sattelten gerade ihre Pferde – Adam sah die Gestalten, die umhergingen – und waren offenbar bereit zum Aufbruch. Er zählte die Pferde. Insgesamt waren es dreizehn. Eine Unglückszahl für die Abergläubischen.

»Wongaree, glaubst du, da hat jemand an dem Riegel herumhantiert?«

Der Viehhüter zuckte mit den Achseln und nahm noch einmal den Erdboden in Augenschein. »Weiß nicht, Boss. Möglich. Ich kann's nicht mit Sicherheit sagen.«

»Sind das keine Fußspuren?«

»Die Pferde sind hier ziemlich herumgetrampelt. Es ist nichts mehr zu erkennen.«

Der Commander und seine Männer führten ihre Pferde in einer Reihe und gingen in die Richtung, in der Wongaree Adams Tiere vermutete. Sie waren bereits zu weit weg und hätten es nicht gehört, wenn Adam sie gerufen hätte, um zu fragen, ob er auf einem der Ersatzpferde ein Stück mitreiten könne.

Adam nahm die zwei Zaumzeuge vom Haken in der Futterscheune und machte sich schlecht gelaunt zusammen mit Wongaree zu Fuß auf den Weg. Gott allein wusste, wie weit die Tiere gekommen waren! Seine Stiefel rieben an den Fersen, bestimmt würde er bald große Blasen haben.

Der Tag fing wirklich nicht gut an.

KAPITEL 16

Die Zeit schien nur langsam zu verstreichen, während Adam und Wongaree durch das Gestrüpp streiften. Sie folgten den Spuren der Pferde zum Hauptarm des Diamantina. Das Zaumzeug lag schwer auf Adams Schultern.

Die Wolken hatten sich zerstreut, und der Himmel war strahlend blau; die sengende Sonne brannte auf sie nieder. Der Regen der vergangenen Nacht war nur noch eine Erinnerung, kein bisschen Feuchtigkeit war auf der harten Erde zurückgeblieben. Der Commander und seine Männer waren längst außer Sichtweite. Hin und wieder hatte Adam einen Schrei oder ein Wiehern gehört, aber jetzt war alles still.

Adams Gedanken kehrten immer wieder zu Conor zurück, der ganz allein die Schafe durch den Busch trieb und nichts von angeblich raubenden und mordenden Aborigines wusste. Sobald die Pferde gefunden wären – falls ihnen das überhaupt glückte –, würde sich Adam auf den Weg zu Conor machen, um ihn auf die Gefahr aufmerksam zu machen. Vielleicht konnte er ihn ja auch dazu überreden, mit ihm zurückzureiten und abzuwarten, bis sich die Lage beruhigt hatte.

Die Landschaft, die er sonst immer nur hoch zu Ross durchquerte, sah anders aus als sonst. Einige Male scheuchten sie Eidechsen auf, die sich wachsam auf die Hinterbeine stellten und dann durchs Gras huschten. Adam wusste, dass die Echsen ein Festmahl im Lager der Aborigines wären – sie rösteten das Fleisch auf heißen Steinen. Doch weder er noch Wongaree dachten daran, auf die Jagd zu gehen – für beide war es jetzt das Wichtigste, die Pferde wieder einzufangen. Adam nahm sich vor, Aleyne einen zusätzlichen Sack Mehl mitzugeben, um Wongaree und die anderen dafür zu entschädigen, dass er heute keine Nahrung beschaffen konnte.

Wongaree lief voraus und suchte den Boden nach Pferdespuren ab. Sein Rücken war gebeugt, der Kopf gesenkt. Ein Kaleidoskop von verschiedenen Farben bot sich dem aufmerksamen Auge: das Violett des Candytufts, die gelben Knospen der wilden Boronias, die zarten weißen Blüten des einheimischen Heliotrops, rote Salzbusch-Beeren. Eine Schlange glitt langsam von einem Stein unter einem Mitchell-Gras-Busch und beobachtete die beiden Störenfriede mit verächtlichem Blick. Dürre Spinifex-Sträucher und Pockholz sowie Nardoo-Gras wuchsen auf den Sandhügeln, die sich rot und bröckelig aus der Ebene erhoben.

Adam kletterte auf einen dieser Hügel und suchte mit Blicken die Umgegend nach seinen Pferden ab. Unwillkürlich sah er zum Horizont, wo eine Kette zerklüfteter Sandsteinfelsen wie aus dem Nichts aufragte. Sie hatten eine bläuliche Färbung gehabt, als Adam aufgebrochen war. Jetzt, wenige Stunden später, leuchteten sie orangerot.

Gelegentlich blieben die beiden Männer stehen und nahmen einen Schluck aus ihren Wasserflaschen. Schweiß tropfte von Adams Stirn und brannte ihm in den Augen. Gerade, als er glaubte, sie würden die Pferde niemals finden, schwenkte Wongaree nach links ab, klatschte in die Hände und deutete auf die zwei dunklen Tiere, die in einem trockenen Creek standen und friedlich grasten. »Wir haben sie, Boss«, jubilierte er laut. »Wongaree hat sehr gut die Spuren gelesen.«

Die Pferde blieben erwartungsvoll stehen, während sich die beiden Männer näherten. Als Adam einem der Tiere das Zaumzeug überwarf, flog ein grüngelber Papagei aus dem dichten Unterholz auf – die Flügel streiften fast sein Gesicht –, setzte sich auf einen Ast in der Nähe und funkelte die beiden Männer hasserfüllt an.

Wongaree erstarrte vor Entsetzen und deutete wortlos auf den Vogel.

»Was ist?«, wollte Adam wissen.

Der Viehhüter kauerte sich hin, um mit dem Vogel auf gleicher Höhe zu sein. »Er spricht von Gefahr. Er ist Wächter auf dem heiligen Grund«, flüsterte Wongaree ergriffen.

»Was für einem heiligen Grund?«

»*Diesem* heiligen Grund. Der Geistvogel sagt, wir dürfen hier nicht sein.«

»Nun, dafür ist es ein bisschen zu spät«, erwiderte Adam mit einem Lachen, das eher nervös als selbstbewusst klang.

Das Lachen schien den Vogel zu erschrecken. Er plusterte sein Gefieder auf, stieß ein paar schrille Schreie aus, bevor er wieder im Gestrüpp Zuflucht suchte. Wongarees Augen wurden groß. Er warf das Zaumzeug über den Kopf des Pferdes und zerrte es zu sich. »Schnell! Schnell! Wir müssen weg, Boss. Große Gefahr, ja? Wir alle stürzen und sterben.«

»He, nur mit der Ruhe!« Adam legte die Hand auf den Arm seines Arbeiters und versuchte, ihn zu beschwichtigen.

Wongaree wandte ihm das Gesicht zu, und Adam erkannte, dass der schwarze Mann Todesangst hatte. Schweißperlen glänzten auf seiner Stirn. Er atmete heftig. Es hatte keinen Sinn, ihn zu etwas zu zwingen. Sonst würde er nur die Flucht ergreifen und es seinem Herrn überlassen, allein mit den zwei Pferden zum Farmhaus zurückzukommen. Sie hatten gefunden, was sie gesucht hatten, und es blieb noch genügend Zeit, nach Hause zu reiten, die Pferde ordentlich zu satteln und dann loszureiten, um nach Conor zu sehen.

In diesem Augenblick der Stille zerrissen die ersten Schüsse die Luft. Das Geräusch schien aus allen Richtungen zu kommen und hallte über die Ebene.

»Verdammte Hölle!«, flüsterte Adam, als das Echo schließlich verstummte.

Für einen Moment herrschte Totenstille. Kein Vogel sang. Die Zikaden in den Bäumen waren verstummt. Sogar der Wind hatte aufgehört zu wehen. Adam und Wongaree sahen sich an. »Wir müssen gehen«, sagte Adam und deutete mit dem Kinn in die Richtung, in der seiner Meinung nach die Schüsse abgefeuert worden waren, »und nachsehen, was diese Bastarde im Schilde führen.«

Wongaree blieb, noch immer vollkommen verängstigt, zurück. »Nein, Boss. Schlechte – *jung-ga* – Geister da drüben.«

»Wir *müssen*.«

»Wongaree will nicht, Boss. Wongaree bleibt hier.«

»Das kannst du nicht. Du kommst mit. Diese Männer tun dir nichts. Nicht, wenn ich bei dir bin.«

Widerstrebend stieg Wongaree auf den Pferderücken. Er wirkte unbeholfen und unsicher, während er darauf wartete, dass Adam vorausritt.

»Ja, Boss«, flüsterte er ganz leise.

Ngayla lehnte sich an den Baumstamm und ließ den Blick über das Lager schweifen. Sie waren in der letzten Nacht hier angekommen. Heute Morgen wollten sie weiterziehen. Sie könnten nicht bleiben, hatten die Stammesältesten gesagt. Eine Meute Männer auf Pferden seien ihnen auf den Fersen – der Boss sei ein Weißer, die anderen seien Verräter ihrer eigenen Art: Aborigine-Spurenleser im Dienste der Polizei.

Warum sie gejagt wurden, wusste niemand. Die Leute erzählten sich, dass im Norden Weiße getötet worden seien. Aber damit hatten sie nichts zu tun, und trotzdem wurden sie von der Polizei gehetzt. Ngayla und ihr Stamm hatten den Rauch von ihren Feuern gesehen und das Wiehern ihrer Pferde von weit her gehört, doch seit ein paar Tagen schienen sie wie vom Erdboden verschluckt zu sein.

Waren sie jetzt in Sicherheit? Vielleicht hatten die Verfolger ihren Irrtum erkannt und ließen endlich von ihnen ab.

Gestern Abend hatte einer der alten Männer mit einem Stock eine Linie um ihr Lager gezogen, einen Kreis, um die bösen »Debil-Debil«-Geister zu verbannen. Und der Bann hatte sie in den dunklen Stunden geschützt. Jetzt, beim ersten Tageslicht, übertraten einige Stammesmitglieder die Grenze und gingen zum Creek und zum frischen Wasser.

Ngayla schloss die Augen. Sie hörte Stimmen und roch den Feuerrauch. Der Wind rauschte im Laub der Bäume und brachte sie zum Rascheln. Am deutlichsten erkennbar war die Stimme ihrer Mutter, die eines der jüngeren Kinder ausschalt.

Ngayla dachte an all die Veränderungen in den letzten Wochen, seit der Stamm beschlossen hatte, zu einem Walkabout aufzubrechen. Als Erstes war das neue Baby gekommen. Ihre ältere, verheiratete Schwester Mingul, die einen dicken, gewölbten Bauch hatte, ging zusammen mit ihrer Mutter in den Busch. Als sie dann zurückkamen, hatte Mingul ein Baby, einen kleinen Jungen, im Arm; er war mit Tierfett und Asche eingeschmiert. Er kam Ngayla ziemlich lang und dünn vor, schrie viel und saugte eifrig an der Brust seiner Mutter.

Ngaylas Körper schien sich auch mit jedem Tag zu verändern. Mit dreizehn war sie die jüngste in der Familie und klein für ihr Alter, aber ihre knospenden Brüste und ihre Hüften wurden allmählich runder. Vor wenigen Wochen hatte sie zum ersten Mal zwischen ihren Beinen geblutet. Anfangs hatte sie Angst davor gehabt und gedacht, sich eine schreckliche Krankheit von den Weißen eingefangen zu haben. Doch ihre Mutter hatte sie beruhigt und ihr gezeigt, wie sie die Grasbündel, die das Blut auffingen, dort befestigen musste. In der Zeit, in der sie blutete, musste sie abseits von den anderen schlafen und durfte nicht auf demselben Weg gehen wie die Männer.

»Warum ist das so?«, fragte sie ihre Mutter.

»Weil es bei uns immer schon so war«, lautete die strenge Antwort.

Ngayla war schon jetzt Yanda versprochen, einem schüchternen, fünfzehn Jahre alten Jungen. Sie fragte sich, wie es wohl sein würde, eine verheiratete Frau zu sein, nicht mehr bei der Mutter zu schlafen und ein Baby in sich wachsen zu spüren. Sie hatte einmal die Hand auf Minguls Bauch gelegt und die Bewegungen gespürt.

»Bis dahin hast du noch viel Zeit«, sagte ihre Mutter, als Ngayla sie fragte, wann Yanda ihr Mann werden würde. Du bist noch – *mi-ri* – zu jung und musst noch etwas wachsen.« Dabei strich sie mit den Händen über ihren eigenen Körper und betonte die Kurven an der Brust und den Hüften. »Du musst älter – *ka-na-ri* – sein, bevor du heiratest und Kinder kriegst.«

»Wie kriegt man ein Baby?«

Ihre Mutter bedachte sie mit einem hochnäsigen Blick. »Ah, Kind! So viele Fragen.«

»Aber wie?«, beharrte Ngayla.

»Nun«, begann ihre Mutter. »Wenn ein Mann ein Mädchen zu seiner *gundi* macht und sie ein gemeinsames Lager aufschlagen, kommen die Geister nieder, dann entsteht ein Baby.«

»Geister? Im Bauch?«, fragte Ngayla und machte große Augen.

»Wie ich sagte, du hast noch viel Zeit.«

An all das musste Ngayla jetzt denken. Sie öffnete die Augen und sah, dass ein paar Stammesmitglieder vom Creek ins Lager kamen. Das Schaf, das einer der Männer jämmerlich blökend ganz allein im Busch gefunden hatte, war fertig geröstet, und eine der Frauen hatte es vom Feuer genommen und verteilte die Fleischstücke. Ihre Mutter legte eines der Stücke auf eine Rinde und brachte es ihr. Ngayla nahm einen Bissen, aber das Fleisch war noch heiß, und sie verbrannte sich die Lippen. Sie verzog das Gesicht.

»Blas darauf!«, riet ihr die Mutter. »So.«

Ihre Mutter spitzte den Mund und hauchte in kurzen Atemstößen auf das Fleisch. Es sah komisch aus. Ngayla lachte. Ihre Mutter lächelte.

Am Rand des Lagers sang jemand. Die Kinder zankten sich um den besten Leckerbissen. Ein Baby weinte. War es Minguls? Ngayla nahm all das nur am Rande wahr – der Lärm war nur ein Hintergrundgeräusch, während sie sich mit dem Fleisch beschäftigte.

Plötzlich zuckte sie zusammen, ihre Sinne waren geschärft. Etwas stimmte nicht. Männer ritten ins Lager und schrien; die Kinder stoben auseinander. Ngaylas Mutter, die gerade einen Bissen zum Mund führen wollte, hielt mitten in der Bewegung inne und starrte die Meute verwundert an. Einer der Ältesten lief zu den Speeren, die auf einem Haufen neben dem Feuer lagen. Irgendetwas knallte ohrenbetäubend, und der alte Mann fiel nach vorn auf die Erde: Ein dunkelroter Fleck breitete sich auf seinem Rücken aus.

Ngayla presste die Hände auf die Ohren und kniff die Augen zu. Jemand – ihre Mutter? – hob sie hoch und fing an zu laufen. Sie merkte an der Erschütterung und an den Ästen, die ihr ins Gesicht schlugen, dass sie rasch vorwärts kamen. Dann ertönte wieder ein lauter Knall, gefolgt von zahlreichen weiteren Schüssen. Der Lärm hörte gar nicht mehr auf, bis Ngayla glaubte, ihre Ohren würden platzen, obwohl sie sie zuhielt. Dann hatte sie das Gefühl zu fallen.

Wer immer das Mädchen trug, stürzte und landete auf ihm. Ngayla war, als würde die Luft aus ihrer Lunge gepresst, und sie versuchte sich unter dem Gewicht herauszuwinden, um zu Atem zu kommen. Endlich konnte sie sich befreien und blieb keuchend neben der Leiche liegen. Als sie sah, dass es ihre Mutter war, unterdrückte sie einen Entsetzensschrei. Die Mutter hatte den Hals eigenartig verdreht, und ein Blutrinnsal lief aus einem Mundwinkel. Ihre Augen waren offen und starrten Ngayla blicklos an.

Ngaylas erster Impuls war, sich irgendwo zu verstecken: Sie musste weg von diesen grölenden Männern und den Schüssen. Sie sah sich hektisch um. Sie war nicht mehr im Lager, und diese Stelle am Flussufer kannte sie nicht. Sie kroch auf allen vieren zu dem dichten Gestrüpp in der Nähe, ohne zu bemerken, dass die spitzen Steine ihre Knie aufschürften.

Ihr Herz klopfte so schnell, dass sie fürchtete, es könnte ihr aus der Brust springen. Die Blätter der Büsche waren scharf und stachlig. Trotzdem robbte sie weiter und versteckte sich darin. Als sie glaubte, nicht mehr zu sehen zu sein, blieb sie mit angezogenen, geschundenen Knien sitzen und schlang die Arme um die Beine.

Sie wartete und wagte kaum zu atmen und schon gar nicht um Hilfe zu schreien. Sekunden, Minuten verstrichen. Anscheinend hatte sie niemand bemerkt.

Das laute Knallen verstummte plötzlich, und Ngayla spähte durch das dichte Laub. Überall lagen seltsam verkrümmte Leichen. Hauptsächlich Frauen und Kinder. Der

Boss der Weißen, der ins Lager geritten war, marschierte herum und trat mit dem Stiefel gegen alles, was sich noch bewegte. Einer der schwarzen Spurenleser hob ein Baby an den Beinen hoch und schleuderte es gegen einen Baumstamm. Es war Minguls Kind, Ngayla erkannte es mit absoluter Sicherheit. Der kleine Körper war schlaff, die Ärmchen hingen herum. Kein Laut kam ihm über die Lippen. Ngayla stieg ein bitterer Geschmack in den Mund, als sie beobachtete, wie der kleine Junge gegen die Rinde prallte. Dann fiel er auf einen Haufen Erde am Fuße des Stammes.

Ngayla spuckte die Galle aus und wischte sich mit dem Arm über den Mund. Die angespannten Beine fingen an zu schmerzen. Ihre Stirn war ungewöhnlich heiß und mit Schweißperlen bedeckt. Für einen Moment schloss sie die Augen und dachte, dass das alles vergehen würde, wenn sie nur ein bisschen schliefe. Später, wenn sie aufwachte, würde sie begreifen, dass alles nur ein böser Traum gewesen war.

Ein Schrei gellte durch die Luft. Ngayla hob den Kopf und nahm eine schnelle Bewegung wahr. Es war Mingul – sie lebte noch und versuchte, an den Spurenlesern vorbei zu ihrem Kind zu robben. Die Männer sprangen ihr in den Weg. Einer lachte heiser und stieß sie mit dem Fuß, bis sie auf dem Rücken lag.

Mingul starrte die Männer voller Entsetzen an. Einer holte wieder mit dem Stiefel aus. Sie versuchte, sich gegen den Tritt abzuschirmen, rollte auf die Seite und krümmte sich zusammen, um ihren Bauch zu schützen. Der Mann machte seinen Gürtel auf und ließ die Hose herunter; die anderen stachelten ihn an. »Mach schnell!«, rief einer. »Wir wollen auch noch drankommen.«

Obwohl Mingul versuchte zu entkommen, schrie und um sich trat, war Ngayla klar, dass sie gegen diesen Kerl nichts ausrichten konnte. Er holte aus und schlug mit der Faust auf ihr Kinn. Mingul sank zurück, und der Mann nutzte die Gelegenheit und legte sich auf sie.

Mingul hörte auf sich zu wehren und blieb still liegen. Sie hatte das Gesicht von ihrem Peiniger abgewandt und sah zu dem Busch, in dem sich Ngayla versteckte. Tränen liefen ihr übers Gesicht und hinterließen dunkle Spuren. Ngayla sah, wie sich das nackte Hinterteil des Mannes auf und ab bewegte. Minguls Körper wurde mit jedem Stoß erschüttert. Schließlich stand der Rohling auf und knöpfte sich die Hose wieder zu. Dann kam der Nächste dran. Einer nach dem anderen legte sich auf Mingul.

Ewigkeiten schienen zu vergehen, bis der Letzte seine Hose zumachte. Mingul lag reglos im Dreck; ihre Augen waren jetzt geschlossen.

»Schau mich an, Miststück!«, brüllte der Mann und stieß Mingul mit der Stiefelspitze in die Seite.

Mingul rührte sich nicht.

Der Mann trat fester zu und schrie lauter: »Sieh mich an, hab ich gesagt!«

Minguls Lippen spannten sich an und formten ein lautloses »Nein«.

Der Mann hob den Fuß und zielte auf Minguls Kopf. Ngayla hörte den dumpfen Aufprall, als der Absatz die Schläfe ihrer Schwester traf. Minguls Kopf fiel zur Seite, die Arme, die sie an die Seiten gedrückt hatte, wurden schlaff und glitten auf die Erde.

»Aufhören!«, wollte Ngayla schreien. »Das könnt ihr meinem Volk nicht antun!«

Doch die Worte waren nur in ihrem Kopf. Diese Kerle

waren groß und stark, und zudem waren es so viele. Wenn sie sich bemerkbar machte, würde sie dasselbe Schicksal ereilen wie Mingul.

Einer der Männer kam in ihre Richtung, bückte sich nur etwa einen Meter vor ihr und hob etwas auf. Es war ein Stück Fleisch. Eine der Frauen musste es dabeigehabt haben, als sie aus dem Lager geflohen war. Er hielt es an die Nase und schnupperte. »Lamm«, rief er seinen Kumpanen zu. »Geschieht ihnen verdammt recht. Sie haben ein Schaf getötet.«

All das Gemetzel nur wegen eines Tieres?

Ein Wimmern drang aus Ngaylas Kehle, und sie drückte hastig die Hand auf den Mund. Sie zitterte am ganzen Leib. Tränen schossen ihr in die Augen, und sie kniff die Lider zu, um die Schreckensbilder auszublenden.

Die Zeit schleppte sich dahin, die Sonne wanderte weiter, und Licht sickerte durch das dichte Laub. Von all dem bekam Ngayla kaum etwas mit, nur die Geräusche brannten sich tief in ihr Gedächtnis. Gelächter. Ein brechender Zweig. Eine Peitsche knallte. Einige Schüsse fielen. Worte in der Sprache der Weißen flossen ineinander und machten überhaupt keinen Sinn. Wie lange kauerte sie schon in diesem Busch? Sie wusste es selbst nicht mehr. Ihre Beine schmerzten höllisch; sie müsste dringend ihre Blase entleeren, und während die Minuten vergingen, wurde der Drang so stark, dass ihr der Bauch wehtat.

Endlich brachen die Männer auf. Ngayla hörte, wie ihr Lachen immer leiser wurde und sich die Hufschläge auf dem Uferweg entfernten. In ihrer Verzweiflung kratzte sie mit der Hand ein kleines Loch in die Erde und erleichterte sich. Sie fühlte, wie Urin an ihr Bein spritzte. Aus reiner Gewohnheit scharrte sie die trockene Erde wieder über den feuchten Fleck unter ihr. Dann teilte sie vorsichtig die Zweige des Busches ein wenig und spähte hinaus.

Es rührte sich nichts mehr. Nicht einmal die Eidechsen flitzten wie sonst über die sonnenbeschienenen Steine. Und die Vögel waren verstummt. Keine der Frauen schöpfte Wasser, um es ins Lager zu bringen, kein Kind planschte am Ufer.

Ngayla sah nur Leichen, die in ihrem geronnenen Blut kreuz und quer auf der Erde lagen. Die Äste der Bäume hingen tief über das rötlich gefärbte Wasser.

KAPITEL 17

Adam und Wongaree galoppierten am Fluss entlang in die Richtung, in der sie die Schüsse gehört hatten. Das Unterholz war dicht, und die beiden Männer rutschten hilflos auf den ungesattelten Pferden herum. Einige Male wäre Adam fast gestürzt, nur sein fester Griff in die Zügel rettete ihn. Hin und wieder musste er absteigen und die Pferde führen, während Wongaree nach Spuren suchte. Adam fluchte leise, weil ihn diese Mission so viel Zeit kostete. Als die Schüsse gefallen waren, hatten die Geräusche trügerisch nah geklungen. Sie legten Meilen zurück, doch von dem Commander und seiner Truppe war nichts zu sehen, und Adam fragte sich schon, ob sie sie verpasst hatten. In diesem dichten Buschland konnte man leicht an jemandem, der nur zwanzig Meter weit weg war, vorbeireiten, ohne ihn zu sehen.

»Was meinst du, wie weit wir noch reiten müssen?«, wollte er von Wongaree wissen.

Der Aborigine zuckte mit den Achseln. »Bis zum nächsten Hügel, Boss, vielleicht weiter. Schwer zu sagen. Die bösen Geister spielen Streiche, erzählen Lügen. Kann sein, dass sie uns in die falsche Richtung gelockt haben.«

Ein unerträglicher Gedanke. Sie hätten dann wertvolle Zeit und Energie verschwendet. Wenn sie so schnell wie möglich zu der Stelle kommen könnten, wären sie vielleicht in der Lage, ein sinnloses Gemetzel zu verhindern.

»Wir *können* nicht in die falsche Richtung gegangen sein«, erklärte Adam. »Du hast die Spuren verfolgt. Wir haben den richtigen Weg eingeschlagen.«

»Ja, Boss, aber diese Spuren kommen und gehen.«

Führte ihn Wongaree absichtlich auf Irrwege, weil er sich vor den bösen *jung-ga* Geistern und dem fürchtete, was sie vorfinden mochten? Adam dachte über diese Möglichkeit nach, als sie durch ein fast ausgetrocknetes Wasserloch ritten, doch dann verwarf er den Gedanken.

Sie folgten einem ausgetrockneten Wasserlauf und kamen nach einer Stunde endlich zu einer Lichtung am Fluss. In der Mitte stand ein großer Wilga-Baum, und eine leblose Gestalt hing an einem Ast. Etliche andere lagen in einer blutigen Masse auf dem Boden. Die Erde war aufgewühlt. Überall war in der heißen Sonne getrocknetes Blut, auf dem dicke Fliegenschwärme saßen. Ein heißer, metallischer Gestank lag in der Luft.

Die zwei Männer stiegen ab. Wongaree blieb zurück und sah aus riesengroßen Augen zu, wie Adam auf den Gehängten zuging. Es war ein dunkelhäutiger, junger Mann von etwa zwanzig Jahren. Er war nackt bis auf eine Halskette aus Gras und einen Gürtel, der aus Menschenhaar geflochten zu sein schien. Ein langes Seil war um seinen Hals geschlungen.

Was sollte Adam tun? Er konnte den Leichnam nicht dort hängen lassen. Wongaree kauerte mittlerweile auf dem Boden, wiegte sich vor und zurück und winselte leise.

Adam ging zu seinem Viehhüter, packte ihn an den Schultern und schüttelte ihn. »Hör auf damit!«, befahl er streng und hoffte, Wongaree so aus seiner Erstarrung reißen zu können.

»Böse Geister sind hier«, flüsterte der schwarze Mann, als er aufstand und sich vorsichtig auf der Lichtung umsah. »Sie sagen, wir sollen weggehen.«

Adam nahm das Messer aus der Scheide an seinem Gürtel und ging auf den Baum zu. »Wir können nicht weg. Noch nicht. Erst musst du mir helfen.«

Wongaree wich erschrocken zurück. »Nein, Boss.«

»*Ja,* Boss«, korrigierte Adam entschieden.

Wongaree rührte sich nicht vom Fleck. Adam seufzte leise. Allein war das nicht zu schaffen – er brauchte die Hilfe seines Viehhüters.

»Die Männer, die das getan haben«, begann Adam und hasste sich selbst für diese Worte, »werden sagen, dass Wongaree ein Faulpelz sei. Vielleicht machen sie mit Wongaree dann dasselbe.«

Wongarees Augen wurden noch größer. »Sie sagen es ihnen, Boss?«

»Vielleicht, wenn du mir nicht hilfst.«

»Diese Leute sind nicht aus der Gegend«, sagte Wongaree und deutete mit dem Finger nach Norden zu einer entfernten Bergkette, als er Adam half, den Gehängten vom Baum zu schneiden. »Sie kommen von da drüben.«

Nach und nach entdeckten sie andere Opfer im hohen Gras. Alle waren von hinten erschossen worden, weil sie offenbar versucht hatten zu fliehen. Keiner hatte eine Waffe bei sich. Die Speere lagen neben einer glimmenden Feuerstelle auf einem Haufen.

Adam hatte schon Tote gesehen, aber nie so viele auf einmal und ganz bestimmt nicht solche Opfer, die sinnlos abgeschlachtet worden waren. Es stand zu vermuten, dass diese Männer nie jemandem etwas zu Leide getan hatten, gleichgültig, was dieser Commander behauptete.

»Sieht aus, als hätten sie gerade gegessen, als sie angegriffen wurden. Sie waren absolut unvorbereitet und hatten überhaupt keine Chance, sich zu wehren.«

Adam sah seinen Viehhüter an. »Wongaree«, sagte er ernst und packte seinen Arm. »Du weißt, dass ich damit nichts zu tun habe. Ich würde nie ...« Seine Stimme versagte, und er brachte kein Wort mehr heraus.

Wongaree wandte den Blick ab und schaute zu dem Lager des ausgerotteten Stammes. »Nicht Sie, Boss. Sie sind ein guter Mensch, Sie und Mista Conor. Diese anderen Kerle – die haben das gemacht.«

Conor. In den letzten Minuten hatte Adam seinen Bruder ganz vergessen. Es würde nicht lange dauern, bis sich die Nachricht von dem Massenmord nach Art der Schwarzen verbreitet hatte. Was, wenn es zu Rachefeldzügen käme? Conor war meilenweit weg mit den Schafen allein – ein leichtes Ziel. Adam wurde plötzlich so übel, dass er fürchtete, sein Frühstück nicht mehr bei sich behalten zu können. Er ging ein paar Schritte weg und würgte – ein Strom von Abscheu und Verachtung ergoss sich auf die staubige Erde.

Adam und Wongaree trugen die Toten zur Feuerstelle

und legten sie nebeneinander in eine Reihe. »Kaltblütige Mörder!«, explodierte Adam, als sie die Leichen zählten. Es waren zwölf.

»Was ist mit den Frauen?«, fragte Wongaree. »Es müssen auch Frauen da gewesen sein.«

»Vielleicht waren sie ohne Frauen unterwegs«, meinte Adam hoffnungsvoll.

Wongaree schüttelte den Kopf. »Alle sind bei einem Walkabout dabei. Auch Kinder.«

Kinder. Daran hatte Adam nicht gedacht.

Wongaree deutete auf das niedergetrampelte Gras; die Spur führte zum Fluss. »Vielleicht da drüben, Boss.«

Adam ging los – Entsetzen drohte ihn zu überwältigen.

Nach etwa hundert Metern fand er sie. Die Leichen lagen auf dem Trampelpfad. Alte Aborigines. Etliche Kinder. Eine junge Frau, die offensichtlich vergewaltigt worden war. Ein nackter Säugling lag neben einem Baumstamm, sein Schädel war zertrümmert. Adam hob ihn vorsichtig hoch und stolperte zur Lichtung zurück.

»Was wollen Sie tun?«, rief ihm Wongaree nach. »Was wollen Sie mit all den toten Menschen machen?«

Tränen nahmen Adam die Sicht. Er fand keine Worte. Ja, *was* sollte er tun? Er warf einen Blick zurück. »Ich lege das Baby zu den anderen«, antwortete er Wongaree. Seine Stimme klang selbst in den eigenen Ohren fremd. »Dann reiten wir zurück und holen Schaufeln und die anderen Männer. Sie sollen uns helfen, die Toten zu begraben.«

»Yapunya und Pigeon, ja, aber nicht Wandi. Wandi soll das nicht sehen; er ist noch ein Junge.«

»Gut, Wandi nicht.«

Wongaree zeigte zum Himmel. Die Sonne hatte den Zenit bereits überschritten, und die Bäume warfen Schatten. »Heute ist keine Zeit mehr, Boss. Morgen vielleicht.«

Adam legte den Säugling zu den Männern, ging zurück zum Fluss und hielt den Blick auf einen dichten Busch geheftet. Er glaubte, eine Bewegung wahrgenommen zu haben, und sah genauer hin. »Wer ist das?«, rief er.

Die Sonne schien durch die überhängenden Äste der Bäume und warf ein Muster von Schatten auf die Erde. Ein Vogel kreischte. Zögerlich machte Adam einen Schritt auf den Busch zu. »Ist da jemand?«

Laub raschelte, dann hörte er Schritte. Ein kleiner dunkler Schatten brach aus dem Versteck und rannte zum Fluss. »Warte!«, schrie Adam und lief der Gestalt nach.

Keuchend bahnte er sich einen Weg durch die stacheligen Büsche. Dornen und die scharfen Blätter schnitten ihm ins Fleisch, Äste schlugen ihm ins Gesicht. Er achtete jedoch nicht darauf und schrie: »Bleib stehen! Ich tue dir nichts. Ich bin ein Freund.«

Das junge Mädchen rannte auf seinen dünnen, braunen Beinen weiter. Es hatte keine Kleider an. Die Fußsohlen blitzten weiß auf, während sie behände wie eine Ziege um die Bäume herumlief. Aus den Augenwinkeln sah Adam, wie Wongaree zu seiner Linken an ihm vorbeirannte und versuchte, das Mädchen einzufangen. Das Kind war so auf seine Flucht konzentriert, dass es den schwarzen Viehhüter erst bemerkte, als er ihm in den Weg trat. Blindlings wirbelte die Kleine herum und lief in Adams Richtung. Er fing sie in seinen Armen auf, als sie versuchte, an ihm vorbeizukommen, und drückte sie an sich, bis sie aufhörte, sich zu wehren.

»Es ist gut«, beschwichtigte er sie mit sanfter Stimme.

Adam schätzte sie auf zwölf Jahre. Ihr Gesicht war blutverschmiert, und sie atmete schwer – vermutlich ebenso sehr aus Angst wie vor Anstrengung nach dem Laufen. Adam fühlte das wild pochende Herz durch den Stoff seines Hemdes, während das Mädchen sich in seinen Armen wand, zappelte und nach ihm trat. Aber er hielt es fest.

Wongaree kam auf sie zu, sagte etwas in der Sprache der Aborigines, was Adam nicht verstand. Das Mädchen gab den Kampf auf. Seine großen braunen Augen füllten sich mit Tränen, und sie liefen ihm in Strömen über die Wangen. Die Kleine machte keine Anstalten, sie wegzuwischen, als Wongaree die Arme nach ihr ausstreckte und sie aus Adams Griff befreite. Wongaree trug sie wie ein Baby und drückte ihr Gesicht an seine breite Brust, damit sie die niedergemetzelten Leichen nicht sah. Schweigend gingen sie zu den Pferden.

»Wir nehmen sie mit zur Farm«, sagte Adam schließlich. »Der Rest –«, er deutete auf die Toten –, »muss bis morgen warten.«

Sie ritten langsam nach Hause.

Aleyne kam ihnen bis zum Gatter entgegen und machte große Augen, als sie das Mädchen sah. Wongaree übergab die Kleine in ihre Obhut.

»Kümmere dich um sie!«, wies Adam Aleyne an. »Die Mitglieder ihres Stammes wurden ermordet. Sie hat Glück, dass sie mit dem Leben davongekommen ist.«

An diesem Nachmittag lud er Schaufeln und andere Geräte auf den Wagen, sodass er und die anderen Männer gleich am nächsten Morgen aufbrechen und die Toten begraben konnten. Danach würde er zu Conor reiten und ihn überreden, mit nach Hause zu kommen, bis sich die Lage beruhigt hatte.

Nach Einbruch der Nacht kamen der Commander und seine Männer zurück. Adam stürmte wutentbrannt in ihr Lager. »Ich weiß, was Sie getan haben«, schrie er und warf dem Anführer einen hasserfüllten Blick zu.

Der Kerl grinste verächtlich und zuckte mit den Schultern. »Keine Ahnung, wovon Sie reden.«

»Das war ein gemeiner, hinterhältiger Massenmord«, rief Adam voller Wut. »Und machen Sie sich nur nicht die Mühe, die Tat abzustreiten! Ich habe die Leichen gesehen! Was haben Ihnen diese Menschen getan?«

»Mir persönlich? Nichts. Aber lassen Sie es mich so ausdrücken: Der Mord an der weißen Frau, von dem ich Ihnen erzählt habe, ist gerächt.«

»Welche Beweise haben Sie dafür, dass gerade dieser Stamm etwas damit zu tun hat?«

»Beweise?«, lachte der Mann und reizte Adam damit nur noch mehr. »Ich brauche keine Beweise.«

»Und *warum* wurde diese weiße Frau getötet? Als Vergeltung, weil weiße Viehhüter Aborigine-Frauen vergewaltigt haben oder weil das Mehl, das ›großzügige‹ Landbesitzer an die Schwarzen verteilten, mit Arsen versetzt war?«

Der Commander tat die Frage mit einem Achselzucken ab. »Die gleiche Hautfarbe. Dasselbe Gesindel. Sie sind alle gleich. Es spielt keine Rolle, wer für den Mord bezahlt, solange es überhaupt jemand tut.«

Adam war sprachlos. Er starrte den Mann voller Verachtung an. Am liebsten hätte er ihm ins Gesicht geschlagen und diese Überheblichkeit aus ihm herausgeprügelt.

Er musste kurz die Augen schließen, um seine Wut unter Kontrolle zu bekommen, und schluckte. »Ich habe Ihnen gesagt, dass ich auf Diamantina Downs kein Gemetzel dulde«, sagte er schließlich.

»Sie können mich nicht aufhalten. Ich vertrete das Gesetz.«

»Es gibt eine Bezeichnung für das, was Sie getan haben.«

»Und wie sollte die lauten?«

Der Mann reizte ihn immer mehr. Adam war sich darüber im Klaren, dass er sich auf dem Absatz umdrehen und gehen müsste – dieser Rohling hatte bereits gewonnen.

»Kaltblütiger Mord! Ich werde Sie anzeigen.«

»Das wäre reine Zeitverschwendung. Damit erreichen Sie nichts. Wir sind hier, um Sie und die Menschen, die bedroht sind, zu schützen.«

»Bedroht? Von Frauen und kleinen Kindern? Sie bilden sich ein, dass Ihre Uniform Ihnen das Recht zum Morden und Vergewaltigen gibt?«

»Diese Kinder wachsen auf und werden Jäger, die den Weißen das Vieh stehlen. Und wenn wir die Frauen töten, wird es keine Kinder mehr geben. So einfach ist das. Sie müssen lernen, unsere Regeln zu akzeptieren, Kumpel.«

Adam hob geschlagen die Hände. »Sie wissen selbst, dass dieses Morden aufhören muss.«

»Es wird aufhören, wenn der letzte Schwarze tot ist.«

»Sie hundsgemeiner Bastard! Verschwinden Sie mit Ihren Männern von meinem Land! Sofort! Ich beherberge keine Mörder.«

Damit machte Adam kehrt und ging zurück zu seiner Hütte.

Nach dem Abendessen setzte sich Adam mit Stift und Papier an den Tisch und schrieb im trüben Schein der Öllampe einen Brief an den Gouverneur. Er schilderte gewissenhaft die Ereignisse des vergangenen Tages und ließ keine der grausigen Einzelheiten aus. Er selbst litt Höllenqualen, während er all das niederschrieb.

Als er zum Ende gekommen war, las er den Brief noch einmal durch. Die Worte schwirrten ihm durch den Kopf und ihm war, als läse er ein grausames Buch oder hätte einen bösen Traum.

Aleyne hatte die Kleine am Abend mit ins Lager genommen und versprochen, sich um sie zu kümmern. Der Bericht erschien ihm selbst unfassbar – weit hergeholt und unwahrscheinlich –, obwohl er das Ergebnis des Gemetzels mit eigenen Augen gesehen hatte. Wie sollte der Gouverneur, der in seinem feinen Büro in Brisbane saß, glauben, was er, Adam, ihm schrieb?

Sie müssen lernen, unsere Regeln zu akzeptieren.

Die Worte des Commanders fielen ihm wieder ein und nahmen ihm den Mut. Was könnte ein Brief an den Gouverneur schon bewirken? Nichts würde sich ändern. Ein Bericht konnte die Tat nicht ungeschehen machen, und ganz gewiss würden die Missetäter nicht zur Verantwortung gezogen.

Es spielt keine Rolle, wer bezahlt, solange es überhaupt jemand tut.

Das war die traurige Realität: Diejenigen, die die Gesetze machten, duldeten ein solches Verhalten, und Adam war nur ein einsamer Rufer in der Wüste. Mit einem unmutigen Seufzer knüllte er den Brief zusammen und warf ihn ins Feuer. Dann holte er das Farm-Journal aus der Schublade und hielt die Ereignisse dort fest. Irgendwann in der Zukunft würde jemand die Wahrheit erfahren.

Munwaal und Wadjeri kletterten mühselig auf den Felsen, der das Lager des weißen Mannes am Fluss überragte. Vögel flogen kreischend zu den nächstgelegenen Wasserlöchern. Die Sonne war ein roter Feuerball am westlichen Horizont. Von hier oben aus sahen die beiden Männer eine Schafherde und einen Hund, der sie bewachte.

Der Weiße schürte sein Feuer und stand mit dem Rücken zu ihnen. Auf einem Stein in seiner Nähe lag eine der Waffen, die auch die angeblich marodierende Bande bei sich gehabt hatte. Mit diesen Donnerbüchsen hatte die Truppe mit dem weißen Anführer ihre Stammesgenossen niedergemäht.

Erschöpft sanken die zwei Männer ins Gras, lehnten sich an einen Baumstamm und warteten. Der Himmel verdunkelte sich, Zikaden zirpten und Frösche quakten. Die Flammen des Lagerfeuers am Fuß des Felsen warfen flackernde Schatten. Der Duft von gebratenem Fleisch wehte mit dem Wind zu ihnen herüber. Es war schon zwei Tage her, seit sie etwas gegessen hatten. Nur die Frauen und Kinder hatten ihr Fleisch bekommen, als die Truppe am Morgen ins Lager geritten war.

Die beiden waren dem Schicksal der anderen entgangen, indem sie sich tot gestellt hatten. Sie hatten neben den niedergeschossenen Stammesgenossen gelegen und versucht, den Gestank nach Blut, Urin und Fäkalien nicht einzuatmen. Jetzt war für sie Vergeltung das einzige Mittel, die Gemüter zu beruhigen. Doch wie sollten sie gegen einen Feind kämpfen, der den ganzen Stamm so leicht überwältigt hatte? Auf der Flucht waren sie übereingekommen, dass sie die Mörder überrumpeln mussten. Genau wie es diese Bande getan hatte, als sie ohne jede Vorwarnung ins Lager geritten war. Einen Hinterhalt legen und sie überfallen, das war die einzige Möglichkeit; sie durften ihnen keine Gelegenheit geben, sich zu wehren oder zu ihren donnernden Waffen zu greifen.

Wadjeris Bein war unterhalb des Knies zertrümmert, und schon den ganzen Tag lief Blut über seine Wade. Er hatte versucht, den steten Strom mit einer Paste aus zerstoßenem Gras und Schlamm einzudämmen, das hatte jedoch nichts genützt. Jeder Schritt bereitete ihm Höllenqualen, aber ihm war klar, dass er sich so weit wie möglich von dem Lager der letzten Nacht und den Angreifern entfernen musste. Dass er bis hierher gekommen war, hatte er ganz allein seiner Willenskraft zu verdanken. Jetzt, viele Stunden nachdem ihn dieser Schuss verletzt hatte, trieb ihn der Schmerz an den Rand des Wahnsinns.

Munwaal war an der Schulter verletzt. Dort klaffte eine große Wunde, und das rohe Fleisch war zu sehen. Er konnte den Arm nicht mehr heben. Rachegelüste verdüsterten sein Herz. Und trotz der Verwundung war sein Bauch hungrig. Er warf Wadjeri einen Blick zu und nickte. Es war an der Zeit, etwas zu unternehmen.

Wadjeri schüttelte den Kopf. Das Blut sickerte aus seinem Körper, und er fühlte sich eigenartig, als würde sich alles um ihn herum drehen. Er fragte sich, ob er überhaupt noch aufrecht stehen konnte. Wie sollte er da den Berg hinunter ins Lager des Weißen kommen?

Munwaal schnalzte missbilligend mit der Zunge. Wadjeri kämpfte sich auf die Füße und stützte sich dabei gegen den Baumstamm. Lautlos schlichen sie im Schutz der weit herunterhängenden Äste weiter und achteten darauf, keine Steine loszutreten. Sie bewegten sich zentimeterweise vorwärts den Hang hinunter, machten zwischen den kleinen Schritten Pause, um sich zu vergewissern, dass sie weder gesehen noch gehört wurden. Und bei jedem Schritt glaubte Wadjeri, dass ihm der Schmerz das Bewusstsein rauben würde.

Die Flammen des Feuers tanzten und flackerten im Wind und warfen unstete Schatten auf das Lager. Dort, wo Munwaal und Wadjeri standen, war es finster; die samtene Schwärze hüllte sie ein wie ein Mantel. Als sie näher kamen, fing der Hund an zu knurren, drehte den Kopf in ihre Richtung und stellte die Nackenhaare auf.

Wadjeri sah, wie der Schein des Feuers auf dem weißen Gesicht des Mannes flackerte, als dieser die Hand auf den Rücken des Hundes legte, um ihn zu beruhigen.

»Ist schon gut, mein Freund«, besänftigte er ihn.

Er sah einen kurzen Augenblick in ihre Richtung, bemerkte sie offensichtlich nicht, denn er wandte sich gleich wieder dem Feuer zu.

Der Mann sang eine leise, sanfte Melodie. Es war keines der Lieder, die Munwaal und Wadjeri kannten, und sie hörten nur ein paar Wortfetzen; den Rest trug der Wind davon. Es ging um »wahre Liebe« und »Versprechen«, was immer das auch heißen mochte.

Wadjeri wagte sich ein paar Schritte weiter und bedeutete Munwaal, ihm zu folgen. Der Schmerz stach durch Wadjeris Bein, und er schnappte nach Luft. Ein leises Stöhnen kam ihm über die Lippen. Wenn er sich nur nicht mehr auf den Beinen halten, nicht mehr gehen müsste!

Sie waren ihrem Ziel schon ganz nahe, fast am Rand des

Lagers. Munwaal trat noch einen Schritt weiter, und ein Ast knackte unter seinem Fuß. Das Geräusch erschien in der stillen Nacht unnatürlich laut, fast ohrenbetäubend. Er riss aufgebracht den Kopf in die Höhe. Der Schmerz in der Schulter machte ihn unvorsichtig. Wadjeri sah ihn ängstlich an, und er blieb reglos stehen.

Plötzlich sprang der Hund auf und stürmte auf sie zu, fletschte die Zähne und knurrte. Wadjeri beobachtete, wie der weiße Mann aufhorchte und zu der Donnerbüchse lief, die auf dem Felsen lag. Trotz des Schmerzes und der Schwäche, die ihn niederzustrecken drohte, trat Wadjeri mit dem Speer in der Hand in den Feuerschein.

Munwaal hingegen rannte auch zu dem Felsen und schrie, während der Hund nach seinen Fersen schnappte. Der weiße Mann zögerte; augenscheinlich war er verwirrt, und Munwaal nützte die Gelegenheit und riss die Donnerbüchse an sich. Mit dem unverletzten Arm schleuderte er sie so weit, wie er nur konnte, in die Büsche. Der Weiße blieb stocksteif stehen und sah ihn wie erstarrt an. Angst spiegelte sich in seinem Gesicht wider.

Wadjeri erinnerte sich daran, wie die Angreifer am Morgen in das Lager geritten und über seine Stammesgenossen hergefallen waren, und an die Entsetzensschreie der Frauen. Der Schmerz in seinem Bein verriet ihm, dass der Tod für ihn wahrscheinlich auch nicht mehr fern war. Er hatte nichts mehr zu verlieren, und jemand musste für das Massaker bezahlen. Er sammelte all seine Kräfte, zielte auf die Brust des Weißen und warf den Speer.

Der Speer surrte in der Luft, traf auf Knochen und blieb zitternd stecken. Der Mann presste die Hände auf die getroffene Stelle. Man sah ihm die Überraschung und den Schock an. Wadjeri hinkte zu ihm und zog den Speer aus seiner Brust, dann hob er ihn wieder an.

»Halt!«, schrie der weiße Mann und hob die Hände, als wolle er sich ergeben, ehe er sich umdrehte und davontaumelte.

Der Hund hatte es auf Wadjeris Bein abgesehen, kläffte wütend und biss zu. Wadjeri warf den Speer noch einmal, diesmal traf er den Mann in den Rücken. Der Weiße stolperte und fiel mit dem Gesicht nach vorn. Er zuckte noch ein paar Mal, dann rührte er sich nicht mehr.

Die beiden Schwarzen wechselten einen Blick und nickten sich zu. »Es ist vollbracht«, flüsterte Munwaal erschöpft. Schweiß glänzte im Licht des Feuers auf seiner Haut.

Sie gingen zu der Feuerstelle und nahmen sich reichlich von dem Essen des Weißen, dann humpelten sie in die Dunkelheit und traten nach dem Hund, um ihn loszuwerden.

Es war fast schon Mittag, als sie die letzten Leichen begraben hatten. Adam war übel vor Sorge und Müdigkeit. In der letzten Nacht hatte er kaum ein Auge zugetan, und wenn doch, dann sah er die grausigen Bilder vor sich, die sich ihm am Tage geboten hatten. Jetzt winkte er Wongaree zu sich und schickte die anderen Männer zurück zur Farm. Er musste unbedingt nach Conor sehen und ihn nach Hause holen, bis die Feindseligkeiten beigelegt waren.

Während sie über die Ebene ritten, behielt Adam die Augen offen und suchte den Busch nach Ungewöhnlichem ab. Doch da war nichts. Vögel sangen. Zikaden zirpten. Eine leichte Brise rauschte in den Bäumen. Im Vergleich zum Tag zuvor erschien ihm alles ganz normal.

»Conor?«, rief er, als sie sich dem Lager des Bruders näherten. Er ließ die Zügel los, legte die Hände um den Mund und rief noch einmal. Ein paar Schafe hatten sich von der Herde gelöst und grasten am Flussufer. Die Tiere schauten auf, senkten jedoch gleich wieder die Köpfe.

Adam erhielt keine Antwort – kein Pfiff, kein Ruf war zu hören, nur die normalen Laute des Busches.

Mit einem Mal wurde Adams Kehle eng vor Angst, doch er verdrängte die böse Vorahnung. Es gibt eine plausible Erklärung, redete er sich ein. Vielleicht ist Conor losgeritten, um die Markierungen für die neuen Zäune zu setzen. Oder er hat die Schreie nicht gehört.

»Conor?«

Ein Hund bellte ein Stück entfernt. Das Kläffen hallte aus verschiedenen Richtungen wider, und Adam schaute zu dem schroffen Felsen neben dem Lager auf. Rührte sich dort etwas? Er war sich nicht sicher. Die grelle Sonne brannte hernieder, und das Licht unter den Bäumen war so diffus, dass man kaum etwas erkennen konnte. Er blinzelte ein paar Mal und schaute genauer hin. Nichts. Wongaree war ungeduldig und ritt voraus.

Sie fanden Conor am Flussufer. Er lag mit einem Speer im Rücken auf der Erde. Der Kelpie bellte sie einige Male an, als wolle er sie willkommen heißen, dann machte er sich wieder daran, die Schafe zu bewachen.

Adam war wie gelähmt und konnte kaum atmen. Er fühlte nichts, als wäre er in einer Zeitspanne gefangen, in der nichts von Bedeutung war. Aber das hier ... nein, das konnte, *durfte* nicht geschehen sein. Das hatte Conor nicht verdient.

Wongaree kniete sich neben den Leichnam und tastete nach dem Herzschlag. Er schüttelte den Kopf. Nichts. Ratlos drehte er sich zu Adam um. »Die bösen Geister waren hier, Boss«, flüsterte er; die Worte klangen wie ein Donnergrollen in Adams Ohren.

»Das waren keine bösen Geister, sondern böse Menschen.«

Wongaree nickte. »Zwei. Sehen Sie die Fußabdrücke? Vielleicht sind sie verwundet, Boss. Da ist Blut.«

Sie suchten die Umgegend ab. Wongaree folgte der Blutspur ein Stück am Ufer entlang, bis er die Stelle fand, an der die beiden Männer durchs Wasser gewatet waren. Der Grund auf der anderen Flussseite war zu felsig für weitere Spuren. »Sie sind weg.« Wongaree zuckte mit den Schultern. »Längst weg. Vielleicht schon gestorben.«

Sie gingen zurück. Adam konnte den Blick nicht von dem Speer losreißen, der aus Conors Rücken und dem blutigen Hemd wie etwas Obszönes ragte. Ein fein geschnitzter Stab – Beweis dafür, dass etwas außer Kontrolle Geratenes sein Schicksal ebenso wie das von Conor besiegelt hatte.

»Warum? Verdammte Hölle, *warum*?«

Adam merkte, dass sich sein Mund verzog, und konnte nichts dagegen tun. Plötzlich verschwamm die Szene vor seinen Augen. Er kniff die Lider zu. Als er sie dann wieder öffnete, sah er, wie sein schwarzer Begleiter versuchte, den Speer aus der Wunde zu ziehen.

Adam trat näher, als sich die Speerspitze mit einem schmatzenden Geräusch aus dem Fleisch löste. Wongaree blieb stehen und hielt unbeholfen die Waffe in der Hand, als wüsste er nicht, was er damit anfangen sollte.

»Wirf ihn in die Büsche!«, befahl Adam und deutete auf das Gestrüpp. »Ich will ihn nicht mehr sehen.«

Dann sank er neben seinem Bruder nieder und wiegte ihn in seinen Armen. Conors Körper war schlaff, das Gesicht bereits aufgedunsen. »Hol die Schaufel!«, instruierte er Wongaree. »Ich habe sie an meinen Sattel gebunden.«

Als Wongaree zurückkam, hob Adam eine Grube auf einer kleinen Anhöhe im Schatten eines Baumes aus. Er arbeitete verbissen und wies Wongarees Angebot, ihm zu helfen, schroff zurück. Schweiß rann ihm in die Augen und über die Schläfen, und bald klebte sein Haar nass am Schädel. Er erinnerte sich an den Tag im alten Land, als er das kleine, in Lumpen gewickelte Bündel vom Bett seiner Mutter genommen und es am Rand des Ackers vergraben hatte. Wie lange war das bloß schon her? Sechs Jahre? Er schüttelte den Kopf, um die Erinnerung daran loszuwerden.

Als die Grube tief genug war, senkte er mit Wongarees Hilfe Conors Leichnam in sein Grab. Wie betäubt schaufelte er die Erde zurück. Sie fiel auf seinen Bruder, bedeckte sein Gesicht, seine Brust, die Beine. Wongaree trat zu ihm und wollte ihm die Schaufel abnehmen, aber Adam winkte ab. Als das Werk getan war, brach er einen Ast von einem Baum und stieß ihn in die Erde, um das Grab zu markieren.

Benommen vor Trauer und Erschöpfung kauerte sich Adam hin und verabschiedete sich von seinem Bruder. Er hörte die Gebete, die mechanisch aus seinem Mund wie trockener Staub rieselten, und vergrub das Gesicht in den zitternden Händen. Er verlor die Beherrschung, spürte, wie ihm alles entglitt und er an die Grenzen seiner Zurechnungsfähigkeit kam. Alle, die ihm lieb und

teuer waren, hatte man ihm genommen. Mam und Dad.
All die kleinen Geschwister. Und nun auch noch Conor.
Jetzt war er ganz allein auf dieser Welt; er hatte keinen
Blutsverwandten mehr. Verzweifelt drückte er die Fäuste
an seine Stirn.

Neben ihm bewegte sich etwas – Wongaree sah ihn besorgt an. »Sind Sie in Ordnung, Boss?«

Adam kämpfte sich auf die Füße und packte die Schaufel. Was sollte er darauf antworten? Nichts war *in Ordnung*. Er fühlte sich einsam ohne seinen Bruder und
fürchtete sich vor der Zukunft. Wann hörte das Morden
auf? Wer würde den letzten Schuss abfeuern und den
Frieden ausrufen?

Dies ist ein einsamer, gottverlassener Fleck, dachte er,
als er losritt. Meilen weit weg von der Hütte. Ein finste-
rer, vom Wind gepeitschter Platz. Irgendwann würde er
zurückkommen und einen Zaun um das Grab spannen,
um einen richtigen Friedhof daraus zu machen. Aber
Gott wusste, wie sehr er hoffte, dass Conor der Einzige
blieb, den er dort zur letzten Ruhe betten musste.

Jemand erwartete ihn in der Hütte, als er und Wongaree
zurückkamen. Eine Frau, stellte Adam erstaunt fest –
eine Frau mit Haube und weitem, raschelndem Rock. Als
er näher kam, erkannte er Jenna.

Warum war sie hier?

Wie war sie hergekommen?

O Gott! Er musste ihr von Conor erzählen …

Er war nicht in der Stimmung zu reden oder die Ereignisse der letzten beiden Tage zu schildern. Auf dem Ritt
nach Hause hatte er an nichts anderes gedacht als an

sein Bett und an die Erlösung, die er im Schlaf finden würde.

Sie sah Adam erwartungsvoll von der Veranda aus entgegen, als er abstieg und auf sie zuging. »Wie sind Sie hierher gekommen?«, fragte er barscher als beabsichtigt.

»Der Postmann hat mich dankenswerterweise in seiner Kutsche mitgenommen.«

»Und warum sind Sie gekommen?«

»Nun, das ist nicht gerade der Empfang, den ich mir gewünscht habe.«

Sie lächelte. Und Adam war sich ihrer Schönheit sofort bewusst. Die Abendsonne brachte ihr Haar und die Haut zum Leuchten. Sie streckte die Hand aus, um ihn zu begrüßen, doch Adam ignorierte die Geste.

»*Was* haben Sie sich denn gewünscht?«

Sie sah ihn verwirrt an und runzelte leicht die Stirn. »Eigentlich hatte ich Conor erwartet«, sagte sie leise. »Wo ist er?«

Adam kam die Stufen herauf und nahm ihren Arm, führte sie ins Haus und deutete auf einen Stuhl. »Vielleicht möchten Sie lieber Platz nehmen.«

»Ich bleibe lieber stehen, wenn es Ihnen nichts ausmacht.«

Seine Zunge schien am Gaumen zu kleben, während ihm ein Dutzend verschiedene Gedanken durch den Kopf rasten. Es gab keine schonende Art, Jenna die Nachricht von Conors Tod zu überbringen. »Conor«, sagte er und machte eine Pause – er verabscheute es, die Worte aussprechen zu müssen. »Conor ist ...«

»Ja?«, drängte sie.

»Conor ist tot.«

Sie starrte ihn an. Ihre Augen wirkten mit einem

Mal riesengroß und dunkel in dem blassen Gesicht. Sie schluckte. »Das, das kann nicht sein«, stammelte sie. »Wir wollen doch heiraten.«

Tränen schossen ihr in die Augen, und sie ließ ihnen freien Lauf, ohne sie sich vom Gesicht zu wischen.

Adam nahm ihre Hand und zwang sie, sich zu setzen. Dann erzählte er ihr, was sich in den letzten beiden Tagen zugetragen hatte. Und er versuchte dabei, ihr begreiflich zu machen, dass sie unmöglich auf Diamantina Downs bleiben könne.

»Hier ist es zu gefährlich – dies ist kein Ort für eine Frau. Die Hütte könnte überfallen werden. Natürlich können Sie hier bleiben, bis ich einen geeigneten Transport für Sie organisiert …«

»Ich *kann nicht* zurück.«

»Warum nicht?«

»Meine Mutter ist gestorben, und ich habe den Laden verkauft. Ich habe nichts und niemanden mehr, zu dem ich gehen könnte.«

Adam suchte irgendetwas fürs Abendessen zusammen, und sie aßen schweigend. Jenna wusch anschließend das Geschirr ab, und Adam brachte eine Pritsche in den Schuppen. »Sie können in der Hütte übernachten«, sagte er, »ich schlafe im Schuppen. Wir reden morgen weiter.«

Sie ging mit ihm zur Tür und wartete, bis er den Hof überquert hatte und im Schuppen verschwunden war. Er war sich bewusst, dass sie im Eingang stand, sah es an dem langen Schatten, den sie auf die Erde warf. An dem Tor zum Schuppen warf er einen Blick zurück und betrachtete ihre Silhouette vor dem Licht der Lampe.

»Es gibt noch einen Grund, warum ich nicht zurück

kann«, rief sie unsicher. Ihre Stimme klang dünn und verloren.

Adam wartete. Sie schwankte leicht.

»Und der wäre?«, fragte er.

»Ich bin schwanger. Ich trage Conors Kind unter dem Herzen.«

TEIL IV

LIEBENDE
UND LÜGNER

KAPITEL 18

Die Vergangenheit macht mich vollkommen.
Es ist seltsam, dass einem manche Worte und Sätze im Gedächtnis haften bleiben, selbst wenn die Erinnerung an die Zeit und den Ort, an dem sie ausgesprochen worden sind, längst verblasst ist. Und dies ist einer der Sätze, von denen ich weiß, sie definieren mich: Jess.

Ich entsinne mich nicht, woher ich ihn habe – vielleicht aus einem Buch oder einem Film. Kann sein, dass er in einem der Frauenfilme gefallen ist, bei denen man zwei Minuten vor Schluss zum Taschentuch greift und sich scheut, hinterher ins Kinofoyer zu gehen, weil man wie alle anderen Frauen verweinte Augen hat. Oder ich habe ihn in einem der aufschlussreichen Romane gelesen, die einen mit Worten und Bildern fesseln, bis man das Gefühl hat, selbst Teil der Handlung zu sein.

Wie auch immer – Buch oder Film –, damals haben sich die Worte richtig angefühlt und sich in mein Bewusstsein gebrannt. Gelegentlich nehme ich sie mir wieder vor und überprüfe sie. Und es stimmt. Nur in der Vergangenheit habe ich mich vollkommen gefühlt, als ganzer Mensch.

In der Gegenwart komme ich mir vor, als wäre ich aus den Fugen geraten. Ich fühle mich so, als wäre ein großer Teil von mir weggebrochen. Ich bin keine Mutter mehr, nur noch eine Ehefrau. Meine Karriere ist dahin. Die Trauer übermannt mich. Ich taumle von einem Tag in den nächsten, desorientiert, als ob nur mein Körper, nicht aber mein Geist im Leben stünde. Nichts interessiert oder begeistert mich. Ich existiere in einem Vakuum und funktioniere wie eine Marionette. Manchmal glaube ich, nicht weitermachen zu können.

»Die Vergangenheit macht mich vollkommen«, sage ich zu Brad, als ich an einem Tiefpunkt angelangt und sehr verletzlich bin. Ich schleudere meinem Mann die Worte entgegen und beobachte, wie sie ihn treffen.

»Du kannst nicht in der Vergangenheit leben.«

»Aber ich möchte dort sein. Da gibt es keinen Schmerz.«

Er nimmt meine Hände und legt sie an seine Wangen. Sein Gesicht drückt Traurigkeit und Bedauern aus. Bedauern über all das, was wir verloren haben, und Traurigkeit, weil der Schmerz noch in mir ist. »Sag nicht so was! Ich liebe dich. Wir haben immer noch uns. Zählt das denn gar nichts?«

Meine Augen füllen sich mit Tränen. »Ich vermisse meine Tochter«, sage ich. »Mir fehlt Kadie so sehr, dass es wehtut.«

»Mir tut es auch weh.«

Ich schüttle den Kopf, nicht um seine Empfindungen infrage zu stellen, sondern um meine eigenen hervorzuheben. Mir erscheint meine Trauer umso vieles größer als seine – die Pein einer Mutter –, und er kann das unmöglich verstehen. Mein Körper hat sie neun Monate lang getragen, ich habe die ersten bebenden Bewegungen wie das Flattern von Schmetterlingsflügeln gespürt. Ich hatte die Wehen, und an meiner Brust hat das Baby nach der Geburt gesaugt. Wie kann Brad auch nur ahnen, was ich fühle?

Er legt die Arme um mich und schmiegt sein Gesicht an meinen Hals. Er atmet schwer wie nach einem Dauerlauf. Ich warte, weiß nicht, was ich tun soll, bis er sich schließlich zurückzieht und mich auf Armeslänge von sich hält.

»Ich möchte, dass wir wieder eine Familie werden.«

Lange Zeit bringe ich kein Wort heraus – allein das Wort ist unerträglich: Familie. Es ruft die Assoziation mit Weihnachten und Geschenke öffnen rund um den Christbaum hervor. An Kadies ersten Geburtstag. An einen Wintermorgen von vielen, an denen sie in unser Schlafzimmer gerannt kam und sich zwischen uns unter die Decke gekuschelt hat. An Sommernachmittage am Strand.

Ich sehe sie jetzt vor mir, wie sie lachend in die Wellen läuft, Brad dicht hinter ihr. Ich halte die Kamera. Klick. Das Foto steckt in meiner Brieftasche, und ich sehe es jedes Mal, wenn ich sie aufklappe. Kadie in der Zeit erstarrt, die Farbe ihres Gesichts und der Kleidung bereits verblichen. Kadie unwiderruflich Teil der Vergangenheit.

Eine meiner Tanten deutet kurz nach Kadies Tod an, dass es vielleicht so hatte kommen müssen. »Nichts auf dieser Welt ist von Dauer«, macht sie mir klar. »Unsere Kinder sind lediglich so etwas wie eine Leihgabe, und wir müssen dankbar für die Zeit sein, die wir mit ihnen haben.«

Diese Aussage, die mich durch einen Nebel aus Trauer und Antidepressiva erreicht, bringt mich zum Weinen. Sie klingt wie eine Kapitulation. »Aber, aber, Liebes«, fügt die Tante hinzu. »Du wirst sehen, mit der Zeit wird es leichter.«

Aber ich spüre von Anfang an, dass es niemals leichter sein wird. Kadies Tod ist etwas Ungeheuerliches, Unbegreifliches. Vielleicht lerne ich »mit der Zeit«, besser damit zu leben, aber jetzt, ein Jahr später, ist das Ereignis noch immer so schmerzhaft und grauenvoll wie während der ersten Monate.

Warum will mich niemand trauern sehen? Sollte ich meinen Schmerz verbergen und nur ans Licht bringen, wenn ich allein bin? Bereitet er meinen Mitmenschen Unbehagen? Erinnern meine Qualen die Verwandten und Bekannten daran, dass ihnen jederzeit dasselbe passieren kann? Vielleicht sollte ich um der anderen willen ein fröhliches Gesicht aufsetzen und meine Traurigkeit tief in mir vergraben ... In den Tagen und Monaten nach dem Unfall wächst mir die Trauer um Kadie buchstäblich über den Kopf. Sie umhüllt mich wie ein dunkler Mantel. Spült mich mit. Verschlingt mich. Und plötzlich bin ich nicht mehr die Jess, die ich einmal war. Kadies Tod macht mich kleiner, selbstkritischer. Was habe ich bei meiner Tochter falsch gemacht? Habe ich als Mutter versagt? Ich hätte sie beschützen müssen. Selbstzweifel keimen auf. Wenn ich eine bessere Mutter gewesen wäre, würde sie möglicherweise noch leben.

In dieser Zeit versteht mich Carys am besten, was mir jetzt sonderbar erscheint, weil meine Schwester nie Mutter war. Sie taucht immer wieder unverhofft bei uns zu Hause auf, um nach mir zu sehen, und lockt mich aus der Stimmung heraus, in der ich mich befinde.

An einem speziellen Tag sitze ich im Schlafanzug herum. Es ist Mittag. Weder das Bett ist gemacht noch das

Frühstücksgeschirr abgespült. Die Behälter vom chinesischen Schnellimbiss mit den Resten vom Abend zuvor und der erstarrten Satay-Sauce stehen noch in der Küche. Müde schleppe ich mich zur Haustür, um auf das Klopfen zu antworten.

Carys steht vor mir. Sie trägt ein gelbes Kostüm und High-Heels. Sie ist schick und attraktiv.

»Hi!«, begrüßt sie mich.

Ich fahre mit den Fingern durch mein strähniges Haar. Ich weiß nicht einmal mehr, ob ich es am Morgen gebürstet habe. Ich muss grauenvoll aussehen, denke ich, aber Carys verliert kein Wort darüber.

»Hi!«, erwidere ich, meiner Stimme fehlt jedoch jeglicher Enthusiasmus.

Ich trete beiseite, und sie kommt ins Haus. Ich schließe die Tür wieder.

Sie umarmt mich. Ihr Arm bleibt um eine Spur länger auf meinem Rücken als normalerweise, der Druck ist ein wenig fester. Durch diese Berührung zeigt sie mir, dass ich ihr am Herzen liege. Dann überreicht sie mir ein kleines Päckchen. »Ich habe Mittagspause und ein wenig Zeit zwischen zwei Terminen. Deshalb hab ich uns Sandwiches mitgebracht.«

Hühnchen mit Salat – mein Lieblingssandwich. Tränen treten mir in die Augen, und ich umarme sie meinerseits. Sie setzt sich zu mir aufs Sofa. Wir packen die Sandwiches aus und knabbern daran. Ich merke, dass Carys auch keinen großen Appetit hat, aber wir geben uns beide Mühe und betreiben Smalltalk.

Eine gerahmte Fotografie steht auf dem Couchtisch: Carys und Kadie. Es wurde vor sechs Monaten bei einem Ausflug in den Zoo aufgenommen. Ich sehe, dass Carys einen verstohlenen Blick auf das Foto wirft und wieder wegschaut. Ihr Mund spannt sich an, und sie beißt entschlossen von ihrem Sandwich ab.

»Wohin geht die Liebe, wenn jemand stirbt?«, frage ich, als Carys sich zum Gehen bereitmacht. »Die Liebe kann doch nicht auf einmal verschwinden. Es ist unmöglich, sie auf jemand anderen zu übertragen.«

»Nein, das ist nicht möglich«, stimmt sie mir zu. »Sie ist einfach da und verzehrt einen.«

Warum muss ich gerade jetzt an diesen Besuch denken? Wieso kommen bruchstückhafte Szenen- und Gesprächsfetzen plötzlich an die Oberfläche und überlagern die Gegenwart?

»Hey!«, Brad drückt meinen Kopf ein kleines Stück nach hinten und lächelt zaghaft. Er weiß nicht, was in meinem Kopf vorgeht. »Das Leben gibt uns keine Garantien, Jess. Liebe und Schmerz sind oft Seiten ein und derselben Medaille. Manchmal kann man das eine nicht ohne das andere haben.«

»Dann will ich lieber keines von beidem.«

Das erscheint so einfach, so wahr. Der Musterplan des Lebens. Ein Rezept fürs Überleben. Man nehme eine Prise Glück und erhitze es zusammen mit einem Spritzer Herzleid. Gründlich umrühren.

Seltsame Vergleiche sickern in mein Bewusstsein. Zwischen jetzt und damals. Vergangenheit und Gegenwart. Zwischen dem, was war, und dem, was ist.

»Warum geht der Teig nicht auf?«

»Du knetest nicht richtig, Jess.«

»Ach, ja?«

»So. Du musst dich mehr anstrengen.«

»Ich strenge mich an. Sehr.«

»Mehr.«

Brads Worte führen uns zusammen und trennen uns gleichermaßen.

Zwei Tage nach dem Dinner im Farmhaus hält ein kleiner Lieferwagen vor unserem Cottage. Betty steigt aus. Sie ist in der Begleitung von Ellas Mann Stan. Ich erkenne ihn und besonders seine dunklen Arme unter den aufgekrempelten Hemdsärmeln. Er dreht sich nach hinten und nimmt eine große Holzkiste von der Ladefläche.

»Hallo!«, ruft Betty und geht auf den Pfad zu, der zu unserer Haustür führt. Stan folgt ihr. »Sind Sie da, Jess?«

»Hi, Betty, Stan!«

Ich halte ihnen die Fliegengittertür auf, und sie kommen ins Haus. Stan nickt mir zur Begrüßung zu. Er trägt die Kiste und kann mir nicht die Hand geben. Betty sieht sich ausgiebig um. Stehe ich auf dem Prüfstand?, überlege ich und bin froh, dass das Bett gemacht und die Küche aufgeräumt ist.

Stan stellt die Kiste auf den Küchentisch.

»Das ist für Sie«, erklärt Betty und tippt auf den Deckel der Kiste. »Wir dachten, dass Sie die Sachen vielleicht gern durchsehen würden.«

»Wir?«

Ich starre die Kiste an. Auf dem nicht ganz passenden Deckel liegt eine dicke Staubschicht. Zwei langbeinige Weberknechte, die offenbar durch die holprige Fahrt über die Weide wachgerüttelt wurden, kriechen aus einer Ecke und huschen über den Plastiktisch.

»Was ist da drin?«, frage ich.

Bin ich die Einzige, die nicht weiß, was vor sich geht?

Betty zuckt mit den Achseln. »Keine Ahnung, ehrlich. Altes Zeug. Es war Jacks Idee, Ihnen die Sachen zu zeigen. Ella sagte, Sie hätten früher Recherchen betrieben, und neulich meinten Sie, dass Sie Interesse für die Geschichte dieser Region haben.«

Also haben sie sich über mich unterhalten.

Ich hebe den Deckel an und spähe in die Kiste. Ganz oben liegen lauter lose Papiere, die an den Rändern angeknabbert zu sein scheinen. »Mäuse«, sage ich, als ich ein paar schwarze Kotkugeln auf den Tisch fallen sehe.

»Oder Kakerlaken«, ergänzt Stan sachlich. »Die großen.«

Betty berührt die obersten Blätter. »Jack hat diese Sachen vor zwei Jahren in einer der alten Scheunen gefunden. Er wollte, dass ich sie wegwerfe, aber das hab ich nicht übers Herz gebracht. Sie könnten historisch wichtig sein, wissen Sie. Ich dachte daran, sie das nächste Mal in die Stadt mitzunehmen und dem Museum zur Verfügung zu stellen. Sie würden sich freuen.«

Will ich mich wirklich durch den angenagten Inhalt dieser Kiste wühlen? Allein bei dem Gedanken an Mäusekot bekomme ich eine Gänsehaut. »Ganz bestimmt«, bekräftige ich und hoffe im Stillen, dass sich Betty eines anderen besinnt und die Kiste gleich wieder mitnimmt.

Aber sie macht keine Anstalten. »Bis dahin möchten Sie sich diese Papiere vielleicht mal anschauen. Bringen Sie die Kiste einfach zurück, wenn Sie fertig sind! Sehen Sie sich das an ...«

Wie aufs Stichwort nimmt Stan einen Stapel Papiere aus der Kiste und zieht ein ledergebundenes Buch heraus. Er reicht es ehrfürchtig an Betty weiter, die mit der

Hand über den Einband streicht und eine Spur im Staub hinterlässt. In das Leder ist die Jahreszahl 1873 geprägt.

»Jack sagt, dies sei ein Farmjournal. Sehen Sie das Datum? Es ist sehr alt.«

»Hundertdreißig Jahre.«

Meine Neugier ist geweckt, aber ich unterdrücke sie. Brad und ich sind nur noch wenige Wochen hier, und es wäre töricht, etwas anzufangen, was ich nicht beenden kann.

»Genau in dem Jahr«, wirft Stan ein, »ist meine Urgroßmutter Ngayla nach Diamantina Downs gekommen. Erinnern Sie sich? Ich hab Ihnen neulich von ihr erzählt.«

Betty nimmt den Rest aus der Kiste und legt alles auf den Tisch. Es wird von mir offensichtlich erwartet, wie mir klar wird, dass ich mich für die Sachen interessiere.

»Jack und ich dachten, damit hätten Sie eine schöne Beschäftigung«, fährt Betty fort, ohne mein Zögern zu bemerken. »Das hilft, die Zeit zu vertreiben.«

Ich könnte ihr vermutlich erklären, dass ich nichts brauche, um mir »die Zeit zu vertreiben«. Meine Zeit ist ausgefüllt mit Gedanken, und meine Gedanken beschäftigen sich hauptsächlich mit Kadie. Wenn ich wach bin, denke ich fast immer an sie und daran, was sein könnte und nicht ist.

Widerstrebend richte ich meine Aufmerksamkeit auf die Gegenwart und den Papierkram, der jetzt auf dem Küchentisch verstreut ist.

Da sind noch mehr Tagebücher – insgesamt fünf. In einer Papiertüte stecken einzelne Kochrezepte. Einige uralte Scheckbuch-Aufstellungen. Zwei kleinere ledergebundene Bücher. Ich nehme eines davon in die Hand. Es ist ein Tagebuch, das sehe ich sofort, als ich die erste

Seite aufschlage. »Jenna McCabe«, steht dort. Ich schlage das Buch wieder zu.

»Was ist das?«, will Betty wissen.

»Ein Tagebuch.«

»Wollen Sie es nicht lesen?«

Ich verbeiße mir ein Lächeln. Will sie, dass ich mich sofort hinsetze, während sie mir über die Schultern späht? »Später vielleicht.«

»Vielleicht?«, wiederholt sie unzufrieden.

Ich überlege, ob ich sie mit irgendetwas verärgert habe. Müsste ich mehr Freude, mehr Begeisterung zeigen? »Vielen Dank, dass Sie an mich gedacht haben! Das war sehr nett. Aber die Schrift ist ziemlich blass, und ich brauche zum Lesen gutes Licht. Und am besten nehme ich mir dazu Papier und einen Stift zur Hand, um mir Notizen zu machen.«

Es fällt mir schwer zu erklären, warum es mir in Wahrheit widerstrebt, die Seiten aufzuschlagen und die Einträge zu lesen. Ich käme mir vor, als würde ich in den Privatangelegenheiten von Fremden herumschnüffeln.

Betty und Stan stehen in meiner Küche und warten. Das Schweigen reißt eine Kluft zwischen uns auf. »Wie wär's jetzt erst mal mit einer Tasse Tee für uns alle?«, frage ich vergnügt – ich weiß, dass Betty Tee und ein Plauderstündchen liebt.

Betty strahlt. »Das wäre wunderbar, meine Liebe. Nicht wahr, Stan?«

Eines der Dinge, die ich am meisten hasse, sind diese wohlmeinenden Kennenlern-Fragen. Sie kennen das Szenario: Dinnerparty. Neue Bekannte. Die Unterhaltung ist abgeflaut. Und in diesem Augenblick wendet sich unweigerlich die Frau, die neben mir sitzt, an mich und versucht, ein Gespräch in Gang zu bringen.

»Und, Jess …« Sie verstummt für einen Augenblick, runzelt die Stirn. »Jess stimmt doch, oder?«

Bin ich so unbedeutend, dass man meinen Namen so schnell vergisst? Ich nicke und warte.

»Cynthia«, stellt sie sich vor.

»Ich weiß«, rufe ich ihr ins Gedächtnis. »Wir wurden vorhin miteinander bekannt gemacht.«

Sie kichert albern. »Oh, natürlich! Ich bin manchmal so geistesabwesend.«

Dann verbringt sie die nächsten zehn Minuten damit, über den Hautausschlag ihres Sohnes, die exorbitanten Zahnarzthonorare und die Tatsache, dass der Supermarkt in ihrer Nähe ihre bevorzugte Räucherlachssorte nicht mehr führt, zu jammern.

Ich nicke, zeige Mitgefühl und bin mir bewusst, dass ich sie damit nur ermutige. Aber ich schaffe es nicht, mich der Konversation zu entziehen. Ich sollte mich entschuldigen und zur Toilette gehen, aber nein – ich bleibe wie eine Masochistin sitzen und warte darauf, dass sie sich schließlich für mich interessiert.

Es ist fast eine Erleichterung, als wir mit der Fragenlitanei beginnen. Ich muss nicht mehr warten. Wir kommen der Wahrheit und dem unausweichlichen Austausch von Informationen näher. Was machen Sie beruflich? Wo leben Sie und Ihr Mann? Wie haben Sie die Gastgeber kennen gelernt?

Dann das Unabwendbare: »Haben Sie Kinder?«

Was soll ich darauf sagen? Ja, ich hatte eine Tochter, sie ist aber gestorben? Oder soll ich die einfachere Variante wählen und nein sagen? Aber damit würde ich Kadie verleugnen, so tun, als hätte sie nie existiert. Aber sie war real, aufgeweckt und fröhlich, und ein Teil von mir.

Die Wahrheit wird die Frau in Verlegenheit bringen, das weiß ich. Ich kenne sogar schon im Voraus ihre Reaktion. Sie wird nervös und knallrot und weiß nicht mehr, wo sie hinschauen soll. Dann sagt sie etwas Bedeutungsloses wie: »Oh, das wusste ich nicht! Es tut mir Leid.«

Warum sollte ihr etwas Leid tun? Sie kennt uns nicht, ist Kadie nie begegnet. Sie hat nie das Lächeln meiner Tochter gesehen oder den konzentrierten Gesichtsausdruck, wenn sie versuchte, sich die Schuhe zuzubinden. Sie hat nie Kadies Stimme, ihr Lachen oder das Aufheulen, wenn sie ins Bett musste, gehört. Nein, denke ich – sie hat Kadie überhaupt nicht gekannt.

Mir bereitet die Verlegenheit der Frau Unbehagen, deshalb gebe ich mir alle Mühe, sie zu besänftigen und ihr klar zu machen, dass alles okay sei – auch wenn es eine reine Lüge ist. Warum mache ich das? Ich verleugne meine Empfindungen. Unterdrücke meinen eigenen Schmerz, um die Gefühle anderer nicht zu verletzen. Im Nachhinein macht es keinen Sinn.

Gleichgültig, wie sehr ich mich wappne, die Frage schockiert mich jedes Mal. Meine umsichtigen Freunde warnen die anderen Gäste im Voraus. Einmal habe ich zufällig mit angehört, wie eine Gastgeberin, eine enge Freundin, einen Dinnergast bat: »Frag Jess nicht nach Kindern!«

Und jetzt stellt Betty keine der üblichen Fragen. Hat Brad sie vorgewarnt?

Stattdessen plaudert sie über ein Outback-Festival, das

in der Stadt organisiert wird und viele Touristen anlockt. Sie redet von all den geplanten Attraktionen. »Natürlich wird es unsere Beverley wahrscheinlich nicht schaffen«, sagt sie.

»Beverley?« Habe ich etwas verpasst?

»Unsere Tochter. Sie und ihr Mann leben auf einer Farm auf der anderen Seite der Stadt. Ihr erstes Baby kommt bald auf die Welt.«

»Ihr erstes Enkelkind?«

Betty strahlt. »Ganz recht. Stimmt's, Stan?«

Sie wirft Stan einen Blick zu, als ob sie seine Bestätigung brauche. Stan nickt.

»Sie freuen sich bestimmt schon sehr.«

»Na ja, Jack und ich haben seit der Hochzeit auf ein Baby gehofft. Darum geht's doch im Leben, oder nicht? Kinder bekommen, und die Kinder bekommen wieder Kinder. Auf diese Weise lebt ein Teil von einem immer weiter, lange nachdem man selbst unter der Erde liegt.«

Und da sticht die Erinnerung wieder zu und trifft mich unvorbereitet.

Ich bin im sechsten Monat schwanger, stehe nackt vor dem Spiegel im Badezimmer. Brad stellt sich hinter mich und umfasst mit den Händen meine Brüste, dann streicht er mir über den Bauch und unsere ungeborene Tochter. Jetzt sage ich »Tochter«, aber ich hatte schon damals eine Ahnung, dass es ein Mädchen werden würde. Beim letzten Ultraschall ein paar Wochen zuvor sprach der Arzt von einer »sie«.

»Was ist?«, fragt Brad.

»Nichts.«

»Etwas stimmt doch nicht«, beharrt er. »Ich seh's dir an.«

»Bin ich so leicht zu durchschauen?« Ich lache, will die Antwort gar nicht hören, obwohl es wichtig für mich ist. Brad findet das vermutlich albern und inkonsequent.

»Ja.«

»Nun«, beginne ich zaghaft, »ich habe fast den ganzen Tag damit zugebracht, mir Hochzeitskleider anzusehen.«

»Und …«, hakt er nach.

»Und nichts.«

Seine Zuversicht ist erstaunlich. »Du wirst etwas finden.«

»Ich hab nur noch eine Woche Zeit.«

Er senkt den Kopf und liebkost meinen Nacken. »Meine zukünftige Frau, die Einkaufssüchtige. Ich habe absolutes Vertrauen zu dir.«

»Brad! Darüber macht man sich nicht lustig.«

Tränen schießen mir in die Augen. Ich löse mich aus seiner Umarmung, und seine Worte verhallen. So habe ich mir meine Hochzeit nicht vorgestellt.

»Es geht nicht um das Kleid«, sage ich und wische ärgerlich die Tränen weg. »Es geht um mich – darum, wie ich bin. Sieh dir meinen Bauch an! In allen Kleidern, die ich anprobiert habe, habe ich ausgesehen wie ein gestrandeter Wal.«

»Ein gestrandeter Wal? Wann hast du zuletzt einen gestrandeten Wal gesehen?«

»Na ja …«

»Wann?«, beharrt er. Ein verschmitztes Lächeln spielt um seine Lippen.

»Ehrlich gesagt, nie. Es ist eine Metapher.«

Wir sehen uns via Spiegel lange an. Dann fährt Brad mit der Fingerspitze über meine Wange. »Sieh dich an!«

»Da ist viel von mir, was ich ansehen kann.«

»Ja, und? Das bedeutet auch, dass es zweimal so viel gibt, was man lieben kann.«

Ich spüre, wie mein Unmut schwindet. Brad übt immer diese Wirkung auf mich aus und bringt mich dazu, etwas aus einem anderen Blickwinkel zu betrachten. »Zieh mich nicht auf!«

»Das tue ich nicht. Es ist mein Ernst.«

Er dreht mich langsam zu sich um. Mein Bauch drückt sich an seinen, und das Baby strampelt wild, als würde es meine Erregung spüren. Brad legt behutsam die Hand auf die Stelle, dann nimmt er mein Gesicht zwischen die Hände. »Es ist mir egal, ob du wie ein so genannter gestrandeter Wal aussiehst. Die Hochzeit – das ist das, was wirklich zählt. Du und ich, wir bekennen uns zueinander und zu unserem Kind. Es geht doch nicht um das Kleid, um Himmels willen! Wer erinnert sich in zehn Jahren noch an das Kleid?«

Ein Stuhl schabt über den Boden, und plötzlich bin ich wieder im Hier und Jetzt, in einer Küche irgendwo am Diamantina. Das Kleid, das ordnungsgemäß gekauft und getragen wurde, hat fast vier Jahre ganz hinten in meinem Schrank gehangen. Betty räumt die Tassen und Untertassen ab und bringt sie zur Spüle. »Also, wir machen uns besser wieder auf den Weg«, sagt sie. »Auf uns wartet Arbeit.«

»Übrigens«, meint Stan noch, »Ella hat mich gebeten, Sie zu fragen, ob Sie nicht mal bei uns vorbeischauen möchten. Egal, an welchem Tag, aber möglichst zum Morgentee.«

»In der hinteren Scheune steht ein altes Fahrrad.« Betty nickt anerkennend und deutet in Richtung Fluss. »Folgen Sie einfach dem Weg, der da drüben entlangführt! Es ist nicht weit. Ungefähr zwei Meilen. Sie können das Haus gar nicht verfehlen.«

Als Betty und Stan weg sind, sitze ich am Küchentisch und starre trübsinnig auf den Inhalt der Holzkiste. Die fünf Farmjournale erzählen vermutlich nichts Spannenderes als Wetterberichte und Aufstellungen über Ausgaben und Einnahmen, überlege ich. Ich bringe sie in die chronologische Ordnung, beginnend mit dem Jahr 1873, und staple sie aufeinander. Dann stecke ich die Scheckbuchlisten zu den Kochrezepten in die Tüte.

Da ist noch etwas, was mir bisher nicht aufgefallen ist. Ein großer Bogen, beinahe so fest wie ein Karton und einige Male gefaltet. Ganz oben steht: »Bignall & Sons, Architekten, Brisbane«, darunter in ausgeblichener Tinte das Datum 1874. Vorsichtig falte ich den Bogen auseinander und lege ihn auf den Tisch.

Es ist ein Plan von einem Haus, auch wenn die Bezeichnung »Haus« fast zu schlicht für einen solchen Grundriss ist. Da sind ein großer Eingang und eine breite Treppe eingezeichnet. Wohin führt diese Treppe?, frage ich mich. Vom Obergeschoss gibt es keinen Plan. Von der Halle aus führen Türen zur Linken in etliche große Räume – alle sind säuberlich beschriftet: Salon, Bibliothek, Arbeitszimmer, Musikzimmer, Esszimmer. Die Küche und Speisekammer – beide etwa gleich groß – befinden sich im rückwärtigen Teil des Gebäudes. Auf der rechten Seite ist ein Flur, von dem aus man in die Schlafzimmer und Bäder gelangt. Ich zähle die Schlafzimmer – es sind insgesamt acht.

Komisch, dass dieser Plan bei den anderen Sachen

liegt. Ein solches Haus passt nicht ins Outback – es ist ein Herrenhaus, eine Stadtvilla. Verwundert falte ich den Plan wieder zusammen und lege ihn in die Tüte.

Dann betaste ich zum zweiten Mal an diesem Tag die abgegriffenen Ledereinbände der Tagebücher. Jenna McCabe – dieser Name steht auf der ersten Seite, doch von McCabes war nie die Rede. Wer war sie? Eine Bedienstete? Die Gouvernante der O'Loughlin-Kinder? Da fällt mir ein, dass niemand jemals eine Frau von Adam O'Loughlin, dem ersten Siedler in dieser Gegend, erwähnt hat.

Stan hat mir die Geschichte von Adam und Conor und dem Massaker erzählt. Wie seine Urgroßmutter Ngayla nach Diamantina gekommen und Conor ermordet worden sei. Hatte Adam danach seine Zelte hier abgebrochen, um wieder in die Stadt zurückzugehen? Die kleine Broschüre, die ich mitgebracht habe, enthält keine näheren Angaben über diesen Mann. Da steht nur, dass er einer der ersten Landbesitzer im Diamantina-Land war.

Mir kommt in den Sinn, dass mir die Tagebücher Antworten auf einige Fragen geben könnten. Dennoch bringe ich es aus unerfindlichen Gründen nicht über mich, sie zu lesen. Vielleicht später, rede ich mir ein. In ein, zwei Tagen, wenn ich mich an den Gedanken gewöhnt habe, mich mit den intimen Bekenntnissen einer anderen Person zu befassen.

»Was ist so schlimm daran, sie zu lesen?«, fragt Brad später. »Hast du gedacht, dass diese Frau …«

»Jenna!«, falle ich ihm ins Wort. Ich kann es nicht ertragen, dass er ihren Namen nicht ausspricht. »Sie hieß Jenna.«

Brad bedenkt mich mit einem verwunderten Blick.

»Okay!«, beschwichtigt er. »Vielleicht wollte diese Jenna, dass sie jemand liest und ihre Geschichte kennt – hast du schon mal daran gedacht? Möglicherweise wurden diese Aufzeichnungen an einem sicheren Ort deponiert, damit sie der Nachwelt nicht verloren gehen.«

Ich schüttle den Kopf. »Und wenn sie das gar nicht selbst so entschieden hat?«, kontere ich. »Vielleicht hat sie einfach jemand an sich genommen und in diese Kiste gelegt, und Jenna wäre es lieber gewesen, man hätte sie vernichtet. Würdest du wollen, dass jemand deine ganz persönlichen Notizen liest?«

Brad zuckt mit den Schultern. »Mehr als hundert Jahre, nachdem ich sie niedergeschrieben habe? Ich glaube kaum, dass es mich stören würde.«

KAPITEL 19

Diamantina Downs
September 1873

In dieser Nacht lag Adam lange wach und betrachtete das Stück Himmel, das durch das offene Scheunentor zu sehen war. Von Zeit zu Zeit hörte er die klagenden Rufe eines Nachtvogels oder das Heulen eines Dingos. Er dachte an die Schafe, die unbewacht meilenweit weg grasten. Irgendwann in den nächsten Tagen musste er entscheiden, was mit ihnen geschehen sollte. War es besser, sie da draußen zu lassen oder sie zurück auf die magere Weide in der Nähe zu bringen?

Kein Wunder, dass er nicht schlafen konnte – die Qualen der letzten Tage hatten ihn mitgenommen und bis ins Mark erschüttert. Das Massaker und das Beerdigen der ermordeten Aborigines. Conors Tod. Jenna McCabes unerwartete Ankunft. Sein Schädel pochte, ihm brannten die Augen. Die Trauer hatte sich in ihm angestaut, und bisher hatte er nicht um Conor geweint. Es war ihm nicht möglich. Sein Innerstes war wie ausgedörrt, ohne Tränen. Er glaubte, dass ihn jetzt überhaupt nichts mehr schockieren konnte. Das, was er sich in den vergangenen zwei Tagen hatte ansehen müssen, war mehr, als einem Menschen in seinem ganzen Leben zugemutet werden sollte.

Tausend Gedanken bestürmten seinen müden Verstand wie hässliche Traumbilder, die ineinander verschwammen, bis sie zu einem einzigen wurden.

Und zu all dem ließ ihn Jennas Geständnis, mit dem er sich bald eingehend befassen musste, nicht mehr los. *Ich bin schwanger. Ich trage Conors Kind unter dem Herzen.*

Irrt sie sich vielleicht?, überlegte er. Jetzt, da Conor tot ist, könnte dies doch so etwas wie Wunschdenken sein. Woher will sie eigentlich wissen, ob es wirklich so ist? Adam hatte keine Ahnung, was Jenna die Gewissheit gab, nahm jedoch an, dass man eine Schwangerschaft irgendwie feststellen konnte. Es war schließlich ihr Körper.

Diese Situation überforderte ihn, und sein gesunder Menschenverstand sagte ihm, dass sie nicht bei ihm bleiben dürfe – es schicke sich nicht. Eine unverheiratete, schwangere weiße Frau mit dem Bruder ihres Geliebten unter einem Dach? Allein darüber würden sich die Leute die Mäuler zerreißen, und Adam war überzeugt, dass es auch hier draußen genügend Klatschweiber gab.

Dann war da noch der Aspekt der Sicherheit. Was, wenn die Hütte überfallen würde? Adam war erst vor drei Monaten zum Diamantina gekommen, und es gab noch so vieles zu tun. Roden. Zäune errichten. Manchmal würde er mehrere Tage wegbleiben und auf den Weiden übernachten. Es war unmöglich, Jenna ständig Schutz zu bieten. Und wenn es bei der Geburt zu Komplikationen käme? Im Umkreis von hundert Meilen schien es keinen Arzt zu geben.

Wieder dachte er an seine Mutter und die Kinder, die sie verloren hatte.

Jenna war daran gewöhnt, in einer Stadt im Busch zu leben, aber nicht in einer Einöde im Busch. Hatte sie überhaupt eine Ahnung, wie einsam und isoliert man hier draußen war? Sie war gekommen, um Conor zu sehen – schön und gut, aber sein Bruder war tot, und Adam konnte die Verantwortung für eine Frau nicht übernehmen.

Er erinnerte sich, wie Jenna vorhin beim Essen im Lampenschein ausgesehen hatte. Ihre Augen waren wie dunkle Höhlen in dem zarten Gesicht, die Haut bleich vor Müdigkeit gewesen. Trotzdem hatte sie etwas an sich, eine unbewusste Würde, die es ihm schwer machte, den Blick von ihr zu wenden.

Ihre Stimme war leise und bebend. Die Hand, mit der sie die Gabel zum Mund führte, zitterte leicht. Am liebsten hätte Adam ihre Finger berührt und Jenna beruhigt. »Ist schon gut«, wollte er sagen. »Wir überstehen das irgendwie.«

Aber er schwieg. Und als ihm bewusst wurde, dass er sie unverhohlen anstarrte, sprang er auf, stieß in seiner Hast fast die Lampe um und entschuldigte sich damit, dass er Schlaf brauche und am nächsten Tag früh raus müsse.

»Ich *kann nicht* zurück«, beteuerte sie noch einmal, als er die Pritsche zur Tür trug und verkündete, in der Scheune übernachten zu wollen. »Es ist mein Ernst, Adam.«

In diesem Moment begriff er, dass hinter der zerbrechlichen Schönheit ein eiserner Wille steckte. Was, wenn all seine Argumente nichts fruchteten und sie darauf bestünde, hier zu bleiben? Wie konnte er sie zwingen? Würde er sie packen und von hier wegtragen? Wohl kaum. Er stellte sich vor, wie Jenna zappelte und schrie, wie das Aborigine-Mädchen Ngayla, als er es gestern am Fluss gerettet hatte. Bestimmt war Jenna genauso temperamentvoll, zielstrebig und angriffslustig. Doch das war wohl das Einzige, was die beiden Mädchen gemein hatten.

Plötzlich kam Adam, während er auf seiner Pritsche lag und den Nachthimmel betrachtete, eine Erkenntnis. Er hatte überhaupt keine Handhabe, Jenna den Aufenthalt auf Diamantina Downs zu verwehren. Dem Gesetz nach war sie ebenso wie er berechtigt, hier zu leben. Die Farm gehörte zu gleichen Teilen ihm, Conor und Jenna.

Warum nur hatte er Conors Drängen, das Geld anzunehmen, nachgegeben? Im Grunde hatte Adam das gar nicht gewollt, und sein erster Gedanke war gewesen, das Angebot abzulehnen. Conor hatte ihn dann doch überredet und ihm die Idee, sich Jennas hart verdientes Geld zu borgen, schmackhaft gemacht.

Dann würden Sie also lieber auf das Land verzichten, als meine Hilfe anzunehmen?

In Wahrheit hatte er gar keine andere Wahl gehabt.

Wie sah die Rechtslage jetzt, nach Conors Tod, aus? Es gab kein Testament, dessen war sich Adam sicher. Hieß das, Jenna und er waren jetzt gleichberechtigte Besitzer der Farm? Oder hatte das Kind – Conors Sohn oder Tochter und demnach auch Adams Fleisch und Blut – Anspruch auf Conors Anteil, sobald es auf der Welt war?

Verdammt! Was für ein Wirrwarr – rechtlich und emotional.

Adam fühlte sich ausgelaugt. Im Geiste spielte er, wie es ihm schien, hundert verschiedene Möglichkeiten durch, verwarf sie dann jedoch alle wieder. Und irgendwann war er schließlich so erschöpft, dass er überhaupt keinen klaren Gedanken mehr fassen konnte. Den Sinn für die Realität hatte er ohnehin schon verloren.

Erst als das erste Licht des Tages den Himmel färbte, fand Adam endlich Schlaf. Sanfte, tröstliche Dunkelheit senkte sich über ihn, und er war machtlos dagegen.

Das laute Gezwitscher der Vögel weckte Jenna. Mühsam kämpfte sie sich in den Wachzustand und geriet in Panik, weil sie im ersten Augenblick nicht wusste, wo sie war. Die Schlafzimmerwände bestanden aus rohen Balken, der Boden aus hart gestampfter Erde. Die Fensteröffnung war weder verglast, noch hingen Vorhänge davor. Draußen dämmerte graues Licht heran, und sie sah, wie sich die Bäume in der Brise wiegten.

Jenna holte tief Luft, dann kam die Erinnerung. Conor war tot.

Diese Erkenntnis setzte sich wie Gift in ihrem Kopf fest, und dort, wo ihr Herz sein müsste, klaffte in ihrer Vorstellung ein großes Loch. In den vergangenen drei

Monaten hatte sie Conor schmerzlich vermisst. Seit dem Abschied hatte sie jede Stunde gezählt, in dem Bewusstsein, dass das Wiedersehen mit jedem Tag näher rückte. Und als sie gestern Nachmittag mit der Postkutsche auf Diamantina Downs angekommen war, hatten sie die Aufregung und Vorfreude überwältigt.

Sie hatte sich ausgemalt, dass Conor am Tor stand, wenn die Kutsche vorfuhr, dass sie herausspringen und sich ihm an die Brust werfen würde. Und später im Bett hätte sie ihm von dem Baby erzählt. Natürlich wäre er überglücklich gewesen und hätte auf einer sofortigen Heirat bestanden. Auf der langen Kutschfahrt hatte sie von dem Kleid, das sie bei der Hochzeit tragen würde, und den Versprechen, die sie sich geben würden, geträumt.

Doch Conor war nicht da gewesen.

Niemand erwartete sie am Tor oder in der Hütte. Eine schwarze Frau öffnete ihr die Tür, stellte sich in holprigem Englisch als Aleyne vor und erklärte, dass Mista Conor »weit weg« sei und Adam erst bei Einbruch der Nacht zurückerwartet würde. Jenna hatte sich auf die Veranda gesetzt, das umliegende Land mit Blicken abgesucht und sich gewünscht, dass endlich jemand auftauchte.

Erst am späten Nachmittag entdeckte sie in der Ferne eine Gestalt auf dem Weg. Conor, dachte sie, und ihr Herz schlug schneller. Doch nach einiger Zeit stellte sie enttäuscht fest, dass der Reiter Adam war. Der dunkelhaarige, stämmige Adam, nicht ihr goldhaariger Märchenprinz Conor.

Und dann sprach Adam die schrecklichen Worte aus.

Ihr war, als würde sich die Sonne schlagartig verdüstern, und die Vögel schienen zu verstummen. Adams Stimme dröhnte ihr in den Ohren und schürte ihre Verzweiflung. Das kann nicht sein, flehte sie im Stillen. *Unmöglich.* Was sollte nun aus ihnen, aus ihr und dem Baby, werden? Später war sie gezwungen, Adam von dem Kind zu erzählen, obwohl sie keine Ahnung hatte, wie er reagieren würde. Zum Glück war es so dunkel, dass sie sein Gesicht nicht sehen konnte.

Jetzt, da der neue Tag anbrach, machte sich Jenna klar, dass nichts wie geplant verlaufen war. Niedergeschlagen stand sie auf und schlüpfte in einen Morgenrock, trat in die Morgendämmerung und ging los. An der Scheune, in der Adam schlief, an den Koppeln und Pferchen vorbei durchs Tor in Richtung Fluss.

Sie kam zu einem großen Wasserloch. Zwischen den Bäumen entdeckte sie ein Aborigine-Lager und die Rauchsäule, die gen Himmel stieg. Ein Schwarm Corellas flog schreiend auf. Ein einsamer Pelikan glitt mühelos übers Wasser.

Jenna ließ sich auf einem Felsen nieder, schlang die Arme um sich und wiegte sich vor und zurück. Vor ihr hing ein hauchdünnes Spinnennetz zwischen zwei Bäumen. Einige Tautropfen hatten sich in dem Gespinst verfangen. Jenna schmerzten die Augen, und die Tropfen verschwammen und wurden wieder klar.

Nein, sie durfte sich nicht gehen lassen. Entschlossen schaute sie sich um. In der Ferne sah sie die geschwungenen grünen Linien, die die Flusskanäle kennzeichneten, und die roten Sandsteinberge, die die ersten Strahlen der Sonne auffingen. Da und dort waren Blumenteppiche – Flecken mit rosa, gelben und mauvefarbenen Frühlingsblumen.

Wo ist Conor nur?, fragte sich Jenna. An welchem gottverlassenen Ort war er gestorben und begraben? Sie hätte ihn gern noch einmal gesehen, um ihm die letzte Ehre zu erweisen. Sie fürchtete sich nicht vor dem Tod. Sie war ihm weiß Gott schon oft in ihrem Leben begegnet. Vielleicht würde sie Adam bitten, sie zu seinem Grab zu führen. Bestimmt war es nicht allzu weit weg. Sie konnte einen Wildblumenstrauß auf die Stelle legen.

Jetzt flossen die Tränen. Sie vergrub das Gesicht in den Händen und schluchzte hemmungslos. Sie weinte um ihre verlorenen Träume und Hoffnungen und um Conor, der sein Kind nie kennen lernen würde. Und ihre Tränen galten auch dem unbekannten Land mit den Inselbergen, dem Busch und den ausgetrockneten Flussläufen.

Sie weinte und weinte, bis sie glaubte, nie wieder aufhören zu können. Doch als die Tränen schließlich doch versiegten, hörte Jenna ein leises Hüsteln und schaute auf. Eine junge schwarze Frau stand unter einem Baum in der Nähe. Sie war nur spärlich bekleidet und hatte den Arm voller trockener Zweige. Für das Feuer?, überlegte Jenna.

»Warum weinen Sie, Missy?«, fragte sie mit leiser, melodiöser Stimme.

Jenna rieb sich die Augen – es war ihr peinlich, dass sie jemand in diesem Zustand sah. Bestimmt bot sie einen fürchterlichen Anblick mit roten Augen und Tränenspuren auf den Wangen. »Liebe Güte, ich habe gar nicht bemerkt, dass mich jemand beobachtet!«

Die junge Frau lächelte. »Macht nichts. Lalla erzählt nichts weiter.«

»Lalla. Ist das dein Name?«

Lalla nickte scheu. »Meine Mutter ist Aleyne.«

»Ah, ja. Sie war gestern im Haus. Ich habe sie kennen gelernt.«

»Sie sagt, Sie sind wegen Mista Conor hier. Aber Mista Conor ...«

Sie brach ab und deutete mit der Hand in Richtung Sandberge. Dann senkte sie den Blick.

»Lalla?«

»Ja, Missy?«

»Ich heiße Jenna.«

»Missy Jenna.«

»Weißt du, wo Mista Conor begraben ist?«

Lalla schüttelte den Kopf. »Wongaree weiß es.«

»Wongaree?«

»Mein Mann, Wongaree. Er ist mit Mista Adam gegangen, um das Grab auszuheben.«

»Meinst du, Wongaree kann mich hinbringen?«

Lalla zuckte mit den Achseln. »Vielleicht. Ich muss ihn fragen.«

Jenna schloss die Augen und fühlte die Sonnenstrahlen auf ihrem Gesicht. Plötzlich war sie entsetzlich müde. »Wie alt bist du, Lalla?«

»Meine Mutter sagt – fünfzehn.«

»So jung. Und Wongaree ist dein Mann?«

Lalla nickte.

»Wie lange lebst du schon hier?«

»Schon immer. Ich bin hier geboren.«

»Du hast großes Glück, weißt du das? Weil du ein Zuhause und eine Familie hast.«

Lalla schnalzte mit der Zunge, und Jenna öffnete die Augen. »Ihr Weißen habt Glück. Euch gehört jetzt unser Land. Wir haben gar nichts.«

»Dies ist nicht mein Land. Nicht wirklich.«

»Sie sind hergekommen. Aber niemand hat Sie dazu gezwungen. Ich denke, das Land gehört jetzt Ihnen.«

»Vielleicht.«

Das Mädchen hatte Recht. Jenna war freiwillig hergekommen. Kein Mensch hatte sie gezwungen, den Laden
zu verkaufen und nach Westen zu reisen. Conor und der
Gedanke an ein gemeinsames Leben hatten sie herge-
lockt. Aber niemand hatte es von ihr verlangt. Und jetzt
war Conor gestorben und mit ihm ihr Traum.

Lalla sah sie mit gerunzelter Stirn an. »Vielleicht lernen Sie, es zu mögen.«

Jenna ließ den Blick schweifen. Mittlerweile war die
Sonne ganz aufgegangen, und die leuchtenden Farben
schmerzten sie in den Augen. Das strahlende Blau des
Himmels. Die zinnoberroten Berge. Die dunkelgrünen
Bäume. Sie hätte dieses Land geliebt, wenn Conor noch
hier wäre. Jetzt jedoch erschien es ihr düster und verlassen.

Aber da war immer noch das Kind.

Unbewusst legte sie die Hand auf ihren Bauch. Conors
Baby. Ein lebendiges Wesen wuchs in ihr heran. Ein Teil
von Conor, ein Teil von ihnen beiden. Sie musste weitermachen, sich ein neues Leben aufbauen. Wenn nicht für
sie selbst, dann wenigstens für das Kind.

Lalla deutete auf eine weiße Felsgruppe am Wasser. »Sehen Sie die Steine?«, fragte sie. »Das sind Geist-Steine.
Sprechen Sie mit ihnen! Vielleicht erzählen sie Ihnen
von diesem Ort. Dann lernen Sie, ihn zu mögen.«

»Geist-Steine?«

»Ja. Wir haben Geister, die über das Land wachen. Vor
langer, langer Zeit kamen ein Mann und eine Frau von
einem weit entfernten Stamm hierher. Sie haben in den
Sandbergen an einem anderen Wasserloch ein Lager aufgeschlagen. Nach und nach sind dann die Geister gekom-

men, haben Babys für die Frau gemacht und dem Paar ein Lied geschenkt, das eine Geschichte erzählt. Wir haben unsere eigenen Lieder, unsere eigene Geschichte, wissen Sie.«

»Und die Geister?«

Lalla grinste. »Die Geister bringen uns Sonne, Regen und Nahrung. Aber jetzt brauchen wir nicht mehr so viel Nahrung. Der weiße Mann sorgt dafür.«

»Adam gibt euch zu essen?«

»Ja. Aleyne und ich arbeiten im Haus. Und die Männer helfen mit den Schafen und den Zäunen, machen Holz. Mista Adam gibt uns Sachen dafür.«

Jenna überlegte, wie es wohl sein mochte, alles zu verlieren und von jemandem abhängig zu sein. Von diesem Standpunkt aus gesehen war ihr eigenes Leben gar nicht so schrecklich. Gewiss, sie hatte Conor nicht mehr, aber das Kind entschädigte sie für den Verlust.

Sie schätzte, dass sie schon den vierten Schwangerschaftsmonat hinter sich hatte. Vielleicht würde es ein Junge mit dem hellen Haar und dem frechen Lächeln seines Vaters werden. Ein Kind, das sie an die wenigen kostbaren Monate der Liebe erinnerte. Sie war an Adams Farm beteiligt und hatte zudem das Geld vom Verkauf des Ladens. Sie war keineswegs mittellos. Sie könnte auf Diamantina Downs überleben und wäre in keiner Weise auf Adam O'Loughlin angewiesen.

Jenna warf trotzig den Kopf nach hinten. Sie war hier und würde das Beste daraus machen. Zunächst einmal würde sie zurück zur Hütte gehen. Bestimmt war Adam inzwischen auch schon auf. Sie mussten sich bei einer Tasse Tee am Küchentisch zusammensetzen und vernünftig miteinander reden, Pläne machen.

Nachdem sie das entschieden hatte, stand Jenna entschlossen auf und winkte Lalla zum Abschied.

Aleyne wartete mit griesgrämiger Miene vor der Haustür, als Jenna zurückkam. »Wo ist Adam?«, wollte Jenna wissen.

Aleyne schüttelte den Kopf und zeigte zur Scheune. »Immer noch da drin«, sagte sie.

Jenna ging an ihr vorbei in die Küche. Was sollte sie tun? Adam schlief offenbar noch, und sie war es nicht gewöhnt, den ganzen Tag nur herumzusitzen. Sie schaute sich in der Hütte um. Jetzt, im hellen Tageslicht stellte sie fest, dass hier eine heillose Unordnung herrschte. Überall lag Staub, und Spinnweben hingen an den Wänden.

Was dieses Haus braucht, dachte sie, ist eine gründliche Reinigung. Sie öffnete das Ofentürchen, aber dort war nur kalte Asche. »Komm!«, sagte sie energisch zu der älteren Frau. »Du kannst mir helfen, Feuer zu machen. Wir brauchen heißes Wasser – es gibt eine Menge zu tun.«

»Aber Mista Adam …«

»Mista Adam ist noch im Bett und verschläft den Tag.«

Aleyne beäugte Jenna argwöhnisch. »Wie lange bleiben Sie hier, Missy?«

»Lange.«

»Und wie lange genau?«

»Ich gehe nicht weg von hier; du solltest dich besser an mich gewöhnen.«

Es war schon spät, und die Sonne stand hoch am Himmel, als Adam aufwachte. Vorsichtig fuhr er sich mit der Zunge über die Zähne. Himmel! Er hatte einen scheußlichen Geschmack im Mund. Er bewegte den Kopf, und mit einem Mal drehte sich alles um ihn. Der Schmerz begann in der Schläfe, und ihm war zumute, als hätte er in der letzten Nacht eine Flasche Whisky allein geleert, obschon er in Wirklichkeit keinen Tropfen getrunken hatte.

Er setzte sich vorsichtig auf und wartete, bis seine Umgebung aufhörte zu schwanken. Dann zog er Hemd und Hose an und machte sich auf den Weg zur Hütte. Schon auf den Verandastufen empfing ihn der Duft von Frischgebackenem – Brot oder was?, fragte er sich benommen und bekam plötzlich einen Bärenhunger.

Jenna hantierte am Herd herum und drehte sich um, als sie Schritte hörte. »Ah, da sind Sie ja!«, sagte sie. »Ich hab mich schon gefragt, wann Sie endlich aus den Federn kommen.«

War das eine Kritik oder lediglich eine belanglose Bemerkung? Adam wusste es nicht. Er stand verlegen wie ein ertappter Schuljunge vor ihr und suchte nach den richtigen Worten für eine Entschuldigung. »Normalerweise stehe ich nicht so spät auf«, verteidigte er sich. »Aber ich habe heute Nacht nicht viel geschlafen.«

»Mir erging es ähnlich.«

Sie nahm ein Backblech aus dem Ofen und ließ kleine Kuchen auf die Arbeitsfläche gleiten. Ihre Bewegungen wirkten ruckartig und nervös. Die Lippen waren fest zusammengepresst. Womit habe ich sie nur so aufgebracht?, überlegte Adam. Schlafen ist wohl kaum ein so großes Vergehen.

»Das, was passiert ist, tut mir Leid«, begann er, ohne so richtig zu wissen, wie es weitergehen sollte. Am liebsten hätte er erst einmal eine Tasse Tee und etwas zu essen, um seinen knurrenden Magen zu beruhigen. Vielleicht einen dieser kleinen Kuchen – oder zwei.

Als könne sie seine Gedanken lesen, holte Jenna die Teekanne aus dem Regal und löffelte Teeblätter hinein. Dann nahm sie den Kessel vom Herd und schüttete kochendes Wasser in die Kanne. Adam hörte das Brodeln und Zischen.

»Sie müssen sich nicht bei mir entschuldigen. Es war nicht Ihre Schuld, dass Conor ums Leben kam.«

Wirklich nicht? Trotz seiner Bedenken hatte er zugelassen, dass sein Bruder allein mit der Schafherde losgezogen war. Er hätte darauf bestehen müssen, dass ihn einer der Männer begleitete. Zu zweit hätten sie sich gegen Angriffe wehren können. Andererseits, wenn der Commander nicht den Stamm aus dem Norden fast ausgemerzt hätte …

»Nein«, erwiderte er mutlos. »Vermutlich nicht.«

»Er war Ihr Bruder, und ich weiß, dass Sie sein Tod auch tief getroffen hat.«

»Er war der letzte Blutsverwandte, den ich noch hatte.«

Ein Gefühl der Leere erfasste ihn, und Erinnerungen wurden wach: Conor mit dem toten Lamm für Mam; Conor, der lächelnd zusah, wie das Cottage in Newtownlimavady im Flammen aufging; Conor in der Herberge in Londonderry, als er Adam bedrängte, eine Münze entscheiden zu lassen, in welches Land sie auswandern sollten.

Eines der Schiffe steuert Australien an, und es läuft schon morgen aus.

Conor nahm die Münze aus der Schublade und warf sie von einer Hand in die andere.

Kopf oder Zahl? Wenn das kommt, was du gesagt hast,
warten wir ab und reisen nach Amerika. Ansonsten gehen
wir morgen an Bord.

Adam hatte diese Szene im Gedächtnis, als wäre es
erst gestern gewesen. Er entschied sich für Kopf, und Conor warf die Münze hoch in die Luft.

Zahl! Sieht fast so aus, als würden wir morgen nach
Sydney aufbrechen, mein lieber Bruder.

Diese Münze hatte sie um den halben Erdball geschickt
und Conors und sein Schicksal besiegelt. Ein Zufall? Was,
wenn die Münze auf die andere Seite gefallen wäre? Was
hätte sie in Amerika erwartet? Würde Conor jetzt noch
leben, oder war es vorherbestimmt, dass er so jung sterben musste?

Dieser Gedanke ließ ihn nicht los: Vielleicht war das
Leben schon vom Augenblick der Geburt an für jeden einzelnen Menschen festgelegt. Wenn das so war, dann war
es für Mam und Dad, für Conor und all die kleinen Geschwister niemals vorgesehen, alt zu werden. Und was
war mit ihm selbst? Wie sah seine Zukunft aus? Konnte
er den Rest seines Lebens in Tagen, Wochen oder Monaten messen?

»Keiner von uns hat noch jemanden«, sagte Jenna und
holte ihn in die Wirklichkeit zurück. Sie drehte sich abrupt zu Aleyne um, die, wie Adam aus Erfahrung wusste,
der Unterhaltung gelauscht hatte. »Aleyne«, sagte sie,
nahm den Arm der Frau und manövrierte sie zur Tür.
»Ich werde heute hier Hilfe brauchen. Ich möchte, dass
du ins Lager gehst und Lalla und Ngayla herholst.«

»Aber dies ist nicht Lallas Arbeitstag«, protestierte
Aleyne und stemmte die Arme in die Hüften. Sie warf
einen Blick auf Adam, als erhoffe sie sich Unterstützung

von ihm, aber dieser schüttelte nur den Kopf. Gott allein wusste, warum Jenna die anderen Frauen hier haben wollte, aber Aleynes Abwesenheit würde ihm wenigstens die Gelegenheit geben, unter vier Augen mit Jenna zu sprechen.

»Tu, was Missy McCabe sagt!«, forderte er.

Aleyne stürmte hinaus. Adam sah, dass sie über die Weide zum Lager eilte. »Aleyne ist die älteste Frau in ihrem Stamm. Sie ist es nicht gewöhnt, von einer anderen Frau Befehle entgegenzunehmen.«

»Ich habe ihr keinen Befehl gegeben, sondern nur eine Bitte geäußert.« Jenna legte zwei Kuchen auf einen Teller und schob ihn Adam hin. »Warum setzen Sie sich nicht?«

Auch das schien eher eine Zurechtweisung als eine Einladung zu sein. Adam zog einen Stuhl heran und ließ sich nieder; ihm war irgendwie unbehaglich zumute. Seit dem Tode seiner Mutter hatte ihn nie wieder eine Frau bedient, und schon gar keine so junge und hübsche wie Jenna McCabe. Er kannte sie kaum, und dennoch waren sie jetzt gemeinsam hier – mutterseelenallein und meilenweit entfernt vom nächsten Ort.

Die Trauer, die an sich schon seltsam war, hatte sie zusammengeschweißt. Conor war Adam ein Bruder, ein Freund gewesen. Dennoch hatte Jenna ihn, wenn diese Geschichte mit dem Kind wirklich stimmte, auf die intimste Art kennen gelernt. Adam versuchte, sich die beiden als Liebende vorzustellen – was ihm aber nicht gelang. Er wusste nur wenig über diese Dinge. Doch wenn alles anders gekommen und Conor noch am Leben wäre, würde Jenna ein Mitglied der Familie O'Loughlin und das Baby Adams Nichte oder Neffe werden.

Jenna stellte zwei Becher auf die Arbeitsfläche, schenkte Tee ein und reichte einen an Adam weiter. Sein Blick wanderte zu ihrer schmalen Taille, um die sie die Schürze gebunden hatte. »Sie sehen nicht schwanger aus«, bemerkte er, ohne vorher nachzudenken.

Sie stand neben dem Tisch und musterte ihn über den Becherrand hinweg. Sie war immer noch blass wie am Abend zuvor und hatte dunkle Ringe unter den Augen – ein deutliches Zeichen für Schlafmangel. Eine ganze Weile sagte sie nichts, stand einfach nur da und betrachtete ihn, als würde sie über eine passende Antwort nachdenken.

»Dann sind Sie also Experte in Sachen Schwangerschaft, ja?«, fragte sie schließlich.

»Nicht unbedingt.«

»Wie sollte ich denn aussehen?«

Er zuckte mit den Achseln. »Woher wissen Sie, dass Sie schwanger sind?«

»Glauben Sie, dass ich lüge?«

Warum beantwortete sie seine Fragen immer mit Gegenfragen? »Nein. Aber vielleicht irren Sie sich.«

»Ich irre mich nicht.«

»Haben Sie sich von einem Arzt untersuchen lassen?«

Sie lachte freudlos. »Nein. Das hätte sich wie ein Lauffeuer in der Stadt herumgesprochen.«

»Also, woher wissen Sie es dann?«, beharrte Adam.

»Eine Frau weiß so etwas.« Sie runzelte die Stirn und sah ihn nachdenklich an. »Es ist Conors Kind, falls Ihnen das Kopfzerbrechen bereitet.«

Adam, der gerade ein Stück Kuchen zum Mund führen wollte, hielt mitten in der Bewegung inne. »Ich habe nie gesagt, dass es anders sein könnte.«

»Ich bin kein Flittchen.«

Adam sank entsetzt zurück. »Jenna …«

Sie richtete sich zur vollen Größe auf, und plötzlich fühlte sich Adam ganz klein. Er wäre gern aufgestanden, um mit ihr auf gleicher Augenhöhe zu sein; andererseits wäre er am liebsten im Erdboden versunken.

Jenna setzte sich unvermittelt auf den Stuhl, der einmal Conors gewesen war. Der Tee schwappte aus ihrem Becher auf den Tisch, aber sie machte keine Anstalten, die Flüssigkeit wegzuwischen. Ihre Augen füllten sich mit Tränen, und sie sank niedergeschlagen in sich zusammen. In diesem Augenblick erinnerte sie Adam an seine Mutter, wenn sie sich weigerte, sich etwas Schlechtes über Conor anzuhören.

»Ich habe Conors Tod nicht gewollt, Adam.«

»Natürlich nicht«, erwiderte er hitzig.

»Und ich habe es mir auch nicht ausgesucht, ein vaterloses Kind auf die Welt zu bringen. Aber ich habe Ihren Bruder geliebt, und eigentlich freue ich mich, sein Baby unter dem Herzen zu tragen – es ist mir eine Ehre.«

»Jenna«, begann Adam zögerlich. »Dies hier ist kein Platz für eine Frau oder ein Kind. Ich habe miterlebt, wie meine Mutter an den Komplikationen einer Geburt starb. Hier gibt es im Umkreis von etwa hundert Meilen keinen Arzt. Was ist, wenn irgendetwas nicht so vonstatten geht, wie es sollte?«

»Ich bin jung, stark und gesund. Es wird keine Komplikationen geben.«

»Das können Sie nicht wissen! Es ist zu riskant. Warum wagen Sie nicht einen Neuanfang an einem Ort, an dem Sie niemand kennt?«

»Hier kennt mich niemand – außer Ihnen.«

»Bei Ihnen klingt alles so, so …« Er suchte nach dem

richtigen Wort, in dem drängenden Bedürfnis, ihr seine Argumente klar zu machen. »So einfach. Möchten Sie auf Diamantina Downs bleiben und hier Ihr Baby bekommen? Was ist mit Anstand und Sitte? Was werden die Leute sagen?«

»Über mein Kind?«

»Ja. Nein. Über uns. Wenn Sie und ich unverheiratet hier zusammenleben.«

»Aber wir leben nicht zusammen. Nicht auf diese Weise.«

Sie sagte das, als wäre es undenkbar, etwas, was keine Frau wollen würde.

»Aber das wissen die Leute doch nicht«, entgegnete er und versuchte, möglichst ruhig zu bleiben.

»Ah, die mysteriösen ›Leute‹. Sie entscheiden, wie wir leben müssen, wenn wir es zulassen.«

In dem, was sie von sich gibt, muss eine seltsame weibliche Logik liegen, dachte er, obwohl sie sich ihm nicht erschloss. »Das ist wirklich gut. Sie sind doch wegen des Klatsches nicht einmal zum Arzt gegangen.«

»Das ist was anderes. Die Leute in der Stadt kannten mich und meine Familie. Wissen Sie, wie sie meine Mutter genannt haben?«

»Nein. Und ich denke nicht …«

Sie hob eine Hand, um ihn zum Schweigen zu bringen. »Es wird nicht leicht, dessen bin ich mir bewusst, aber ich habe meine Entscheidung gefällt. Ich gehe nicht weg, und Sie können mich nicht dazu zwingen. Diese Farm gehört mir genauso gut wie Ihnen. Keine Sorge. Ich werde Ihnen nicht zur Last fallen oder mich in die Leitung von Diamantina Downs einmischen. Vielleicht finden Sie es ja eines Tages ganz praktisch, eine Frau hier zu haben.«

»Ich habe Lalla und Aleyne«, gab er eigensinnig zurück.

»Und die können das Haus nicht sauber halten!«

»Wir sind hier im Busch, Jenna, nicht in einem vornehmen Stadthaus. Hier wird es im Sommer verdammt heiß, und in der Regenzeit können wir buchstäblich Monate nicht von hier weg. Wenn die Fliegen Sie nicht am Tage stechen, dann tun das die Moskitos in der Nacht. Dann sind da noch die Sandstürme, wenn der Himmel rot ist und man kaum die Hand vor Augen sehen kann. Der Haushalt macht mir am wenigsten Sorgen.«

Adam hatte nicht beabsichtigt, so harsch zu sein, aber er merkte selbst, dass sein Ton immer strenger wurde. Er schob entschlossen den Stuhl zurück und stand auf. Bevor Jenna das Gesicht abwandte, entdeckte Adam Tränen auf ihren Wangen. »Tut mir Leid«, schluchzte sie. »Ich habe mir vorgenommen, nicht …«

»Nicht was?«

»Zu weinen. Es ist so sinnlos und unproduktiv. Es ändert nichts, und es bringt mir auch Conor nicht zurück.«

Adam war selbst zum Heulen zumute, auch wenn er das Jenna McCabe gegenüber niemals zugegeben hätte. Er stand da und kramte in seiner Hemdtasche nach einem sauberen Taschentuch und lenkte sich so von Jennas Kummer ab. Er hielt es ihr hin, und sie starrte es lange an. »Nur zu!«, drängte er. »Nehmen Sie es!«

Es schien, als könnte sie sich nicht mehr rühren. Adam trat näher und tupfte ihr die Tränen von den Wangen. Er rechnete jeden Augenblick damit, dass sie zurückzuckte, aber sie blieb still stehen wie ein artiges Kind und sah ihn an. Dann lehnte sie sich plötzlich an ihn, und er hielt sie ungeschickt in den Armen. Er spürte, wie sie zitterte und die Tränen sein Hemd benetzten. Sie legte den Kopf an seinen breiten Oberkörper. Die Hände hatte sie an seinen Schultern, und sie zog ihn mit aller Kraft an sich. Ein Gefühl der Zärtlichkeit keimte in ihm auf, das Bedürfnis, sie zu beschützen – sie und das Kind – und vor weiterem Kummer zu bewahren.

Ihm war, als würden sie lange regungslos dastehen. Doch in Wahrheit verging nicht einmal eine Minute. Dann zog sich Jenna mit einem verlegenen Hüsteln zurück. Aleyne, Lalla und Ngayla standen mit verschränkten Armen in der Tür.

»Ah, da seid ihr ja!«, rief Jenna aus und wich von Adam zurück. Seine Haut fühlte sich dort, wo sie ihn berührt hatte, plötzlich ganz kalt an, und er sah Jenna mit Bedauern nach. Beim Gedanken, dass sie sich so an ihn geklammert und seinen Schutz gesucht hatte, wurde Adam nachträglich warm ums Herz.

»Sie wollen uns sprechen, Missy?«, fragte Lalla.

»Ja«, sagte Jenna und blickte zu Adam. Dann reckte sie das Kinn trotzig nach vorn. Die Tränen waren versiegt, und sie gab sich mit einem Mal sehr energisch und pflichtbewusst. »Da ich vorhabe, hier zu bleiben, sind einige Veränderungen notwendig.«

»Was für Veränderungen?«

»Wenn die Frauen hier im Haus arbeiten, müssen sie anständig gekleidet sein. Ich dulde nicht, dass sie halb nackt herumlaufen.«

Aleyne hob protestierend die Hände. »Aber, Missy ...«

Jenna zeigte mit dem Finger auf einen der großen Koffer, die mit ihr auf der Postkutsche angekommen waren. »Kein Aber, Aleyne. Da drinnen findet ihr Kleider und Unterröcke, die mir nicht mehr lange passen werden.«

Sie öffnete den großen Koffer, zog etliche Kleidungsstücke heraus und warf sie den schwarzen Frauen zu. »Ihr könnt sie dort anprobieren«, fügte sie hinzu und deutete auf die Tür zum Schlafzimmer.

Die Frauen hielten die Kleider in den Armen und sahen Adam fragend an. »Tut besser, was Missy euch sagt!«, meinte er und musste sich ein Lächeln verkneifen.

Aus dem Schlafzimmer drang Stimmengemurmel und Kichern. Nach ein paar Minuten kam Lalla in einem Leinenkleid heraus – es war ihr viel zu groß. Die Knöpfe vorn waren falsch zugeknöpft, und Jenna half ihr, es richtig zu machen. Aleyne und Ngayla folgten ihr und schauten betreten zu Boden.

»Gut!« Jenna nickte. »Dann ist das schon mal geklärt.«

»Es gibt noch mehr?«, erkundigte sich Adam unschuldig.

»Wenn ich bleibe, muss ich mir meinen Lebensunterhalt verdienen«, erklärte Jenna. »Dieses Haus ist in einem fürchterlichen Zustand. Bei Sonnenuntergang werden Sie es nicht mehr wiedererkennen.«

Damit scheuchte sie Adam ins Freie und schwenkte den Besen.

KAPITEL 20

Die täglichen Aktivitäten wurden zu Ritualen. Waschen, kochen, putzen – Jenna hatte das Gefühl, dass ihre Stunden mehr als ausgefüllt waren und für all die Arbeit nicht ausreichten.

Mit großer Geduld hatte sie sich daran gemacht, den Frauen zu zeigen, wie man die Hütte sauber machte und in Ordnung hielt. Sie brachte ihnen das Kochen bei. Trotz der Unzuverlässigkeit des Herdes bereiteten sie bald köstliche Aufläufe zu und backten Brötchen. Aleyne hatte sich anfangs stur gestellt und folgte nur widerstrebend Jennas Anweisungen. Doch diese blieb beharrlich, und schließlich fügten sich die Frauen und brachten Jenna sogar kleine Geschenke mit – einen gestreiften Kieselstein oder eine Vogelfeder – und boten freiwillig an, irgendwelche Aufgaben zu übernehmen.

Montags war Waschtag. Die Betten wurden abgezogen, und Aleyne und ihre Tochter Lalla bearbeiteten die Laken in einem Waschtrog, den Adam aufgestellt hatte. Dann wrangen sie die Wäsche aus und hängten sie scherzend und kichernd auf die Leine im Hof. Jenna bemerkte, dass Ngayla in der Tür stand und den beiden wehmütig zusah. Sie hatte etwas Trauriges, Lethargisches an sich, was schwer zu definieren war.

Adam erzählte Jenna von dem Massaker und wie er Ngayla gefunden habe. Sie war das einzige weibliche Mitglied des Stammes, das überlebt hatte. Aber sie war noch jung und schien sich rasch an die neue Umgebung zu gewöhnen. Jenna beobachtete das Mädchen und dachte: Wir beide sind verlorene Seelen, die ohne einen geliebten Menschen auf dieser Welt zurückgeblieben sind und an einem fremden Ort noch einmal ganz von vorn anfangen. Nach wenigen Wochen stellte Jenna ein schmales Bett in einem Winkel in der Küche auf und bot Ngayla an, bei ihnen im Haus zu leben.

Jennas Geburtstag – ihr zwanzigster – verging unbemerkt. Und das Wetter, das schon bei ihrer Ankunft auf Diamantina Downs warm gewesen war, wurde richtig heiß. Sie lag nachts im Bett, nachdem Adam sich in die Scheune zurückgezogen hatte, und hatte ein schlechtes Gewissen, weil sie ihn aus seinem Heim vertrieben hatte. Vielleicht könnten sie anbauen. Sie brauchte ohnehin mehr Platz, wenn das Baby erst einmal da war. Adam hatte ihr erzählt, dass früher eine sechsköpfige Familie in der Hütte gehaust habe, und Jenna fragte sich belustigt, wie alle an den Esstisch gepasst haben mochten.

Bald spürte sie die ersten Bewegungen des Kindes – ein ganz zartes bebendes Flattern wie von Schmetterlingsflügeln, und im ersten Moment glaubte sie sogar, sie hätte es sich nur eingebildet. Sie ließ alles stehen und liegen und wartete verwundert und voller Freude mit der Hand auf dem Bauch auf das nächste Lebenszeichen.

Ihre Taille wurde allmählich voller, und die meisten ihrer Kleider passten nicht mehr. So nähte sie sich weite Kittel, die sie unter der Schürze trug. Als ihre Schwangerschaft nicht mehr zu verbergen war, wurde sie immer öfter gewahr, dass Aleyne und Lalla sie anstarrten, miteinander tuschelten und schnell wegsahen, wenn sie ertappt wurden. Schließlich nahm sich Jenna die beiden vor.

»Ich bekomme ein Baby«, erklärte sie schlicht.

Aleyne nickte. »Das haben wir uns schon gedacht, Missy.«

»Conor ist der Vater meines Kindes.«

»Das wissen wir, Missy. Wir sehen es in Ihrem Gesicht. Sie sind manchmal traurig, denken die ganze Zeit an ihn, stimmt's?«

»Ja.«

»Aber jetzt kommt ein Baby. Das macht Sie glücklich?«

»Glücklich, ja. Trotzdem bin ich traurig wegen Conor.«

»Wongaree und ich möchten auch ein Baby haben«, sagte Lalla wehmütig.

»Ihr müsst Geduld haben«, beschwichtigte ihre Mutter. »Die Geister kommen bald und geben euch viele Babys.«

Adam bekam sie nur selten zu Gesicht. Zwar kam er jeden Tag zum Abendessen ins Haus, aber dann saßen sie schweigend am Tisch, und sobald er fertig war, stand er auf, holte die Axt, die hinter der Küchentür stand, und ging in den Hof. Holz hacken war eigentlich Pigeons Aufgabe, aber Adam beschäftigte sich trotzdem jeden Abend damit und vergrößerte stetig den ohnehin schon riesigen Berg Feuerholz. Und Jenna hatte ständig das dumpfe Geräusch der Axthiebe im Ohr. Es schien, als wäre Adam lieber draußen als im Haus bei ihr. Störte ihn ihre Anwesenheit so sehr?

Ngayla und sie machten den Abwasch und räumten das saubere Geschirr und die Töpfe weg. Dann ging das schwarze Mädchen ins Bett, und Jenna las im Schein der Lampe, weil sie nicht wusste, was sie sonst tun sollte. Doch sie war mit den Gedanken nur selten bei ihrem Buch. Sollte sie aus Höflichkeit auf ihn warten? Oder wäre es besser, ihn nicht zu beachten und ins Bett zu gehen?

Das Licht aus der Hütte fiel in den Hof und beleuchtete den unebenen Boden. Manchmal stand Jenna am Fenster und sah zu, wie Adam die Axt über den Kopf schwang und auf den Hackstock sausen ließ. Vom Wasserloch drang das Quaken der Frösche herüber, und die Zikaden in den Bäumen zirpten. Manchmal hörte sie auch das feine Schlagen von Fledermausflügeln, das Heulen eines Dingos und die Antwort eines Artgenossen.

Jenna erschien es, als ob die ganze Welt voller Paare oder Gruppen wäre. Frösche, Zikaden, Dingos. Nur sie war fast immer allein, sehnte sich nach einer männlichen Stimme, nach einer Unterhaltung. In der Hütte war es bis auf das stete Ticken der Uhr und das Rascheln, wenn sie eine Seite umblätterte, ganz still. Sie hatte das Buch vor sich, aber wenn man sie nach der Geschichte gefragt hätte, die sie gerade las, wäre es ihr kaum möglich gewesen, den Inhalt wiederzugeben.

Die unterschiedlichsten Gedanken gingen ihr durch den Kopf: Wie anders alles sein würde, wenn Conor noch am Leben wäre. Sie malte sich aus, wie er jeden Abend zu ihr nach Hause gekommen wäre, wie sie ihm ihre Liebe in dem Bett gezeigt hätte, in dem sie jetzt allein schlief. Und jeden Morgen hätte sie ihn mit Küssen geweckt.

Ihr Seufzer hallte in der Stille wider. Da war etwas an der Tür. Jenna schaute auf und erblickte Adam mit nass geschwitztem Hemd. »Gute Nacht!«, sagte er.

»Sie gehen schlafen?«

»Morgen ist ein neuer Tag.«

Das wusste sie nur zu gut. »Ja. Na, dann gute Nacht!«

Er verschwand, und Jenna war wieder mit den Motten allein, die um das Lampenlicht schwirrten.

Anfang November brauten sich eines Nachmittags rote Wolken zusammen, und der Himmel verdunkelte sich, als wäre die Nacht bereits eingebrochen. Frischer Wind kam auf, peitschte die Äste der Bäume und wirbelte den Staub auf. Ein greller Blitz tauchte die Landschaft kurz in grelles Licht, und gleich darauf wurde tosender Donner laut. Ngayla erschrak und lief zum Herd.

»Ein großes Unwetter zieht auf«, stellte Aleyne fest, die an der Tür stand und ins Freie schaute. Jenna stellte sich hinter sie und beobachtete, wie ein weißer Schleier über das Land fegte.

Es regnete zwei ganze Wochen.

»Der Fluss ist über die Ufer gestiegen«, sagte Adam, als er ein paar Tage später die Stufen zur Veranda heraufkam und eine nasse Spur hinterließ.

»Sind wir hier sicher? Das Wasser kommt doch nicht bis hier herauf, oder?«

Adam zuckte mit den Schultern, wirkte aber besorgt. »Ehrlich gesagt, ich weiß es nicht. Wir müssen es abwarten.«

Das Wasser stieg und umspülte schon die Zaunpfosten des Farmgartens. Die Frauen im Haus waren damit beschäftigt, die Eimer auszuleeren, die dort standen, wo es am meisten durchs Dach regnete. Als der Regen einmal kurz nachließ, borgte sich Jenna ein Paar Stiefel von Adam aus und watete durch den Schlamm zu einem erhöhten Aussichtspunkt. Sie sah die Flussläufe, die sich in reißende Ströme verwandelt hatten und sich zwischen den Sandbergen hindurchschlängelten.

Ein Gefühl des Friedens überkam Jenna, als sie auf das Netzwerk der verschlungenen Kanäle niederblickte. Tausende von Vögeln – Pelikane und Gänse, schwarze Schwäne und Enten – hatten sich auf dem Wasser versammelt und tauchten nach Nahrung. Baumwipfel ragten wie grüne Gespenster aus der wirbelnden Strömung.

Irgendwann kam dann aber doch die Sonne wieder zum Vorschein, und mit jedem Tag wurde es heißer. Die Luft war schwül und feucht, und die winzigen Buschfliegen krochen einem in die Nase und in den Mund. Sie waren überall. Jenna rief alle Schwarzen – Männer und Frauen – zu sich ins Haus und gab ihnen eine große Flasche Kastoröl, das sie vor den Mücken schützen sollte.

Einige der Männer waren ihr gegenüber immer noch argwöhnisch. Und Jenna empfand sie zwar nicht als Bedrohung, dennoch hatte sie das Gefühl, als würden sie ihr Dasein wie Wesen aus einer anderen Welt überschatten. Sie spürte, dass diese Leute eine Bedeutung für sie hatten, wusste jedoch nicht, welche. Sie fing ihre Schwingungen auf, das stete Trommeln an der Peripherie ihres eigenen Lebens. Irgendwie war sie mit diesen Menschen verbunden, wenn auch einiges sie von ihnen trennte. Sie konnte das Band jedoch weder jetzt noch in Zukunft zerreißen.

Trotz der Differenzen in der Vergangenheit vermisste Adam seinen Bruder schmerzlich. Oft, wenn er Zäune aufstellte oder sah, dass viele Schafe schon gelammt hatten, dachte er: »Das muss ich Conor unbedingt erzählen«, oder er wollte sich umdrehen und sagen: »Weißt du noch, wie …« Doch dann fiel ihm alles wieder ein, und die Worte blieben ihm im Halse stecken.

Conor war nicht mehr da. Es gab kein Verbindungsglied mehr zur Vergangenheit.

Adam hielt sich von der Hütte fern, so gut es ging, und ritt oft in Wongarees Begleitung zu den Grenzen seines Landes. Sie nahmen Proviant mit und blieben oft tagelang weg. Im Laufe der Wochen lernte Adam seine Weidegründe – jede Senke, jede Erhöhung, alle Ebenen – ganz genau kennen. Das Land wurde zu einem Teil von ihm, und es wurde ihm niemals zuviel, die Grenzen abzureiten. Diese Ausflüge weckten seine Lebensgeister, wenn er niedergeschlagen war.

Es erschien ihm eigenartig, dass Jenna da war, wenn er nach Hause zurückkehrte. Zu Beginn konnte er ihre Nähe kaum ertragen und fand nie die richtigen Worte. Ihre Anwesenheit erinnerte ihn an Conor und daran, was er verloren hatte. Doch sie war fest entschlossen zu bleiben, und es gab nichts, womit Adam sie von ihrem Entschluss hätte abbringen können.

Trotz seiner anfänglichen Befürchtungen hatte sich Jenna reibungslos in das Leben auf Diamantina Downs eingefügt. Sie war ausgeglichen und hatte, das musste er zugeben, immer ein Lächeln und ein freundliches Wort für jedermann parat. Oft hörte er sie summen oder singen, wenn sie in der Küche die köstlichen Mahlzeiten für ihn zubereitete. Adam bewunderte auch die energische, nüchterne Art, die sie im Umgang mit den Schwarzen an den Tag legte.

»Sie müssen sich die Zuwendungen, die sie erhalten, verdienen«, sagte sie, wenn die Männer ins Haus kamen, um ihre Arbeitskraft gegen Mehl und Tabak einzutauschen, auch wenn Adams Vorräte knapp waren. Sie war bestimmt, behandelte die Leute jedoch mit Respekt. »Ich lasse nicht zu, dass sie faulenzen.«

»Ich beabsichtige, sie gerecht zu entlohnen«, meinte Adam. »Wenn ich es mir leisten kann, bekommen sie auch ein paar Schilling.«

»Hier draußen gibt es nichts, wofür sie Geld ausgeben könnten«, erwiderte Jenna. »Man hilft ihnen mehr, wenn man ihnen Decken, die sie warm halten, und Kleider gibt.«

Frauen waren für Adam ein Rätsel. In einer Minute dachten sie praktisch, in der nächsten hatten sie nur romantischen Unsinn im Kopf und brachen in Tränen aus. Ihre Gedanken und Handlungen unterschieden sich sehr von denen der Männer. Adam kam sich in ihrer Gegenwart immer unbeholfen und linkisch vor; er brachte kaum einen Ton heraus und war furchtbar nervös – ganz anders als Conor, der immer unbekümmert und charmant Konversation treiben konnte.

Trotz seines Unbehagens war sich Adam Jennas Weiblichkeit nur zu bewusst. Im Laufe der Wochen und Monate bemerkte er verschiedene Kleinigkeiten an ihr: die Art, wie sie sich am Ende eines Tages am Herd bewegte, in einem Topf rührte oder einen Braten aus dem Ofen nahm; die geschwungene Linie ihrer Wangen, ihre melodische Stimme. Er beobachtete fasziniert, wie das Kind in ihr wuchs und sich der Bauch sanft wölbte, bis ihn nicht einmal mehr die Schürze verbergen konnte.

Conors Kind.

Gefühle wallten in ihm auf – schmerzhafte und zugleich besänftigende Empfindungen, und manchmal spürte er sogar ein Flattern in seiner Brust, als würde sein Herz zu heftig schlagen.

In solchen Situationen nahm er die Axt, ging ins Freie und hackte Holz, obwohl Pigeon bereits für ausreichend Feuerholz gesorgt hatte. In dem Licht, das durch die Fenster auf den Hof schien, hieb er die Axt in die gesägten Stämme und empfand sogar so etwas wie Freude, wenn die Schneide das Holz spaltete. Er arbeitete hart, um die Erinnerungen auszulöschen und sich die Gedanken an Jenna aus dem Kopf zu schlagen.

Ihm war klar, dass sie ihn nie begehren würde. Sie

liebte Conor noch immer und trug sein Kind unter dem Herzen. Und auch nur daran zu denken, dass es anders wäre, kam einem Betrug gleich.

Wenn Adam sich richtig einsam fühlte, ritt er über die Weiden zum Grab seines Bruders und setzte sich neben den Hügel. Tiere hatten das Grab verunreinigt, und es war von Gras überwuchert. Aber Adam säuberte es und riss das Unkraut heraus. Im Nachhinein dachte er, es wäre besser gewesen, Conors Leichnam zur Farm zu bringen und ihn dort zu begraben. Aber wenn er die zerklüftete Schönheit der Landschaft rund um das Grab betrachtete, wusste er, dass diese letzte Ruhestätte passend für seinen Bruder war.

Eines Morgens fragte Jenna, ob Adam sie zu dem Grab bringen könne. Adam erschrak und spürte, wie heftig sein Herz klopfte. Er bekam sich aber überraschend schnell wieder in die Gewalt. Der Platz am Fluss war ein Ort, an dem er Frieden fand und sich seinem Bruder nahe fühlte. Wenn er Jenna mit dorthin nähme, würde Adam den letzten seelischen Halt aufgeben, der ihm noch geblieben war.

»Es ist ein anstrengender Halbtagesritt bis dorthin«, antwortete er knapp, »und ich glaube nicht, dass Sie in Ihrem Zustand solche Strapazen auf sich nehmen sollten.«

»*Zustand!* Ich bin nicht krank. Ich bekomme nur ein Kind.«

»Das ist mir gleichgültig«, gab er eigensinnig zurück. »Wenn Ihnen etwas zustößt, können wir hier draußen nicht einfach einen Arzt rufen. Diese Verantwortung möchte ich nicht tragen.«

»Dann übernehme ich diese Verantwortung.«

»Damit ich Sie auch noch begraben muss? Nein!«

»Hören Sie!«, sagte er später. »Es tut mir Leid, wenn ich zu schroff war. Es ist nur ... wenn Ihnen etwas passiert ...«

Der Rest blieb unausgesprochen. Es war eine schreckliche Vorstellung, dass Jenna zu Schaden kommen könnte. Wie sollte er mit einer solchen Schuld weiterleben? Er musste Jennas Kind um jeden Preis beschützen.

»Also schön!«, gab sie nach. »Aber könnten Sie vielleicht einen Zaun um die Grabstelle errichten und ein Kreuz aufstellen? Conors letzte Ruhestätte sollte gekennzeichnet werden, damit die Leute auch in späteren Jahren wissen, dass dort jemand begraben ist.«

»Wir wissen, dass er dort liegt«, entgegnete Adam hitzig.

»Aber wir werden nicht für immer hier sein.«

Adam starrte sie stumm an – was redete sie da? Er sollte sein Land verlassen, das war unvorstellbar. Dachte sie an eine solche Möglichkeit? Er hatte hart auf dieser Farm gearbeitet und war nicht bereit, sie aufzugeben.

Als er wieder das Wort ergriff, war seine Stimme rau. »Ich gehe nicht von hier weg. Und in den nächsten Jahren sorge ich dafür, dass alle Welt erfährt, was mit Conor passiert ist. Die Menschen werden seine Geschichte *kennen*.«

Trotzdem nahm er eines Tages Pflöcke und Draht sowie ein Holzkreuz mit der eingeschnitzten Inschrift *Conor O'Loughlin 1851–1873* mit zu der Stelle am Fluss. Behutsam entfernte er den losen Sand vom Grab, schlug die Pflöcke in die Erde und spannte den Draht. Dann trat er zurück und betrachtete sein Werk. Das würde selbst Jenna zufrieden stellen, dachte er.

Der Regen kam wieder: Weiße Schleier legten sich aufs Land. Adam blieb nach dem Abendessen im Haus – den Regen nutzte er als Vorwand – und half Jenna, den Tisch abzuräumen und das Geschirr zu spülen. Beim ersten Mal sah sie ihn überrascht an, sagte jedoch nichts. Umspielte der Hauch eines Lächelns ihre Mundwinkel?

Als die Küche aufgeräumt war, setzte sich Adam an den Tisch und schlug das Farmjournal auf. Gelegentlich warf er einen verstohlenen Blick zu Jenna, während er seine Einträge machte. Wie so oft in letzter Zeit war sie mit dem Nähen von winzig kleinen Babysachen beschäftigt und hielt den Kopf gesenkt, sodass sie seine Blicke nicht bemerkte. Sie führte auch ein Tagebuch, das wusste Adam. An manchen Abenden schrieb sie lange, und Adam mochte das Geräusch, wenn ihre Feder über das Papier glitt – es war eigenartig tröstlich.

Als der Regen endlich nachließ und der Himmel aufklarte, schlug Adam ihr vor, sich auf die Veranda zu setzen, wo eine leichte Brise die Hitze erträglicher machte. Sie unterhielten sich über dies und das, und Adam erzählte ein paar Neuigkeiten von der Farm: Sie hatten ein paar Schafe in der Regenzeit verloren, aber mittlerweile herrschte am großen Wasserloch keine Überschwemmung mehr. Er hatte keine Ahnung, ob sich Jenna wirklich für diese Dinge interessierte. Sie hörte ihm jedoch höflich zu, und diese Gespräche füllten die abendlichen Stunden zwischen Sonnenuntergang und Schlafenszeit.

Im Nachhinein konnte er nicht mehr sagen, ab welchem Tag sie einen vertraulicheren Umgangston pflegten und wann genau er begonnen hatte, ihr von seinem eigenen Leben in Irland zu erzählen, oder was Jenna dazu gebracht hatte, anfangs nur sehr zögerlich, Stück für Stück von ihrer Vergangenheit preiszugeben. Sie sprach von Michaels Geburt und Tod und von ihrer Mutter.

»Sie nannten sie eine Hure«, sagte sie. »Deshalb konnte ich nicht in der Stadt bleiben, als mir klar wurde, dass ich ein Kind von Conor erwarte. Sie hätten gesagt: Jenna ist genau wie ihre Mutter.«

»Aber das bist du nicht!«, rief Adam aus. Und im nächsten Augenblick wurde er sich bewusst, dass er sie verteidigte und sich über die Klatschmäuler regelrecht empörte.

»Nein, ich habe Conor geliebt. Es ist einfach so gekommen, und es hat sich richtig angefühlt.«

Richtig angefühlt. Mit einem Mal wusste Adam, was sie meinte. Er staunte selbst, wie sehr er sich an Jennas Gesellschaft gewöhnt hatte, und dachte daran, wie einsam er wäre, sollte sie sich je entschließen, von hier wegzugehen. Etwas in seinem Inneren hatte sich verändert.

Jenna saß auf den Verandastufen, hatte die Arme um ihren Bauch geschlungen und wiegte sich vor und zurück. Sie schien tief in Gedanken versunken zu sein und sah in die Ferne, und doch umgab sie an diesem Abend eine Traurigkeit und Hilflosigkeit, die Adam nicht einordnen konnte. In diesem Augenblick empfand er unendliche Zärtlichkeit und Ehrfurcht. Es erschien ihm wie ein Wunder, dass ein Teil von Conor in dem ungeborenen Kind weiterleben würde. In letzter Zeit hatte Adam öfter an die Geburt gedacht und sich vorgenommen, Jenna ein paar Wochen vorher in die Stadt zu bringen. Er fragte sie, wann das Baby kommen würde.

»Ich weiß es nicht genau«, gestand sie. »In zwei Monaten, vielleicht auch etwas später.«

Und plötzlich wusste er mit absoluter Gewissheit, was er tun musste.

»Ich reite morgen in die Stadt«, sagte er. »Weihnachten steht bevor, und wir brauchen frische Vorräte.«

»Es gibt etliche Dinge, die ich für das Baby kaufen möchte. Würdest du sie mir besorgen, wenn ich dir eine Liste mitgebe?«

»Natürlich.« Er holte tief Luft und stählte sich innerlich. »Da ist noch etwas, was ich dich fragen möchte, bevor ich mich auf den Weg mache.«

»Ja?« Sie drehte ihm ihr Gesicht zu.«

»Willst du mich heiraten?«

Sie riss die Augen auf und starrte ihn wortlos an.

Adam deutete ihr Schweigen als Unschlüssigkeit und redete einfach weiter: »Ich weiß, dass du Conor geliebt hast, aber du musst an das Kind denken. Ich werde ihm den Namen O'Loughlin geben.«

Jenna musterte ihn ernst. »Das wäre dir gegenüber nicht fair, Adam. Vielleicht begegnest du eines Tages einer Frau …«

»Was? Hier draußen?« Er stieß ein freudloses Lachen aus. »Ich bin nicht Conor und kann seinen Platz nicht einnehmen. Genau genommen bin ich ein verdammt schlechter Ersatz. Aber ich werde immer aufrichtig und ehrlich zu dir und deinem Kind ein guter Vater sein. Mit der Zeit lernst du vielleicht, mich ein wenig gern zu haben.« Er zwang sich zu einem Lächeln. »Ich bin im Grunde gar kein solches Scheusal.«

»Natürlich bist du das nicht. Du bist ein guter, warmherziger Mensch, und ich verdiene es wirklich nicht …«

»Du verdienst etwas Besseres«, fiel er ihr ins Wort. »Du verdienst *Conor,* und ich würde alles tun, wenn ich ihn nur zurückholen könnte.«

Langsam streckte Jenna die Hand aus und legte sie auf Adams. Adam war erstaunt, als er die Tränen in ihren Augen sah. »Ja«, sagte sie leise.

»Ja?«, wiederholte er verwirrt.

»Ja, ich weiß, dass du alles tun würdest, und ja, ich will dich heiraten.«

»Nun«, sagte er perplex, »dann wäre das geregelt. Ich denke, ich schicke lieber nach einem Pfarrer.«

Er war ratlos. Was sollte er jetzt tun? Sie hatte eingewilligt, seine Frau zu werden, und er glaubte, dieses Versprechen irgendwie besiegeln zu müssen. Vielleicht, überlegte er, sollte ich sie jetzt küssen. Doch ihr Gesicht war leicht zur Seite geneigt, deshalb beugte er sich vor und strich unbeholfen mit den Lippen über ihre Stirn. Dann zog er sich zurück und ließ ihre Hand los.

»Zeit zum Schlafengehen«, sagte er und fuhr sich mit der Hand durch das dunkle Haar. »Gute Nacht, Jenna, bis morgen!«

Und ehe sie antworten konnte, war Adam schon auf dem Weg in die Scheune.

Reverend Carlyle traf eine Woche vor Weihnachten ein. Auf Adams Bitte hin brachte er einen Fotografen mit. »Das ist doch viel zu kostspielig«, tadelte Jenna, als sie zusah, wie die beiden Männer von ihren Pferden abstiegen.

Adam zuckte mit den Schultern. »Dann habe ich eben kein Geld mehr, aber wenigstens bleibt uns eine Erinnerung an den Tag.«

Wongaree und Lalla hatten sich bereit erklärt, als Trauzeugen zu fungieren. Lalla trug eines von Jennas ausrangierten Kleidern; ihre Aufgabe schien sie einzuschüchtern. Wongaree hatte einen verbeulten Zylinder auf dem Kopf. Adam erklärte Jenna grinsend, dass Wongaree den Hut vor Jahren von einem Landvermesser geschenkt bekommen habe.

Die Zeremonie fand unten am Wasserloch im Schatten eines Coolibah-Baumes statt. Und alle anderen waren auch da – Aleyne und Yapunya, Pigeon, Wandi und Ngayla. Sie standen im Halbkreis um Adam und Jenna herum und sahen die beiden erwartungsvoll an. Jenna fühlte sich eigenartig losgelöst, als wäre die Zeit ins Taumeln geraten. Die Worte des Pfarrers gingen an ihr vorbei und vermischten sich mit dem heißen Wind. »Wir haben uns heute hier versammelt, um diesen Mann und diese Frau zu vereinen ...«

Sie schloss die Augen und kämpfte gegen die aufkommende Panik an. War es richtig, Adam O'Loughlin zu heiraten?

Diese Frage nagte an ihr, seit sie seinen Antrag angenommen hatte. Sie hatte aus einem Impuls heraus zugestimmt. Einen plausiblen Grund für diese Entscheidung hätte sie jedoch nicht nennen können. Adam war ein freundlicher, anständiger Mann und Conors Bruder. Und es war gut, dass ihr Kind von dem Onkel großgezogen wurde. Andererseits war Jenna nicht mittellos. Sie besaß Geld, hätte in eine Stadt ziehen und behaupten können, verwitwet zu sein. Sie hätte sich lediglich einen billigen Ring kaufen müssen, um die Lüge glaubhaft zu machen. Kein Mensch würde eine solche Geschichte anzweifeln.

Warum also Diamantina Downs und Adam – ein Mann,

den sie nicht liebte? Fühlte sie sich wegen Conor mit ihm verbunden? War es ihre Bestimmung, auf Diamantina Downs zu leben? Vielleicht hatte eine höhere Macht sie dazu getrieben, diesen Ort zu ihrem Zuhause zu machen.

So viele Fragen, auf die sie keine Antwort wusste. Sie atmete tief durch, um die Angst, die Besitz von ihr ergriffen hatte, zu unterdrücken, und sah den Pfarrer an. Er musterte sie argwöhnisch und schielte immer wieder zu ihrem Bauch. Das ist mir egal, dachte sie, hob trotzig den Kopf und erwiderte herausfordernd seinen Blick.

»Wollen Sie, Jenna McCabe, diesen Mann …«

Sie beantwortete automatisch die entscheidende Frage mit ja.

Nach der Trauung gab es Tee und Sandwiches im Haus. Adam bestand darauf, dass der Fotograf alle Anwesenden aufnahm. Die Prozedur erschien Jenna unendlich lang. Der Mann verschwand unter dem schwarzen Tuch an seiner Kamera und hielt das große Blitzlicht in die Höhe. Jenna stand hinter Adam, der auf einem Stuhl saß und tapfer lächelte. Jenna war erschöpft, und das Baby strampelte seit einer Stunde gnadenlos. Sie hatte das Gefühl, dass der Tag nicht enden wollte.

Am Nachmittag wollten sich der Pfarrer und der Fotograf verabschieden. Jenna lief in ihr Zimmer und kritzelte hastig einen kurzen Brief. Als sie ihn in einen Umschlag steckte, kam Adam herein. »Geht es dir nicht gut?«, erkundigte er sich besorgt.

»Alles in Ordnung, ich bin nur müde.«

»Dann leg dich hin und ruh dich aus! Ich entschuldige dich beim Pfarrer. Er wird sicher Verständnis haben.«

»Bestimmt.« Sie bedachte Adam mit einem nervösen

Lächeln und reichte ihm den Brief. »Würdest du das bitte Reverend Carlyle mitgeben?«

»Was ist das?«

»Eine Nachricht an den Bankier in der Stadt. Ich bitte ihn in diesem Brief, einen Bauunternehmer für uns anzuheuern und das nötige Geld von meinem Konto zu nehmen.«

»Einen Bauunternehmer?«

»Adam«, erwiderte Jenna geduldig, »wir können nicht weiterhin in dieser Hütte leben. Im Sommer ist es stickig und heiß, und das Dach ist undicht. Ich kann mein Kind nicht in einem solchen Haus großziehen.«

»Kommt nicht infrage«, widersprach Adam eigensinnig. »Ich werde derjenige sein, der meiner Familie ein anständiges Zuhause aufbaut.«

»Adam, wir sind jetzt Mann und Frau. Was mir gehört, gehört auch dir. Ich habe das Geld vom Verkauf des Ladens – das reicht für ein schönes Haus und Möbel. Das ist meine Mitgift.«

Er sah sie eine ganze Weile unverwandt an.

Sie legte die Hand auf seinen Arm – eine Geste des Friedens. »Wenn du dich meinetwillen nicht damit einverstanden erklären kannst, dann tu es für das Kind!«, sagte sie ruhig, »Kannst du nicht wenigstens dieses eine Mal deinen verdammten männlichen Stolz vergessen?«

Er zuckte mit den Achseln und ging zur Tür. »Also schön, ich gebe nach. Aber nur, weil du in einem Punkt Recht hast – dies ist kein Haus, in dem sich ein Kind wohlfühlen kann.«

Es war bereits dunkel, als die Frauen die Küche aufgeräumt hatten.

»Wongaree meint, die Weißen machen viel Wirbel um so eine Sache«, vertraute Lalla Jenna und Adam grinsend an. »Er sagt, es reicht, wenn man einfach so wie wir zusammenlebt. So eine *Hochzeit* ist gar nicht nötig.«

»Ah, aber so ist es bei *uns* Tradition!«, erwiderte Adam.

»Trotzdem macht es viel Arbeit. All das Kochen und Saubermachen.«

»Jetzt ist es ja vorbei, Lalla.«

Während Lalla und Adam miteinander redeten, winkte Jenna Aleyne zu sich. »Würde es dir etwas ausmachen, Ngayla heute mit in euer Lager zu nehmen?«

»Warum soll sie mit zu uns gehen?«

»*Ich* will, dass sie dort schläft. Nur heute Nacht.«

»Na, schön, Missy!« Aleyne bedachte Jenna mit einem wissenden Lächeln. »Sie kommt mit mir. Keine Sorge.«

Jenna und Adam saßen schweigend auf der Veranda, als sich die Frauen auf den Weg machten. Ein eigenartiges Gefühl, dachte Jenna. Adam ist jetzt mein Mann, und vor wenigen Stunden habe ich versprochen, ihn zu ehren und ihm zu gehorchen. Aber er kam ihr vor wie ein Fremder. Sie hatten sich noch nie geküsst, sich nie an den Händen gehalten. Wenn Conor jetzt zu ihr kommen würde …

Sie verbot sich, den Gedanken weiterzuspinnen. Conor lebte nicht mehr, Adam hingegen war da. Sie musste das Beste daraus machen und ihr Leben in die Hand nehmen. Es hatte keinen Sinn, sich den Mond zu wünschen, wie ihre Mutter immer zu sagen pflegte.

»Können wir reden?«, flüsterte sie.

Adam stand abrupt auf, ging zum Ende der Veranda und stützte sich auf das Geländer. In dem Licht, das aus dem Fenster drang, sah Jenna seine Hände. Sie sind schön, dachte sie. Kräftig und stark. Sie stellte sich vor, wie er ihr Kind wiegte.

»O Jenna!«, sagte er betrübt. Dann drehte er sich um, polterte die Stufen hinunter und lief zur Scheune und zu seinem Bett.

Jenna ließ ihn gehen, sagte nichts. Sie hätte ihn zurückrufen und darauf bestehen können, dass er bei ihr blieb. Stattdessen ging sie in ihr Zimmer und zog sich aus.

Am frühen Morgen hatte sie Wildblumen gepflückt und die Sträuße in alten Flaschen und Gläsern auf die Kommode und in die Ecken gestellt. Jetzt, Stunden später, lag der süße Duft in der Luft. Sie zündete all die Kerzen an, die sie im ganzen Zimmer verteilt hatte, bis der Raum in ein goldenes Licht getaucht war. Dann schüttete sie Wasser vom Krug in die Waschschüssel und fügte ein paar Tropfen von ihrem süßen Parfüm hinzu.

Sie nahm sich Zeit und wusch sich ausgiebig. Es bestand kein Grund, sich zu beeilen – sie hatte noch die ganze Nacht vor sich. Was waren ein paar Minuten im Vergleich zum Rest ihres Lebens? Jenna trocknete sich ab und sah auf die Uhr – sie hatte eine halbe Stunde für ihre Toilette gebraucht. Sie schlüpfte in einen Morgenrock, holte tief Luft und nahm die Öllampe in die Hand. Dann ging sie zu Adam in die Scheune.

Das Tor war nur angelehnt. Jenna schlüpfte durch den Spalt und hielt die Lampe hoch. Adam lag angezogen auf der Pritsche und schlief. Sein Haar war zerzaust. Sie stellte die Lampe auf den Stuhl neben dem Bett und betrachtete Adams Züge. Wieder kam ihr das in den Sinn, was sie schon so oft gedacht hatte: Wie können zwei Brüder so unterschiedlich sein? Der eine dunkel, der andere blond. Der eine fröhlich und stets zum Lachen bereit, der andere ernst und gesetzt. Wenn Conor die Sonne gewesen ist, dann ist Adam vielleicht der Mond, überlegte sie.

Sie atmete tief durch und legte die Hand auf Adams Arm. »Adam«, sagte sie mit sanfter Stimme.

Er bewegte und streckte sich im Schlaf.

»Adam«, sagte sie ein wenig lauter.

Er wurde sofort wach, setzte sich auf und sah Jenna verwirrt an. »Was ist? Kommt das Baby?«

»Nein.«

Eine Motte schlug mit den Flügeln gegen den Glaszylinder der Lampe.

»Was ist los?«

»Wir sind jetzt verheiratet«, erklärte Jenna und hatte Mühe, ganz ruhig zu sprechen. »Und wir sollten anfangen, uns wie ein Ehepaar zu benehmen. Du hast keinen Grund mehr, in der Scheune zu schlafen.«

Sie kniete sich neben ihn, beugte sich vor und drückte ihre Lippen auf seine. Sie kostete ihn und ließ ihre Zunge spielen. Adam stöhnte leise.

»Komm!«, sagte sie. »Komm ins Haus!«

Sie nahm seine Hand und führte ihn über den Hof. Der Mond war gerade aufgegangen und hing blutrot über dem Horizont. »Sieh mal!«, sagte Jenna erregt. »Das ist ein Omen.«

»Ein gutes oder ein schlechtes?«

»Ein gutes, du Dummer!«

Sie schlichen durch die Hütte wie unartige Kinder. Jenna lachte. »Wir müssen nicht leise sein. Ngayla übernachtet heute bei Aleyne im Lager.«

Sie zog Adam ins Schlafzimmer. Er sah sich verwundert um – betrachtete all die Kerzen, die schon ein gutes Stück heruntergebrannt waren, und sog den Duft der Blumen ein. Dann nahm er Jenna in die Arme. »Du kleines Biest!«, flüsterte er heiser. »Du hast das alles genau geplant.«

Sie nickte.

»Ich wollte … du weißt schon … vorhin. Ich wollte dich umarmen und küssen.«

»Ich weiß«, sagte sie schlicht.

»Aber ich wusste nicht, wie ich es anfangen soll. Mir fallen nie die richtigen Worte ein. Ich bin nicht so gewandt wie …«

Jenna legte den Finger auf seine Lippen, um ihn zum Schweigen zu bringen. »Schsch! Nicht reden.« Dann fasste sie sich ein Herz und streifte den Morgenmantel über ihre Schultern und ließ ihn zu Boden fallen.

Adam schnappte nach Luft. Langsam knöpfte sie ihm das Hemd, dann die Hose auf. Er stand vor ihr und ließ ihre Haare durch seine Finger gleiten. Von Zeit zu Zeit hielt sie inne, stellte sich auf die Zehenspitzen und küsste ihn. Als sie ihm die Kleider ausgezogen hatte, streichelte sie seine nackte Haut und schloss die Finger um seine Männlichkeit. »O Gott! Jenna«, stöhnte er und zog sie zum Bett.

Sie küssten sich lange, und Adam liebkoste ihren Hals, dann die Brüste. Seine Haut rieb sich an ihrer, feucht und heiß, und sein hartes Glied drückte sich an ihre Hüfte. Eine Kerze nach der anderen flackerte und verlöschte.

Der Mond schien ins Zimmer und tauchte es in fahles Licht. Behutsam führte Jenna Adams Hand zwischen ihre Beine. Die Stelle war feucht wie die Erde nach einem Sommerregen. »Komm!«, flüsterte sie, setzte sich rittlings auf ihn und wies ihm den Weg.

»Lieber Himmel!«

Adam streichelte sie ehrfürchtig – ihr Gesicht, die Brüste und den gewölbten Bauch –, während sie sich in stetem Rhythmus auf und ab bewegte.

»Küss mich!«, rief sie und beugte sich zu ihm vor.

Ihre Körper schimmerten im Mondschein. Eine sanfte Brise wehte durchs Fenster. Jenna spürte, wie sie in eine Traumwelt abtauchte. Adams Stöße führten sie in andere Sphären, während sie wie heidnische Geister im Mondschein tanzten.

KAPITEL 21

Am nächsten Morgen gehe ich in den Schuppen und sehe mir das Fahrrad an. Es hängt an einem Haken an der Wand, und ich komme nicht dran. Die Speichen sind voller Spinnweben, auf den Reifen liegt eine dicke Staubschicht. Unter dem Sattel kriechen einige Spinnen hervor, als wollten sie sich dagegen wehren, dass ich sie störe.

Ich höre etwas hinter mir. Brad steht in der Tür – ich sehe in dem frühen Morgenlicht nur seine Silhouette.

»Hier bist du. Ich hab dich gesucht. Möchtest du heute wieder mitfahren?«

Diese Frage stellt er mir seit unserem Ausflug neulich jeden Tag. Aber ich lehne immer ab. Irgendwie ist es einfacher für mich, wenn ich hier bleibe. Ich schlage sein Angebot mit einem Lächeln aus.

»Nein, ich bin eingeladen. Stan hat mir ausgerichtet,

dass Ella mich zum Morgentee erwartet. Ich dachte, ich sollte mit dem Rad zu ihr fahren. Meinst du, du könntest mir helfen, es herunterzuheben?«

Als das Rad auf dem Boden steht, betrachtet Brad es zweifelnd und stößt den Hinterreifen versuchsweise an. »Es ist ziemlich rostig, und die Reifen sind platt.«

Meine gute Laune verfliegt schlagartig. Bis zu diesem Moment war mir gar nicht bewusst, wie sehr ich mich gefreut hatte, aus dem Haus zu kommen und etwas auf eigene Faust zu unternehmen – etwas, denke ich schuldbewusst, woran Brad keinen Anteil hat.

»Macht nichts«, entgegne ich mutlos. »Vielleicht gehe ich zu Fuß.«

»Warte mal!«

Er kramt in dem Gerümpel herum und befördert ein Ölkännchen und eine Luftpumpe zutage. Er schmiert die Kette mit ein paar Tropfen Öl, dreht wieder das Hinterrad und pumpt die Reifen auf. Dann stehen wir neben dem Rad und warten darauf, dass die Reifen wieder platt werden. Wir rechnen fest damit, dass dieses Rad zu der unzuverlässigen Sorte gehört, aber wir irren uns. Die Luft bleibt in den Reifen.

Nach ein paar Minuten wischt Brad den Staub vom Sattel und steigt auf. Er fährt einmal um den Hof, tritt fest in die Pedale, hält den Kopf gesenkt, weicht der Wäscheleine und den Bäumen aus. Er benimmt sich albern, und ich muss lachen.

»Bitte sehr, Madam!«, sagt er schließlich, als er vor mir abbremst und auf den Gartenschlauch deutet. »Dein roter Sportwagen steht bereit. Allerdings würde ich ihn erst einmal durch die Waschanlage jagen. Du willst doch sicher nicht irgendwelche Kriechtiere spazieren fahren.«

Brad fährt los, und ich erledige methodisch meine Arbeiten: abspülen, Bett machen, den allgegenwärtigen Staub von den Möbeln wischen und den Boden fegen. Ich betrachte den Inhalt von Bettys Kiste auf dem Küchentisch. Die Tagebücher sehen armselig und verloren aus. Der Einband des einen ist zerrissen, und ich würde am liebsten Leim suchen, um ihn in den ursprünglichen Zustand zu versetzen. Ich unterdrücke dieses Bedürfnis. Die Sonne scheint – ich muss hinaus an die frische Luft.

Normalerweise bin ich ein geselliges Wesen, und das Exil, das ich mir seit Kadies Tod selbst auferlegt habe, ist uncharakteristisch für mich. Viele meiner Freunde habe ich lange nicht gesehen und alle improvisierten Treffen und Dinnerpartys ausgelassen. Es war mir immer zu viel; ich hatte weder die Energie, mich aufzuraffen, noch konnte ich mich für irgendetwas begeistern. Ich brauche Struktur in meinem Leben und eine straffe Planung, um dem Chaos in meinem Kopf entgegenzuwirken – zumindest rede ich mir das ein. Möglicherweise bestrafe ich mich auch nur dafür, dass ich noch am Leben bin, während Kadie …

»Nein«, sage ich laut. »Denk nicht dran!«

Stattdessen erinnere ich mich an den Jahrestag – an den Tag nach meiner Exkursion mit Brad, an den Tag, bevor Betty und Stan die Stippvisite bei mir machten. An den verlorenen Tag, den ich damit verbrachte, auf dem Bett zu liegen, an die Decke zu starren und mir zu wünschen, dass ich die Vergangenheit neu schreiben könnte.

Ich durchlebte noch einmal die ganze schreckliche Zeitspanne. Brad schnallt Kadie in ihrem Sitz auf der Rückbank im Auto an. Ich strecke die Hand aus und fange die ersten Regentropfen auf. Winke Kadie zum Abschied.

Blas Mummy ein Küsschen zu!

Werden mich diese Worte niemals mehr verlassen?

Kadie führt die kleine Hand an den Mund, spitzt die Lippen und wirft den imaginären Kuss in meine Richtung. Sie trägt rosa Kleidung in verschiedenen Schattierungen – Mädchenfarben –, und ihr blondes Haar umrahmt ihr Gesicht. Sie sieht aus wie ein kleiner, pummeliger Cherub. Ein Cherub mit einem fröhlichen Lächeln.

Brads Miene ist düster. *Arbeit! Arbeit! Arbeit! Es ist Sonntag, um Himmels willen! Wir verbringen kaum noch Zeit miteinander. Kadie bekommt dich so gut wie nie mehr zu Gesicht. Sie wird noch vergessen, wer ihre Mutter ist.*

Die anklagenden Worte verlaufen ineinander, wirbeln mir durch den Kopf.

Blas Mummy ein Küsschen zu!

Die Wagentür schlägt zu. Kadie winkt. Der Regen wird heftiger.

Es scheint ein Tag wie jeder andere zu sein – nichts ist außergewöhnlich. Warum habe ich nur keine Vorahnung, kein Gefühl, das mir verrät, dass irgendwas nicht stimmt? Ich war ihre Mutter, verdammt! Ich hätte es wissen müssen!

»Sprich mit mir, Jess! Sag ihren Namen!«, forderte Brad am Jahrestag, als er mittags von seiner Arbeit zurück ins Haus kam. Ich öffnete die Augen. Er stand neben dem Bett und betrachtete mich besorgt. Warum war er so früh zu Hause? Wollte er nach mir sehen?

Ich schüttelte den Kopf und drehte mich weg, zeigte ihm den Rücken. »Ich kann nicht.«

»Um Himmels willen! Du kannst nicht so tun, als hätte sie nie existiert!«

Ungläubig wandte ich mich ihm zu. »Du glaubst, dass ich das versuchen sollte?«

Er fuhr sich mit der Hand durchs Haar. »Ich möchte über sie reden und sie nicht verstecken wie ein schändliches Geheimnis. Wir sind nicht die ersten Eltern, die ein Kind verloren haben. Ich will anderen erzählen, dass ich eine Tochter hatte und ihr Name Kadie war, dass sie das hübscheste und liebste kleine Mädchen war …«

Seine Stimme wurde brüchig, und ich fühlte, wie er sich wieder in sich zurückzog, wie die Kluft zwischen uns wieder breiter wurde. Ich wusste jedoch nicht, wie ich den Schaden wieder gutmachen konnte.

Für den Rest des Tages bemühte sich Brad sehr um mich; er war so verdammt umsichtig und liebevoll, dass ich mich hinterher für mein Benehmen hasste. Geh weg, hätte ich am liebsten geschrien. Dies ist mein Unglück. Überlass mich meinem Selbstmitleid! Natürlich habe ich das nicht laut ausgesprochen – es hätte viel zu pathetisch geklungen. Und es war auch Brads Unglück.

Und trotz allem war der Tag nicht so schlimm, wie ich erwartet hatte. Der Aufenthalt hier am Diamantina – weit weg von zu Hause – verändert mich in gewisser Weise. Hier erinnert mich nicht so viel an meine Tochter. In diesem Haus hatte Kadie nie ein Zimmer gehabt. Sie ist hier nie durch die Räume gelaufen, hat nie im Hof gespielt. Ihre Spielsachen waren hier nie auf dem Boden verstreut gewesen. Möglicherweise haben andere Kinder hier gelebt, aber nicht Kadie. Es gibt keine Erinnerungen, die mit der Vergangenheit verknüpft sind, keine emotionale Bindung.

Es ist schon einige Nächte her, seit ich den Traum hatte. Komisch, denke ich, dass ich hierher kommen, mich so weit von daheim entfernen musste, um die Erfahrung zu machen, dass sich mein Leben wieder in einigermaßen normalen Bahnen einpendelt. Und allmählich bin ich es leid, nur mich selbst zur Gesellschaft zu haben. Deshalb kommt mir Ellas Einladung jetzt sehr entgegen.

Nachdem ich das Rad mit dem Schlauch abgespritzt und gesäubert habe, werfe ich mir einen Rucksack über die Schulter und fahre schwankend den Weg entlang. Ich habe zwar Jahre nicht mehr auf einem Rad gesessen, aber das Sprichwort trifft zu: Man verlernt es nie. Bald habe ich den Dreh wieder raus, weiß, wie stark ich treten muss und dass der Lenker nicht ganz gerade ist.

Ich probiere die Klingel aus, aber die gibt nur einen rasselnden Ton von sich und scheucht die Wildtauben aus dem Gras auf. Der Schwarm fliegt wie eine Wolke auf, das Nackengefieder aufgeplustert vor Empörung.

Nach etwa einem Kilometer mache ich an einem trüben Wasserloch Halt. Einige Pelikane faulenzen auf dem Wasser und gönnen mir keinen Blick, als ich die Wasserflasche aus dem Rucksack hole und einen Schluck trinke. Es ist friedlich hier, ganz still. Ich stelle mir vor, dass es auch vor über hundert Jahren so gewesen sein muss. Ist die mysteriöse Jenna McCabe jemals an dieser Stelle gewesen?, frage ich mich. Hat sie irgendwann in längst vergangenen Zeiten genau wie ich heute die Vögel beobachtet? Ich sehe die Wirbel im Wasser, die Kreise, die sich von den Vögeln ausbreiten. Ein eigenartiger Gedanke, dass dieses Land an einem Tag ausgedörrt und kahl sein kann und am nächsten voller Wasser und Leben. Unverwüstlich, denke ich – immer von einem Extrem ins andere. Heiß oder kalt. Nass oder trocken. Die Natur lebt auf und zerfällt, bildlich gesprochen, zu Staub.

Stans und Ellas Haus ist ein Abziehbild von dem, in dem Brad und ich untergekommen sind: eine quadratische Schachtel mit breiter, einladender Veranda. Ein paar dürre Bäume werfen Schatten auf den Boden. Ich klopfe an die Haustür.

Da ich keine Antwort bekomme, gehe ich zur Rückseite und rufe Ellas Namen.

»Ich bin hier draußen«, antwortet sie. Die Stimme kommt aus einer Scheune am Zaun.

Ella braut Ingwerbier. Sie richtet sich auf, als ich an die Tür komme, und winkt mich herein. »Kommen Sie! Ich bin gleich hier fertig. Sie könnten die Deckel auf die Flaschen setzen.«

Auf dem Tisch stehen Dutzende braune Flaschen in einer Reihe und warten darauf, verschlossen zu werden. Das Aroma von Ingwer ist überwältigend, aber angenehm. Ella arbeitet effizient. Auf ihrem dunklen Gesicht glänzt ein Schweißfilm.

»Hier. Sie können mir helfen«, sagt sie und betätigt den Hebel des Gerätes, mit dem die Deckel auf die Flaschenhälse gedrückt werden. »Dann geht es doppelt so schnell.« Sie wischt sich mit dem Handrücken über die Stirn und streicht eine Haarsträhne weg. »Mann, ich könnte jetzt eine gute Tasse Tee gebrauchen!«

Wir arbeiten schweigend. Ella drückt die Verschlüsse auf, und ich verstaue die fertigen Flaschen in Kartons, die wir unter den Tisch schieben. »Da drunter ist es kühler«, sagt sie mit einem Grinsen, als wir die letzte Kiste wegräumen. »Ich will nicht, dass die Flaschen explodieren. Beim letzten Mal sind sechs kaputtgegangen. Das war eine ziemliche Schweinerei – überall Scherben und Ingwerbier. Die Ameisen haben sich königlich amüsiert.«

In der Küche waschen wir uns die Hände, und Ella füllt den Kessel. Bis das Wasser kocht, legt sie einige Biskuits auf einen Teller und löffelt Teeblätter in die Kanne. Ich kann durch die Tür das Ess- und das Wohnzimmer sehen. Dort stehen einige erstaunlich schöne Möbelstücke – ein langes Sofa und etliche Sessel, eine Chiffonniere, ein Piano. Über dem Kamin hängt ein kunstvoll gerahmter Spiegel. Im Essbereich stehen ein großer Holztisch mit acht hochlehnigen Stühlen und eine Anrichte, auf der die Überbleibsel eines Speiseservices aufgestellt sind – Doulton and Co., so viel erkenne ich, und sehr alt. Es hat ein hübsches Blumenmuster.

Ich trete näher und streiche mit der Hand über den Tisch. »Massives Walnussholz aus England«, erklärt Ella. »Hübsch, nicht?«

Ich nicke, schlendere weiter ins Wohnzimmer und sehe mir das Piano an. Das Klanggehäuse besteht aus auf Hochglanz poliertem Holz und kommt ohne jede Verzierung aus. Ich hebe den Deckel hoch: Die Elfenbeintasten sind intakt, aber gelblich verfärbt. Vorsichtig drücke ich auf eine, und ein leicht disharmonischer Ton erklingt.

»Spielen Sie?«, fragt Ella.

Ich schüttle den Kopf. »Nein. Ich bin absolut unmusikalisch.«

»Es ist ein Broadwood-Klavier aus London. Es wurde um 1870 gebaut. Es müsste gestimmt werden, aber Stan und ich haben uns nie darum bemüht. Wir spielen auch nicht.«

»Es muss ein kleines Vermögen wert sein.«

Der Wasserkessel pfeift schrill. Ella zuckt mit den Schultern. »Das hängt davon ab, wie viel einem die Dinge bedeuten, denke ich.«

»Das stimmt. Es ist alles relativ. Aber ein paar dieser Stücke sind sehr alt. Wie sind sie hergekommen?«

»Sie meinen, wie sie ins Haus eines Aborigines gelangt sind?« Sie mildert ihre Worte mit einem Lächeln.

Ich bin entsetzt. Denkt Ella wirklich, dass ich so etwas im Sinn habe? »O nein, ganz und gar nicht!«, beteuere ich unsicher. »Das Diamantina-Land ist nur so abgelegen, und ich frage mich, wie diese Möbel, die sicher schon damals sehr kostspielig waren, in diese Gegend gekommen sind.«

Ella lacht und wehrt meine Verlegenheit mit einer schnellen Handbewegung ab, dann geht sie in die Küche und brüht den Tee auf. »Ist schon okay, Jess. Ich habe nur einen Scherz gemacht. Stan sagt immer, ich hätte einen seltsamen Humor. Aber ich finde, wenn man sich nicht über sich selbst lustig machen kann, dann sieht die Welt ziemlich trübe aus. Meinen Sie nicht auch?«

Ich zögere. »Doch.«

Bei Tee und Biskuits erzählt mir Ella die Geschichte der Möbel. »Sie haben ursprünglich den O'Loughlins gehört, und all die Sachen blieben in dem alten Haus, als sie von hier weggingen. Stan und ich waren vor Jahren dort und haben die Sachen hergeholt – zumindest das, was noch zu retten war. In einige Zimmer hat es reingeregnet, und die Hitze da draußen bekommt manchen Holzarten gar nicht gut.«

»Von welchem alten Haus sprechen Sie? Das, in dem Betty und Jack wohnen?«

Ella schüttelt den Kopf und beißt von einem Biskuit ab. Ein paar Krümel rieseln auf den Tisch, und Ella schiebt sie gedankenversunken zusammen. »Nein. Ich meine das ursprüngliche O'Loughlin-Haus. Sie waren noch nicht oben und haben es sich angesehen?«

»Bis jetzt wusste ich nicht einmal etwas von seiner Existenz. Wo ist es genau?«

Ella deutet auf eine nahe gelegene Anhöhe. »Man muss ein Stück am Fluss entlanggehen und dann in die Sandhügel. Es gibt eine Straße. Mit dem Auto sind es nur fünf Minuten.«

»Und mit dem Rad?«

Plötzlich verspüre ich den Wunsch, das Haus zu sehen, in dem diese Möbel gestanden haben. Aber Brad hat an den meisten Tagen zu tun, und ich würde ohnehin lieber allein hingehen.

»Vielleicht zwanzig Minuten.«

»Ist es leicht zu finden?«

»Hier.« Ella holt ein Stück Papier und einen Stift aus einer Schublade und zeichnet eine grobe Karte. »Sie können es von der Hauptstraße aus sehen, aber wenn Sie diesem Weg an der Lehmsenke vorbei folgen, können Sie es gar nicht verfehlen.«

Ich nehme die Zeichnung, falte sie und stecke sie in meine Brieftasche. Da ist das Foto von Kadie hinter dem durchsichtigen Plastik. Ella bemerkt es auch. »Was für ein hübsches Kind!«, ruft sie aus. »Wie heißt es?«

»Kadie.«

Das Wort knallt durch die Luft wie ein Peitschenhieb. Ich klappe hastig die Brieftasche zu und verdecke das Gesicht meiner Tochter. Ich drehe mich weg und stecke die Brieftasche in den Rucksack. Als ich mich wieder aufrichte, starrt Ella mich verwundert an.

»Jess, es tut mir Leid. Ich wollte nicht …«

»Nun«, falle ich ihr ins Wort, um das Thema zu wechseln. »Sie haben mir von dem Haus erzählt. Ist noch viel davon übrig?«

»Das Haus, ja, hmm! Sie sollten vorsichtig sein, wenn Sie sich dort umsehen. Das Gebäude könnte ein bisschen baufällig sein, und Sie wollen sicher nicht durch den Bretterboden fallen, oder? Außerdem könnten sich dort um diese Jahreszeit Spinnen und Schlangen herumtreiben.«

»Oh!« Versucht Ella, mich von dem Vorhaben abzubringen, nachdem sie erst meine Neugier geweckt hat?

»Aber es ist einen Blick wert, falls Sie sich dafür interessieren.«

»Oh, das tu ich!«

»Nun, dann möchten Sie sich vielleicht auch das ansehen.«

Ella zeigt mir eine alte Sepia-Fotografie: Ein Mann sitzt auf einem Stuhl, eine Frau steht hinter ihm. Es ist auf Pappe aufgezogen. »Stan hat doch neulich von den O'Loughlin-Brüdern erzählt, die sich als Erste am Diamantina angesiedelt haben, erinnern Sie sich? Das hier sind Adam und Jenna an ihrem Hochzeitstag.«

»Jenna McCabe war Adam O'Loughlins Frau?«

Ella zuckt mit den Achseln. »Ich kenne ihren Mädchennamen nicht. Aber der Name Jenna kommt nicht oft vor, also vermute ich, dass es ein und dieselbe Person ist. Warum?«

»Ich habe ihre Tagebücher zu Hause.«

»Ich wusste gar nicht, dass sie welche hinterlassen hat.«

»Betty hat mir gestern eine Kiste mit alten Papieren gebracht, und die Tagebücher waren darunter.«

»Und was steht in diesen Tagebüchern?«

»Das weiß ich nicht«, gestehe ich betreten. »Ich habe noch nicht hineingesehen.«

Allmählich werde ich richtig neugierig. Mit wem auch

immer ich spreche, alle scheinen versessen darauf zu sein, mir von den O'Loughlins zu erzählen. Und die Kiste mit den Unterlagen – jetzt kommt es mir fast so vor, als wäre sie nicht durch Zufall auf meinem Küchentisch gelandet. In diesem Augenblick wird mir klar, dass ich mich mit Stift und Papier hinsetzen werde, sobald ich wieder zu Hause bin, und eine Abschrift von den Tagebüchern mache.

»Ich wüsste gern, ob in diesen Büchern auch die Rede von Stans Urgroßmutter ist«, sagt Ella.

»Ngayla?« Na, bitte, ich habe mir sogar ihren Namen gemerkt!

»Ja, Ngayla. Manches wissen wir aus den Geschichten, die man sich von Generation zu Generation erzählt, aber ein Tagebuch, das zur selben Zeit verfasst wurde, in der Ngayla nach Diamantina Downs kam – das wäre schon etwas ganz anderes, nicht?«

Als ich mich verabschiede, drückt mir Ella das Foto von Jenna und Adam in die Hand und gibt mir zwei Flaschen Ingwerbier mit. »Legen Sie die Fotografie zu den Tagebüchern!«, sagt sie. »Die Sachen gehören zusammen.« Die Flaschen steckt sie in eine Plastiktüte, die ich an die Lenkstange des Fahrrads hänge. »Seien Sie vorsichtig, Jess!«, sagt sie mit einem sanften, fast mitfühlenden Unterton.

»Danke, Sie auch!«

Ich stehe vor ihr und weiß nicht, was ich sonst noch sagen soll. Fast wünschte ich, ich könnte mir alles von der Seele reden. Von Kadie. Dem Unfall. Der Tatsache, dass ich nicht akzeptieren kann, was geschehen ist. Und davon, wie das alles Brad und mich auseinander treibt.

Ein Teil von mir möchte die Brieftasche aufschlagen und Ella Kadies Foto zeigen. Das ist meine Tochter, will ich sagen. Sie war aufgeweckt und fröhlich, und ich würde alles darum geben, wenn ich sie zurückhaben könnte. Aber ich weiß, dass etwas in mir bersten würde, sobald ich Kadies Namen ausspräche. Ich bin wie ein Deichwall, denke ich, und das Wasser schwappt schon über die Krone.

»Sie sind jederzeit herzlich eingeladen, wenn Ihnen nach ein bisschen Gesellschaft zumute ist. Und lassen Sie es mich wissen, wenn Sie etwas Interessantes in den Tagebüchern finden!«

Ich drehe mich um. Für einen Moment habe ich das Bedürfnis, Ella zu umarmen und zu spüren, wie sie mich drückt. Ich sehne mich nach Nähe, nach der Nähe zu irgendjemandem außer Brad. Ich brauche kein Mitleid. Und noch weniger brauche ich jemanden, der mir sagt, dass das Leben weitergehe und dass ich über Kadie sprechen solle, als ob man dadurch alles rückgängig machen könnte.

Aber der Zeitpunkt erscheint unpassend. Ich kenne Ella kaum. Und was würde sie von mir halten, wenn ich ihr mein Herz ausschüttete? Brad rät mir ständig, mir nicht den Kopf darüber zu zerbrechen, was andere Leute denken könnten, aber ich mache das ganz automatisch.

Mit einem letzten Winken fahre ich über den Weg zurück nach Hause. Ellas Haus verschwindet allmählich im Busch, und außer dem Zwitschern der Vögel und dem Quietschen der Fahrradreifen ist nur das Klimpern zu hören, wenn die beiden Ingwerbier-Flaschen zusammenstoßen.

Und auf der ganzen Heimfahrt knallen sie gegen mein Knie.

Brad ist nicht da, als ich ins Haus komme. Ich lege mir sofort einen Schreibblock und einen Stift zurecht und schlage das erste der Tagebücher auf. »Tagebuch von Jenna McCabe«, steht in großen, kindlichen Buchstaben auf der Innenseite des Buchdeckels. Das Papier ist fleckig vom Alter und scheint auch an manchen Stellen mit Wasser in Berührung gekommen zu sein, aber das Buch ist in einem einigermaßen anständigen Zustand, und die Schrift ist gut lesbar.

Jenna war, wie ich bald feststelle, überraschend wortgewandt für ihr Alter, und ihre Geschichte versetzt mich in die Zeit vor mehr als hundert Jahren. Ich erlebe mit ihr Michaels Geburt und teile ihre Angst. Ich leide wie sie unter Marys Gefühlskälte und den Bosheiten der Stadtbewohner. Ich vergieße sogar eine Träne, als sie die Schreie, das Wiehern der Pferde und den Anblick von Michaels kleinem, verkrümmtem Körper auf der Straße beschreibt.

Wir haben eine ganz ähnliche Pein erlitten.

Dieser Gedanke schießt mir so unvermittelt durch den Kopf, dass er beinahe körperlichen Schmerz verursacht. Das Buch, der Tisch, sogar meine Hand – alles verschwimmt vor meinen Augen. Ich schiebe das Tagebuch weg. Im Moment kann ich nicht weiterlesen. Ich atme tief ein, halte die Luft an und stoße sie nach einiger Zeit wieder aus, dann stütze ich die Ellbogen auf den Tisch und drücke die Fingerspitzen an meine Schläfen, als könnte ich so die Trauer, die in mir aufwallt, eindämmen.

Ich empfinde eine tiefe emotionale Verwandtschaft zu dieser Frau. Jenna hat den Tod eines Kindes erlebt. Gut, sie hat Michael nicht selbst auf die Welt gebracht, aber in seinem kurzen Leben war er so etwas wie ein Sohn für sie geworden, und sie hatte mit Empfindungen zu kämpfen, die mit meinen vergleichbar sind. Resolut nehme ich mir das Tagebuch wieder vor und schreibe mit – ich will mehr über Jenna McCabe erfahren.

Es ist schon fast dunkel, als Brad heimkommt. Er hat wieder Proben mitgebracht und deponiert die Gläser und Teströhrchen auf dem Tisch. Ich schreibe wie besessen und schaue nur flüchtig in seine Richtung. »Hi!«, murmle ich, während ich ein Wort zu entziffern versuche.

»Selber hi!« Er beugt sich zu mir und liebkost meinen Hals. »Was gibt's zum Essen?«

»Was? Oh, ist es schon so spät?«

Widerstrebend reiße ich mich von Jennas Geschichte los. Es ist schon nach sechs, und ich habe noch nicht einmal mit den Vorbereitungen fürs Dinner angefangen. Und jetzt fällt es mir schwer, die Energie dafür aufzubringen.

»Wie wär's mit getoasteten Sandwiches? Ich übernehme das«, bietet Brad an – offenbar spürt er meinen Widerwillen. Er fährt mit der Fingerspitze über meine Wange. »Ich habe dich heute vermisst.«

»Tatsächlich?« Ich würdige ihn nicht einmal eines Blickes. Meine Aufmerksamkeit gilt ganz allein den Tagebuchseiten.

»Und du – hast du mich auch vermisst?«

Warum braucht er eine Bestätigung meiner Gefühle für ihn, diese ständige Versicherung? »Natürlich«, sage ich teilnahmslos, schiebe meinen Stuhl zurück und gehe zur Küchenzeile.

»Natürlich? Was ist das denn für eine Antwort?«

Ich kann Brad doch nicht gut sagen, dass ich den ganzen Tag fast gar nicht an ihn gedacht habe, oder? Wie kann ich ihm klar machen, dass mich eine Frau, die vor mehr als hundert Jahren gelebt hat, derart fesselt, dass ich nichts anderes im Sinn hatte? Früher hätten wir uns endlos auf diese Weise geneckt: Bestätige dies, beweise mir das – Worte und Berührungen, die unsere Liebe zueinander zeigten. Aber jetzt fehlt mir die Geduld für so etwas.

Also sage ich ihm, was er hören will, nehme zu Täuschungen und Halbwahrheiten Zuflucht.

Kurz gesagt – ich bin zur Lügnerin geworden.

KAPITEL 22

Weihnachten verging ohne großes Trara. Adam und Jenna waren übereingekommen, sich keine Geschenke zu machen; Adams finanzielle Lage war schlecht, und er wusste, dass Jenna ihn nicht in Verlegenheit bringen wollte. Ihre Entschlossenheit, ein neues Haus zu bezahlen, war schon schlimm genug.

Er dachte lange und gründlich über das Haus nach. Irgendwie kam er sich nutzlos vor – ihr Vorschlag und seine zögerliche Einwilligung verletzten seinen männlichen Stolz. Als Ehemann müsste er derjenige sein, der seiner Familie etwas bot. Welcher Mann ließ es zu, dass seine Frau ein Haus für die Familie baute? Er hatte seine Pläne. Zwei Jahre harte Arbeit, um die Schafherde zu vergrößern, Zäune aufzustellen, den Betrieb anlaufen zu lassen und Geld zu sparen. Dann, wenn Diamantina Downs blühte und gedieh und er genügend Kapital angesammelt hatte, wäre er bereit, ein so großes und schönes Haus zu bauen, wie es im Umkreis von vielen Meilen kein zweites gäbe. Ein vornehmes Haus. Ein Herrenhaus. Etwas, worauf er stolz sein konnte.

Aber Jenna wollte nicht warten.

»Es ist doch nicht wichtig, wer was bezahlt«, sagte sie, als er das Thema ein paar Tage nach der Hochzeit wieder zur Sprache brachte.

»Für mich ist es schon wichtig.«

»O Adam!«

Sie seufzte, rückte näher zu ihm und schlang die Arme um seinen Nacken. Sie drückte ihn kurz, dann ließ sie ihn wieder los. Und noch lange erinnerte er sich an den frischen Duft ihres Haares.

»Es ist doch nur Geld«, fuhr sie ruhig fort. »Damit können wir uns das Glück nicht kaufen, aber es verhilft uns zu einem gewissen Maß an Zufriedenheit. Hier draußen gibt es nichts, wofür wir es sonst ausgeben könnten. Warum sollten wir uns das Leben nicht bequemer machen?«

Ja, warum eigentlich nicht? Nach dem Wenigen, was Jenna ihm erzählt hatte, war Adam klar, was für ein elendes Leben sie bisher geführt hatte. Das Zusammentreffen mit Conor war der einzige Lichtblick in einer ganzen Reihe von düsteren Jahren gewesen. Und jetzt hatte sie auch Conor verloren – wie konnte er, Adam, ihr da etwas abschlagen? Was sie am Tag ihrer Hochzeit gesagt hatte, entsprach der Wahrheit. Im Sommer war es unerträglich heiß in der Hütte, im Winter eiskalt. Und man konnte ein Kind nicht auf dem blanken Erdboden spielen lassen. Zudem gab es viel zu wenig Platz. Conors Sohn oder Tochter verdiente etwas Besseres als eine Behausung, die der ähnelte, in der er und Adam in Irland aufgewachsen waren.

»Hier«, sagte Jenna, als sie ein großes Papier auf den Tisch legte und sich neben Adam setzte. »Lass uns ein paar Skizzen machen, nach denen wir die Pläne ausarbeiten lassen können!«

Ein paar Abende vergnügten sie sich damit, die Grundrisse des neuen Hauses zu entwerfen. Adam hatte eigentlich an etwas Bescheidenes mit zwei, drei Schlafzimmern, einem Salon und einer großen Küche gedacht. Doch Jenna hatte andere Ideen. Sie wollte ein Arbeits- und ein Musikzimmer haben, ein großes Speisezimmer, in dem sie zwanzig Personen verköstigen konnte. Sie bestand auf einer Küche, einer Speisekammer und einer Spülküche. Und das Haus sollte mindestens ein Dutzend Schlafzimmer haben. »Für Gäste«, erklärte sie entschieden. »Und wir werden noch mehr Kinder haben.«

Sie hatte Pläne für einen Tennisplatz, ein Kricket-Feld und eine kleine Pferderennbahn. »Ich sehe es schon vor mir«, rief sie und klatschte aufgeregt in die Hände. Adam hatte sie noch nie so voller Begeisterung erlebt. »Wir werden leben wie die englischen Landbesitzer. Werden jagen und fischen, Pferderennen veranstalten und Spiele auf dem Rasen machen. Was ist mit Krocket? Wenn dieser Landstrich weiter besiedelt wird, werden die Menschen von weither kommen, um uns zu besuchen. Wir werden uns nie einsam fühlen.«

»Tust du das jetzt?«, fragte Adam.

»Was?«

»Fühlst du dich einsam?«

Sie schwieg und dachte über diese Frage nach. Dann lächelte sie, stand auf und nahm ihre Schürze, die auf dem Arbeitstisch lag. »Einsam? Lieber Gott, nein. Ich habe gar keine Zeit, mich einsam zu fühlen.«

Adam beobachtete, wie sie die Schürze umband und der Stoff über ihrem Bauch spannte. Sie hatte das Gesicht abgewandt, und er sah nur ihr Profil und die dunkle Lockenflut.

Wieder fühlte er sich an seine Mutter erinnert und dachte daran, wie diese nach dem ersten Besuch des Geldeintreibers in der Küche in dem irischen Cottage gesessen hatte. Auch damals konnte Adam die Gesichtszüge nicht sehen, nur die Silhouette. Mam und Jenna – die beiden trennten Jahre und Welten, trotzdem hatten beide dieselbe Haltung, dasselbe nach vorn gereckte Kinn und denselben runden Bauch.

»Jenna?«, wagte er noch einen Vorstoß.

Sie drehte sich zu ihm und sah ihn an. Ihr Mund wirkte energisch, fast trotzig. »Es geht mir gut, Adam«, sagte sie bestimmt. »Mach dir keine Sorgen! Wirklich, es geht mir gut.«

Wen will sie nur damit überzeugen?, überlegte er, ehe er sich wieder den Bauplänen widmete. Sich selbst oder mich?

Sein Beitrag zu den Plänen war ein kleiner zweistöckiger Turm und eine Treppe, über die man das obere Turmzimmer erreichte. Er erklärte Jenna, dass er, wenn ihm danach zumute sei, da oben sitzen und sein Land überblicken wolle. »Es wird sein wie ein Leuchtturm ohne Meer«, sagte er. »Ein Aussichtspunkt.«

Als schließlich beiden keine neuen Vorschläge mehr einfielen, ließ Adam die Pläne auf Anraten des Bankiers in der Stadt einer Architektenfirma in Brisbane zukommen: Bignall & Sons.

Ein neues Jahr brach an – 1874. Jenna und Adam blieben bis Mitternacht auf, um es willkommen zu heißen. Adam trank Whisky, der noch von der Hochzeit übrig geblieben war, und schenkte Jenna auch einen kleinen Schluck ein.

»Zur Feier des Tages«, sagte er und hob sein Glas. »Auf dich und mich. Auf unsere Ehe und das neue Jahr. Und auf eine sichere Geburt für Conors Baby.«

Sie saßen sich auf der Veranda gegenüber. Die Nacht war dunkel und mondlos. Das Licht der Lampe schien durchs Fenster, und Adam sah den traurigen Ausdruck auf Jennas Gesicht.

»Wieder ist ein Jahr vergangen und so vieles passiert«, sagte sie nachdenklich und stützte das Kinn in die Hand.

»Vielleicht wird uns das nächste Jahr zur Abwechslung nur Gutes bringen«, meinte Adam.

»Das wage ich nicht zu hoffen, denn hoffen bringt Unglück.«

»Meine Mutter pflegte zu sagen: ›Das Unglück ist heute nicht bei uns, vielleicht kommt es morgen.‹ Meinst du das auch?«

»Etwas in der Art.«

»Und wenn es kein Unglück mehr gibt?«, beharrte Adam. »Was, wenn jeder Mensch nur eine bestimmte Menge Pech im Leben hat und wir – du und ich – unsere Ration bereits bekommen haben?«

Jenna atmete tief durch. »Ich versuche, optimistisch zu sein, wirklich«, versicherte sie. »Aber manchmal fällt es mir schwer.« Sie stand auf und stützte sich mit einer Hand aufs Verandageländer. Sie war müde, und Mitternacht war schon vorbei. »Wenn es dir nichts ausmacht, würde ich jetzt gern ins Bett gehen.«

Er sah ihr nach, als sie in die Hütte ging. Sie wirkte

schwerfällig, dennoch beugte sie sich im Vorbeigehen zu ihm und strich mit den Lippen über seine Stirn.

»Gute Nacht, Jenna!«

»Gute Nacht, Adam!«

Manchmal dachte Adam, dass ihre Beziehung zueinander verdammt förmlich und zivilisiert war. Gewiss, Jenna hatte ihn in der Hochzeitsnacht mit in ihr Bett genommen, und dafür, so wie für die folgenden Nächte, die sie das Bett miteinander geteilt hatten, war er ihr dankbar. Aber im Laufe der Wochen wurde er sich bewusst, dass irgendetwas fehlte. In ihren Liebesnächten gab es keine Spontaneität. Sie glichen eher einem Ritual, einer Pflicht, die Jenna erfüllte. Als würde sie ihm etwas schulden, auch wenn er nicht wusste, was das sein könnte.

Sie liebte ihn nicht, so viel fühlte er. Zwar hatte sie das nicht explizit ausgesprochen, aber Adam spürte es. Ihre Fröhlichkeit wirkte oft gezwungen. Manchmal wenn er mitten am Tage unerwartet nach Hause kam, fand er sie weinend vor. Dann wandte sie sich ab und tupfte hastig die Tränen aus den Augen. »Sieh nur, wie spät es schon ist!«, sagte sie leise. »Fast Mittag, und die Wäsche ist noch nicht fertig.«

Sie versteckte ihre Gefühle, schloss Adam aus und überraschte ihn mit ihren plötzlichen Kehrtwendungen – so hatte sich Adam die Ehe nicht vorgestellt. Zu Zeiten wie dieser wünschte er sich verzweifelt, er könnte sie in die Arme schließen und ihre Tränen trocknen, aber sie richtete mit ein paar Worten eine Barriere zwischen ihnen auf.

Einmal glaubte Adam sogar, beim Liebesakt den Namen seines Bruders aus ihrem Mund gehört zu haben. Er drang wie das Flüstern des Windes, ein Seufzen im

Rausch der Gefühle an sein Ohr. *Conor* – er bildete sich ein, dass sie den Namen ausgesprochen hatte. Später fragte er sich, ob er das nicht nur geträumt hatte.

Sie ermüdete in letzter Zeit ziemlich schnell und verließ sich immer mehr auf Ngaylas Hilfe. Manchmal waren die Nächte schlimmer als die Tage, und Adam wusste, dass sie schlecht schlief. Im Dunkeln, lange nachdem die Lampe gelöscht war, staute sich die Hitze in der Hütte mit den dicken Wänden aus Balken und dem aus Ästen geflochtenen Dach. Moskitos schwirrten herum und raubten ihnen den Schlaf, und ihre Haut war feucht vom Schweiß. Oft wachte Adam auf, und Jenna saß mit angezogenen Beinen im Bett. Manchmal hatte sie sich auch an den Tisch gesetzt, starrte mit großen Augen ins Leere und trank eine Tasse Tee. Die Erschöpfung zeichnete sich auf ihrem Gesicht ab.

»Kannst du nicht schlafen?«, fragte er dann leichthin und ließ sich neben ihr nieder.

»Nein.«

Da ihm nichts einfiel, was er sonst noch sagen könnte – »Das tut mir Leid«, erschien ihm so nichtssagend –, beugte er sich zu ihr und drückte den Mund an ihr Haar.

»Komm wieder ins Bett! Du fehlst mir.«

»Gleich.«

Hin und wieder fand er sie auch im Hof; sie hielt die Arme um sich geschlungen und ging im Mondlicht auf und ab. »Komm ins Haus!«, schlug er vor. Er machte sich ernsthaft Sorgen.

»Es ist zu heiß«, antwortete sie, und Adam blieb bei ihr, redete über belanglose Dinge, beruhigte sie und führte sie schließlich doch zurück ins Bett.

Am Morgen wusste sie selten noch etwas von ihren nächtlichen Eskapaden.

Der Gedanke an Conor war allgegenwärtig. Jenna vermisste ihn unsäglich und hasste die Tage, Wochen und Monate, die ohne ihn vergingen. Doch in ihrer Trauer fand sie Trost in ihrer Schwangerschaft. Das Kind strampelte in ihrem Bauch und drehte sich hin und her. Jenna hielt jedes Mal verwundert die Luft an – es war Conors Baby. Ein Sohn, der den Namen O'Loughlin tragen würde – ein blonder Junge mit blauen Augen. Sie konnte es kaum erwarten, ihn endlich in den Armen zu halten.

Jenna zählte die Tage bis zu dem Datum, an dem ihrer Rechnung nach die Geburt sein sollte, und markierte sie in ihrem Tagebuch. Noch dreißig Tage. Dann zwanzig. *Ständig gehen Menschen in der Hütte ein und aus,* schrieb sie abends nach der Tagesarbeit im Schein der Lampe. *Viehhüter und die Frauen aus dem Lager, die kommen, um mir zu helfen. Jetzt brauche ich diese Hilfe mehr denn je. An manchen Tagen bin ich entsetzlich müde ...*

Ihr Gemütszustand wechselte von Verzweiflung zu Euphorie, oft verharrte sie in einem Zwischenstadium. Bei Tag zehrte Rastlosigkeit an ihr, und Jenna musste sich ständig beschäftigen – kochen, sauber machen, nähen –, um die Zeit zu füllen. Sie hatte Angst, dass die Erinnerungen über sie hereinbrechen würden, wenn sie auch nur für einen Moment innehielte. Conor, Michael und ihre Mutter – der Kummer von früher lauerte immer noch im Hintergrund. Die Gesichter verschwammen ineinander, doch gerade wenn sie am wenigsten damit rechnete, wurden sie wieder klar und raubten ihr die Kraft. Deshalb bemühte sich Jenna, ihr Bewusstsein gegen alles zu verschließen, was nicht ihre unmittelbare Aufmerksamkeit verlangte, und so vergingen die Stunden, bis es Abend wurde und sie wieder einen Tag hinter sich gebracht hatte.

Die nächtlichen Stunden vergingen langsamer. Wenn der Schlaf nicht kommen wollte, schlüpfte sie aus dem Bett, das sie mit Adam teilte, und ging in die Küche, um sich einen Tee aufzubrühen. Manchmal kam ihr Adam nach, blinzelte, bis sich seine Augen an das Licht gewöhnt hatten, und musterte sie sorgenvoll. »Es ist nichts«, sagte sie dann. »Geh wieder ins Bett! Mir fehlt nichts – wirklich.«

Bei diesen Gelegenheiten brauchte sie seine Gesellschaft nicht; sie wollte nicht reden und ihre Gefühle offenbaren. Denn genau das erwartete Adam – er wollte alles sezieren und frühere Verletzungen aufarbeiten. Er schien davon überzeugt zu sein, dass der Kummer durch Reden leichter werde. Doch Jenna wollte nur allein sein und die Einsamkeit auskosten. Es war ihre Trauer, und sie wollte sie in sich verschließen.

In anderen Nächten ging sie die Verandastufen hinunter in die Dunkelheit. Im Hof und unter den Bäumen war es etwas kühler, und eine leichte Brise rauschte in den Blättern. Sie hörte die Grillen und Zikaden und gelegentlich das Flügelschlagen der Nachtvögel.

Jenna ging rastlos auf und ab und bekämpfte mühsam die Trauer, die sie zu übermannen drohte. Sie wirbelte kleine Staubwölkchen auf, wenn sie sich umdrehte, und ihre Schritte hinterließen eine wankende Spur. Ab und zu blieb sie stehen, atmete tief durch, um die aufkommende Panik in Schach zu halten. Und sie legte die Arme um ihren Bauch. »Du bist mein Ein und Alles«, sagte sie laut und strich sanft über die Wölbung. »Du wirst meine Wunden heilen.«

Mein Kind, dachte sie wehmütig. Es ist in Liebe gezeugt worden. Ein Wunder, gerade weil Conor nicht mehr am Leben war. Die meiste Zeit war dieses Kind für sie der einzige Grund weiterzuleben.

Manchmal bemerkte Jenna aus den Augenwinkeln eine Bewegung und schaute zur Hütte. Noch ehe sie ihn sah, wusste sie, dass Adam dort stehen und sie beobachten würde. Dann kam er die Stufen herunter und stellte sich vor sie.

In solchen Momenten fühlte sie sich gefangen, in die Ecke getrieben. Warum war sie nur auf Diamantina Downs geblieben? Das fragte sie sich oft. Hatte sie gedacht, dass Adam eines Tages Conors Platz in ihrem Herzen einnehmen und sie ihn irgendwann lieben könnte? Oder hatte sie gedacht, dass sie Conor nahe sein würde, wenn sie an dem Ort bliebe, an dem er einen gewaltsamen Tod erlitten hatte?

Aber es war Adam, der ihr die Hand hinhielt, sie zurück in die Hütte und zu dem gemeinsamen Bett führte … Adam strich ihr das Haar aus dem Gesicht, wenn er sie an sich drückte und ihr wild klopfendes Herz spürte. Adams Körper, nicht Conors, vereinigte sich mit dem ihren auf dem feuchten Laken.

Jenna versuchte nach Kräften, keine Vergleiche anzustellen und sich vorzumachen, dass Conor sie liebkoste als ihr Mann. Verzweifelt bemühte sie sich, das Wissen um Conors Tod auszublenden und sich einzureden, dass sie zusammen wie vor Monaten in dem großen weichen Bett hinter dem Laden liegen würden.

Conor, dachte sie ein ums andere Mal und betrog so sich selbst und Adam. Sie beschwor sein Gesicht vor ihrem geistigen Auge herauf, sein Lächeln, die blitzenden Augen.

Conor. Conor. Conor.

Adam war zärtlich und behutsam, um ihr und dem Baby nicht zu schaden. Er nahm sich Zeit, um ihr Wonne zu bereiten, erregte sie mit langen Küssen, die ihr den Atem raubten, und liebkoste sie. Schließlich drängte sich Jenna ihm entgegen, machtlos gegen die eigenen Empfindungen, und er vereinigte sich mit ihr, bis sie ihre Schreie wie von weither hörte und ihre Stimme nicht wiedererkannte.

Und am Morgen erschienen ihr die nächtlichen Ereignisse – das Umherlaufen, die Zärtlichkeiten, die Küsse und das Liebesspiel – unwirklich, und sie fragte sich, ob sie das nicht alles nur geträumt hatte, so undeutlich und vage waren ihre Erinnerungen daran.

In der Hütte und im Lager der Schwarzen herrschte helle Aufregung. Aleyne und Lalla schwatzten und kicherten bei der Arbeit und waren überhaupt nicht bei der Sache. Schließlich fühlte sich Jenna gezwungen, sie zurechtzuweisen. »Mädchen! Mädchen!«, rief sie. »Geht an eure Arbeit!« Dabei drohte sie ihnen mit dem Finger, was die Frauen nur noch mehr zum Lachen brachte. Nichts schien sie zu beeindrucken.

Die Fröhlichkeit war ansteckend. »Was ist eigentlich los?«, wollte Jenna von Aleyne wissen, als sie merkte, dass die Frauen immer wieder aus dem Südfenster spähten.

»Wir halten nach Rauchzeichen Ausschau, Missy. Oder nach dem Boten von einem anderen Stamm, der uns sagt, dass es Zeit zum Aufbruch sei.«

»Wohin wollt ihr gehen?«

Aleyne deutete auf eine ferne blaugraue Erhebung. »Es ist Vollmond – *jiba*. Wir müssen gehen, solange viel Licht ist.«

»Wie lange werdet ihr weg sein?«

»Weiß nicht, Missy.« Aleyne zuckte mit den Achseln und schüttelte den Kopf.

»Wongaree meint, es wird ein *Corroboree* geben«, erklärte Adam später. »Das dauert einige Tage. Sie wollen bald aufbrechen.«

»Zu einem Walkabout?«

»Es ist wohl etwas Ähnliches.«

Ngayla ging als jüngste Frau und Mitglied eines anderen Stammes nicht mit. Adam bestand darauf, dass sie Jenna und ihn in ein paar Tagen in die Stadt begleiten sollte, wo sie auf die Geburt des Babys warten wollten. In der Stadt gab es einen Arzt, ein behelfsmäßiges Hospital und ein Zimmer über dem Pub, das sie mieten konnten.

Schließlich traf der Bote des anderen Stammes ein. Zuerst war er nur ein winziger Punkt auf der Ebene, der langsam näher kam. Der Himmel war strahlend blau, und am Horizont flimmerte die Hitze. Das grelle Licht tat Jenna in den Augen weh. Aleyne und Lalla liefen abwechselnd zum Fenster und kommentierten den Fortschritt des ersehnten Mannes.

Am späten Nachmittag traf dieser im Lager ein. Adam und Jenna standen ein Stück abseits und beobachteten, wie sich der Bote unter einem Baum niederkauerte und wartete, bis ihn die Stammesmitglieder mit einem glühenden Feuerstock willkommen hießen. Dann wurde er in die Hütte gebracht, die Wongaree und Lalla bewohnten.

In dieser Nacht kam das Lager nicht zur Ruhe. Jenna

lag auf dem schweißdurchtränkten Laken und lauschte den Geräuschen, die der Wind herüberbrachte: das Schlagen der Steine und den Gesang. Die Feuer tauchten die Umgegend in einen glühenden Schein.

Jenna glaubte, keinen Schlaf mehr zu finden. In ihren Gedanken beschäftigte sie sich mit der Reise in die Stadt und der bevorstehenden Geburt ihres Kindes. Sie hatte keine Angst. Hatte sie nicht miterlebt, wie ihre Mutter Michael auf die Welt gebracht hatte? Sie würde Schmerzen haben, gewiss, aber das war ein kleiner Preis dafür, dass sie bald ihr Baby in den Armen halten würde.

Conors Baby.

Immer wieder ging ihr das durch den Kopf. Adam schlief neben ihr. Er war ein guter, freundlicher Mann, und er hatte versprochen, das Kind wie sein eigenes zu behandeln. Jenna legte die Hand auf ihren Bauch und fühlte die Bewegung.

Sie lächelte. »Bald«, flüsterte sie. »Bald.«

Am Morgen war das Lager am Wasserloch verlassen. Jenna ging in Ngaylas Begleitung an den Hütten und noch glimmenden Feuern vorbei. *Es kommt mir eigenartig vor,* schrieb sie später in ihr Tagebuch, *dass sie alle weg sind. Ich bin auf die Hilfe der Frauen angewiesen und froh, wenn sie mir tagsüber Gesellschaft leisten. Jetzt sind nur noch Adam, Ngayla und ich hier, und alles ist furchtbar still. Morgen treten wir die Reise in die Stadt an.*

Jenna machte in der Hütte Ordnung und packte Kleider in einen Koffer. Gelegentlich legte sie eine kleine Pause ein, um sich auszuruhen. Die Hitze war unerträglich; Schweißtropfen standen ihr auf der Stirn und liefen ihren Rücken hinunter. Am späten Nachmittag gingen sie zu dritt zum Wasserloch. Adam half ihr die Uferböschung hinunter, und sie setzte sich in den Schatten eines Eukalyptusbaums und ließ die Füße ins Wasser hängen. Sie schmerzten, und das kühle Wasser fühlte sich gut an.

Auf dem Weg zurück zur Hütte setzte die erste Wehe ein.

»Was ist?«, fragte Adam erschrocken.

»Oh, nichts!«, wehrte sie rasch ab – das Baby konnte noch nicht kommen, es war vierzehn Tage zu früh. »Es hat nur ein wenig gezwickt. Seit ein paar Tagen spüre ich das hin und wieder.«

Dass der Schmerz noch nie so schlimm gewesen war wie eben jetzt, fügte sie nicht hinzu.

Es dauerte eine Stunde bis zur nächsten starken Wehe. Jenna stand in der Küche und schälte Kartoffeln. Als der Krampf kam, tastete sie nach der Stuhllehne und ließ sich dankbar nieder.

»Es ist doch etwas mit dir«, sagte Adam und sah von der mehrere Monate alten Zeitung auf, die er gerade las.

»Ja«, gestand sie, drückte die Hände ans Gesicht und holte tief Luft.

Adam brachte sie zum Bett. »Ruh dich aus!«, ordnete er an. »Heute war ein heißer Tag, und du bist erschöpft. Morgen fahren wir in die Stadt.«

Sie nahm seine Hand und drückte sie. »Vergiss die Fahrt in die Stadt!«, sagte sie. »Ich glaube, das Baby wartet nicht mehr bis morgen.«

Die Stunden verstrichen quälend langsam. Die Nacht brach herein. Mitternacht kam. Es wurde ein Uhr, zwei Uhr. Adam erhitzte Wasser, wie Jenna ihn angewiesen hatte, und riss alte Laken in handliche Stücke. Von Zeit zu Zeit hielt er ihr ein Glas mit Wasser an die Lippen und drängte Jenna, einen Schluck zu trinken. Manchmal tat sie es, manchmal drehte sie einfach den Kopf weg. Ihre Augen lagen tief in den Höhlen und sahen aus wie dunkle Löcher in dem bleichen Gesicht. Adam sah ihr an, dass sie starke Schmerzen hatte.

Um Mitternacht schickte er Ngayla in ihr Bett in der Küche. »Ich rufe dich, wenn ich dich brauche«, beteuerte er. »Bis dahin sollte sich wenigstens einer von uns ein wenig Schlaf gönnen.«

Im Stillen machte er sich die größten Vorwürfe. Warum war er nicht früher mit Jenna in die Stadt gefahren? Nur ein einziger Tag hätte genügt, um Jenna in die Obhut eines Arztes zu bringen. Aber hier draußen …?

Er wusste nicht, was zu tun war. Verbittert dachte er an die letzte Niederkunft seiner Mutter, daran, wie er vor dem Cottage gesessen, gewartet, die Schmerzensschreie gehört und welche Angst er ausgestanden hatte. Aber Jenna schrie nicht. Sie bäumte sich nur auf und schloss die Augen, wenn der Schmerz in regelmäßigen Abständen einsetzte. Sie biss sich auf die Lippen, bis das Blut kam. Adam tupfte ihr mit feuchten Tüchern die Stirn ab, dann stellte er sich ans Fenster und schaute hinaus. Er kam sich so nutzlos vor. Dann ging er wieder auf und ab, wartete und wartete.

Nichts tat sich.

Bei Tageslicht wusch er Jenna mit Ngaylas Unterstützung und zog ihr ein frisches Nachthemd an. Schon am frühen Morgen war es furchtbar heiß und schwül. Regen drohte. Adam wünschte sich von Herzen, dass der Himmel seine Schleusen öffnete und kühlendes Wasser auf die Erde schüttete. Ab und zu grollte ein Donner in der Ferne, und die Wolken hingen tief über den Bergen.

Aber es kam kein Regen.

Die Hütte war wie ein Backofen. Adam bot Jenna an, sie nach draußen zu tragen, weil es zwischen den Bäumen kühler war. Doch als er versuchte, sie hochzuheben, schrie sie laut auf, sodass er sie wieder aufs Bett legte.

Als sich die Sonne dem Horizont zuneigte und die Schatten länger wurden, kam endlich ein wenig Wind auf. Die Zikaden zirpten ohrenbetäubend schrill. Jenna war lethargisch, kreidebleich, und ihre Atemzüge waren lang und bebend.

Adam nahm Ngayla beiseite. »Das dauert zu lange. Ich muss etwas tun.«

»Vielleicht steckt das Baby fest. Das passiert manchmal.«

Er ging zur Waschschüssel und wusch sich die Hände gründlich mit Seife. Dann trocknete er sie ab und trat ans Bett. »Es tut mir Leid«, sagte er. »Vermutlich wird es wehtun, aber ich muss nach dem Kopf des Babys tasten.«

Jenna nickte und schloss die Augen. »Tu, was du tun musst! Ich kann nicht …«

Sie brach unvermittelt ab, und plötzlich verdichtete sich ein Gedanke in Adams Bewusstsein: *Wir werden sie verlieren.*

Voller Entsetzen ließ er die Hände unter das Laken gleiten. Jenna spreizte die Beine und zog sie an, damit es Adam leichter hatte. »Fühlst du etwas?«, fragte sie und schnappte nach Luft.

Er tastete sich weiter und stieß auf etwas Hartes: auf den Kopf des Kindes.

»Er ist gleich da«, sagte er.

Als er die Hand hervorzog, war sie ganz blutig.

»Sie müssen sich aufsetzen, Missy«, sagte Ngayla und kauerte sich mitten im Zimmer auf die Fersen. »So. Das machen die schwarzen Frauen. Da geht es viel leichter.«

Trotz ihrer Proteste half Adam Jenna auf, bis sie in der von Ngayla demonstrierten Position auf dem Bett hockte. Ngayla und Adam stützten sie von beiden Seiten. Er hatte keine Ahnung, ob dies die richtige Methode war, ein Baby auf die Welt zu bringen, spürte jedoch, dass Jenna kaum eine andere Wahl hatte. Sie war schwach und sank kraftlos gegen ihn. »Bitte, lass mich liegen!«

»Du schaffst es, Jenna. Komm, denk an das Baby!«

Blut tropfte aufs Bett, und der dunkle Fleck breitete sich immer mehr aus. Würde sie verbluten? Adam spürte, dass sich ihr Körper bei der nächsten Wehe anspannte. »Du musst pressen, Jenna!«, schrie er.

Sie brachte nur noch ein Flüstern zustande: »Ich kann nicht.«

»Du musst das Baby herauspressen. Es kann das nicht allein.«

Jenna presste halbherzig.

»Nein! Fester! Du musst stärker pressen.« In seiner Stimme schwang Verzweiflung mit. Sie hob den Kopf und sah ihn aus glasigen Augen an. »Wenn du nicht presst, stirbt das Baby«, setzte er barsch nach. »Willst du das?«

Sie schüttelte den Kopf; Tränen verschleierten ihre Augen.

»Um Himmels willen, dann press, Jenna! Tu es für das Kind! Tu es für Conor!« Sie klammerte sich an seinen

Arm. Die Finger bohrten sich in sein Fleisch. *Bitte, lieber Gott, gib ihr die Kraft,* betete er stumm. *Lass dieses Kind leben; es sind schon so viele andere gestorben.*

Jenna strengte sich an.

Ihre Wangen blähten sich auf, tiefe Furchen bildeten sich auf ihrer Stirn, und Adam spürte, dass sie die letzten Kräfte aufbot. Wenn das Kind nicht bald käme, dann würde er beide verlieren, und diesen Gedanken konnte er nicht ertragen.

Jenna stieß den Atem aus und holte wieder Luft, dann presste sie wieder. Eine dunkle Masse erschien zwischen ihren Beinen und wich wieder zurück.

»Da ist es!«, schrie Adam. »Es kommt. Press weiter!«

Keuchend fasste sie nach unten und berührte den Kopf ihres Kindes. »O mein Gott!«, stöhnte sie ehrfürchtig.

»Siehst du«, ermutigte er sie, »es ist fast schon da!«

Die kurze Berührung schien Jenna neue Kräfte zu verleihen. Sie sank nach vorn auf die Knie, und mühsam, Stück für Stück kam der Kopf zum Vorschein. Und gerade als Adam glaubte, dass sie die letzte Energie verließ, glitt das Baby in seine wartenden Hände.

Vollkommen erschöpft fiel Jenna aufs Bett und vergrub das Gesicht in den Händen, als das Baby den ersten lauten Schrei ausstieß. Adam sah die Tränen, die zwischen ihren Fingern hervorquollen.

»Ist es gesund? Was ist es?«, schluchzte sie. »Sag es mir! Ist alles in Ordnung?«

Vorsichtig wischte Adam das Baby sauber, und Ngayla schnitt die Nabelschnur durch. »Es ist ein Mädchen«, sagte er, wickelte das Kind in einen sauberen Schal und legte es Jenna auf den Arm.

»Ich habe eine Tochter?«

Sie zog den Schal auseinander, zählte die Fingerchen und die Zehen, bewunderte die kleinen Hände und Füße. Dann vergoss sie noch ein paar Tränen, und auch Adams Augen wurden feucht. Wenn doch nur Conor hier sein und das Wunder der Geburt miterleben könnte, dachte er.

»Danke, Adam!«, sagte Jenna später. »Ich hätte das nicht ohne dich geschafft.«

»Unsinn! Du hättest es allein gekonnt.«

Sie gab ein nervöses Lachen von sich. »Das bezweifle ich.« Dann fragte sie: »Was hältst du von dem Baby?«

»Sie ist vollkommen und das hübscheste kleine Mädchen weit und breit. Außer dir«, versicherte er hastig. »Sie müsste sich schon sehr anstrengen, um noch hübscher als ihre Mutter zu werden.«

»O Adam, du sagst so alberne Sachen!«

»Ich meine es ernst. Ich finde dich wunderschön, Jenna, und als ich dich zum ersten Mal mit dem Baby gesehen habe … Ich wünschte, Conor …« Seine Stimme wurde so brüchig, dass er nicht fortfahren konnte.

Jenna ergriff seine Hand. Ihre Finger fühlten sich auf seiner schwieligen Handfläche samtweich an. »Es hat keinen Sinn zurückzuschauen, Adam. Was geschehen ist, ist geschehen – wir können nichts daran ändern. Wir sind jetzt eine Familie, daran müssen wir denken. Wir werden Conor nie vergessen, und wir wissen, dass er in unserer kleinen Tochter weiterlebt.«

Sie schwiegen eine ganze Weile, und nur das Ticken der Uhr war in der Hütte zu hören. »Was meinst du, welchen Namen sollen wir ihr geben?«, fragte Adam schließlich.

Jenna sah ihn nachdenklich an. »Ich fand Kathryn immer ganz hübsch.«

»Dann wird sie Katie gerufen.«

»Katie«, wiederholte Jenna. »Das gefällt mir.«

»Mir auch.«

Also war es entschieden. Adam stand am Bett und schaute immer noch auf das Baby, als Jenna schon längst eingeschlafen war. Ein winziges Wunder, dachte er. Katie hatte einen dunklen Haarflaum, milchweiße Haut und einen rosigen Mund. Die Finger krümmten und streckten sich, als wollten sie sich in der Luft festkrallen. Er streckte ihr einen Finger hin und spürte, wie die winzige Hand sich darum schloss.

Kathryn O'Loughlin. Katie.

Liebe wallte in ihm auf – so stark, so rein, dass er am liebsten losgeheult hätte. Er liebte dieses Kind, das Kind seines Bruders. Katie war seine Zukunft, seine und Jennas und ein Grund weiterzuleben. Irgendwie würden sie ihre Ehe trotz des unglücklichen Anfangs festigen. Und sie würden Diamantina Downs zum schönsten Besitz in der Gegend machen, zu einem Vermächtnis für das neugeborene Kind, das schlafend vor ihm lag.

KAPITEL 23

Seit einigen Tagen ist der Himmel trüb, und hin und wieder geht ein weißer Regenschleier nieder. Brad zieht seine Gummistiefel an und geht jeden Tag zum nächsten Wasserloch. Es ist nur etwa einen Kilometer weit weg. Er versucht, mit dem Allrad zu fahren, aber die Reifen drehen in dem Schlamm durch. Deshalb nimmt er

Harry mit und läuft mit gesenktem Kopf und hochgezogenen Schultern durch den Regen.

Im Norden hat es heftige Unwetter gegeben. Brad informiert mich, dass der Wasserstand des Flusses ziemlich hoch sei, und bei leichten Überflutungen laichen die Fische. Brad ist dabei, seinen Bericht über die Vögel in der Gegend abzuschließen, und muss nur noch die Brutstätten an bestimmten Flussbiegungen, wo die Tiere in großen Kolonien nisten, inspizieren. Er hofft, wir sind noch hier, wenn die Küken schlüpfen.

Erst gestern hat er ein großes geflecktes Ei mitgebracht, das aus dem Nest gefallen und ausgekühlt war. Nachdenklich wog ich es in meiner Hand – es war schwer. Ich frage mich, welcher Muttervogel so roh sein kann, um seinen ungeschlüpften Nachwuchs aus dem Nest zu werfen. Die Natur kann grausam sein, und hier am Diamantina hängen Geburt und Tod von Zufall und Glück ab. Überleben ist ein Lotteriespiel. Ich nehme an, das trifft auch auf die Vögel zu.

Zwei Briefe kommen an: einer von meinen Eltern und einer von Carys. Ich lese sie durch einen Schleier von Heimweh. Wie geht es dir, Jess?, schreiben sie. Wie ist das Leben im Busch? Ich erinnere mich, wie sie sich nach Kadies Tod vor zwölf Monaten verhielten. Natürlich waren sie am Boden zerstört, benommen vor Schmerz; sie redeten nur wenig, umarmten sich ständig. Das ist ein Markenzeichen meiner Familie: Wir umarmen uns oft.

Mit Brads Familie haben wir nicht viel zu tun. Meinen Schwiegervater kenne ich überhaupt nicht – er starb, bevor ich Brad kennen gelernt habe. Es gibt einen Bruder, der in Übersee lebt, und Brads Mutter. »Sie ist nicht gerade ein netter Mensch«, erzählte mir Brad am Anfang unserer Beziehung. »Sie ist gefühlskalt und berechnend. Nach dem Tod meines Vaters zog sie ans andere Ende des Landes. Nach Westaustralien. Ich halte Abstand von ihr.«

Ich habe sie in all den Jahren nur zweimal getroffen. Das erste Mal bei unsrer Hochzeit. Sie ist groß und kantig, so dünn, dass man sie schon hager nennen könnte, und makellos gepflegt. Aber sie stellt immer eine sauertöpfische Miene zur Schau. Sie hat uns eine sündhaft teure (und abgrundtief hässliche) Vase zur Hochzeit geschenkt. Ich habe sie in einem Schrank versteckt und nie wieder herausgenommen. Zum zweiten Mal tauchte sie unangekündigt und unerwartet bei Kadies Beerdigung auf.

Sie zieht ständig um, von einem Haus ins andere, von einer Stadt in die nächste. Brad hat kaum Kontakt zu ihr, aber gelegentlich bekommt er eine Karte mit ihrer neuen Adresse. »Sie ist unglücklich«, meint Brad. »Und sie glaubt, dass sie nur den perfekten Ort zum Leben brauche, um sich wie durch ein Wunder zu ändern. Sie begreift nicht, dass man das Glück nicht in vier Wänden findet, sondern in sich selbst.«

Er erwähnt sie nur selten, scheint nicht gern über sie zu sprechen. Kadie und ich sind zu seiner Familie geworden – ein Ersatz für Menschen, die für ihn da sein müssten, es aber nie waren.

Mittlerweile fühle ich mich in Diamantina ganz wohl, freue mich, wenn ich es mir in einem der Sessel auf der verglasten Veranda gemütlich machen, dem trommelnden Regen lauschen und mich durch die Tagebücher und Journale arbeiten kann. Es ist kühler geworden, und ich bin froh um den Pullover, den ich noch in letzter Minute in den Koffer gepackt habe. Von Zeit zu Zeit lege ich eine Pause ein, mache mir eine Tasse heiße Schokolade und trinke sie, während ich die durchweichte Landschaft betrachte. Es ist gemütlich, auf der Veranda im Trockenen zu sitzen und zu beobachten, wie der Regen von den Bäumen tropft und die Wolken über den grauen Himmel ziehen.

Diese Tagebücher und Journale sind seit langem das Erste, was ich – abgesehen von den wöchentlichen Frauenzeitschriften – richtig lese. Seit Kadies Unfall, um genau zu sein. Ich war immer ein Bücherwurm, sogar als Teenager, und ich habe meinen Job in der Bibliothek während des Studiums geliebt, doch nach Kadies Tod habe ich die Begeisterung verloren.

Bis jetzt.

Im Laufe der Jahre habe ich mich durch die Klassiker gearbeitet. Tolstoi, Steinbeck, Waugh und Dickens. Eine Zeit lang hatte ich eine Vorliebe für Schriftstellerinnen und verschlang die Romane der Brontë-Schwestern und Jane Austens. Dann war es Lyrik – Coleridge und Keats, Tennyson, Auden und Slessor.

Nach Kadies Tod ließ ich mich von seichten Fernsehprogrammen berieseln, statt zu lesen. Fernsehen ist ein Medium, das nicht viel Nachdenken und Analysieren erfordert. Man muss nicht sehr aufpassen und kann die Gedanken schweifen lassen. Demnach sind diese alten Bücher in gewisser Weise so etwas wie eine Rückkehr zu der früheren lebensfrohen Jess.

Die Seiten von Jennas Tagebüchern waren alt und brüchig. Einige waren an den Ecken angenagt – von Mäusen oder Kakerlaken? –, und die Tinte war mit den Jahren verblasst. Ich habe mir eines von Brads leeren Notizbüchern geborgt und übertrage den größten Teil des Textes, während ich Jennas zarte, manchmal kaum noch leserliche Handschrift entziffere. An manchen Stellen komme ich nur langsam voran. Gelegentlich bleibe ich an einem Satz hängen, oder ich versuche, einen Buchstaben oder ein Wort zu verifizieren. An den Rand der Abschrift kritzle ich eigene Notizen, wenn ich mir vornehme, etwas zu überprüfen oder später Nachforschungen über ein spezielles Thema anzustellen.

Ich versuche mir vorzustellen, wie es Jenna ergangen war, als sie vor mehr als hundert Jahren an den Diamantina kam. *Dies ist ein eigenartiger Ort,* schrieb sie in der ersten Woche. *Manchmal denke ich, Aleyne nimmt es mir übel, dass ich hier bin. Vielleicht wünscht sie sich, dass ich bald wieder abreise, damit sie nicht täglich die Spinnweben von den Wänden fegen und den Herd schwärzen muss ...* Dann: *Vielleicht bin ich zu streng mit ihnen.*

Jenna kam voller Hoffnungen für ihre Zukunft mit Conor und ihrem ungeborenen Kind an den Diamantina. Und Conors Tod hatte all ihre Pläne zunichte gemacht. Wie viele Tränen weinte sie nachts im Stillen in ihr Kopfkissen? Wie oft musste sie all ihren Mut zusammennehmen, um weiterzumachen, wenn sie niedergeschlagen war? Sie heiratete Adam, obwohl sie ihn, wie sie selbst in ihrem Tagebuch vermerkt hatte, nicht liebte. Allerdings bewunderte und respektierte sie ihn und war ihm dankbar, dass er ihrem Kind seinen Namen gab.

Kathryn O'Loughlin.

Katie.

Kadie ...

Die Namen verschmelzen in meinem Bewusstsein zu einem, und meine Gedanken wandern zu dem Tag von

Kadies Geburt. Er begann wie jeder andere. Brad und ich frühstückten im Bett. Brad hatte Speck und Eier gebraten und Toast gemacht. Ich erinnere mich, dass Krümel auf meinen Bauch fielen – dort, wo die Pyjamajacke aufklaffte. Brad beugte sich über mich und leckte die Brösel auf.

»Nicht! Das kitzelt!«

Lachend drehte ich mich auf die Seite und schubste ihn weg. Er fing meine Hände auf und knabberte spielerisch an meinen Fingern. »Mmm, Toastkrümel! Schmeckt gut.«

»Dummkopf!«

Dann küsste er mich lange – er schmeckte nach Kaffee. Seine Hände umkreisten meine Brüste, und ich spürte, wie sich seine Finger auf meiner Haut bewegten. Irgendetwas an dem Morgen – vielleicht der bleiche Himmel oder der Wind, der die Äste des Maulbeerbaums an das Fenster peitschte – ließ es richtig erscheinen, dass wir in dem zerwühlten Bett blieben und unsere Fantasien und Sehnsüchte auf die warme Haut des anderen zeichneten.

Später, als ich aus der Dusche kam, raste mein Herz. Brad stand vor dem Waschbecken und rasierte sich. Er sah mich im Spiegel und erkannte sofort an meinem Gesichtsausdruck, dass etwas nicht stimmte.

»Was ist?«

»Ich blute.«

Er starrte mich ein paar Sekunden ungläubig an. Unser Baby sollte erst in einem Monat kommen.

»Bist du dir sicher?«

Meine Stimme klang leicht hysterisch. »Um Gottes willen, Brad! Ich erkenne Blut, wenn ich es sehe.«

»Scheiße!«

An die rasante Fahrt zum Krankenhaus habe ich kaum noch Erinnerungen. Ich entsinne mich vage, dass mich jemand in einem Rollstuhl durch Korridore geschoben hat, dass Ärzte und Krankenschwestern um mich herumstanden, mich betasteten und untersuchten. Aufgeregtes Tuscheln, mit hellem Blut durchtränkte Wattebäusche. Jemand half mir in ein Krankenhaushemd. Ich lag auf einer Trage, und wieder rollte man mich hastig durch Flure, in denen es nach Desinfektionsmitteln roch, in den Operationssaal. Riesige runde Leuchtröhren. Gedämpfte Stimmen. Brads Gesicht spähte über meine Schulter, dann versank die Welt um mich herum wirbelnd in Finsternis.

Ich musste nicht stundenlange Wehen bei einer Hausgeburt erleiden wie Jenna, dafür aber die antiseptische Sterilität im Krankenhaus. Als ich aufwachte, hing ich am Tropf, war bandagiert, und etliche Geräte zeichneten jede meiner Bewegungen und Lebensfunktionen auf. »Sie haben Glück gehabt«, erklärte der Arzt später. »Die Nabelschnur hatte sich um den Hals des Babys gewickelt. Die Plazenta hat sich gelöst und dadurch die Blutung verursacht.«

Glück? Ich war nicht glücklich. Ich fühlte mich wund, schwach und wie eine Versagerin. Ich hatte mir so sehr eine natürliche Geburt gewünscht; ich wollte miterleben, wie meine Tochter auf die Welt kam. Jetzt kam ich mir betrogen vor – man hatte mich eines unwiederbringlichen Momentes beraubt.

Kadie lag eine Woche im Brutkasten, und Brad und ich mussten uns damit zufrieden geben, dass unsere Tochter unsere Finger mit ihren Händchen umschloss, wenn wir durch das Loch im Brutkasten fassten und wir ihre dünnen Beine streicheln konnten. An dem Tag, an dem ich Kadie endlich zum ersten Mal in den Armen hielt, weinte ich so sehr, dass ich befürchtete, meine Tränen würden uns alle wegspülen – mich, Brad und dieses winzig kleine Baby, das Teil von uns beiden gewesen und jetzt ein eigenständiges menschliches Wesen war.

Während ich jetzt die harsche, fast feindselige Landschaft am Diamantina überblicke, weiß ich, dass ich gestorben wäre, wenn ich mein Kind vor mehr als hundert Jahren hier auf die Welt hätte bringen müssen. Unbewusst zwänge ich einen Finger unter den Bund meiner Jeans und streiche über die Narbe. Verhärtetes Gewebe knapp über dem Schamhaar. Die Narbe ist noch zu sehen, wenn ich einen Bikini anhabe. Ich seufze und widme mich wieder Jennas Tagebuch, in dem sie beschreibt, wie sie ihr Töchterchen zum ersten Mal im Arm gehabt hat. *Ich hielt sie an meine Brust, und plötzlich verflüchtigte sich die Erinnerung an den Schmerz, die Angst und die Qualen des vergangenen Tages. Ich empfand Ehrfurcht vor dem winzigen, vollkommenen Baby. Meine Tochter. Kathryn. Katie.*

Ich weiß, wie sie sich gefühlt hat.

Sorgsam schreibe ich ihre Worte nieder.

Nach ein paar Tagen hört der Regen auf und die Sonne kommt heraus. Es ist schwülheiß. Tausende kleiner Buschfliegen kommen wie aus dem Nichts und kriechen überall herum, auch in die Nase und die Augen. Jedes Mal bevor Brad durch die Tür kommt, wischt er sich über den Rücken, und eine Wolke aus Fliegen steigt von ihm auf.

Jetzt sind wir schon drei Wochen hier und haben die Hälfte der Zeit hinter uns. Brad wartet voller Ungeduld darauf, dass die Feldwege wieder trocken werden. An einem Tag bleibt er ganz zu Hause, und wir spielen Karten und backen Pfannkuchen. Manchmal bin ich sehr angespannt und warte darauf, dass er von Kadie oder davon spricht, dass er bereit ist, wieder Vater zu werden, auch wenn ich noch nicht so weit bin. Doch er schneidet das Thema nicht an und ist liebenswürdig wie immer. Es ist fast wie in alten Zeiten.

In dieser Nacht habe ich seit langem wieder den Traum.

Ich sehe durch die Heckscheibe des Wagens, als er losfährt. Dort sitzt ein Kind, ein kleines Mädchen. Aber irgendwas stimmt nicht. Wie in dem Traum, den ich Wochen zuvor hatte, hat das Mädchen dunkles Haar, fast schwarzes, aber Kadie war blond. Und dieses Kind hat altmodische Korkenzieherlocken. Ein Spitzenkragen umschließt ihren Hals, und die Spitzenmanschetten an den langen Ärmeln fallen über ihre Handgelenke. Ich sehe ein von den Manschetten halb verdecktes, goldenes Armband. Ich blinzle und sehe genauer hin – ich muss mich irren. Mein Unterbewusstsein spielt mir einen Streich und versucht, mich zu verwirren. Das Kind ist Kadie. Es *muss* so sein.

Sie sitzt nicht in ihrem Kindersitz – das ist undenkbar. Stattdessen kniet sie auf der Rückbank und drückt die Stupsnase und die kleinen Hände an die Scheibe. Sie ist blass, ihre Augen sind aufgerissen und dunkel. Der Mund öffnet und schließt sich wie der eines Fisches unter Wasser. Wo ist meine Tochter?, frage ich mich voller Panik. Und wer ist dieses fremde Kind?

Mummy! Mummy!

Die jämmerlichen Schreie sind gedämpft. Die kleinen Hände sind zu Fäusten geballt und hämmern machtlos gegen die Scheibe.

Während das Auto Meter für Meter weiterrollt, überkommt mich das Gefühl, dass etwas Schreckliches passieren wird. Ich habe Angst und weiß, dass ich das Auto aufhalten, die Tür aufreißen und das Kind in die Arme nehmen müsste – dieses Kind, das nicht meine Tochter ist. Aber meine Beine fühlen sich wie Blei an, und meine Stimme versagt vor Aufregung. Der Wagen biegt um eine Ecke, und für einen Moment sehe ich das Profil des Mädchens. Langsam verschwindet das Auto außer Sicht. Erst dann spüre ich meine Kehle wieder. Der Schrei steigt auf, explodiert wie eine Luftblase.

Kadie!

Der Schrei vibriert durch mein Unterbewusstsein.

Jemand schüttelt mich, ruft meinen Namen, reißt mich in die Wirklichkeit. Mein Herz hämmert heftig, und eine Woge der Panik steigt in meiner Brust auf. Ein Schweißfilm bedeckt meine Stirn. Ich bin vollkommen durcheinander, schwinge die Beine über den Bettrand und spüre, wie die Zehen den Boden berühren, nach etwas Solidem, Festem tasten. Meine Augen gewöhnen sich mühsam an das fahle Licht vor der Morgendämmerung.

Brad steht vor mir und nimmt meine Hände in seine. Seine Finger kneten meine, fordern meine Aufmerksamkeit, und ich sehe zu ihm auf. »Jess, was ist?«, fragt er besorgt.

Wie soll ich ihm das erklären? Ich hole tief Luft. »Nichts«, sage ich tonlos.

»Es war etwas. Du hast geschrien.«

»Nur ein böser Traum. Jetzt ist es vorbei.«

Er streichelt meine Wange, wischt mir das feuchte Haar aus dem Gesicht. Dann beugt er sich vor und zieht mich auf die Füße. Wir stehen da, nur Zentimeter voneinander entfernt, aber es fühlt sich an, als würde uns ein Abgrund trennen. Behutsam schließt er mich in die Arme, ich lege die Wange an seine warme Brust.

»Jess, Liebling«, sagt er leise und tief bewegt. »Schließ mich nicht aus! Erzähl mir von deinem Traum!«

Ich schüttle den Kopf. »Nein«, murmle ich. Ich will nicht.

Die Bilder verblassen bereits und verlieren sich in Zeit und Raum.

Nachdem Brad am nächsten Morgen weggefahren ist, denke ich an unser Zuhause, an das kleine Arbeitercottage mitten in der Stadt. Ich entsinne mich, wie ich es ein letztes Mal angesehen habe, als wir vor Wochen losfuhren. Die Jalousien und Vorhänge waren zugezogen, und ich fand schon damals, dass es verlassen aussah.

Jetzt, Wochen später, erscheint mir das Haus eine ganze Welt weit weg – es *ist* eine ganze Welt weit weg – von diesem Platz im Outback, und ich stelle erstaunt fest, dass es mindestens eine Woche her ist, seit ich das letzte Mal daran gedacht habe. Vielleicht, überlege ich, wächst mir dieser Ort, das Diamantina-Land, allmählich ans Herz und wird mir vertraut.

Ich denke an meine Freunde, Carys, meine Eltern und frage mich, was sie jetzt wohl machen. Ich zähle an meinen Fingern ab, welcher Wochentag heute ist.

Hier draußen verliert man rasch jegliches Zeitgefühl.

Die Wochentage haben keine Bedeutung, und unsere Zeit wird nur durch Brads Forschungen bestimmt. Werktag oder Wochenende – das spielt keine Rolle. Und es ist eigenartig, morgens aufzuwachen und nicht in Eile zu sein, zu wissen, dass ich nichts weiter zu tun habe, als die nächste Mahlzeit zuzubereiten.

Das muss aufhören, sage ich mir. Bald ist das alles hier vorbei, und wir müssen zurück zu unseren Pflichten und dem üblichen Tagesablauf. Und ich muss meinem Leben einen Sinn geben, meine Arbeit wieder aufnehmen oder ein Baby bekommen. So oder so, ich kann nicht bis in alle Ewigkeit meine Zeit ungenutzt verstreichen lassen …

Mit einem tiefen Seufzer nehme ich mir die Fotografie von Adam und Jenna vor und sehe mir auch die Rückseite an. *Adam und Jenna O'Loughlin,* steht dort in krakeliger Schrift mit ausgeblichener Tinte. Das Datum ist nicht mehr lesbar.

Ella hat mir erzählt, dass die Aufnahme am Hochzeitstag des Paares aufgenommen worden sei, demnach muss sie im Dezember 1873 entstanden sein. Adam war damals vierundzwanzig, Jenna zwanzig Jahre alt.

Fotografien können trügerisch sein, fällt mir ein. Sie sind flach und stellen nur das dar, was der Betrachter sehen soll. Die Wahrheit findet sich oft woanders. Würde man etwa den Winkel der Kamera nur ein wenig verändern, könnte man etwas ganz anderes sehen.

Auf diesem Foto sitzt Adam in seinem besten Sonntagsstaat auf einem hölzernen Stuhl. Und ihm muss, auch wenn es nicht so aussieht, in dem bis obenhin zugeknöpften Rock entsetzlich heiß gewesen sein an diesem längst vergangenen Sommertag. Jenna steht artig und halb verdeckt hinter ihm und hat eine Hand auf seine Schulter gelegt. Sie trägt ein dunkles Kleid. Ich halte das Foto ins Licht und versuche, die verräterische Wölbung des Bauches auszumachen. Aber ich sehe nichts, weil sie hinter ihrem Mann versteckt ist. Ich weiß jedoch aus den Tagebüchern, dass sie am Tag ihrer Heirat bereits im siebten Monat schwanger war.

Was ist ein Foto eigentlich?, überlege ich und schiebe es beiseite. Ein für die Ewigkeit festgehaltener Moment? Eine oberflächliche Täuschung, bestehend aus Umrissen und Konturen, Licht und Schatten? Auf einer Fotografie sehen wir nur das, was uns die Kamera zeigen will. Alles oder nichts. Oder etwas kaum Definierbares dazwischen.

Wie auch immer – die Körpersprache dieses frisch vermählten Paares ist jedenfalls sehr aussagekräftig. Beide starren direkt in die Kamera. Jenna ist leicht abgewandt von ihrem Mann, und Adams Schulter unter ihrer Hand wirkt steif, ganz und gar nicht entspannt. Und diese Berührung mit der Hand erscheint eher ehrerbietig als besitzergreifend. Wie würden Experten so etwas deuten?

Am Morgen unserer Hochzeit hat sich meine Schwiegermutter ein Foto angesehen, das ihr jüngerer Sohn, Brads Bruder, aus England geschickt hatte. Er saß auf der Motorhaube eines Autos und hatte den Arm um eine junge Engländerin gelegt. Das Mädchen war hübsch, hatte duftiges, blondes Haar und ein schüchternes Lächeln. »Diese Sache ist nicht von Dauer«, erklärte Brads Mutter. »Sie ist nicht die Richtige für ihn.«

»Wie kannst du das sagen?«, fragte ich verwundert. Versuchte sie, etwas in die Aufnahme hineinzudichten – Dinge, die gar nicht da waren?

»Nun, da ist ihr Mund zum Beispiel – er hat einen niederträchtigen Zug. Und sie ist zu dünn. Sieh nur, wie die Knochen herausstehen …!«

Es war, als würde ein Esel den anderen Langohr schimpfen, wie es meine Mutter ausgedrückt hätte. Die Beschreibung hätte genau auf meine Schwiegermutter gepasst – die hatte nämlich auch einen gemeinen Zug um den Mund und war zaundürr. Ich wandte mich halb belustigt, halb verärgert ab. »Wie kann man jemanden nach einem Stück Papier derart verurteilen?«, fragte ich Brad später.

»Das kann man nicht. Beachte sie gar nicht!«

»Aber von Fotos kann man einen Menschen nicht kennen lernen«, beharrte ich. »Das ist ja das Wunderbare an den zwischenmenschlichen Kontakten – man wird mit den Stimmungen, Vorlieben und Abneigungen eines Menschen vertraut. Man erfährt, was sie zum Frühstück bevorzugen oder was für ein Sternzeichen sie sind, ob sie den Geruch von Regen mögen. Das alles erkennt man nicht auf einem Foto.«

»So ist sie eben«, erklärte Brad geduldig. »Meine Mutter will ihren Sohn nicht an eine Frau im Ausland verlieren. Sie erfindet Gründe, warum er nach Hause kommen und sich nicht auf etwas anderes einlassen sollte. Sie will, dass er ein Aussie-Mädchen, nicht eine Ausländerin heiratet.«

Und Brads Bruder ist tatsächlich nach Hause gekommen, hat ein Mädchen geheiratet und ist längst wieder geschieden. Nach der Scheidung ist er wieder ins Ausland gegangen. Wir haben zum letzten Mal von ihm gehört, als er uns eine hastig hingekritzelte Karte aus Mexiko geschickt hat, um uns zu Kadies Tod zu kondolieren.

Ich fragte mich, ob sich Brads Mutter geirrt hatte. Vielleicht wäre das Mädchen mit dem scheuen Lächeln und dem blonden Haar doch die Richtige gewesen? Und wenn ja, woran hätte Brads Bruder oder seine Mutter das erkannt? Wie kann man das überhaupt erkennen?

Eine meiner Freundinnen – zweimal verheiratet, zweimal geschieden – hält es für absolut unrealistisch, wenn man erwartet, mit ein und demselben Partner sein ganzes Leben zu verbringen. *Der Mann, der heute der Richtige für mich ist, passt vielleicht in zehn oder zwanzig Jahren überhaupt nicht mehr zu mir,* argumentiert sie. *Die Menschen verändern sich mit der Zeit, genau wie ihre Erwartungen.*

Heißt das, dass der Brad, dem ich in der Unibibliothek begegnet war, heute nicht mehr der perfekte Partner ist? Eine interessante Theorie. Ich schüttle den Kopf, weil ich die Antwort nicht weiß, und schiebe den Gedanken entschlossen beiseite.

Ich sehe mir noch einmal das Hochzeitsfoto von Adam und Jenna an. Ihre Gesichter drücken eine gewisse Strenge aus, die beiden blicken sehr starr in die Kamera. Im Laufe der Jahre habe ich genügend über das Fotografieren gelernt, um zu wissen, dass es damals unendlich langwierig war, eine Aufnahme zu machen, und dass es fast unmöglich war, so lange ein Lächeln beizubehalten. Trotzdem wirken ihre Mienen sehr angespannt, fast Angst einflößend. Was war passiert, dass sie so ernst dreinblicken? Die verspätete Ankunft des Pfarrers und Fotografen vielleicht? Hat ihnen irgendein Ereignis auf der Farm die Laune verdorben? Oder spürte Adam, dass Jenna seinen Bruder immer noch liebte?

Jedenfalls hat die Fotografie die Zeiten überdauert. Und dieser einzelne ernste Moment wurde für die Nachwelt festgehalten, auch wenn er nicht notwendigerweise etwas über den Zustand von Jennas und Adams Ehe aussagte. Nur die Tagebücher können mir darüber Auskunft geben, wenn Jenna dort wirklich ihre wahren Gefühle offenbart hat.

Ich werfe einen Blick auf die Wanduhr und bin überrascht, dass es erst zehn ist. Plötzlich habe ich das Bedürfnis, aus dem Haus an die frische Luft und in die Sonne zu gehen. Ich möchte Abstand zu den Tagebüchern und Journalen gewinnen, frische Eindrücke haben und andere Geräusche hören. Und die Wege scheinen trocken zu sein.

Spontan entscheide ich, mit dem Rad zum alten O'Loughlin-Haus zu fahren, um mir anzusehen, was Jenna und Adam geschaffen und wo sie gelebt haben.

TEIL V

ALTE GESPENSTER

KAPITEL 24

Jenna war der Ansicht, dass Katie das verwöhnteste Baby der Welt war, und darüber musste sie lachen. Die schwarzen Frauen machten immer viel Wirbel um die Kleine, nahmen sie in die Arme, sobald sie nur einen Mucks von sich gab, und schaukelten sie auf dem Schoß. Adam ging mit ihr nachts auf und ab, wenn sie irgendwelche Schmerzen plagten und sie weinte. Selbst Wongaree kam in die Hütte, betrachtete bewundernd »das neue weiße Baby« und brachte einen Topf Honig für sie mit. Doch in den Tagen und Wochen nach der Geburt suchte Katie hauptsächlich nach der Mutterbrust, und Jenna saß stundenlang an der Wiege, die Adam gezimmert hatte, und beobachtete, wie das Kind im Schlaf regelmäßig atmete.

Meine Tochter, dachte sie immer wieder ehrfürchtig. Ein kleines Wunder.

Am meisten genoss sie die nächtlichen Stunden, in denen nur sie und Katie wach waren und das Baby fest an ihrer Brust saugte. Die verträumten Stunden, in denen sie ihr Kind auf dem Arm spürte und den Lauten der Nacht lauschte, den frischen und gepflegten Babygeruch tief einsog und glücklich in der Gewissheit war, dass Katie ihr Kind war und dass es ihr niemand nehmen konnte.

Einen Monat nach Katies Geburt trafen etliche Fuhrwerke mit den Baumaterialien für das neue Haus ein. Balken und Holz, Eisenplatten fürs Dach, Glas für die Fenster. Und auf einem der Wagen stand eine weiße Badewanne mit Klauenfüßen.

Kurz darauf kam der Bauunternehmer mit seinen Arbeitern an. Es war ein korpulenter Mann mit rotem Gesicht, der, wie Jenna bald feststellte, dem Alkohol zusprach und jungen Mädchen nicht abgeneigt war. Sie behielt Ngayla wachsam im Auge; das Mädchen war mittlerweile vierzehn Jahre alt und leicht zu beeindrucken.

Einige Tage zuvor war Jenna mit ihr und Katie zum Wasserloch gegangen. Dort unten war es kühler, und ein frischer Wind bewegte das Laub der Bäume. Sie wateten knietief im Wasser, und einige der Männer schwammen im tieferen Wasser, lachten und spritzten sich gegenseitig nass. Plötzlich wurde Ngayla ganz still, und Jenna merkte, dass sie zu dem Gestrüpp am Ufer starrte.

Es war schon leicht dämmrig, das Licht schwand. Jenna sah eine dunkle Gestalt zwischen den Büschen. »Wer ist da?«, rief Jenna, und Ngayla sah sie scharf an.

Ein junger Mann mit einem Speer in der Hand trat vor. Es war Wandi.

Er sagte nichts, stand einfach nur da und bedachte Ngayla mit einem glühenden Blick. Jenna hob eilends Katie hoch, die auf einer Decke geschlafen hatte. »Komm!«, forderte sie Ngayla brüsk auf, packte sie am Arm und zog sie mit sich. »Zu Hause wartet Arbeit auf uns.«

Später fragte sie Aleyne aus. Was wollte Wandi? Welche Absichten hatte er?

»Wandi ist dabei, ein Mann zu werden«, erwiderte

Aleyne ruhig. »Er braucht eine Frau. Wandi will Ngayla zu seiner *gundi* machen.«

»Du meinst, er will sie heiraten? Dass sie Mann und Frau werden?«

»Ja. Und Babys bekommen wie Sie. Wandi ist reif.«

»Nun, Ngayla ist es noch nicht. Sie ist viel zu jung. Sag Wandi, dass er noch warten muss!«

»Wie lange?«

»Mindestens noch ein Jahr.«

Aleyne sah Jenna düster an und ging in Richtung Lager, um, wie Jenna vermutete, Wandi die schlechte Neuigkeit zu überbringen. Jenna sah sie fast vor sich – mit vor Aufregung bebenden Lippen. »Missy sagt nein«, würde sie sagen und einen finsteren Blick in Richtung Hütte schicken.

»Du bleibst Wandi fern«, sagte Jenna streng zu Ngayla, als sie allein waren.

Monate vergingen. Das Haus wuchs – Fundament und Boden, Wände und Dach –, und Jenna behielt Ngayla aufmerksam im Auge. Katie wurde größer. Sie lächelte und gluckste, lernte sich zu drehen und fing an zu krabbeln. An ihrem ersten Geburtstag tapste sie schon auf unsicheren Beinchen herum und lachte, wenn Jenna hinter ihr herging. Sie war ein echter Wonneproppen und das Band, das Jenna und Adam zusammenschweißte.

Jenna bemühte sich, keine Vergleiche zu ziehen und nicht nach Ähnlichkeiten zwischen diesem heiß geliebten Baby – Conors Tochter – und Michael, dem Bruder, den sie verloren hatte, zu suchen. Und sie strengte sich an – oh, und wie sehr! –, Adam als Katies Vater anzusehen und nicht als hingebungsvollen Onkel.

»Was hat mein kleiner Engel heute gemacht?«, fragte

Adam jeden Nachmittag. Es war zum Ritual geworden: Er kam heim, bevor es dunkel wurde, und brachte die Kleine ins Badezimmer.

»Dadda! Dadda!«, rief Katie und lief zu ihm. Adam fing sie auf und schwang sie hoch in die Luft, bevor er sie dann zu ihrem täglichen Bad mitnahm.

Jenna hörte das Krähen und Lachen ihrer Tochter, wenn sie im Wasser planschte, und musste jedes Mal lächeln.

Inzwischen hatten sie erleichtert dem Bauunternehmer und seinen Männern Lebewohl gesagt und eine Woche vor Katies erstem Geburtstag das neue Haus bezogen.

Es stand etwa zwei Meilen von der Hütte entfernt auf einer Anhöhe und erhob sich über den Busch wie eine Oase aus der Wüste. Dies sei der ideale Platz für ein Haus, wie Adam Jenna versicherte – erhöht genug, um nicht vom Hochwasser in Mitleidenschaft gezogen zu werden, und so positioniert, dass es die Winde auffing, die an heißen Sommertagen durch das Tal wehten. Und von der breiten Veranda aus, die das Haus an drei Seiten umgab und gegen die Sommersonne und den Regen geschützt war, hatte man Ausblick über den Fluss bis zu den fernen, blaugrauen Bergen.

Die Pfefferbäume, die Jenna an der Westseite gepflanzt hatte, wuchsen schnell und spendeten an den Sommernachmittagen Schatten. Wongaree und Pigeon hatten ein Hühnerhaus und Pferdeställe in der Nähe gebaut, und gewöhnlich scharrten ein halbes Dutzend Hennen unter den Bäumen in der Erde. Aleynes Aufgabe bestand darin, den Gemüsegarten zu pflegen. Erst säte sie Tomaten und Kohl an, dann Blumensamen, damit immer frische Schnittblumen fürs Haus verfügbar waren. Zurzeit blühten Levkojen und Sonnenblumen. An einer Pergola rankten Zuckererbsen, und Stiefmütterchen drehten ihre lustigen Gesichter der Sonne zu.

Im Haus gab es etliche Schlafzimmer, und eines davon hatte Jenna als Kinderzimmer für Katie eingerichtet. Es war groß und luftig, und Jenna stellte einen Schaukelstuhl ans Fenster, sodass sie die Aussicht genießen konnte, während sie ihre Tochter stillte. Sie saß viele Stunden in dem Schaukelstuhl, manchmal noch, wenn Katie längst in ihren Armen eingeschlafen war. Dann legte sie die Kleine in das Bettchen und betrachtete sie.

Für Jenna stellte das neue Haus den Luxus dar, den sie bisher nie kennen gelernt hatte. Die Möbel und Einbauten für die Schlafzimmer, das Ess- und Wohnzimmer, die Bibliothek, die Bäder, die Küche und das Arbeitszimmer hatte sie in einem Katalog ausgesucht und in der Stadt bestellt. Ihre Ankunft war Anlass für ein Fest gewesen. Da waren Sofas und Truhen, Betten und Kommoden. Spiegel und Gemälde für die Wände. Feines Geschirr von Doulton & Co., Sheffield-Besteck. Ein massiver Walnussholztisch mit passenden Stühlen und einer Anrichte. Ein richtiger »Dover«-Holzherd bekam einen Ehrenplatz in der Küche, und Ngayla bereitete unter Jennas Aufsicht Brötchen, Plätzchen und Kuchen zu.

Wenn Katie älter wäre, sollte sie auf dem Broadwood-Klavier spielen lernen, das Jenna fürs Musikzimmer geordert hatte. Sie konnte sich jetzt schon die Musikabende und Partys vorstellen, die sie auf Diamantina Downs für alle Nachbarn im Umkreis von Meilen geben würden. Ganze Familien würden anreisen, und das große Haus würde sich mit Gelächter und Musik füllen.

Anfänglich war Adam mit ihren Plänen nicht einverstanden gewesen. Er wollte derjenige sein, der die Möbel und Einrichtungsgegenstände für das neue Heim anschaffte. »Nach und nach«, sagte er und runzelte die Stirn, wenn sie in den Katalogen blätterte und dies und das orderte.

»Ich kann es mir leisten«, erwiderte sie eigensinnig. »Warum sollen wir wie arme Leute hausen, wenn wir wie Könige leben können?«

Adam zuckte mit den Schultern. »Wir sind keine Könige. Wir sind ganz normale Leute.«

Sie ging zu ihm, schmiegte sich an ihn. »Wir sind ganz und gar nicht normal!«, erwiderte sie hitzig. »Wir sind etwas Besonderes, vergiss das nie! Mein Leben lang musste ich mich von *normalen* Leuten verhöhnen lassen, und deine Familie hat von der Hand in den Mund gelebt. Wir haben uns nach oben gekämpft, du und ich. Und unsere Kinder verdienen nur das Beste.«

»Kinder?« Er hielt sie auf Armeslänge von sich und musterte sie amüsiert.

»Ja, Kinder.«

»Nun.« Er strich mit der Fingerspitze über ihre Wange, dann küsste er sie ausgiebig. »Dann sollten wir besser zusehen, dass diese *Kinder* entstehen, oder?«

Später lag sie in der Dunkelheit unter ihm und betete um ein zweites Kind, als sie eins wurden. »O Gott!«, stöhnte er heiser und vergrub das Gesicht in ihrem Haar.

Eine Zeit lang lag Jenna still in seinen Armen, die Laken zurückgeschlagen. Die Nacht war warm, und der Wind, der die dünnen Vorhänge aufbauschte, war willkommen. Helles Mondlicht schien ins Zimmer, beleuchtete das Bett und den dunklen Schrank. Nur die Zikaden waren zu hören.

»Danke!«, sagte Jenna schließlich und legte die Hand auf Adams Brust – an die Stelle, an der sie sein Herz vermutete.

»Wofür?«, fragte Adam verlegen.

»Dafür, dass du mich geheiratet und Katie deinen Namen gegeben hast. Dafür respektiere ich dich.«

Er schwieg, und Jenna fühlte, wie sich seine Brust auf und ab bewegte. So gingen sie miteinander um; es war eine freundliche, formale Beziehung, und beide wichen tieferen Empfindungen aus. Jenna behandelte Adam eher wie einen Vater als einen Liebhaber und Ehemann. Sie suchte nach Worten, um das Schweigen zu brechen, ihr fielen jedoch keine ein.

»Respekt?«, wiederholte Adam nach einer Weile in leicht zynischem Tonfall. »Ich habe dich geheiratet, weil ich dich liebe.«

Warum konnte sie ihm nicht dasselbe sagen?

Weil sie ihn *nicht* liebte.

Und Jenna erkannte an seinem verlegenen Lächeln und dem traurigen Blick, mit dem er sie manchmal ansah, dass er es spürte. Sein Gesicht drückte Bedauern und Trauer aus, die irgendwie mit Conor und ihrer Vergangenheit in Zusammenhang standen. Würde es immer so sein? Sie hoffte, dass sich mit der Zeit etwas verändern würde. Adam war ein umsichtiger, fürsorglicher Mann und ein wunderbarer Vater für Katie. Aber etwas fehlte. Der Funke. Der Rausch der Gefühle, den sie mit Conor erlebt hatte. Zwei Männer, gezeugt von denselben Eltern, und doch trennten sie Welten. Adam besaß nicht Conors Lebensfreude und Verwegenheit.

Manchmal dachte Jenna, dass sich ihre Gefühle für ihren Mann ändern würden, wenn sie ein gemeinsames Kind hätten. Doch die Monate verstrichen, und immer verrieten ihr Bauchkrämpfe, dass sie wieder nicht schwanger geworden war.

Obwohl schon fast zwei Jahre seit Conors Tod vergangen waren, kehrten Jennas Gedanken immer wieder zu ihm zurück. Manchmal stellte sie sich vor, dass er jetzt bei ihnen wäre, seine Tochter durch die Luft wirbelte und sie zum Lachen brachte. Sie konnte beinah seine Hände auf ihrem Körper und seine Lippen auf ihrem Gesicht spüren.

Sie träumte von ihm, rannte mit halsbrecherischer Geschwindigkeit auf ihn zu und rief seinen Namen. Aber gleichgültig, wie sehr sie sich beeilte, wie verzweifelt sie sich wünschte, ihn zu erreichen, sie schien ihm kein Stück näher zu kommen. Dann wachte sie auf und rechnete fast damit, ihn neben sich zu sehen wie in alten Zeiten, weil der Traum so real gewesen war. Doch Adam lag neben ihr, der ernste, zurückhaltende Adam, der sich nichts sehnlicher wünschte als ihre Liebe.

Es gab auch finstere Tage, an denen sie sich kaum an Conors Gesicht erinnern konnte. Wenn sie doch nur eine Fotografie von ihm hätte. Aber es gab keine Erinnerung an ihn. Keine, außer Katie.

Sie feierten Katies zweiten Geburtstag, und Lalla und Wongaree bekamen ihr erstes Kind. Schließlich gab Jenna dem Drängen der Stammesmitglieder nach und erlaubte Ngayla, sich mit Wandi zusammenzutun. Adam bestand darauf, eine improvisierte Trauung zu vollziehen, bei der er die Hände der beiden zusammenband und dann die Fesseln mit einem scharfen Messer aufschnitt.

Dies sei symbolisch, erklärte er, und hiermit würde er die Verantwortung für das Mädchen, die er auf sich genommen hatte, als er sie nach Diamantina Downs geholt hatte, an Wandi weitergeben.

Jenna sah Ngayla traurig und mit Bedauern nach, als diese zu Wandi ging. Das Mädchen war erst fünfzehn.

Ergiebige Regenfälle im Sommer garantierten üppige Weiden und genügend Futter für die Schafe und Kühe. Die letzten beiden Lammzeiten waren sehr erfolgreich, und die Schafherde hatte sich beinah verdreifacht. Adam ritt an den meisten Tagen mit den Aborigines auf die Weiden. Abends saß er über seinen Büchern und hielt die Ereignisse auf der Farm in den Journalen fest. »Unsere Finanzen verbessern sich stetig«, sagte er zu Jenna. »Vielleicht können wir uns in der nächsten Saison ein paar Wochen freimachen und nach Süden in die große Stadt fahren.« Er legte eine Hand unter ihr Kinn und hob ihren Kopf an. »Das wird Katie gefallen, und für uns wären es die Flitterwochen, die wir nie hatten.«

Jenna dachte an die Stadt, das hektische Treiben und die Geschäftigkeit, und ihr war klar, dass sie sich dort wie eine Fremde fühlen würde – genau wie sie sich auf Diamantina Downs manchmal fehl am Platze vorkam. Sie hatte versucht, sich dem Leben hier anzupassen, dieselben Dinge zu lieben wie Adam. Aber sie hatte eine Leere in sich, die die zerklüfteten Berge in weiten Ebenen nicht füllen konnten. Sie hatte ein gemütliches Haus gebaut und eingerichtet und gehofft, ihren Schmerz dadurch lindern zu können, wenn sie sich mit schönen Besitztümern umgäbe. Aber Pianos und Sofas, Gemälde und kostbare Teppiche waren kein Ersatz für das, was sie verloren hatte.

Manchmal dachte sie an den ersten Morgen auf Diamantina Downs zurück – an den Morgen, nachdem sie von Conors Tod erfahren hatte. Damals war sie hinunter zum Wasserloch gegangen und hatte mit Lalla über das Land gesprochen und sich den Himmel, die Berge und die Bäume angesehen. »Vielleicht lernen Sie, das Land zu mögen«, hatte Lalla damals hoffnungsvoll gesagt.

Aber das war Jenna nicht gelungen.

Warum bin ich dann geblieben?, fragte sie sich jetzt. Warum habe ich Adam geheiratet und mich selbst zu diesem einsamen Leben verdammt? Hatte sie etwa geglaubt, Conor näher zu sein, weil er zuletzt hier gelebt hatte? Aber Conor hatte sich diesem Land nie verbunden gefühlt. Er wollte von hier weggehen, sobald sich Adam eingelebt hätte.

Hin und wieder kam ihr der Gedanke, von hier wegzugehen, aber sie verwarf die Idee rasch wieder. Sie brachte es nicht übers Herz, Katie von Adam zu trennen; er liebte sie, als wäre sie sein eigenes Kind. Außerdem war Jenna ihrem Mann gegenüber Verpflichtungen eingegangen, als sie ihn geheiratet hatte, und ihr Gewissen würde ihr nie erlauben, ihn im Stich zu lassen. »Bitte, lieber Gott!«, betete sie. »Schenk mir noch ein Kind und lass mich diesen Mann lieben!«

An manchen Abenden stieg sie, wenn Katie schon schlief, mit Adam hinauf ins Turmzimmer. Sie stellten sich ans Fenster und betrachteten die karge Landschaft. In den Mondnächten sahen sie die Umrisse der Bäume und den glitzernden Fluss. Wenn sie ihre Augen anstrengte, entdeckte Jenna die Feuer des Lagers und deren sanftes Glühen.

Es war friedlich dort oben. Adam öffnete das Fenster,

und sie lehnten sich hinaus, atmeten tief durch und lauschten den nächtlichen Lauten. Manchmal flatterte eine Fledermaus vorbei, oder ein Moskito surrte um sie herum. In diesen Stunden fühlte sie sich Adam am nächsten. Er legte den Arm um sie und drückte sie fest an sich. »Sieh mal!«, sagte er fast immer und deutete in die Dunkelheit. »Da sind der Sirius und der Orion.«

Die Sterne blitzten wie Diamanten.

In einer Nacht sah Jenna ein schwankendes Licht, das sich über die Weiden auf das Haus zu bewegte. »Schnell!«, sagte sie aufgeregt. »Das sieht aus wie eine Kutschenlaterne. Wir bekommen Gäste.«

Adam ging hinunter, um die Besucher zu begrüßen, während Jenna ihnen vom Turmfenster aus entgegensah. Das Licht tanzte und taumelte von einer Seite zur anderen. Offenbar hatte die Kutsche Schwierigkeiten, die Löcher und Furchen zu passieren. Nach einer Weile kam Adam wieder in den Turm. »Es ist niemand angekommen. Wo sind sie?«, fragte er und spähte in die Nacht.

Jenna zuckte mit den Achseln. »Immer noch an derselben Stelle. Sie scheinen nicht näher gekommen zu sein. Vielleicht sind sie auch stecken geblieben«, fügte sie hinzu, obwohl das relativ unwahrscheinlich war. Seit Wochen hatte es nicht mehr geregnet.

Adam beschloss, ein Pferd zu satteln und loszureiten. Jenna zündete eine Laterne an und gab sie ihm mit. Von ihrem Aussichtspunkt aus verfolgte sie, wie er zu dem anderen Licht ritt. Er umkreiste die Stelle, doch der Abstand blieb immer gleich. Was hat das nur zu bedeuten?, fragte sich Jenna. Warum reitet er nicht näher heran?

Sie wartete und trommelte ungeduldig mit den Fingern

auf das Fenstersims. *Dort drüben,* wollte sie schreien, aber ihre Stimme trug nicht so weit.

Schließlich kehrte Adam nach Hause zurück. »Was ist passiert?«, wollte sie wissen »Warum hast du sie nicht mitgebracht?«

»Da war niemand«, antwortete er ruhig.

»Natürlich war da jemand!«, rief Jenna hitzig. »Du konntest sie gar nicht übersehen. Du bist rund um das Licht herumgeritten. Das hab ich genau beobachtet.«

»Jenna!« Er packte sie an den Schultern und sah sie eindringlich an. »Glaub mir! Als ich dort unten war, konnte ich kein Licht ausmachen. Und das Gelände ist an der Stelle so uneben, dass man es auf gar keinen Fall mit einer Kutsche befahren kann.«

»Dann komm doch noch mal mit ins Turmzimmer!«, forderte sie auf. »Sehen wir nach, ob das Licht noch da ist!«

Sie lief voraus und nahm immer zwei Stufen auf einmal. »Schau!«, rief sie aus und lehnte sich aus dem Fenster. »Wie konntest du das …«

Sie verstummte abrupt. In der Ferne war nichts als Dunkelheit. Kein Licht. Nicht einmal ein schwacher Schimmer. Selbst die Feuer der Schwarzen waren zu dieser späten Stunde nicht mehr auszumachen.

Jenna drehte sich Adam zu, und sie tauschten einen ratlosen Blick aus. Adam schien der Vorfall ebenso zu verwirren wie sie, und ihr lief ein Angstschauer über den Rücken. »Also«, sagte sie schließlich, »wenn es keine Kutschenlampe war, was war es dann?«

Adam schüttelte den Kopf.

»Adam!«

Er schloss das Fenster. Die Scheibe reflektierte das Licht aus dem Zimmer, und Jenna konnte nur noch ihr eigenes Spiegelbild, ihr verstörtes Gesicht sehen. Sie wandte sich resolut ab. »Da *muss* etwas gewesen sein. Du hast es doch gesehen, ich hab's auch gesehen. Wir können uns das nicht beide eingebildet haben.« Sie überlegte kurz. »Oder doch?«

Adam zuckte mit den Schultern und nahm die Lampe. »Keine Ahnung. Ich weiß nur eines: Da war nichts, als ich dort unten war. *Niemand.*«

Jenna musste noch Tage an das taumelnde Licht denken. Immer wieder, am Tag oder in der Nacht, schlich sie die Treppe hinauf und schaute aus dem Fenster. Das Bild, das sich ihr bot, blieb immer gleich. Adam suchte die Stelle nach Spuren ab, fand aber keine. Es gab keinen Hinweis darauf, dass irgendetwas oder jemand dort unten umhergeirrt war.

Nach einigen Tagen erzählte Jenna Aleyne von dem Vorfall. Die schwarze Frau hörte schweigend zu, und ihre Augen wurden bei jedem Wort, das Jenna über die Lippen kam, immer größer. Als sie davon sprach, dass Adam ein Pferd gesattelt und sich auf die Suche nach dem Licht gemacht hatte, wich Aleyne entsetzt zurück. »Nein, Missy«, flüsterte sie verängstigt. »Davon will ich nichts hören.«

»Warum? Du weißt, was es war?«

Aleyne schüttelte so vehement den Kopf, dass die Haare um ihr Gesicht flogen. »Böse Geister. Sie müssen Mista Adam sagen, dass er dem Dämonenlicht fernbleiben soll.«

Stück für Stück bekam Jenna die ganze Geschichte aus der älteren Frau heraus. Die Aborigines fürchteten sich vor dem mysteriösen Licht, das in unregelmäßigen Abständen erschien, wankte und in die Dunkelheit lockte. Manchmal lagen Jahre zwischen den Erscheinungen.

Dann waren sie wieder häufig zu sehen, zu allen möglichen Zeiten oder besonders zu Mondphasen.

Und Aleyne behauptete steif und fest, dass jeder, der dem Licht folge und es einfange, nie wieder zurückkehre.

Jenna beschloss, den Zwischenfall auf sich beruhen zu lassen. Es musste eine logische Erklärung für diese Irrlichter geben, aber Aleyne glaubte felsenfest an die Legende der Aborigines, an die bösen Geister und Dämonen.

Jenna hatte nichts für einen solchen Glauben übrig.

»Vergiss es!«, sagte sie später zu Adam. »Es gibt Wichtigeres.«

Im Spätsommer blieb Adam ein paar Tage auf den Weiden, um die streunenden Schafe zusammenzutreiben. Als es Abend wurde, fütterte Jenna Katie und brachte sie ins Bett. Es war so heiß, dass sie selbst keinen Appetit hatte, und sie ließ sich stattdessen ein kühlendes Bad ein. Als sie in der Wanne lag, machte ihr wie so oft die Angst zu schaffen, dass sie keine Kinder mehr auf die Welt bringen könnte.

Die Geburt ihrer Tochter lag mehr als zwei Jahre zurück. Und jeden Monat wartete sie gespannt, nur um dann doch wieder enttäuscht zu werden. Adam wünschte sich genau wie sie eine große Familie – Kinder, die Leben in das große Haus brachten, Brüder und Schwestern für Katie. Adam liebte Katie von Herzen, dennoch wünschte er sich ein eigenes Kind, das wusste Jenna. Mit Conor war sie so schnell und leicht schwanger geworden – zu schnell und zu leicht –, und jetzt wartete sie schon zwei Jahre.

Unbewusst fuhr sie mit der Hand über ihren flachen Bauch und zwischen die Beine und empfand bebendes Verlangen. Wenn doch Adam jetzt nur hier wäre! Sie würde ihn zu ihrem Bett führen und …

Ein lautes Hämmern an die Badezimmertür riss sie aus ihren Träumereien. Gleichgültig, wie oft sie Ngayla anhielt, leise zu sein, diese machte immer einen Höllenradau. Seufzend stieg Jenna aus dem Wasser und zog einen Morgenrock über. »Schsch!«, machte sie, als sie die Tür öffnete. »Katie schläft. Weck sie nicht auf!«

Lalla, nicht Ngayla stand vor der Tür. Sie war atemlos, als wäre sie gerannt. »Sie müssen ins Lager kommen«, keuchte sie.

»Wer sagt das?«

»Aleyne. Sie sagt, Sie sollen sich beeilen.«

»Was will sie? Ist etwas passiert?«

Lalla zuckte mit den Achseln. »Weiß nicht, Missy. Sie hat nur gesagt, dass Sie sofort kommen müssen.«

»Und was ist mit Katie?«

»Lalla bleibt hier.«

»Und du lässt sie auch bestimmt nicht allein?«

Lalla schüttelte den Kopf. »Ich passe auf sie auf. Gehen Sie! Schnell!«

Jenna, die ernsthafte Probleme befürchtete, wünschte sich zum zweiten Mal an diesem Abend, dass Adam nicht unterwegs wäre. Sie zog ein Kleid an und strich ihr Haar glatt. Sie hatte vor dem Bad die Zöpfe gelöst, und jetzt fiel es ihr über den Rücken. Sollte sie es hochstecken? Aber sie hatte keine Zeit für solche Frivolitäten, wenn es wirklich so dringend war, wie Lalla sagte. Sie nahm eine Laterne mit und eilte zum Lager der Aborigines.

Drei von ihnen warteten unter einem Baum am Rand

des Lagers – Aleyne und zwei andere Frauen, die Jenna noch nie gesehen hatte. »Kommen Sie!«, sagte Aleyne und zog sie in den Kreis. »Wir gehen hier entlang.«

Sie entfernten sich vom Lager.

»Wohin gehen wir?«, fragte Jenna. Die Frauen benahmen sich nicht so, als würde ein Notfall vorliegen. Genau genommen machten sie einen ausgesprochen gefassten Eindruck.

»Sie sind zu neugierig, Missy. Warten Sie's ab!«

Sie gingen ewig lange, wie es ihr erschien, durch den Busch. Jenna, die keine Lust hatte, in der Finsternis allein zurück zum Haus zu stolpern, hatte keine andere Wahl, als den Frauen zu folgen. Sie dachte an Katie, die in ihrem Bettchen schlief, und hatte einen flüchtigen Augenblick lang ein ungutes Gefühl. Aber Katie war sicher in Lallas Obhut. Die junge Frau vergötterte ihre kleine Tochter.

Sie wanderten durch einen ausgetrockneten Seitenarm des Flusses und ein kleines Wäldchen. Die drei Frauen brachen im Vorbeigehen Äste ab. »Hier«, sagte Aleyne und reichte Jenna einen Ast. »Behalten Sie den! Er bringt Glück.«

Sie stiegen einen Hang hinauf und atmeten schwer, weil es steil bergauf ging. Jennas Laterne beleuchtete den Boden und die Felswand, die zu ihrer Linken emporragte. Sie stützte sich mit einer Hand an den Felsen ab, um das Gleichgewicht zu halten. Rechts von ihr fiel das Gelände gefährlich steil ab. Ein kleiner Fehltritt, und sie würde in die Tiefe stürzen.

Schließlich gelangten sie zu einer Öffnung in der Felswand. »Da hinein«, befahl Aleyne und führte sie in eine Art Arena, auf der zwei kleine Feuer brannten. Die Flammen warfen tanzende Schatten an die Felsen und schufen eine unheimliche Atmosphäre. Als ihre Augen sich an das Licht gewöhnt hatten, sah Jenna, dass etliche schwarze Frauen in einem Kreis saßen. Sie waren nackt, wiegten sich vor und zurück, klatschten sich mit den Händen auf die Innenseite ihrer Schenkel oder schlugen Stöcke aneinander. Ngayla hatte ihre Kleider an und saß im Schneidersitz in der Mitte des Kreises.

»Was geht hier vor?«, fragte Jenna verwundert.

Aleyne zeigte auf Ngayla. »Sie und Wandi leben schon eine Weile zusammen, aber sie haben noch kein Baby.«

»Sie ist sehr jung«, erwiderte Jenna. Sie hatte schon von vornherein Vorbehalte gegen diese »Hochzeit« gehabt.

»Nein«, gab Aleyne entschieden zurück. »Sie ist reif. Dies hier ist unsere Art. Wir kommen her und bitten die Geister, Ngayla viele Babys zu schenken. Und Ihnen auch, Missy.«

»O nein!«, wehrte Jenna lachend ab. Offenbar war dies eine Art Fruchtbarkeitsritual für Ngayla und auch für sie. Sie war dankbar, dass man bei dem trüben Feuerschein nicht sehen konnte, dass sie rot wurde. Wie konnte sie sich aus dieser Lage winden, ohne die Frauen vor den Kopf zu stoßen? Sie suchte fieberhaft nach einem Vorwand. »Dies ist Ngaylas Nacht. Vielleicht wirkt der Zauber nicht bei zwei Frauen.«

»Schon gut«, beteuerte eine andere Frau und winkte Jenna näher heran. »Manchmal sitzen fünf oder sechs Frauen im Kreis.«

Ngayla zog ihre Kleider aus und stand schließlich nackt im Feuerschein. Alle konnten ihre kleinen, spitzen Brüste und das dunkle Dreieck zwischen ihren Beinen sehen. Jenna schlang verlegen die Arme um sich, weil ihr plötzlich klar wurde, dass sie als Einzige noch bekleidet war. »Nein, ich glaube nicht, dass ich das mache. Ich schaue lieber nur zu.«

»Sie wollen keine Kinder mehr?«, fragte Aleyne und verschränkte die Arme.

»Natürlich will ich noch Kinder.«

Aleyne bedeutete Jenna, sich ebenfalls ihrer Kleider zu entledigen und sich mit Asche und ockergelbem Pulver einzureiben wie die anderen Frauen. »Sie müssen die Geister erfreuen, dann pflanzen sie die Saat in Ihren Bauch. Und der Keim wächst.« Sie deutete mit beiden Händen auf den Bauch einer Schwangeren. »Geister machen den Bauch dick.«

»Ja«, bestätigte Jenna vorsichtig.

»Kommen Sie! Hier sind nur Frauen. Wir haben nichts zu verbergen, sehen alle gleich aus.«

Jenna zögerte. Was könnte es schon schaden, wenn sie das Ritual mitmachte?

Aleyne schien ihre Unentschlossenheit zu spüren; sie nahm Jennas Arm und führte sie beiseite. Langsam knöpfte Jenna ihr Kleid auf und streifte es ab. Zwei der anderen Frauen kamen herbei, tauchten ihre Hände in rote und ockerbraune Farbe und verrieben sie mit vertikalen Strichen auf Jennas Stirn. Dann setzten sich alle in den Kreis und warteten.

Ein Brachvogel stieß einen gellenden Schrei aus, und die anderen Nachtvögel kreischten. Die Feuer sprühten Funken, knisterten und brannten nieder. Eine Brise kam auf, und Jenna schauderte – nicht weil ihr kalt war, sondern weil sie sich doch etwas fürchtete. Um sich abzulenken, versuchte sie, sich auf Aleynes Geister zu konzentrieren, um sie gnädig zu stimmen, und dachte an das Baby, das sie eines Tages von Adam empfangen sollte. Sie wusste, dass es ein Junge werden würde, der den Namen O'Loughlin weiter tragen konnte. Vielleicht nannte sie ihn zu Ehren ihres toten Bruders Michael.

Die Sterne verblassten und verlöschten schließlich am fahlen Morgenhimmel. Nach Stunden erhoben sich die Frauen und bedeuteten Jenna, es ihnen gleichzutun. Obwohl sie die ganze Nacht kein Auge zugetan hatte, fühlte sie sich eigenartig frisch und belebt. Und ihre Beine waren nicht einmal steif, nachdem sie die ganze Nacht auf der harten Erde gehockt hatte.

»Wir warten auf den Morgen«, sagte Aleyne, »und den Segen des Windes bei Sonnenaufgang. Sie sind jetzt eine von uns.«

Sie wischte Jenna mit einer Handvoll Gras die Farbe von der Stirn. Alles geschah ohne viel Aufhebens. Die anderen Frauen schürten die Feuer mit kleinen Ästen, und Aleyne reichte eine Schüssel mit Honig herum, und nacheinander tauchten sie einen Finger in die goldbraune Masse. »Sie gehen jetzt«, sagte Aleyne. »Gehen Sie heim zu Katie!«

Katie! Über all den seltsamen Eindrücken dieser Nacht hatte sie ihre Tochter ganz vergessen. Sie zog sich rasch an und lief nach Hause.

Katie schlief noch. Jenna weckte Lalla behutsam und schickte sie ins Lager zurück. Dann ging sie ins Bad und betrachtete sich im Spiegel. Ein bisschen von der Farbe war noch auf ihrer Stirn zu sehen, und sie berührte die Stellen mit den Fingerspitzen.

Sie ließ warmes Wasser in die Wanne laufen und schrubbte die Überbleibsel der letzten Nacht weg. Das Wasser kühlte ab, aber Jenna blieb inmitten der ockerfarbenen Partikel, die an der Oberfläche schwammen, sitzen. Bilder von Feuern und Dunkelheit zogen an ihrem geistigen Auge vorbei, und sie hatte noch das Schlagen der Stöcke im Ohr. Hatte sie das alles wirklich erlebt, oder war es nur ein Traum? Mit einem Mal wurde Jenna entsetzlich müde.

Sie trocknete sich ab, streifte ein Nachthemd über und schlüpfte erschöpft in ihr Bett. Die Bilder entglitten ihr, als würden sie vom Wasser eines leise dahinplätschernden Baches mitgenommen. Dann übermannte sie der Schlaf, und Jenna wachte erst eine Stunde später wieder auf, als Katie zu ihr ins Bett kletterte.

KAPITEL 25

Nach dem Unfall rieten mir alle, mir professionelle Hilfe bei der Trauerarbeit zu suchen. Meine Familie, die Freunde, selbst Menschen, die mich kaum kannten, sagten das. Man schien mir anzusehen, dass ich mit dem Tod meiner kleinen Tochter nur schlecht zurechtkam.

Und das stimmte.

Ich konnte nicht essen. Statt zu schlafen, durchlebte ich immer wieder die Abschiedsszene, als ich Brad und Kadie nachgewinkt hatte. Ich stellte mir bildlich vor, wie der Unfall passiert war und was ich gemacht hätte, wenn ich dabei gewesen wäre. An manchen Tagen war ich fest davon überzeugt, dass ich das Drama hätte verhindern können, und ich gab Brad die Schuld an allem.

Dann wieder machte ich mir selbst die schlimmsten Vorwürfe.

Eigentlich bezweifelte ich, dass mir jemand helfen konnte, das Schreckliche besser zu verarbeiten, aber was hatte ich schon zu verlieren? Ich war erschöpft, lethargisch und konnte keinen klaren Gedanken mehr fassen. Also ging ich hin.

Einmal.

Ich bestand darauf, dass Brad mich begleitete. Anfangs zögerte er.

»Hältst du das für eine gute Idee?«, fragte er. »Es macht mir nichts aus, mit dir dorthin zu gehen, aber vielleicht wäre es besser, wenn es jeder für sich täte.«

Aber ich bestand darauf. Ohne ihn würde ich nicht hingehen. Auf keinen Fall wollte ich diese Tortur allein durchstehen.

Es war so schlimm, wie ich es erwartet hatte. Die Therapeutin war jung, hübsch und auf eine so aufrichtige Weise tröstlich, dass ich am liebsten losgeheult hätte. Ich saß in ihrem voll gestopften Büro auf einem Stuhl und bemühte mich, ihre Worte zu verdauen. Ich versuchte, sie zu meinen zu machen. Aber im Grunde waren es nur Platituden; sie änderten nichts.

Ich war nicht gleichgültig und stand einer Hilfe auch nicht ablehnend gegenüber. Ich zog lediglich das Ausmaß des Verständnisses in Zweifel.

»Hatten Sie jemals ein Kind?«, unterbrach ich die Therapeutin nach ein paar Minuten.

Sie schüttelte den Kopf. »Nein.«

»Kein Training und kein Lehrbuch kann Sie auf eine solche Situation vorbereiten.«

»Aber …«

»Sie können nicht annähernd verstehen, wie ich mich fühle«, fügte ich entschieden hinzu.

»*Wie* fühlen Sie sich denn, Jess?«, fragte sie sanft. »Sagen Sie's mir!«

Das war ein Trick und nicht einmal ein besonders subtiler, mich zum Reden zu bringen. Sie wollte, dass ich mich öffnete und meine intimsten Empfindungen offenbarte. Behandle die Patientin wie eine Vertraute, wie eine ganz besondere Freundin! Sie neigte sich sogar über den Tisch und nahm meine Hand. Ihr Griff war fest wie ein Schraubstock.

Ich erhob mich abrupt und entriss ihr meine Hand. »Wie ich mich fühle?«, wiederholte ich dumpf und schüttelte den Kopf, weil mir dir richtigen Worte fehlten. »Nehmen Sie den schlimmsten vorstellbaren Schmerz und verdreifachen Sie ihn!«

»Jess!« Brad stand auf und ging auf mich zu. »Bitte, du gibst dieser Sache keine Chance! Bleib fair, Jess!«

»Fair!«, brüllte ich und legte die Hand auf die Türklinke. Plötzlich war mir der Raum viel zu eng. »Ist es vielleicht fair, wenn man sein Kind verliert? Was ist mit dem Leben, das meine Tochter nie haben wird, dem Leben, das wir nie mit ihr teilen werden?«

Brad wirkte ungeheuer verletzlich und zeigte seine Emotionen. »Die Dinge sind, wie sie sind, Jess«, sagte er langsam und leise.

Ich starrte Brad an und hatte das Gefühl, überhaupt nichts mit ihm zu tun zu haben. Dann drehte ich mich so unvermittelt und abrupt herum, dass ich ins Taumeln geriet. In diesem Augenblick, der in hitzigen Worten und übermächtigen Empfindungen gefangen zu sein schien, spürte ich, dass Brad mir fremd geworden war.

Ich riss die Tür auf und stürmte hinaus. »Jess!«, riefen sie wie aus einem Munde – mein Mann und diese kinderlose, wohlmeinende Frau.

Ich konnte nicht zurückgehen.

Ich rannte durch den Flur auf den Ausgang zu. Meine eigenen klappernden Schritte auf dem polierten Steinboden und mein Keuchen dröhnten mir in den Ohren.

Wie könnte ich jemals ein solches Gerede akzeptieren, wenn es um mein Kind ging? Ich verabscheute es, dass die Dinge so waren, und ich hätte alles dafür gegeben, wenn ich mein früheres Leben zurückhaben könnte – ein Leben, wie es sein sollte.

Mit Ellas gezeichneter Karte in der Hand mache ich mich auf den Weg zum alten Diamantina-Haus, das angeblich in nur zwanzig Minuten mit dem Rad zu erreichen ist. Die Luft ist rein und frisch nach dem Regen, und die Farben der Landschaft erscheinen mir leuchtender, nachdem die Staubschichten weggewaschen worden sind. Die Blätter an den Bäumen sind grüner, die fernen Berge röter. Sogar der wolkenlose Himmel ist so blau und strahlend, dass ich blinzeln muss.

Ich biege, nach Ellas Instruktionen, bei der Lehmsenke von der Hauptstraße ab und folge dem zerfurchten Feldweg. Er ist so holprig, dass ich durchgeschüttelt werde. Also steige ich ab. Zu Fuß komme ich leichter und schneller voran.

Als Erstes kommt eine Ansammlung von Farmgebäuden in Sicht. Vorsichtig betrete ich den Schuppen, der offensichtlich einmal Pferdestall und Geräteschuppen gewesen ist. Es ist Schlangensaison, und Brad hat mich vor der Populationsexplosion der einheimischen langhaarigen Ratten nach den Regenfällen gewarnt und mir erklärt, dass sie den westlichen Taipan, eine der giftigsten Schlangen Australiens, anlockten. Aber in diesem verlassenen Gebäude scheint sich nichts zu bewegen. Ich höre kein Zischen und sehe kein Schuppentier, das sich über den Boden schlängelt, nur die Staubkörnchen, die in den Sonnenstrahlen tanzen, die durch ein Loch im Dach in den Schuppen fallen.

Es gibt einen langen Mittelgang mit Boxen rechts und links. Ich stelle mich auf die Zehenspitzen und spähe über eine der Boxentüren. Die Box ist leer, nur ein feiner Geruch nach Spreu und Melasse liegt in der Luft. Wann war hier wohl zum letzten Mal jemand durchgegangen? Ich werfe einen kurzen Blick in die angrenzende Schmiede und den Farmladen mit Ladentheke und Regalen an den Wänden. Dann wende ich mich dem Haupthaus zu.

Ein paar kleine Eidechsen sonnen sich auf den Verandastufen und huschen weg, sobald ich näher komme. Vorsichtig gehe ich die Veranda entlang. Einige der Bodenbretter sehen morsch und wacklig aus, und ich probiere vor jedem Schritt, ob sie mein Gewicht halten. Die Haustür ist nur angelehnt und hängt schief in den rostigen Angeln. Sie knarrt, als ich sie aufdrücke – das Geräusch scheint durch das ganze Haus zu hallen.

Ich stehe in einer hohen Eingangshalle mit Kuppel und erkenne auf den ersten Blick, dass dies das Haus ist, das das Architekturbüro Bignall & Sons entworfen hat und dessen Plan ich in der Holzkiste mit den Tagebüchern und Journalen gefunden habe. Flure gehen nach links und rechts ab. Ich entscheide mich für den rechten und komme an einer ganzen Reihe von Türen vorbei, die in Schlafzimmer führen. In manchen stehen noch Bettgestelle ohne Matratzen. Ich finde auch ein paar von Mäusen zerfressene Kleidungsstücke in Schränken. Da ist ein Badezimmer mit schimmeligen Wänden, dort ein Ankleidezimmer mit leeren Kleiderstangen. In einer Ecke ist ein Nest aus zerfetztem Papier, und es stinkt nach Mäuseurin.

Ich gehe zurück zur Halle und nehme den anderen Flur, schlendere durch die Küche und schaue in den rostigen Herd. Er ist kunstvoll verziert und steht auf schmiedeeisernen Füßen. Auf der Tür ist noch schwach der Name »Dover« zu erkennen. In den Schränken stehen noch ein paar angeschlagene Teller, in einer Schublade liegen einige Bestteile, fleckig von Mäuse- oder Kakerlakenkot. Im Arbeitszimmer stehen an zwei Wänden leere Regale. Auf dem Teppich im Wohnzimmer sind dunkle, feuchte Flecken.

Das extravagant große Haus mit den einst kunstvollen Einbauten strahlt Vernachlässigung aus. In der stickigen Luft scheint Verzweiflung zu liegen, und etwas, was ich mir nicht genau erklären kann, bedrückt mich. Wenn die Wände weinen könnten, würden sie wahrscheinlich leise Tränen vergießen. Ich bin … nun ja, erschüttert und niedergeschlagen – das sind die Vokabeln, die mir als Erstes einfallen.

Was ist in diesem Haus geschehen?

Trotz der Hitze draußen ist es in den Räumen kalt, und ich schlinge die Arme um meinen Oberkörper. Dann schließe ich die Augen und atme tief durch. Ein abgestandener Geruch nach Moder und Verfall liegt in der Luft. Hier, in diesem Haus, in dem Jenna vor mehr als hundert Jahren ihre letzten Tagebücher geschrieben hat, empfinde ich tiefes Mitgefühl mit ihr. Ich denke an die Erwartungen, die sie nach ihrer unglücklichen Kindheit an dieses Haus geknüpft hatte, und stelle mir bildlich vor, wie sie am Herd gestanden oder ein Blech mit dampfenden Brötchen aus dem Ofen geholt und sie auf die Arbeitsfläche, die noch in der Mitte der Küche steht, geschoben hat. Ich sehe sie im Salon mit dem jetzt fleckigen Teppich oder im Musikzimmer, wo sie auf dem Klavier klimpert, das jetzt Ellas Wohnzimmer ziert.

Ich denke an die Ähnlichkeiten, die Parallelen, die mich mit Jenna verbinden. Wir beide waren bei der Hochzeit hochschwanger. Beide sind wir bei der Niederkunft dem Tod gerade noch von der Schippe gesprungen. Sie litt ebenso unter dem Tod eines Kindes wie ich – sie hat ihren Bruder Michael, ich habe meine Tochter verloren.

Aber damit enden auch schon die Ähnlichkeiten. Im Gegensatz zu mir hat Jenna nach vorn gesehen und selbst ein Kind zur Welt gebracht.

Ich wäge diesen Gedanken sorgfältig im Geiste ab. Warum reagieren zwei Menschen, die einen ähnlichen Schicksalsschlag erlitten haben, so unterschiedlich? Welche besonderen Eigenschaften befähigten Jenna dazu, ihr Leben wieder in die Hand zu nehmen? Vielleicht waren sie aus härterem Holz geschnitzt, diese Kolonialfrauen. Sie mussten nämlich ständig damit rechnen, nahe Verwandte wegen Krankheiten oder Unfällen zu verlieren. Ein frühzeitiger Tod war nichts Ungewöhnliches und gehörte so sehr zu ihrem Dasein, dass sie vielleicht mit einem Achselzucken darüber hinwegkamen und weitermachten. Allerdings erkenne ich in Jennas Tagebüchern eine fortdauernde Traurigkeit und den allgegenwärtigen Kummer, der sich hin und wieder mit meinem vermengt.

Ich habe genug gesehen und will zurück zur Haustür,

um zu gehen. Erst jetzt entdecke ich seitlich der Eingangshalle eine Treppe. Meine Neugier gewinnt die Oberhand. Was ist dort oben?

Ellas Warnung fällt mir wieder ein. *Sie sollten vorsichtig sein, wenn Sie sich dort umsehen,* sagte sie, als sie mir von diesem Haus erzählte. *Das Gebäude könnte ein bisschen baufällig sein, und Sie wollen sicher nicht durch den Bretterboden fallen, oder?* Ich prüfe, ob mich die erste Stufe trägt. Sie knarrt, bricht aber nicht durch. Langsam arbeite ich mich nach oben.

Ich befinde mich in einer Art Turm mit großen Fenstern. Ich kann die Landschaft in allen Himmelsrichtungen überblicken. Dort – ein winziger dunkler Punkt neben ein paar Bäumen – ist unser Cottage, und auf der Lichtung zur Linken steht Bettys und Jacks Haus. Ich sehe die große Maschinenhalle und die hohen Container mit dem Dieselbenzin.

Die Erkenntnis kommt unerwartet. Ich stehe in dem Zimmer, von dem aus Jenna und Adam das, was Aleyne Dämonenlicht nannte, gesehen haben. Ich schaue hinunter in den Garten. Unterhalb der Pfefferbäume und Dattelpalmen wuchern Unkraut und Gestrüpp. In einer Entfernung von etwa hundert Metern entdecke ich Reste eines alten Zauns.

»Mummy!«

Der Schrei gellt durch die Luft, mein Kopf zuckt in die Höhe. Kadie!, denke ich instinktiv. Mein Puls rast. Ich trete einen Schritt vor, dann drehe ich mich herum. Ich sehe mich nach etwas Ungewöhnlichem um. Der Schrei ist so real gewesen, so nahe.

»Wer ist da?«, rufe ich.

Meine Stimme hallt schwer und leblos von den Wänden wider. Alles ist still. Ich höre keine Kinderschritte, kein Lachen. Habe ich mir das alles nur eingebildet? Ich richte den Blick auf den Boden und den fleckigen, vermoderten Teppich. Er schwankt unter meinen Füßen, für den Bruchteil einer Sekunde verschwimmt das Muster vor meinen Augen, dann ist alles wieder normal. Ein Windstoß fegt durch die offene Haustür und die Treppe herauf; er hat Laub aufgewirbelt. Ich beobachte, wie die Blätter in der Luft umhertanzen. Sie sind dunkel wie die Blütenblätter blutroter Rosen.

Ein eisiger Schauer überläuft mich trotz der Hitze.

Panik keimt auf. Ich muss weg von diesem Haus und Jennas Dunstkreis. Am liebsten wäre ich gerannt, unterdrücke jedoch das Bedürfnis und zwinge mich, vorsichtig die Treppe hinunterzugehen, bis ich blinzelnd in der grellen Sonne vor der Haustür stehe.

Die Oktoberluft ist heiß und drückend. Mein Gesicht ist schweißbedeckt. Kleine Rinnsale laufen mir den Rücken hinunter und durchweichen mein T-Shirt. Nichts rührt sich, nicht einmal die Blätter an den Bäumen. Seltsam, denke ich. Hier draußen ist kein Wind. Sogar die Vögel sind verstummt. Ich atme ein paar Mal tief durch, beruhige mich und gehe um das Haus herum zur Rückseite.

Inmitten des Gestrüpps ist eine eingezäunte Stelle. Zwei windschiefe Holzkreuze stehen dort, aber sie sind so verwittert, dass man die Inschrift nicht mehr entziffern kann. Sand hat sich auf den Gräbern angehäuft, und überall wächst Unkraut. Ich bücke mich und ziehe an ein paar Halmen; die Wurzeln lösen sich ganz leicht aus der Erde. Ich scharre mit der Hand den Sand von einem der beiden Gräber. Darunter finde ich eine niedrige, schmiedeeiserne Einfassung.

Ich weiß es sofort.

Dies ist ein Kindergrab.

Ich knie mich hin, starre fassungslos die Einfassung an. Für einen Moment bleibt mir die Luft weg. Ich denke an Kadies Tod – Erinnerungsfetzen an die ersten schrecklichen Tage und Wochen danach werden wach. Ich mache die Augen zu und blinzle die allgegenwärtigen Tränen weg. Es war ein Fehler hierher zu kommen, das ist mir jetzt klar.

Ich komme auf die Füße, will zurück zu meinem Fahrrad, doch da fällt ein Schatten neben mir auf den Boden. Erschrocken schaue ich auf.

Es ist ein Mann. Stan – Ellas Ehemann –, stelle ich überrascht fest. Er trägt ein kariertes Hemd und einen Akubra, den er tief in die Stirn gezogen hat.

»Guten Morgen!«, begrüßt er mich, und seine Mundwinkel kräuseln sich zu einem Lächeln.

Verdammt! Ich befinde mich mitten im Busch, meilenweit weg von der nächsten Stadt, und selbst hier ist man nicht ungestört. Ich wische mir ärgerlich und ein wenig verlegen die Tränen vom Gesicht; es ist mir peinlich, dass Stan mich so sieht. »Hallo, Stan!«, murmle ich nicht gerade freundlich.

»Ich war auf dem Weg zu der hinteren Weide, als ich Ihr Fahrrad sah. Ich dachte mir, dass Sie hier irgendwo sein müssen.«

»Das Haus ist nicht leicht zu finden«, sage ich. »Ella hat mir eine Skizze mit Wegbeschreibung gezeichnet, so habe ich hergefunden. Ohne die Karte würde ich immer noch danach suchen. Die Landschaft sieht hier überall gleich aus.«

Stan gibt ein warmherziges Lachen von sich. »Ah, das

Land verändert sich!«, widerspricht er mir und vollzieht eine allumfassende Geste mit der Hand. »Alle paar Meilen sieht es anders aus, wenn man genau hinschaut.«

»Mit meinem schlechten Orientierungssinn würde ich mich heillos verirren.«

»Oh, Sie würden sich irgendwann daran gewöhnen und sich ganz gut zurechtfinden!« Er holt eine Zigarette aus der Hemdtasche und deutet mit dem Kinn auf die Gräber. »Es sieht ein bisschen verkommen aus. Ich habe mir schon oft vorgenommen, einmal herzukommen und Ordnung zu machen, aber mir hat immer die Zeit dazu gefehlt.«

»Es erscheint einem fast wie ein Sakrileg«, räume ich ein.

»Ich sag Ihnen was«, schlägt er vor, »ich kann eine halbe Stunde erübrigen und habe zwei Schaufeln auf der Ladefläche. Was halten Sie davon, wenn wir gleich einen Anfang machen?«

»Jetzt?«

»Warum nicht? Es geht doppelt so schnell, wenn wir zu zweit sind.«

Stan geht zu seinem Lieferwagen, kommt mit zwei Schaufeln zurück und drückt mir eine in die Hand. Ich stähle mich innerlich und stoße die Schaufel tief in den Sand.

»Wie ein Profi«, lobt Stan.

Die Sonne brennt. Schweiß läuft mir über den Rücken, während ich arbeite, aber ich achte nicht darauf. Für eine Weile sind Stan und ich ein Team, auf gleicher Augenhöhe, und die körperliche Arbeit lenkt mich von anderen Dingen ab. Wir arbeiten in einvernehmlichem Schweigen.

Nach einer halben Stunde hält Stan inne. »Nun«, sagt er, »ein bisschen haben wir zumindest bewirkt. Wie wär's mit einer Tasse Tee?«

»Warum nicht?«

Er holt eine Thermoskanne und zwei Plastikbecher aus dem Auto. Der Tee ist schwarz und noch heiß. Stan nimmt augenscheinlich keinen Zucker. Ich nippe versuchsweise. »Das ist an heißen Tagen das Beste, um den Durst zu löschen«, sagt Stan.

»Schwarzer Tee?«

»Ja. Die meisten glauben, Wasser wäre gut, aber Tee ist weitaus wirksamer. Und Sie wollen doch hier draußen nicht austrocknen, oder?«

»Lieber nicht.«

Stan wechselt das Thema. »Und wie kommt Ihr Mann mit seinen Forschungen voran? Hat er schon genug herausgefunden?«

»Ich glaube nicht, dass Wissenschaftler jemals fertig mit ihren Forschungen sind. Da führt immer eines zum anderen.«

»Im Ernst?«

»Nun, es ist wie ein Zwang, immer mehr herauszufinden. Jede neue Erkenntnis stachelt sie an.«

Stan denkt eine Weile über meine Worte nach. Er schiebt seinen Akubra nach hinten und streicht sich über die Stirn. »Und wann fahren Sie zurück?«

»Ehrlich gesagt, ich wollte gerade los, als Sie auftauchten.«

»Nein, ich meine – wann kehren Sie in die Stadt zurück?«

Im Geiste zähle ich die ganze Zeit schon die Tage ab. »In zwei Wochen.«

»Gut! Bis dahin können wir, Sie und ich, diesen Platz hier schön herrichten.«

Das ist die längste Unterhaltung, die ich je mit Stan hatte; normalerweise ist er ein schroffer alter Bursche, der nicht viele Worte macht. Er mustert mich lange über den Rand seines Bechers hinweg. »Ich hab von Ihrem kleinen Mädchen gehört«, sagt er schließlich mit leiser Stimme. »Ein schweres Schicksal.«

Ich starre auf meine Hand und bemerke, dass sie zittert. Ich weiß nicht, was ich darauf antworten soll. Ärger steigt in mir auf. Woher weiß Stan von Kadie? Brad muss darüber gesprochen haben.

Ich warte auf die üblichen Redensarten, auf die »Ich kann mir vorstellen, wie Ihnen zumute ist« oder »die Zeit heilt alle Wunden, Jess«-Bemerkungen, die unweigerlich folgen, sobald von Kadie die Rede ist. Ich kann die Leute nicht ausstehen, die das Bedürfnis haben, mir zu versichern, dass sie meinen Schmerz nachempfinden können. Wie kann irgendjemand, der nicht selbst ein Kind verloren hat, auch nur ahnen, wie das ist? Ich verbeiße mir eine entsprechende Erwiderung und führe den Becher an den Mund.

Doch Stan ist nicht wie die meisten anderen Menschen. »Ich kann mir nicht annähernd denken, wie Sie sich fühlen«, sagt er und wischt damit all meine Vermutungen beiseite. »Es muss richtig schlimm sein. So eine Sache bekommt man sicher nicht so schnell aus dem Kopf.«

Ich spüre, wie ich in das schwarze Loch in meiner Vergangenheit abgleite. Fast höre ich Kadies Lachen und fühle, wie sie ihre warmen Arme um meinen Hals schlingt. Ich habe ihren frischen Geruch nach dem Bad in der Nase und bekomme kaum noch Luft. Erinnerungen – stark und real. Und jede einzelne fühlt sich an wie ein körperlicher Schlag. *Blas Mummy ein Küsschen zu!* Regentropfen. Oder sind es Tränen?

»Jess!« Stans Stimme klingt scharf und eindringlich und zerrt mich in die Wirklichkeit zurück. Ich hebe den Kopf und sehe in sein verwittertes, runzliges Gesicht. Es wirkt sanfter als sonst, und der Blick aus seinen wachsamen Augen ist fragend. Ich erkenne kein Mitleid in seinem Ausdruck, eher so etwas wie Verständnis. Und plötzlich habe ich das Bedürfnis zu reden.

»Es ist sonderbar«, beginne ich stockend und suche nach Worten. Ich habe das noch nie jemandem gesagt, nicht einmal Brad, deshalb ist es schwer zu erklären. »Mein Kopf sagt mir, dass sie nicht mehr da ist, aber in meinem Herzen fühle ich ihre Nähe, als wäre sie noch bei mir. Manchmal spüre ich eine Anwesenheit, eine leichte Berührung an meinem Hals, am Arm, und ich drehe mich um, erwarte, sie zu sehen, aber …«

Ich halte inne, kann nicht weiterreden.

»Aber sie ist nicht da?«, ergänzt Stan den Satz.

Wie betäubt schüttle ich den Kopf. »Nein, sie ist nicht da.«

»Und es tut immer noch weh.« Das ist eine Feststellung, keine Frage.

»Ja.« Ich schlucke heftig und kämpfe mit den Tränen. »Sie halten mich vielleicht für verrückt«, sage ich leise.

»Nein.« Er lächelt verlegen und deutet mit dem Kopf auf das alte Haus. »Ich habe dasselbe Gefühl, wenn ich da hineingehe. Es ist, als wären die O'Loughlins noch hier, oder zumindest ihr Geist.« Er beugt sich vor und flüstert verschwörerisch: »Vor Jahren dachte ich, ich hätte etwas da drin gesehen.«

Der Schrei, den ich vorhin gehört habe, fällt mir wieder ein; ich hatte auch das Gefühl, als wäre jemand bei mir. »Was haben Sie gesehen?«

»Keine Ahnung. Es muss wohl ein Schatten oder so was gewesen sein. Aber damals dachte ich, es wäre ein Kind. Ein kleines Mädchen. Natürlich konnte das gar nicht sein. Hier hat seit vielen Jahren niemand mehr gelebt.«

Eine Erinnerung erwacht. »Hatte das Mädchen dunkles Haar?«

Stan neigt nachdenklich den Kopf zur Seite. »Kann sein.«

»Und sie trägt ein altmodisches Kleid mit hohem Spitzenkragen? Schnürstiefel?«

»Warum? Haben Sie sie auch gesehen?«

»Möglicherweise. In einem Traum.«

»Menschenskind!« Er hebt beide Hände. »Erzählen Sie besser Ella nichts davon! Wissen Sie, was sie denkt?«

»Was?«

»Sie sagt, ich würde allmählich weich in der Birne werden.«

Der alte Mann schweigt und denkt über unser Gespräch nach, während er seinen Tee austrinkt. Als er schließlich wieder das Wort ergreift, rieselt seine Stimme sanft wie Schnee auf mich nieder. »Wie war ihr Name?«

Ich hole tief Luft. Ich fühle mich wie gelähmt, und ich weiß, dass der Name, falls ich ihn auszusprechen versuchte, falsch herauskommen würde. Mein Herz rast.

»Jess?«, drängt mich Stan.

Ich schließe die Augen und versuche, mich zusammenzunehmen.

»Kadie. Sie hieß Kadie.«

So, ich hab's getan. Ich habe es gesagt.

»Wie lange ist es her?«

»Ein Jahr.«

Trotz bester Absichten kann ich die Tränen nicht mehr zurückhalten. Stan kramt in seiner Tasche und reicht mir ein Taschentuch. Es ist weiß und ordentlich gebügelt. »Nur zu!«, sagt er sanft. »Nehmen Sie's!«

Dankbar tupfe ich meine Augen und wende mich ab, um meine Fassung wiederzuerlangen. Ich hasse es, wenn mich jemand so sieht – die ewig Trauernde.

»Manchmal habe ich Angst einzuschlafen«, erkläre ich, nachdem sich mein Herzschlag beruhigt hat.

Er nickt verständnisvoll. »Wegen dieser Träume«, stellt er fest.

Erst als wir über den Weg zurückgehen – Stan zu seinem Lieferwagen, ich zu meinem verrosteten Fahrrad –, stelle ich die Frage, die mich quält, die ich mich bisher aber nicht zu stellen getraut habe. »Stan, Sie haben mir nicht gesagt, wer in diesen Gräbern bestattet ist.«

»Ich dachte, das wüssten Sie.«

»Nein.«

»Jenna liegt dort«, antwortet er und wirft die Schaufeln auf die Ladefläche. Dann öffnet er die Wagentür und setzt sich hinters Steuer. »Jenna und ihre Tochter Kathryn.«

KAPITEL 26

Ngaylas Baby kam im Frühjahr auf die Welt, ein Junge, braun und kräftig wie sein Vater. Sie gaben ihm den Namen Jinbi, was so viel wie »Stern« heißt. In den ersten Monaten trug Ngayla ihn in einer Schlinge, die sie über die Brust gelegt hatte, immer mit sich herum, oder er schlief in einem Korb in der Küche.

In unbeobachteten Momenten strich ihm Jenna über die weiche Wange oder beobachtete das stete Heben und Senken seiner kleinen Brust. Sie selbst hatte nicht so viel Glück wie Ngayla. Die Monate vergingen, und ihr Bauch war immer noch flach. Der Wunsch, Adam ein Kind zu schenken, war mittlerweile so stark, dass er zu einem innerlichen Schmerz geworden war. Katie sollte Geschwister haben, viele; die meisten Schlafzimmer im Haus standen leer und waren wie eine Mahnung. Das Haus war so groß und musste mit Leben gefüllt werden.

In letzter Zeit herrschte eine behagliche Vertraulichkeit zwischen ihr und Adam. Sie liebte ihn nicht und wusste, dass es nie so weit kommen würde, aber sie respektierte und bewunderte ihn, und er vergötterte Katie. Sie kannte seine Vorlieben und Abneigungen, erahnte seine Stimmungen und bereitete ihm seine Lieblingsspeisen zu. Abends, wenn Katie im Bett lag und die Küche aufgeräumt war, spielten sie Karten oder lasen, manchmal suchte Jenna auch Noten heraus und setzte sich ans Klavier. Selbst das Schweigen zwischen ihnen war entspannt; Jenna fühlte sich nicht unbehaglich dabei und hatte auch nicht das Bedürfnis, die stillen Phasen mit Worten zu füllen.

Viele neue Familien hatten sich in der Gegend angesiedelt, Land erworben und sozusagen Wurzeln geschlagen. Mittlerweile kam die Postkutsche jede Woche, nicht mehr nur einmal im Monat, nach Diamantina Downs. Händler und Hausierer zogen regelmäßig mit ihren voll beladenen Wagen von einer Farm zur anderen. Das Leben veränderte sich rund um Jenna, entwickelte sich weiter, dennoch hatte sie an manchen Tagen das Gefühl, dass sie selbst stehen blieb.

Anfang des Jahres hatte Adam den Bau einer Pferderennbahn in der Nähe des Wohnhauses in Auftrag gegeben, und mehr als zweihundert Nachbarn waren zu den Rennen am St. Patrick's Day gekommen. Aleyne und Lalla, beide mit weißen Schürzen, hatten alle Hände voll zu tun, um die Gäste mit Speisen und Getränken zu versorgen.

Adam genoss diesen Tag sehr. Jenna stand abseits und beobachtete, wie er die Gäste begrüßte und ihnen das Gefühl gab, willkommen zu sein. Er jubelte, wenn eines seiner Pferde ein Rennen gewann, und freute sich mit anderen Pferdebesitzern. Und er lud alle Anwesenden ein, im nächsten Jahr wieder zu den Rennen zu kommen. Er zog Jenna an seine Seite und machte sie mit den neu gewonnenen Freunden bekannt. Jenna empfand sich als Teil des Ganzen und amüsierte sich, dennoch hatte sie sich niemals so allein gefühlt.

»Diese Rennen werden zum alljährlichen Ereignis«, erklärte Adam stolz, als die Kutschen mit den müden, aber zufriedenen Gästen gegen Abend nach und nach abfuhren. »St. Patrick's Day bei den O'Loughlins.«

An diesem Tag war er stolz auf seine irische Herkunft. Zudem war er Herrscher über seine eigene Domäne Diamantina Downs.

Später, als er sich im Schlafzimmer das Hemd auszog,

erschrak Jenna, weil sie das eigenartige Gefühl hatte, dieselbe Szene schon einmal erlebt zu haben, und zwar in Marys Haus, in den ersten Tagen ihrer Beziehung zu Conor. Sie musste daran denken, dass Conor sich damals ein ähnliches Hemd über den Kopf gezogen hatte und wie sie zum ersten Mal die hellen Haare auf seiner Brust und seinen gebräunten, muskulösen Armen gesehen hatte.

Sonne und Mond, hell und dunkel – wie immer konnte sie nicht anders, als Vergleiche zwischen den beiden Brüdern zu ziehen.

Die Zeit hatte die Trauer um Conor gelindert, und die Erinnerung an ihn war nicht mehr so deutlich, hatte weniger Konturen. Manchmal verschmolzen die beiden Brüder in ihrem Bewusstsein zu einem Menschen. Für einen Augenblick konnte sie sich vorstellen, dass es Conor war, der ihre Brust liebkoste oder mit den Fingern leicht, aber aufreizend über die Innenseite ihrer Schenkel strich.

Jenna spreizte die Beine bei der Berührung und zog ihn in sich. Sie fühlte seine Kraft, seine Emotionen. Sie hob ihm ihren Mund und ihre Hüften entgegen. Ihre Sinne waren wie betäubt.

»Jenna!«, schrie er, als er zum Höhepunkt kam, und sie war überrascht, sogar geschockt, dass es nicht Conors Stimme war.

Der jährliche Regen hatte in diesem Jahr nicht eingesetzt. Das Land verdorrte unter der gnadenlosen Sonne, und ein Wasserloch nach dem anderen trocknete aus. Die Pelikan-Population schrumpfte stetig. Jenna beobachtete bei Sonnenuntergang, wie große Schwärme von ihnen aufbrachen, um andere Flüsse aufzusuchen. Es war, als würden sie desertieren. Kommt zurück!, hätte Jenna ihnen am liebsten zugerufen. Fliegt nicht weg!

Rudel von Dingos kamen aus dem Westen. Jenna hörte in den Nächten ihr klägliches Heulen. Und meistens stellte Adam am Morgen fest, dass sie einige Lämmer gerissen hatten. Er verbrachte Stunden auf den Weiden und legte vergiftete Köder für diese Eindringlinge aus.

Als der Sommer voranschritt, tobte beinah jede Woche ein Sandsturm über das Land. Jenna lernte, die Vorzeichen zu erkennen – die Bäume wurden von plötzlichen Windstößen gepeitscht, und eine rötliche Linie jagte vom westlichen Horizont heran. Dann schloss sie im ganzen Haus die Fenster und Türen, obwohl sich dann die Hitze in den Räumen wie in einem Glutofen staute.

Sobald der Sturm nachließ, sah sie sich um und begutachtete die Schäden, die er angerichtet hatte: Überall lagen abgebrochene Äste, und auf der Veranda hatten sich Sandhaufen aufgetürmt. Sie stellte sich vor, dass die rote Erde hunderte von Meilen weit weg aufgewirbelt und bis hierher getrieben wurde, dass das Land immer weiter abgetragen wurde, bis nichts mehr übrig war.

Katie war ein steter Quell der Freude. Mittlerweile war sie fast drei Jahre alt und ein lebhaftes Kleinkind mit sonnigem Gemüt und strahlendem Gesicht. Ihr langes Haar, das Aleyne jeden Morgen liebevoll zu Locken drehte, war dunkel wie Jennas. Ihr Lieblingsspiel war Verstecken, und sobald sie am Nachmittag die Hufschläge von Adams Pferd näher kommen hörte, rannte sie los und versteckte sich irgendwo im Haus.

Es wurde zu einem Ritual. Adam zog seine Stiefel an der Haustür aus und rief laut: »Schön! Wo ist mein Mädchen?«

Er erhielt keine Antwort.

»Katie?«, schrie er lauter, wenn er in den Flur kam und seine Frau mit einem Kuss auf den Mund begrüßte.

»Die kleine Miss Katie ist in die Stadt gegangen«, erklärte Jenna mit gespieltem Ernst. »Sie hat sich ganz allein ein Pferd gesattelt und ist davongeritten.«

»Ach, wirklich?«, fragte Adam und ging von Zimmer zu Zimmer und öffnete Schränke. »Den weiten Weg ist sie mutterseelenallein geritten? Sie muss ein sehr gescheites Mädchen sein.«

»Oh, unsere Katie *ist* ausgesprochen klug!«, bestätigte Jenna, die Adam folgte, und unterdrückte ein Lächeln. »Sie hat sich heute Morgen die Schnürsenkel selbst zugebunden.«

Irgendwann fand Adam sie hinter einem Vorhang oder unter einem Bett und spielte den Überraschten. Einmal hatte sich Katie zwischen Schrank und Wand in Adams und Jennas Schlafzimmer gequetscht und sich nur durch ein Niesen verraten. Lachend warf sie sich Adam in die Arme und rief: »Daddy, dummer Daddy! Natürlich bin ich nicht in die Stadt geritten. Ich kenne ja nicht mal den Weg.«

»Das weiß ich doch, Schätzchen.« Er drückte sie fest an seine Brust. »Und ich würde dich auch nicht allein von hier weglassen.«

Dann trug er sie ins Bad und wusch ihr den Schmutz des Tages ab.

Dieses Spiel kennzeichnete die gelöste Stimmung, die in dieser Zeit zwischen ihnen herrschte. Katie schweißte Adam und Jenna zusammen und brachte sie zum Lachen. Adam bestellte für Katie ein Armband zu ihrem dritten Geburtstag. Es war rotgold mit einem Namensschild auf

einer Seite. Adam hatte ihre Initialen »K O'L« in Kursiv-
buchstaben eingravieren lassen. Das kleine Mädchen
trug das Armband ständig und weigerte sich sogar, es
zum Baden abzunehmen, auch wenn Jenna sie mit En-
gelszungen dazu zu überreden versuchte.

»Lass sie doch!«, meinte Adam. »Das ist nicht so wichtig.«

Die Monate schleppten sich heiß und trocken dahin.
Der Sommer ging in den Herbst über, und plötzlich lag
jeden Morgen Reif auf dem Boden. Von Adams Turmzimmer aus war weit und breit kein grünes Wintergras zu sehen. Jenna hörte täglich Gewehrschüsse über die Ebenen
hallen, wenn Adam an den ausgetrockneten Flussbetten
die hungernden Schafe aus ihrem Elend erlöste. Nachts
war der Himmel sternenklar.

Vom ersten Tag an ahnte Jenna, dass sie schwanger
war. Sie unterdrückte den Drang, Adam sofort davon
zu erzählen, und wartete einige Wochen ab, um ganz si-
cherzugehen. Die Dürre verschlimmerte sich noch, und
Adam war in diesen Zeiten sehr ernst und sorgenvoll.
Jenna wusste, dass ihn die gute Neuigkeit aufheitern
würde.

Jenna lag im Bett und ruhte sich aus, als Adam einmal
früher als sonst nach Hause kam und sich den Staub aus
den Kleidern schüttelte. »Gott, es ist eiskalt da draußen!
Der schneidende Wind dringt einem bis ins Mark.«

»Nimm ein Bad und wärm dich auf!«, schlug Jenna vor
und kuschelte sich unter die Decke.

»Wo ist Katie?«, fragte er, als sie träge ein Auge öffnete.
In letzter Zeit war sie ständig müde.

»Sie macht einen Mittagsschlaf. Ich hab gerade nach ihr gesehen.«

Die Frauen waren für den Nachmittag in ihr Lager gegangen und kamen erst wieder, wenn es Zeit wurde, das Abendessen zuzubereiten. Das Haus war still, nur das Ticken der Uhren war zu hören. »Ein heißes Bad ist eine blendende Idee«, meinte Adam. »Und anschließend krieche ich vielleicht zu dir ins Bett.«

Später, als er bei ihr lag, erzählte ihm Jenna die Neuigkeit, auf die er schon lange wartete. »Wir bekommen noch ein Baby.«

Er wich zurück, sah sie an, und sein Mund verzog sich zu einem breiten Lächeln. »Bist du dir sicher?«

»Eine Frau weiß so etwas.«

»Und wann ist es so weit, was meinst du?«

»Wahrscheinlich in fünf Monaten. Vor Weihnachten.«

Er fuhr ganz leicht mit einem Finger über ihren Bauch, und Jenna malte sich aus, wie es sein würde, wenn er sich richtig rundete. »Ich möchte viele Kinder haben«, sagte Adam unvermittelt.

»Wie viele?« Sie leckte spielerisch an seinem Ohrläppchen.

»Mindestens ein halbes Dutzend.«

»Nur sechs? Ich dachte an acht.«

»Gut, meinetwegen auch acht! Ist mir recht. Das Haus ist so groß und leer. Manchmal glaube ich schon, ein Echo zu hören, wenn wir uns unterhalten.«

Jenna dachte an die hellen Kinderstimmen und das Getrappel, das eines Tages auf den Fluren und in den Zimmern zu hören sein würde, und lächelte.

Wenn ihn jemand gefragt hätte, wäre es Adam schwer gefallen zu beschreiben, welche Gefühle über ihn hereingebrochen waren, als Jenna ihm von ihrer Schwangerschaft erzählt hatte. Er war überrascht – natürlich –, denn er hatte fast schon die Hoffnung aufgegeben, jemals selbst Vater zu werden. Erfreut. Nein, nicht *erfreut,* das war ein viel zu schwaches Wort. Überglücklich, überwältigt und voller Tatendrang.

Diese Worte kamen ihm später in den Sinn, und jedes trug seine eigene Bedeutung. Er fühlte sich, als würde etwas seinen Körper verjüngen. Das letzte Jahr war seelisch und körperlich anstrengend gewesen.

Es hatte noch immer keinen Regen gegeben, und das Land von Diamantina Downs war braun und kahl. Verzweifelt suchte Adam jeden Tag den Himmel nach Anzeichen auf Regen ab, aber das Einzige, was sich am Horizont zeigte, waren hin und wieder die roten Streifen, die einen neuerlichen Sturm anzeigten, der neue Staubwolken mit sich bringen würde.

Trotz seiner Absichten konnte Adam in diesem Jahr am St. Patrick's Day keine Pferderennen ausrichten. Die Farmer in der Gegend waren zu sehr damit beschäftigt, sich um ihre Schafherden zu kümmern, die Tag für Tag kleiner wurden. Adam trieb mit Wongarees und Pigeons Hilfe seine stark dezimierte Herde von einem fauligen Wasserloch zum nächsten und versuchte, die verbliebenen Tiere am Leben zu erhalten. Sie waren klapperdürr, die Wolle zerzaust und verfilzt. Wenn Adam zusah, wie sie taumelten und sich nicht mehr auf den Beinen halten konnten, hätte er am liebsten laut losgeheult. In seinen wildesten Träumen hätte er sich dieses Elend nicht vorstellen können.

Jenna war in den mittleren Monaten ihrer Schwangerschaft oft so erschöpft, dass sie im Bett liegen musste. Aleyne braute Kräutertees für sie, die die Übelkeit lindern sollten, während Lalla die kleine Katie aus dem Schlafzimmer scheuchte. »Schsch!«, flüsterte sie und zog die Vorhänge zu. »Mummy ist krank. Du musst ganz leise sein.«

Manchmal nahm Adam Katie mit auf die Weiden, damit sich Jenna richtig ausruhen konnte, oder sie durfte mit ihm in die Ställe oder hinunter zum größten Wasserloch gehen, wenn er nach den Tieren sah. Sie folgte ihm wie ein Hündchen und stellte unaufhörlich Fragen. Wenn er ein verendendes Tier erschießen musste, blieb sie auf dem Kutschbock sitzen und hielt sich die Ohren zu. Jenna fragte ihn einmal, ob er es für richtig halte, Katie mit solchen Szenen zu konfrontieren, und er antwortete: »Warum nicht? Sie ist ein Mädchen vom Land.«

»Warum hast du das Schaf getötet?«, fragte Katie.

»Weil es ohnehin gestorben wäre.«

»Warum?«

»Weil es kein Wasser und kein Futter gibt.«

»Warum gibt es das alles nicht?«

»Weil wir eine Dürreperiode haben.«

»Was ist das?«

»Wenn kein Regen kommt, herrscht Dürre.«

Katie gingen die Fragen nie aus, und Adam liebte es, sie zu beantworten.

Und er liebte es, wenn sie auf seinem Schoß saß, sich an ihn schmiegte und den Kopf an seine Brust legte. Und er kostete die Momente aus, wenn sie seine Wange mit Küssen übersäte oder ernst nickte, wenn er ihr etwas erklärte. Hin und wieder versuchte er, sich ein Leben ohne sie, die Tochter seines Bruders, die er wie sein eigenes Kind liebte, vorzustellen, aber es gelang ihm nicht. Sie gehörte zu ihm, ergänzte ihn.

Er machte sich unaufhörlich Sorgen um Jenna. Hatte sie es warm genug in diesen kalten Wintertagen? Aß sie ordentlich? Vielleicht sollte sie sich von einem Arzt untersuchen und sich bestätigen lassen, dass alles in Ordnung sei.

Er beobachtete sie wachsam und bemühte sich, nicht zu ängstlich zu erscheinen, weil sie es hasste, wenn er sich um sie sorgte. »Ich bin nicht krank«, sagte sie mit einem müden Lächeln. »Ich erwarte nur ein Baby. Das ist die natürlichste Sache der Welt.«

Eines wusste Adam ganz sicher: Dieses Kind würde nicht im Busch auf die Welt kommen. Er würde Jenna rechtzeitig in die Stadt bringen. Auf keinen Fall wollte er das Leben seiner Frau oder das des ungeborenen Kindes gefährden.

Als der Frühling kam, trug Jenna nur noch weite Kittel, um ihren Bauch zu verbergen. Schon jetzt waren die Tage heiß und windstill. Gegen Mittag ballten sich oft trügerisch dunkle Wolken am Horizont zusammen, kamen jedoch nicht näher. Donnergrollen war zu hören, und ein paar Tropfen fielen vom Himmel und bildeten kleine Krater im Staub. Doch so schnell, wie der Regen oder zumindest das Versprechen auf Regen gekommen war, verschwand er wieder und hinterließ lediglich den Geruch von Gidgee. Unten im Lager sangen Yapunya und Pigeon Lieder und schlugen Stöcke aneinander, um die Dürre-Geister zu vertreiben. Adam hörte in den meisten Nächten die klagenden Stimmen und das Schlagen.

Er wusste nicht mehr weiter. Seine Geldmittel wurden knapp – mit den Profiten der letzten guten Jahre hatte er die fälligen Rechnungen bezahlt –, und Jennas Kapital hatten der Hausbau und die Einrichtung schon vor Jahren aufgebraucht. Adam ging mit den letzten kostbaren Geldstücken, die ihm noch geblieben waren, äußerst sparsam um. Nachts arbeitete er an seinem Schreibtisch, addierte und rechnete. Bei einem Blick in den Spiegel stellte er fest, dass sich dauerhafte Furchen in seine Stirn gegraben hatten.

Eines Nachts zog Jenna ihn an sich und legte seine Hand auf ihren Bauch. Adam spürte ein leichtes, wellenartiges Zittern und musste an einen Teich denken, in den jemand einen Stein geworfen hatte.

»Fühlst du, wie es sich bewegt?«, fragte sie heiser.

Und er nickte, er war so überwältigt, dass er kein Wort herausbrachte.

Es dauerte sehr lange, Katie ins Bett zu bringen. Zuerst musste Jenna ihr eine Geschichte vorlesen, dann wurde gebetet. »Ich habe die Lampe nicht gelöscht«, sagte Jenna, als sie nach dem Gutenachtkuss auf die Veranda kam. »Sie hasst die Dunkelheit.«

Adam hatte sich auf das Verandageländer gestützt. Er hatte die Hemdsärmel hochgekrempelt, sodass seine gebräunten Arme zu sehen waren. Er starrte in die dunkle Nacht.

In diesem Augenblick ging Jenna plötzlich durch den Kopf, dass in ihrer beider Leben, wenn man von dem fehlenden Regen absah, endlich alles so war, wie es sein sollte. Katie. Ein zweites Baby. Der Kummer der Vergangenheit – Conor, Mary, Michael – war verblasst. Jenna hatte weitergemacht und sich in das Unvermeidliche gefügt. Die Zukunft versprach Glück und Zufriedenheit, wenn es nur endlich regnete.

Die Sterne funkelten am wolkenlosen Himmel. Eine leichte Brise rauschte in den Pfefferbäumen, und mit einem Mal hatte Jenna den scharfen Geruch des Laubes in der Nase. Aus dem Lager tönten die endlosen Regengesänge zu ihnen herüber. Jenna liebte diese Tageszeit, wenn die Frauen nach Hause gegangen und sie nur noch zu dritt im Haus waren.

»Wenn nicht bald Regen kommt, weiß ich nicht mehr, wie es weitergehen soll«, riss sie Adams Stimme aus ihren Gedanken.

Sie starrte auf seinen Nacken, auf die Stelle, wo sein Haar auf die gebräunte Haut traf. Ein Hauch von Verlangen durchfuhr sie. Morgen muss ich ihm die Haare schneiden, nahm sie sich vor und dachte daran, die Lippen auf seine warme Haut zu drücken. Sie stellte sich vor, wie er sich zu ihr drehte und sie küsste.

»Das Geld ist fast aufgebraucht. Wir haben kein Futter für die Tiere mehr. Und wenn es so weitergeht, sind in einem Monat alle Wasserlöcher ganz ausgetrocknet.«

Jenna deutete mit dem Kinn in die Richtung des Lagers. »Vielleicht haben sie die Lösung des Problems.«

Adam lachte barsch. »Manchmal erscheint es sonderbar, wenn Heiden beten.«

»Sie haben ihre eigenen Götter«, erwiderte sie sanft.

»Götter, ja. Aber bestimmt keinen christlichen.«

»Ihre Götter sind so real für sie wie der deine für dich.«

»Vielleicht.«

»Manchmal«, meinte Jenna nachdenklich, »erstaunt mich dein Gott. *Unser* Gott. Meinst du nicht, es wäre besser, sich nach der Moral und den Werten zu richten und Sinn für das Gute und Böse zu entwickeln, statt nach göttlichen Idealen zu leben?«

»Vielleicht ist es das Gleiche.«

Jenna stellte sich hinter Adam, schlang die Arme um seinen Nacken und legte den Kopf an seinen Rücken. Durch den Stoff des Hemdes hindurch spürte sie die starken Muskeln. »Warum kann ich nie ein Streitgespräch mit dir gewinnen?«

»Wir streiten?«, fragte er überrascht.

»Vielleicht.« Sie lachte und ließ ihre Arme sinken.

»Niemals. Wir sind nur unterschiedlicher Meinung, und das gehört zu den Dingen, die ich an dir liebe. Du bist keine oberflächliche Frau, die ihre eigenen Ansichten nicht vertreten kann, und fürchtest dich nie davor, das auszusprechen, was du denkst. Außerdem liebe ich dich viel zu sehr, um mit dir zu streiten. Und weißt du, was sie sagen?«

»*Sie?*«

»Aus einem Streit mit einer Frau kann man gar nicht als Sieger hervorgehen.«

Er lächelte sie an. Sie sah im Schein der Lampe, wie sich sein Mund kräuselte und pure Liebe aus seinen Augen sprach. Er zog sie an seine Brust. Das Ungeborene bildete eine Barriere zwischen ihnen, aber beide störten sich nicht daran. Er drückte die Lippen in ihr Haar und legte die Hand unter die Wölbung ihres Bauches. Das Baby zappelte, und Adam musste lachen. »Jenna?«

»Ja«, gab sie zurück, wich ein wenig zur Seite aus und nahm seine Hand.

»Ich denke, es ist Zeit fürs Bett, meinst du nicht auch?«

Wortlos führte sie ihn ins Haus und durch den Flur zu ihrem gemeinsamen Zimmer.

KAPITEL 27

Ich sitze in der Küche, starre gedankenverloren die Tagebücher und Journale an, die ausgebreitet vor mir liegen. Ich bin vollkommen durcheinander. Ich denke an das alte Haus – die Kälte in den Räumen und das Gefühl, dass ich nicht allein war, und den Schrei, den ich eindeutig gehört habe.

Aber dort war niemand. Oder?

Bin ich vielleicht dabei, den Verstand zu verlieren?

Ich suche Trost in dem, was Stan gesagt hat.

Es ist, als wären die O'Loughlins noch hier …

Stan scheint kein Mensch zu sein, der zu Übertreibungen neigt oder irgendwelche Dinge erfindet. Er ist ein Mann, der nur Schwarz und Weiß kennt und die verschiedenen Grautöne dazwischen nicht zulässt – zumindest schätze ich ihn so ein. Ein Mann mit klaren Gedanken. Hat er wirklich den Geist eines kleinen Mädchens im Haus gesehen, oder haben ihn die alten Augen getäuscht? War dieser Geist Katie, Jennas Tochter, dasselbe kleine Mädchen mit dem altmodischen Kleid und den Schnürstiefeln wie in meinen Träumen? Mittlerweile bin ich mir da ganz sicher.

Ich muss wieder an den Schrei denken, und mir läuft

ein Schauer über den Rücken. Es war der Schrei eines Kindes. Schrill. Entsetzt. Er erschien mir real, drängend und ängstlich. Was, wenn ich mir das nicht eingebildet habe? Vorhin hat mein erster Gedanke Kadie gegolten, aber seit der Unterhaltung mit Stan ziehe ich noch andere Möglichkeiten in Betracht.

Es ist, als wären die O'Loughlins noch hier ...

Ich lasse diese Worte wirken, untersuche sie und überlege, welche Möglichkeiten sie in sich bergen. Ist es denkbar, dass etwas von uns nach dem Tod an einem bestimmten Ort zurückbleibt? Wird in künftigen Jahren etwas von Brad und mir in diesem Haus am Diamantina, das wir in den letzten vier Wochen als unser Heim betrachtet haben, fortbestehen? Ist es möglich, dass der Geist von Kathryn, von Jennas und Conors Tochter, in dem alten Haus weiterlebt?

Stan scheint daran zu glauben.

Ich schüttle ratlos den Kopf. So viele Fragen und nur wenige Antworten, denke ich und nehme mir wieder die Tagebücher und Journale vor.

Ich habe festgestellt, dass Adams Journale aufschlussreich, wenn auch ein wenig trocken sind. Die Einträge beinhalten sachliche Informationen über den Farmbetrieb auf Diamantina Downs, das Wetter, die Niederschlagsmengen und die Kosten der Vorräte. *Temperatur 118° F,* schrieb er an einem heißen Sommertag. *Kein Regen, zumindest keinen Hinweis darauf. Habe begonnen, die Schafe zusammenzutreiben. Mehl und Zucker gehen zur Neige. Die Preise für Lebensmittel sind gestiegen. Sie machen die Dürre dafür verantwortlich.*

Diese Berichte bieten mir ein gewisses Hintergrundwissen, einen Rahmen für das, was Jenna mir erzählt.

Leider geben sie keine Einblicke in die Seele des Mannes an sich.

Durch die Tagebücher lerne ich Jenna und Adam besser kennen. Trotz meiner anfänglichen Bedenken kommt es mir jetzt richtig und gut vor, sie zu lesen. Es macht mir Spaß, sie abzuschreiben, die Worte zu entziffern und mir über ihre Bedeutung klar zu werden. Manchmal vergehen die Stunden bei dieser Arbeit wie im Fluge.

Die Worte sind ein Verbindungsglied zwischen ihrer Zeit und meiner, sie lösen die Jahre, die dazwischenliegen, sozusagen auf. Und sie machen mich zu einem Teil dieses Ortes. Ich entwickle Verständnis für das Leben, das Adam und Jenna geführt haben, und dafür, wie es in den frühen Pioniertagen war. Manchmal sind die beiden so existent für mich wie Brad, Ella oder Stan. Sie sind nicht mehr nur Namen in einem historischen Buch oder ernste Gesichter auf einer Fotografie. Sie sind reale Menschen mit Vorlieben und Abneigungen, Ängsten und der Fähigkeit zu lieben. Ich erkenne ihre Schwächen und Stärken. Fast könnte ich glauben, nur die Hand ausstrecken zu müssen, um sie zu berühren.

Aber diese Beschäftigung ist nicht nur angenehm. Es gibt Tage, an denen mich die Tagebücher regelrecht zwingen, einen Blick auf mich selbst, auf das, was aus mir geworden ist, zu werfen. Zwei Welten prallen aufeinander, mehr als ein Jahrhundert liegt dazwischen, und all meine Wunden reißen wieder auf. Das bringt mich dazu, meine Gefühle Brad gegenüber zu analysieren.

Wie sehr habe ich mich von der glücklichen, unbekümmerten Person entfernt, die ich in den ersten Tagen der Romanze, Liebe und Lust gewesen bin, und wann wurde ich zu dieser jämmerlich unentschlossenen Frau? Es muss nach und nach so gekommen sein, aber ich war wohl so mit mir selbst beschäftigt, dass ich diesen Prozess nicht wahrgenommen habe.

Brad und ich scheinen in letzter Zeit kaum miteinander zu reden. Wir streiten uns ständig. In nichts sind wir uns einig. Jeden Morgen gehen wir getrennte Wege – ich beschäftige mich mit den Tagebüchern, und Brad steigt in den Wagen und fährt zu den Wassertümpeln. Das Frühstück findet praktisch im Vorbeigehen statt, beim Abendessen schweigen wir uns an, und mein Mann steht auf, sobald er den letzten Bissen gegessen hat. Er räumt den Tisch ab und macht den Abwasch – das ist unser stillschweigendes Abkommen. Außerdem ist es schon Wochen her, seit wir uns zum letzten Mal geliebt haben. Sex ist offenbar das Letzte, woran wir in diesen Tagen denken.

Seltsam, denke ich und klappe das Tagebuch zu, weil ich nicht weiterlesen will. Eine beharrliche Frage nagt schon seit Tagen an mir, und ich muss mich endlich damit befassen.

Warum ist Jenna gerade jetzt in mein Leben getreten? Oder ich in ihres?

Wenn man Brad fragen würde, bekäme man zur Antwort: Das ist Karma oder Schicksal oder wie immer du es nennen willst. Er glaubt fest daran, dass nichts durch Zufall und alles zur vorgegebenen Zeit geschieht. *Die Dinge sind, wie sie sind.* Davon ist er fest überzeugt.

»Du solltest diese Tagebücher in die Hände bekommen«, erklärte er Tage zuvor.

»Wie kommst du darauf?«

»Nun, wir hätten auch einen Monat später herkommen können, dann hätte Betty sie vielleicht schon der historischen Gesellschaft der Stadt übergeben. Und du hättest nie von ihrer Existenz erfahren. Oder jemand hätte sie vor Jahren wegwerfen können. Es ist, als ob sie dagelegen und die ganze Zeit geduldig auf dich gewartet hätten.«

Ich bin mir da nicht so sicher. Das alles könnte reiner Zufall sein. Möglicherweise wären die Bücher in anderen Händen sogar besser aufgehoben. Vielleicht werde ich ihnen nicht gerecht. Die vertrauten Selbstzweifel melden sich wieder zu Wort.

Eines weiß ich allerdings mit absoluter Gewissheit: Ich kann mich nur schwer von diesen alten Büchern losreißen. Die Arbeit wird beinah zum Zwang, und ich sitze von morgens bis abends da, kopiere und schreibe um, bis die Buchstaben vor meinen Augen verschwimmen.

»Komm ins Bett!«, fordert mich Brad jeden Abend auf. Wir verbringen keine Zeit mehr zusammen, und ich merke, dass er immer unmutiger wird und wünscht, ich hätte diese Bücher nie in die Hände bekommen.

»Nur noch ein paar Minuten«, murmle ich. Ich bin hundemüde, und trotzdem kann und will ich nicht aufhören.

Ich spüle gerade das Mittagsgeschirr, als Brad am späten Nachmittag heimkommt. Ich höre, wie die Fliegengittertür zuschlägt und er mit seinen Stiefeln durchs Haus stapft. Er pfeift vor sich hin, und augenblicklich lodert Ärger in mir auf.

»Hi!«, sagt er und stellt etliche Gläser mit Proben und Aufzeichnungen auf die Arbeitsfläche. »Hattest du einen guten Tag?«

»Ich hab gerade hier sauber gemacht«, protestiere ich und wedle mit dem Küchentuch über seine Sachen. »Kannst du das da wegnehmen?«

»Oh, ich freue mich auch, dich zu sehen!«, sagt er lässig und in einem Ton, der mich aufheitern soll.

Ich tauche die Hände ins Spülwasser und taste nach dem Teller und dem Messer, die noch in der Spüle liegen müssen. »Behandle mich bitte nicht so von oben herab!«

»Okay, okay!« Er weicht zurück und hebt ergeben beide Hände. »Ich geb's auf. Erzähl mir lieber, was los ist, damit ich nicht raten muss!«

Ich knalle den Teller und das Messer geräuschvoll auf das Abtropfbrett und zerre den Stöpsel aus dem Abfluss. Das Wasser läuft gurgelnd ab. »Wie kannst du es wagen, mit Stan darüber zu sprechen?«

»Stan?« Brad wirkt erstaunt. »Wovon redest du?«

»Ich war heute in dem alten O'Loughlin-Haus, Stan war dort. Du hast ihm von Kadie erzählt.«

»Hab ich das?« Er zuckt mit den Achseln. »Vielleicht. Ich erinnere mich nicht mehr. Ich rede oft von Kadie.«

»Dann breitest du also unser Privatleben vor Menschen aus, die wir kaum kennen?«

»Das ist kaum so privat. Viele Menschen wissen von unserer Tochter. Sie ist kein Geheimnis. Wir können das Andenken an sie nicht verschließen. Sie hat existiert, sie war real. Du möchtest vielleicht nicht über sie reden, aber das heißt nicht, dass ich es nicht darf.«

»Du hättest mich warnen können – das wäre das Mindeste gewesen.«

»Warum? Damit du Stan aus dem Weg gehen kannst, um ja nicht mit ihm ins Gespräch zu kommen? Du kannst die anderen Leute nicht bis in alle Ewigkeit meiden, nur weil sie irgendetwas zu dir sagen könnten.«

»Vielleicht nicht. Aber zumindest wäre es meine Entscheidung, ob ich es überhaupt zulasse.«

»Manchmal hat man keine Wahl, Jess. Um uns herum findet das Leben statt, und wir haben nicht die Macht, es anzuhalten.« Er sieht mich nachdenklich und eindringlich an. »Warum können wir die Dinge sehen, die anderen passieren, und sind trotzdem blind gegen das, was mit uns geschieht?«

»Was meinst du? Welche Dinge?«

»Ich rede von uns«, sagt Brad entschieden. »Das, was mit uns geschieht: mit Jess und Brad. Mit zwei Menschen, die sich früher so sehr geliebt haben, dass sie kaum den Blick voneinander losreißen und die Finger bei sich behalten konnten.« Er verschränkt die Arme vor der Brust. Runzelt die Stirn. »Es ist Wochen her, seit wir uns überhaupt geküsst haben, von Sex ganz zu schweigen.«

»Ich dachte, das fällt dir gar nicht auf.«

Er ignoriert meine Bemerkung. »Manchmal denke ich, du meidest mich.«

»Lass uns das nicht gerade jetzt erörtern!«, sage ich eine Spur zu schnell. »In einer guten Woche fahren wir wieder nach Hause. Dann ist sowieso alles anders, und die Situation normalisiert sich wieder.«

»Tatsächlich?«

Ich halte die Luft an und wage nicht, mich zu bewegen. Worauf will er hinaus? Ich schüttle den Kopf, traue mich nicht, etwas zu sagen.

»Ich kann so nicht mehr leben. Das Zusammensein mit dir ist so, als würde man auf rohen Eiern gehen«, fährt er fort. »Ich muss erst jedes Wort analysieren, bevor ich es ausspreche, nur um dich nicht aufzuregen.«

Die Vergangenheit war nicht nur schrecklich, und die guten Zeiten überwiegen die schlechten bei weitem. Aber warum kann ich mich bloß nicht an die guten erinnern? Brad weicht einen Schritt von mir zurück, dann noch einen. Es ist fast eine physische Sache, dieses Abstandnehmen, und ich habe plötzlich ein flaues Gefühl im Magen. Ist das alles zu weit gegangen?

Er sammelt die Probengläser und seine Notizen zusammen. »Ich bringe das hier weg«, erklärt er und geht hinaus.

In der Nacht wache ich irgendwann auf, liege da und lausche den tiefen, regelmäßigen Atemzügen meines Mannes. Er liegt ganz auf der anderen Seite des Bettes. So weit weg von mir wie möglich?

Es gab Zeiten, in denen wir nie getrennt waren, nicht einmal im Schlaf. Die Beine ineinander verschlungen, die Finger verschränkt. Ein Arm über der Brust des anderen. Aber jetzt ist das anders. Heute herrscht angespanntes Schweigen zwischen uns, und wir vermeiden körperlichen Kontakt. Lassen viel Platz zwischen uns auf der Matratze. Gehen zu unterschiedlichen Zeiten zu Bett. Schlüpfen vorsichtig unter die Decke, um den anderen nicht zu wecken.

Das Nicht-Berühren wird zu einer Anstrengung an sich. Es ist in diesen beengten Verhältnissen schwierig, an diesem Ort namens Diamantina, an dem nur wir beide sind. Hier gibt es keine Freunde, keine Verwandten, zu denen man flüchten kann, obwohl ich jetzt weiß, dass sich Brad Stan anvertraut hat. Wir umkreisen uns wachsam – im Bett und außerhalb. Ich bin nervös und auf der Hut, warte darauf, dass einer von uns explodiert. Obschon Brad Konfrontationen genauso hasst wie ich.

Ich denke über den Streit vom Abend nach; es ging wie gewöhnlich um Kadie. Kadie. Immer Kadie. Wir sind offenbar zu gereizt, zu erschöpft, um uns mit etwas anderem auseinander zu setzen.

Manchmal denke ich, dass ich das Ganze nicht mehr verkraften kann. Ich möchte mich nur noch in einen Winkel verkriechen, zusammenrollen und schlafen, bis der Schmerz vergangen ist und ich wieder normal leben kann. Oft wünschte ich, alle würden mich in Ruhe lassen und aufhören, ständig den Fortschritt meiner so genannten Rekonvaleszenz zu beurteilen und mir ihre eigenen Ansichten aufzudrängen.

Doch jetzt baut sich eine Angst in mir auf, und ich muss mich der grausamen Wahrheit stellen. Hier, an diesem fremden Ort verblassen die Erinnerungen an Kadie. An manchen Tagen vergehen ganze Zeitspannen, in denen ich nicht ein einziges Mal an meine Tochter denke. Und wenn ich es dann doch tue, fühle ich mich schuldig. Es ist mindestens eine Woche her, seit ich den Traum hatte. Als ich dann aufwachte, wusste ich nicht, ob meine eigene Tochter oder Katie O'Loughlin durch mein Unterbewusstsein gehuscht war. Woher kommt das?, überlege ich. Ergreifen die O'Loughlins Besitz über meine Träume und mein Denken am Tage, weil ich mich so intensiv mit den Tagebüchern und Journalen befasse?

Ich versuche, das Bild von Kadie heraufzubeschwören, wie sie an diesem letzten Tag ausgesehen hat. Brad schnallt sie in dem Kindersitz an. Die ersten Regentropfen fallen auf die Einfahrt. Kadie lächelt; ich winke. *Blas Mummy ein Küsschen zu!*

Ein Hauch von Panik regt sich. Ich versuche, mich an Kadies Gesicht zu erinnern, an ihre Züge, aber da ist nichts. Sie ist wie eine leere Leinwand, hat weder Mund noch Augen oder Nase. Da ist nur blasse Haut.

Verzweifelt schlage ich die Decke zurück und stehe auf. Brad stöhnt und dreht sich um, wacht aber nicht auf. Ich laufe in die Küche, stoße mir die Zehen an einem Stuhlbein an. *Scheiße! Scheiße! Scheiße!* Ich hüpfe auf einem Bein, krümme mich fast vor Schmerz. Doch der Schmerz scheint dem Entsetzen und der Angst, die in mir wachsen, angemessen zu sein.

Wo ist meine Brieftasche?

Ich knipse das Licht an. Momentan geblendet krame ich in meiner Handtasche, die auf der Arbeitsfläche liegt. Schlüssel. Sonnenbrillenetui. Ein halb leeres Päckchen Pfefferminzdrops. Meine Hände zittern. Ich atme schwer wie nach einem Dauerlauf. Ich schließe die Augen und versuche, die Fassung zurückzugewinnen. Beruhige dich, Jess! Nimm dich zusammen!

Wo ist meine verdammte Brieftasche?

Endlich schließen sich meine Finger darum. Ich zerre sie aus der Handtasche und schlage sie auf. Erleichterung durchflutet mich, als ich mit dem Finger über das Foto streiche, über das pausbäckige Gesicht, die strahlend blauen Augen und das Kinn mit dem Grübchen. Kadies vertrautes, heiß geliebtes Gesicht sieht mich an.

»Oh, mein Gott!«

Ich spreche das laut aus, unbeabsichtigt. Meine Stimme hallt durch die Küche und wird aus allen Richtungen auf mich zurückgeworfen. Um mich herum ist Nacht. Ich sehe, wie sich die heiße, schwüle Finsternis hinter dem Fenster verdichtet. Ich spiegle mich in der Scheibe. Wirres Haar, bleiche Haut. Die Brust, die heftig auf- und abwogt.

Ich nehme das Foto aus der Brieftasche, drücke es an meine heiße Wange. Wenn ich die Augen schließe, kann ich mir vorstellen, dass Kadie hier ist. Ich rieche die Babyseife, ihr kleiner Körper kuschelt sich an mich. Fast spüre ich ihr Gewicht auf meinem Arm.

»Jess?«

Schuldbewusst wie ein Schulmädchen, das bei etwas Verbotenem erwischt wird, schiebe ich die Fotografie zurück in die Brieftasche. Brad steht in der Tür und blinzelt wegen des hellen Lichts. Sein Haar ist zerzaust, er reibt sich die Augen. »Ich dachte, ich hätte etwas gehört. Was machst du?«

Ich kann nicht sprechen. Die Worte bleiben mir im Hals stecken, kratzen wie zerbrochenes Glas. Ich gehe zu Brad, lege meinen Kopf an seine Brust, als die Tränen heiß und unvermittelt kommen. »Lass nicht zu, dass ich vergesse!«, schluchze ich.

»Ich habe beschlossen, in die Stadt zu fahren«, verkündet Brad am nächsten Morgen. »Ich würde gern mit einem der Jungs vom EPA-Büro sprechen. Er hat ähnliche Forschungen wie ich angestellt, und wir wollen die Ergebnisse vergleichen. Willst du mitkommen?«

»Um dir zu helfen, die Ergebnisse zu vergleichen? Du brauchst mich nicht als Babysitter.«

Der Streit vom Abend zuvor macht mir noch zu schaffen, und ich kann den Sarkasmus nicht unterdrücken.

»Komm schon, Jess! Kopf hoch! Es tut uns sicher gut, einmal von hier wegzukommen.«

»Und was soll ich tun, während du dich mit deinem Kollegen besprichst?«

»Du kannst irgendwas unternehmen«, erwidert er geduldig – er will sich nicht auf die Palme bringen lassen. »Betty sagt, es gebe ein einigermaßen anständiges Museum in der Stadt. Das ist sicher interessant für dich.«

Ich denke an die Tagebücher. Gerade in diesem Augenblick bin ich vollkommen vertieft in die Texte und möchte mich nicht davon losreißen, insbesondere da mir nur noch eine Woche Zeit bleibt. Möchte ich wirklich einen Tag weg von hier? Oder vielmehr: Will ich einen ganzen Tag mit meinem Mann verbringen?

Er sieht mich flehend wie ein bettelndes Hündchen an.

»Oh, was soll's! Okay, ich komme mit!«

Die Fahrt in die Stadt dauert zwei Stunden, und es ist später Vormittag, als wir ankommen. Betty hat Brad gebeten, ein paar Vorräte vom Futtermittelhändler abzuholen; also gehen wir als Erstes dorthin und laden die Säcke in den Wagen. Zu Hause in der Großstadt würden wir nicht einmal im Traum daran denken, einen beladenen Wagen irgendwo stehen zu lassen – die Sachen würden in null Komma nichts gestohlen. Aber hier muss man sich deswegen offenbar keine Sorgen machen. Ich kaufe in einem Gemischtwarenladen Schreibpapier, Brot und ein paar andere Lebensmittel. Dann machen wir uns auf den Weg zum EPA-Büro.

Aiden, der Mann, mit dem Brad sprechen möchte, lädt uns zum Lunch in den Pub ein. »Nicht für mich«, wehre ich lachend ab. »Ich will mich ein bisschen im Museum umsehen. Ich lasse euch beide lieber allein.«

Die Stadt ist ziemlich alt mit einer Mischung aus alten und modernen Gebäuden an der Hauptstraße. Sie ist ein beliebtes Touristenziel für all jene, die das »Waltzing

Matilda«-Land kennen lernen wollen. Ein paar hundert Meilen weiter liegt Dagworth Station, wo Banjo Paterson sein berühmtes Gedicht verfasst hat.

Die Stadt ist mitten in dem so genannten »Channel Country« oder dem Mitchell-Gras-Land, und die meisten Durchreisenden machen auf dem Weg nach Norden hier Halt. Eine ganze Reihe von verstaubten Geländewagen, die meisten mit Wohnanhängern, stehen vor dem Touristenzentrum, wo ein Plakat auf die Light-and-Sound-Show hinweist, die zu jeder vollen Stunde neu beginnt. Es gibt ein paar Pubs, eine Apotheke und ein Geschäft für Herrenbekleidung, eine Bank, einen chinesischen Schnellimbiss und einen Souvenirladen, in dessen Schaufenster neben dem üblichen Kram auch Opale liegen.

Ich gehe hinein und stöbere herum, weil ich ein Andenken an unseren Aufenthalt hier haben möchte. Dann kaufe ich mir ein Sandwich in dem Café und setze mich in unser Auto. Aiden hat mir den Weg zu dem Museum am Stadtrand beschrieben.

Wie in vielen Städten in der Provinz sind die Straßen breit und rechtwinklig und tragen die Namen der frühen Forschungsreisenden und Landbesitzer. Die Fußwege sind von Coolibah-Bäumen gesäumt. Die Häuser sind alt, und den meisten würde ein frischer Farbanstrich nicht schaden, aber alles wirkt ordentlich und sauber. Die Vorgärten sind grün.

Ich stelle den Wagen im Schatten eines Baumes ab. An der Museumstür hängt ein Schild »Geschlossen« – es hat nur wenige Stunden täglich geöffnet. Verdammt! Ich muss eine halbe Stunde warten. Ich vertrete mir ein wenig die Beine und sehe mir die Häuser und Gärten an.

Die Historikerin, die das Museum verwaltet, ist Mitte

sechzig, hat schütteres, graues Haar und eine dröhnende Stimme. Ich bin die Einzige, die vor der Tür wartet, als die Frau das Museum eine Viertelstunde später als angekündigt öffnet. »Oh, entschuldigen Sie!«, sagt sie und fächelt sich mit der Hand Luft zu. »Ich war zum Mittagessen zu Hause und bin im Sessel eingeschlafen. Ein schrecklich heißer Tag, nicht? Gott sei Dank haben wir da drin eine Klimaanlage!«

Sie zeigt sich interessiert, als ich ihr sage, wo Brad und ich derzeit wohnen. »Diamantina Downs! Die alte O'Loughlin-Farm!«, ruft sie mit donnernder Stimme.

Ich nicke und erzähle ihr von den Tagebüchern, Farmjournalen und meinen Abschriften. »Betty möchte sie Ihnen bringen, sobald ich fertig bin. Die Handschriften sind nicht ganz leicht zu lesen, deshalb habe ich eine ganze Weile daran gesessen. Ich kann Ihnen auch eine Kopie meiner Notizen zukommen lassen, wenn Sie mögen.«

»Das wäre wunderbar. Adam O'Loughlin und sein Bruder Conor waren unter den ersten Weißen, die hier in der Gegend Land kauften. Conor wurde von Aborigines getötet. Allerdings von einem Stamm, der nicht hier ansässig war. Das war im Jahr ...« Sie hält kurz inne und tippt sich an die Stirn. »Oh, so um 1873, glaube ich, aber es gibt keine offiziellen Berichte über seinen Tod! Aber sein Grab scheint erhalten geblieben zu sein.«

Ich habe nur zwei Gräber auf Diamantina Downs gesehen. Laut Stan seien Jenna und Katie dort begraben. »Das wusste ich nicht.«

»Es ist irgendwo im Busch. Man findet es nicht, wenn einen niemand hinführt. Stan – Sie haben bestimmt Stan kennen gelernt? Er weiß, wo es ist, da bin ich mir sicher.«

»Ich habe mich gefragt, ob Sie mehr Informationen über die O'Loughlins haben.«

Die Frau – sie hat sich mir als Doris vorgestellt – schüttelt den Kopf. »Hier werden Sie nicht viel finden. Ein paar alte Zeitungsausschnitte, Kopien von dem Originalkaufvertrag, solche Sachen. Die O'Loughlins sind nicht lange in der Gegend geblieben. Irgendeine Tragödie muss sich da draußen ereignet haben, glaube ich. Sie sind in die Stadt gezogen, und das Land lag lange Zeit brach. Soweit ich gehört habe, gibt es das alte Wohnhaus sogar noch. Ich muss vor dem Herbst mal hinfahren und einige Fotos machen.«

In den nächsten Stunden blättere ich in den Geschichtsbüchern der Region und sehe mir eine erstaunlich umfangreiche Fotosammlung an. Es gibt keine Aufnahme von Adam im Museum, deshalb nehme ich mir vor, eine Kopie des Hochzeitsfotos von Adam und Jenna herzuschicken.

Es ist schon relativ spät, als ich das Museum verlasse und mich ein heißer Windstoß im Freien empfängt. Brad sitzt im Auto und liest Zeitung. Er erzählt, dass er vom Pub bis hierher zu Fuß gegangen sei. Er deutet mit einer Kopfbewegung auf das Gebäude, in dem das Museum untergebracht ist. »Was Interessantes gefunden?«

»Eigentlich nicht. Dank der Tagebücher und Journale bin ich weit besser im Bilde als Doris.«

»Doris?«

Ich lache. »Frag nicht! Ehrlich gesagt, ich habe nur meine Zeit totgeschlagen. Du hättest reinkommen und mir sagen sollen, dass du mit deinen Sachen fertig bist.«

»Ich bin noch nicht lange hier. Höchstens zehn Minuten.

»Wie war das Mittagessen?«

»Großartig. Aiden hat mir die Unterlagen seiner umfangreichen Forschungsarbeiten gezeigt.«

Es ist fast wie in alten Zeiten. Brad und ich plaudern über den Tag und das, was wir getan haben. Ich lasse ihn reden, höre nur halb zu. Das, was die Historikerin gesagt hat, lässt mich nicht los. »Irgendeine Tragödie muss sich da draußen ereignet haben, glaube ich. Sie sind in die Stadt gezogen, und das Land lag lange Zeit brach.«

Welche Tragödie hat sich auf Diamantina Downs ereignet?

Offensichtlich bezog sich Doris damit nicht auf Conors Tod – den hatte sie vorher erwähnt. Stan sagte mir, dass die Gräber hinter dem Wohnhaus die von Jenna und ihrer Tochter seien. Hat es einen Unfall gegeben? Sind sie zusammen oder jede für sich gestorben? Ich bin fast am Ende des letzten Tagebuches angelangt, daher bin ich überzeugt, dass ich bald die Antworten auf meine Fragen finde. Und obwohl ich neugierig bin und unbedingt wissen will, was sich auf Diamantina Downs abgespielt hat, sträube ich mich innerlich auch gegen das, was ich erfahren könnte.

Nach ein paar Minuten sehe ich auf die Uhr. »Ich denke, wir sollten langsam nach Hause fahren.«

»Na ja, ich habe da eine Idee! Wie wär's mit Kino?«

»Es gibt hier ein Kino?«

»Keines, wie wir es kennen.« Brad lacht. »Es ist ein Freiluft-Kino, und die Lady, die es führt, stellt den Besuchern Insektenabwehrmittel zur Verfügung. In der Woche zeigen sie nostalgische Filme. Heute ist Cary Grant dran. Ich dachte, wir essen vorher etwas im Pub.«

Erst jetzt merke ich, dass ich richtig Hunger habe – ich

habe den ganzen Tag nichts außer diesem einen Sandwich gegessen. »Klingt gut.«

Beim Dinner – einem erstaunlich guten Rumpsteak – erzählt mir Brad mehr von seiner Unterredung mit Aiden. Später, im Kino, legt er den Arm um mich und drückt mich an sich. Wir könnten fast ein frisch verliebtes Paar sein, das sich in dem dunklen Freiluft-Kino versteckt.

Sie zeigen einen Film, den ich noch nie gesehen habe, und ich lache und weine an den richtigen Stellen. Hinterher trinken wir noch einen Cappuccino im Café, und es ist schon ziemlich spät, als wir nach Diamantina Downs aufbrechen.

Am westlichen Horizont zucken Blitze über den Himmel, und gelegentlich ist ein Donner zu hören. Brad fürchtet, dass es regnen könnte, und ich sehe in der Beleuchtung des Armaturenbretts, wie konzentriert er die Stirn runzelt, während er den Wagen über die Straße mit den vielen Schlaglöchern manövriert. Wir haben eine zweistündige Fahrt vor uns, und die schwarzen Feldwege sind bei Regen tückisch, auch mit einem Allradantrieb.

Nach einer Weile bemerke ich Licht hinter uns. »Folgt uns jemand?«, frage ich.

Brad richtet den Rückspiegel so, dass er nicht geblendet werden kann. »Der ist schon eine ganze Weile hinter uns. Ich wünschte, er würde überholen. Das Licht ist richtig lästig.«

Es ist still im Auto. Das Radio ist aus und das Motorengeräusch gedämpft. Ich halte nach Kängurus Ausschau. Die Lichter – jetzt scheinen es zwei Fahrzeuge zu sein – bleiben hinter uns. Brad beschleunigt, in der Hoffnung, etwas Abstand zu gewinnen, aber unsere Verfolger werden auch schneller.

»Komisch«, sagt er. »Ich versuch's mal mit langsam fahren, vielleicht überholen sie uns dann.«

Er bremst ab, und ich warte, dass die anderen Wagen an uns vorbeifahren, aber im Seitenspiegel sehe ich, dass die Lichter nicht näher kommen. Vor uns ist jetzt eine Senke. Als wir sie dann durchquert haben und das Gelände wieder flach ist, sind nur noch ein Paar Scheinwerfer hinter uns.

Allmählich wird mir das Ganze unheimlich. Ich verschränke die Arme vor der Brust und unterdrücke ein Schaudern. »Glaubst du, das ist ein Spinner, der sein Spielchen mit uns treibt?«, will ich wissen. »Ich möchte hier draußen keinen Ärger haben.«

»Es ist okay«, sagt Brad und klopft nervös aufs Steuerrad. »Wir haben das Funktelefon.«

Ich nehme den Hörer ab und teste den Empfang. Es rauscht und knistert furchtbar in der Leitung. Wir durchfahren wieder eine Senke, und sobald wir sie hinter uns haben, hält Brad am Straßenrand an.

Ich habe Angst, mein Herz klopft heftig. Als ich dann spreche, klingt meine Stimme schrill und krächzend. »Was hast du vor?«

»Irgendwas Eigenartiges geht da hinten vor. Ich möchte herausfinden, was es ist.«

Er wirkt fest entschlossen, und ich bin klug genug, um ihm nicht zu widersprechen. Stattdessen atme ich tief ein und lasse die Luft langsam wieder entweichen, um meinen Herzschlag zu beruhigen. Wir warten. Ich beuge mich vor und rechne damit, die Scheinwerfer im Seitenspiegel zu sehen.

»Kommt er näher?!«

Aber da ist nichts, nur stockfinstere Nacht.

Brad schaltet den Motor aus und das Standlicht ein. Minuten vergehen. Oder sind es nur Sekunden? Die Zeit scheint still zu stehen und gleichzeitig wie verrückt zu rasen. Wir sehen uns ratlos an; unsere Gesichter schimmern grün in der Beleuchtung des Armaturenbretts. Noch immer keine Spur von einem anderen Fahrzeug.

»Verdammte Hölle!«, schreit Brad schließlich und stößt die Tür auf.

Die helle Innenleuchte geht an, und ich blinzle geblendet. Brad steigt aus und geht zum Heck des Wagens.

»Wohin willst du?«

Er antwortet nicht, also steige ich auch aus. Kein Laut ist zu hören, nur das Ticken des abkühlenden Motors. Der Wind fühlt sich richtig warm an nach der klimatisierten Luft im Auto. Ich strenge meine Augen an, um das Dunkel zu durchdringen, und schaue in die Richtung, aus der wir gekommen sind. Suche nach etwas, irgendetwas.

Plötzlich höre ich ein Trampeln. Ich schreie. Eine Gestalt rennt auf uns zu, Augen blitzen im Parklicht auf. Die Gestalt kommt uns so nahe, dass ich den Atem hören kann. Und so plötzlich, wie sie aufgetaucht ist, verschwindet sie in der Dunkelheit. Mein Herz fühlt sich an, als wolle es mir aus der Brust springen.

»Was war das?«

»Ist schon gut. Es war nur ein Känguru.«

Brad atmet tief durch, und ich erkenne einen kurzen Moment lang, dass auch er Angst ausgestanden hat. »Komm!«, dränge ich. »Lass uns einsteigen!«

»Schsch! Warte!«

Er legt den Kopf zur Seite, als würde er horchen. Weder der Mond noch Sterne sind zu sehen. Ein leises Donnergrollen rollt über uns hinweg, und ein Blitz erhellt kurz die Landschaft.

»Meinst du, wir haben uns die Lichter nur eingebildet?«, flüstere ich heiser.

»Nein!«

»Was …?«

Die Worte ersterben unausgesprochen in meiner Kehle. Ein lautes Rauschen, und zwei Lichtkegel stechen in die Dunkelheit. Automatisch fasse ich nach dem Türgriff. Doch ehe ich mich in die relative Sicherheit des Autos bringen kann, schwenken die Lichter über die Weide neben der Straße und die Baumwipfel. Dann verschwinden sie ganz in der Finsternis, und wir sehen ihnen nach.

Ich bekomme keine Luft. Ich spüre einen Kloß im Hals. Mein Herz rast. Brad öffnet meine Tür und schubst mich in den Wagen. Dann rennt er auf die andere Seite und steigt hastig ein. »Verriegle deine Tür!«, schreit er.

Mit zitternden Händen schlage ich auf den Verriegelungsknopf. Dann drehe ich mich Brad zu. Er sieht mich aus großen Augen an, ohne zu blinzeln. »Zum Teufel!«, keuche ich. »Was war das?«

Er schweigt. Sein Adamsapfel bewegt sich, und die Knöchel an seinen Händen sind weiß, als er das Steuerrad umklammert. »Ich denke«, sagt er schließlich, und jedes Wort kommt ihm nur schwer über die Lippen. »Ich denke, Stan würde das Min-min-Lichter nennen. Dämonenlichter.«

KAPITEL 28

Es ist sechs Uhr am Abend vor der Beerdigung. Wir versammeln uns vor dem Raum, in dem Kadies Leichnam liegt. Brad und ich. Meine Eltern. Meine Schwester Carys.

Wir sitzen im Warteraum auf Stühlen. Brad reibt sich den gebrochenen Arm. Er massiert die Stelle über dem Gipsrand. Niemand spricht. Wir wissen nicht, was wir sagen sollen; es gibt keine Worte mehr. Carys wendet das Gesicht ab und wischt sich über die Augen. Glaubt sie, dass wir ihre Tränen nicht sehen, auch wenn sie sich wegdreht?

Die Abmachungen sind alle getroffen. Die Musik ist ausgesucht, und es ist entschieden, wer etwas sagen wird. Für unsere Tochter soll es keinen fremden Redner geben. Wir – Brad und ich, unsere Familie und Freunde – werden die Abschiedsworte für Kadie sprechen: Die Menschen, die sie am besten gekannt haben.

Ich bin wie betäubt, und es ist, als würde das alles mit einer anderen Person geschehen, nicht mit mir. Meine Augen sind wund vom Weinen. Meine Stimme ist heiser. Die Tage seit dem Unfall sind dank der Tabletten, die Brad mir gegeben hat, verschwommen. Ich weiß nicht mehr, was für ein Wochentag heute ist oder wie viele Tage seit der Schreckensnachricht vergangen sind. Ich weiß nur, dass ich morgen die Tortur des Begräbnisses durchstehen muss.

Trotz Brads Bedenken musste ich herkommen. Ich habe meine Tochter seit dem Tag des Unfalls, als ich zum Abschied winkte, nicht mehr gesehen. Brad hält es für besser, dass ich sie so, wie sie in diesem Augenblick ausgesehen hat, in Erinnerung behalte. Meine Eltern sind seiner Meinung. Sie haben versucht, mir auszureden, dass ich heute Abend herkomme. Aber ich muss mich überzeugen, mit eigenen Augen sehen, dass sie wirklich tot ist.

Ich erinnere mich an einen Dokumentarfilm, den ich im Fernsehen gesehen habe – über eine Frau, die eine Totgeburt hatte. Sie nahm das Baby für ein paar Tage mit nach Hause, legte es in ihr Bett, wenn sie schlief, badete es, und ihre anderen Kinder durften es in den Armen halten. Damals fand ich die Vorstellung grauenvoll, makaber und morbid. Warum das Elend verlängern?, dachte ich und war fest davon überzeugt, dass ich so was nie tun könnte.

Aber seit ich selbst Mutter geworden bin, habe ich Verständnis für diese Frau. Es ist das Widerstreben, sofort loszulassen, das Bedürfnis, den geliebten Menschen als Familienmitglied zu behalten, wenn auch nur für kurze Zeit. Jetzt erscheint mir das natürlich und gar nicht mehr eigenartig.

Der Bestattungsunternehmer kommt zur Tür und räuspert sich: »Sie können jetzt reinkommen«, sagt er, ohne irgendjemanden direkt anzusehen.

Brad nimmt meinen Arm, als wolle er mich beschützen. »Du musst das nicht tun«, flüstert er. Er ist so erschüttert, dass er kaum ein Wort herausbringt.

Ich winde mich aus seinem Griff. Schon jetzt sind wir uns nicht mehr einig. Kadies Tod ist eine Barriere zwischen uns, ein zu hohes Hindernis, um es zu überspingen. »Ich muss«, entgegne ich ärgerlich. »Klar?«

Carys sieht mich scharf an, dann schaut sie weg. Es

scheint, als könnten wir den Blicken des anderen nicht mehr standhalten. Die übrigen Teilnehmer an der Zeremonie gehen auf die Tür zu.

Kadie liegt auf einer Bahre. Sie ist hoch, und mein erster Gedanke ist, dass meine Kleine nicht so hoch liegen sollte, für den Fall, dass sie herunterfällt. Aber dann sehe ich, wie sie daliegt, schlaff und bleich, und weiß – sie wird nicht herunterfallen.

Sie sieht so klein und verletzlich aus; ihr winziger Körper verschwindet förmlich auf der großen Bahre. Jemand hat ihr das Haar aus dem Gesicht gekämmt; es fällt nicht wie sonst in die Stirn. Es liegt blond und glanzlos auf dem weißen Laken. Sie hat ihr Lieblingskleid an. Ich habe es ausgesucht, und Brad hat es am Tag zuvor hergebracht. Es ist blassblau – ich sehe es an, und der Schmerz überkommt mich so plötzlich, so stark, dass ich beinah laut geschrien hätte.

Carys und meine Mutter weinen und machen sich nicht mehr die Mühe, ihre Tränen zu verbergen. Carys streichelt Kadies schlaffe Hand. Ich sehe, wie sich ihre rosigen Finger auf Kadies weißen bewegen. Sie streichen auf und ab, auf und ab, und ich bin wie hypnotisiert von dem Anblick.

»Ich denke, es ist Zeit zum Gehen«, sagt Brad.

Meine Eltern und Carys gehen zur Tür. Carys öffnet sie, und sie treten über die Schwelle. Jetzt sind nur noch Brad und ich in dem Raum. Ich frage mich, wie ich es jemals ertragen kann, Kadie hier allein zu lassen. Ich muss mehr Zeit mit ihr verbringen, Erinnerungen schaffen, die mich ein Leben lang begleiten.

Ich wende mich an Brad. »Ich möchte noch ein bisschen bleiben«, sage ich mit stockender Stimme.

Er mustert mich besorgt. »Okay!«, erwidert er und macht die Tür hinter den anderen zu.

»Allein«, erkläre ich entschieden. »Ich möchte allein bei meinem Baby bleiben.«

»Jess, nein!«

Ich schüttle resolut den Kopf. »Bitte geh, Brad! Ich möchte mit Kadie allein sein.«

Er zögert. Er öffnet den Mund, als wolle er noch etwas sagen.

»Geh einfach!«, wehre ich ab und nehme ihm die Möglichkeit zu widersprechen.

Es ist ganz still in dem Raum, nachdem er gegangen ist. Ich gehe zu der Bahre und stehe lange davor. Dann beuge ich mich vor und nehme meine Tochter in die Arme. Sie ist so leicht wie ein Vögelchen. Ich setze mich auf einen der Stühle, die an der Wand stehen, und weiß, dass nur mein Herz schwer ist. Kadie ist so kalt. Mein erster Gedanke ist, dass ich sie wärmen muss, und ich zupfe unbeholfen an meinem Mantel, um sie damit zuzudecken. Sie liegt reglos in meinen Armen, und tausend Gedanken und Erinnerungen wirbeln mir durch den Kopf.

Kadie, wie sie das erste Mal gierig an meiner Brust saugt.

Kadie geht mit unsicheren Schritten durch den Garten, zupft die Blüten der Blumen ab und legt sie in meine Hand.

Kadie klettert auf meinen Schoß und legt die Arme um meinen Hals. »Ich hab dich lieb, Mummy.«

»Wie sehr hast du mich lieb, Schätzchen?« Warum habe ich das Bedürfnis, diese Worte zu hören?

Sie breitet die Arme weit aus. »So sehr, Mummy.«

Jetzt streiche ich ihr übers Haar, dann über die Wangen. Ich zeichne die Form ihrer Augen, die Nase und den Mund nach. Mein Finger folgt der Linie des Halses und hält in der kleinen Kuhle unter der Kehle inne. Ein seltsamer, verrückter Gedanke schießt mir durch den Kopf: Wenn ich sie kitzle, wacht sie auf.

Diesen Moment habe ich gefürchtet. Kadie in den Armen zu halten bereitet mir unerträglichen Schmerz. Ich wiege sie. Es ist natürlich, eine Gewohnheit. Ich summe ein Lied, das wir abends beim Zubettgehen oft zusammen gesungen haben. Aber jetzt klingt es traurig wie ein Klagelied. Dies ist die letzte Gelegenheit für mich, meine Tochter in den Armen zu halten und für sie zu singen. Die Trauer ist allumfassend.

Die Zeit verstreicht, aber ich habe jegliches Gefühl dafür verloren. So wie ich dasitze, kann ich meine Uhr nicht sehen. Ich denke an Mam und Dad, Carys und Brad, die alle draußen auf mich warten. Aber ich kann meine Tochter nicht allein lassen.

Jemand klopft behutsam an die Tür. »Jess?«

Ich ignoriere es, bilde mir ein, dass derjenige, der da draußen steht, weggeht, wenn ich mich nicht rühre.

Nach einer Weile geht die Tür auf. Es ist mein Vater. Er steht da und sieht mich an. Selbst von weitem sehe ich, dass seine Augen in Tränen schwimmen.

»Jess, Liebes«, sagt er, »wir müssen gehen.«

Ich schüttle den Kopf. »Ich kann nicht. Ich bin noch nicht bereit.«

»Du wirst nie bereit sein. Der Tod trifft einen immer unvorbereitet.«

Er hat Recht, das weiß ich. Er kommt zu mir. Nimmt mir Kadie behutsam ab und legt sie zurück auf die Bahre.

Plötzlich ist mir kalt, und ich umschlinge meinen Oberkörper. Ich gehe ohne einen Blick zurück hinaus.

Meine Familie empfängt mich liebevoll. »Jess«, sagen sie, halten meine Hände fest umschlossen, umarmen mich. Aber ich bin wie erstarrt. In mir toben widerstreitende Gefühle. Ich möchte in Ruhe gelassen werden – alle sollen gehen. Andererseits verzehre ich mich nach menschlicher Wärme, nach Mitgefühl.

Jetzt wird mir klar, dass der Tod immer schlimm ist. Der Verlust eines kleinen Kindes ist ungeheuer, noch viel schmerzhafter als alles, was ich bis dahin erlebt habe. Und schon nach nur wenigen Tagen bin ich nicht mehr dieselbe wie vor dem tragischen Ereignis. Der Verlust hat mich kleiner gemacht, einsamer, in mich gekehrter. Und mir ist bewusst, dass ich das, was vor mir liegt, wie schmerzlich es auch sein mag, ganz allein bewältigen muss.

Es ist erst sechs Uhr am Diamantina, und der Morgen ist bereits drückend heiß. Ich sitze auf der Veranda und hoffe auf ein Lüftchen. Jennas Tagebücher, die Journale und mein Notizblock sind vor mir auf dem Tisch ausgebreitet.

Ich habe mir bei der Abschrift der Bücher gewisse Freiheiten erlaubt. Jennas Stil ist präzise und akribisch. Manchmal schreibt sie sehr persönlich. Dann wieder umgeht sie bestimmte Themen und nimmt einen neutralen Standpunkt ein. Deshalb erzähle ich sinngemäß die Ereignisse und fülle die Lücken mit meinem intuitiven Verständnis für ihre Situation, um der Geschichte ein bisschen mehr Substanz zu geben. Ich stelle mir Unterhaltungen, Handlungen und Reaktionen vor. Ich sehe Jenna vor mir, wie sie damals war: dunkelhaarig und temperamentvoll, furchtlos, wenn es galt, für sich selbst und ihre Ansichten einzustehen. Adam sehe ich als soliden zuverlässigen Mann, den »Fels in der Brandung«, auf den Jenna immer bauen kann, und ich male mir aus, wie er die kleine Katie, seine Nichte, liebt, als wäre er ihr wirklicher Vater. Und in gewisser Weise war er das ja auch beinahe.

Manchmal ist es, als würden sie alle neben mir sitzen, wenn ich schreibe, mich unterbrechen, einige Szenen und Dialoge hinzufügen. *Nein, so war es nicht,* höre ich Adam fast sagen. *Das haben wir so gemacht.*

Heute bin ich in aller Herrgottsfrühe mit einer Idee aufgewacht. »Ich werde Jennas Geschichte schreiben. Was hältst du davon?«, frage ich Brad bei einer Tasse Kaffee.

»Ich finde die Idee gar nicht gut.« Er schüttelt den Kopf und sieht mich beunruhigt an.

»Warum?«

»Nun«, beginnt er unsicher, »im Nachhinein denke ich, dass diese Tagebücher alte Wunden aufreißen. Du hast ein schlimmes Jahr hinter dir, Jess, und dich von einer über ein Jahrhundert alten, traurigen Geschichte vereinnahmen zu lassen, wäre …«

Ich hasse das. Ich hasse es, wenn er voreilige Schlüsse zieht und sich eine Meinung bildet, bevor er alle Details kennt. »Woher willst du wissen, dass es eine traurige Geschichte ist? Vielleicht ist sie aufbauend und inspirierend.«

»Stan hat mir von den Gräbern erzählt. Man muss kein Genie sein, um sich auszumalen, dass die Geschichte nicht gut endet. Inzwischen wünschte ich, du hättest diese Tagebücher nie zu Gesicht bekommen.«

»Aha!«

»Du weißt also nicht, wie die Geschichte endet? Stan hat es dir nicht gesagt?«

»Ich hab ihn nicht danach gefragt.«

Brad bedenkt mich mit einem kritischen Blick. Warum habe ich nur das Gefühl, eine Erklärung abgeben zu müssen?

»Ich möchte das selbst herausfinden, wenn du es wirklich wissen willst. Diese ganze Sache ist wie eine Reise, und wenn ich wüsste, was passiert, wäre es so, als würde ich an einem Ziel ankommen, ohne die letzte Etappe bewusst mitbekommen zu haben. Wenn ich zum Ende von Adams und Jennas Geschichte komme, möchte ich auch die Gründe für die Geschehnisse erfahren.«

»Das sagt die Richtige. Du bist doch diejenige, die einen Roman immer zur Hälfte und dann das Ende vorweg liest, weil du wissen möchtest, wie die Geschichte endet.«

»Das ist was anderes.«

»Wieso?«

Warum versteht er das nicht? »Um Himmels willen, Brad! Romane sind Fiktionen, Fantasien. Aber das hier ist real. Es ist tatsächlich passiert!«

»Sag nur nicht, ich hätte dich nicht gewarnt!«

Ich starre ihn lange an. Ich bin noch ein bisschen angeschlagen von der Fahrt am Abend zuvor. Nach unserer Begegnung der dritten Art auf der Straße fuhren wir schweigend heim – keiner von uns hatte das Bedürfnis, etwas zu sagen. Danach quälten mich seltsame Träume von Irrlichtern und Kängurus, die mich aus dem Dunklen ansprangen. Einige Male bin ich mit klopfendem Herzen und trockenem Mund aus dem Schlaf geschreckt.

Jetzt, am Morgen, rührt sich nichts im Raum. Ein Sonnenstrahl scheint durchs Fenster auf den Boden. Die Luft ist stickig. Ich blinzle und schließe die Augen, um Brads ernstes, bekümmertes Gesicht nicht mehr sehen zu müssen. Immerzu macht er sich Sorgen, verdammt noch mal!

Wir scheinen uns in verschiedene Richtungen zu bewegen, mein Mann und ich. Er versucht, mich zu beschützen, dessen bin ich mir bewusst, und will mich von Unerfreulichem, Beunruhigendem fern halten. Aber ich muss meinen Weg machen, die Geschichte beenden. Ich muss wissen, wie es mit diesen beiden Menschen, die lange vorsichtig miteinander umgegangen sind und letzten Endes doch gemerkt haben, dass sie gemeinsam stark waren, weitergeht – ich möchte erfahren, was aus diesem Mann und dieser Frau geworden ist. Jenna hat sich nicht unterkriegen lassen und die Schicksalsschläge akzeptiert. Vielleicht kann ich das auch – mit der Zeit.

Würde Brad mich verstehen, wenn ich versuchte, ihm zu erklären, dass mir Jennas Geschichte helfe, mein eigenes Leben aus einem anderen Blickwinkel zu sehen? Den Grund dafür kann ich nicht benennen. Es ist eher eine Intuition, eine Ahnung als etwas Greifbares. Jennas Verluste rücken meinen in die richtige Perspektive. Und diese Frau hat mehr Verluste erlitten als ich, was die Anzahl betrifft. Aber sie hat unermüdlich weitergekämpft und ist gestärkt aus ihrem Unglück hervorgegangen. Erwartete sie nicht Adams Kind?

»Ich bin zu involviert, um jetzt aufzuhören«, mache ich Brad klar.

»Wie du willst«, sagt er. »Und ich bin hier, um dann die Scherben aufzukehren.«

Ich drehe ihm den Rücken zu und mache mich an die Arbeit.

Eine halbe Stunde später hält ein Kombi in einer Staubwolke vor dem Gatter. Betty und Ella steigen aus und kommen auf das Haus zu. Resigniert schlage ich das Tagebuch, an dem ich arbeite, zu.

»Wir sind gekommen, um Sie auf eine Sightseeing-Tour mitzunehmen«, verkündet Betty.

Ich schaue Hilfe suchend zu Brad, der sich gerade die Stiefel zubindet und auf einen weiteren Tag am Flussufer vorbereitet. In seiner Kiste, die neben der Haustür steht, liegen Wassertest-Geräte und Petrischalen.

»Geh nur!«, sagt er, als er sich aufrichtet, dann schiebt er mich in die Richtung der beiden Frauen. »Es wird dir gut tun, einen Tag draußen zu verbringen.« Er wendet sich an Betty und Ella. »Seit Tagen sitzt sie hier und schmökert in diesen Tagebüchern. Ich glaube, sie würde nie eine Pause machen, wenn sie nicht ab und zu Schlaf bräuchte.«

Ich grinse matt. Brad und mir bleibt nicht einmal mehr eine Woche am Diamantina. Obwohl ich gute Fortschritte bei meiner Arbeit mache, fürchte ich, dass ich nicht rechtzeitig fertig werde. Doch die beiden wartenden Frauen und Brads Einverständnis lassen mir keine andere Wahl – ich muss alles stehen und liegen lassen und an dem Ausflug teilnehmen. Offenbar haben sie eine spezielle Exkursion nur für mich geplant, und ich erkenne an ihren erwartungsvollen Gesichtern, dass sie glauben, mir eine ganz besondere Freude damit zu machen.

»Wohin fahren wir?«

»Zu Conor O'Loughlins Grab. Es ist etwa zwei Stunden von hier. Und auf dem Weg gibt es jede Menge Landschaft zu sehen.«

»Was soll ich mitnehmen?«, frage ich, um Zeit zu gewinnen. Weshalb, weiß ich selbst nicht so genau. Diese Frauen lassen sich ohnehin nicht von ihrem Vorhaben abbringen.

»Nichts«, ruft Betty über die Schulter – sie ist schon wieder auf dem Weg zu ihrem Auto. »Ich habe einen Picknickkorb zusammengepackt und genügend Getränke dabei. Wir werden fast den ganzen Tag unterwegs sein.«

Ich schnappe mir meine Kamera. Betty scheucht mich auf den Beifahrersitz, Ella klettert auf den Rücksitz.

Wie es scheint, ist Ella die Navigatorin und gibt die Richtung an. Sie beugt sich zwischen Betty und mir nach vorn und deutet auf die verschiedenen Sehenswürdigkeiten. »Der alte Instinkt der Aborigines«, erklärt sie mit einem Lächeln, als ich sie frage, woher sie den Weg so genau kennt. »Ein Aborigine verirrt sich nicht im Busch.«

»Niemals?«

Sie überlegt einen Moment. »Na ja, höchst selten! Stan traut mir in diesem Punkt nicht allzu viel zu.«

»Wir werden das beurteilen, wenn wir an unserem Ziel angekommen sind«, meint Betty, als wir an eine Weggabelung kommen. »Rechts oder links?«

»Links«, sagt Ella, ohne zu zögern.

»Das ist wirklich ein Zufall«, erzähle ich. »Erst gestern hat Doris, die Mitarbeiterin des Museums, Conors Grab erwähnt, und jetzt sind wir auf dem Weg dorthin.«

»Ja, Doris hat mich daran erinnert«, erwidert Betty mit einem triumphierenden Lächeln, während der Wagen über das tausendste Schlagloch rumpelt. »Sie hat mich gestern Abend angerufen, um mir zu sagen, dass sie bald herauskommen und das alte Wohnhaus fotografieren möchte. Wir sind auch auf die Tagebücher und Journale zu sprechen gekommen und auf Conors Grab. Die historische Gesellschaft ist der Ansicht, dass dort etwas geschehen sollte. Vielleicht errichten sie irgendetwas, was an Conor O'Loughlin erinnert. Jedenfalls hab ich danach Ella angerufen und – na ja, und jetzt sind wir auf dem Weg.«

Wir fahren eine gute Stunde durch trockene Wasserrinnen, ausgewaschene Senken und auf überwucherten Feldwegen. Betty umfasst das Lenkrad mit festem Griff und wirkt sehr konzentriert. Sie ist so mit Fahren beschäftigt, dass sie nur wenig redet, also bestreiten Ella und ich die Konversation, während sich das alte, blecherne Ungeheuer ächzend und knarrend durch das unwegsame Gelände kämpft. Hin und wieder habe ich Angst, dass das Vehikel auseinander bricht.

Schließlich kommen wir auf eine weite Ebene. Gelbe Wildblumen zwischen Büscheln von Mitchell-Gras bilden einen leuchtenden Teppich, der sich erstreckt, so weit das Auge reicht.

»Jetzt sind wir gleich da«, behauptet Ella und deutet auf eine ferne Baumgruppe, die offenbar ein Flussbett säumt.

Ich atme tief durch. Ich bin neugierig, auch ein wenig ängstlich, weil ich bald vor Conors Grab stehen werde. Und ich frage mich flüchtig, warum ich überhaupt solche Anstrengungen auf mich nehme, nur um mir die Grabstätte eines Mannes anzuschauen, der vor mehr als hundert Jahren gestorben ist, wenn ich doch das Grab meiner Tochter noch nie besucht habe.

Ich fasse einen Vorsatz. Sobald ich nach Hause komme, werde ich auf den Friedhof gehen und mir Zeit nehmen, um an Kadies Grab zu sitzen. Ich werde mit ihr sprechen, ihr vom vergangenen Jahr erzählen und davon, wie schwierig und traurig es für mich war. Vielleicht bringe ich ihr auch einen Teddy oder eine Puppe aus ihrem Zimmer mit, das jetzt fast so etwas wie ein Schrein ist, und lege ihr Lieblingsspielzeug auf das Grab. Ich werde ihr auch von den Träumen erzählen und von dem kleinen Mädchen namens Kathryn O'Loughlin, das auf Diamantina Downs begraben ist.

»Gleich da unten«, sagt Ella und reißt mich aus meinen Gedanken.

Wir steigen aus und klettern einen felsigen Hang zum erhöhten Flussufer hinunter. Das Grab, das mit festem Maschendraht eingezäunt ist, befindet sich unter den belaubten Ästen eines Flusseukalyptusbaumes. Da ist ein weißes Kreuz mit der Inschrift: *Conor O'Loughlin 1851–1873*. Der Grabhügel ist mit Gras bewachsen.

»Jack und Stan haben vor ein paar Jahren diesen Zaun aufgestellt«, sagt Betty. »Früher waren da ein paar Holzpfosten, die fast verrottet waren, und Draht.«

Es ist heiß hier. Kein Lüftchen regt sich, und mir läuft ein Schweißtropfen den Rücken hinunter. Betty fächelt sich mit einer zusammengefalteten Zeitung, die sie aus dem Auto mitgenommen hat, Luft zu. Ella hat den Rock gerafft und watet durch das knöcheltiefe Wasser im Flusslauf. »Sie sollten das auch versuchen, Jess«, meint sie.

»Sieht verlockend aus.«

»Sie nennen diese Stelle Murdering Creek«, erklärt Ella – ich erinnere mich, diesen Namen vor Wochen auf der Karte gelesen zu haben. »Und das da drüben –«, sie zeigt auf einen zerklüfteten Berg, »ist der Mount Misery. Am Fluss gleich am Fuße des Berges wurden Ngaylas Stammesgenossen ermordet. Es gibt keine offiziellen Berichte oder Aufzeichnungen über das Massaker. Laut den Bürokraten der Regierung hat es niemals stattgefunden.«

»Aber das stimmt doch gar nicht – es hat sich tatsächlich ereignet!«, protestiere ich. »Es steht in Adam O'Loughlins Journalen. Ich kann Ihnen sogar das genaue Datum nennen.«

Ella lächelt betrübt. »Das ist nicht mehr wichtig«, sagt sie. »Wenn wir das Datum auch kennen, so ändert das nichts an den Tatsachen. Tot ist tot. Es kommt nur darauf an, dass wir alle davon wissen. In Stans Familie wurde die Geschichte von Ngayla, vom Mord an ihrer Mutter und Schwester, davon, wie Adam sie gefunden und mit nach Diamantina Downs genommen hat, von einem zum anderen weitererzählt.«

Wir schweigen eine ganze Zeit und denken über diese Geschichte nach. Dann mache ich ein paar Fotos aus unterschiedlichen Blickwinkeln – eines von der Grabstelle und andere mit Ella und Betty neben der Umzäunung. Es ist ein stiller, ein feierlicher Ort. Ein Ort des Friedens. Und aus unerfindlichen Gründen unterhalten wir uns im Flüsterton.

Wir essen unseren Lunch am Flussufer. Betty hat ein Festmahl zubereitet, aber wir alle haben keinen großen Appetit bei der Hitze. Ich nehme mir ein Sandwich und knabbere daran. Als Betty wegsieht, werfe ich es in die Büsche. Die Ameisen werden dankbar sein, denke ich.

Ich liege auf dem Rücken im Gras und betrachte die felsige Erhebung, die neben uns aufragt. Dort haben sich die verwundeten, verzweifelten Männer aus Ngaylas Stamm in der Nacht vor so vielen Jahren versteckt, bevor sie Conor überfallen haben. Ich versuche, die Szene im Geiste durchzuspielen, aber meine Fantasie versagt an der Stelle, an der die Männer sich an Conor und das Feuer anschleichen. Irgendwie bringe ich es nicht fertig, an den Speer und Conors überraschten Gesichtsausdruck zu denken – oder daran, wie die Speerspitze sein Fleisch durchbohrt.

Nach dem Essen bewölkt sich der Himmel, und die Sonne verschwindet, aber es wird nicht kühler. Wir steigen den Hang hinauf zum Auto. Auf dem Heimweg halten wir bei den Ruinen eines alten Farmhauses.

Das Gebäude bestand, anders als Adams und Jennas Haus, aus Stein. Es ist verfallen. Das Dach ist eingebrochen, und die Balken, die noch erhalten sind, erinnern an ein Skelett. Die Wind und Wetter ausgesetzten Steinmauern zerbröckeln langsam. Jemand hat Wellblech vor die Fenster genagelt.

Wir steigen aus dem Wagen und gehen herum. Betty und Ella unterhalten sich über die Familie, die hier gelebt hat, aber ich interessiere mich nicht für sie. In meinem Bewusstsein scheint kein Platz für jemand anderen als die O'Loughlins zu sein. Ich schlendere umher und kicke Steine weg. Brad sagt, man finde manchmal interessante Dinge rund um diese alten Behausungen, Flaschen zum Beispiel oder alte Münzen.

Kleine Staubwölkchen steigen auf, als ich mit der Schuhspitze in der Erde scharre. Da ist etwas Rostiges. Ich bücke mich und hebe es auf. Es ist ein Hufeisen.

»Das ist ein guter Fund«, sagt Ella und kommt zu mir.

»Ja?«

»Na ja, Hufeisen werden allgemein als Glücksbringer angesehen. Aber es ist ein noch besseres Omen, wenn man sie selbst findet.« Sie nimmt es mir aus der Hand und hält es mit der Öffnung nach oben. »Sie müssen es so herum aufhängen, damit das Glück nicht herausfallen kann.«

Ich schaue zurück zum Wagen. Betty schenkt Tee aus der Thermoskanne in einen Becher. Die Heckklappe nutzt sie als Tisch. Selbst aus dieser Entfernung sehe ich den Dampf, der aus dem Becher steigt.

»Hören Sie, Jess!«, sagt Ella bedächtig. »Ich will nicht neugierig sein, und Sie können mir frank und frei sagen, dass es mich nichts angeht. Aber manchmal ist es hilfreich, wenn man über die Probleme redet.«

Erinnerungen kommen ungebeten. Kadie auf der Schaukel, ihr fröhliches Lachen. Ich lese ihr eine Gutenachtgeschichte vor und sehe, wie ihre Augenlider flattern. Rosige Wangen. Der pudrige Geruch nach Babyseife. Blondes Haar.

Ich schließe die Augen und verdränge die Bilder. Kadie ist nicht mehr Teil meines Lebens, und die Leere, die sie hinterlassen hat, ist zu groß, um jemals ausgefüllt zu werden.

»Probleme? Wer sagt, dass ich welche habe?« Ich zucke lässig mit den Achseln, doch meine Stimme verrät mich. Sie ist um eine Oktave zu hoch und bebt.

Ella zuckt mit den Schultern. »Wie gesagt, es geht mich eigentlich nichts an. Ich hatte nur so ein Gefühl, aber vielleicht hab ich mich geirrt.«

Sie dreht sich um und geht weg. Plötzlich trifft mich die

Erkenntnis, wie sehr ich mir wünsche – nein, wie sehr es mich *drängt* –, mit dieser Frau zu sprechen. »Nein, Sie haben sich nicht geirrt«, sage ich unvermittelt. »Ganz und gar nicht.«

Ella kommt zurück und legt eine Hand auf meinen Arm. Ich fühle ihre Wärme, ihre Großherzigkeit, und Tränen treten mir in die Augen. Ärgerlich wische ich sie weg. »Ich fühle mich, als hätte ich die Kontrolle verloren.«

»Das haben Sie gar nicht.«

Ich schaue sie ungläubig an. »Sehen Sie mich an! Es ist ein Jahr her, und nichts hat sich geändert. Ich bin am Boden zerstört. Meine Tochter ist tot, und ich würde alles geben, um sie zurückzubekommen. Sie glauben doch nicht, dass ich mir je gewünscht habe, dass all das geschieht. Natürlich habe ich mich nicht in der Gewalt.«

»Es liegt an Ihnen, wie Sie mit dem umgehen, was Ihnen das Leben in den Weg wirft, wie Sie darauf reagieren. Das ist die höchste Form von Kontrolle.«

Ich sehe sie resigniert durch den Tränenschleier an. »Ich gehe nicht besonders gut damit um, stimmt's?«

»Ich bin keine Kritikerin, Jess. Und es ist leicht, sich eine Meinung über Dinge zu bilden, die man selbst nie erlebt hat. Ich kann mir beim besten Willen nicht vorstellen, welchen Schmerz Sie erlitten haben. Ich will nur sagen, dass Sie die Wahl haben. Sie können sich aufgeben, weil Ihnen so Schreckliches widerfahren ist, verbittert werden. Vielleicht zerstören Sie dadurch sogar Ihre Ehe und sind schließlich ganz allein. Sie können den Schicksalsschlag aber auch akzeptieren und Ihr Leben in die Hand nehmen.«

»Sie raten mir, meine Tochter zu vergessen?«

Ella seufzt und legt die Hände auf meine Schultern.

»Das würde ich nie tun! Niemals! Was Sie durchmachen, ist der ganz normale Prozess der Trauer. Erst ist man geschockt, dann wütend. Und schließlich akzeptiert man es. Das ist die natürliche Reihenfolge.«

»Das weiß ich alles. Ich habe alle möglichen Bücher darüber geschenkt bekommen.«

»Und haben Sie sie auch gelesen?«

»Nicht richtig.« Ich schüttle den Kopf. Damals konnte ich immer nur wenige Seiten am Stück lesen, und so habe ich mir einen allgemeinen Überblick verschafft, mehr nicht. Ich hatte das Gefühl, dass meine Trauer anders war als die anderer Leute. Intensiver, persönlicher. Wie können Worte in einem Buch erklären, was ich fühle?

»Ah, Jess, die alles besser weiß!« Sie ist schonungslos und direkt, aber sie lächelt dazu. »Sie können nicht für den Rest Ihres Lebens im Stadium der Wut stecken bleiben. An einem gewissen Punkt müssen Sie damit aufhören und in die nächste Phase treten, sonst lassen Sie zu, dass der Tod Ihrer Tochter all das Gute, das Ihnen das Leben sonst noch beschert hat, zerstört.«

»Das Gute? Ich glaube kaum, dass es sehr viel Gutes in meinem Leben gibt.«

»Es ist nicht schwer, das Positive schlecht zu machen, wenn man durcheinander ist. Was ist mit Brad? Mit Ihrer Ehe? Und den Menschen, die Sie lieben? Meinen Sie, dass sie nicht auch wütend sind? Aber sie lassen sich nicht von dieser Wut vereinnahmen.«

Ich gebe ein bitteres Lachen von mir. »Das klingt so einfach, ganz simpel.«

Ella schließt mich in die Arme und hält mich. Ich brauche diese Nähe eines anderen Menschen, den Trost. Ich sinke gegen sie. Die Kraft und der Kampfgeist haben mich verlassen. Ich fühle nichts, will mich nur fallen lassen.

»Sie schaffen das, Jess«, flüstert mir Ella voller Überzeugung zu. »Ich behaupte nicht, dass es leicht ist – das ist es sicher nicht, wie Sie wissen. Aber wenn Sie akzeptieren, dass Sie in vielerlei Hinsicht die Kontrolle *immer noch haben,* dann gelingt es Ihnen.«

Auf der restlichen Fahrt sind wir alle drei ziemlich wortkarg. Diesmal sitze ich hinten, und mir ist nicht nach reden zumute. Mir brennen die Augen. Mir tut jeder Muskel weh, und ich will nur noch schlafen und den Tag vergessen. Aber ich werde noch fast zwei Stunden durchgeschüttelt, ehe ich zu Hause bin.

Ich bitte Betty, mich am Gatter abzusetzen. Ich möchte zu Fuß über die Weide zum Cottage gehen, meine Rückkehr hinauszögern. Brads Auto steht nicht vor dem Haus, demnach weiß ich, dass niemand da ist. Der Gedanke, in ein leeres Haus zu kommen, bereitet mir mit einem Mal Unbehagen.

Bettys Auto rumpelt davon und fährt über den Weg zu Ellas Haus. Auf halbem Weg bleibe ich stehen und lehne mich an einen Baum. Erst jetzt, da ich allein bin, gestatte ich mir, über Ellas Rat nachzudenken.

Einige ihrer Sätze lassen mich nicht mehr los und fordern meine Aufmerksamkeit. Ich sehe Ellas entschlossenes Gesicht vor mir. Und habe ihre Stimme im Ohr. Sie hat weder versucht, mir gut zuzureden oder mich von etwas zu überzeugen, noch hat sie mich wie ein eigensinniges Kind behandelt. Sie hat Ruhe ausgestrahlt und mir ihre Überzeugung gezeigt, dass ich die Kraft in mir habe, um mit all dem Kummer in meinem Leben fertig zu werden.

Sie können nicht für den Rest Ihres Lebens im Stadium der Wut stecken bleiben.

Es liegt an Ihnen, wie Sie mit dem umgehen, was Ihnen das Leben in den Weg wirft, wie Sie darauf reagieren.

Sie schaffen das, Jess!

In diesem Augenblick sehe ich einen Hoffnungsschimmer. Ella hat mir meine Zuversicht zurückgegeben, das Gefühl, dass ich eines Tages in der Lage sein werde, die Trauer loszulassen. Es wird nicht heute geschehen, auch nicht morgen. Aber in den nächsten Monaten werde ich spüren, dass sich die Wut in Luft auflöst und verschwindet.

Typisch Ella, geht es mir durch den Kopf, als ich die Haustür öffne und hineingehe, dass sie mich direkt anspricht und sagt, was sie denkt. Ella schleicht nicht wie andere wie die Katze um den heißen Brei.

Nein, denke ich mit einem Lächeln, Ella ist nicht wie die anderen.

TEIL VI

ENTGLEITEN

KAPITEL 29

Die Schur der wenigen Schafe, die Adam noch geblieben waren, dauerte nur drei Tage. Zwei Jahre zuvor waren die Scherer einige Wochen auf Diamantina Downs geblieben, bis sie fertig waren. Jenna war mit Katie jeden Tag in die Schurhalle gegangen und hatte den Männern Brötchen und Plätzchen gebracht. Sie sah zu, wie sich die Männer über die Tiere beugten und sie Vliese mit scharfen Klingen abschoren. Der Geruch von Schweiß und Lanolin lag in der Luft. Dieser Geruch stieg einem noch in die Nase, wenn die Männer und Tiere längst weg waren.

Nach der Schur rannten die jämmerlich aussehenden Tiere, deren Knochen ohne die Wolle deutlich zu sehen waren, auf spindeldürren Beinen die Rampe hinunter in den Sonnenschein. Die Wollballen – dieses Jahr gab es nicht viele – wurden gepresst, verpackt und mit Eisenbändern zusammengebunden. Jenna wusste, dass sie nach England zu den Spinnereien verschifft wurden, was Adam nicht recht zu sein schien.

»Verdammte Engländer«, brummte er und betrachtete wehmütig das dürftige Resultat von einem Jahr harter Arbeit. »Der Erlös für diese Wolle reicht gerade mal für die Löhne der Scherer. Uns wird nichts davon bleiben.«

»Bestimmt regnet es bald«, gab Jenna zurück.

»Und wenn nicht? Ich weiß nicht, was wir dann machen sollen.«

Seit ein paar Tagen veranstalteten die Schwarzen im Lager ein Corroboree, ein Ritual, bei dem sie um Regen flehten. Adam und Jenna waren in einer Nacht dazu eingeladen. Es sei eine Ehre, wie Wongaree ihnen erklärte, denn normalerweise dürften Weiße nicht an diesen Zeremonien teilnehmen. Jenna hatte fasziniert verfolgt, wie Wongaree, geschmückt mit Federn und Känguruschwänzen, die Männer im Schein der Holzfeuer anführte. Sie bewegten sich langsam, dann schnell, stampften mit den Füßen und kauerten sich auf den Boden, wobei sie aussahen wie ein Vogelschwarm. Die Frauen umkreisten die Männer und schlugen Stöcke aneinander.

Jenna seufzte bei der Erinnerung daran, kehrte aber rasch wieder in die Wirklichkeit zurück. An diesem letzten Morgen saßen viele Menschen beim Frühstück am Esstisch: ihre eigene kleine Familie, die Scherer, Tagelöhner und Farmarbeiter. Jenna hörte das Stimmengewirr wie aus weiter Ferne. Sie presste die Hand auf ihren Bauch – das Kind bewegte sich. Die Schurzeit war zu Ende; jetzt dachte sie an die Zukunft. An Katie. An das neue Baby.

Später stand sie mit ihrer Tochter auf der Veranda und winkte, als die letzten Wagen mit den Männern vorbeifuhren. Sie zogen weiter nach Süden zur nächsten Schaffarm.

Jenna kam an diesem Morgen nicht zur Ruhe. Das Haus erschien ihr außergewöhnlich still nach dem Aufbruch der Männer. Katie half Aleyne beim Aufhängen der Wäsche hinter dem Haus. Adam war mit seiner Büchse unter dem Arm auf die Weide gegangen. Ngayla sang in der Küche Jinbi etwas vor und knetete dabei Brotteig.

Jinbi war inzwischen ein Jahr alt und lief seiner Mutter auf unsicheren Beinchen auf Schritt und Tritt nach. Sie trug ihn auch noch oft in der Schlinge herum, und er nuckelte an ihrer Brust. Jenna hatte Ngayla zu überreden versucht, ihn zu entwöhnen, aber die weigerte sich. »Nein, Missy«, sagte sie und schüttelte energisch den Kopf. »Jinbi ist ein guter Junge. Sogar Mista Adam sagt das. Er soll groß und stark werden, damit er den anderen Männern bei der Arbeit helfen kann. Er braucht viel gute Milch, die macht ihn stark.«

Jenna lächelte matt, als sie die Stimme der jungen Frau hörte. Ihr schmerzte der Rücken. Sie ging zum Fenster im Esszimmer und lehnte sich an das Sims, um den Druck von ihrem Rückgrat zu nehmen.

Die Hitze flimmerte über der Landschaft. Jenna entdeckte Emus, dunkle Gestalten vor dem dunstigen Horizont. Grau-grüne Coolibahs bewegten sich im heißen Wind wie bei einem langsamen Tanz. Der Himmel war so strahlend, dass es in den Augen schmerzte.

Erwartung lag in der Luft, eine Rastlosigkeit, die auch ihr ungeborenes Kind zu spüren schien. Er – Jenna war überzeugt, dass es diesmal ein Junge wurde – drehte sich und strampelte. »Autsch!«, murmelte sie und massierte die Stelle mit der flachen Hand. Corellas erhoben sich in die Lüfte und flogen kreischend zum Fluss. Dies ist einer dieser Tage, an denen man nicht weiß, was geschieht, und ein plötzlicher Wetterumschwung kommen kann, dachte sie betrübt. Schon jetzt zeigte sich ein verräterischer rötlicher Dunst am westlichen Horizont.

Ein Sandsturm. Der erste in diesem Jahr.

Jenna seufzte, drückte die Stirn an die kühle Fensterscheibe und dachte an den letzten Sommer. Sie und

Aleyne hatten nach einem besonders schlimmen Sturm fast einen ganzen Tag gebraucht, um die großen Sandhaufen von der Veranda und aus dem Gemüsegarten zu schaufeln. Heute wäre sie nicht dazu imstande. Sie hatte keine Kraft für diese schwere Arbeit. In wenigen Wochen sollte ihr Kind auf die Welt kommen, und es fiel ihr schon schwer, im Haus umherzugehen. Gott allein wusste, wie sie die Fahrt in die Stadt, auf der Adam nach wie vor bestand, durchstehen sollte.

Nach dem Mittagessen brachte sie Katie für ihr Mittagsschläfchen ins Bett und sah nach ein paar Minuten noch einmal nach ihr. Katie schlief bereits tief und fest, das dunkle Haar klebte feucht an ihrer Haut. Wie die Kleine in dieser stickigen Hitze überhaupt schlafen konnte, war Jenna ein Rätsel.

Erschöpft zog sich Jenna ins Schlafzimmer zurück. Adam beharrte, seit er von der Schwangerschaft erfahren hatte, energisch darauf, dass Jenna jeden Nachmittag, wenn Katie schlief, sich ebenfalls hinlegte und ausruhte.

»Ich bin nicht krank!«, hatte sie lachend protestiert.

»Nein, aber du wirst all deine Kraft bei der Geburt brauchen.«

Heute war sie sich ganz sicher, dass sie keinen Schlaf finden würde. In ihrem Zimmer war es kein bisschen kühler als in dem ihrer kleinen Tochter, und eine Fliege summte nervenzermürbend an der Fensterscheibe. Das Baby strampelte gnadenlos. Ein kurzer, schmerzloser Krampf verhärtete ihre Bauchdecke.

Sie zog ihr Kleid aus, legte sich aufs Bett und starrte an die Decke. Aus der Küche drangen Aleynes und Ngaylas gedämpfte Stimmen. Sobald sie mit dem Abwasch fertig wären, würden sie ins Lager gehen und den Rest des Nachmittags dort verbringen. Erst wenn es galt, das Abendessen zuzubereiten, kamen sie wieder ins Haus. Die Luft war drückend, still, als würden sich Urgewalten für einen Angriff zusammenrotten.

Jenna atmete tief durch und schloss die Augen, um den Schlaf zu erzwingen.

Adam legte das Gewehr an und schoss – ein weiteres Schaf sank leblos zusammen. Er zwinkerte in der grellen Sonne; vorhin hatte er ein paar andere Tiere im Schatten eines Coolibah-Baumes gesehen. Als der Schuss durch die Luft peitschte, versuchten einige, auf die Füße zu kommen – vergeblich. Resigniert schwang sich Adam in den Sattel und ritt auf die Tiere zu.

So hatte er sich das Leben am Diamantina nicht ausgemalt. Die ganzen Jahre hatte er eine feste Vorstellung davon gehabt, wie es sein sollte. Er wollte seinen Besitz langsam vergrößern, wenn er es sich leisten konnte, und Verbesserungen einführen. Er hatte gut gewirtschaftet, gewartet und sein Geld, anders als Jenna, für Notzeiten gespart. Doch diese lange Dürreperiode machte seine wohl durchdachten Pläne zunichte.

Jenna hatte ihr Kapital für den Hausbau und die Einrichtung ausgegeben. Es war ihr Geld gewesen, Adam wollte nichts davon haben. Außerdem hatte er angenommen, dass es sie glücklich machte, wenn sie sich ein eigenes Heim schaffen konnte, und das Leben in dem großen Haus war tatsächlich sehr behaglich. Gott war sein Zeuge, er nahm es seiner Frau nicht übel, dass sie das Geld mit vollen Händen ausgegeben hatte. Das Leben im Busch war ohnehin hart genug. Was aber, wenn seine Frau und sein Kind – und zwangsläufig auch er – vergleichsweise luxuriös lebten, während die Farm langsam, aber sicher Bankrott ging? Die Dürre war ein Naturereignis, und man konnte den Regen nicht mit Geld kaufen.

Er schirmte die Augen mit einer Hand ab und schaute in die Ferne. Dort am Horizont sah er ein rosa Band am Himmel, das mit den roten Bergen verschmolz, die hier und da aus dem flachen Land hervorragten.

Ein Sandsturm. Adam nahm an, dass es in diesem Sommer noch öfter als sonst Sandstürme geben würde. Das Gras war verdorrt, und es gab nichts, was die Erde zusammenhielt. Der Sturm wirbelte die losen Schichten auf, trug sie fort, und sie setzten sich manchmal hunderte von Meilen entfernt wieder ab.

Ein heißer Wind fegte über die Ebene und riss die dürren Grasbüschel mit. Adam schätzte, dass ihm noch eine Stunde Zeit blieb, bis der Sturm hier war.

Entschlossen erlöste er die Schafe von ihrem Elend und ritt in Richtung Haus. Er hatte keine Lust, sich hier draußen von dem Sturm und den Staubmassen überraschen zu lassen.

Es war dunkel im Zimmer, als Jenna aufwachte. Der Sturm war da, und sie hörte, wie Sand und Erdklumpen gegen die Fenster geschleudert wurden. Schweißtropfen standen auf ihrer Oberlippe, und ihre Haut fühlte sich klamm an. Das Haar war ein wenig feucht. Die Vorhänge hingen schlaff herunter, also musste jemand – Ngayla vielleicht? – ins Zimmer gekommen sein und das Fenster zugemacht haben.

Sie streckte sich wie eine Katze und rollte auf die Seite,

um auf die Uhr auf ihrem Nachtkästchen zu sehen. Wie spät war es? Kurz nach vier, obwohl es schon so düster war wie am Abend. Sie hatte gute zwei Stunden geschlafen. Langsam hievte sie sich vom Bett und hob das Kleid auf, das sie vorhin auf den Boden hatte fallen lassen.

Barfuß tapste sie durch den Flur zum Zimmer ihrer Tochter und öffnete die Tür. »Katie? Katie, Liebling?«

Das Bett war leer.

Das Fenster stand offen, und der Wind peitschte die Vorhänge hin und her. Jenna lehnte sich hinaus. Sand kam ihr in die Augen. Sie konnte kaum vier Meter weit sehen, fasste nach dem Griff am Fenster und schob es zu.

Sie betrachtete einen Moment das zerwühlte Bett. Wahrscheinlich war Katie in der Küche. Aleyne müsste mittlerweile wieder im Haus sein, und bestimmt bereiteten sie Biskuits oder Blätterteigpasteten fürs Abendessen vor.

Doch auch in der Küche war niemand, das Feuer war fast ganz heruntergebrannt.

Jenna legte ein Holzscheit auf die Glut. Sie ging durchs Esszimmer und durch den Salon, ins Musik- und Arbeitszimmer. Von Katie keine Spur. Jenna lief durch den Flur, riss alle Türen der ungenutzten Schlafzimmer auf und rief den Namen ihrer Tochter.

»Katie? Wo bist du? Komm raus!«

Katie liebte es, sich zu verstecken, und es war ein tägliches Spiel: Sie kroch in einen Schrank oder unter ein Bett, wenn sie hörte, dass Adam von den Weiden nach Hause kam. Aber heute war es anders. Es war noch zu früh. Adam war nicht im Haus. *Niemand* schien hier zu sein.

Allmählich war Jenna ernsthaft beunruhigt, aber sie

versuchte, ihre Befürchtungen zu zerstreuen. Adam würde sie ausschelten und ihr sagen, dass sie sich unnötig Sorgen mache. Aber ihre Erfahrungen von Kindesbeinen an hatten sie so gemacht. Das Leben und der Tod waren unberechenbar. Das hatte ihr Michaels Unfall gezeigt. Und der Tod ihrer Mutter. Conors tragisches Schicksal. Aber Katie ist anders, redete sie sich ein. Jeden Moment würde sie ihre Tochter finden. Sie musste ein ernstes Wörtchen mit ihr reden, bevor sie dann zusammen in die Küche gingen und mit den Vorbereitungen fürs Dinner anfingen.

Das Haus war still, unheimlich still; nur ihre eigenen Schritte waren zu hören. Sie öffnete die Tür des letzten Zimmers. »Wo bist du, Katie?«, schrie sie und war überrascht, dass ihre Stimme, schrill und verängstigt, von den Wänden widerhallte.

Sie ließ sich umständlich wegen ihres Babybauchs auf alle viere nieder und spähte unter das Bett. Aber da war kein ersticktes Kichern, niemand, der an ihr vorbeihuschte und zu entkommen versuchte.

Die Haustür schlug zu. *Katie!*, dachte sie, zog sich auf die Füße und rannte in die Halle.

Aber da war nur Adam, der sich die Stiefel auszog. »Gott sei Dank, endlich bin ich zu Hause! Der Wind ist so stark ...«

»Hast du Katie gesehen?«, schnitt sie ihm das Wort ab.

Er sah sie verwirrt an. »Nein. Sollte ich?«

»Ich kann sie nicht finden. Sie war nicht da, als ich aufwachte.«

»Bestimmt versteckt sie sich irgendwo.« Adam ging zum nächsten Schrank und öffnete ihn. »Katie! Komm raus – sofort! Deine Mutter macht sich Sorgen um dich.«

Keine Antwort.

»*Katie!*« Er marschierte durchs Haus und riss die Türen auf wie Jenna kurz zuvor. »Sie muss hier sein. Wohin sollte sie gehen?«

Jenna blieb hinter ihm stehen und musste plötzlich an das Spiel denken.

Die kleine Miss Katie ist in die Stadt gegangen. Sie hat sich ganz allein ein Pferd gesattelt und ist davongeritten.

Erschrocken schlug sie die Hände vor den Mund, als wolle sie einen Schrei unterdrücken. Ihre Stimme war kaum mehr als ein Flüstern. »Du glaubst doch nicht … Sie würde nicht versuchen, allein in die Stadt zu kommen, oder?«

Gemeinsam liefen sie hinaus auf die Veranda. Der Platz, an dem Katies Stiefel normalerweise standen, war leer. Nur Sand hatte sich dort angesammelt.

»Sie ist weggegangen«, kreischte Jenna verzweifelt und sah sich hektisch um. Überall wirbelte der Staub herum, so dick, dass man außer den nächsten Pfefferbäumen und deren vom Sturm gepeitschten Ästen nichts erkennen konnte.

»Sehen wir in den Ställen nach!«

Warum hatte sie selbst noch nicht daran gedacht? Ein Hoffnungsfunke glomm auf. »Die Ställe, natürlich«, wiederholte Jenna benommen. »Bestimmt ist sie dort.«

Sie liefen zu dem Gebäude, kämpften gegen den Sturm an, Sand schlug ihnen in die Gesichter und die Augen. Adam zog das Tor auf, und beide taumelten in den Stall. »Katie!«, überbrüllte Adam das Tosen des Sturms.

Sie liefen durch den Mittelgang und schauten in die Boxen. Die Pferde waren unruhig, schnaubten und stampften mit den Hufen. Jenna roch das Stroh und die Melasse und bemerkte, dass ihr übel wurde, als sie zu der letzten

Box kamen. Alle Pferde standen im Stall, aber von Katie war nichts zu sehen.

Alles drehte sich um Jenna, Adams Gesicht verschwamm vor ihren Augen. Sie fürchtete, in Ohnmacht zu fallen. Adam streckte die Arme aus, als spürte er, wie ihr zumute war, und hielt sie an den Schultern fest. »Denk nach!«, forderte er. »Wo könnte sie noch sein? Vielleicht hat Aleyne die ersten Anzeichen des Sturms gesehen und Katie mit ins Lager genommen, weil sie wusste, dass sich die Kleine fürchten würde, wenn sie aufwacht und du noch schläfst.«

Jenna schüttelte den Kopf. Warum standen sie hier herum und verschwendeten Zeit mit einer Diskussion über Möglichkeiten? »Das hat Aleyne noch nie gemacht. Warum jetzt?«

Adam führte sie zurück zur Veranda und zwang sie, sich auf die Bank zu setzen. »Ich gehe hinunter zum Lager«, sagte er, »und sehe nach, ob sie dort ist. Wenn nicht, bringe ich ein paar der Männer mit her, damit sie bei der Suche helfen.« Er trat einen Schritt zurück und deutete mit einer Kopfbewegung zu den schwankenden Bäumen. »Versprich mir, dass du nichts Unüberlegtes tust! Ich will nicht nach euch beiden suchen müssen.«

Er weigerte sich zu gehen, bis sie ihm ihr Wort gegeben hatte. Kostbare Minuten verrannen, und Gott allein wusste, wie lange Katie schon weg war. »Ich gebe dir zehn Minuten«, sagte Jenna widerwillig. »Wenn du bis dahin nicht zurück bist, mache ich mich selbst auf die Suche.«

Die Zeit verging quälend langsam, während Jenna auf der Veranda wartete. Ihr brannten die Augen. Sie drückte sich ein Taschentuch auf die Nase, um nicht zu viel von dem Staub einzuatmen, und strengte sich an, etwas durch den wirbelnden roten Schleier zu erkennen. Doch da war nichts.

Adam kam mit Aleyne und den Männern zurück, sah Jenna an und schüttelte wortlos den Kopf. Sein Gesicht war aschfahl vor Sorge.

Er zeigte Wongaree den Platz, an dem Katies Stiefel immer standen. Wongaree ging mit tief gesenktem Kopf die Stufen hinunter in den Garten und inspizierte den Boden. »Der Wind hat die Spuren weggewischt. Da ist nichts mehr«, brummte er und wedelte hilflos mit dem Arm. »Die Fußspuren von Missy Katie sind längst verdeckt.«

Jenna schluchzte erstickt. »Bitte, Wongaree! Wir müssen sie finden.« Die Übelkeit ballte sich in ihrem Magen zusammen. Jenna konnte sie nicht mehr unterdrücken und lief zum anderen Ende der Veranda, um sich in die Büsche zu übergeben.

»Bist du in Ordnung?«, fragte Adam und eilte zu ihr.

»Es ist nichts«, behauptete sie. »Es geht schon wieder. Wir müssen Katie suchen.«

Sie wollte zu den Stufen, die in den Garten führten, aber Adam packte sie am Arm und hielt sie zurück. »Wohin willst du?«

Sie riss sich los. »Guter Gott, Adam! Ich muss sie finden.«

»Du bist nicht in der Verfassung, hier draußen umherzulaufen. Denk an das Baby!«

»Ich denke an meine Tochter. Sie ängstigt sich da draußen zu Tode. Und in wenigen Stunden bricht die Nacht herein. Du weißt, wie sehr sie sich bei Dunkelheit fürchtet.«

»Jenna«, sagte er geduldig, legte die Hände an ihre

Wangen und zwang sie, ihm in die Augen zu sehen, »du bleibst hier. Keine Widerrede. Was, wenn Katie von allein nach Hause findet, und niemand ist da?«

Ja, das stimmte. Daran hatte Jenna noch gar nicht gedacht – ihre Tochter könnte tatsächlich einfach heil und gesund und ohne irgendwelche Hilfe wieder auftauchen.

Adam schob sie sanft zu Aleyne. Die schwarze Frau nahm ihren Arm. »Kommen Sie ins Haus, Missy! Aleyne macht einen Tee. Dann fühlen Sie sich gleich besser.«

»Glaubst du, sie könnte …?«, begann Jenna hoffnungsvoll. Doch Adam lief bereits die Stufen hinunter, die Männer folgten ihm auf dem Fuße. Sekunden später waren sie im Sandschleier verschwunden.

Jenna ging auf der Veranda auf und ab; ihr brannten die Augen. Von Zeit zu Zeit bot ihr Aleyne an, eine Kanne Tee aufzubrühen, und versuchte, sie ins Haus zu bringen, aber Jenna schüttelte ihre Hand jedes Mal ab.

Bei Einbruch der Nacht kam Adam heim. Noch immer tobte draußen der Sturm; er schien sich jedoch nur noch ein letztes Mal aufzubäumen, ehe er endlich nachließ.

»Nirgendwo eine Spur von ihr«, sagte Adam, als Jenna gegen seine Brust sank. »Es tut mir Leid, Jenna, aber wir können da draußen kaum die Hand vor Augen sehen. Katie könnte nur wenige Meter vom Haus entfernt sein, oder wir sind schon mehrmals an ihr vorbeigelaufen. Wir müssen warten, bis sich der Sturm gelegt hat.«

Jenna konnte sich kaum noch auf den Beinen halten und fürchtete bei jedem Schritt umzukippen. Adam stützte sie und führte sie zum Esstisch, wo Aleyne, als sie Adams Stimme gehört hatte, eine hastig zubereitete Mahlzeit aufgetragen hatte.

»Essen Sie auf, Missy!«, forderte die schwarze Frau, aber Jenna stocherte nur im Essen und schob es auf dem Teller herum. Wenn sie auch nur einen Bissen in den Mund steckte, würde ihr wieder übel, dessen war sie sich bewusst. Sie versuchte, sich zu beschäftigen, räumte den Tisch ab und half Aleyne beim Abspülen. Die Panik baute sich jedoch immer weiter auf. Jenna musste unaufhörlich daran denken, dass ihre kleine Katie hungrig, durstig und voller Angst im Busch umherirrte.

Gegen neun Uhr verebbte der Sturm. Die Wolken verzogen sich, und der silberne Mond stand hoch am Himmel. In seinem Licht sah Jenna die Sandwehen, die sich am Zaun aufgehäuft hatten.

Adam nahm eine Laterne, und Jenna beobachtete das Licht, das über die Weide tanzte, als er sich zusammen mit den Männern erneut auf die Suche machte. Dämonenlicht, dachte sie und erinnerte sich an Aleynes Prophezeiung: Jeder, der dem Licht folgt und versucht, es einzufangen, kehrt nie wieder zurück.

Hatte Katie, als der Sturm den Himmel verdüstert hatte, dieses mysteriöse, wankende, lockende Licht auf der Weide gesehen? War sie ihm durch das Unwetter gefolgt, weil sie dachte, es würde sie nach Hause führen? Was, wenn sie das Licht gefunden und es sich aus der Nähe angesehen hatte? Diese Fragen nagten an ihr und forderten Antworten. Verzweifelt verdrängte sie sie und dachte: *Jede Minute kommt Adam mit meiner Tochter im Arm ins Haus zurück. Dann ist der Albtraum vorbei.*

Sie schickte Aleyne nach Hause ins Lager. »Ich komme zurecht, ganz bestimmt«, versicherte sie der älteren Frau.

»Außerdem kannst du hier nichts tun. Geh heim und ruh dich aus!«

Jenna setzte sich auf die Veranda. Sie war so erschöpft, dass sie kaum noch einen klaren Gedanken fassen konnte. Von Zeit zu Zeit hörte sie Adams Stimme in der Ferne: »Katie!« Der Name hallte vage und verstümmelt über das Land.

Eine Antwort hörte sie nie.

Aus dem Lager der Aborigines drangen die Rasseln und das Stöckeschlagen herüber. Der gleichmäßige, immer wiederkehrende Rhythmus entführte Jenna in die Vergangenheit und beschwor Bilder herauf. Von Michaels Tod. Dem ihrer Mutter. Von ihrer Ankunft auf Diamantina Downs und von Adam, der ihr sagte, dass Conor ums Leben gekommen sei.

Plötzlich fing ihr Herz an zu rasen. *O Gott!,* schoss es ihr durch den Kopf. Sie vergrub das Gesicht in den Händen und schnappte nach Luft. *Katie darf nichts passiert sein. Ich kann das nicht noch einmal ertragen. Ich kann nicht.*

Schließlich hob sie den Kopf und glaubte, eine Bewegung in der Dunkelheit gesehen zu haben. Hoffnung loderte auf. »Katie«, flüsterte sie und sprang auf. Sie legte die Hände auf das Verandageländer und starrte in die Nacht. Aber es war nur ein Känguru, das am Zaun entlanghüpfte und versuchte, an das grünere Gras im Garten zu gelangen.

Jenna ging zurück zu der Bank und rollte sich dort zusammen. Sie war müde, entsetzlich müde. Ihr fielen die Augen zu. Sie träumte von ihrer Tochter – scharfe, zusammenhanglose Bilder, die ineinander verschmolzen: Katie mit ihren Schnürstiefeln, wie sie durch den Busch läuft, auf Steinen ausrutscht und über Äste stolpert. Katie, die weinend und schluchzend die Hände ausstreckt, während ihr der Sandsturm ins Gesicht fegt.

Jenna schreckte mit wild klopfendem Herzen aus dem Schlaf und sah sich orientierungslos um. Wo war sie? Warum lag sie hier? Dann kam die Erinnerung und traf sie wie ein Hammerschlag auf die Brust.

Katie, dachte sie. *Katie ist weg.*

Sie schauderte und strich mit der Hand über ihren Körper. Arm, Brüste und den gewölbten Bauch. Adams Baby. Ihre Hand verweilte dort, und wie aufs Stichwort bewegte sich das Ungeborene. Sie spähte mit neuer Hoffnung in die Dunkelheit. Von den Männern war nichts mehr zu hören. *Ich darf nicht wieder einschlafen,* nahm sie sich vor. *Ich muss wach bleiben, aufmerksam sein. Nach Katie Ausschau halten.*

Es war sehr spät, als Adam zurückkam. Ihm war die Erschöpfung anzusehen, er hatte dunkle Ringe unter den Augen, und sein Gesicht wirkte wie eingefallen. Jenna ging zu ihm und schlang die Arme um seine Schultern.

»Wie spät ist es?«

»Mitternacht.«

»Habt ihr …?« Sie brachte die Worte nicht über die Lippen.

Hoffnung keimte auf und erstarb, als Adam den Kopf schüttelte. »Es tut mir Leid, Jenna. Wieder keine Spur von ihr. Vielleicht morgen bei Tageslicht …«

Sie brach weinend in seinen Armen zusammen.

In dieser Nacht machte Jenna kaum ein Auge zu. Adam wollte nur noch ins Bett und ein paar Stunden schlafen, bevor er sich erneut auf die Suche machte. »Komm, leg dich zu mir!«, sagte er und drückte Jenna kurz an sich. »Du tust dem Baby nichts Gutes. Du brauchst Ruhe.«

Aber sie schüttelte den Kopf und setzte sich wieder auf die Veranda, wartete, sah zu, wie der Mond über den Himmel wanderte. Vielleicht döste sie manchmal ein wenig ein – sie war sich dessen nicht sicher. Sie war innerlich taub, erstarrt, und versuchte, nicht an das Unaussprechliche zu denken. Sie würden Katie finden. Sie *mussten*. Sie hatten alle Öllampen und Laternen angezündet und auf die Veranda gestellt. Falls Katie in der Nähe wäre, würde sie die Lichter sehen und den Weg nach Hause finden.

Die Männer brachen vor Sonnenaufgang wieder auf. Jenna sah ihnen nach, als sie mit ihren Laternen ausschwärmten. Sie hatte Adam angefleht, sie mitzunehmen, aber er verbot ihr strikt, das Haus zu verlassen. »Denk nicht mal daran! Weißt du, wie heiß es heute da draußen wird?«

Natürlich wusste sie das! Aber Katie war auch im Freien.

Sie versuchte, sich zu beschäftigen. Doch die alltäglichen Arbeiten wurden zu einer unerträglichen Qual. Das Warten war nicht auszuhalten. Sekunden, Minuten, dann Stunden vergingen – die Zeiger der Uhren in der Küche, im Salon, im Schlafzimmer wanderten langsam weiter. Wo immer sie Zuflucht suchte, war eine Uhr, die gnadenlos tickte und die Minuten seit Katies Verschwinden zählte. Bei der Hitze und ohne Wasser würde das kleine Mädchen niemals überleben. Wenn sie sie nicht bald fänden ...

Die Schwüle überkam Jenna wie in Wellen und bereitete ihr Übelkeit. Immer wieder lief sie zur Haustür und schaute hinaus. Am Horizont flimmerte die Hitze, als wäre dort glitzerndes Wasser, und die Eukalyptusbäume schienen in den Wellen zu schwanken.

Ab und an stieg Jenna die Treppe zu Adams Turmzimmer hinauf und ließ den Blick über die Landschaft schweifen, um nach Anzeichen von Leben zu suchen. Aber da war nichts, nur hin und wieder ein Emu oder Känguru, die Schatten suchten. Selbst von Adam und den Männern war nichts zu sehen.

Nach und nach kamen die Frauen vom Lager herauf und versuchten, Jenna Mut zu machen.

»Der Boss kommt bald heim und bringt Missy Katie mit.«

»Vielleicht sitzt sie am großen Wasserloch und wartet, dass sie gefunden wird.«

»Sorgen Sie sich nicht wegen der Dämonenlichter! Missy ist nicht so dumm, ihnen nachzugehen.«

Dämonenlichter – wie sollte sie sich keine Sorgen machen?

Die Schatten auf dem Gras wurden länger. Der Himmel verfärbte sich tiefblau. Und die rote Sonne, die am westlichen Horizont versank, verhieß für morgen einen weiteren sengend heißen Tag. Kein Wölkchen deutete auf erlösenden Regen hin. Eine leichte Brise raschelte im dürren Gras. Die Vögel suchten ihre Nachtplätze auf. Im Osten leuchtete der Abendstern auf. Jenna starrte ihn unendlich lange an und erinnerte sich. Was hatte Mary in einem ihrer lichteren Momente gesagt?

Betrachte den Abendstern und wünsch dir etwas, dann wird der Wunsch wahr!

Jenna blinzelte und schaute weg.

Unsinn, dachte sie. Adam würde derjenige sein, der ihre Tochter fand und nach Hause brachte. Jede Minute konnte er durch die Tür kommen.

Adam hatte eine schlaflose Nacht verbracht und sich das Gehirn zermartert, in welche Richtung Katie gegangen sein mochte. Das Land da draußen war öde, und das Glück schien die O'Loughlins verlassen zu haben. Der Sandsturm hatte alle Spuren verwischt und mögliche Fußabdrücke mitgenommen. Am Tag war es brütend heiß. Das Wasser in den Flussläufen war abgestanden und faulig.

Die Männer ritten los, als es noch dunkel war. Sobald es hell wurde, scheuchten sie Schwärme von kreischenden Corellas auf. Regenpfeifer ergriffen die Flucht, Kängurus blieben stehen und sahen sie an, während eine Herde Emus davonlief.

»Katie!«, schrie Adam von Zeit zu Zeit und wartete auf eine Antwort.

Aber da war nie eine.

Nach Sonnenaufgang stiegen sie ab und schwärmten aus, um die Erde nach Hinweisen abzusuchen. Ständig riefen sie Katies Namen. Die Aborigines inspizierten Büsche und Sträucher, um zu sehen, ob kürzlich Zweige abgebrochen oder Fetzen von Kadies Kleid hängen geblieben waren. Adam hoffte von ganzem Herzen, heute eine

Spur zu finden. Katie war doch noch so klein und konnte nicht weit gegangen sein. Sie hatten Pferde, aber Katie war zu Fuß. Sie mussten sie bald einholen.

Doch dann gewannen Zweifel die Oberhand. Norden, Süden, Osten, Westen – sie konnte in jede Richtung gegangen sein. Was, wenn sie an den falschen Stellen suchten?

Nach einigen Stunden teilten sich die Männer in zwei Gruppen auf. Adam und Wongaree wollten an den Flussufern weitersuchen, Pigeon und Wandi wandten sich nach Westen.

Adam und Wongaree ritten durch die Büsche, durch trockene Flussbetten. Die Hufe wirbelten Staubwolken auf. Sie suchten Senken und Kanäle, die schlammigen Ufer und Wasserlöcher ab. Der schwarze Mann führte Adam in einige Höhlen an den Ufern, in denen die Luft kühl und modrig war. Die Felswände waren mit Bildern von Emus und Schlangen bemalt. Tiefe Nischen befanden sich in den Felsen, und Wongaree erzählte Adam, dass die Aborigine-Frauen früher dort ihre Babys schlafen gelegt hätten.

Aber Katie war nirgendwo.

Als sie die letzte Höhle verließen, schloss Adam die Augen und lauschte. Da waren die üblichen Geräusche des Busches – Grillen, Krähen. Sogar noch unter den überhängenden Zweigen brannte die Sonne heiß auf sein Gesicht. Er öffnete den Mund und brüllte aus Leibeskräften: »*KATIE!*«, und der Laut wurde von den Felswänden dutzendfach zurückgeworfen.

Adams Angst wuchs im Laufe des Tages immer mehr. Sie quälte ihn und fraß ihn innerlich auf. Er musste Katie finden. Sie war jetzt schon fast einen ganzen Tag verschwunden, und die Zeit lief ihnen davon. Wie sollte er Jennas enttäuschten, niedergeschlagenen Blick ertragen, wenn er wieder mit leeren Händen heimkäme?

Aber was, wenn das Kind längst tot war?

Seit Stunden hatte er diesen Gedanken verdrängt, aber jetzt war er müde, hungrig und hatte kaum noch die Kraft, die Schreckensbilder zu vertreiben.

Nein! Er blockte die Vorstellung ab, ließ ihr keine Gelegenheit, sich in seinem Bewusstsein festzusetzen. Er durfte nicht aufgeben, noch nicht. Er würde zumindest noch ein paar Stunden weitersuchen. Bis es dunkel wurde. Erst dann konnte er es sich erlauben, die Situation neu einzuschätzen.

»Komm, Wongaree!«, sagte er und deutete auf eine Erhebung in der Nähe. »Lass es uns dort versuchen!«

Bei Sonnenuntergang war ihm klar, dass kaum noch Hoffnung bestand. Ohne Trinkwasser konnte Katie unmöglich so lange überlebt haben. Im Winter hätte sie vielleicht eine Chance gehabt, aber nicht bei dieser gnadenlosen Hitze. Adam zügelte sein Pferd, wischte sich mit dem Handrücken über die Stirn und sah Wongaree mit einem Kopfschütteln an. Ihr eigener Wasservorrat ging zur Neige, und sie sollten nach Hause reiten.

Ein weiterer Tag war vergangen, und der Dämmerung folgte die Nacht. Der Lärm vom Lager der Aborigines war noch im Wohnhaus zu hören. Es ging nun schon seit Tagen so, aber heute erschienen Jenna die Geräusche noch lauter. Sie hörte das Aneinanderschlagen von Steinen, das Klopfen der Stöcke, die Rasseln.

Die Schwingungen der Töne vibrierten in der reglosen

Luft und bestürmten Jennas empfindsame Sinne. Es gab kein Entrinnen, nicht einmal im Haus.

Sie stellte sich die unheimlichen, nicht enden wollenden Laute als lebendige, atmende Wesen vor. Sie existierten, waren real. Wenn sie die Hand ausstreckte, könnte sie sie vielleicht berühren wie den Tisch oder den Stuhl. Manchmal hielt sich Jenna die Ohren zu, aber der unbarmherzige Rhythmus hatte sich in ihrem Kopf festgesetzt.

Ob die Schwarzen um Regen baten oder um Katies Rückkehr – oder beides –, konnte Jenna nicht sagen.

Etwas raschelte hinter ihr; sie drehte sich um und wollte schon rufen: Katie! Aber nicht ihre Tochter stand hinter ihr, sondern Adam. Sein Gesicht war mit rotem Staub verschmiert. Die Frage erstarb Jenna auf den Lippen. Sie erkannte die Antwort an seinem zusammengepressten Mund. Und er schüttelte den Kopf.

»Morgen«, sagte sie und versuchte, Optimismus aufzubringen. »Morgen findest du sie. Ich weiß es.«

Er nahm ihre Hand in seine. Dann sprach er die verhassten Worte aus. »Wir müssen der Wahrheit ins Auge sehen. Katie kann da draußen nicht überlebt haben.«

Jenna brachte nur noch ein Flüstern heraus: »Sie muss es geschafft haben. Sie ist meine Tochter.«

»Es ist schon zu viel Zeit vergangen. Mehr als zwei Tage ...«

»*Adam!*« Der Ausruf brachte ihn zum Verstummen.

Wie konnte er es wagen, derartige Zweifel zu äußern, während ihr eigenes Herz voller Hoffnung war? Jeden Augenblick würde einer der Männer mit Katie im Arm ins Haus kommen. Sie wäre verängstigt, erhitzt und durstig, aber ansonsten unverletzt und gesund. Sie, Jenna, würde – *konnte* – keine Zweifel zulassen, sonst setzte sie die Chance, dass Katie gefunden wurde, aufs Spiel. Sie musste positiv denken, dann kehrte ihre Tochter sicher nach Hause zurück.

»Jenna, sei vernünftig!«

»Katie ist nichts passiert! Ich bin ihre Mutter. Ich würde spüren, wenn sie nicht mehr am Leben wäre.«

Sie hob die Hände und trommelte auf Adams Brust ein. Er stand nur da, fing den Zorn ihrer Attacken ab und versuchte zunächst nicht, die Schläge abzuwehren. Erst nach einer Weile umfasste er ihre Handgelenke und hielt sie fest. Sie starrte ihn an, ohne seine Erschöpfung und Trauer zur Kenntnis zu nehmen. »Geh!«, schrie sie. »Geh raus und such meine Tochter!«

Er ließ sie los, und Jenna ging auf die Veranda. Hier draußen war die Luft kein bisschen kühler, aber die Geräusche vom Lager waren deutlicher zu hören. Ihre Hände zitterten, und sie klemmte sie unter die Achselhöhlen. Widerstreitende Gedanken bestürmten sie. *Katie ist tot! Nein, sie lebt! Adam irrt sich. Er muss sich irren.*

Aufgeregt lief sie hin und her, hin und her, und jedes Mal stieg sie sorgsam über das lose Brett, das so laut knarrte. Durch das offene Fenster hörte sie, dass Adam mit Aleyne sprach, die im Haus geblieben war, um Jenna Gesellschaft zu leisten. Hin und wieder schnappte Jenna ein paar Wortfetzen auf.

»Baby.«

»Große Sorgen.«

»Kein Zweck.«

Redeten sie über sie?

Aleyne kam an die Tür und fragte, ob sie etwas essen wolle. Jenna winkte ab. Sie wollte nicht gestört werden.

Wenn sie mit den Gedanken bei Katie bliebe, wenn sie sich darauf konzentrierte, dass ihre Tochter lebend und gesund gefunden wurde, dann wäre dieser fürchterliche Albtraum bald vorbei, und sie könnten wieder als Familie zusammen sein. Eine andere Möglichkeit war undenkbar.

»Sie müssen essen, Missy«, schalt Aleyne. »Denken Sie an das Baby!«

»Ich denke an Katie!«, gab Jenna ungehalten zurück. »Jetzt ist nur sie wichtig.«

Später, als es still im Haus war, stand Jenna in der Tür zu Katies Zimmer. Es war trüb beleuchtet. Der leichte Wind bauschte den dünnen Vorhang auf, und die Flamme der Lampe flackerte, sodass die Schatten anfingen zu tanzen.

Auch das Zimmer schien den Atem anzuhalten und zu warten. Alles sah genauso aus wie an dem Tag, an dem Katie aus dem Bett geschlüpft und hinaus in den Sandsturm gegangen war. Die Überwurfdecke war zurückgeschlagen, das Laken leicht knittrig. Auf einem Bord über dem Bett saßen Katies Puppen und glotzten Jenna mit starren Gesichtern an. Durch einen Tränenschleier sah sie das grell aufgemalte Lächeln der einen – dort, wo der Mund sein sollte, befand sich ein pinkfarben eingefasster Schlitz.

Jenna stellte die Lampe auf die Kommode und ging zum Bett. Auf dem Kissen war noch Katies Kopfabdruck. Jenna nahm es an sich und drückte es an ihr Gesicht, um den letzten Dufthauch, den ihre Tochter hinterlassen hatte, in sich einzusaugen. Als sie das Kissen wieder weglegte, war der Bezug nass von ihren Tränen.

Sie stellte sich ans Fenster und schaute hinaus. Nichts

regte sich im Mondschein. Sie sah die Umrisse der Pfefferbäume, die neben dem Tor Wache standen. Vehement
zog sie die Vorhänge zu und wich zurück, bis sie gegen
die Wand stieß.

Ihre Beine wurden schwach und zitterten so heftig,
dass sie ihr Gewicht nicht mehr tragen konnten. Langsam rutschte sie an der Wand zu Boden. Das Ungeborene
drückte an ihren Rippenbogen. Jetzt flossen die Tränen
ungehemmt.

Sie schluchzte, bis sie nicht mehr weinen konnte.

KAPITEL 31

In den folgenden Tagen zerfleischte sich Jenna
mit Selbstvorwürfen. Alle Gedanken führten nur in
eine Richtung: Sie hatte sich unverantwortlich verhalten. Sie hätte an dem bestimmten Nachmittag nicht
schlafen dürfen. Sie hätte früher merken müssen, dass
Katie nicht mehr in ihrem Zimmer war. Wenn sie nicht
schwanger wäre, dann wäre sie vielleicht nicht so müde
gewesen.

Wenn …

Ihr ging auch durch den Kopf, dass dies ihre Strafe
war. Dafür, dass sie mit Conor geschlafen hatte, obwohl
sie nicht verheiratet waren. Dafür, dass sie Adam nicht
liebte, wie es eine Ehefrau tun sollte. Dafür, dass sie es
zugelassen hatte, dass Katie das Haus verlassen und
sich in dieser öden Landschaft mit den vielen ausgetrockneten Flussbetten und Kanälen verirrt hatte.

Ihr war ständig übel, und sie kam sich vor, als würde sie sich innerlich auflösen. Bald war nichts mehr von ihr übrig.

»Ich kann nicht glauben, dass sie nicht mehr am Leben ist«, sagte sie zu Adam. »Ich *will* es nicht glauben, weil dann das Leben für mich sinnlos wäre und …«

Adam nahm ihre Hände zwischen seine. »Jenna, *bitte!*«, sagte er so niedergeschlagen, dass ihr wieder die Tränen in die Augen schossen, obwohl sie geglaubt hatte, nicht mehr weinen zu können.

»Katie war doch noch so klein. Sie hat niemandem etwas getan.«

»Du darfst dir keine Vorwürfe machen. Es war nicht deine Schuld.«

»Doch! Ich weiß, dass es so ist. Erst Michael und jetzt Katie. Wenn ich nicht geschlafen und besser auf sie aufgepasst hätte …«

»Vielleicht war ihr dieses Schicksal vorherbestimmt – hast du daran schon mal gedacht? Gott …«

Jenna hob beide Hände. »Was für ein *Gott* lässt so etwas zu?«

Aleyne, Lalla und Ngayla kamen mit einer Art Gips- und Schlammpaste im Gesicht ins Haus. So war es bei den Aborigines der Brauch, wenn sie um einen geliebten Menschen trauerten. Jenna befahl ihnen, sich augenblicklich das Zeug von den Gesichtern zu waschen.

»Aber das ist *unsere* Tradition!«, protestierte Aleyne.

»Meine Tochter ist nicht gestorben. Wie könnt ihr es wagen, eure Gesichter so einzuschmieren?«

»Jenna, du bist müde und durcheinander«, sagte Adam und versuchte, sie zu beruhigen, während er sie aus der Küche führte. »Sie meinen es nur gut. Lass sie!«

Adam suchte weiter, auch noch, als ihm längst klar war, dass Katie unmöglich noch am Leben sein konnte. Er versuchte zu erahnen, in welche Richtung sie gegangen sein mochte, aber immer wenn er an den Sandsturm dachte ... Sie hatte sich verirrt, gleichgültig, welchen Weg sie eingeschlagen hatte. Außerdem wusste niemand, wann sie das Haus verlassen hatte und wie weit sie schon gekommen war, als Jenna wach geworden war und festgestellt hatte, dass sich ihre Tochter nicht mehr in ihrem Zimmer aufhielt. Sie könnte Meilen gelaufen sein.

Die Verzweiflung trieb ihn voran, auch wenn keine Hoffnung mehr bestand. Das Mindeste, was er jetzt noch tun konnte, war die Leiche des kleinen Mädchens nach Hause zu bringen und sie anständig zu bestatten. Wie konnte er Jenna gegenübertreten, wenn er wieder unverrichteter Dinge heimkam? Jeden Tag empfing sie ihn mit einem Hoffnungsschimmer in den Augen an der Haustür. Und jedes Mal musste er sie auffangen und halten, während sie schluchzte.

Er ritt kreuz und quer übers Land, suchte Stunde um Stunde nach Stofffetzen von Katies Kleid oder einem kleinen Stiefel. Aber da war nichts.

Die Tage verstrichen, und Adam machte sich Sorgen um Jennas Gesundheit und um die des ungeborenen Kindes. Sie konnte nichts essen und schlief nur selten. Ihr Verhalten wurde schwierig und irrational. Sie zermarterte sich mit Selbstvorwürfen. Tagsüber saß sie meistens im Turmzimmer, hielt Wache, suchte die Umgegend ab und betete, dass ihre Tochter plötzlich aus dem Busch kommen möge.

Manchmal kam Adam zu ihr herauf; sie starrte nur in die Ferne und gab ihm keine Antwort, wenn er mit ihr zu reden versuchte. Er wusste nicht einmal, ob sie ihn hörte oder seine Anwesenheit überhaupt wahrnahm. Sie war mit den Gedanken ganz woanders. Er berührte sie sanft an der Schulter, um sie auf sich aufmerksam zu machen. Aber sie zuckte unweigerlich zurück, mied seine Berührung.

»Komm ins Bett!«

»Ich bin nicht müde.«

»Jenna, du bist vollkommen erschöpft.«

Eine Woche danach lief Aleyne zur Haustür, als Adam am Abend von der Weide heimkam. »Missy hat sich hingelegt«, berichtete die schwarze Frau. »Das Baby kommt.«

»Das kann nicht sein. Es ist zu früh.«

Aleyne zuckte mit den Achseln. »Die Babys kommen, wann *sie* wollen; sie halten sich nicht an das, was die Weißen sagen.«

»Wir müssen sie in die Stadt bringen, zu einem Doktor.«

Er lief durch den Flur in das gemeinsame Schlafzimmer. Jenna lag nicht auf dem Bett, wie Aleyne gedacht hatte, sondern ging auf und ab. Sie hatte die Arme um den Bauch gelegt, und ihr Gesicht war schmerzverzerrt.

»Ich gehe nicht aus dem Haus, Adam«, erklärte sie entschieden, noch ehe er Gelegenheit hatte, überhaupt etwas zu sagen, »du brauchst mir das also gar nicht erst vorzuschlagen. Was, wenn Katie zurückkommt, und wir sind nicht hier? Sie wird vollkommen verängstigt sein nach allem, was sie durchgemacht hat.«

Behutsam führte er sie zum Bett und überredete sie, sich hinzulegen.

Er trug Aleyne auf, alles Nötige vorzubereiten, dann setzte er sich auf einen Stuhl neben das Bett und wartete, während die Wehen stärker wurden. Jenna lag ganz ruhig da und gab keinen Laut von sich. Er nahm ihre Hand und spürte, wie sie eine Faust machte. Was ein erfreuliches Ereignis sein sollte – die Geburt ihres ersten gemeinsamen Kindes –, war zu einem Albtraum geworden, zu einem dichten Nebel, in dem sie sich beide nicht zurechtfanden.

Letzten Endes waren alle Befürchtungen unbegründet. Es war eine leichte Geburt, verglichen mit der von Katie. Eine Stunde später erblickte das winzige Baby das Licht der Welt.

Aleyne säuberte das Kind und hielt es Jenna hin, damit sie es an die Brust legen konnte.

»Nein, ich kann nicht. Ich bin zu müde«, flüsterte Jenna.

Wortlos reichte Aleyne das Neugeborene an Adam weiter. Er betrachtete das rote, verschrumpelte Gesichtchen. Die klugen, wie es ihm schien, fast weisen Augen des Kindes erwiderten seinen Blick. Freude, vermischt mit Schmerz, wallte in Adams Brust auf. Sein Sohn. Ein Junge, der den Namen O'Loughlin weitertragen würde. So klein, so …

Am liebsten hätte er den Jungen bis in alle Ewigkeiten im Arm gehalten, an seine Brust gedrückt und vor allen Widrigkeiten des Lebens beschützt – besser, als es ihm bei Katie gelungen war. Das Baby blinzelte und streckte einen Arm aus. Die winzigen Fingerchen schlossen sich um Adams Daumen.

»Conor«, sagte er tief bewegt. »Wir geben ihm den Namen Conor.«

Er wandte sich an Jenna, aber sie hatte sich der Wand zugedreht, als könne sie den Anblick von Vater und Sohn nicht ertragen. »Nenn ihn, wie du willst!«, flüsterte sie heiser.

Ein Gedanke schoss Adam durch den Kopf: Mussten sie Katie erst verlieren, um dieses Kind zu bekommen?

»Ich hasse mich selbst«, gestand ihm Jenna später. »Ich bin genau wie meine Mutter nach Michaels Geburt.«

»Das muss nicht so sein.«

Sie schüttelte den Kopf, Tränen traten ihr in die Augen und rollten über ihre Wangen. »Ich weiß nicht, wie ich das verhindern kann.«

Er übergab ihr das Baby. »Er hat Hunger. Du musst ihn stillen.«

Sie versuchte es einige Tage, hielt ihn unwillig an ihre Brust. Er nuckelte gierig, aber sie hatte keine Milch für ihn. Er schrie, ballte die kleinen Hände zu Fäusten, während sein Gesicht rot anlief.

Schließlich rief Adam in seiner Verzweiflung Ngayla ins Haus und erklärte ihr, dass Jinbi mittlerweile schon ein großer Junge sei und die Milch seiner Mutter nicht mehr brauche. Und er bat Ngayla, Jennas Kind zu stillen.

Tage später hörte Adam ein Donnergrollen in der Ferne. Dunkle Gewitterwolken ballten sich am südlichen Horizont zusammen. Die Luft roch nach dem süßen Duft des Regens –, und der beißende Gestank von Gidgee wurde immer stärker.

In dieser Nacht weckte ihn der Regen, der aufs Dach prasselte. Es schüttete tagelang wie aus Eimern. Wasser sammelte sich in den Flussläufen und trat über die Ufer. Die Landschaft war in Dunst gehüllt, die Luft kühlte ab und wurde endlich erträglicher.

Adam stapfte über die aufgeweichte Erde, stieg auf eine Anhöhe und überblickte sein Outback-Land. Der weit verästelte Diamantina breitete sich wie eine Spitzendecke unter ihm aus. Graues Wasser sprudelte unter ähnlich grauem Himmel. Trümmer und Schutt wurden angespült, manches blieb in den tief hängenden Ästen der Bäume und Büsche hängen. Hier und da erhob sich eine Insel aus dem Wasser, auf der ein paar Schafe mit triefendem Fell verloren standen.

Der Regen kam zu spät, um Adams große Herde zu retten, aber ein paar hundert Tiere waren ihm noch geblieben. Ihm blieb nichts anderes übrig, als noch einmal von vorn anzufangen, nach und nach alles wieder aufzubauen und der Natur ihren Lauf zu lassen. Bald, wenn sich das Wasser zurückzöge, würde das Sommergras wieder sprießen. Und wenigstens hatte er noch Jenna und den Jungen.

Er schloss die Augen und verdrängte die Erinnerungen, obwohl sie ihn auf Schritt und Tritt verfolgten. Es war wie eine tiefe Wunde, die nicht heilen wollte. Katie war irgendwo da draußen, und er konnte sie nicht finden. Er hatte das Gefühl, Jenna und das kleine Mädchen, das er wie sein eigen Fleisch und Blut geliebt hatte, im Stich gelassen, ungeheuerlich an ihnen gefehlt zu haben.

Jenna fühlte sich orientierungslos. Ihr brannten die Augen vor Schlafmangel. Allein beim Anblick von Essen wurde ihr schlecht, obwohl sie jeden Abend ein paar Bissen hinunterzwang, um Adam bei Laune zu halten.

Am Tag wanderte sie lustlos durchs Haus und schreckte jedes Mal auf, wenn sie Hufschläge draußen hörte. Nachts schlich sie durch die Räume, blieb vor den Fenstern stehen und schaute in die Nacht. Immer wieder hörte sie ein Baby wimmern und lauschte. *Katie!*, dachte sie unweigerlich und wollte zu ihr gehen, doch dann fiel ihr wieder ein, dass Katie weg war. Conor – Adams Sohn – hatte geschrien.

Und dann hörte sie, wie Ngayla, die mittlerweile mit Jinbi eines der Gästezimmer bewohnte, aufstand und zu dem Baby ging. Wenn Jenna ins Kinderzimmer kam, fand sie Ngayla mit Baby Conor im Arm auf dem Schaukelstuhl vor. Und das weiße Kind saugte hungrig an der braunen Brust. Daran musste Jenna jetzt auch denken, und sie verschränkte die Arme vor der schmerzenden Brust. Oder war es das Herz, das so wehtat?

Jenna hatte sich immer für stark gehalten. Wie sonst hätte sie die Schicksalsschläge in ihrem Leben verkraften können? Aber jetzt spürte sie, wie die Energie sie verließ. An manchen Tagen konnte sie sich kaum aufraffen und musste sich regelrecht zwingen, sich anzuziehen und ihr Haar zu bürsten. Sie vergaß, Aleyne und Lalla aufzutragen, dass sie die Betten frisch beziehen und die Möbel abstauben sollten. Das Feuer im Küchenherd ging ständig aus, weil sie nicht mehr daran dachte, Holz nachzulegen.

Wenn sie einschlief, quälten sie Träume von Katie.

Katie, die durch den Busch lief und mit ihren festen Schnürstiefeln über die fest gebackene Erde rannte.

Katie, die, über und über mit rotem Staub bedeckt, rief: »Mummy! Mummy!«

Katie, die wie ein Häuflein Elend im Busch kauerte.

Es war schrecklich für Jenna, dass es kein Grab gab, zu dem sie gehen konnte. Wenn sie doch wenigstens den Leichnam ihrer Tochter gefunden und nach Hause gebracht hätten! Dann hätte sie Katie zur letzten Ruhe betten können. Sie mutterseelenallein irgendwo da draußen zu wissen, war kaum zu ertragen.

Das Haus und die unmittelbare Umgebung kamen ihr vor wie ein Gefängnis. Sie fühlte sich durch die Wände und Zäune im Garten und Geflügelhof eingeengt. Das unendlich weite Land jenseits dieser Grenzen wurde zu einem Abgrund für sie, in den sie stürzen und für immer verloren gehen könnte. Sie war ständig in Sorge, wenn Adam das Haus verließ. Würde auch er einfach verschwinden? Und was war mit dem kleinen Conor? Wenn er zu laufen anfinge, müsste sie ihn dann Tag und Nacht bewachen?

Die Verantwortung lastete schwer auf ihrem Herzen.

Trotz der täglichen Anwesenheit der schwarzen Frauen fühlte sie sich isoliert und einsam. Wussten diese Frauen *wirklich,* wie es ist, ein Kind zu verlieren? Sie hatten Katie auch geliebt, gewiss, aber sie hatten sie nicht auf die Welt gebracht. Conors Tochter – das letzte Verbindungsglied zu dem einzigen Mann, den Jenna je geliebt hatte; und jetzt war auch diese letzte Erinnerung verschwunden. Jenna war nicht einmal eine Fotografie von Katie geblieben, und manchmal verschmolz die Erinnerung an ihr Gesicht mit der an Michael.

Zwei Kinder in ihrer Obhut, und beide tot. War sie zu nachlässig? Konnte man ihr keine Kinder anvertrauen?

Die einzige Konstante in ihrem Leben war das Tagebuch. Irgendwie schaffte sie es, sich jeden Tag hinzusetzen und ihre Empfindungen und Gedanken niederzuschreiben. *Der heutige Tag war schwer,* schrieb sie zwei Wochen nach Conors Geburt. *Adam kam spät nach Hause. Ohne Neuigkeiten. Werden wir sie jemals finden?* Und später: *Werde ich jemals wieder Glück erfahren?*

Manchmal schrieb sie so hastig, so fieberhaft, dass sie ihre Schrift selbst nicht wiedererkannte. Und wenn sie die Einträge noch einmal durchlas, konnte Jenna manche Worte sogar nicht mehr entziffern.

Aus den Tagen nach Katies Verschwinden wurden Wochen, dann Monate. Der Sommer wurde vom Herbst abgelöst, dann kam der Winter, und immer war jeder Tag gleich. Im Nachhinein kam es Adam so vor, als müssten sie sich in dieser Zeitspanne nach und nach bewusst werden, dass etwas anders geworden war, dass sich etwas verschoben hatte. Mittlerweile kroch Conor schon im Haus herum und krähte fröhlich.

Adams Beziehung zu Jenna zerbrach immer ein Stückchen mehr. Jenna erschien ihm so fern, so empfindlich wie eine zarte Blume, an die er nicht heranreichen konnte. Sie ertrug seine Berührungen nicht mehr und scheute seine Nähe. Oft zog sie sich ins Turmzimmer zurück und schaute unverwandt aus dem Fenster. Wenn er dann zu ihr kam und tröstend die Arme um sie legte, entwand sie sich ihm unter einem fadenscheinigen Vorwand.

Warum machst du das?, wollte er fragen. *Ich versuche nur, dir zu helfen.* Aber diese Worte blieben unausgesprochen.

Ein kalter Wind fegte ums Haus. Adam zäunte eine Ecke im Garten hinter den Pfefferbäumen mit einem niedrigen Geländer ein. Dann stellte er ein schweres Kreuz auf und malte die Inschrift *Kathryn O'Loughlin 1874–1877* auf die Querleiste.

An einem ihrer besseren Tage führte er Jenna zu der Gedenkstätte und hielt den Atem an, weil er nicht wusste, wie sie reagieren würde. Sie starrte blicklos auf das Grab, dann sagte sie: »Ich weiß zu schätzen, dass du dir diese Mühe gemacht hast, Adam, aber dies hat überhaupt keine Bedeutung. Katie ist nicht hier.«

Vorsichtig entgegnete er: »Nein, aber ich dachte, es würde dir zum inneren Frieden verhelfen, wenn es einen Platz gäbe, an dem du an sie denken könntest ...«

»Ich höre nie auf, an sie zu denken«, fuhr sie ihn an; ihre Augen blitzten dabei zornig.

Die Nächte verbrachte sie jetzt in Katies Zimmer und erklärte Adam, dass sie keine Ruhe finde, oft aufwache und ihn nicht in seinem Schlaf stören wolle. Und Adam sah nachts oft einen Lichtstreifen unter der geschlossenen Tür. Was machte sie da drin? Eines Morgens kurz vor Sonnenaufgang ging Adam auf der Veranda bis vor das Fenster von Katies altem Zimmer. Jenna saß auf dem Fenstersims und starrte hinaus. »Kannst du nicht schlafen?«, fragte er leichthin und setzte sich neben sie.

»Nein.«

»Sie kommt nicht zurück«, sagte er sanft, weil er sie nicht aufregen wollte. »Es ist zu viel Zeit vergangen.«

»Ich weiß.«

»Dann komm ins Bett!«

»Ich bin nicht müde.«

Wut loderte in ihm auf. Seine Ehe, die Familie, alles zerbröckelte – er musste Jenna irgendwie zur Vernunft bringen.

»Warum hast du mich geheiratet, Jenna?«

Sie sah ihn an und drehte unaufhörlich an ihrem Ehering. Ihr Gesicht war entsetzlich blass. »Es schien mir das Richtige zu sein.«

»*Das Richtige?*«

»Nun, ich war schwanger mit Katie, und Conor war ...«

Ihre Stimme erstarb.

»*Tot!*«, ergänzte Adam barsch. »Conor war tot«, wiederholte er.

»Ich brauchte einen Vater für mein Kind. Du hast dich angeboten. Ich habe dich zu nichts gezwungen.«

»Nein, das hast du nicht. Weißt du, warum ich dich gefragt habe, ob du mich heiraten willst?«

»Wegen Conor. Du hattest Mitleid mit mir, denke ich.«

»Nein!« Trotz seiner Absicht, ruhig zu bleiben, schlug er mit der Faust in seine Handfläche. »Ich habe dich gebeten, meine Frau zu werden, weil ich dich liebe.«

»Das tut mir Leid, Adam.«

»Was?«, hakte er nach. »Dass du meine Liebe nicht erwidern kannst?«

Sie hob die Hand und bedeckte den Mund damit. Zwischen ihren zittrigen Fingern sah Adam, dass ihre Lippen bebten und sich verzogen. Schließlich flüsterte sie ganz leise: »Ja.«

»Ich habe dich damals geliebt, Jenna, und ich liebe dich heute noch. Ich leide, wenn ich dich so sehe. Was kann ich bloß tun, um dir zu helfen?«

»Du könntest Katie finden.«

Er sah sie lange an, während er diese Antwort verdaute. »Das kann ich nicht – du weißt das. Ich habe überall nach ihr gesucht, es gibt keine Stelle mehr, an der ich nicht nachgesehen habe. Es ist, als wäre sie vom Erdboden verschluckt.«

Sie hob ruckartig den Kopf. »Adam, du weißt, was Aleyne sagt. Diese Dämonenlichter ... Meinst du, Katie ist ihnen gefolgt?«

Adam wurde ärgerlich. »Hat dir Aleyne das eingeredet?«

»Nein. Mir ist nur wieder eingefallen, dass sie vor langer Zeit davon gesprochen hat.«

»Vergiss es, Jenna! Das ist reiner Unsinn – etwas, woran die Aborigines glauben. Magie der Schwarzen.«

»Bitte mich nie, Katie zu vergessen! Das *kann ich nicht*.«

»Und ich würde es nie wollen.«

»Sie war meine Tochter.«

»Du hast auch einen Sohn«, rief er ihr behutsam ins Gedächtnis.

Sie schien geschrumpft zu sein – der Kummer hatte sie kleiner gemacht. Ihre Augen waren wund, weil sie nicht schlief, die bleiche Haut würde sich, wie Adam ahnte, kalt anfühlen. Er widerstand der Versuchung, seine Hand an ihre Wange zu legen.

Einerseits flog ihr sein Herz zu, auf der anderen Seite hätte er sie am liebsten gepackt und so lange geschüttelt, bis sie zur Vernunft kam. Menschen starben. Das Leben ging weiter. Es *musste* weitergehen. Nach allem, was geschehen war, nach all den Tragödien, die Jenna erlebt hatte, durfte sie jetzt nicht aufgeben. Sie hatte immer noch ihren Mann, einen Sohn und ein schönes Zuhause. Und mit der Zeit würden sie noch mehr Kinder bekommen. Es hatte ausgiebig geregnet, und bald würde das Land wieder fruchtbar und grün sein.

»Meine Mutter«, sagte er so ruhig, wie es ihm möglich war, »hat sechs Kinder verloren. Nach der Geburt des letzten ist sie selbst gestorben. Conor war mein Bruder, und ich habe ihn geliebt. Und obwohl Katie nicht mein leibliches Kind war, habe ich sie als meine Tochter angesehen. Du hast kein Monopol auf Trauer, Jenna. Der Tod ist Teil des Lebens. Einige von uns sterben einfach vor der Zeit – so ist das nun mal. Und diejenigen, die zurückbleiben, *müssen* weitermachen. Wir haben keine andere Wahl.«

Es war ganz still. Die Vögel hatten ihr Morgenkonzert noch nicht begonnen, und ausnahmsweise schwiegen auch die Zikaden in den Pfefferbäumen. Die Welt war ruhig und wartete wie vor einem Gewitter, das in Kürze losbrechen würde. Adam fühlte den Schmerz, der sich im Laufe der Jahre in ihm angestaut hatte. Dieser Schmerz erhob sein Haupt wie ein Dämon, der um sich schlug und so laut heulte, dass Adam fürchtete, sein Kopf könnte platzen. Es hatte so viele unnötige Todesfälle gegeben, so viele zerstörte Leben und Träume. Zu viele Enden ohne richtige Anfänge.

Das Baby wachte auf und schrie. Jenna vergrub das Gesicht in den Händen. Adam seufzte, stand auf und ging.

Er lief in die strahlende Morgendämmerung dem Vogelgezwitscher entgegen. Die Sonne ging auf, kroch verstohlen über den östlichen Horizont und brachte die schwache Wärme eines Wintertages mit sich. Adam fühlte sich wie ausgehöhlt und taub.

Er ging immer weiter, bis ihm die Beine wehtaten. Vorbei an Sträuchern und hohem Gras. In dem spärlichen Schatten der Coolibahs und Flusseukalypten. Felsige Hänge hinunter und Uferböschungen hinauf, bis er an ein Wasserloch kam. Dort sank er nieder und beobachtete die Vögel, die durchs Wasser wateten und halbherzig nach den wenig verbliebenen Fischen pickten.

Adams Traum war eine eigene Farm und Land gewesen, aber vielleicht war er in die Irre gegangen. Diese

Farm hatte ihm nichts als Herzeleid gebracht. Er hatte sein Paradies nicht geschaffen, nur noch mehr Unglücksfälle erlebt – wie überall, wo er sich aufgehalten hatte.

Vielleicht sollten sie von hier weggehen, sich irgendwo anders niederlassen, wo es keine Erinnerungen gab. Aber im tiefsten Inneren wusste er, dass Jenna Diamantina Downs niemals verlassen würde. Sie hoffte immer noch, dass Katie eines Tages gefunden und zur letzten Ruhe gebettet werden könnte.

Etwa eine Woche später wachte Adam nachts mit wild klopfendem Herzen auf. Etwas stimmte nicht.

Er stand auf, ging in den Flur und sah sich um. Der Boden fühlte sich eisig unter seinen bloßen Füßen an, und Adam wünschte, er hätte sich die Pantoffeln angezogen.

Er sah einen Lichtstreifen unter der Tür zu Katies Zimmer und klopfte an. »Jenna«, rief er leise.

Keine Antwort.

Vorsichtig öffnete er die Tür. Das Bett war gemacht. Das Fenster stand offen. Doch Jenna war nicht da.

Er tapste in die Küche; dort saß Ngayla am Feuer und stillte Conor.

»Hast du Jenna gesehen?«, fragte Adam.

Ngayla nickte. »Missy macht einen Spaziergang«, antwortete sie schlicht.

Er sah sie fassungslos an. »Sie ist da draußen, in der Kälte?«

»Das hat sie gesagt.«

»Wie lange ist sie schon weg?«

Ngayla zuckte mit den Achseln. »Ich weiß nicht genau. Ungefähr eine halbe Stunde.«

Adam zog sich hastig die Stiefel an, schnappte sich eine Lampe und stürmte aus dem Haus. Warum wanderte Jenna mitten in der Nacht da draußen herum? Wohin wollte sie?

Er lief in den Garten zu dem Kreuz. Weiße Atemwölkchen stiegen von seinem Mund auf. Er hielt die Lampe in die Höhe und suchte die Umgegend ab – nichts. Als Nächstes suchte er in den Ställen, auch vergeblich. Wo kann sie nur sein?, überlegte er fieberhaft.

Ein Gedanke kam ihm noch: das große Wasserloch. Er und Wongaree hatten den Bereich rund um das Wasserloch vor Monaten auf der Suche nach Katie durchkämmt. Damals war der Wasserspiegel ganz niedrig und das Ufer schlammig gewesen. Sie hatten weder Spuren der kleinen Stiefel noch sonst irgendetwas gefunden, und Adam hatte Jenna am Abend davon erzählt. Doch danach hatte sie ihn immer wieder nach dem großen Wasserloch gefragt, wollte wissen, ob er oder Wongaree auch im Wasser gewesen seien und den verschlammten Boden mit den Füßen abgetastet hätten.

»Vielleicht ist Katie dort, und ihr habt sie nur nicht gesehen«, beharrte sie und forderte ihn ein ums andere Mal auf, noch einmal ganz genau nachzusehen. Offenbar war sie trotz seiner Beteuerungen davon überzeugt, dass Katie dort war.

Adam rannte. Im Schein der Lampe sah es fast so aus, als würde sich der Erdboden unter seinen Füßen bewegen, die Schatten der Bäume und Büsche schwankten. Der schneidende Wind machte ihm so sehr zu schaffen, dass er unwillkürlich schauderte. Alles war feucht. Tau hatte sich auf den Blättern und Halmen abgesetzt. Adams Hosenbeine waren schon ganz nass. Kein Laut außer seinen eigenen Schritten auf dem feuchten Boden war zu hören.

Er scheuchte ein Känguru auf. Es hob den Kopf und sah Adam mit vor Angst weit aufgerissenen Augen an, dann sprang es durch das Gestrüpp davon. Adam hatte noch lange das Rascheln im Ohr, bis das Geräusch schließlich schwächer wurde und ganz verstummte.

Er erreichte das Wasserloch und hielt die Lampe hoch. Seit den letzten Regenfällen war das Loch gut gefüllt, und Jenna stand bis zur Hüfte im Wasser. Sie watete auf die Mitte zu.

»Jenna!«, schrie Adam atemlos vom Laufen.

Sie hielt inne, drehte sich aber nicht zu ihm um. Das wirbelnde Wasser glitzerte silbern im Licht. Jennas Morgenrock schwamm hinter ihr auf dem Wasser.

Adam stand einen Augenblick lang da und überlegte, wie er zu Jenna durchdringen könnte. Am besten wäre es, ihr gut zuzureden und sie irgendwie zu sich zu locken. Ein Handgemenge im Wasser wollte er vermeiden. Genau an der Stelle, an der Jenna jetzt stand, fiel der Grund steil ab, und das Wasser war dort so tief, dass sie nicht mehr darin stehen könnte. Er musste sie daran hindern, weiterzugehen.

»Jenna?«, rief er wieder.

Diesmal drehte sie sich zu ihm um. »Ja?«

»Was machst du?«

Sie zuckte matt mit den Achseln. »Ich suche nach Katie. Ich habe sie weinen gehört.«

Schlafwandelte sie, oder war sie wach? Adam konnte das nicht erkennen. »Das war nur ein Traum«, sagte er sanft und hielt ihr die Hand hin. »Komm nach Hause!«

»Aber sie ist hier irgendwo. Ich muss sie finden.«

Sie ging einen Schritt weiter, und plötzlich reichte ihr das Wasser fast bis zu den Schultern. »Oh!«

»Jenna! Komm zurück! Das Wasser dort ist tief, du kannst nicht mehr darin stehen.«

Er stellte die Lampe ab und watete, ohne auf den Schlamm unter den Füßen und das Wasser, das seine Kleider durchweichte, zu achten, mit ausgestreckter Hand auf Jenna zu.

»Komm! Nimm meine Hand!«

Jenna zögerte. Sie starrte ihn verständnislos an. Ihre Augen wirkten wie zwei große dunkle Kreise in dem bleichen Gesicht. »Aber Katie …«

»Katie ist nicht hier«, unterbrach er sie eindringlich und legte so viel Autorität in seine Stimme, wie er nur aufbringen konnte. »Du musst aus dem Wasser kommen, Jenna. Ich bringe dich zurück zum Haus, damit du dir trockene Kleidung anziehen kannst.«

Sie kam einen Schritt auf ihn zu.

»So ist es gut«, lobte er. »Komm nur noch ein kleines Stückchen näher, dann kann ich dich festhalten!«

Schritt für Schritt führte er sie zum Rand des Wasserlochs und umklammerte ihre Hand dabei.

Als sie endlich an Land waren, drückte er sie fest an seine Brust. »Gott sei Dank!«, flüsterte er. »Ich könnte es nicht ertragen, dich auch noch zu verlieren.«

Erschrocken stellte er fest, dass Jenna nur noch Haut und Knochen war. Der kleine Conor gedieh unter Ngaylas Fürsorge, aber Jenna wurde immer weniger. Wann hat das angefangen?, fragte sich Adam. Wieso ist mir nichts aufgefallen?

Plötzlich riss sie sich von ihm los, als könne sie seine Besorgnis fühlen. Sie schlang die Arme um sich und ging mit steifen Schritten neben ihm her. Adam war klar, dass sie erbärmlich fror. Ihr Morgenrock klatschte bei jedem Schritt um ihre Beine.

Zu Hause sorgte er dafür, dass Jenna ein heißes Bad nahm. Anschließend half er ihr in ein frisches Nachthemd, kochte ihr eine heiße Schokolade und steckte sie ins Bett. Ngayla war noch in der Küche. »Du musst auf Missy aufpassen«, sagte er ernst zu ihr. »Wenn sie wieder das Haus verlässt, will ich sofort davon erfahren. Hast du das verstanden?«

Ngayla nickte. »Ja, Boss! Ich sag's Ihnen.«

»Und dasselbe gilt für Aleyne und Lalla. Richte es ihnen aus, ja?«

»In Ordnung, Boss.«

Adam hatte ein schlechtes Gewissen, weil er darum bat, dass die schwarzen Frauen seine Frau nicht aus den Augen ließen, aber allein konnte er nicht Tag und Nacht auf sie aufpassen. Irgendwann musste auch er schlafen, und dann war da noch seine Arbeit. Wenn alle mithalfen, dann …

Er lag in seinem Bett. Die Laken waren kalt, und er hätte alles darum gegeben, Jenna bei sich zu haben. Aber sie hatte es abgelehnt, und er konnte sie nicht zwingen, die Nacht bei ihm zu verbringen. Offenbar fühlte sie sich besser, wenn sie in Katies Bett schlief, und das wollte er ihr nicht abschlagen.

Mit einem tiefen Seufzer schloss er die Augen, doch die Ereignisse der Nacht ließen ihn nicht schlafen. Die Entdeckung, dass Jenna weg war. Sein rasender Lauf durch den Busch. Die Angst, dass sie ins tiefe Wasser waten könnte, bis sie den Boden unter den Füßen verlor und vor seinen Augen ertrank.

Ihm war klar, dass er dabei war, sie zu verlieren. Sie entglitt ihm, und trotz seiner besten Absichten und liebevollen Fürsorge konnte er nur wenig tun, um Jenna festzuhalten.

Am folgenden Tag lag ihr Tagebuch aufgeschlagen auf dem Tisch. Adam konnte nicht widerstehen und schob es ins Licht, um den letzten Eintrag zu lesen. *Adam hat die Aborigine-Frauen angewiesen, auf mich aufzupassen,* hatte Jenna geschrieben. *Ich fühle mich, als würden sie hinter mir herspionieren.*

Zwei Tage später schlief Adam morgens länger. Es war schon hell, als er aufwachte, und die Sonne schien durch die Fenster. Jemand stand neben dem Bett und rüttelte ihn wach. Ngayla, dachte er benommen, während er versuchte, richtig wach zu werden.

»Sie ist wieder verschwunden, Mista Adam«, sagte die schwarze Frau.

Adam wusste instinktiv, wohin Jenna gegangen war, und er hatte die böse Vorahnung, dass er dieses Mal zu spät kommen würde.

Jenna lag mit dem Gesicht nach unten im Wasserloch. Ihr Nachthemd bauschte sich um sie herum im Wasser. Wie in Trance watete Adam ins Wasser und hob sie hoch. Er war erstaunt, wie leicht sie war. Behutsam drückte er den schlaffen, kalten Körper an seine Brust, dann trat er den langen, beschwerlichen Heimweg an.

Wongaree und Pigeon, die Ngayla vermutlich alarmiert hatte, kamen ihm auf halbem Weg entgegen. »Lassen Sie uns helfen, Boss!«, sagte Wongaree und streckte die Arme aus. Aber Adam wehrte ab.

Sie gingen hinauf zum Haus – eine traurige Prozession. Ngayla wartete mit Baby Conor in den Armen auf der Veranda und sah ihnen mit angstgeweiteten Augen entgegen.

»Ich hab dir gesagt, du sollst sie nicht aus den Augen lassen«, schrie Adam wie von Sinnen vor Schmerz. »Warum hast du nicht aufgepasst?«

Ngayla wandte den Blick ab. »Ich hab mich ja bemüht, Boss.«

»Nicht genug.«

Ngayla verdeckte ihr Gesicht mit einer Hand. Ihre Schultern bebten. Und Conor fing an zu weinen.

»Es war nicht ihre Schuld, Boss«, vermittelte Wongaree.

Adam war klar, dass Ngayla nichts für diese Tragödie konnte, doch in seiner Trauer brauchte er jemanden, den er dafür verantwortlich machen konnte.

Er lehnte jedes Hilfsangebot ab, holte eine Schaufel aus dem Geräteschuppen und ging zu dem eingezäunten Flecken hinter dem Haus. Dort hob er neben dem Kreuz für Katie ein Grab aus. In einer der Scheunen wurde gehämmert – Wongaree und Pigeon zimmerten einen Sarg für Jenna.

Die drei Frauen – Aleyne, Lalla und Ngayla – wuschen Jenna, zogen sie an und legten sie ein letztes Mal auf Katies Bett. Der Anblick weckte schmerzhafte Erinnerungen in Adam, Erinnerungen an den Tod seiner Mutter in Irland, an die Nachbarn, die mit ihren kleinen Tonpfeifen den Berg herauf in das elende Cottage gekommen waren. Hier gab es keine Pfeifen, und auch der Brauch, Becher mit Wasser neben einem aufgebahrten Toten aufzustellen, war in Australien unbekannt.

Adam nahm Conor auf den Arm und zeigte ihm den Leichnam seiner Mutter, obwohl das Kind, wie sich Adam klar machte, seine Mutter kaum kannte. Er hatte in seinem kurzen Leben viel mehr Zeit mit Ngayla als mit Jenna verbracht. »Behalt sie im Gedächtnis!«, sagte er und drehte sich so, dass Conor seine Mutter sehen konnte. Doch er machte sich keine Illusionen – Conor würde sich nie an Jenna erinnern.

Die Trauerzeremonie war kurz. Alle standen stumm um das Grab, als Wongaree und Pigeon den Sarg mit Hilfe von Seilen in die feuchte Erde senkten. Adam stand einen Moment still da und schaute noch einmal in das Grab, dann nahm er einen Erdklumpen und warf ihn auf den Sarg. Er machte die Augen zu und warf noch einen Klumpen. Das Poltern auf dem Holz dröhnte in seinem Kopf wie ein Trommelwirbel.

Plötzlich taumelte er und glitt langsam zu Boden. Er konnte nicht mehr. Tränen verschleierten seinen Blick, und alles schien von einer Seite zur anderen zu wanken. Pigeon half ihm auf die Füße, und Wongaree hob die Schaufel auf. »Schon gut, Boss! Wir machen den Rest.«

Adam nickte und ging zurück zum Haus; er wusste, was er tun musste. Er holte Jennas alte Koffer hervor und warf Kleider hinein. Seine Kleider und die von Conor. Er machte sich nicht die Mühe, die Sachen zusammenzufalten, wie es Jenna getan hätte. Aber diese war nicht mehr da.

Es spielte keine Rolle mehr. *Nichts* war jetzt noch wichtig.

Das Land – seine großen Pläne –, nichts war so gekommen, wie er es sich gewünscht hatte.

Morgen würde er mit Conor Diamantina Downs verlassen und nach Süden fahren, zurück in die große Stadt. Vielleicht fand er dort eine Arbeit und jemanden, der ihm half, den Jungen großzuziehen. Hier konnte er nicht bleiben. Nicht ohne Jenna.

Am folgenden Morgen rief Adam die Leute aus dem Lager ins Haus. Er sah ihnen an den Gesichtern an, dass sie es bereits wussten.

»Conor und ich gehen weg von hier«, sagte er. »Es tut mir Leid, wir können nicht bleiben. Aber ich habe ein schlechtes Gewissen euch allen gegenüber. Was werdet ihr tun?«

Wongaree trat einen Schritt vor. »Wir kommen schon zurecht, Boss«, erklärte er. »Wie leben wieder nach unseren alten Traditionen, denke ich.«

Adam drückte Wongaree die Hand. »Du warst ein guter Freund, Wongaree. Das werde ich nie vergessen.«

»Ja, Boss. Sie auch.«

Er verabschiedete sich von einem nach dem anderen. Die Frauen stimmten ein stetiges Heulen an; Conor sah Ngayla an und begann auch zu weinen. Er streckte die Ärmchen nach ihr aus, doch Adam trug ihn zur Kutsche.

Er schaute nicht zurück, anfangs nicht. Erst nachdem er durch das Tor gefahren war, blieb Adam stehen und sprang vom Kutschbock. Er machte das Tor zu und sah zurück zum Haus.

Das Dach war durch die Bäume zu sehen, der Turm überragte die Wipfel, und die Fensterscheiben blitzten in der Sonne. Die Spiegelung war so grell, dass er geblendet den Blick abwenden musste.

Er kauerte sich hin, nahm eine Hand voll Erde und

ließ sie durch die Finger gleiten. Sie war körnig und hart und hinterließ einen fettigen Film in seiner Hand. Das ist symbolisch, dachte er. Die Erde – mein Leben – ist Körnchen für Körnchen zwischen meinen Fingern zerronnen, als hätte ich vergessen, die Hände zu schließen, um meine Welt ganz festzuhalten.

Was hätte er anders machen müssen? Wie hätte er das, was geschehen war, verhindern können? Nach allem, was er heute wusste, würde er jetzt vielleicht umsichtiger sein und in diesem unwirtlichen Landstrich mehr Wachsamkeit walten lassen. Er würde seinem Bruder niemals mehr erlauben, die Schafe ohne Begleitung so weit weg zu treiben. Ganz bestimmt würde er Katie besser im Auge behalten. Und Jenna …?

Ein lauter Schrei kam aus der Kutsche. Conor! Sein Sohn!

Adam stand auf und wischte sich die Hände an der Hose ab. Dieser Staub war nicht wichtig. Er würde noch jede Menge davon sehen, bis sie ihr Ziel erreicht hätten.

»Nun, dieses Kapitel ist beendet«, sagte er und schenkte seinem Sohn ein Lächeln, als er auf den Kutschbock stieg und mit den Zügeln leicht auf die Pferderücken schlug. »Besser, wir machen uns auf den Weg. Wir haben noch ein gutes Stück vor uns.«

KAPITEL 32

Ich habe es die ganze Zeit gewusst; seit mir Stan von den Gräbern erzählt hat, ahnte ich, dass etwas Schlimmes passiert sein musste. Aber auf *dieses* Ende war ich nicht vorbereitet. Zwei sinnlose Todesfälle, Adams zerplatzte Träume, ein kleiner Junge, der seine Mutter verlor. Was für eine herzzerreißende Tragödie!

Stan hat von Katies Grab gesprochen, jedoch nie erwähnt, dass sie dort gar nicht bestattet worden sei, dass es sich nur um eine Gedenkstätte handle, die Adam für Jenna errichtet habe, um einen Platz zu schaffen, an dem sie um ihre Tochter trauern könne. Kennt Stan die ganze Geschichte? Bestimmt, denke ich, aber er hat mir nichts davon erzählen wollen, um mich nicht noch trauriger zu machen.

Ich denke wieder an die Zeit, die Stan und ich an den Gräbern verbracht haben. Wir haben es nie geschafft, noch einmal hinzugehen und unsere Arbeit zu Ende zu führen. Katies Grab – ein schlichtes Kreuz und ein niedriges Eisengeländer um ein Fleckchen Sand. Es ist Ironie des Schicksals, dass nur Jenna dort begraben ist.

Ich denke an Jennas Gemütszustand nach Katies Verschwinden. Sie hat ihre Trauer ganz in sich verschlossen, bis sie allumfassend wurde. Mir ergeht es genauso, vermute ich. Und obwohl sie einst so stark und tatkräftig war, verlor sie allmählich ihren Lebenswillen. Ohne Katie hatte das Leben keinen Sinn mehr für sie. Conor, der einzige Mann, den sie je geliebt hat, war umgekommen und ihre Ehe gescheitert. Ihre Tochter wurde vermisst – sie hatte sich in der schier endlosen Landschaft aus Busch und ausgetrockneten Flussläufen verirrt und wurde nie wieder gesehen. Meine Tochter war in einem ähnlichen Alter gestorben, und ich kenne die Trauer und den Schmerz nur zu gut. Aber nicht zu wissen, wo der Leichnam der Tochter ist, sie nicht zur letzten Ruhe betten zu können? Ich kann mir nicht einmal annähernd vorstellen, wie man sich dabei fühlt.

Die Einträge in Jennas Tagebuch enden ein paar Tage, bevor Adam ihren Tod in seinem Journal erwähnt, und werden nach Katies Verschwinden von Tag zu Tag verworrener. Die Schrift ist kaum noch lesbar. Seltsam unzusammenhängende Sätze und Worte springen mich aus den Seiten an, schocken mich, wecken meine eigenen Erinnerungen.

Heute Nacht habe ich Katie weinen hören, schreibt sie, *aber Adam sagt, es sei nur ein Traum gewesen.* Dann: *Ich habe sie gesehen; sie ist durch den Busch gelaufen. Ich habe die Arme nach ihr ausgestreckt, aber sie rannte an mir vorbei. Es war, als wäre ich unsichtbar.*

Der Traum! Haben Jenna und ich auch diesen Traum gemeinsam? Ich sitze am Tisch, habe den Kopf in die Hände gestützt und denke an Ellas Worte.

Sie können nicht für den Rest Ihres Lebens im Stadium der Wut stecken bleiben. An einem gewissen Punkt müssen Sie damit aufhören und in die nächste Phase treten, sonst lassen Sie zu, dass der Tod Ihrer Tochter all das Gute, das Ihnen das Leben sonst noch beschert hat, zerstört.

Wusste Ella über Jenna Bescheid, als sie das sagte? Dachte sie etwa, dass sich die Geschichte wiederholen könnte? Ich weiß keine Antwort auf diese Fragen und schüttle ratlos den Kopf.

Adam hat den letzten Eintrag in sein Journal am Tag

vor seiner Abreise gemacht. *Morgen früh gehen wir von hier weg,* schrieb er. *Nur Baby Conor und ich. Wir lassen Jenna und Katie hinter uns – und das Land. Ich kann nicht auf Diamantina Downs bleiben. Dieser Ort hat mir nichts als Kummer gebracht.*

Natürlich sind Adams Abschied und seine Abfahrt nicht dokumentiert, aber meine Fantasie füllt die Lücken. Ich sehe Adam vor mir, wie er am Tor steht und einen letzten Blick zurückwirft. Wie er sich hinkauert und eine Hand voll Erde aufnimmt. In diesem Augenblick war er sicher wehmütig und in sich gekehrt, und es ist durchaus denkbar, dass er die Parallele zwischen dem roten Staub und seinen zerronnenen Träumen gezogen hat. Und sicher hat er sich gefragt, was er anders hätte machen, womit er dieses Schicksal hätte abwenden können. So ein Mann war er, nachdenklich, überlegt. Ein Grübler, der die Ereignisse von allen Seiten betrachtet.

Brad ist unterwegs, um Wasserproben zu untersuchen. Und ich fahre am Vormittag mit dem Rad zu Ella, weil ich die Stille im Haus nicht mehr aushalte.

Sie ist im Garten und hängt gerade Wäsche auf. »Gut!«, ruft sie strahlend, als ich am Tor absteige. »Sie kommen gerade rechtzeitig für eine Teepause.«

Sie umarmt mich, und wir gehen ins Haus.

»Also, in zwei Tagen machen Sie sich wieder aus dem Staub und fahren in den großen Smog, wie?«, sagt sie, als sie den Wasserkessel auf den Herd stellt.

Der Gedanke daran, der mir einmal so verlockend erschienen war, macht mich jetzt traurig. Hier draußen auf Diamantina Downs konnte ich mein Leben anhalten, Entscheidungen hinauszögern. Ich habe mich treiben lassen und mich mit den Tagebüchern und Journalen abgelenkt.

Zu Hause muss ich mich wieder den Tatsachen stellen. Brad und ich: Was wird wohl aus uns? Soll ich ihn verlassen oder bei ihm bleiben? Ehe oder Scheidung?

Letzteres erscheint mir unausweichlich, aber die Vorstellung, das gemeinsame Leben auseinander zu bringen, ist schrecklich. Andererseits können wir so nicht weitermachen – das würde uns beide zugrunde richten. Und jetzt, da ich Katies Geschichte kenne und weiß, dass ihr Leichnam nie gefunden wurde, spüre ich eine traurige Leere in mir. Wie kann ich nach Hause fahren und unter diesen Umständen mein Leben wieder aufnehmen?

Ella brüht eine Kanne Tee auf und schneidet zwei Stücke von einem Früchtekuchen ab. Während wir am Tisch sitzen und den heißen Tee trinken, dreht sich unsere Unterhaltung um Jenna und Adam.

»Ich habe die Tagebücher und Journale zu Ende gelesen«, sage ich und überreiche ihr die Abschriften der Einträge, die sich mit Ngaylas Geschichte befassen. »Das hier ist zwar bruchstückhaft, aber es wird Sie und Stan interessieren. Wenn ich zu Hause bin, tippe ich alles ordentlich ab und schicke Ihnen eine Kopie.«

Ella nickt und überfliegt die Seiten. »Stan wird Ihnen sehr dankbar sein.«

»Sie wissen, was damals geschehen ist, oder?«, frage ich.

»Ja. Stan hat es mir vor Jahren erzählt – wenigstens das, was er weiß. Es ist eine traurige Geschichte. Damals wusste niemand genau, ob Jenna Selbstmord begangen hat oder ob es ein tragischer Unfall war. Augenscheinlich wurde sie …« Ella macht eine Pause und sucht nach einem passenden Wort, »… ziemlich wunderlich. Verrückt vor Kummer.«

»Und Katies Leiche wurde nie gefunden?«

Ella schüttelt den Kopf. »Ich glaube nicht. Zumindest hat niemand etwas gesagt. Natürlich können Dingos sie weggeschleppt haben, oder Vögel haben an ihr gepickt. Nach dieser langen Zeit ist eher unwahrscheinlich, dass noch sterbliche Überreste da sind, meinen Sie nicht auch?«

Ella erzählt den Rest der Geschichte – das, was sich nach Adams Weggang zugetragen hat.

»Der Stamm blieb in dem Lager am Fluss. Ngayla war mit Wandi verheiratet, wie Sie wissen, und sie haben drei Kinder bekommen. Jinbi, der älteste Sohn, war Stans Großvater. Die Behörden haben Ngayla und Wandi irgendwann die Kinder weggenommen und in ein Heim gesteckt. Erst als sie erwachsen waren, konnten sie zurückkommen und wieder mit ihren Eltern Verbindung aufnehmen.«

»Das ist ja furchtbar!«

Ich habe schon von der »gestohlenen Generation« gehört, war bis jetzt aber noch nie jemandem begegnet, dessen Familie davon betroffen war. Ngayla muss ebenso unter dem Verlust ihrer Kinder gelitten haben wie Jenna unter Katies Verschwinden.

Ella geht zur Kommode und holt einen alten Zeitungsausschnitt aus der Schublade, legt ihn vor mich auf den Tisch und streicht die Falten glatt. Obwohl er von mir aus gesehen verkehrt herum liegt, kann ich die Überschrift »Nachruf« lesen.

»Da steht alles drin – Adams Lebensgeschichte. Er ging nach Sydney und machte sich dort einen Namen. Er kaufte Land und gründete ein Unternehmen. Er war sogar Politiker und in den Vorständen verschiedener Gesellschaften. Er verdiente viel Geld, aber geheiratet hat er nie wieder. Und während der ganzen Zeit war Diamantina Downs in seinem Besitz, auch wenn weder das Haus noch das Land genutzt wurden.«

»Ich frage mich, warum er das Land behalten hat. Meinen Sie, er wollte eines Tages zurückkommen? Oder dachte er, sein Sohn Conor würde irgendwann herkommen wollen?«

Ella zuckt mit den Achseln. »Oh, das ist eine andere Geschichte! Adam hat seinen Sohn vergöttert. Er hat ihn mit der Hilfe eines Kindermädchens großgezogen und in die besten Schulen der Stadt geschickt. Conor war erst zweiundzwanzig, als er sich dem First Australian Regiment anschloss und in den Burenkrieg zog. Es heißt, er sei in Bulawayo – wo immer das auch sein mag – an Typhus gestorben.«

»Das ist sehr traurig«, sage ich und denke dabei an Jenna und Adam und daran, welche Auswirkung Katies Verschwinden auf die Familie hatte. »Demnach gibt es keine O'Loughlin-Nachkommen?«

»Nein. Nach Adams Tod wurde das Land verkauft. Keine Ahnung, wohin das Geld geflossen ist. Vielleicht kam der Erlös einer wohltätigen Einrichtung zugute, vielleicht auch dem Staat.«

Wir schweigen eine Weile, trinken Tee und denken nach.

»Ah, das Leben ist eine Last!«, sagt Ella schließlich. »Aber ich bin froh, dass wir heute leben. Ich glaube, in den alten Zeiten hätte es mir nicht gefallen.«

Ich denke an Adam, dem es verwehrt gewesen war, seine Kinder zu begraben – Conor, sein leiblicher Sohn, starb in einem fremden Land, und Katie, seine »Adoptivtochter«, wurde nie gefunden. Ohne Vorwarnung kommen meine eigenen Erinnerungen wieder hoch …

Die Kirche ist voll mit Freunden und Verwandten. Die Orgel spielt, als Brad mich durch den Mittelgang führt. Der kleine Sarg steht vor dem Altar. Er ist mit Blumen geschmückt, und ein Teddybär – Kadies Lieblingsstofftier – sitzt in der Mitte. Niemand spricht. Ich sehe rotgeränderte Augen. Brad und ich sitzen mit Mam, Dad und Carys in der ersten Bank, Brads Mutter hinter uns.

Die Trauerfeier zieht in einem Nebel aus Worten und Musik an mir vorbei. Ich versuche auszublenden, was um mich herum geschieht. Ich fühle mich, als hätte ich meinen Körper verlassen und würde die Szene aus großer Höhe verfolgen. Vielleicht träume ich nur und wache bald zu Hause auf, und Brad und Kadie sind bei mir. Dann ist dies alles nicht mehr als eine schwache Erinnerung.

Brad ergreift das Wort, erzählt der ergriffenen Trauergemeinde von seiner und meiner Liebe zu unserer Tochter. Seine Stimme ist brüchig, doch er redet weiter, macht nur eine kleine Pause, um die Fassung zurückzugewinnen. Carys liest ein Gedicht vor. Es ist lustig und zärtlich, und plötzlich schluchzt jemand laut. Ich hatte vor, auch etwas zu sagen, überlege es mir jedoch in letzter Minute anders. Ich bringe es nicht fertig, mich vor diese Leute zu stellen und über Kadie zu sprechen.

Brad und ich haben jede Hilfe abgelehnt und wollen den kleinen Sarg zu dem wartenden Katafalk tragen. Brad hat versucht, mich davon abzubringen, und mein Vater bot an, diese Aufgabe für mich zu übernehmen. Aber ich blieb eisern. Dies ist das Letzte, was ich noch für meine Tochter tun kann. Darauf zu verzichten käme mir respektlos vor.

Brad und ich treten gemeinsam vor den Altar. Der Sarg ist so klein, dass ich davon überzeugt bin, ihn leicht tragen zu können. Aber als ich ihn hochhebe, kommt er mir ungeheuer schwer vor, und der Weg zum Kirchenportal erscheint mir meilenlang. Brad hält die eine Seite des Sargs mit seinem gesunden Arm. Er sieht mich besorgt an. Für einen Moment begegnen sich unsere Blicke.

Mir wird übel. Die Wände, die Decke, alles dreht sich um mich. Meine Brust wird eng, und Panik steigt in mir auf. Ich mache die Augen zu und atme tief durch. Ich kann das, sage ich mir, als ich vorsichtig einen Schritt vorwärts mache.

Ich stolpere, halte aber das Gleichgewicht. Brad bleibt abrupt stehen. Plötzlich löst sich Carys aus der Menge. »Ist schon gut«, sagt sie und hilft, das Gewicht zu schultern. »Ich helfe dir, Jess.«

Zusammen gehen wir durch den Mittelgang und tragen Kadies Sarg. Der Weg scheint kilometerweit zu sein, und ich mache kleine Schritte, weil ich den Augenblick hinauszögern, Kadie nicht loslassen will.

Nach dem Begräbnis kommen alle für ein leichtes Mittagessen zu uns nach Hause. Nachbarn und Freunde drängeln sich in meiner Küche, bereiten Essen zu und servieren es. Ich bringe keinen Bissen herunter. Ich denke immerzu an meine Tochter. Meine Mutter bietet mir ein Sandwich an. »Du musst etwas essen, Jess. Du brauchst all deine Kräfte.«

Ich schüttle den Kopf und wende mich ab. Sie meint es gut, aber ich habe Kopfschmerzen und fühle mich, als würde ich mich in dichtem Nebel bewegen. Die Menschen berühren mich, wenn ich an ihnen vorbeigehe – ein Küsschen hier, eine Umarmung da – und sprechen mir ihr Beileid aus. Die Worte umwabern mich, aber keines macht Sinn. Ich möchte mich nur in mein Zimmer zurückziehen und mich hinlegen. Ich will den Rest des Tages verschlafen.

»Bist du okay?«, fragt Brad, als er sich hinter mich stellt und sein Gesicht an meinen Nacken schmiegt.

»Ich habe scheußliche Kopfschmerzen. Glaubst du, es macht den anderen etwas aus, wenn ich mich für eine Weile zurückziehe?«

»Du musst in Kadies Zimmer gehen.«

»Nein!«, rufe ich automatisch. Ich kann nicht ins Zimmer meiner Tochter gehen. Noch nicht. Ich kann mich nicht auf ihr Bett legen und ihren Geruch, der dem Kopfkissen noch anhaftet, einatmen. Ich kann mir nicht die Kleider, die in ihrem Schrank hängen, oder die Puppen auf dem Bord ansehen.

Brad sieht mich betreten an. »Meine Mutter hat sich nicht gut gefühlt und sich in unserem Zimmer hingelegt.«

»Vor fünf Minuten hat sie noch munter und gesund ausgesehen. Da hat sie noch über die Sandwiches die Nase gerümpft.«

Brad zuckt mit den Schultern. »Kein Mensch beachtet sie. Ich denke, sie hat sich in den Schmollwinkel verzogen.«

Ich sinke auf den nächsten freien Stuhl und vergrabe das Gesicht in den Händen. Brads Arme umschließen mich, aber das genügt mir nicht mehr. »Jess, es tut mir Leid«, sagt er ernst und eindringlich. »Ich weiß nicht, was ich tun soll. Sag es mir! Sag mir, was ich machen soll!«

Plötzlich zerrt mich Carys auf die Füße. »Komm!«, sagt sie. »Ich bringe dich weg von hier.«

Ich sitze auf dem Beifahrersitz ihres schicken gelben Sportwagens, während sie durch die Stadt flitzt. Ich weine die ganze Zeit, heftige Schluchzer durchzucken meinen ganzen Körper und rauben mir die letzte Kraft. Dann sind wir in der Tiefgarage von Carys' Apartmentblock. Meine Schwester hilft mir beim Aussteigen, als wäre ich invalid. Wir betreten den Lift. Erschöpft lehne ich mich an die Wand des Aufzugs und denke, dass ich jeden Augenblick zu Boden gleiten könnte. Meine Beine fühlen sich wie Gummi an – so, als würden sie mich nicht länger tragen.

In der Wohnung führt mich Carys direkt ins Schlafzimmer und fordert, dass ich mich aufs Bett setze. Sie zieht mir die Schuhe aus, gibt mir eine Schlaftablette und sieht zu, wie ich sie mit Wasser hinunterspüle. Dann bringt sie mich dazu, dass ich mich hinlege. Ich friere; meine Hände und Füße fühlen sich wie Eisblöcke an. Carys macht mir eine Wärmflasche und deckt mich zu.

»Was kann ich noch für dich tun?«, fragt sie liebevoll. »Wie kann ich dir helfen?«

Ich schüttle den Kopf. »Niemand kann etwas tun«, flüstere ich. »Wir alle müssen das nur irgendwie durchstehen.«

Mir ist so kalt, dass ich zittere. Carys legt sich neben mich und nimmt mich in die Arme. »Schlaf jetzt, Jess!«, sagt sie.

Ich wache erst am nächsten Morgen auf.

Ich bin allein im Schlafzimmer. Aus der Küche dringt das Klappern von Besteck und der Duft nach frisch gebrühtem Kaffee. Ich stehe auf, fühle mich zerschlagen und stelle mich ans Fenster, um auf den Fluss hinunterzuschauen. Es ist noch früh, und die Stadt zeigt gerade die ersten Regungen. Ein paar Autos stehen auf der Straße, Radfahrer strampeln sich auf den Radwegen am Ufer ab. Auch die Ruderer sind schon da, ihre Boote gleiten durch das braune, schäumende Wasser.

Es fühlt sich beinah unwirklich an, hier zu stehen und zuzusehen, wie die Stadt zum Leben erwacht. Kadie ist von mir gegangen, meine Welt ist auf den Kopf gestellt, aber da draußen beginnt ein ganz normaler Tag. Die Sonne ist aufgegangen wie immer. Menschen joggen und gehen zu Fuß, als hätte sich überhaupt nichts geändert. Und für sie ist ja auch alles wie sonst.

»Jess?«

Ich drehe mich um. Carys steht mit einem Kaffeebecher in der Hand in der Tür. »Gut geschlafen?«, erkundigt sie sich.

Ich nicke und fahre mir mit der Hand durchs Haar. »Weißt du, was heute für ein Tag ist?«, frage ich benommen.

Sie schüttelt den Kopf. »Nein. Sag es mir!«

»Der erste Tag vom Rest meines Lebens.«

KAPITEL 33

Es ist unser vorletzter Tag am Diamantina. Brad möchte noch ein letztes Mal am Wasser Proben nehmen, bevor wir morgen unsere Sachen zusammenpacken. Er bittet mich mitzukommen, und ich sage widerwillig zu.

Jetzt, da ich mit der Abschrift fertig bin, kann ich die Tagebücher und Journale nicht mehr als Vorwand nutzen.

Wir fahren etwa fünfzehn Minuten am Hauptarm des Flusses entlang in Richtung Norden. Dort ist ein tiefes Wasserloch, an dem wir unser Lager aufschlagen. Harry sitzt hechelnd im Schatten und behält Brad wachsam im Auge. Ich habe ein Buch mitgebracht, bin jedoch nicht bei der Sache, sondern denke immer wieder an Jennas Geschichte. Ich glaube, ich habe sie längst noch nicht richtig verarbeitet.

Brad hat heute seine Pflanzenpresse mitgenommen. Sie besteht aus einem Holzrahmen, in dem Karton und Zeitungspapier stecken. Fast den ganzen Vormittag sammelt er Pflanzen am Ufer, nummeriert und katalogisiert sie, ehe er sie zwischen das Zeitungspapier legt. Es ist ein mühsamer Job, und er arbeitet mit konzentrierter Miene. Irgendwann lässt sich mit lautem Gekrächze ein Schwarm schwarzschwänziger Kakadus am Fluss nieder, um zu trinken. Brad erklärt mir, dass diese Spezies vom Aussterben bedroht sei, und greift zur Kamera.

Ich liege im gesprenkelten Schatten eines Coolibah-Baumes und schaue in den Himmel. Er ist strahlend blau mit vereinzelten winzigen Wölkchen. Das Licht ist so hell, dass ich bald die Augen schließe und mich auf die Gerüche des Busches konzentriere.

»Wie wär's mit Lunch?«, ruft mir Brad nach einer Weile zu. Ich bin überrascht, als ich auf die Uhr sehe – es ist schon Mittag.

Ich richte das Picknick her. Es gibt kalten Braten und Käse, Brot – ich habe das Brotbacken zur Kunst entwickelt – und Tomaten aus Bettys Garten. Dazu Ellas selbst gemachtes Ingwerbier.

Ein Sandsturm zieht auf. Der Wind wird stärker und bläst mir die Haare um das Gesicht. Unwillkürlich muss ich an den Tag denken, an dem Katie verschwunden ist – damals muss das Wetter ganz ähnlich gewesen sein wie heute. Brad deutet auf den rötlichen Streifen am Horizont. »Sieht aus, als bliebe uns höchstens noch eine Stunde, bevor der Sturm hier ist«, sagt er. »Das sollte mir genügen, um meine Arbeit zu beenden.«

Wir essen schweigend; es scheint nichts zu geben, was wir uns sagen können. Erst als wir fertig sind und ich die Reste zusammenpacke, meint Brad: »Wir müssen reden.«

Er äußert das in einem eindringlichen, verzweifelten Tonfall, und ich sehe zu ihm auf.

»Worüber?«

»Über das, was geschehen soll, wenn wir zu Hause sind.«

»Möglicherweise nehme ich meine Arbeit wieder auf«, sage ich, ohne wirklich davon überzeugt zu sein.

Er schüttelt den Kopf. »Nein, ich meine mit uns. Mit dir und mir. Wir können so nicht weitermachen. Es zerstört all das Gute, was wir miteinander hatten.«

Ich gehöre zu den Menschen, die Schwierigkeiten am liebsten aus dem Weg gehen. Ich schiebe Konfrontationen hinaus und finde Möglichkeiten, um mich um ein heikles Gespräch herumzumogeln. Später, sage ich mir, später, wenn ich bereit bin und alles im Kopf sortiert habe, diskutieren wir über dieses Problem und treffen Entscheidungen. Alles zu seiner Zeit.

Aber wann ist dafür die richtige Zeit?, frage ich mich vorsichtig.

»Nicht hier«, erwidere ich lahm. »Ich will jetzt nicht

darüber sprechen. Dies ist weder der richtige Zeitpunkt noch der richtige Ort.«

Brad presst die Lippen zusammen. Sein Gesicht wirkt steinern, sein Blick stechend. »Verdammt, Jess! Wann ist dafür die richtige Zeit, wo ist der richtige Ort? Ich möchte jetzt darüber reden, nicht erst dann, wenn du es für angebracht hältst.«

Ich hasse es, in die Enge getrieben und festgenagelt zu werden. »Was du heute kannst besorgen, das verschiebe nicht auf morgen, wie? Ruinieren wir lieber den Rest unserer Zeit hier am Diamantina!« Ich lasse mich auf meinen Faltstuhl fallen, verschränke die Arme und bemühe mich, einen ärgerlichen Unterton zu unterdrücken. Der Versuch scheitert kläglich. »Also, was schlägst du vor – was sollen wir tun?«

»Wir könnten uns ernsthafte Gedanken um ein Baby machen. Ich möchte, dass wir wieder eine Familie werden. Erinnerst du dich noch, welche Pläne wir hatten, wie viele Kinder wir haben wollten?«

»Du meinst, wir sollen Kadie ersetzen? Mir scheint, das haben wir schon einmal besprochen.« Ich werfe die Hände in die Luft, um meinen Worten Nachdruck zu verleihen. »Das ist großartig! Wirklich toll!«

Brad seufzt resigniert. »Um Himmels willen! Niemand versucht, Kadie zu ersetzen. Aber sie ist nicht mehr da. Meinst du nicht, dass du das irgendwann akzeptieren und dein Leben wieder in die Hand nehmen musst?«

Ich werfe die Picknicksachen in den Korb – jetzt bin ich wütend, und es ist mir egal, ob etwas zerbricht oder ausläuft. Der Salzstreuer kippt um, der Deckel fällt ab, und das Salz ergießt sich auf die Tischdecke, die ich auf dem Boden ausgebreitet habe. Der Wind frischt noch mehr auf, und die Äste der Bäume werden lautstark hin und her gepeitscht. So viel zu Brads Voraussage, dass wir noch eine Stunde Zeit hätten.

Als ich den Korb im Wagen verstaue, klingen mir wieder Ellas Worte in den Ohren. *Sie können nicht für den Rest Ihres Lebens im Stadium der Wut stecken bleiben. An einem gewissen Punkt müssen Sie damit aufhören und in die nächste Phase treten, sonst lassen Sie zu, dass der Tod Ihrer Tochter all das Gute, das Ihnen das Leben sonst noch beschert hat, zerstört.*

Ich spüre, wie die Wut in mir brodelt. Und dieselbe alte Frage quält mich unaufhörlich: Warum musste das alles passieren? Welche höhere Macht hat vorgesehen, dass unsere kleine Familie vor einem Jahr zerstört werden sollte? Warum hat es ausgerechnet uns getroffen?

Ich weigere mich, Brads Frage zu beantworten. Aber ich sehe ihn herausfordernd an und hoffe, dass er einen Rückzieher macht. Es ist auch ein Test, ein Experiment, um seine Reaktion abzuschätzen. Vielleicht fühlt Brad im tiefsten Inneren dasselbe wie ich und stellt die Festigkeit unserer Ehe infrage.

»Wenn du dir so sehr eine Familie wünschst, solltest du vielleicht versuchen, sie mit einer anderen Frau zu gründen.«

Er steht mit den Händen in den Hüften da und funkelt mich an. Das blonde Haar fällt ihm in die Stirn, und ich bekämpfe den Drang, es ihm aus dem Gesicht zu streichen. Die alte Jess hätte es getan. Doch die neue Jess ist hin und her gerissen zwischen dem Wunsch, so etwas zu tun, und dem Bedürfnis, sich zurückzuziehen. Ich bin an einem düsteren Ort gefangen, an einem Ort zwischen der Vergangenheit, in der ich solche Dinge ohne nachzudenken getan hätte, und dem Jetzt, in dem alles analysiert und seziert, dann wieder zusammengesetzt werden muss. Wo jedes Wort und jede Handlung entweder beruhigend oder explosiv sein kann – das hängt von meiner Tagesform und der Art ab, wie man mir begegnet.

Brad macht für einen Moment die Augen zu. »Ich bin fast zweiunddreißig, und meine Zeit tickt allmählich dahin. Ich will bald Kinder haben und nicht noch länger warten.«

»Du sprichst von der biologischen Uhr? Ich dachte, die gäbe es nur bei Frauen.«

Er ignoriert meinen Scherz. »Es ist ja nicht so, dass wir es uns nicht leisten können. Wir stehen im Moment finanziell nicht schlecht da, und wir kommen auch, obwohl du nichts mehr verdienst, ganz gut zurecht.«

»Nein, darum geht es nicht – es liegt nur an mir, das gebe ich zu. Die gute alte Jess spielt das Spiel nicht mit.«

»Es ist kein Spiel«, entgegnet er ruhig.

»Bei dir klingt das so einfach«, gebe ich irritiert zurück.

Ich denke an unser Cottage in der Stadt und Kadies Zimmer, das zu einer Art Schrein geworden ist – seit dem Unfall wurde dort nichts verändert. Ich versuche, mir ein anderes Baby in dem Zimmer vorzustellen, ein anderes Kind, das die Sachen benutzt, die meiner Tochter gehören – gehört haben. Es gelingt mir aber nicht.

»Vielleicht«, schlägt Brad vor, »sollten wir eine gewisse Zeit getrennt voneinander verbringen, damit wir beide über unsere Prioritäten nachdenken können. Du könntest irgendwohin fahren, vielleicht mit Carys ...«

»Eine Trennung? Meinst du das?«

»Ist das nicht das, was du im Sinn hast?«

Plötzlich fühle ich mich den Tränen lächerlich nahe. Warum konnte Brad mit diesem Gespräch nicht warten, bis wir zu Hause sind? Wieso müssen wir uns hier draußen damit auseinander setzen?

»Kann sein. Vielleicht gibt es auch keine andere Möglichkeit.«

Für einen flüchtigen Augenblick sieht er mich so erschrocken an, dass ich ihn am liebsten wie in alten Zeiten in die Arme geschlossen hätte. Ich möchte den Schmerz vertreiben und ihm sagen, dass alles gut wird, dass ich weiß, was er mir sagen will, und ihn verstehe. Ich möchte ihm sagen, dass ich ehrlich keine Ahnung habe, was ich will, und auch durcheinander und verletzt bin. Ich wünsche mir mein altes Leben zurück, das so einfach und unbeschwert war und in dem mich keine dunklen Gedanken quälten. Aber zwischen Brad und mir steht eine unüberwindliche Barriere.

Ich wende mich von ihm ab, ziehe die Schultern hoch wegen der Schmerzen, die sich in meinem Kopf aufbauen, und gehe weg – ohne einen Blick zurück den Weg entlang. Tränen nehmen mir die Sicht, und die Landschaft verschwimmt zu einer graugrünen Masse.

»Wohin gehst du?«, ruft Brad mir nach.

Ich antworte nicht.

»Bitte, Jess, komm zurück!«

Ich drehe mich um und gehe rückwärts. Er beobachtet mich. Harry sitzt neben ihm. Die Tränen strömen mir jetzt übers Gesicht. »Ich kann nicht mehr hier bleiben«, schreie ich.

»Komm her! Sei vernünftig! Dies ist die letzte Gelegenheit für mich, diese Pflanzen zu katalogisieren. Nur noch eine Stunde, länger brauche ich nicht. Komm her und rede mit mir! Wir werden nicht mehr streiten, das verspreche ich dir.«

»Ich kann nicht bleiben!«, schreie ich noch ein bisschen lauter. »Verstehst du das denn nicht?«

»Was? Um Himmels willen, sag es mir!«

»Ich habe Angst davor, zu sehr zu lieben.«

Der Sturm setzt ein. Sand fliegt mir in die Augen, und heißer Wind bläst mir ins Gesicht. Ich drehe mich wieder um und gehe rasch weiter. Das Echo meiner und seiner Worte hängt in der Luft, wirbelt herum wie der Staub.

Wie kann ich ihm sagen, was wirklich los ist? Etwas Altes, Geisterhaftes verfolgt mich hier, etwas Seltsames, was ich nicht benennen könnte. Ich sehe es in den Träumen. Ich fühle es in dem alten Haus. Jenna und ich – wir haben zu viele Gemeinsamkeiten und kennen denselben Schmerz. Kadie und Katie verschmelzen miteinander. Aber seltsamerweise gibt es keinen Schluss in der Geschichte, kein richtiges Ende. Irgendwo hier draußen liegen die sterblichen Überreste des kleinen Mädchens.

Wenn es stimmen sollte, dass die Dinge nicht grundlos geschehen, dann bin ich möglicherweise zu einem bestimmten Zweck in diese Gegend gekommen. Jennas Tagebücher, Adams Journale – ich kann das, was ich über die beiden weiß, zu einer Geschichte zusammensetzen. Aber ein Puzzleteil fehlt noch. Katie. Und ich weiß, dass ich hier etwas Unerledigtes zurücklasse, wenn wir nach Hause fahren. Aber ich kann nichts dagegen tun. Es liegt nicht in meiner Macht.

Über das Tosen des Sturms höre ich, wie ein Wagen-

motor anspringt und das Getriebe knirscht. Scheinwerfer-
lichter schwenken im rötlichen Dunst in meine Richtung.
Brad bremst neben mir ab und lehnt sich aus dem Fenster. »Sei nicht albern! Steig ein!«

»Nein!« Ich verschränke die Arme vor der Brust und
gehe weiter.

»Sei vernünftig! Du kannst nicht den ganzen Weg zu
Fuß gehen.«

»Wart's nur ab!«

Brad steigt aus. Der Wind schlägt die Wagentür zu. Es
ist schwierig, gegen die Wucht des Sturms anzukämpfen.
Obwohl uns nur wenige Meter trennen, kann ich Brad
durch den Staub und Sand kaum sehen. Er streckt mir
die Hände entgegen. »Jess!«, fleht er. »Hör mir zu, um
Himmels willen! Einen geliebten Menschen zu verlieren
ist tragisch. Das wissen wir beide. Aber nicht zuzulassen,
dass ein anderer den Platz des verlorenen Menschen ein-
nimmt, ist noch trauriger.«

Ich schließe die Augen und lasse die Worte wie sprödes
Laub auf mich rieseln. Was er sagt, stimmt, aber ich weigere mich, es mir anzuhören. Ich brauche keine Vorträge
darüber, wie ich fühlen *sollte*.

Wieder treten mir Tränen in die Augen. Unvermittelt
verlasse ich den Weg und renne durch den Busch. Ich
habe keine Ahnung, in welche Richtung ich laufe oder
welches Ziel ich anstrebe; ich weiß nur, dass ich weg von
meinem Mann muss, von ihm und seinen Wahrheiten.

Harry ist mir gefolgt und trabt jetzt neben mir her. Er
hält das Ganze für ein Spiel, springt an mir hoch und
kläfft. Der Wind fegt uns beinah um. Brad stößt hinter
uns einen heiseren Schrei aus, aber ich renne weiter,
achte nicht auf ihn.

»Wen suchst du, Jess? Sag es mir! Dein eigenes Kind oder ein anderes?«

Mittlerweile ist er hinter mir und holt rasch auf. Ich weine so sehr, dass ich kaum sehen kann, wohin ich die Füße setze. Zweige schlagen mir ins Gesicht, und ich stolpere, fange mich aber noch rechtzeitig. Es geht bergab. Ich spüre, dass der Boden abschüssig ist. Ich trete auf lose Steine, es ist schlüpfrig hier. Brad packt mich am Arm, hält mich, aber ich reiße mich sofort los.

Ich höre einen Schrei und drehe mich halb um. Brad verliert das Gleichgewicht und greift nach irgendetwas, um sich daran festzuhalten. Er erwischt einen toten Ast, doch dieser löst sich aus der Erde und bricht eine kleine Lawine aus Steinen und Sand los. Brad stürzt den Abhang hinunter, noch immer den Ast in der Hand, rutscht über Steine und Grasbüschel. Er rudert mit Armen und Beinen.

Ich stolpere die Böschung hinunter. Brad liegt auf dem Boden und hält sich den Knöchel. Ich kauere mich neben ihn. »Brad, es tut mir Leid. Meinst du …«

Er nimmt die Hand von seinem Bein. »Der Knöchel ist vielleicht nur verstaucht«, sagt er hoffnungsvoll. »Wenn du mir beim Aufstehen hilfst …«

»Ich denke, es ist etwas Ernsteres als eine Verstauchung.«

Sein Bein ist unten am Knöchel eigenartig abgewinkelt, sein Gesicht schmerzverzerrt. Ich berühre leicht die verletzte Stelle, und Brad schneidet eine Grimasse. »Hilf mir auf, okay?«

Ich stehe auf und nehme seinen Arm. Langsam, Stück

für Stück richtet sich Brad auf. Als er jedoch versucht, mit dem verletzten Bein aufzutreten, fällt er schreiend wieder zu Boden.

»Das hat keinen Sinn«, sage ich bestürzt. »Du kannst nicht laufen.«

Er schwitzt heftig, und der Staub bleibt in seinem Gesicht, am Hals und an den Armen haften. Wir sitzen eine Weile mit gesenkten Köpfen, damit uns der Wind nicht so viel anhaben kann, da. Der Hund scharrt an der Stelle, an der Brad gestürzt ist und den Ast mitgerissen hat, in der Erde. Wir sehen seine Gestalt nur schemenhaft durch den Staub. Er bellt und hüpft aufgeregt herum.

»Harry, komm her!«, rufe ich, aber der Sturm trägt meine Stimme zu mir zurück.

Harry missachtet meinen Befehl. Wahrscheinlich hat er ihn gar nicht gehört.

»Tut mir Leid«, sage ich wieder zu Brad. »Das ist alles meine Schuld.«

Er geht nicht darauf ein. »Kannst du den Erste-Hilfe-Kasten aus dem Auto holen? Ich muss den Knöchel bandagieren.«

Ich klettere den Hang hinauf, rutsche auf den Steinen aus und kämpfe mich weiter. Mir brennen die Augen. Harrys aufgeregtes Kläffen lässt nicht nach.

Sandkörnchen prasseln auf die Windschutzscheibe unseres Autos, als ich kraftlos auf den Beifahrersitz sinke. Ich krame in dem geräumigen Handschuhfach und finde den weißen Kasten mit dem roten Kreuz. Dann wappne ich mich innerlich für den Abstieg im tobenden Sturm.

Als ich Brads Knöchel bandagiert habe, lässt der Wind ein wenig nach. »Der Sturm zieht weiter«, sagt Brad und schirmt seine Augen mit der Hand ab, um nach der Sonne zu sehen.

»Das sollte jemand Harry erzählen«, scherze ich. Der Hund bellt immer noch.

»Wahrscheinlich hat er einen Kaninchenbau gefunden. Du weißt, wie verrückt er sich dann aufführt.«

Mühsam kämpfen Brad und ich uns den Hang hinauf. Ich habe eine lange, starke Latte aus dem Auto mitgebracht, und er benutzt sie als Krücke.

Es ist ein langsamer, beschwerlicher Aufstieg. Wir brauchen mindestens eine Viertelstunde für die Strecke, die wir bergab in zwei Minuten hinter uns gebracht haben. Brads Gesicht ist aschfahl, und er bleibt immer wieder stehen und stützt sich schwer auf mich. Ich fürchte, dass ihm der Schmerz das Bewusstsein rauben könne, aber er hält tapfer durch, bis wir den Wagen erreichen.

Er klettert unbeholfen auf den Beifahrersitz und streckt den Kopf aus dem Fenster. »Harry!«, brüllt er. Mir ist klar, dass Brad so schnell wie möglich zum Haus will.

Der Hund jault. Jetzt, da sich der Sturm fast gelegt hat, sehe ich ihn deutlich an der Böschung. Er reckt die Nase in die Luft und heult. »Ich hole ihn«, sage ich und nehme die Leine vom Rücksitz.

Ich gehe zurück und rufe den Hund. Als ich mich ihm nähere, kläfft er noch ein paar Mal, weigert sich jedoch, zu mir zu kommen.

»Böser Hund!«, schimpfe ich.

Ich will Brad unbedingt schnell nach Hause bringen. Ärgerlich hake ich die Leine an Harrys Halsband und ziehe daran. Der Hund stemmt sich dagegen und rührt sich nicht von der Stelle.

»Ich lasse dich hier«, drohe ich. »Dann musst du dich

für den Rest deines Lebens von Kaninchen ernähren. Das gefällt dir bestimmt nicht.«

Harry zerrt an der Leine und schnüffelt auf der Erde herum. Da ist etwas, dessen bin ich mir jetzt sicher. Ich bücke mich und untersuche die Stelle, an der Harry eifrig gräbt.

»Was ist, mein Junge?«

Etwas liegt dort – etwas aus Metall. Ich hebe es auf. Es ist ein angelaufenes, goldenes Armband, sehr alt. Auf einer Seite ist ein Namensschild. Ich weiß, noch ehe ich die Inschrift entziffere, wem dieses Armband gehört hat. Kathryn O'Loughlin.

»Komm, Jess!«, ruft Brad aus dem Auto. »Lass uns losfahren!«

Für einen Moment bringe ich kein Wort heraus, kann nicht einmal denken. Ich schließe kurz die Augen. Das Unmögliche ist wahr geworden. Wir sind ausgerechnet über die Stelle gestolpert, an der Katie gelegen haben muss. Wie oft mochte Adam vor mehr als hundert Jahren nur wenige Meter an der Stelle vorbeigelaufen sein und Katies Namen gerufen haben?

Ich trete den Rückweg an und zeige Brad das Armband. »Nach so langer Zeit haben wir sie gefunden«, sage ich aufgeregt und breche prompt in Tränen aus. An die Fahrt zum Farmhaus erinnere ich mich kaum noch. Betty ruft die Polizeistation in der Stadt an, und eine Stunde später landet ein Flugzeug auf der Weide. Der Pilot, ein Arzt, ein Polizist und ein Zeitungsreporter steigen aus. Betty ist voll in ihrem Element und versorgt alle mit Tee, während der Arzt Brads Verletzung untersucht.

Brad verzieht das Gesicht, und ich weiß, dass er Schmerzen hat. »Es ist ein böser Bruch«, sagt der Arzt schließlich. »Ich vermute, dass das operiert werden muss. Sicher werden die Röntgenaufnahmen das bestätigen. In der Klinik hier können wir nicht viel für Sie tun. Sie brauchen einen guten Orthopäden. Woher kommen Sie?«

»Aus Brisbane.«

»Dann sollten Sie so schnell wie möglich dorthin zurück, mein Freund. Wir organisieren ein anderes Flugzeug, das Sie hinbringt.«

Brad sieht mich hilflos an. »Wir wollten ohnehin in zwei Tagen abreisen. Wir müssen unsere Sachen in den Wagen laden....«

»Das schaffe ich schon«, versichere ich ihm. »Ich organisiere hier alles und fahre das Auto nach Hause. Ich komme zurecht. Und Harry leistet mir Gesellschaft.«

Brad lächelt mich matt an. Es bleibt uns keine andere Möglichkeit, darüber ist er sich im Klaren.

Mittlerweile sind Stan und Ella eingetroffen, um nachzusehen, weshalb das Flugzeug gekommen ist. Der Arzt gibt Brad eine Spritze gegen die Schmerzen und legt eine feste Bandage an, und ich fahre mit dem Polizisten und dem Reporter zu der Stelle, an der wir Katies Armband gefunden haben.

Stan begleitet uns. »Stan ist ein Verbindungsglied zu den O'Loughlins«, erkläre ich. »Seine Urgroßmutter hat für die Familie gearbeitet, als das kleine Mädchen verschwand.«

Stan fährt, dafür bin ich ihm dankbar. Meine Hände zittern so sehr, dass ich das Lenkrad nicht festhalten könnte. Auf der Fahrt erzähle ich, dass Katie bei einem Sandsturm aus dem Haus gelaufen ist und dass sie trotz wochenlanger Suche nie gefunden werden konnte.

Auf Brads Rat hin habe ich die Stelle auf dem Weg markiert – ich habe unsere Thermoskanne an einen Baum gestellt. Vorsichtig klettern wir ein Stück die Böschung hinunter. Ich stecke die Hände in die Taschen, um das Zittern zu unterdrücken. Der Polizist wischt behutsam die Erde von dem Fleck, auf dem das Armband gelegen hat. Ich sehe einen Knochen und ein Haarbüschel, ein paar Stofffetzen – mehr scheint von der Kleidung nicht übrig zu sein.

»Was ist Ihrer Meinung nach passiert?«, frage ich. »Warum liegt sie hier unter der Erde?«

Der Polizist betrachtet nachdenklich den Boden. »Nach all den Jahren kann das wohl niemand mehr rekonstruieren. Vielleicht hat sie unter dem Baum Schutz gesucht, ist eingeschlafen und nicht mehr aufgewacht. Vielleicht hat sie ein Schlangenbiss getötet, oder sie ist an Austrocknung gestorben. Sie könnte sogar erstickt sein. Das Land am Diamantina kann bei einem Sandsturm ausgesprochen unwirtlich sein. All der Sand und die Erde, die angeweht werden, müssen sich irgendwo absetzen. Es dauert nicht lange, bis etwas vollkommen verdeckt ist, und im Laufe der Jahre versinkt es immer tiefer in der Erde.«

»Wenn wir heute nicht hergekommen wären und sich Brad nicht an dem Ast festgehalten hätte, dann wäre sie wahrscheinlich nie gefunden worden.«

Der Polizist richtet sich auf und fährt sich mit der Hand durchs Haar. »Ich möchte nicht noch mehr hier herumstochern«, erklärt er. »Ich mache Meldung in der Stadt; es gibt einen Archäologen im EPA-Büro. Wir schicken ihn morgen her. Außerdem möchten meine Vorgesetzen sicher auch jemanden von der Spurensicherung hier haben.« Er deutet auf Katies sterbliche Überreste. »Ich schätze, man wird das alles mitnehmen, um es zu untersuchen.«

Daran habe ich nicht gedacht. Plötzlich wird mir alles zu viel: Der Schreck wegen Brads Sturz, der Fund. Ich stehe da, sehe den Polizisten an, und Tränen laufen mir über die Wangen. Ich kann im Nachhinein noch etwas für Jenna tun: Ich muss dafür sorgen, dass Katie ihre letzte Ruhe im Grab neben ihrer Mutter findet.

»Sie können sie nicht wegbringen. Sie hat hier eine Grabstelle neben ihrer Mutter. Sie sollte dort beigesetzt werden.«

Der Polizist tätschelt verlegen meine Schulter. »Hey, es ist ja gut! Sie wird zurückkommen. Aber erst werden die üblichen Untersuchungen gemacht, das Alter der Knochen bestimmt, wenn möglich, die Todesursache ermittelt und so weiter.«

»Wie lange wird das dauern?«

»Wahrscheinlich ein paar Wochen. Solche Dinge kann man nicht übereilen.«

Wir bedecken die Fundstelle mit einer großen Plane und beschweren sie mit Steinen. Der Reporter macht noch ein paar Aufnahmen, und auf der Rückfahrt berichte ich ihm, wie ich das Armband gefunden habe. Ich rede schnell – wahrscheinlich zu schnell –, und der Reporter hat Mühe, alles auf seinem Block mitzuschreiben, insbesondere auf diesem holprigen Weg. Ob er jemals wieder seine eigene Handschrift entziffern kann?

»Selbst als die Steine und die Erde losbrachen, ist uns nichts aufgefallen. Der Hund hat die Stelle entdeckt. Er hat unaufhörlich gekläfft und kam nicht, als wir ihn riefen. Er muss es gespürt haben.«

»Kluge Hunde, diese Kelpies.« Der Reporter grinst.

Der Arzt hat beschlossen, Brad gleich mit in die Stadt zu nehmen und für morgen den Weiterflug nach Brisbane zu organisieren. Der australische Notflugdienst, denke ich, als ich die Sachen, die Brad für den Flug und den Aufenthalt in der Klinik braucht, in eine Tasche packe.

»Ich komme schon zurecht«, versichert er mir, weil er merkt, dass ich mir Sorgen mache. Wundersamerweise haben wir inmitten all des Trubels ein paar Minuten für uns allein. »Ich bin mir sicher, deine Eltern und Carys sehen jeden Tag nach mir und bringen mir frische Schlafanzüge.«

»Aber das alles ist meine Schuld. Du weißt gar nicht, wie mies ich mich fühle. Wenn ich doch nur im Auto geblieben wäre!«

»Dann hätte Harry Katies sterbliche Überreste nicht gefunden«, entgegnet er ruhig.

Ich nicke und bringe momentan kein Wort mehr heraus.

»Ich denke, du solltest noch eine Weile hier bleiben«, schlägt Brad vor. »Ein paar Wochen oder Monate – wie lange es eben dauert, bis Katie richtig bestattet werden kann. Ich habe mit Betty und Jack gesprochen. Sie haben nichts dagegen.«

»Und was soll ich so lange hier machen?«

»Du könntest zum Beispiel deine Notizen in meinen Laptop tippen. Dann solltest du Fotos von all den Plätzen machen, die für die Geschichte von Bedeutung sind. Der Zeitungsreporter wird wieder herkommen. Bestimmt wird Harry als Held gefeiert, wenn die Öffentlichkeit von dieser Neuigkeit erfährt. Jemand muss auf ihn aufpassen und dafür sorgen, dass ihm der Ruhm nicht zu Kopf steigt.«

Mir ist klar, dass er höllische Schmerzen hat und sich wirklich anstrengt, um Scherze zu machen. Ich nehme seine Hand und lege sie auf meinen Schoß. »Dann meinst du also, ich soll mich hinsetzen und ein Buch schreiben?«

Er mustert mich einige Sekunden lang. »Unbedingt. Und jetzt hast du auch ein Ende für deine Geschichte. Außerdem solltest du hier sein, wenn sie Katies Leichnam zur Bestattung herbringen. Du bist zu einem Teil dieser Sache geworden, Jess.«

»Und was ist mit uns? Wie wird es mit uns enden?«, frage ich leise.

»Ich liebe dich«, sagt er und sieht mir tief in die Augen. »Ich liebe dich von ganzem Herzen. Aber alles, was in diesem letzten Jahr passiert ist, scheint uns auseinander zu treiben. Auch deshalb solltest du hier bleiben und Zeit ganz für dich haben, um gründlich über unsere Beziehung nachdenken zu können. Vielleicht hilft dir Jennas Geschichte, deine eigenen Gefühle einzuordnen. Falls du dich danach entscheidest, zu mir zurückzukommen, dann weiß ich, dass du es aus den richtigen Gründen tust.«

Sie tragen Brad zum Flugzeug. Ich stehe zusammen mit den anderen am Rand der Startpiste. Es wird schon dunkel, und die Sonne versinkt am westlichen Horizont. Ein Vogelschwarm fliegt laut kreischend zum Wasser. Im Süden sehe ich noch eine schwache Spur, die der Sandsturm vom Mittag gelegt hat. Ella kommt zu mir und legt den Arm um meine Schultern. »Ist alles in Ordnung mit Ihnen?«, erkundigt sie sich.

»Ja, natürlich«, antworte ich fast automatisch.

Die Tür des Flugzeugs wird geschlossen, und der Motor fängt an zu dröhnen. »Sicher?«, überschreit Ella voller Zweifel den Lärm.

Ich beobachte, wie sich die Propeller schneller drehen, als das Flugzeug anrollt. Ich winke, obwohl ich mir nicht sicher bin, dass Brad mich sehen kann. Die Fenster sind dunkel und reflektieren Bäume, die Erde, den Himmel. Plötzlich macht der Flieger einen Satz, entdeckt wie ein Vogelküken seine Flügel und nimmt auf der Piste Fahrt auf.

Er hebt ab, steigt elegant in die Lüfte und ist nur noch eine dunkle Silhouette vor dem Sonnenuntergang. Die Maschine steigt immer höher, und die Sonnenstrahlen tauchen die Flügel erst in Silber, dann in Gold. Jetzt ist sie nicht größer als ein Fleckchen. Das Motorengeräusch ist nur noch Erinnerung.

»Nun, das war das«, sagt Jack pragmatisch, nimmt den Hut ab und wischt sich mit dem Unterarm über die Stirn.

»Ja«, meint Stan. »Nichts ist besser als ein bisschen Aufregung, die uns aufrüttelt.«

»Das mit Brads Knöchel tut uns Leid, Jess«, setzt Betty hinzu. »Aber diese andere Geschichte ist wirklich ziemlich aufregend.«

Warum kann sie es nicht aussprechen: das Auffinden von Katie O'Loughlins Leichnam? Glaubt sie, dass sie mich damit aus der Fassung bringen würde?

»Die ganze Geschichte ist wirklich erstaunlich«, erkläre ich. »Brad hätte sich für seine letzten Untersuchungen am heutigen Tag sehr gut auch einen anderen Platz aussuchen können; wir hätten zu jeder anderen Stelle am Fluss in einer Reichweite von zehn, zwanzig Kilometern fahren können. Warum wollte er gerade zu diesem Wasserloch? Und was, wenn er nicht ausgerutscht wäre und den Ast aus der Erde gerissen hätte? Hätten wir Harry nicht dabei gehabt, wäre uns das Armband niemals aufgefallen. Der Sturm hat so viel Staub und Sand aufgewirbelt, dass wir kaum die Hand vor Augen sehen konnten.«

»Und in zwei Tagen wären Sie überhaupt nicht mehr hier gewesen«, fügt Jack hinzu.

»Also, wie standen die Chancen, dass Katie jemals gefunden wurde? Eine Million zu eins?«

»Im Lichte dessen sollten wie das Ereignis feiern«, verkündet Betty. »Alle sind herzlich eingeladen, ins Haus zu einem Barbecue zu kommen. Jack hat ein paar großartige Slim Dusty CDs.«

Wir machen uns auf den Weg. Betty und Jack gehen voran, Ella und Stan nehmen mich in die Mitte und führen mich zum Haus – sie sind wie ein schützender Kokon. Wir unterhalten uns über Country Music und ein Konzert, das in einer Woche in der Stadt gegeben werden soll. »Sie kommen auch mit, Jess«, sagen sie und schließen mich automatisch in ihre Pläne mit ein. Offenbar ist es beschlossene Sache, dass ich noch länger bleibe.

Ich denke an Brad, der jetzt hoch über den Wolken von mir wegfliegt. Und ich denke auch daran, was er vorhin gesagt hat: dass ich es aus den richtigen Gründen tun würde, wenn ich zu ihm zurückkehrte; nicht aus Bequemlichkeit oder Gewohnheit, sondern weil wir uns wirklich lieben. Unglück kann zwei Menschen entweder zusammenschweißen oder auseinander treiben. Es ist meine Entscheidung. In den nächsten Wochen und Monaten muss ich über vieles nachdenken – erst dann fahre ich zurück in die Stadt.

»Die Dinge sind, wie sie sind«, sage ich mehr zu mir selbst als zu den anderen.

»Wie war das?«, fragt Ella und sieht mich verwundert an.

Ich schüttle den Kopf und lächle. »Nichts«, erwidere ich und fühle mich zum ersten Mal seit einer Ewigkeit richtig gut. »Das ist nur so eine Redensart von Brad.«

ANMERKUNGEN DER AUTORIN

Wenn ich ein Buch wie dieses schreibe, ist es verlockend, die Pioniersfrauen zu romantisieren, sie mutiger, stärker und abenteuerlustiger darzustellen als andere Frauen ihrer Zeit. Man hat unwillkürlich das Bild von robusten Siedlerinnen, die den ganzen Tag wuschen und sauber machten, bügelten und kochten, vor Augen. Sie wurden klaglos mit Buschfeuern, Schlangen im Haus und dem Tod eines Kindes fertig. Im Outback lebten sie in windigen Hütten mit festgestampftem Erdboden. Sie brachten ihre Kinder in dieser primitiven Umgebung auf die Welt.

Doch nicht jede dieser Frauen war aus einem so harten Holz geschnitzt. Viele verabscheuten den Busch, die Einsamkeit und das beschwerliche Leben. Und sie lebten in ständiger Angst vor den unausweichlichen Kinderkrankheiten, vor Überfällen der Aborigines, vor dem eigenen Tod im Kindbett. Einige wurden sogar verrückt. Viele starben wie Jenna.

Die Charaktere in diesem Roman sind nicht an Persönlichkeiten, die ich kenne, angelehnt. Das Anwesen, das ich hier Diamantina Downs nenne, gibt es nicht. Es hat etliche Merkmale von ähnlichen Farmen, die ich im Laufe meiner Recherchen bei einer Fahrt am Fluss entlang besucht habe.

Viele Menschen haben mir mit Informationen weitergeholfen, als ich dieses Buch schrieb. Und ich möchte mich von ganzem Herzen bei folgenden Personen bedanken: Vanessa Bailey – Wasserbiologin, EPA, Longreach; Anthony Simmons – Archäologe, EPA, Toowoomba; Rebecca Brown – Anthonys Assistentin am Diamantina; den Mitarbeitern in der Stockman's Hall of Fame, Longreach.

Außerdem bin ich meiner Cousine Colleen McLaughlin (eine Busch-Poetin und außergewöhnliche Rinderzüchterin) zu Dank verpflichtet, weil sie das Gedicht »Song of the River« extra für dieses Buch verfasst hat. Ich danke auch meiner Agentin Selwa Anthony für ihre Unterstützung und ihre aufmunternden Worte sowie Vanessa Radnidge, meiner Lektorin bei HarperCollins für ihre humorvolle Art und ihr Vertrauen in meine Arbeit. Und wie immer verdienen mein Mann und meine Kinder großes Lob und Anerkennung für ihre Hilfe und ihr Verständnis, wenn sie sich abends mit Essen vom Schnellimbiss zufrieden geben mussten.